Jeannine

*Jeanine*

# Les portes du couvent

Tête brûlée *
Amours empaillées **
Fleur de cendres ***

Marjolaine Bouchard

# Les portes du couvent

Tête brûlée *
Amours empaillées **
Fleur de cendres ***

ÉDITIONS FRANCE LOISIRS

Édition du Club France Loisirs,
avec l'autorisation des Éditions Les Éditeurs réunis

Éditions France Loisirs,
31, rue du Val de Marne, Paris
www.franceloisirs.com

Les portes du couvent
Tête brûlée *
Amours empaillées **
© 2017 Les Éditeurs réunis

Fleur de cendres ***
© 2018 Les Éditeurs réunis

ISBN : 978-2-298-14887-9

Tête brûlée *

*À tante Gislène,*
*une soprano colorature,*
*un cœur plus doux que celui des anges.*

# Prologue

Dans son lit, elle tente de chasser le sommeil. Pelotonnée sous la couverture de laine qui lui pique la peau plus qu'elle ne la réchauffe, elle tourne, au rythme des heures qui filent à l'horloge et des visages qui surgissent dans ses pensées. Le froid lui mord les pieds, bien que les nuits d'hiver soient encore loin.

Dix heures sonnent l'extinction des feux et Flora devra attendre encore une heure ou deux.

Sœur Sainte-Hermeline-Médecine a bien voulu lui donner son congé de l'infirmerie avant le souper. Pour se faire oublier un peu, Flora n'a pas parlé pendant le repas ni à la salle d'étude. Mère Saint-Elzéar et sœur Sainte-Philomène n'ont pas relevé sa fourberie de l'après-midi, occupées qu'elles étaient à traiter d'autres urgences : trois filles tombées malades dans l'après-midi, dont cousine Jeanne. Les maux qui courent, paraît-il. Pauvre Jeanne, si triste et désemparée, avant-hier. Parfois, la maladie nous fait oublier de grandes peines. Un clou en chasse un autre, comme le disait sa mère.

Flora s'en sort plutôt bien après son évanouissement de l'après-midi, mis à part un léger bleu sur l'épaule et une égratignure au visage. Grâce à cette mise en scène, elle a réussi à mettre la main sur la lettre, tout en évitant une sévère punition. Par chance ! En plus, à l'infirmerie, elle a chanté le reste de l'après-midi avec la gentille sœur Médecine.

Cette nuit, seule et sans témoin, elle saura enfin où se trouve Julien ; cette lettre lui apprendra ce qu'est devenu son grand frère. Après, puisqu'il ne vient pas à elle, elle ira le rejoindre. Déjà, à la rentrée, tante Blanche lui a donné un peu d'argent, assez, espère-t-elle, pour payer le billet de train ou d'autobus à destination de Rouyn. La laissera-t-on partir toute seule, si jeune ? Sûrement pas, mais Jeanne a déjà voyagé en solitaire, en autobus ; elle lui donnera des conseils. Elle sait où se trouve la gare, dans la basse-ville. Si jamais on lui tend des embûches, elle fuguera. Sa patience a atteint sa limite.

Point par point, elle échafaude son plan, y allant de ses supputations et tâchant d'évaluer les contraintes de temps, de distance et d'argent.

Elle attend que deviennent régulières et paisibles toutes les respirations du dortoir. Après cette journée mouvementée, les exercices de callisthénie, le ménage, les heures de travaux et d'études, plusieurs élèves ont déjà migré vers le pays des rêves, comme des chats après la chasse. Tiens, voici la respiration de Simone et, plus grave, celle d'Yvonne. Là, juste à côté, enrhumée, celle de Thérèse. Les autres, elle ne parvient pas à les identifier, car elles se mêlent en un grand souffle harmonieux. À travers ce bruissement continu perce le ronflement de sœur Saint-Liboire, dite sœur Dortoir, la gardienne de nuit.

Voilà, il est temps.

Elle quitte enfin sa couchette et prend, dans son tiroir, la petite boîte en fer et la chandelle qu'elle a achetée à l'ermitage pour bonne maman. À défaut de la lampe torche malheureusement confisquée, elle se servira, au besoin, de la bougie. Elle se saisit de la pochette d'allumettes ramassée, l'autre jour, dans la grange, à la ferme des sœurs. Elle a tout prévu. Pas question de lire dans sa chambrette : les filles qui ouvriraient un œil verraient les lueurs et les ombres, au plafond. Quelqu'un pourrait tirer le rideau et la surprendre avec cette lettre qui ne lui est pas destinée. Au couvent, tout le monde sait tout de tout le monde. Pas d'intimité, pas de secrets pour personne. Mais que serait la vie, sans mystère : la Trinité, par exemple, et tous les mystères de Dieu, partout et en tous lieux, dont parlent sans cesse les sœurs ?

Se glissant sans bruit entre les alvéoles endormies, elle ouvre la porte donnant sur le corridor, grimpe une volée de marches et atteint le premier palier, là où une grande fenêtre offre une vue sur la nouvelle École normale. Elle s'assoit sur le large chambranle, en prenant soin de fermer les rideaux, de sorte qu'on ne puisse la voir de l'intérieur. Cachée dans l'embrasure de la fenêtre, elle lira, à la lueur des rayons de lune, la lettre subtilisée dans le bureau de la supérieure, en fin d'après-midi, adressée à sœur Irène et provenant de la Justice des mineurs. C'est sûrement un message de son frère, mineur dans le Nord. Ça, elle le sait, il le lui avait dit, avant de partir. Il aura été lent à écrire, ce grand frère disparu depuis la fameuse querelle avec leur père. Trois ans ! Bien sûr, il aurait été plus honnête d'attendre sœur Irène, mais Dieu sait quand elle reviendra de sa retraite à l'ermitage.

Elle ouvre la boîte, décachette l'enveloppe, déploie les pages, un peu froissées, les lisse du plat de la main. Un texte manuscrit, d'une encre pâle. Comme elle le craignait, la chiche lumière de l'astre lunaire ne suffit pas. Si elle allume la bougie, on ne verra pas le faisceau, derrière les épais rideaux, et puis les endormies rêvent au bout du corridor. Elle hésite. Le feu, les dangers du feu… Elle fait fi de sa crainte. La curiosité l'emporte.

Elle gratte l'allumette et accroche la flamme à la mèche de la bougie : un joli modèle en forme d'ange translucide. Cette chandelle, elle la conservait précieusement pour sa mère… Cette dernière lui en voudra-t-elle si la tête de l'ange est un peu fondue ? Peut-être ne s'en rendra-t-elle pas compte, après tout, cette pauvre maman dont on dit qu'elle a perdu quelques lumières. Dans la lettre de son frère, elle saura peut-être ce qu'il advient d'elle.

La flamme s'élève et l'écriture se révèle.

*La Loi des écoles d'industrie, édictée en 1869, permet à un magistrat de placer dans une école dite d'industrie des jeunes errants, sans moyen d'existence ou fréquentant des voleurs de profession, de même que les enfants dont un parent a été déclaré coupable d'une infraction passible d'emprisonnement, ainsi que ceux soutenus par une institution de charité, ou ceux jugés réfractaires ou que leurs parents sont incapables de maîtriser.*

*Si vous considérez que l'enfant dont vous faites mention pourrait se retrouver exposé à des dangers moraux ou physiques, en raison de son milieu ou d'autres circonstances spéciales, c'est au tribunal qu'on doit se référer. Le juge doit, dans chaque cas, tenir une enquête afin de déterminer si l'enfant est bien en danger s'il regagne son milieu familial, pour ensuite rendre une ordonnance qui permettra le recours aux mesures de protection.*

Elle ne comprend pas, feuillette, cherche la signature : illisible. Quatre pages encore de ce charabia qui n'a rien à voir avec son frère. Derrière elle, la flamme s'étire, produisant enfin une meilleure lumière. Des articles de loi, des références à La Sauvegarde de l'enfance et de son fondateur, l'abbé Victorin Germain, de Québec. Découragée, elle lève la tête et voit, dans le reflet de la fenêtre, une étincelle accrochée au rideau. Prise de panique, et obéissant à des gestes incohérents, elle enfouit d'abord la lettre dans la boîte en fer, avant de souffler la chandelle. La mèche s'éteint, mais pas les langues de feu qui escaladent la tenture. Malheur ! Il y aura un trou visible, assurément, mais personne ne doit en connaître l'origine. Elle secoue les draperies, plus fort, plus vite. Elle empire la situation : le feu s'emballe. Elle saute sur le plancher et empoigne, par terre, le petit tapis tressé qu'elle agite de toutes ses forces pour étouffer le brasier naissant, malgré la poussière qu'elle soulève en tapant : autant de coups de vent dont se nourrit le feu, cette bête sauvage qui respire plus vigoureusement et qui monte de plus en plus haut, léchant le tissu jusqu'à la tringle. Flora abandonne le tapis et tire sur un pan du rideau pour l'arracher complètement et le piétiner. La tenture, lacérée par les flammes, se déchire, mais il ne reste entre ses doigts qu'un petit morceau aux rebords calcinés tandis que le feu continue son ascension. À présent, il touche presque au cadre de la fenêtre. Horrifiée, Flora recule de quelques pas… Elle a si chaud, si mal au ventre. Une musique infernale tambourine à ses oreilles, des accords discordants, et les voix se mettent à gémir, six voix terribles, avec des cris insupportables, loin des notes de la gamme, et qui veulent sortir par sa bouche, mais qu'elle retient en y plaquant ses mains.

Fuir! Courir, fermer les portes!

Oubliant la boîte en fer, elle gagne le dortoir sans bruit, attrape en passant, sur la table de l'entrée, la cloche dont elle retient le grelot, et se terre sous son lit. Là, seulement là, une fois bien cachée, elle lance au loin la cloche, qui roule avec fracas sur le parquet. Le tintement tire du sommeil les endormies. La cohue, le froissement des draps et des chemises de nuit, les craquements du plancher sous la course des pieds nus, puis d'autres cris: «Au feu!»

— Encore un exercice? Pourquoi en pleine nuit? se plaint Yvonne, à peine réveillée.

— Non, non! Y a vraiment le feu! Dépêchez-vous! ordonne sœur Dortoir.

— Je prends la statuette de l'Immaculée Conception. Toi, les livres de prières et les chapelets bénits.

— Non, non, hurle sœur Dortoir, dont la chemise de nuit vole d'une chambrette à l'autre. On sort! Laissez tout! N'emportez rien!

La terreur chasse dehors les religieuses et la centaine de couventines. Flora reste camouflée sous le lit.

Elle se tortille, rampe un peu sur le plancher, puis passe la tête hors de sa cachette. Par la porte entrouverte, elle aperçoit, à travers des lueurs rouge orangé, un filet de fumée qui ondule au plafond : des nuages dans le pensionnat. Au moins, tout le monde est sauf. Elle a réveillé les filles à temps. Les pompiers viendront, aidés des hommes de la ville. Ce n'est pas le premier incendie à se déclarer dans un couvent. Ils sauront quoi faire. Au pire, il y aura une aile à reconstruire, peut-être un mur, ou encore quelques fenêtres. Un bâtiment de pierre ne peut brûler en entier, n'est-ce pas ? Après, quand le feu sera étouffé, elle sortira de sa cache. Tout le monde la croira miraculée et on oubliera l'événement, sans jamais penser à lui en imputer la faute. Comme il y a trois ans.

Tremblante, elle se rappelle la boîte en fer restée sur le bord de la fenêtre. La lettre échappera-t-elle aux flammes ? Deviendra-t-elle une petite volée de flocons noirs tournoyant dans la fumée ? Comme elle regrette d'avoir allumé cette bougie ! Si, au moins, elle avait pu prendre la lampe torche.

Surtout, ne pas affronter ses supérieures maintenant. Ce serait trop étrange. Qu'est-ce qu'elle inventera, cette fois, pour maquiller sa bêtise ? Qu'elle désirait lire une lettre qui ne lui était pas adressée, une lettre qu'elle avait subtilisée ? Qu'elle voulait aller aux toilettes sans ouvrir les lumières ? Les émouvoir par une chanson ?

Ne rien dire…

Le brasier flamboie, mais semble encore loin du dortoir. Pourvu que les pompiers l'éteignent à temps. Mais la fumée ?

Les bruits du dehors s'entremêlent aux crépitements du feu : des coups, des portes qu'on claque, des pluies de verre cassé, puis encore des cris, ceux des couventines et des religieuses. Les pompiers… Où sont les pompiers ? Un appel retentit : « Flora ! » On la cherche.

La fumée s'épaissit et commence à lui râper la gorge. S'il fallait qu'elle meure étouffée. Une mort terrible : son corps calciné, son âme en état de péché, coupable d'avoir mis le feu : elle ira directement en enfer, y brûlera pour l'éternité. En plus, elle partira sans savoir pour cette lettre, pour son frère, sa mère… Pourquoi devrait-elle payer si cher ? Quelle injustice !

Les larmes inondent ses joues.

Il faut qu'elle sorte de là, qu'elle rampe jusqu'à la porte, mais le corridor doit être un brasier maintenant. Elle brûlera vive. Elle tire le drap de son lit, s'y enroule et se cache le visage, étranglée par les sanglots. *Le mensonge ne paie pas.* L'enfer l'attend.

\* \* \*

« L'âme éternelle qui attache une action à l'autre et qui, de ce fait, a perpétré le péché ! Oui ! Mes enfants, aucun de vos gestes ne peut s'exprimer sans l'âme, cette essence qui joue sur vous comme sur le clavier d'un piano… Si vous vous retournez, à la chapelle, pour regarder en arrière, vous y verrez le diable, vous risquez l'enfer à la fin de vos jours ! Ne doutez pas de l'existence de l'enfer et de toute son horreur. À quinze reprises au moins, lors de son passage sur terre, Jésus a mentionné l'existence de ces abominables lieux. Voici ses paroles : "Si votre pied ou votre œil est pour vous une occasion de chute, coupez-le, arrachez-le, et jetez-le loin de vous. Il vaut mieux entrer dans la vie éternelle avec un seul pied ou un seul œil que d'être jeté avec vos deux pieds ou avec vos deux yeux dans la prison de feu éternel où le remords ne cesse point et où le feu ne s'éteint pas." » Ainsi parlait l'aumônier Didier, la veille, en fronçant des sourcils sévères pendant son sermon.

# 1

*Cinq ans plus tôt*

*Maison mère, Cap-de-la-Baleine, août 1944*

Comment garder sa bonne humeur après l'annonce d'une telle nouvelle ?

« Sur les instances de monsieur le curé Renaud, nous sommes forcées d'accepter à la dernière heure la mission d'Escoumains. »

La lettre lui tombe des mains. Sœur Irène ravale sa déception sans un mot. Bien sûr, obéissance et obédience doivent être respectées en tout temps, mais le village d'Escoumains lui paraît bien loin : un pays de grand vent, de vagues, de falaises, de roches et de misère planté sur la côte nord du Saint-Laurent… Après deux ans de postulat et de noviciat, on veut déjà l'expatrier, sans expérience d'enseignement, ou si peu. Pourquoi elle ? Ou bien personne d'autre n'aura consenti à y aller, ou bien on veut l'éprouver.

— Grâce à ce séjour, lui rappelle la supérieure générale, vous acquerrez une meilleure connaissance de la vocation propre à notre institution et vous mènerez un genre de vie tout autre que celui de la maison mère. Imprégnez vos pensées et votre cœur de l'esprit de notre mission.

Est-il permis de poser quelques questions pour mieux se préparer ? La supérieure jugera-t-elle toute forme d'interrogation comme de la curiosité déplacée ou comme de l'impertinence ? Quoi qu'il en soit, afin de savoir à quoi elle doit s'attendre, elle demande timidement :

— Pourquoi les Petites Franciscaines de Marie ont-elles abandonné cette école de village ?

La supérieure la regarde en haussant les sourcils, puis passe et repasse l'index entre son serre-tête et son menton, pour libérer la pression qui monte sous sa coiffe. Ses joues rougissantes et humides embuent ses lunettes.

— Sœur Irène, n'allez surtout pas croire qu'elles ont failli à la tâche. Même si je connais les différentes raisons de leur départ, je les tairai, car nous devons garder à l'esprit que si nous parlons des autres, ce n'est que pour en dire du bien : moyen indispensable de charité.

Belle prétérition pour avouer que les Petites Franciscaines ont essuyé un échec. Pour quels motifs, cependant ? Difficile de savoir.

— Si le curé Renaud nous demande de les remplacer, nous devons agir sans sourciller et avec promptitude, ajoute-t-elle. Vous partirez donc dès le 29 août pour organiser la rentrée de début septembre. Vous n'aurez que quelques jours. De plus, nous devrons contribuer financièrement à l'entretien de l'école et à l'achat de matériel.

— Sauf votre respect, ma mère, puis-je vous demander avec quel argent ?

— Nous trouverons les fonds nécessaires, n'ayez crainte. Il y a trente ans, sœur Saint-Emmanuel a bien réussi à convaincre Monseigneur Labrecque de procéder à une quête dans les paroisses du diocèse. Elle avait recueilli plus de dix mille cinq cents dollars pour la construction de notre chapelle. Au besoin, nous pourrons offrir des lettres d'affiliation à notre communauté, à raison de deux dollars l'unité. Ainsi, nos sœurs promettront de prier pour nos bienfaiteurs pendant dix ans. Pour l'instant, nous avons obtenu un prêt que la commission scolaire d'Escoumains s'engage à nous rembourser.

Avant le départ, la supérieure générale remet à sœur Irène un document rappelant une longue liste de conseils concernant les aspects de la vie en communauté, la vie de prière et la discipline religieuse, qu'elle lit rapidement.

*Ne pas se toucher en parlant ni se tutoyer, et appeler nos sœurs par leur nom [...]. Modestie et réserve [...] dans la paix et le recueillement intérieur. Scrupuleuse fidélité à la règle du silence : c'est la base de l'esprit intérieur, de la paix, de la concorde ; toutes les fautes contre la charité et l'obéissance seront supprimées par le fait même. Jamais de conversations dans les dortoirs, les corridors et les classes [...]. Remettre à la supérieure tout ce que l'on reçoit des parents, des étrangers ou des élèves : tout sera servi en commun. Aucune sœur ne peut garder vers elle des douceurs [...] : la règle le défend formellement même aux supérieures qui ne peuvent le permettre [...]. La nourriture doit être substantielle, mais frugale [...]. La récréation n'est pas une partie indispensable de l'esprit religieux et de famille [...]. Ne rien donner sans permission [...]. Voyages et sorties le moins possible [...]. De l'ordre en tout et partout [...]. Attention aux correspondances clandestines ou inutiles : c'est un jeu dangereux [...]. Retenir ce principe : avertir qui de droit de ce qu'on trouve de répréhensible et ne jamais communiquer ses impressions aux sœurs [...]. Agir en mission comme on essaie de le faire à la maison mère [...]. Les supérieures sont responsables des fautes de leurs sujets si elles ne font pas leur possible pour leur éviter les occasions de mal faire [...] de veiller charitablement sur leurs sœurs et de corriger impitoyablement tout ce qui troublerait l'esprit religieux.*

Soupir ! À seize ans, sa mère la trouvait bien jeune pour décider de sa vocation. Jusqu'à maintenant, jamais elle n'a douté de son choix, mais voilà que cette aventure l'ébranle. Elle n'a même pas vingt ans. Au départ, elle souhaitait réussir quelque chose de grand, éclairée des lumières de saint François de Sales, de son *Introduction à la vie dévote* et de son *Traité de l'amour de Dieu*. Sans doute devra-t-elle en reprendre la lecture, car certains de ses enseignements semblent s'être évaporés.

«Le bien ne fait pas de bruit, le bruit ne fait pas de bien», écrivait-il. Fameuse citation qui donne, par contre, fort à réfléchir à sœur Irène. Bien sûr, la *scrupuleuse fidélité à la règle du silence* imposée aux religieuses devient le fondement de l'intériorité, promesse de paix et d'harmonie dans la congrégation, mais pour elle, un bruit s'élève par-dessus tous les autres et fait grand bien à l'âme, au cœur et à l'esprit : la musique. Celle d'un piano a habité ses heures depuis l'enfance, elle coulait au bout de ses doigts dès qu'ils se déplaçaient sur un clavier, elle vibrait en elle et dans l'espace au contact de l'orgue. Toujours, sœur Irène a cru en sa mission de musicienne, et tient à transmettre ce savoir aux jeunes enfants, car il n'y a pas meilleur âge pour apprendre les notions musicales et pour grandir avec l'instrument.

Dans ce village nord-côtier, y aurait-il des parents désireux de payer le supplément requis pour des cours de musique? Y aurait-il des enfants talentueux? Bien sûr! Pourquoi concevoir de sombres hypothèses? Dieu n'avait-il pas semé le talent au hasard du vent? Et sur la Côte, le vent s'époumone, paraît-il.

Le matin du 29 août 1944, valises bouclées, tenue parfaite, noir sans faux pli, blanc bien empesé et voile fixé de pinces supplémentaires sur les conseils de mère supérieure : «Les bourrasques sont voleuses, sur le fjord. Elles vous décoiffent et emportent au loin voiles et couvre-chefs!», elle rejoint sœur Louise-de-Jésus et sœur Sainte-Jeanne-d'Arc dans le vestibule, l'une et l'autre agitées par l'expédition qui les attend.

Deux ans plus tôt, pendant tout l'été, avec soixante-douze autres religieuses, elles ont suivi des cours intensifs d'histoire du Canada donnés par l'abbé Victor Tremblay, ainsi que des cours d'anglais et de mathématiques. Fraîchement sorties de ce nouveau programme de formation des maîtres, elles apportent dans leurs malles les plus récents ouvrages de pédagogie, morale, géométrie, chant, solfège, hygiène et culture physique et, dans leur cœur, la détermination des missionnaires, la volonté d'assurer la permanence de l'enseignement jusque dans les paroisses les plus reculées, sans parler de l'amour des enfants.

— Le village d'Escoumains, fait remarquer sœur Louise-de-Jésus en attendant le taxi, c'est toujours bien plus proche que celui d'Hauterive ou celui de Natashquan! Estimons-nous heureuses.

— Les confins du monde! soupire sœur Sainte-Jeanne-d'Arc.

Le taxi les emmène au quai, tout au fond de la baie. Là, les trois sœurs – deux voiles noirs et un blanc – relèvent leur robe pour gravir la passerelle et pour s'embarquer sur le *Cochon volant*, le bateau qui les conduira d'abord jusqu'à Tadoussac.

Un large sourire édenté les y accueille, et le capitaine leur tend une main rude pour les aider à enjamber le bord.

— Faites ben attention à vos 'upes! J'ai pas lavé le plancher.

Son bonnet mou recouvre à demi sa longue tignasse grise, qui n'a sûrement jamais connu le passage du peigne. Son dos voûté lui donne l'allure d'un bossu, mais sa démarche assurée contraste avec le portrait d'ensemble. La peau de son visage et de ses mains, burinée par le soleil et par les vents du large, s'est teintée de la couleur du tabac et de la mer mauvaise. Il incarne le vrai loup des romans d'aventures, sauf que, dans les romans, les odeurs échappent au lecteur. Ce vieux loup-ci dégage un parfum rare et capiteux: mélange de sueur, de vêtements humides et sales, et une fragrance d'huile de poisson. Sœur Louise-de-Jésus plisse le nez, alors que sœur Sainte-Jeanne-d'Arc lève les yeux au ciel en secouant la tête et en cherchant son air.

— Son bateau porte bien son nom, chuchote sœur Irène, au bord de l'hilarité.

Si elles cachent le bas de leur visage avec un coin de leur voile, ce n'est pas par coquetterie, mais pour camoufler leur envie de rire. Il ne faudrait pas froisser le bon capitaine.

L'odorant commandant se montre plein de bienveillance et de respect envers elles, et ordonne aussitôt à son matelot de dégager un espace dans la cabine.

— J'espère ben que vous trouverez la place convenable pour des r'ligieuses du bon Guieu. Dedans, au moins, vous s'rez pas mouillées, parce que j'vous dis qu'on va s'faire poivrer, en sortant d'la baie.

Lorsque tout est prêt, elles passent la petite porte.

— Merci beaucoup, capitaine, pour vos bontés et vos délicatesses, lui dit sœur Irène.

Il lui donne la main et retourne à son poste, après s'être lui-même assuré qu'elles seront à l'aise. Toutes trois prennent place sur le banc qu'il leur désigne.

La cabine n'a rien de spacieux : un réduit d'à peine six pieds sur cinq et de quatre pieds de haut, éclairé de quatre hublots. Dans un coin gît un petit poêle sur lequel bout du thé. Le long du mur du fond trônent des bancs de six pouces de haut. Elles les gagnent, à demi courbées, en avançant doucement sur le plancher gluant.

— À force de marcher sous un plafond aussi bas, pas étonnant que le capitaine soit si voûté, se moque gentiment sœur Louise-de-Jésus.

— Encore heureux que nous soyons assises et en sécurité, soupire sœur Sainte-Jeanne-d'Arc, découragée.

— Relevez bien vos tuniques, conseille sœur Irène. On dirait que le sol a été oint d'un onguent bien particulier, du genre à ne pas guérir les maladies.

— Plutôt à vous en faire contracter! répond sœur Sainte-Jeanne-d'Arc, toujours sur le même ton.

— Regardez-nous l'allure : pliées en six, les jupes en boule, les pattes à l'air. Trois outardes en cage!

Sœur Louise-de-Jésus et sœur Irène s'esclaffent, sous le regard accablé de leur compagne.

— Ce n'est pas une maladie que nous allons contracter, remarque sœur Irène entre deux hoquets, mais le ventre et les côtes à force de trop rire.

— Vaut mieux en rire, vraiment, commente sœur Sainte-Jeanne-d'Arc. Dans quelle galère nous a-t-on embarquées?

Sur des eaux tranquilles, le bateau quitte le quai et, mains jointes, les sœurs adressent une prière en observant, par les hublots, la croix du centenaire qui s'élève sur le cap au Leste.

Dès la sortie de l'anse, les courants de la baie se mêlent à ceux du Saguenay et produisent d'intenses remous.

— Inquiétez-vous pas, leur crie le capitaine. C'est icitte que ça brasse le plus. Plus encore qu'à l'embouchure du Saguenay su'l'fleuve, croyez-moé, croyez-moé pas!

Le vent se lève et le fjord fouette les moutons que l'embarcation fend avec courage. Bientôt, ces écumes se transforment en lames de plus en plus hautes. Chaque fois que la proue en brise une, la coque s'élance dans le vide et le moteur se tait quelques secondes.

S'ensuit un inquiétant silence et vlan! le bateau retombe sur les flots. À tous coups, une épouvantable secousse ébranle la carcasse et c'est à craindre que le *Cochon volant* ne s'émiette.

— J'ai déjà éprouvé bien plus de plaisir à voguer sur l'eau…, gémit sœur Sainte-Jeanne-d'Arc, blême comme un chou-rave.

Le capitaine passe la tête dans l'entrebâillement de la porte.

— Tout va ben, mes sœurs! C'est juste un p'tit crachin.

— J'ai mal au cœur, se plaint sœur Sainte-Jeanne-d'Arc. J'ai peur de rendre mon déjeuner.

Sous le banc de bois, le capitaine lui désigne la bassine. Elle l'empoigne sans plus attendre pour soulager son estomac, ce qui n'améliore pas l'odeur dans l'abri. La pauvre, la voilà verte.

— Regardez au loin, sœur Sainte-Jeanne-d'Arc. Il paraît qu'une vue sur l'horizon réduit les nausées, lui conseille sœur Irène.

Sœur Sainte-Jeanne-d'Arc se retourne, colle son nez au hublot, mais les vagues, éclaboussant sans cesse la vitre, lui bouchent la vue.

— Si Dieu nous éprouve dès cette étape, mes sœurs, c'est que la suite sera prometteuse en périls et en émotions, je le crains, se plaint sœur Sainte-Jeanne-d'Arc, toujours aussi méfiante.

— Voyons, ne soyez pas si soucieuse, réplique sœur Irène. Ce n'est qu'un petit crachin, comme l'a dit notre capitaine. Imaginez, si nous avions traversé une vraie tempête. Gardons notre bonne humeur et prions ensemble.

Sœur Sainte-Jeanne-d'Arc, qui n'a plus à vomir que de la bile âcre, tente d'éclairer son visage verdâtre d'un sourire amer et contraint.

— Jamais de ma vie je n'ai eu si hâte de mettre le pied à terre.

Vent de face, le bateau vogue maintenant sur des eaux un peu plus calmes, minuscule coquille portée entre des murailles de roc. La rivière s'élargit, arborant les allures d'un fleuve. Le long des falaises, dans une grande cavité, apparaissent une anse abritant un quai et, derrière, un petit village, comme une perle sertie dans un rugueux coquillage.

— Sainte-Rose-du-Nord, crie le capitaine.

Puis, on passe devant Saint-Basile-de-Tableau, miroir de roc surplombant l'écume des eaux et, peu après, le bateau se repose au pied des majestueuses falaises du cap Trinité, où le capitaine coupe les moteurs.

— Sortez prendre un peu l'air et venez voir, les exhorte-t-il.

Sœur Sainte-Jeanne-d'Arc, toujours aux prises avec ses malaises, n'ose bouger de son siège, mais une fois dehors, l'air frais la ragaillardit.

— Regardez-moi ça, en haut ! lance le capitaine.

Sur le troisième palier du cap, en pleine forêt, mains jointes et mine recueillie, prie une immense Vierge, haut perchée, plongée dans une intemporelle réflexion, oubliant le vent et les marées depuis 1881. Comment des bras d'hommes ont-ils pu hisser ce monument sur des pentes aussi abruptes ? Un miracle !

— Vous allez ben me chanter un bel *Ave Maria*, réclame le commandant. Ça va nous protéger pour le reste du voyage.

Du bateau agité par l'onde s'élèvent trois voix que la falaise répercute en écho. Ému, le capitaine s'essuie les yeux.

D'autres anses suivent où des colons ont jeté des quais, abattu des pans de forêts, pour tenter la culture de terres pierreuses : « Rivière-Éternité, Anse-Saint-Jean, Petit-Saguenay… », annonce leur guide.

Partout où elles posent le regard, le paysage est à couper le souffle. Sur les falaises se dressent de gros pins, des rouges et des blancs, qui poussent, dirait-on, à même le roc. Comment tiennent-ils debout ? Aux yeux de sœur Irène, toutes ces merveilles relèvent du miracle.

Six heures après le départ du *Cochon volant*, le quai de Tadoussac apparaît enfin à l'horizon. La manœuvre d'accostage n'est pas une mince affaire, mais le vieux capitaine surprend par son agilité et par son savoir-faire. Sous ce corps déformé par l'âge se cache la vélocité d'un taon.

Après s'être assuré que les cordages sont bien attachés aux bittes d'amarrage, toujours plein d'égards, le capitaine aide ses passagères à descendre pendant que des hommes de la place s'affairent à débarder les bagages. Subitement, un soleil radieux chauffe l'anse en cette fin d'après-midi. Le ciel s'est réparé.

— Alléluia ! La terre ferme, s'écrie sœur Sainte-Jeanne-d'Arc. J'ai cru que j'allais mourir.

Sur le quai, des badauds fument, discutent, regardent. Parmi eux, un homme leur fait signe et s'approche en courant.

— Vous voilà enfin ! Je vous attends depuis deux heures et m'inquiétais de votre sort ! dit-il en leur tendant la main. Rolland Robitaille, secrétaire de la commission scolaire. À votre service !

Elles le saluent, tout sourire. C'est un grand mince, à la mine joviale, dans la trentaine, vêtu d'un pantalon et d'un veston de *tweed* sur une chemise blanche au col cerné. En homme poli, il retire son chapeau couvert de poussière.

— La Vierge a veillé sur nous. Notre bon capitaine aussi, explique sœur Irène en secouant ses vêtements. Vous excuserez notre tenue… Nous avons été un peu ballottées au cours de ce voyage.

— C'est le moins qu'on puisse dire, remarque sœur Sainte-Jeanne-d'Arc.

Elles se regardent toutes trois. Leurs jupes, jupons, souliers, bas, et même leurs capelines, sont enduits de ce liquide gluant qui imprégnait le pont. Leur parfum rappelle maintenant celui du capitaine, sans parler de l'haleine fétide de sœur Sainte-Jeanne-d'Arc… Pourvu qu'une baignoire soit bientôt mise à leur disposition !

— Nous ferons le reste du voyage en voiture. Encore une heure et nous y serons.

— Une heure ! soupire sœur Sainte-Jeanne-d'Arc.

Après une pause au petit restaurant de Tadoussac, M. Robitaille empile les valises dans le coffre, et les trois sœurs s'entassent sur la banquette arrière pour la dernière portion du périple. La route de terre, cahoteuse et défoncée par les récents orages, malmène les os des occupants autant que la carcasse de l'automobile. Par un nouveau miracle, elles arrivent à Escoumains en un seul morceau.

— Comment pourrons-nous retourner chez nous aux Fêtes, avec la neige et les glaces ? s'inquiète sœur Sainte-Jeanne-d'Arc.

— Oubliez ce projet. Nous resterons sur la Côte jusqu'à la fin juin, répond sèchement sœur Louise-de-Jésus, aussi découragée que l'autre.

Le secrétaire les dépose au presbytère.

— Pourquoi pas au couvent? demande sœur Sainte-Jeanne-d'Arc.

— Vous devrez loger quelques jours ici, car les locaux prévus pour vous au couvent ne sont pas encore prêts.

— S'il suffit d'y faire un peu de ménage, nous ne nous en formaliserons pas. Nous nous occuperons de ces tâches sans peine, précise sœur Irène.

Le malaise crispe le visage de M. Robitaille.

— Il ne s'agit pas de poussière accumulée: les trois pièces ont été nettoyées de fond en comble, soyez rassurées, mais elles sont… vides. Les Petites Franciscaines ont rapporté tout le mobilier.

Cette contrainte, ajoutée aux courbatures et à la fatigue du voyage, mine les restes de moral qui subsistaient jusque-là. D'un geste brusque, sœur Irène empoigne ses jupes d'une main, sa valise de l'autre, et avance d'un pas hardi.

— Ainsi soit-il! Nous aurons congé de ménage et pourrons profiter d'une bonne nuit de sommeil.

Le confort et les commodités de la maison mère leur manqueront: la blanchisserie, la cuisine, l'atelier de reliure, la bibliothèque, la salle de couture, les jardins… Tout cela est derrière, à présent.

«Abnégation, soumission, vocation», se répète sœur Irène, à l'heure de la prière. Le Seigneur lui montrera sa voie dans ce coin de pays. Puisqu'elle a réussi, chez les Ursulines de Québec, les pires épreuves, les difficiles dictées musicales, le déchiffrement de partitions complexes, des prouesses incroyables sur le clavier, traversé les angoisses et survécu aux maux de ventre avant les examens de l'Académie de musique, obtenu des diplômes et des attestations, il lui paraît impensable que ces dix années d'efforts, de sacrifices et de persévérance ne puissent servir à autrui. Son rêve ne doit pas s'estomper : contribuer à l'essor de la musique en l'enseignant à la future génération. Quel bonheur de penser qu'au fond elle pourra semer, dans les petites âmes, les graines de cet amour qui rapproche du divin, les bienfaits de la vibration d'un piano sur l'esprit !

Elle s'endort dans la hâte du lendemain.

Après un copieux déjeuner servi par la ménagère du presbytère, sœur Irène, ses compagnes et M. Robitaille se rendent rapidement au couvent érigé, comme dans la plupart des villages, tout près de l'église. Celle-ci, parée de pierres de granit rose grisâtre, ne ressemble en rien aux églises sombres des autres contrées. Quant à lui, le couvent de briques rouges correspond tout à fait à l'image qu'on se fait de ces structures rectangulaires couvertes d'une toiture à quatre pans. Construit une vingtaine d'années plus tôt pour les Petites Franciscaines de Marie de Baie-Saint-Paul, il garde peu de souvenirs de leur passage.

M. Robitaille commente la visite pour mieux familiariser les nouvelles venues avec les lieux.

— Escoumains, la plus ancienne paroisse de la Côte-Nord, n'a rien à envier aux autres localités des alentours. Vous verrez comme tout est bien organisé, se plaît-il à expliquer.

La petite communauté, d'environ mille cinq cents âmes, s'est établie au fond de la baie et sur les bords de la rivière Escoumains pour profiter d'un accès direct au fleuve afin d'exploiter, dans son arrière-pays, les richesses forestières. Plus loin, il désigne un gros moulin à scie de la Canada Power and Paper Corporation, qui bourdonne à l'orée des bois.

En fait de propreté, le secrétaire a dit juste : l'intérieur du couvent brille de fond en comble. Planchers cirés, pupitres et bureaux polis, fenêtres claires, pas une toile d'araignée n'a subsisté. Sœur Irène ouvre les portes de chaque classe, ainsi que celles de la grande salle et des placards. Puis elle arpente les corridors du rez-de-chaussée, à la recherche du cœur de la maison. Bien sûr, des calorifères flanquent les murs fenêtrés de tous les locaux, le soleil inonde les pièces orientées plein sud, et la toiture est surmontée d'un petit clocher pour annoncer le début et la fin des récréations. Bien sûr, les crucifix et les images de Marie et de saint François d'Assise garnissent encore les murs au-dessus des tableaux noirs, mais un élément essentiel manque.

— Où est le piano ? demande-t-elle, un peu troublée.

M. Robitaille fait tourner son chapeau entre ses mains, geste trahissant son embarras.

— Comme je vous le disais hier, les Petites Franciscaines ont rapporté le mobilier des chambres et quelques autres effets appartenant à leur communauté et non à la commission scolaire. Le piano en faisait partie.

Elle baisse les bras, secoue la tête. Aucun piano ! Elle ne pourra ni enseigner ni jouer. La musique : son troisième poumon, sa seconde nature… Quel douloureux sacrifice à offrir au Seigneur ! Que veut-Il lui apprendre par ce revers ? Faut-il abdiquer ou se battre pour garnir cette institution du bel instrument ? Si tel est le cas, comment trouver l'argent pour l'achat, le transport par bateau puis le transbordement sur la vilaine route ? Déjà que les dollars manquent pour les meubles, sans compter le matériel scolaire…

Sœur Louise-de-Jésus souffle à son oreille.

— J'ai l'impression qu'il vous faudra bien des prières avant que n'entre un piano dans ce couvent, ma sœur. Je joindrai les miennes aux vôtres. Mais d'ici là, si les enfants ne peuvent jouer sur un clavier, ils chanteront ! Nous formerons une chorale.

— Sans accompagnement ? Les voix vont perdre le ton et tout le village grincera des dents, confie-t-elle en souriant tristement. Mais soit ! Nous survivrons, se ravise-t-elle, il pourrait nous arriver bien pire, n'est-ce pas ?

Elles ont cinq jours pour organiser la rentrée des cent soixante-dix-huit élèves, préparer le matériel, dresser l'inventaire des livres, décorer les locaux, procéder aux choix des méthodes pédagogiques et à la répartition des enfants selon leur niveau de scolarité, transcrire, sur des cartons, alphabets, consonnes et phrases pour l'apprentissage de la lecture aux plus petits… Cinq jours, c'est trop peu. Il leur faudra empiéter sur leurs nuits.

Sœur Sainte-Jeanne-d'Arc occupera le poste de directrice, sœur Louise-de-Jésus, ceux de secrétaire, annaliste et trésorière. Cinq enseignantes laïques non diplômées se joignent à l'équipe, mais les religieuses devront, en plus de leurs tâches, contribuer financièrement à l'organisation et à l'entretien de l'école.

Le 4 septembre, elles effectuent la répartition des élèves dans six classes, de la première à la neuvième année. Le manque d'enseignants exige que soient regroupés certains niveaux. Sœur Irène se chargera des enfants de troisième et de quatrième années.

Après la journée d'école, comme les pièces destinées aux religieuses sont toujours dépourvues de meubles, plutôt que de se rendre au presbytère, sœur Irène a pris l'habitude de rester à son pupitre pour corriger les exercices pédagogiques et pour préparer ceux du lendemain. Bientôt, la lumière baisse et la fatigue brouille sa vue, masquant les multiples fautes. Elle tourne la tête, fixe le paysage par la fenêtre. La marée descend et, à la surface de l'eau, de nombreuses roches noires émergent. Au loin s'élèvent des îlots et, plus près, sur la berge de roc moutonné s'amusent et courent des enfants, pour fuir les règles de grammaire et l'histoire du Canada. Ils sont si peu intéressés par l'histoire de leur propre localité que même le nom de saint Marcellin, patron de leur paroisse, leur échappe. Bien qu'elle leur ait répété dix fois, la plupart ont échoué à la question posée au petit examen du jour. Quelle importance pour eux !

Chers enfants ! La plupart mal vêtus, souvent laissés à eux-mêmes, à la maison ou ailleurs, sans aucun code de bonne conduite. L'autorité des pères, dont plusieurs sont partis à la guerre, leur manque sans doute. Ils ne pensent qu'à jouer. Aujourd'hui, les élèves lui ont fait la vie dure quand il a fallu expliquer l'accord du participe employé avec l'auxiliaire *être*. Qu'en sera-t-il lorsqu'il faudra aborder l'accord avec le verbe *avoir*. L'année sera pénible, elle le craint, et elle devra user de nouvelles stratégies et montrer beaucoup de fermeté. À quelle faculté devra-t-elle donner le pas : au jugement ou à la mémoire ? Ces petits ne semblent rien assimiler et n'ont aucune rétention pour la théorie. Elle devra désormais employer une méthode plus intuitive, quitte à délaisser certains principes du nouveau programme de formation des maîtres.

Perdue dans ses réflexions, elle distingue là-bas, sur le fleuve tranquille, une énorme pierre grise, lisse et lustrée, qui fait surface puis disparaît en laissant les ondes s'élargir derrière elle. Voilà qu'elle reparaît un peu plus loin, suivie d'une autre. Intriguée, sœur Irène abandonne pensées et cahiers, et s'approche de la fenêtre pour observer l'étrange phénomène.

— Mais qu'est-ce que cela ? murmure-t-elle.

— Des baleines, précise une voix enjouée, derrière elle.

Elle sursaute. Un homme dans la mi-vingtaine, appuyé au chambranle de la porte, lui sourit, l'air avenant. Il porte une salopette d'ouvrier, un tablier de toile à plusieurs pochettes noué à la taille. À la main, il tient un coffre de bois rempli d'outils. La chevelure foncée et abondante sous une casquette en plaid, une mine expressive, l'œil vif mais l'allure réservée, il retire son couvre-chef.

— Mes excuses, ma sœur. Je croyais l'école vide. Vous ai-je fait peur ?

— Moins que ces rochers qui se déplacent à la surface du fleuve, confie-t-elle en riant. Des baleines ! Je ne pouvais m'imaginer en apercevoir ici. Dire que j'ai résidé à Cap-de-la-Baleine pendant plus de deux ans et que jamais je n'ai vu l'ombre de ce genre de mammifère ! Je me suis d'ailleurs toujours demandé pourquoi on avait nommé ce cap ainsi. Enfin ! Que puis-je pour vous ?

Il se présente poliment : Maurice Pagé, menuisier, mandaté par M. Robitaille pour prendre des mesures afin de construire les meubles destinés aux religieuses. Il s'exprime dans un français de qualité et, malgré ses habits d'ouvrier, affiche une certaine distinction dans sa tenue, preuve qu'il a de l'éducation.

— Sans vouloir vous déranger davantage, est-ce que je peux aller voir les chambres à l'étage ?

— Certainement ! Ce n'est pas moi qui entraverai votre travail. Nous attendons ces meubles depuis des jours…

— Je ne voudrais pas abuser de votre temps, mais puisque vous êtes là, pourriez-vous m'accompagner et m'indiquer exactement ce dont vous aurez besoin ?

— Je veux bien, mais nous n'avons pas, pour l'instant, les sommes requises au paiement de ce mobilier et de vos gages. À ce que je sache, la commission scolaire ne nous a pas encore remis l'argent.

— Ne vous en faites pas, ce sera un don de la communauté. Le bois d'œuvre ne manque pas, ici. Les bons bras, peut-être, en raison de la guerre, mais on devrait pouvoir s'arranger.

— Vous n'avez pas le vocabulaire d'un ouvrier. Où avez-vous fait vos études ?

En grimpant les escaliers avec elle, il résume son parcours.

— J'ai eu la chance de fréquenter le Séminaire de Québec pendant trois ans : je voulais devenir prêtre, mais j'ai dû interrompre mes études pour me rendre à la guerre, d'où je suis revenu en 42. Je souffrais de tuberculose : un foyer latent qui n'avait pas été détecté avant mon départ. J'ai été guéri grâce aux bons soins des religieuses, dans un sanatorium.

— Et la prêtrise ?

— La guerre m'a beaucoup changé, comme elle transforme bien des gens. J'y ai perdu l'essentiel à la vocation et ai renoncé au sacerdoce. Une histoire inénarrable, murmure-t-il en regardant dans le vide, que je préfère taire à vos chastes oreilles. Me voilà charpentier-menuisier, reprend-il sur un ton plus gai. Comme le bon Joseph. C'est, je crois, une meilleure façon d'aider son prochain et d'apporter sa paille dans la communauté.

En quoi la guerre l'aura-t-il changé au point de lui faire quitter la vocation ? Aux yeux d'Irène, les effets devraient plutôt être contraires. Elle aimerait bien savoir mais, déjà, elle a montré trop de curiosité, et se mord les joues pour mieux se taire. Comme il lui est difficile de respecter la règle du silence ! Elle lui pèse si lourd en ce moment… et décide de passer outre. Après tout, qui le saura ?

— Et pourquoi avoir choisi de vivre ici, à Escoumains ?

— Pour aider ma mère, veuve de guerre, répond-il sans plus de détails. Alors, que construirons-nous pour votre confort, ma sœur ?

— Oh! Le minimum : une base de lit, un meuble de toilette et une tablette au mur devraient suffire.

— C'est tout ! N'aimeriez-vous pas compléter avec une table, des chaises, une armoire, une bibliothèque ? s'étonne le menuisier.

Refusant de profiter de tant de générosité, elle secoue la tête avec un sourire reconnaissant, puis elle aide l'ouvrier à prendre les mesures en notant les dimensions sur un calepin. Soudain, la scène lui paraît incongrue : seule, dans la chambre, avec ce jeune homme... Que penseront ses compagnes et les gens du village ? Si on l'apprenait, quels bruits courraient sur eux ? Aussi le presse-t-elle délicatement, car la situation commence à l'incommoder.

Avant de partir, sans tambour ni trompette, il lui demande :

— Savez-vous ce que veut dire « Escoumains » ?

Elle hausse les épaules.

— Chez les Indiens, cela signifie « là où il y a encore des graines ou des petits fruits ». Avez-vous remarqué que, présentement, les églantiers sont en fruits ? On en fait une excellente gelée. Que diriez-vous d'aller en cueillir avant la noirceur ? Le vent est tombé.

Comme il serait agréable de respirer l'air marin, de se ressourcer devant les grands horizons, de discuter avec ce bon Samaritain, tout en marchant le long des haies en cueillant des baies. Son cœur crie : oui ! mais elle secoue la tête.

— Peut-être préféreriez-vous aller le long de la baie, sur les grandes roches plates, pour observer les baleines de plus près.

Elle décline cette autre invitation.

— N'ayez crainte. Je vous l'assure, insiste-t-il en se moquant gentiment, les baleines sont loin d'incarner le pouvoir du Léviathan et les dangers du monstre marin de la Bible.

Cette association la fait rire. Ce n'est pas le chant des baleines qu'elle craint, mais le bruit des rumeurs.

— Merci. Le travail m'attend et l'heure de la prière approche, se contente-t-elle de répondre, masquant son regret d'un large sourire.

Il ramasse ses effets, redescend rapidement et se coiffe avant de traverser le seuil.

— Je comprends et vous laisse à votre solitude.

Est-ce ainsi que les gens vivent ici? Les Petites Franciscaines allaient-elles cueillir des fruits avec les hommes du village? Et ce M. Pagé, qui prétend avoir étudié au Séminaire, ne sait-il pas que les religieuses doivent respecter un code de vie strict? Peut-être aura-t-il cru, au départ, qu'elle lui portait un trop grand intérêt. Elle se morigène de ne savoir comment se comporter dans son nouveau rôle, devant les habitants en général et celui-là en particulier.

— Heureusement que les jupes noires sont revenues chez nous, conclut-il avant de quitter les lieux. C'est bon de savoir que vous vous préoccupez d'instruire les enfants du comté. Il n'y a pas plus grande richesse que l'instruction, peu importe le métier qu'on pratique. Elle nous permet de prendre les meilleures décisions.

Une fois la porte fermée, elle soupire. Si courtois, il tient un discours toujours à propos. Un cœur plein de bonnes intentions, sûrement.

La semaine suivante, elle se réjouit de le revoir, mais elle ne lui adresse pas la parole; il marche avec Emma, l'institutrice des sixièmes. Ce beau Maurice Pagé, généreux et affable, ne mettra pas longtemps à conquérir le cœur d'une enseignante. Les cinq maîtresses soupirent lorsqu'elles le voient passer dans le village et espèrent être invitées aux veillées de la paroisse pour pouvoir le rencontrer. Les jeunes hommes se font plutôt rares, en ce temps de guerre. Mais on les a mises en garde : si l'une d'elles se marie, elle perdra son emploi. Les commissaires y veillent.

Le dimanche 8 octobre, Maurice Pagé frappe au couvent. Derrière lui, des meubles de bois enveloppés d'une toile emplissent le chariot stationné devant la porte.

— Je mettrai tout cet ameublement à sa place pendant que vous serez à la messe, afin de ne déranger personne, annonce-t-il aux trois sœurs, qui s'apprêtent à se rendre à l'église.

Une fois hors de portée de voix, sœur Louise-de-Jésus ne peut s'empêcher une remarque.

— Mais il manquera les offices ! Et puis, travailler le jour du Seigneur, c'est aller contre les commandements de l'Église. Ce pauvre homme le sait-il ? ajoute-t-elle, inquiète.

— Il ne le sait que trop, je vous le confirme, répond sœur Irène.

Aidé d'un élève de septième année, Maurice procède à l'installation du mobilier dans chacune des chambres et s'assure de fixer solidement les crochets et les étagères.

Après la messe, d'un pas allègre, les trois religieuses passent au presbytère pour y prendre leurs effets et pour gagner, sans plus attendre, leur chambre respective et s'y installer pour de bon.

La surprise les ébahit. Chaque lit est garni d'un matelas, d'un oreiller de plumes et d'une courtepointe colorée. Au lieu des meubles de bois brut auxquels elles s'attendaient, ce sont de véritables chefs-d'œuvre d'ébénisterie qui garnissent leur espace.

Seule dans sa chambre, sœur Irène contemple la facture du meuble de toilette, particulièrement fine : deux petits tiroirs et deux panneaux avant, à pointes de diamant, enjolivés de poignées de porcelaine. Que dire des moulures finies à la fraise et de ce bas-relief représentant une baleine ornant le dosseret semi-circulaire ? Elle passe sa paume sur le pin miel doré, chaud et lisse. Combien de temps les mains expertes de l'ouvrier auront-elles frotté le mobilier au papier d'émeri pour donner au bois une telle douceur de grain ? Et ça fleure bon le conifère !

Au-dessus du meuble, dans un cadre ouvragé, un grand miroir lui renvoie le reflet d'un visage étonné, entre la tendresse et la stupéfaction, les joues rougies et les yeux humides. Est-ce bien elle, tout émue, sous son voile blanc ? Si peu souvent, depuis les dernières années, elle a eu l'occasion de se mirer dans une vitre qu'elle a peine à reconnaître cette jeune femme qui lui sourit dans la glace.

Lorsqu'elle ouvre l'un des tiroirs, elle y découvre un pot contenant une gelée rouge. Sur l'étiquette attachée au couvercle, elle lit : *Gelée de fruits d'églantiers, pour oublier le froid.*

— Oh, mes sœurs ! s'exclame-t-elle. Regardez dans le tiroir de votre meuble de toilette !

— Il est vide, observent ses compagnes qui la rejoignent dans la pièce, curieuses de voir ce qu'elle a trouvé dans le sien.

Un peu mal à l'aise, sœur Irène leur tend le cruchon.

— Hum ! fait sœur Louise-de-Jésus, sur un ton moqueur. Ainsi, on a droit à des privilèges que les autres n'ont pas !

— Aucune sœur ne peut garder vers elle des douceurs, n'est-ce pas ? se reprend sœur Irène. Nous partagerons ceci, ainsi que l'édicte le règlement.

Au reste, il n'y a pas que Maurice qui les gratifie de petites gâteries : au cours de l'automne, les habitants les comblent de biens divers, l'un apportant des chaises, l'autre des rideaux pour garnir les fenêtres, et un autre encore des tapis tressés. À l'occasion de l'Action de grâces, elles reçoivent viande, saumon, tartes, petits fruits confits, confitures et œufs. Heureusement que ces délicatesses viennent agrémenter leur quotidien, car les élèves leur causent bien des casse-têtes. Tantôt ils sont tous partis à la pêche, tantôt ils explorent les bois, et voilà que, le lundi 23 octobre, une grave épidémie de grippe oblige la fermeture du couvent pour toute la semaine.

Sœur Irène n'y échappe pas. Le mardi 24, un malaise la retient au lit et l'empêche de participer aux matines. Sa gorge brûle dès qu'elle tente d'avaler ne serait-ce que sa salive, et des sueurs froides perlent à son front. Avant de se rendre à l'office, ses deux compagnes lui ont laissé de l'eau fraîche dans sa bassine et des compresses.

La lumière du matin éclaire la chambre et lui apporte une velléité de courage. Elle remue ses membres aux articulations doulou-reuses, se lève et marche jusqu'au meuble à miroir. Comme la fièvre a changé son visage ! Des joues livides, des yeux sans vitalité, une peau cireuse et des cheveux ébouriffés : épouvantable tableau qui effraierait les enfants. Elle se réjouit qu'il n'y ait pas classe aujourd'hui, et que la coiffe et le voile cacheront minimalement ce vilain portrait pour le reste de la journée. Avant de se vêtir, elle doit rafraîchir sa peau.

Au même moment, Maurice Pagé grimpe les marches jusqu'à l'étage, sans bruit. Il veut partager avec sœur Irène la trouvaille qu'il a faite, la veille.

Devant la porte entrouverte, en retrait d'un pas ou deux, il demeure là, subjugué, mal à l'aise. Dans le clair-obscur, il aperçoit la religieuse au lave-mains, la tête dénudée. La peau perlée d'une lumière pâle accroche son regard. Son inconfort, lentement, se laisse apprivoiser et ses yeux ne parviennent plus à se détacher de l'icône vivante. Sœur Irène replace ses cheveux blonds une dernière fois, puis elle dépose la brosse. Ses mains se dirigent à la hauteur des yeux, s'immobilisent un instant, ses longs doigts massant doucement ses tempes. Le soleil entre un peu plus par la minuscule fenêtre de la mansarde, arrosant d'un bel éclat la fine moire des pupilles. Il ne peut rien articuler, ses propres lèvres tremblant d'émotion. Il n'entend que le froissement discret des lourds vêtements d'Irène et que ce feu dans son crâne. Une fois habillée, elle se pince les joues, avec mollesse, et de leur teinte lactée jaillissent quelques nuances roses. Devant son miroir, Irène achève sa toilette. À pas feutrés, Maurice recule presque inconsciemment.

Il revient trois jours plus tard, plus décidé, plus ému que jamais. La fièvre de sœur Irène est tombée. Malgré une petite toux persistante, elle veut bien l'accompagner chez le maire.

Dans le hangar du magistrat, appuyé au mur du fond, sous un amas de boîtes de conserve rouillées remplies de boulons et d'écrous, de pintes d'huile usagée, de cartons contenant des pièces de machinerie hétéroclites, à demi enveloppé de toiles d'araignées, de brins de paille et de poussière datant d'un autre siècle croule un ancien piano droit, de guingois.

Maurice retire et transporte sur l'établi les caissettes et les divers récipients encombrant le meuble. Sous la saleté, un impressionnant travail de marqueterie formé de roses et de feuillage orne le panneau avant.

— C'est un superbe Steinway, s'étonne sœur Irène.

— M. Robitaille m'a raconté votre déception, à votre arrivée, lorsque vous avez constaté qu'il n'y avait plus de piano au couvent. Voilà que vous pourrez me jouer un morceau.

Il plaisante sûrement.

Lorsqu'elle soulève le couvercle apparaît un clavier édenté de plusieurs touches. Ivoire cassé, quelques noires éclatées : un sourire gâté.

— Il a fait la guerre, dirait-on. Il a la dentition du capitaine du *Cochon volant*.

Elle joue quelques accords sur les notes qui tiennent encore. Un son assourdi, plutôt une plainte, s'en échappe en même temps qu'un gros chat épouvanté.

Elle pouffe d'un rire contagieux.

— Hélas ! Sa dernière heure est sonnée, je le crains, soupire-t-elle. Qui aurait pu croire qu'un si noble instrument finisse ses jours comme étagère de hangar ? Quel triste changement de vocation !

— Certaines conversions sont plus souhaitables, en effet. Ne pourrait-il pas bénéficier d'une deuxième chance ?

— Croyez-vous au miracle ? Croyez-vous en quelque chose ? Qu'en est-il de votre foi ? demande-t-elle, au risque de s'aventurer sur un terrain glissant.

— Ma foi n'est pas coutume, ma sœur, mais ne doutez pas du reste. La vie nous présente toujours une autre chance et ce piano s'ennuie, ici. Le maire déplore qu'il soit devenu un nid à souris. Il veut y mettre la hache et le brûler. Dites-moi qu'il est récupérable.

— C'est peine perdue. Tout de même, je vous remercie. Votre attention me touche beaucoup.

Ils rentrent à pied, face au vent. Sœur Irène retient son voile d'une main et ses jupes de l'autre ; Maurice, ses paroles.

Au bord de l'eau, le long de la baie, des villageois ont allumé des feux de grève et les invitent à se joindre à eux. Maurice accepte volontiers ; sœur Irène préfère rentrer.

\* \* \*

Viennent les glaces, le rude hiver, les matins noirs et les longues soirées ponctuées de prières, d'ouvrages manuels et de travaux d'école. Dans le petit couvent, loin de la guerre qui gronde toujours en Europe, sœur Louise-de-Jésus consigne les événements quotidiens dans ses annales, des journées pareilles les unes aux autres, et la routine des sœurs, les difficultés éprouvées en classe, le froid de la mansarde, les repas frugaux, le bonheur des enfants aux jours de fête. Assidue, le soir, elle en fait la lecture à ses compagnes : des textes relatant de petites anecdotes qui ne passeront pas à l'histoire. Chaque jour, la même réalité revient : les élèves s'améliorent à peine, malgré les efforts déployés par l'équipe. Beaucoup d'entre eux manquent l'école. Dans cette ville de bûcherons et de pêcheurs, on accorde bien peu d'importance à l'instruction.

Pendant l'hiver, Maurice Pagé se fait plus discret. Sœur Irène ne le voit jamais à l'église ni même aux cérémonies des Fêtes. Puis, au printemps, elle apprend par Emma qu'après le retrait des glaces il est parti pour plusieurs semaines à Québec. Avant de se mettre au lit, le soir, elle l'ajoute à ses prières.

Après la fonte des neiges et les grandes marées du printemps, des cris de joie retentissent dans la salle : la radio vient d'annoncer la fin de la guerre. C'est le 8 mai.

La semaine suivante, les hommes rentrent au pays, les uns éclopés, les autres accablés, mais tous heureux de retrouver leur famille. Dans chaque maison, l'équilibre reviendra. Si l'unité des foyers pouvait rendre les enfants plus stables ! espère sœur Irène.

En juin, souhaits et efforts sont récompensés lorsqu'elle compile les notes des examens de fin d'année: plusieurs élèves se sont améliorés, et c'est le cœur rempli d'espoir qu'elle compte revenir en septembre pour les retrouver.

Le lundi 25 juin, accompagnée de ses deux consœurs, elle s'apprête à repartir vers la maison mère pour y passer l'été. Dans la cour du couvent, plusieurs villageois viennent leur dire des au revoir chaleureux: le curé, le maire, les institutrices, les mères, les pères, les enfants… Aucune trace de Maurice Pagé, que sœur Irène tenait à remercier.

Assise à l'arrière de la voiture que conduit M. Robitaille, elle tourne la tête une dernière fois vers le village. Des mouchoirs s'agitent derrière la fumée s'élevant des tas de branches qu'on brûle près du moulin à scie. Pourvu que la supérieure lui demande de revenir à l'automne.

# 2

Ce même été 1945, Flora et sa famille quittaient Saint-Alexis pour déménager à Petit-Ruisseau. C'était un splendide 5 juillet.

Une fois le contrat d'achat signé chez le notaire, le clan s'entassa dans la voiture pour gagner ce nouveau domaine. Sur la route, papa et maman se mirent à chanter, fidèles à leur habitude, des airs à deux voix, en se regardant à la dérobée pour se sourire. *La chanson des blés d'or*, *La petite diligence*…

Julien avait pris place en avant, avec ses parents. Les sept filles, en arrière, comme toujours. Les plus vieilles, Dominique, Réjeanne, Micheline et Fabienne, en dessous, et les plus jeunes, Solange, Lara et Flora, sur leurs genoux. Énervée par l'aventure qui les attendait là-bas, Flora, assise sur Dominique, regardait défiler les immeubles et les résidences que nommait sa grande sœur : l'église de Saint-Alexis, l'hôtel de ville, la maison de grand-papa, d'autres maisons encore et, du côté de la baie, l'énorme usine et ses montagnes de billes de bois. À tout moment, Dominique, s'inquiétant du confort de sa passagère, la replaçait sur ses cuisses, la maintenant à la taille contre elle, de son bras droit, pour éviter le choc contre la banquette avant, en cas d'arrêts brusques. Elle prenait son rôle d'aînée très au sérieux. Pour Flora comme pour les autres, elle incarnait une petite maman, consolante et affectueuse. Flora avait quatre ans et les yeux grands d'émerveillement. On traversa une campagne, puis un autre village. Ensuite, la voiture fila vers des montagnes bleues qui bordaient l'horizon : les Laurentides, avait précisé papa. À partir de là, les habitations s'étaient faites de plus en plus rares.

En mettant le pied dans la cour, Flora se sentit la princesse d'un royaume. Devant la maison poussaient de longues herbes folles où l'on pouvait se cacher. On aurait dit que les constructions avaient germé à même la terre, avec les broussailles et les arbres qui les entouraient. Derrière une vieille cabane broutaient quelques moutons et, dans l'entrée, des poules picoraient le gravier. Une chienne noire et paisible leva la tête lorsqu'elle vit s'approcher Flora. Elle n'avait qu'un œil et voyait à peine, mais elle se laissait caresser autant qu'on le voulait. Elle habitait une niche construite de bouts de planches.

Le bois des bâtiments de ferme avait résisté aux intempéries et pris une belle teinte de grisaille. Non loin derrière la maison, dans un puits de tôle, flottaient deux bidons de lait qu'on gardait au frais. Partout alentour couraient ou dormaient des chats, des petits, des gros, à poil court ou long, avec ou sans queue, aux yeux chassieux.

Au fond de la cour se dressait l'étable et, attenante à celle-ci, une grange, avec un fenil, un poulailler, une porcherie, deux éleveuses, un hangar : des dizaines de portes à ouvrir, des milliers de découvertes, des cachettes pour toutes les occasions. Que de rêves et d'aventures sommeillaient dans ces mystérieuses constructions ! De plus, l'ancien propriétaire avait laissé, dans le paysage, des amoncellements de souvenirs, des instruments brisés, des charrettes cassées, des trésors de planches et de ferraille. Certaines clôtures faites de sommiers à ressorts attachés à des têtes de lit en fer ou à des panneaux de bois se révélaient des jeux de construction très originaux.

Sous un amas de vieilles briques, Réjeanne découvrit trois couleuvres qu'elle déposa dans une boîte. Fière de sa capture, elle se plaisait à faire sursauter chacune de ses sœurs, à qui elle demandait d'ouvrir le carton avec précaution. Elle se réjouissait des cris d'effroi qu'elles poussaient et de leur réaction de dégoût. Réjeanne n'avait pas peur des serpents, ni des araignées, ni des chauves-souris. Elle disait craindre les colères de Dieu bien plus que les petites bêtes. En fait, elle cherchait surtout à désamorcer les frayeurs inutiles. Sans hésiter, elle saisissait le reptile par la tête et laissait le long corps s'enrouler autour de son bras, en s'amusant des mouvements lestes de ces animaux minces comme un doigt.

Pendant qu'elles s'étonnaient devant la boîte à serpents, les fillettes entendirent miauler au-dessus de leur tête. Très haut dans un peuplier, un pauvre chat pleurait sa détresse. Micheline, plus souple et plus agile que le félidé, grimpa de branche en branche pour le déloger de sa mauvaise posture.

Plus tard, comme l'accès à la grainerie semblait obstrué de l'intérieur par une poutre posée en travers, on fit appel à Micheline, cette civelle qui, se faufilant par un étroit passage creusé sous le seuil par les griffes d'une bête quelconque, réussit à y entrer pour débloquer la porte.

Là, dans un vieux coffre, Fabienne dénicha, parmi un lot de balles de corde brute, cinq pelotes bien rondes qu'elle lançait dans les airs, sur les murs, sur les toitures. Rapide et habile, elle les rattrapait chaque fois qu'elles rebondissaient jusqu'à elle.

La découverte des lieux fut soudain interrompue par les éclats de rire de Solange qui, grattant la terre pour dégager une grosse pierre près d'une clôture, fut surprise par le rassemblement de vaches, intriguées par son activité. Curieux, le troupeau entier s'était approché de son chantier ; l'une des bêtes, la tête par-dessus le fil de fer, la léchait de sa grande langue dansante. Pliée en deux, Solange ne pouvait plus s'arrêter de rire.

— Eh, venez voir ! cria Lara, à l'autre bout de la cour.

Se tenant par la main, ses six sœurs coururent jusqu'au clapier, dont Lara avait entrebâillé la porte grillagée. Dans son chapeau déposé sur l'herbe se pelotonnait un lapereau.

— Attendez, ouvrez bien les yeux ! Abracadabra !

Elle tendit le bras à l'intérieur de la cage, plongea la main dans un nid de poil, en sortit un autre lapin et, répétant le geste, un troisième, puis un quatrième et ainsi de suite. En tout, dix petites boules douces aux oreilles courtes se blottirent au fond du bonnet.

Les grands espaces, les arbres, les animaux, le moindre objet… tout se prêtait aux jeux.

Papa parlait d'une entreprise familiale, unique dans la région, avec des bêtes de race qu'il comptait acheter plus tard, alors que maman Marie-Alice regardait à la ronde, tournant lentement sur elle-même et secouant la tête.

— Qu'est-ce qu'on fait ici, sur cette terre de Caïn?

Caïn, ce devait être un grand Dieu.

— Les rêves, lui répondit papa, ça donne du travail.

— Mais on ne connaît rien aux animaux, ni à l'élevage, ni aux cultures, encore moins à la production laitière… Et regarde dans quel état est cette ferme!

Sa voix se cassa; son menton tremblait.

— Il n'y a rien d'impossible à l'homme! trancha papa. Tu vas voir de quoi je suis capable, à condition que toute la famille s'y mette.

Il apporta d'autres arguments. Grâce à cette ferme, l'avenir serait assuré pour tous. Chacun pourrait y travailler à sa mesure, selon ses talents. Elle deviendrait un important patrimoine, une nouvelle vie, loin de la ville et de ses attraits pervers, loin des anciens camarades et de leur mauvaise influence. Parce qu'avant, Joseph-Albert Blackburn, surnommé «le Grand Black», n'avait pas que de bons amis.

Marie-Alice lui sourit. Elle adorait tant son Joseph-Albert qu'elle ne pouvait lui refuser grand-chose.

— Allez hop, les enfants! Il faut rentrer et nettoyer la maison avant l'arrivée du camion.

À regret, pour obéir à la mère, on abandonna découvertes, jeux et activités au grand air.

Dans la cuisine, le prélart déchiré portait les cicatrices des pieds de chaises qu'un mouvement répétitif avait laissées. Un comptoir couvert d'une feuille de tôle mate était percé d'un évier de porcelaine jaunie. Le lambris de bois de Colombie garnissant les murs du rez-de-chaussée et la jolie porte d'arche aménagée entre la cuisine et la salle à manger donnaient style et chaleur aux espaces de vie. Au centre de la maison, un mur mitoyen, flanqué d'un escalier menant aux chambres des enfants, séparait la salle à manger du salon que l'on pouvait atteindre par un petit passage au pied des marches, passage dont le plancher était percé d'une mystérieuse grille protégeant les occupants d'un gouffre noir : la fournaise.

La magie de l'escalier! Pouvoir glisser sur la rampe ou s'asseoir sur un degré, entre les conversations des grands, en bas, et les jeux des enfants, en haut; une suspension entre deux univers.

Une seule salle de bain, sans baignoire, pour les dix membres de la bande, imposerait un horaire rigoureux à l'heure de la toilette. On devrait se laver debout, paroisse par paroisse, dans une cuve de métal.

À l'étage, au lieu du lambris de Colombie, des murs de carton épais séparaient les pièces, mais on les avait recouverts de jolies tapisseries fleuries un peu fanées, et le pinceau de l'humidité y avait dessiné des pays inconnus. Les murs étaient si minces qu'on pouvait se parler de part et d'autre des cloisons. Des morceaux de tissus tendus fermaient les placards.

Partout, dans les garde-robes, sous les étagères, sur les planchers, dans les moindres recoins, régnaient des moutons de poussière, des taches, des dépôts de gras et, sur les murs, des coulures jaunâtres et des cernes de suie qu'éclairaient chichement les fenêtres crasseuses.

Bonne maman, qui avait fréquenté le couvent dirigé par les religieuses, avait appris non seulement l'art de peler une pomme, mais aussi celui de faire briller les vitres, de donner du lustre aux planchers et d'éradiquer les taches de toutes origines. Dans le coffre de l'auto, elle avait apporté ses armes pour mener une véritable guerre aux saletés et aux microbes. Dominique s'attaqua aux deux chambres qui hébergeraient les filles pour que, dès le soir, elles puissent dormir dans un environnement propre et sain. Réjeanne trouva une échelle dans le hangar, dont elle se servit pour accrocher le crucifix et le Sacré-Cœur dans la cuisine, afin que soit protégée la maison. Pendant ce temps, Micheline époussetait les étagères des placards, en s'inquiétant du peu d'espace de rangement pour ses nombreux livres. Fabienne allait de pièce en pièce, évaluant la disposition possible des meubles à venir, multipliant, comme d'habitude, ses conseils. Solange, la plus costaude et la plus forte, transportait bassines et seaux dont elle changeait l'eau régulièrement. On confia à Lara le soin de trier les nombreux articles laissés par l'ancien propriétaire dans le garde-manger. Même si elle n'avait que sept ans, Lara savait faire preuve de jugement pour ne garder que ce qui pourrait encore servir. Bonne maman, papa et Julien se chargèrent de laver à grande eau les murs et les planchers de la salle à manger, de la cuisine et du salon.

Assise dans l'escalier, Flora observait l'évolution des travaux de cette admirable fourmilière.

— Eh, petit embarras ! lui dit Réjeanne. Qu'est-ce que tu fais là, les bras croisés ? C'est pas un spectacle.

— Oui. C'est beau de voir travailler le monde. J'aime ça.

— J'ai failli débouler à cause de toi. Allez ! Fais de l'air, ou bien donne-moi un coup de main.

Flora la regarda, embarrassée.

— Non, je veux pas te donner un coup de main !

Sans se faire prier davantage, puisque personne ne semblait vouloir de son aide, elle s'en retourna dehors. Lorsqu'elle revint, elle portait un bouquet de fleurs sauvages dans un vieux cruchon qu'avait jeté Lara.

— C'est pour toi, Réjeanne, dit-elle en présentant la gerbe et en flattant la paume de sa sœur. C'est ma caresse de main.

Non certaine de comprendre, Réjeanne fronça les sourcils.

— Un bouquet de fleurs ? Une caresse de main ?

— Oui, tu voulais un coup de main, mais les coups, ça fait trop mal.

À l'unisson, maman, papa et les autres poussèrent un soupir d'émotion. Les bras de Dominique enserrèrent Flora doucement.

— Eh, toi, t'es trop fine, belle Petite Fleur.

Bruit de moteur dans la cour : le camion de déménagement arriva enfin avec le mobilier et la centaine de boîtes.

— Allez, fit papa en tapant dans ses mains. Ce n'est qu'un début !

Et, de sa voix basse, il entonna un air de son opéra préféré : *Au fond du temple saint… Oui, c'est elle, c'est la déesse.* La voix duveteuse de maman ne tarda pas à l'accompagner. Les boîtes à transporter n'en étaient pas moins lourdes, d'autant que c'était un mois de juillet chaud, bourdonnant de moustiques. Les petits bras comme les gros se tendaient sous le poids des meubles, et la sueur coulait sur les fronts. Assise sur le bord de la galerie, Flora contemplait le travail des fourmis.

Le piano donna du fil à retordre à tous, bien trop pesant pour les filles, trop gros pour Julien et papa. Heureusement, le voisin Gérard s'amena avec des sangles et ses muscles. Les hommes durent tout de même enlever la porte double du salon, ajourée d'un beau verre givré, que papa replaça par la suite, avec bien des précautions. Ensuite, il en condamna l'accès en posant du mastic tout autour.

— Elle fait jour et, de toute façon, on passera jamais par en avant.

Maman pianota des gammes pour vérifier l'état de l'instrument qui ne semblait pas avoir souffert du déménagement. Elle tira le banc, s'y assit et plaça ses doigts sur le clavier pour jouer les premiers accords de *Dans nos vieilles maisons*. On s'installa, les uns sur des caisses, les autres par terre, et on chanta en frappant des mains.

Le reste de l'été, d'un soleil à l'autre, il n'y avait pas une minute à perdre. Dès cinq heures du matin, Dominique et Solange, l'estomac creux et les yeux encore ensommeillés, trottaient vers les champs pour ramener les vaches à l'étable : cortège tranquille, marchant d'un pas lent dans les vapeurs de l'aube. Après, Julien et les filles entreprenaient une chorégraphie de gestes méthodiques : Dominique aidait papa à désinfecter les pis, à traire les vaches et, avec de petits pas de danse, elle transportait les seaux à la laiterie. Même s'ils étaient pleins à ras bord et que, de fois en fois, elle s'amusait à compliquer ses cabrioles, jamais elle n'en renversait une goutte.

Pour aller nettoyer les stalles et nourrir les veaux, Micheline préférait se faufiler entre les barreaux de bois, plutôt que d'ouvrir les lourds loquets verrouillant la porte des enclos. Fabienne donnait à picorer aux poules après avoir nettoyé les cages, puis ramassait les œufs. Souvent, pour impressionner Flora, elle en saisissait trois dans son panier qu'elle lançait et relançait en l'air, en entrecroisant leurs allées et venues, sans les échapper. Une fois la traite terminée, Solange détachait et retournait les bêtes au champ, en donnant à chacune une tape affectueuse sur l'arrière-train. Vite, elle lavait les seaux, les bidons et la centrifugeuse. De son côté, Lara portait la crème et le petit-lait aux cochons, mais elle s'attardait davantage à sa tâche préférée : le soin des nombreux lapins, auxquels elle avait tous donné un nom. Quant à Flora, elle veillait sur les chats qu'elle caressait longtemps, tout en admirant ses sœurs exécuter leurs corvées.

Entre la traite du matin et celle du soir, chaque jour de beau temps, les plus grandes peignaient les bâtiments de blanc. Autour, papa avait fait disparaître les tas de débris et les vieilles carcasses qui traînaient çà et là, pendant que les filles s'acharnaient à arracher les herbes folles. Flora cueillait les fleurs pour en faire des bouquets à bonne maman.

Au bout de deux semaines, la propriété était méconnaissable : proprette et invitante, elle illuminait les alentours.

Sans perdre une minute, papa répara la grande charrette pour faire les foins. Coupées, couchées sur le champ, les herbes y dormaient un jour ou deux, le temps de sécher. Après, munies de fourches, Dominique, Réjeanne, Micheline, Fabienne, Solange et Lara formaient des lignes avec les tiges mortes – des andains, comme disait papa –, tandis que Flora glanait les gerbes oubliées. Papa conduisait les chevaux tirant la charrette et la chargeuse de foin ; Julien, grimpé sur le tas, compactait la récolte avec ses pieds. Quand le voyage débordait, papa hissait toutes les filles sur la montagne odorante et on s'en allait en chantant jusqu'à la grange.

Peu importe les maux de dos et les ampoules aux mains, on continuait la récolte jour après jour. Parfois, Flora restait avec maman à préparer le panier de victuailles pour le pique-nique, qu'elles allaient ensuite porter au champ. Après la pause, papa se levait en criant : « *The show must go on!* » L'équipe se relevait en rouspétant un peu, mais le ciel clair, véritable chef d'orchestre des fenaisons, exigeait diligence et efficacité.

À l'automne, sans répit, on s'attaqua aux moissons. Devant la marmaille éreintée et découragée, papa tapait dans ses mains : « *Everybody sings!* » Puis, à la fin de la journée, il regardait les nombreuses vailloches assemblées et s'écriait : « *Good show!* » C'était un *showman*, le Grand Black. Les voisins l'aimaient bien et, d'ailleurs, au fil des semaines, il venait de plus en plus de visiteurs à la ferme, que papa recevait toujours avec grand déploiement, chaleur et enthousiasme. Oui, tout le monde appréciait sa compagnie, ses gestes rassembleurs, ses tapes dans le dos et ses franches poignées de main. Son commerce l'exigeait, disait-il : le parfait *gentleman-farmer*. Quand les gens disparaissaient au bout du rang, dans un nuage de poussière, papa, content de les voir partir, retournait à l'ouvrage.

Dans ses rares temps libres, assis dans la berceuse, il fumait en lisant des livres sur la culture des céréales ou sur l'élevage des vaches laitières. De temps en temps, il regardait par la fenêtre le troupeau en train de paître, tranquille. Ce tableau, chaque fois, l'apaisait. L'heure d'après, animé d'une nouvelle énergie, il inventait des jeux. Il construisit, ici, un plongeon au-dessus de la rivière, là, des trapèzes et des balançoires. Les jeudis, il partait pour aller à la ville faire d'importants achats : bêtes de race, nouvelle voiture, appareils modernes pour la traite, tout en *stainless* s'il vous plaît. Ça ne rouillerait jamais.

Maman lui reprocha ses nombreuses dépenses. Pour se faire pardonner, il releva ses manches et remplaça le prélart de la cuisine et de la salle de bain, fabriqua un nouveau comptoir, y inséra un évier tout clinquant, installa une vraie baignoire. Homme-orchestre, il se tuait au travail pour prouver son amour, à sa façon.

Parmi ses nombreux ouvrages, celui qui tira à maman les plus vives exclamations fut une bibliothèque originale construite sous l'escalier : cinq ouvertures pratiquées dans le mur, à différentes hauteurs, comme cinq petits passe-plats. Maman y rangea ses livres de lecture, ses cahiers de chansons de l'abbé Gadbois, sa musique en feuilles et les albums de famille. En plus, le mur ainsi ajouré permettait de faire pénétrer la chaleur de la cuisine au salon, cette pièce froide et inhospitalière que tout le monde boudait depuis le début de l'hiver. Il était habile, le Grand Black, et si sensible au confort et à l'agrément de tous.

Après ces grosses journées de labeur, il se couchait fourbu, mais heureux des besognes accomplies. Par-dessus tout, disait-il souvent, il désirait transmettre à ses enfants la richesse d'un travail bien fait.

Dans cet univers, les rapports au monde et à la nature se tissaient sur la piste roulante d'une entrée de terre battue, bordée de quelques bâtiments et de clôtures : une piste où chacun devait trouver son rôle et le tenir pour assurer les promesses de succès du Grand Black.

# 3

*Maison mère, septembre 1945*

Au terme de l'été, le rôle de sœur Irène semble se préciser.

— Il importe que vous retourniez à Escoumains, l'a avisée la supérieure, à la fin d'août. Votre expérience acquise l'an dernier sera garante de succès.

Elle n'en attendait pas moins. Deux mois se sont écoulés depuis son retour à Cap-de-la-Baleine et elle a hâte de sortir, de revoir du pays. Avec grand enthousiasme, elle boucle ses valises pour reprendre le bateau.

Sur les flots agités du Saguenay et du fleuve, les forts vents emportent les oiseaux marins, les courants charrient les cachalots, les marsouins et le *Cochon volant* avec, à son bord, les trois mêmes religieuses.

Le samedi 1ᵉʳ septembre 1945, elles mettent de nouveau le pied sur les rocs d'Escoumains.

Une semaine après son arrivée, revenant d'une rencontre avec le secrétaire Robitaille, sœur Sainte-Jeanne-d'Arc laisse tomber un grand livre sur le pupitre.

— Ils nous doivent beaucoup, se désole-t-elle en révisant les calculs. Je commence à comprendre pourquoi les Petites Franciscaines n'ont pas tenu le coup. On repart à zéro, et même à moins un.

— Gardez la foi, l'encourage sœur Irène. La situation ne peut être si catastrophique. La fabrique a consenti à nous verser quatre cents dollars pris à même la recette de la représentation donnée à la fête du curé ! Voilà qui suffira à acheter le matériel scolaire pour nos élèves et la peinture pour l'entretien de la bâtisse.

— Le revêtement du couvent s'écaille vite à l'air salin, tout comme les apprentissages qu'avaient acquis nos jeunes, l'année dernière : partis au vent ! La plupart d'entre eux doivent redoubler.

Ce ton de jérémiade agace sœur Irène. Peu importe les arguments positifs qu'elle fournira, sœur Sainte-Jeanne-d'Arc les assombrira par son proverbial pessimisme.

— Relevons nos manches et sachons apprécier ce que la Providence nous apportera, se contente-t-elle d'ajouter.

La Providence se manifeste le lundi 24 septembre, alors qu'un bruit de moteur ensevelit presque celui de la cloche annonçant la fin des cours. Sœur Sainte-Jeanne-d'Arc entre en trombe dans la classe.

— Venez voir, vite !

Dans la cour, sous le vent humide, ronfle et fume un tracteur auquel est attachée une solide charrette. Dedans, un gros meuble enveloppé de couvertures et fixé à l'aide de cordages. Quatre hommes attendent les instructions ; parmi eux, Maurice Pagé, plein d'allant. Toutes les maîtresses ont vitement donné congé aux enfants pour assister à la livraison, mais ceux-ci, trop curieux, encerclent tous la machine.

Si seulement sœur Irène pouvait se laisser tout à sa joie de retrouver Maurice, de démontrer autant de gaieté qu'Emma, Loraine, Angèle, Marguerite et Rita, qui lui font des bises l'une après l'autre. Non seulement l'habit impose la retenue, mais sa peur de méjuger l'intérêt que pourrait lui porter Maurice la paralyse. Troublée, elle réfrène ses émotions et, déconcertée de les sentir si soudaines, n'a d'autre préoccupation que de ne rien laisser paraître. Elle salue d'un signe de tête.

Maurice s'éloigne des cinq institutrices pour s'approcher d'elle d'un pas assuré.

— Voici votre piano, sœur Irène. Dites-nous où l'installer.

Elle ne sait pas si c'est l'annonce de cette nouvelle ou le retour de Maurice avec son regard franc qui la saisit. Elle reste sans voix, les yeux ronds ; ses deux mains touchent sa poitrine. Quelques secondes passent. Elle se rassérène et parvient à articuler quelques mots.

— Mais d'où vient-il ? Et avec quel argent le paierons-nous ?

Maurice fronce les sourcils et penche la tête. Comme il doit la trouver terre à terre ! Elle-même juge bien ridicules ses questions posées au moment où elle éprouvait un profond embarras.

Le sourire plus large que jamais, Maurice lui répond avec aplomb.

— Pas de souci. Dites-nous seulement où le transporter.

Elle hésite, regarde ses consœurs. Savent-elles quelque chose à ce propos ? Sont-elles de mèche avec l'organisateur de cette surprise ? Elle éclate d'un rire nerveux.

— Dans la grande salle, je vous prie. Il y tiendra une place d'honneur.

Huit bras empoignent l'instrument et le soulèvent. Les hommes grimpent l'escalier, tournent à droite, traversent le couloir et gravissent les marches de la scène. Des ahanements et des « *Watch out!* » ponctuent le parcours. Enfin, les quatre porteurs déposent le mastodonte. Sœur Louise-de-Jésus n'a pas osé regarder les déplacements, de peur de voir quelqu'un se blesser ou le meuble basculer, tandis que sœur Irène a suivi et guidé avec attention toutes les manœuvres, risquant même un coup d'œil sur les muscles tendus de Maurice, en bras de chemise.

Quand celui-ci retire les couvertures, elle reconnaît le vieux piano du hangar, complètement remis à neuf : un nouveau pied avant a été sculpté avec les mêmes détails architecturaux que l'autre, le meuble a été nettoyé, teint en entier et reverni. Le clavier a retrouvé toutes ses touches, et l'intérieur est si propre qu'on pourrait y ranger calice et ciboire.

— L'accordeur, Wilfrid Pedneau, est venu de Chicoutimi pour le remettre au diapason.

Sœur Louise-de-Jésus applaudit comme une enfant.

— Le piano nous désennuiera et, surtout, nous aidera grandement pour le chant des élèves et les leçons de musique.

— Comment avez-vous réussi ce tour de force ? demande sœur Irène, abasourdie. C'est un miracle !

— Eh non, le miracle n'a rien à voir là-dedans. J'ai trouvé plusieurs pièces, à Québec, mais certaines ont dû être commandées et ont mis du temps à arriver. Ce piano avait besoin de patience, d'un peu de talent et de beaucoup d'amour. Je n'en manque pas.

— Comment pourrons-nous vous remercier pour ces heures de travail et de dévouement ? continue sœur Irène, en caressant l'instrument d'une main lente.

— Eh bien, jouez-nous quelque chose, propose Maurice avec hardiesse, le regard tendre.

Sœur Louise-de-Jésus approche un siège sur lequel s'installe sœur Irène. Dans la grande salle s'entassent les enfants turbulents. L'agitation se calme dès que les doigts de la pianiste amorcent une mélodie enjouée : *L'entrée des gladiateurs.*

À partir de ce moment, la cage thoracique de sœur Irène n'est pas assez grande pour contenir tout l'air salin, tout son cœur et tous ses projets. Les mauvais coups des élèves, leurs copies remplies de ratures, les jérémiades de sœur Sainte-Jeanne-d'Arc, le lard immangeable, l'épidémie de gale, l'eau glacée de la bassine au petit matin lui paraissent autant de douceurs que lui envoie le Seigneur. Qu'il en tombe, des épreuves ! Elle les émiette et les dissout sous les marteaux d'un Steinway. Au revoir grisaille de novembre, vent du fleuve, flots impétueux et tourments. Adieu voix fausses de la chorale et turbulence dans la classe. Peu importe la journée, voilà un bruit qui fait du bien, le plus grand des biens.

Maintenant, y aura-t-il un enfant dans ce village, un seul à qui elle pourra transmettre sa passion ?

# 4

Loin de là, tous les soirs, après le train, le Grand Black allume des feux devant l'étable : vieilles poches de jute, bouts de cordes pour attacher les balles de foin, cartons et branchages… Debout, dans son *overall*, cigarette au coin des lèvres, les pensées s'envolant en spirales bleues, il contemple les braises en silence, comme s'il espérait que ce rituel le purifie de quelque faute.

Deux doigts effilés manquent à sa main droite, coupés quelques années auparavant par Antoine, son frère, pour éviter la guerre et la conscription. Julien, seul garçon de la famille, le bras droit sur lequel il comptait pour l'aider, lui manque aussi, très souvent.

Pendant la saison morte, malgré tout le travail qu'il doit abattre sur la terre, Julien a déniché un emploi au magasin général de Petit-Ruisseau, afin d'amasser de l'argent.

— Pour faire quoi, cet argent ? lui a demandé papa.

— Pour acheter une moto, a répondu Julien, sur un ton catégorique.

— Une moto… pour aller où ? Ta place est ici, à la ferme. Le seul gars de la famille...

Papa s'est mis en colère. Julien n'a pas changé d'idée.

Les filles à l'école, Julien au travail, papa le plus souvent à l'étable ou dans les bâtiments : pour Flora, les après-midi d'automne s'étirent. Pour combler les heures creuses, avant le retour des autres, elle aime par-dessus tout fouiller dans le placard de son frère. Il accumule un tas de choses : des capsules de bières et de boissons gazeuses, des cartes de joueurs de hockey, des cailloux et… des couteaux, sa plus impressionnante collection. Des couteaux aux mitres métalliques ou en corne pâle, des longs et fins comme des épées, des tranchants comme un fil, des clinquants comme des bijoux, de robustes couteaux de chasse, des couteaux à découper, à désosser... Souvent, il les affûte avec une pierre d'émeri et passe des heures à aiguiser des ustensiles dont il ne semble jamais se servir.

L'un d'eux la fascine : un poignard, un peu incurvé en forme de S. Pour mieux le protéger, Julien a cousu un étui de cuir garni d'une ganse. Un jour, il lui a confié que cette arme blanche avait appartenu à nul autre que Sinbad le marin. Un poignard volant comme un boomerang.

Un samedi de décembre, alors que Julien glisse l'étui à sa ceinture avant de sortir, elle veut le suivre.

— Eh non, c'est trop dangereux.

Plantée près de la barrière qui s'ouvre sur les champs, elle le regarde s'éloigner à pied vers ses merveilleuses aventures, jusqu'à ce qu'il disparaisse derrière la haie d'épinettes, au-delà de la clôture du fond. Il revient plus tard, à la veillée, un œil au beurre noir et un bandage au bras.

— Je suis tombé dans une ravine, explique-t-il à maman.

Tout en préparant une solution d'eau bouillie, elle secoue la tête.

— Dis donc, elle avait le poing ferme, ta ravine !

Plus les jours avancent, plus l'hiver enfonce ses griffes. Le 14 décembre, la fournaise peine à réchauffer la maison que le noroît de la plaine gifle sans cesse. Le vent fouette la campagne, torture les quelques épinettes le long des clôtures et, passant par les fissures autour des fenêtres, fait même onduler les rideaux de la chambre des filles.

Le froid a chassé les grives, givré les carreaux, mordu le lac en y posant sa toile de cristal. Voilà que la glace soutient les poids et que rayonne la joie. La veille, tante Blanche a apporté deux grands cartons de vêtements devenus trop petits pour cousine Jeanne. Elle a de la chance, Jeanne, de pouvoir porter des habits neufs et des fantaisies. Grâce au bon salaire de Pitre, Blanche et lui ont tout le loisir de gâter leur fille unique.

La plus grande surprise dort dans l'autre boîte : quatre paires de patins blancs que cousine Jeanne a à peine mises, dont l'une à la pointure de Flora. Chaussures magiques, promesses de pirouettes, de courses, de sauts gracieux et de tourniquets fous.

Après la traite des vaches, la bouche encore pleine du petit-déjeuner, ses sœurs et elles enfilent manteau, tuque, foulard, mitaines et joie au cœur.

Dans le silence glacé, armées de pelles, elles descendent au fond de la petite vallée pour dégager un espace à la surface du lac. Heureusement, le vent dort, mais le mercure dégringole dans le thermomètre, ce matin-là, et l'air engourdit les joues, les doigts et les pieds. Peu importe, Dominique, Réjeanne, Micheline et Solange chaussent les patins à tour de rôle, car il n'y en a pas assez pour toutes.

Dominique aide Flora à lacer les siens, bien serrés sur le mollet. Aussitôt, elle s'élance sur le lac, où elle s'écroule dès que les lames frôlent la glace.

— Attends-moi, Petite Fleur. On n'apprend pas en criant «patin». Donne-moi la main.

Elles avancent doucement, deux par deux, car aucune ne sait patiner. C'est bien plus difficile que Flora se l'était imaginé. Dire qu'elle croyait pouvoir faire l'arabesque, la patte en l'air avec le sourire aux lèvres en un après-midi. À la fin de la journée, elle a les joues écarlates, les doigts cramoisis, les fesses bleues et se tient toujours aussi maladroitement sur ses patins, mais elle a oublié le froid, les gerçures et la dernière colère de papa.

Le reste de l'hiver, tous les après-midi, Flora attend le retour de ses sœurs, après les classes, pour descendre au lac avec elles. Le temps est bien court, entre le souper et le coucher, alors il n'y a pas une minute à perdre ! Comment repousser l'heure de rentrer avant la tombée de la nuit ?

— Venez, les filles !

Elles font la sourde oreille, malgré les appels répétés de maman, qui s'égosille. Trop bien dehors, loin des éclats de voix de plus en plus fréquents des parents. Le froid extérieur n'est rien à comparer à celui qui engourdit l'ambiance à la maison.

Ainsi, au fil de l'hiver, dès qu'elle le peut, Flora va, tanguant à gauche et à droite, balançant les bras, traçant sur le miroir de courtes lignes, sans réussir toutefois à évoluer en vraie patineuse. Le 26 mars, le doux temps et la pluie ont rendu la glace trop fragile. La saison du patinage prend fin, sans que fondent pour autant ses espoirs.

Souvent, l'après-midi, pendant que les autres sont à l'école et que maman s'installe au piano pour réviser les chants des prochaines messes, Flora enfile ses patins et marche sur le grand tapis du salon pour que ses pieds ne perdent pas l'habitude. Maman la soutient dans sa volonté en la laissant faire. C'est agréable aussi d'entonner avec elle les *Ave Maria* ou l'*Alléluia ! Jésus ressuscité*.

Trois semaines plus tard, lors de la répétition pour la messe pascale du 21 avril, maman interrompt son chant sans toutefois cesser de jouer du piano. Flora, concentrée sur ses patins qui avancent difficilement sur les fleurs du tapis, donne plus de voix.

*Que le jour en fasse le récit,*
*Que la nuit le proclame à la nuit.*
*Alléluia!*
*Jésus ressuscité,*
*Ton soleil nous donne sa clarté.*

Maman l'écoute et sa surprise est telle qu'après le refrain elle interrompt son jeu, pose les mains sur ses cuisses et se tourne vers Flora pour mieux évaluer la justesse et le maintien de la tonalité. Celle-ci poursuit sans perdre une mesure, sans baisser d'un demi-ton.

*Enlève de nos cœurs*
*Le manteau de tristesse.*
*Habille nos déserts*
*De tes vents d'allégresse.*

Flora s'arrête. Pourquoi maman ne joue-t-elle plus et pourquoi la regarde-t-elle ainsi, sans bouger, en silence? Les yeux ronds et la bouche entrouverte, comme sous le choc, maman la fixe quelques secondes avant de parler.

— Eh bien, s'étonne-t-elle. Tu connais la pièce par cœur et tu as la voix si juste! Tiens, donne-moi cette note.

Maman appuie sur une touche, Flora répète le son. Maman continue ainsi jusqu'au *do* naturel, enchaîne deux notes, puis trois. Flora reproduit les notes avec précision, les dièses comme les bémols. Elle excelle à ce jeu. D'ailleurs, pour elle, la gamme se compose de ses sœurs: Dominique, Réjeanne, Micheline, Fabienne, Solange et Lara. Maman et papa y ont-ils vraiment pensé, lors des baptêmes? Si oui, pourquoi ne l'ont-ils pas appelée Sylvie? Flo… ça ne trouve pas sa place sur une portée.

Pendant une heure, elles s'amusent avec les notes et les accords, maman jouant des séquences de plus en plus longues que répète Flora sans faillir.

— C'est fantastique! À ta naissance, je crois avoir accouché d'une oreille!

Du bruit venant de la cuisine met fin aux exercices.

— Oh, bonne mère! Je n'ai pas vu passer le temps et voilà Joseph. Vite, Flora, ramasse tes patins, cette fois. Tu les laisses toujours traîner et il se fâche.

Flora retire les chaussures magiques et les pousse sous le canapé. Pourvu que papa garde sa bonne humeur!

Par oubli, ses patins restent sous le meuble tout l'été, car les préparatifs en vue d'une grande aventure mobilisent la famille : papa s'est inscrit comme exposant à la foire agricole régionale, qui aura lieu à la mi-août. Costumes immaculés pour les défilés, boîtes de pique-nique, médicaments et ornements pour les animaux, entraînement des vaches pour la marche au licol... c'est sans fin!

Poussé par ses rêves, papa a acheté des accessoires clinquants et, pour se donner les meilleures chances possible, une superbe bête, Sophia, qui pourra faire compétition, toutes races confondues, et remporter le vrai grand prix de mille dollars. Il est aux petits soins avec Sophia. Il lui sert une moulée plus riche, du foin plus frais, il l'étrille et l'emmène marcher à la longe tous les jours.

— Regardez cette grâce! Elle a le dos droit comme l'horizon et une jolie tête de biche, se plaît-il à commenter, quand il la présente aux enfants.

Il range, dans une enveloppe, le précieux *pedigree* prouvant que cette bête provient de la meilleure lignée qui soit : Sophia incarne la perfection.

— Combien, pour cette merveille ? demande maman.

— T'inquiète pas. C'est une sacrée bonne affaire, répond-il. Elle rapportera plus qu'elle n'a coûté.

Le lendemain soir, Fabienne trouve une facture à moitié calcinée, tombée près du feu que papa a allumé en face de l'étable. Trois cents dollars ! Les recettes de la saison. Elle se garde bien de le dire à maman.

L'année précédente, la Société agricole avait acheté un nouvel emplacement pour tenir l'exposition, qui promet d'être grandiose. Mais le plus beau de tout, c'est qu'en tant qu'exposant papa a obtenu des laissez-passer ainsi que des coupons pour les manèges et les spectacles. Quel événement, cette foire, seule sortie familiale de l'année !

Au moment où Flora s'apprête à monter dans la voiture où sont entassées ses sœurs, Julien l'appelle.

— Eh, Flora, viens avec moi, c'est à ton tour, aujourd'hui, lance-t-il en tapant de sa paume la place arrière de sa moto neuve.

En souriant, elle enfourche l'engin et s'accroche au dos de Julien. Il porte une veste de cuir à l'odeur sauvage. Derrière, l'auto de papa disparaît au détour ; Flora a à peine le temps de faire bonjour de la main avec une fierté non dissimulée que la moto file déjà vers l'horizon. Le cœur emballé, les joues cramoisies, Flora se fiche de ses cheveux emmêlés et du vent qui soulève sa jupe et découvre son jupon. Pendant cette chevauchée, elle est la plus importante du monde, blottie contre son frère, fort, brillant et si grand.

Sur le terrain de l'exposition, des forains ont planté des chapiteaux, installé une grande roue, des carrousels, des attractions de toutes sortes, une forêt de lumières, et l'atmosphère est aromatisée d'odeurs de maïs sucré, de pommes au caramel, de *hot dogs* et de barbe à papa.

Julien tient Flora par la main et déambule avec elle dans les allées au gré de la musique des machines et des exclamations, des vapeurs d'huile à moteur et de frites, des cris des gars de cirque invitant les passants vers les attractions, et des notes d'orgue de Barbarie qu'égraine joyeusement le magnifique carrousel. Julien s'arrête devant un stand où, avec des fléchettes, il faut viser un point rouge au milieu de cercles concentriques.

— Allez, jeune homme ! Trois fléchettes pour cinq sous, et vous pourriez remporter la récompense de votre choix !

Julien fouille dans ses poches, tend un coupon au marchand, qui lui remet les projectiles avec un sourire édenté malicieux. En moins de temps qu'il n'en faut pour le dire, les trois fléchettes sont piquées dans le point rouge.

— Quel toutou veux-tu, Flora ? demande Julien en désignant la jungle accrochée au plafond du stand.

Flora montre du doigt un très gros zèbre.

— Ah ! Désolé, fillette, dit le type aux lèvres molles. Pour remporter celui-là, il faut réussir l'exploit trois fois en tout. Là, tu peux choisir l'une de ces récompenses.

Il désigne des babioles insignifiantes : sifflets de papier, chapeaux en carton, porte-clés, cendriers : que de la camelote. Julien extirpe deux autres coupons de son pantalon pour faire deux nouveaux essais. Au dernier tour, il rate deux fois l'objectif, mais ne se décourage pas et, sortant un coupon supplémentaire, tente encore sa chance. Coup sur coup, devant le regard ébahi du marchand forain, il atteint la cible.

— Quel as, jeune homme ! Tu pourrais faire carrière dans les tournois !

Flora n'a plus assez de bras pour serrer le gros zèbre et pour enlacer son frère, son héros.

Avant de poursuivre la visite de la foire, Julien propose de ranger le zèbre dans la voiture de papa. Puis il emmène Flora tout au fond de l'exposition, où se dresse une lignée de tentes. On y présente de mystérieux phénomènes annoncés sur des affiches colorées, parfois grotesques, mais toujours fascinantes : des aberrations de la nature. Des banderoles claquant au vent exhibent le petit Léo, un bébé à deux têtes. À côté, Minus, le plus petit poney du monde. Là-bas, la femme à barbe, l'homme-squelette, le géant Hercule capable de plier des barres de fer avec ses muscles bombés, le fakir marchant sur des tessons de verre et, enfin, l'intrigante Bella, une gracieuse jeune fille qui se métamorphose en gorille. Flora reste de longues minutes à contempler les écriteaux près des tentes abritant ces spécimens. Devant celle de Bella, un présentateur interpelle les passants.

— Venez voir cette beauté, le charme et la douceur incarnés, un prodige ineffable qui se changera devant vos yeux, oui, devant vos yeux, en un monstre terrible, un gorille de six cents livres ! Aucun danger, mesdames et messieurs. Soyez rassurés. Tout se passe sous la surveillance de votre humble serviteur, Ben, gardien chevronné ! Entrez, entrez, mesdames et messieurs !

Elle n'ose pas. Il faut quatre coupons, ce qui correspond à deux tours dans la grande roue, son manège préféré.

— Allons-y ! l'encourage Julien.

Flora se retrouve au premier rang des spectateurs. Toute menue, à peine a-t-elle le nez à la hauteur de l'estrade.

Armé d'un fouet, le présentateur annonce le numéro et, encore une fois, insiste sur la notion de sécurité. Puis il invite Bella à monter sur les planches. Une fille beaucoup plus plantureuse que celle de l'affiche, portant un bikini à paillettes et de longs cheveux, s'avance sur scène et salue les spectateurs. Ben lui entoure le cou et les poignets de lanières de cuir, qu'il attache ensuite à des chaînes fixées à une planche murale. Bella y reste adossée. Musique! La lumière baisse; le présentateur se retire derrière le rideau. La fille se contorsionne le visage en une étrange grimace, avant d'entreprendre sa terrible métamorphose qui, sûrement, lui exige beaucoup de concentration. Comment peut-elle devenir une bête monstrueuse, et reprendre, quelques minutes plus tard, son corps de femme et recommencer sans cesse son petit manège? La pauvre! Quelle vie!

Les secondes passent. Pas un poil sur la peau de Bella, pas de gueule de singe, pas de dents pointues ni d'arcades sourcilières proéminentes… Non. Son image s'estompe graduellement et, superposée à la sienne, apparaît celle d'un gorille immobile. Au bout de quelques minutes, la fille en bikini a complètement disparu alors que le primate se révèle enfin, sans bikini toutefois, mais portant toujours les chaînes et le collier de cuir: un gorille bien plus petit que la grasse fille, en fait.

Mystérieusement, l'image se met à bouger: réveillé de sa torpeur, l'animal se fâche et brise ses chaînes pour s'élancer vers l'avant-scène, là où Julien a si gentiment installé Flora. Le gorille fonce droit sur elle. Voulant reculer de quelques pas, la fillette se heurte sur les gens debout derrière elle. Coincée entre la scène et la foule, elle ne peut fuir. Des cris emplissent la salle. La bête saute de l'estrade, bouscule les spectateurs avec ses grosses mains noires et ridées qui pendent au bout de ses bras poilus. Elle ne voit pas la petite Flora affalée devant elle, sur la terre battue transformée en une boue gélatineuse par les dernières pluies. Elle lui marche sur l'épaule. L'enfant lâche un cri en se recroquevillant près de la tribune. D'autres pieds s'approchent d'elle. Quelqu'un retient le gorille à la gorge en le menaçant d'un couteau ; la lame du poignard de Sinbad reluit dans la main de Julien qui, dents serrées et yeux injectés de sang, défie le primate devant les témoins hébétés.

Brandissant un pistolet à pétard, Ben surgit sur la scène et tire deux coups en l'air qui font sursauter la foule.

— Lâche-le ! s'écrie le gardien, ou j'appelle la police.

Julien se calme et range son couteau.

— Votre monstre s'en prenait à ma petite sœur, explique-t-il en aidant Flora à se relever.

Lorsqu'elle voit son beau costume tout souillé, elle éclate en sanglots.

Le faux gorille disparaît dans les coulisses en boitant. Ben, essoufflé, ne sait plus vers qui aller, hésitant entre le primate, Julien et Flora, ni à qui adresser ses excuses et ses mots de bonimenteur. Finalement, il perd sa belle contenance de gardien chevronné devant les spectateurs qui s'en vont, fort mécontents.

— La représentation est terminée, bredouille-t-il.

Julien emporte Flora dans ses bras.

— Comment elle fait, la fille, pour se changer en gorille ? demande-t-elle, encore angoissée par la scène.

— Tu sais bien que c'est impossible. C'est un trucage, un jeu de miroirs.

— Un mensonge ?

— Oui, un mensonge. Souvent, il peut rapporter gros.

Flora, inquiète et non convaincue, serre plus fort le cou de son frère.

— Tu m'as sauvée du méchant gorille, comme un chevalier dans les contes.

— Les gorilles ne me font pas peur. Viens, je t'offre de la barbe à papa.

— Mais je suis toute sale.

Julien retire sa veste de cuir et la dépose sur les épaules de Flora.

— Voilà, princesse. Ça ne paraît plus.

Elle sent si bon, la veste de Julien, et elle lui donne une formidable impression de puissance.

À la fin de la semaine, un papa heureux range, dans un coffre de bois, les nombreuses rosettes de ruban rouge que ses bêtes ont remportées lors des jugements de bestiaux et, dans son portefeuille, le beau chèque de mille dollars gagné grâce à l'éclat de Sophia.

Fière de son homme, maman l'embrasse amoureusement.

— L'an prochain, nous pourrions présenter plus de sujets et empocher davantage, rêve-t-elle, tout emballée. Nous pourrions également participer aux concours de petits animaux, avec nos lapins et nos poules, peut-être même avec les produits de nos jardins. Je travaillerai plus fort et t'aiderai. Toute la famille aussi. Quelle belle façon de voir nos efforts récompensés !

Plein d'affection, le regard de papa l'enveloppe. Plus tard, dans l'auto qui ramène la famille à la maison, les voix des parents s'élèvent en duo. De temps en temps, papa tourne la tête vers maman et leurs sourires illuminent les miroirs, le bonheur emplit la voiture. Quel effet, ce chèque de mille dollars !

Livrées dans un gros camion, les vaches reviennent un peu plus tard à la ferme et, enfin, retrouvent la liberté des champs. Certaines ont souffert du mal des transports, l'une s'est blessée à la patte, l'autre au museau, mais la belle Sophia est intacte, et l'effet magique des mille dollars continue de porter maman qui, tout en blanchissant les vêtements de défilé avant de les ranger, pense à la meilleure façon de réinvestir cet argent.

Le lendemain, Sophia ne se lève pas. Le jour d'après non plus, refusant de manger, affalée sur le plancher de l'étable. Papa la change de position, la tourne sur le dos, sur un flanc, puis sur l'autre. Il masse l'abdomen, enduit les pattes d'une pommade odorante dont on lui a vanté les vertus. Au bout de trois jours, désespéré, il recourt au vétérinaire. Celui-ci décrète que la pauvre bête a avalé un corps étranger, un clou, sans doute, échappé dans le foin ou traînant dans les mangeoires où se déroulait l'exposition. À l'aide d'un aimant fixé à une longue tige flexible qu'il introduit dans la gorge de l'animal, il tente de récupérer l'objet métallique. L'aimant n'attire aucun corps étranger sur lui. Le vétérinaire révise son diagnostic. Sophia souffre d'un renversement de la caillette, l'une des quatre parties de son estomac. L'opération gruge une bonne partie des économies de la famille. Une longue couture suture le ventre de la belle qui, de jour en jour, continue de dépérir. Papa juge qu'elle sera mieux dehors, au grand air, plutôt qu'à respirer l'air étouffant de l'étable. Il construit donc un abri de fortune, près de la maison.

Flora passe voir *sa* vache, matin et soir. La bête souffre, son ventre et ses poumons se contractent douloureusement à chaque expiration, ce qui lui tire une plainte déchirante. Flora reste là, inutile, les mots coincés en travers de la gorge, emmêlés à des sanglots qu'elle ravale courageusement. Chaque soir, avant de s'endormir, elle prie pour que Sophia guérisse.

La bête endure le martyre, mais papa refuse obstinément d'abréger ses souffrances et s'entortille dans ses espérances. Malgré les soins, les frictions, les meilleurs remèdes et les nombreuses prières, au bout d'une semaine, Sophia pousse son dernier soupir, la tête sur le sol, l'œil vitreux et toujours si doux.

C'était un si beau dimanche, pourtant.

Flora ne prie pas. Il comprendra, Il lui pardonnera : si ce n'est pas bien de se mettre en colère, ce n'est pas plus acceptable de laisser mourir une si douce vache, alors qu'on est tout-puissant.

Du fond du hangar, Flora entend des reniflements. Papa vient tout juste d'entrer dans le bâtiment pour y chercher un câble. Elle court jusqu'au seuil et voit, pour la première fois, le Grand Black pleurer. Timidement, elle s'approche de lui et, bien trop petite pour le prendre par le cou, elle lui enserre la cuisse, y collant sa joue.

— Au ciel, elle va faire de beaux nuages de lait pour le bon Dieu. Il va être content.

La large paume du Grand Black se pose sur sa tête et la caresse pendant quelques secondes, le temps de refouler son chagrin.

— C'est le diable qui doit être content ! Mais au moins, j'ai de bons petits anges autour de moi.

Julien attache un filin de métal autour du cou de Sophia et tire la carcasse avec le tracteur jusqu'au bout du champ où il l'enterre : la *star* au fond d'un gouffre. Les vaches mortes ne vont donc pas au paradis. En est-il ainsi des gens ?

— *The show must go on !* bredouille papa, sans enthousiasme.

Malgré ce malheur, et malgré le découragement de papa, il faut préparer la rentrée scolaire. Pas pour Flora, cependant ; elle devra attendre un an, puisqu'elle n'aura ses six ans que le premier décembre. Mais avant de voir partir ses sœurs pour la petite école du village, elle a encore un peu de temps pour s'amuser avec elles.

Le dernier samedi d'août, elles se sont toutes costumées pour jouer une pièce de théâtre mettant en scène un capitaine explorateur, des matelots et des pirates. Elles ont mis trois jours à confectionner les habits et à créer les accessoires. Pour la jeune Flora, elles ont taillé une cape dans une vieille jupe de maman, agrafée au cou par des pinces à linge. Dans une boîte de carton, elles ont découpé et fabriqué des hausses de bottes, peintes en noir, puis enroulées et attachées aux mollets avec des lacets. Brandissant très haut son épée de bois, Flora court dehors, derrière les autres, se réjouissant de faire partie des jeux des plus grandes.

La plus belle, c'est Dominique qui, dans de vieux rideaux rouges, s'est cousu une robe de gitane, à la jupe pleine de volants froufroutants. Avec des couvercles de cruchons, elle a bricolé des castagnettes retenues à ses doigts grâce à des cordelettes. Une fleur d'églantier piquée dans le chignon, la voilà qui danse en chantant *La fiesta espagnole*. Elle lève les bras au-dessus de la tête, longs cous de cygnes blancs, comme les grandes danseuses de flamenco. Dans son costume flamboyant, avec des mouvements audacieux, son corsage moulant rehaussant la soie de ses épaules, elle évolue, sérieuse, les sourcils froncés, et exécute ses pas en cadence, avec furie, pivotant sur elle-même, martelant le sol de ses talons, effectuant des bourrades autoritaires. Tantôt elle baisse les bras, toujours arqués, près de ses hanches, tantôt elle relève la tête, altière : une guerre du rythme et du charme. Elle incarne la princesse espagnole que les pirates veulent enlever aux corsaires.

Au bord du chemin, grimpées sur la table à bidons devenue un bateau voguant sur les sept mers, les filles affrontent les dangers et simulent une bataille entre matelots et pirates. Des requins nagent tout autour de l'embarcation ; gare à celle qui tomberait à l'eau. Quand une rare voiture passe sur la route, elles s'accordent une pause théâtrale, pour effectuer un tableau remarquable, puis saluent et pouffent chaque fois. La princesse saute dans la brouette servant de canot de sauvetage et prend le large, échappant aux deux groupes.

— Les enfants, venez souper!

À regret, les sept filles retirent leurs habits et redeviennent Dominique, Réjeanne, Micheline, Fabienne, Solange, Lara et Flora. Dans la cohue et les rires, elles se lavent les mains et s'assoient à la table.

Dans leur assiette nagent des pommes de terre et des légumes bouillis.

— Encore! se révolte papa.

Maman a les sourcils pleins de soucis et la bouche tordue d'inquiétude. L'orage plane dans la cuisine, et des nuages forment une boule dans le ventre de Flora. Ils vont encore se disputer et ce sera triste.

Papa frappe la table de son poing.

— Tu pourrais pas nous servir autre chose que des patates et du navet? maugrée-t-il.

— Et avec quel argent voudrais-tu que j'achète des fantaisies? Monsieur voudrait du caviar, peut-être? Qu'as-tu fait avec la somme gagnée à l'expo? Je n'en ai pas vu un sou. Pour arriver, il faut vendre les vaches qu'on envoie à l'abattoir sans rien en garder. Si tu continues de même, nous allons devoir…

Papa frappe encore sur la table.

— Cesse de m'humilier devant les enfants ! J'ai eu des problèmes ! Qui n'en a pas ? Les miens me dépassent. Pis la maudite Sophia, qui est allée mourir… je ne l'avais pas encore payée.

La tablée se tait ; ne subsiste que le tintement des fourchettes et des couteaux heurtant les assiettes. Julien tourne le couteau entre son pouce et son index, la tête penchée sur son plat ; il enserre le manche si fort que ses jointures deviennent blanches. Micheline, la sage Micheline, pique un morceau de navet. Avant de le porter à sa bouche, elle brise le silence.

— Les légumes, c'est très bon pour la santé. Moi, j'aime ça.

Elle veut toujours noyer ou calmer les chicanes, Micheline. Vite, il faut lui prêter main-forte.

— Et, même si on n'a pas de beurre, avec un peu de sel, ajoute Flora, la bouche pleine, c'est délicieux.

En fait, elle déteste le navet, mais un léger mensonge pourra sauver la situation. Les mensonges, a dit Julien, peuvent rapporter gros.

Papa la foudroie du regard, puis se tourne vers maman. Très fâché, il se lève, un doigt menaçant vers elle.

— C'est ça, excellent travail, Marie-Alice ! Tu as réussi à forger des enfants parfaitement conditionnés, et de corps et d'esprit, à s'opposer contre moi ! Mes propres enfants !

Il lance violemment son assiette et sa chaise par terre, quitte la table, attrape les clés de l'auto accrochées au mur et part en claquant la porte.

Sans trop comprendre pourquoi ses mots ont provoqué pareille crise, Flora ne se sent pas bien. Ça se noue dans son ventre, tellement qu'elle a peur de vomir.

— C'est de ma faute, dit-elle en éclatant en sanglots.

Julien lui caresse les cheveux.

— Papa est fâché depuis longtemps. Sa colère est bien plus vieille que toi. Allez, mange tout. Après, on ira jouer dehors.

Pendant que les autres lavent la vaisselle, il soulève Flora d'un bras et la perche sur ses épaules. Il est si grand, Julien, que de là-haut, près de sa tête, on dirait qu'elle vole.

— Tu vas te faire mal au dos.

— Tu pèses à peine une once de plus qu'un chapeau de paille. Tiens-toi bien.

Il court vers la grange, contourne le bâtiment et l'amène derrière.

— Je vais te montrer un secret.

Là, sur le mur arrière, à l'abri des regards, il a peint une silhouette de femme à la taille très fine, mais aux hanches rondes et à la poitrine généreuse. Tout le contour est piqué de marques.

— Regarde bien.

Il s'installe d'abord à cinq pas de la silhouette, écarte un peu les jambes, en plaçant le pied droit derrière. Il empoigne fermement un couteau par le manche et le lance. Sans que ses pieds ne bougent, tout son corps s'engage vers la cible. Le poignard file en exécutant un tour sur lui-même et toc! la lame se pique non loin de la tête dessinée. Un autre couteau suit rapidement et se plante, cette fois, près de la cuisse. Puis un troisième ne tarde pas à se ficher près de l'épaule. Flora observe, les yeux ronds, pendant que Julien récupère ses lames pour recommencer les manœuvres, aussi vite, aussi précis.

Après cette démonstration, il explique : il prépare un numéro d'envergure, un grand spectacle dont les gens raffoleront. Cependant, il lui faut davantage de couteaux, de l'équipement plus sophistiqué, entre autres une grande cible tournante sur laquelle il placera une partenaire.

— Viens, colle ton dos sur le mur, ici. Grouille pas et fais-moi confiance. Ferme les yeux, si tu veux.

Adossée à la silhouette, immobile, les paupières closes, Flora attend.

Le sifflement du premier poignard précède un bruit sec, juste près de son oreille. Son cœur bat plus fort, jusque sur les tympans. Puis un deuxième poignard termine sa trajectoire entre son bras et sa taille, la pointe du dernier se fiche tout près de sa cuisse.

— Bravo ! lui crie Julien en revenant vers elle. Imagine la foule, le souffle coupé à chaque lancer, les exclamations des gens quand le couteau pique la planche sans toucher la fille. Mais pour réussir, faut pas me déconcentrer. Même les yeux bandés, je pourrais planter les lames sans frôler tes cheveux. T'as rien qu'à rester là, sans bouger d'un cil, fixe comme une statue…

— Comment tu fais ? C'est un trucage ?

— Non. Du vrai de vrai ! Après des heures et des heures d'entraînement, je commence à être bon.

Il rêve du jour où il pourra gagner sa vie grâce à son adresse. Il ira de ville en ville, dans les foires agricoles, les cabarets et les grands cirques, peut-être. Ce qui séduit le public par-dessus tout, ce sont les numéros où une jolie fille est attachée à la planche, une femme tout en courbes et en bikini à paillettes, mais Julien veut oser un numéro autrement plus saisissant.

— Si c'était une fillette comme toi, haute comme trois pommes, qui prenait place sur la cible, l'exploit serait encore plus difficile et impressionnant, vu l'angoisse des mamans et des papas. Le poil leur dresserait sur les bras.

Flora contemple les couteaux, bien pointus, aussi brillants que les lames de ses patins, puis son frère, devant le soleil couchant, qui lui paraît plus grand qu'avant. Les rayons obliques éclairent sa chevelure rebelle et forment, autour de sa tête, une sorte de couronne de lumière. Julien a eu quinze ans en août. Aventurier, fonceur, tout en nerfs : il a de la gueule, du coffre et du caractère.

— Je peux rester sans bouger pendant une heure, assure Flora, et j'ai pas peur des coupures. Elles font moins mal que les colères de papa. Quand il se fâche, ça me brûle le ventre.

Julien lui sourit, range ses précieuses lames dans l'étui, hisse la petite sur son dos et galope jusqu'à la maison.

— Bientôt, nous partirons d'ici pour aller de ville en ville vivre l'aventure des couteaux volants.

— Et maman, tu penses qu'elle nous laissera partir ? Et nos sœurs ?

— Nous commencerons tous les deux, le temps qu'on se fasse un petit pécule. Après, on viendra chercher les autres. J'ai des idées de numéros pour tout le monde. On formera un cirque : Circus Julius ! Pour le moment, pas un mot.

# 5

*Octobre 1946*

Sur le paillasson, les chaussures de papa, garnies de trois gros anneaux qui sonnent à chaque pas, ne sont pas revenues et, pourtant, l'heure du souper est passée depuis longtemps. Dans la berceuse, seule, maman s'inquiète en silence, près de la table, où un couvert attend l'absent.

À dix heures du soir, en bas, la porte grince et les souliers tintent. Des coups et des éclats de voix retentissent. L'angoisse broie le ventre de Flora qui, se levant d'un bond, s'approche timidement de la cage d'escalier, pour passer la tête entre les barreaux de la rampe et surveiller ce qui se déroule sous ses pieds. Un fou a chaussé les souliers de papa et a fait irruption dans la maison. Maman tente de lui parler doucement, de le retenir, mais la furie de l'autre l'emporte. Il renverse les meubles et jette les bibelots par terre.

Réveillées par le vacarme, Micheline et Solange viennent se blottir contre Flora, toutes trois tremblant de peur. Quand l'enragé ouvre la porte du réfrigérateur, Micheline chuchote.

— Pourvu qu'il mange, ça le calmera.

Au contraire, il lance la nourriture partout dans la pièce. Les saucisses, les plats de sauce, les condiments s'étalent sur le plancher avec fracas. Il n'aime rien, veut du steak, de la vraie viande. Il hurle et s'apprête à repartir, mais maman, debout devant la porte, lui barre la route. Pourquoi ? Si elle laisse sortir cette bête déchaînée, la maison en sera débarrassée une fois pour toutes ; la paix pourra revenir dans la nuit. Maman tient bon, petite chèvre devant le loup. Le méchant loup la saisit par le bras, le tord. Puis, il lui agrippe les cheveux et tire avec force. Maman geint, à peine, sans doute pour ne pas déranger le sommeil de ses filles, qu'elle croit encore endormies.

Dominique, Réjeanne, Fabienne et Lara rejoignent Flora et les autres, en haut de l'escalier.

— Où est Julien? demande Flora, affolée.

— Sorti avec ses amis.

— Peut-être que toutes ensemble, on pourrait le maîtriser? suggère Solange.

Toutes tremblantes, Micheline et elle s'aventurent dans les marches. Dès qu'elle les aperçoit, maman les somme de rester en haut, leur interdisant de se mêler à la dispute. Impuissantes, les joues mouillées de larmes, elles assistent à la suite de la scène de ménage.

Que va-t-il faire d'elle? Pourquoi la torture-t-il ainsi? Bonne maman n'a rien fait de mal. Flora joint ses mains et prie avec ferveur: «Faites qu'il ne la tue pas! Faites qu'il parte, qu'il disparaisse à jamais! Faites que ce monstre meure!» Puis elle se met à pleurer dans les bras de Réjeanne.

Voilà que le méchant entraîne maman vers le poêle. Il ne va tout de même pas la battre avec le tisonnier? La brûler?

— Papa, arrêtez! Arrêtez! crie Dominique.

Il ne s'arrête pas et maman tourne un visage implorant vers les filles. De sa main libre, elle leur fait signe, et ordonne d'une voix cassée:

— Allez donc dans votre chambre!

À ce moment, quelqu'un ouvre la porte d'entrée. Méchant papa lâche sa prise et maman s'affale sur le plancher. Elle en profite pour ramper sous la table et pour s'y abriter. C'est le grand Julius, le lanceur de couteaux, avec un œil poché et l'avant-bras entouré de gaze. Il ne met pas longtemps à comprendre la situation. Sans hésiter, il sort de sa gaine le poignard de Sinbad. De l'autre côté de la pièce, le fou fait quelques pas en arrière, secoue sa tête aux poils hirsutes et durcit sa mâchoire. Maman crie :

— Range ça, voyons ! Vous n'allez pas vous battre !

— Juste lui faire peur, vocifère Julius.

Le rustre brandit le tisonnier, marmonne des phrases inaudibles en se balançant d'un pied sur l'autre. Pour plus de stabilité, il s'adosse au mur et lève haut son arme, menaçant.

— Envoye ! Approche-toé pour voir ! Si tu touches un de mes cheveux, rien qu'un…

Sans plus de pourparlers, Julius lance son couteau qui file, rapide, frôlant la tête du vilain, et qui se fiche dans le cadre de la porte d'arche.

— Si vous vous calmez pas, papa, j'en ai d'autres, hurle la voix dure de Julius, qui sort un deuxième couteau.

Les yeux ronds, le faux papa s'enfuit dans la chambre à coucher et claque la porte. De l'autre côté, on l'entend encore grommeler et bousculer des objets.

Julius lui lance des insultes et des menaces, puis, aidant maman à s'asseoir, il tâte son visage, son cou, ses bras.

— Ça va ? Rien de cassé ? chuchote-t-il.

Les filles n'osent toujours pas descendre, mais écoutent les paroles échangées en retenant leur souffle. Flora tremble, Solange la serre plus fort encore, Réjeanne se ronge les ongles, Micheline sanglote, et Dominique se balance d'un côté et de l'autre en remuant les lèvres pour réciter une prière silencieuse.

Maman se redresse, renifle et bouge la tête de gauche à droite.

— Des bleus, peut-être, c'est tout.

— Il faut partir, maman. Tout le monde. Emmenez les filles chez ma tante Blanche.

Dans la chambre, on entend des geignements, puis plus rien.

— Demain, il sera à nouveau lui-même et ne se souviendra de rien, comme d'habitude. C'est la première fois qu'il s'en prend à moi. Je vais le convaincre d'arrêter. Il a tant de problèmes, je ne peux pas le laisser dans le pire de la crise… Dieu sait ce qu'il pourrait faire.

— Il va recommencer, vous le savez bien. Plus violent chaque fois. Combien de temps endurerez-vous ça ? Vous en avez pas assez, de tout ce cirque !

Dominique entraîne ses sœurs en bas où, avec Julien, elles aident leur mère à installer un lit dans le salon.

Le lendemain, comme cela lui arrive souvent depuis les dernières semaines, papa ne se lève pas pour la traite des vaches. Julien et les filles doivent encore se débrouiller sans lui. Vers midi seulement, une haleine terrible sort de la chambre. Papa, le pas lourd et traînant, les cheveux en bataille, s'écrase dans la chaise berçante et allume une cigarette, silencieux. Il ne s'excuse pas, n'évoque en rien ses actes de la soirée.

— Ma belle Petite Fleur, viens me voir, que je te berce un peu.

Elle veut faire non de la tête, mais devant cet air penaud et suppliant, elle n'ose pas. Si elle refuse, peut-être se fâchera-t-il.

Il éteint sa cigarette, prend doucement Flora et lui colle la tête sur son cœur. Quand il commence à chanter, la vibration de sa voix grave résonne en Flora, comme sur la peau tendue d'un tambour.

*Petits enfants, jouez dans la prairie*
*Chantez, chantez le doux parfum des fleurs*
*Profitez bien du printemps de la vie*
*Trop tôt, hélas, vous verserez des pleurs.*

L'oreille sur la poitrine chaude, les épaules enveloppées de ses bras vaillants, elle se laisse aller vers un tendre apaisement. Dehors, maman remue, dans le jardin, la terre, ses rancunes et sa peine. L'horloge est calme.

À la fin de la chanson, une goutte d'eau tombe sur la joue de Flora. En relevant la tête, elle voit, sur le visage de papa, une immense tristesse creuser ses rides. Il sort sans un mot pour aller vers la grange.

Quand il en revient un peu plus tard, alors que maman nettoie les légumes fraîchement cueillis, il se fâche. La faim, la fatigue, le découragement, les légumes sales dans l'évier ? Allez donc savoir.

Flora quitte la maison en courant, franchit la clôture près du hangar et se couche sur le dos, dans l'avoine dorée, contemplant le ciel, à l'abri des bourrasques et des regards. Est-ce bien un autre homme ou le Grand Black qu'elle a vu, hier soir ? Un Black terrible, puis faible et déchu. Papa peut donc à tout moment, sans qu'on le devine, se métamorphoser en une bête dangereuse ?

Le vent d'est pousse soudain au-dessus d'elle de gros nimbus. Encore et encore, il en vient de derrière les collines, se bousculant en hâte, comme si, à partir de maintenant allait s'étaler pour toujours un ciel d'orages, avec ses nuages géants, ainsi que de vastes formes mouvantes, et cette sempiternelle question qui la taraude : est-ce que ce sont des monstres ou bien de la simple vapeur ? Combien de variétés de nuages existe-t-il ? Jamais deux semblables. Les humeurs du ciel changent d'un jour à l'autre, d'une heure à l'autre. Le même nuage peut prendre la forme d'une fleur un instant et, la minute d'après, celle d'un sabre. Ou bien, trop gros, trop lourd, il se met à pleurer. Maman dit souvent qu'*après la pluie vient le beau temps*. Oui, mais après le beau temps revient toujours la pluie.

Le surlendemain, comme l'avait prédit Julien, Black reprend son numéro de métamorphose. Il semble souffrir d'une grande soif, mais ni pour de l'eau non plus que pour du lait. Les soirs d'après, la représentation se répète. Personne ne peut prévoir le moment où son personnage va basculer. Il rentre d'une soirée, la mèche en virgule sur le front, les souliers tintant plus fort encore et l'humeur guillerette. Il entonne des airs anciens, joue avec les enfants, leur fabrique de jolis verres miniatures avec le papier de plomb de son paquet de cigarettes, puis, la minute suivante, après avoir calé le fond d'une autre bouteille, un étrange délire s'empare de lui, et il redevient colérique, proférant des insultes à chacune de ses filles. Gare à celle qui voudrait lui tenir tête. Il reprend le même discours à propos des parasites, ces bouches à nourrir qui ne rapportent rien. Après, il s'endort et, le lendemain, tout est effacé.

Le mardi, il se lève du bon pied. Il n'a rien bu la veille et a entrepris, avec le voisin Gérard, de réparer la baratte à beurre dans la laiterie.

Assise à la cuisine, maman coud des pièces sur les pantalons de travail, pendant que Flora classe les bobines de fil par couleur dans le coffre à couture. Julien entre, jette ses gants de cuir sur la table.

— J'ai trouvé un emploi dans une mine.

— Ah ! fait maman, décontenancée. C'est loin ?

— Oui, dans le Nord. Très loin.

— Mais tu es le seul garçon sur la ferme…

La voix de maman s'enroue, ses yeux s'embrouillent, son ouvrage tombe sur ses cuisses. Flora vole à son secours.

— Oui, si tu pars, qui nous protégera des monstres ?

Julien s'assoit, prend sa sœur sur ses genoux, la fait sautiller. Flora remarque des poils, au-dessus de la lèvre supérieure. Une moustache, déjà !

— Le monstre, c'est moi, lui dit-il en riant, et je suis un gorille qui chatouille.

Alors que les doigts de son frère pianotent partout sur son ventre, elle se tord de rire et se laisse glisser sur le plancher, le souffle enjoué.

Maman regarde la scène avec un sourire accablé.

— Vaut mieux que je parte, reprend Julien, redevenu sérieux. Je dois me faire oublier pour un temps : une sale affaire avec un gars. Vous aussi, partez avec les filles.

— Et pour aller où ?

— Chez Blanche et Pitre. Ils ont une grande maison. Ils pourront vous accommoder, jusqu'à ce que vous trouviez un logement.

— Je ne peux pas le laisser… Tu devrais rester aussi.

— C'est votre vie, maman ! Pas la mienne. Trop de rage et de colère, là, en dedans. La prochaine fois, je ne sais pas de quoi je serai capable.

— Chut ! fait maman, en désignant Flora du menton.

— C'est ça ! Continuez d'étouffer le problème, de tout garder secret pour pas nuire à votre réputation et rien dire à votre belle-sœur. Elle serait trop contente de constater que le beau Black est un raté, que vous avez fait le mauvais choix, finalement.

— Arrête de médire ! ordonne maman, la voix affolée.

Julien se lève, empoigne ses gants et, la tête haute, monte dans sa chambre pour rassembler ses affaires, Flora sur les talons.

— Me sens comme un lion en cage avec un dompteur fou, marmonne-t-il en préparant son havresac. La représentation est terminée !

— Emmène-moi à la mine, implore Flora. Je vais t'aider à ramasser des roches qui brillent.

Il se penche vers elle, si près qu'elle respire ses cheveux châtains en broussaille, ces mèches indociles que même le casque de motocycliste ne parvient pas à mater.

— Impossible ! On interdit aux petites filles de travailler dans les mines, mais pas dans les cirques. Tu te souviens de notre projet ? Je vais trimer dur, gagner beaucoup d'argent et acheter tout le matériel nécessaire pour le grand Circus Julius. Je reviendrai te chercher. Les autres aussi. Mais grandis pas trop vite ! Il me faut une toute petite partenaire.

— Dans ton sac, il n'y aura jamais assez de place pour emporter toutes tes collections.

— Pas grave, tu vas en être la gardienne.

Le havresac sur le dos, casqué, botté, ganté, il remonte la ferme-ture éclair de sa veste de cuir bien ajustée. Il embrasse ses sœurs et distribue des bons mots à chacune d'elles. Dehors, avec des gestes machinaux mais gracieux, il passe la jambe par-dessus le siège de sa moto, comme un cavalier, et, vigoureusement, il actionne la pédale de démarrage. Il fait frais, mais Flora sort tout de même sur la galerie pour lui envoyer la main. Il lance un dernier baiser volant vers elle, et le son du moteur s'éloignant s'incruste dans son oreille.

Après son départ, elle retourne dans la chambre de cet aventurier. Plusieurs couteaux manquent dans le coffret de bois, dont celui de Sinbad.

Plus tard en soirée, sous l'ordre de maman, Flora et ses sœurs disparaissent à l'étage, pour éviter une nouvelle scène de ménage. Les sept filles se massent en haut de l'escalier et écoutent ce qui se passe. Papa reproche à maman des choses insensées : l'achat de vêtements pour l'école, de lingerie, de crayons et de cahiers… N'importe quoi. Il se lève, empoigne les ustensiles et, se prenant pour Hercule l'homme fort, les tord de sa main.

D'où lui vient toute cette haine dirigée contre les personnes qui l'aiment le plus ?

Le samedi matin, troisième jour après le départ de Julius, maman ne se lève pas. Les souliers de papa sont partis dans la nuit.

Inquiète, Micheline ouvre la porte de la chambre des parents. Après un bref silence, un cri, à glacer le sang, résonne sur les murs.

— Maman !

Micheline sort, les deux mains sur le visage, gémit en cherchant un appui au hasard de sa démarche chancelante.

— Venez m'aider ! Venez m'aider !

Flora veut voir, mais sa sœur refuse. Dominique court vers le lit de maman, revient à la cuisine, y retourne avec un tas de compresses.

— Micheline, vite, va au village en bicyclette. Téléphone à mon oncle Pitre. Dis-lui de venir tout de suite.

Oncle Pitre et tante Blanche arrivent trois quarts d'heure plus tard. Toute courbée sur l'épaule de Pitre, maman traverse difficilement la cuisine.

Assise dans l'escalier, Flora l'observe, mais ne la voit que de dos. Avant d'atteindre la porte, maman tourne lentement la tête vers elle. De grands cernes violets marquent ses yeux, une vilaine prune sur le front et un énorme nez la défigurent. Sur les lèvres enflées et sur le menton, des caillots rouges dessinent un chemin de sang, serpentant comme un ver. Flora se cache le visage dans ses mains.

Avant de partir, tante Blanche explique vitement à Dominique.

— On l'emmène à l'hôpital. Demain, nous reviendrons vous chercher. Vous pourrez rester chez nous pour quelque temps. Ce sera mieux pour vous toutes. Pour l'instant, Dominique, tu surveilles la maison et les petites. Je te sais responsable.

Dominique opine.

La journée se déroule sans jeux ni chansons. Prenant son rôle au sérieux, Dominique donne des consignes. Flora propose de jouer à la cachette, mais les autres refusent. Dominique préfère finir ses devoirs.

— Si papa revient, il sera heureux de voir que nous sommes vaillantes. Il ne nous disputera pas.

Ses sœurs ouvrent les cahiers sur la table et l'imitent, s'appliquant à écrire et à compter.

À la fenêtre, Flora guette le retour de maman. En fin d'après-midi, elle reconnaît de loin la voiture. Un nœud dans le ventre, elle s'écrie :

— Papa s'en vient !

Les souliers heurtent le seuil, papa titube.

— Votre mère… est où ? marmonne-t-il.

— À l'hôpital, souffle Dominique.

Il s'effondre dans la berceuse et se met à pleurer. Tout le chagrin du monde lui coule des yeux, du nez et de la bouche.

— Je l'aime, ma Marie-Alice, tellement. Sais pus quoi faire. Tout perdu, les dettes m'étouffent. Tellement de travail… J'ai mal, toujours mal, en dedans. Pauvre Marie-Alice ! Pauvres enfants ! Tous pris dans ma misère ! Maudite misère ! Même pus capable de voir demain, après, l'année prochaine. Maudit enfer ! Marie-Alice… partie… Chus rien que bon pour la prison !

Comme s'il avait oublié la présence silencieuse des filles, il continue de marmotter, comme à l'heure du chapelet.

Micheline, voulant toujours arranger les choses, se lève pour marcher vers lui, pose une main sur son avant-bras.

— Papa, allez vous coucher. Priez le bon Dieu pour arrêter de boire. Votre enfer, c'est la bouteille. Demain, maman va revenir. Do et moi, on s'occupera du reste.

Il relève la tête, avec une moue triste.

— Peux pas me coucher. Faut que je fasse le train.

— Toutes les filles ensemble, on va être capables de soigner les vaches et de les traire. Allez donc vous reposer.

— J'sais quoi faire ! J'ai pas d'ordre à recevoir de personne !

Il va d'abord dans la chambre, dont il ferme la porte. Des bruits inhabituels s'y élèvent : claquement des tiroirs et des portes d'armoire, froissement de tissus, gestes brusques ponctués de sacres. Papa le terrible est de retour.

L'index sur les lèvres, Micheline fait signe aux autres.

— On le laisse tranquille et on se cache en haut avec du manger pour le souper.

Pain, confiture, fromage, pinte de lait... Chacune apporte quelque chose.

Les souliers de papa traversent la cuisine, les chaînes sonnent à peine. Étrangement, il n'enfile pas son *overall* ni ses bottes d'étable. Ouf ! Il sort tout de même, et le temps passe sans qu'il revienne.

Sous les instructions de Dominique, Flora et ses sœurs, obéissantes plus que jamais, font leur toilette et mettent leur chemise de nuit. La couvée dormira dans le même lit, sur le sens de la largeur, pour se protéger du froid, car Dominique n'a pas osé redescendre pour allumer la fournaise.

Blottie entre Dominique et Fabienne, Flora réfléchit. Son père a la capacité de se transformer en monstre, non pas dans son corps, mais dans sa tête.

— Tu crois qu'il est allé rentrer les vaches ?

— Me semble que c'est trop long...

— Qu'est-ce qu'on fait, d'abord ? Peut-être qu'on serait mieux d'y aller.

— Moi, j'ai trop peur. Peut-être qu'il est caché dans la grange... Je voudrais pas aller chercher la paille dans le fenil.

— Moi non plus !

— Suffit! tranche Dominique. C'est moi la responsable. On bouge pas d'ici et, demain matin, on fait nos petites valises pour aller chez tante Blanche. Là, on se la ferme et on dort.

Elles se taisent.

Flora reste aux aguets, écoutant les bruits du dehors et, gardant les yeux ouverts, observe la fenêtre, avec la peur de voir surgir, dans le carré maintenant tout noir, le visage de la colère. Elle prie pour que reviennent sa mère et son frère, jusqu'à ce que les six autres respirations prennent le rythme du sommeil sur les oreillers.

En bas, elle entend le grincement de la porte : quelqu'un ouvre. Enfin, Dieu a exaucé ses prières : son frère vient les chercher ! Elle met le pied hors du lit pour le rejoindre à la cuisine, mais stoppe net son élan en entendant un tintement de souliers. Pétrifiée, elle écoute les bruits étouffés qui montent jusqu'à la chambre : des objets qu'on déplace, des casseroles qu'on brasse, des journaux qu'on chiffonne, des pas qui descendent à la cave, le grincement de la troisième marche. Quelques instants après, retour du tintement des souliers à la cuisine, cliquetis des clés de la voiture, puis la porte qui se referme doucement. Des pas autour de la maison, le bruissement des longues herbes sèches et, enfin, le bruit du moteur et l'auto qui s'éloigne.

Plus rien. Il est reparti. Tant mieux ! Flora regagne la chaleur des corps entassés sous les couvertures. Demain, tante Blanche et oncle Pitre les emmèneront. Soulagée, elle s'endort.

Il fait chaud, bien chaud.

Un cri retentit. Quelqu'un la secoue. C'est la pagaille dans le lit.

— Tout le monde dehors ! ordonne Dominique.

Une lumière vive et chatoyante lèche la fenêtre, et cette chaleur soudaine, en plein mois d'octobre, est anormale, et les crépitements aussi.

— Mais on est en jaquette! s'indigne Fabienne, bouleversée.

— Pas le temps de s'habiller, crie Micheline en poussant les plus jeunes vers l'escalier.

Elles descendent à la cuisine, mais il leur est impossible d'atteindre la porte arrière, car tout le mur flambe, le tapis tressé aussi. Elles se massent à l'opposé, sur le mur de l'escalier, loin de la porte.

— Sortons par en avant, dans le salon, crie Solange.

De la grille de la fournaise fusent des flammes, comme un volcan, empêchant les filles de traverser de l'autre côté. Flora se penche et jette un regard à travers un trou de la bibliothèque ajourant le mur sous l'escalier.

— Passons par une étagère!

De son pied, Micheline fait tomber les livres.

— Vas-y la première, Flora, tu es la plus petite.

Flora se faufile dans l'ouverture et pénètre sans problème dans l'autre pièce. Dominique, à son tour, s'engage dans l'étroit passage. Les bras, la tête, les épaules passent bien, mais le reste bloque.

— Aïe! Je suis coincée!

Flora la tire par le bras, de toutes ses forces, pendant que Solange et Fabienne la poussent; en vain. Par une autre ouverture, beaucoup plus petite, Flora tente d'apercevoir ses sœurs, elle les appelle, mais la fumée a gagné la cuisine entière. Elle ne les voit plus et n'entend que leur toux, le souffle du feu vif, et des coups frappés sur le mur qui résiste. Immobilisée dans l'ouverture, Dominique hurle :

— Sors, Flora ! Sans te retourner ! Cours chercher les voisins.

Elle crie de plus en plus fort, puis s'étouffe.

Flora déverrouille la porte du salon, toujours fermée à clé, parce que jamais on n'y circule. La porte reste coincée.

— C'est trop dur !

Derrière, Dominique ne répond pas. Flora se garde bien de tourner la tête. De toute façon, elle ne distingue plus grand-chose, avec la fumée qui jaillit des étagères. Les yeux fermés, elle s'acharne à tirer la poignée. Son nez et sa gorge brûlent mainte-nant, l'empêchant de prendre une bonne inspiration et de mieux forcer. Par petits coups, la porte consent à bouger et s'ouvre enfin. Une bouffée d'air frais s'engouffre dans la pièce, que Flora aspire en un grand coup. La contre-porte vitrée oppose, à son tour, une forte résistance, condamnée par le mastic qui en colmate le contour. Flora pousse, et pousse encore, avec les mains, les hanches, les fesses : tous ses efforts sont vains. Même le panneau de verre résiste aux coups de pied et de poing, et puis, elle a trop mal. Elle se souvient soudain d'avoir caché ses patins sous le canapé. À tâtons, elle les retrouve et, de la pointe de la lame, donne un grand coup au centre de la vitre. Une étoile s'y forme. Elle frappe encore et encore, jusqu'à ce que des éclats de verre tombent au sol, à l'intérieur comme à l'extérieur, laissant entrer l'air frais. Respirer, cracher, tousser... Plusieurs épées de verre accrochées au cadre la menacent. Par terre, elle hésite à avancer pieds nus sur les tessons. Elle pense à ce qu'elle a dit à son frère : elle n'a pas peur des coupures ! Sans trop de précautions, elle se penche et avance, légère, sur le lit de cristaux pour traverser la porte au milieu des pointes acérées.

Enfin dehors ! Sans perdre plus de temps, elle court, toujours pieds nus, sur le chemin de gravillons, sa paire de patins suspendue à son cou. Ses sœurs attendent, prisonnières. Peut-être Solange, grâce à sa force, aura-t-elle réussi, avec le tisonnier, à ouvrir plus grand le mur. Ou bien Micheline, souple comme une anguille, aura-t-elle pu passer par l'un des trous, en se tortillant et en s'étirant. Sûrement, Lara, avec sa vive intelligence, aura-t-elle eu l'idée de briser une fenêtre.

Là, enfin, au-delà du détour apparaît la maison des premiers voisins. Flora grimpe les degrés de la galerie et cogne.

Une douleur l'irradie de la tête aux pieds, par secousses. Les lames de patins ont meurtri ses côtes en fouettant celles-ci à chacune de ses foulées. Pourtant, ce ne sont pas ces coupures superficielles qui la font tant souffrir, mais la terrible attente, devant cette porte fermée, ce tourment qu'ont étouffé, l'espace d'un instant, sa course folle et les battements de son cœur. Elle pousse alors une plainte déchirante, qui se mêle à celle des chiens hurlant dans la grande nuit et, en elle, à celle de ses sœurs, pour la vie.

Une lumière s'allume, on ouvre enfin.

# 6

La lumière du soleil inonde le salon dès le matin où Flora, sans parler, joue avec l'ombre de ses mains. Le soleil, c'est du feu, mais il se trouve si loin qu'il ne brûle pas les gens. Il réchauffe seulement, alors elle n'a pas peur.

Tante Blanche, oncle Pitre et d'autres personnes lui ont donné de nombreux cadeaux : crayons de couleur, jouets, vêtements neufs et souliers vernis. Malgré tout, elle porte sa chemise de nuit toute la journée. Peluches et marionnettes ne peuvent la sortir de son état. Comme elle, les poupées gardent l'œil sec et une expression de stupeur ; les cadeaux restent à l'abri, dans leurs cartons, car ses sœurs ne sont pas là pour s'amuser avec elle, ne seront plus jamais là.

Chez tante Blanche, il faut marcher en pantoufles de laine. Les parquets de la cuisine et de la salle à manger sont couverts d'un linoléum, fraîchement ciré et brillant, sur lequel on glisse bien. Entre la cuisinière électrique, le réfrigérateur, le comptoir de céramique et la table, Flora traverse d'une pièce à l'autre et s'arrête au grand salon, car un tapis de Turquie empêche les glissades et, même si on n'y entre que lorsqu'il y a des visiteurs, elle enjambe le seuil d'un petit saut, gambade jusqu'au piano, y joue quelques notes. « Le piano, c'est un Knabe, payé très cher, lui dit tante Blanche. N'y touche pas, s'il te plaît. » Flora repart en sens inverse, parcourant le même circuit, d'heure en heure, comme un ours en cage. Dans la cuisine, une radio à trois boutons, habillée d'un imposant meuble de bois, joue presque tout le temps.

— Tu fais comme chez toi, lui a dit oncle Pitre lorsqu'elle est entrée, trois jours plus tôt.

Mais elle n'est pas chez elle, et tous ces meubles, les tableaux aux murs, la vaisselle fine, les savons avec des fleurs en relief, les tapis à motifs, les moindres bibelots deviennent des objets interdits. Chez tante Blanche et oncle Pitre, c'est luxueux, sombre et encaustiqué. Noyer, chêne et bois de rose, surfaces luisantes, polies au *Pledge* chaque samedi par Blanche. «Ne mets pas tes petites mains sur les meubles. Ça laisse des traces.» De lourds rideaux à franges, des cadres dorés, des fauteuils en vrai cuir, des coussins recouverts de vinyle pur. «Ne bois pas ton lait sur le sofa, ma belle. Tu pourrais faire des dégâts.» Chemins et centres de table sur les buffets, vaisseliers et crédences... Tante Blanche les crochète elle-même avec du fil soyeux. Partout, des collections de souvenirs, des petits trucs en cristal, en faïence, en verre taillé. «Dépose ça tout de suite! C'est trop fragile!» Des porcelaines de Limoges, des services à thé d'Angleterre, des pots remplis de roses. Blanche adore les roses. Monde étincelant, ambiance parfumée: univers de l'aspirateur et du torchon.

Au son de la musique qu'enterre souvent le bruit de la polisseuse, Flora patine, regardant par terre et ne parlant à personne, dans cette grande maison pleine de meubles renfermant des odeurs étrangères.

Aux repas, elle mange à peine, malgré l'insistance et la désolation de sa tante.

— Encore trois bouchées de viande et quelques légumes, sinon tu ne grandiras jamais.

Elle ne veut pas grandir, justement. Julien lui a dit qu'il fallait une toute petite partenaire pour le numéro.

Au dessert, tante Blanche lui offre du gâteau au chocolat nappé de sauce au caramel. Flora repousse l'assiette; puisque ses sœurs n'en auront pas, elle non plus.

Dans la chambre de Jeanne, Pitre a installé un deuxième lit, juste pour elle, avec un joli voilage tout autour et un crucifix au mur pour la protéger. Malgré tout, la peur la poursuit ; elle s'endormira dans cette grande maison qui n'est pas la sienne, loin de sa campagne, dans une ville qu'elle ne connaît pas, sans ses sœurs ni sa mère. La tragédie aura duré une heure, peut-être deux ; Flora aura toute la vie pour se souvenir, pour imaginer.

— Tante Blanche, mes sœurs sont-elles mortes étouffées ou brûlées ?

— Peu importe, elles sont au ciel, à présent. Dors.

Tante Blanche la borde et l'embrasse avant de l'abandonner à l'obscurité, toute frissonnante, emmêlée dans ses prières et son imagination, entre la frayeur et le songe.

La nuit, les automobiles qui circulent dans la rue font voyager des carrés de lumière sur le mur et des formes allongées. Si elle rabat les couvertures sur sa tête, elle entend des vrombissements, des gens qui crient, toujours du bruit.

Son ombre, sur le chemin, en pleine nuit, est celle que projettent les flammes derrière elle. Hors d'haleine mais poursuivant sa course, elle tourne la tête : la maison est un brasier. Toutes les fenêtres crachent du feu. Des carrés incandescents. Dedans, ses sœurs, par les trous sous l'escalier, l'appellent. Elle revient à l'intérieur.

— Flora, aide-nous !

Elle saisit sa paire de patins, et Solange, la plus forte, les attrape à travers l'étagère et frappe, comme avec une hache, sur la planche de bois. La tablette cède, l'ouverture s'élargit. Une à une, les filles traversent le salon et, vite, s'enfuient vers les champs où elles font la ronde, main dans la main, en chantant *La perdriole*. Elles la cajolent de leurs doigts et de leurs bras couverts de brûlures ; leurs belles tresses et leurs visages sont noircis par la suie. Derrière, la maison brûle. Son zèbre de peluche aussi.

Le jeudi 24 octobre, une semaine après l'incendie, un type à casquette apparaît dans la fenêtre de la porte d'entrée et cogne sans ménagement. Blanche délaisse son rouleau à pâte, retire son tablier, lave vitement ses mains et rajuste sa coiffure, avant d'aller ouvrir.

— Bonjour, madame. Agent Perron, enquêteur. Auriez-vous quelques minutes ? C'est pour l'incendie.

Il sort de sa poche son insigne.

— Bien sûr, répond Blanche, un peu tracassée tout de même par le dérangement. Entrez donc, mais ne regardez pas le désordre : nous étions en train de cuisiner.

— Désolé, mais vous comprendrez que nous devons agir au plus vite pour éclaircir l'origine du feu, chez les Blackburn. Certains souvenirs s'effacent bien rapidement. Vous voudrez bien nous aider ?

— Du mieux que je peux. Passons au salon, nous y serons plus tranquilles. Les filles, restez à la cuisine. Jeanne, tu pourras continuer de tailler les beignes. Flora, toi, tu t'occuperas de faire les trous avec le petit emporte-pièce, ici...

— Madame, l'interrompt le policier, c'est Flora Blackburn ?

— Notre miraculée, précise tante Blanche en passant une main sur les cheveux de Flora.

— Bonjour, petite. Tu es bien, chez ta tante ?

Flora répond par un simple hochement de tête.

— Peut-elle nous accompagner ? chuchote l'inspecteur, à l'oreille de tante Blanche. Je lui poserai quelques questions, si elle le veut bien.

Tante Blanche penche la tête, hésite, mais acquiesce finalement à la demande.

Avec une démarche de pingouin, le ventre précédant tout le reste du corps, l'agent Perron franchit la porte du salon et s'écrase au fond d'un fauteuil. Tante Blanche prend place sur le bord du canapé, sans s'adosser, le dos droit et les jambes légèrement inclinées, comme à l'accoutumée. Flora se blottit contre elle. Une boule grossit dans son ventre.

Après les formalités d'usage, l'enquêteur demande si tante Blanche sait où se terre Joseph-Albert Blackburn. Puis déboule une cascade de questions : ses motivations, ses plus récents faits et gestes, la dernière fois où elle l'a vu. A-t-elle reçu des confidences de sa belle-sœur avant son entrée à l'hôpital ? Il n'en finit plus et l'interroge même sur le passé. Tante Blanche va chercher un album de photographies et remonte dans le temps.

Jeune homme, Joseph-Albert a fait partie d'un groupe de musiciens avec deux de ses amis. Une photo les montre tous trois, vêtus d'un costume à rayures, d'un nœud papillon et d'un canotier. Ils se produisaient dans les bars, hôtels et salles paroissiales de la région. Joseph-Albert était le chanteur. Sur un autre cliché, on voit un grand mince de six pieds, d'à peine vingt ans, cheveux noirs, bien coiffés et lustrés au gel – mis à part une petite mèche désinvolte qui retombe comme une virgule sur son front. Avec sa lèvre épaisse et sensuelle, ses yeux enjôleurs et ses longues jambes, il incarnait le grand charmeur, se souvient tante Blanche : toutes les demoiselles fondaient en l'entendant chanter.

— Oui, un véritable tombeur, avoue-t-elle, le regard soudain dans le vague, et mon amie Marie-Alice a été séduite dès leur première rencontre ! Un coup de foudre réciproque, je dois dire. Ballades, chansons françaises, de charme, à répondre… il interprétait pour elle son plus beau répertoire.

Ils se sont mariés en 1930. Du coup, la grande amie de Blanche est devenue sa belle-sœur. Avant, elles s'étaient connues au couvent et avaient œuvré ensemble au sein de la Jeunesse ouvrière catholique. Marie-Alice, fille de bonne famille, populaire, elle aussi, engagée socialement et cultivée, appréciait la vie mondaine. Jeune, elle s'impliquait dans diverses associations, aimait la danse et les soirées, le chant, les études, l'agitation de la rue principale, du quai et des commerces près du port. Elle raffolait des beaux vêtements. Sur les photos, elle est toujours bien mise, à la dernière mode. Quelques années après le mariage, sa vie a complètement changé.

Bientôt, les spectacles de Joseph-Albert ne rapportaient pas suffisamment pour satisfaire les besoins de la marmaille qui grandissait. Il avait donc accepté un emploi de vendeur à la mercerie, sans pour autant mettre fin à ses tournées de chant et à sa vie sociale. Marie-Alice se plaignait de ses nombreuses sorties, de ses rentrées tardives et du fait qu'il ne parvenait pas à se lever le lendemain de ces veillées festives. Au bout d'un temps plus ou moins long, il avait perdu son travail, puis un autre. À trente-deux ans, il avait huit enfants et six mille dollars de dettes.

Un soir, continue tante Blanche, alors qu'elle veillait chez Marie-Alice, Joseph-Albert était revenu tout guilleret d'une autre mémorable sortie entre amis et avait lancé l'idée d'un nouveau projet : l'achat d'une terre. Ainsi, il deviendrait son propre employeur, et aucun patron ne pourrait plus le congédier. Sans demander l'avis de personne, il avait vendu la belle maison-modèle que la famille habitait à la ville, pour la modique somme de quatorze mille cinq cents dollars, et avait acheté, grâce à une petite annonce parue dans le journal, une propriété dans le fond d'un rang, près du village de Petit-Ruisseau, avec bâtiments, troupeau de bêtes, machinerie et lots en culture ou en jachère. Une acquisition de treize mille cinq cents dollars : une affaire en or, selon lui.

— Inutile de vous dire à quel point Marie-Alice était découragée, la pauvre. Comme elle avait étudié au couvent, elle avait appris à devenir une bonne épouse, une mère exemplaire et une excellente maîtresse de maison, bien sûr, mais pour ce qui est de l'élevage des bêtes et la culture du foin… Oh ! J'ai bien tenté de l'en dissuader, mais elle n'entendait rien, tout envoûtée qu'elle était par Joseph-Albert. Nous nous sommes moins fréquentées au cours de la dernière année et, pour tout vous dire, j'ignorais que les choses allaient si mal, jusqu'à cet appel de détresse de la pauvre Micheline m'annonçant qu'il avait battu sa mère.

Tout en écoutant, l'agent note sans arrêt la déposition dans un petit calepin.

Tante Blanche, les yeux pleins d'eau, semble bien mal à l'aise. À son tour, elle essaie d'en savoir davantage. N'a-t-on pas trouvé des indices dans les ruines de la maison, dans la cour ou les bâtiments ? Et le voisin, Gérard ? Le policier répond gentiment, sur le ton d'un bon grand-papa : l'enquête avance très lentement et les indices sont fort rares. Il se tourne vers Flora avec un doux sourire.

— Et toi, belle enfant, à quoi aimes-tu jouer ?

Elle réfléchit un instant avant de répondre.

— Je veux plus jouer.

L'agent relève si haut les sourcils que son front en est tout plissé, puis, le visage contrit, il se penche un peu plus vers elle et, baissant la voix, lui demande :

— C'est dommage. Moi non plus, je ne joue plus à rien. Les grandes personnes n'ont jamais le temps et c'est bien triste. Mais toi, avant, tu avais sûrement un jouet que tu préférais : des poupées, des ballons…?

— Non. On n'en avait pas besoin. Avec mes sœurs, on faisait des pièces de théâtre, avec de beaux costumes.

— Oh! Raconte-moi une de ces pièces. J'adore le théâtre.

Elle quitte momentanément le giron de sa tante pour mieux raconter, avec gestes et mimiques, la fameuse aventure des pirates et de la princesse espagnole pendant que l'encourage l'agent Perron, en faisant des interventions subtiles et amusantes.

— Ta mère et ton père ont-ils vu ce spectacle ? Ils devaient être bien fiers de votre troupe.

— Ils n'avaient pas le temps. Ils avaient trop de travail, répond Flora, devenue sombre.

— Te souviens-tu de leurs travaux ou de ce qu'ils ont dit, les derniers jours où tu les as vus ?

Flora revoit des images : bonne maman, au petit matin, avec une tête de monstre, le retour de l'autre papa, le terrible feu qui dévorait le plancher et les murs, les hurlements… Elle a déjà raconté tout ça à Pitre, à tante Blanche, au voisin, au docteur… Tant de gens lui ont posé ces questions qu'elle en a mal aux oreilles. Elle n'en peut plus de répéter les mêmes choses et veut retourner cuisiner des beignes, les voir gonfler dans l'huile.

Elle secoue la tête.

— Fais un effort, même si c'est difficile, insiste le policier. C'est important.

Important pour qui ? Est-ce qu'il pourra ramener ses sœurs ? Et le beau visage de maman ? Est-ce qu'il pourra, d'un coup de crayon, rayer cette journée et cette nuit pour qu'on recommence à zéro ?

— Demandez-le à ma tante, je lui ai tout dit.

— Je sais, mais j'aimerais t'entendre, comme pour la pièce de théâtre de tout à l'heure. Parce que tu racontes bien. Dis-moi, le matin, comment était ton père ? A-t-il dit quelque chose ? Y a-t-il eu une dispute avec ta maman, tes sœurs ?

Les souvenirs se bousculent, l'affreuse face de sa mère, boursouflée, marquée, méconnaissable, qu'elle chasse en se concentrant sur le double menton de l'enquêteur qui tremble comme une gelée Blanche-Neige dès qu'il parle, ses gros sourcils qui se rejoignent en haut du nez, l'écusson sur la manche de sa veste et le revolver à sa ceinture. Non, elle n'a pas l'intention de se remémorer cette terrible histoire. Micheline et Fabienne avaient un bon truc pour réparer les chansons monotones : elles en changeaient les mots. Ça la faisait bien rire, chaque fois, à en avoir envie de pipi.

— Bon, d'accord. Le matin, maman est partie avec ma tante Blanche et mon oncle Pitre. Elle s'était cogné la bouche pendant la nuit, elle pouvait plus parler, je pense.

— Et après ? Où était ton père, à ce moment-là ?

Heureusement, il n'était pas là ! Maman l'avait sans doute laissé partir, pour une fois, sans essayer de l'en dissuader. Flora avait tant prié pour qu'il décampe, pour qu'il disparaisse à jamais. Enfin, le bon Dieu avait exaucé ses prières ; ses sœurs et elle avaient la paix. Plus besoin de parler tout bas, de retenir les rires et les courses. Elles auraient pu siffler, jouer du tambour en martelant les meubles, piocher des airs en cacophonie sur le piano. Bon débarras! Mais voilà de méchantes pensées qu'elle ne veut pas avouer au policier.

— Il était allé se promener en auto. Moi, je voulais m'amuser avec Do, Ré, Mi, Fa, Sol, mais Do a dit non. J'ai commencé à chanter, parce que chanter, ça tue la peur, mais Do n'a pas voulu non plus. Chut! Avec mes sœurs, elle préférait faire les devoirs. Moi, j'ai dessiné des papillons.

Bien sûr, effrayées qu'elles étaient de l'éventuel retour du Grand Black, de ses colères pour un oui ou pour un non, de ses humeurs tempêtes, elles filaient doux. Elles auraient fait ses quatre volontés pour éviter à nouveau ses foudres. Il aurait pu les battre. Déjà que maman…

— Et après? demande l'agent Perron.

— Après, c'était drôle. L'auto est revenue, les souliers de papa sonnaient fort et nous nous sommes cachées en haut, dans notre chambre, pour pique-niquer et laisser papa tranquille dans la cuisine. J'aimais ça, le pique-nique sur le lit. On a eu congé de ménage à l'étable et j'étais contente de pouvoir dormir avec mes sœurs, toutes les sept dans le même lit. Mi, elle, était inquiète, parce que la fournaise était morte. Elle avait peur qu'on gèle. Mais non, on était bien, ensemble, sous les couvertures.

— Ton père, il était donc revenu? Que faisait-il?

— C'était pas vraiment lui. Souvent, à la fin de l'après-midi, il était pas pareil comparé au matin. Là, c'était le papa du soir, sauf qu'il parlait tout bas. Il pleurait. Quand on était en haut, dans notre chambre, pendant que les autres dormaient, je l'ai entendu sortir. J'ai pensé qu'il allait traire les vaches tout seul. Mais non, après, il est rentré et ses souliers sonnaient encore plus fort. Il est descendu dans la cave, c'était long, et il est reparti se promener en auto et je me suis endormie.

La bonne affaire, c'était tout ce que Flora espérait. Dans sa dernière prière, avant de sombrer dans le sommeil, elle avait souhaité qu'il ne revienne jamais.

— Et tu t'es réveillée plus tard ?

Le pire cauchemar commence là, justement, et elle ne veut plus en voir les images. Elle s'efforce donc de raconter autrement.

— Après, la fournaise, je sais pas pourquoi, elle a débordé et le feu a tout mangé. Pour sortir de la maison, j'ai cassé la vitre de la porte avec mon patin, même si maman allait être bien triste que je la brise. Par terre, c'était plein de morceaux de verre, et là, j'ai fait comme le fakir que j'ai vu à la foire : j'ai marché dessus et j'ai couru nu-pieds sur le chemin, même si maman veut pas.

Elle s'arrête là, en regardant les chaussures du pingouin : noires, propres et bien cirées. Si elle avait porté des souliers, elle aurait filé comme l'éclair, mais les cailloux acérés de la route lui tiraient des grimaces et des larmes. Elle avait mis trop de temps… Cependant, ça non plus, elle ne veut pas l'avouer.

— Peux-tu me dire quelle heure il était, lorsque ton père est revenu en fin d'après-midi ? À quelle heure il est reparti ? Quel vêtement il portait ?

— Voyons, monsieur l'agent, intervient tante Blanche. Comment pourrait-elle se souvenir de ces détails ? Elle ne sait même pas lire l'heure. Et puis, toutes ces questions vont l'effrayer. Déjà que le médecin la trouve passablement perturbée… Je préférerais qu'on arrête ici l'entretien pour aujourd'hui, si vous le voulez bien. Je sens ma petite Flora bien fragile.

L'agent s'excuse et, avant de quitter le salon, promet de tenir les gens de la maison informés des développements. Pour l'instant, il n'a pas appris grand-chose de plus et semble déçu.

Le vendredi, la maison de tante Blanche se remplit de visite : la parenté des deux côtés, des airs contrits, des propos chuchotés comme des secrets.

Avant que les gens gagnent le salon, Flora s'est faufilée derrière le canapé. Sans la savoir à cet endroit, l'oncle Charles se confie à tante Blanche.

— C'est pas mêlant, on dirait que le diable lui a chié sur la tête ! Avec toute cette fatalité, c'te pauvre enfant va vivre malheureuse tout le temps. En fin de compte, peut-être qu'elle serait mieux orpheline. Imagine si son père refait surface !

— C'est la vie, commente sœur Cécile.

— Fie-toi à moi, il va avoir affaire à moi, réplique la tante Blanche, sur un ton dur. Et puis, tu sais, si Dieu a épargné notre petite Flora, c'est qu'elle a encore à faire ici-bas.

— Je m'en porte garant, ajoute Pitre. Même s'il revenait, Joseph ne pourra pas s'occuper d'elle. Non. C'est rien qu'un irresponsable. J'ai compris ça le jour où il s'est fait estropier la main, pour ne pas aller à la guerre.

Blanche le fixe, étonnée qu'il dénigre ainsi son frère, ce frère qu'elle a tant aimé à une autre époque, avant d'unir sa vie à Pitre. Profitant de ce temps de parole, ce dernier continue à se vider le cœur. Est-ce pour ternir l'image du Grand Black ou pour régler ses comptes ?

— Je le voyais aller, aussi, avec ses achats extravagants et ses idées de grandeur. Il se vantait à qui voulait l'entendre : « Moi, je vais faire fortune ! » Le coq ! Rien qu'un orgueilleux ! Il avait tout flambé avant même de mettre le feu. Vous savez, il a toujours eu un faible pour la bouteille. Je n'ai plus aucune confiance en lui, même si c'est mon frère.

— Que voulez-vous, c'est la vie! prononce un autre.

C'est la vie! C'est la vie! Ils répètent sans cesse cette phrase. Une ritournelle bien pratique, qui leur évite de fouiller plus loin, de comprendre. Ça excuse tout. À les entendre, on dirait qu'ils connaissent tout de la vie.

Dans la chambre, le soir, Flora sanglote en serrant son oreiller. Éveillée par les pleurs, Jeanne s'assoit dans son lit et tire la chaînette pour allumer la lumière. Malgré les bandelettes entourant ses longues mèches blondes et le sommeil baignant ses yeux soudainement éblouis, les joues roses et la peau crémeuse de la grande Jeanne lui donnent ce teint resplendissant qui fait dire à tout le monde : «Eh que t'es belle, Jeanne!»

— Voyons, arrête de chigner, chuchote-t-elle. On ne peut pas dormir. Si tu pleures trop, ton père va t'entendre et il va venir te chercher.

Flora ravale aussitôt son chagrin et répond d'une voix assurée :

— Non! C'est mon frère qui va venir.

— Bof! Ton frère… Tu es plus en sécurité avec nous autres. Julien la Terreur vaut pas mieux que ton père!

— C'est pas vrai! riposte Flora en tirant les draps sur sa tête.

Ne plus pleurer, jamais, et chasser le diable de sa vie avec tous les malheurs qu'il a apportés : voilà sa résolution! Elle veut chanter et rire, comme avant. Elle se cache sous l'oreiller et fredonne la chanson de la *Perdriole qui va, qui vient, qui vole*. Son frère reviendra sur sa belle moto rouge, aux chromes clinquants et aux tuyaux qui pétaradent une joyeuse musique : un bruit dont elle n'aura pas peur. Elle partira, accrochée derrière lui, cheveux au vent, sous le regard ébahi de Jeanne. La fierté qu'elle ressent en imaginant la scène l'apaise. En attendant que revienne le chevalier casqué, elle restera petite, sa Petite Fleur.

On lui a dit que ses sœurs étaient au paradis. Tante Blanche lui a montré des images avec des anges emmitouflés dans des rayons de soleil.

— Est-ce qu'elles ont des brûlures ? Est-ce qu'elles ont mal ?

— Mais non. Elles sont guéries et toutes blanches. Elles flottent dans la paix du Seigneur.

— Et maman, papa et Julien, où sont-ils ?

Détournant le regard, Blanche répond évasivement :

— Julien, dans le Nord, maman, à l'hôpital, et papa, on ne le sait pas.

Avant la cérémonie à l'église du village, Flora compte les cercueils : six. Même si elle ne va pas à l'école, elle sait compter jusqu'à vingt. Dominique le lui a appris. Six cercueils pour le repos des corps ; les âmes s'en sont allées au ciel.

Elle arbore une robe neuve, sombre, et des bas foncés. Tante Blanche aussi porte le noir, comme Pitre, Jeanne et toute la parenté : des corbeaux et des étourneaux sans ailes qui avancent dans l'allée. Le visage des femmes est à demi caché sous une voilette, s'apparentant à un petit bout de moustiquaire pour barrer les mouches. Mais la saison des mouches est terminée. Certains oncles et tantes sont venus de loin. Papa, maman et Julien ne sont pas là. Nulle part on ne voit leur silhouette. Grand-maman Étiennette et grand-papa Roland pleurent. Flora, non. C'est fini, les larmes. Sinon…

Comme l'église est pleine, Jeanne et Pitre offrent aux grands-parents de prendre place près d'eux, dans leur banc, au centre. Jeanne et Flora s'assoient dans un siège latéral, le long du mur.

— Jeanne, tu t'occuperas bien de notre petite Flora, pendant la messe ? demande tante Blanche.

La cousine promet et serre très fort la petite main de l'endeuillée dans la sienne. Trop fort, ça lui fait mal.

— Et toi, Flora, tu n'as qu'à imiter Jeanne.

Le prêtre parle. Flora n'y comprend rien.

— Qu'est-ce qu'il dit ?

— Il s'exprime en latin, chuchote Jeanne avec impatience, une langue morte pour tes sœurs mortes. Et toi, tu dois tenir la tienne.

Pourvu que ses sœurs y entendent quelque chose, au paradis.

À genoux, debout, assis, signe de croix, *mea culpa*, petit coup de poing sur la poitrine, *amen*, encore debout… comme un jeu, elle reproduit les gestes de Jeanne et de tous les fidèles. Elle s'exécute avec cette boule, toujours, dans la gorge. Du chagrin mêlé à la peur. La boule grossit ; elle s'étale maintenant dans tout le ventre de Flora. Une boule de vide, du néant, peut-être, comme la faim. Une faim immense des siens, tous partis.

Puis vient l'heure de la communion. Jeanne se lève, Flora la suit. Le prêtre lui tend un petit biscuit blanc qui lui colle au palais et se dissout lentement. Les mains jointes, derrière Jeanne, elle retourne à sa place. Le prêtre prononce quelques prières encore et termine par : *Ite missa est*. Le gros bourdon sonne, des coups répétés, graves, monotones.

Dehors, des hommes transportent les bières dans le cimetière tout près de l'église. La foule se masse près d'un grand trou creusé dans le sol. Jeanne tient toujours la main de Flora. Encore, on prononce des prières. Encore, les gens pleurent. L'œil sec, Flora observe les hommes manipulant les cercueils de bois. À l'aide de cordages, ils les descendent dans la fosse. Tous. Ses sœurs, dans la terre? Elle veut les rejoindre, sauter dans l'énorme tranchée pour être inhumée avec les autres. Avançant d'un pas, elle veut se défaire de la main qui la retient, mais Jeanne la tire violemment vers l'arrière.

— Eh non! Reste avec moi, Flora. Toi, tu n'es pas morte. On enterre seulement les morts.

— Comment on fait, pour mourir?

— C'est Dieu qui décide.

Après les funérailles, les parents et les amis se rassemblent chez Blanche et Pitre. Plusieurs visages connus, mais des étrangers aussi, qui n'en ont que pour Flora. Caresses sur les cheveux, bises, étreintes, gâteries… Oncles, tantes, cousins, grands-parents la prennent à tour de rôle sur leurs genoux, la bercent, la cajolent, l'étourdissent de leurs parfums.

Bien droite sur sa chaise, Jeanne observe le tableau sans mot dire. Elle a eu un congé du couvent pour la semaine, afin d'accompagner sa jeune cousine dans l'épreuve qu'elle traverse. Sa mère lui a demandé de distraire la petite, comme une sœur qu'elle n'a plus. Pour l'instant, elle ne manque pas d'attention.

— Comment vas-tu, belle enfant? s'intéresse tante Cécile, la religieuse.

— Bien. J'ai mangé le petit Jésus, à la messe, annonce fièrement Flora. Je peux aller au ciel, maintenant.

Tante Cécile arrondit les yeux.

— Mais tu n'as que cinq ans! Tu n'as pas fait ta première communion ni ta confession! Puis, s'adressant à l'assemblée : Elle n'était pas digne de Le recevoir.

— Moi, dit tante Pauline, dans ce geste enfantin et innocent, je vois un signe divin. Dieu a préservé cette petite parce qu'Il la destine à de grands desseins.

— Voyons, Pauline. Ce que tu dis là, c'est presque de la superstition!

Un bref silence plane dans le salon. Les regards se tournent vers Flora, puis vers tante Cécile.

— Elle doit recevoir les sacrements sans tarder, insiste l'oncle Élie-Marie.

— Mais elle n'a pas l'âge de discrétion, précise tante Blanche.

— Qu'importe! Elle doit voir monseigneur l'évêque.

Ça semble très sérieux.

Quand vient l'heure de gagner la chambre à coucher, Flora demande à Jeanne, tout bas :

— J'ai juste fait comme toi, à l'église. Ma tante m'avait demandé ça. Pourquoi c'est si grave d'avoir le petit Jésus dans mon ventre, maintenant?

Jeanne réfléchit, s'assoit dans son lit, se tapotant la joue du bout des doigts. Flora l'observe à la lumière du réverbère qui entre par la fenêtre. Quand elle se concentre, Jeanne plisse ses yeux verts, et on ne voit plus qu'une mince ligne vibrant entre ses longs cils.

— Disons qu'Il nettoie les taches sur ton âme pendant que tu le digères.

Flora se retourne dans sa couchette avec, encore, ce mal de ventre qui la torture. Mais il la faisait souffrir avant la communion.

— On dirait que ça brûle en dedans.

— Viens me trouver dans mon lit. J'ai une idée.

Jeanne la serre contre elle, puis la pince sur une cuisse, très fort, en vrillant la peau. Flora se débat pour l'arrêter, mais Jeanne recommence.

— Aïe! Pourquoi tu me fais mal?

— C'est pour te faire oublier tes maux de ventre, répond la cousine, avec sérieux. Au couvent, pour ôter le mal dans leur âme, les religieuses portent souvent un cilice, sorte de ceinture piquante, pour la mortification de la chair, par pénitence. Sœur Sainte-Philomène nous a expliqué que les bonnes intentions engendrent les bonnes actions. Autrement dit, si je te fais mal, c'est pour ton bien.

Sans comprendre, Flora regagne son petit lit, la cuisse endolorie autant que le ventre.

Deux semaines plus tard, tante Blanche l'amène devant l'armoire à glace. Cette fois, elle porte une robe blanche, un voile en nuage tenu sur la tête par un diadème garni de petites perles, des bas blancs, des souliers blancs également et des gants de dentelle. Une communiante, comme sa sœur Fabienne, l'année dernière, mais minuscule.

Sur le chemin qui mène à l'évêché, les arbres tournent le dos et les feuilles mortes courent en rondes folles. Au moins, la pluie a cessé, au grand soulagement de tante Blanche et de Jeanne, qui craignaient pour leur coiffure couverte d'une mantille. Tante Blanche répète les étapes de la journée. D'abord, elles iront voir monseigneur l'évêque pour l'autorisation. Puis, le prêtre, à la cathédrale, pour la confesse, afin qu'il la purifie de ses péchés. Il lui donnera une pénitence. Tante Blanche ajoute que Flora recevra un soufflet.

— Un sifflet ? En cadeau ?

— Mais non, répond Jeanne. C'est une claque dans la face.

Le ventre plein de crampes, le regard tourné vers la rivière, Flora écoute les clapotis sous les quais. Sans trop comprendre, elle avance en tirant la patte, comme si la marche l'avait fatiguée, et en retenant son envie de pleurer.

L'évêché, en pierres grises et granit rose, s'élève sur trois étages. Au centre, une tour surmontée d'une flèche regarde la rivière par son unique fenêtre. C'est la plus grosse maison de la rue, plus imposante que l'église de Petit-Ruisseau. Pour atteindre la porte d'entrée, on doit grimper dix marches.

À l'intérieur, les plafonds sont hauts et c'est lumineux, avec toutes ces fenêtres à carreaux ! Au fond, un grand escalier aux rampes de bois verni invite aux glissades. Chaque porte, chaque fenêtre s'habille de boiseries caramel. Et ça sent bon le propre.

Une femme en tablier blanc les reçoit. Une jolie coiffe de coton ourlé de dentelle orne ses cheveux. Tout sourire, petits pas pressés, elle se déplace comme une poupée mécanique, mais une poupée à la peau flétrie et aux mains gercées.

— Je suis la ménagère. Monseigneur l'évêque vous attend, dit la vieille poupée avec un geste du bras pour les guider vers une porte pleine, qu'elle ouvre après avoir frappé discrètement.

Au fond de la salle, assis dans un fauteuil capitonné et placé sur une estrade, un monsieur leur sourit. Il est habillé somptueusement d'un costume à plusieurs couches : une courte pèlerine rouge sur un surplis de dentelle blanche, lui-même couvrant, en partie, une soutane de soie rouge moiré. Son haut chapeau pointu et rigide l'empêche de pencher la tête. Sur ses épaules, il a jeté une étole brodée de fil d'or qui lui descend jusqu'aux genoux, et sur sa poitrine brille une grosse croix dorée. On dirait saint Nicolas !

Il leur fait signe d'avancer.

Tante Blanche lui explique la situation : Flora a communié lors des funérailles de ses sœurs, sans avoir reçu les sacrements.

— Je sais, madame Blackburn. Le frère Jules m'a fait part de votre lettre. Viens, ma petite, dit-il à Flora en l'invitant d'une main veineuse, mais gracieuse.

Cette main inspire confiance et, rassurée, Flora avance de trois pas. Il tend la paume, l'approche de son visage. Trop tard, elle se souvient : il va la frapper ! Sans qu'elle ait le temps de s'esquiver, elle reçoit le fameux soufflet.

Que de craintes inutiles ! Cette gifle, c'est à peine un effleurement, une caresse sur la joue. Flora sourit, soulagée.

— Alors, tu as communié, la semaine dernière ? lui dit l'évêque. Cela est très bien, mon enfant ! Continue ainsi, lui propose-t-il le plus gentiment du monde. À présent, il faut aller te confesser.

Elles reprennent la route le long de la rivière. De gros canards sauvages survolent les eaux. Déjà, en surplomb, leur apparaît la cathédrale : une église géante, avec deux immenses clochers que ses sœurs, au ciel, doivent pouvoir toucher.

Le bruit de la porte qui se referme derrière elle résonne jusqu'au plafond. Quelques paroissiens prient en silence dans les premiers bancs. Leurs prières ont une odeur d'encens. Des rangées de colonnes sable s'élèvent de part et d'autre, coiffées de feuillage de plâtre, jusqu'à la voûte, haute comme le ciel… On dirait un château. Ce qui impressionne le plus, c'est le maître-autel, au milieu du chœur en demi-cercle. Sur des colonnes torsadées et des piliers dorés repose une coupole tout enluminée et couronnée d'un baldaquin dont les arcades sont recouvertes de plâtre blanc nervuré de fines dorures. Au sommet, debout, sont perchés des anges aux ailes déployées, vêtus de blanc, d'ocre et d'or. Les yeux levés vers ces plafonds de paradis, Flora avance en tenant la main de tante Blanche qui la guide vers le mur du côté, devant une maisonnette à deux portes de bois ouvragé. Un prêtre traverse dans l'une d'elles et pousse un loquet. Tante Blanche ouvre l'autre.

— Entre ici, Flora.

À l'intérieur, il fait noir comme chez le diable et c'est plus petit qu'un placard. Refusant d'être enfermée dans ce réduit étouffant, Flora se crispe et secoue la tête, tremblante.

— Allez, le prêtre n'a pas toute la journée! la presse tante Blanche. Je t'ai expliqué, tu te souviens… tu dois lui dire tes fautes.

— Non!

Derrière son dos, Jeanne la prend par les épaules pour la pousser un peu, l'encourager.

— Allez, tout le monde fait ça. Il faut commencer par une fois.

Flora se dégage en tournant sur elle-même.

— Non, non! crie-t-elle. Je veux pas y aller.

Ses cris résonnent partout dans l'église. La répercussion de sa propre voix la saisit, lui fait peur davantage. Tante Blanche tente de lui prendre la main, le bras, mais Flora se débat en hurlant de plus belle. Devant elle, la porte béante, ouverte sur le noir, l'attend. Le néant! Aucune fenêtre, dans cette cabane, aucune issue possible si on l'y enferme. La seule autre ouverture est cette sorte de guichet dans la cloison, une trappe coulissante que le prêtre ouvre pour regarder à travers un treillage de bois, bien trop petite pour y passer le corps.

Tante Blanche et Jeanne s'y mettent à deux pour l'y pousser et pour apaiser la tempête de plaintes et de pleurs, mais Flora s'accroche à leurs vêtements et aux bordures de bois.

L'autre porte du confessionnal s'entrebâille. Le prêtre en sort, s'assoit sur le seuil et attend en regardant l'enfant en furie.

— Pourquoi cries-tu? dit-il doucement. Si tu continues, tu vas réveiller les statues.

Flora examine les statues aux têtes inclinées, aux yeux muets et aux airs timorés. Elle se calme, renifle et veut se moucher sur sa manche, mais épargne juste à temps sa belle robe de communiante.

— Il fait trop noir, je veux pas y aller.

— Alors, viens me trouver ici, répond-il en désignant la petite place près de lui, sur le seuil.

Elle hoche la tête, s'assoit contre le prêtre, en prenant soin de ne pas abîmer sa toilette immaculée. Tante Blanche et Jeanne s'éloignent vers les lampions placés sur une étagère en gradins.

— Eh bien, chère enfant, as-tu des péchés? demande le prêtre en lissant son étole du plat de la main.

Elle ne sait pas trop ce que c'est. Des taches sur l'âme, lui a dit tante Blanche. Elle secoue la tête.

— Tu as sûrement des manquements. Regarde dans ton cœur, reprend-il.

Elle ferme les yeux et cherche parmi les souvenirs des derniers jours. Des images effrayantes refont surface : la maison en feu, ses sœurs suffoquant dans la fumée, ses pieds nus courant sur les cailloux, le vent fou sur le chemin, les étincelles qui la poursuivent et les arbres fâchés dans la nuit. Les cris, les horribles hurlements qui la forcent à courir malgré la douleur aux pieds. La porte que le voisin Gérard tarde à ouvrir... Cet affreux cauchemar qui l'a réveillée encore cette nuit. Trop de temps, elle a mis trop de temps et n'a pas fait assez vite. Ses sœurs ont péri par sa faute, par sa très grande faute, mais elle le taira.

— Non, j'en vois pas.

— N'as-tu pas désobéi à tes parents ?

— Ils sont partis.

Le prêtre explique qu'elle doit faire absoudre ses fautes, il faut en trouver au moins une. Si elle meurt en état de péché, elle ira en enfer.

L'enfer, il est déjà dans sa tête, dans son ventre, dans ses rêves, chaque nuit, lorsqu'elle sommeille. Vite, avouer un péché pour que tout s'efface ! Bien sûr, elle a désobéi, mais à tante Blanche. Elle a refusé de manger toute son assiettée. Cependant, elle hésite à dévoiler ce méfait. L'homme à la soutane voudra savoir pourquoi et l'obligera, après coup, à toujours finir ses portions. Elle doit inventer autre chose, quitte à mentir.

— Je me suis chicanée avec Jeanne.

Le prêtre sourit en prononçant une formule, pendant que sa main trace un signe de croix dans l'air. Comme pénitence, elle doit réciter trois *Notre Père*. Il l'aide à se relever et lisse les plis de la robe, arrange son ruban et le voile, qui s'est un peu mis de travers lorsqu'elle a fait sa crise tout à l'heure.

— Voilà, c'est tout.

Que de peur pour rien ! Et dire qu'elle craignait la fessée. Le cœur plus léger, l'enfer évaporé, elle court dans l'allée pour rejoindre tante Blanche. Celle-ci dépose de la monnaie dans l'ouverture d'une boîte en métal, puis, à la flamme d'un lampion, elle allume une longue baguette et s'apprête à distribuer la langue de feu sur d'autres bougies. Voyant la flamme, Flora reste en retrait, la peur au ventre.

— Tu veux le faire toi-même ? propose tante Blanche.

— D'accord, répond-elle en prenant une grande inspiration.

Puis, soufflant fort, elle éteint tout.

— Mais qu'est-ce que tu fais ? s'offusque Jeanne, la retenant par l'épaule. C'était pour l'illumination de l'âme de tes sœurs !

— Du feu, elles en ont assez vu comme ça !

Le pardon du bon Dieu, une âme toute propre, le petit Jésus dans l'estomac : tout ira bien, à présent, et, en sortant de la cathédrale, elle inspire profondément. Elle se passe les mains sur son ventre et appuie de chaque côté, essayant d'y replacer quelque chose pour que le petit Jésus y loge plus confortablement. Communion, pardon, soufflet et absolution… rien n'y fait : les maux de ventre persistent.

# 7

Très tôt, le 25 décembre, pelotonnée dans sa chemise de nuit près du sapin, Flora admire, tranquille, le petit Jésus souriant dans la crèche et, à côté, ses cadeaux endormis dans leurs boîtes. Une tête garnie de bandelettes émerge dans le corridor et, bientôt, des bras d'acier l'étreignent.

Deux mois après la catastrophe, cousine Jeanne est revenue du couvent pour la période des Fêtes.

— Franchement, t'as trop de jouets. Petite gâtée pourrie! s'exclame-t-elle devant les pantins, poupées et jeux colorés. Et tu n'es même pas leur vraie fille. Ils veulent se racheter. C'est dur pour des parents d'aimer autant les orphelins que leurs propres enfants.

— Je suis pas orpheline.

— Abandonnée. C'est pire, réplique Jeanne, sur un ton de fausse pitié.

Pourquoi Jeanne l'enserre-t-elle aussi fort? Comme une anguille, Flora tente de se dégager, alors que l'autre renforce sa prise.

— Ah, toi, toi, toi! Je te tiens, murmure Jeanne entre ses dents.

— Lâche-moi, se plaint Flora en se tortillant.

— Non! J'en profite pendant que maman dort.

Combien de temps devra-t-elle endurer cet amour féroce? Les vacances de Jeanne dureront encore sept jours! Encore une longue semaine à subir son affection. Si elle pouvait raisonner aussi loin, Flora sentirait bien que l'embarras de Jeanne surpasse le sien : qu'est-ce que ce trouble qui s'empare de ces deux fillettes, toute cette chaleur dont elle ne sait que faire, qui la rend tour à tour molle, sans défense et pleine de tendresse aussi, puis sur ses gardes, ne sachant si elle doit se radoucir ou se raidir, méfiante ? Si Flora mettait des mots sur son sentiment envers sa cousine, les mots eux-mêmes tantôt sentiraient le bon pain chaud et réconfortant de tante Blanche, tantôt goûteraient l'amère huile de foie de morue qu'elle est forcée d'avaler tous les jours, vu sa maigreur. Mais Flora manque de mots, et ses tortillements d'anguille sous les fortes caresses de Jeanne expriment ce manque.

À l'étage, des pas font geindre le plancher. Bientôt, tante Blanche descendra. Auparavant, elle passe à la salle de bain, puis retourne à la chambre, revient au cabinet... Le temps s'étire. L'horloge sonne huit coups. Enfin, la voilà, sapin scintillant, déjà maquillée et parée de vert forêt et de bijoux, les cheveux gonflés, patiemment ondulés au fer sur la nuque et, partant des tempes, deux virgules s'évanouissant au bord des joues. Une femme fière et distinguée au sortir du lit.

— Quel ineffable tableau ! s'exclame-t-elle. Deux belles enfants enlacées sous l'arbre ! N'est-ce pas un merveilleux cadeau pour toi, Flora, que le cœur de Jeanne, cette nouvelle grande sœur ?

— Oui, ma tante, murmure Flora.

Sur la table d'appoint, tante Blanche dépose la boîte à peignes, puis, dos au fauteuil, sans se pencher en avant, elle plie les genoux et approche son postérieur de l'assise. Tante Blanche ne s'échoue jamais sur un siège ; elle a appris la manière élégante, au couvent. Tous ses gestes s'enchaînent de façon harmonieuse. D'un mouvement leste de la main, elle place sa jupe juste avant de poser les fesses sur le coussin. Une fois assise, elle ne s'adosse pas et garde le dos bien droit, les jambes serrées, légèrement inclinées. C'est très joli.

— Viens, que je te coiffe pour la messe, Flora.

Jeanne lui prend la brosse des mains.

— Oh non, laissez-moi faire, maman. J'aimerais vous rendre service en ce matin de Noël. Flora est ma poupée.

Puis, se tournant vers Flora :

— Le jour de Noël, on doit être belle pour le petit Jésus.

Elle brosse les cheveux fins, les caresse, brosse encore, les enroule autour de ses doigts. Des frissons courent sur la tête de Flora, jusque dans son dos. Elle ferme les yeux, se rappelle les mains de Dominique, lorsqu'elle la coiffait.

— Si tu y mets trop de temps, nous serons en retard pour la messe, remarque Blanche en souriant.

Dès que Blanche quitte la pièce, Jeanne n'y va pas de main morte, tirant les cheveux à chaque coup et, tressant les nattes, agrippe ici et là un cheveu à la fois. C'est pire. Si elle continue, les larmes vont couler. Surtout, ne pas pleurer.

— Arrête, tu me fais mal !

— Il faut souffrir pour être ma belle poupée !

Au souper, oncle Pitre, habituellement silencieux à table, s'adresse à Jeanne.

— Je te regardais, à l'église, ma fille. Comme tu as grandi, en trois mois ! En sagesse, en politesse, en habileté et en beauté aussi.

C'est vrai qu'elle est belle, cousine Jeanne. Ses cheveux blonds frisent naturellement et forment des boudins parfaits lorsqu'elle retire les bandelettes, le matin. Au couvent, elle a appris à broder et a apporté, en cadeau, des mouchoirs garnis des initiales de ses parents. Bien sûr, elle n'a pas oublié Flora.

— Blanche m'a présenté ton bulletin. Des notes parfaites. Je n'ai rien à redire.

— Si elle persévère, ajoute Blanche en se tournant vers Pitre, elle obtiendra encore la médaille du mérite. Tu as vu, ici, ce qu'a écrit sœur Cécile (elle montre du doigt le bas de la feuille): *Notre Jeanne s'applique à la vertu, à des habitudes d'ordre et à cultiver en elle les qualités du cœur et de l'esprit qui forgent la dignité et le mérite dans la bonne société.*

— Merci, se rengorge Jeanne, avec une fausse humilité.

La main que dépose Pitre sur celle de sa fille, une main large comme une rame, protectrice, qui ne bat pas, ne menace pas, forte et douce, enserre un court moment puis tapote un tantinet, manifestant la plus grande reconnaissance. En dessous, celle de Jeanne, délicate, les doigts fins, les ongles propres mais pointus, reste immobile, alors que le visage de la bonne élève se tourne vers Flora et s'illumine d'un large sourire.

Après le bénédicité, Blanche découpe et partage le poulet.

Flora occupe la chaise à gauche de l'oncle Pitre. Depuis qu'elle est arrivée chez eux, il lui a assigné cette place afin de veiller à ce qu'elle avale, à tout le moins, les menues portions que lui sert Blanche. Au lieu de manger, elle pignoche la nourriture du bout de sa fourchette, faisant semblant de prendre de petits morceaux, saupoudrant ici un peu de sel, là un peu de poivre, et jetant une noix de beurre sur les pommes de terre, puis contemple l'assiette sans plus y toucher. Depuis octobre, Pitre a usé de toutes sortes de stratagèmes. Aujourd'hui, il propose une course.

— Le premier qui a terminé aura un sucre à la crème!

Il pique sa fourchette dans le blanc de poulet, bouchée après bouchée. Ses joues rondes et son ventre rebondi ne manquent certainement pas de place pour engouffrer le contenu de son assiette et en réclamer encore. Il méritera sûrement, après, un sucre à la crème, et l'oncle sera plus ventru. Flora ne bouge pas.

— Qu'est-ce que tu attends ? soupire Pitre, à bout de patience.

— Que le beurre soit tout fondu. C'est meilleur.

Le plat refroidit et Flora glisse sur sa chaise comme un beurre ramolli dans une purée de honte. Pitre trouve d'autres moyens : les menaces.

— Si tu ne te tiens pas droite, je vais t'attacher au dossier avec ma ceinture.

Elle se redresse et saisit un morceau de viande, qu'elle mastique longuement. Pitre va chercher un couteau à découper et une fermeture éclair.

— Si tu ne finis pas ton assiette, je t'ouvre le ventre avec ce couteau et je vais y coudre un *zipper*. Comme ça, à chaque repas, je n'aurai qu'à vider l'assiette dans ton ventre et à le refermer avec le *zip*.

Il place la fermeture éclair sur son abdomen et fait glisser le curseur de haut en bas, puis de bas en haut, avec des « zip, zip » très drôles.

Blanche intervient.

— Voyons, Pitre, ne lui fais pas peur avec ça. Elle mangera plus tard.

— Non ! Elle a besoin d'un peu d'autorité, de la poigne, c'est tout.

— J'ai pas peur des coupures, lui dit-elle, l'air coquin.

Flora sait bien que jamais Pitre ne mettrait à exécution ces atrocités. Il veut simplement l'impressionner. Ce n'est qu'un jeu de bonimenteur de foire qui lui plaît bien, au fond. Les petits pois, les purées et le poulet s'avalent tour à tour, à la grande satisfaction de Pitre, qui la félicite et l'enlace. S'il s'occupe d'elle ainsi, c'est qu'il l'aime autant que sa Jeanne.

Le lendemain, la scène se répète.

— Est-ce que je peux quitter la table ? demande Jeanne que la longueur du repas exaspère.

— Bien sûr, ma grande.

Puis, regardant l'horloge, tante Blanche sursaute.

— Passé six heures ! Mon doux, il faut que je me prépare en vitesse ! Jeanne, voudras-tu ramasser et laver la vaisselle, s'il te plaît ?

Et, se tournant vers Flora :

— Allez, encore six bouchées et on n'en parle plus. Je dois aller à l'hospice, tu le sais, explique tante Blanche.

Maintenant froid et pâteux, le macaroni coudé attend devant Flora, qui y a à peine touché.

Lorsqu'elle revient de sa chambre, parée et parfumée, Blanche constate que Flora n'a pas bougé.

— Je n'y comprends goutte, soupire-t-elle en enfilant son manteau. C'était pourtant ton repas préféré, avant. Je l'ai cuisiné juste pour toi… Bon, le taxi arrive, je me sauve. Quand tu auras terminé, Flora, tu pourras aller au lit. Jeanne s'occupera de toi et, si vous avez besoin de Pitre, il est à l'atelier, en bas.

Blanche a appelé un taxi pour permettre à Pitre de rester avec les filles. Heureusement, les lumières de la ville et le doux temps lui redonnent un peu son humeur. Lorsqu'elle va à l'hospice pour rendre visite aux malades, c'est toujours le cœur serré. Cette fois-ci, l'oppression pèse plus que jamais : à quoi doit-elle s'attendre ?

Sous son manteau de fourrure, elle porte sa robe fleurie, la bleue, et son chapeau de feutre marine, garni d'une aigrette blanche, pour mettre une touche de couleur et de fantaisie dans l'univers sombre de l'hospice et, espère-t-elle, un sourire sur le visage de sa belle-sœur.

Le taxi met une demi-heure avant de la déposer à la porte de l'établissement. Auparavant, elle passe chez le confiseur, sur la rue principale, pour y acheter des chocolats, puis chez la fleuriste, pour un bouquet d'œillets. Les yeux de Marie-Alice pétilleront devant ces petites gâteries. La pauvre, elle a dû passer Noël seule. Blanche lui parlera de Flora, des décisions qu'elles ont à prendre pour l'année qui vient et pour l'inscription à l'école, entre autres. Marie-Alice sera heureuse d'avoir des nouvelles de sa fille. Blanche lui proposera d'emmener la petite, pour une courte visite, si on le lui permet, la prochaine fois.

À l'accueil, elle demande à voir M^{me} Marie-Alice Blackburn. La sœur augustine hausse les sourcils sous son voile blanc.

— Êtes-vous de la famille ?

— Oui, sa belle-sœur. On m'a avisée, par téléphone, que les visites étaient maintenant autorisées pour les proches.

— Veuillez vous installer là, dans la salle d'attente, le temps que je trouve quelqu'un pour vous accompagner.

L'accompagner ? Pourquoi ?

Bientôt, une autre robe blanche se présente devant elle.

— Pour voir M^{me} Blackburn ? Allons-y.

En parcourant les corridors vert tendre, la jeune hospitalière émet ses commentaires et ses mises en garde.

— Les blessures guérissent bien, le corps a repris ses fonctions, mais M^{me} Blackburn n'a pas retrouvé toute sa conscience. Nous tentons une thérapie occupationnelle où de petits travaux manuels et certains loisirs sont préconisés. Nous gardons espoir et prions beaucoup pour elle.

Avant d'ouvrir la porte de la chambre, la sœur poursuit :

— Ne vous surprenez pas, nous avons dû retirer les câbles, les cordons et les lacets, ainsi que le veut la consigne pour les cas comme celui de votre belle-sœur. Il faut lui parler doucement et bouger très lentement. Tout mouvement brusque l'effraie. C'est la raison pour laquelle nous avons dû la mettre en isolement.

Ce doit être plus grave qu'elle ne l'avait imaginé. Pourtant, au téléphone, on lui avait dit que la malade se rétablissait assez bien. Blanche hoche la tête, serre de plus près le bouquet de fleurs contre elle.

Lui tournant le dos, Marie-Alice est assise sur le lit, face à la seule fenêtre de la pièce. Ses cheveux sont attachés à la nuque et retenus par un joli ruban.

— Bonjour, Marie. C'est moi, Blanche.

Elle ne bouge pas.

Sans prendre le temps de déposer fleurs et chocolats, Blanche s'approche lentement et contourne le lit. Elle se retrouve maintenant devant elle. Un trou noir, une case vide fixe Blanche qui, honteuse, tente de détourner le regard. Dans la bouche entrouverte de Marie-Alice, une incisive supérieure manque.

Quelques cicatrices marquent encore la lèvre et le côté du visage. Un petit pansement recouvre la tempe qu'on a soigneusement rasée.

— Marie, répète Blanche, bouleversée.

— Elle ne répondra pas, madame, intervient la sœur en posant la main sur l'épaule de Blanche. Cependant, elle mange et dort bien. Hier, elle a réussi à placer des morceaux de casse-tête. Parlez-lui, tout de même, on ne sait jamais. Votre voix la rassurera.

Ne sachant plus que dire, Blanche laisse tomber fleurs et boîte enrubannée sur les draps. Tour à tour, ses pensées vont à Marie-Alice, à Flora, à Joseph-Albert. À Joseph-Albert, ce monstre ! Dans sa tête, une écluse cède : la colère éclate. Joseph-Albert, agenouillé dans la quatrième rangée à l'église, l'été dernier, priant avec ferveur. Joseph-Albert, ce bon vivant, affable et animé. Avant, c'était avant. Pourquoi cette violence à présent ? Pourquoi s'en être pris à sa belle Marie-Alice qu'il aimait tant ? Et à ses enfants ? Le Grand Black… tout le contraire de son frère Pitre, le roc tranquille, le pilier. Elle se souvient du mariage double des deux frères et de la joyeuse soirée de noce. Marie-Alice et Joseph-Albert, valsant yeux dans les yeux. Elle enviait cet amour bien plus fou que le sien. À cette époque, elle aurait tant voulu que Joseph-Albert la choisisse, mais il avait préféré la douce Marie-Alice, un peu plus jeune et plus jolie. La fière Marie-Alice… Elles avaient fréquenté le couvent Notre-Dame ensemble, pendant cinq ans, et y avaient appris à devenir de bonnes épouses, à briller en société. À la sortie du couvent, Blanche avait rencontré Joseph lors d'un banquet d'huîtres. Si aimable, si attentionné. L'amour fou qu'elle éprouvait pour lui… Ils s'étaient fréquentés tout l'automne, puis tout l'hiver, deux saisons de rêve. L'été suivant, à la Saint-Jean-Baptiste, elle avait invité des amis à la maison de campagne de ses parents, aux Eaux-Mortes. Marie-Alice y était. Pitre aussi. Dès que Joseph avait posé les yeux sur Marie, Blanche avait senti la flamme enivrant son regard. Après le souper, elle les avait aperçus dehors, derrière le terrain de tennis à l'orée de la forêt, en tête à tête. Ils s'étaient embrassés. Elle avait ravalé son tourment et s'était éclipsée pour, plus tard, se tourner vers Pitre, le grand frère sérieux, toujours égal à lui-même, jamais un mot plus haut que l'autre. Après le mariage, Marie-Alice mettait un enfant au monde chaque année, tandis que le ventre de Blanche restait plat. Chaque mois, l'apparition de ses règles anéantissait ses espoirs. Finalement, Pitre et elle avaient adopté la belle Jeanne à l'orphelinat des Ursulines, moment qu'elle n'oubliera jamais : dans la pièce prévue pour rencontrer les orphelins, les religieuses avaient emmené trois bébés. « Si ceux-là ne vous conviennent pas, avait dit une sœur, nous vous en présenterons trois autres, et ainsi de suite. » Blanche était troublée. Du trio, une petite fille sachant à peine marcher s'était avancée vers elle, attirée par le bijou qu'elle portait au cou. « Non, non ! Ne vous donnez pas cette peine ! avait-elle supplié. Je prends cette petite, je la garde pour toujours ! » Ils étaient repartis avec le poupon et ses quelques effets, leur belle Jeanne à qui, bien sûr, on ne dirait jamais rien de cette adoption. Une seule enfant pour toute famille, mais quelle enfant, si douée, si parfaite !

À Marie-Alice aussi, à présent, il ne reste qu'une fille.

*Faire contre mauvaise fortune bon cœur*, disait-on. La mauvaise fortune avait changé de camp dernièrement, et Dieu sait si elle ne l'avait pas souhaité : le bonheur de Marie-Alice comptait par-dessus tout.

Levant ses yeux embués, elle aperçoit le crucifix au mur ; elle voudrait le lancer par la fenêtre, mais sa main tremblante s'immobilise pour empoigner le montant du lit et s'y crisper, jusqu'à ce qu'elle ait mal aux jointures.

Malgré elle, elle émet un grondement.

Marie-Alice réagit, serre le poing gauche comme si elle s'apprêtait à contre-attaquer; la main droite protégeant frileusement son front violacé.

— Calmez-vous, madame, chuchote la sœur, inquiète. Elle a besoin de douceur.

Blanche s'entend dire, d'une voix qu'elle ne reconnaît pas:

— Attends, Marie, je vais remonter ton oreiller. Tu verras comme ce sera plus confortable.

Aidée de la religieuse, elle adosse la malade du mieux qu'elle le peut à la tête du lit.

— Voilà, Marie. Tu pourras voir le ciel d'hiver et le paysage, par la fenêtre.

Dehors, un corbeau perdu dans l'étendue blanche espère un printemps.

— Regarde, j'ai des fleurs.

Pour retrouver une contenance, Blanche s'active à les placer dans un vase que lui apporte l'hospitalière, prenant le temps de les disposer en un joli bouquet harmonieux. Enfin, ses mains se calment, essuient les larmes sur ses joues, dégrafent le manteau et le déposent sur la chaise, dans le coin. Elles agissent en dehors de sa volonté. Blanche aurait envie de prendre ses jambes à son cou, de hurler, de pleurer. Si Marie avait accepté cette invitation pour ce voyage en caravane, en août, avec les enfants… La plage, la mer, les restaurants accueillants… «Madame, voulez-vous un autre Pink Martini?» Les magazines et les conversations légères, dans les transats en toile rayée, tout en surveillant les petits sautant dans les vagues. Mais non! Marie avait préféré rester chez elle pour aider Joseph-Albert à préparer l'exposition agricole. Blanche était repartie, presque offusquée, une pensée non chrétienne en tête : « C'est ça, reste donc avec ton Grand Black et sa folie des grandeurs ! » Comme elle s'en veut de ne pas avoir insisté davantage. Ses filles seraient encore de ce monde, Marie-Alice aussi, mais autrement.

Jusqu'à la fin des visites, Blanche demeure assise près d'elle, lui caresse les cheveux, les joues, la main, en lui parlant de Flora, de Jeanne, des dernières nouvelles, ne rapportant que les bonnes, des vétilles.

Avant de partir, elle embrasse le front vide de sa belle-sœur, lui promet de revenir. Puis, elle range la boîte de chocolats dans son sac à main et endosse son manteau.

Dans le taxi, elle ressent encore la honte, la même qui nous habite lors d'un matin pur, après une nuit où l'on a vu, sous les morsures des remords, sortant des placards et des fenêtres sombres, d'épouvantables et de pétrifiants spectres.

Le cœur en morceaux, elle revient dans une maison presque noire. L'horloge sonne neuf heures du soir. Lorsqu'elle allume à la cuisine, elle sursaute. Flora est toujours assise à la table, la tête sur les avant-bras croisés, endormie près de son bol de macaroni séché.

— Pauvre petite, murmure-t-elle en la réveillant. Va te coucher. Je vais jeter tout ça aux poubelles.

— Et maman ? Comment elle va ?

— Très bien, mais elle doit rester à l'hôpital encore. Regarde, elle m'a donné pour toi une belle boîte de chocolats et elle a insisté pour que tu en prennes un par jour, à condition que tu manges bien. Tu sais, elle était très inquiète quand je lui ai appris que tu ne faisais que grignoter. Elle veut retrouver une belle Flora joufflue, lorsqu'elle sortira.

Flora passe ses bras autour du cou de sa tante et la serre très fort, longtemps. L'étreinte de Blanche voudrait contenir l'amour de toutes les mamans.

Au matin du Premier de l'an, après la bénédiction de l'oncle Pitre, branle-bas de combat pour préparer la réception du soir. La veille, Pitre a ouvert le grand salon pour que la pièce ait le temps de réchauffer, mais l'air frais flotte encore sur le plancher. Aidé de Jeanne et de Blanche, il déplace chaises et fauteuils pour les disposer en un large cercle. Blanche installe les tables gigognes sur lesquelles elle déposera les hors-d'œuvre.

— Le sapin de Noël perd ses épines, remarque Jeanne.

— Tu voudras bien passer la vadrouille autour, sinon nous aurons des aiguilles à ramasser pendant des mois. L'an dernier, j'en ai trouvé dans mes tiroirs en juin, raconte Blanche en roulant les tapis.

— C'est qui, la visite ? demande Flora, appréhendant de voir surgir son père.

— La famille du côté de maman, précise Jeanne. Les Duchesne, les Simard et les Claveau.

Flora s'amuse à essayer tous les sièges : la chaise Maurice et son dossier ajustable, le fauteuil berçant en similicuir rouge, l'autre, le bleu, semblable à un trône, bien plus confortable que les chaises de métal pliantes. Le canapé a été poussé en angle, dans le coin, près de la porte avant, par laquelle on ne passe jamais. Flora saute sur les trois coussins fleuris, à l'insu de Jeanne et de Blanche, toutes deux affairées à la cuisine. Quant au piano, il reste en place, avec les trois Massicotte accrochés au-dessus, ainsi que le gros buffet en noyer sur lequel Blanche a aligné des coupes et des bouteilles colorées. Toujours au comptoir de la cuisine, Blanche et Jeanne lavent maintenant le verre taillé : plats à bonbons, à pâtisserie, plateaux, chandeliers... Tout brille sous les fenêtres ensoleillées.

— Il fait encore moins vingt, dehors, se plaint Blanche. Allume-nous donc le foyer, Pitre, avant l'arrivée de nos gens.

Pitre place papier, petit bois et bûches dans l'âtre.

— Maudit ! s'impatiente-t-il, la cheminée tire pas.

La fumée reflue dans la pièce et monte le long du manteau. Pitre s'obstine, ajoute des journaux déchiquetés pour réchauffer le conduit. Flora grimpe sur le dossier du canapé, glisse derrière, en boule dans le petit coin, et se couvre le visage à deux mains. Il s'écoule un long moment avant qu'elle les retire ; la fumée a disparu, à peine reste-t-il une légère odeur.

On sonne à la porte.

— Bonsoir, Madeleine, bonsoir, Paul-Émile. Entrez donc !

Les familles arrivent, se pressent dans l'entrée en échangeant des vœux pour la bonne année. Puis, après avoir laissé leur manteau dans la chambre principale, les membres de la parenté s'installent au salon.

Toujours cachée derrière le meuble, Flora entend les voix des uns et des autres, mais elle ne les reconnaît pas toutes. Au moins, parmi les bribes de conversations, elle ne décèle pas celle de son père. Tout en écoutant les échanges, elle s'applique à suivre du doigt les arabesques des motifs fleuris sur le dossier du canapé.

— Quelles sont les nouvelles de Marie-Alice ? demande une femme.

Tout le monde se tait, alors que tante Blanche s'éclaircit la gorge.

— Toujours à l'hospice, répond-elle, découragée. Son état n'évolue guère. Je l'ai vue il y a une semaine. Son corps va, mais sa tête est… vide. Elle ne m'a pas reconnue et ne parle plus. C'est affreux.

Bonne maman ne parle plus! Mais comment a-t-elle pu dire à tante Blanche, pour les chocolats et la nourriture?

— A-t-elle réalisé, du moins, ce qui est arrivé à ses filles?

— Je ne le crois pas, fait la voix étouffée de tante Blanche.

— Elles ont payé cher, les pauvres, l'étourderie de leur père.

Grand-mère Flavie reprend la parole sur un ton révolté.

— Rappelez-vous, en 1927, le terrible incendie de l'hospice Saint-Charles, dans la capitale. Sur les trois cent soixante-dix pensionnaires, trente-trois sont morts, la plupart des enfants sommeillant dans les dortoirs. Les journaux en avaient beaucoup parlé. Je me souviens des paroles de l'abbé Laberge, s'emporte-t-elle. Aux funérailles, il avait osé dire, dans son sermon, que ces décès étaient une expiation et seraient, pour toute la communauté, une bénédiction. Il dénonçait le théâtre, la luxure, l'ivrognerie… tous ces travers sévissant dans la ville. Selon lui, ces pauvres petits avaient péri à cause des péchés de tous.

— Dans ce cas-là, ajoute quelqu'un d'autre, choqué, Joseph-Albert doit avoir bien des péchés sur la conscience.

Après un bref silence, les questions et propos s'entremêlent dans une discussion confuse.

— Et Joseph-Albert, justement, il est où?

— La police le cherche toujours. Certains racontent qu'il a traversé la frontière.

— Que dit l'enquête ? C'était un incendie criminel ?

— Aucune preuve.

— Ce serait-y Dieu possible qu'il ait mis le feu à sa maison, ses filles dedans ? Ben voyons !

— Ça me surprendrait pas. Pas responsable pour deux cennes, le Grand Black. Rappelez-vous ce qu'il a fait pour pas aller à la guerre. Et pis, on raconte que, l'automne passé, il s'est endetté pas à peu près. En mettant le feu, il espérait sûrement toucher l'assurance.

— Et Julien ?

— Parti un peu avant les événements. C'est à se demander s'il sait ce qui est arrivé. Aucun signe de vie depuis son départ.

— Et la petite, qu'allez-vous faire avec ? Faut-il nommer un tuteur, dans ces cas-là, ou penser à l'adoption ?

— Mais non, tant que le père n'a pas été retracé… et puis les deux parents sont toujours vivants.

— Que dit la loi ? Faudrait se référer à la justice.

— Ou bien demander au curé.

— Pourquoi ne pas en parler aux Ursulines ? propose une autre voix. Peut-être est-ce considéré comme un cas d'abandon.

— Plutôt d'incapacité parentale ou d'inaptitude… comment on dit, déjà ?

— Mais Marie-Alice, elle va s'en remettre, n'est-ce pas ?

— Ça prendra un miracle, je le crains, soupire tante Blanche.

— On fait quoi, en attendant ?

— En tous les cas, me semble que c'est pas de nos affaires, riposte une voix éraillée. C'est plutôt aux Blackburn de voir à tout ça. Qu'en penses-tu, Pitre ?

Pitre n'a pas le temps de répondre. Encore une fois, tante Blanche parle pour lui.

— Je vous jure que Pitre et moi, nous nous occuperons d'elle comme de notre propre Jeanne. Elle aura une belle instruction. Peu importe la suite des choses, nous l'inscrirons dès cette année au couvent. Elle ne manquera de rien. Flora, c'est notre fleur sortie des cendres.

— Où est-elle, justement ?

— En haut, avec Jeanne, je crois, répond Blanche. Elles jouent sûrement avec leurs étrennes. Voulez-vous des amuse-gueules ?

Peu à peu, Flora ne voit plus ni les motifs sur le canapé ni l'éclat de la lampe en surplomb. La chaleur qui l'enveloppait l'instant d'avant, dans son refuge, disparaît. Ne reste plus que le bourdonnement des conversations qui montent de l'assemblée, même si les invités ne font que chuchoter. Leurs paroles et les images suscitées créent une poudrerie sombre et brûlante qui lui chauffe les oreilles et lui glace le sang.

Tintement de verres, de glaçons, et glouglou de bouteilles qui se vident : Pitre sert les apéritifs.

— Laissons là ces propos, mes amis, et chantons pour commencer l'année 1947 sur une note plus gaie, suggère la voix de tante Blanche.

Elle s'installe au piano et joue les premiers accords de *Il est né, le divin enfant*. Paul-Émile, ténor, oncle Pitre, basse, Blanche, soprano, et Madeleine, alto, entonnent le refrain comme du temps où bonne maman faisait chanter la famille : sa petite chorale rieuse, autour du piano, cœur de la maison. Quatre tonalités en une consonance parfaite... Flora frémit. Ce souvenir-là ne s'efface pas facilement, telle une harmonique qui vibre plus longtemps que la note initiale. Fermant les yeux, elle tente d'appeler l'image de ceux et celles qu'elle aimait tant. En ce bref instant, de douces souvenances surgissent à son esprit : la maison de ferme qu'ils habitaient l'été dernier, les soirées dans les champs pleins de grillons qui faisaient danser les étoiles. Bonne maman, dans la balançoire, par un temps doux, chantonnant l'air du *Ver luisant,* lové contre papa qui reprend le refrain avec elle. Un frisson lui parcourt le dos. Que ressentaient-ils, à ce moment-là, l'un pour l'autre ? De l'amour ? Mais alors, pourquoi l'avoir battue, plus tard ? Comprendre. Elle veut comprendre, mais le souvenir de ses sœurs qui monte en elle n'a ni leur visage ni leur corps, juste les contours imprécis d'un tourment dont les flammes, à travers ce ravissement, éveillent une immense tristesse. L'enfer ! Sors de là ! Sors de là ! répètent tout bas les coups frappés sur sa poitrine.

*Depuis plus de quatre mille ans,*
*Nous l'attendions cet heureux temps.*

Derrière le canapé, elle mêle sa voix à celles des oncles et tantes. Pitre se lève, se retourne, y découvrant, dans le coin, sa petite poupée musicale. Il la tire de ses deux bras.

— Ah, ma coquine ! Viens chanter avec nous !

Le visage de tante Blanche n'a jamais été si blanc. Restée grande ouverte sur le dernier mot du couplet, sa bouche n'émet plus un son, pendant que ses mains continuent de jouer. Un bref instant, son regard croise les gros yeux réprobateurs de sa nièce.

Les chansons de Noël s'enchaînent. Sur les genoux d'oncle Pitre, Flora séduit de sa voix enfantine, juste et pure. Elle connaît toutes ces chansons-là, car elle les a souvent entonnées avec sa mère. Son tourment se dissout peu à peu et l'enchantement apparaît sur tous les visages.

Tard en soirée, dans la chambre à coucher, Jeanne lui dit, d'un ton taquin :

— Viens ici, Flora, ma Petite Fleur des cendres.

Les bras tendus vers elle, les doigts remuants, elle s'avance pour l'enlacer, la piquer encore. Flora se roule en boule par terre.

— Ouais, tu parles d'une fleur, se moque Jeanne. Plutôt un charbon. Non plus. Un chardon, tout noir et plein d'épines.

Oui, une armure d'épines pour se protéger de Jeanne la liane.

# 8

— Vous devriez porter des gants pour protéger vos mains de ces vilaines épines, conseille sœur Irène à Maurice, venu lui demander d'enlever une écharde fichée dans sa chair depuis des jours.

— Je ne peux m'y résoudre, avoue-t-il, avec un air d'enfant repentant. Les gants nuisent à ma dextérité.

Sœur Irène observe la main ouverte. Autour d'un point sombre, la peau s'est colorée d'une teinte rouge inquiétante ; un cercle chaud et douloureux s'étend sur presque toute la paume.

— L'infection progressera de la même manière, je le crains. Placez-vous en pleine lumière, là, et attendez-moi.

Au bout d'un instant, elle revient dans la classe avec son panier à broderie, d'où elle sort une loupe, une aiguille et une petite pince ; puis, se penchant sur le corps étranger, elle exécute un travail à l'aiguille qui mouille les yeux de Maurice, grimaçant à chaque avancée de la pointe.

— Je suis désolée de vous tirer des larmes, mais l'écharde est bien profonde.

— Après tout ce que j'ai enduré à la guerre, quelle ironie !

Pour lui changer les idées pendant la délicate opération, sœur Irène parle du pain que ses compagnes ont cuit, la veille, de l'humeur turbulente des enfants à l'aube des vacances, des chemins qui, enfin, sont secs et ne souillent plus le bas des robes, de la fin de cet interminable règne de la boue qui dure depuis avril… L'ingrate saison.

— Au fond, de quoi oserais-je me plaindre ? s'excuse-t-elle. Que sont ces quelques chemins vaseux à côté de ce qu'a vécu mon frère ?

— Que lui est-il arrivé ?

— Mort dans la boue des tranchées, de l'autre côté. Nous n'en savons rien de plus. On nous communique si peu de renseignements concernant cette guerre. Même ceux qui en reviennent préfèrent se taire.

Elle interrompt ses manipulations et rapproche une lampe pour mieux voir la tenace écharde.

— Les anciens soldats n'aiment pas en parler, remarque Maurice. Ils ont souvent vu de telles horreurs…

— Est-ce votre cas ?

— Oh si ! La guerre m'a changé complètement. Au cours de ma tendre jeunesse, j'ai davantage appris dans les livres que dans la vie. Je n'étais pas encore un homme et loin d'imaginer de quoi les humains sont capables. Maintenant, j'en sais un peu plus sur l'existence et sur ce que peut l'homme.

— Du meilleur comme du pire, voulez-vous dire.

Il serre les mâchoires, plisse les yeux et secoue la tête.

— Du pire, je vous l'assure. C'est une terrible histoire.

— Peut-être vous fera-t-il du bien de me la raconter.

Du sang jaillit au creux de la main, empêchant l'aiguille de pénétrer plus loin.

— Êtes-vous certaine de vouloir l'entendre ?

— J'ai les nerfs et le cœur solides. Allez-y, pendant que j'éponge le sang.

— Vous avez raison, peut-être pourrai-je exorciser les images.

Il regarde au loin, par la fenêtre, en plissant les yeux et serrant dans sa main la compresse que sœur Irène lui a remise.

— J'étais cantonné dans un village, au nord de la France, avec un petit groupe de soldats. Les Allemands sont arrivés en nombre supérieur. Il y en avait partout et nous n'avions d'autre choix que de fuir. Mes compagnons ont couru par les ruelles et ont réussi à sauver leur vie, mais vite à bout de souffle, à cause de mes poumons malades, je n'arrivais pas à les suivre et me suis affalé derrière un muret. Je suis resté caché là, scrutant les bruits, attendant le calme et la nuit pour pouvoir déguerpir. Par une fissure, je pouvais observer la rue. J'ai vu un vieil homme qui marchait quand un soldat allemand s'est planté devant lui. Avec des gestes éloquents, il lui a demandé de lui remettre l'alliance qu'il portait au doigt. Le vieillard ne voulait pas. Devant l'insistance du soldat, il a finalement enlevé l'anneau, mais, au lieu de le donner au militaire, il l'a caché dans sa bouche. L'autre l'a bourré de coups, jusqu'à ce que le pauvre homme s'effondre. L'Allemand lui a empoigné la mâchoire pour l'ouvrir.

Maurice regarde maintenant sa paume; le sang n'y coule plus. Sa voix devient plus grave.

— Comme l'anneau n'était pas dans la bouche du vieux, le soldat a retiré sa baïonnette et a ouvert les vêtements, puis, donnant un grand coup, il a planté la lame dans le ventre du vieillard pendant que ce dernier hurlait et appelait son dieu. Le militaire cherchait dans les entrailles la petite pièce d'or. Je ne pouvais pas intervenir parce que plusieurs Allemands rôdaient. J'étais seul, loin de mon cantonnement, et j'étais transi de frayeur. Je ne sais pas si le bourreau a trouvé le jonc – tout s'est passé trop vite. De loin, j'ai assisté, impuissant et muet de haine, à l'agonie du vieux qui gisait dans son sang.

Sœur Irène cesse ses manœuvres, ahurie.

— Je m'en veux encore.

— Les soldats auraient pu vous tuer.

— J'ai eu peur. Je suis resté sans bouger, trop longtemps, dégoûté de moi-même et des hommes. Je n'ai jamais compris pourquoi le vieux avait à ce point résisté.

— Il s'agissait sûrement de son alliance de mariage, un souvenir dont il ne voulait pas se départir.

— Tous ces symboles absurdes! Que vaut l'or? Pourquoi les bagues de mariage sont-elles coulées de ce métal précieux, alors que la Bible dénonce l'adoration du veau d'or? Et que dire des trésors du Vatican? Après cet événement, j'ai compris que je ne serais plus jamais le même. Le tendre jeune homme d'auparavant est resté dans les livres, et ma foi est morte dans les tripes de ce vieux juif.

— Il faut vous en remettre au Seigneur. Vous savez pertinemment qu'Il est venu sur terre justement pour…

— Pour rien! l'interrompt Maurice, avec fatalité. S'en remettre au Seigneur? La belle affaire! Bien sûr, c'est tellement plus commode. À chaque revers de vie, vous suffit-il de tomber à genoux et d'abandonner les autres pour qu'ils se débrouillent seuls?

Sœur Irène se sent personnellement attaquée, mais, conservant sa contenance, remue plus profond dans la plaie et, enfin, brandit au bout de sa pince le petit éclat de bois ensanglanté.

— Voilà la cause de bien des maux, le coupe-t-elle, heureuse d'éviter l'affrontement. J'espère avoir retiré cette épine à temps avant que l'inflammation gagne votre âme.

— Il est trop tard, répond-il en souriant, mais ne vous inquiétez pas pour moi. On nous dit qu'à la naissance, le péché originel entache notre âme et que le baptême l'effacera. C'est tout le contraire : au début, l'enfant est bon, et la méchanceté le gagne au contact d'autrui, par cette volonté d'acquérir pouvoir, richesse et territoire. Les hommes ne changeront pas, ma sœur, et les pires guerres seront encore menées au nom de la religion pendant des millénaires, avec un Diable qui fait de l'humour noir et un Dieu qui rit jaune.

Le cœur chamboulé, sœur Irène regrette maintenant d'avoir voulu changer le mal de place en déviant la conversation. Alors qu'elle s'applique à désinfecter la plaie au peroxyde, les propos de Maurice lui laissent un goût amer sur la langue et, dans la gorge, un nœud serré. Pour finir, elle entoure la main de gaze.

— Voilà, dit-elle. Une blessure qu'on ne voit pas fait moins mal. Dans deux jours, la cicatrice se sera estompée et vous redeviendrez un artisan de bonheur.

— Je m'excuse de vous avoir bousculée avec mes horribles confidences, mais vous l'avez voulu et, au fond, mieux vaut que vous connaissiez mes positions.

— Pourvu que vous respectiez les miennes. La robe et la mission que j'ai choisies me détournent justement des horreurs du genre humain. Si je peux, à ma mesure, changer le cœur des petits afin qu'ils deviennent de meilleures personnes, j'en serai ravie.

Maurice prend congé et s'éloigne dans la poussière du chemin que soulève le vent chaud de la mi-juin. Sœur Irène profite d'une pause pour prendre le frais et pour respirer la lumière, au son joyeux des enfants qui jouent sur la berge. Cette musique réconfortante lui redonne un peu d'allégresse. Elle se laisse attendrir par l'innocence, les cascades de rires, les cabrioles des garçons sur les grands rochers plats, leurs courses à perdre haleine... Que nous ne soyons restés enfants !

De la galerie où elle se trouve, elle n'entend pas leurs propos, mais comprend, à leurs gestes, qu'ils ont inventé un jeu. Ils lancent dans l'eau calme des pièces de bois usées par les vagues. Puis, avec des cailloux, ils visent les masses flottantes et accumulent des points dès la cible touchée. Parfois, porté par le vent, un chiffre retentit.

— Huit !

— Dix ! Je vais gagner !

— Douze ! Je t'ai battu !

Au bout d'un temps, les joyeuses clameurs changent de registre et le ton monte.

— Tricheur ! Tu y as même pas touché !

— De toute façon tu sais pas compter jusque-là ! Paulo, cervelle de veau !

— Paulo, cervelle de veau ! Paulo, cervelle de veau ! scandent les enfants.

Les autres entourent maintenant petit Paul, un garçonnet d'à peine sept ans, en brandissant des bâtons.

— On va t'apprendre à compter. Tiens, compte les coups qu'on te donne !

Encerclé de toutes parts, et ne pouvant fuir, le petit Paul se roule en boule alors que les grands commencent à frapper. Un, deux, trois !

Seul témoin de la scène, sœur Irène relève ses jupes et court vers eux.

— Arrêtez ça tout de suite ! hurle-t-elle.

Sa colère est telle qu'elle voudrait battre ces tyrans à son tour. Elle serre les mâchoires et se souvient de la consigne : se calmer et prier avant de punir. Elle ne se calme pas, et la prière n'y ferait rien. Les paroles de Maurice reviennent : « Vous suffit-il de tomber à genoux et d'abandonner les autres pour qu'ils se débrouillent seuls ? »

Elle attrape les enfants par le col, les bouscule, les chasse en pestant.

Avant de déguerpir, le plus grand, pour faire son fanfaron auprès de la bande, se dresse et, avec une bouche tachée de boue, crache des insultes.

— La pisseuse vient sauver le pissou !

Ils s'en vont tous, sauf petit Paul, près duquel elle tombe à genoux pour le prendre dans ses bras. Elle pleure de rage.

Emma, qui, de la fenêtre de sa pension, a entendu les hurlements, la rejoint en hâte.

— Il n'a rien, soupire sœur Irène en sanglots. Je suis arrivée à temps.

— Heureusement, sinon le pauvre aurait passé un mauvais quart d'heure.

— Quelle violence ! Pourquoi sont-ils si méchants ? Les lâches !
S'en prendre à un plus petit.

Dès qu'il sent le danger éloigné, Paul se défait de l'étreinte et
s'enfuit à son tour, sans se retourner, sans aucune marque de
reconnaissance.

Les deux maîtresses se regardent, stupéfaites, et haussent les
épaules.

— Un petit oiseau sauvage, remarque Emma. Ne vous en faites
pas.

Puis, se tournant vers sœur Irène :

— Vous semblez bouleversée. Venez donc avec moi à la pension.
M<sup>me</sup> Ménard et moi venons de cuire des galettes. Avec un thé, ça
vous remontera.

Emma est une fille aguichante, un peu enveloppée, mais appétissante. Comme elle a grandi sur la côte, elle connaît bien les gens
du coin et a acquis une solide expérience de l'éducation. Délurée,
intelligente et décidée, elle ne s'en laisse pas imposer. Plusieurs gars
lui tournent autour, mais elle veut enseigner pendant un certain
temps, avant de se marier et de fonder une famille.

Tout en sirotant le thé, elles échangent sur leur vision du métier
de maîtresse d'école. Leurs idées ne se rejoignent pas toujours.

— Ils ne sont pas plus ni moins méchants qu'ailleurs. Ce sont
des enfants, c'est tout. Chacun cherche à prendre sa place, à
expérimenter sa valeur et son pouvoir, explique Emma.

— Les filles n'agissent pas ainsi, rétorque sœur Irène.

— Oh! Sortez de vos idéaux. Les filles sont capables de bien pire. Protégez-vous, sœur Irène, sinon ces petites pourront vous pousser à bout, vous anéantir. Les enfants sont de vrais bourreaux, quand ils s'y mettent.

— J'essaie de me pencher sur eux, non pas dans la posture inerte d'un ange gardien, mais avec l'attitude rigide et aimante de la mère autoritaire que j'ai eue.

— Attention! Vous risquez de les agacer, vos fillettes, à trop exiger d'elles. Donnez-leur un peu de corde. Il est inutile de les tenir si serrées. Moi, je préfère laisser les élèves à eux-mêmes, de temps en temps, pour qu'ils puissent se chamailler, grimper, barbouiller, courir, crier, se salir et se disputer. Je leur offre des primes, même s'ils n'en méritent pas toujours.

— Sœur Sainte-Jeanne-d'Arc n'apprécie pas ces façons, je pense. Ne croyez-vous pas, Emma, qu'avec toute la liberté que vous leur laissez, avec toutes les récompenses que vous leur donnez pour un oui ou pour un non, vous risquez de gâter ces âmes?

— J'admets qu'une première éducation doit leur inculquer les bonnes valeurs, mais l'important, c'est qu'ils m'aiment. S'ils m'aiment, c'est plus facile pour moi de les aimer en retour, même si je sais que ce sont de vrais diables. Oui, des diables sous leurs airs candides. Les hommes sont tous des diables. La semaine dernière, Maurice m'a raconté des histoires de guerre épouvantables qui ont fini de me convaincre.

— Maurice s'est confié à vous? demande sœur Irène, surprise.

— Oui, c'était vendredi. Il s'est présenté ici avec une écharde tenace dans la main. Nous avons beaucoup jasé, d'un tas de sujets – sa conversation est toujours intéressante –, mais je n'ai pas réussi à enlever l'écharde.

Un malaise soudain étreint les entrailles de sœur Irène. Elle n'était donc pas la première à qui il demandait secours. En plus, il aurait rapporté à Emma des témoignages qu'il semblait pourtant si frileux à raconter, deux heures plus tôt. Dire qu'elle croyait avoir été l'âme charitable, unique, irremplaçable... Comme on s'aime soi-même en cultivant cette fausse certitude ! Cette pensée la sidère et, réalisant à quel point sa naïveté la dupe, elle se rappelle à l'ordre. Une autre belle expérience d'humilité ! D'un autre côté, l'écharde de Maurice serait-elle un prétexte pour des rencontres avec les maîtresses ? Déçue de lui, et surtout fâchée contre elle-même, elle ne parvient pas à contrôler les sentiments troubles qui minent son humeur. Elle s'apprête à regagner le couvent en adressant un froid bonjour à Emma, dont la main la retient sur le pas de la porte.

— Vous me semblez encore bouleversée. Voyons, ne vous en faites pas. Je vous parie que le petit Paul, demain, jouera avec les autres, comme si de rien n'était. Il doit faire ses preuves pour intégrer la bande. Je vais le garder avec moi, après la classe, et lui apprendre à compter jusqu'à cent avant la fin de l'année.

\* \* \*

— Les chemins qui mènent au paradis sont jonchés d'épines, nous le savons, se plaint sœur Sainte-Jeanne-d'Arc en ouvrant la réunion. À Escoumains, nous en avons plein les pieds et, même avec la meilleure volonté du monde, plusieurs échardes imprévisibles risquent de nous empoisonner l'existence. Au terme de cette deuxième année scolaire passée ici, je suis au regret de vous annoncer que nous n'avons guère fait mieux que nos prédécesseurs.

En ce vendredi 27 juin 1947, toutes les institutrices l'écoutent, rassemblées autour de la table de la salle d'étude, où sœur Sainte-Jeanne-d'Arc les a convoquées le matin même. Devant le grand livre, elle trace le bilan de l'année avec une expression de tristesse résignée.

— Qu'est-ce à dire ? intervient Emma. En automne, le nombre d'élèves dépassait les deux cents. Nous ne savions plus où les placer et avons dû ajouter une septième classe. Même le haut de la salle paroissiale a été réquisitionné pour y loger les enfants de l'arrière-pays. Et les nouvelles maîtresses que vous avez engagées... N'est-ce pas signe de succès ? Sans compter tout le travail, tout le dévouement déployé au cours de ces dix derniers mois ! Vous n'allez tout de même pas nous réprimander !

Elle semble si offusquée que son nez se pince sur ses lèvres, amincies par la contrariété. L'émotion colore ses joues, et ses mains commencent à trembler. Qui sait si sa colère n'explosera pas ? Elle a le tempérament si bouillant. À sa décharge, elle craint pour sa situation, tout comme les autres institutrices laïques. Si la mission ferme, elle perdra le mince revenu qui lui permet d'aider ses parents.

Sœur Sainte-Jeanne-d'Arc ne se laisse pas impressionner par cette attitude et inspire calmement avant de poursuivre.

— Plusieurs éléments m'amènent à cette conclusion et aucun ne vise la qualité de votre travail. Rassurez-vous, chère Emma. J'ai bien spécifié que les circonstances sont indépendantes de notre volonté et je vous explique. À la mi-juin, pour la première fois dans la paroisse, les élèves de la troisième à la huitième année se sont présentés aux examens du département de l'Instruction publique. Quatre élèves seulement ont réussi les épreuves. Il semble que les gens de la côte ne prisent pas encore énormément l'instruction.

— Je dois avouer, ajoute sœur Irène, qu'aucun élève, ni chez les garçons ni chez les filles, n'a fait preuve de suffisamment d'assiduité et d'effort pour apprendre une courte pièce au piano. L'instrument leur a paru davantage comme un objet d'amusement et de récréation. Malgré cela, ne pourrions-nous pas travailler d'arrache-pied en améliorant nos méthodes et en étant plus sévères afin de poursuivre encore une autre année ?

— J'admire votre ténacité, sœur Irène, mais une contrainte supplémentaire pèse sur nous, et non la moindre : la dette s'accumule. Sœur Louise-de-Jésus, vous voudrez bien nous lire l'extrait de cette lettre que vous avez transmise à la maison mère.

Sœur Louise-de-Jésus déplie un feuillet et lit.

— *La commission scolaire de la municipalité n'a pas rempli sa promesse de paiement ; une dette de trois mille cinq cents dollars reste en souffrance. Ces messieurs nous ont demandé de leur donner un an pour régler leurs affaires.*

— Nous ne pouvons attendre une autre année, reprend sœur Sainte-Jeanne-d'Arc. Dans ces conditions, la supérieure générale nous somme de partir. Alors, mes sœurs et mes demoiselles, nous devons préparer de nouveau nos balluchons et quitter le couvent. Pour l'avenir de ces pauvres enfants, nous devrons nous en remettre au Seigneur.

Elle affecte une expression d'ennui tragique qui masque mal son soulagement. Chacune le sait : depuis le début, sœur Sainte-Jeanne-d'Arc a accepté contre son gré de venir à Escoumains.

Après la rencontre, sœur Irène s'attarde dans la salle pour poursuivre l'entretien. Peut-être pourra-t-elle, avec de nouvelles idées de collecte de fonds, faire changer la décision.

— J'ose espérer, sœur Irène, que vos interventions et ce désir de rester ici à tout prix ne sont pas motivés par des sentiments que vous entretenez envers un menuisier. J'ai eu vent de certaines rumeurs. On vous a souvent aperçue avec lui. Quelqu'un a rapporté vous avoir vue lui tenant la main.

— Que me reproche-t-on ? s'emporte sœur Irène. D'avoir voulu soigner une plaie et aider une âme perdue ?

Elle quitte la pièce, les dents serrées. Qui a fait germer ces bruits ? Qui les a rapportés à sœur Sainte-Jeanne-d'Arc ? Dans ce village où tout le monde se connaît, les habitants se nourrissent de murmures ténus qui pullulent et rampent sous les trottoirs de bois, qui se cachent et se terrent sous les pierres. Les bruits. De tout petits bruits sombres, au début, qui trottent comme des souris, comme des cafards. Il en surgit de partout, dans ce village. Il en sort des vieux murs, pleins d'oreilles, et des vieilles bouches, pleines de dents pourries. Des bruits qui couvent, des bruits qui courent et qui, bientôt, volent au vent. Les gens adorent les glaner partout, tout fiers d'être bien informés. Médisance !

Ce qui la met tant en colère, au fond, c'est que cette remarque de sœur Sainte-Jeanne-d'Arc risque d'être fondée.

Le lendemain, sœur Irène n'a d'autre choix que de rassembler ses effets et de boucler ses malles, qu'elle descend au vestibule. Une fois ses préparatifs terminés, elle arpente les locaux pour effacer les dessins de couleur sur les tableaux noirs, fermer les tentures et ranger les manuels qui traînent encore ici et là. Dans la grande salle, elle caresse une dernière fois le piano. Elle se sent défaite et la gorge empâtée d'un goût saumâtre qu'elle n'ose appeler de la peine, mais qui, tout de même, voile ses yeux de larmes. Elle se glisse sur le banc.

Dans le corridor, des pas attirent son attention. La tête penchée sur sa poitrine, elle aperçoit d'abord les souliers fins, puis les mollets charnus et lisses sous une jupe blanche fleurie de rouge, des lèvres peintes, assorties aux coquelicots de la robe, et une chevelure noyer, aux abondants reflets cuivrés. La pétulante Emma ne passe pas inaperçue.

Sœur Irène tente, tant bien que mal, de sécher ses pleurs, mais Emma a tôt fait de remarquer sa tristesse.

— Oh, ma sœur! J'étais loin de me douter que ce départ vous causerait autant de chagrin. Étiez-vous tellement attachée à ces enfants?

— Pardon! Je me croyais seule et me suis laissée aller. C'est fini. Sans doute un brin de fatigue…, répond-elle rapidement, pour masquer son trouble.

Emma s'assoit près d'elle.

— Voyons! Reprenez-vous. Vous êtes jeune, pleine d'allant et de joie de vivre. Pas plus tard qu'en septembre, une autre mission vous attendra. Le meilleur est à venir.

Elle ne sait plus, justement, où se cache le meilleur. Comment Emma peut-elle en être si persuadée? Le libre arbitre, lorsqu'on a pris le voile, se limite à une chose: servir son Dieu. Ce Dieu lui paraît bien ingrat, parfois. Pour Emma, il en ira différemment: elle a le choix. La curiosité de sœur Irène ne peut rester inassouvie.

— Et vous, Emma, qu'allez-vous faire, à présent?

— J'ai du mal à me résoudre à quitter Escoumains et pourtant, avec l'expérience que j'ai, les endroits où je pourrais enseigner ne manquent pas.

— Les prétendants non plus, à ce que j'ai pu remarquer.

Les lèvres épaisses d'Emma s'entrouvrent en un sourire aimable, puis elle a un regard oblique qui la plonge sans doute dans de belles images d'un passé proche.

— C'est vrai. Il y a des gens que j'adore, ici, et que j'aurais grand-peine à quitter. Me marier, ce serait renoncer à mon travail et aux gages qui me permettent d'aider mes proches, mais ils auraient toujours mes bras. Si je pars enseigner dans un autre village, ils auraient un peu d'argent, mais n'auraient plus mon soutien quotidien. En plus, je m'ennuierais, c'est certain. Partir, rester… Le pendule oscille jour et nuit. Parfois, je vous envie de n'avoir plus à choisir.

Sœur Irène ne sait plus sur quel pied danser. Elle regarde le clavier et, d'un geste machinal, joue quelques notes, gagne quelques secondes de réflexion.

— N'y a-t-il pas un parti qui vous plaît plus qu'un autre ?

Elle lui force la main. Soit. Sœur Irène s'en veut un peu de fouiller ainsi dans la vie de l'institutrice, mais elle en aura le cœur net.

— Bien sûr, et vous le connaissez, mais je n'ose le nommer, à cause des rumeurs. Un homme honnête, qui gagne bien sa vie et qui est tellement dévoué : il a beaucoup apporté à l'école. Le problème, c'est que je ne sais pas si le sentiment est réciproque.

— S'agirait-il d'un charmant menuisier-charpentier ? la taquine sœur Irène.

Emma pouffe.

— Je ne vous en dirai pas plus, à cause de ma réputation et de celle du type en question. On ne sait jamais…

Elle se lève et se dirige vers la porte, mais avant de sortir, dans un tourbillon de coquelicots, elle se retourne vers sœur Irène.

— Il y a des menuisiers-charpentiers qui cherchent leur vocation… et leur orientation. Surtout, sœur Irène, méfiez-vous des bruits qui courent.

La porte se referme sur la pièce où flotte la perplexité. Qu'a voulu insinuer Emma ? Se peut-il qu'elle ignore l'intérêt et l'attrait qu'elle éveille chez Maurice ? Et lui, pourquoi hésiterait-il à la demander ? Et ces rumeurs contre lesquelles elle la met en garde : concernent-elles Emma, ou elle-même ?

\* \* \*

Au magasin général, elle retrouve Maurice qu'elle sait à cet endroit, car tous les mardis il vient chercher ses commandes. Des clients la regardent d'un œil qui lui semble sévère. La femme du boulanger se penche vers une cliente et chuchote derrière sa main enfarinée. Quel bruit fera-t-elle courir ?

Un peu surpris, il l'accueille avec ce sourire franc, qu'il adresse à tout un chacun, et lui étreint affectueusement le bras. Est-il aussi heureux qu'elle de cette rencontre ?

— Quelle chance de vous voir ici !

Il parle de chance, et non de plaisir ou de bonheur. Elle se refroidit et, ne voulant pas lui avouer son empressement et tous les stratagèmes mis en œuvre pour le voir, encore moins la joie qu'elle éprouve à pouvoir échanger avec lui, sans témoin, sans oreilles tendues, elle croit plus sage d'inventer une course qu'elle avait à faire et, du même coup, s'informer à propos de la guérison de sa main. Aussitôt prononcé, ce petit mensonge la fait rougir ; une rougeur que remarque Maurice. Il se méprend sur sa cause.

— Désolé, j'ai pressé votre bras par habitude, s'excuse-t-il. Les gens, ici, sont si chaleureux que je me suis laissé aller à cette familiarité. Vous m'en voyez confus. N'allez pas croire que j'ignore les convenances.

Ils se tiennent sur la galerie du magasin, l'un en face de l'autre. Elle veut l'interroger sur ses projets d'avenir : veut-il prendre femme, avoir des enfants ? Mais le courage et les mots lui manquent. D'un autre côté, si elle parle d'elle-même, elle craint de l'ennuyer par

160

ses doutes et sa foi qui chancelle depuis peu. Elle a peur d'être mal jugée. Alors, elle se tait, mais sa lèvre frémit. Il s'étonne de ce tremblement, puis aussitôt tourne les yeux vers la baie. Pourquoi son regard lui échappe-t-il à présent, tandis qu'elle l'espérerait tant ?

— Voulez-vous que je vous raccompagne jusqu'au couvent ? propose-t-il.

Elle n'ose répondre : «Oh oui ! Je vous en prie !» pour ne pas afficher sa joie.

— Si vous le désirez.

Elle marche à ses côtés sur le trottoir de bois et se désole de ne rien trouver à dire. Le silence lui devient insupportable. Seul résonne le bruit de ses talons sur les planches. Du coup, elle souhaite gagner plus rapidement le couvent et presse le pas. Elle pourrait inventer un arrêt au presbytère, prétextant qu'elle a affaire au curé, pour mettre fin à la torture. Mais elle se ravise, voulant se donner une autre chance. Ils passent devant l'église, puis le presbytère, toujours en silence. Pourvu qu'ils ne se quittent pas ainsi.

C'est lui qui brise le mutisme.

— Qu'est-ce qui vous rend si ténébreuse ?

Elle ne sait que répondre. Sûrement pas la vérité. Alors, elle se replie sur la déception générale de ses compagnes.

— C'est fini ! Nous devons partir. Pas plus que les Petites Franciscaines, nous n'avons su relever le défi en raison de contraintes qui nous dépassent. Si au moins nous avions eu plus de moyens… Tout cela est tellement regrettable.

— Mais vous avez bien travaillé et n'avez rien à vous reprocher. Bien au contraire.

Il a dit cela sur un ton mécanique, comme une phrase toute faite, pour se débarrasser, toujours avec son radieux sourire.

— Jouerez-vous encore du piano ? demande-t-il, comme on s'informe de la santé d'un parent.

— Oui, bien sûr. Je ne pourrais m'en passer.

Rien de profond, rien de trop intime ne sort de cette sèche conversation. Elle tente de contenir l'émotion qui l'étrangle. Quelle divine inspiration viendra à la rescousse ? Que restera-t-il de leur dernier entretien ? Sœur Irène veut parler de sa tristesse, celle qu'elle éprouve à l'idée de ne plus le voir, alors qu'il a donné tant de temps pour les aider, ses compagnes et elle. Il reste le seul à avoir réussi à lui faire apprécier l'air du fleuve, grâce à un piano ressuscité : sa propre résurrection. Sans compter le nouvel éclairage qu'il lui a apporté sur la nature humaine et qui, elle doit bien l'avouer, a changé sa perception du monde.

— Quelqu'un vous manquera-t-il une fois là-bas ? l'interroge-t-il.

— Vous savez, notre mission d'enseignement nous appelle d'un village à l'autre. S'il fallait commencer à trop s'attacher aux gens, nous traînerions bien de la peine dans nos bagages.

La voiture de M. Robitaille s'approche. Le temps presse.

— Quand prononcerez-vous vos vœux ?

— C'est encore loin. Pas avant juin 1949. Pourquoi cette question ? lui demande-t-elle, avec un entrain retrouvé. Voudriez-vous assister à la cérémonie ?

— C'est à une autre cérémonie que je souhaiterais vous voir. Vous savez, j'ai consacré des centaines d'heures à restaurer un modeste piano pour vous prouver ma patience, ma vaillance, mais aussi pour vous démontrer qu'un instrument peut changer une troisième fois de vocation. Écrivez-moi, ma sœur, pour me tenir au courant de ces vœux définitifs, surtout si vous vous ravisez. Assurez-vous d'être à votre place. Moi, je ne peux intervenir quant à vos choix que j'ai promis de respecter.

Ils croisent Emma et Loraine que salue Maurice, toujours courtois, et son sourire la blesse à présent.

Sœur Irène sent son visage se durcir ; elle voudrait s'abandonner là, en pleine rue, et se jeter dans ses bras pour pleurer.

Maurice, inquiet de son silence, l'observe du coin de l'œil, mais, voyant que ses traits ont perdu leur grâce angélique et que ses yeux, soudain farouches, remuent quelque trouble intérieur, retient le geste qu'il venait d'amorcer pour l'étreindre contre lui. Il s'écarte un peu.

Elle s'éloigne aussi et remercie le ciel de lui avoir transmis ce signe, cette Emma désinvolte venue soudain jeter de la lumière sur une situation brumeuse. Non, elle ne se laissera pas séduire une seconde fois. La première lui a trop coûté en chagrin, en énergie et en miettes de cœur. Sa décision, elle l'a prise à seize ans. Elle ne doit pas en démordre ni ébranler sa foi parce qu'un homme a restauré un vieux piano et lui a confié un secret de guerre.

— Vous avez toute ma reconnaissance, reprend-elle d'une voix neutre, mais je demeure convaincue de ma mission auprès des enfants à instruire, peu importe les sacrifices. Je dois quitter Escoumains pour aller là où le Seigneur m'appelle. Prenez grand soin du piano.

Bien sûr, elle l'ennuie et il meurt d'impatience de retrouver Emma. Il n'attend probablement qu'un mot pour s'en aller.

Mais ce mot, devant le couvent, c'est lui qui le prononce, sans doute par pitié.

— À présent, nous devons nous séparer. Vos compagnes vous attendent pour une dernière prière, j'en suis certain.

Elle se redresse violemment. Ils vont se laisser ainsi ? Elle voudrait demander : « Pourrons-nous nous revoir un jour ? »

Maurice espère-t-il cette phrase ? Celle-ci reste emprisonnée dans la poitrine d'Irène, qui ne trouve rien d'autre à dire qu'un simple : « Que Dieu vous protège ! »

M. Robitaille a stationné la voiture devant le couvent, et les institutrices viennent lui prêter main-forte pour transporter et charger les bagages.

— On se voit toujours mardi ? lance M. Robitaille à l'intention d'Emma.

Elle lui fait un discret signe de la main pour qu'il baisse le ton, tout en lui adressant un hochement de tête affirmatif. Son sourire et ses joues empourprées n'échappent pas à sœur Irène.

L'automobile s'éloigne, chargée. Le vent hurle. Le piano s'est tu. Les bruits cesseront de courir. Le bateau ramène sœur Irène vers les portes du couvent de la maison mère.

# 9

En haut de la butte, Flora aperçoit la haute façade du couvent et le long muret de pierres qui l'entoure. Un escalier de fer forgé mène à deux portes à battants, massives, ouvragées, surmontées d'une fenêtre de verre givré, semblables à celles de la cathédrale, sauf que celles-ci sont verrouillées. Tante Blanche tire la cordelette pour sonner. Un bruit métallique, dans la serrure, et le lourd panneau grince sur ses pentures d'acier. Derrière, une religieuse apparaît et ouvre la porte sur un petit vestibule. Dans le coin trône un vase contenant des parapluies, à côté d'un tabouret de bois. La sœur fait signe à la famille de traverser les autres portes, entre le hall et le corridor. Ça sent l'église : vernis, boiseries, encens, encaustique et silence… Un mélange rassurant.

— J'espère qu'on te nourrira bien, chuchote tante Blanche.

Elle passe devant, tenant la main de Flora. Pitre les suit avec la malle. Derrière, Jeanne remonte en pestant contre ses bas qui descendent sans arrêt.

Pendant que Pitre et Jeanne portent les bagages au dortoir de l'étage, la religieuse amène Blanche et Flora au bureau de la supérieure, les priant de patienter quelques instants.

Le bas des murs est lambrissé de bois foncé, et le haut, recouvert de tôle peinte en blanc, embossée de jolis motifs : diagonales, cercles, losanges…

Dans le coin, au fond de la pièce, un petit lavabo de porcelaine, surmonté d'un robinet à col de cygne, fait angle. À gauche, une porte vitrée donne accès à une galerie. Au centre, un bureau massif, en bois foncé, flanque une fenêtre à crémone, sur le bord de laquelle croule une plante verte. Une chaise berçante, un fauteuil de chêne, deux chaises droites pour les visiteurs et une large bibliothèque vitrée invitent à la discussion. Le plus impressionnant, ce sont les tuyaux argentés qui longent le mur. Blanche explique : ils sont reliés à une énorme bouilloire, pour le chauffage à l'eau chaude ; une sorte de calorifère. Une douce chaleur irradie la main de Flora lorsqu'elle met la paume sur l'un d'eux. Soupir de soulagement : le chauffage à l'eau ne peut sûrement pas déclencher un incendie.

Un pas allègre fait craquer le plancher de bois.

— Bonjour, madame Blackburn. Bonjour, mon enfant.

Le mouvement qu'amorce tante Blanche pour se lever est vite interrompu par la main de la supérieure sur son épaule.

— Ne vous dérangez pas et restez assise. Le temps que je m'installe moi-même…

Elle contourne le bureau et, tout essoufflée, s'échoue sur le fauteuil en chêne, qui craque sous le poids. Sa robe est bien plus ample que celle de la religieuse qui les a reçus quelques minutes plus tôt. Au lieu de tomber droit, le plastron est bombé, soutenu par une masse en dessous. Les sœurs auraient-elles donc une poitrine ? Un visage joufflu, plissé, les yeux fatigués derrière de petites lunettes rondes cerclés d'or. Sa main potelée tire le premier tiroir de son bureau, d'où elle sort une boîte de carton.

Mère supérieure remet à Flora une sainte image, bénie, dit-elle, par monseigneur l'évêque. Dessus, une maman en robe rose et aux ailes blanches surveille deux petits enfants sur une passerelle de bois, les mains tendues surplombant leur tête. La fillette en tablier bleu, c'est sa sœur Lara, on dirait. Flora lui dit de ne pas avoir peur : «Bonne maman est là avec nous.» Au loin, c'est le soir et, sur le pont, bonne maman fait de la lumière rose et verte. Elle survole la chute. Au-dessus de sa tête flotte une idée étoilée, une idée brillante. Seules Flora et ses sœurs peuvent la voir en ange du ciel, la bonne maman, qui répète de ne pas avoir peur, parce qu'elle est toujours là.

Ah! si le bon Dieu leur avait envoyé cet ange, à la maison, le fameux soir…

Elle ferme les yeux et tente de voir où ses sœurs se cachent maintenant, dans ses souvenirs, après presque un an. Les taches de rousseur de Dominique, le regard d'écureuil de Solange, les longues mains de Réjeanne, le sourire sage de Micheline, les tresses blondes de Fabienne, le rire contagieux de Lara... Leurs figures s'embrouillent.

Six colombes, six visages muets, six gracieuses silhouettes avançant vers elle, en ordre de grandeur : Dominique devant, Lara fermant le cortège. Do, Ré, Mi, Fa, Sol, La.

«Elles veilleront sur toi», lui ont répété sœur Cécile et tante Blanche. Tous les soirs, Flora leur adresse des prières, les nommant une à une. Un *Je vous salue, Marie* pour Micheline, un autre pour Solange, un *Notre Père* pour Réjeanne, un *Gloire à Dieu* pour Dominique, et des prières inventées pour Fabienne et Lara. Hier, elle a oublié Micheline. Elle dira deux *Je vous salue, Marie* supplémentaires, ce soir.

— Flora! Eh, Flora Blackburn, m'écoutes-tu?

Son signe de tête et son sourire timide n'ont pas l'air de convaincre la supérieure qui l'observe attentivement.

— Ah bon! Ainsi, nous avons affaire à une petite rousselée distraite, remarque-t-elle. Et si frêle, ne peut-elle s'empêcher d'ajouter avec consternation.

— Une chance que je suis petite, madame! J'ai pu me sauver et je n'ai pas brûlé, se permet d'expliquer Flora.

Surprise, la supérieure lève les sourcils et la regarde d'un air attendri.

— On ne dit pas «madame», belle enfant, mais «mère supérieure», et tu ne dois intervenir que lorsqu'on te le demande. Tu prendras l'habitude rapidement. Nous serons patientes.

Puis, se tournant vers tante Blanche:

— Avez-vous consulté le docteur? Peut-être a-t-elle des vers.

Tante Blanche se raidit avant de répondre. Bien sûr, elle n'a rien négligé quant aux examens médicaux. Le médecin a été ferme: ni ver ni maladie.

— Un appétit d'oiseau, déclare-t-elle, comme Notre Seigneur. J'ai apporté un flacon d'huile de foie de morue, qu'elle prend quotidiennement. Je tiens à vous dire aussi qu'elle est un peu sauvage et se méfie des adultes, sûrement en raison des événements que vous savez… À ce propos, je vous prierais de taire toute cette histoire. Je ne voudrais pas que de possibles ragots nuisent à son épanouissement.

— Je connais les effets terribles que peuvent entraîner certaines rumeurs. Vous pouvez compter sur ma discrétion. D'ailleurs, l'un de nos règlements interdit d'ébruiter des affaires de famille ou toutes formes de racontars.

— Comme j'ai fréquenté votre institution, je connais ce règlement et vous me voyez soulagée de savoir qu'il tient toujours, répond tante Blanche en serrant plus fort la petite main dans la sienne.

À l'heure des adieux, Pitre étreint Flora ; tante Blanche dissimule mal, sous sa voilette qu'elle tire un peu, des yeux mouillés de pleurs. Tout de même, l'idée de laisser cette enfant à des inconnues, et pour de longs mois, la contrarie. Le couvent se trouve si loin que les visites, le dimanche, lui seront presque impossibles. Cependant, explique-t-elle à Flora, si elle a insisté pour l'inscrire dans ce couvent éloigné, c'est qu'elle en connaît l'inattaquable réputation. Jeanne peut en témoigner : elle le fréquente depuis cinq ans déjà.

— C'est pour ton bien, affirme-t-elle. Je vais écrire à Jeanne, et elle te lira les lettres. Dès que tu sauras lire, je t'écrirai aussi.

— Oh oui ! Et dites à maman de ne pas s'inquiéter, je vais bien manger.

Pitre les a rejointes dans le hall et aide Blanche, troublée, accroupie près de Flora, à se relever.

Après bien des baisers et des accolades, ils s'éloignent vers la sortie. Derrière eux, un dernier signe de la main, et les portes du couvent se referment.

Par la fenêtre, Flora observe la voiture tourner dans l'entrée. Blanche regarde une dernière fois dans la direction du couvent. Puis, dans un nuage de poussière, la voiture s'éloigne entre la rangée d'arbres et les champs jaunes et verts que gagne la solennité lumineuse des fins d'après-midi de septembre.

Après cette journée mouvementée l'attend une longue nuit.

Sœur Saint-Liboire sommeille aux côtés des petites, dans une chambre à part, derrière une vraie porte. Les autres religieuses dorment dans leur propre espace, interdit aux couventines. Les dortoirs sont divisés en compartiments séparés par de minces cloisons de bois qui ne s'élèvent pas jusqu'au plafond : une chambrette pour chaque élève, garnie d'un lit, d'un meuble de toilette avec bassine et pot de chambre, d'un coffre qu'on glisse sous la couchette pour ranger vêtements et accessoires. Flora a peur que quelqu'un n'ouvre le rideau et n'entre à l'improviste. Sa chambrette, diamétralement opposée à celle de la surveillante, loin de toute fenêtre, s'emplit d'un noir d'encre dès la nuit tombée. Quand meurt la lumière, les bruits circulent au-dessus des cloisons : toux, ronflements, reniflements, chagrins d'ennui et crises de larmes… Elle ne pleure pas, mais se tourne et se retourne dans son lit, repoussant le moment où ses yeux se fermeront. Trop dormir, c'est perdre un long bout de vie. Personne pour la cajoler, personne à étreindre, ni poupée de coton, ni zèbre en peluche, ni chat angora. En attendant la prochaine cloche, elle tente de se rappeler quelque chose d'agréable, un souvenir avec ses sœurs. Lui reviennent les soirées du premier hiver, à la ferme, alors qu'il faisait trop froid dans les chambres du haut. Elles se retrouvaient toutes à la cuisine, près du petit Pot Belly. Bonne maman apportait son panier à ouvrage, en sortait le cerceau de broderie, les fils de couleur et l'aiguille ; Fabienne, sa lecture. Flora s'assoyait sur les genoux de Dominique. Tête plongée dans son livre, Fabienne lisait à haute voix la comtesse de Ségur. Tantôt enjouée, tantôt sérieuse, elle entraînait les autres dans le récit. Comme une chenille dans un cocon, bonne maman tirait et entortillait des fils pour en faire des motifs délicats sur les mouchoirs, pendant que Fabienne tricotait des mots. Que d'aventures se tissaient dans les petits points !

Elle s'endort sur cette broderie.

Le lendemain matin, toutes les couventines rassemblées dans la grande salle observent : à l'avant, sur la tribune, la corpulente mère agite une cloche pour demander le silence. Près de Jeanne, Flora attend. L'une après l'autre, les maîtresses, liste sous les yeux,

170

appellent les élèves pour former les classes. Leur visage entouré de blanc, tout propre, inspire le respect, et leurs mains élégantes semblent ne jamais se tromper.

Flora ira avec sœur Adèle qui place les petites en rang, avec minutie, par ordre de grandeur. Une à une, elle les prend doucement par les épaules pour les avancer ou les reculer dans une parfaite ligne droite. Souvent, un pas derrière, elle juge de l'effet d'ensemble et refait un énième alignement. C'est long.

— Souvenez-vous de votre position à présent, insiste-t-elle, une fois qu'elle a enfin terminé.

Flora, toute menue, se retrouve la première, le nez si près de la jupe de sœur Adèle qu'elle en respire l'odeur de boule à mites.

Quelle chevelure chatoyante cachent les religieuses sous leur voile ? Quelles idées fourmillent derrière ce bandeau de toile tout raide leur enserrant le visage ? Quel cœur bat sous ce plastron rigide ? Y a-t-il une vraie personne sous cet ample costume ? Est-ce que les sœurs font pipi ? Flora avance avec un tas de questions en tête.

Guidées par les religieuses, les fillettes en robe noire sortent de la salle, empruntent escaliers et corridors, chacune vers sa classe respective. Le groupe de Jeanne, les sixièmes, bifurque vers la gauche. À présent, Flora ne sera plus avec elle. Enfin, la paix !

Dans ce sombre décor, les sourires rouge et blanc des religieuses, leur douceur rose, les yeux noisette, verts ou bleus des enfants, leurs cheveux chocolat ou tire dorée forment une ribambelle arc-en-ciel. Déjà, on leur a présenté sœur Adèle, sœur Gemma, sœur Marthe, sœur Sainte-Marivonne… Celles qui portent le nom d'un saint ou d'une sainte sont coiffées de noir, les autres, les novices, ont un voile blanc. Ces grandes personnes s'appellent *sœurs*. Cependant, même si toutes les petites filles semblent pareilles à elle, elles n'en sont pas moins des étrangères. Avant son entrée au couvent, mis à part ses sœurs et la compagnie de Jeanne, Flora n'a jamais noué de liens d'amitié et ne sait trop comment s'y prendre, comment franchir le mur de la gêne.

— Bonjour, moi, c'est Flora, dit-elle à sa voisine de rang.

L'autre place le doigt sur ses lèvres. Chut !

Le long du passage, les moindres éternuements, reniflements, claquements de talon résonnent comme un tonnerre, un tremblement de cœur : un monde de silence, certes, mais, malgré les pas feutrés et les mouvements glissés, un concert de bruits emplit l'espace. On se tait également au réfectoire, à la chapelle, dans le dortoir. Sans paroles, on entend mieux, on observe plus finement les détails, les mimiques, les moindres gestes et la couleur des regards.

Le rang s'ébranle, comme celui des vaches aux champs, à la queue leu leu. Des escaliers, un corridor et encore des escaliers… un dédale où Flora se perdrait plus facilement qu'en forêt. L'éclairage change d'un passage à l'autre, certains débouchent sur la lumière de fenêtres à carreaux offrant une vue fantastique sur la grande rivière qui roule ses eaux obscures et nonchalantes. D'autres semblent aveugles et condamnées.

Tout le long du parcours, Flora observe des repères sur les murs afin de mémoriser le chemin. En cas d'incendie, elle saura gagner la sortie sans s'égarer. Là, une statue de Notre-Dame dans une niche, un peu plus loin, un tableau représentant la fondatrice, mère Marie. Après apparaît le portrait de monseigneur l'évêque avec sa mitre, suivi d'un autre monsieur paré d'un surplis de dentelle, d'une cape de satin et coiffé d'une calotte. Puis, passé la fontaine, la photographie d'une religieuse avec des enfants noirs. Tiens, celle-ci est tout de blanc vêtue. Retenir la séquence dans l'ordre lui fait oublier le reste. Pourvu qu'elle puisse revenir seule sur ses pas, en cas de danger.

Tous les souliers suivent docilement ceux de sœur Adèle qui, enfin, désigne la porte de la classe. Comme c'est beau ! Cinq rangées de pupitres à deux places, dont les bancs et les tables de bois sont fixés à des flancs et à des pieds en fonte ouvragée. Le dossier du siège devant soi est muni d'une tablette percée de deux trous pour les encriers.

On ne s'assoit pas où l'on veut et, encore une fois, sœur Adèle désigne à chacune son banc. Si Flora avait eu à choisir, elle se serait installée exactement à l'endroit que lui pointe la sœur : en avant, au pied de la tribune. Quelle chance ! Elle se tourne vers l'arrière pour mieux voir les autres, ses sœurs jumelles, toutes pareillement habillées : robe noire cintrée à la taille, manchettes et collet blancs, bas beiges et souliers vernis. La sœur explique : une tenue nette et austère pour échapper à la vanité et aux caprices de la mode vestimentaire féminine.

Après une prière et le salut au drapeau, sœur Adèle se détend un peu.

— Asseyez-vous et croisez les mains sur la tablette.

Contrairement au pupitre des élèves, celui de la maîtresse est fermé, car il contient des ouvrages qu'on ne peut emprunter, explique la sœur. Au fond de la classe, il y a un coin pour les punies – le banc des paresseuses – et, en avant, une vieille armoire en bois, appuyée au mur et touchant presque au plafond, avec ses livres écornés que toutes peuvent consulter à loisir pour y chercher ce que l'on ne trouve pas dans les manuels scolaires.

Les consignes et instructions coulent de la bouche gercée de sœur Adèle, comme un refrain de tourne-disque. Souvent, elle passe la langue sur ses lèvres pour tenter de les humidifier, sans grand succès. D'autres fois, avec ses ongles, elle en tire les petites peaux séchées sur les rebords. Se rend-elle compte de ce qu'elle fait ? D'autres tics ponctuent son discours : clignements des yeux, plissements du nez pointu. Une impressionnante gymnastique du visage dénonçant, sous ses propos posés, des nerfs à vif. Courte sur pattes, elle se déplace à petits pas pressés. Tous ses gestes sont précipités, même quand elle utilise le crochet au bout de la baguette de bois pour se gratter la tête sous la guimpe. Difficile de dire l'âge de cette amusante face de fouine.

Après chacune de ses phrases, elle répète : « Ceci est très important. Pour votre bien et celui de toutes... Avez-vous compris ? » Un ronron apaisant que n'écoute déjà plus Flora, absorbée par les images au mur, l'écriture au tableau et le joli dessin qu'a tracé, en craies de couleur, sœur Adèle avant leur arrivée. Penchant la tête sur la tablette de son pupitre, elle est fascinée par les taches d'encre qui s'y étalent, comme des araignées éclatées, des réseaux compliqués de lignes dont plusieurs suivent les veines du bois. Le meuble ainsi noirci semble avoir été léché par le feu.

Dehors, les nuages crèvent, les fenêtres pleurent, frappées de notes différentes selon que les gouttes touchent les carreaux du haut ou ceux du bas. Sur la planche devant elle, Flora se dénoue les doigts, les place comme sur un clavier et tambourine au rythme de la pluie. Bientôt, sœur Adèle passe dans la rangée, près d'elle, et pose les mains sur les siennes.

— Garde tes gammes pour plus tard, dit-elle tout bas.

Après une énumération de règles de bonne conduite que Flora n'écoute pas, sœur Adèle propose de leur apprendre une chanson. Il faut répéter après elle.

*Rassemblés en un même Corps*
*Entourez la table du Seigneur,*
*Rendez grâce à pleine voix,*
*Faites place aux chants de joie*
*Allélu, allélu, allélu, alléluia !*

Les chansons, Flora les adore et les apprend vite. Elle entonne avec cœur, alors que les autres, de leur voix fluette, hésitent, ou se taisent. Comme elle veut les encourager, elle se tourne vers l'arrière et chante encore plus fort.

— *... Rendez grâce à pleine voix, Fesses plates au banc de bois. Allélu...*

Sec, le bris du claquoir interrompt le chant. Les mains sur la bouche, les épaules sautillantes, les fillettes se taisent net, retenant dans leurs paumes de petits sons étouffés. Même sœur Adèle semble réprimer un fou rire. Le visage rouge, elle se mord les joues et penche la tête vers l'avant pour regarder le plancher.

Quel plaisir de faire rire les autres ! Toutes ces têtes dorées, brunes ou noires sautillant sous un vent joyeux, toutes ces prunelles enjouées tournées vers Flora, des étincelles qu'elle croyait disparues depuis le feu. Quelle chance d'entrer dans cette grande famille où, sûrement, elle pourra se faire des amies, dans cette maison où on partage tout, du matin au soir !

Sœur Adèle inspire profondément, récite une prière à voix basse et reprend son sérieux.

— Flora Blackburn ! Debout ! Qu'ai-je entendu là ?

— *Rendez grâce à pleine voix, Fesses plates au banc de bois,* répète-t-elle.

— Tu resteras avec moi, à la récréation. Ainsi, tu apprendras les bonnes paroles.

Les bonnes paroles ? N'a-t-on pas le droit de les changer ? Ses sœurs s'amusaient souvent à transformer les mots des chansons. C'est bien plus drôle.

— Mais pourquoi ? demande-t-elle en prenant un air innocent. J'ai répété ce que j'ai compris.

— Question inopportune, réplique la sœur.

En après-midi, à l'exercice d'écriture, plume en main, elle reproduit les lettres consciencieusement, s'appliquant à suivre les modèles tracés par la maîtresse près de la marge de gauche, l'autre main à plat sur le haut du cahier, papier buvard à l'affût des taches. Savoir lire, prier, compter, bien se tenir… de tout ce qu'on veut lui apprendre ici, savoir écrire lui importe par-dessus tout. Dès qu'elle maîtrisera les lettres, les mots et enfin les phrases, elle écrira à sa mère et à son frère.

Les doigts crispés sur le liège de la plume, le front penché sur l'ouvrage et le visage tendu, elle y met tout son cœur. Des lettres presque parfaites, semblables à celles de la sœur, s'ajoutent une à une sur la ligne. Quand elle atteint la marge droite, elle relève la main pour observer l'ensemble. Un gâchis ! En plus, la manchette de sa robe est toute tachée.

La sœur se promène d'un pupitre à l'autre, pour observer l'évolution du travail de chacune. Elle a commencé par l'autre rangée, mais voilà qu'elle approche ; taches et pâtés n'échapperont pas à ses yeux d'aigle survolant les pages. Quel fiasco, lorsqu'elle verra l'horrible traînée noire dans le cahier ! Quelle punition donnera-t-elle, cette fois ? Flora tourne vite la page, reprend à la première ligne, mais en soulevant le poignet et en le pliant de telle sorte que la manchette ne touche pas l'encre fraîche : position exigeante et douloureuse, mais qui lui permet de former une calligraphie propre et nette.

Elle sent le bruissement de la robe noire tout près d'elle, l'odeur de boule à mites et, par-dessus son épaule, une respiration fraîche. Ça y est : sur sa copie se pose maintenant le regard de l'aigle.

Flora soulève sa main pour découvrir la page.

— Pauvre enfant, se désole la religieuse. Tu écris de la main gauche, la main sinistre. Change tout de suite.

La plume vole dans la main droite, mais c'est pire. La religieuse garde Flora en retenue et lui fait recommencer deux fois, trois fois, dix fois la recopie des lettres de l'alphabet, jusqu'à ce que ses doigts soient noircis, comme si elle avait fouillé dans un tas de charbon. À la fin de l'exercice, les caractères s'entremêlent dans le chaos, le papier buvard n'arrange rien. La main droite reste bien maladroite.

Les jours suivants, dès que la sœur a le dos tourné, la main gauche empoigne de nouveau le crayon et de jolies lettres dansent sur la feuille. Le vendredi, sœur Adèle ramasse les cahiers pour les corriger.

— Enfin, Flora, tu as réussi à dompter ta main droite, ne peut-elle s'empêcher de commenter en ouvrant le carnet de Flora.

— Oui, ma sœur, répond-elle, en croisant les doigts derrière son dos. Elle va bien mieux, maintenant.

Une belle étoile dorée orne la marge du cahier. Ainsi, réalise Flora, le mensonge paie. Il suffit de bien le tricoter.

Avant de se glisser sous les couvertures, elle regarde une dernière fois son étoile. Les lumières sont presque toutes éteintes. Il est tard, mais Flora, enfin seule, aura encore un peu de temps pour s'agenouiller près du lit et prier pour bonne maman et ses sœurs. Elle pense aux fillettes de la classe. Aujourd'hui, Thérèse a eu beaucoup de chagrin. Pauvre elle ! Elle pleurait d'ennui et faisait pitié à voir. Il faut également prier pour elle, pour que ça aille mieux. Yvonne aussi s'est mise à sangloter, à la récréation. Elle n'aime pas le couvent, elle dit que les pupitres sont vieux, trop petits, et sœur Adèle, trop sévère. À chaque bruit, elle tressaille et ne parvient pas à se concentrer dans ses prières. Tout est si nouveau, ici, tellement silencieux qu'on entend les moindres sons.

Quand meurt la dernière lumière, elle entre dans le lit, se cache sous les couvertures après avoir rangé, par terre, ses pantoufles, afin de pouvoir s'y glisser en une seconde si le feu se déclarait.

Sept jours après le début des classes arrive une petite nouvelle que sœur Adèle présente aux autres.

— Voici Simone Robillard, qui nous vient de Rouyn, en Abitibi, d'une famille d'Indiens. Je compte sur vous toutes pour l'aider, en classe et à la séance des devoirs, afin qu'elle rattrape le temps perdu. Bienvenue parmi nous, Simone. Va t'asseoir près de Thérèse, là, dans la deuxième rangée.

Simone arrive le septième jour, celui où Dieu s'est reposé. Simone, Si, comme la septième note de la gamme. Simone, un prénom qu'aurait voulu porter Flora. Son petit visage de souris apeuré lui plaît bien. Comme elle a l'air timide et, en même temps, à l'affût! En se rendant à sa place, elle regarde tour à tour les élèves qui l'observent. Deux longues tresses, d'un noir éclatant, flottent dans son dos quand elle marche : une chevelure épaisse et brillante, à faire rêver tous les perruquiers.

Thérèse a un mouvement de recul et se pousse à l'extrémité du banc lorsque Simone s'assoit près d'elle. Derrière, Yvonne et Madeleine grimacent en tournant un peu la tête. À la récréation, Simone s'éloigne, seule dans un coin, et passe son temps à dévisager les autres. Petit chat sauvage au milieu d'une meute de chiens, elle reste à l'écart toute la semaine et la suivante aussi. Son regard perçant fascine Flora.

# 10

Pendant que sœur Adèle explique les additions, Flora égrène son ennui. Elle scrute, par la fenêtre, le vaste terrain dont elle ne perçoit qu'une portion et, au loin, la cime de quelques arbres. Patient, le long du cimetière, un chat explore les moindres recoins de la haie de chèvrefeuille. Un chaton rayé, miel et doré, doux et chaud comme ceux de la ferme. Avec précaution, une patte à la fois, le dos bas, il avance, cherchant sa pitance. Un chat abandonné.

Sœur Adèle s'éternise dans une explication. Le cœur de Flora s'agite d'impatience. Elle réfléchit. Et si c'était un chat sauvage ? Au souper, elle pourrait garder quelques bouchées de viande pour les lui donner. Chaque jour, une offrande réussirait à l'apprivoiser. Mais comment agir à l'insu des autres ?

À l'heure du repas, trois morceaux de poulet sont jetés dans la poche de son tablier.

Cette nuit-là, elle s'imagine en poulet joufflu que poursuit un immense félin drapé dans une table d'addition.

Le lendemain, dès six heures, sœur Dortoir sonne la cloche du réveil. Vite, les yeux endormis s'en vont aux lavabos pour les ablutions. Flora a appris à se dévêtir et à se vêtir prestement sous sa chemise de nuit. D'ailleurs, les sœurs veillent sans cesse à la décence de chaque pensionnaire, au coucher comme au lever. Elle ouvre ensuite le rang qui traîne ses quarante-quatre pieds vers la chapelle pour la messe de six heures et demie. Flora prépare son projet et pense au meilleur moment pour sortir du couvent et attirer le chat. Ce sera après déjeuner, alors qu'elle s'acquittera rapidement de ses tâches de ménage. Souvent, c'est l'établissement en entier qui passe sous les torchons, plumeaux et vadrouilles. Du parloir au dortoir, on astique à fond. On pourrait manger par terre, tellement les parquets sont propres. Ce mois-ci, Flora a le privilège d'épousseter le piano et les meubles de la salle de musique, à son grand bonheur, car elle aime bien passer le linge sur le clavier en nommant les notes et les accords. Souvent, elle y fait courir ses doigts pour jouer une petite mélodie. Thérèse et Yvonne frottent les baignoires avec mélancolie, pendant que d'autres récurent les cuvettes en plissant le nez.

Sept heures et quart. Le rang silencieux traverse le corridor pour aller au réfectoire. On y entre deux par deux et chacune se glisse, le long des grandes tables, à la place qui lui a été désignée. Tout se passe en silence, mis à part la voix de Thérèse, autorisée à lire le texte du jour. Le gruau goûte toujours le gruau, fade et grumeleux, mais Flora l'avale vite et entièrement. Elle lave ensuite son couvert, qu'elle replace dans le tiroir devant elle. Elle peut maintenant entreprendre son époussetage. Aujourd'hui, elle ne s'attardera pas à pianoter, car elle empruntera tout de suite après le corridor qui mène à la porte de service, pour y déposer les bouchées de poulet et y appeler le minet.

Pour l'instant, il faut attendre la fin du déjeuner.

Devant elle, Mathilde, encore un peu endormie, accroche avec sa manchette le verre de lait à peine entamé : tout s'écoule sur elle et la voilà bien trempée, l'arrière-train baignant dans le dégât, comme si elle avait fait pipi. Les autres, autour, chuchotent et ricanent tout bas. L'orgueilleuse Mathilde est très contrariée et, rouge comme un radis, tente d'éponger de son mieux la substance blanche avec sa seule serviette de table bientôt dégoulinante.

— Mais qu'est-ce que vous avez, à rire de même ? J'ai pas fait pipi, c'est juste du lait ! s'écrie Mathilde, fâchée comme si elle subissait la pire des humiliations.

Les autres, autour, s'esclaffent.

Sœur Économe accourt.

— En voilà, un beau gaspillage ! Mais bon, ce n'est pas la fin du monde. Allez, vous autres, au lieu de vous moquer, tâchez donc de lui venir en aide. Toi, Thérèse, va chercher la vadrouille, et toi, Lisette, un torchon. Flora, accompagne Mathilde au dortoir pour qu'elle puisse se changer.

Cet épisode retarde ses plans. La cloche de huit heures et quart retentit déjà : les périodes de ménage et de récréation sont terminées. Elle range son plumeau et court prendre sa place au début du rang, pour aller en classe.

Par la fenêtre, elle aperçoit encore le chat, blotti sous les branches. Comme il serait bien, tout contre elle, le soir ! Comme il serait doux d'avoir cette chaleur sous les draps, à défaut de l'une de ses sœurs avec qui elle partageait son lit, à la maison ! On a beau dire, dans la solitude et le froid, la fourrure, c'est bien plus moelleux.

Cours de religion, suivi de la lecture à haute voix. Sur le tableau suspendu au mur, toutes les lettres s'alignent en parade, majuscules et minuscules. La grande baguette pointe un à un les caractères que les élèves doivent énumérer au fur et à mesure. Ensuite, sœur Adèle passe au syllabaire et désigne les syllabes à épeler et à nommer : *b.a.-ba, b.e.-be, b.o.-bo… c.h.a-cha, c.h.a-cha.*

— Prenez *Mon premier livre de lecture,* deuxième leçon, page 4.

Sœur Adèle fait la lecture.

*Les étrennes d'Aline.*

*Aline aime les chats et elle aurait bien voulu que le petit Jésus lui en donnât un pour ses étrennes. Mais le papa d'Aline, qui est très pauvre, a cru qu'une jolie paire de sabots serait beaucoup plus utile pour la pluie et la neige.*

C'est une belle histoire, pour apprendre le *a* et le *o*, et qui finit merveilleusement : sur l'image, Aline berce un chaton qu'au matin elle a trouvé endormi sur son sabot.

Sœur Adèle fait répéter les sons : *Oh! Oh!* s'écrie Aline en apercevant l'animal. *Aa Aa,* chantonne-t-elle en berçant le minet, à la toute fin.

La tête tournée vers la fenêtre, Flora marmonne les sons en réfléchissant à une autre stratégie pour porter la nourriture au chat. Ce sera à la récréation, après dîner.

— Flora ! Flora ! appelle une voix.

Elle sursaute et revient à sœur Adèle.

— Encore dans la lune ?

— Oh non, ma sœur. J'ai bien suivi l'histoire. Je peux même vous la lire.

— Ah oui ? Lève-toi donc. Nous t'écoutons, propose sœur Adèle, incrédule.

Flora s'exécute. En fait, elle la connaît par cœur, cette histoire que lit souvent sœur Dortoir, pour les petites, le soir, avant l'extinction des feux. Au début, elle regarde la page et fait glisser son doigt sur les lignes pour faire semblant de parcourir le texte. Au dernier paragraphe, elle lève la tête et récite, en regardant la sœur :

*Ainsi, tous les soirs, la petite prend son minet dans ses bras et, pour l'endormir, lui chante bien tendrement à l'oreille : Aaa, Aaa, Aaa.*

— Tu sembles avoir une bien bonne mémoire, chère enfant. Elle te sera grandement utile pour apprendre, entre autres, les dix-neuf fautes à éviter au couvent.

Le reste de l'avant-midi passe bien lentement quand arrivent enfin onze heures et demie. Trop énervée, Flora court jusqu'au réfectoire. Après le repas qu'elle avale en trois bouchées, elle attend que sonne la cloche de la récréation, interminables instants pendant lesquels elle se retourne souvent, observant d'une table à l'autre les gestes silencieux des filles : le code du réfectoire que toutes connaissent déjà, de drôles de simagrées effectuées avec grand sérieux. Alphonsine donne de petites tapes sur la table pour avoir du pain. Jeanne claque des doigts pour demander le sel. Marguerite lève un peu la main droite pour réclamer de l'eau. Denise place le couteau dans son assiette pour qu'on lui passe le beurre. Enfin, l'un après l'autre, les index s'agitent en tournant pour demander le «plat aux restes». Sauf Yvonne, qui jamais ne laisse une bouchée et lorgne même avec envie la bouillie informe au fond du bol.

Profitant du bruit, Flora chuchote :

— Demain, au salut au drapeau, on pourrait dire : Salaud au drap pue.

Le tintement des couteaux raclant les assiettes ne parvient pas à couvrir les rires. La cloche va bientôt sonner ; Flora se tortille sur sa chaise, les bouchées de poulet de la veille, toujours dans son tablier, commencent à changer de couleur. Le chat les appréciera-t-il quand même ?

Du fond de la salle, sœur Adèle, qui n'a rien perdu de la scène, se lève, outrée. La main de la supérieure la retient par la manche.

— Avant d'intervenir, n'oubliez pas de vous calmer et de prier, lui suggère-t-elle.

La prière est bien courte et, alors que toutes les filles vont se dégourdir dehors, Flora doit rester au réfectoire, vissée sur sa chaise, pour apprendre les dix-neuf interdits inscrits sur un grand carton, plus difficiles à mémoriser que les histoires de son *Premier livre de lecture*.

*On ne doit pas* :

– *crier dans les passages,*
– *courir, rire, parler dans les passages,*
– *se dissiper en prenant les rangs,*
– *tourner la tête à la chapelle,*
– *manquer de respect,*
– *raconter de faux rapports aux maîtresses,*
– *poser des questions inopportunes,*
– *médire, railler, contester, murmurer,*
– *chanter des chansons, tenir des discours,*
– *parler de modes,*
– *aller toujours avec les mêmes compagnes,*
– *se raconter des affaires de famille,*
– *s'écrire des billets inutiles,*
– *se toucher,*
– *parler des fautes confessées,*
– *prêter ou emprunter quelque chose sans permission,*
– *introduire des livres et des lettres sans l'accord des religieuses,*
– *ouvrir les fenêtres la nuit,*
– *cueillir sans autorisation des fleurs ou des fruits dans les jardins.*

Sachant à peine lire, Flora répète après la sœur. Une fois que sœur Adèle retourne le panneau, Flora réussit à débiter la longue énumération en comptant sur ses doigts. Enfin retentit la cloche d'une heure.

— Pourvu que la leçon porte ses fruits, à présent, soupire sœur Adèle. Va vite ranger ton tablier et laver tes mains au lavabo. Tu sens le moisi. Puis viens rejoindre ton rang dans la grande salle. Dépêche-toi.

Avant de placer son tablier au casier, elle pique le nez dedans. L'odeur désagréable lui donne un haut-le-cœur. Les chats se préoccupent-ils de la fraîcheur de leur nourriture ? Sûrement pas.

À la ferme, elle a vu des chiens se régaler et gruger les os de vieilles carcasses. Elle ira porter la viande dehors dès quatre heures, après le goûter de la troisième récréation.

Quand vient le moment, elle donne sa tartine de mélasse à Yvonne, qui a toujours faim pour deux, et attend, bien tranquille. Il pleut; la récréation se déroulera à l'intérieur. Elle demeure assise sur une chaise et se désole de plus en plus. Il ne reste qu'une possibilité, après le souper, mais auparavant, à la cloche de cinq heures moins quart, il y a le chapelet et la visite du Saint-Sacrement, puis celle de cinq heures qui annoncera la période d'étude, enfin, celle de six heures trente avisera qu'il est temps de manger et de prendre la dernière récréation.

Au souper, Flora se garde bien de parler, d'être dissipée et même de bouger. Dehors, la pluie a cessé. Qu'aura fait le chat, sous l'averse? Dans son assiette attendent quelques morceaux de viande qu'elle aimerait ajouter dans la poche de son tablier, mais sœur Adèle, assise face à elle au fond de la pièce, l'observe sans relâche.

— Flora, au lieu d'aller à la récréation, tout à l'heure, tu viendras avec moi.

Le tablier roulé en boule regagne le casier et, à regret, Flora suit la sœur à la salle de toilettes.

— Quelques personnes se sont plaintes de ton odeur, explique la sœur, et tu dois passer un examen de propreté.

Bien sûr, les maîtresses veillent chaque jour à ce que les filles soient bien chaussées, bien peignées, bien habillées. Cependant, un examen de propreté? Devra-t-elle se dévêtir devant la sœur? Celle-ci observe d'abord les mains, le visage qu'elle tourne d'un côté, puis de l'autre, s'attardant au derrière des oreilles. Elle lui demande de se déchausser, respire les souliers, sous les aisselles... Non, il ne s'agit pas de relents de transpiration.

— Je me suis lavé les pieds hier, et sœur Saint-Liboire m'a appris à me couper les ongles.

Ne sachant plus où donner de la narine, sœur Adèle hausse les épaules.

— Étrange... L'odeur s'est dissipée, on dirait. Mais ne prenons pas de risque, prépare-toi pour le grand bain.

Le grand bain! Mais ce n'est pas son tour. Elle l'a pris il y a à peine trois jours, et on n'a droit qu'à un seul par semaine. Elle se dévêt, ne gardant que sa petite culotte comme le veut la consigne et se disant qu'en quelques minutes, elle ressortirait de l'eau, fraîche et nette. La légèreté de ses membres dans l'eau chaude, le gros savon odorant... tout de même, le grand bain, quel plaisir! Ses consœurs l'envieraient, pour sûr, d'avoir le privilège de tremper deux fois dans la baignoire pendant la même semaine.

Une fois dans la cuve, la notion du temps lui échappe, et sœur Adèle vient la presser.

— Vite, sors de là. Enfile ton costume et va à la salle d'étude.

Flora se rhabille en vitesse, boucle les lacets de ses chaussures, déçue d'avoir raté la dernière récréation. De huit heures moins quart à neuf heures : récitation et devoirs. Dans la salle d'étude, Jeanne l'observe et, avant de sortir, elle l'interpelle.

— Qu'as-tu fait, encore, pour qu'on s'occupe autant de toi? Sale vaniteuse!

Flora hausse les épaules.

— Je suis pas vaniteuse. Et mon corps est tout propre, ma langue aussi, plus que la tienne. Regarde, dit-elle, avant de tirer une belle grimace.

Le rang ondule, chenille fatiguée, vers les lavabos pour la toilette. Après, on récite la prière du soir, on écoute la lecture de sœur Dortoir, des histoires tirées de son livre *Tout-Petits,* minutes savoureuses qui donnent à Flora l'appétit des mots.

Déjà, la cloche tinte, irrévocable, déterminant la fin du jour, comme un coup de faux. Flora choit sur le lit, fauchée, isolée du reste de la gerbe.

Par-dessus tout, elle craint cette dernière cloche, après une journée de camaraderie, d'apprentissages, de chansons avec sœur Adèle, si parfaite. On vient d'éteindre les lumières, et les ombres froides apparaissent : l'abandon de son père, l'oubli de sa mère, les ruines de sa maison auxquelles le son dur de cette cloche ajoute un ton de raillerie, un grelot tirant la langue. Flora frémit d'une colère bien inutile : voilà un nouveau jour avalé dans le trou noir de la nuit. À partir de cette heure, elle ne pourra plus rien voir, plus rien sentir, plus rien vivre. Pendant les neuf prochaines heures, neuf longues heures, elle sera morte. Chaque fois, voilà comment se moque d'elle la cloche, tout comme se moquait le tintement des souliers de son père.

Le sommeil refuse de l'emporter. Dans les dix-neuf interdits, donner de la nourriture au chat n'y figure pas. Peut-être pourrait-elle se faufiler par la fenêtre, une fois sœur Dortoir partie au pays des rêves, mais c'est défendu de les ouvrir. Et puis, réflexion faite, comment a-t-elle pu croire qu'elle pourrait aller ainsi, toute seule dehors, pendant la récréation, en échappant à la surveillance de sœur Sainte-Alberte-Alerte ? Vaines rêveries. La vie a pris un autre tournant. Finies les courses dans les champs et les bois. Finis les jeux avec les chatons. Finies les danses et les chansons dans la clairière, près du marais. Finies les escalades sur le fenil avec son frère. Disparus les vastes horizons : les portes du couvent se sont refermées loin des champs vibrants et des montagnes de fantaisie.

À une heure avancée de la nuit, des mains la secouent à l'épaule. Une fillette se tient à son chevet. Flora est si surprise qu'elle imagine tout de suite une catastrophe et s'apprête à enfiler ses pantoufles.

— Chut ! Crie pas. Fais pas de bruit. Faut pas réveiller les autres. J'ai fait un cauchemar. Je savais que tu ne dormais pas. Fais-moi une place, s'il te plaît.

C'est la voix haut perchée de Simone, la petite nouvelle dont personne ne veut, car on dit qu'elle sent mauvais avec sa crinière de sauvagesse. Ses mots chevrotent. Elle a pleuré. Mais comment a-t-elle deviné qu'elle ne dormait pas ? Flora ouvre ses draps et se pousse tant qu'elle le peut au fond du lit, puis passe son bras pour la retenir bien serrée.

Le parfum des cheveux de Simone la plonge dans le pelage des chats endormis sur un tas de paille, dans les vêtements qu'on retire après une journée au grand air. Simone sent bon la campagne. Flora s'enivre. Chaque inspiration déroule une longue ficelle au bout de laquelle s'agite la clef dorée des grilles d'un fabuleux cirque. Derrière, muettes, attendent les sœurs de la gamme, joyeuses d'accueillir la note manquante.

— C'est où, l'Abitibi ? demande Flora, intriguée.

— Loin, très loin, par le nord pis par l'ouest, de l'autre côté de la province.

— Pourquoi ta famille est venue par ici ?

— Mes parents sont restés là-bas. Juste les enfants qui sont partis. Ça fait longtemps. Avant, j'étais dans un autre couvent.

Pour apprendre le français. En arrivant, ils ont brûlé mes vêtements et m'en ont donné d'autres. Ils ont dit que ça coûterait rien. Je m'ennuie tellement. Plus rien de pareil.

Un long bâillement l'oblige à une pause.

— Au moins, y a pas la saleté des mines, par terre, dans l'eau, dans le ciel. Et ils ont pas coupé mes cheveux.

Elle lève la tête et écoute, aux aguets.

— Merci. Tu as attrapé mon cauchemar.

— Ah ? Bonne nuit, Simone ! Simone, c'est beau. C'est comme ça que j'aurais aimé m'appeler.

— C'est pas mon vrai nom. Ils voulaient pas qu'on garde nos noms algonkins.

— Algonkins ? Bien pour moi, tu seras Si, ma note de musique.

— Et toi, ma Flo. Chut ! Dormons.

Plus besoin de la douceur d'un chaton ni des étreintes de tante Blanche, maintenant, Flora a Si, sa presque sœur.

*Interdit de se toucher,* dit le quatorzième point de la liste des fautes à éviter. Une fois Simone endormie, Flora laisse juste assez de distance entre leurs corps pour ne pas être punie. Seul son nez reste tout près de la chevelure odorante.

Peu importe ces précautions, au matin, quand sœur Dortoir les voit sortir de la même chambrette, elle les apostrophe.

— Sachez qu'il est strictement interdit de partager le lit avec une autre élève. C'est malsain. Que cela soit bien clair ! Pour cette fois, je serai indulgente et ne vous enverrai pas chez mère supérieure, mais vous aurez chacune un manquement à votre carnet.

Au cours des dernières semaines, Flora a commis plus de cinq fautes : manquer de respect en changeant les mots d'une chanson, avoir posé des questions inopportunes, avoir couru dans le corridor, avoir chuchoté au réfectoire, avoir dormi avec une consœur… En plus, hier soir, sœur Cuisine a trouvé, en suivant l'odeur nauséabonde, les morceaux de viande avariée dans son tablier.

— Oui mais, se révolte Flora, dans la liste des manquements, il n'y a pas *Garder de la nourriture pour plus tard* !

Mère supérieure la fait taire et tranche : ce sera la peine capitale. Sœur Adèle secoue la tête en avalant sa salive. Le visage contrit, elle ne peut s'empêcher d'intervenir.

— Ma mère, vous savez, Flora a un caractère un peu sauvage, il est vrai. Elle manque de jugement. Peut-être est-ce dû au milieu où elle a grandi. Ne peut-on adoucir la sentence ?

— Non. Il faut faire fi de ses origines et, surtout, ne pas parler du passé de nos élèves. Nous devons tout faire pour éviter qu'elle tombe, elle aussi, du côté des forces du mal. Trop de souplesse l'y entraîne déjà. Vous n'êtes pas assez sévère. Cette jeune Flora est tout le contraire de sa cousine Jeanne. N'hésitez pas à user des stratégies requises pour garder son attention en classe et n'oubliez pas que la discipline est garante de la soumission que l'on exige de nos élèves. Cette année, on me rapporte davantage de sourires effrontés, de voix moqueuses, de dissipation dans les rangs. Il ne suffit que de quelques indociles pour nous faire perdre le contrôle. Qu'adviendra-t-il de la réputation de notre institution si on ferme les yeux, ne serait-ce que sur l'une d'elles ?

— Mais il fait froid, en cette saison.

— Pas encore assez pour qu'elle en périsse, tout de même. Nous sommes fin octobre, rétorque mère supérieure. Que cette fraîche température puisse refroidir cette tête... – elle hésite un peu avant de poursuivre – oui, cette tête brûlée, ce sera une bonne affaire.

Ce matin, Flora n'ira pas en classe et subira la peine capitale : une journée complète au grenier. Simone, qui n'a qu'un seul manquement, passera une heure à genoux dans le coin des punies.

Bien que cousine Jeanne n'ait jamais fréquenté le grenier, elle en a dressé une épouvantable description : endroit sinistre, noir et froid, rempli d'araignées et de rats, de courants d'air et de gémissements étranges. On n'y fait jamais le ménage, paraît-il.

Flora s'habille à la hâte, jette un manteau sur ses épaules et veut enfiler ses pantoufles, mais elle se ravise à temps et chausse ses bottes.

Mère supérieure l'entraîne dans les escaliers, jusqu'au quatrième étage. Au fond du corridor, un autre petit escalier, très raide, mène à une trappe qu'ouvre la corpulente religieuse en tirant un crochet. L'air frais s'en échappe et une neige de poussière tombe sur elles.

— À midi, quelqu'un viendra te porter à dîner et te conduira aux toilettes. À quatre heures, tu pourras redescendre. Tâche de prier pour ton âme, pour que Notre-Dame et le Sacré-Cœur ramènent en toi l'ordre et la raison.

La trappe se referme dans un bruit mat. Flora tourne sur elle-même en regardant le décor, à la lumière laiteuse que jette l'œil-de-bœuf. Ici, des ballots de jute, plus loin, un amoncellement de meubles éclopés, des trappes à rats, des statues sans tête ou sans bras, des guirlandes défraîchies, des cadres défoncés, des costumes élimés : un pays de merveilles que Flora n'aura pas le temps de découvrir en une seule journée! Que de jeux possibles, que de théâtres à inventer! L'endroit est si vaste! Elle peut sauter, danser, chanter à sa guise. Ah! Si ses sœurs étaient encore de ce monde!

Plus tard, quand elle entend sœur Jacqueline-Cuisine monter les degrés pour lui apporter son repas, elle s'empresse de replacer les dentelles décousues dont elle s'était parée et tombe à genoux, les mains jointes, la ferveur au visage.

— Tiens donc, fait la sœur. Quelle dévotion! Veux-tu me faire croire que tu pries ainsi depuis trois heures? Petite gredine!

Avant de la laisser, sœur Cuisine l'emmène au petit coin.

Sa plus impressionnante découverte ne l'éblouit qu'après le repas, alors qu'elle tire un tabouret sous l'œil-de-bœuf. La vue offerte sur la campagne, derrière le couvent, la saisit : passé les jardins où traînent encore quelques citrouilles, elle aperçoit le paisible cimetière fleuri de chrysanthèmes et, un peu plus loin, un bouquet de forêt. Au-delà s'étendent des champs d'avoine ou d'orge que ramassent les moissonneurs. Longtemps, elle rêvasse, hissée sur le bout des pieds, en regardant les familles charger la blondeur sur la charrette. Longtemps, elle s'imagine en Trotte-menu, la petite souris du livre de lecture, désirant retourner à la grange. Comme la souris en a perdu le chemin, elle escalade la charrette de foin pour rejoindre le fils assoupi sur le tas. Ah! que ne pourrait-elle se retrouver blottie contre son frère Julien, tout en haut d'un voyage de foin, pour rentrer à la ferme en contemplant les nuages!

Un peu plus tard, des bruits de moteur l'attirent de nouveau vers l'œil-de-bœuf. Derrière l'édifice, de l'autre côté de la haie de chèvrefeuille qui borde le jardin, des ouvriers démantèlent la barrière de fer forgé entourant le cimetière, là où dorment les dépouilles des sœurs de la communauté, mortes depuis la fondation. Cinquante ans, a dit sœur Adèle en classe, la semaine dernière. Six pieds sous terre, sœur Marie-du-Bon-Secours y sommeille depuis 1900.

S'ils veulent aller prier sur les tombeaux, pourquoi ces hommes ne se contentent-ils pas d'ouvrir tout simplement la grille, au lieu d'enlever toute la clôture ? De la paume de sa main, elle frappe sur le verre de l'œil-de-bœuf. Ils n'entendent pas.

Quel dommage ! Ils arrachent les pans de clôture un à un pour les empiler, sans trop de précautions, dans un coin, près de la bâtisse. Pas plus tard que vendredi dernier, à la récréation, elle observait les nombreuses toiles d'araignée décorant cet entortillement gracieux de tiges de fer. Sœur Adèle avait surgi, armée de son balai, pour éradiquer les filets délicats.

— C'est pour protéger les mortes des vermisseaux et des mouches que les araignées ont fait tout ce travail ! s'évertuait à expliquer Flora. Il ne faut pas briser leurs toiles.

Mais l'autre l'avait disputée et, aidée de sœur Ménagère, avait poursuivi cette bataille inutile : le lendemain, samedi, autant de toiles perlées s'accrochaient de nouveau aux volutes de fer, au grand bonheur de Flora.

Réflexion faite, ces individus auront sans doute décidé de repeindre la jolie dentelle de fer noir, un peu rouillée, il est vrai, depuis toutes ces années, et la replaceront au printemps pour encadrer un plus beau cimetière, fleuri de paix, de lilas, de muguets, de myosotis et d'arbustes roses et blancs.

Crachant son épaisse fumée noire, un tracteur s'approche, suivi d'un camion auquel est attachée une remorque transportant des caisses de bois.

Voilà qu'ils enlèvent les pierres tombales et les statues ! Il faudrait aviser mère supérieure : ces gens sont en train de piller le cimetière. Ils emballent et chargent les ouvrages de marbre et de granit sur la plateforme du véhicule. En une heure, toute la forêt d'épitaphes est déracinée. Puis, trois hommes, munis de masses, de pics et de pioches, entreprennent d'autres travaux. Ils lèvent haut leurs outils et les abattent avec grand fracas, de toutes leurs forces, défonçant les socles de pierre restés en place. Ils ne s'arrêtent pas là. Une fois qu'ils ont retiré les éclats, d'autres reviennent avec des pelles qui mordent la surface. Ceux-là portent des masques et des gants de travail. À ce rythme et avec la vigueur qu'ils y mettent, ce n'est sûrement pas pour planter des fleurs! Ils creusent et creusent encore, toujours plus profond. Près des trous, d'impressionnants tas de terre s'accumulent. Après bien des efforts, ils sortent un cercueil de bois vermoulu et souillé de boue qu'ils transportent avec grand soin, après l'avoir entouré de sangles. Un homme en chapeau chic et en manteau noir gribouille des notes sur une tablette, puis attache une étiquette numérotée sur le long coffre de bois. Comme des vers, les ouvriers continuent de fouiller le sol, à la recherche d'un autre cercueil.

C'est épouvantable! Ils vont troubler le sommeil éternel des défuntes! Comment réagiront les mortes que l'on dérange ainsi?

À force de s'étirer sur le bout des pieds pour observer les manœuvres, Flora ressent des crampes aux mollets. Obligée de redescendre du tabouret, elle s'étend sur un ballot de vieux rideaux, se met en boule dans son manteau et ferme les yeux.

Les vieilles religieuses planent puis tombent à plat ventre. Avec leurs ongles, elles labourent le sol pour y creuser d'autres tombeaux. La couche de terre est trop mince ; sous les herbes et sous les racines, elles frappent le roc. Elles chantent des complaintes : *Poussières, prières et calvaire... Quatre canards grattant la terre, Trois rats des bois, deux tourterelles, une perdriole qui va, qui vient, qui vole...* Sous leur voile, de longues tresses roussies se déroulent et flottent sur leurs épaules décharnées. Ses sœurs! Elles sont toutes là, à fouir la terre.

— Il paraît que Marguerite Bourgeoys sentait la rose lorsqu'on a ouvert son cercueil. Moi, je sens le jasmin, dit Dominique.

Elle se tourne. À son sourire, il manque des dents !

Elles disparaissent. Flora crie pour qu'elles reviennent et se réveille les pieds gelés, suspendue entre deux mondes.

L'après-midi s'enfuit et, à quatre heures, sœur Adèle vient la chercher. Les doigts et les pieds engourdis, Flora s'apprête à quitter cet univers insolite en jetant un dernier regard au-delà de l'enchevêtrement de poutres et de chevrons et, désignant l'œil-de-bœuf, affolée, elle tente d'entraîner la sœur.

— Ils sont en train de voler les cercueils, en bas, affirme-t-elle. Venez voir, vite ! Il faut avertir mère supérieure.

— Ne dis pas de sottises pour essayer de détourner l'attention. Dépêche-toi, plutôt, de passer aux toilettes et d'avaler ta collation. Il y aura un rassemblement, pendant la récréation. Mère Saint-Elzéar fera des annonces avant le chapelet et la visite au Sacré-Cœur. Vite !

Dans la salle, elle retrouve la lumière du jour, la gaieté sereine des élèves, mais elle sent vibrer encore dans son cœur les émotions laissées par ces heures de solitude et par les imaginations sorties de l'ombre.

Les maîtresses, les sœurs converses, l'aumônier et toutes les couventines remplissent l'espace. Sur l'estrade s'avance mère Saint-Elzéar, bloc impérieux, déterminé, que les pans de la robe n'embourbent pas dans sa marche décidée. La touffeur de la pièce rend son visage gras et luisant comme une pomme. Après un bref mot de bienvenue, elle va directement au but.

— Pour celles qui ne le sauraient pas encore, vous remarquerez, à l'arrière de l'édifice, un important chantier. Monseigneur l'évêque nous a donné l'aval et nous a confié, à nous, ses diocésaines, les rênes d'une nouvelle École normale. Plusieurs communautés lui en avaient demandé la direction, mais il n'a pas voulu, préférant que cette école soit ici, à Cap-de-la-Baleine. Cependant, comme vous le savez toutes, la place manque. Nous devrons répartir autrement nos effectifs : les professes dormiront à l'infirmerie, le noviciat et le postulat seront installés temporairement à la chapelle et dans les rotondes de l'infirmerie. Enfin, les normaliennes seront logées dans les locaux des novices et des postulantes. En conséquence, je tiens à vous remercier pour votre collaboration et pour votre bonne volonté. Grâce à ce remue-ménage, nous pourrons accueillir convenablement nos soixante-trois premières normaliennes, et notre institution sera reconnue officiellement par le département de l'Instruction publique.

Des applaudissements chaleureux répondent à cette dernière annonce. Sur la scène, avec un sourire rengorgé, mère Saint-Elzéar fait quelques pas, les épaules carrées, le buste proéminent, et revient derrière son lutrin.

— Cette situation est provisoire et je veux vous rassurer. Une aile spécialement dédiée à notre École normale sera construite, mais le seul endroit adéquat pour son érection est l'emplacement du cimetière. Nous venons d'obtenir d'un juge l'autorisation pour entreprendre la translation des corps de nos consœurs. Afin d'assurer l'aspect privé des opérations, pour un temps indéterminé, la cour de récréation sera condamnée, à l'arrière. De plus, dans les classes, les rideaux de toutes les fenêtres donnant sur cette partie du terrain devront être fermés en tout temps. Je compte sur votre discrétion afin de respecter chaque étape de la migration des dépouilles. Ces manœuvres délicates prendront plusieurs jours au cours de l'automne. Tous les cercueils seront transportés avec soin vers le nouveau cimetière, près de notre ferme du rang Saint-Joseph.

À l'heure du souper, puis des études, l'idée du déménagement du cimetière fait son chemin et paraît une solution plus que raisonnable. Flora se réjouit de comprendre enfin les agissements des ouvriers, dans l'après-midi. Elle se rassure : avec beaucoup d'attention, les cercueils passeront rapidement d'une fosse à l'autre, après un petit voyage en camion vers la campagne. Une fois là, les défuntes reposeront paisiblement, près des pâturages, sous le regard bienveillant des vaches.

Les fenêtres de la classe de sœur Adèle donnent sur le chantier, elles sont donc masquées par des tentures. Seuls des carrés de lumière estompée paraissent sur le tissu opaque. Par contre, si les fenêtres sont maintenant aveugles, elles ne sont pas muettes. Dehors, on entend des coups sur les pierres, des cris d'hommes, un bruit assourdissant qui dure quelques minutes, puis le marteau-piqueur qui arrête enfin son mitraillage, mais pour faire place aux ordres d'un contremaître… Flora serait bien tentée d'écarter le rideau pour observer, mais elle ne peut qu'imaginer la scène : les trous creusés, les cercueils empilés sur la remorque, souillés de terre, tous garnis d'une croix argentée sur le couvercle ; les hommes en train de nettoyer la boue pour que reluise à nouveau le bois verni. Elle se souvient de ceux de ses sœurs, en chêne ! Tante Blanche n'avait rien laissé au hasard et avait exigé une belle qualité de bois dur, chacun bien rembourré et ourlé de satin blanc. Ainsi, du moins, en avait-elle décrit l'intérieur, ajoutant qu'il y avait, dans le couvercle, du satin en nid d'abeilles marqué de capitons piqués chacun d'une perle. Flora n'avait vu que l'extérieur de ces gros coffres à bijoux aux pentures et aux poignées dorées.

Au moment de la prière s'élève, de l'autre côté de la vitre, le vrombissement du camion, puis un bruit de freins suivi d'un retentissant : « Tabarnack ! » Puis, la voix d'un homme, en colère :

— Maudit! T'as reculé dessus. Tu pouvais pas te tourner la tête! J'te faisais signe! Regarde-moé l'avarie! Avance, astheure, les roues sont en plein dessus!

Nouveau bruit de moteur et nouvelles exclamations.

— Câlisse!

— Ça donne envie de vomir…

— Eh, prêtre! Ça donne pas l'goût d'y relever les jupes, à celle-là, dit un ouvrier, sur un ton blagueur. Ovide, t'en as fait toute une bouillie! Ça grouille de vermine, là-dedans!

— Pis ça sent pas la rose sous la cotte, s'exclame un autre.

Des rires gras retentissent.

— C'est assez, les farces! Venez donc nous aider à ramasser le corps, à' place. Jos, apporte une caisse neuve, celle-là est foutue.

— J'aime mieux prendre la pelle! Moé, j'veux pas toucher à ça.

La tête tournée vers les fenêtres, les fillettes écoutent, abasourdies. Sœur Adèle se signe trois fois et, ne pouvant s'en empêcher, lève un pan de la tenture.

— Bonne Sainte Vierge! soupire-t-elle, avant de rabaisser le rideau.

Son visage passe du rose au blanc, aussi livide que sa guimpe. Oscillante, elle se retient au pupitre avant d'inspirer profondément. Puis, elle joint les mains et prie. Qu'a-t-elle vu? Yvonne, hardie et trop curieuse, se lève pour aller vers la fenêtre et constater enfin de quoi il retourne. Une poigne implacable s'abat sur son épaule et la retient juste à temps. Sœur Adèle lui ordonne de regagner sa place.

— Levez-vous, mes enfants, et préparez-vous ! Nous allons tout de suite à la callisthénie.

Aujourd'hui, c'est au tour de Thérèse de s'installer au bout du corridor, face aux autres placées en rang, et de montrer les mouvements rythmés à exécuter avec les quilles et les poids en bois : bras gauche en l'air, puis le droit et les deux bras, tête-épaules-frappe, frappe-épaules-tête et on tourne. Pendant vingt minutes, on répète les gestes qu'elle exécute, mais l'entrain a été broyé dans la boue, près du jardin, de l'autre côté de la vitre.

Personne n'a vu la scène dont a été témoin sœur Adèle, personne, mais les imaginations fertiles construisent des tableaux bien plus terribles. À la récréation, les suppositions et les rumeurs se multiplient. « Il paraît qu'elle avait les yeux sortis de la tête », « Pis des vers dans son entrejambe », « Son corps a été écrabouillé par les roues du camion. Il a été coupé en deux et on voyait ses tripes. »

Au souper, Flora pousse son assiette que se dépêche d'avaler Yvonne. Le soir, au dortoir, cette histoire de déménagement du cimetière revêt des teintes des plus macabres. Avant le sommeil, un défilé d'images s'emmêle sous ses paupières. Des hommes chargent les cercueils sur la plateforme. Les poignées de l'un d'eux cèdent et le coffre de bois leur tombe des mains. Tout un pan s'ouvre sur un squelette vêtu d'une robe noire en lambeaux. Pauvre sœur ! La boîte bascule, s'effondre sur le sol, se brise en morceaux et la morte roule hors de son abri. Le camion recule, les chairs éclatent, les os se disloquent, le crâne déboule au pied du remblai de terre, prêt à retourner dans la fosse, mais est rattrapé juste à temps par la pelle d'un ouvrier. Ces hommes-là sont malhabiles et dérangent la paix éternelle des mortes.

De nombreuses questions jaillissent comme autant de cercueils enfouis très longtemps dans la terre. Est-ce que les dépouilles seront aussitôt inhumées dans le nouveau cimetière ? Que feront les âmes, dans l'attente d'un délai, en cas de mauvais temps ou de problèmes ? Où seront rangées les vieilles bières, entre-temps ? Dehors ou dans le sous-sol du couvent ? Mais alors, les âmes erreront-elles dans les couloirs, la nuit, ou bien viendront-elles pleurer aux fenêtres ?

L'effroi envahit le dortoir. Tout ce qu'on ne dit pas, ce qu'on ne montre pas, toute la frayeur des écolières contenue à l'intérieur des murs de briques s'accroît, se mélange et se mue, au cours de la nuit, en pensées grises, en images terrifiantes qui chassent le sommeil ou produisent les pires cauchemars.

Heureusement, le lendemain matin, Flora voit tout cela bien autrement : plus menu. Les premiers rayons de l'aube ont asséché les chimères et les larmes d'angoisse. La tablette, les tiroirs, le rideau de la porte, le pot de chambre et les cloisons reprennent des dimensions normales. Sur le plancher, les fantômes glissent et regagnent le dessous du lit.

Trois jours plus tard, des frissons la secouent à tout moment, ses yeux larmoient et une vilaine toux l'empêche de respirer profondément. En plein milieu de la récitation, à bout de fatigue, elle lève le bras pour demander de l'eau. Sœur Adèle s'approche, remarque la pâleur du visage, puis pose sa main sur le front de l'enfant.

— Tu brûles de fièvre !

On la conduit à l'infirmerie, où sœur Sainte-Hermeline-Médecine lui donne un sirop. Le soir, les quintes de toux se multiplient, lui subtilisant ce qu'il lui reste d'énergie. Bientôt, du mucus emplit ses narines, sa gorge et, plus creux encore, l'intérieur de sa poitrine. Son visage est tout chaud, preuve que le passage au grenier froid n'a rien fait contre sa tête brûlée.

Diagnostic : coqueluche. Elle doit retourner chez sa tante pendant un mois, pour éviter les risques de contagion.

200

Tante Blanche l'entoure de soins : bouillotte, soupe à l'alphabet, crème glacée et délicieux lait de poule aromatisé de vanille. Deux fois, elle consulte le docteur et suit à la lettre ses instructions : faire asseoir la petite lors des fortes quintes de toux, ne pas hésiter à lui faire cracher les sécrétions pour dégager les poumons et la gorge, et s'assurer qu'elle mange bien avec des suppléments vitaminés.

La toux se manifeste davantage le soir tombé. Plus Flora tousse, plus l'angoisse enfle ; plus grande est l'anxiété, plus Flora tousse, comme ses sœurs dans la maison pleine de fumée. Les images, la nuit, sont si terribles. À tout instant, tante Blanche accourt à son chevet, la fait asseoir pour faciliter la respiration et, surtout, lui parle doucement.

— Je suis là, reste tranquille, tout ira bien. C'est une maladie qu'on ne contracte qu'une seule fois. Tu vas gagner contre elle et tu seras encore plus forte, après. Si Dieu t'a épargnée jusqu'à maintenant, ce n'est sûrement pas pour t'emporter au terme de ce mal. Comment as-tu pu attraper ce microbe ?

L'orage se calme, mais lorsque Flora raconte qu'elle a passé une journée entière dans la froideur du grenier du couvent, une dizaine de jours plus tôt, une autre tempête se lève.

# 11

Après la convalescence, lorsque Blanche reconduit sa nièce au couvent, elle a revêtu des traits durs que Flora ne lui connaît pas. Dans la voiture, ses doigts serrent la courroie de son sac à main et, la tête tournée vers la vitre, elle peste à tout moment, se parlant à elle-même. Il est question d'une brique et d'un fanal, d'un chien de sa chienne, de misère noire et de Notre-Dame-des-Sept-Douleurs.

Une fois dans le bureau de la supérieure, sa colère résonne sur la tôle des murs.

— Comment avez-vous osé ? Mais de quel droit ? Je croyais que les sévices corporels étaient interdits dans votre communauté. Et voilà que cette pauvre petite a été exposée au froid et à l'humidité d'un endroit insalubre, rempli de microbes. Vous n'ignorez pas les dons que mon mari et moi offrons à la congrégation chaque année. En plus de la pension de notre Jeanne, nous payons celle de Flora, quasiment orpheline, et vous me l'avez retournée malade, à bout de souffle. Faudra-t-il la changer d'institution ?

Mère supérieure la regarde, puis lève les yeux vers l'image de Notre-Dame, accrochée au mur de son bureau.

— Comprenez, madame Blackburn, qu'un respect très strict du silence et de la discipline s'avère nécessaire pour mener à bien notre enseignement. Cette enfant cherche l'attention sous toutes ses formes et déborde d'une énergie difficile à canaliser.

— Et vous croyez que la solution réside dans une telle pénitence ? Isoler la pauvre petite pendant toute une journée dans une glacière ? Ne me dites pas que vous êtes de cette génération souhaitant que l'éducation des filles puisse se limiter à leur apprendre l'art de souffrir, comme si la souffrance pouvait résumer la vie de la femme…

— Bien sûr que non. Pas plus que la soumission ne constitue la vertu féminine par excellence. Mais il y a des règles, comme du temps où vous avez fréquenté le couvent : silence en classe, dans les rangs, dans les dortoirs, interdiction de converser à voix basse. Ces échanges peuvent porter vers des sujets défendus. Ce peut être des railleries méchantes, de dangereuses rumeurs, des critiques contre les maîtresses, les règlements, la nourriture… Vous-même avez insisté pour que les conditions familiales de Flora ne soient pas évoquées à l'intérieur de nos murs, ce que nous respectons rigoureusement. Flora doit se plier à nos exigences dès sa première année. En deux mois, elle a accumulé plus de dix manquements.

Assise dans le coin de la pièce, Flora n'a rien perdu de la conversation. Tante Blanche se redresse un peu plus sur son siège. Elle n'en restera pas là.

— Soit ! Parler dans le rang, modifier les mots d'une chanson, accueillir une élève dans son lit pour la réconforter… Ce ne sont pas là des raisons pour l'enfermer, toute seule, une journée entière. Vous allez me l'effaroucher davantage ! Va pour la retenue, la réflexion dans le coin des paresseuses, les devoirs supplémentaires… mais l'isolement au grenier, plus jamais !

Puis, le visage rouge et le front perlé de sueur, elle se tourne vers Flora.

— Dis-lui, ma belle, comment tu te sentais, dans ce grenier.

Ne voulant contrarier sa tante, elle hésite. En fait, c'était un endroit plutôt agréable, quoique frisquet, somme toute. Dommage qu'elle y ait contracté une maladie. En vérité, avec un peu de compagnie, elle s'y serait crue au paradis. Elle prend un air penaud et un ton plaintif.

— En voyant le cimetière, en bas, je m'ennuyais de mes sœurs, dit-elle tout bas. Je m'en ennuie tout le temps et j'avais peur.

Mère supérieure et tante Blanche la regardent en penchant la tête, désolées, attendries.

— Des élèves à qui la famille manque, c'est la norme, remarque la supérieure. Cependant, il est vrai que, dans son cas, il s'agit d'un gouffre.

Elle respire fort et relève la tête, remuant les lèvres et les mentons. Derrière les lunettes rondes, ses yeux se plissent.

— Nous devons trouver une façon plus douce de tuteurer l'herbe qui s'étiole, poursuit-elle.

— N'y a-t-il pas une activité manuelle, un cours d'arts plastiques, des livres…? Elle adore les livres et les chansons…

Flora ne tient plus sur sa chaise et, même si on ne lui a pas donné le droit de parole, elle s'exprime sans plus attendre.

— Oh oui, les chansons, les notes, la musique! Jouer du piano, comme maman Marie-Alice!

Mère Saint-Elzéar sourit en consultant Blanche du regard.

— Si la vérité sort de la bouche des enfants, dit-elle sans s'en formaliser, je crois que nous avons là une piste. À partir de janvier, seriez-vous prête à offrir à Flora des cours de musique, à raison, comme vous le savez, d'un ajout du tiers du prix de base de l'instruction annuelle?

Les doigts de tante Blanche se détendent, son sac à main tombe à plat sur ses genoux et un large sourire éveille des ridules joyeuses au coin de ses yeux. Que représentaient quelques dizaines de dollars de plus pour le bien-être de la pauvre Flora? Pitre ne serait pas difficile à convaincre.

— J'en parlerai à mon mari, vous pouvez compter sur moi.

— Oui, parlez-lui-en, insiste la supérieure. N'oubliez pas de lui dire qu'ici la musique n'est pas considérée comme un divertissement, mais comme une activité contemplative, éducative et sociale.

Elle poursuit un discours – qu'elle a facile – pour expliquer que la musique occupe une place prépondérante dans l'éducation prônée au couvent Notre-Dame, et que cette pratique développe chez les élèves, outre des talents artistiques, des qualités plus personnelles, comme la discipline, la patience, la détermination, la persévérance et, enfin, la chance de se produire en société.

— Qui sait si les mélodies et les chants ne permettront pas à cette petite Flora de faire fructifier ce trop-plein de vitalité en un talent remarquable, cadeau du Créateur ? s'enthousiasme-t-elle, en appuyant sur chaque syllabe, afin de mieux convaincre la tante.

Elle lève les yeux, réfléchit quelques secondes. Son regard s'allume.

— Oh oui ! Voilà qu'il me vient une idée pour la première messe de l'avent qui arrive à grands pas. J'en parlerai à sœur Irène, notre nouvelle mais excellente maîtresse de musique. Je vous tiendrai au courant. Vous verrez : la dévotion de nos couventines est garante de celle de leur famille. En la nourrissant de cérémonies somptueuses, de médailles, de rubans, de récompenses et de beaux hymnes religieux, nous contribuons à son essor.

Lourdement, mère Saint-Elzéar s'extrait de sa chaise pour aller vers l'armoire vitrée y prendre une jolie boîte entourée d'une faveur lilas.

— Vous accepterez bien ce cadeau que nous cuisinons pour nos bienfaiteurs selon une recette spéciale.

Tante Blanche tire le ruban et ouvre le carton : des sucres à la crème en forme d'étoiles, de sapins et de cloches, insérés dans des moules de papier coloré, en tapissent le fond. La gourmandise de Blanche fait fondre les derniers relents de colère. Elle part, un sourire sucré aux lèvres.

Par un heureux concours de circonstances, le premier dimanche de l'avent 1947 concorde avec la date du 1ᵉʳ décembre, fête de sainte Florence. Or, le 1ᵉʳ décembre, c'est aussi l'anniversaire de Flora, qui célébrera ses sept ans. Sœur Irène y voit un signe de la divine Providence.

— Ma mère, quelle heureuse idée vous avez là! Ses parents ont sûrement choisi le prénom de Flora en mémoire de sainte Florence, la vierge de Phrygie. Notre Flora est encore jeune, mais je veux bien lui accorder ce solo, pour la messe de l'avent. Pas plus tard qu'hier, sœur Adèle m'a parlé de cette petite voix juste et claire, et a remarqué, chez elle, une assez bonne mémoire.

— Quelques jours suffiront-ils pour lui apprendre un chant?

— Je ferai tout mon possible pour y arriver.

Après la classe, au cours de cette dernière semaine de novembre, les élèves de la chorale se rassemblent dans la salle de musique, près de sœur Irène au piano, le métronome aux aguets. La fougère, sourde, heureusement, trône sur le piédestal le long de la fenêtre, à l'abri des fausses notes et des tonalités discordantes. Le plancher luit, le piano brille sous la lampe de laiton qu'allume la sœur pour éclairer les partitions. Elle se réchauffe les mains par quelques exercices, le même rituel qu'elle observe depuis l'âge de quatre ans, dit-elle.

Une vitalité hors du commun anime ses doigts et son beau visage, jeune, au regard vif et rassurant. Qu'elle parle, qu'elle écoute, qu'elle joue, qu'elle marche : elle sourit tout le temps. Toute mince et souple, comme elle est belle et gracieuse sous son voile blanc!

— Flora, pour toi, j'ai choisi *Au souffle ardent,* un cantique de l'avent. Ce sera le chant d'accueil, celui qui fait passer de la vie de tous les jours à la prière, pour le recueillement.

Elle joue la première portée en lui apprenant les paroles, puis le premier quatrain. Un chant assez simple que Flora mémorise rapidement.

— Mais c'est une chanson triste, remarque-t-elle.

— Oh non! répond sœur Irène. C'est un chant joyeux et plein d'espoir.

— Le souffle ardent, c'est le feu, non? Le feu de l'enfer?

— Rien de tout cela, voyons. C'est une respiration divine.

Les jours suivants, la mélodie tourne sans cesse dans ses oreilles, même avant de s'endormir. À la veille de la messe, sa remarque fait sourire sœur Irène.

— Le souffle ardent est pris dans ma tête, on dirait. Toute la semaine, même la nuit, l'air et les mots se promènent d'une oreille à l'autre.

Le dimanche, c'est congé de classe, mais les prières et plusieurs exercices de piété occupent les heures entre la messe matinale et le dîner. Un peu plus tard en après-midi, les couventines recevront leurs proches au parloir, où les religieuses ont mis à jour le tableau d'honneur. Le nom de Jeanne y figure en première place et elle a bien hâte que ses parents la congratulent lors de leur visite pour son titre d'élève modèle. Encore!

Auparavant, en ce premier dimanche de l'avent, la messe spéciale et les chants joyeux que les fillettes entonneront diverti-ront tout le couvent.

Dans la sacristie, sœur Irène passe en revue les douze membres de sa chorale. Lorsqu'elle rajuste le col de Flora, elle lui confie, sur un ton rassurant :

— Demain, tu auras sept ans. J'ai su que ta tante et ton oncle viendront au parloir, spécialement pour l'événement. Ta tante a même parlé d'une surprise pour toi.

Une surprise ! L'idée de retrouver sa mère allume ses yeux et son sourire. Comme elle a hâte de chanter, de dîner puis de descendre au parloir !

— Allez, les chœurs ! annonce la sœur. Nous sommes prêtes, mais, avant, dégagez bien vos cordes vocales.

Après une courte séance d'échauffement et d'exercices bouche fermée, les douze fillettes marchent avec discipline vers l'escalier.

L'odeur de la chapelle est la même que celle qui régnait à la cathédrale, la même qu'à l'église du village, la même aussi qui flottait lors des funérailles de ses sœurs. Toutes les églises, toutes les chapelles sentent-elles l'eau bénite, les larmes de statues et les vies d'anges ?

Dans le jubé, Flora doit se tenir debout sur une chaise droite, parce qu'elle est trop petite derrière la balustrade. De là, elle voit les couventines, de dos, et, dans la nef, l'aumônier recueilli, sœur Sacristine, mère supérieure et les autres religieuses, voiles noirs et blancs, bien tirés sur les épaules. Sur les murs de tôle embossée de motifs blancs, les vitraux, formés de carreaux bleu-vert traversés, au centre, d'une croix jaune, jettent sur l'assistance une lumière d'aquarium. À l'oreille de Simone près d'elle, elle souffle :

— Les vitraux… ils ont les couleurs d'un œuf de merle écrasé.

Simone réprime un fou rire.

Les premiers accords retentissent, puis la première strophe. Les tuyaux de l'orgue vibrent pendant que les souliers de sœur Irène voyagent sur les nombreuses pédales. Jusque dans le ventre, la respiration de l'orgue se faufile pour dénouer les crampes. Après cette introduction, sœur Irène donne son signe de tête; Flora doit faire son entrée.

— Chante pour tes sœurs, entend-elle.

Est-ce sœur Irène qui a murmuré ou bien une élève de la chorale derrière elle?

Prenant une bonne inspiration, elle ferme les paupières, se balance au rythme de la mélodie et entonne.

*Au souffle ardent de celui qui vient,*
*Que passe encore sur le monde ancien*
*Le chant nouveau que chantait Marie*
*Le chant des pauvres que Dieu choisit.*

Sa voix résonne partout en écho. Elle ouvre les yeux, étonnée de la répercussion des sons. En bas, dans le chœur, l'aumônier et les invités ont levé les yeux vers elle. Même dans l'assemblée, malgré l'interdiction, les têtes se tournent.

Sans vaciller, elle poursuit les autres couplets. Elle les connaît trop bien, ces paroles, le rythme, les nuances… Elle ne peut pas rater et y parviendra, comme Jeanne, à qui on donne souvent les solos et que l'on félicite chaque fois. Surtout, les gens seront contents d'entendre ce chant de joie. Pour la finale, elle met toute sa ferveur, décroisant les mains qu'elle ouvre, paumes vers le ciel, en tendant légèrement les bras.

*Vos biens retiennent vos mains liées,*
*Ne gardez rien, vous serez comblés:*
*Il faut tout perdre et laisser monter*
*Le chant nouveau que Marie chantait.*

Avec toute sa voix, elle prononce les derniers mots, car elle pense à sa mère, la belle cantatrice du dimanche. Comme un souffle de tendresse lui revient ce souvenir : l'ambiance qui flottait dans leur maison, juste avant Noël, alors que son frère, ses sœurs et elle savaient très bien que bonne maman avait emballé les étrennes, et qu'elle les avait cachées dans la salle de lavage, interdite par une porte entrouverte qui ne laissait passer qu'un rayon de soleil.

À la coda que joue sœur Irène avec émotion, Flora cherche dans son visage un sourire de satisfaction. Sœur Irène a les joues noyées de larmes.

Estomaquée, Flora détourne vite le regard vers l'assemblée. En bas, plusieurs personnes ont sorti leur mouchoir pour y étouffer leurs reniflements. Elles pleurent ! Flora savait bien que c'était une chanson triste. Ou bien est-ce sa voix qui cause tant de chagrin ? Elle se plaque la main sur la bouche et, de tout le reste de la cérémonie, elle se tait, laissant aux autres filles de la chorale le soin de faire monter les chants vers Dieu. Un nœud se forme dans son ventre, plein de fils de tristesse, des entrelacs de nattes calcinées, la musique grave de l'orgue, les voix aiguës des fillettes : cette douleur enfle comme une grosse vague à mesure que s'enchaînent les *Gloire à Dieu*, psaumes, chants d'acclamation, de communion puis le chant d'envoi. *Il faut tout perdre*, ces mêmes chants que faisait monter sa maman. Une peine infinie s'empare d'elle. Pourvu que bonne maman vienne, cet après-midi.

Enfin, au parloir, assises le dos bien droit, les mains jointes près de la taille, Jeanne et Flora attendent l'arrivée des parents. Deux portes donnent accès à la salle : l'une s'ouvre directement sur l'extérieur, l'autre, à l'opposé, mène à l'intérieur. Avant, a expliqué Jeanne, une grille au milieu séparait la pièce : une frontière entre deux mondes. Les couventines et les religieuses d'un côté, les visiteurs de l'autre. On ne pouvait pas se toucher. C'était du temps où les sœurs étaient cloîtrées. Heureusement, monseigneur l'évêque a changé les règles.

Les parents de Thérèse arrivent avec des pâtisseries, puis surgissent ceux d'Yvonne. Ne pouvant retenir sa joie, la jeune fille fond en larmes dans leurs bras. Mais que font Blanche et Pitre ? Peut-être sont-ils retardés par le long détour qu'ils auront dû faire pour aller chercher bonne maman. Flora remue sur sa chaise, tourne la tête à droite et à gauche, balance les pieds, qui ne touchent pas le sol, et glisse peu à peu sur le bois lisse du siège. Jeanne l'aide à se redresser.

— Cesse de bouger, petite anguille. Là, regarde, tes boudins sont encore défaits et ton toupet, tout ébouriffé. Attends, je vais arranger ça.

Jeanne s'entête à remonter les boucles en enroulant les mèches sur son doigt, mais tout en douceur.

— Tes cheveux sont comme toi, complètement rebelles. Si tu entres en religion un jour, au moins, tu pourras les cacher sous un voile. L'indocile à la voix d'ange…

— As-tu déjà vu des anges et des statues avec des boudins sur la tête, toi ? remarque Flora.

Jeanne laisse tomber les cheveux, c'est peine perdue, mais pas la conversation.

— Maman m'a dit, dans sa lettre, pour les cours de musique. C'est à n'y rien comprendre : tu as dix manquements au bulletin et, comme punition, elle veut t'inscrire en musique. Qu'est-ce que tu n'inventeras pas encore cette année pour avoir les plus grosses étrennes et toutes les faveurs, petite intrigante ? chuchote Jeanne en avançant vers le ventre de Flora sa main en forme de pince.

212

Du bras, Flora repousse avec force les doigts-tenailles, puis se lève et se plante, bien droite, devant sa cousine, les deux poings sur les hanches.

— C'est parce que je sais me servir de mes dix doigts autrement que pour pincer, lance-t-elle avant d'aller s'asseoir près de Simone, trois chaises plus loin.

N'a-t-elle pas eu finalement le dernier mot ? La réponse oscille avec le balancier de la grande horloge, qui va bientôt marquer deux heures. Toujours pas de nouvelles de tante Blanche, alors que les autres parents, animés et joyeux, discutent avec leurs filles. Les conversations emplissent la pièce. Enfin, la porte intérieure grince et, derrière, apparaissent le visage rougi de Blanche et les bras de Pitre portant des paquets, mais pas de bonne maman.

Tante Blanche explique leur retard : ils devaient rencontrer mère supérieure auparavant. Celle-ci a mentionné la performance de Flora, à la messe du matin. Un ange du ciel, a-t-elle dit, qui a fait vibrer les cœurs autant que l'orgue. C'est décidé, on l'inscrira en musique.

— Et bonne maman, comment elle va ?

Blanche garde le sourire aux lèvres, mais celui qui éclairait ses yeux s'est évanoui.

— Son état s'améliore. Son visage est redevenu tout beau. Vois, sur cette photo que je t'ai apportée.

Elle contemple longtemps le portrait et reconnaît les traits, les cheveux… mais pas ce regard éteint et cette expression de tristesse. Elle lui donne un baiser sur la joue.

— Pourquoi elle n'est pas là pour mon anniversaire ?

Blanche hésite et semble chercher ses mots.

— On dirait que quelque chose s'est brisé dans sa tête et, à l'hospice, on ne peut rien pour guérir ce genre de… bobo. Alors, nous l'avons amenée chez les sœurs grises, à Montréal, où elle pourra mieux se remettre. C'est très loin. Il faut prier pour elle. Elle pense toujours à toi. D'ailleurs, regarde ce que j'ai là.

Dans le paquet, Flora découvre un superbe livre sur le cirque, tout neuf, avec des couleurs sur la page couverture et beaucoup d'images à l'intérieur.

— De la part de ta maman, pour tes sept ans. Joyeux anniversaire, ma belle !

Flora hoche la tête, mais voit bien que tante Blanche a le regard fuyant et un malaise dans le visage qui sèment encore le doute.

Bonne maman a-t-elle vraiment recouvré la voix, cette voix qui grimpait jusqu'au *do* naturel ? Peut-être la lui a-t-elle confiée, avec la voix de ses sœurs. C'est ça. Flora a reçu en héritage les sept voix. Elle les sent vibrer chaque fois qu'elle chante. Voilà ce qui fait pleurer les gens.

Elle tourne les pages du livre qu'elle pourra parcourir seule, au dortoir, l'heure venue, avec la permission d'allumer la lampe de chevet. Maintenant qu'elle sait lire et écrire, elle adressera une lettre à sa mère et lui enverra des coloriages et une image collante prise dans son cahier : la tête d'ange aux ailes bleues, méritée à la dernière dictée. Bonne maman sera ravie. Puis, pour la fête des Mères, en mai, elle se promet de compléter la couronne de roses en papier, insérées une à une autour de l'image de la Vierge, patiemment. On ne peut obtenir qu'une fleur par semaine pour racheter les manquements. Enfin, elle rêve de remporter une médaille du mérite, comme Jeanne qui gagne toujours des prix et des rubans.

— Et pour moi ? intervient Jeanne qu'on a délaissée. N'avez-vous pas une surprise, ne serait-ce qu'un mot de félicitations pour le tableau d'honneur ?

L'amertume au coin des lèvres, elle leur tourne le dos et quitte le réfectoire en courant.

\* \* \*

— Pourquoi refuses-tu de chanter ? demande encore sœur Irène.

Depuis l'inscription officielle de Flora aux cours de musique, au retour des vacances de Noël, la petite s'entête. Mère supérieure a parlé d'un passé lourd et d'une généalogie qui aurait peut-être altéré son caractère. Peu importe, il doit bien exister une façon de la ramener aux bonnes dispositions qu'avait cette Flora Blackburn à la première messe de l'avent, en novembre dernier.

Dans cette frimousse friponne, cheveux châtain-roux, raides, dont les boudins du matin ne tiennent jamais longtemps, se plisse un nez légèrement retroussé et marqué de petites taches de rousseur, à peine apparentes. Le visage blême fait paraître encore plus charnues les lèvres sanguines. Flora regorge de soleil au coin des yeux, comme si la lumière n'éblouissait qu'elle. Elle regarde souvent à gauche, les sourcils un peu froncés. Prépare-t-elle un mauvais coup, ou bien réfléchit-elle à ce qu'elle va dire ?

Depuis qu'elle œuvre dans les couvents, sœur Irène a vu plusieurs écolières, mais combien singulière lui paraît celle-ci. Comment une pareille ardeur peut-elle enflammer une âme dans un corps si maigre ? Mère supérieure l'a mise en garde : «C'est une herbe poussée dans un mauvais terreau. Que l'ivraie ne s'y enracine pas, car elle risque d'étouffer le bon grain !»

Belle affaire, mais le chant et la musique exigent discipline et concentration. Comment capter l'attention de cette petite loutre agitée qui regarde tantôt dessous le piano, tantôt dehors, et rechigne à faire des gammes ? Pourquoi mère supérieure a-t-elle plié aux volontés de la gamine, en novembre dernier, respectant son désir d'apprendre le chant et la musique ? Depuis quand se laisse-t-on ainsi séduire ? Depuis quand les enfants décident-ils eux-mêmes ? En réalité, cette élève dissipée ne souhaitait sans doute qu'une chose : être dispensée de la période d'étude. La supérieure a été catégorique : ni sévices, ni remontrances, ni punition à l'endroit de cette fillette. Soit ! La tante Blanche doit avoir bien de l'influence.

Le claquoir retentit ; Flora sursaute.

— Cesse de bouger tout le temps ! Regarde la partition et joue.

— Je les connais, les notes. Pourquoi je dois jouer ?

Elle récite rapidement, en deux octaves et demie : *do, ré, mi, fa, sol, la, si, do,* puis en mineur et en majeur.

Sœur Irène lui empoigne la main droite.

— Là, comme ceci, insiste-t-elle. Place-la au-dessus du clavier et arrondis les doigts, comme si tu tenais une pomme. Pour l'agilité, la rapidité.

Les mains s'entêtent, se resserrent, puis, d'un doigt, Flora touche, tour à tour, trois notes : *do, mi, sol,* et répète sans cesse l'enchaînement.

— Arrête ça ! Ce n'est pas l'exercice du cahier.

— C'est un drôle de piano. On dirait qu'il est couché. Chez nous, il était debout.

— C'est un piano à queue, précise sœur Irène.

— C'est plutôt un piano à ventre, remarque la fillette avant d'éclater de rire.

216

Sœur Irène chausse ses lunettes de patience. Depuis qu'elle donne des cours de musique, elle a vu passer des Denise, des Monique, des Rolande, des Jeannette : enfants gâtées en qui les parents voulaient voir fleurir un talent inexistant, ou encore réaliser le vieux rêve qu'ils avaient eux-mêmes caressé. Ils imaginent que leur progéniture méritera les plus grands prix et deviendra, plus tard, pianiste de concert… Plusieurs espèrent même qu'une virtuose donnera du prestige à la famille. Elle en a vu, des sans-talent s'exécuter sur le clavier ; des automates dépourvus de sensibilité, d'émotion et de passion, interprétant de petits morceaux sans aucune nuance.

Malgré ses quelques années d'enseignement, sœur Irène en a déjà les oreilles égratignées. Et voilà cette petite, maintenant, sortie d'un fond de campagne et pour qui la tante plus fortunée doit rêver de vedettariat. Encore une autre ! Pour garder sa contenance, sœur Irène pousse un long soupir. La demi-heure sera interminable.

Le dos rond, des fourmis dans les jambes et des écureuils dans les doigts, Flora se met à jouer n'importe comment, impossible de la garder attentive. Elle quitte le banc, fait tomber le coussin sans le ramasser, s'accroupit vers les pédales pour voir, sous le ventre du piano, comment elles se raccordent à la table d'harmonie.

— Reviens là tout de suite et chante ce qu'il y a sur la portée, demande sœur Irène en désignant le cahier devant elle.

Bouche fermée, Flora fredonne la mélodie, puis, sur le même ton, mais respectant le rythme, lit les mots :

*Entre le bœuf et l'âne gris*
*Dort, dort, dort le petit Fils*
*Mille anges divins, mille séraphins*
*Volent à l'entour de ce grand Dieu d'amour.*

217

Qu'est-ce qui la retient aujourd'hui, alors qu'elle sait très bien lire à vue les notes et les paroles ?

— C'est pas drôle, cette chanson, se plaint Flora.

La colère monte, rougissant les joues de sœur Irène qui ne peut réprimer un grommellement devant cette enfant aiguise-patience.

La séance se termine sur une dictée musicale, que réussit pourtant parfaitement Flora. Quant à chanter et à jouer de petits airs… c'est peine perdue.

La semaine suivante, au début de la deuxième leçon, sœur Irène se place au centre du banc et entame une berceuse de Mozart. Flora en connaît les paroles : *Mon bel ange va dormir, dans son nid l'oiseau va se blottir.* Encore un souvenir de bonne maman, qui la lui chantait, le soir.

— Aimes-tu cette pièce ?

— C'est pas drôle, répète-t-elle pour toute réponse, les yeux pleins d'eau.

— Mais tu as si bien chanté, à la chapelle, à la messe de l'avent. Je ne comprends pas.

Flora renifle en secouant une tête boudeuse.

— Je veux plus. Ça fait mal…

Sœur Irène fronce les sourcils.

— Mal ? Mais où ? À la gorge ?

Signe de tête négatif.

Sœur Irène soulève le couvercle du banc du piano. Parmi les partitions, les musiques en feuilles et les cahiers d'exercices, elle choisit et place sur le pupitre un grand livret à la couverture rouge, celui-là même qu'enfant elle a utilisé au début de ses cours : *Méthode moderne de piano, John Thompson, volume I*. Elle aimait tellement répéter ces airs que les pages, tournées et retournées des milliers de fois, sont racornies. De jolies images accompagnent chaque mélodie.

— Essayons avec des mélodies plus gaies. Et puis, regarde, chaque doigt porte un numéro, c'est plus facile.

— Le piano aussi, ça fait mal. C'est trop dur. Il est triste, avec un ventre plein de notes grises, comme la pluie.

— Oh ! Il faut travailler fort pour le faire rire, et y consacrer de nombreuses heures d'exercices. Pense aux acrobates. Avant de charmer les spectateurs par leurs exploits, ils tombent souvent, ils ont mal partout, mais ils sourient, se relèvent, reprennent du début et recommencent, encore et encore, jusqu'à la perfection. Alors seulement, ils répandent l'enchantement. Ce piano peut très bien rire, faire danser et sauter. Ferme les yeux et écoute bien.

Sœur Irène se dénoue les doigts et plaque un premier accord, bien sonore, puis un deuxième, tout aussi énergique, et entame une grande marche chromatique ou, plutôt, une course. Elle a vingt doigts, trente, alors qu'elle interprète une pièce endiablée.

— Ça s'intitule *L'entrée des gladiateurs*, de Julius Fucik, un air que tout le monde connaît grâce à l'arrangement de Louis-Philippe Laurendeau qu'il a appelé, après coup, *Tonnerre et éclairs*, explique-t-elle tout en jouant.

C'est une partition composée pour une fanfare, exigeante et difficile au piano. Cependant, il y a plusieurs années, Irène l'a apprise, en y mettant toute son énergie, tout son amour.

Ses mains-araignées galopent sur les quatre-vingt-huit notes pour jouer cette joyeuse musique à jamais associée au cirque. Quel enfant n'est pas séduit par cet univers ? L'enchantement, le merveilleux, le rêve, le monde idéal où les prouesses les plus insensées deviennent possibles. Une image d'un paradis où évoluent des corps célestes, dans une gravité oubliée, acrobates volants et légers, anges d'un autre ciel, sous la voûte d'un chapiteau. À chaque représentation, la plus impressionnante transfiguration se produit : le spectateur redevient enfant.

Elle poursuit son jeu puissant, exécutant avec brio les nombreux arpèges, *staccato* et *crescendo*. Point de silence dans ce morceau. Elle en oublie la présence de Flora qui écoute, stupéfaite.

— Oui, oui, le cirque ! s'écrie la petite en tapant des mains. Je les vois, les animaux de la grande parade, la fanfare, les jongleurs, les acrobates et les clowns, comme dans le livre que m'a donné maman.

Par terre, elle reprend le coussin qu'auparavant elle a fait tomber, se hâte de le replacer sur le banc et grimpe dessus, bien droite à côté de sœur Irène, les mains en suspension au-dessus des touches, une pomme imaginaire dans chacune d'elles, et joue, d'une seule venue, l'exercice au cahier, tourne la page, enchaîne *Le gâteau de fête, Les cygnes de l'étang, Le clown, La chorale des grenouilles* et *La fiesta espagnole,* qu'elle veut recommencer en boucle.

— Ça me rappelle ma sœur Dominique, s'exclame-t-elle en montrant du doigt la danseuse de flamenco de l'illustration. Elle tourbillonnait avec sa robe de gitane.

Puis, se tournant vers sœur Irène :

— Oh oui ! Apprenez-moi des musiques qui font rire, des musiques de cirque !

Enfin se présente peut-être, pour sœur Irène, le plaisir de travailler avec une élève douée. Celle-là, elle ne la laissera pas lui glisser entre les doigts.

* * *

— J'ai mal au dos.

— Pas étonnant, tu tiens ta colonne vertébrale en clé de *fa*. Redresse-toi et reprends ici, deuxième portée, première mesure, *mezzo piano*.

Flora se frotte la mâchoire qu'elle tient tellement serrée que des crampes l'endolorissent.

— Allez, allez. Ce n'est pas l'heure de la gymnastique.

Flora rajuste sa posture et joue plus ferme. Dans deux semaines, le 24 janvier, elle doit interpréter une pièce à l'occasion de la fête de saint François de Sales, un saint particulièrement vénéré par la communauté, qui en a adopté la philosophie, la spiritualité des jours, la simplicité, la piété quotidienne et l'œuvre d'enseignement aux laïcs de toutes conditions. Dans la petite chapelle, un vitrail le représente et, pendant les prières, les cours d'histoire, de français et de religion, sœur Adèle ne manque pas d'en parler.

— Non, non! Là, tu pioches. Le clavier n'est pas un tronc d'arbre pour les pics-bois. Recommence, n'oublie pas la barre de reprise, puis le *diminuendo* à la coda.

Elle recommence à l'endroit indiqué, mais beaucoup trop fort.

— Mais qu'as-tu, aujourd'hui? Veux-tu réveiller les morts? Saint François de Sales va se retourner dans sa tombe si tu joues ainsi à la fête.

Flora retire ses mains, accablée. L'image du cercueil de saint François se mêle à celle de six autres qui dorment dans sa tête, dans des relents d'abandon et d'angoisse.

— Les fantômes me dérangent. J'arrive pas à les faire taire. Pas toujours.

— Bon, qu'est-ce encore que cette histoire ? Un autre faux-fuyant vers la paresse ? Paresse et perte de temps ne seront pas tolérées ici et seront sanctionnées par des retenues ou des privations.

— Oh non ! Ma sœur, pas de punition ! C'est pas la paresse qui m'engourdit les doigts, c'est la voix des fantômes.

La voix des fantômes... Quelle originalité ! Sœur Adèle avait, au début de janvier, discuté du fait que Flora avait le mensonge facile et l'imagination fertile. Sœur Irène ne s'en laissera pas passer une par cette petite fabulatrice.

— Il n'y a pas de fantômes, ici. Moi, je n'ai rien entendu, se moque-t-elle.

À ces mots, les yeux de Flora se noient dans leurs orbites et ses joues rougissent. Ses pensées semblent se bousculer, comme des bulles dans une marmite d'eau bouillante.

— Dans ma tête ! Les voix sont là, derrière mon front, et elles crient, elles appellent pour que je les délivre du feu, explique-t-elle avec rage et en se tapant la tempe du bout de l'index.

N'est-elle pas charmante et convaincante ? Dans les histoires qu'elle raconte, il y a un moment précis à partir duquel sœur Irène ne sait plus si la petite ment, ou si ce qu'elle invente ne lui paraît pas plus vrai que la réalité. Elle ne lui fera tout de même pas croire à un cas de possession.

Les minutes s'écoulent et la leçon n'avance guère. Pourtant, cette pièce, Flora doit bien l'apprendre pour la Saint-François. Afin de désamorcer sa colère, sœur Irène tente de jouer le jeu.

— Ces voix, tu les connais ?

Flora répond par un hochement de tête.

— Et d'où viennent-elles ? Quelles sont ces âmes qui viendraient importuner une fillette de sept ans ?

— Je peux pas vous le dire. C'est interdit de se communiquer des affaires de famille.

Devant ces yeux pleins d'eau, sœur Irène ne peut imaginer que l'enfant irait si loin dans la comédie. Elle se permet d'insister pour en savoir davantage, promettant qu'elle n'en dira rien à personne.

— Les voix… Elles viennent des six cercueils de mes sœurs, mortes dans l'incendie de notre maison quand j'avais cinq ans. Je me souviens trop de leurs cris, ils sont pris dans ma tête.

Sœur Irène a eu vent de ce drame familial survenu dans un village éloigné, il y a peut-être deux ans. Flora Blackburn en serait donc la rescapée. Tant de mystères, tous ces non-dits…

Flora tente d'expliquer qu'en plus les musiques liturgiques lui rappellent sa bonne maman : les chants qu'elle interprétait à l'église, aux messes du dimanche et aux mariages, ça lui donne envie de pleurer, parce qu'à présent, maman a la voix brisée, perdue.

— J'ai gardé toutes mes larmes dans mon cœur. J'en ai assez pour éteindre un grand feu. Mais je sais plus comment chasser le diable qui flotte au-dessus de ma tête.

Sœur Irène saisit doucement les petites mains et les presse avec tendresse.

— Je te crois, maintenant, et je comprends. Ces voix, nous ne les ferons pas taire, nous les ferons chanter ! Nous arriverons bien à les calmer. À chasser ce diable aussi. Je vais t'aider.

Les digues, retenues depuis si longtemps, éclatent, et les larmes de Flora coulent sur ses joues, dans son cou et jusque sur son corsage. Plus elle essaie de les sécher, plus elles montent. Sœur Irène tend son mouchoir pour épancher une partie du déluge, et prend son élève contre elle pour la bercer un long instant, jusqu'à ce que le tressaillement des épaules diminue. Tant pis pour le plastron qui sera imbibé, tant pis pour la leçon, tant pis pour saint François. Elles restent ainsi, blotties sur le banc du piano, alors que s'évanouissent les derniers soubresauts des sanglots.

Tenir la fillette sur son cœur, comme le faisait la bonne maman qu'on lui a ravie... L'émotion gagne sœur Irène ; le chagrin de la petite se mue à l'intérieur d'elle en une sorte de béatitude. Toute cette peine, elle la comblera par l'immense amour pour les enfants qu'elle n'a pas eus.

Un moment de silence souverain apaise soudain l'extrême tension.

La porte de la salle de musique s'ouvre sans ménagement et brise cette sérénité. Mère supérieure entre, dans tous ses émois.

— Le visiteur ecclésiastique sera ici demain et…

Brusquement, voyant la scène qui s'offre devant elle, elle s'interrompt, pantoise.

— Que faites-vous là, sœur Irène ? Est-ce une nouvelle façon d'enseigner la musique ? Par osmose ? Certes, je vous ai dit de ne pas trop sévir avec cette élève, mais là, vous exagérez, il me semble.

Sœur Irène se reprend, rajuste voile et costume, alors que Flora se redresse vivement, mouche son nez, replace sa jupe pour interpréter les premières mesures du cantique destiné à saint François, en chantant les paroles : *Quand le cœur de Dieu fait chanter la vie.*

Les épaules de la supérieure s'affaissent, ses mains se calment. Elle avance doucement vers le piano, pour ne pas distraire la jeune musicienne, s'appuie sur le meuble et baisse les paupières. Au dernier accord, elle ouvre des yeux mouillés, elle qui ne se laisse pas attendrir facilement.

— Mais c'est très bien! Nous la ferons jouer, demain, devant l'examinateur. Dans ses notes, il ne manquera pas de rapporter au visiteur en chef et à la Commission pédagogique de précieux commentaires sur la qualité de notre enseignement et sur la conduite de notre institution.

Pourquoi cette visite en janvier? Les commissaires auraient-ils reçu des plaintes concernant la tenue des classes du couvent?

— Pour demain, que tout soit parfait et fini, ordonne mère Saint-Elzéar à ses institutrices.

D'abord, pendant les récréations, même si tout est propre et clinquant, une tornade de torchons, de plumeaux, de vadrouilles, de savon et de seaux d'eau chaude moussante passe dans tous les locaux. Armée d'un grattoir, Flora a la mission d'éradiquer, sous les pupitres, toutes les crottes de nez et gommes collées là depuis longtemps, tâche qui en répugne plus d'une. Toutefois, quand on a décrassé veaux, vaches et cochons, enlever ces résidus séchés et inodores est bien peu de choses pour elle.

On ne sait pas quelle forme prendra la visite, et sœur Adèle s'inquiète : visite-inspection, pendant laquelle l'évaluateur s'installera dans la classe et demandera de poursuivre l'enseignement comme d'habitude ; visite-leçon, alors qu'il occupera la place de sœur Adèle et posera des questions aux élèves pour évaluer leur niveau de connaissances selon le programme ; ou visite-examen, au cours de laquelle il fera subir aux filles un test, écrit ou verbal, sur différentes matières.

— Cette visite, explique sœur Adèle, a pour but ultime de juger de la valeur des maîtresses de l'école. Je vous prie de ne pas me décevoir.

Sa nervosité contamine la classe pendant que, tout le temps qui reste de la période, elle pose question sur question, du catéchisme aux règles de grammaire en passant par les tables d'addition et l'histoire sainte.

Le visiteur se présente à deux heures de l'après-midi. Les élèves se lèvent en un seul mouvement, comme l'a demandé sœur Adèle.

— Bonjour, monsieur le visiteur, clament-elles à l'unisson.

— Asseyez-vous, dit-il en remuant à peine les lèvres.

Un vieux prêtre sans sourire se pique devant la classe : il porte une robe noire fermée par une impressionnante rangée de boutons et par un cordon entourant sa taille. Un col blanc, raide, serre son cou plissé. Sous ses cheveux grisonnants, et derrière ses lunettes rondes, bien des connaissances doivent dormir, mais il n'en montre rien, malgré les propos aimables et les mots de bienvenue que lui adresse la maîtresse. De sous son bras, il tire un porte-document contenant bloc-notes et plume, puis prend place au fond de la salle.

— Allez, ma sœur, continuez vos leçons habituelles, comme vous avez coutume de le faire.

Manifestement troublée, sœur Adèle ne sait plus par où reprendre son enseignement qui, depuis le début de la journée, a été passablement perturbé. De but en blanc, elle ordonne :

— Prenez votre manuel de lecture, page trente-sept. Thérèse, levez-vous et lisez, je vous prie.

Tant de politesse et tout ce vouvoiement devant le visiteur impressionnent les élèves.

Son bouquin en main, toute droite et d'une faible voix, Thérèse entreprend la lecture des six phrases.

— *Anita a avalé une arête. Rita a lu la note, Éva a salé le rôti. Aline otte…*

Sœur Adèle frappe de sa baguette le coin de son pupitre pour l'interrompre.

— Reprends la quatrième phrase.

Butant sur *ôte*, Thérèse répète *otte*. Flora veut lui souffler la bonne prononciation, Yvonne retient un fou rire, Thérèse a envie de pleurer devant les sourcils froncés de la sœur. Va-t-elle se mettre en colère ? Sœur Adèle la fait s'avancer au tableau et lui demande d'y tracer le mot, reprend les explications sur l'accent circonflexe, ce chapeau qui exige ici un « o » fermé. Pour mieux lui faire comprendre, sa main en forme de pince empoigne les joues de Thérèse et arrondit la bouche en un plus petit cercle. Thérèse n'oubliera plus. Lorsqu'elle lit *Aline ôte le rôti*, elle insiste et étire tant le « ô » fermé que le rôti est méconnaissable. La sœur la corrige. Il semble que ce « ô » doive se prononcer plus ouvert. Thérèse n'y comprend plus rien et se met à pleurer. Sœur Adèle s'énerve, la retourne à sa place et invite Denise à poursuivre la lecture. Celle-ci s'en tire plutôt bien. Le visiteur prend des notes. On passe à la religion, puis à un exercice d'écriture. Le prêtre continue de griffonner dans son calepin. Il demande à voir les cahiers et gribouille d'autres commentaires.

Maintenant rouges et humides, les joues de sœur Adèle laissent supposer que, sous son costume, grimpe la pression. Lorsqu'elle passe près de Flora, l'odeur de boule à mites se mêle à celle de la transpiration.

— Y a-t-il quelque chose que j'ai pu oublier et qui pourrait contribuer à augmenter la note attribuée quant à la valeur de votre enseignement et à la tenue de votre classe, ma sœur ?

Sœur Adèle ne sait plus que dire, alors que Flora, n'y tenant plus, agite une main dans les airs pour lui venir en aide. Le visiteur l'invite à se lever et à s'exprimer.

— Notre classe est très propre, jusque sous les pupitres. Plus une seule crotte de nez.

Même le vieux prêtre se déride, alors que les élèves éclatent de rire. De son côté, sœur Adèle incline la tête, paralysée par le malaise.

En fin d'après-midi, on l'invite à la salle de musique, où il est accueilli par un chant de la chorale. Ensuite, Jeanne interprète un air au piano, qu'elle réussit parfaitement. Quand la petite fille « aux crottes de nez » s'y installe à son tour, le visiteur hausse des sourcils dubitatifs. Quelle sottise inventera-t-elle ? Sœur Adèle s'éponge le visage, sœur Irène sourit en penchant la tête, mère Saint-Elzéar souffle comme une baleine. Assises en retrait, les élèves de la chorale ont du mal à se tenir coites. Pourvu que Flora ne fasse pas sa drôle !

Elle se dégourdit les doigts, pose les fesses sur le gros coussin en cherchant sa position, fait pivoter ses épaules, se redresse le dos. Avec un sourire moqueur, elle tourne les yeux lentement vers les sœurs, puis vers les filles, à qui elle adresse un discret clin d'œil, et enfin vers le visiteur, pour qui elle élargit le sourire. Le visage de celui-ci reste fermé, son corps, inerte ; seul un hochement de tête prouve qu'il n'est pas une statue.

Dès qu'elle touche le piano, la voilà transformée, ni petite fille ni créature humaine, mais une vieille âme, un instrument vibrant, un ange, dirait-on, d'un autre univers. Quand elle ouvre les lèvres pour chanter, c'est toute la salle qui se métamorphose et s'emplit de solennité et de respect. Elle interprète sans faille les deux premiers couplets du chant appris pour la Saint-François et, avec conviction et ferveur, elle termine le dernier quatrain alors qu'elle sent s'harmoniser à la sienne six autres voix.

*Je crois en l'Esprit saint, chant de brise et d'ouragan,*
*Qui accorde nos vies aux musiques de Dieu ;*
*Et je crois en l'Église, chœur aux multiples voix,*
*Qui chante pour les hommes le chant de la Vraie Vie.*

Pour la première fois de la journée, une émotion traverse le visage de l'inspecteur qui, discrètement, essuie du bout des doigts une larme derrière ses lunettes.

Le rapport rédigé est transmis au visiteur en chef, qui le remettra aux commissaires et à la Direction supérieure des études. Une copie est postée au couvent la semaine suivante. D'une main rapide, mère Saint-Elzéar brise le cachet et lit :

1. *Le classement est très bien fait.*

2. *La discipline est très bien observée dans toutes les classes, après quelques difficultés remarquées dans certaines. La tenue des élèves est excellente dans un milieu où plusieurs familles sont défavorisées.*

3. *La préparation est très sérieuse dans toutes les classes. Le travail consciencieux des institutrices montre un désir ardent de succès et leurs efforts sont récompensés par un excellent résultat.*

4. *Les cahiers de devoirs sont très appliqués et très bien ordonnés, contrairement à d'autres écoles où l'ordre enseigné dans la tenue des cahiers est davantage nécessaire. Le personnel en comprend toute l'importance.*

5. *Les méthodes et procédés nous semblent tout à fait à point. Les insti-tutrices travaillent avec acharnement à les rendre plus efficaces et avec succès pour ce qui est du résultat de l'enseignement proprement dit, autant en religion, en français, en anglais, en écriture et en mathématiques.*

6. *L'enseignement en musique y est particulièrement efficace. Les élèves que nous avons entendues ont impressionné autant par leur tenue, leur disci-pline et leur performance. Une mention spéciale est à souligner sous cette rubrique.*

*Signé : le Visiteur du district.*

La supérieure félicite les maîtresses, spécialement sœur Irène.

# 12

*Mars 1948*

— Monseigneur l'évêque étendra ses mains sur la tête de chacune de vous et oindra votre front du saint chrême, une huile sainte, en prononçant ces paroles : « Sois marquée de l'Esprit saint, le don de Dieu. » Ainsi, vous recevrez le don du Saint-Esprit. Ce sacrement représente l'achèvement du baptême.

Marquée du Saint-Esprit, qu'est-ce, exactement ? Sur des images, Flora a vu les apôtres et la Vierge Marie, assemblés dans une pièce. Sur leur tête flottait une petite flamme qui, paraît-il, leur permettait de parler toutes les langues. Au-dessus d'eux volait la colombe auréolée de rayons de lumière.

Flora, angoissée, lève la main pour demander la parole.

— Ma sœur, si le Saint-Esprit dépose une langue de feu sur nos têtes, nos cheveux vont brûler ?

Rires dans la classe.

— Mais non, voyons ! répond sœur Adèle, agacée. Il ne faut pas confondre Pentecôte et confirmation. Et puis, les langues de feu, ce sont des symboles.

La nuit, le mystère de ces symboles l'empêche de dormir, d'autant que sœur Adèle insiste pour que chaque élève tienne un cierge allumé pendant la célébration.

Comme la cérémonie aura lieu à la cathédrale, sœur Adèle veut s'assurer que les élèves sont bien préparées et, pour que tout soit parfaitement chorégraphié, on doit répéter en classe. Fidèle à ses habitudes, sœur Adèle ne donne pas sa place dans le soin du détail. Son plus grand talent, dit-on, réside dans l'art de disposer un groupe. L'année dernière, a raconté Jeanne, la mise en place avait pris plus d'une heure avant la distribution des prix, alors que la sœur cherchait à jumeler et à aligner expertement les blondes, les brunes, les petites et les grandes, pour le plaisir des yeux des spectateurs.

À la confirmation, elle vise une configuration en trois rangs. Vingt-trois élèves de sept ans, disposées en ordre de grandeur, répétant les répons des prières, tenant les cierges à deux mains, bien droits, en évitant que la cire fondue ne coule hors de la coupole placée à la base.

Finalement, on doit avancer en file indienne pour se rendre à la balustrade imaginaire, le long de la tribune. Toujours en ordre de grandeur, Flora ouvre la marche lente, suivie de Simone, puis de Rose-Alma.

Rose-Alma penche son cierge, juste assez pour que la mèche brûlante atteigne la tresse de Simone. A-t-elle fait exprès ou a-t-elle eu une absence ? Prise de panique, Simone court droit devant pour échapper aux flammes. Sa tête en est bientôt couronnée, et elle se met à hurler dans une autre langue. Les fillettes s'agitent, se bousculent pour éviter la chevelure embrasée. Flora tente de l'arrêter, mais, dans la cohue, elle tombe par terre, retenant tant bien que mal son cierge encore allumé.

— Soufflez vos chandelles, crie sœur Adèle qui, en courant, s'empêtre dans ses jupes et s'affale, elle aussi.

Dans sa course folle, Simone risque de répandre le feu partout sur les feuilles et sur les cahiers qui volent et qui s'échouent sur le plancher. Tout flambera ! Lorsqu'elle passe près de Flora, celle-ci l'attrape par la cheville. Simone perd l'équilibre et se retrouve à quatre pattes. Non, le feu ne gagnera pas, cette fois ! Oubliant sa peur, et mue par une volonté qui la dépasse, Flora se précipite sur la tignasse en flammes et, de ses deux mains, la frotte vivement jusqu'à ce que meure le dernier grésillement. Étonnée, elle s'assoit par terre et regarde ses paumes : intactes, mais tremblantes, pleines de vie. La tête de Simone aussi ; mis à part sa chevelure, le feu n'a atteint ni la peau ni les pensées. Flora pousse un gros soupir et remercie le ciel : voilà un rachat pour l'une de ses sœurs, comme au ballon prisonnier.

Quand tout le monde a retrouvé ses esprits, il flotte encore dans les cœurs un vent de frayeur et, dans la pièce, une odeur de cheveux brûlés. De la belle chevelure de Simone, il ne reste qu'un amas rêche et roussi. Pendant que sœur Adèle l'amène à l'infirmerie, les fillettes remettent la classe en ordre.

Les répétitions suivantes sont exécutées bougies éteintes et, pour la cérémonie à l'église, on fabrique de petites flammes en papier doré.

Depuis l'incident, la nouvelle coupe de cheveux de Simone laisse maintenant paraître ses oreilles décollées et ses yeux bridés. Sa tête rappelle celle d'une chauve-souris. Elle a heureusement gardé toute sa cervelle et récite les leçons à haute voix, avec les autres, participe aux combats de verbes et de calculs rapides, en fixant intensément les yeux de ses adversaires. Si les questions lui sont posées verbalement par la maîtresse, elle répond sans hésiter, mais elle est la plus faible en dictée, en exercices de grammaire, en écriture, en lecture et en problèmes écrits. Son corps fluet, aux mouvements rapides et nerveux, semble tendu par un ressort, mais ce regard profond, déconcertant, qui passe à travers votre front pour y lire vos pensées ne la quitte jamais. Toujours isolée pendant les récréations, elle observe, de loin, les moindres gestes des autres, ne perdant aucun mot des conversations.

Une semaine après cette mésaventure, Flora perçoit des gémissements dans le dortoir. Souvent, elle y entend des pleurs et, habituellement, elle ne s'en inquiète pas trop, mais cette fois elle a reconnu le timbre de voix de Simone qu'elle retrouve dans son compartiment, la tête dans l'oreiller qu'elle mouille de ses chagrins. Faisant fi de l'interdit, Flora s'approche et chuchote :

— Tu pleures, Si ?

— Mais non, fait l'autre en reniflant. C'est le rhume.

— Ce n'est sûrement pas un rhume contagieux… Fais-moi une place.

Sans se laisser prier, Simone se pousse.

— Tu t'ennuies de ta famille ? demande Flora.

— Non. C'est à cause de mes cheveux. Tout brûlés. Maintenant, on voit mes oreilles de souris. Les autres ont encore ri, aujourd'hui.

Les cheveux de Simone ont perdu leur bonne odeur de forêt et celle, moins agréable, de poils roussis. Ils sentent le propre. Elle aura eu droit à un grand bain et à un bon shampoing. Pour équilibrer la tignasse, sœur Adèle a donné plusieurs coups de ciseau. Les longues tresses ont disparu.

— Des cheveux, ça repousse. Les amies, ça fleurit, lui dit Flora en posant la main sur son épaule.

— Tu es gentille, toi, et tu m'as sauvée.

— Sauvée ? Mais non, c'était le Saint-Esprit, invente-t-elle. Mes mains, comme ses ailes, ont volé vite, vite sur ta tête.

Rapprochant ses pouces l'un contre l'autre, elle imite, de ses deux mains, les ailes d'un oiseau en vol dans la pénombre.

— Peut-être que tu as un pouvoir, chuchote Simone. Celui d'arrêter le feu. Tu sais, il paraît que le septième enfant d'une famille a un don, à condition que tous les enfants soient du même sexe.

Si Flora a un quelconque don, ce n'est sûrement pas celui d'éteindre les feux, auquel cas elle s'en serait servie le jour de l'incendie.

— Ah ? Mais qui t'a dit que j'ai six sœurs ?

— Personne. Moi, j'en ai huit. Je suis la septième et ma mère dit que j'ai un don.

— Lequel ? demande Flora, curieuse.

— Devine.

Flora cherche et énumère quelques talents qu'elle a remarqués chez Simone : combats de verbes, calcul mental ?

— Mais non. Je te l'ai dit : devine.

S'agit-il de l'un des sept dons de l'Esprit, ceux qu'on reçoit à la confirmation : sagesse, intelligence, conseil, force, connaissance, affection filiale et crainte de Dieu ? Simone secoue la tête.

— Et le tien, alors ? demande-t-elle.

Il s'est manifesté, quelques fois, ce je-ne-sais-quoi dans sa voix qui fait pleurer les gens : le chant des absentes, bonne maman et ses sœurs. Pour ne pas en parler, elle invente une pitrerie.

— Le mien, c'est de faire des clowneries et des gaffes, mais je garde ça pour la confesse.

— Tu as oublié : *raconter des menteries*. Moi, je le connais, ton don, il dort dans ta gorge.

— C'est sœur Irène qui t'a dit ça ?

— Non. Personne. Je l'ai su en t'écoutant chanter. Tes sœurs, elles sont où ? Même quand je ferme les yeux et que j'y pense très fort, je les vois pas.

Quel étrange raisonnement que celui de Simone! Comment pourrait-elle les voir, yeux fermés, au surplus? Flora sait pertinemment qu'on ne peut révéler les affaires de famille entre couventines; elle s'est bien confiée à sœur Irène, en janvier, mais sous le sceau du secret. Si elle révèle son passé à Simone, peut-être celle-ci répandra-t-elle des rumeurs. Elle se souvient, lors de son entrée au couvent, de cette crainte dont avaient discuté tante Blanche et mère Saint-Elzéar concernant la réputation de sa famille et la mauvaise fortune qui s'acharnait sur elle. Par contre, si elle raconte de fausses histoires, elle ne contreviendra pas à la consigne et elle redorera le nom des Blackburn. Alors, elle invente.

— Mes sœurs travaillent dans un cirque, un grand cirque qui voyage partout dans le monde, avec mon frère et mes parents. Mais moi, je suis encore trop jeune pour aller avec eux.

Simone s'essuie le nez, se redresse un peu pour s'appuyer la tête sur son coude.

— Oh! dit-elle tout bas. C'est pour ça qu'ils ne viennent jamais te voir? Un cirque... avec des animaux?

Dans le noir, Flora les imagine et les décrit: des éléphants en équilibre sur un ballon, des fauves sautant dans des cercles enflammés, des chats savants et des chevaux gracieux, sans compter les artistes de la troupe; les membres talentueux de sa famille.

— Ils sont en tournée en Europe.

— Parle-moi des numéros, pour m'aider à rêver, la supplie Simone.

Flora réfléchit, se rappelle Dominique et la jolie robe rouge qu'elle s'était cousue, tout enguirlandée de frisons. Par contre, Dominique, ça ne fait pas vraiment vedette de cirque. Et si on les changeait de nom, toutes les six, pour des prénoms musicaux: Do, la danseuse de flamenco ; Ré, la charmeuse de serpents ; Mi, la contorsionniste ; Fa, la jongleuse ; Sol, la montreuse d'éléphants ; et La, la magicienne.

— La plus grande s'appelle Do. Elle a eu l'idée extraordinaire d'exécuter un numéro sur un fil de fer, chaussée de souliers de caractère. Les gens disaient que c'était fou, mais Do ne les a pas écoutés. Elle connaît tellement bien sa danse qu'elle pourrait la faire les yeux fermés. Ses pieds tombent toujours à la même place. La belle Do était prête à tout pour réussir son spectacle. Le Grand Black, notre maître de piste, disait que c'était trop dangereux, qu'elle n'avait pas besoin de danser dans les hauteurs. Un jour qu'il n'était pas là, elle a grimpé sur l'échelle et s'est installée sur la plateforme, droite comme *i* majuscule et, sans regarder en bas, elle a fixé le fil de fer. Sans parasol, sans éventail, tenant seulement dans chaque main ses castagnettes, elle a tendu les bras en croix et a déposé un pied sur la corde, puis l'autre, et s'en est allée ainsi, en glissant, lentement au début, puis un peu plus vite. Un soupir aurait pu la faire tomber, mais Do s'accrochait à son rêve, même si tout le monde voulait la décourager. Dans la troupe, c'est elle qui a le plus de cran.

Simone sursaute.

— Chut, sœur Dortoir se réveille. Cache-toi.

Flora roule en silence sous le petit lit. De là, retenant sa respiration, elle entend approcher les pantoufles de sœur Dortoir et aperçoit la lueur de sa lampe.

— Qu'y a-t-il, Simone ? J'entends murmurer.

— Encore un cauchemar, ma sœur. Je priais à haute voix pour chasser les images effrayantes.

— Bien, mais tâche de baisser le ton, pour ne pas réveiller les autres.

Pendant que la surveillante regagne son poste sans plus de questions, Simone penche la tête sous le lit pour aviser Flora, dans un souffle :

— Je te fais signe quand elle se sera rendormie. Tu pourras retourner dans ton coin.

L'attente est de courte durée. Flora, tapie sous la couchette, n'a pas le temps de comprendre comment fait Simone pour savoir si l'une dort et l'autre pas.

La nuit suivante, toujours à l'insu de sœur Dortoir, c'est au tour de Simone de rejoindre Flora dans sa chambrette.

— Parle-moi des animaux de la ménagerie.

Dans une boîte de souvenirs, Flora tire une ficelle enchantée et l'histoire se déroule.

— Il y a Ré, la charmeuse de serpents. Elle en a trois, plus longs que mes deux bras tendus, qui s'entortillent dans un grand panier d'osier. Elle s'habille en princesse d'Égypte et joue de la flûte. Quand elle ouvre le panier, les trois serpents lèvent la tête, mais jamais ils ne l'attaquent. Ils se dressent et se balancent en la regardant, hypnotisés par son charme et par sa musique.

De ses mains qu'elle lève et ondule, elle imite la gracieuse danse reptilienne.

— Les spectateurs n'osent plus bouger, le sang glacé par la peur. Pour eux, le serpent, c'est le malin de la Bible, mais ma sœur Ré a réussi à l'apprivoiser, comme la Vierge. Tu as vu, à la chapelle, la Vierge Marie qui pose son pied sur la tête de la méchante bête ?

— Des serpents venimeux ?

— Oh oui! Mais la musique de Ré les rend tout doux, tout gentils. Ré a plus peur de Dieu que des serpents. Elle les prend dans ses bras, les enroule autour de son cou et danse, comme ça, avec des anneaux vivants autour d'elle, devant les yeux ébahis de la foule. Ça prend tout un courage pour apaiser des bêtes à la morsure empoisonnée. Je l'admire beaucoup. Un jour, elle jouait de la flûte et jouait, jouait, mais les vipères ne sortaient pas du panier. À un moment donné, tout le monde s'est mis à rire dans les estrades : debout sur son siège, au lieu des vipères, c'était le vicaire qui se trémoussait à qui mieux mieux.

À la récréation, Simone et elle marchent ensemble, abandonnant les jeux de drapeau et de ballon prisonnier, pourvu que les récits se poursuivent. Sous l'insistance de Simone, Flora relate le numéro de Mi, la contorsionniste, capable de passer la jambe derrière la tête, de se plier en deux, à la renverse, de marcher à quatre pattes, ventre en l'air et dos arqué, et qui peut entrer dans un cube mesurant un pied et demi de côté. S'emportant elle-même dans l'affabulation, Flora ne peut s'empêcher d'exagérer pour rendre ses récits plus captivants, plus drôles.

— Un jour, en faisant ses exercices d'échauffement, elle s'est tellement entortillée qu'elle n'était plus capable de démêler ses membres. Elle a dû tenir sa cuillère avec ses orteils pour manger la soupe.

Dans l'esprit de Simone, des impressions insolites naissent, des bizarreries qu'elle ne parvient pas à fixer, quelque chose de simple pourtant, mais appartenant en même temps à un autre monde. Dans les récits de Flora surgissent des images qui ne sont pas des images, des animaux qui ne sont pas les bons, des gens qui ne sont plus des gens. Flora ment.

\* \* \*

— Flora! l'interpelle sœur Adèle après la classe. Tu connais pourtant les règlements. On te voit toujours avec Simone Robillard, à la récréation, à la salle d'étude, au réfectoire et je ne sais où encore. C'est malsain. Varie la compagnie, apprends à échanger avec d'autres élèves. Tu éviteras les mauvaises influences et les comportements imprudents.

N'a-t-on pas le droit de se faire des amies ? Les couventines ne sont-elles pas toutes sœurs dans le Seigneur, comme le répètent souvent les religieuses et l'aumônier Didier ? Simone n'est-elle pas sa petite sœur, la note manquante qu'Il lui a envoyée ? C'est à n'y rien comprendre. Aussi Flora ose-t-elle poser une question, au risque de paraître impertinente.

— Pourquoi ?

Sœur Adèle hésite, cherche ses mots avant de se lancer dans une confusion d'explications.

— Les amitiés particulières sont très surveillées et nous avons reçu la consigne de tout mettre en œuvre pour séparer les élèves trop attachées l'une à l'autre. Il y a des dangers… les sentiments peuvent évoluer, changer… et aller vers des mœurs et des contacts qu'on attribue au diable, ou plutôt contre la nature de Dieu. Plus tard, selon la destinée qu'elle aura choisie, une jeune fille bien doit se marier avec un homme !

Qu'en est-il alors des religieuses qui n'épousent pas d'hommes ? Sont-elles des filles bien ? Flora penche la tête, en pleine confusion. Cherchant à comprendre, elle interroge sœur Adèle, qui s'embrouille dans ses explications.

— Nous sommes mariées à notre Père, par son Fils, le Seigneur, répond-elle avec onction, et lui avons promis un amour éternel.

Être mariée à son père ! C'est impossible ! Et où sont ces pères ? Mis à part l'aumônier Didier, le jardinier et l'homme à tout faire, il

240

n'y a que des femmes dans le couvent. Au-delà de l'amour qu'elles vouent à leur père, dans la vie de tous les jours, les religieuses ne sont-elles pas des amies, les unes les autres, et toujours ensemble ?

— Sœur Irène est-elle votre amie ?

— Oui, bien sûr, répond-elle, embarrassée. Tout comme sœur Saint-Germain, sœur Sainte-Émérentienne, mère Saint-Elzéar et toutes les autres aussi.

Cependant, on la voit plus souvent avec sœur Irène. À la récréation, lorsqu'elles surveillent, elles marchent toujours côte à côte, bavardent et rient. Est-ce grave ? Elle cherche à clarifier l'affaire, mais sœur Adèle met un terme à la conversation.

— Assez perdu de temps ! Allez, la journée n'est pas terminée et nous avons encore beaucoup à faire.

Il ne restera plus que quelques moments dans la nuit, pendant que ronfle sœur Dortoir, pour que Simone puisse retrouver Flora et voyager au fil de ses aventures rocambolesques.

Bientôt, Thérèse, Yvonne puis Denise, par les voix réveillées, se joignent à elles, sans bruit, s'entassant dans la chambrette, pour voir se déployer, dans le noir, l'enivrant monde circassien.

— Quand viendront-ils te chercher ? demande Thérèse.

— Peut-être dans un an. C'est long, une tournée en Europe.

Les fillettes poussent des exclamations, puis posent des questions, toutes en même temps. Trop de bruit, trop de commentaires, trop de risques d'être découvertes, à quatre ou cinq dans cette chambrette exiguë. Flora propose de poursuivre demain, à la récréation. Ainsi, sœur Adèle sera contente de voir que Simone et elle ne vont plus seules et qu'elles élargissent leur cercle d'amies. Les mystérieux dangers contre lesquels elle la mettait en garde seront écartés.

Dans la cour, le lendemain, Fabienne, Pierrette, Rita et Lucienne s'ajoutent à la bande pour entendre, elles aussi, les pérégrinations du cirque.

— Attendez que je vous raconte les prouesses de Fa, la jongleuse. Comme une pieuvre, on dirait qu'elle a huit bras. Papa lui lance n'importe quel objet, pas trop gros, bien sûr, trois, quatre, cinq, et elle les envoie en l'air pour les rattraper, tour à tour, les faisant virevolter dans ses mains-hirondelles. Sept, huit, neuf... jamais elle ne les échappe. Des bouteilles, des tasses, des verres, des œufs, des torches en feu : les objets tournent comme dans une grande roue et, à la fin, elle dépose le tout, bien en ordre.

— Et les animaux ? Parle-nous encore des bêtes sauvages.

Flora revoit le cortège au loin, dans le pré à l'horizon des montagnes bleues, des vaches nonchalantes, leurs yeux mi-clos, dans leur lente procession. Elles marchaient, le ventre lourd et la tête flottant entre l'herbe et le sommeil, leurs jongleries et leurs bouchées de foin tournant sans cesse, emportées par les mouvements de leur mâchoire. Sous les encouragements de la petite fouine de Solange, les bêtes dociles avançaient vers l'étable, sans se hâter, dans l'étroit sentier tracé par leurs sabots fidèles, suivant le même trajet qu'elles empruntaient soir et matin.

Soit ! Les vaches n'ont rien des animaux de cirque, mais elles possèdent la sagesse et la mémoire des éléphants.

Pour ses amies, elles prendront de l'ampleur : leur museau s'allonge, leur queue rétrécit, les pattes s'épaississent et leurs sabots s'ouvrent en de gros pieds à cinq ongles. Le cortège fait maintenant trembler le sol sous le poids des immenses bêtes. Les meuglements s'enflent en stridents barrissements.

— Dans la troupe, Sol est notre bergère d'éléphants. Avec une petite baguette qu'elle agite au bout de son bras, ces géants lui obéissent. Elle grimpe sur la tête de Gulliver, le plus gros. C'est si haut qu'il doit mettre un genou à terre et lui faire une sorte de marche avec sa patte. Sol s'accroche à l'oreille pour monter. Perchée là-haut, elle parle un langage spécial. À son commandement, les huit bêtes se placent en file, chacune enroule de sa trompe la queue de celle qui est devant. Et elles vont comme ça pour entrer sous la grande tente. Leur marche fait trembler les planches. Les éléphants exécutent plusieurs tours. Cicéron peut tenir en équilibre sur un gros ballon, ses quatre pieds serrés dessus et, à petits pas, il avance en le faisant tourner, aussi léger qu'une fourmi sur un grain d'orge ! Quand il secoue la tête, Gulliver fait du vent avec ses oreilles larges comme les voiles d'un navire. Mais le numéro le plus étonnant, c'est celui où la belle Sol se couche par terre devant Bertha, la vieille femelle. Une patte après l'autre, lentement, tout doucement, l'éléphante passe par-dessus sans l'effleurer. Tout le monde pense, chaque fois, qu'elle va l'écraser. Un éléphant, ça pèse trois ou quatre tonnes.

Flora, qui a observé les illustrations d'éléphants dans son livre sur le cirque, se plaît à décrire, avec une force d'évocation, les douces défenses, les gueules caverneuses, les pieds de béton, les trompes en S, la peau terreuse, la bouche rieuse et les yeux pleureurs.

Ainsi, de récréation en récréation, les moindres détails de la vie sur la ferme se transforment en numéros colorés, aussi spectaculaires les uns que les autres, où chacune des sœurs de Flora retrouve sa place, son talent et une performance unique, alors qu'avant elle les voyait comme un ensemble indissociable.

Elle n'oublie pas Lara, la plus proche d'elle en âge, qui n'avait que sept ans avant de partir. Lara, championne de la gymnastique du cœur, qui aurait séparé un bonbon en huit pour pouvoir le partager. Elle avait appris à compter avant d'aller à l'école. Papa la disait dotée d'une grande intelligence.

— La sixième de la troupe, c'est La, la magicienne. Elle fait apparaître, dans ses mains jointes, dans votre poche ou derrière votre oreille, une fleur, une pièce de monnaie, une colombe, un arc-en-ciel de foulards. Le plus beau dort au fond de son chapeau. Elle le retire de sur sa tête et le place à l'envers sur une table. Après avoir prononcé une formule magique, elle y trouve un petit lapin, puis un autre et encore un… dix, onze, douze lapereaux.

— Et toi, quel sera ton numéro ?

En bonne conteuse, Flora laisse planer le mystère quelques secondes.

— Je serai la partenaire du grand Julius, mon frère, le lanceur de couteaux ! Chut, voici sœur Alerte !

Sœur Sainte-Alberte s'approche du groupe, le menton grave.

— Voyons, Flora, cesse ces facéties ! Allez jouer au ballon, vous autres, ordonne-t-elle. Bougez un peu !

À regret, les fillettes retournent à leur ballon prisonnier sur la neige durcie, les doigts gourds dans leurs mitaines humides. Que passe enfin l'hiver !

La saison froide s'éternise et mars sort de sa manche ses revers. Pas plus tard qu'hier, la neige fondait à vue d'œil sous un soleil vif. Ce matin, il gèle à pierre fendre. Ce revirement de température a préparé une belle surprise : la cour de récréation, qui, la veille, était une immense flaque, prend aujourd'hui l'aspect d'un miroir glacé. Le samedi 27 mars, avec les religieuses, on s'en va patiner. Les loisirs extérieurs sont bien rares et, heureuse comme à la veille de Noël, Flora, comme plusieurs autres couventines, enfile foulard, jambières de laine, manteau, tuque et mitaines. Dans son coffre, sous le lit, elle retrouve ses petits patins, seul trésor sauvé des flammes.

Dehors, un geai criard traverse l'air cristallin, bleu comme lui, et le soleil gagne en vigueur, *les jours allongent d'un pas d'oie aux Rois, d'une heure à la Chandeleur,* disait toujours bonne maman. Sous les pas, la neige crisse. Une journée pure et vivifiante en cet hiver qui s'étire. Les couleurs veloutées de la neige scintillante, avec leurs reflets jaunes, violets et bleus, réchauffent les yeux.

Au moment de chausser ses patins sur le banc de bois près de la glace, Flora a beau tirer la langue de cuir, pousser le talon, contorsionner les orteils, c'est peine perdue.

— Mes patins ont foulé à l'humidité, on dirait, constate-t-elle devant Jeanne, venue l'aider.

Sa cousine la regarde droit dans les yeux, avec un sourire perfide, puis lui remet ses bottes, rattache les boutons de son manteau et rajuste sa tuque.

— C'est toi qui as grandi, petite sotte, mais tes pieds poussent plus vite que ton génie et tu es toujours aussi maigre. Si tu continues de même, tu pourras t'engager comme femme-squelette dans le cirque dont tu parles tout le temps, avec tes amies.

Qui a rapporté les histoires de cirque à Jeanne? Les aurait-elle entendues, de loin, à la récréation? Peu importe, ce n'est plus vraiment un secret, maintenant; toute sa classe aime croire à ses aventures. Depuis qu'elle les a inventées, jamais elle n'a été aussi populaire.

— T'es jalouse! Et tu sauras une chose: je serai pas la femme-squelette, mais l'équipière de Julien pour le numéro des couteaux volants. Il me l'a dit, avant de partir. Je m'en souviens trop. Il va revenir me chercher.

— Et toi, tu l'as cru! Pauvre petite... Tu te fais tellement d'accroires. Si tu savais... Heureusement que je suis là pour te mettre un peu de plomb dans la tête.

Puis, lui prenant la main, elle la hale du banc.

— Allez, ne reste pas là. Tu vas geler. Même si tu n'as pas de patins, tu pourras jouer au train avec nous. Tu feras la locomotive.

À travers les autres fillettes et les religieuses qui tournent en rond sur la glace, Flora tire Jeanne, Rose-Alma et Astride, trois wagons qui l'épuisent bien vite. À bout de souffle, elle regagne son siège et se contente de regarder les prouesses de Jeanne qui, depuis longtemps, sait patiner et y va de ses conseils pour montrer aux plus petites à glisser à reculons et à effectuer les virages. Le bruit froid et sec des lames sur la glace fait rire l'hiver. Les lames dessinent de jolis tracés : une portée musicale sur laquelle se faufilent les ombres de ses sœurs.

Par terre gisent ses patins qui lui semblent minuscules. Aurait-elle tant grandi au cours des deux dernières années? C'est vrai, Jeanne a raison. Son manteau aussi est bien trop court, à présent. Les manches dégagent ses poignets gercés et rougis par le froid. En classe, ses souliers grugent ses talons et la jupe de son uniforme ne couvre plus le genou. Dans l'encyclopédie de la bibliothèque, elle a vu des arbres que les Japonais ne gardaient pas plus hauts qu'un nain, des bonsaïs, en les taillant et en ne leur procurant qu'un minimum d'espace et d'eau. Malheureusement, il ne peut en être ainsi pour les petites filles. Grandir, c'est inexorable, comme la mort.

Bon, encore une image triste. Elle avale une grande bouffée d'air pur et souffle pour la chasser en un nuage de buée emporté par le vent, vers sœur Adèle évoluant lentement sur la glace, gênée par ses jupes et sa cape que soulève une bourrasque. Elle s'affale sur le

246

derrière et Flora éclate de rire. Sœur Irène l'aide à se relever, puis elles se tiennent par la main, comme à l'époque où Dominique entraînait Flora sur la glace.

* * *

— Qui a osé ? Qui a commis ce sacrilège ? répète mère supérieure, en colère.

Dans la classe, pour toute réponse, pèse un long silence. Mère Saint-Elzéar lève les bras, le visage luisant, plus rouge que jamais. Derrière elle, l'aumônier fait les cent pas, les mains croisées dans le dos. De temps en temps, il secoue la tête, découragé. C'est qu'au petit matin, avant la messe, on a trouvé, à la chapelle, la statue de Marie cassée, amputée de ses mains.

— C'est un geste très grave, un sacrilège, répète plus fort mère Saint-Elzéar. J'exige une réponse ! Si je n'ai pas le nom de la coupable, la punition tombera sur vous toutes.

Thérèse, Simone, Astride, Jeannette baissent la tête, puis Lisette, Yvonne et Denise les imitent, très vite suivies des autres.

Mère Saint-Elzéar observe Flora intensément. La petite se tient bien droite, avec l'aplomb d'un juge ; elle regarde devant elle, les yeux dans ceux de la supérieure. Est-il possible que cette enfant aux bras fluets ait réussi à grimper jusqu'à la niche pour y faire les poussières ?

Tout le mois d'avril, les élèves devront rester debout pendant les récréations, à réfléchir et à prier en silence. Malgré ce sacrifice, personne ne signale la coupable.

— C'est bien trop cher payé pour mes amies, chuchote Flora à l'oreille de Simone, pendant la nuit. Toutes ces récréations passées à faire le piquet. C'est vraiment injuste. Je vais tout avouer à mère supérieure et me repentir. De toute façon, je n'ai pas fait exprès. Elle était tellement sale et j'ai voulu la nettoyer, mais elle a perdu l'équilibre.

— Oh non! Surtout, tu dis rien. Oublie pas: *silence et bon sens*, lui rappelle Simone. Si tu parles, tu seras peut-être exclue du couvent. On se reverra plus jamais. Et tu iras où? Chez ta tante qui t'inscrira dans une autre école?

— Mais non. Dans le cirque, continue Flora, entortillée dans ses mensonges.

— Voyons donc. Depuis le début, je sais bien que ce sont de beaux contes de fées, tes histoires, mais j'adore ça. Je te dénoncerai jamais. Nous serons peut-être privées de récréation, mais pas de notre conteuse. Et si tu veux partager encore avec moi tes fausses histoires du passé, je pourrai, en échange, te prédire ton vrai avenir.

Au cours des jours suivants, chaque élève est convoquée au bureau de la supérieure, pour y être interrogée. Toutes gardent leur langue, malgré l'interrogatoire musclé.

Un objet froid posé sur son front la réveille. Assise sur le bord du lit, Simone attend.

— J'ai apporté mon jeu de cartes et ma torche.

Encore engourdie de sommeil, Flora ne parvient pas à distinguer les objets dans le noir.

— Vite, montons la tente, propose Simone.

Comme elles le font souvent, elles soulèvent les couvertures et s'assoient en indien sous cet abri improvisé. Simone allume sa petite lampe.

— Brasse les cartes en réfléchissant à ton passé, à ton présent et à ton avenir...

Après que Flora a battu le paquet avec grand sérieux, Simone le reprend et procède à une sélection et à une disposition selon un rituel précis, en trois étapes, avant d'y aller de son interprétation.

— Beaucoup d'aventures, mais beaucoup de gens qui mettent des barrières. Je vois trois personnes : la première va tout faire pour te garder ici, mais par égoïsme. La deuxième voudra te sortir d'ici, mais pas vraiment pour ton bien. La troisième, c'est quelqu'un que tu dois retrouver, mais ce sera dur. Tu auras besoin d'aide.

Du bruit résonne dans la chambre de sœur Dortoir. Simone ramasse ses cartes et éteint la lampe, pour regagner vite son compartiment.

Avant de se rendormir, Flora se répète l'énigme, en tentant d'y accoler des visages.

# 13

Après les classes, sœur Irène attend son élève pour la leçon de piano, toujours avec une frémissante impatience, un frisson délicat se glissant dans cette fébrilité, comme les grains du chapelet entre les doigts. Elle a pris soin d'apporter des sucres d'orge et une nouvelle image sainte pour la lui offrir. Elle place les partitions, dispose plus joliment les friandises dans le bol, se lève, se rassoit, essaie de jouer quelques airs… Observe encore l'horloge. Enfin, cinq heures !

Quand Flora entre dans le local, sœur Irène tente de masquer sa joie en affichant un sourire froid, mais en elle jaillit une pulsion d'amour ; sa journée prend un sens. N'a-t-elle pas consacré sa jeune vie à donner du cœur au ventre à des dizaines de fillettes ? Flora court vers le piano et, avant de s'asseoir, exécute un tour sur elle-même tout en fredonnant *Toréador, t'as pas les fesses en or…* et termine en un petit salut gracieux.

— Qu'est-ce qu'on joue, aujourd'hui ? demande-t-elle, sans plus de façons.

— Attends un peu, jeune fille, j'ai quelque chose à te montrer.

Devant les yeux curieux de Flora, sœur Irène soulève le couvercle du banc et en sort un paquet enveloppé d'un linge.

— J'ai trouvé ceci, cet après-midi, alors que je cherchais, dans ton compartiment, les partitions que tu avais oubliées hier.

Les mains jointes de la Vierge, cassées à la hauteur du poignet, pointent en direction de la fautive. Flora crispe le visage et se rentre la tête dans les épaules.

— Tu nous donnes du fil à retordre, belle enfant.

Toujours silencieuse, Flora baisse les yeux et les bras.

— Tu sais ce qu'il en coûte pour avoir profané une icône…

— Je serai exclue du couvent ? murmure Flora, piteuse.

— Pas nécessairement. Mais veux-tu me dire pourquoi tu as agi de la sorte ? demande sœur Irène, sur un ton plus ferme.

En bafouillant, Flora explique qu'elle souhaitait simplement décrasser la statue.

— Elle a failli tomber. J'ai retenu le corps et du bout des doigts j'ai agrippé les mains en prière. Elles sont restées dans les miennes.

Sœur Irène remballe la pièce cassée et, sans colère, se contente de sourire, un sourire un peu retenu, mais dans ses yeux vibre un éclair fiévreux. Des statues brisées, il y en a plein les greniers de couvents et les catacombes de monastères. Si on avait exclu toutes les religieuses et les couventines à qui pareille avarie était arrivée, bien peu de monde remplirait les institutions religieuses.

— C'était une bonne intention, mais… N'en disons rien à mère Saint-Elzéar. Nous pourrons continuer à faire de la musique ensemble, toutes les deux. J'ai des projets te concernant pour la fin de l'année. Viens là. Regarde ce que je t'ai apporté. Quand tu auras bien travaillé, ils seront à toi.

Du côté des notes graves, le rouge et le doré des sucres d'orge donnent de l'éclat aux dents noires et blanches du clavier.

Avant d'entreprendre la leçon, sœur Irène exige une tenue parfaite et, comme elle le fait depuis les derniers jours, place et lisse la jupe de Flora pour former une jolie corolle sur le banc. Puis, au lieu de rester près d'elle pour tourner les pages, elle s'installe debout derrière et, pendant que Flora s'exécute, elle effleure ses cheveux doux.

— Nous avons nos secrets, murmure-t-elle, après la pièce.

À la fin de la séance, en hâte, Flora dépose dans un mouchoir propre les suçons et, dans son cahier d'exercices, la belle image. Jeanne, à qui c'est le tour de prendre place au piano, attend dans l'encadrement de la porte en poussant des soupirs d'impatience. Sœur Irène prend la peine de conduire Flora à la sortie de la salle en lui parlant avec entrain.

— Je suis fière de toi! Tes progrès me surprennent, tellement que je compte t'attribuer une pièce solo, à la fête de Marie : l'*Ave Maria*. Ce serait magnifique! J'ai aussi des idées pour la cérémonie de fin d'année, en juin. Je sais, je sais, c'est encore loin, mais il faut déjà y penser. Il reste à peine six semaines.

Jeanne, à qui on réservait ces honneurs auparavant, la fusille du regard.

* * *

Le lundi 3 mai, sœur Adèle commence la classe l'humeur grise et le ton pointu.

— Aucune ne doit doubler! D'ici juin, je n'accepterai aucun manquement, aucune indiscipline. J'ai corrigé vos cahiers. Yvonne, quarante pour cent! Bravo, fait la sœur avec ses yeux sévères. Que veux-tu faire dans la vie? Nourrir des cochons? Ta gourmandise n'est sûrement pas gage de succès. As-tu un frigidaire à la place du cerveau? Quant à toi, Thérèse, ce n'est guère mieux : quarante-cinq pour cent. Vraiment, une fille de médecin! L'incarnation de la paresse spirituelle. Une honte! Et notre Simone, qui se débrouille pourtant bien en récitations, n'a décroché que cinquante pour cent en dictées. Je crois que tu subis de mauvaises influences. Quant à Flora, cette cigale ayant chanté toute l'année, elle obtient quarante pour cent en calcul. Et moi qui pensais que les musiciennes avaient la bosse des mathématiques! Heureusement, Carmen, Denise et

Madeleine sauvent la situation et prouvent que l'excellence est possible : elles ont des notes parfaites. Venez devant, toutes les trois, que je vous récompense.

Elle remet à chacune une rose de papier pour leur couronne et un certificat de mérite. Mais elle n'arrête pas là son sermon, insistant sur l'influence des mauvaises fréquentations, des fausses amitiés et des châtiments qui attendent les paresseuses.

— Flora, Simone, Thérèse et Yvonne : à genoux dans le coin de pénitence. Si, vendredi, vos résultats sont toujours aussi médiocres, vous ne viendrez pas à la sortie de fin d'année.

Flora se promet de travailler avec application pendant les prochaines semaines. Pas question de rater ce voyage à l'ermitage Saint-Antoine ; un lieu champêtre, sur les rives d'un lac, entouré de boisés et de sentiers, un sanctuaire dans la nature où on peut réfléchir et prier. Sœur Adèle a décrit l'endroit comme un paradis. Les religieuses s'y rendent, l'été, pour leurs vacances. Les pèlerins catholiques viennent de partout pour y faire une retraite et participer à des séances de prières dans la chapelle construite pour les visiteurs. Mais, surtout, elle veut voir la grotte dédiée à la Vierge, comme à Lourdes.

Soudain, sœur Adèle s'interrompt, et sa main laisse tomber la pile de cahiers pour agripper le rebord du pupitre. Quelques secondes s'écoulent, un bref instant pendant lequel elle jette un regard inquiet vers les élèves, puis, subitement, son visage bouleversé change de couleur. La grâce et la fraîcheur qui enluminent habituellement ses joues s'éteignent. Sa peau verdit ; ses yeux effrayés se tournent vers le plafond, et elle s'effondre mollement. Sa tête frappe le porte-craie du tableau et son corps roule en bas de la tribune.

Branle-bas de combat dans la classe. Les élèves accourent pour lui porter secours. Thérèse tente de la retourner, Carmen lui prend une main et en tapote la paume, Madeleine, les yeux au ciel, prie la Vierge. Flora se penche sur le visage. Un peu de sang tache le serre-tête et le voile blanc :

— Sœur Adèle ! Sœur Adèle !

Le grand cygne noir reste muet.

— Vite, Yvonne, va chercher mère Saint-Elzéar.

Les pas d'Yvonne, responsable des communications pour la semaine, résonnent et s'éloignent dans le corridor pendant que les autres, anxieuses, entourent la masse noire.

— Du calme, du calme, s'écrie mère Saint-Elzéar en franchissant le seuil.

— Elle saigne, pleure Thérèse, blanche comme un linge et qui, désorientée, essaie d'expliquer ce qui est arrivé.

Mère Saint-Elzéar demande qu'on aille chercher de la glace et une serviette. Les minutes passent quand arrive sœur Irène, essoufflée, les bras chargés de bandages et d'une bassine remplie de glaçons. Elle s'accroupit et applique des compresses sur le front de la maîtresse inerte, après avoir retiré voile et serre-tête. Apparaît alors une magnifique chevelure dorée et bouclée. On dirait une autre personne ! Les douces mains de sœur Irène passent et repassent sur le visage livide, ses paroles aussi, comme des plumes. Sœur Adèle retrouve un peu ses esprits, mais il faut l'emmener à l'infirmerie.

— Reprenez vos places et gardez le silence ! ordonne mère supérieure, avant de quitter la classe avec sœur Adèle qu'elle soutient, aidée de sœur Irène, par un bras passé autour de sa taille. Je vous envoie tout de suite une inspectrice.

Malgré la consigne, la salle bourdonne d'une vive cacophonie. Lorsque la grande Jeanne fait son entrée, elle s'empare du claquoir.

— Silence ! crie-t-elle de sa voix la plus sévère.

En raison de sa conduite irréprochable, Jeanne a obtenu le titre d'inspectrice, un poste d'honneur qui lui donne autorité. Les élèves obéissent et reprennent leur banc respectif, bien droites, les mains croisées sur la tablette.

— Nous allons chanter *Ave Maris Stella*.

Des voix sans ferveur interprètent le chant, puis un autre, après quoi Jeanne, cherchant quelque activité pour combler le temps, s'empare du livre d'histoire du Canada et entreprend la lecture de la vie du père Jean de Brébeuf, un pauvre jésuite que les Indiens ont martyrisé. Une image le montre, attaché à un poteau de torture, torse nu, un collier de têtes de tomahawks chauffées au rouge autour du cou et cette expression de douleur extrême qui vous chavire le cœur.

L'heure se prolonge et la voix atone de Jeanne ne parvient pas à garder l'auditoire attentif. Les chuchotements s'amplifient, le brouhaha revient bien vite agiter la classe. Les fillettes s'énervent trop. Jeanne hausse le ton, mais Yvonne crie plus fort qu'elle.

— On la connaît, cette histoire ! Pis elle est trop terrible. Pourquoi Flora ne nous raconterait-elle pas une de ses histoires de cirque pour nous changer les idées ?

Toutes l'approuvent.

— On promet, ajoute Thérèse, de rester bien tranquilles, si tu acceptes.

Jeanne pince les lèvres, fronce les sourcils en regardant Flora à qui, par un simple signe de tête, elle demande de s'avancer devant la classe. Surtout, elle ne veut pas de problème avec ce groupe de turbulentes. L'histoire du Canada reprend sa place dans l'armoire.

Prise au dépourvu, et encore alarmée par l'évanouissement de sœur Adèle, Flora a du mal à rassembler ses idées pour improviser un nouveau récit. Un affreux blocage la fige. Elle avance lentement vers la tribune, sous les encouragements de ses consœurs.

Si elle ne trouve rien, Jeanne lui en voudra; à présent, elle compte sur elle pour sauver la situation. Celle-ci lui adresse un autre signe de tête avec tant d'amabilité qu'on croirait qu'il n'y a jamais eu entre elles de paroles offensantes. Avec un sourire embarrassé, Flora fait maintenant face aux fillettes qui s'agitent de nouveau, et cherche, cherche parmi les aventures vécues à la ferme le terreau d'un nouveau numéro. Mais la vue du sang sur le front de sœur Adèle et ses boucles dorées lui rappellent soudainement la dernière image de sa mère au visage tuméfié. En ravalant sa salive, il lui apparaît alors : le monstre.

— Je ne vous ai jamais raconté le numéro le plus spectaculaire de notre troupe, commence-t-elle. Le Grand Black, le maître de piste, présente parfois un fabuleux numéro de métamorphose. Pour y arriver, il doit boire un liquide spécial, très mauvais au goût, pire que l'huile de foie de morue. Ça le rend joyeux, au début, mais, après en avoir avalé une caisse, sa face change. Il tord la bouche et, au-dessus de ses yeux de plus en plus creux, ses sourcils grossissent. Ses lèvres s'amincissent et sa mâchoire gonfle. Le Grand Black, un beau monsieur, je vous l'assure, devient affreux.

Ce qu'elle décrit, elle croit le voir se répéter sous ses yeux et son récit prend plus de force encore. Les filles écoutent sagement, alors qu'elle brosse le portrait de son personnage : la poitrine bombée, la puissance de ses bras, les poils qui poussent sur tout le corps, puis les grognements. Elle imite même les sons.

— Un gorille ! Oui, je vous le jure, le Grand Black peut se changer en gorille, plus gros et plus fort que tous les Samson de la Bible et les hercules de foire. Il plie des barres de fer et lance très loin des boulets de fonte. Mais le lendemain, il reste cloué au lit, incapable de faire quoi que ce soit, parce qu'il a mal à la tête, mal au ventre, mal partout.

Son récit terminé, Flora salue comme le lui a appris sœur Irène, après une prestation au piano, un salut que gratifie une pluie d'applaudissements silencieux. Nerveuse, elle observe Jeanne, assise près du bord de la fenêtre, à contre-jour, dans l'éclat du soleil matinal qui fait paraître plus sales encore les carreaux. Que signifie ce regard railleur ? Comment réagira-t-elle ? Sûrement avec connivence, puisque voilà la classe tranquille. Elle la remerciera, car c'est grâce à elle que la paix règne à présent. Flora surprend soudain un étrange pli à la commissure des lèvres de sa cousine, où elle devine de la moquerie. L'anxiété lui noue le ventre.

De toute sa belle grandeur, Jeanne se lève. Ses yeux s'amincissent en une petite fente. Flora croit voir une affreuse mante religieuse, à l'affût, prête à la dévorer.

— Vous aimez les histoires de Flora ? À mon tour de vous en raconter une. Il était une fois une jeune fille qui vivait dans une ferme avec ses parents, son frère et ses six sœurs. Tout allait bien au début, mais le père, criblé de dettes, s'est mis à boire et plus il buvait, plus il s'endettait, plus il devenait violent. Il battait les bêtes et tout ce qui le contrariait. Oui, c'est lui, le gorille : un père qui boit à en devenir une brute, tellement que la mère est à l'hospice. Il aurait lui-même brûlé la maison où ont péri six de ses filles. Un vrai détraqué.

Flora tente de lui couper la parole en scandant des «C'est pas vrai!», «T'es rien qu'une langue de vipère!», «Tu dis ça par jalousie!», Jeanne hausse le ton et ajoute des détails qu'elle ne pourrait avoir inventés.

— J'y suis allée l'été passé, avec mes parents, poursuit-elle. Une vraie ruine, les bâtiments aussi. Les éléphants de Flora sont de pauvres vaches, les vipères, de petites couleuvres, et tous ses numéros, de pures inventions exécutées par ses fantômes. Tout le monde, dans le village où habitaient les Blackburn, connaît la mauvaise réputation du Grand Black, incapable de s'acquitter de ses responsabilités. Il s'est même fait couper des doigts pour ne pas aller à la guerre, dans le temps. Depuis le feu, il vit caché on ne sait où.

Qui lui avait raconté tout ça, à Jeanne? Sûrement Blanche et Pitre. À Flora, ils ne disent jamais rien concernant ces malheurs.

— Oui, c'est ça, le beau cirque de Flora! conclut Jeanne, en prononçant lentement cette phrase avec une cruelle douceur, comme si elle voulait lui introduire délicatement une aiguille acérée dans le cœur.

Les derniers mots résonnent aux oreilles de Flora avec une clarté saisissante: le couperet de la vérité a fendu une bûche et, à l'intérieur, apparaissent soudain, en pleine lumière, les labyrinthes creusés par les vers à bois.

Consternation dans la classe. Flora, mise à nue, la tête basse, regagne sa place.

Yvonne se lève, indignée.

— Non, Flora, ne t'en retourne pas! Reste en avant, on n'en a pas fini avec toi.

Entre deux rangées, Flora n'ose plus regarder que ses souliers trop petits et immobiles. Des murmures atteignent ses oreilles qu'elle voudrait boucher en y plaquant les mains pour ne pas entendre les rumeurs, les fameuses rumeurs que craignaient tant mère Saint-Elzéar et tante Blanche : un père incendiaire, assassin, un frère malfrat en fuite, une mère folle en institut, des sœurs mortes en paradis... Quels bruits allaient se répandre, à présent, dans le couvent ? Et elle, la menteuse, la sournoise conteuse, la tête brûlée... Elle sera expulsée avec mépris, comme le vilain petit cafard qu'on découvre dans la chambre d'un chérubin. C'est certain, elle devra quitter les lieux et se terrer ailleurs. Que diront tante Blanche et oncle Pitre, qui ont tant fait pour elle ?

Les chuchotements persistent malgré le claquoir qu'agite en vain Jeanne pour réclamer le silence. On ne l'écoute plus. Puis, la voix d'Yvonne retentit alors que s'évanouissent, tout autour, les bourdonnements.

— Étant donné que sœur Adèle ne revient pas, raconte-nous donc une autre de tes merveilleuses histoires, Flora !

Une nouvelle pluie d'applaudissements accueille la proposition que, de concert, les fillettes ont choisie.

— S'il te plaît, Flora, insiste Simone, vas-y avec la plus belle : *La tendresse du lanceur de couteaux.*

Portée par les encouragements de toutes, Flora regagne la tribune et entame un autre récit, sous le regard étonné de Jeanne qui, cette fois, abandonne la partie.

Le lendemain, sœur Adèle est de retour, le serre-tête un peu bombé d'un côté, gonflé par un pansement. Sa chute n'a pas nui à son désir de perfection et à sa volonté de terminer l'année scolaire avec un maximum de mentions spéciales. Les élèves se tiennent donc les fesses serrées.

— Prenez votre tablette à dessin, demande-t-elle, sur un ton adouci. Choisissez, parmi vos rêves, celui que vous voudriez réaliser au cours des prochaines vacances et faites-moi un chef-d'œuvre.

Plus surprenant encore, à la fin de la journée, on dirait qu'un sourire éclaire son visage lorsqu'elle contemple les illustrations. Avant la cloche, elle annonce :

— Vous avez si bien travaillé, aujourd'hui. Vous viendrez toutes à l'ermitage la semaine prochaine.

N'en croyant pas leurs oreilles, les élèves se regardent entre elles, les yeux ronds. Qu'est-il arrivé à sœur Adèle ? Flora ne la voit plus du même œil. Sous le voile blanc, des cheveux dorés, sous la peau, du sang dans les veines, sous le plastron, un cœur qui bat. Sous son costume noir se cache une vraie personne.

Tout le long du trajet en autobus, on chante des airs joyeux pour le bon chauffeur Ernest. Comme il faut un peu plus d'une heure et demie avant d'atteindre le lieu, ses oreilles en auront pour leur rhume. Il soupire souvent en levant les yeux.

Sœur Adèle, sœur Sainte-Marivonne et mère Saint-Elzéar font partie du voyage et, sur leurs genoux, elles portent des paniers remplis de pains garnis, de biscuits, de confitures, de lait et d'autres délicieuses surprises pour le pique-nique.

En route, une pluie soudaine vient assombrir le chœur ; quelle couleur prendra la journée, sous l'averse ? Jamais le soleil radieux du matin n'aurait laissé présager un tel bouleversement des cieux, d'autant que Flora et Simone n'ont pas apporté leur mante de pluie. Et le dîner sur l'herbe ? Et les promenades dans les sentiers longeant le lac ? Et la visite à la grotte ? Sans doute ne s'agit-il que d'une simple averse… Le mauvais temps ne durera pas et le vent chassera les nuages. Là-bas, à l'horizon, ne voit-on pas déjà une éclaircie ? Ah non, c'est par là que vont les nuages, justement…

Que dit le ciel, de l'autre côté ? Flora se tourne, regarde par les vitres opposées. Désespoir ! Il pleut si fort à présent que le chauffeur doit ralentir. Sous la foudre, les fillettes se tassent l'une contre l'autre sur leur siège. Yvonne compte les secondes entre les éclairs et les coups de tonnerre, et s'exclame chaque fois. Thérèse prie en silence. Flora, affolée par les grondements qui approchent de plus en plus, se plaque les deux mains sur les oreilles et fredonne *Tonnerre et éclairs*, stratégie bien inutile puisque le véhicule vibre chaque fois que s'abat la foudre.

— Qu'est-ce qu'on fait si l'éclair tombe sur l'autobus ?

— Y a pas de danger, la rassure Simone. Les pneus nous protègent parce que l'éclair peut pas rejoindre la terre. Par chez nous, en Abitibi, quand il y avait un orage électrique, on s'assoyait sous une toile et on regardait le spectacle. On adorait ça. Rien ne pouvait nous arriver. Arrête donc d'avoir peur.

À présent, sous des nuages charbon, la campagne paraît aussi sombre qu'au crépuscule. Par la vitre fouettée de trombes d'eau, on ne voit plus rien. Les essuie-glaces vont et viennent à une vitesse folle et, malgré tout, devant, la route et le paysage se liquéfient entre les balayages. Un puissant coup de klaxon fait sursauter toutes les passagères ; M. Ernest a évité de justesse une automobile venant en sens inverse. Les ondées deviennent si intenses que le chauffeur doit ranger son véhicule sur l'accotement.

— Préférez-vous que je fasse demi-tour ? demande-t-il à mère Saint-Elzéar, assise sur le premier banc.

— Oh non ! Nous allons prier.

Toutes les fillettes joignent les mains et, avec ferveur, récitent le *Pater Noster*. Voilà que le tonnerre s'éloigne, emportant ses troupeaux de nuages, ses rideaux de pluie et ses vagues de vent. Un soleil éblouissant reprend sa place.

— C'est un miracle! s'exclame sœur Adèle, les bras levés au ciel. Merci, mon Dieu!

Simone se tourne vers Flora et, en secret, lui confie:

— Elle croit à un miracle. Voir si Dieu s'occupe du temps qu'il fait par ici ou par là-bas, partout dans le monde…

— Si c'est pas Dieu, c'est qui? répond Flora, un peu étonnée. Toi, tu lis bien l'avenir dans les cartes.

On lui a toujours dit que Dieu régnait dans le royaume des cieux, là-haut, dans l'infini du bleu. Il pouvait bien disposer à sa guise de la pluie et du beau temps, commander aux nuages, au soleil et aux étoiles. N'était-ce pas lui le Créateur de tout cet univers?

— Crois bien ce que tu veux, lui répond Simone, mais je te dis que Dieu commande pas aux nuages. Penses-tu qu'il règle le temps qu'il fait sur les autres planètes aussi?

Flora reste pantoise. Sur les autres planètes, s'il n'y a personne, y a-t-il un Dieu?

— Dans sa bonne volonté, Dieu permet que nous allions à l'ermitage, se réjouit sœur Sainte-Marivonne. Remercions la divine Providence.

Simone hausse les épaules et se colle le front à la vitre. La toute-puissance de Dieu semble lui échapper.

En arrivant à l'ermitage, mère Saint-Elzéar répète quelques consignes et insiste sur la valeur sacrée de la visite.

— Ouvrez votre cœur à la plénitude, car cet endroit représente une rare porte sainte s'ouvrant sur la miséricorde.

Un frère capucin les accueille. Il flotte dans une toge brune à capuchon, bien trop grande, attachée mollement à la taille par une corde grosse comme un doigt et dont les extrémités, terminées par des nœuds grossiers, pendouillent d'un côté. Il invite la classe à le suivre. Les élèves, en rangs disciplinés, lui emboîtent le pas. Il va pieds nus dans de simples sandales de cuir, mais son sourire respire le bonheur.

Après une visite guidée dans la chapelle aux vingt-trois fresques du peintre Charles Huot relatant la vie d'Antoine de Padoue, on traverse un chemin de croix sculpté sur pierre et, plus loin, un imposant calvaire rassemblant six personnages dans une gloriette : « le plus grand calvaire sculpté sur bois de toute la province de Québec », raconte le frère. Flora s'approche pour observer les détails. De chaque côté du Christ en croix, cloués eux aussi sur des crucifix, souffrent le bon et le mauvais larrons. À leurs pieds, Marie, saint Jean et Marie-Madeleine pleurent. Les intempéries ont rongé les statues : la Vierge a perdu son nez, des orteils et des doigts manquent aux larrons. Partout, des craquelures, des taches vermoulues, des retouches de peinture et de plâtre amplifient le tragique des visages contrits, égarés et douloureux. Une scène à faire peur. Elle détourne le regard et s'écarte du groupe pendant que s'éternisent les explications historiques : Louis Jobin... 1918... Elle n'écoute plus.

Enfin, le guide emmène les visiteuses un peu plus loin, devant une reproduction miniature de la basilique de Lourdes : un immense gâteau de noces coiffant un cran rocheux. Au pied de ce cran se trouve la fameuse grotte de Massabielle, décorée de fleurs et de verdure, empreinte de mystère et de solennité. Sa partie basse, très large et profonde, abrite un autel blanc garni de dorures, dédié à la Vierge. En surplomb, dans une petite niche, la statue de Notre-Dame de Lourdes, toute blanche, pure, les mains en prière. À quelques pas de là, en contrebas, se dresse une autre statue :

Bernadette Soubirous en extase – une scène bien plus réconfortante que le terrible Calvaire. Transportée, Flora ne peut quitter des yeux cet endroit envoûtant.

À l'heure du pique-nique, on s'assoit sur l'herbe que les trois heures de soleil de l'avant-midi ont eu amplement le temps d'assécher. Installée sur un banc pliant, après le bénédicité et la distribution des pains garnis et des chaussons aux pommes, sœur Adèle raconte la merveilleuse histoire de sainte Bernadette qui, à l'âge de quatorze ans, disait avoir des visions dans la grotte de Massabielle, à Lourdes, en France. Flora se laisse bercer par la voix toute douce de sœur Adèle, sans perdre un détail du parcours incroyable de la petite bergère.

— C'était en 1858. Au début, personne ne croyait cette jeune fille, mais les rumeurs couraient et certains journaux avaient révélé l'affaire. Des gens venaient des alentours et s'attroupaient, espérant l'apparition de la belle dame. Celle-ci avait demandé à Bernadette de venir la voir pendant quinze jours. Bernadette promit. Au fil du temps, de plus en plus de curieux et de pèlerins l'accompagnaient, et ces bouleversements mettaient dans l'embarras le conseil de ville, le curé, le commissaire et même le procureur impérial.

Flora imagine les foules attroupées au pied du massif rocheux, se bousculant pour escalader le roc et pour tenter de s'y percher dans un équilibre précaire, afin d'apercevoir ne serait-ce qu'un coin de la scène et la petite Bernadette. Les rumeurs tout autour d'elle, les prières communes, les chants et les chapelets nouant les doigts. «Belle dame, dites-moi ce que je dois faire ?» demande-t-elle.

— Les autorités l'ont traitée de folle, de faiseuse de troubles. Après enquêtes et interrogatoires, on a interdit à Bernadette, comme aux autres badauds, de se rendre sur le site autour duquel des barrières avaient été installées, mais puisqu'elle l'avait promis,

Bernadette retourna quand même à la grotte, accompagnée chaque fois de curieux de plus en plus nombreux. La belle dame n'apparaissait qu'à elle; la foule ne voyait rien. Encore une fois, on l'interpella pour l'amener devant l'abbé qui exigeait des faits tangibles. Il la mitraillait de questions, la traitait de menteuse et disait qu'elle inventait des sottises. En plus, comme elle ne parlait que l'occitan, elle avait beaucoup de difficulté à comprendre les interrogatoires en français. Quelqu'un devait traduire.

Pauvre petite fille! Dire qu'elle ne rapportait que la vérité en accordant toute sa confiance aux grandes personnes, et cette sincérité ne lui apportait que problèmes et accusations. Si elle avait menti, elle aurait été mieux traitée. À sa place, Flora aurait gardé en elle ce merveilleux secret. Comme ça, on ne lui aurait pas chanté des bêtises et fait tant d'ennuis.

— Pour elle, il importait de dévoiler les faits, poursuit sœur Adèle. L'abbé tenait à obtenir des preuves pour ne pas ridiculiser l'Église, et cette dame mystérieuse devait absolument confier à Bernadette qui elle était. Jusque-là, jamais Bernadette n'avait parlé de la Vierge. Ce n'est qu'après la quinzaine, à la fin de mars, qu'elle est revenue de la grotte avec ces propos, que tout le long du chemin elle répéta pour ne pas les oublier. L'apparition lui avait dit: «*Que sòi era Immaculada Concepcion*», ce qui signifie: «Je suis l'Immaculée Conception». L'abbé est resté bouche bée: la jeune paysanne ne pouvait avoir inventé ces mots.

À partir de ce moment de l'histoire, Flora se détend un peu. Enfin, on va croire la petite fille et lui permettre d'aller voir la Vierge plus souvent. Un frisson doux parcourt la peau de Flora. Quelle chanceuse, enveloppée par la lumière de la bonne Sainte Vierge, une joie pure accompagnée de musique céleste! Sainte Marie lui parle. «Va boire à la fontaine et t'y laver.» Flora se coule dans le personnage de Bernadette. Comme il n'y a pas de fontaine, elle va d'abord vers la rivière, mais l'apparition lui fait signe du doigt et désigne la grotte. Flora retourne sur ses pas et ne trouve, tout au fond, que de la boue. Elle en prend au creux de sa main, mais la rejette. Comment pourra-t-elle se laver avec une eau si sale ? De ses ongles, elle creuse et creuse jusqu'à ce que jaillisse un filet d'une eau brune, un peu plus claire, et s'en barbouille la figure. Puis, la Vierge lui demande de manger une feuille, ce qu'elle s'empresse de faire. Les centaines de curieux s'en vont, déçus. «Mais ce sont les bêtes qui mangent des feuillages, petite sotte!» lui dit l'abbé.

— On tira de la source une eau miraculeuse, continue sœur Adèle. Des gens venaient non seulement pour voir, mais pour toucher la jeune Bernadette. D'ailleurs, plusieurs miracles ont eu lieu, à Lourdes : des guérisons, des aveugles qui recouvraient la vue, des paralytiques qui se remettaient à marcher… Après toute cette histoire, une impressionnante basilique a été construite. Chaque année, des centaines, des milliers, pour ne pas dire des millions de visiteurs se rendent aux sanctuaires de Lourdes.

Tenant sa tasse de lait d'une main et son pain garni de l'autre, Flora en oublie de manger.

— Et Bernadette, qu'est-ce qu'elle est devenue ? demande-t-elle.

— Elle est morte à trente-cinq ans, d'une longue maladie, mais elle a mené une vie de piété et de foi chez les religieuses. Après son décès, on a tenu deux procès pour sa béatification. Trois fois son cercueil a été ouvert, à plusieurs années d'intervalle, parce qu'on voulait vérifier l'état de sa dépouille. Chaque fois, intacte. Un véritable mystère. Alors, Bernadette a été béatifiée, puis canonisée plus de cinquante ans après son décès. Son corps est toujours exposé dans un splendide cercueil de verre et de bronze. Il ne se décomposera jamais.

C'est fabuleux! Une petite fille qui dit avoir des visions et qui réussit à en convaincre le monde entier, qui fait des miracles et dont la dépouille ne pourrit pas… Un véritable conte de fées!

Dans un cirque, elle aurait été une grande magicienne, une vedette. Si la mère de Flora pouvait boire une petite bouteille de cette eau merveilleuse !

Une fois les paniers de victuailles rangés, il ne reste que peu de temps pour passer à la boutique de souvenirs. De la poche de son costume, Flora sort le dollar que lui a laissé tante Blanche pour l'occasion.

— Je voudrais un flacon d'eau miraculeuse, demande-t-elle en tendant son billet au frère, derrière le comptoir. C'est pour ma mère malade.

— Pauvre enfant ! répond celui-ci, avec un sourire. Il faut aller là-bas pour s'en procurer, à Lourdes, en France, de l'autre côté de l'océan.

Flora pince les lèvres. C'est beaucoup trop loin. Elle devra trouver un autre remède.

Sœur Adèle presse les élèves ; plus que dix minutes avant de remonter dans l'autobus. Flora hésite entre les médailles représentant la Vierge ou celles de saint Antoine de Padoue.

— Cette petite statue de saint Antoine, si tu la gardes dans ton porte-monnaie, tu ne manqueras jamais d'argent.

— Oh ! Regardez ! Ici, il y a des pains d'abondance ! Ma tante Jeannette dit qu'avec ces minuscules pains bénits dans ton sac tu ne souffriras jamais de la faim.

Entre les épinglettes, les lampions, les statuettes, les chapelets et autres objets de piété, toute cette multitude de babioles multicolores auxquelles on attribue vertus et superstitions, le choix de Flora s'arrête sur une bougie en forme d'ange, en cire bénite, a dit le capucin. Elle l'offrira à sa mère lorsqu'elle la reverra.

# 14

L'été passe et s'envolent les vacances sans que Flora puisse aller voir sa mère. Tante Blanche n'ose plus rien promettre et n'évoque pas même le pouvoir de la patience ni les bienfaits du temps qui arrange tout. C'est la vie, soupire-t-elle souvent. «Ses yeux ont toujours l'indifférence de la pluie», l'a-t-elle entendu dire à Pitre, à la fin d'août.

Elle lui a remis une boîte remplie de photographies de famille.

De retour au couvent, Flora accroche sur la cloison au-dessus de son lit ses clichés préférés : ses parents en costumes de mariés, sa mère, tout sourire, un bébé dans les bras, ses sœurs dans la balançoire de la maison d'été de tante Blanche, son père jouant au tennis avec l'oncle François, toute la famille réunie près d'une charrette débordant de foin… Elle touche leur visage du bout des doigts ; ils étaient encore vivants, vibrants de joie. À présent, chacun de ces portraits se couvre d'un brouillard de malheur, de fatalité. Dans sa chambrette exiguë, ces expressions de bonheur en noir et blanc font fuser un murmure de gaieté dans le défilé de mauvais présages et de sous-entendus qu'elle perçoit chez les grandes personnes. Tous ces gens sont morts, disparus ou partis. Il y a deux ans, l'univers a basculé. Pourtant, papa avait un formidable projet, tout le monde avait fait son possible. Ses sœurs aux tresses raides, son frère à la veste de cuir, sa mère en robe fleurie… Ils y avaient investi toute leur énergie, leur confiance et leur vaillance. Leur vie. Ce nouveau départ fut raté. Est-ce que ça échoue toujours, la vie ? Avoir l'âge de raison, est-ce d'accepter de nager dans un monde si inquiétant et si précaire ? C'est la vie, dirait encore tante Blanche. À quoi ça sert de vivre ?

Au fond de la boîte de tante Blanche, un article de journal, plié en quatre et oublié là, raconte le lendemain de l'incendie. Elle imagine les ruines de la maison, les corps couchés près de l'escalier, calcinés et pelés. Dehors, le long de la clôture, des curieux attroupés qui étirent le cou pour mieux voir. Un policier gribouille des notes dans son calepin, pendant qu'un autre compte les dépouilles. C'est sans doute ainsi que ça s'est passé, enfin, selon l'article.

Chaque soir, elle souhaite bonne nuit aux portraits, chaque matin, bonjour. Sans se douter du pouvoir de ces photos, au lieu de renoncer, elle retrouve confiance. Tante Blanche et oncle Pitre le lui ont dit : « À présent, on compte sur toi pour racheter ce passé ruiné. Tu dois suivre ton chemin et, grâce à l'instruction, tu iras loin. » Elle ne sait pas trop ce que cela veut dire, suivre son chemin, mais elle entreprendra sa deuxième année avec toute sa ferveur.

Elle range sous son lit le coffre où elle garde l'ange de cire, enveloppé d'un mouchoir. Chaque soir, elle continuera de prier pour sa mère.

Le 19 septembre, deux semaines après le début des classes, elle se lève avant les autres et jette un regard à la fenêtre du corridor. Un orage est tombé pendant la nuit. L'air, encore pesant et humide, laisse traîner une brume translucide autour des lampadaires. Dessous, la rue étincelle. Heureusement, le suroît a chassé les nuées : ce sera une journée douce et chaude, idéale pour la sortie annuelle à la ferme des sœurs, prévue depuis la rentrée scolaire.

Dès huit heures, deux classes et cinq religieuses montent à bord de l'autobus qui les conduira à la campagne. Flora descend la vitre pour mieux respirer le paysage. De ses doigts entrouverts, qu'elle place devant son visage, elle fait danser les rayons du soleil. Le véhicule longe la grande rivière avant d'emprunter le rang Saint-Joseph, un chemin traversant un plateau décoré de fermes de part et d'autre, de boisés d'épinettes et de sapins, de quelques vallons où broutent des vaches paisibles. Là-bas, au milieu d'un champ, une grange, isolée du monde. Que d'espace, que de couleurs : vert, doré, ocre et, par-dessus, ce grand dôme bleu ! Elle respire profondément la lumière, les pollens, les odeurs de moisson.

Arrivées sur place, les maîtresses rassemblent leur classe autour d'elles pour donner les instructions. Les fillettes de deuxième année, classe de Flora, s'attroupent près de sœur Sainte-Émérentienne, que les élèves surnomment sœur Vilaine en raison de son visage hors du commun : des yeux globuleux, souvent levés vers les nues quand elle parle, un nez très rond, flanqué de deux pommettes saillantes et des poils de moustache au-dessus de la lèvre. Son serre-tête ne parvient pas à masquer complètement son front trop haut. Et aussi à cause de ses nombreuses distractions – elle oublie souvent ce qu'elle a enseigné la veille, le jour de la semaine et le prénom des élèves –, c'est à croire qu'elle vient d'un autre monde. Mais on aime sœur Vilaine, ses rides rieuses au coin des yeux et ses mains qui dansent lorsqu'elle dirige les chansons qu'on entonne à l'unisson trois fois par jour.

On explore la ferme avec M. Gaudreault. D'abord, la grande étable avec les taures, les veaux, les chats et la bonne odeur de fumier ; les vaches, elles, sont aux champs. Puis, le poulailler où jacassent les quatre cents poulets et où, sous des lampes suspendues, pépient les poussins duveteux. Les fillettes émerveillées peuvent les prendre dans leurs mains pour les cajoler. Cependant, on ne s'approche pas des trois ruches d'abeilles, don du curé Boily, en raison des possibles piqûres.

Tout fier, M. Gaudreault vante les mérites de l'exploitation.

— Imaginez, l'année passée, on a ramassé plus de onze cents sacs de pommes de terre ! Toute la traite des vaches est faite grâce à des trayeuses mécaniques et il y a l'électricité dans les bâtiments.

Comme s'il s'agissait d'êtres chers, il présente la moissonneuse-lieuse, le tracteur, la batteuse à grain, le sarcleur à moteur, la presse à foin… Quelle modernité ! Rien à voir avec la petite ferme où habitait Flora.

En plus du fermier Gaudreault, deux employés y travaillent : Jacques et Émilien.

Les trois sœurs converses ont attaché leur grand tablier rayé bleu et blanc et, armées de pelles à jardin, s'amusent à déterrer carottes, betteraves et navets. Les pommes de terre sont ramassées avec une récolteuse mécanique qui avale, par-devant, la surface du sol, digère terre, fanes et plants grâce à une sorte de tamis roulant, pour ne recracher à l'arrière que les patates. Il ne reste plus qu'à les récolter. Sœur Jacqueline-Cuisine et sœur Sainte-Hermeline-Médecine ont troqué leurs habits blancs contre une robe noire et s'affairent à la tâche. Sœur Cuisine a relevé ses jupes. Dessous, on voit son jupon de serge grise et les bas noirs tirés sur ses mollets dodus. Soudain, une bourrasque soulève complètement le jupon et découvre la cotte étirée sur son gros derrière. Flora et Simone pouffent de rire. Honteuse, la religieuse empesée se redresse vitement, observant à la ronde pour s'assurer que personne d'autre n'a aperçu sa modestie avant de s'éponger le front avec un mouchoir.

Heureuse de courir dans les grands espaces, Flora veut être partout à la fois. Quel plaisir de croquer une carotte fraîche, encore garnie de bonne terre qu'on essuie grossièrement sur son tablier !

À l'entrée du verger, une pyramide de clayettes attend que les couventines les remplissent de pommes et de prunes. Jacques, le plus jeune des engagés, arrive en poussant une large brouette. À dix heures du matin, il fait déjà si chaud qu'il retire sa chemise de travail et le voilà en maillot de corps. Ses muscles bombés ne passent pas inaperçus. De ses bras dorés, il charge sans effort les clayettes remplies à ras bord de patates sur la brouette, qu'il transporte ensuite jusqu'au caveau, près des bâtiments.

Les plus âgées le reluquent, au grand désespoir de sœur Cuisine : une distraction qui ralentit l'ouvrage. Mais toujours, c'est Jeanne que l'engagé lorgne.

Pendant une pause, appuyé à la clôture, alors qu'il se roule une cigarette, avec assurance et désinvolture, il lui adresse quelques mots. Elle répond à ses œillades par son divin sourire. Après, lorsqu'elle remonte dans l'escabeau pour attraper les pommes haut perchées, il se rince l'œil, contemplant, sous la jupe, les longues jambes nues de l'adolescente. Des jambes droites, superbes. Depuis le printemps, Jeanne a bien changé et attire le regard des garçons, même celui de l'aumônier Didier. Plus grande que les filles de son âge, les épaules robustes, les hanches larges, mais la taille fine et une poitrine qui fait gonfler sa blouse : en six mois, elle est devenue femme. Le pouvoir de sa beauté ne lui échappe pas. Avec un pareil visage, ces joues rosées, ces yeux bruns pétillants, ces lèvres rouges, pas besoin d'escabeau pour regarder les autres de haut.

Flora reprend sa course. Le soleil de ce début d'automne sème de radieux souvenirs sur les pâturages et les jardins. Plus tard, un peu fatiguée par ses promenades, elle se laisse tomber à l'ombre d'un bosquet et se couche sur l'herbe cendrée, les mains derrière la nuque. Au-dessus d'elle s'étire le ciel tout entier, de ce bleu délavé, rafraîchissant, particulier aux ciels d'automne, où, là-haut, sur les nuages en ficelles, la harpe joue avec le vent. Rêveuse, elle s'amuse à cligner des yeux, tout en regardant, en contre-plongée, la tête des arbres que les fortes rafales n'ont pas encore dégarnis et, au-delà des feuillages, les nuages et, plus haut, le ciel, toujours ce ciel. Elle se concentre sur un point, au centre, comme un trou par où seraient passées ses sœurs. Si elle pouvait tendre une échelle, une très longue échelle, pour atteindre ce trou, elle ne les verrait toujours pas. À cet instant, et pour la première fois de son existence, elle comprend à quel point le ciel est haut. Si haut qu'elle en éprouve un vertige. Plus elle tente de porter loin son regard, plus le fond d'azur s'éloigne. Et si c'était Dieu qui habitait ce trou lumineux et impénétrable ? Peut-être faut-il essayer de le voir au moins une fois, pour fixer son regard de bonté. Cette idée l'obsède, à lui faire mal au ventre. Le ciel n'a pas de fin, pense-t-elle. Aucun support pour y accrocher une échelle. Elle pourrait y être aspirée et monter sans arrêt, à l'infini... L'infini. Elle a souvent entendu ce mot lorsqu'on parle de l'amour de Dieu.

Et elle, elle est là, minuscule, vivante, malicieuse, sous ce ciel immense qui la surplombe et qui surplombe tout le monde, du ver de terre au gorille. Quelle est sa place à elle dans la grande machine de l'univers ? Cette vision et ses questions l'obligent à fermer les yeux.

Soudain, des bruits s'élèvent. Plus bas, à l'orée du verger, les oiseaux noirs pilleurs s'envolent en piaillant, sans doute effarouchés par un chien ou par un chat. Ou par quelqu'un ?

Au jardin, des cris la ramènent sur terre. Elle se relève et rejoint la scène réconfortante du travail aux champs. Un merveilleux travail d'équipe, à la chaîne, parfaitement orchestré par les sœurs. Pendant que certaines œuvrent à la cueillette au sol, les plus agiles grimpent aux escabeaux, d'autres remplissent les paniers, les déposent le long du sentier pour que Jacques les y prenne. Les pleins paniers s'accumulent ; Jacques tarde à revenir.

— Où est Jeanne ? crie sœur Cuisine. À part elle, personne ne pourra atteindre ces pommes-là, en haut. Va la chercher, Flora.

À la ronde, aucune trace de Jeanne, ni à l'orée des pruniers ni de l'autre côté. Simone, près de Flora, ferme les yeux et se concentre.

— Oui, je la vois... derrière la haie de cerisiers. Avec quelqu'un.

Flora détale vers les arbustes qu'un pauvre épouvantail tente de protéger des becs voraces. Que peut bien faire Jeanne, de ce côté-là ? Sans doute avait-elle besoin de se soulager la vessie, sans avoir le temps de se rendre à la maison du fermier.

Du bruit, des murmures la saisissent. Flora reste cachée et surveille à travers les branches.

En effet, Jeanne n'est pas seule. L'engagé la retient par la taille, ses mains descendent vers les fesses. Il l'attire vers lui pour l'embrasser à pleine bouche. Jeanne remue un peu, pour se défaire de l'emprise. Il soulève sa jupe, lui caresse la cuisse sans ménagement. Jeanne chancelle. Voilà qu'il remonte la cuisse contre la sienne, serre plus fort, ses doigts s'enfoncent dans la chair.

Un sentiment de méchanceté envahit Flora : c'est bon pour elle, pense-t-elle. À son tour maintenant de se faire pincer la peau !

Mais Jeanne tente à peine de se dégager des bras puissants.

Il la mord dans le cou, pendant que ses mains s'en prennent à la chevelure. Mollement, Jeanne essaie de l'en empêcher, les yeux dans le beurre. Va-t-elle s'évanouir ? La pulsion sadique de Flora est vite balayée par l'angoisse. Ce Jacques n'est pas le bon gars dont M. Gaudreault vantait la vaillance, tout à l'heure. Il va faire mal à cousine Jeanne, comme dans l'histoire de Maria Goretti : cette pauvre fille tuée de quatorze coups de couteau par un maniaque. Il va lui prendre sa modestie, la violenter, puis la tuer, peut-être ? L'autre jour, sœur Sainte-Émérentienne les a mises en garde concernant les attouchements. Il faut sauver Jeanne des griffes de ce malotru.

Par terre, elle agrippe une branche morte et, n'y pouvant plus, fonce à travers les taillis. Du haut de ses sept ans, brandissant son pauvre gourdin, elle se plante devant le gars costaud et le menace.

— Lâche-la ! Laisse-la tranquille ! hurle-t-elle de sa voix de soprano colorature qu'elle tente en vain de rendre grave.

Jeanne retrouve ses esprits, replace sa jupe et, de son ruban, rattache ses cheveux. Son visage est rouge, fâché. Elle repousse à peine son agresseur. Heureusement, Flora est intervenue à temps. Jeanne se tourne vers elle comme une couleuvre dont on aurait marché sur la queue, avec des yeux de braise, les mâchoires serrées.

— Peste ! Petite peste ! Vas-tu empoisonner ma vie jusque dans mes amours ?

L'engagé tente de la tempérer.

— Voyons, Jeanne. Elle croyait avoir affaire au grand méchant loup. Te fâche pas.

— Tu ne sais pas de quoi elle est capable. Par esprit de vengeance, elle va alerter la supérieure. Je risque l'exclusion et toi, de perdre ton emploi.

— C'est ma faute, se repent l'engagé. T'es trop belle, ça me rend fou.

Il se sauve en marchant rapidement le long de la haie, à l'abri des regards, et reprend brouette et chantier, alors que Flora et Jeanne reviennent ensemble vers le verger.

Amoureux ! Ce sont des amoureux ! Mais Jeanne n'a que treize ans et lui, peut-être seize. Confuse de sa méprise, Flora ne sait plus si elle doit s'excuser auprès de sa cousine ou la dénoncer devant la supérieure. Elle dit seulement :

— Vite, sœur Cuisine a besoin de toi, pour les pommes trop hautes.

Au bord des larmes, Jeanne l'implore.

— Je l'aime, Flora, il m'aime aussi. Nous n'avions que ce petit moment pour nous voir, pour parler un peu. Les occasions sont si rares. Ne le dis pas à mère Saint-Elzéar, je t'en supplie, ni à personne. Ce serait la catastrophe !

Flora fait la moue. Jeanne, cette vipère, a-t-elle hésité l'année dernière lorsqu'elle a dévoilé la vérité à propos des malheurs de la famille ? Ce ne peut être aussi facile, maintenant. Il faut des conditions.

— Parfait. Je tiendrai ma langue. Tu sais que je peux le faire, comme je suis excellente pour inventer des histoires que tout le monde croit. Mais en échange, tu vas m'aider à retrouver ma mère et mon frère.

Un marchandage, donnant-donnant.

— 'Viens-tu folle ? Comment je vais faire ?

— Tante Blanche se confie à toi, je le sais. À moi, elle dit rien, parce qu'elle a peur de me faire de la peine. Depuis le début, elle me cache des affaires et me raconte de belles menteries. Alors, dis-moi où ils sont.

— Je sais seulement que tante Marie-Alice est dans la métropole et ton frère, dans le Nord.

Les filles ont atteint l'allée menant aux grands pommiers. Sœur Cuisine, qui les a aperçues, les interpelle.

— Mais que faisiez-vous ?

— Jeanne s'est trouvée indisposée, ma sœur, et avait besoin de se détendre, réplique rapidement Flora.

— Oh ! fait la religieuse, mal à l'aise. Pourras-tu tout de même grimper encore à cette échelle, ma grande ?

Jeanne hoche la tête avec un sourire de gratitude pour Flora.

Au retour, dans l'autobus, elle s'assoit près d'elle.

— Merci de m'avoir sauvée, chuchote-t-elle à son oreille. C'est promis, je ferai tout mon possible pour trouver les adresses. Si maman refuse de me les donner, je fouillerai dans son sac, s'il le faut. Mais il faudra patienter, parce que je ne crois pas retourner à la maison avant les Fêtes.

* * *

Aujourd'hui, en classe, sœur Saint-Joseph vient témoigner de son travail à la mission de Mbarara, en Ouganda, où son œuvre d'apostolat l'a conduite il y a neuf ans. Les habitants de l'Afrique ont grand besoin d'aide, explique-t-elle, autant pour l'enseignement dans les écoles que pour la propagation de la foi, la tenue d'un dispensaire et d'une maternité. Ses consœurs et elle ont même fondé une École normale pour préparer les institutrices indigènes. Elle a apporté des photographies de gens et d'enfants à la peau noire et aux sourires tout blancs, et termine sa présentation en insistant sur l'importance de l'entraide, de la charité et du don dans les bonnes œuvres pour aider ces pauvres gens aux besoins innombrables.

— Que ferez-vous, lorsque vous serez grande ? demande sœur Sainte-Émérentienne après le départ de la missionnaire.

À tour de rôle, les fillettes répondent. La moitié de la classe désire devenir missionnaire, comme sœur Saint-Joseph. Thérèse, Carmen, Lucille, Madeleine et quelques autres souhaitent être de bonnes épouses et des mamans. Yvonne veut travailler dans un restaurant, Denise, devenir chanteuse, Astride, secrétaire, Louisette, infirmière, et Simone aimerait prédire le temps qu'il fera.

— Et toi, Flora, que feras-tu ?

— Une sainte.

Sa réponse provoque le rire.

— Sois sérieuse, voyons, la reprend sœur Vilaine en regardant au plafond. Tu veux sans doute dire une religieuse, ou une missionnaire…

— Non, une vraie sainte qu'on prie, qui guérit les gens, qui fait des miracles et qui rachète les péchés, ajoute-t-elle avec sérieux.

Les fillettes s'esclaffent davantage. Elles peuvent bien se moquer ; Flora sait qu'il n'est pas facile le chemin qui mène à la canonisation, mais elle le suivra, ce chemin. Depuis la visite à l'ermitage Saint-Antoine, en juin dernier, et la découverte de l'histoire de sainte Bernadette, Flora veut marcher dans les pas de la petite bergère de Lourdes. Elle réalisera des miracles pour le bien des gens. Une sainte, dans un cirque : du jamais vu ! De plus, elle aura l'assurance que les couteaux de Julien ne l'atteindront jamais, que les tours de magie ne seront pas truqués, que les métamorphoses seront réelles et que les spectateurs afflueront. Déjà, elle voit les affiches se dérouler sur la devanture de la tente : *Besoin d'un miracle ? Venez voir sainte Flora !*

Sans le dire à personne, pendant les dernières vacances estivales, elle a prié la Vierge sans manquer un soir, pour enlever toute la crasse cachée dans les replis de son âme. Fascinée par les enfants de Fatima, par sainte Thérèse de Lisieux, par Maria Goretti, béatifiée l'année précédente, elle a demandé à tante Blanche, puis à tante Cécile, de lui raconter tout ce qu'elles savaient à leur sujet.

À partir de ces exemples, pour être un jour béatifiée, puis canonisée, elle a établi les étapes de sa vie de future sainte : d'abord, voir la Vierge Marie, ensuite, effectuer deux ou trois miracles auxquels tout le monde croira, le premier étant de retrouver l'esprit de sa mère, et, enfin, prier beaucoup. Quand elle sera couronnée de son auréole, elle pourra racheter les âmes de ses sœurs, mortes pour expier les péchés du monde.

Déjà, elle s'adonne plus qu'à son tour à la prière. Matin et soir, au moindre temps libre, elle en ajoute toujours un peu. En fait de miracles, n'a-t-elle pas sauvé Simone, la tête en flammes, et Jeanne, le cœur embrasé d'amour ? Peut-être faudrait-il prévoir quelques guérisons devant témoins. Elle y verra plus tard.

Quant à l'apparition, l'une des étapes les plus importantes à franchir, elle ne s'est pas manifestée au cours de l'été. Flora a eu beau arpenter les crans rocheux, les rivages près de la baie, les anfractuosités pierreuses de la forêt, derrière la maison d'été d'oncle Pitre, elle n'a découvert aucune grotte susceptible d'accueillir la mère de Jésus. Un autre plan s'impose pour trouver un bel espace, une niche adéquate permettant à la lumineuse image de se poser.

Pour l'automne, sœur Sainte-Marivonne accepte de lui confier l'époussetage des bancs de la chapelle, le matin, après le déjeuner. Dès qu'elle s'est acquittée de sa tâche, son plumeau reposant au pied de la balustrade, elle s'agenouille devant l'autel latéral, au-dessus duquel la niche mariale est toujours vide. Pourquoi la statue cassée n'a-t-elle pas encore été remplacée ? Commande oubliée ? Retard de livraison ou de réparation ? Elle ne le sait pas, mais voilà l'espace parfait pour que lui apparaisse l'Immaculée Conception.

Bien droite, s'interdisant de fléchir les genoux et de s'asseoir sur ses talons, Flora s'oblige à garder les yeux ouverts aussi longtemps que possible, sans cligner, jusqu'à ce que coulent les larmes, et elle prie, marmottant le plus grand nombre d'*Ave* pendant le délai imparti avant le début des classes. Sa vue s'embrouille, la niche vide ondule comme les champs sous un soleil d'été, mais la Vierge n'y paraît pas. Peu importe, la patience de Flora ne s'usera pas et elle maintiendra sa dévotion. La cloche sonne. Dommage ! Juste comme la vision allait prendre forme, lui semble-t-il. Flora manque de temps. Demain, elle ira plus vite, pour le dépoussiérage, afin de disposer de minutes supplémentaires pour la prière.

— Arrête de prier autant ! lui dit Simone, à la récréation de l'après-midi.

— J'ai plus de sept raisons de prier, mais là, si je te révèle mon souhait particulier, tu vas rire de moi.

— Mais non, voyons. Je l'ai deviné, de toute façon. C'est peine perdue. Au lieu d'envoyer au ciel toutes ces prières pour espérer une apparition, tu ferais mieux de te méfier du temps qu'il fera, lui conseille gentiment son amie.

— Merci, mais j'ai un but et je lâcherai pas.

Les jours suivants, c'est en courant entre les bancs, le plumeau traînant sur les prie-Dieu et les sièges, qu'elle dépoussière. Malgré la vitesse d'exécution lui permettant de prier plus longtemps, l'apparition refuse toujours de se présenter. Loin de désespérer, Flora garde confiance ; elle le sent, ce sera pour demain. Alors, il lui faudra consacrer encore plus de temps à ses *Ave*, quitte à n'avaler que quelques bouchées au déjeuner et quitte aussi à sacrifier la récréation du matin.

— Voyons, cette enfant ne mange pas à sa faim, se plaint sœur Sainte-Alberte, qui l'a retrouvée tout étourdie à la deuxième récréation.

Mère Saint-Elzéar a remarqué, elle aussi, le teint pâle et les joues creuses de la petite. Pourvu qu'elle ne soit pas encore malade ! La coqueluche est éliminée, mais rougeole, rubéole et cette épidémie de grippe qui a sévi, dans la communauté, tout dernièrement, en plein mois d'août... Serait-il possible qu'elle ait contracté du mal ? En ce cas, sa tante fera toute une scène.

— Voyez à ce qu'elle mange bien et, avec sœur Saint-Liboire, qu'elle prenne régulièrement son huile de foie de morue avant de se coucher.

— Je dois vous rapporter, ma mère, les propos de l'aumônier Didier. Il m'a dit que l'élève préposée au ménage de la chapelle y avait passé près de trois quarts d'heure ce matin et que ce n'était pas pour nettoyer. La poussière s'accumule.

— Et qui est chargé d'épousseter les bancs, ce mois-ci ?

— Flora Blackburn.

— Ah ! Faites-moi venir cette petite drôle à mon bureau, après le dîner.

La supérieure ne semble pas dans son assiette et, devant ce visage austère, Flora récite silencieusement son acte de contrition avant même de connaître la sentence.

— Flora, l'aumônier s'est plaint. Il paraît qu'à la chapelle le ménage est fait à la sauvette, même si tu y passes près d'une heure. Est-il possible que tu tournes les coins ronds ? Est-ce que tu dors ?

Flora balance la tête.

— Que fais-tu, à la chapelle ?

— Je prie la Vierge.

— Nous avons des séances de prière au cours de la journée. Elles ne te suffisent donc pas ?

— C'est pour faire plaisir à l'Immaculée Conception.

La supérieure pince les lèvres, dubitative.

— Ne crois-tu pas que ce qui pourrait satisfaire l'Immaculée Conception serait, justement, que la chapelle soit immaculée et que tes tâches soient accomplies à la perfection ? *Parfait et fini*, ainsi que le dicte la méthode de notre couvent. Souviens-t'en. Et souviens-toi aussi du frère André, un saint homme, humble, capable de grands miracles, mais à qui on avait confié la tâche de portier et de l'entretien du collège où il résidait. Il s'acquittait de ces menus services dans la joie et la sérénité. Il a passé des heures, agenouillé à gratter la cire des chandeliers répandue sur les parquets de l'oratoire, mais il le faisait à la perfection et en toute humilité. Un jour, il sera canonisé, j'en suis certaine.

Elle retire ses lunettes pour y passer un mouchoir et les rechausse aussitôt, prenant une voix moins émue.

— N'oublie surtout pas de confesser ton omission.

Désormais, Flora mettra tout son cœur à l'ouvrage. Équipée d'un couteau pointu et d'une brosse, elle éradique même les amas de saleté incrustés dans les moindres recoins et dans les fissures du plancher. Elle frotte le bénitier et le socle des statues, prenant soin de ramasser les écailles de peinture qu'elle soulève.

À la période de lecture, au lieu de dévorer les *Brigitte* de Berthe Bernage, les *Père Hubert*, la collection *Signe de piste*, elle s'attaque à l'histoire de divers saints.

Le dimanche, elle sort du confessionnal avec cette pénitence que lui a donnée l'aumônier Didier : réciter dix *Ave*. Quel monde étrange !

\* \* \*

— As-tu fait tes exercices de piano pendant les vacances ? demande sœur Irène, avant d'entreprendre la leçon.

— Oh oui ! Presque tous les jours, mais pas quand nous sommes allés au chalet de tante Pierrette. Au lac Bouleau, pas de piano. Mais après, chez ma tante Blanche, j'ai travaillé fort. Attendez…

Sans prendre le temps de s'échauffer les doigts par les interminables gammes, elle interprète, sans partition, mais avec quelques erreurs, les premières mesures de *L'Entrée des gladiateurs*, sous le visage enchanté de la sœur qui, dès la mélodie interrompue, serre son élève dans ses bras.

— Merveilleux ! Je ferai de toi une pianiste de concert et t'inscrirai à des tours de chant.

Transportée par une grâce soudaine, sœur Irène tente d'écouter les sentiments qu'éveille en elle cette fillette. Cet attachement n'est-il qu'une fuite ou un besoin de chasser la solitude, de vaincre l'abandon ? A-t-elle éprouvé pareille émotion lors de son premier amour, il y a quelques années ? Non, il ne s'agit pas du même sentiment. Sa passion pour Edgar, un bel enjôleur, avait été brève. Edgar : un feu d'artifice qui lui a laissé un arrière-goût amer. Rétrospectivement, cet amour lui semble fourberie et désillusion. Ce qu'elle ressent à présent pour Flora frôle une volupté inaltérable. Quel est donc ce sentiment étrange qui la lie à elle ? Si son attachement va trop loin, elle devra se faire violence.

\* \* \*

Le dimanche suivant se couvre de gris et de froid, tout le contraire du dimanche précédent. Pendant l'heure des rares visites au parloir, Flora s'installe devant la fenêtre, espérant entendre le vrombissement d'une moto. Chaque fois, en vain. Simone lui a prédit : *la troisième, c'est quelqu'un que tu dois retrouver.* Encore trois mois avant les Fêtes ; trois mois à attendre, à patienter dans l'espoir d'obtenir des adresses. Pendant ce temps, pourquoi ne pas préparer, à tout le moins, des lettres ? Après les prières et les visites, les dimanches ne sont-ils pas faits aussi pour la correspondance ?

Dans la salle d'étude, parmi les couventines penchées sur leur courrier, elle se met à l'œuvre.

Le 26 septembre 1948

Cher Julien,

J'ai t'écris du couvent Notre-Dame pour te dire que je vais bien et que je suis toujours en vie. J'ai plusieurs amies et je mange bien.

Ça fait deux ans que tu es parti. As-tu amassé assez d'argent pour notre grand projet ?

J'ai une mauvaise nouvelle : mes patins ne me font plus, mon costume de l'année dernière non plus. J'ai grandi, même si tu m'avais demandé de rester petite. Est-ce que je pourrai malgré tout devenir ta partenaire, pour le numéro ?

Et puis, j'ai une bonne nouvelle : je suis inscrite à des cours de piano. Au lieu d'airs tristes, sœur Irène m'apprend des chansons gaies. J'apprends même une musique de cirque. Imagine, ce serait merveilleux si je pouvais la jouer au début de nos spectacles !

Alors, travaille fort, car il faudra beaucoup d'argent pour acheter un nouveau piano. Celui de maman a brûlé avec notre maison. Jeanne m'a dit qu'il ne restait rien.

Il faudra une wagonnette aussi, pour tout transporter.

Quand viendras-tu me chercher ?

Dommage, je n'ai pas de pigeon voyageur qui pourrait t'apporter ma lettre.

Ta petite sœur qui t'aime,
Flora

\* \* \*

Chère maman,

Tous les jours, je regarde les photos que m'a données tante Blanche. Heureusement que je les ai, car j'aurais oublié votre visage. J'espère que, dans vos souvenirs brisés, il y a encore une petite place pour moi.

Sachez que je vais bien, soyez sans inquiétude, et que je travaille fort, avec sœur Irène, pour faire grandir les talents que vous m'avez transmis.

*Pour décembre, elle souhaite me faire participer à un concours de chant local, avec les élèves d'autres couvents. Si je gagne, je vous donnerai la médaille.*

*Tous les soirs, je prie le Seigneur pour vous.*

*Veuillez accepter, chère maman, l'expression de mes meilleurs sentiments et tous mes petits becs.*

*Votre fille attentionnée et dévouée,*
*Flora*

Lorsqu'elle donne les leçons de correspondance, sœur Sainte-Émérentienne insiste beaucoup sur les formules de politesse que l'on doit inscrire à la fin d'une lettre. Bonne maman sera fière de voir que sa fille maîtrise bien l'art épistolaire.

Les deux lettres, pliées soigneusement, sont cachées dans son livre sur le cirque, en attente des adresses d'expédition, d'enveloppes et de timbres.

À l'Action de grâces, Jeanne a une permission spéciale pour une sortie de cinq jours : son père a été hospitalisé à la suite d'un accident, à l'usine où il travaille, et Blanche réclame le soutien de sa fille pour l'aider lorsque le convalescent rentrera à la maison.

Le vendredi soir suivant, Jeanne revient au couvent au terme de ce congé. Mère Saint-Elzéar accorde à Flora le droit de rester avec elle au parloir, pour la recevoir et prendre des nouvelles.

Jeanne semble aux abois, comme une bête traquée, les yeux bouffis, le regard éteint et le visage blafard. D'une voix sans timbre, elle martèle ses phrases en hoquetant et en amputant certains mots.

— Une mauvaise chute, de très haut, raconte la cousine. La jambe... Il s'est brisé la jambe. Là, il va un peu mieux, mais il boite. Un boiteux, pour le reste de sa vie. Le travail, on sait pas.

Il faut… un nouveau travail, parce qu'il pourra plus faire ouvrier. Maman… Enfin… Blanche m'a donné cette lettre, pour vous, ma mère.

Avec un grand malaise, elle lui tend une enveloppe en ajoutant, d'une voix chevrotante, que Pitre espère obtenir bientôt un emploi ailleurs, en tenue de livres, mais que ses gages seraient moindres.

Mère Saint-Elzéar se penche sur la lettre pendant que Jeanne et Flora prennent congé. Dans le corridor, Jeanne sort de sa poche deux bouts de papier qu'elle glisse dans la main de Flora : sur l'un, écrite à la hâte, l'adresse de l'hôpital Saint-Michel-Archange, à Québec.

— Je croyais que maman se reposait chez les sœurs grises, à Montréal.

— Elle n'y est plus. Elle a été transférée dans cet hôpital, une sorte d'asile.

Sur l'autre billet, une adresse incomplète : mine Horne, district de Rouyn.

À l'intersection des couloirs menant vers leur dortoir respectif, Jeanne s'arrête et pose la main sur l'épaule de Flora.

— Pour ton frère, des renseignements manquent. C'est compliqué et je ne sais pas comment trouver l'endroit où il habite. De toute façon, je préfère t'avertir : ce n'est sûrement pas une bonne idée d'essayer de le joindre. Méfie-toi de lui. Même maman ne lui fait plus confiance, pas plus qu'à ton père. Sais-tu que Julien avait toujours un poignard sur lui, qu'il piquait des crises et se battait dans les tavernes ? Qu'il a passé quelques nuits en prison ? Gare à nous si on le voit revenir ici. Un étourdi, un gars dangereux… Sûrement pas pour ton bien.

Des larmes mouillent maintenant les yeux de Jeanne, la solide Jeanne, l'ardente Jeanne, la fille de fer. L'état d'oncle Pitre l'aurait-il tellement affectée ? Ou bien est-ce la déception de savoir Julien si étourdi ? Ces émotions rendent plus sincères ses propos, mais ces mises en garde n'arrêteront pas Flora. Rouyn, n'est-ce pas aussi le nom de la ville d'où vient Simone ? Elle pourra peut-être lui en dire plus. Pleine d'espoir, Flora cache les bouts de papier dans sa poche.

— Quand même, reprend Jeanne, j'ai tenu promesse dans la mesure de mes moyens. Garderas-tu ta langue, concernant ce que tu as vu l'autre jour ?

— Bien sûr, répond Flora. Mais dis-moi, pourquoi tu pleures ?

— Je n'ai pas découvert que ces adresses, en fouillant. Si tu savais ce que j'ai trouvé, dans les papiers de ta chère tante.

Pendant que Blanche et Pitre étaient partis à un rendez-vous chez le médecin, Jeanne avait regardé partout : placards, armoires, tiroirs, en prenant soin de tout replacer. Dans un étui de cuir, tout au fond d'un compartiment du secrétaire, elle avait trouvé des documents de l'orphelinat.

— Comme je me trompais ! L'orpheline, ce n'est pas toi. L'orpheline, l'abandonnée, la bâtarde, c'est moi. J'ai été adoptée.

Elle parle vite, entre deux reniflements, complètement déboussolée, ne sait plus qui elle est, d'où elle vient, elle a envie de se révolter, de tout plaquer, de partir.

Flora la regarde, totalement abasourdie, avant de trouver quoi dire.

— Mais non, voyons ! Mon oncle et ma tante t'aiment tellement ! Ils t'ont sauvée des eaux, comme Moïse dans la Bible !

— Peut-être, mais à partir d'aujourd'hui, plus rien ne sera pareil, surtout pas moi.

Au loin, l'écho de pas qui s'approchent les met aux aguets. Elles doivent se laisser.

— N'en parle pas, je t'en supplie! bredouille Jeanne rapidement. Et surtout, n'oublie pas : nos lettres peuvent être lues par les sœurs.

* * *

Convoquées dans la petite salle de réunion par mère Saint-Elzéar, les maîtresses et sœur Sainte-Marivonne s'attendent à de mauvaises nouvelles.

— Nous devons discuter des cas de Jeanne et de Flora. J'ai ici une lettre signée de M^{me} Blanche Blackburn. La situation financière du couple est changée. Monsieur est présentement sans emploi, et madame devra faire des ménages. En attendant, ils restreignent les dépenses. Donc, plus de cours de musique pour Jeanne.

— Et pour Flora? s'inquiète sœur Irène.

— Voilà, justement, où le bât blesse. M^{me} Blanche m'explique que non seulement elle annule l'inscription de sa nièce au cours de musique, mais qu'elle n'est plus en mesure de payer les cent dix dollars par année pour assumer les frais de l'internat de Flora. Elle l'enverra, dès ce mois-ci, dans une école près de chez elle, en externat, pour profiter de la gratuité.

Sœur Irène baisse la tête, cherchant une solution, un argument, pendant que sœur Adèle, sœur Sainte-Émérentienne et sœur Sainte-Philomène y vont de leurs commentaires.

— Je la soupçonne d'avoir brisé la statue de la Vierge, l'année dernière, confie sœur Sainte-Philomène.

— Dès sa première année, cette mauvaise graine m'a donné bien du fil à retordre, remarque sœur Adèle. Qui sait ce qu'elle nous réserve, cette année? Il lui est même arrivé de dormir en pleine classe. Une gauchère, qui plus est, qui m'a longtemps fait croire qu'elle avait corrigé sa mauvaise manie. Si vous aviez vu ses cahiers, au début! Elle influençait déjà les autres et distrayait la pauvre Simone qui a tellement de difficulté à l'écrit. Une amitié particulière qui risque de mal tourner, d'ailleurs.

— Je ne l'ai dans ma classe que depuis six semaines et déjà, renchérit sœur Sainte-Émérentienne, j'ai remarqué son manque d'écoute. Toujours à remuer sur son banc, à regarder dehors, à raconter des mensonges. Elle a de qui tenir. L'hérédité supplante souvent nos meilleurs enseignements. Rien à faire avec ce genre d'enfants! Ils exigent tant d'attention qu'à la fin de l'année on risque d'en perdre la raison. Heureusement qu'à travers le lot nous avons de bonnes natures.

— Mais elle a si bien chanté à la cérémonie de fin d'année, en juin. Quel dommage de voir partir notre joyeux pinson! se désole l'économe. Et que dire de sa prestation devant le visiteur ecclésiastique? Elle nous a valu de bons points.

— Sœur Sainte-Marivonne, on voit bien que vous n'avez pas à lui enseigner.

Du plat de la main, sœur Irène tape vigoureusement la table.

— S'il y a une élève qui est digne de suivre des études dans ce couvent, et même des études supérieures, c'est bien Flora Blackburn, intervient-elle, la tête haute. Ne pouvons-nous faire exception, dans son cas, comme le font certains séminaires pour les jeunes gens méritants, et lui offrir la gratuité ? Peut-être ne l'est-elle pas dans toutes les matières, mais en musique, elle est vraiment douée.

Mère Saint-Elzéar opine.

— Voilà justement la raison pour laquelle je vous ai convoquées, mes sœurs. Nous devons prendre une décision concertée, sans parler de favoritisme. Vous savez qu'aura lieu en mai le concours de musique régional, mettant en compétition les plus douées des couvents participants. Si notre institution remporte le premier prix, imaginez l'émulation suscitée chez nos élèves, mais aussi les retombées pour notre congrégation. Qui sait si cette petite, avec ses talents musicaux, ne donnera pas à notre maison une renommée encore plus grande ?

Mère Saint-Elzéar pécherait-elle par orgueil ? Sœur Irène se retient bien de le lui souligner, mais elle profite de cette ouverture pour faire connaître son avis.

— C'est vrai qu'elle est encore toute jeune et d'une nature qui peut vous paraître récalcitrante, mais si nous la gardons dans nos murs, je fais serment d'user de toute la rigueur requise envers elle tout en lui assurant protection et respect. Dieu m'en est témoin et m'aidera à l'amender. Mais il me faudra lui consacrer plus de temps. Une heure par jour pour les leçons en fin d'après-midi, et une demi-heure, le matin, pour ses exercices.

— Tout de même, sous cette tête brûlée se cache sûrement un bon cœur, admet sœur Adèle, mais elle a des comportements bien étranges, parfois.

Mère Saint-Elzéar en appelle à la charité et à la mission de la congrégation. Les autres se radoucissent. Finalement, chacune adhère à sa recommandation.

— Pour être équitable et éviter tout problème, je crois que nous devrons, à ce compte-là, poursuivre également les cours de musique pour Jeanne.

Intérieurement, sœur Irène pousse un soupir de soulagement. Pour que Flora reste au couvent, elle est prête à bien des sacrifices et à des tâches supplémentaires.

— Je répondrai personnellement des deux cousines, propose-t-elle.

— Flora est une enfant si bizarre que je ne serais pas étonnée qu'on lui trouve, plus tard, une prédisposition à une sorte de génie proche de la folie, dit, en se retirant, sœur Adèle à sa consœur.

# 15

*Le dimanche 24 octobre 1948*

*Chère maman…*

La plume attend les bons mots, retourne dans l'encrier pour les chercher. Ils ne viennent pas.

— Pourquoi écris-tu à ta mère ? demande Simone, venue la rejoindre à la salle d'étude.

Surprise, Flora tourne son regard vers son amie, dont les yeux soudain révulsés annoncent un nouveau présage.

— Eh bien, j'écris à ma mère parce que j'ai enfin une adresse.

Chaque fois que Simone a ce visage tendu, ces pupilles vers le ciel et ce tremblement dans la voix, elle révèle une obscure prémonition. Quelle terrifiante prédiction lui réserve-t-elle, aujourd'hui ?

— Tu perds ton temps et tes mots. Aussi bien l'adresser à une statue de pierre. C'est pas à elle que tu dois écrire, mais à l'autre, chuchote-t-elle en retrouvant un regard plus normal.

— L'autre ? Tu veux dire mon père ? demande Flora.

Simone semble soudain moulue de fatigue, et c'est avec une voix étouffée, comme si elle venait d'avaler du sable, qu'elle répond.

— Mais non ! À ton frère.

— Comment sais-tu tout ça ?

— Je vois un peu plus loin, dit-elle, avant d'ouvrir son écritoire et d'y prendre son propre papier à lettres.

Flora retire la plume de l'encrier et tourne une nouvelle feuille de sa tablette. Elle s'accroche aux intuitions de Simone.

*Le 24 octobre 1948*

*Cher Julien,*

*Cette semaine, j'ai commencé à déchiffrer une nouvelle pièce au piano :* Le sabre de mon père, *et les paroles aussi. C'est tiré d'une opérette :* La grande duchesse. *Toujours pleine de projets, sœur Irène veut que nous présentions un extrait, à la fin de l'année, avec toutes les élèves inscrites en musique. Elle est si fière de mes progrès qu'elle me donne souvent de gros becs sur les joues et me serre dans ses bras. Elle dit que je suis son étincelle de bonheur.*

*Quand nous aurons notre cirque, je pourrai jouer cette pièce aussi, avant notre numéro avec les couteaux, ou bien avant une prouesse d'avaleur de sabres. Ça ferait impressionnant.*

*Je te prie de comprendre ma hâte et de ne pas m'oublier.*

*Ta petite sœur, Flora*

* * *

Depuis septembre, elle ne manque pas à sa tâche quotidienne de ménage à la chapelle et, à la fin d'octobre, avec les plus grandes, elle participe au polissage des parquets dans les odeurs aigres de l'encaustique. Tout en frottant les planches, elle prie, terminant toutes ses péroraisons par des *amen* bien sonores.

— *… et à l'heure de notre mort.* Amen.

— Eh, Flora, justement! Amène donc la chaudière par ici, lui demande Berthe.

En transportant le seau, elle continue ses marmottements.

— *Amen!* fait-elle en déposant sa charge.

Des fous rires communicatifs passent de l'une à l'autre et, moins pour se moquer d'elle que pour l'accompagner dans sa dévotion, les autres filles emboîtent le pas et récitent en chœur. Plus on est nombreux à implorer, plus forte est la requête, n'est-ce pas ? À travers les brouillards d'eau de lessive, de cirage, de litanies et de petits gloussements, à tout instant, Flora jette un coup d'œil à la niche. Toujours rien.

Le 2 novembre, jour des Morts, pendant son homélie, l'aumônier Didier rappelle à la mémoire des couventines le souvenir de tous les fidèles défunts et demande de prier pour ces âmes. Flora prend la main de Simone.

— Prions pour mes sœurs.

Dehors, le vent se lève et les feuilles d'automne chuchotent aux vitraux. Un volet claque et un courant d'air éteint le cierge commémoratif. Sœur Sainte-Marivonne se signe et un frisson parcourt l'assemblée.

La messe étant dite, les élèves quittent la chapelle, emportant avec elles des rumeurs de fantômes et d'esprits désolés et errants.

Comme à son habitude, par souci d'économie, l'aumônier Didier éteint les lampes et la pièce se retrouve plongée dans la demi-obscurité. Début novembre, les jours raccourcissent, d'autant qu'en ce matin le ciel chargé de lourds nuages ne laisse passer qu'une chiche lumière. Le soleil a beau se lever vers sept heures, avant que ses rayons parviennent à traverser l'épaisse couche grise, il tombera des clous.

Dehors, un vent démoniaque s'acharne à torturer les arbres dénudés. Vitement, Flora fait les poussières et reprend sa position de dévote, genoux au sol, doigts entrecroisés, prière aux lèvres. Sa fascination pour sainte Bernadette la poursuit toujours, avec la motivation de voir la Vierge.

Un gargouillement la fait sursauter. Sûrement son estomac creux. Elle en perd le fil de sa prière et recommence du début : *Je vous salue, Marie, pleine de grâce, le Seigneur est avec vous...* Encore ce bruit ! Venant d'ailleurs, cette fois, elle en est certaine. Vers la gauche, plus haut, et d'une tonalité plus aiguë. Un gémissement ? Quelqu'un pleure. Le son devient si déchirant qu'elle abandonne son chapelet pour se boucher les oreilles. Malgré tout, la vibration s'enfonce dans son ventre. En cherchant alentour l'origine de ces plaintes, elle aperçoit, à travers les vitraux, de grandes mains aux doigts pointus griffant les carreaux. Les ongles crissent sur le verre coloré à faire grincer des dents. Des créatures rôdent dehors. L'ombre de leurs bras malingres s'étire alors que leurs soupirs ronflants ne cessent de tourmenter la conscience. Les morts ! Sur le toit, les tuiles claquent. Quelqu'un marcherait-il là-haut ? La Vierge ? Le diable ? Au-delà des verrières, elle devine un océan brumeux où grouillent des formes monstrueuses et mouvantes : l'âme des religieuses mortes, offensées par le déménagement des tombeaux, l'an dernier. Ou bien les ouvriers auront oublié des dépouilles, et ces âmes perdues pleurent, à présent, grattent aux fenêtres et éclatent en sanglots en ce jour des Morts. Flora a dû prier dans la mauvaise direction, à l'envers. Voilà ce qui arrive lorsqu'on implore une statue absente. La malédiction plane sur elle, maintenant !

Un éclair scie le ciel, sa lueur fulgurante pénètre les vitraux, illumine un bref instant la chapelle et fait miroiter le fond de la niche déserte. Le coup de tonnerre qui suit résonne dans toute la demeure ; les tuyaux du système de chauffage tremblent en geignant.

Oubliant chapelet et plumeau, épouvantée, Flora s'enfuit en courant dans le corridor qu'une panne d'électricité a plongé dans le noir. Sur tout le parcours qui la mène au réfectoire, elle prie :

— Faites que je ne voie pas la Vierge ! Faites que je ne la voie jamais ! Jamais ! Je ne veux plus faire une sainte !

Sœur Cuisine a installé des bougies au centre des tables dans la salle où le tonnerre perturbe le silence. Au fond de la pièce, Flora s'empresse de retrouver Simone.

— Tiens, tes couleurs ont disparu, remarque celle-ci. Comme la Vierge. Toujours pas de nouvelles d'elle ?

— Ça me fait trop peur, maintenant.

— C'est rien qu'un orage, lui répond gentiment Simone. Je t'avais dit de te méfier du temps qu'il ferait.

L'électricité est rétablie un peu avant le dîner. La foudre est tombée bien près, explique sœur Sainte-Émérentienne devant la classe effrayée, mais le couvent est muni d'un paratonnerre, ajoute-t-elle pour les rassurer.

Le soir, dans son lit, ce n'est pas pour demander la protection contre la foudre que prie Flora, mais pour empêcher l'apparition de la Vierge. Jamais elle n'a imploré un saint avec autant de ferveur.

\* \* \*

Les exercices de musique se multiplient et, pour Flora, les récréations s'amenuisent. Une heure de cours de piano chaque jour, sans compter les heures de répétitions… La nuit, les mélodies persistent dans sa tête et ses doigts s'agitent. Ses sœurs, à douze mains, interprètent du Schumann, du Debussy et, sur les notes, courent *Le cavalier sauvage*, *Le gai laboureur* et *Le père Fouettard*. Puis un sommeil profond l'emporte. Finis les contes nocturnes avec Simone.

*Le dimanche 28 novembre 1948*

*Cher Julien,*

*Cette semaine avait lieu la fête de la Sainte-Catherine. Les élèves de l'École ménagère nous ont invitées à manger la tire qu'elles avaient cuisinée elles-mêmes. La même saveur que celle de maman. Ça goûtait le ciel. Dans mon coffre, j'en ai gardé pour toi, quand on se verra.*

*Sur la scène de la grande salle, nous avons donné un petit spectacle racontant la vie de sainte Catherine, avec des chansons et de beaux costumes. Moi, je jouais la pauvre sainte qu'un vilain empereur martyrisait avec toutes sortes d'objets de torture pour qu'elle renonce à son Dieu. Ou bien les instruments refusaient de fonctionner, ou bien des anges venaient la sauver. À la fin, l'empereur ordonne qu'on lui coupe la tête parce qu'elle n'a pas voulu être sa femme. Par la plaie, au lieu du sang, il coulait du lait. C'est vraiment incroyable !*

*Je travaille tous les jours avec sœur Irène. J'en ai mal au dos et aux doigts. Me voilà inscrite à un concours de musique régional en mai. Sœur Irène met toute sa confiance en moi.*

*Comme elle est plus gentille que toutes les autres religieuses, je lui ai parlé des affaires de la famille, j'avais besoin de savoir qui s'occupera de moi à l'avenir. Tante Blanche et oncle Pitre ont des problèmes d'argent, et maman est maintenant dans un asile. Sœur Irène a promis qu'en attendant elle ne me laisserait pas tomber. Si les gens de ma famille étaient incapables de me reprendre, elle voudrait bien m'adopter, mais les religieuses ne le peuvent pas. Lorsque je lui ai demandé de l'aide pour retrouver ton adresse, elle a promis qu'elle ferait tout pour y arriver.*

*Un jour, j'en suis certaine, et Simone me l'a dit, toutes mes lettres vont partir pour le Nord et tu pourras les lire. Oui, c'est écrit dans le ciel, nous allons nous retrouver. En attendant, je conserve tout ça dans mon coffre.*

*Ta Petite Fleur, Flora*

Avant le cours de musique, histoire de se mettre en train, Flora demande à sœur Irène de jouer *L'entrée des gladiateurs*.

— Vous avez dû l'interpréter souvent, cette musique, remarque Flora après la coda.

Sœur Irène opine et ne peut résister au désir de lui raconter cet épisode de sa vie alors que, adolescente, elle collaborait à l'entreprise familiale : un petit cirque ambulant fondé par son père. La troupe allait de ville en village à bord de deux chariots couverts, tirés par deux magnifiques percherons. Outre les quelques artistes, les voiturettes transportaient tout le matériel et tous les costumes requis pour les numéros, un orgue de Barbarie et la musique sur cartons perforés. L'une des mélodies programmées s'intitulait *Tonnerre et éclairs*. C'est Irène qui avait l'honneur de tourner la manivelle de l'orgue pendant les spectacles.

Plus tard, lorsque son père avait fait l'acquisition d'un piano, elle s'était acharnée à apprendre la pièce par cœur : un défi pour donner plus de corps aux numéros, mais surtout pour impressionner le gymnaste qui s'était joint à la troupe quand elle avait quinze ans.

Athlète aux muscles découpés sous son costume, Edgar avait à peine vingt ans, tout en force et en discipline. Cet ancien gymnaste, écarté de la sélection de l'équipe olympique, avait décidé de courir le pays autrement, en poursuivant la pratique de son art. Pendant tout un été, il avait voyagé avec la famille et préparé quelques numéros de gymnastique acrobatique.

Elle interrompt son récit pour laisser monter les images et ses souvenirs : un corps de statue grecque, une bouche en forme d'œil, des yeux grands comme l'espoir. Ah ! qu'il était plaisant à regarder, dans son maillot découvrant en partie son torse et ses biceps gonflés ! Il lui avait dit qu'elle était jolie, qu'il admirait sa tenue gracieuse et digne, son visage fin, doux, ses yeux noyer enjoués et ses lèvres pleines de sourires. Il lui avait proposé des fréquentations régulières. Elle se voyait mariée à lui pour la vie. Les beaux enfants qu'ils auraient... Dieu les poussait vers un destin commun.

Puis, pour Flora, elle reprend la belle histoire. Pour augmenter le sensationnalisme des numéros, elle avait eu l'idée d'accompagner au piano les mouvements de l'acrobate, comme on le faisait auparavant au cinéma muet, où un pianiste agrémentait la projection d'une ambiance sonore. Comme elle avait étudié la musique pendant dix ans, elle aurait pu interpréter des symphonies pendant les performances d'Edgar, mais elle devait se contenter de suivre le rythme des prouesses.

Elle se revoit en train de jouer alors qu'Edgar, entre ciel et terre, tantôt sur le tremplin, tantôt suspendu aux anneaux, tantôt à la barre ou sautant sur le cheval d'arçon, exécutait pirouettes, sauts d'élan et de vol, des équerres, des bascules, des soleils, des lunes, des hirondelles... Il alternait ces figures de positions d'arrêt et d'équilibre en force. Aux anneaux, il pouvait tenir la croix de fer pendant plusieurs secondes. Le numéro culminait en un *crescendo* et, sur le clavier, ses doigts à elle suivaient la gradation, la tension des muscles, exécutant le point d'orgue ou les silences idoines, juste au moment précis de l'impressionnante sortie en salto. Une parfaite complicité, comme dans un pas de deux. Des yeux, elle ne devait rien perdre des mouvements du corps; des mains, elle improvisait, inspirée par son sentiment bien plus que par la performance. Sur le bout de leur siège, les spectateurs retenaient leur souffle.

Comme il est bon de se laisser emporter par la magie et par la beauté d'un acrobate. Il vous agrippe en plein vol et vous retient si fermement que vous en oubliez le mal aux articulations. Vos mains ne s'accrochent que plus fort à ses poignets. Le temps de quelques culbutes au-dessus du vide, défiant les graves lois qui vous destinent à la terre, vous n'êtes plus qu'une ombre portée. Mais vous avez été cette étoile filante l'instant d'une étreinte. Après, l'étau se relâche et vous vous écrasez. Perdu de vue, le bel athlète, là-haut, dans le firmament des étoiles filantes. Inutile de chercher sur qui rejeter la faute.

Après cette expérience de musicienne de cirque, le filet d'Irène avait été le voile. Elle avait fait une croix sur le mariage et les enfants, pour se dévouer à l'art, à la communauté et aux enfants des autres. Malgré tout, quelle belle nostalgie elle garde de cette époque où elle mettait la main à la pâte avec sa famille, dans ce petit cirque ambulant! Comme il lui plaît de se remémorer les heures de bonheur où, à la dérobée, elle observait l'athlète pendant les séances d'échauffement. Cependant, pour Flora, elle termine ainsi :

— Voilà pourquoi j'ai appris cette musique : par amour de... l'art.

— Et le beau monsieur ?

— Il est reparti aux premières neiges. Il fallait interrompre la tournée puisque les représentations avaient lieu à l'extérieur ou sous un petit chapiteau. Edgar s'en est allé à la métropole, où il a trouvé un emploi d'enseignant de culture physique. Il m'a écrit une fois pour me dire qu'il allait bien et qu'il s'était marié.

*Le 15 mai 1949*

*Cher Julien,*

*Sœur Irène dit que je suis un phénomène et que ma vie doit être consacrée à la musique : c'est mon chemin. Plus les semaines passent, plus les séances s'allongent. Si elle le pouvait, elle passerait les journées entières avec moi. Vendredi, elle m'a coiffée elle-même et m'a apporté une poupée musicale avec une clé dans le dos. Elle trouve que la poupée me ressemble à cause des taches de rousseur. Elle la gardait depuis qu'elle était petite.*

*À chaque séance, maintenant, elle m'offre une image ou des sucreries! L'autre jour, elle m'a tenu la main, sans rien dire, longtemps, le visage un peu sombre. Ça lui a fait du bien, qu'elle a dit.*

*Elle m'a raconté une histoire extraordinaire : plus jeune, elle était pianiste dans un petit cirque!*

*T'ai-je écrit déjà que ma meilleure amie, Simone, a un don formidable? Elle peut lire l'avenir dans les cartes et dans sa tête. Peut-être qu'on pourrait la prendre dans notre cirque, comme diseuse de bonne aventure.*

*Dans quelques minutes aura lieu la générale, pour le concours. Même si l'énervement me tiraille le ventre, je vais jouer. Pour nos sœurs et pour maman.*

*Je te prie d'accepter, cher Julien, mes bécots sucrés.*

*Flora*

Chaque événement, chaque représentation, la moindre cérémonie soulèvent au couvent fébrilité et maux de cœur. La ligne du temps se courbe, la routine se brise, l'univers est perturbé. Aujourd'hui, en ce 28 mai 1949, a lieu le concours de musique régional. De nombreuses institutions d'enseignement de tout le district participent à cette célébration du talent au cours de laquelle s'affronteront les meilleurs élèves : chanteurs, musiciens, harmonies, quatuors, chorales.

Les compétitions se déroulent à la salle de théâtre du Séminaire où il faut se rendre en voiture. Le piano sera-t-il bien accordé? Les voix seront-elles enrhumées? Quant au système digestif... Plusieurs se plaignent déjà de crampes d'estomac.

Trois élèves sont inscrites en solo : Jeanne en chant, Flora en piano et Dina à la flûte. Les douze membres de la chorale officielle participeront également sous la rubrique des ensembles.

— Où est ma boule de pâte à modeler? J'en ai besoin avant chaque spectacle pour me dégourdir les doigts et me calmer les nerfs! s'exclame Dina.

Par terre, sous le coffret de sa flûte, dans sa chambrette au dortoir, au réfectoire… aidée de ses consœurs, elle fouille partout, en vain.

Assise dans son coin, ignorant ce chahut, Flora se concentre sur ses exercices pour se réchauffer les doigts. Lorsqu'elle se lève pour rejoindre les autres, Dina s'écrie :

— Tu t'es assise dessus. Elle est collée sur tes fesses !

Tout le monde éclate de rire, alors que Flora se contorsionne pour extirper la pâte à modeler bien incrustée sur le tissu de sa jupe. Malheur ! Dire que sœur Irène avait mis tant de soin pour que son uniforme soit impeccable. En grattant de ses ongles courts, elle parvient à déloger en bonne partie la masse molle, mais une tache reste bien marquée, en plein milieu du postérieur, suggérant les pires débords. De quoi aura-t-elle l'air, sur la scène ? Les gens croiront qu'elle s'est échappée !

— Viens avec moi, nous allons réparer les choses.

En courant, sœur Irène l'entraîne avec elle et gravit l'escalier menant aux appartements des sœurs. Le temps presse avant le départ de l'auto.

Flora, qui n'a jamais mis le pied dans la chambre d'une religieuse, se sent à la fois curieuse et timide à l'idée d'accéder à l'intimité de sa maîtresse préférée et de découvrir ce décor que, parfois, elle a tenté d'imaginer. À quoi peut ressembler la vie de cette religieuse en dehors de la salle de musique, cette femme – car oui, sous la robe, c'est une femme – à qui la vocation n'enlève rien à la délicatesse ?

Après quelques secondes devant la porte, elle entre dans la pièce : une chambre encadrée de vraies cloisons, plus vaste que les chambrettes des couventines et percée d'une fenêtre. Juste à côté, un pupitre taché d'encre et, contre le mur, un fauteuil à bascule sur lequel est jetée une couverture en tricot bleu vif. Dans l'autre coin, au-dessus d'un petit lit, sont accrochés crucifix, Sacré-Cœur et un tableau représentant la Vierge et l'Enfant et, près du pupitre, toute une série de vieilles photos, estompées par le temps. Des visages inconnus, des membres de la famille sans doute, et, sur l'une d'elles, un couple se tenant par la taille : une jeune fille et un homme en maillot de gymnastique devant une tente rayée. Flora reconnaît les yeux et le sourire de sœur Irène. Comme elle est belle, avec sa longue tresse descendant le long de son épaule !

Sur la table de chevet attendent une Bible et le *Traité de l'amour de Dieu*.

Sur l'étendoir du meuble de toilette sèchent des bas et des cottes. Toute la chambre est imprégnée d'une odeur de propre.

Sœur Irène verse de l'eau dans la bassine et, avec un mouchoir imbibé de savon brut, frotte la vilaine marque. Mais il faut tant d'eau et de savon que voilà la jupe trempée en grande partie.

— Retire-la, je pourrai mieux l'éponger entre deux serviettes.

Mal à l'aise, Flora hésite un instant. En cette douce saison, elle a enfilé des bas aux genoux et, si elle se dévêt de sa tunique, elle se retrouvera en petite culotte devant la religieuse.

— Vite, la presse sœur Irène, nous n'avons pas la journée, je te l'assure.

Flora s'exécute et, pendant que l'autre s'acharne sur le tissu à sécher, Flora tire sur le devant de sa blouse afin de cacher ses dessous.

Dans l'attente, au comble du malaise, elle aperçoit, sous le lit, une patte velue, puis deux, qui tentent d'attraper le lacet de son soulier. Se reculant un peu, elle observe. Après quelques secondes, une bête dorée sort de sa cachette : le chat qu'en première année elle avait voulu apprivoiser, plus grand et plus soyeux qu'avant.

Elle s'assoit par terre, bouge le lacet pour jouer avec lui. Il se laisse caresser, ronronne comme la machine à coudre de bonne maman. Elle le prend contre elle, enfouit son nez dans le pelage si doux, si chaud.

— Je l'ai appelée Mélodie. Une chatte abandonnée que j'ai recueillie l'année dernière. Elle adore la musique et les câlins. Tu pourras revenir la voir, si tu veux.

— Oh oui ! Je vous en prie.

En un rien de temps, les dégâts sont réparés et sœur Irène l'aide enfin à se rhabiller.

— Mais où étiez-vous ? s'affole mère Saint-Elzéar dans le vestibule. Un peu plus et nous allions partir sans vous !

— Nous avions une urgence à régler, ma mère. Une vilaine tache. Je suis confuse, mais tout est résorbé.

*Le 29 mai 1949*

*Cher Julien,*

*Imagine-toi que j'ai remporté le premier prix au concours régional. J'ai joué mes trois pièces par cœur, sans aucune erreur, et avec toutes les nuances. Sœur Irène débordait de bonheur. Mère Saint-Elzéar aussi. Il y a eu un article, dans le journal : Flora Blackburn, le fleuron du couvent Notre-Dame.*

*Avant le spectacle, il m'est arrivé une aventure bien désagréable : une terrible tache. Sœur Irène m'a emmenée dans sa chambre et m'a demandé de me déshabiller. Je me suis retrouvée devant elle en petite culotte. J'étais tellement gênée, bien plus que quand j'ai joué devant tout le monde, au concours. Mais elle a fait disparaître la tache comme Dieu efface les souillures sur l'âme. Et elle m'a dit que je pourrais revenir dans sa chambre parce que nous avons un secret, maintenant. Je n'ai pas le droit de le révéler, mais à toi, je le peux : elle veut que je joue avec sa chatte.*

*La plus belle surprise dans tout ça, c'est ce qu'elle m'a annoncé, après le spectacle : enfin, grâce à ses recherches, elle a trouvé des renseignements et une adresse à Rouyn où elle pourra envoyer mes lettres. Je lui ai remis toutes les enveloppes. Quelle belle récompense pour moi ! Tu pourras me répondre en écrivant au couvent, avant la fin de l'école (j'ai noté l'adresse dans le coin de l'enveloppe), ou chez tante Blanche, pendant l'été. Ou, mieux encore, tu pourras venir me chercher.*

*Dans l'attente de tes nouvelles et du bruit de ta moto, je demeure, cher Julien, ta petite sœur aimante.*

*Flora*

\* \* \*

*Juin 1949*

— Mère Saint-Elzéar, il y a, dans le parloir, un M. Blackburn qui veut vous voir, annonce sœur Sainte-Marivonne, l'air tracassé.

— M. Pitre Blackburn, sans doute.

Quelle touchante attention ! Il aura fait toute la route uniquement dans le but de féliciter et de remercier les sœurs pour les leçons gratuites, la patience de sœur Irène et les nombreux bienfaits apportés à sa fille et à sa nièce. Peut-être sa situation financière s'est-elle replacée et voudra-t-il offrir une compensation.

— Je vais l'accueillir ici, dans mon bureau.

— Il ne s'agit pas de M. Pitre, ma mère, mais de Joseph-Albert Blackburn. Il dit être le père de Flora et veut la voir.

Mère Saint-Elzéar lève les sourcils.

— Quoi ! Près de trois ans plus tard… Doux Jésus ! Protégez-nous.

306

Nerveusement, elle replace sa plume, farfouille dans ses papiers, au hasard, retire ses lunettes, les nettoie de son mouchoir et jette sur sœur Sainte-Marivonne un regard dérouté.

— Je vais d'abord le rencontrer au parloir où vous voudrez bien m'accompagner à titre de témoin. On ne sait jamais… Surtout, pas un mot à Flora, pour l'instant.

Le visiteur a retiré sa casquette et attend, seul, sur le long banc de bois flanquant la porte d'entrée de la salle. Dès qu'il les voit approcher, il se lève et salue poliment.

— Révérende mère, ma sœur…

Devant elle se dresse un grand homme, dans la quarantaine, les cheveux bien coiffés, lissés au gel, et la courte barbe taillée proprement. Il porte un pantalon de toile crème dont le pli a été pressé et, par-dessus sa chemise taupe, un gilet à losanges. Très bien mis, contrairement à l'image qu'elle s'était faite de ce cultivateur.

Après de brèves présentations, on s'assoit.

— Que nous vaut cette visite impromptue, en plein jour de classe, et après trois ans d'absence, cher monsieur ? demande mère Saint-Elzéar.

Il s'excuse en tournant constamment sa casquette entre ses mains. Deux doigts manquent à la droite. Visiblement, ses idées s'organisent mal. Il se racle la gorge. Mère Saint-Elzéar se tient sur ses gardes.

— J'ai lu l'article, dans le journal, concernant Flora Blackburn, gagnante du premier prix au concours de musique. C'est ma fille. Je veux lui parler.

— Vous comprendrez qu'avant de vous laisser voir Flora, je dois vérifier certains détails. Nous avons entendu bien des choses, à votre sujet, et avons été mises au courant d'une enquête policière.

Il se reprend, promet de tout expliquer et, même si cela risque d'être un peu long, il compte sur leur écoute respectueuse.

— Oui, c'est vrai. L'enquête a été menée, la preuve a été faite en cour et a attesté mon innocence quant à l'origine du feu. Cette nuit-là, j'avais allumé la fournaise pour que mes filles n'aient pas froid. Mais essayez donc d'attiser un feu avec du bois vert. J'avais de la misère. Les policiers ont cru que j'avais versé de l'essence pour tout brûler, mais ce n'est pas vrai.

En racontant son récit, il regarde au loin, à la recherche d'images ; sa voix tremble.

— Comme j'avais besoin de mes deux mains pour replacer les éclisses et les bûches, et que la fumée de ma cigarette m'arrivait dans les yeux, j'ai déposé le mégot sur le bord d'une tablette, près de la réserve de bois. Quand de bonnes flammes sont apparues dans la fournaise, j'ai fermé la porte et rabattu les clés avant de remonter à la cuisine, mais j'ai oublié ma cigarette. Probablement qu'elle est tombée par terre, dans les débris de bran de scie et d'écorces. Le feu a dû couver là un peu, puis il a gagné la réserve de bois. Le reste…

«Je savais que Blanche et Pitre viendraient chercher les filles le lendemain. Moi, je n'étais plus en état de les prendre en charge, ruiné de moral et de portefeuille : une épave. J'avais emporté le minimum avec moi et laissé un mot, sur la table de la cuisine, pour expliquer mon départ et pour demander à Gérard, mon voisin, de s'occuper des bêtes. Après, j'ai roulé vers les États-Unis. Je voulais travailler là un certain temps et revenir seulement après avoir accumulé l'argent pour rembourser mes dettes. Attendez, non, je ne suis pas parti tout de suite aux États.

Il réfléchit encore, se mouille les lèvres de sa langue, demande un verre d'eau avant de poursuivre.

— Un peu avant, j'ai passé du temps, me souviens plus combien, une retraite chez le père Émilien, un oblat, ami de la famille, qui m'a aidé à me débarrasser de la bouteille. C'est après que je suis parti. J'ai besogné comme un forcené pour relever le défi. Les semaines de soixante-dix heures ne m'effrayaient pas. Pour économiser le plus possible, je vivais de presque rien, une seule idée en tête : le retour au pays pour obtenir le pardon de tous. Les lettres que j'ai postées de là-bas me revenaient : adresse inexistante, courrier non réclamé. Deux ans plus tard, quand je suis rentré au pays, la police m'a mis le grappin dessus. L'enquête, les interrogatoires, les jugements… Blanche, Pitre, mes frères, mes amis, tous m'ont tourné le dos. J'ai fait de la prison pour avoir battu ma femme. J'en sors et je trouve l'article de journal concernant Flora. Au bout de toutes mes épreuves, j'y vois un signe de la Providence, un pardon de Dieu. Maintenant que j'ai cessé de boire et que j'ai remboursé mes dettes, je voudrais bien reprendre la petite avec moi.

Il y a tant d'émotion et de conviction dans sa voix que sœur Sainte-Marivonne essuie une larme. Cependant, mère Saint-Elzéar ne se laisse pas attendrir par ce beau parleur.

— Où résidez-vous ?

— Pour l'instant, toujours à Petit-Ruisseau. La ferme m'appartient encore et j'y rebâtis une maison plus modeste. En attendant qu'elle soit habitable, je loge dans une roulotte, sur le terrain. J'aurai terminé la construction à la fin de l'été et je pourrai alors y emmener Flora.

Cependant, explique-t-il, en raison des circonstances, on lui a bâti une réputation qu'il ne pourra jamais reconquérir. Il envisage la vente de la propriété de Petit-Ruisseau et un déménagement dans une autre ville.

— Avez-vous du travail ?

— Suivant les conseils du père Émilien, je suis allé voir les Petites Franciscaines de Marie, à Saint-Urbain. J'aurai la possibilité de travailler comme homme à tout faire et de m'établir là-bas.

— Et Flora ? Croyez-vous être en mesure d'assurer son éducation ?

— La directrice, mère Saint-Adrien, a promis une place dans son école, à Saint-Urbain.

Mère Saint-Elzéar veut tout savoir, ne rien laisser au hasard. Dieu, dans son extrême bonté, a sans doute pardonné à ce père de famille ayant connu la tentation, les abus d'alcool, semé la violence, la peur, la mort... Son repentir paraît crédible. Cependant, en son for intérieur, elle-même ne peut lui accorder ce pardon, trop facile, lui semble-t-il, dans la foulée des événements. Laisser Flora entre les mains de ce père fragile… Et s'il retouchait à la bouteille ? D'un autre côté, il reste son père, seul et unique membre de sa famille proche à s'être manifesté depuis tout ce temps. Peut-être vaut-il mieux laisser la chance au coureur.

— Bien, fait-elle de sa voix autoritaire. Nous allons procéder par étapes. D'abord, vous devez savoir que nous accueillons ici des filles de médecins autant que des filles de cultivateurs. Les unes sont payantes, les autres, pas du tout ou très peu. Mais nous devons nous assurer d'améliorer le sort des malheureuses qui ont été livrées à tous les hasards de la vie, sans surveillance et sans protection. C'est un peu le cas de Flora, vous en conviendrez. Habituellement, seules les élèves payantes ont droit à une plus longue scolarité, mais si vous la laissez ici, elle pourra fréquenter l'École normale ou l'École ménagère, ou même recevoir une formation en Lettres et Sciences, en plus de poursuivre ses études en musique. Comme vous pourrez le constater, les enseignements que nous offrons constituent une véritable synthèse pour l'éducation autant du cerveau que de la main, sans négliger le cœur qui inspire l'un et l'autre.

Joseph-Albert Blackburn, étourdi par ces beaux discours, fronce les sourcils et secoue la tête.

— Non, elle doit venir avec moi dès l'automne.

Ce ton directif et cette formulation font sourciller la supérieure. Pourquoi la fillette *doit*-elle à tout prix accompagner son père ? Le respect qu'elle était prête à lui accorder fait place soudain à la réticence et au doute. Quelle anguille cache cet homme ?

— Soit, reprend-elle sans manifester ses appréhensions. Nous allons tout d'abord vous permettre une première rencontre avec elle. Nous évaluerons sa réaction. Sœur Sainte-Marivonne, vous seriez aimable d'aller chercher notre chère Flora. Dites-lui seulement qu'elle a de la visite.

Ainsi, elle s'assure que la petite voudra bien se présenter au parloir. Si on lui annonce qu'il s'agit de son père, Dieu sait comment elle réagira avant même de l'avoir vu. Mère Saint-Elzéar n'est pas née du déluge ni de la dernière pluie et, jusqu'à maintenant, elle a entendu bien des histoires concernant l'adversité de la famille Blackburn.

La leçon de grammaire résonne jusque dans le corridor. Lorsque sœur Sainte-Marivonne frappe doucement à la porte de la classe, la règle du participe passé employé avec l'auxiliaire *avoir* est interrompue en plein milieu de la leçon. Sœur Sainte-Émérentienne ouvre et, au signe de sœur Sainte-Marivonne, sort quelques secondes, tenant la porte fermée derrière elle. À l'intérieur, les élèves restent en suspens, se questionnant, se regardant les unes les autres, au bord de l'agitation, quand la porte s'ouvre de nouveau.

— Flora, range tes cahiers, ta plume et ton encrier. Tu dois accompagner sœur Sainte-Marivonne.

En silence, elle s'exécute. Pourquoi doit-elle aller avec sœur Sainte-Marivonne, cette sœur économe aux traits durs, aux paroles sèches ? La mènera-t-elle chez la supérieure ? Si oui, pour quelle raison ? Tout cela est bien étrange. Peut-être le couvent n'a-t-il plus la possibilité de la garder ? Mais l'année est presque terminée et, en plus, elle a remporté le premier prix en piano, au plus grand bonheur de toutes.

— Nous allons au parloir, précise sœur Sainte-Marivonne, sans plus de préambule. Il y a là quelqu'un que tu n'as pas vu depuis longtemps.

Alléluia ! Tous les anges jouent de la trompette dans la tête de Flora. Sûrement, son frère Julien est enfin revenu ! Elle s'énerve. Il la trouvera changée, c'est certain, et un peu sale... Ses manchettes, qu'elle porte depuis lundi, sont tachées, et ses tresses sont tout ébouriffées depuis la récréation du matin. Rapidement, elle passe les mains sur sa tête pour lisser ses cheveux et frotte le dessus de ses souliers poussiéreux sur l'arrière de ses mollets. Ah ! si elle avait su plus tôt, elle aurait mieux soigné son apparence !

— Oh ! Ma sœur, de quoi j'ai l'air ?

— Très bien. Surtout, reste calme, c'est tout ce qu'on te demande.

Flora retient son envie de prendre et de serrer contre sa joue la main de sœur Sainte-Marivonne, tellement la joie gonfle en elle. Dehors, le soleil de juin inonde la cour sous un ciel sans nuages. Sans nuages !

Par la porte de verre givré, elle aperçoit le profil d'un homme patientant dans le parloir. Son cœur s'emballe. Que va-t-elle lui dire en premier ? Lui sauter dans les bras ! Le cirque, les économies, le piano, les numéros, les voyages…

Sœur Sainte-Marivonne pousse la porte. La grande silhouette de mère supérieure qui s'avance, debout dans l'entrée, obstrue la vue.

— Flora, est-ce que tu reconnais ce monsieur ? lui demande-t-elle, avec son sourire bienveillant et en faisant un pas de côté.

La bouche ouverte, les bras pendants, une crampe dans l'estomac, Flora reste sans voix et cligne des yeux plusieurs fois. Il porte une barbe, mais c'est bien lui, avec sa main à trois doigts. Il se lève et tend des bras hésitants, marchant vers elle, le visage un peu penché, marqué par des rides plus profondes et un sourire triste.

— C'est moi, chuchote-t-il, ton papa.

Elle arrondit les yeux, secoue la tête en criant et fuit dans le corridor.

# 16

Elle court, court de toutes ses forces, distançant sœur Sainte-Marivonne qui, entravée par sa longue robe, essaie tant bien que mal de la rattraper. Flora disparaît dans le dédale des couloirs. Son père fait quelques pas, lui aussi, pour prendre part à la poursuite, mais mère Saint-Elzéar le retient.

Mandatées d'urgence par sœur Sainte-Marivonne, sœur Sainte-Jacqueline, sœur Saint-Liboire et sœur Irène participent aux recherches. Chapelle, dortoirs, réfectoire, salles de toilettes, bibliothèque, aumônerie, cuisines… Faisant fi de la règle du silence, le nom de Flora retentit partout, mais, pour toute réponse, il se répercute d'écho en écho. On scrute le moindre espace.

Plus d'une heure s'est écoulée ; Flora reste introuvable.

— Et si elle s'était enfuie hors du couvent ? s'inquiète sœur Irène. Les boisés, la rivière… Qui sait ce qui lui arrivera ?

Pendant tout ce temps, M. Blackburn patiente au parloir en compagnie de mère Saint-Elzéar.

Après avoir parcouru jardins et bosquets, sœur Irène revient vers la bâtisse. Sur le perron, une couventine attend, immobile. En s'approchant, elle reconnaît la petite Indienne, Simone. Lentement, celle-ci lève une main et, de son index, lui fait signe de la suivre. Sans un mot, elle l'entraîne au quatrième étage, traverse jusqu'au bout le corridor de l'aile est, où se dresse l'escalier qui mène au grenier.

— Je vous attends ici, propose Simone. Je veux pas y aller, à cause des esprits.

Sœur Irène hausse les épaules.

Lorsqu'elle soulève la trappe, une touffeur s'en échappe. En juin, il y fait chaud comme dans une fournaise. La poussière étincelle dans les rayons projetés par l'œil-de-bœuf. Sous les pas, le plancher de bois brut craque. Au milieu de l'espace, sœur Irène s'arrête, écoute. Après sa longue course à travers les couloirs, elle n'entend plus que le battement de son cœur et le souffle de sa respiration, qui se calme après une bonne minute. Silence. Puis, elle perçoit un chuintement. Susurration de mouches ? Souris trottinant ? Peuple d'infâmes araignées ? Des bruits si légers ; seules traces de vie dans cet endroit muet, où le temps n'a plus d'emprise et où agonisent les vieilles statues.

Quelques pas incertains la mènent près d'une lucarne. Le long du mur s'alignent les gros bacs remplis d'eau qu'on y entrepose au cas où un incendie se déclencherait. À la surface de cette eau croupie flottent quelques petits cadavres de rongeurs. Une odeur de rouille et de décomposition s'en dégage. Rien ne la rassure, en ce lieu, et l'oppression lui comprime la poitrine. La chaleur extrême et l'air malsain l'empêchent de respirer à fond. Tout de même, elle poursuit son avancée à tâtons dans cet entrecroisement de poutres, dont certaines s'élèvent jusqu'au sombre plafond alors que d'autres entravent ses pas et risquent de la faire trébucher.

À voix très basse, elle appelle :

— Flora.

Personne.

Pourquoi Simone l'a-t-elle guidée dans cet endroit insalubre ?

Avant de s'en aller, elle tourne la tête. À côté d'elle, dans un coin sombre, des soubresauts à peine perceptibles soulèvent une tenture usée.

— Miséricorde ! s'exclame-t-elle en retirant la toile.

Couchée sur un ballot, la fugitive sanglote en silence.

— Oh, ma sœur ! Laissez-moi ici. Dites pas que vous m'avez vue.

La douce main de sœur Irène essuie les chagrins.

— Il ne te sera fait aucun mal. Aucun. Aie confiance en moi.

Jamais autant de désarroi n'aura inondé une paire d'yeux. Jamais autant de tendres consolations n'auront été prodiguées pour calmer un chagrin.

— Il faut descendre. Tout le monde te cherche.

— Seulement quand il sera parti.

— Bien. Attends-moi ici sans bouger.

À la demande de sœur Irène, Simone reste faire le guet au pied de l'escalier, le temps d'aller discuter avec la supérieure pour donner son congé à ce monsieur.

Celui-ci, déçu et penaud, secoue sa tête pleine de regrets.

— Trop brusque... trop pressé… Je lui ai fait peur. J'aurais dû écrire d'abord, la préparer.

Il remet sa casquette et s'en va en promettant de revenir dans de meilleures conditions.

*Le 12 juin 1949*

*Cher Julien,*

*Papa est venu au couvent, même si ce n'était pas dimanche. Il avait une barbe, mais je l'ai bien reconnu, à cause de ses doigts et de ses yeux. Il voulait que j'aille avec lui, mais je me suis cachée. Une chance, sœur Irène l'a mis à la porte. Il va revenir, c'est certain. Simone l'avait prédit : quelqu'un fera tout pour te sortir d'ici, pas pour ton bien. C'est lui !*

*Dans dix jours, l'école sera terminée. Si tu ne reviens pas avant cette date, tante Blanche me prendra encore chez elle pour l'été. Je vais t'attendre là.*

*Avant la fin des classes aura lieu la cérémonie de remise des médailles : un beau spectacle avec théâtre, chants, boniments et petit concert offert par les élèves de musique. Les parents sont invités. Si tu as le temps de faire le voyage, pourquoi ne viendrais-tu pas ?*

*Je ne sais pas combien de jours met une lettre pour se rendre jusqu'à toi. J'espère que celle-ci arrivera à temps.*

*Écris-moi, s'il te plaît, et reviens vite.*

*Je te prie de croire à ma frayeur et de croire que je t'aime de tout mon cœur.*

*Ta petite sœur, Flora*

Malgré la règle du silence, la rumeur se faufile comme un colibri dans le couvent. À la fin de la réunion hebdomadaire, les religieuses ne peuvent s'empêcher d'aborder le sujet.

— Ne nous faudrait-il pas obtenir des documents officiels de la part d'un commissaire, du ministère de la Justice ou bien consulter un avocat ? demande sœur Sainte-Émérentienne.

— Attention ! Rappelez-vous que notre couvent n'est pas un orphelinat et que nous ne pouvons opposer de résistance à un parent qui désire retirer une élève de nos murs, intervient mère Saint-Elzéar. Certes, les lois sont là pour protéger certains enfants, mais qui sommes-nous pour exiger une enquête ?

— La tante et l'oncle qui ont assumé la garde de Flora jusqu'à maintenant ne peuvent-ils intercéder en faveur de leur nièce ?

— De fait, j'ai communiqué avec M^{me} Blanche. Sa confiance dans le père de Flora est réduite à néant. Elle le décrit comme un beau parleur dont il faut se méfier. Avant de travailler à la ferme, il a fait du théâtre, du vaudeville et de la chansonnette dans les cabarets. Elle est persuadée que son projet est d'utiliser Flora pour des tours de chant avec elle aux quatre coins de la province.

— Tout comme l'a fait, à l'époque, le père d'Alys Robi, remarque sœur Adèle. La pauvre enfant n'avait que quatre ans quand son lutteur de père la faisait chanter dans des galas de lutte ou des spectacles en plein air.

— Ah, chère Alys Robi! Elle mène quand même toute une carrière! *Tico-Tico,* commence sœur Sainte-Émérentienne en se trémoussant.

— Voyons! Un peu de retenue, je vous prie, l'admoneste gentiment mère Saint-Elzéar. Si vous aviez lu les journaux, vous sauriez que cette pauvre Alys Robi a été victime d'un accident de la route, l'an dernier, et a fait une dépression nerveuse. Elle séjourne toujours à l'hôpital Saint-Michel-Archange de Québec. Elle a à peine vingt-cinq ans… Toute une carrière, en effet!

— Les voies du Seigneur sont impénétrables, soupire sœur Sainte-Marivonne. Évidemment, ce n'est pas ce que nous souhaitons à Flora. N'errons pas et n'allons pas discréditer son père à partir de comparaisons ou de jugements téméraires. J'ai entendu le témoignage de cet homme repentant. Je vous l'assure, il ne peut avoir traversé toutes ces épreuves pour revenir avec de mauvaises intentions.

— *A beau mentir qui vient de loin,* s'oppose sœur Irène. S'il emmène Flora, ce sera un autre talent occis! J'ai mon idée à ce sujet. D'ailleurs, la petite s'est beaucoup confiée à moi au cours des derniers mois.

Toutes se tournent vers elle et attendent son avis.

— Je propose d'entreprendre les démarches moi-même, s'il le faut, mais j'irai jusqu'au bout pour que notre fleuron continue de briller sur le couvent. N'est-il pas écrit, dans notre cahier des charges, que les enfants nous sont confiés corps et âmes? J'en répondrai œil pour œil, dent pour dent, éternité pour éternité. Que Notre-Dame m'éclaire de ses bons conseils!

À l'idée de perdre sa bergeronnette, sœur Irène sent ses entrailles se tordre. Ce n'est pas ce père irresponsable, ingrat et mal intentionné, sorti tout à coup d'une boîte à surprise, qui viendra briser la destinée de cette prodigieuse enfant. Gare à ceux et celles qui oseront entraver ses démarches! Qui seront ses alliées? Mère Saint-Elzéar, sûrement, qui voit en cette élève une belle occasion de rehausser la réputation du couvent. Et si la petite gagnait, l'an prochain, le concours provincial? Quant à sœur Sainte-Marivonne, ne pensant qu'aux recettes générées par les inscriptions des mieux nantis, elle ne voit en Flora qu'une autre bouche à nourrir, à blanchir et à héberger gratuitement. Sœur Adèle et sœur Sainte-Émérentienne la trouvent dissipée et trop hardie dans ses répliques, mais reconnaissent qu'elle a progressé, au cours de ces deux premières années, et que ses résultats se sont améliorés dans toutes les matières. Sœur Sainte-Philomène la connaît peu encore puisqu'elle ne lui enseignera que l'an prochain. L'an prochain… Pourvu qu'elle revienne avec les autres, en septembre. Non, personne ne lui prendra sa Flora, son pinson, son bonheur.

— J'ai l'impression que les chances sont minces, sœur Irène, l'avise mère Saint-Elzéar, mais faites tout votre possible en évitant d'être trop vindicative, toutefois, dans vos échanges. Tenez-moi au courant, surtout. En attendant, mes sœurs, nous avons une centaine d'autres couventines dont il faut s'occuper et cette cérémonie de fin d'année à préparer. Au travail!

*Le 19 juin 1949*

*Cher Julien,*

*As-tu reçu mes lettres, les premières, au moins ? Si oui, tu pourrais me téléphoner chez tante Blanche la semaine prochaine. Je serai en vacances : les grandes vacances.*

*Sœur Irène dit que la vie est remplie de faux espoirs et de confiance trompée. Elle me donne souvent des conseils pour améliorer mon jugement, car il paraît que la bonne mémoire n'est pas suffisante pour faire son chemin dans la vie.*

*Chaque fois qu'elle le peut, elle vient me voir : à la récréation, à la sortie du réfectoire, pendant l'heure d'étude. Quand c'est la visite au Sacré-Cœur, elle rejoint ma classe et reste près de moi. Sûrement, elle a peur que papa m'enlève. Elle me serre fort contre elle et dit que je sens bon.*

*Le concert de fin d'année approche. Ce sera une grande fête !*

*Je te prie d'agréer, cher Julien, mes plus belles pensées.*

*Ta sœur,*
*Flora*

Le 23 juin, dernière journée de classe, la fébrilité est à son comble. De l'autre côté du rideau, on jurerait que quelqu'un a éventré une ruche d'abeilles : un bourdonnement incessant emplit la grande salle. Des toussotements, des rires, des bruits de chaises rappellent qu'il ne s'agit pas d'insectes, mais d'une foule de gens attendant la représentation. Cette activité n'est rien à comparer à l'agitation qui règne dans les coulisses. Les murs n'ont jamais autant résonné sous les jacassements.

Des lumières vives éclairent la scène parée d'un décor couvrant le fond entier : un paysage peint de tons criards, représentant une végétation exotique, des vases grecs et des colonnes couronnées de nuages roses et blancs, tamponnés à l'éponge pour l'effet diffus.

Sœur Adèle a consacré trente-deux heures à l'aménagement de ces décors, d'une belle salle enguirlandée de papier crêpe, de drapeaux et d'instruments de musique.

Les normaliennes joueront *Esther*. Après la pièce de théâtre et les performances oratoires, on roulera le piano à queue et la harpe pour le concert. Jeanne et Flora interpréteront un duo, puis suivra la remise des médailles et des rubans aux élèves méritantes.

On ne compte plus le nombre de recommencements ni les heures de travail pour atteindre la perfection qu'exige sœur Adèle, la grande metteuse en scène de Racine. Combien de fois a-t-elle répété les méthodes des différentes congrégations et particulièrement celle qui fait le renom de la sienne? Style et variété au couvent de Stanstead, justesse et netteté au couvent des Ursulines, parfait et fini au couvent Notre-Dame. Parfait et fini! Elle n'en démord pas.

Au cours des dernières semaines, la nervosité a étendu ses tentacules dans chaque estomac, dans chaque tête, faisant trembler chacune jusqu'au bout des doigts.

— J'ai mal au cœur.

— Et moi, à la gorge.

— Qui a pris la coiffe d'Esther?

— Et le sceptre du roi?

— Oh non! Là, mon costume de scène est déchiré!

— T'es trop grosse! Si tu arrêtais de t'empiffrer, aussi!

Nouveaux rires des unes, sanglots d'Yvonne.

Le claquoir fait sursauter.

— Silence ! On vous entend, du côté des spectateurs !

Sur la table, près du côté jardin, sœur Adèle a disposé méticuleusement les accessoires, dans l'ordre précis de leur utilisation, et, texte en main, elle revisite la panoplie d'objets encore une fois, acte par acte, s'assurant qu'il n'y manque rien.

Entre les vocalises, les soupirs, les arpèges d'une flûte, les exercices de respiration, Flora traverse l'espace et s'approche des larges rideaux remplis de rumeurs. Délicatement, de ses index, elle entrouvre une petite fente par laquelle lui apparaît une partie des spectateurs. Dans chaque fenêtre de la grande salle, on a tendu des feutres noirs, de sorte qu'on distingue à peine les visages. Plusieurs chaises supplémentaires ont été transportées des classes pour permettre aux familles d'assister au spectacle. Là, à gauche, elle reconnaît les ornements du chapeau de tante Blanche et le crâne dégarni d'oncle Pitre et, juste à côté, un jeune homme aux cheveux bouclés, hirsutes. Son frère ?

La joie et l'émoi s'emmêlent dans son ventre.

Quand arrive l'heure de chanter le duo avec Jeanne, la salive lui manque et elle hésite à faire son entrée sur la scène. Les mains fines de Jeanne se posent sur ses épaules.

— Allez, c'est rien qu'un spectacle !

— Il y a tellement de monde ! J'ai vu tes parents, dans la salle.

— Ce ne sont pas mes parents, mais des acteurs. Ils jouent un rôle, ils font semblant. De beaux menteurs… Faisons comme eux. Dis-toi que ce n'est pas toi qui chantes, mais une autre personne.

Elle l'entraîne doucement vers les planches.

Face à la foule, Flora accroche à son visage un sourire figé de portrait, et cesse d'avancer, comme si de lourdes griffes la paralysaient.

Jeanne, près d'elle, se déplace avec désinvolture et ne semble pas envahie par le trac. En cachette, elle s'est maquillée : ses joues sont plus roses, ses lèvres plus rouges, ses cils plus longs.

Sœur Irène s'installe au piano et joue l'ouverture de *Sous le dôme épais,* un duo pour sopranos qu'elle a choisi spécialement pour le registre des cousines Blackburn. Flora interprète Lakmé, la voix plus haute, et Jeanne, Mallika, un peu plus basse.

En chantant ce duo des fleurs, Flora scrute la foule plongée dans la demi-obscurité. Au fond, elle repère à nouveau le visage du beau jeune homme. Il sourit. Elle s'exécute pour lui, tout en surveillant les entrées, les montées, les *decrescendos* annoncés par les signes de tête de sœur Irène. C'est un duo difficile où chacune chante d'abord en solo, puis à l'unisson, avec des paroles différentes qui se répondent. Jeanne et elle ont passé des heures à mémoriser leur partition, chacune de son côté, puis à conjuguer ensemble leurs voix, le timbre, le rythme et les nuances.

À la finale, la foule émue acclame les artistes. Le jeune homme manifeste tant de satisfaction qu'il en est presque drôle à voir. Le voilà debout, à présent, applaudissant toujours, plus fort que les autres, en criant : *Bravo! Bravissimo!* Tout le monde lui emboîte le pas.

Sœur Irène quitte le piano et rejoint les duettistes, vedettes de l'heure, et, le regard embué de fierté, tend la main vers elles pour encourager encore les acclamations. Toutes trois exécutent le salut synchronisé : les pieds en équerre, talon droit appuyé au centre du pied gauche, dos redressé, menton haut, mains l'une dans l'autre, paume contre paume, tenues serrées sur un ventre bien rentré, et on s'incline vers l'avant en comptant jusqu'à trois, dans un angle de trente degrés, pas plus ni moins. Parfait et fini !

Tendrement, le jeune homme sourit, emporté par son débordement excessif. Dans un ultime effort, Flora plisse les yeux pour tenter de reconnaître, dans cette exubérance, le visage de son frère, mais il est trop loin pour qu'elle puisse distinguer ses traits.

Après le mot de clôture, les étoiles de cette fin de journée rejoignent les membres de leur famille dans la salle où les lumières s'allument. Enrubannées et médaillées, le cœur en liesse, Jeanne et Flora fendent la marée d'embrassades et de félicitations pour recevoir la chaude accolade d'oncle Pitre, les becs mouillés de tante Blanche, en larmes, et un cadeau pour chacune. Derrière eux s'approche une jeune tête bouclée.

L'homme n'accorde aucune attention à Flora, ne regardant que Jeanne, encore Jeanne, qui lui rend son sourire. Qui est-il ? Un garçon que sa cousine aurait séduit ? Ils se connaissent, apparemment.

— C'était sublime, Jeanne ! Et comme tu as grandi, en grâce et en beauté.

Cette voix cassée n'est pas celle de Julien. Ce sourire tendre, ce regard suave, ces gestes affectés ne ressemblent en rien à ceux de son frère. De Julien, cet individu n'a que la chevelure.

On le présente à Flora : Yvan Lemieux, séminariste, neveu de tante Blanche, en promenade dans la région, à la recherche d'un emploi pour l'été.

Il n'a d'intérêt que pour cousine Jeanne qui, elle, semble obnubilée par ses propos. La conversation va si bon train qu'on croirait qu'elle a oublié le reste de la famille. C'est à peine si elle adresse un bonjour à Blanche et Pitre. Elle leur en veut, assurément, mais ne leur dira pas, préférant les ignorer, leur faire subir la torture du silence ou une sourde révolte.

Décontenancé par ce revirement de situation, oncle Pitre tourne son attention vers sa petite Flora, qu'il soulève de terre pour la tenir dans ses bras. À ce niveau, elle domine la foule massée entre les rangées de chaises, tous ces gens debout, bavardant de la qualité du spectacle et des dernières nouvelles.

Près de la porte de sortie, au fond de la salle, tout au fond, par-delà l'assistance qui commence à remballer gerbes de fleurs et présents, à recoiffer chapeau et à endosser par-dessus et mantelet, elle le voit, en train de remettre sa casquette. Il regarde vers elle avec un signe de tête et un sourire témoignant sa satisfaction. Il lève sa main estropiée, pointant le pouce bien haut en guise de félicitations. Va-t-il s'approcher? Flora serre davantage le cou d'oncle Pitre qui n'a rien remarqué encore. Mais quelqu'un d'autre a aperçu son père: sœur Irène, sortie des coulisses, traverse la salle en courant le long du mur, évitant ainsi les groupuscules de spectateurs. De son point d'observation ne parviennent à Flora que quelques éclats de voix, mais elle perçoit bien les visages crispés, les yeux durs. Blanche, Pitre, Jeanne, Yvan… tout le monde tourne le regard vers la scène qui ne s'éternise pas. Joseph-Albert Blackburn s'en va.

— Le curieux! Il aura fait le voyage à nouveau pour, cette fois, venir l'entendre et vérifier si elle pouvait devenir sa petite bête de spectacle dans les cabarets! siffle entre ses dents tante Blanche, outrée.

— Il va m'emmener? demande Flora, d'une voix frissonnante.

— Ce ne sera pas demain la veille, la rassure oncle Pitre. Tu n'as pas à avoir peur. Tu passeras tout l'été avec nous et plus encore. Va préparer tes affaires, maintenant, pendant que nous allons manger une bouchée.

Pitre a demandé et obtenu une ordonnance pour interdire à son frère d'approcher Flora et même d'approcher sa résidence pendant encore six mois, le temps que le Grand Black termine sa probation.

Dans le dortoir des petites, on s'active à tout remettre en place et à nettoyer avant le départ pour les vacances d'été.

Le coffre de Flora ne ferme plus, tellement il regorge des présents de sœur Irène. Dans un écrin, pour bonne maman, elle range, près de l'ange de cire, la médaille du mérite qu'elle a remportée en musique. La couronne de roses sera pour ses sœurs lorsqu'elle ira au cimetière prier sur leurs tombes avec tante Blanche très bientôt.

Les sucres d'orge et les friandises, elle les offrira à oncle Pitre – il adore les sucreries. Elle entasse les images saintes, le chapelet en verroterie scintillante, la statuette de Notre-Dame, celle du Sacré-Cœur, sans compter les livres de lecture… Comment la malle pourra-t-elle fermer ?

Dans un carton, elle emballe la poupée musicale.

Derrière la cloison, des pas vont et viennent, accompagnés de chuchotements, des stridulations d'insectes qui s'élèvent dans l'espace. Pour la surprendre, deux petites mains, par-derrière, lui bouchent la vue ; le souffle d'un petit rire ébouriffe les cheveux de sa nuque. Elle se retourne rapidement, enlevant les doigts qui l'aveuglent, et aperçoit le gentil minois de chauve-souris.

— Je suis venue te dire au revoir, bredouille Simone et, surtout, bonne chance dans tes recherches.

Sa voix tremble, proche des larmes. Flora l'étreint très fort. Se reverront-elles un jour ? Rien n'est sûr. Peut-être que Flora ne reviendra pas au couvent l'automne prochain. Son frère donnera sans doute des nouvelles. Elle s'étonne qu'il ne l'ait pas encore fait. Peut-être a-t-il écrit chez tante Blanche et que celle-ci conserve les lettres qu'elle lui remettra dès leur retour à la maison. Tante Blanche doit savoir qu'ici, ce n'est un secret pour personne, les religieuses lisent la correspondance reçue et envoyée. Elle aura craint qu'on intercepte ses messages.

— Bien sûr qu'on va se revoir, affirme Simone en la regardant droit dans les yeux.

— Peut-être au cirque ! lance Flora. On ne sait jamais. Tu viendras assister à nos spectacles, plus époustouflants que tout ce que je t'ai raconté. J'ai pensé à de nouveaux numéros, avec musique, s'il vous plaît. J'ai même eu l'idée de t'engager à titre de diseuse de bonne aventure. Les gens adoreraient ça ! J'en ai parlé à Julien, dans une de mes lettres.

Simone penche la tête et sourit largement, découvrant sa dentition à laquelle manque une incisive.

— C'est comme pour ma dent tombée ; tu reviendras à l'automne, plus grande et plus solide.

Flora hausse les épaules. Étrange Simone. Un teint bis, un corps gracile et des yeux si vifs, deux billes noires, déconcertantes, des eaux mystérieuses et profondes. Elle s'est accroupie par terre, en tailleur, et désire rester jusqu'à la dernière minute pour absorber encore quelques gouttes de la vitalité de son amie.

Encore une fois, Flora rouvre sa malle, mais cette fois-ci ce n'est pas pour déplacer les objets qui empêchent de la boucler. Elle y prend le carton.

— Tiens. Elle est pour toi. Quand on remonte la clé, dans son dos, on entend *Petite pièce* de Schumann, tu te souviens, je l'ai apprise, au piano. Comme ça, le soir, avant de t'endormir, tu me retrouveras un peu.

Simone déballe à demi la poupée.

— Elle est trop belle ! Et toi, tu ne l'auras plus ? Tu me la prêtes, alors ?

— Mais non, je te la donne. Tu sais bien qu'il est interdit de prêter ou d'emprunter des choses sans permission, ici. Mais donner, je crois qu'on le peut. Et puis, des poupées, j'en ai reçu une ribambelle, après le grand malheur, il y a trois ans. Mais dis à personne que je te l'ai offerte, surtout pas à sœur Irène. Elle serait bien triste.

Tenant la poupée comme un fragile poupon dans ses bras, Simone remercie vivement son amie et s'en retourne vers sa chambrette, le pas lent, accablée par un secret.

Les deux genoux sur le couvercle, de tout son poids, Flora s'acharne, par à-coups, sur la malle qui consent enfin à se fermer. Vite, elle rabat les loquets en frappant si fort que la dernière lettre destinée à son frère tombe de la table de chevet et glisse sur le plancher jusqu'à la porte de sa chambrette. À quatre pattes, alors qu'elle tente de la rattraper, une autre main cueille la missive. Devant elle, dans sa robe noire traînant par terre, sœur Irène a ramassé l'enveloppe et s'attarde au nom du destinataire.

— Une autre lettre pour ton frère ? Tu lui as donc encore écrit ? Il a bien de la chance…

— Oh ! S'il vous plaît, sœur Irène, voulez-vous me donner son adresse avant que je parte ? Je demanderai à tante Blanche de les poster pour moi. Je dois lui envoyer rapidement, pour qu'il sache où me trouver avant le retour de mon père.

Sœur Irène contemple l'enveloppe comme s'il s'agissait d'une émouvante photo-souvenir. Puis, hochant la tête, elle se pare d'un radieux sourire.

— Laisse-la-moi. Je m'occuperai encore personnellement de la transmettre à ton frère. Tu sais, c'est moi qui suis chargée d'aller à la poste, pour le couvent. Je continue même après le départ des élèves.

— Vous êtes trop gentille, sœur Irène, et je sais plus comment vous dire merci.

— J'agis et agirai toujours pour ton bien, et avec grand plaisir. D'ailleurs, tiens, je t'ai apporté ceci.

Elle tend un cahier de musique : *Children's Corner* de Claude Debussy.

— Il ne faudra pas interrompre tes exercices pendant les vacances.

— Si j'habite tout l'été chez tante Blanche, je pourrai jouer. Mais si Julien revient… ou mon père, termine-t-elle en faisant la moue.

Comme elle souhaiterait que son oncle et sa tante l'adoptent ! Elle se sentirait en sécurité. Ou bien son frère. Mais sœur Irène lui a expliqué déjà que ces choses-là sont impossibles, à cause des lois. Sinon, elle l'aurait volontiers adoptée elle-même.

Il faut faire vite à présent, Blanche et Pitre attendent en bas, avec Jeanne et le cousin Yvan, pour le retour en voiture jusqu'à Saint-Alexis. On pousse les malles dans le coffre de l'auto et on se serre sur la banquette arrière. Flora s'assoit entre Jeanne et Yvan et leur fait la conversation.

\* \* \*

Le lendemain, le silence règne en maître dans le couvent. Quand sœur Irène passe dans les couloirs, elle n'entend que son pas qui retentit jusqu'au bout de l'étage. Plus personne de qui s'occuper : les élèves sont toutes parties à présent, et même plusieurs religieuses qui profiteront de quelques jours de congé pour un pèlerinage, ou pour aller visiter la famille ou une mère malade. Celles qui sont demeurées à l'intérieur des murs ne se fréquentent guère qu'à la chapelle, à l'heure du chapelet ou aux repas qu'elles prennent dans la petite salle adjacente au réfectoire vide. Après, elles se dispersent à nouveau dans la grande bâtisse, vaquant tantôt à des tâches ménagères, tantôt à l'entretien des plantes vertes, tantôt à la prière, à l'écriture ou à la lecture. Cette paix, non souhaitée par sœur Irène, avale toute volonté ; la vie s'apparente soudain à celle, aussi inutile, des mites et des punaises qui résident au fond des tiroirs et dans les greniers.

Devant la salle de musique déserte, plus que jamais, elle se sent délaissée, comme une sentinelle perdue. Plus de rires, plus de petites mains sur les touches. Le couvent lui paraît maintenant un ténébreux univers, contrairement à la vie pétillante et enflammée des salles de classe. Cependant, à cette nostalgie se mêle une délicate satisfaction, la fierté d'avoir réalisé, au cours de l'année scolaire, quelque chose d'important, d'avoir accompli, au nom de Dieu et par amour d'une enfant, un devoir qui la dépasse. Alors brûle en son cœur, plus fort que jamais, un feu proche de l'enivrement mystique.

Au cours de ce long été, deux devoirs l'appellent : clarifier l'affaire du tutorat et des droits de garde de sa Flora, et se préparer à la profession solennelle où elle prononcera ses vœux perpétuels. Lors de cette cérémonie, prévue le 2 août, elle perdra son nom pour celui d'un saint ou d'une sainte et s'engagera pour la vie à adorer et à suivre Jésus-Christ dans la pauvreté, la chasteté et l'obéissance.

Le premier devoir la motive bien davantage.

Elle s'agenouille et pleure.

# 17

*Septembre 1949*

Toutes les écolières sont de retour. Elles discutent, elles échangent des anecdotes, dans la bonne odeur des retrouvailles et dans la chaleur des cœurs qui s'ouvrent.

— Nous autres, on est allés dans le Maine. C'est loin. On s'est baignés dans la mer.

— Nous, on a fait du camping.

— Ma mère m'a acheté un nouveau costume.

— On a reçu un oncle que je connaissais pas. Mon cousin est mignon. Ils habitent en Gaspésie.

Et l'une raconte ceci, et l'autre relate cela, et une autre en rajoute, grossissant son aventure. Elles auront bien le temps, plus tard, d'être honnêtes, raisonnables et silencieuses. Quelques nouvelles couventines cherchent manifestement une bonne oreille, un peu de réconfort et des repères. C'est le rôle des plus grandes de les accueillir comme il se doit.

Flora retrouve Simone en s'exclamant.

— Tes cheveux! Comme ils ont poussé! Tu as de nouveau tes belles tresses.

— Oui et j'ai un nouveau petit frère, lui annonce-t-elle. Tout le monde croyait que ce serait une fille, mais, moi, je savais que ce serait un garçon. Il s'appelle Raymond.

— Moi, je suis toujours sans nouvelles du mien, se désole Flora.

— Je m'en doutais bien. Regarde ma dent, dit-elle avec un large sourire. Plus grande et plus solide. Comme toi. Je savais que tu reviendrais.

— Je suis quand même tellement contente de te retrouver, et les autres aussi.

Elles se racontent leur été, avec rires et chansons : deux hirondelles gazouillant sur un fil. Yvonne les rejoint pour leur apprendre la rumeur : cet automne, murmure-t-on, pas de sœur Irène. Elle est partie, on ignore combien de temps. C'est mère Saint-Elzéar qui va en faire l'annonce officielle, plus tard, lors du mot de bienvenue.

Pour le moment, on ne voit pas la supérieure. Les filles la croient dans son bureau, à parfaire son discours. Elles se trompent, cette fois. L'heure n'est pas au peaufinage.

Le regard absent, mère Saint-Elzéar arpente le corridor des chambres du haut, à la recherche d'une réponse ou d'une solution, d'un signe peut-être, de quelque lumière qu'Il jetterait sur cette situation pour le moins embarrassante. Ce n'était pas de gaieté de cœur qu'elle a forcé la main de sœur Irène, quelques semaines auparavant, la priant d'un ton ferme qui ne laissait place à aucun doute ni à aucune réplique de contacter *immédiatement* (et combien elle avait appuyé sur cet *immédiatement*) l'ermitage.

— Ma mère, si je pouvais rester..., avait encore tenté d'argumenter sœur Irène.

— Il n'y a rien que vous puissiez dire ou faire pour le moment. Il vous fallait réfléchir avant. Y avez-vous pensé une minute ? Réellement ? Imaginez si quelqu'un d'autre que moi avait trouvé ces lettres !

Sœur Irène avait baissé les yeux et, quand elle les avait relevés, mère Saint-Elzéar avait disparu. Il ne restait d'elle que ce subtil parfum et quelques traces d'une colère rentrée, que sœur Irène avait deviné n'être que provisoire et pas réellement mauvaise.

Elle s'était dirigée tranquillement vers sa chambre, ses bagages seraient prêts en un rien de temps. C'était une drôle de fin d'été. Le lendemain, elle téléphonait à l'ermitage. Deux jours après, elle y était jusqu'à une date indéterminée, «jusqu'à ce que les choses se tassent», comme l'avait dit mère Saint-Elzéar.

Celle-ci reprend le cours de ses réflexions et pousse un soupir chagrin. Une douleur au foie irradie son thorax et elle porte une main sur sa robe, à l'endroit où elle croit que se trouve l'organe malade. Puis, après une profonde inspiration, toute son attention se reporte sur le mot de bienvenue qu'elle adressera, un peu plus tard, aux couventines. Tout près, quelqu'un tousse discrètement. Sœur Sainte-Émérentienne se tient debout, juste devant, les yeux dans les siens.

— Qu'est-ce qu'il y a, ma fille ?

— Ma mère, on est prêts. Les élèves et tout le personnel vous attendent. Ce sera une belle cohorte.

Ce sont toujours de belles cohortes. Mère Saint-Elzéar se plaît à le croire. Elle redresse les épaules, affiche son plus éloquent sourire et répond qu'elle sera là dans une minute.

— La petite Flora est-elle arrivée ? demande-t-elle. A-t-elle l'air bien ?

Et pour ne pas paraître faussement curieuse, elle se reprend :

— Et les autres: sont-elles toutes là ? Notre belle Jeanne Blackburn ? Et la fille du D$^r$ Lessard ? Vous savez ce qui est arrivé à son père, n'est-ce pas ? Ayez-la à l'œil quelque temps, je vous prie.

— Vous êtes bien pâle, ma mère, remarque la sœur.

En vérité, elle se sent éreintée, fourbue et à bout de force, mais elle n'en dit rien.

Sœur Sainte-Émérentienne descend rejoindre les autres. Elle pense encore quelques secondes à la façon dont mère Saint-Elzéar a tenté de masquer quelque chose. Puis, les murmures de tout un chacun noient ses pensées.

Mère Saint-Elzéar devra bien donner des explications concernant l'absence de sœur Irène. Heureusement, elle a détruit à temps les lettres compromettantes : personne n'aura vent de cette situation plus qu'embarrassante. Elle revoit la tête de sœur Irène, lorsqu'elle l'a rencontrée dans son bureau.

En écoutant ses propos, la novice s'était d'abord laissée aller en arrière, vers le dossier de sa chaise, comme pour accuser le coup, puis, par-dessus le pupitre, elle avait approché son visage de celui de mère Saint-Elzéar ; cette haleine brûlante, cette respiration saccadée confirmaient l'affolement d'une proie. Elle était si près que mère Saint-Elzéar pouvait voir, dans ses yeux fixes, la détresse et, sur la lisière de la guimpe, le long de la tempe, les veines verdâtres qui palpitaient. Ses mains s'agitaient devant elle avec une excitation des plus désagréables.

— Vos doutes sont infondés, avait-elle osé dire.

Quand mère Saint-Elzéar avait lu quelques passages des lettres, surtout celle du 29 mai où il était question de cette visite à la chambre et de cette demande pour que la fillette se dévête, sœur Irène s'était perdue dans ses propos, s'efforçant d'expliquer la situation et les liens qui la soudaient à Flora, des liens plus que bienséants. Mais son discours s'enrobait graduellement d'un épais brouillard, tout comme ses yeux voilés de larmes, et ses plus solides arguments lui étaient restés bloqués dans la gorge.

— Et pourquoi n'avez-vous pas transmis ces lettres à qui de droit, comme cette pauvre enfant l'espérait ? Avez-vous l'adresse de son frère éloigné ?

Avec des sanglots dans la voix, sœur Irène avait laissé tomber la vérité.

— Non. Je n'ai rien fait de cela. Pour que personne, ni le père ni le frère, ne me l'arrache.

Mère Saint-Elzéar commençait à comprendre la gravité de cet attachement et, voulant ramener cette pauvre brebis à la raison, avait entrepris de lui faire la morale.

— Vous avez trompé sa confiance et la nôtre sur toute la ligne, pour votre intérêt personnel et pour satisfaire un appétit…

— Oh non ! N'allez pas imaginer le pire. Elle est pour moi comme un ange du ciel. Même si je la voyais chaque jour à la séance de musique, je ne pouvais m'en satisfaire. Je ne pouvais plus m'empêcher de l'étreindre sur mon cœur, elle, ma petite fleur mystique. Le souvenir de son parfum à lui seul m'émeut, par trop d'innocence et de candeur. Comment puis-je expliquer cela ? Est-ce ma volonté d'avoir une fille à moi ? Pour satisfaire l'amour que j'aurais voulu donner aux enfants que je n'ai pas eus ? Aidez-moi, ma mère !

— Avez-vous la fameuse adresse de Julien Blackburn ? Croyez-vous que Flora lui ait transmis quoi que ce soit directement ?

Sœur Irène avait secoué la tête.

— Vous comprendrez qu'il nous faut tout faire à présent pour préserver la réputation de notre institution et que l'heure n'est pas venue pour vous de prononcer vos vœux.

Mère Saint-Elzéar lui avait ensuite conseillé cette retraite d'un mois et des entretiens avec son directeur de conscience.

— Sœur Sainte-Marivonne, après la prière et le salut au drapeau, vous voudrez bien aller chercher Flora, demande mère Saint-Elzéar, accablée par la façon dont elle devra clore cette affaire.

L'âme chamboulée, Flora ressort du bureau de la supérieure avec cent questions se bousculant dans la tête, questions qu'elle n'a pas eu l'autorisation de poser ou qui sont demeurées sans réponse. Sœur Irène, partie pour un mois ou deux? Peut-être ira-t-elle enseigner la musique dans un autre couvent. La supérieure a été vraiment avare de détails.

Le corridor menant à sa classe s'étire devant elle. Ses pas ralentissent, s'arrêtent près d'une fenêtre ensoleillée. Là, elle s'appuie contre la bordure. Sœur Irène n'a laissé aucun mot, aucune lettre, ni d'elle ni de Julien. Aurait-elle manqué à sa parole? Quel trouble, quelle maladie a pu l'affliger? *Tu ne mentiras point,* dicte l'un des dix commandements. Mère Saint-Elzéar ne lui a pas dit la vérité, toute la vérité. Comme Blanche et Pitre. Tout le monde vit dans le mensonge.

Dehors, la vie continue. Septembre et ses récoltes, ses verts jaunis… Septembre et ses ombres qui s'allongent… Septembre et ses champs d'avoine crépitants, ses nuits fraîches et ses ennuis sous la pluie. Bientôt, par un dimanche de beau temps, les couventines retourneront à la ferme pour ramasser les patates et cueillir les pommes. Dedans, tout est pareil: les heures en classe, les leçons et les devoirs, les dimanches de prières, d'attente et de correspondance. Septembre, puis octobre, puis novembre… Des jours identiques, réglés comme du papier à musique, mais maintenant, sans musique, sans chanson, sans sœur Irène, sa nouvelle petite maman, celle qui ne lui mentait pas. Peut-être a-t-elle su, pour la poupée ? Peut-être y a-t-elle vu là un acte de trahison. Comment savoir pourquoi elle est partie ? Qui pourra le lui dire ? Sœur Économe ? Sœur Dortoir ? Si Julien a écrit, les lettres sont sûrement rangées quelque part dans la chambre de sœur Irène. Mais a-t-elle toujours sa chambre ? Et la chatte Mélodie, que sera-t-il advenu d'elle ?

« Besoin de repos », « besoin de réfléchir », « besoin de se rappro-cher de Dieu » sont les seules réponses qu'elle obtient lorsqu'elle questionne les autres religieuses.

Encore cet automne, l'autobus qui les mène à la ferme du rang Saint-Joseph bourdonne d'excitation. Arrivées sur place, les couventines s'éparpillent comme des fourmis dont on vient de découvrir le nid sous la pierre. Au jardin, au verger, elles courent, grimpent, grattent, cueillent. Jeanne, avec quelques élèves de l'École ménagère, a obtenu la permission d'accompagner le groupe, non pas pour assurer la discipline ou pour aider, cette fois, mais pour le loisir.

Après avoir exploré les environs, Jeanne revient, le pas pressé, le regard scrutant continuellement à la ronde.

— Viens avec moi, Flo. Je vais te faire visiter les bâtiments. Ça te rappellera de beaux souvenirs du temps de ta petite enfance, avec ta famille, à la ferme.

Elle la prend par la main et, marchant à vive allure, la tire presque.

— Eh ! Ralentis, tu vas m'arracher le bras !

Dès qu'elle entre dans un bâtiment, elle en fait le tour rapide-ment et s'en désintéresse tout aussi vite pour aller vers une autre porte. Ainsi, on passe de l'étable à la laiterie, à l'écurie, à la porche-rie, au poulailler et à la grainerie en moins de dix minutes.

— Tu parles d'une visite ! se plaint Flora. J'ai même pas le temps de voir les veaux et les poussins. On dirait une course… Et je sais pourquoi. Me prends-tu pour une dinde ?

— Si tu m'accompagnes, ça aura l'air moins louche. Là, je ne comprends pas… Où peut-il bien être ?

Jeanne se fiche bien d'éveiller les bons souvenirs de Flora, de lui donner un peu d'attention, de lui remémorer les anecdotes qu'elle a vécues avec ses sœurs plus près de son âge. Souvent, cousine Jeanne venait en promenade à la ferme, avec tante Blanche. Pendant que maman Alice et Blanche conversaient dans la balançoire ou préparaient le repas, Jeanne retrouvait Réjeanne, Micheline et Fabienne. Elles passaient des heures ensemble, dans la chambre des filles. Ou bien, elles attelaient le poney à la voiturette et partaient à l'aventure à travers champs, pour revenir les joues rouges et des crampes au ventre d'avoir trop ri. Pourquoi cousine Jeanne ne relate-t-elle pas ces formidables moments ?

— Raconte-moi les saynètes que tu montais avec mes sœurs, dans le fenil vide.

— Le fenil ! On a oublié le fenil !

Les fillettes courent vers la grange dont elles enjambent la petite ouverture pratiquée dans l'une des immenses portes à battants qu'on utilise uniquement pour faire entrer la grosse machinerie. Pénombre, poussière dans les rayons, odeur sucrée du foin empilé par terre, toiles d'araignées et chevrons dorés au plafond. En haut, du bruit et des gémissements poussés sous l'effort attirent leur attention. Quelqu'un travaille dans le grenier.

— Attends-moi. Je vais voir.

Souple comme un chat, Jeanne grimpe à l'échelle fixée au mur pour atteindre bien vite la tasserie, à l'étage.

— Enfin, je t'ai trouvé ! s'exclame Jeanne, qui disparaît derrière les amoncellements de paille.

En bas, assise sur une botte de foin, Flora ramasse un paquet d'allumettes qu'elle s'empresse d'enfouir dans sa poche. C'est dangereux pour le feu, qui plus est, dans une grange. De la botte, elle tire des brins qu'elle tresse du mieux qu'elle peut, sans but précis. Ses doigts bougent bien, emportés par le mouvement et la bonne chaleur de la paille dont elle aime toucher la franche rudesse. Cela ne ressemble d'abord à rien, et de ce rien qui s'allonge patiemment émerge une tumescence qui rappelle le maïs. Flora n'entend rien, toute à son inutile travail qu'elle lance finalement en l'air. Lorsque le fil tressé atteint le sol, il attire un chat qui bondit entre deux meules de foin : la chatte de sœur Irène qu'elle reconnaît par son beau pelage rayé. La bête répond à ses appels et s'approche, se frôle en va-et-vient sur ses jambes.

— Belle Mélodie ! C'est donc ici qu'on t'a laissée, après le départ de sœur Irène. Tu dois t'ennuyer, toi aussi.

Elle la prend sur ses genoux, pour mieux l'entendre ronronner. Elle respire de bonheur.

Son souffle s'apaise, puis il gagne en cadence, une cadence qu'elle devine bientôt n'être plus la sienne propre. De tendres halètements lui tombent dessus, bas et graves, d'abord, puis tendus et secs. Un gros *han* lui fait échapper la petite bête. Flora se lève, rajuste sa jupe et ses bas, s'installe au pied de l'échelle, regarde droit devant, l'oreille attentive aux mouvements d'en haut. La curiosité l'emporte. Elle grimpe trois échelons, attend, se racle discrètement la gorge, puis écoute à nouveau. On dirait des gémissements, la plainte du vent, puis un rire d'enfant chatouilleux. De faux silences entrecoupés d'ahanements lui font gravir les quelques degrés qui la séparent encore du fenil. Un rayon de soleil perce le mur par un nœud vide, au milieu d'une planche. Là, elle a une vision. Des doigts qui bougent en un mouvement frénétique, une main qui voyage vers la gorge de Jeanne dont le visage rayonne d'un bonheur qu'elle ne lui connaît pas. Allongée sur la chemise de l'homme, tout nu, Jeanne lui offre à son tour d'étranges caresses qu'il goûte avec de petits gémissements d'animal. Leurs doigts s'entremêlent, leurs bouches se cherchent, et le garçon s'étend enfin sur Jeanne de tout son poids, l'enserre de ses cuisses lourdes.

Flora ferme les yeux pour mieux les rouvrir et regarder la scène d'un air hébété. Sa bouche sèche ravale toute parole, le cœur lui frappe si fort la poitrine qu'elle risque de tomber. Elle s'entend chuchoter : *Jeanne, Jeaanne, Jeaaanne,* au rythme des convulsions de la cousine et du va-et-vient de l'homme, dont elle voit le blanc des fesses musclées tressauter au-dessus de Jeanne.

Elle réprime un cri. Son cœur cesse de battre. Le jeune amant retombe sur le côté, cachant Jeanne au regard de Flora.

Sous le rayon du soleil qui darde les corps comme une poutre transversale, Jeanne se relève, vêtue de son seul jupon blanc immaculé. De la chemise bleue du garçon, elle s'entoure la tête et noue les manches sous son menton, en guise de voile. Un pied sur le ventre de l'homme, qui essaie tant bien que mal de rattacher les boutons et la ceinture de son pantalon, elle reste là, dans la lumière animée de milliers de poussières dansantes, le sourire radieux. Voilà exactement le genre d'apparition que devait avoir Bernadette Soubirous dans la fameuse grotte : une jeune fille remplie d'amour, au sortir d'un rendez-vous tenu dans le grand secret...

Sans bruit, la nouvelle Bernadette redescend sur le plancher des vaches, reprend son fétu de paille et chantonne en amusant la chatte. Elle ne dévoilera rien de cette vision. Un rêve.

Encore essoufflée, les joues rougies, Jeanne revient enfin, costume et cheveux en place, mais parsemés de paille.

— Je l'aime, je l'aime, répète-t-elle. Si tu savais comme ce sentiment est grand. Vite, nous devons rejoindre les autres, maintenant.

— Attends, la retient Flora. Tu es pleine de paille.

— Je croyais que tu allais dire «pleine de grâce»! puis elle pouffe. Non, la Vierge et moi, nous n'avons plus grand-chose en commun.

*Pourtant si*, pense Flora. Tout à l'heure, la vision, dans la lumière dorée, sous la niche de poutres…

Drôle de Jeanne, remplie d'amour: elle adore ce Jacques, mais aussi le cousin Yvan et le fils du boulanger qui passe chez tante Blanche et dont elle surveille les allées et venues, ou bien c'est le merveilleux inconnu qui traverse la rue, cigarette au bec. Jeanne, elle aime bien des garçons depuis qu'elle se sait adoptée. Par contre, elle fait la vie dure à Blanche et Pitre.

— Il m'a donné sa nouvelle adresse, confie-t-elle à Flora. Je pourrai lui écrire et il viendra me voir les fins de semaine, au parloir.

— Mais il n'est pas de la famille!

— Quelle famille? La mienne est fausse et, tu le sais, on peut s'inventer des cousins. Les sœurs n'enquêtent pas sur notre nombreuse parenté.

Le dimanche, Flora ne sait plus à qui adresser sa correspondance, mis à part à tante Blanche qu'elle ne veut pas inquiéter outre mesure, d'autant qu'oncle Pitre n'a pas encore trouvé de travail permanent. Tante Blanche réussit malgré tout à boucler les fins de mois grâce à ses ménages, mais chez eux, le niveau de vie a bien changé au cours de la dernière année. Si sœur Irène ne revient pas, faudra-t-il aller dans un autre couvent pour travailler avec elle à nouveau? Et son père, à l'heure qu'il est, n'a-t-il pas terminé la construction de sa maison? Sa probation?

Ses idées s'embrument.

Elle dépose sa plume et lève les yeux au plafond, hypnotisée par la lumière laiteuse des lampes suspendues. Cette chaleur provient-elle de ces larges abat-jour, ou bien des fillettes réunies dans la salle, rouges de sueur après la récréation qu'elles ont passée à jouer au drapeau? Elle balaie la pièce du regard. Le bruit des plumes qui grattent le papier, les reniflements, les odeurs de transpiration, les toux forcées, les petites ombres sous chaque fillette, aplaties sur le plancher, et, au-dessus de leur tête, les réflexions perdues... Il importe de rester sensible à tout ce qui l'entoure afin de découvrir les secrets cachés, car la sincérité n'habite pas la parole. Elle se concentre de plus en plus, à tel point qu'elle en ressent une sorte de fièvre qui accroît, dirait-on, l'intensité de ses perceptions. Elle ne parvient pas à mettre en mots cette sensation, et la plume repose toujours dans l'encrier; la page reste d'un blanc aveuglant.

Elle amorce sa troisième année et aura bientôt neuf ans. Depuis le feu qui lui a pris sa famille, toutes ses démarches pour retrouver Julien ont été vaines, comme quand elle pêchait dans la rivière, au bout de la ferme: chaque fois que sa branche d'aulne se courbait et s'agitait, annonçant une belle truite, ses grands efforts pour ramener la prise sur la rive s'avéraient inutiles et elle ne sortait de l'eau qu'un hameçon vide.

Sœur Sainte-Philomène, sa nouvelle maîtresse, circule entre les bancs, balance la tête de part et d'autre, regardant les plumes de chacune affairées à se mouvoir sur les pages. Elle sent le javellisant et ses mains sont aussi blanches que son plastron. Sa robe luit au soleil à force d'avoir été trop repassée. Elle est la plus maigre et la plus grande des religieuses: voilà pourquoi on la surnomme sœur

Fil. La plus sévère également. «Enfile!» ordonne-t-elle souvent pour que la retardataire se hâte. Malgré ses belles lèvres fines, avec ces yeux mélancoliques aux paupières lourdes, ce menton en croissant de lune et une arête du nez creusée, le sourire n'arrive jamais à dessiner la gaieté dans l'ovale de ce visage. Quand elle rit, on jurerait qu'elle a mal. Il y a des religieuses qui vieillissent en blanc, d'autres en gris, d'autres en rose. Certaines se dessèchent, d'autres enflent comme la grenouille de la fable. Celles-là deviennent des femmes à gros derrière et aux joues rebondies, comme mère Saint-Elzéar. Sœur Fil est plutôt du genre bois de grange et crispé.

— Sors de la lune, Flora Blackburn, enfile! la somme sœur Fil en passant près d'elle.

Trois mots seulement noircissent le haut de la page : *Une autre planète.* Flora se sent dans un autre monde, différente, comme si elle venait de s'éveiller brusquement et que, soudain, tout lui paraissait plus sérieux, plus grave, plus compliqué.

Elle se répète les prédictions de Simone : *Quelqu'un qui veut absolument te garder ici, mais par égoïsme.* Qui? Tante Blanche? Mère Saint-Elzéar? *Quelqu'un qui voudra te sortir d'ici, mais pas vraiment pour ton bien.* De cela, elle est certaine : il s'agit de son père. *Quelqu'un que tu dois retrouver.* Elle a toujours cru qu'il s'agissait de sa mère ou de son frère, mais la situation a changé. Peut-être est-ce plutôt sœur Irène, maintenant. On n'est jamais sûr de rien; les événements se bousculent sans cesse.

Simone la regarde, avec un signe de tête éloquent : rendez-vous, cette nuit, dans le dortoir.

Ses cartes pourront-elles enfin élucider l'énigme?

Parce que les prières, les appels à la volonté divine, les bonnes actions et les bonnes notes ne suffisent pas pour arranger quoi que ce soit. Même les promesses des sœurs n'ont pas de poids. Celles de son frère non plus. Encore moins celles de tante Blanche et d'oncle Pitre quant à la guérison et au retour de bonne maman. À quoi bon la récitation de centaines de chapelets, les invocations à toutes les statues d'église ? Aucun saint ne peut garantir l'avenir, aucun ne peut réaliser les souhaits les plus chers. Tante Blanche ne dit-elle pas que la vérité sort de la bouche des enfants ? Alors, mieux vaut se fier à Simone.

Bien tard, plus un seul bruit du monde des vivants ne circule à l'intérieur des murs. Dans tous les corridors, dans toutes les salles, dans tous les dortoirs figés, les vagues profondes du silence couvrent les dormeuses. Sous le drap en forme de tente, assise en tailleur devant Simone, elle attend la nouvelle prédiction en scrutant le regard fixe de sa camarade. Celle-ci y va de ses théories et de ses explications obscures pour tenter de faire comprendre sa science à son amie. Il lui faut se détendre pour endormir sa raison et faire jaillir ce qui flotte à la surface de son âme. Là seulement, Simone pourra entrer en contact avec les esprits.

— Je sens une frontière qui résiste autour de toi. Pense à un barrage sur une rivière. Ce qui franchit ce barrage construit autour de toi toutes les choses, tous les événements. Les mouvements des autres te paraissent clairs et bien précis, mais entre ce qu'on voit et ce qu'on perçoit, on peut deviner. Oui, deviner ce qui arrive et ce qui arrivera, de plus en plus loin dans le temps.

Quand elle parvient à faire tomber cette frontière qui enveloppe le corps, une fenêtre minuscule s'ouvre par où entrent d'autres images, mais pour entrer, elles doivent se faire si petites que Simone ne réussit pas toujours à saisir ce qu'elles ont à dire.

Tout ce discours chuchoté inquiète Flora, qui n'y comprend pas grand-chose. Tout de même, anxieuse, elle brasse les cartes en se concentrant, comme le veut le rituel, puis redonne la pile à Simone. Celle-ci met du temps à disposer les paquets révélateurs, à la lumière de la lampe torche.

— Oh! fait-elle en tournant et en plaçant les cartes.

— Que vois-tu? demande Flora, tourmentée.

Le silence flotte même si Simone a étalé les quatorze cartes révélatrices. Elle secoue la tête avant de parler.

— C'est terrible, mais en même temps… je sais pas… Ce dix de trèfle m'embête. Et là, la dame de carreau. Sœur Irène est partie à cause de toi. Ici, je vois une lettre, non, plusieurs lettres.

— Tu le fais exprès! Tu ne sais pas quoi dire, tu vois rien! se fâche tout bas Flora.

— Oh oui! Je vois trop de choses, justement, répond l'autre en haussant le ton. C'est compliqué. Des lettres postées, d'autres non, mortes, brûlées.

Puis, soudainement, ses yeux se révulsent.

— Une personne s'en vient, elle arrivera, elle arrive…

Trop tard!

Une main rapide arrache le drap, les cartes volent sur le lit et par terre. Le visage de sœur Dortoir, éclairé par son falot, apparaît comme la tête d'un vieux fantôme sous un bonnet de nuit.

— Je vous y prends! s'étonne-t-elle d'une voix ferme qu'on ne lui connaît pas.

Le lendemain, encore une fois, les deux fillettes se retrouvent au bureau de mère supérieure.

— Ainsi, vous étiez ensemble, dans le même lit. Et qu'y faisiez-vous ?

Mère Saint-Elzéar porte des sourcils fâchés et des lèvres dures sur son visage joufflu, habituellement sans ride, mais aujourd'hui, plissé de colère.

— On jouait aux cartes, se hâte de répondre Simone.

— Vous savez pertinemment, reprend la supérieure, que ce n'est ni l'heure ni l'endroit pour vous amuser ! Vous enfreignez les règlements pour désobéir, comme deux têtes folles, deux menteuses.

— Justement, on cherchait la vérité, se révolte Flora. Une vérité que vous ne voulez pas me dire, que tout le monde me cache.

Les yeux de la supérieure s'arrondissent, devenant presque aussi ronds que ses lunettes.

— Vous cherchiez la vérité dans un jeu de cartes ?

— Oui, ma mère, parce que je ne peux pas la trouver ailleurs ni savoir qui s'occupera de moi et pourquoi sœur Irène est partie. Tout le monde me raconte des menteries.

— Dans des cartes ? Simone lit tout ça dans les cartes ?

Simone hoche la tête et reçoit le discours auquel elle s'attendait.

— Pauvres enfants ! Ne savez-vous pas qu'il n'y a que Dieu qui puisse connaître notre destinée ? Les boules de cristal, les astres, les cartes, les lignes de la main, la voix des revenants… Rituels païens, charlatanisme, bêtises ! Ne sombrez pas dans ces croyances et autres stupidités.

Tout en écoutant, Flora ne peut s'empêcher de penser aux histoires saintes : sainte Catherine et le lait qui coulait de son cou tranché, sainte Bernadette et la source d'eau boueuse découverte au fond de la grotte, les enfants de Fatima et leurs visions du fantôme de Notre-Dame-du-Rosaire, ces hallucinations d'un soleil dansant dans le ciel et que tout le monde dit avoir observé… Sans parler des prophètes. N'annoncent-ils pas les événements futurs ? N'est-ce pas assez farfelu ? Flora garde ses commentaires et scrute la paume de ses mains. Se peut-il que l'avenir y soit inscrit ?

— Je confisque les cartes et cette lampe torche. Je vous interdis de reprendre ce genre d'activité, quelle qu'en soit la forme. Enfin, je vais m'assurer qu'on ne vous voit plus ensemble, comme par les années passées.

Sa décision impériale tranche la tête de sainte Catherine.

Flora regarde maintenant les papiers traînant sur le pupitre de la supérieure. Sur le dessus d'une pile, une enveloppe non ouverte, semble-t-il, adressée à sœur Irène. Elle se penche imperceptiblement pour y lire le nom de l'expéditeur : *Justice des mineurs*. Le reste, en plus petits caractères, lui échappe. Les mineurs travaillent dans les mines, n'est-ce pas ? Elle voudrait subtiliser la lettre. Son frère écrit à sœur Irène et la correspondance est au bout de son bras, inaccessible. Le cachet semble intact, c'est donc que personne ne l'a lue.

Très bien. À la guerre comme à la guerre. La supérieure confisque les cartes ; Flora ira à la conquête de cette lettre.

En classe, sœur Fil place les fillettes aux deux extrémités opposées de la pièce. À la récréation, sœur Alerte les garde à distance l'une de l'autre. Même chose au réfectoire, à la chapelle et aux lavabos.

De loin, elles communiquent par des grimaces, des clins d'œil, une gymnastique de sourcils et de mains. À la salle d'étude, souventes fois, Flora lève le regard vers son amie, concentrée sur son cahier. Elle en détache une page sur laquelle elle écrit. Elle plie, tourne, retourne et replie la feuille selon des angles particuliers. Le papier prend la forme d'un petit oiseau, qu'elle cache dans sa manchette. Puis elle pose les mains à plat sur ses cuisses et hoche la tête une seule fois. Flora connaît maintenant le point de rendez-vous.

Avant d'aller au lit, elle s'enferme dans l'un des cabinets de toilette et attend que toutes les filles soient reparties vers le dortoir. Sous la porte de bois se glisse l'oiseau de papier qu'elle déploie soigneusement.

*« Une lettre qui ne t'est pas destinée te causera bien des aventures. Pas besoin de toujours aller voir sous les cartes pour connaître la vérité. Ta presque sœur, Si. »*

Mal replié, mais bien caché dans la manche de la chemise de nuit, l'oiseau gagnera le dortoir, mais pas pour y dormir. Tandis que toute le monde sommeille, Flora mettra la main sur cette fameuse lettre.

Poussant la porte du cabinet pour en sortir sans bruit, elle voit, de l'autre côté, une couventine, en robe et bonnet de nuit, penchée au-dessus du lavabo, les mains sur le visage, les épaules secouées de spasmes. Flora ne reconnaît pas tout de suite l'élève qui lui tourne le dos. Elle s'approche doucement, lui pose la main sur le bras. L'autre sursaute en émettant un petit cri. C'est Jeanne. Elle s'appuie contre le mur et retient sa cousine par la manche, chiffonnant le pauvre oiseau. Elle semble si déroutée que le contact croustillant du papier lui échappe complètement, au grand soulagement de Flora, jalouse de son secret. Personne ne doit savoir, personne n'aura plus sa confiance ; elle ne compte que sur elle-même, et sur Simone, bien sûr.

Mais que fait Jeanne à cette heure tardive, alors que bientôt sonnera la cloche de neuf heures et quart ?

— Flora ! Ma petite Flora ! Ne dis pas que tu m'as vue, implore-t-elle à voix basse.

La mine triste, le visage blafard et, dans les yeux creux, des veinules rouges disent la fièvre, le chagrin, l'angoisse, à croire qu'elle n'a pas dormi depuis mille nuits. À tout moment, elle jette des regards obliques, et, finalement, les mots se bousculent.

— Un mauvais pressentiment me poursuit. J'ai une grave décision à prendre. Prie la Vierge pour qu'elle vienne à mon secours, sinon c'en sera fini de mon pauvre cœur, de mes études, de ma vie. Je n'arrive plus à me concentrer et à mémoriser quoi que ce soit. Pauvres Blanche et Pitre… ils ont tant économisé pour payer ces cours… Ils voulaient m'inscrire l'an prochain à l'École normale. Même s'ils ne sont pas mes vrais parents, ils ne méritent pas ça. Seigneur ! Qu'est-ce que je vais faire ?

De quoi parle-t-elle ? Un mariage ? Sûrement pas, elle n'a pas quinze ans. Peut-être a-t-elle trouvé du travail, ou bien veut-elle fuguer. Certes, il ne s'agit pas d'un projet joyeux.

— Est-ce que je peux t'aider ? propose Flora, ne sachant trop comment intervenir.

Jeanne secoue la tête.

— Je sais ! reprend Flora, qui croit avoir deviné la source des tourments. Tu as une peine d'amour. L'homme engagé t'a écrit qu'il ne veut plus de toi.

— Oh ! Si ce n'était que ça…, répond Jeanne en reniflant.

Voyant le visage de sa cousine ruisselant de larmes, Flora retourne dans le cabinet et rapporte une bonne quantité de papier de toilette qu'elle lui tend. Alors que Jeanne se mouche, un vent de panique traverse l'esprit de Flora.

— Doux Jésus, oncle Pitre est mort ? C'est pour ça que tu as peur de ne pas finir tes études.

Autre signe de tête négatif.

— Alors, c'est à ma tante qu'il est arrivé quelque chose? demande encore Flora, de plus en plus inquiète. Dis-moi!

— Mais non. Tu ne pourras jamais deviner ni comprendre. Je suis amoureuse de deux garçons que je ne peux jamais voir. Comment veux-tu que je choisisse? Va-t'en, maintenant. Laisse-moi tranquille.

Pauvre Jeanne! Que de problèmes elle s'invente avec ses histoires d'amour!

Un peu plus tard, lorsque Flora veut se rendre au bureau de la supérieure, elle entend des pas dans le passage. Elle attend une heure, puis entrouvre le rideau de sa chambrette et avance vers la sortie. Une lueur éclaire le seuil de sœur Dortoir. À pas de souris, elle regagne sa couchette. Les événements des derniers jours l'ont passablement perturbée et c'est bien en vain qu'elle lutte contre l'assoupissement. Au moment où elle rouvre les yeux, la cloche du réveil sonne et elle sort d'un sommeil séculaire.

Sœur Dortoir interpelle les retardataires. Chacune prend sa boîte à peignes, savon, serviette et débarbouillette, verre et brosse à dents pour aller aux lavabos.

Flora devra attendre la nuit suivante.

Vaquant à ses occupations scolaires, elle ne se soucie plus des chagrins de Jeanne, qu'elle ne rencontre pas de la journée. Une seule chose canalise toutes ses pensées: la lettre.

Le soir, elle lutte: ne pas dormir, garder l'esprit vif, chasser les idées emmêlées, bouger pour empêcher le passage du marchand de sable. Il doit être près de minuit. À présent, les respirations ont pris le rythme d'une mer tranquille. L'heure est venue.

Pour s'être souvent déplacée en pleine nuit dans le dortoir, et au grand jour sur le chemin qui mène au bureau de la supérieure, elle connaît maintenant l'emplacement des planches qui geignent, des marches qui craquent, des gonds qui pleurent. Aussi arrive-t-elle devant la pièce sans aucun bruit, soulagée et fière d'elle. Son contentement s'estompe bien vite lorsqu'elle constate la résistance de la porte, fermée à clé. Qu'elle est bête d'avoir imaginé qu'elle entrerait là comme dans un moulin !

— Seigneur ! Éclairez-moi de vos lumières. Donnez-moi la façon de faire pour y arriver, implore-t-elle tout bas en regagnant sa chambrette.

La nuit porte conseil, dit souvent sœur Fil, et cette nuit-là est meublée de réflexions, de mises en scène loufoques et improbables qui la mènent toutes à la même sortie : la manière la plus efficace d'aller chez la supérieure demeure la punition, sévère et sans appel. Pour y parvenir, les idées ne manquent pas. Par contre, une fois devant mère Saint-Elzéar, comment la distraire, détourner son regard, le temps de prendre la lettre ? Agir au bon moment, dans un enchaînement sans faille, relève du défi. Elle sait que sœur Sainte-Lucie vient porter la transcription dactylographiée des annales de l'institut tous les derniers mercredis du mois, vers deux heures et demie. Sœur Sainte-Lucie ne manque jamais à l'horaire. Il suffit donc, pour Flora, de se trouver dans le bureau à ce moment précis. Lorsque l'annaliste frappera à la porte et que mère Saint-Elzéar ira lui ouvrir, la main agile de Flora volera vers le document.

Au matin du dernier mercredi du mois, tandis que Flora range ses effets de toilette, la stratégie lui paraît bien nette. En classe, au comble de l'énervement, elle oublie de répondre à toute une partie de l'examen de français. Puis viennent les prières, les chansons et les exercices d'arithmétique. La cloche met un temps fou avant d'annoncer la récréation et, enfin, le dîner.

Au début de l'après-midi se présente la première occasion de mettre son plan à exécution, alors que sœur Fil est demandée à la porte de la classe. Profitant de ce moment d'inattention, Flora quitte son banc et se faufile dans l'armoire des manuels de référence, qu'elle referme en douceur. De sa cachette, elle entend les rumeurs étouffées dans la classe.

Sœur Fil reprend place sur la tribune et annonce que la récréation aura lieu dans la grande salle, en raison du temps maussade. La disparition de Flora ne lui échappe pas.

— Mais où est-elle passée? demande-t-elle en regardant alentour.

Les petits rires ne présagent rien de très brillant, et sœur Fil comprend que l'espiègle lui réserve un mauvais tour. Elle va surgir d'on ne sait où et la faire sursauter. Son cœur, son pauvre cœur survivra-t-il, lui qui s'emballe au moindre effort?

— Où est-elle? scande-t-elle sur un ton impératif.

On ne rit plus.

Dans l'armoire, Flora se retient d'éclater, mais pour ne pas aiguiser la colère dirigée vers ses amies, elle pousse vigoureusement la porte et sort en criant:

— Coucou! Coucou! Il est deux heures.

À deux heures cinq, au quartier général, mère Saint-Elzéar, indignée, claque la porte avant de se rasseoir.

— Toi, reste debout, petite impertinente!

Flora prend une position de soldat et baisse les yeux vers les paperasses étendues sur le pupitre. La lettre, sur la pile entassée à sa droite, attend toujours.

— Regarde-moi, quand je te parle, même si tu es rongée par la honte !

Flora ouvre des yeux grands comme des soucoupes et fixe le visage boursouflé qui la gronde. Comment pourra-t-elle tenir vingt-cinq minutes avant l'arrivée de sœur Sainte-Lucie ?

— Qu'est-ce que c'est que cette comédie ? Se cacher dans une armoire… Tu aurais pu faire mourir de peur notre pauvre sœur Sainte-Philomène. C'est un comportement inadmissible. Encore un acte de dissipation volontaire ! Nous ne savons plus quelle mesure adopter pour qu'enfin tu atteignes l'âge de raison et les valeurs de la maison : politesse, étiquette, bon goût et, surtout, bonne conduite. Ta pénitence sera une journée de silence et qui débute dès maintenant !

C'est tout ? À l'horloge, sur le mur, il n'est que deux heures et quart. Oh, désespoir !

— Allez, tu peux disposer. Et pas un mot !

Quoi ? Tous ces efforts pour rien, pour une punition de silence et de réclusion. La honte ! Elle est prête à tout supporter, à condition d'avoir cette lettre, si près d'elle. Elle n'aurait qu'à tendre la main… Elle sent une chaleur lui monter aux joues, la sueur perler sur son front et ce mal de ventre… mal de bouilloire, de rond de poêle, de révolte, de cris enfermés, en dedans, mal de chagrin qui chauffe les yeux.

Sa tête chancelle.

— Eh bien quoi ? Que t'arrive-t-il, là ? Tu es rouge comme la crête d'un coq ! Est-ce que ça va ?

Les lumières du Seigneur, où sont les lumières du Seigneur qu'au matin elle sentait si fortes ? Éteindre ses lumières ! Une image surgit : sœur Adèle évanouie dans la classe. Faire de même, se laisser tomber, même si elle se frappera la tête contre les tuyaux du calorifère, même si la douleur tordra sa bouche. Mère Saint-Elzéar se lèvera, tout inquiète, viendra vérifier son état, mais elle, elle ne bougera pas, feindra la perte de connaissance et…

Elle s'effondre, tout mollement. Le bruit des tuyaux résonne au-delà de la pièce, jusqu'aux bouilloires, avec le cri d'effroi que pousse la grosse religieuse.

Malgré un mal de front et d'épaule, Flora garde le silence et les yeux fermés pendant que mère Saint-Elzéar la secoue délicatement, l'appelant par trois fois.

— Miséricorde!

Ses souliers claquent sur le parquet, les gonds de la porte se lamentent; elle est partie chercher l'infirmière.

Les lèvres serrées et la tête endolorie, Flora ouvre un œil. Vite! Elle n'a que quelques secondes pour se relever à demi et empoigner la lettre. Du coup, elle fait tomber toute la pile de documents. L'avalanche de papiers se répand par terre. Parfait! Ainsi, la supérieure ne se rendra pas compte qu'il en manque un.

La voilà entre ses doigts, cette fameuse lettre qu'elle dissimule entre son uniforme et sa blouse. En gardant une main sur son ventre, elle la retiendra là.

Les pas reviennent.

Sœur Médecine recule une chaise, pousse un peu le pupitre pour se donner de l'espace et l'ausculter, remarquant une coupure sur la tempe, lui parlant en tâtant les bras, le bassin, les jambes.

— Dis-moi où tu as mal.

Flora se contente de secouer la tête en protégeant la lettre cachée sur son abdomen. Elle se relève.

— Est-ce que ça va ? demande mère Saint-Elzéar.

En plaçant l'index sur ses lèvres, Flora lui rappelle qu'elle doit faire silence, suivant les ordres.

— Oublie la consigne, pour l'instant. Assieds-toi, là, et dis-nous…

Que de soins, que d'attentions encore ! Flora affiche son petit sourire reconnaissant, celui qui séduit tout le monde.

— Oh, mère Saint-Elzéar ! Je m'excuse. Comme j'essayais de me relever, après votre départ, j'ai fait tomber tous les papiers. Pardonnez-moi. Je n'ai pas fait exprès, je vous le jure. Votre bureau est tout en désordre, par ma faute.

— Laisse cela. L'important n'est pas l'état de mon bureau, mais le tien et, Dieu soit loué, tu as retrouvé tes sens, lui dit-elle en passant une main sur ses cheveux.

Puis, se tournant vers sœur Médecine :

— Amenez-la à l'infirmerie et donnez-lui du tonique.

— Oh non ! Ce n'est pas nécessaire, réplique Flora en se remettant sur pied. Je voudrais simplement me reposer un peu dans ma chambre. Je me sens déjà mieux.

Sur ces entrefaites arrive sœur Sainte-Lucie avec ses annales. Pendant que Flora prend congé avec sœur Médecine, l'annaliste aide la supérieure à ramasser le fourbi par terre.

Et voilà : quelques mensonges bien tournés, appelant à la pitié, et une mise en scène convaincante. Ainsi font les grandes personnes. Il y a les mensonges gris, les mensonges blancs, les noirs aussi. Noir et blanc, comme le costume des religieuses. Depuis trois ans, on lui a appris à dissimuler. Plus elle se sentira coupable, plus elle mentira. Principe d'autodéfense, de survie, de fantaisie… Derrière les portes du couvent, le mensonge doit prendre toutes les couleurs de l'art.

Le long du parcours qui mène à sa chambrette, ses mains croisées sur sa taille maintiennent l'enveloppe en sécurité.

— Voilà. Repose-toi. Je vais aviser sœur Sainte-Philomène et reviendrai te voir dans quelques minutes. Après un coup à la tête, il ne faut pas que tu dormes.

Dès que sœur Médecine sort, Flora se relève d'un bond et, dans son tiroir, prend la boîte de sucres d'orge que lui a donnée sœur Irène, l'année dernière. Une jolie boîte en fer, maintenant vide, dans laquelle elle envisageait de ranger sa correspondance. Elle y dépose la précieuse lettre.

Sœur Médecine revient bientôt pour s'assurer qu'elle va bien, désinfecte la coupure et la panse d'un diachylon.

— Finalement, je préfère te garder sous surveillance à l'infirmerie. On ne sait jamais, pour la commotion… Je ne veux prendre aucun risque.

Peu importe, à présent, la lettre est en sécurité et, en attendant, personne n'ira fouiller là, dans le fond de son compartiment. Cette nuit, elle pourra la lire à son aise, à l'abri des regards. Son frère avait raison : le mensonge paie.

À l'infirmerie, pour passer le temps, elle joue des airs imaginaires sur le bord de la table, histoire de ne pas perdre la dextérité et de ne pas décevoir sœur Irène lorsqu'elle reviendra. Inconsciemment, bientôt, elle se laisse emporter et fredonne, bouche fermée.

Du coin de l'œil, sœur Médecine l'observe. Flora s'en rend vite compte et se tait derechef, car elle ne sait plus trop si elle doit garder silence tel que l'a prescrit la supérieure en guise de pénitence.

— Allez, continue, et chante à haute voix cet air que tu joues pour les sourds.

Sans se faire prier, de sa voix cristalline, elle entonne *Les cloches du hameau* que reprend, avec bonheur et à la tierce, sœur Médecine. Elles y vont gaiement de leurs *Tra, la, la, Tra, la, la, la, la, la, Tra, la, la, la, la, la, la, la, laaaaaa, la, laaaa,* jusqu'à une magnifique finale en *crescendo.*

— Ah, belle enfant ! Tu es la joie ! *Celui qui ne sait plus parler, qu'il chante ! Il suffit qu'une petite âme ait la simplicité de commencer, et voici que toutes, sans qu'elles le veuillent, se mettent à l'écouter et répondent, elles sont d'accord.* Ce sont les mots de Claudel, un grand homme de théâtre. On n'a jamais si bien dit quand on t'entend.

Flora lui sourit de plus belle, entame la chanson de *La perdriole* avec un entrain revigoré. Les heures tournent plus rapidement et, à la nuit tombée, elle pourra briser le cachet de cette fameuse lettre. Après, après… tous ses projets pourront voir le jour.

# Épilogue

Après… l'hameçon n'a ramené que du vide. Ou plutôt du feu. Encore !

Voilà comment elle s'est retrouvée pelotonnée sous son lit pendant que l'incendie crépite de l'autre côté, dans le corridor. Un feu allumé de sa main, avec une bougie bénite !

Dans le noir qui l'enveloppe défilent les visages de Julien, de sa mère, de sœur Irène, de son père, de tante Blanche… Racheter les âmes perdues… ses sœurs. Et tant de questions. Pourquoi Julien n'a-t-il jamais répondu ? Qu'a fait sœur Irène de ses lettres ? Pourquoi est-elle partie ? Et le chagrin de Jeanne ? Il y a trop de mots, trop de fils perdus et tous ces mensonges. Elle n'a appris qu'une chose : la fameuse lettre n'est pas de son frère.

Des cris. Partout des cris, des crépitements et le souffle du dragon. Horreurs de l'enfer. Elle cligne des yeux. La fumée roule au plafond. La fournaise ! La bouilloire va-t-elle exploser ? Elle n'y voit plus rien et tente de mieux rabattre le drap sur sa tête. Si elle avait eu la lampe torche de Simone, rien de tout cela ne serait arrivé. Le petit ange de cire s'est consumé bien trop vite, avec une flamme si haute qu'elle a atteint les rideaux !

Il fait chaud, de plus en plus chaud. Le nœud serré dans sa gorge l'étouffe davantage que la fumée. Mourir là, odieuse d'avoir désobéi, en sorcière. On trouvera son crâne, quelques os à mettre en terre. Pourquoi a-t-elle encore manqué ? Dieu punit ainsi. C'est son châtiment. *Tu périras par le feu !* Rejoindra-t-elle ses sœurs, brûlées vives elles aussi ? Ou ira-t-elle en enfer ? Jamais elle ne sera sainte. Pas même un ange puisqu'elle mourra en état de péché.

— Pardon, mon Dieu, pardon! murmure-t-elle, les doigts noués. Mon Dieu, s'il vous plaît, mon Dieu, emmenez-moi. Au moins, au paradis ou en enfer, me dira-t-on, pour ma mère et mon frère!

— Flora! Flora!

On l'appelle. Dehors ou dedans? Elle ne le sait plus.

Malgré la couverture sur sa bouche et sur son nez, la fumée s'infiltre, obstrue la respiration, embrouille le cerveau. Elle est secouée d'une douloureuse toux. Elle n'a plus la force de prier, de penser. Elle tousse.

À travers la fumée, une silhouette, tout de blanc vêtue, couverte d'une cape immaculée s'approche. Elle ouvre de grandes ailes, l'enveloppe et l'emporte. Un ange? Avec lui, pourra-t-elle s'envoler et retrouver ses sœurs chéries?

# Remerciements

Sur le chemin de l'écriture, j'ai trouvé des personnes qui ont su me guider avec générosité et patience. Je voudrais les remercier chaleureusement, dans le désordre.

Tante Gislène m'a raconté les plus touchants souvenirs de son enfance et de sa vie de religieuse. Louis Côté, archiviste passionné, m'a fourni de nombreux ouvrages de référence afin que je puisse m'égarer sans danger dans les corridors des couvents. Mes enfants, François, Émilie et Florence, restent d'infatigables lecteurs, amants des arts et de la littérature. Merci à vous cinq.

Merci à ma cousine Lily Bouchard, à ma mère, à mon amie Louise Delisle et à toutes les personnes qui se sont gentiment prêtées à des entretiens sur leurs souvenirs dans les pensionnats.

Merci à Catherine Lavertu, coordonnatrice des événements, activités culturelles et éducatives au monastère des Augustines de Québec, pour m'avoir permis de m'imprégner de l'ambiance du monastère et du musée lors d'un séjour inoubliable.

Merci à Hélène Girard, guide du Centre historique des Sœurs de Notre-Dame du Bon-Conseil de Chicoutimi, qui m'a emportée dans l'univers des sœurs enseignantes lors d'une visite privée.

Merci à Patrick Guay, mon conjoint, mon professeur, mon conseiller, mon ange de patience.

Et bien sûr, merci à Daniel Bertrand, pour avoir semé le grain, ainsi qu'à toute son équipe des Éditeurs réunis, qui l'a fait mûrir en une jolie gerbe de papier.

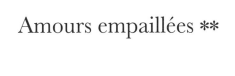

Amours empaillées **

*À celles et ceux que le doute poursuit.*

# 1

Le paysage défile par la fenêtre du train. Il fait chaud dans le wagon. Appuyée contre la vitre, sœur Irène se laisse bercer par le ronron du moteur et le claquement des roues sur la jonction des rails, par la cadence monotone et apaisante d'un cœur qui bat.

Après six semaines en retraite de vocation à l'ermitage, six semaines de réflexion, d'examen intérieur et de discussions ouvertes avec son directeur de conscience, elle revient au bercail. L'avait-elle jamais quitté ? Ce bercail, sa vie, sa respiration, sa volonté ferme… Elle le sait, maintenant, ce n'est même plus affaire de conviction : sa personne et ces murs ne font qu'un. Heureusement, le père Saint-Émilien lui a conseillé de ne pas rester sur son quant-à-soi et d'écrire à mère Saint-Elzéar afin de faire valoir la justesse de ses sentiments. Ils ont parlé un peu du contenu de cette lettre, de ce qu'il fallait dire et ne pas dire. « Vous pourrez, en tout cas, compter sur la mansuétude de mère Saint-Elzéar », lui avait-il confié.

Comment la supérieure, si bienveillante auparavant, avait-elle pu la juger si sévèrement, en juin dernier ? C'est une question qu'elle a cent fois examinée, de jour comme de nuit. Il n'y a rien comme l'écriture, des idées bien pesées, des mots guidés par la raison, pour venir à bout des pires mésententes. La vertu de la réflexion. Le sage travail du temps. Sa lettre avait donné ses fruits. Dans sa réponse, la supérieure avait reconnu les bons sentiments et l'empathie de sœur Irène, dont les gestes avaient été mus par les meilleures intentions du monde, sans qu'il y ait eu quoi que ce soit de malsain. Un premier apaisement. Mieux encore, elle admettait sa méprise quant à l'interprétation des lettres de Flora à son frère. *Elle m'a dit que je pourrais revenir dans sa chambre parce que nous y avons un secret, maintenant. Je n'ai pas le droit de le dire, mais à toi, je le peux : elle veut que je joue avec sa chatte.* Les enfants ! Sœur Irène sourit encore en imaginant la tête de mère Saint-Elzéar découvrant ce passage plutôt compromettant. Elle avait dû en avoir des vapeurs intenses. Elle en rira avec elle, lorsqu'elles se retrouveront. Quel soulagement elle a dû ressentir en comprenant qu'il s'agissait d'un véritable chat! Le train siffle un long coup, comme pour signaler la fin de cette mésaventure. Cette juste femme a dû regretter ces suppositions. *Revenez-nous vite. Je vous attends dans l'allégresse et le repentir. Que votre musique vienne apaiser mon âme!* insistait-elle, à la fin de sa lettre d'excuse.

Baume au cœur, paix dans l'esprit, sœur Irène reprendrait donc ses tâches d'enseignement au couvent, plus déterminée et dévouée que jamais. Elle peut déjà sentir la bonne vieille odeur des boiseries et de la craie, entendre, dans le couloir, ses élèves approcher, retenant leur course et leur hâte de la retrouver. Ses conversations avec le père Saint-Émilien lui avaient révélé sa nature passionnée, trop sensible. Avec tact et élégance, ce bon conseiller se permettait d'encadrer ses actes : « Ne vous attachez pas à une seule enfant ni à une seule consœur. La vie en communauté exige le partage des mêmes sentiments envers toutes. »

On traverse un petit village qui lui rappelle un court instant les siens, là-bas, à Saint-Méthode. Certes, au début de son séjour à l'ermitage, Flora lui avait manqué, mais l'écoulement des jours et des prières avait ramené en elle sérénité et détachement. « Les mêmes sentiments envers toutes ». Enfin, le souhaitait-elle ou le croyait-elle. L'avenir lui donnerait tort ou raison. Sachant qu'elle reverrait l'être dont elle s'est ennuyée et pour lequel elle s'est tant inquiétée, voilà que sur le chemin du retour se mêlent les bonnes, les mauvaises et les vraies raisons.

Elle va s'endormir en pensant à cette charmante espiègle.

Surgissent un hurlement, un grincement, puis le son strident des freins bloqués en catastrophe.

— Bris mécanique, annonce le chef de train dans le couloir.

Une autre attente à purger. Elle voit quelques hommes de bord qui s'activent en multipliant les consignes et les directives. A-t-elle besoin de ce retard pour réfléchir encore, après des jours, des semaines de remise en question? Le chef de train leur intime l'ordre de faire vite : il y a des correspondances en bout de ligne. Elle renverse sa tête et laisse rouler sa déception sur le dossier de la banquette. Le cuir crépite quelque peu et dégage une odeur fraîche. Courbaturée, les genoux endoloris par de longues heures de prières à l'ermitage, et trop longtemps confinés dans cet espace réduit, elle n'a plus qu'un souhait : regagner la maison mère. Ses idées s'entremêlent, le sommeil se fraie un chemin. Ce nouveau délai l'obligera à rentrer de nuit, alors que tout le monde dormira, sans goûter les chaleureuses retrouvailles avec ses consœurs. Un cri d'homme la secoue. Elle relève la tête pour masser sa nuque et rajuste sa posture. Tout autour, quelques voyageurs y vont de leurs suppositions : « Une affaire de dix minutes », « Une grosse heure », « On ne sait jamais. Une fois, au Lac-Saint-Jean… » Voyons, après tout, qu'est-ce qu'une petite heure ou deux à méditer, bien à l'abri, cantonnée dans ce wagon? On ouvre une porte : un air plus frais lui chatouille le visage et les chevilles. Elle n'osera pas s'en plaindre, tout de même! Elle se ressaisit et se convainc : Dieu lui tient compagnie, tout ira bien. Une odeur de miel et de friture : elle a dû rêver quelques minutes. Après un sommeil réparateur, elle retrouvera son monde au matin, frais et dispos, d'abord à la messe de six heures et demie, puis au déjeuner.

Le train entre finalement en gare à onze heures du soir, soulevant la poussière, les feuilles séchées, les déchets et les soupirs de satisfaction. Il fait plus froid qu'elle l'aurait cru. Le temps de récupérer les bagages et de commander un taxi, fébrile et impatiente, elle attend sur le quai, assise sur un banc de bois. Ses membres se délient tout naturellement, en faisant quelques gestes discrets. Fouettée par le vent d'octobre, elle oublie malgré tout l'air froid qui s'engouffre sous ses jupes, et ferme les yeux pour mieux imaginer les portes du couvent qu'elle traversera de nouveau. Ces lourdes portes chéries, qui cachent et protègent, qui enferment et partagent les peines et l'allégresse de chacune des résidantes. Demain, elle retrouvera petite Flora, sa chère sœur Adèle et toutes les autres : le bonheur de la vie communautaire.

Le taxi qui la ramène s'arrête au pied de la côte du Cap-de-la-Baleine.

— Ma sœur, on peut pas aller plus loin, y a une barrière de sécurité.

Pourquoi, là-haut, tous ces véhicules et ces lumières devant l'édifice ?

Elle baisse la vitre, observe. Son regard devine et refuse de voir. Là-bas, s'élevant des murs, du côté des dortoirs, cette colonne, ce nuage exalté dans la nuit éclairée de gyrophares, et cette odeur de fumée.

Le couvent brûle !

Sans prendre le temps de régler la course ni même d'apporter ses bagages, elle sort de la voiture et se presse vers la catastrophe. Le chauffeur sort aussi et se plante là, consterné. Dehors, elle rejoint les autres, attroupées au milieu de la pente : couventines et religieuses forment un essaim blanc robe de nuit, agité par la panique et les larmes. D'étranges senteurs les agressent déjà, odeurs de vernis, de bois et de tissus. Mains jointes, visages tournés vers le cloître, les sœurs prient ensemble pendant que vont et viennent les hommes. Leurs *Ave* enfumés se mêlent aux sacres des sapeurs-pompiers.

Parmi cette foule plongée dans le cauchemar, sœur Irène cherche, cherche une petite tête rouquine, le minois rousselé, l'œil lutin. Elle se tourne, machinalement, scrute de tous côtés. Elle repère vite Carmen, Yvonne, Denise, Madeleine, Thérèse, Lucille, Astride, Louisette, Alphonsine, Simone et les autres élèves de la classe de troisième.

— Sont-elles toutes là ? crie-t-elle.

— Flora manque, répond sœur Sainte-Jacqueline. Ma sœur, vous revoilà ! Je me demande… Les pompiers ne l'ont pas trouvée.

Dieu du ciel ! Que se passe-t-il ? Pourquoi venir la chercher maintenant, après avoir emporté ses sœurs quatre ans plus tôt ? Les pauvres chéries. Ce serait trop injuste, trop de fatalité sur cette famille dévastée !

Là, la petite Simone, les paupières closes, les doigts sur les tempes. Sœur Irène tend la main. Simone ne prie pas et semble en pleine concentration. Le feu gagne maintenant les limites des dortoirs et on entend nettement un violent craquement. Elle rouvre soudain les yeux dans un visage éclairé.

— Je l'ai vue ! Elle est restée là !

Sœur Irène se penche vers elle.

— Où, où, dis-moi !

— Au dortoir. Dans son compartiment.

On tente de la retenir, mais sœur Irène se débat, en proie à une furie de colère et de révolte. Pieds et poings fermés s'agitent en tous sens. Elle fonce et échappe, plus loin, à d'autres sœurs et aux pompiers qui ne la voient pas passer, trop occupés à dérouler les tuyaux, à fracasser des vitres pour ouvrir des accès au bout de la grande échelle.

Elle franchit les portes, monte les marches menant au dortoir des petites. L'enfer doit ressembler à ça. Vite, vite, elle avance dans l'eau qui cascade déjà sur les escaliers et dans la fumée qui roule sur les murs. Par chance, elle tombe sur un secteur préservé. À tâtons, elle trouve et agrippe la main courante pour gravir les paliers – un, deux, trois –, et glisse le long des corridors. Elle arrache sa cape. Par terre, ses souliers heurtent des débris, puis une masse molle la fait trébucher. Elle s'agenouille à la vitesse de l'éclair. Ses mains touchent un corps, enveloppé de tissu humide. Elle le remue, le tourne. En vain. Trop mou, trop flasque. Elle ravale un gros mot. Elle se relève. Ce n'est pas un corps humain. Un ballot, ou plutôt un drap, sans doute abandonné là lors de l'évacuation, dont elle s'empare et se fait un bouclier, pour traverser les flammes et atteindre le dortoir vide. La fumée lui brûle les yeux. Elle s'égosille :

— Flora ! Flora !

Puis, tendant l'oreille, elle espère une réponse, un mouvement, un signe. Le chahut des pompiers couvre tout.

Sous le drap mouillé, elle avance maintenant à quatre pattes, à travers les corridors séparant les chambrettes. Elle connaît les lieux par cœur, ce cœur qui lui déchire la poitrine. Pourvu que Flora occupe le même compartiment que l'année dernière, celui tout au fond. Au moment de se coucher sur le sol, elle reçoit une autre trombe d'eau : fruit du hasard ou geste concerté ? Là, sous le lit, traîne un corps encore chaud, enveloppé d'un drap qu'elle attrape et tire sans ménagement. Une rage folle décuple ses forces. Elle soulève la masse molle et l'emporte.

Si frêle, Flora ne pèse pas lourd, mais l'avancée dans les demi-ténèbres n'est pas une mince affaire. Sœur Irène perd pied et se cogne contre un mur. Dans ses bras, l'enfant glisse comme de la gélatine, et la descente des escaliers couverts d'eau s'avère un exploit. Une marche à la fois, sans appui, elle perd l'équilibre, tombe à genoux en retenant sa charge. *Dieu du ciel, sauvez-nous !* La douleur la mord, la fumée l'étouffe, elle va s'évanouir.

— Vierge Marie, aidez-moi ! Aidez-moi !

Elle se relève. Elle y est presque. Si elle réussit à atteindre le deuxième palier, par la fenêtre, quelqu'un, dehors, pourra l'entendre. Flora s'agite, imperceptiblement – cette surprise insuffle à sœur Irène une énergie de la dernière chance. Plus que trois marches, plus que deux, une seule : ça y est ! L'air extérieur les invite. Là, la fenêtre au bout de son bras. Elle dépose la fillette sur le rebord, tourne la crémone et pousse le battant. De l'air, enfin de l'air ! Elle hurle :

— Je l'ai trouvée !

Deux hommes s'empressent et déploient une échelle. La manœuvre prend dix secondes, qui paraissent à la religieuse une éternité. Un pompier grimpe, remorque l'enfant sur son épaule et redescend pendant que sœur Irène attend son tour. Le temps s'étire, les secondes crépitent derrière elle ; devant, c'est le vide. Elle accepte de mourir, elle le sait, elle Lui donne sa vie, à une condition : que Flora soit sauve !

Quand le pompier revient, sœur Irène s'énerve, elle s'agrippe au rebord de la fenêtre, désorientée et refusant d'obéir. Le sapeur répète :

— Allez-y, passez un pied, ma sœur, placez-le ici, sur l'échelon, pis l'autre.

Il s'énerve à son tour, le ton monte. Sœur Irène semble en état de choc.

— Je vas vous aider, je te tiens.

Elle reste figée. Le pompier perd sa retenue :

— Vite, vite, *tabarnak* ! Tu r'tardes toute. Tout le monde attend. Dépêche !

Ce ne sont pas ses jupes alourdies d'eau qui l'empêchent d'enjamber le cadre, ni la pression et les ordres de l'homme en

uniforme, ni la douleur aux genoux, mais un terrible étourdissement qui la paralyse. Tout se met à tournoyer, l'échelle ondule et,
en bas, devant ses yeux, la foule, les véhicules, des démons dansent
dans la nuit. Elle perdra l'équilibre, elle tombera, c'est certain. Le
vertige la gèle.

De sa main gantée, l'homme saisit son bras et la force à traverser
de son côté, mais elle résiste et se met à crier.

— Envoye! se fâche le pompier.

Il s'impatiente et fait signe à ses collègues. Ils avaient compris.
Six d'entre eux courent déjà vers le camion et reviennent avec
une immense toile, qu'ils étirent en un cercle tendu, au pied de la
fenêtre.

— Sautez!

Quand elle regarde en bas, elle respire si vite qu'elle devient de
plus en plus étourdie. Deux tapes délicates la ramènent à elle, le
pompier sourit:

— Envoyez, ma sœur, c'est moins haut que ç'a l'air.

En dessous, un abîme rond l'attend. Elle se ressaisit. Une image
surgit dans sa tête: le bel Edgar, ce gymnaste qui avait ravi son
cœur d'adolescente et qui excellait aussi bien au cheval d'arçons,
aux anneaux qu'aux barres asymétriques. À l'heure des exercices,
son corps rebondissant sur le trampoline, ses sauts enfantins, son
sourire… Elle s'apprête à y aller. Là, en bas, ce n'est pas l'abîme,
mais un simple trampoline. Les pompiers tendent la toile de
toutes leurs forces. Elle ferme les yeux et s'élance. Son estomac se
retourne. Sans la grâce d'Edgar, mais à la grâce de Dieu!

La chute amortie lui tire un soupir de soulagement.

On l'amène en lieu sûr, au pied du plateau où les autres sont rassemblées. Flora, où est sa petite Flora ? Malgré la nuit, une foule de curieux se masse en bas de la côte du Cap-de-la-Baleine, que les policiers maintiennent là. Un chien errant se promène de l'un à l'autre, semblant se demander où trouver sa pitance ou quelque caresse. Les gens s'étirent le cou, pour mieux observer la détresse, pour voir s'il y a des blessées, des mortes. Déjà, les moins tenaces s'en vont regagner leur lit. Il flotte dans l'air froid une pluie de cendres, une odeur de fumée humide.

Sœur Irène se laisse tomber sur l'herbe fanée. Un homme apporte à la sœur une couverture, une gourde d'eau. On commence à maîtriser l'incendie. Le corps de Flora ne réagit pas.

Un infirmier braque une lampe de poche sur le petit visage noirci. Sœur Irène s'appuie sur un coude et tente de son mieux d'anticiper la suite. De son autre main, le soignant entrouvre un œil et y dirige le faisceau, observe la dilatation de la pupille. Il éteint la lampe. Puis, il approche son oreille de la bouche et écoute.

— Elle est en vie, elle respire.

Sœur Irène saisit un coin du drap humide et se le passe sur le front et sur les joues. L'infirmier agite des sels sous le nez de la petite. Les yeux s'ouvrent, les narines se dilatent, puis la bouche se plisse. La religieuse s'approche maternellement. Le corps se contracte et explose en une vive quinte de toux, après quoi, d'une voix enrouée, la rescapée prononce des phrases hachurées.

— Chus-tu morte ? Ça fait trop mal, ma gorge, mes yeux… Ça pique. Chus-tu en enfer ?

— Mais non, la rassure sœur Irène.

— Au ciel, d'abord ? Vous êtes-tu un ange ?

— Oh non, ma fille. C'est sœur Irène. Te souviens-tu de moi ?

— Vous êtes revenue! s'exclame la petite avec une joie tout éraillée, des yeux larmoyants et des étreintes tremblantes.

— Et pour rester, je te le promets. Garde ton calme et respire bien, sans forcer ta voix.

Malgré les conseils, Flora tente d'éclaircir sa gorge, s'étouffe un peu et parle encore.

— Je les ai oubliées! se désole-t-elle.

— Quoi donc?

— Mes pantoufles! Sont toujours prêtes, à côté du lit, en cas de feu, mais là…

Le rire de sœur Irène court sur les eaux de la grande rivière, couvrant le tintamarre des pompiers qui enroulent les tuyaux et replient les échelles.

Dans ses bras, l'enfant s'abandonne.

Le chauffeur de taxi s'approche, regarde la religieuse quelques instants en se grattant le front d'un air résigné.

— Eh! ma sœur, l'interpelle-t-il, d'une grosse voix. J'ai mis votre valise sur le bord de l'entrée, là. Moi, j'ai pas toute la nuit! J'vais revenir demain. Vous pourrez me payer en indulgences et en prières.

L'infirmier s'affaire maintenant auprès de sœur Irène. Les badauds se sont donné le mot: il n'y a plus grand-chose à voir. On confie la fillette à sœur Sainte-Hermeline, qui s'éloigne avec Flora lui tenant la paume. Sur le parcours, la petite sème des toussotements qui s'estompent avec la distance.

— Où sont passées mes amies? demande-t-elle encore.

À son trouble se mêlent les souvenirs d'autres feux, ceux que son père allumait, chaque soir, devant l'étable : feux de joie ou feux de désespoir où brûlaient, pêle-mêle, les vieilles poches de jute, les matelas crevés, les chiffons crasseux, les carcasses de meubles.

Appuyés contre le camion, deux pompiers grillent une cigarette. L'étrangeté de leur geste n'effleure pas leur esprit. À côté, le chef s'entretient avec mère Saint-Elzéar.

— Y a pus de danger et tout le monde est sauf. Je suis content. Plus de peur que de mal. Quelqu'un va rester c'te nuit pour guetter ça, pis demain l'enquêteur va venir à la première heure. Deux murs, peut-être, à refaire, des fenêtres à remplacer... Plusieurs étages ont été atteints par la fumée et l'eau. Ça va prendre un sérieux grand ménage, mais je pense que la structure a pas trop souffert. En tout cas, on verra ça demain, au grand jour. Là, tout le monde peut aller dormir, mais pas dans ce couvent.

Suivant mère Saint-Elzéar, les professes vont pieds nus, sautillant sur l'herbe gelée. Sœur Irène les accompagne en attrapant, ici et là, les petits nuages de vapeur de leurs chuchotements.

— Et la cause ? Est-ce qu'il vous l'a dite ?

— Ce n'est pas l'œuvre du diable ni celle de Dieu, m'a-t-il juré, mais il n'a pu m'en dire plus.

Toutes descendent la pente pour gagner le vieux monastère, en contrebas, à cinq minutes à peine, une bâtisse un peu désuète, datant de 1895, mais encore meublée de l'essentiel. Les élèves s'entassent dans les anciennes chambrettes de religieuses, deux ou trois par lit, d'autres sur des couvertures déroulées sur le sol. Elles dormiront là, pour le reste de la nuit, sous la surveillance des sœurs converses.

Les autres préparent, dans l'ancien parloir, des lits de fortune et ouvrent la lingerie dans laquelle flotte encore l'odeur de draps propres, séchés au grand vent. Cependant, aucune ne parvient à se laisser emporter par le sommeil. Sœur Sainte-Jacqueline propose une tasse de lait chaud pour permettre aux émotions de décanter. Pleine d'audace, elle retourne aux cuisines du couvent pour aller chercher le nécessaire. Elle revient bientôt, chargée d'une caisse de bois contenant quatre pintes de lait, une boîte de thé, des tasses en fer-blanc et un plat de biscuits.

— Suivez-moi dans l'ancien réfectoire! Ça nous rappellera des souvenirs. De toute façon, pour l'instant, personne ne pourra fermer l'œil, insiste-t-elle.

— C'est incroyable, cet incendie, en pleine nuit, si loin des bouilloires, remarque-t-elle en allumant le poêle à gaz.

— Peut-être un problème électrique?

L'économe propose de revoir le plan d'évacuation: les filles ont mis beaucoup trop de temps à quitter les dortoirs. On ne doit pas mettre plus de deux ou trois minutes avant de se trouver à l'extérieur, et il faudra ajouter un exercice annuel. Sœur Sainte-Philomène se désole du temps qu'ont mis les pompiers à arriver. Qui les a avisés? On se regarde, on se questionne, on cherche. Les voix tremblotantes égrènent une dizaine de chapelets pendant que chauffe le lait.

Sœur Saint-Liboire a retenu tant de tension au cours des dernières heures qu'elle éclate bruyamment en sanglots. La surveillante du dortoir des petites se prend la tête entre les mains. Sœur Sainte-Émérentienne pose sa main sur son épaule :

— Vous avez fait tout votre possible et très bien. Toutes sont sauves. Le Seigneur nous a protégées. Prenez de ce bon thé chaud, maintenant, et prions pour Lui rendre grâce.

La tasse au creux des mains, buvant à petites gorgées, sœur Irène pense à Flora, qui passera sans doute la nuit à l'hôpital, mais dans quel état d'esprit, d'épouvante ? On a frôlé la catastrophe. Pourquoi n'était-elle pas sortie avec les autres, après l'alerte ? A-t-elle entendu le remue-ménage autour d'elle ? Quel étrange comportement : se cacher et rester sous son lit alors qu'elle disait craindre le feu bien plus que le diable ! C'est à se demander si elle ne l'a pas fait exprès. Surtout après la terrible épreuve de 1946, cet affreux incendie qui avait emporté ses sœurs. Elle se signe. Seule une enfant voulant mourir agirait de la sorte. Non, la fillette n'a pas pu… Ou une enfant se sentant coupable ? Une culpabilité de cette ampleur, à cet âge ? Plus tard, elle examinera les causes de cet embrasement. Plus tard. Dans son coin, la vieille sœur Saint-Léandre l'observe, puis secoue la tête. A-t-elle deviné ses pensées ? Elle baisse le front et approche sa tasse près de ses lèvres fissurées pour souffler sur le liquide brûlant.

Sœur Adèle s'assoit près d'elle, un sourire franc sur son visage agité. Ses gracieuses mains rajustent sa guimpe et son serre-tête. Ses doigts s'ouvrent et se ferment. Elle cligne des yeux et, nerveusement, tire de petites peaux sur ses lèvres. Elle a donc repris cette fâcheuse habitude qui crée de fines crevasses sur sa si jolie bouche. Ne se voit-elle pas aller ? Sœur Irène se retient de l'en empêcher.

— Je suis si contente de vous retrouver, dit-elle, tout bas. Malgré ce contexte qui nous secoue toutes. Sans vous, la vie au couvent paraissait si fade.

Le pouce et l'index pincent une autre peau sèche.

— Votre rire et celui du piano nous manquaient. J'en ai parlé, discrètement. Nos marches à la récréation aussi. Vous vous souvenez ?

— Si je me souviens ? Bien sûr ! Vos bons mots me touchent. Merci, ma sœur.

L'autre laisse tomber sa main qui laisse tomber à son tour une minuscule particule, ni vu ni connu.

— Pour tout vous avouer, reprend-elle, je m'inquiétais. Comment dire ? J'avais peur que vous tourniez le dos à la vocation et de ne plus vous voir.

— Ne vous inquiétez plus, à présent, bonne sœur Adèle : nous prononcerons nos vœux ensemble, à la même cérémonie. Ce sera une célébration magnifique. Plus que jamais, je suis persuadée de la voie à suivre.

Bientôt, la zélatrice et les autres religieuses l'entourent pour l'accueillir chaleureusement, parlent de chorale, des fêtes à venir, des chants liturgiques à préparer. Le bon lait et le thé chaud les ont toutes détendues, et celui ou celle qui les surprendrait là, avec leurs belles joues rouges et les yeux pétillants, ne pourrait jamais croire qu'à peine quelques heures plus tôt, elles échappaient à une mort terrifiante. Assises autour de la grande table, elles chantent à quatre voix à la suggestion de sœur Irène, qui lance les premières paroles. Leurs souffles s'ajustent en un seul souffle, on dirait le même instrument.

*Bonsoir, bonsoir, bonsoir*
*Au bonheur de nous revoir*
*Au foyer de la famille*
*Un paisible feu pétille*
*Il est doux de s'y rasseoir*
*Bonsoir, bonsoir, bonsoir.*

On oublie un peu la frayeur des derniers moments.

— Ah ! soupire sœur Irène, vous êtes ma vraie famille !

Elles échangent des sourires émus, comme ceux que l'on fait devant un enfançon dormant. Alors que les cœurs retrouvent une apparence de paix, la supérieure se lève lourdement.

— C'est bien beau, les chants, mais nous avons du travail demain. Dès qu'on nous autorise l'accès au couvent, il faudra nous mettre au boulot. L'eau se sera infiltrée partout, nous devrons éponger et nettoyer de fond en comble. Alors, mes filles, profitons des dernières heures de la nuit pour nous reposer un peu.

Le lendemain, après avoir reçu la permission de réintégrer le bâtiment, a lieu la corvée d'équipe. Vadrouilles, serpillières, chaudières, les bras et les jambes vont et viennent, frottent et trottent. On tord, on essore et on recommence. On ne chassera pas l'odeur du drame avant quelques semaines, mais s'activer soulage et redonne espoir. Bien vite, la nuit fatidique et le feu déchaîné dégoulinent avec les eaux sales dans les seaux.

Le soir venu, éreintée par ces durs travaux, sœur Irène récupère les affaires que le taxi a laissées à l'entrée et elle gagne sa chambre pour y ranger vêtements et livres de prières. À quelques détails près, on dirait que tout est comme avant.

Une demi-heure plus tard, malgré les courbatures et la fatigue, elle se rend à la chapelle pour mieux prier. Son âme en a besoin. Elle s'agenouille au prie-Dieu. En une nuit, la Vierge lui a montré le chemin. Cela ne tient pas du hasard. Ce retour, juste au moment où le couvent brûlait, les mots de Simone, cette gamine suprasensible, la force qui la guidait dans l'opaque fumée, comme dans un tunnel, pour atteindre l'oubliée… Tous ces éléments se sont enchaînés pour lui permettre de sauver Flora de l'asphyxie… Sœur Irène ouvre les yeux et les promène tout autour. Il ne peut s'agir de moments fortuits. Elle replonge en elle-même. Et ce courage que Notre Dame lui a donné en cet instant pour traverser l'enfer. Rien qu'en laissant tout son corps se souvenir, elle peut sentir une chaleur de haut fourneau l'envelopper dans cette pièce tout de même fraîche. N'était-ce pas là l'ultime signe validant sa décision de rester en vocation ?

Au mur, elle contemple la Vierge et l'Enfant, sainte image que l'évêque a lui-même installée au-dessus du tabernacle. Notre Dame, les yeux mi-clos et le visage si triste, recueilli, une affliction sur les misères du monde. L'étrange ordre des choses. L'Enfant-Jésus, à sa gauche, lève un regard implorant vers elle. Il a posé sa main potelée sur la dorure du corsage de sa mère et attend, semble-t-il, une caresse, un peu de chaleur. Les fillettes dorment-elles à cette heure-ci ? Sœur Irène frissonne. Leurs têtes auréolées portent les inscriptions latines.

— Notre Dame, priez pour nous, par ton fils Jésus. Protégez les petits enfants. Merci de m'avoir permis de la sauver. Dites-moi comment vous rendre ce geste miséricordieux. Merci, bonne Sainte Vierge.

Elle se signe avec ferveur.

— C'est comme si je l'avais remise au monde, ramenée à la vie. Je vous en suis reconnaissante. Mon destin est lié au sien, j'en ai la preuve. Encore.

Elle regagne sa chambre, le cœur en paix et l'esprit fébrile. Elle met du temps à s'endormir et consacre son insomnie à la prière.

Bientôt quatre heures du matin. Elle se redresse et tente, par la fenêtre, d'apercevoir le début d'un jour qui ne paraîtra que dans quelques heures. Tant pis pour cette nuit écourtée ; elle se lèvera de bon pied et assistera, avec toute sa dévotion, à la messe matinale.

Trois jours plus tard, les travaux de réparation sont entrepris et une vie presque normale reprend au couvent. Un pas devant l'autre, sœur Irène avance dans le corridor, veut le traverser au complet, se rendre au dortoir des petites, dans les odeurs de boiseries humides et enfumées, pour observer la scène et tenter de comprendre pourquoi Flora y était restée. Elle salue deux consœurs qui se dirigent vers la salle des journaux. En passant près des escaliers où le feu a fait ses pires ravages, elle se permet d'entrouvrir la toile tendue protégeant le chantier. Trois ouvriers y travaillent. Des voix animées s'échangent des indications et des conseils. Armés de masses, de marteaux et de pieds-de-biche, ils en sont à retirer les restes d'une fenêtre au cadre calciné et le revêtement des murs.

L'un d'eux l'aperçoit et s'approche. Il doit faire six pieds six pouces. Dans son visage noirci par la cendre, le blanc de ses yeux paraît encore plus lumineux.

— Bonjour, ma sœur. Ça avance. Pas facile d'enlever l'vieux crépi.

Son bras lui indique des pièces qui résistent.

— Mais vous allez voir qu'après, ça sera mieux isolé. On s'en occupe. Ça manquait de calfeutrage autour du cadre. Nos hivers sont durs en bibitte. Vous deviez chauffer le dehors. Ça doit dater de cinquante ans, pas moins. Faudrait faire pareillement pour toutes les fenêtres. Le frère de mon beau-frère, il est dans une vieille baraque avec sa congrégation, pis j'y ai dit. Des fois, ça prendrait des feux de même pour améliorer les vieilles bâtisses.

Quel étrange raisonnement! Cet homme parle sans penser. Évidemment, ces incendies et ces reconstructions lui permettent de gagner son pain, mais tout de même… Elle ne peut s'empêcher un commentaire :

— Vous oubliez les vies que peuvent nous ravir ces catastrophes.

— Pardon. Vous avez raison, ma sœur. J'ai parlé en égoïste.

Elle va refermer la toile, mais il lui demande d'attendre un instant et s'éloigne vers l'encoignure, pour revenir vers elle au bout de quelques secondes.

Dans ses gros gants sales, il tient un petit contenant en fer, pas plus grand qu'une boîte à chaussures, carbonisé.

— On a trouvé ça par terre. Tenez. Elle a souffert un peu, mais pas ce qu'y a dedans. Je voulais pas le jeter. Ce sera peut-être utile pour l'enquête. Vous saurez quoi faire avec, astheure. Les experts aussi.

Il s'en retourne en la saluant poliment, puis semble se parler à lui-même à voix haute :

— Parce que les flammes, je vous le dis, ont pas pu apparaître par magie, comme ça, sur le bord d'une fenêtre. Quelqu'un a mis le feu aux rideaux, d'après moi.

Malgré le métal un peu tordu, sœur Irène la reconnaît, cette boîte. Le vacarme qui s'était estompé reprend soudainement. Les motifs floraux dans les losanges paraissent encore par endroits, sous la suie. Sœur Irène se dirige vers la sortie. L'année dernière, elle l'avait remplie de sucres d'orge et en avait fait cadeau à Flora.

— Merci, crie-t-elle. Je vais la remettre à qui de droit.

Dès qu'elle y touche, ses doigts s'enduisent de noir. Elle tient la boîte à bout de bras, comme s'il s'agissait d'un rat ou d'un animal mort. Une boîte bien insignifiante, à première vue, qui a dû tomber là dans le tumulte de l'évacuation. Sœur Irène traverse le grand corridor, toute à ses pensées. Les charnières du coffret tiennent toujours bon, et le couvercle consent encore à se soulever. Elle s'arrête brusquement. Lorsqu'à l'intérieur apparaît l'enveloppe humide et qu'elle lit l'adresse qui y est inscrite, la confusion embrume ses idées : une lettre lui étant destinée, provenant de la Justice des mineurs.

Elle s'isole dans sa chambre pour en prendre connaissance. Elle s'assoit sur le bord du lit. L'enveloppe a été oblitérée le 28 août 1949, le jour même où elle s'est absentée pour sa retraite conseillée – ou plutôt ordonnée – par mère Saint-Elzéar. Elle se mordille le coin des lèvres. Avec précaution, elle déploie le document.

*La Loi permet à un magistrat de placer dans une école dite d'industrie des enfants errants [...] ou qui ont un parent qui a été reconnu coupable d'une infraction passible d'emprisonnement.*

*Si vous considérez que l'enfant dont vous faites mention pourrait se retrouver particulièrement exposé à des dangers moraux ou physiques, en raison de son milieu ou d'autres circonstances spéciales, c'est au tribunal qu'on doit se référer. Le juge doit, dans chaque cas, tenir une enquête afin de déterminer si l'enfant est bien en danger s'il regagne son milieu familial, pour ensuite émettre une ordonnance qui pourra rendre accessibles les mesures de protection.*

Au moins, voilà qui clarifie les choses quant à la garde de Flora. Elle se lève et va à la fenêtre. Il faudra s'en remettre à un juge qui tranchera. Elle tourne la crémone et ouvre le battant : une odeur de feuilles mouillées parvient jusqu'à ses narines dilatées. Elle attendait cette réponse depuis juillet, à la suite d'une demande écrite pour connaître les lois et règlements concernant la garde des enfants dont les parents ne peuvent assurer la sécurité et le bien-être.

Elle replie les feuillets et les replace dans le banal contenant de sucreries qui pèse lourd à présent entre ses mains : une pièce à conviction ? Elle ferme : l'air frais va trop refroidir sa chambre. Flora serait-elle responsable de l'incident ?

Si jamais on accuse la petite, sœur Irène serait prête à recevoir le blâme, à dire que c'est elle qui avait égaré cette boîte. Elle réfléchit. Oui, mais quand ? Voyons voir. Elle n'était même pas au couvent à ce moment-là ni dans les derniers mois. Elle range le coffret dans son meuble de chevet et s'empresse de descendre à la cuisine, pour aider sœur Sainte-Jacqueline à qui elle a promis de peler les légumes pour le souper. Les activités dans le couvent sont plutôt perturbées depuis l'incendie, sans compter tout le travail supplémentaire que le nettoyage a exigé.

En pelant les pommes de terre, en coupant les légumes, pendant la lecture au réfectoire et en lavant la vaisselle, elle tergiverse encore et encore, jusqu'au soir, bien après le souper et la prière, bien après l'étude et la courte partie de cartes avec les compagnes. Ses réflexions suscitent en elle un tas de questions. Quand elle se prépare lentement à se mettre au lit, ces interrogations continuent à la tarabuster. Flora serait-elle une pyromane ? C'est comme une sorte de folie. Son père ne l'était-il pas ? Ce trouble est-il héréditaire ? Serait-il possible que Flora ait elle-même allumé le feu à la maison familiale, quatre ans auparavant ? Un diable se cache-t-il sous cette frimousse angélique ?

Elle a retiré les nombreuses pièces de son costume et revêtu sa robe de nuit. La voilà prête, lourde de sommeil.

— Dieu du ciel, aidez-moi à poser les bons gestes, à ne pas méjuger, à prononcer les bonnes paroles.

Elle s'endort en élaborant les pires scénarios.

Le lendemain, elle tente de mettre de l'ordre dans ses idées. Le soleil entre par la fenêtre, mais cette lumière ne clarifie rien. Que faire en premier ? D'abord, descendre manger : il y a bien des semaines qu'elle n'a pas eu aussi faim. Puis, en parler avec la supérieure sans plus attendre.

Sa résolution prise, elle se sent un peu plus sereine durant tout le déjeuner, et jamais les fruits qu'elle a avalés n'ont eu aussi bon goût. Lorsqu'elle se présente à son bureau, mère Saint-Elzéar s'entretient avec Monseigneur sur la question des dépenses engendrées par les réparations. Elle les entend assez distinctement. Plantée devant la porte close, sœur Irène lève l'avant-bras, s'apprête à frapper légèrement, à s'annoncer, mais une hésitation la retient. Est-ce un signe pour différer le rendez-vous souhaité ? Rien ne presse. Jugeant préférable de ne pas les déranger, elle s'en retourne avec la boîte. Elle attendra le moment propice pour une rencontre en privé. Surtout, ne rien précipiter, ne rien laisser au hasard.

Elle revient à trois heures de l'après-midi. Cette fois, elle frappe trois coups fermes, résolus. La supérieure s'évente d'une feuille de papier avec ses doigts enflés et se lève avec difficulté pour ouvrir la fenêtre.

— Non mais, quelle chaleur, en plein mois d'octobre ! C'est incroyable !

Pourtant, il fait si frais dans la pièce que sœur Irène endosserait volontiers un châle de laine. Le moment est-il propice ? Comme le visage de mère Saint-Elzéar a changé depuis l'été dernier : harassé, cerné ! La lueur dans ses yeux s'est éteinte, elle normalement si zélée ; la ferveur qui animait ses propos a disparu. Elle a le regard hagard. Quelque chose traîne dans l'air, comme un effluve de vieux chaussons. Elle reprend sa place, tout essoufflée par si peu d'effort, et invite sœur Irène à s'asseoir à son tour. Elle exhale une haleine caractéristique, semblable à celle du vieil oncle Rodolphe, les lendemains de veille.

Sœur Irène veut parler, mais, d'un signe de la main, la supérieure l'interrompt pour prendre la parole.

— Ma fille, quel bonheur de vous revoir parmi nous et dans de si bonnes dispositions !

Un bref instant, elle semble chercher ses mots.

— Dans les circonstances, disais-je, que nous connaissons avec, en plus, cet incendie…

Le regard de la supérieure s'obscurcit. Elle attend que l'autre intervienne, hésite, se reprend.

— Que disiez-vous, déjà? Les problèmes et les frais que tout cela engendrera, vous n'avez pas idée! Je vous entends bien et je reçois ce que vous me dites. Mais vous êtes là, enfin, et je peux vous présenter, de vive voix, toutes mes excuses concernant cet affreux quiproquo de juin dernier. Le Ciel m'est témoin, il nous arrive d'errer. Je m'en suis confessée plus d'une fois, je vous assure.

Elle passe un gros mouchoir de coton sur ses sourcils, pour essuyer la sueur qui coule de sous sa coiffe. Les doigts de sœur Irène se referment solidement sur la boîte. Encore une fois, la supérieure expose ses regrets, et la conversation prend une direction imprévue.

— J'espère que vous me pardonnerez. Monseigneur sort d'ici: sa visite… enfin… Je ne savais plus qui croire, dans cette histoire. Vous vous rappelez? Cette fameuse chatte (*elle a un petit rire traduisant son malaise*), nous l'avons retrouvée et l'avons confiée à la ferme.

— Ma mère, l'interrompt sœur Irène, qu'avez-vous fait des lettres de Flora à son frère?

La supérieure se raidit dans un suprême effort de concentration.

— Les avez-vous par-devers vous? Ma mère, j'insiste délicatement. Je dois me reprendre, en toute honnêteté, et trouver l'adresse de ce jeune homme. Vous comprenez? Il faudra bien les lui transmettre un jour.

— Je ne les ai plus.

Sœur Irène ravale sa salive. La supérieure veut mettre fin à la conversation. Que dire à la petite ? Elle voudra des nouvelles.

— Qu'en avez-vous fait ?

La supérieure feint celle qui n'a rien entendu ou qui n'a pas à répondre à une question aussi directe. Elle laisse s'écouler quelques secondes, tapote sur son bureau du bout des doigts.

— Dans mon empressement à étouffer les moindres doutes, je les ai jetées au feu.

Un problème s'ajoute à celui des soupçons quant à l'origine de l'incendie, que sœur Irène compte aborder.

— Ma mère, j'ai à vous exposer un fait pour le moins troublant.

Elle présente la lettre de la Justice des mineurs, explique sa provenance et la conclusion du mandat qu'elle s'était donné, en juin dernier : celui d'établir les droits de garde de Flora. Mère Saint-Elzéar reconnaît l'enveloppe. On entendrait dormir un ange. Puis, elle hoche la tête.

— Oui, je me souviens.

Le rappel de cette histoire ne semble pas l'égayer.

— Je conservais cette lettre dans mon bureau. Permettez-moi de la revoir. Nous l'avions reçue juste après votre départ en retraite. Je ne pensais plus en entendre parler. Mais qui vous l'a remise ?

Sœur Irène rapporte les détails, sans interprétation : l'ouvrier, la boîte en fer sur le chantier, la lettre dedans... La supérieure revient tranquillement à de meilleures dispositions : ses yeux ont repris du lustre. Mais sœur Irène n'évoque pas le nom de Flora sous ce chapitre, laissant mère Saint-Elzéar dans une mare de supputations.

— Surtout, n'allez pas croire, dit-elle, confuse, que c'est moi qui ai placé cette lettre dans ce coffret, que j'ai voulu dérober ou cacher cette information ou vous en priver. Mes intentions étaient louables. Bien au contraire et je vous le répète : je vous attendais pour en discuter.

Elle s'évente encore, peut-être davantage pour dissiper son haleine fétide que pour rafraîchir son visage.

— Non, vraiment, je ne comprends pas comment ces papiers ont pu se retrouver hors de mon bureau. Un vrai moulin. Au demeurant, ce sont plutôt de bonnes nouvelles pour nous. Allons, nous pourrons garder Flora, encore pour un temps, du moins. N'est-ce pas ? Notre merveilleux pinson !

Sœur Irène hoche la tête sans plus rien dire. La mère, d'un petit mouvement de menton souriant, lui indique que leur échange a pris fin. Sœur Irène quitte le bureau, réjouie, en se disant que, si elle avait sauvé Flora de la mort, lors de l'incendie, ce n'était sûrement pas pour incriminer la fillette après coup. Elle devait la protéger envers et contre tous.

Son pas rapide martèle le plancher de bois. Que reprennent au plus vite les cours de musique ! Elle pourra enfin retrouver Flora et mettre à l'épreuve sa loyauté.

# 2

Le mardi 1ᵉʳ novembre, malgré le bouleversement causé par les travaux de réparation, les classes reprennent.

Après son court séjour à l'hôpital, Flora regagne son pupitre. Même inconfort, mêmes vestiges : quelques traces d'encre en ornent la tablette. À travers son visage toujours crispé, sœur Fil fait un effort surhumain pour lui adresser ce qui ressemble à un sourire. Il faut faire un travail tout aussi surhumain pour le percevoir, et vite. Dans la seconde qui suit, l'institutrice reprend ses sourcils sévères et son ton autoritaire. D'ailleurs, cela lui va mieux, on la sent moins coincée ainsi. La veille, sœur Fil a préparé les livres, les cahiers corrigés, les plumes. Tout cela est bien en ordre. Sur la table, à côté de son pupitre, s'empilent des feuilles récupérées au prieuré. Elles serviront pour le dessin, espère Flora. Elle scrute cette pièce pourtant familière. Dans le coin d'une fenêtre, une grosse araignée la surveille. Une cousine de sœur Fil, figée dans sa toile. La prière récitée, on range les chapelets, et les élèves s'assoient. Ce bruit de froissement de tissus lui chavire la poitrine.

C'est le moment des présences. Toutes pareilles, toutes différentes. Flora les regarde à tour de rôle, lorsque sœur Fil les appelle par leur nom. La sœur découpe les syllabes comme si c'était un pain. Là, Marguerite, balourde et grasse, les cheveux sales et oints, dirait-on, de graisse d'ours. Plus ou moins sympathique. Près d'elle, Émilie, toute menue, au teint de rose, qui se cure le nez sans ménagement. Pas pire fine. Derrière, Joséphine, aux yeux fous, une gelée, une purée sur sa chaise. Se tenir loin d'elle, si possible. À gauche, Madeleine, qui a grandi comme un plant de maïs depuis l'an dernier. Quelque chose de beau doit se cacher quelque part, mais il faut chercher. Son visage est intensément criblé de boutons.

Des yeux séduisants, si on arrivait à oublier toutes ces pustules. Rose-Anna et ses grosses joues rebondies, son front bas, ses sourcils broussailleux. On dirait un garçon habillé en couventine. Assez sympathique quand même. Il y a Georgina, qui a toujours la bouche ouverte, un peu de bave sur le menton et de la salive qui mousse aux commissures des lèvres. On préfère la mousse au chocolat ou aux fraises. Denise a continuellement besoin d'aller au petit coin. Un peu fendante, mais bonne au ballon prisonnier. Béatrice est sûrement née un jour de tempête ; il y a plein de bourrasques dans sa tête. Une moyenne malcommode, celle-là. La voilà qui ouvre son cahier avec violence, l'abat sur le pupitre. A-t-on bien entendu son geste ? Sa plume griffonne avec rage. À défaut de sang, l'encre va couler. Il n'est pas rare qu'elle perce le papier. La révolte dans la chair suinte par les pores de la peau. Est-elle toujours en colère ? Et l'autre, assise à côté d'elle, avec son odeur de transpiration. Elle sent la bête. Bête, elle l'est un peu. Ses parents l'ont appelée Bella. Pauvre belle bête. Quant à Fernande, les étoiles brillent dans le cahier de cette bonne fille, laideronne, souvent seule. Sainte Fernande. Au fond, Yvonne, tout en rondeurs appétissantes, avec son visage aux joues mafflues comme la fameuse Aunt Jemima, sur le sac de farine à crêpe. Elle s'est fait interpeller par la directrice, dans la grande salle, avant la cloche.

— Rentrez votre ventre, mademoiselle. Je vous jure, on va vous croire engrossée ou bien aussi mal nourrie que les petits Noirs d'Afrique.

La grosse Vovonne, à l'appétit insatiable. Yvonne la tonne, la cochonne, la gloutonne… L'an dernier, elle a connu bien des rimes en -onne – qu'elle acceptait, en riant d'elle-même. Mais elle est aussi Yvonne la championne, au bras de fer et au ballon prisonnier, celle que tout le monde préfère garder dans sa manche, la première qu'on choisit quand on forme les équipes. Une joyeuse luronne, dont toutes apprécient les blagues, les petits potins et les réparties. *Vovonne, la polissonne.*

Simone, Thérèse, Yvonne… Oui, Flora retrouve toutes ses compagnes, et une pointe de paix se love en son cœur. Aucune n'a péri dans l'incendie. Quel soulagement ! S'il avait fallu. Et cousine Jeanne va bien aussi. Au matin, dans les toilettes, elle lui a encore parlé de son amoureux secret. Chère Jeanne et ses grandes passions qui la rendent tantôt gaie comme l'hirondelle, tantôt sombre comme le fond du poêle. Les amies et les jours. Elle calcule mentalement. Oui, deux cent vingt-deux jours avec ces vingt-deux fillettes.

Dehors, les feuilles roussies emportées par le vent doux tournoient et viennent crépiter sur les vitres. Novembre est arrivé, mais aujourd'hui, le soleil traîne, oublieux du calendrier. Flora n'écoute pas, elle n'attend qu'une chose : le tintement de la cloche annonçant la fin des classes. Elle observe la lumière sur sa main. Des mélodies plein la tête, les doigts pianotant sur le bord du pupitre pour les assouplir, elle compte les minutes qui la séparent de la séance de musique. *Horloge, horloge mon amie, dépêche-toi, ne traîne pas comme ton cousin le soleil !* Combien de fois a-t-elle consulté les aiguilles, ce cadran qui la dévisage avec insistance ? Combien de fois sœur Fil l'a-t-elle sortie de la lune ?

En fin d'après-midi, au tintement de la cloche, c'est en courant qu'elle se dirige vers la salle des instruments.

\* \* \*

De l'autre côté de la porte l'attend sœur Irène, dont le cœur bat vite. Elle a apporté le coffret et son contenu, enfouis dans un sac de papier. Tout est en place. Sœur Irène a préparé l'entretien qu'elle tiendra avec son élève, l'ordre de ses questions, la façon de présenter les effets.

Flora arrive à cinq heures pile, essoufflée et pimpante, tout à sa joie de retrouver son institutrice préférée. Elle esquisse une timide révérence. En trottinant, elle s'approche du piano et s'installe sur le banc, bien droite, comme le lui a appris la religieuse. Elle remue les fesses. Trop de lumière dans ses yeux, trop d'impatience dans ses doigts, quelque chose de désinvolte, de trop léger l'agite. N'éprouve-t-elle pas quelque culpabilité, quelque repentir, après les actes commis ? Comment parvient-elle si facilement à cacher ses méfaits ?

Comme si de rien n'était, elle s'exclame :

— J'avais tellement hâte ! On commence par quoi ?

— Pas tout de suite, jeune fille. Le piano peut attendre. Nous avons un mystère à élucider.

La brève déception est vite chassée par un enthousiasme grandissant.

— Oui, oui ! Un mystère ! Dites-moi c'est quoi. J'aime ça, les devinettes.

— J'en ai une bonne pour toi : se peut-il que tu aies récupéré une lettre destinée à une autre personne ?

Flora fait mine de réfléchir, l'index tapant ses lèvres, le regard vers le plafond, le front plissé. Cette caricature ne trompe en rien la sœur, qui en a vu d'autres.

— Je ne me souviens pas. Je ne vois pas. Pourquoi vous me demandez ça ? Vous avez posé cette question aux autres ? Quelqu'un s'est plaint qu'il lui manquait une lettre ? Qui ? Jeanne ? La grosse malcommode à Béatrice ? Thérèse ?

A-t-elle assez de front pour jouer ainsi l'innocente ? La religieuse respire, regarde par la fenêtre, fait mine d'examiner au loin. Flora veut sûrement protéger quelque chose qui lui paraît sacré. Le soleil a décliné, il fait déjà sombre. Sœur Irène devra creuser plus loin. À l'attaque, ma petite comique. Du sac, elle retire précautionneusement le document chiffonné et le lui présente avec une extrême nonchalance, procédant lentement, observant les réactions de la fillette.

— Ces papiers te disent-ils quelque chose ?

Un éclair de surprise traverse le regard de l'enfant qui, feignant un intérêt ô combien factice, prend le temps de consulter le document, en tourne les pages avec un calme olympien, avant de le remettre à sœur Irène.

— Rien de rien, répond-elle, le menton haut. Qu'est-ce que les autres ont raconté ? Pourquoi je m'intéresserais à ces charabias ?

— Je ne sais pas, à toi de me le dire.

La religieuse croise les mains derrière le dos. Elle a tout son temps, la leçon attendra. Elle fait quelques pas, manifeste ostensiblement une relative indifférence aux réponses de sa pupille. Ses pas l'éloignent de Flora, dont elle devine l'impatience. Dans le reflet de la fenêtre, à cette heure-ci, le ciel lui vient en aide : elle voit trépigner la fillette qui tourne la tête en tous sens. Quand elle la juge assez cuite, elle élève la voix d'un ton :

— Mais attends… J'ai autre chose à te montrer et qui contribuera peut-être à réveiller ta mémoire.

Du sac de papier, sœur Irène sort le coffret métallique.

— Étrangement, un employé a trouvé ceci sur les lieux de l'incendie. Je me demande d'où vient cette boîte, dit-elle d'une voix qu'elle veut faussement théâtrale. L'ouvrier y voit un indice permettant de mettre la main sur le malfaiteur qui aurait allumé le feu. Doux Jésus, un malfaiteur parmi nous…, poursuit-elle, sur le même ton de mauvais théâtre. Tu la reconnais, cette boîte, j'en suis certaine.

La vue de l'objet transfigure la mine de Flora : son sourire tombe, son soleil s'éteint, ses épaules s'affaissent et les couleurs abandonnent son visage. La voilà bien piégée. Cependant, en une fraction de seconde, elle se redresse et arbore des yeux candides.

— Bien oui ! Vous le savez aussi bien que moi – sauf votre respect, ma sœur. C'est ma boîte en fer !

Flora prend bien soin de fixer intensément le regard de la religieuse.

— Celle que vous m'avez donnée. Ma boîte précieuse. Je l'avais perdue ! Disons que je l'avais « perdue »… Quelqu'un me l'avait volée. Je n'accuse personne, ma sœur.

Flora se recompose un air naturel.

— Toute carbonisée. Quel dommage ! soupire-t-elle, avec une moue très convaincante.

Un silence plane, permettant à quelques anges de passer, de partir. Flora tend les mains comme pour recevoir la boîte que sœur Irène prend malicieusement soin de garder hors de son atteinte. Puis, elle soulève le couvercle. Flora baisse les bras. À l'intérieur, sœur Irène a laissé l'enveloppe identifiée à son nom.

— Le plus bizarre, c'est que cette lettre était dedans : une lettre que j'attendais depuis l'été et qui prouve que ton père ne pourra pas te reprendre de sitôt. Ta présumée voleuse a bien manigancé. Comment cette lettre s'est-elle retrouvée là ? Si c'est mal de voler, tu sais que c'est encore plus mal de maquiller son vol. Voilà tout un mystère. Je compte bien en avertir les hautes instances, à moins que… J'espère que tu pourras me l'expliquer.

Flora se tord les lèvres en une grimace indécise. Elle n'est dupe ni du jeu de la sœur ni de sa propre attitude à ce jeu. Elle se gratte l'oreille puis, en un geste nerveux et répété, tourne une mèche de cheveux autour de son doigt.

— Flora, dis-moi la vérité.

Cet interrogatoire a raison de la bonne humeur de la jeune fille. Aussi bien y aller. Cernée de toutes parts, Flora craque :

— Oui, c'est moi ! Oui, j'ai voulu savoir, pour mon frère.

Elle marque un temps.

— Cette lettre, je l'ai aperçue dans le bureau de la supérieure et je l'ai prise là. Personne ne m'a vue faire. Ça provenait de la Justice des mineurs… Je croyais que c'était mon frère qui l'avait écrite. Oui, parce qu'il travaille dans une mine.

— Ce n'est pas la même chose, l'interrompt sœur Irène, étonnée par ce drôle de quiproquo.

Flora hoche la tête, la bouche sévère, les sourcils froncés.

— J'ai bien vu ça quand je l'ai lue.

— Et où l'as-tu lue ?

Elle baisse le menton, sans un mot.

— Au bord de la fenêtre, dans les escaliers menant au dortoir, n'est-ce pas ? continue sœur Irène.

L'enfant capitule et opine du bonnet. La grande question brûle les lèvres de la sœur. Elle n'ose croire qu'elle va la poser.

— Et tu as mis le feu ? Pourquoi ?

— J'ai pas fait exprès, je le jure! Ma sœur, croyez-moi. C'est à cause de la chandelle, la flamme est devenue haute de même.

La fillette est sincère. Sa voix tremblote. Elle se lève et tend le bras au-dessus de sa tête.

— J'avais jamais vu ça. Même chez nous.

Sœur Irène place fermement la main sur l'épaule de son élève pour qu'elle se rassoie. Pas d'effusion, elle ne veut pas d'effusion. Elle devine la détresse subite de la fillette. Quelque part, une horloge sonne l'heure.

— C'est grave, très grave, Flora! poursuit sœur Irène, d'une petite voix tiède. Bien plus qu'une statue cassée. Imagine: les policiers vont enquêter, chercher à savoir. Si ce n'était que de moi... Cette fois, il faudra le dire à mère Saint-Elzéar.

À ces mots, Flora se dresse, furieuse, et affronte son interlocutrice en montant le ton.

— Chercher à savoir? Mais... c'est exactement ça que je voulais faire, moi aussi. Qui pouvait m'expliquer? J'étais toute seule pour tout deviner. Même Simone pouvait plus m'aider, et je cherchais la vérité. Je souhaite retrouver mon frère. Pourquoi il n'a jamais répondu aux lettres que j'ai écrites et que vous lui avez envoyées? Pourquoi vous m'avez rien dit? Pourquoi vous êtes partie? Je voulais juste comprendre.

Sœur Irène range la lettre et l'enveloppe dans le sac. Comment expliquer à cette enfant les raisons qui ont poussé la supérieure à lui conseiller cette retraite passée? Lui dire que mère Saint-Elzéar croyait que la maîtresse de musique éprouvait pour son élève un amour déraisonnable, une perversion malsaine, une tentation du diable? Insensé. À dix ans, on ne comprend pas ces déviances.

400

Non fondées, de surcroît. Mentir est insensé aussi. Alors, elle répond plus évasivement, mais en respectant le but ultime de sa démarche :

— Il arrive, au cours du noviciat, que l'on doive réfléchir afin de prendre la bonne décision, afin de ne commettre aucune erreur quant à l'appel vers la vie religieuse. Tu te souviens, Flora ? Sœur Marie-Antoine, notre vaillante zélatrice, vous a déjà bien expliqué ces situations lors de ses causeries sur la dévotion au Sacré-Cœur. Rien de tel que la solitude et les prières, loin du monde, pour atteindre ces lieux de réflexion.

— Et après, qu'est-ce que vous avez décidé ?

— Je reste ici et pour de bon, répond sœur Irène, avec soulagement. Viens, rangeons-nous un peu, ce sera bientôt l'heure de souper. Je prononcerai mes vœux perpétuels en février, en même temps que sœur Adèle. Ce sera une cérémonie très solennelle et toutes les couventines y assisteront. Voudras-tu y chanter ?

— Si je vais en prison, je ne pourrai pas chanter bien fort. Mais avant d'y aller, dites-moi, pour les lettres de mon frère. Peut-être que vous aviez la mauvaise adresse ? Mais elles seraient revenues depuis très longtemps ! C'est Jeanne qui m'a dit ça. Alors, où sont-elles ?

Le rapport de force change de camp et voilà que sœur Irène se retrouve elle-même confuse, dans ses petits souliers. Elle secoue la tête en regardant par terre.

— Mère Saint-Elzéar a cru y voir de mauvais propos, des comportements déplacés me concernant. Alors…

Si elle lui avoue que la supérieure les a détruites, la petite tiendra rancune à la pauvre mère. Dans ce cas, mieux vaut recevoir complètement le blâme et prétendre autre chose, pour éviter de révéler l'histoire du quiproquo avec la chatte.

— Alors, je les ai... brûlées.

Flora pince les lèvres, serre les dents. Ses yeux s'embrasent, son visage se durcit.

— Donc, mon frère ne les a jamais reçues! s'indigne Flora.

— C'est ma faute. Je ne les ai pas transmises assez rapidement. C'est que l'adresse de ton frère, je ne l'ai jamais trouvée. Par contre, je reviens ici avec la ferme volonté de t'aider. Je le retracerai, ce frère disparu, et si jamais il peut assurer ta protection et que tu décides de partir avec lui, tu en feras à ta guise. J'oublierai tout autre intérêt, tout autre projet de carrière que je caressais pour toi. Il faut me pardonner, mes intentions étaient bonnes.

— L'enfer en est plein, à ce qu'il paraît!

Un bruit venant de la porte leur fait tourner la tête. La longue silhouette de sœur Saint-Léandre entre et glisse le long du mur, le visage bas, caché par son voile. Un arrosoir à la main, elle avance vers les plantes vertes et les asperge d'eau, avant de s'en retourner dans son grand silence. Étrange : habituellement, elle s'occupe des plantes après les cours de musique. Sœur Irène se questionne ; Flora tremble un peu.

Sœur Irène veut poser de nouveau la main sur l'épaule de l'enfant, appuyer la sincérité de ses propos d'un peu de tendresse, mais la petite se tourne rapidement pour esquiver le geste affectueux. Elle place une partition sur le pupitre du piano et commence à jouer, mettant un terme au dialogue. Le reste de la séance leur semble à toutes deux interminable.

Enfin, l'agitation dans les corridors annonce que ce sera bientôt l'heure du repas. Les retardataires s'activent vers le réfectoire ; l'odeur de la bonne soupe chatouille les narines. Mais sœur Irène a dans la bouche un goût de cendre en voyant Flora qui court rejoindre ses camarades. Dans les semaines qui suivront, la petite se défilera autant qu'elle le pourra. De toutes les séances, elle n'ouvrira plus la bouche et se contentera d'exécuter les exercices avec application. Sœur Irène respectera avec peine cette dérobade juvénile. Les mains pâles de l'enfant flotteront sur le clavier. Quelles idées couveront sous ce silence et sous cette grâce de cygne blanc ?

La boîte en fer, à jamais noircie, se refermera, comme le cœur de la jeune pianiste.

Flora ne lui pardonnera pas, lui fera la vie dure, lui imposera la grève du silence, la torture.

L'élève va se présenter à l'heure convenue, un verrou sur les lèvres, les mains agiles et souples, le dos en piquet de clôture, le regard fixé aux partitions et la mesure aux pieds, une volonté ferme d'apprendre, mais pas de cœur. Comme elle aura changé, en quelques mois ! Les sourires envolés, la candeur évaporée.

\* \* \*

Pour Flora, sœur Irène ne sera plus qu'un outil, l'instrument qui lui permettra d'arriver à ses fins : maîtriser la musique pour devenir pianiste de cirque. Elle marchera dans les pas d'Irène, de l'autre Irène, celle d'avant. Pas la religieuse. Ces gens du mensonge, on doit s'en servir à bon escient.

Lorsqu'elle raconte l'affaire à Simone, celle-ci réagit sans surprise.

— Les cartes avaient raison, tu vois, et je t'avais bien avertie, aussi : des lettres postées, d'autres non, mortes, brûlées. Je m'en souviens, fait Simone, fière de la justesse de ses prédictions. Sans parler de cette lettre qui t'apporterait un tas de problèmes. Eh ben! te voilà en plein dedans.

— Certain! Si sœur Irène parle, je serai accusée, chuchote Flora. J'irai peut-être en prison comme mon père, le metteur de feu. Est-ce qu'il y a des prisons pour enfants?

— Oui, ça s'appelle des couvents.

— T'exagères! C'est notre deuxième maison, pas une prison.

— Pour moi, c'est la même chose.

C'est la récréation. Encore une passée à jouer au ballon prisonnier, ce jeu que déteste Flora, sous le vent redevenu froid du jour au lendemain et sous l'œil plus ou moins attentif de sœur Alerte qui bavarde avec ses consœurs.

Les deux équipes s'affrontent. Si le ballon vous touche sans que vous l'ayez attrapé, vous êtes morte et vous allez au ciel: un espace au fond du terrain, de l'autre côté de la ligne tracée par un talon de chaussure. Une équipière peut tout de même vous racheter en tuant une adversaire. Simone et Flora n'ont aucune adresse à ce jeu, ni pour attraper ni pour lancer en boulet de canon, mais elles ont une stratégie bien plus importante: dès le début de la partie, elles font exprès d'être tuées l'une après l'autre. Toutes deux au ciel, elles peuvent alors échanger à l'insu de sœur Alerte, en piétinant et en parlant bas.

— Qu'est-ce que je vais faire? Comment lui clouer le bec?

— Une fois, j'ai vu un rat, dans la maison où j'habitais avec ma famille. Le chien le poursuivait en courant partout. À un moment donné, le rat s'est retrouvé pris dans un coin. Il était bien plus petit que le chien, mais sais-tu ce qu'il a fait?

404

Flora secoue la tête, feignant d'observer le jeu de ballon.

— Il l'a attaqué. Il lui a sauté dans la face et l'a mordu pis griffé… Le gros chien s'est sauvé en pleurnichant.

— La griffer, la mordre ? Je serais pas capable.

— Chut, les sœurs approchent.

De l'autre côté de la cour, huit religieuses marchent en discutant, toujours selon leur rituel, quatre par quatre, face à face, un groupe avance tandis que l'autre recule. Elles résistent au fort vent du mieux qu'elles peuvent, dans un grand tourbillon de voiles et de chapes, retenant tant bien que mal leur guimpe, leur chapelet et leur barbette. Finalement, elles s'éloignent discrètement pour profiter de l'abri des murs.

— Y a d'autres moyens d'attaquer, voyons, continue Simone. T'es plus finaude qu'un rat.

— L'attaquer… Mais sœur Irène m'a souvent dit que nos destins étaient liés.

— Destins, destins… Qu'est-ce qu'elle en sait ? Une cigale pis une fourmi, ça marche pas ensemble. À un moment donné, y en a une qui perd ses ailes pis qui s'en va vivre sous terre. Pourvu que ce soit pas toi qui sois obligée de gagner ton trou.

— Eh ! vous deux ! s'écrie sœur Alerte, cessez vos bavardages !

Simone se touche le front dans un grand geste solennel.

— Oui, ma sœur, lance Simone.

— Excusez-nous, ma sœur, rajoute Flora, moqueuse.

Enfin, la cloche sonne. Les couventines prennent leurs rangs, chacune à sa place, en fourmis dociles. Ici, si les reines ne procréent pas, elles mènent tout de même leurs ouvrières au son d'un grelot, d'un claquoir et d'un coup de baguette. Dans cette fourmilière, Flora serait donc une cigale ? Si, une cigale qui fait chanter les autres. À partir de cet instant, une toute petite bête, une souris trotte-menu, une guêpe apparaît dans sa tête et la distrait sans arrêt.

De retour en classe avec sœur Fil, on apprend à extraire la racine carrée d'un nombre entier. Quelqu'un frappe à la porte : un policier en uniforme se présente. La tête dans les épaules, Flora maintient les yeux sur le problème à résoudre, mais pense à bien autre chose : sœur Irène l'a trahie et ce policier va sûrement l'interroger.

Un grand monsieur à la moustache souriante s'avance et pose beaucoup de questions aux unes et aux autres.

— Quand il y a le feu, est-ce qu'on ramasse ses affaires avant de sortir ? S'il y a de la fumée dans la pièce, qu'est-ce qu'on fait ? Si on touche une porte et qu'elle est chaude, est-ce qu'on l'ouvre ? Si on n'arrive plus à respirer, est-ce qu'on a une solution ? Si le feu prend à nos vêtements, est-ce qu'on part en courant ?

En parlant, il se déplace avec lenteur entre les pupitres et regarde les élèves à tour de rôle, les interrogeant d'un ton ferme mais aimable. Lorsqu'il se dresse devant Flora, ses yeux prennent soudainement des plis autoritaires et le timbre de sa voix baisse.

— Si on trouve un briquet ou des allumettes, mademoiselle, est-ce qu'on les garde pour soi ?

— Non, répond Flora, piteuse. On les remet à notre maîtresse.

— Est-ce qu'on joue avec le feu ? insiste encore l'agent.

— Jamais, jamais !

Au bord des larmes et pour masquer le tremblement de ses mains, elle les croise et serre les doigts. Que sait-il ? Qu'a-t-on dit à ce policier ? Vient-il uniquement pour expliquer les règles de sécurité, comme un autre l'a fait l'année dernière devant toutes les classes ? Vient-il l'accuser ?

Il fait claquer ses talons et tourne le dos, tout d'une pièce, avant de poursuivre son baratin :

— Bien. Maintenant que vous voilà au courant, je vous annonce qu'il y aura un exercice en cas d'incendie très bientôt. Le couvent doit être évacué en moins de cinq minutes.

Mais non, il n'interpelle plus Flora ni Simone ni personne. Il salue et s'en va.

Flora se détend un peu, reprend sa plume et la lecture du prochain problème. *Quelle est la racine carrée de 270 ?* Elle trace le symbole de la division, avec ce drôle de V au début : le signe pour reconnaître l'opération. Elle essaie des chiffres, mais bientôt elle abandonne. Une autre question la chiffonne : comment acheter le silence de sœur Irène ? Elle cherche des idées, pense et creuse. Un ver fouit son cerveau et, plus creux, explore les zones cachées de son âme. On aura beau dire, malgré les sacrements, la purification des taches par le baptême, les confessions et le pardon… il reste toujours un fond de méchanceté : l'agressivité d'un rat cerné dans un coin sombre et qui veut contre-attaquer. À l'époque, si sa mère avait eu ce front de bœuf, cette audace, elle aurait pu mener sa révolte devant son père, et la catastrophe aurait été évitée. Mais non, bonne maman achetait la paix, toujours, des œillères au cœur, une chanson aux lèvres, comme les poules qui, dix minutes après le terrible carnage du renard dans la basse-cour, se remettent à jacasser et à picorer, comme si de rien n'était.

Flora ne répétera pas les mêmes erreurs et ne se laissera pas faire.

Elle tourne la tête pour regarder à la fenêtre. De l'autre côté de la vitre, un fin brouillard se glisse entre les troncs dénudés et noircis. Il a tellement plu, la nuit dernière, que les nuages semblent sortir du sol, des spectres légers libérés de la terre. La grisaille des jours s'aligne sur les longs fils électriques. La brume dort sur la rivière. Le vent a emporté les couleurs et, plus loin, sur les montagnes, la forêt forme une masse sombre. Près de l'aile abritant l'École normale, un fantôme bien vivant, celui-là, longe le mur à grands pas : une religieuse immense et vieille. Elle se penche, étire le bras et ramasse au sol quelque chose, au pied d'une fenêtre : un petit cadavre de plumes. Un oiseau, sans doute, qui s'est fracassé le bec contre la vitre. Elle le tient précautionneusement par le bout d'une aile, l'observe sous tous ses angles, puis le range dans un sac de toile. Elle porte le voile rabattu très avant sur le front, en guise de capuchon lui masquant presque entièrement le visage dont on ne devine que le nez, courbé comme le bec d'un aigle. Elle erre lentement, surveillant la terre, au pied des fenêtres, en quête d'autres oiseaux morts ou moribonds.

Les couventines en parlent à mots couverts depuis des lunes : sœur Saint-Léandre, la sœur aux grands pieds. On ne la voit presque jamais : ni à la chapelle ni au réfectoire. Elle n'enseigne pas, ne chante pas, ne participe pas aux cérémonies de fin d'année ni aux sorties de groupe. Elle hante un local, paraît-il, au bout du corridor du rez-de-chaussée, au-delà des cuisines, dans la maison rouge, celle qui abrite les fournaises. C'est la deuxième fois que Flora l'aperçoit, mais jamais elle n'a vu son visage. Elle croyait plutôt à une légende : une sorcière concoctant des remèdes, des poisons ou des élixirs en cuisant des animaux et quoi encore ? Une morte-vivante imputrescible sous sa bure de ténèbres, que Dieu a oubliée et qui a traversé les siècles.

L'autre jour, Alma a raconté qu'elle se nourrissait de petits bébés abandonnés sur le seuil de la maison mère. Les pauvres filles se

trompent d'institution et confondent le couvent avec un orphelinat, ce qui met en colère la vieille religieuse. C'est la cousine du
grand Lustucru. Marguerite a juré l'avoir vue se promener, deux
mois plus tôt, en pleine nuit, sous la lumière des réverbères, armée
d'un filet à papillons. Joséphine a ajouté qu'après chaque visite
à la ferme, les converses rapportent des caisses renfermant de
petites carcasses enfouies dans de la sciure de bois et de la glace.
Et que contiennent ces caissettes ? Poussins, poulets, lapins, chats,
écureuils, marmottes… Des bêtes qu'elle dévore crues, sans sel ni
beurre. Des sornettes ? Jeanne, qui en a parlé aussi à Flora déjà, dit
que la vieille religieuse préfère la compagnie de ses animaux morts
à celle des humains.

La mystérieuse sœur emporte l'oiseau et disparaît à l'angle
de l'édifice.

Quand sonne la cloche, Flora n'a pas trouvé la racine carrée,
mais une pensée racine, dans un terreau bien noir. À la récréation
suivante, Simone lui raconte une de ses légendes indiennes :

— Une fois, il y a eu un grand feu. Tous les animaux de la forêt
se sont enfuis et, de loin, ils regardaient brûler leurs maisons en
pleurant. Tout à coup, ils entendent un vrombissement. Vrrr !
C'est Colibri qui passe vite, vite, s'en va au-dessus du feu et lâche
une goutte d'eau : tout ce qu'il pouvait transporter dans son petit
bec. Il repart pour revenir un peu plus tard. Vrrr ! Lâche une autre
goutte. Ours lui dit : « Eh ! Colibri ! Pourquoi tous ces sparages ? Ça
donne rien, tes petites gouttes. » Et Colibri lui répond : « Je fais ce
que je peux », et il repart.

Elle se tait.

— C'est tout ? C'est de même que ton histoire finit ?

Simone hoche la tête.

— C'est donc bien idiot! Pourquoi tu me racontes ça?

— Parce qu'un jour t'en auras besoin.

Le soir et le lendemain soir, Flora réfléchit à cette légende. Ou bien c'est pour expliquer que, même si on fait tout notre possible, ça ne donne rien. Ou bien c'est pour faire comprendre que, peu importe la situation de la vie, vaut mieux faire un effort, un petit quelque chose, plutôt que de rester là à pleurer sur son sort. Ou bien... tout seul, on n'arrive pas à grand-chose. Pauvre Colibri!

* * *

Plus que cinq semaines avant la cérémonie des vœux. Sœur Irène prie davantage: six neuvaines à égrener des dizaines. Elle se retrouve souvent à la chapelle avec sœur Adèle, où elles récitent ensemble des chapelets.

Dès qu'elle le peut, elle aide ses consœurs à différentes tâches: à la sacristie, aux cuisines, à la blanchisserie et à la salle de reliure où sœur Saint-Léandre travaille tard, emmurée dans son silence et dans son monde intérieur. Cette pauvre sœur est devenue sourde à la suite de maux d'oreilles répétés et mal soignés. Certaines s'imaginent qu'elle est tout simplement incapable de comprendre ce qu'on lui dit, en raison de la vieillesse. D'autres pensent qu'elle s'est désintéressée des propos d'autrui. Sans jamais oser l'avouer, quelques-unes encore la croient un peu... lente, diraient-elles poliment. Elle passe une partie de ses journées en solitaire, soit à réparer les chaussures à la cordonnerie, soit à coudre les pages de vieux livres, à les couvrir de maroquin, de cuir de veau, de vélin. Souvent, elle jette un œil à la fenêtre, muette, le regard perdu à l'horizon. Lorsqu'elle voit approcher une voiture, ses épaules sont parcourues par un frisson à peine perceptible, comme un tressaillement de peur. Sur son visage aux traits tendus, nulle ride ne marque la peau sombre, mince et tachée, mais elle a les yeux clairs et vifs, les lèvres closes et sèches. Ce qui vibrait jadis derrière ses prunelles et sa langue s'est sans doute endormi à jamais.

Au réfectoire, lors du dîner du 13 décembre, sœur Sainte-Jacqueline lit, au bénéfice de ses consœurs et comme à l'accoutumée, des textes tirés de recueils de prières, des Évangiles ou de l'histoire sainte. Aujourd'hui, elle a choisi un passage de la vie de sainte Lucie, dont la fête est célébrée en ce jour.

*Lucie vivait à Syracuse, en Sicile, au IV^e siècle ; elle était issue d'une famille de nobles. Sa mère souffrait d'un flux de sang incurable. On disait qu'une nuit de prière sur la tombe de sainte Agathe permettait de grands prodiges. Lucie vint avec sa mère à Catane pour prier sur le tombeau de sainte Agathe.*

*En priant pour la guérison de sa mère, Lucie s'endormit et elle vit sainte Agathe lui dire : « Lucie, ma sœur, pourquoi me demander ce que ta foi a pu obtenir par elle-même ? Ta mère est guérie. Tu seras bientôt la gloire de Syracuse comme je suis la gloire de Catane. »*

*En remerciement, Lucie décida de faire don de tous ses biens et de sa dot aux nécessiteux. Elle décida de consacrer sa vie aux pauvres.*

*L'homme à qui elle était promise en mariage n'apprécia pas du tout ce comportement. Il continuait de la presser. Lucie lui aurait demandé pourquoi il tenait tant à elle ; il lui aurait répondu : « Vos yeux ! » Lucie s'arracha les yeux avec un petit couteau et après les avoir mis sur un plat, elle les porta à tâtons à son fiancé.*

*La Vierge Marie rendit la vue à Lucie, avec des yeux encore plus beaux.*

*Lucie apportait, la nuit, des provisions aux chrétiens qui se cachaient dans les grottes pour prier. Comme il faisait noir, elle avait besoin de bougies pour s'éclairer et comme elle portait de la nourriture et de l'eau, elle avait besoin de ses deux mains. Elle fabriqua une couronne sur laquelle elle fixa des bougies.*

*Finalement son fiancé la dénonça aux autorités comme chrétienne. Lucie fut conduite devant le consul Pascasius. Elle refusa de se conformer au culte des idoles et affirma sa foi chrétienne : «Ceux qui vivent avec chasteté et piété sont le temple de l'Esprit saint.»*

*Pour la punir, le consul décida de l'emmener dans une maison de débauche pour lui faire perdre sa virginité. Le corps de Lucie devint très lourd et il fut impossible de l'emmener. Le consul fit venir des bœufs pour la tirer, mais ce fut sans résultat! Il décida alors de la faire brûler sur un bûcher. On enduisit son corps de poix, de résine et d'huile bouillante, mais les flammes se détournèrent d'elle. Le consul ordonna de l'égorger : un coup d'épée lui trancha la gorge.*

*Son corps fut enseveli à Syracuse. Il fut ensuite transféré à Constantinople et enfin à Venise.*

— Inébranlable! s'exclame mère Saint-Elzéar. Quel vibrant message que cet apologue de sainte Lucie! Il illustre une leçon primordiale nous confirmant à quel point la chasteté est gage de force et de courage pour l'esprit. Devenir *le temple de l'Esprit saint*, notre corps comme un sanctuaire! affirme-t-elle avec conviction, en hochant la tête, mais la bouche un peu pâteuse.

Puis, se tournant vers les novices, oubliant la règle du silence qui doit régner après la lecture et pendant l'heure du repas, elle inonde les couventines de conseils :

— Ne cédez pas aux caprices du corps : l'esprit s'affine, l'âme grandit seulement au prix de ces renoncements. On ne prépare jamais assez son cœur avant la cérémonie des vœux. Appliquez-vous à intégrer les quatre vertus cardinales : courage, justice, prudence, tempérance, et les trois théologales : charité, espérance et...

Elle s'interrompt, cherche, a oublié. Comment est-ce possible? Elle dont la mémoire ne flanche jamais.

Sœur Sainte-Philomène vient à son secours et souffle :

— Foi.

— Et la foi, reprend aussitôt mère Saint-Elzéar. Rappelez-vous les écritures de saint François de Sales et son *Introduction à la vie dévote*. Lisez et relisez-le.

Elle s'emporte plus qu'à l'ordinaire. Puis, subitement, la voilà debout, complètement enthousiasmée, comme si elle haranguait la foule dans une réunion politique :

— Qu'on prépare une pièce de théâtre pour mettre en scène l'extraordinaire vie de sainte Lucie et qu'on termine par la belle chanson de Tino Rossi !

Comment lui refuser ce plaisir, d'autant que les couventines adorent faire du théâtre ? On y passe l'après-midi. Sœur Adèle rafraîchit les décors qui ont déjà servi, il y a quelques années, pour semblable représentation. Les quelques rôles sont distribués à la hâte et on apprend les textes en vitesse. Simone sera souffleuse.

La pièce est présentée après le souper. Quelle belle permission, de la part de la supérieure, que ce merveilleux divertissement, en plein mardi ! Les élèves et les professes s'en étonnent.

À la fin du spectacle, sœur Irène s'installe au piano. Douze élèves de septième se placent sur la scène, en une rangée. Elles ont été choisies pour interpréter le chant en italien. Parées d'aubes blanches et de ceintures rouges, un diadème de feuillage posé sur les cheveux, qu'elles ont eu la permission de laisser lâches sur leurs épaules, comme elles sont jolies, tenant chacune une bougie ! Au centre, Jeanne, souriante, porte une couronne garnie de huit cierges. Les mains jointes comme la Vierge, elle chante :

*Venite all'agile barchetta mia*
*Santa Lucia ! Santa Lucia !*

La Sainte-Lucie, fête de la lumière qui vainc le noir! Mère Saint-Elzéar paraît transportée et entonne avec le chœur, pendant que Flora, apeurée par la flamme des chandelles, se tient prudemment au fond de la grande salle, tout près de la porte.

La petite chorale amorce une procession dans l'allée centrale et enchaîne avec d'autres chants de l'avent. Les voix des couventines et des religieuses se mêlent bientôt à celles des jeunes filles. De temps en temps, mère Saint-Elzéar s'absente quelques secondes dans son bureau, pour quelque affaire urgente, sans doute, mais revient toujours, de plus en plus gaie et animée. Sur son insistance, on chante ainsi jusque tard dans la soirée.

À la fin du jour, sœur Irène rouvre le livre de saint François de Sales, au hasard, et lit: *Contenant les avis et exercices requis pour conduire l'âme dès son premier désir de la vie dévote jusques à une entière résolution de l'embrasser. Chapitre XXIII: Qu'il se faut purger de l'affection aux choses inutiles et dangereuses.* Combien de fois l'a-t-elle consulté jusqu'à présent? Et pourtant, encore une phrase l'éclaire, ouvre une nouvelle fenêtre, un mot, une expression dont elle n'avait pas vraiment compris le sens, à première vue, et qui la surprend tout à coup, preuve qu'un texte peut varier d'une lecture à l'autre, d'un lecteur à l'autre! Chaque fois, ces découvertes la ravissent.

# 3

Carnet de notes en main, sœur Sacristine compte les bouteilles de vin de la réserve, vérifie les chiffres et compte de nouveau. Sœur Irène et elle sont seules au réfectoire, à présent.

— C'est à n'y rien comprendre, il en manque deux.

De l'extrémité de sa plume, elle gratte le cuir chevelu sous sa coiffe.

— À moins que le livreur m'ait apporté une caisse incomplète ? Ou qu'à la fête du curé, j'aie manqué d'attention et que deux bouteilles me soient passées sous le nez ? Cette situation m'embête tellement. Les doubles de la clé du cellier sont rares. J'ai bien peur qu'on m'accuse de voler ou de mal tenir les comptes.

Impensable ! Qui pourrait soupçonner sœur Sacristine de chiper et de boire le vin de messe ? Une femme si dévouée, aux habitudes austères ; jamais elle ne brouille l'eau, jamais un mot plus haut que l'autre. Elle se couche tôt et se lève à l'heure des poules. Plus jeune, elle a sûrement respiré l'air et la rigueur des Spartiates. Chaque matin, elle nettoie et place précautionneusement les burettes, le calice et le ciboire, lave et repasse les linges bénits, avec les mêmes gestes précis et solennels. Derrière ses lunettes d'écaille, ses yeux francs, son visage tranquille et ses petits pas pressés, elle est bien la dernière qu'on pourrait imaginer un verre à la main. L'image donne envie de s'esclaffer.

— Elle serait bien mal venue, la personne qui oserait vous accuser. Soyez sans crainte, la rassure sœur Irène, réprimant son rire. Se peut-il que, par distraction, vous ayez oublié de verrouiller l'armoire ?

415

La sacristine se tapote les lèvres, réfléchit quelques secondes. Non, pas qu'elle se souvienne. Par contre, personne n'est à l'abri d'un moment d'inattention, surtout quand on a tant à faire comme elle.

— Si jamais c'était le cas, s'indigne-t-elle, peut-être que les ouvriers du chantier sont venus se servir. Ah! miséricorde! Ils vont et viennent à leur guise dans le bâtiment.

— Attention! Ne condamnez pas si rapidement ces braves gens sans savoir. Qui d'autre possède un double de la clé?

— À part notre supérieure, il n'y a que l'aumônier, mais il l'utilise uniquement lorsque je suis absente ou malade. Personne d'autre, à ce que je sache.

— Se pourrait-il que le père Didier ait manqué de vin et qu'il soit venu se servir lui-même? Il faudra explorer cette hypothèse. Mais pour l'instant, pas un mot à mère Saint-Elzéar. Les derniers événements ont dû lui causer bien des soucis et l'affecter d'une grande fatigue, la pauvre. Je crains pour sa santé. Malgré son enthousiasme initial, hier, à la fin de notre soirée de chants, elle s'accrochait aux bancs de la chapelle pour aller lentement vers la sortie et, à la Toussaint, elle a eu du mal à articuler son discours au cimetière, elle qui, habituellement, excelle dans l'art oratoire. Alors, qu'on ne l'embête pas avec cette histoire.

— Mais sœur Sainte-Marivonne verra bien, dans sa tenue de livres, que les quantités ne balancent pas. Comment lui expliquer? Je suis bien trop mal à l'aise pour questionner l'aumônier.

Elle va de long en large, en se tordant les mains, les joues rougies de sang d'encre. Que de troubles pour la disparition de deux bouteilles! Une broutille. D'habitude si calme, la voilà dans tous ses états. Cet événement la chamboule tellement; les dix plaies d'Égypte n'auraient pas autant d'effet.

— Reprenez-vous, ma sœur. Vous allez éclater comme une outre sur les rochers. Il faut relativiser la situation. Il s'agit de deux bouteilles de vin de messe. La vie de personne n'est menacée.

— La vie, la vie! C'est bien plus que la vie de quelqu'un! Ce vin, c'est le sang de Notre Seigneur.

— Pas avant d'être changé à l'eucharistie, par le miracle de la transsubstantiation. Avant ce rituel, ce liquide rouge ne reste que du vin, de piètre qualité, en plus.

— Oui, mais qui doit servir la plus noble des causes, quand même. Comment mettre la main sur le coupable qui s'enivre avec? Je ne peux tout de même pas surveiller l'armoire la journée durant!

— Nous allons jouer aux détectives, toutes les deux. Dites-moi, que faites-vous des bouteilles vides?

— Je les dépose dans une caisse de bois, au fond de la dépense.

— S'il s'agit de quelqu'un à l'intérieur de nos murs, cette personne devra se défaire des bouteilles, et la façon la plus discrète serait de les placer dans cette caisse, comme le veut l'usage. On ne se débarrasse pas d'une bouteille vide comme d'un bout de papier. J'ai une idée. Venez avec moi.

Devant la grande armoire vitrée contenant la réserve, elles prennent une à une les vingt-deux bouteilles pour les identifier d'un tout petit chiffre au coin de l'étiquette. Il faudra, à présent, surveiller le décompte et vérifier les étiquettes.

Le 20 décembre, une semaine après le début de la petite enquête, la sacristine fait son rapport à sœur Irène. Deux autres bouteilles ont été dérobées et se sont retrouvées, vides, avec les autres, dans la caisse. Même les deux premières, ne portant pas de numéros, y ont abouti.

— Ce ne peut être que le père Didier ! Les ouvriers ne pourraient passer ainsi inaperçus jusqu'à la dépense.

— Voulez-vous que j'aborde délicatement la question avec lui ?

— Et sous quelle autorité ? Je vous remercie, mais ce serait vous mettre dans une situation embarrassante. Je sais bien que vous voulez épargner notre bonne mère supérieure, mais j'en parlerai au réfectoire, dès demain. C'est trop grave.

Le lendemain, sœur Sacristine, qui n'ose jamais prendre la parole devant un groupe, se lève et, sortant une bouteille vide d'un sac, explique l'étrange va-et-vient du vin.

— Sans vouloir porter d'accusations, il me semble que la seule autre personne détenant la clé de cette armoire est le père Didier. Quelqu'un lui a peut-être subtilisé cette clé pour s'en faire un double, et ce malfaiteur agit comme bon lui semble. Je crois qu'il importe de l'aviser.

Mère Saint-Elzéar se lève en poussant un han prolongé, lentement, un bronze qui se déplie. Elle appuie ses deux mains sur le rebord de la table, inspire profondément et prend la parole.

— Merci, sœur Sacristine. Heureusement qu'on peut compter sur votre vigilance. Je m'occuperai moi-même de parler à notre aumônier pour que soient prises les mesures nécessaires, soyez-en certaine.

Après cette intervention, une semaine durant, les bouteilles de rouge restent en place, plus rien ne bouge, au grand contentement de sœur Sacristine.

Les jours suivants, mère Saint-Elzéar s'absente tous les après-midi : visites d'écoles publiques dans les villages environnants, rencontres avec le curé, avec l'évêque, avec les sœurs du Bon-Pasteur pour une plénière au sujet des nouveaux programmes et des nouvelles méthodes pédagogiques. Elle en revient régulièrement avec de lourds bagages et de gros soupirs, et se dirige directement à son bureau où elle dépose sa charge, sans jamais accepter l'aide qu'on lui offre.

*  *  *

Arrive enfin le 23 décembre, dernier jour d'école avant les vacances de Noël. Sœur Fil annonce une surprise à ses élèves : elle les emmène visiter un endroit très spécial qui sera inauguré officiellement en janvier, mais elles auront la chance de le voir avant tout le monde. Une religieuse converse, très discrète, a préparé depuis longtemps une exposition fantastique et elle souhaite maintenant partager son univers : son propre musée de sciences naturelles.

Les fillettes se regardent les unes les autres, enchantées à l'idée de découvrir autre chose que les images de leurs livres de lecture et d'histoire sainte. C'est excitant.

En file indienne, la classe arpente les corridors, dans une aile de l'édifice jamais explorée. On tourne à droite, puis à gauche, on descend des escaliers aux grosses rampes de bois verni, une main courante qu'on n'a pas le droit de tenir, comme le dictent la bienséance et le bon maintien. On marche ainsi au moins cinq minutes.

Sœur Fil ouvre la porte sur un local plongé dans l'obscurité, aux fenêtres aveugles. Ce qui surprend d'abord les fillettes, c'est cette puanteur qu'on a voulu masquer en vain à grand renfort de naphtaline. Odeur de viande d'étal et de paille, de vieil oncle décati, des effluves de tabac de mauvaise qualité. Est-ce l'odeur de la sœur aux grands pieds ?

— La lumière du jour, explique sœur Fil, pourrait gâter les spécimens.

Elle tire la chaînette qui pend du plafond pour allumer l'ampoule électrique, tamisée par un abat-jour cousu de voile fin. Au même moment, au fond de la pièce, une porte se referme lentement. Flora a le temps d'apercevoir une longue chaussure franchir le seuil avant d'entendre le cliquetis d'une clé dans la serrure. Voici donc l'antre de sœur Saint-Léandre. Pour s'assurer que les couventines ne le voient pas, le fantôme des ténèbres se terre dans son antichambre.

— Notre vaillante naturaliste besogne dans la chambre noire, cet après-midi, précise sœur Fil. Il ne faut surtout pas la déranger.

Une chambre noire ? Quel intrigant endroit pour travailler ! Flora fixe la porte mystérieuse, à la vitre et au vasistas couverts de feutre épais. Sous l'huis se glisse une faible lumière rouge semblable à celle qui couve en enfer. Le feu ? Un frisson lui secoue les épaules, et son imagination de gamine s'emporte : sœur Saint-Léandre va brûler vive ! Il faut la sortir de là, s'enfuir toutes au loin.

Sœur Fil parle vite, donne des explications relativement, entre autres, à un étrange procédé de développement d'images sous une lumière spéciale, pendant que Flora surveille, hypnotisée, le filet incandescent sur le seuil. Elle recule malgré elle vers la sortie, mais la main de Thérèse la retient et, du menton, sa camarade oriente son attention vers un monde invraisemblable, s'étalant sur les étagères.

— Est-ce qu'ils sont vivants ? demande-t-elle tout bas, ébahie.

Les exclamations des autres tirent Flora de sa torpeur et la font tressaillir. Elle tourne alors sur elle-même pour embrasser l'ensemble de l'espace. Partout autour d'elle apparaissent des tas de paires d'yeux qui l'observent. Dans un ordre d'apothicaire, alignés sur d'anciennes bibliothèques ou accrochés au plafond, des animaux les épient dans un troublant silence, semblable à celui précédant l'orage. Serres pointues, gueules grandes ouvertes, langues de plâtre peintes en rose ou en rouge, crocs menaçants, prêts à mordre, sur le point de vous lacérer la peau : des allures féroces, des regards cruels.

Renard, chat sauvage, martre, belette, vison, castor… Sœur Fil énumère les espèces. Chaque spécimen porte, attachée par une ficelle, une petite étiquette sur laquelle des annotations ont été inscrites dans une calligraphie soignée : espèce, famille, genre, date, lieu… Œil de verre irisé, griffes et becs vernis, poil lustré, plumes déployées. Ils sont tous là, à l'affût. Flora sursaute lorsqu'elle aperçoit, descendant du plafond, une chouette aux yeux immenses, aux ailes grandes ouvertes et aux serres tendues vers elle. Juste à côté, le bec puissant du corbeau menace son crâne sur lequel elle plaque les mains.

Guidées par l'institutrice, les prunelles aussi rondes que celles des hiboux, les filles circulent entre les étagères où, statufiées, des dizaines de bêtes reposent en équilibre sur des socles de bois ou de pierre.

Elle collectionne également les crânes. Le bonheur que la sœur aux grands pieds doit éprouver lorsqu'elle trouve un oiseau mort au-dessous d'une fenêtre ; elle doit ressentir un réel plaisir en achevant les souffrances d'une bête blessée. Que ne ferait-elle pas pour sa collection ? La mouche, dans son laboratoire, devait passer subito presto de trois à deux dimensions, sous la tapette.

L'épouvante noue la gorge de Flora. Sa colonne vertébrale se tasse et se rétrécit sous le poids de la peur.

— Interdit de toucher, rappelle sœur Fil. Non seulement certains spécimens sont très fragiles, mais il peut y avoir des produits toxiques dedans, des insecticides pour empêcher les mites et les larves d'y nicher et de s'en nourrir. Sœur Saint-Léandre a vu à tout pour que ses animaux se conservent très longtemps.

Au fond de la pièce, les élèves découvrent l'atelier où œuvre l'étrange collectionneuse. Sur une grande table sont alignés des instruments de chirurgie, comme dans une salle d'opération : crochets, scalpels, pics, aiguilles pour curer les crânes, ciseaux de précision, pinces de différentes tailles, lames fines... Dans un récipient, trois crânes bouillis attendent la prochaine étape.

— Les chairs, devenues grises, se détacheront mieux au nettoyage, explique encore sœur Fil, qui tient à présenter en détail la méthode de sa consœur.

En voyant les yeux caves et les dents découvertes sous les gencives à moitié grignotées, Flora a envie de vomir. Ici, l'odeur intenable lui tord les tripes.

— Sœur Saint-Léandre doit blanchir les os et les curer impeccablement pour, après coup, les envelopper de paille et d'ouate afin d'obtenir des spécimens parfaits, sans aucune particule de chair. Les coutures doivent être invisibles et les attitudes, naturelles.

Canular de la mort, grimace au diable.

Sur la table d'appoint, près d'un long comptoir couvert de tôle mate, un livre s'ouvre sur des planches dessinées : animaux écartelés, schémas expliquant où couper l'abdomen d'un oiseau, d'un petit mammifère, comment retirer les chairs, comment installer les broches : la bible du taxidermiste.

— Un art poussiéreux, souffle Flora.

— Au contraire, commente sœur Fil. Les animaux reviennent à la vie grâce aux merveilleux talents de notre naturaliste.

— Ça me donne faim, chuchote Yvonne, la main sur son ventre gargouillant.

Flora la regarde. Appuyée par un estomac des plus solides, loin des horrifiants tableaux imaginés par les autres jeunes filles, Yvonne doit entrevoir des rôtis, des mijotés, des plats en sauce dans lesquels baignent toutes ces savoureuses et tendres viandes qu'elle arrive quasiment à sentir.

Le long du mur, dans de hautes et splendides armoires vitrées, d'autres spécimens, plus petits ceux-là, attendent les prochaines étapes de la conservation : rats, passereaux, chauves-souris et campagnols, installés sur des planchettes de bois, piqués de nombreuses aiguilles, sèchent dans leur position définitive.

Ce n'est pas tout : au mur, des collections de papillons dorment crucifiés sur des plaques de liège. À côté, des insectes immobiles, six pattes fixées à jamais dans une marche inutile. Par terre, des peaux, lâches ou rigides, étendues sur des pieux de bois, attendent leur nouveau corps de paille.

Ne pas toucher !

Horreur ou splendeur ?

Un univers ambigu, entre la vie et la mort : le musée des sciences naturelles de sœur Saint-Léandre laisse un arrière-goût dans la gorge de Flora. Cette sœur a trouvé la recette pour faire perdurer les corps dans l'éternité, pour arrêter le fil du temps, en figeant les créatures dans des poses qui les rendent plus vives que vivantes.

Comme sainte Lucie dans son cercueil de verre ?

Quelle folie obsessionnelle peut nourrir pareille volonté ? Une âme qui se prend pour Dieu afin de lui ravir son pouvoir d'emporter les morts ? Une sorcière qui peut éterniser, outre-tombe, une vie qui devrait retourner à la poussière ? N'est-ce pas un pied de nez au Créateur ?

Les interrogations tournent dans la tête de Flora qui s'attarde devant le héron, si haut sur pattes, si long de cou et de bec. À côté, le colibri semble un moustique.

— Avez-vous des questions ? demande sœur Fil, avant de quitter cet endroit insolite.

Flora retient les siennes, mais Yvonne ne peut s'empêcher de lever la main.

— Est-ce que sœur Saint-Léandre serait capable d'empailler un être humain ?

Le visage de sœur Fil s'éclaire d'une sorte de sourire embarrassé.

— Si elle pouvait immortaliser le pape, elle le ferait, mais notre religion l'interdit. Par contre, les Égyptiens momifiaient leurs défunts et les ensevelissaient dans des tombeaux, sous des pyramides, avec de la nourriture, des bijoux et des animaux morts, croyant ainsi qu'ils vivraient dans une autre dimension du monde et du temps. Heureusement, le Christ est venu sur terre pour nous expliquer notre trépas et la résurrection.

— Pauvres Égyptiens, commente Yvonne, ils ont dû en gaspiller, du bon manger !

Les élèves rient. À son tour, malgré le mal de cœur que l'odeur a provoqué, Flora lève la main.

— Pourquoi sœur Saint-Léandre ne nous fait pas visiter son musée elle-même ?

Sœur Fil hausse les sourcils derrière son serre-tête, pince ses lèvres de truite, ouvre la porte et fait traverser le groupe vers la sortie.

Une fois seulement que toutes sont en rang dans le corridor, elle répond :

— Parce qu'elle est sourde et muette.

Elle se retient bien de dire qu'elle-même la croit un peu… insolite.

* * *

Un Noël sans neige s'en vient. Les couventines sont parties déçues pour les vacances des Fêtes. On espérait patiner, glisser, rouler des bonshommes, construire des crèches glacées… On souhaitait secrètement une belle grosse tempête qui transfigurerait le décor. Au lieu de cela, la boue et les feuilles mortes jonchent la terre. Le 26 décembre, il a plu la journée durant. Tout le monde parle des caprices de mère Nature. Trente-trois degrés Fahrenheit pendant le jour, moins sept la nuit. Puis, le 27 décembre, le mercure grimpe encore au-dessus du point de congélation. La neige refuse de tomber. Le gris, le brun et l'ennui s'accrochent aux arbres. C'est à peine si les glaces commencent à se former sur la rivière. Un matin, le sol est une bouillie, le lendemain, un champ de cristal cache les labours durcis. Profitant d'un peu de soleil, sœur Irène ramasse, dehors, les fleurs mortes et les jette dans la ravine où atterrissent et croupissent les déchets, des restes de table aux rebuts de démolition, en passant par des vêtements trop élimés pour la Saint-Vincent-de-Paul et quelques boîtes de conserve.

Plus loin, au fond, des étincelles étirent leurs bras et attirent son œil. Sûrement pas le givre que le soleil a fait fondre plus tôt. Intriguée, relevant ses jupes, elle descend, enjambant les tas de branches, de feuilles mortes, de vaisselle cassée et de vieilles planches percées de clous, affrontant risques et périls pour en avoir le cœur net. Elle s'enfonce dans ce cimetière d'objets, où les rats tiennent des festins, grâce aux os de poulets, de dindes et de bœufs, où la matière retourne à la terre nourricière. Là, les cadavres d'anciennes gerbes de fleurs pour les défuntes, des rubans fanés, des croix de bois ou de plâtre effritées, des paniers de vannerie défoncés. Mettre le pied sur cette masse instable, sans savoir ce qui grouille en dessous, relève du défi à chaque pas, mais sœur Irène veut savoir ce qui, tout en bas, brille et l'appelle. Certes, elle ne s'attend pas à la découverte d'un trésor ou d'un objet du culte ni à la révélation d'un miracle, mais une intuition la guide. Elle se retient aux branches d'arbustes, de part et d'autre du parcours, se répétant que le chemin menant à la vérité est semé d'embûches. Heureusement, la saison des asticots est passée. Plus creux, des pots de chambre percés, un tas de guenilles imbibées de sang noir et séché.

Voilà qu'elle a atteint le fond où un éclat de lumière lui adresse un clin d'œil. Se penchant, elle cueille l'objet à l'origine de ce miroitement : le culot d'une bouteille de vin et, tout près, le goulot, et là, d'autres tessons, puis d'autres bouteilles enveloppées dans du papier journal et qui ont mieux résisté à la dégringolade. Les étiquettes ne portent pas de numéros.

Tout ce qui brille n'est pas or ; le silence, si. Quelqu'un, sans bruit, a jeté ici des bouteilles vides qui ne proviennent pas de la réserve. Ces déchets séjournent depuis peu en ces lieux, car les tessons ne sont pas couverts par d'autres débris, et les étiquettes ne sont pas racornies par la pluie et le temps. On a d'abord enveloppé les flacons de verre dans du papier journal puis on les a lancés au fond, avec effort, pour qu'on les oublie là. Qui vient jeter ces corps morts ici ?

Au troisième étage, de la fenêtre de sa chambre donnant sur cette partie du terrain, sœur Irène restera aux aguets. Bien sûr, de là, elle ne peut pas voir le fond du ravin, mais elle surprendra l'intrus entre la bâtisse et la décharge.

Soir après soir, à l'heure des prières, elle s'installe près des carreaux et, prière aux lèvres, chapelet à la main, elle surveille jusqu'à la nuit tombée. Le mercredi, elle aperçoit une corpulente religieuse, voûtée sous sa capeline, parcourir le trajet de l'arrière-cour. Elle porte un sac qu'elle jette dans les débris. Malgré le froid, silencieusement, sœur Irène tourne la crémone et entrouvre la fenêtre pour mieux écouter. Le bruit du verre qui se brise ne trompe pas et, sous la lune et l'ample robe sombre, elle reconnaît le souffle court et hachuré : celui de mère Saint-Elzéar.

Comment s'y prendra-t-elle lorsque les neiges couvriront la terre ? Tout le monde verra ses traces.

Mère Saint-Elzéar ne possède-t-elle pas toutes les clés ? Au début, elle s'approvisionnait à la sacristie. Après les soupçons, elle aura profité de ses nombreuses sorties pour se procurer de nouveau l'enivrant liquide. Depuis quand est-elle aux prises avec ce vice ? Les indices deviennent des preuves, pourtant sœur Irène a du mal à l'admettre. Le constat pèse trop lourd : mère Saint-Elzéar, soumise à la tentation, elle, une femme si droite ! Faut-il en parler ? Si oui, à qui ? Sœur Irène se convainc qu'elle doit lui venir en aide et ne point la laisser sombrer dans sa faiblesse. Cette haleine qu'elle exhale ne peut émaner de ce qu'elle a mangé, et cette odeur éthylique qui flotte dans son bureau ne peut provenir du passage des ouvriers, du curé ou de monseigneur. Et que dire à la sacristine ? Cet état des choses risque de nuire à la réputation, à l'autorité de la supérieure… et du couvent. Si on savait. Il faut sauver mère Saint-Elzéar, mais, en tant que novice, a-t-elle le pouvoir de procéder à la place d'un prêtre ?

Sœur Irène revisite son *Catéchisme du noviciat* dans lequel le père Chaumont explique le Règlement.

*D. – Pourquoi le Règlement dit-il : « Elles donneront à propos l'encouragement d'un bon conseil » ?*

*R. – Parce que le succès d'un conseil dépend en grande partie de son à propos ; il faut savoir attendre, jusqu'à ce que la grâce ait préparé le terrain, produit la fleur et mûri le fruit. Pour les âmes comme pour les plantes, tout a sa saison.*

*D. – Pourquoi cette expression : «l'encouragement d'un bon conseil» ?*

*R. – Pour nous rappeler que nous devons donner le bon conseil* d'une façon encourageante, *de manière à ne pas heurter ni effrayer l'âme ; avec la douceur et bonté de saint François de Sales, tout animées par l'Esprit de Jésus. Cela signifie encore :* par manière d'encouragement *et non pas* avec autorité ; *car notre zèle doit demeurer dans les limites que l'Église a assignées aux femmes, ne leur permettant pas de s'immiscer dans la direction des consciences.*

Et plus loin, à la question *Quand est-il «opportun» d'exercer la correction fraternelle ?,* elle trouve sa réponse au troisième alinéa : *Cependant, si les défauts du prochain sont une cause de scandale et que personne ne puisse tenter un bon avis, nous devons le risquer, quand même cet avis ne devrait produire présentement aucun effet salutaire sur la personne coupable ; car alors nous agissons dans l'intérêt de l'édification commune.*

La correction fraternelle n'est-elle pas un devoir découlant de la charité ? Elle referme le livre en se convainquant que cet esprit de charité donnera à son cœur la délicatesse extrême pour toucher aux plaies de mère Saint-Elzéar sans les irriter.

Le 1er janvier, jour des grandes résolutions, après la bénédiction, sœur Irène s'arme de courage et demande à rencontrer la supérieure.

Enfoncée dans sa chaise, la mère a un sourire forcé. Sa peau est cireuse et sa tête dodeline. D'une main tremblante, elle lui fait signe de prendre siège et, comme si elle avait deviné ou peur d'aborder le sujet que veut présenter sœur Irène, elle lui demande :

— Ma fille, quelle résolution avez-vous prise, en ce Premier de l'an ?

— Celle de vivre dans la vérité et la foi.

— Comme c'est bien. Je me réjouis de voir cheminer les novices qui, cette année, prononceront leurs vœux. Votre tour approche à grands pas, n'est-ce pas ? À peine un mois, ma fille, et vous porterez le voile noir et serez définitivement des nôtres.

L'haleine fétide parvient aux narines de sœur Irène qui plisse le nez. La conversation est mal partie. *Seigneur, donnez-moi le courage et les mots appropriés nous guidant vers la correction fraternelle.*

— Et la vôtre, ma mère ? Quelle est votre résolution pour l'année qui vient ?

À peine a-t-elle repris son souffle que la supérieure inonde la pièce de ses bilans et projections.

— Notre société a vécu une décennie mouvementée. Nous devrons faire des pieds et des mains pour répondre aux nouvelles fondations requises. Jusqu'ici, nous avons des demandes pour dix-huit écoles : deux sur la Côte-Nord, six au Saguenay, neuf au Lac-Saint-Jean et une dans le diocèse de Sherbrooke. L'évêque vient même d'autoriser que nos sœurs aillent dans la région de Charlevoix, dans la paroisse de Saint-Fidèle. Nous entreprendrons l'année 1950 sous le signe de la multiplication. Mais nous ne faisons pas de miracle, comme Notre Seigneur, avec les pains et les poissons. Nous manquons de religieuses enseignantes. Écoutez encore ces propos du secrétaire de la commission scolaire de Sault-au-Mouton.

Elle sort une lettre dont elle lit un extrait à haute voix :

*Nous avons une grande difficulté à obtenir des institutrices diplômées. Nous voudrions posséder pour l'an prochain au moins quatre religieuses enseignantes, à part la directrice. Les motifs que nous alléguons, pour présenter cette requête, c'est que nos classes sont très arriérées, et nous voudrions remonter un peu le niveau de l'instruction chez nos jeunes ; et nous ne trouvons pas d'autres issues que de posséder des religieuses dans la majorité de nos classes.* Nous devons recruter et former de nouvelles institutrices. Nos bonnes sœurs ne pourront suffire à la tâche.

Sœur Irène l'écoute. On dirait bien que la supérieure a retrouvé son allant et cette belle détermination contagieuse. Par contre, là n'est pas le propos de son entretien. Pour la ramener au sujet délicat qu'elle souhaite aborder, elle secoue la tête avant de se lancer :

— Ma mère, vous avez raison, mais pour poursuivre cette mission, nous avons besoin de vous, de votre si belle énergie. J'ai remarqué, depuis les derniers mois, que vous paraissiez souvent fatiguée, abattue, étourdie même. Je m'en inquiète.

Après un long soupir, mère Saint-Elzéar se tourne vers elle, découragée, en hochant la tête.

— Je croyais à une crise de foie passagère, mais, de jour en jour, j'éprouve de plus en plus de difficulté à digérer. C'est à peine si j'arrive à passer la tasse de lait.

— C'est peut-être un autre liquide qui vous cause du trouble.

Mère Saint-Elzéar plisse les paupières et serre les mâchoires à s'en blanchir les lèvres.

— Que voulez-vous insinuer ? Soyez plus claire, je vous prie.

Aux yeux noirs que fait la grosse religieuse, sœur Irène cherche des mots doux et enfile des gants blancs :

— Ne devriez-vous pas consulter sœur Sainte-Hermeline ?

— N'éludez pas la question. Qu'est-ce qui vous permet d'alléguer de pareilles… calomnies ?

Le mot tombe sur le pupitre entre elles, trop fort, trop lourd. L'irritation de mère Saint-Elzéar entrave sa respiration ; son visage s'empourpre. Va-t-elle exploser de colère ?

— Oh ! ma mère, ne vous emportez pas. Ce n'est pas ce que j'ai voulu dire. Je veux seulement vous aider et, pour être franche avec vous, j'ai remarqué que quelqu'un jetait des bouteilles vides dans la ravine et, malencontreusement, j'ai cru vous apercevoir, un soir de décembre, y lançant des flacons de verre.

La supérieure se calme soudain et le courroux quitte son regard.

— Un petit rouge de temps en temps… Discrètement, le plus discrètement possible.

Sur le ton de la confidence, soulagée et encore légèrement sur ses gardes, la mère ouvre son cœur à sœur Irène.

— C'est pour apaiser ma douleur. Je n'arrive pas à dormir autrement. Juste un petit verre, ce n'est pas la mer à boire. Comprenez, tous les problèmes que nous traversons, toutes les responsabilités qui m'incombent me chavirent l'estomac. Souvent, j'ai les nerfs si tendus… mes forces m'abandonnent. Ma sœur, ma fille, je vous en prie, que cela reste entre nous, comme nous avons su si bien taire d'autres événements pour sauver la réputation de notre couvent.

La supérieure croit l'affaire entendue ; elle passe directement à un nouveau sujet, sur le même ton de confession intime :

— Sachez, à cet effet, que je me doute bien, pour votre petite Flora, de la raison qui l'a poussée à se cacher au dortoir, la nuit de l'incendie : la culpabilité ! Parce qu'elle a mis le feu, a volé la lettre dans mon bureau, l'a dissimulée dans cette boîte en fer. Qui d'autre ? La seule chose qui m'échappe, c'est pourquoi.

Sœur Irène lève les yeux et regarde dans le vague, au-delà des carreaux. Pourquoi ? Elle lui explique la méprise de l'enfant concernant la provenance de la missive : Justice des mineurs et le métier de mineur qu'exercerait son frère. Elles en rient toutes les deux.

— Je vous promets de ne pas abuser du vin, soyez sans inquiétude, et vous remercie de vos bons soins. Je sais bien que vous agissez par charité chrétienne.

Elle se lève et se dirige vers la grande armoire, tire le panneau du bas et en sort un sac de toile.

— Voilà ! Pour vous prouver ma bonne foi, je vous remets les deux dernières bouteilles de ma provision. Disposez-en avec discrétion. Ainsi, vous êtes témoin de mon renoncement à cet ersatz de remèdes et de ma résolution pour l'année qui vient.

— Je promets, à mon tour, de vous soutenir et de prier pour que vous puissiez recouvrer force, volonté et santé.

Œil pour œil, oreille pour oreille : elles conviennent de garder l'une et l'autre le secret des bouteilles et de la boîte en fer.

Le sac lourd sous le bras, sœur Irène quitte néanmoins le bureau plus légère, soulagée des bonnes dispositions de la supérieure et, remerciant le ciel de lui avoir donné le courage d'ouvrir cette délicate discussion, elle se félicite d'avoir consulté le *Catéchisme du noviciat*. Qu'il est doux, le bonheur de pouvoir secourir les âmes !

Chaque matin, un chapelet pour mère Saint-Elzéar, chaque après-midi, une visite amicale pour l'encourager à tenir bon en lisant des passages de la Bible. Entre les travaux manuels de novice, les heures de prières et de lectures, les cours de musique, les offices, les attentions pour la supérieure, la formation d'enseignante, elle a réussi à retracer l'adresse de la mine Horne, à Rouyn, où elle transmet sa requête. Voilà qu'enfin elle pourra réaliser la vieille promesse faite à Flora de retrouver son frère.

*Couvent Notre-Dame, le 15 janvier 1950*

*À qui de droit,*

*Permettez-moi de vous adresser ces quelques mots pour venir en aide à une enfant éprouvée par le sort.*

*Je suis novice dans un couvent que fréquente une jeune fille de dix ans, Flora Blackburn. En octobre 1946, la plus grande partie de sa famille a péri dans un incendie qui a ravagé la maison familiale. Son père, aux prises avec des problèmes divers, n'est pas en mesure de s'occuper d'elle, et sa mère est gravement malade et hospitalisée depuis la tragédie.*

*Pour cette enfant, un seul lien fraternel reste encore possible : un frère âgé maintenant de dix-neuf ou vingt ans, portant le nom de Julien Blackburn. Nos recherches nous mènent à votre adresse, car le dernier renseignement que nous avons à son sujet est qu'il travaillerait à Rouyn. Peut-être ignore-t-il tout de la catastrophe qui a décimé sa famille. Peut-être ignore-t-il aussi qu'a survécu cette petite sœur dont le plus grand rêve est de le retrouver.*

*Si Dieu, dans sa grande bonté, vous permet de m'aider dans mes démarches, je vous saurais gré de bien vouloir aviser ce Julien Blackburn de communiquer avec moi dans les meilleurs délais.*

*Vous comprendrez que ce serait un bonheur bien doux que de procurer à notre chère Flora tout l'amour fraternel et toute l'affection que pourraient lui apporter un mot, un geste ou, mieux encore, les retrouvailles avec ce grand frère.*

*Ainsi, nos démarches, sanctionnées par l'obéissance, auront tout le succès que nous pouvons espérer attendre.*

Après le dîner, pendant que les religieuses effectuent des travaux de tricot et de couture et qu'elle-même, à son tour, lit les Saintes Écritures à haute voix, elle lève les yeux, de temps en temps, vers mère Saint-Elzéar, le visage enfin calme, incliné sur la poitrine, les paupières closes, les mains jointes reposant mollement sur le ventre, la respiration lente ; la lecture l'apaise et, en cet instant béni, les plis sur son front disparaissent. Soulagement partagé, sœur Irène met davantage d'emphase dans sa lecture, plus de tonalité, plus de douceur dans sa voix, lorsqu'elle constate que la supérieure dodeline de la tête. Elle n'écoute pas, faussement recueillie : elle somnole.

La lecture faite, les novices se rassemblent et discutent entre elles des propos abordés puis elles se séparent pour aller les unes à la buanderie, les autres à la cuisine, où on leur confie des travaux manuels qui ne leur occupent pas trop l'esprit. Après avoir récuré les chaudrons, sœur Irène gagne la sacristie pour y frotter l'argenterie. En traversant le corridor, elle rencontre mère Saint-Elzéar qui, apparemment, s'apprête à sortir pour le reste de la journée. Elle porte sa mallette de cuir au bout du bras. En franchissant le seuil, un faux pas la déséquilibre. Elle se rattrape rapidement pour éviter la chute, mais sa mallette heurte l'encadrement de la porte. Un son étouffé s'en échappe : le tintement du verre qui s'entrechoque. Sans un mot, la supérieure hâte le pas et s'éloigne, la tête basse.

Au fil des rencontres de fins d'après-midi survient, chez sœur Irène, un changement inattendu : l'effritement du lien de confiance. Toutes ces cachotteries, tous ces faits et gestes que l'on enfouit au fond des mares boueuses ne paraissent-ils pas, tôt ou tard, au grand jour ? *La médisance tu banniras et le mensonge également*, édicte le huitième commandement de Dieu. Ne rien dire, est-ce mentir ? De toute façon, à qui profiterait cette vérité ? Elle n'apporterait rien de bien à personne, n'est-ce pas ? Alors, se taire, en assumant le poids du non-dit : une couventine incendiaire, une supérieure alcoolique… Quelqu'un d'autre finira-t-il par se douter de quelque chose ?

Dire qu'elle désirait vivre dans la vérité… Sa belle résolution du Premier de l'an vacille et s'évanouit. La peur s'installe.

Chaque fois qu'elle rencontre le regard sombre de mère Saint-Elzéar, elle tente de scruter ce qu'on appelle le «miroir de l'âme». Les lunettes rondes ne parviennent pas à dissimuler cet œil vitreux, jadis vivifié d'une eau claire, qui se colore à présent d'un liquide croupi, celui qu'on oublie au fond d'un vase à bouquet. Elle a pitié d'elle.

Malgré les belles promesses de sobriété, à l'insu des autres, mère Saint-Elzéar continue de transporter les bouteilles interdites, pleines à l'entrée, vides à la sortie. Pour masquer son haleine, elle suce des menthes à longueur de journée.

Animée par son devoir de charité, sœur Irène poursuit ses séances de prières et de lectures à haute voix. Elle voit bien que le vin n'améliore en rien l'état de mère Saint-Elzéar. Bien au contraire. La supérieure a changé d'attitude ; regard bas, sourcils froncés, mauvaise humeur, caractère de plus en plus irascible. Elle se promène la nuit, dort souvent le jour, se plaint de maux d'estomac et de maux de tête et, les après-midi, elle semble atteinte d'une apathie qu'on ne lui connaissait pas. À la cuisine, sœur Irène lui prépare des laits de poule, des tisanes à la menthe, au gingembre et à la camomille, des décoctions de bonnes pensées, mais prières, épîtres et bouillons paraissent vains.

Depuis qu'elle a écrit au bureau du personnel, chaque jour, sœur Irène surveille l'arrivée de la poste. Dans le courrier du jour, trois lettres. Elle ouvre d'abord celle provenant de la mine Horne de Rouyn.

*Je comprends l'importance et l'urgence de votre démarche, mais je dois vous répondre ce que j'ai expliqué aux policiers qui recherchaient également M. Julien Blackburn et qui enquêtaient sur lui. Celui-ci ne paraît plus sur la liste de nos employés. Julien Blackburn était l'un de nos meilleurs travailleurs, dur à la tâche, et qui se démarquait par sa jovialité et son esprit d'équipe, mais il nous a quittés précipitamment en juin dernier, sans motiver son départ. Les forces de l'ordre ont besoin de tous renseignements le concernant, car il connaîtrait des individus mêlés à une affaire de contrebande et de gangstérisme. Son collègue le plus proche, à qui il se confiait parfois, nous a informés qu'il serait parti pour le Bas-Saguenay, histoire de se faire oublier pendant un certain temps, sans doute. Peut-être vaudrait-il mieux communiquer avec l'agent Poitras, qui nous a laissé sa carte et dont je vous donne les coordonnées.*

Stupéfaite, elle écarquille les yeux, mais ne baisse pas les bras. Elle n'est pas au bout de ses surprises. Que cache la double vie de ce grand frère?

En utilisant les mêmes termes que ceux qu'elle a employés pour s'adresser au responsable de la mine Horne, elle écrit cette fois-ci à l'agent Poitras. Elle ne surveille pas que la poste: à l'aube, elle guette le moment où mère Saint-Elzéar sortira de sa chambre pour aller à la salle d'eau. Un matin, elle la voit vider son pot de commodité rempli de vomissures et d'épuisement. Malgré sa perte de poids, la supérieure va dans ses chaussures égueulées, le pas lourd, le long du corridor, fatiguée, et s'arrête de temps en temps, se retenant au mur d'une main pour se gratter vigoureusement le mollet de l'autre. Que cachent ses amples vêtements?

Hier, à la rencontre pédagogique, elle a oublié le nom de sœur Adèle et a cherché plusieurs secondes celui de sœur Sainte-Philomène. Des mèches grisonnantes s'échappaient de son serre-tête au pourtour maculé de cernes brunâtres. À la messe du matin, sa tenue négligée laissait croire que sa tunique et son voile n'avaient pas été repassés depuis des lustres. Pire, elle dégage toujours cette vilaine odeur de transpiration, comme si elle avait sué toute son audace, toute sa hardiesse et toute sa ferme autorité.

Sœur Sainte-Hermeline croit à un ulcère d'estomac, sœur Sainte-Philomène, à un surmenage, sœur Sainte-Marivonne, à des pierres au foie.

Mère Saint-Elzéar ne fait rien pour améliorer son état, au contraire, à mesure que l'hiver s'installe, elle se ramollit ; tout fond en elle. Ce n'est plus de la pitié qu'éprouve sœur Irène, mais une honte, inavouée, qui s'enfonce comme une écharde au cœur. Plus douloureuse encore est la culpabilité d'éprouver ce sentiment. Cette culpabilité la pousse à faire toujours plus pour aider la mère, comme pour racheter le mensonge, la honte.

Servir Jésus, dans l'amour et le respect du prochain. Elle y consacre toute son ardeur, mais elle ne peut ressusciter le paralytique, redonner la vue à l'aveugle, étancher la soif de cette femme qui, elle, multiplie le vin et la boisson. Où prend-elle l'argent pour l'achat de ses alcools ? Depuis quand s'adonne-t-elle à ce vice ? Si le Seigneur pouvait mieux la guider. Elle n'abandonne pas, malgré les rechutes de l'intempérante, malgré la fatale tentation, malgré la déception qui se manifeste chaque fois qu'un autre indice prouve que la buveuse a succombé. Elle s'en remet encore à Jésus, multipliant les actes de bonté et les paroles apaisantes. L'amour aura raison du malin. *Labeur, souffrance, sacrifice, rien n'est trop pour sauver une âme ; le Crucifix fait dire : rien n'est assez !* a-t-elle appris dans le *Catéchisme du noviciat*.

Entre-temps, la vie au couvent continue, et sœur Irène a d'autres chats à fouetter et le métronome à suivre.

# 4

Le mardi 24 janvier, le commis des postes remet à sœur Irène une lettre en provenance du Service des enquêtes de la Sûreté provinciale du Québec, dans laquelle on lui apprend que le jeune Julien Blackburn a bel et bien été retrouvé. Si elle veut en savoir davantage, on la convoque, en personne, à un rendez-vous avec un agent, afin qu'on lui livre d'autres détails, en évitant toute fuite de renseignements par un courrier égaré.

Une rencontre à l'extérieur? Pourvu que mère Saint-Elzéar y consente. Tant que les aspirantes revêtent le voile de la novice, le Règlement se montre parfois un peu plus souple.

Une autre nuit blanche à tourner, à prier, à réfléchir. Ce grand frère, qu'elle ne connaît pas, portera-t-il quelque intérêt à une petite sœur dont il ne semble pas se soucier outre mesure? Quelle déception ce serait pour Flora d'apprendre qu'il se fiche d'elle! Certes, elle se rendra à cette rencontre, au poste, mais sans révéler à Flora, pour l'instant, l'évolution de ses démarches.

Le surlendemain, elle l'attend avec impatience pour la leçon de piano.

— Vous êtes en retard, mademoiselle.

Flora secoue la tête.

— C'est vous qui êtes en avance. J'ai pas entendu la cloche, en tout cas.

— Je *n'ai* pas… *N* apostrophe, je *n'ai* pas! la corrige encore une fois la religieuse. Essayez donc de perdre cette fâcheuse habitude de toujours omettre la négation.

— Y en a qui omettent les négations, mais y en a qui omettent autre chose, icitte. Moé, j'trouve que c'est ben moins pire d'omettre les *ne* pis les *ni* que d'autre chose.

Quel mauvais langage et quelle impertinence! Jamais Flora ne s'est permis de rétorquer ainsi auparavant. Sœur Irène ne laisse pas paraître son malaise et la reprend encore.

— C'est *bien* moins pire. *Toi, moi, bien, ici*: tu devrais répéter ça, avec tes prières. Allez, en place maintenant.

Haussement d'épaules et bouche de mépris de la fillette.

— A-t-on mangé du bœuf enragé pour dîner, aujourd'hui? se moque plus doucement sœur Irène.

— Non, juste de voir votre face pis de savoir que je suis obligée de passer l'heure avec vous parce qu'y a pas d'autre maîtresse de musique et que je veux apprendre le piano, ça me donne pas envie de sourire.

— Je vous prie d'être plus respectueuse, jeune fille! Vous n'avez aucun droit de vous adresser à moi de cette façon. N'oubliez pas que je sais des choses à votre sujet que je retiens dans le seul but de vous protéger.

— Respectueuse pour une pisseuse qui dit vouloir me protéger! Une traîtresse, plutôt! Tout est de votre faute. Si vous m'aviez dit la vérité, je n'aurais jamais pris la lettre dans le bureau de mère supérieure, jamais j'aurais voulu la lire pendant la nuit, jamais la chandelle aurait mis le feu. C'est pas de ma faute, mais de la vôtre! Vous êtes rien qu'une menteuse!

Ces propos blessants bouleversent sœur Irène. Se peut-il que la charmante Flora ait déjà oublié tout ce que la sœur a fait pour elle l'an dernier? Les cours gratuits, les heures d'accompagnement, les gâteries, les câlins que sa mère absente ne pouvait prodiguer, les confidences, la belle complicité… Ne se souvient-elle pas qui lui a sauvé la vie ? Combien de fois la maîtresse de formation au noviciat l'a-t-elle mise en garde contre l'ingratitude des enfants ? Jamais elle n'aurait imaginé en faire les frais ainsi. «Le geste gratuit n'existe pas», répète sans cesse sœur Sainte-Marivonne. Sœur Irène cherchait à la contredire, argumentait, alléguant que, souvent, on agissait par pure générosité, sans rien attendre en retour. «Rien de plus faux», rétorquait l'économe. Toujours, à l'arrière-plan, on espère une compensation, ne serait-ce que le bien-être personnel ou des indulgences au paradis, un peu de reconnaissance et un brin de gratitude, à tout le moins. Bien sûr, Flora lui en veut encore pour les lettres jamais transmises à son frère et, après lui avoir fait subir la grève du silence et d'indifférence des deux derniers mois, elle use maintenant d'une autre stratégie, tout aussi méprisante : l'insulte. Si sœur Irène pouvait dès à présent lui annoncer que ses recherches vont bon train, que Julien est de retour dans le district et qu'elle saura bientôt où le trouver. Comme elle espère pouvoir le lui dire prochainement et désamorcer la colère qui l'enflamme ! Alors, la fillette lui sautera au cou, oubliera ses rancunes, toute sa hargne s'évaporera. L'ardoise sera nette.

Trop tôt, hélas, pour proclamer de telles nouvelles.

Elle reprend un peu d'aplomb et, malgré la blessure douloureuse au cœur, elle ouvre le cahier, choisissant des exercices particulièrement ardus. D'une voix neutre, elle en ordonne l'exécution.

— Recommence. Tu as commis dix erreurs, au moins. Là, la triple-croche, ici, le triolet. As-tu oublié les figures de notes ? Et le rythme ? Reprends du début, *a tempo,* avec autant de fougue dans ton jeu que tu en mets dans ton humeur, mais sans fausse note.

Six fois, elle exige la reprise, six fois, Flora joue en respectant les demi-soupirs, les quarts de soupir, les demi-pauses et les silences. Au faîte de la concentration, les lèvres pincées, les sourcils froncés, elle sent le ressentiment sourdre de son cœur, agiter ses bras, secouer ses doigts et tomber sur les notes enragées. Jusqu'à l'exaspération.

À la fin de la leçon, l'élève fourbue a néanmoins réussi un tour de force. *Pourvu que la musique soit un exutoire à son courroux,* espère sœur Irène qui referme le cahier. Flora se lève, déplie largement la main, ferme et rouvre les poings pour se détendre les doigts, remue les jointures avant de rajuster les manchettes à ses poignets.

— Tu as bien joué. Bravo! la félicite sœur Irène.

— J'ai joué avec ma rage. Je vous haïs.

Elle tourne les talons et s'en va.

Déjà, dehors, le soleil se couche et plonge la pièce dans une froide pénombre. En rangeant les cahiers, sœur Irène s'étonne encore de ce changement de comportement. Entre la culpabilité et la volonté de se racheter, elle sourit à demi en pensant que bientôt brilleront les couleurs du pardon. Les enfants sont ainsi faits : entiers, directs et changeants comme le ciel. Dans quelques semaines, tout au plus, elle aura oublié cette altercation et cette haine. Dans un an, elle rira en évoquant ce souvenir. Comme elle abaisse le couvercle du banc, une inquiétude persiste, petit insecte embusqué derrière une moustiquaire et qui bourdonne sans cesse. Son bruit aigu et strident la poursuit. Que pourra inventer et raconter cette fillette pour se défendre et se justifier?

Dans le courrier, une lettre d'Emma l'attend.

*Escoumains, 20 janvier 1950*

*Chère sœur Irène,*

*Vous ne serez pas surprise si je vous apprends que je suis maintenant fiancée à Rolland Robitaille, le secrétaire de la commission scolaire. Vous aviez sûrement*

442

*remarqué qu'il me tournait autour depuis longtemps. J'ai finalement choisi d'abandonner l'enseignement. Mon désir de fonder une famille, en demeurant près des miens, au bord du fleuve et avec un mari aimant, deviendra réalité.*

*Au couvent, d'autres maîtresses seront ravies de prendre ma place, mais près de Rolland, je ne voudrais, pour rien au monde, laisser la mienne. Nous nous marierons à Pâques. Je suis si heureuse et le serais davantage si vous pouviez profiter d'un congé pour assister à la cérémonie.*

Chère Emma. Cet homme honnête dont elle lui avait parlé avant son départ d'Escoumains, ce type si dévoué à la cause de l'école du village et dont elle était amoureuse, c'était donc ce Rolland Robitaille. Emma se questionnait et se morfondait quant à savoir si le sentiment était réciproque. Sœur Irène sourit de sa propre méprise. Dire qu'elle s'était imaginé que cet homme pour lequel Emma soupirait était le généreux Maurice Pagé.

Elle poursuit sa lecture.

*Je vous donne les dernières nouvelles du village. L'école a rouvert ses portes grâce au bénévolat de plusieurs personnes, mais rien n'est assuré pour son avenir. Le travail des hommes, entre la scierie et la pêche, permet de nourrir et d'abriter adéquatement les familles. Un malheur est survenu la semaine dernière : une goélette s'est perdue en mer alors qu'une tempête soudaine faisait rage. Le bateau a fait naufrage, mais l'équipage n'a pas été retrouvé. En ces moments-là, je partage bien sûr la peine des familles et des orphelins, mais je me réjouis d'épouser un secrétaire de commission scolaire et non un pêcheur.*

*Dès mon réveil, je prends la vie à bras-le-corps et me lève en chantant pour préparer mon trousseau et notre futur logis. Maurice Pagé, que vous avez bien connu lors de votre séjour, nous a construit un joli mobilier de salle à manger. Il travaille toujours aussi bien. J'ai grand hâte d'y voir attablée ma nouvelle famille. Maurice m'a dit vous avoir écrit ou avoir l'intention de le faire, je ne sais plus trop. Je lui transmettrai de vos nouvelles, si vous me le permettez.*

*Les soirs de l'automne dernier, assise sur un banc, près de la rive, je ne me lassais pas d'observer le ballet des grandes baleines, la main dans celle de mon fiancé. À présent, nous regardons les glaces et espérons le retour du printemps avec impatience.*

*Dans l'attente de vos nouvelles, je vous souhaite une très belle Chandeleur. Que cette période soit pour vous une occasion de voir s'étaler plus profondément les lumières de Jésus.*

*Votre amie, Emma.*

Méprise. Emma l'avait mise en garde concernant les rumeurs qui circulaient à propos de Maurice. Elle se souvient de ses paroles : « Il y a des menuisiers-charpentiers qui cherchent leur vocation… et leur orientation. Surtout, sœur Irène, méfiez-vous des bruits qui courent. » Pourquoi avait-elle insisté sur la nuance entre « vocation » et « orientation » ? Maurice serait-il un pédéraste ? Sœur Irène se remémore les propos du jeune homme, ses gestes délicats, ses manières, sa grande culture, son ton onctueux et cette écriture raffinée. Bien sûr, il avait fait des études classiques et projeté d'aller vers la prêtrise. Il lisait beaucoup et tenait son journal personnel, aimait la musique symphonique et la cueillette des petits fruits. Sont-ce là des éléments permettant de juger de la déviance d'un homme ? Il se distinguait en plusieurs points des pêcheurs du village. Un personnage de roman. C'étaient justement ces différences qui avaient fait en sorte que sœur Irène l'avait tant apprécié. Que devenait-il, à présent ? Il travaillait sûrement dans son atelier, à donner au bois une autre vie, noble matériau, odeur de sève, grain fin, sablé des heures durant, douceur chaude du menuisier-ébéniste. Il se disait être comme le bon Joseph. Le bon Joseph, justement, n'était ni le véritable père du Christ ni l'amant de Marie. Un personnage de substitution, un tailleur de bois qui n'avait jamais eu d'autre enfant. Après la nativité, le Nouveau Testament occulte, tout compte fait, ce charpentier, père nourricier de Jésus, et c'est à se demander pourquoi on l'a sanctifié.

Ses tâches terminées, installée à son écritoire, sœur Irène profite de l'heure libre du dimanche après-midi pour rédiger sa correspondance aux quelques membres de sa famille : l'une pour ses parents, aux États-Unis, l'autre pour sa sœur, à Montréal. Elle ajoute une enveloppe sur laquelle elle transcrit l'adresse d'Emma à qui elle transmet les dernières nouvelles, l'informant que la permission ne lui sera pas accordée pour un déplacement à Pâques. Elle prononcera ses vœux perpétuels en février prochain et elle doit s'y préparer avec fermeté. Elle s'interrompt. Pendant tout le temps qu'elle prend à composer ses phrases, à structurer ses idées, à choisir ses mots, une seule question à l'arrière-plan la tenaille, mais elle ne sait comment la formuler, car elle lui paraît presque indécente, non avenue et hors contexte. Elle imagine des prémisses pour que les mots coulent, comme un «Comment va ta mère?» Rien ne va. «Dites-moi, Emma, finalement, Maurice s'est-il marié?» La question semble si indiscrète ; elle laisse tomber et termine sa lettre par de bons souhaits pour la nouvelle année.

* * *

— Bien courte est notre existence ici-bas, lui dit mère Saint-Elzéar lors d'un entretien privé. La seule que nous ayons avant la grande vie éternelle. Prenez votre vie terrestre en main : elle vous préparera adéquatement à l'autre. Vous êtes jeune, talentueuse. Ayez aussi le talent de faire fructifier vos dons. Tant de possibilités s'offrent à vous : devenir directrice, supérieure ou même supérieure générale. J'ai toujours eu confiance en vous. La communauté vous apprécie. Je sais que vous irez loin. Travaillez-vous : la route sera bonne. Oui, travaillez-vous, lui répète-t-elle, avec sa pleine énergie retrouvée.

C'est pourtant ce qu'elle a fait tout au long de l'interminable janvier. Des jours de froid à faire fendre la plus solide des vocations. Se travailler plus fort. Comme travaillent le bois et les clous, la nuit, par moins trente.

Le 31, à la fin du jour, elle gagne sa chambre et s'apprête à se mettre au lit, en se remémorant ces années de préparation à la vie religieuse : postulat, noviciat, scolasticat et vœux temporaires… De belles années, de dures années qui éprouvent la foi. Que d'étapes pour réformer l'esprit et oublier le corps, ses pulsions, ses travers, ses mauvaises habitudes ! Devenir semblable à l'éther. Pendant le noviciat, toute étude profane était interdite. Sortir de soi, de son enveloppe corporelle, s'élever, disait-on. La grande rupture avec le monde extérieur, symbolisée par la prise de l'habit, avait créé une sorte de vide que l'amour de Dieu devait combler. Peut-on venir à bout du vide ? Après ces années de renoncement, après avoir démoli ce qu'elle avait été auparavant pour en refaire du neuf – comme le couvent après l'incendie –, après avoir remis de nouveaux matériaux sur l'ancienne structure, une autre femme émergeait, une fille de Jésus. La pâte malléable entièrement remodelée se transmuait en une forme plus solide et plus ferme. Encore cinq jours avant la cérémonie où elle s'unira éternellement à Dieu.

En enfilant sa robe de nuit, elle mémorise et récite à voix basse les règles du *Catéchisme du noviciat* : – *Saint François de Sales veut qu'on se couche et qu'on dorme avec autant de modestie que si Notre Seigneur, se montrant visible, nous ordonnait de nous coucher et de dormir devant lui.*

Ses paupières tombent ; le manuel choit sur l'édredon.

Devant elle, le fleuve berce ses moutons sous un vent léger. Elle se sent bleue comme l'espoir. C'est l'été. On le respire malgré soi. Ciel moustachu, odeur de mélilot blanc et de rosiers sauvages. La vie s'invite par tous ses pores. Elle marche sur la grève d'Escoumains et s'enivre de parfums. Quelques fleurs lui font des clins d'œil, qu'elle devine plus qu'elle ne les voit. Elle porte sa robe et son bonnet de nuit, en plein jour, et ne s'en formalise pas. Le soleil s'agrippe à sa peau. Elle retire son bonnet pour laisser le vent chuchoter dans ses cheveux. La grève lui caresse la plante des pieds. Baissant les yeux, elle voit, dans les cavités des rochers, des tas de moules exondées à marée basse. Une foule sage. Des milliers de moules, petites et grosses, accrochées les unes aux autres, forment un tissu dense et rugueux sur les pierres. Soudain, les coquilles s'ouvrent toutes en même temps. Irène entend son sang lui frapper les tempes. Elles vont sécher et mourir ! Ses tempes vont éclater. Pourquoi cette catastrophe ?

— Non, répond une voix douce derrière elle. Au contraire, elles veulent émerger, vivre et grandir au soleil.

C'est Maurice, plus beau, plus radieux qu'avant, qui lui prend la main et l'entraîne vers les haies d'arbustes pour cueillir de petits fruits. Des rouges, des pourpres, certains bien mûrs, d'autres qui le seront bientôt. Cette main d'ébéniste, si douce qu'on la croirait poncée au papier d'émeri. Une force contenue. Ils sont seuls. Elle se laisse faire, n'a pas envie de résister et serre même un peu plus les doigts qui la guident. Elle flotte. Adam et Ève se réinventent un monde. Il l'emmène dans une clairière, semblable à celle derrière la maison qu'elle habitait, enfant, au-delà de la coulée, où dansent des fougères et soupirent des mousses et de la lumière verte. Les lieux familiers n'ont pas changé. Là, l'arbre aux confidences ; ici, le nid de grive fauve et, là encore, le sentier des cavernes. Irène se demande quel âge elle a. Oui, c'est bien la clairière de son enfance.

— Votre corps se fatigue, Irène. Reposez-vous un peu.

Irène. Son prénom de jeune fille résonne comme un compliment. Elle, la reine, lui, le châtelain. Elle s'étend sur l'herbe, lui aussi. Jamais lit ne lui a été si douillet. Simplement, doucement, il l'enlace. Son odeur de miel lui monte à la tête. Elle aime ces bras autour d'elle, mais pense à Jésus qui, au-delà de la canopée, l'observe peut-être.

— Ici, nous sommes à l'abri, hors du monde. Il ne nous voit pas.

Bien, elle est bien et ne veut pas quitter l'étreinte. Elle ne saurait comment. Ils s'embrassent et, sur sa peau, des frissons s'éveillent, les vagues de la mer, les moutons roulent. Le ciel et l'enfer déferlent dans son ventre. Et quand il pose une main sur son entrejambe, une sensation voluptueuse pulse jusqu'au fond de ses entrailles et, imperceptiblement, agite son bassin. Le temps se cache les yeux. Sa respiration s'accélère.

Elle se réveille en sursaut, la paume près de l'aine, la honte au cœur. Quelqu'un a-t-il entendu quoi que ce soit ? Qu'arrive-t-il à son corps, à quelques jours des vœux ? Péché de chair. Souillure. Impureté. Devra-t-elle avouer cette tentation nocturne à son confesseur ? Elle ferme les yeux. Quel malaise, quelle gêne elle éprouverait alors !

Pourquoi Maurice, qu'elle n'a pas vu depuis juin 1947 – presque trois ans déjà –, ressurgit-il dans ses rêves en éveillant de pareils sentiments et des réactions insoupçonnées ?

Bouleversée, elle reste assise au bord du lit et réfléchit un instant, avant d'allumer la bougie qu'elle garde tout près et d'ouvrir son catéchisme. *Vœu de Chasteté : Notre corps est comme une bête féroce à laquelle nous sommes enchaînés. Le vœu de Chasteté le comprime et nous garantit contre les atteintes de sa dent meurtrière.* Son cœur retrouve un rythme décent. Sûrement, lorsqu'elle aura prononcé ses vœux et sera devenue l'épouse de Jésus-Christ, ce genre de rêves ne se présentera plus. Le catéchisme ne le dit pas. Et puis, il s'agit d'impureté involontaire, non dirigée par sa conscience, n'est-ce pas ? Donc, non apparentée au péché mortel. Elle fixe la flamme un instant. Alors, pourquoi en parler au confesseur ? Elle réglera l'affaire elle-même par un juste châtiment.

Elle le sait pour l'avoir lu : *les fautes d'impureté ne se chassent que par le jeûne et la prière*. Elle ne mangera pas de la journée et priera. Elle retrouve aussi ce passage : *Le lys de la pureté ne fleurit qu'autant qu'il est arrosé des larmes de la pénitence et protégé par les épines de la mortifica-tion. Le lin ne se blanchit qu'à force d'être lessivé et frappé»*, écrit Yves de Chartres dans le *Catéchisme*. Ces mots et les images qui en sourdent s'agrippent à ses sens comme le lierre à la roche. Pareillement, le corps ne gagne la chasteté qu'à force d'être maltraité et puni.

Elle remplit la bassine d'eau très chaude et, armée d'un gant de crin et d'un pain de savon d'habitant, elle frotte, frotte sa peau crémeuse qui rougit sous la toile abrasive. Un commencement d'irritation la fait se raidir. Ce n'est pas assez, elle augmente la pression et la cadence. Elle ferme les yeux. Sur les bras, les jambes et le ventre, la peau se couvre d'écorchures où perlent des goutte-lettes de sang. Qu'est-ce que ce sacrifice devant la mission qui l'attend? Ça brûle, ça échauffe et des larmes silencieuses lui noient le visage. Tout, autour d'elle, a disparu, avalé par cette frénésie subite. Elle supporte la douleur sans crier et trempe de nouveau le gant de crin dans la bassine. Le regard fixé sur l'eau rougie, les dents serrées, sous la culotte, elle s'attaque à l'entrejambe, sans s'arrêter, malgré l'intensité de la souffrance. La voilà libérée. Pourvu que la chair se souvienne de ce supplice et que soit chassée de son esprit toute pensée impure, même en état de sommeil, qui oserait naître au bord d'un agréable songe.

La chair n'a pas de mémoire.

Sa chair de souffrance pense aux grands brûlés. Un lourd silence lui écrase le cœur. Elle éponge les éraflures. Ses habits sont là, soigneusement rangés. Lorsqu'elle les revêt, leur moindre contact avec l'épiderme suffit à lui arracher de nouvelles larmes. Pourvu qu'elles nettoient la souillure! La douleur est si intense que le mal à l'âme, les angoisses et les réflexions profondes s'estompent. Le corps, c'est lui, le responsable; seul, son esprit ne connaîtrait pas ces écarts hors du droit chemin. Comme si elle avait ses règles, le rouge coule sur ses cuisses et elle doit installer des guenilles dans sa culotte pour l'absorber.

Plus tard, lorsqu'elle urine, c'est la torture.

On dit que les divers ordres religieux, grâce à la chasteté, sont autant de parterres plantés de lys dont les anges viennent recueillir les parfums pour les porter dans le ciel. C'est possible. Le surlendemain soir, aucune fleur n'envierait les parfums qu'elle dégage lorsqu'elle retire sa culotte, aucun ange ne consentirait à y respirer les effluves ; l'infection s'est installée, dirait-on, et un liquide purulent tache maintenant les linges. Le corps s'expurge lui-même. Dieu la punit davantage. Les yeux rivés sur le crucifix au-dessus de la porte de sa chambre, elle cherche une explication. Quelle épreuve lui envoie-t-Il par là ? La question s'agite dans tous les sens. Elle souhaitait nettoyer son corps et voilà qu'il pourrit de l'intérieur. Dehors, pour toute réponse, un chien jappe, un écureuil grogne. Il faudrait à tout prix laver cette plaie, la désinfecter, mais ce n'est pas jour du bain, prévu pour elle le mercredi seulement.

Après le repas du samedi soir, veille de la cérémonie, marchant les jambes un peu écartées, lentement, elle rejoint sœur Adèle à la salle d'étude et s'assoit sur le bout d'une chaise, prenant toutes les précautions pour que n'augmente pas le mal. Quelques sœurs récitent patiemment des prières muettes, lisent ou échangent entre elles d'insignifiants propos de jeunes femmes en paix avec elles-mêmes et avec le monde. En deux jours, les éraflures sur ses bras et sur ses jambes se sont assez bien cicatrisées, mais celles du bas-ventre empirent. La sérénité l'a abandonnée. Elle ne sait plus quoi faire.

À tour de rôle, elles se posent des questions du *Catéchisme du noviciat* auxquelles elles doivent répondre par cœur. Elles profitent de leurs dernières heures libres pour compléter la mémorisation des deux cent six pages.

— *Notre vocation nous exemptera-t-elle de toute imperfection humaine ?*

— *Non. Une vraie Fille de l'Esprit de Jésus, dit notre vénéré Père, est comme les autres une pauvre et chétive âme remplie d'imperfections, tombant et retombant souvent malgré des résolutions réitérées ; et finalement, donnant pendant toute sa vie et le jour même de sa mort grande besogne à la miséricorde de Dieu. Mais, nonobstant ses imperfections elle ne se décourage jamais, elle évite de se replier inutilement sur elle-même ; toutes ses aspirations, toutes ses ambitions sont tournées vers Dieu, toutes les industries de son zèle tendent à faire pénétrer dans le monde l'Esprit de Jésus, pour la gloire du Père céleste et la sanctification des âmes.*

— *Ce bonheur exclut-il la croix ?*

— *Non. Il repose au contraire sur la croix. Souffrir pour racheter des âmes est une jouissance que nos Anges gardiens nous envient et que Dieu nous accordera libéralement comme la conséquence logique de notre vocation.*

— Je n'ose plus bouger la tête, plaisante sœur Irène, tellement mon cerveau déborde de ces formules toutes faites. Certaines se confondent entre elles et forment des poèmes fantaisistes. Je crains que d'autres encore ne s'échappent par mes oreilles. Les entendez-vous ? Qui sait, peut-être les templettes servent-elles à garder en place tous ces apprentissages ?

— Des mots, encore des mots. C'est la tour de Babel. Moi, j'ai l'impression qu'ils perdent leur sens à force d'être répétés.

— Ne vous en faites pas, ils prendront tout leur sens à une étape ou l'autre de notre vie.

Surtout devant la souffrance. Souffrir. Par sa propre main. À qui sert sa souffrance, en ce moment ? Maurice est loin. Souffrir, à cause d'un doux rêve. Dieu est tout près. Souffrir, à cause de ses mauvaises pensées et de ses nombreuses imperfections. La vie lui semblait si simple, avant. Mémoriser, encore et encore : le conditionnement aura raison du reste. La fillette qu'elle a été lui paraît endormie éternellement, juste là, au creux de son ventre, comme si elle portait en elle l'enfant qu'elle n'est plus. Ne pas flancher, ne pas différer encore une fois la cérémonie par sa propre faute. *Mea culpa, mea maxima culpa.* Déjà qu'un premier report de la célébration, initialement prévue l'automne précédent, a compromis ce rite de passage. Tout sera fait selon Son insondable dessein. Tout de même, Il lui a laissé le temps nécessaire pour faire taire les derniers doutes, du moins, les réduire à l'état de murmure. *Dubitare.* Ces doutes persisteraient-ils encore après les vœux? Mieux vaut chasser ces hésitations qui ne lui apportent rien de bon. En est-il ainsi pour les autres religieuses? Elle se tourne vers ses consœurs, jetant à chacune un regard plein d'empathie et de curiosité. Entendent-elles cette petite voix de la conscience qu'on voudrait bâillonner?

Mère Saint-Elzéar, en meilleure forme depuis la mi-janvier, l'accompagne presque quotidiennement pour lui rendre plus heureux les derniers jours du noviciat. Jamais sa foi radieuse et espiègle ne semble déserter ses yeux pers. Elle joue le rôle de mère des novices. Sa force irradie.

La veille de la profession, seule avec elle, elle remarque la mine abattue et les poignets rougis de sa pupille.

— Que vous est-il donc arrivé, ma fille?

— J'ai voulu me macérer pour mieux soumettre mon corps et dompter mon esprit, ma mère, ainsi que le recommande le *Catéchisme des Novices.*

— Voyons! Marchons un peu. Ces façons sont désuètes. Descendons dans la cour. Ne prenez pas trop à la lettre ces textes qui datent de près d'un siècle.

— Bien sûr, je sais tout cela, mais, momentanément, j'ai perdu mon côté raisonneur.

Elles endossent leur manteau, sortent et font quelques pas. La mère s'appuie sur sœur Irène, la forçant à un soutien dont elle n'a nul réel besoin, mais qui apprendra à sa novice que le roseau peut supporter le chêne si l'occasion l'exige. La neige fraîche étouffe le bruit de leurs pas. La supérieure glisse à la confidence. Sa main ferme prend la main de la jeune femme.

— Je n'approuve en rien ces exercices de pénitence qu'on fait subir au corps. Qui vous a mis ces idées dans la tête ? Je crois plutôt qu'on ne doit pas altérer cette merveilleuse conception de Dieu. Je ne vous blâme aucunement. Pour tout vous dire, je me suis macérée une fois dans ma vie. C'était, moi aussi, à la veille de ma profession.

Elle a un petit rire gamin, haut perché.

— Cela n'a en rien corrigé mon défaut. Des faiblesses, nous en avons toutes. À tout le moins, ces mortifications amplifient notre orgueil. Ne soyez pas orgueilleuse.

Elle tient à ce que ses religieuses bénéficient d'une bonne santé ; elles ont besoin de toute l'énergie qu'exigent les nombreuses tâches à accomplir : de frotter les objets du culte à épierrer un nouveau champ en passant par l'enseignement.

— *Un esprit sain dans un corps sain.* Rien de plus exact. Voilà ce qu'il faut mettre en pratique, selon moi. Surtout à votre âge.

Elles ont fait le tour du jardin enneigé, partent en direction de la rivière pour observer les glaces. La mère respire un grand coup.

— Sentez-moi cet air tonifiant !

L'autre avale une bolée de cette soupe immatérielle. Elle sourit spontanément, ce qu'elle n'avait pas fait depuis trois jours.

— D'ailleurs, reprend mère Saint-Elzéar, rudement, la première chose que j'ai faite, en prenant la direction de cette maison, a été de récupérer tous les cilices et tout l'arsenal des objets de mortification. Non, vraiment… Dieu n'a pas besoin qu'on s'inflige pareilles souffrances. Elles sont bien assez nombreuses de par le monde, vous ne pensez pas ? J'ai interdit qu'on souille de cendre la nourriture, qu'on mange des aliments pourris, qu'on dorme directement sur le sol. Qui n'apprécie pas un bon lit duveteux, s'il en a un ? Une nuit sur la pierre : c'est malsain et on risque d'attraper la crève. Vous souhaitez tomber malade ? A-t-on besoin, dans la communauté, de sœurs souffreteuses, scarifiées, enrhumées, éreintées, infectées ?

— Non, ma mère.

— J'ai, pour ma part, connu toutes ces misères étant jeune : la pauvreté, la disette, des lits à même le sol… Durant la Première Guerre, mon père était déserteur. Il a abandonné la famille et n'est jamais revenu. Nous étions six enfants. Je me souviens que ma mère nous envoyait chaque jour glaner du bois aux alentours, pour que nous puissions chauffer un peu et cuire les légumes flétris du caveau. Pauvre idiote que j'étais, dans ce temps-là ! Je me construisais des rêves, croyais qu'à l'orée des bois, je rencontrerais mon prince charmant. (*Elle rit tristement.*) Un jour, le commis du magasin général m'a saluée gentiment, me disant qu'il devait partir le lendemain et qu'il donnerait des nouvelles. J'espérais qu'il m'écrirait des lettres… des lettres d'amour. Tous les jours, je me rendais au comptoir postal. Pendant cinq ans. Jamais je n'ai reçu pareilles lettres. Jamais. De personne.

Elle ravale sa salive et regarde défiler la procession des glaces sur l'eau.

— Pas surprenant qu'aucun homme n'ait osé le faire. J'étais laide. Si vous m'aviez vue. (*Son rire reprend.*) Je me confie à vous, car je sais que vous n'en direz mot à personne.

Elle ajoute, comme une petite fille :

— J'ai quand même ma fierté. À cet âge-là, j'aurais aimé être belle.

Elle ricane encore un coup. Le ciel dessine des formes bleu tendre. Une mésange leur tourne au-dessus de la tête puis repart on ne sait où. Sœur Irène en oublie presque son martyre. La supérieure s'arrête respectueusement.

— Alors, ma fille, voilà une bonne chose de réglée. Revenons à vous. Je vous regarde… Il n'y a pas novice plus encline à remplir si facilement et si scrupuleusement ses charges. Allons, nul besoin d'avoir recours à ces pénitences. Il vous suffit de vous adresser à Dieu avec ferveur. Croyez-vous qu'il faille prendre rendez-vous ? Parlez-Lui. Vous obtiendrez consolation.

Sœur Irène hoche la tête en l'écoutant. Les revoici à la porte principale.

— Vous avez un cœur de chair, ma fille, et non de pierre comme j'en ai connu, au cours de ma carrière. Des femmes délaissées, déshéritées, mal aimées et que l'on nous abandonne comme des chiens perdus. Qu'avons-nous besoin de chiens perdus ? Nous ne sommes pas un chenil. Leur cœur a été aigri, enfermé dans une carapace.

Les deux femmes se quittent sur un sourire franc.

De retour dans sa chambre, et après s'être assurée qu'elle était seule, sœur Irène vérifie l'entrejambe en tâtant d'une main précautionneuse : une vilaine enflure, sensible et chaude, irradie sous les doigts.

* * *

Le dimanche 5 février, il tombe une neige pourrie. Sœur Irène ne rêve plus. Lorsqu'elle ouvre les couvertures de son lit, l'odeur la surprend encore : les serviettes de sa culotte exhalent maintenant un remugle pénétrant. Devrait-elle en parler à l'infirmière ? Comment masquer cette puanteur ? Au fond d'un tiroir, elle trouve des boules de naphtaline qu'elle enfouit dans un linge propre, bien enroulé et pressé au fond du sous-vêtement. Pourvu que ça tienne le temps de la cérémonie. Ça tient, mais ça chauffe.

* * *

Le rite de la profession se déroule à la cathédrale, afin que les fidèles puissent y assister en grand nombre.

Ils sont tous là, les couventines, la chorale, les religieuses de la maison mère, plusieurs membres de la famille de sœur Adèle. Des oncles, des tantes sur leur trente et un, des cousins et des cousines. Quant à ses parents à elle, il leur a été impossible de venir : leur travail les retient aux États-Unis depuis cinq ans. Peut-être y finiront-ils leur vie. Au fond, dans l'état où elle est, elle préfère les savoir là-bas et ne pas avoir à les accueillir, à leur faire la conversation, les courbettes, les accolades… Elle ne se sent même pas la force de sourire.

Une agitation envahit la grande pièce.

Sœur Irène pense à Maurice, paisiblement cette fois, et à cette ancienne vie qu'elle se prépare à abandonner définitivement, chrysalide de Dieu. Qu'elle les prononce au plus vite, ces vœux, qu'elle soit purifiée et que ne s'éternise pas cette journée, qu'elle aille se recoucher en boule pour endormir la brûlure !

La petite foule marmonne.

Voilà son souhait, un souhait qui, aussitôt formulé, se mue en regrets : elle s'en veut de son égoïsme, de ces pensées non chrétiennes. Tous sont venus admirer ces jeunes fiancées. Voici la journée qu'elle attend depuis si longtemps, perturbée par un rêve interdit et, surtout, par une réaction et un geste stupides. Quelle erreur !

Mal, elle a mal, se sent mal et mauvaise. Les sages paroles de mère Saint-Elzéar lui reviennent. Sa tête tourne ; on dirait un bouillon de fièvre.

Sur une table, le célébrant a préparé les insignes de la profession, les anneaux, les prières et les textes à lire.

Les voix s'apaisent.

Les premières notes de l'orgue résonnent, puis les accords coulent des tuyaux, grimpent et grondent en répercutant des sons ronflants sur les plafonds peints. On sent les souffles retenus, déférents. Une voix se mêle à cette musique grave, pure, la douceur d'une harpe, la vibration cristalline d'une coupe de verre sur laquelle on glisse le bout du doigt : Flora entame le chant d'ouverture. La voici, la jonction entre «là-haut» et «ici-bas». Les mains serrées sur son chapelet, de l'eau plein les yeux, sœur Irène tremble d'émotion. Un ange s'est invité, l'assemblée l'accueille respectueusement, dans un ravissement interdit. Son cœur exalte ; Flora a bien voulu prêter sa passion et son talent à cet événement. Les notes se dressent, une à une, traces de Dieu dans l'air ambiant, parfaite incarnation de ce que l'homme possède de plus divinement noble. Un grain du chapelet roule entre ses doigts pendant qu'une prière agite ses lèvres :

— Rendez grâce à Dieu tout-puissant…

La chorale reprend le refrain à quatre voix ; les harmonies donnent la chair de poule : moment de grâce béni.

Bruit de chaînettes, odeur d'encens : la procession, ouverte par le célébrant et deux enfants de chœur, s'avance par le milieu de la cathédrale. On le sent : Dieu imprègne de tout Son être cette cérémonie. Mère Saint-Elzéar, les sœurs de chœur, les converses et les novices suivent. Les plus observateurs le voient bien, à son visage jaunâtre et à sa démarche nonchalante, que la supérieure semble abattue, malgré les couleurs de réjouissance que doit revêtir cette messe.

Sœur Irène emboîte le pas ; chacun lui coûte, mais marcher cause encore moins de douleur que la position assise. Le froissement des robes se mêle aux paroles sacrées. Ne plus penser au mal, se laisser porter par le chant d'entrée, traverser l'éclat des vitraux jaunes et aigue-marine qui découpent la pièce en tranchées d'ombre et de lumière où flottent les fumerolles d'encens.

En arrivant au chœur, après la salutation devant l'autel, chacune prend place aux lieux désignés lors de la générale. La messe commence ; de nouveau, il lui faut s'asseoir. Sœur Irène retarde d'une seconde ou deux ce moment obligé. Lorsque son arrière-train touche le banc de bois, sa grimace n'échappe pas à sœur Adèle, qui fronce des sourcils interrogateurs. Le prêtre parle. D'un petit geste de la main, sœur Irène s'empresse de rassurer sa consœur.

Debout, assise, à genoux… À chaque mouvement, elle s'accroche au prie-Dieu pour se soulever ou se rasseoir, tenant bon, se promettant de ne pas flancher. À boire. La soif la tenaille. Sa langue est en enfer. Elle n'a pas bu depuis la veille, pour éviter d'uriner, car la miction provoque chaque fois de terribles échauffements.

Après la lecture de l'Évangile, le célébrant et l'assemblée s'assoient. Heureusement, celles qui passeront de novices à professes restent debout. À gauche, à droite, devant et derrière, on se racle discrètement la gorge. Tous les fidèles chantent la litanie des saints, longue et lente. Enfin, la supérieure se lève, elle s'avance majestueusement au centre du chœur et appelle chacune des novices par leur nom. Les cœurs battent une fiévreuse chamade. Sœur Adèle approche, suivie de sœur Irène.

— Me voici, Seigneur, puisque tu m'as appelée, répond-elle.

Debout, s'adressant au célébrant, avec sœur Adèle, elles récitent le texte d'une seule voix :

— *Conscientes d'être déjà consacrées à Dieu par les liens de la vie religieuse, nous demandons, Père, d'être admises à la profession perpétuelle dans cette Congrégation pour la gloire de Dieu et le service de l'Église.*

— Nous rendons grâce à Dieu, résonne la voix de l'officiant, accompagnée de celles de toutes les religieuses.

À la suite de cette demande, le célébrant commence l'énumération des vœux, moment le plus important du rituel :

— *Selon le dessein du Père, Jésus-Christ est venu dans le monde pour servir et donner sa vie pour que nous ayons la vie en abondance. Voulez-vous Le suivre, d'un cœur libre et joyeux, comme la Vierge Marie, ne préférant rien à l'amour du Christ, garder la chasteté, choisir la pauvreté et vivre l'obéissance ?*

— Oui, je le veux, par la grâce de Dieu.

Après chacune des quatre conditions, il faut répondre, comme à la traditionnelle cérémonie du mariage. Une émotion recueillie traverse l'assistance.

— Je vous invite maintenant à faire votre profession perpétuelle pour vous consacrer à votre congrégation. Ce que Dieu a commencé en vous, qu'Il le mène à son accomplissement pour le jour où le Christ viendra.

La supérieure prend le relais du célébrant et se place devant sœur Adèle en prononçant ces paroles :

— Moi, mère Saint-Elzéar, supérieure générale, j'accepte votre profession religieuse au nom de l'Église et de la congrégation.

Sœur Irène tient du mieux qu'elle peut. Arrivera enfin son tour et alors sera conclu le rite pour de bon. Son existence sera divisée en un avant et un après. Lorsqu'elle s'approche d'elle, la révérende mère dodeline de la tête, ses doigts tremblent et elle reste sans voix. Cela dure à peine quelques secondes. Sœur Irène écarquille les yeux et, d'un discret mouvement du menton, l'encourage à poursuivre. L'autre fixe un point, loin, très loin devant elle, par-delà l'espace et le temps, croirait-on. Sœur Irène ose tendre la main, mais trop tard : la vieille religieuse tourne de l'œil et s'effondre.

Dans l'assemblée, c'est la consternation, des cris d'exclamation retentissent, les robes noires s'affolent. Tout le monde est debout, on se regarde, on s'interroge. Sœur Sainte-Hermeline accourt, tape dans les paumes de l'inconsciente en l'appelant, mais l'autre ne réagit pas.

— Qu'on aille me chercher des sels !

Elle repousse les sœurs qui veulent s'approcher. La masse au sol n'a pas remué. Quant au célébrant, sorti de ses textes rituels, il ne sait manifestement plus quoi dire et balance allègrement l'encensoir pour purifier l'air autour de la religieuse pâmée. Elle s'étouffe et râle ; il faut la tourner sur le côté, pour l'aider à respirer.

Toute tremblante et les yeux larmoyants, sœur Adèle s'approche de sœur Irène et lui prend la main qu'elle serre très fort.

La cérémonie s'interrompt, on évacue la cathédrale. On vient d'apporter un brancard de fortune. Quatre hommes, pères et oncles, parmi les invités, transportent mère Saint-Elzéar à l'infirmerie.

# 5

Le soir, agenouillée dans sa chambre, sœur Irène se désole. Le vent l'accompagne de sa plainte intermittente. Ses vœux sont restés muets, sans écho. Dans les murs, un clou craque. Elle n'a pas prononcé la formule de profession écrite de sa propre main, elle n'a pas posé la paume sur l'Évangile en demandant l'aide de Dieu, n'a pas reçu la bénédiction solennelle de la consécration des professes ni passé à son doigt l'anneau portant l'emblème de la congrégation. Son affliction lui noue le ventre. Elle n'a pas signé le registre. *Donnez-nous aujourd'hui notre pain de ce jour…* La cérémonie sera encore reportée, jusqu'à ce que se rétablisse mère Saint-Elzéar. *… ne nous laissez pas succomber à la tentation…* Dans combien de jours, de semaines? Personne ne peut le dire. *… délivrez-nous du…* Et sa blessure à elle? *Amen.* Combien de temps pourra-t-elle endurer ces douleurs en silence? Le vent semble se calmer. Et si l'infection ne se résorbait pas d'elle-même? *Notre Père qui êtes aux cieux…* Les prières ne nuiront pas; elle les multipliera. Cependant, sa pire inquiétude se tourne vers la pauvre mère Saint-Elzéar. Pourvu qu'elle s'en sorte rapidement, sans trop de conséquences!

Trois jours plus tard, le 8 février, une tempête soude ciel et terre. Les grands ormes se balancent humblement. Dans cette poudrerie passeraient des anges, des lys et des colombes qu'on ne les verrait point. Ça grésille, et ça vente, et ça tourbillonne. Blanc, tout est blanc, et les chemins, bouchés. Les fillettes qui, la veille, s'agitaient à présent sont plus calmes. Personne ne sort en ce mercredi. Personne n'en a envie. Personne n'entre non plus: ni courrier, ni boucher, ni livraison d'aucune sorte. On est cloîtré pour un jour ou deux. Heureusement, les fournaises et les bouilloires de la maison rouge ronflent à plein régime et l'eau chaude ne manque pas.

Un bain d'eau salée, rien de tel pour éradiquer les microbes, démangeaisons et infections. Rien que le bruit de l'eau qui bout fait déjà du bien à sœur Irène. Dans le temps, sa mère le lui conseillait souvent, surtout contre les piqûres de mouches et les maladies du printemps, que la pauvre femme, sans instruction, ne savait nommer autrement. La sœur est à bout de ressources et de patience. Ce vieux remède réussira-t-il à chasser la pestilence là où le rite des vœux perpétuels et les prières ont échoué ?

Avant d'entrer dans l'eau fumante, sans oser regarder les dégâts, sœur Irène enfile une culotte propre puis retire sa robe de nuit et, vêtue de son seul linge de corps, glisse un pied dans la baignoire, puis l'autre. Aahh, cette sensation ! Tout va bien jusqu'à ce qu'elle s'accroupisse pour se tremper l'arrière-train. Ses doigts se crispent violemment. Une douleur innommable la défigure, son visage se contracte, son corps se raidit ; elle inspire une grande goulée d'air et souffle par à-coups, comme pour éteindre une chandelle indocile. La tête lui tourne. De ses deux mains, elle se cramponne aux rebords de la baignoire de fonte. *Aidez-moi, Seigneur.* Endurer, supporter, souffrir en retenant ses cris, mais pas les larmes qui coulent sans bruit. Sa pensée voyage loin, très loin en arrière. Sur sa croix, Jésus a vécu bien pire. Pour nous sauver. Pas le droit de se plaindre. Elle a dérobé deux pleines cuillères de sel à la salle à manger : c'est sûrement l'effet du sel qui cuit les plaies et assainit la peau à vif. On n'a rien pour rien. Elle n'en peut plus et va s'évanouir.

Quand elle rouvre les yeux, l'ombre emplit l'espace. Des éclats de voix résonnent, plus loin, dans un corridor. Combien de temps s'est-il écoulé ? La bougie posée là, tout près, est consumée à moitié. Elle grelotte dans une eau maintenant tiède. Quelqu'un s'inquiète-t-il d'elle ? Secouant d'abord la tête, elle sort prestement du bain. Sa chair frissonne et, pourtant, elle se sent mieux. Personne ne s'est rendu compte de son absence, aux vêpres, personne n'est venu la secourir. On l'a peut-être crue endormie, ou en prière, ou on n'a rien remarqué. Elle aurait pu mourir là, abandonnée. Triste fin.

La vie en communauté, une grande famille, tout partager… mais jusqu'à quel point n'est-on pas seul, seul avec sa bêtise, sa douleur, ses remises en question. Tant pis. Ou tant mieux puisque, de toute façon, elle ne veut en parler à personne, pas même à son confesseur. Oh non! Et la honte devant Jésus, la Vierge, Dieu. Au mur, elle regarde le Christ en croix. Seule, comme mère Saint-Elzéar aux prises avec son intempérance. *Sainte-Trinité silencieuse, envoyez-moi un signe, une idée. Je ne sais plus quoi faire.*

En épongeant son corps, elle a déjà moins mal. La douleur s'est atténuée. Son esprit se dénoue quelque peu. *Merci, sel de la vie!* Qu'est-ce qui lui a pris, aussi, la semaine dernière, de s'infliger pareille mortification en guise de pénitence? Comment a-t-elle pu croire qu'elle élèverait son esprit, qu'elle tuerait toutes traces de désir en se torturant de la sorte? Comme le lui a expliqué la supérieure, le danger serait de faire naître quelque chose de bien pire encore : éprouver du plaisir corporel et se complaire dans la souffrance et l'humiliation de la chair soumise à des sévices physiques. On ne l'y reprendra plus.

Maintenant, elle doit se dépêcher. Habillée en hâte, elle descend au réfectoire.

Silence. Personne. Elle va d'un bon pas. Ni à la chapelle, ni à la bibliothèque, ni à la salle d'étude. Il flotte une odeur de soupe et de légumes. Il est déjà huit heures. On a mangé un peu plus tard. À l'étage, elle entend de lointains murmures. Elle court. Elle les retrouve toutes là, attroupées dans une chambre de l'infirmerie où mère Saint-Elzéar est au plus mal. Sa peau cireuse en dit long sur son lamentable état. Elle n'a pas quitté le lit depuis trois jours. Une consœur accueille sœur Irène avec un modeste sourire. Sur la table de chevet, la statue de Notre-Dame, les mains ouvertes, tendues hors des plis et replis de ses voiles azur, regarde, de son éternel air affligé, cette femme sans voile, en cheveux gris et blancs. Sœur Irène se signe et murmure un *Ave*. La révérende mère paraît avoir vingt ans de plus : une pauvre vieillarde aux yeux clos, au visage livide, aux mains veinées gisant sur le drap. La statue semble plus vivante qu'elle. C'est à peine si la supérieure respire.

— Dort-elle ? demande sœur Irène.

— Le coma. Elle a mauvais sang, des toxines sans doute, précise sœur Sainte-Hermeline.

Elle a diagnostiqué une terrible maladie du foie, qui risque d'emporter la bonne religieuse. Elle chuchote deux ou trois explications. La nuit dernière, la patiente a repris partiellement connaissance, a demandé à boire, puis a vomi de la bile.

— Elle n'a rien d'autre dans le ventre puisqu'elle n'a rien avalé de solide depuis deux jours. Vous étiez à la prière ? Tout à l'heure, dans un éclair de lucidité, elle vous a réclamée. Nous ne vous avons pas trouvée, à votre chambre.

— Et puis ?

— Et puis, plus rien.

La sœur a un geste de la main.

— Elle a sombré dans un délire, et après, ce coma.

Les heures s'allongent. On s'entend rapidement : une garde est établie pour surveiller les moindres clignements d'yeux, les moindres mouvements de lèvres et les moindres demandes de la malade. Il y a de l'eau fraîche et des serviettes ; ordre est donné d'éviter le plus possible les grosses chaleurs, et on avisera sœur Sainte-Hermeline si les symptômes s'aggravent. Surtout, on doit contenir les accès de fièvre. On a appelé un médecin, mais avec cette tempête... Sœur Irène offre son temps et s'installe au chevet de la malade, des heures qu'elle comblera de prières, de réflexions et de travaux de reprisage. Les autres sœurs s'en vont en silence.

Elle va monter la garde auprès de la supérieure sous l'éclairage d'une lampe discrète, comme on le fait avec un enfant souffrant. Les heures s'égrènent. De temps en temps, mère Saint-Elzéar lève la tête, gémit, tente de se redresser pour régurgiter un liquide jaunâtre. À minuit, sœur Adèle vient remplacer sœur Irène qui propose de rester : elle se sent dispose. L'autre s'installe et, toutes les deux, elles veillent dans un silence presque total. Vers trois heures, sœur Irène pose la main sur l'épaule voisine :

— Allez dormir, ma sœur, je vous en prie, allez vous reposer. Ne vous inquiétez pas. Je veille sur elle.

Sœur Adèle se lève un peu à contrecœur.

— C'est surtout de vous que je m'inquiète, avoue-t-elle, avant de quitter la pièce.

Au petit matin, la révérende mère prend discrètement la main assoupie de sœur Irène.

Dehors, le jour se lève, on s'active au déneigement.

— C'est vous, sœur Sainte-Hermeline, n'est-ce pas ? Je vous vois à peine, dans cette pénombre.

Sœur Irène s'approche. Elle se penche sur la malade, lui humecte affectueusement les lèvres et le front.

— Non, c'est sœur Irène, murmure-t-elle à la souffreteuse qui ne semble rien entendre.

— Où est mon habit, sœur Sainte-Hermeline ? s'affole-t-elle, constatant qu'elle porte sa robe de nuit.

— Dans la case, juste ici. Restez couchée. Ne vous inquiétez pas. On s'occupe de tout. Il est quatre heures du matin. Dormez. Vous n'allez pas vous vêtir si tôt, n'est-ce pas ?

Elle n'en aurait pas la force, même en plein jour.

— Le secrétaire sait tout. Tous les secrets... Dans ma poche...

— Quel secrétaire?

Sœur Irène la questionne machinalement, en lui tapotant de nouveau le front avec un linge frais.

— Celui de la commission scolaire? demande-t-elle encore, pour aider la mère.

— Sœur Irène ne doit pas savoir. Cachez-les... Quand je serai de l'autre côté de la pierre... Elle ne doit pas savoir...

À travers des propos à moitié cohérents, à moitié elliptiques, elle cherche ses mots, hésite, sans terminer ses phrases, s'arrête un moment pour inspirer à fond et reprend un discours confus :

— Le secrétaire garde les lettres... en attendant la cérémonie des vœux. Doux Jésus... Surtout, qu'elle me pardonne. Vous vous souvenez, Saint-Augustin, l'été... Que Dieu me pardonne! Ma confession finale...

Les mots coulent, embrouillés, comme au terme de la terrible échéance. Sa main s'agite, cherche à tâtons, sur la table de chevet, quelque goulot à agripper. Elle souffle et s'étouffe.

— J'ai soif, tellement soif.

— Calmez-vous. Le Seigneur veille, moi aussi.

Sœur Irène lui offre un peu d'eau et repasse un linge humide sur le front chiffonné et brûlant. Le délire augmente, les sons se bousculent dans la bouche pâteuse. S'inquiétant de l'accès de fièvre et de cette agitation, sœur Irène va chercher sans plus attendre sœur Sainte-Hermeline.

* * *

« Sottise ! Jamais plus ! Elle achetait du bon vin français, chèrement payé, croyant que son estomac digérerait plus facilement ces cuvées. Plus jamais ! Balivernes ! Voilà le vrai prix à payer. La boisson lui a rongé le foie. »

Entre deux périodes de sommeil, mère Saint-Elzéar se morigène intérieurement et plonge en sa conscience, tente de comprendre comment elle en est arrivée là.

L'amour de Dieu, l'amour de l'autre, qui sait ce qu'elle aurait dû accomplir elle-même. Elle va mourir sans savoir. Flanché, elle a flanché, sans obtenir le pardon du Seigneur. Toujours cette soif, cette angoisse que rien ne peut dissoudre. À cette ivresse de la vigne s'ajoutait celle de la transgression. C'était bien peu de choses, le plaisir coupable de communier en solitaire. Il était loin déjà le temps où le premier verre à lui seul la rapprochait du Créateur, éloignait les tracas pour quelques heures molles, sans comptes à rendre, où deux ou trois divines gorgées lui donnaient le courage d'aller se mettre au lit en pensant que, le lendemain, elle ne s'en porterait que mieux et serait nettement plus apte à affronter sa journée, à faire le bien autour d'elle, à supporter la communauté. Déjà loin. Au fil du temps, une langueur sereine ne la gagnait qu'une fois la bouteille vidée. Comme si le bon Dieu lui traversait l'esprit par la voie du vin, et le plus dur restait de ne boire qu'un seul verre, un seul, de la deuxième bouteille. Elle y parvenait presque toujours. Parfois, oh très rarement, au terme d'une journée particulièrement odieuse, elle s'était laissée aller à quelques autres verres, chacun la soulageant du précédent. Ces fois-là, les lendemains matin n'en avaient été que plus bénéfiques, les sœurs n'avaient rien remarqué, sinon qu'elle rayonnait et qu'il émanait d'elle une vitalité insoupçonnée. Un peu gênée, au début, elle s'était habituée, et cette accoutumance était patiemment, insidieusement devenue un incitatif à recommencer, occasionnellement puis presque quotidiennement.

Tant de cachotteries.

La bonne mère s'en va tranquillement; elle glisse avec humilité dans les limbes blafards, espace de l'imprécision et de l'à-peu-près.

* * *

Étendue sur sa couche, bouche légèrement ouverte, paupières sable entrouvertes sur des yeux de feutre, mère Saint-Elzéar semble rêver. Cependant, sa poitrine a cessé de monter et de descendre quelques heures plus tôt. La nuit est passée en l'emportant.

Sœur Irène court chercher sœur Sainte-Hermeline. Tandis qu'elles marchent, l'infirmière a dix questions. Une fois dans la pièce, avec des gestes expérimentés, elle se penche sur le corps pour vérifier les signes vitaux. Les chances sont infimes de sauver leur supérieure. Elle place un petit miroir devant la bouche entrouverte dans l'espoir de capter la buée d'un soupir, un relent de vie, une parcelle de cette âme qui s'échappe. En vain. À soixante-deux ans, sœur Sainte-Hermeline en a passé, du temps, au chevet des mourantes. La mort lui paraît aussi familière que la vie. Elle en a surveillé, des derniers souffles, cette ultime et décisive seconde où le visage se relâche et s'immobilise, où la chair se décolore en un tissu javellisé. En voilà une autre, à jamais détendue. Combien d'âmes ont embrouillé son miroir? Qu'en a-t-elle fait?

Elle retire la glace et clôt les yeux qu'elle scelle d'un peu de colle.

— Dieu a eu la bonté de venir la chercher dans son sommeil, constate-t-elle en se signant.

Elle s'est éteinte à l'aube du 22 février 1950, le mercredi des Cendres. C'est un mois qu'elle aimait, où la vie doit lutter comme jamais. Elle n'a pas pu se confesser la veille, et l'aumônier Didier a administré l'extrême-onction après le dernier soupir. Son âme sera-t-elle tout de même nette lorsqu'elle arrivera au paradis?

— Nous allons prier pour elle.

Après les prières, il faut la laver et la revêtir de son costume pour l'exposer, le lendemain, en chapelle ardente. Une belle occasion de lui dire au revoir et combien elle comptait. Cependant, aucune jeune religieuse ne s'avise de toucher la morte, la peau froide et sèche, les débords sur les draps. On se regarde les yeux absents, en égrenant les secondes qui passent. Personne n'ose respirer de bon gré cette odeur qui flotte dans la pièce. Rien n'y fait. Malgré la danse des chandelles allumées et les fumerolles d'encens, on y entre en se pinçant poliment le nez, sans trop en avoir l'air.

Sœur Sainte-Hermeline requiert les services des novices pour l'aider à nettoyer les chairs avachies. Elle en pointe deux, qui se sentent à la fois honorées et piégées. Sœurs Adèle et Irène s'affublent d'un tablier et, apportant bassine d'eau chaude, savon et serviettes, s'appliquent à la tâche. Le cœur n'y est qu'à moitié. Elles n'ont pas le choix : il faut obéir, toujours.

Les couvertures sont rabattues. Sœur Irène réprime un haut-le-cœur. Il faut ensuite retourner le cadavre par deux fois sur le lit, à gauche puis à droite, pour retirer les draps souillés, en deux étapes, et les remplacer par un piqué.

— Allons, mes jeunes amies, l'heure n'est pas aux prières… Vous en verrez d'autres, il faut bien commencer un jour.

Ce corps lourd et inerte, ce n'est plus la supérieure ferme et solide, mais une épave au terme d'un long naufrage, emportée par de mauvaises eaux, enveloppée d'une grande voile maculée d'où ne s'échappent que les extrémités : visage, mains et pieds. On s'active du mieux qu'on peut en essayant de ne songer à rien. Alors qu'elle la tire avec force vers elle, sœur Irène perd l'équilibre, et son coude s'enfonce brutalement dans l'abdomen de la morte.

Sœur Adèle regarde ailleurs, croyant de la sorte réprimer un rire. Un bruit inquiétant s'exhale du bas du corps, suivi d'une forte odeur excrémentielle.

— Bonne affaire, remarque, à côté, la sœur infirmière. Que voulez-vous ? Elle vient de lâcher son dernier souffle. Fesse vis qui vesse fit.

— Que sont ces mots ? Du latin ?

— Mais non, du bon français : une contrepèterie. Fesse vis qui vesse fit.

— Une contrepèterie ! s'exclame la timide sœur Adèle, qui ne peut s'empêcher de glousser pendant que sœur Irène se tourne vers le visage cireux.

— Je me demande ce qu'elle penserait de vos contrepèteries à une heure si grave.

Sœur Sainte-Hermeline lui adresse un clin d'œil.

— Sûrement, elle rirait volontiers avec nous.

Les trois femmes se regardent et, la main devant la bouche, pouffent en même temps, libérant tension et fatigue en un torrent de fous rires qui secouent leurs épaules et qui leur tirent les larmes.

— Contrepèterie, s'esclaffe sœur Adèle. Ainsi, vous contrepétez, sœur Sainte-Hermeline ?

Les rires repartent de plus belle. La solennité de leur tâche les décuple. Elles en ont mal aux côtes et aux joues. La plus âgée ne se souvient plus s'être tordue aussi honteusement : elle en redemanderait. Pliées en deux, toutes trois tentent de reprendre leur souffle entre les hoquets.

— Pardon! Pardon, Seigneur! réclame sœur Irène, refrénant ses éclats. (*Elle se signe.*) Et merci, sœur Sainte-Hermeline, de nous donner un peu de joie en ces instants si sombres. Le Seigneur me pardonne. J'avais oublié à quel point il est bon de rire comme des enfants.

Dans le silence revenu dans la pièce, parfois coupé par un bref fou rire incoercible, elles poursuivent les étapes de la préparation du corps.

Avec soin, sœur Irène lave et éponge les paumes laiteuses, le cou, puis le visage et la bouche, cette bouche, jadis tantôt souriante, tantôt dure, remplie de bonnes paroles, la voilà maintenant vidée de ses chants, de ses prières, de ses discours, de ses mots de bienvenue, de ses félicitations, de ses réprimandes et de ses conseils. Sœur Irène les entend encore, par bribes, si elle se concentre. Aux commissures des lèvres entrouvertes s'accroche encore un peu d'écume séchée et dans la cavité reposent des dents gâtées. L'angélus sonne. Sœur Irène demande une petite brosse et du bicarbonate pour tenter de les blanchir.

— C'est inutile, répond sœur Sainte-Hermeline. Ne vous en faites pas. Les lèvres seront collées. Comme je l'ai fait pour les paupières. On ne verra plus ses dents tachées et ses yeux jaunis. Polissez-lui plutôt les ongles. Vous savez, elle avait de fort gracieuses mains, il y a vingt ans.

Sœur Irène dénoue le cordon à l'encolure de la robe de nuit, mais s'interrompt, n'osant aller plus loin, glacée entre la pudeur, le respect et – elle doit bien se l'avouer – le dégoût devant les taches de déjections maculant, plus bas, le tissu.

L'heure n'est plus à rire.

Prise d'un soudain haut-le-cœur, sœur Adèle court vers le meuble de toilette et rend son déjeuner.

— Ex…cu…sez-moi, se plaint-elle.

Sœur Sainte-Hermeline secoue la tête, lui donne du bicarbonate dissous dans un verre d'eau, et son congé.

— Allez vous reposer un peu. On en a presque fini. L'aide de sœur Irène me suffira.

Sœur Sainte-Hermeline ne semble pas se formaliser de ces inconvénients et poursuit le travail comme s'il s'agissait d'une simple routine; à son âge et depuis qu'elle pratique, la maladie et la mort ont emporté plusieurs sœurs.

— Hâtons-nous un tout petit peu.

Elle en a paré, des dépouilles, avant l'exposition. Des images nettes lui reviennent. Tout en préparant ses instruments, elle énumère des noms : sœur Saint-Dominique et sœur Saint-Louis-de-Gonzague, qui ont succombé à la tuberculose après dix mois de lutte. Âgées respectivement de trente et de vingt-sept ans, si jeunes et si dévouées.

— Que Dieu les bénisse.

Et cette pauvre sœur Marie-du-Sacré-Cœur, enseignante à Pointe-Bleue, qu'on croyait atteinte d'un mauvais rhume en raison du froid qui sévissait dans la maison d'école. Des hivers horrifiants au Lac-Saint-Jean. Elle était revenue à la maison mère pour y être soignée. Pauvre enfant! Les hémorragies se multipliaient, faiblesse, fièvre, amaigrissement… Elle s'était éteinte au bout de ses forces, à vingt-cinq ans.

— Bonne Sainte Vierge, prenez soin d'elle, tout là-haut.

Bronchite, pleurésie, typhoïde, hémorragie intestinale, maladie du foie, péritonite aiguë… La mort portait de nombreux visages.

On entend quelques sœurs qui s'activent. Plusieurs descendent au réfectoire pour aider à préparer le dîner.

Tous les soins apportés, certains en vain.

— Nous ne décidons pas : à peine pouvons-nous retarder un peu les départs, réconforter les cœurs.

Sœur Sainte-Hermeline passe aux confidences : tellement d'histoires remontent à la surface en pareilles occasions. Quand Dieu rappelle près de Lui les âmes, peu importe les remèdes et l'acharnement, le corps expire sans qu'on puisse le retenir. Sœur Irène observe ces mains prestes et toujours précises.

— Il faut s'en remettre à la volonté divine, ajoute l'embaumeuse.

Ainsi soit-il.

— D'autres préparent les âmes, moi, je m'occupe des corps. Passez-moi ce petit instrument, là, merci. Nous allons redonner toute sa dignité à notre mère Saint-Elzéar. Car c'était un être digne, je vous prie de me croire.

Elle fait une pause et observe sa jeune consœur droit dans l'âme. Elle chuchote, bien qu'elles soient seules :

— Entre nous, je sais bien pourquoi son foie ne supportait plus rien. Elle levait un peu trop le coude, notre supérieure, mais les autres ne doivent pas savoir. Quand même. Je vais corriger la couleur de son visage en appliquant un peu de fond de teint et de fard. Avec un peu d'huile essentielle, je vous promets qu'elle sentira la rose, une fois dans son cercueil.

Avec des gestes rituels, elle recouvre la morte d'un drap propre sous lequel on retire la robe de nuit. La chair est fraîche, presque froide, et passablement sèche. À tâtons sous le grand linge blanc, on lave le corps en le frottant d'une serviette humide enduite de

473

savon. La jeune religieuse n'échappe pas à ce contact troublant. Sous les mains de sœur Irène s'affaissent les gros seins mous, de chaque côté du torse. L'exploration se poursuit. Ses doigts devinent la taille, le ventre gonflé d'œdème, un nombril creux, l'aine, les cuisses, l'entrecuisse… Sœur Irène regarde ailleurs, même si elle ne voit rien : elle tourne la tête de côté. Rien n'est dit, que quelques consignes d'usage de la sœur infirmière. À partir du genou, on peut soulever le drap et débarbouiller au grand jour les jambes et les pieds. Un autre pan de la petite histoire se dévoile. Apparaît la peau des chevilles et des pieds enflés, couverte d'ecchymoses et d'éraflures, une peau que la supérieure a grattée jusqu'au sang.

Une fois le corps bien propre, on le laisse reposer sous le drap rabattu. Sœur Sainte-Hermeline ferme la porte. Il est temps d'aller manger une bouchée.

Après un repas frugal, sœur Irène retourne à la chambre pour y prendre l'habit de la mère, et l'emporte à la buanderie pour le nettoyer et le repasser. Auparavant, elle retire la croix pectorale, le long chapelet de bois attaché à la ceinture, et s'assure que les poches sont vides en les retournant. Des bouts de papier, un crayon, une pastille. De celle de gauche tombe un trousseau de clés bien garni. Certaines portent de petites étiquettes : armoire numéro 1, armoire numéro 2, armoire numéro 3, secrétaire. C'était donc ça. La novice croit comprendre. Secrétaire… celui qui sait tout. Bien sûr, il s'agissait du meuble.

À la fin de la journée, mère Saint-Elzéar, vêtue de propre, de frais et de blanc amidonné, repose sur un lit parfumé. Déjà, de là-haut, elle contemple toute la scène. Avant d'être déposée dans son cercueil, elle passera une dernière nuit à sa chambre où on la veillera à tour de rôle. Que voudrait-elle ? Sur sa poitrine, un crucifix tient en équilibre. Y a-t-il un petit objet, un souvenir qu'elle aimerait apercevoir ? Le serre-tête comprime ses joues et son double menton, mais la peau paraît crémeuse, enduite de talc ; un peu de rouge colore habilement ses pommettes. La voilà miraculeusement rajeunie. Sœur Sainte-Hermeline s'est dépassée dans l'art du masque pour adoucir les traits et le menton volontaire. Une paix rare émane du cadavre. Les ridules autour des lèvres semblent moins profondes et plus détendues, comme l'amorce d'un sourire. Les yeux clos sont enfoncés sous l'arcade sourcilière garnie de longs poils noirs et gris. C'est elle, il y a vingt ans. Le teint jaunâtre a disparu. Le temps s'est assoupli, en forme d'hommage, il consent à cette dernière faveur. Cependant, sœur Sainte-Hermeline a omis de lui joindre les mains sur son chapelet.

Bientôt huit heures du soir. Assise au chevet du lit, sœur Irène observe la morte minutieusement, sachant qu'une fois le cercueil fermé, elle ne la reverra plus. Sa pensée recueillie se fait accueillante. Elle voudrait que cette image paisible reste gravée dans ses souvenirs. Elle lui adresse une prière. Comme elle l'a aimée et admirée, malgré leurs occasionnels différends, cette bonne mère supérieure ! Une oasis de confiance. Cette femme rondelette, déterminée et énergique, sévère mais droite et honnête, et qui ne voulait que le bien de ses religieuses, des couventines et de son couvent. Esprit avant-gardiste, elle cherchait sans cesse à améliorer les programmes et la philosophie d'enseignement de l'institution, pour donner à ses filles les meilleures chances de succès en société.

Au bout d'un moment, sœur Irène se lève et approche, sur la table, la lampe à l'huile éclairant mal la pièce ; elle n'a pas voulu allumer les lumières électriques, pour préserver l'ambiance solennelle et feutrée. Dehors, une chouette lance son cri. Elle remonte la mèche, et la clarté gagne le livre de prières ouvert sur ses genoux.

Elle a si peu dormi, au cours des dernières nuits, en raison de l'énervement et de l'angoisse causés par les préparatifs de la profession et des événements malheureux qui ont suivi, mais surtout à cause des douleurs lancinantes endurées depuis l'infection de son entrejambe. La voici quelque peu rassurée. Au moins, depuis les derniers jours, à son grand soulagement, les plaies ne suintent plus et l'échauffement s'est résorbé. Elle se signe. Quel égoïsme, encore, que de ne penser qu'à elle-même et à ses petites écorchures, alors qu'elle veille la dépouille de sa supérieure !

Ses yeux veulent se fermer, et sa tête, tomber, mais elle résiste et tient bon. Par cet effort de volonté, elle souhaite raffermir sa foi et prouver à la bonne mère qu'elle est forte et digne de sa confiance.

Des pas la distraient.

— Vous êtes fatiguée, ma sœur, remarque sœur Sainte-Philomène venue pour la remplacer. Allez donc dormir jusqu'aux matines. Je prends la relève.

— Oh non ! Je ne suis pas si fatiguée et j'éprouve un apaisement, en restant ici, aux côtés de notre supérieure, à prier pour elle et à réfléchir. Vraiment. J'ai l'impression de me rapprocher d'elle. Je la sens si près. Je ne me lasse pas de contempler son visage, maintenant si doux après ses souffrances et enfin exempt de toute inquiétude. Elle a encore à me donner et à m'apprendre. J'aimerais rester jusqu'à l'aube, si vous le permettez.

Dès que sœur Sainte-Philomène a passé la porte, sœur Irène reprend ses prières et ses observations. Le froid, au-dehors, s'invente de nouvelles ardeurs. Elle voudrait pleurer, éprouver une émotion profonde, être éclairée d'une révélation, d'une pensée sublime devant le gouffre et le silence de la mort, mais elle reste l'œil sec et l'esprit tenaillé par un détail, un seul détail : les mains de la défunte, ces mains disjointes que le chapelet ne rassemble pas. C'est comme une mise en scène. Le bras gauche est déplié de sorte que la main tombe plus bas que la taille, les doigts à demi crispés, l'index pointant la porte. Elle n'y tient plus. Pour les unir enfin, elle se lève et se penche sur l'abdomen pour attraper le bras resté en retrait. Allons : comme ceci, puis comme ça. Les autres sœurs seront contentes de voir leur supérieure, les mains jointes, un peu relevées, égrenant un chapelet éternel. Encore un léger ajustement. Elle tire l'avant-bras vers elle et approche la main gauche de la droite. Parfait. Voilà qu'elles se touchent. Sœur Irène recule de deux pas. Cependant, dès qu'elle le relâche, le membre raidi du cadavre reprend sa position initiale. Alors, elle recommence la manœuvre en tirant plus fort, avec l'idée d'entortiller le chapelet autour du poignet pour le retenir près de l'autre en menottant ainsi les deux mains. Crac! Sous la tension, le chapelet se rompt et le bras regagne sa place : l'index montre toujours la porte. Sœur Irène tourne la tête. Dans l'encadrement se tient, figée, sœur Saint-Léandre qui se signe avant de disparaître.

— Doux Jésus! s'exclame-t-elle.

Elle plaque les doigts sur sa bouche au son de sa voix qui résonne dans le silence funèbre. Quelques grains ont roulé sur le plancher. La morte refuse de se laisser contraindre. Ou Dieu l'en empêche, pour qu'à jamais le chapelet reste inutile. La jeune sœur se penche pour réunir les fuyards. Qu'adviendra-t-il de l'âme de mère Saint-Elzéar, envolée dans les conditions que l'on connaît? Il est tard et la fatigue frappe un grand coup de masse. Sœur Irène ne sait plus que penser ni que faire pour aider à son salut. Elle fait ce que font bien des femmes, et les enfants. Elle se met à pleurer pour les mauvaises raisons, pour un chapelet cassé, des mains disjointes, un cadavre rebelle. Des larmes fraîches lui assènent cette grande révélation. Son échec.

Elle s'essuie les yeux avec son mouchoir et perçoit soudain un bruit de pas, puis une respiration profonde derrière elle. Au sol, elle distingue les grands souliers de sœur Saint-Léandre qui approche dans la pénombre. Sa main lui tend un rouleau de fine broche d'acier. Quand arrive sœur Sainte-Philomène au petit matin, sœur Irène dort dans sa chaise, les yeux bouffis. Sœur Sainte-Philomène pose tout près un thé fumant. Mère Saint-Elzéar sourit placidement, le corps un peu de travers, mais les deux mains bien en place, refermées sur les grains du chapelet ; une broche, dissimulée sous les manchettes, entoure et retient solidement les deux poignets ensemble.

Sœur Irène se réveille subitement, tout à l'envers, fière d'avoir servi sa supérieure jusqu'à la fin, malgré l'adversité et le fait qu'elle n'écoutait pas ses conseils, malgré ses principes, malgré ses contradictions, malgré son ultime volonté à défendre envers et contre tous la réputation de son institution.

# 6

En ce jour de deuil, il n'y aura ni classe ni leçon de musique ; on consacre les heures à la préparation des funérailles. Les fillettes étudieront ou bien elles vaqueront. Fort occupées par les tâches de la cérémonie, prévue à trois heures, les religieuses en oublient l'ordinaire. Une grande agitation patiente bouscule l'atmosphère. Monseigneur l'évêque viendra à la chapelle, en après-midi, pour l'occasion. Son secrétaire le précédera pour quelques formalités. On a rédigé l'oraison funèbre et choisi des chants, dressé le catafalque au milieu de la nef pour qu'y soit déposé le cercueil, entouré de quatre cierges. Mère Saint-Elzéar avait très peu de famille. La dernière des sœurs de la défunte a été contactée : on l'attend d'une heure à l'autre. Les fenêtres ont été cachées à l'aide de grandes draperies violettes, et on a recouvert les statues et les autels de tissu de même couleur. Dans une partie de la chapelle, les lumières prendront les teintes de l'améthyste.

Sœur Adèle se rend plus utile dans ces préparatifs qu'auprès de la morte, deux jours plus tôt. Elle s'est bien remise de son malaise et jure intérieurement qu'on ne l'y reprendra plus. Montée sur l'escabeau, et redoublant d'efforts, elle s'étire, entre ciel et terre, et allonge les bras pour accrocher les étoffes aux cadres des vitraux et pour couvrir les saints de violet, s'assurant qu'aucun faux pli ne brise l'harmonie de l'ensemble. À sept ou huit reprises, elle s'éloigne, observe, évalue, reprend, recommence un manège qui démultiplie son énergie. Sœur Irène lui prête main-forte, tenant les montants de l'escabeau, fournissant les matériaux et les encouragements à voix basse.

Bientôt l'horloge sonne deux heures.

Les tâches terminées, sœur Irène s'éclipse, le cœur comprimé. Elle n'a pas aussitôt atteint la sortie que sœur Adèle la poursuit en hélant :

— Ma sœur, vous partez déjà ? Ne pourriez-vous pas rester encore un peu pour m'aider à placer les linges liturgiques ?

Sœur Irène s'excuse maladroitement, cherchant un prétexte, ne trouvant rien d'autre qu'un «Désolée, j'ai à faire.» L'autre s'en retourne, aussi chagrine que si on venait de lui apprendre la mort de sa mère.

Serrant dans sa paume le trousseau de clés, sœur Irène va seule vers le bureau de la supérieure, où personne n'est allé depuis son décès. Sa contenance est telle qu'on jurerait qu'elle y entre comme dans sa propre chambre. Lorsqu'elle déverrouille et ouvre la porte, l'odeur caractéristique la surprend encore, comme si la mère l'observait, toujours assise sur sa chaise de chêne. Elle entend des pas dans le corridor et retient son souffle. L'eau-de-vie, l'eau-de-feu. Elle ignore tout de cette furieuse passion qui s'empare de certains hommes et de quelques femmes. Agitant sa main devant le visage, elle tente de dissiper l'odeur.

Avec la petite clé à tête arrondie, elle ouvre le panneau du secrétaire. Là sont rangés des documents classés avec minutie, de la correspondance, un journal et des photos souvenirs : des membres de la famille, sans doute, et des religieuses œuvrant dans diverses missions. Au verso, des légendes inscrites à la main indiquent les lieux : Saint-Aubert de L'Islet, Saint-André, Beaumont dans le Bas-du-Fleuve, Saint-Fulgence, Bunia en Ouganda... Des sourires et des visages fermés, des regards joyeux ou fatigués. Devant de petites écoles de briques, des couventines et des sœurs, portant toujours la même tenue, de décennie en décennie, sauf celles de l'Ouganda, toutes vêtues de blanc. Pièces détachées d'une histoire aux ramifications multiples et lointaines. Depuis 1894, la grande traversée a mené les sœurs de la congrégation un peu partout sur le territoire du Québec et bien au-delà, de l'autre côté de l'océan.

Dans le compartiment du coin sont rangées quelques enveloppes entourées d'une faveur qu'elle dénoue. Sa gorge s'assèche d'un coup. Y trouvera-t-elle les fameuses lettres de Flora à son frère? L'encre, par endroits, prend des contours flous, aux arabesques molles. Des lettres conservées là depuis quelques années, dirait-on, dont certaines lui étant destinées, mais pas celles de Flora. Ses mains trient en vitesse, en retiennent une, puis une autre, brûlantes comme un péché. Dans le coin supérieur gauche, une adresse d'Escoumains capte son attention, celle de Maurice Pagé. À travers le clair-obscur, ses yeux déchiffrent sans trop de peine. L'oblitération de la première est datée de septembre 1947, donc un peu après son départ de la Côte-Nord. Elle en parcourt d'autres. Les suivantes sont plus rapprochées: janvier 1948, juin 1949. Sa gorge chauffe, sa nuque est raide. Certes, une fois revenue au Cap-de-la-Baleine, en juin 1947, elle lui avait écrit une seule fois pour lui raconter, avec beaucoup d'humour, le périple du retour. Comme elle était restée sans réponse, elle n'avait pas récidivé. Le mensonge, la trahison lui traversent tout le corps à grands coups de griffes. Maurice Pagé a écrit annuellement, et elle n'en a rien su. Comme tout est simple et comme l'histoire peut se reconfigurer par une banale découverte. Mère Saint-Elzéar avait tout gardé dans le secret de son secrétaire.

Sœur Irène replace dans la case les lettres aux tiers et cache les siennes dans sa manche, le cœur en pièces. Elle aspire une solide gorgée d'air. Une émotion sourde crispe ses doigts sur le papier qu'elle a envie d'étreindre plus fort, mais elle ne veut rien froisser. Elle demande pardon, pardon à tout un chacun. Tout ce temps, il pensait à elle, encore.

Les cachets ont été rompus; mère Saint-Elzéar aura tout lu et jugé la teneur inacceptable. Ou dangereuse. Mais alors, pourquoi ne pas les avoir éliminées de quelque façon, comme elle l'avait fait avec les lettres de Flora?

Sœur Irène quitte la pièce prudemment, droite comme un *i,* non sans avoir, par deux fois, vérifié autour d'elle que tout était en ordre et que la porte était bien verrouillée. Se remémorant leurs plus récentes conversations, elle cherche à comprendre l'intention cachée derrière ce comportement. Geste manqué? Sûrement pas. Depuis le temps, la supérieure aura eu tout le loisir de s'en départir. Non. C'est sans doute que, jusqu'à sa mort, elle aura tout fait pour conforter la décision de sa novice et que ne soit perturbée d'aucune façon sa vocation. La peur de perdre? Mais encore là, elle les aurait brûlées, ces lettres dérangeantes. Ah! si les morts pouvaient parler!

Avant toute chose, elle doit voir ce que contiennent ces fameuses lettres. Elle les lira, en cachette, comme, plus jeune, elle lisait celles d'Edgar sous son arbre aux confidences.

Rapidement, elle se recompose un visage et redescend à la chapelle où elle prend place à l'orgue. La cérémonie vient tout juste de commencer et tout se passe dans la plus grande solennité. L'évêque prononce une longue et émouvante oraison funèbre qu'écoute à demi sœur Irène, tourmentée et déçue d'être ainsi distraite par les lettres de Maurice qu'elle n'a pas encore lues. Elle n'a d'autre choix que d'attendre: du reste, les événements s'enchaînent bien et la journée se déroule à bon rythme.

Passé minuit, dans sa chambre, à la lueur d'une chandelle tremblante et discrète, elle ouvre la première enveloppe.

*Septembre 1947*

*Chère Sœur Irène,*

*Je vous saurais gré de comprendre qu'en ce monde, il existe peu de choses qui me rendent l'âme aussi joyeuse et l'humeur aussi gaie que la réception de votre lettre, pleine de soleil, d'air pur et de fraîcheur. Je vous prierais par conséquent d'excuser mon importunité à votre égard, car il est des jours où l'impatience l'emporte sur les bonnes manières.*

*Vous demandez des nouvelles du village. La vie s'y déroule au rythme des marées, sans grandes vagues ; en ces temps-ci, pas une ombre au tableau (à part, bien sûr, l'arrivée tardive de votre lettre). La pêche a été bonne. Emma et M. Robitaille se sont fiancés. J'ai reçu, hier, un ensemble de ciseaux à bois qui me permettront de raffiner la confection des meubles qui attendent dans mon nouvel atelier. Il me tarde de vous présenter ces humbles «chefs-d'œuvre» lors de votre prochain passage sur la Côte.*

*Écrivez-moi encore pour me tenir au courant de ce qui vous arrive et, surtout, ne manquez pas de m'informer d'une éventuelle visite.*

*Votre tout dévoué ami,*

*Maurice*


*Janvier 1948*

*Chère Sœur Irène,*

*Bien que mes mots restent sans réponse, je persiste à vous écrire et garde très précieusement la seule lettre que j'ai reçue de vous.*

*Dernièrement, profitant d'un séjour dans la paroisse Saint-François-Xavier, au cours duquel j'ai collaboré à des travaux de réparation de la cathédrale, j'ai osé faire le petit détour pour me rendre au Cap-de-la-Baleine et ai trouvé le courage de frapper à la porte de votre couvent. Comme je ne suis pas de la famille, on m'a poliment refusé l'entretien que j'espérais. N'entre pas là qui veut, et votre supérieure semble protéger ses novices comme une perdrix ses perdreaux. Néanmoins, elle a fait preuve de beaucoup de gratitude lorsqu'elle a su pour les meubles et le piano offerts à la mission d'Escoumains, quelques années plus tôt.*

*Pendant que je travaillais à la cathédrale, une religieuse a touché l'orgue. Rapidement, j'ai gravi les soixante-treize marches, car j'ai cru un instant vous y apercevoir. Une fois tout en haut de la deuxième tribune, j'ai réalisé ma méprise. D'ailleurs, le jeu de cette religieuse n'avait pas votre sensibilité. J'espère que vous aurez la chance, un jour, de vous produire sur ce superbe Casavant. Vous feriez honneur aux trois claviers et aux cinquante-cinq jeux, en plus de faire vibrer les grandes orgues de nouveaux sentiments. Chaque jour qu'a duré mon contrat, je rêvais de vous y entendre, mais il a bien fallu me rendre à l'évidence et à la réalité : jour après jour, l'organiste qui s'est présentée était une vieille religieuse au visage dur et chiffonné, comme son jeu.*

*De retour chez moi, ce matin, j'ai lu en entier la correspondance reçue de parents et amis pendant mon absence. Conscient pourtant de la liste des dix-huit personnes à qui je devais répondre, quand le papier s'est trouvé là, sous l'encre de ma plume fébrile, c'est à vous que je tenais à écrire d'abord, même si je n'avais rien obtenu de vous.*

*Je ne vous dirai jamais assez combien vous êtes importante à mes yeux. Souvent, je relis cette unique lettre de vous, y cherchant, entre les lignes, les traces de vos sentiments. Quelle chance j'ai eue de vous connaître pendant ces quelques mois lors de votre séjour ici ! Je suis toujours là, qui apprends la vie dans cet autre monde, avec des gens qui semblent si loin de mes préoccupations, à des années-lumière de ma vision de l'univers. Je cherche l'eau qui pourrait alimenter le moulin de mes rêves, moudre le grain de l'avenir, là où l'inconnu m'attend et, pourtant, il manque toujours quelque chose, quelqu'un.*

*Il y a un chêne dans le jardin de mes rêves, un gros chêne sur lequel je me pose quand j'ai peur ou quand j'ai besoin de réconfort. Le papier de votre lettre est fait de la pulpe de cet arbre. Vos mots et votre joie de vivre sont un soutien quand je vacille, un soleil quand le ciel s'assombrit.*

*Ai-je le droit de vous dire à quel point vous me manquez ?*

*Je regrette souvent de n'être plus près de vous et cette simple lettre pourra témoigner de la force que me procure votre souvenir.*

*Votre ami,*

*Maurice*

*Juin 1949*

*Chère Sœur Irène,*

*Depuis votre départ, j'ai cherché la musique. Si vous saviez tout ce que j'ai construit depuis, pour m'étourdir, passer le temps à travailler, à siffler. C'est moi, à présent, qui suis chargé de me rendre à Tadoussac, pour aller chercher passagers et marchandises destinés à Escoumains. Chaque fois que le Cochon volant accoste, j'observe les costumes des voyageurs. Aucune jeune fille en robe noire et voile blanc. Malgré cette agitation et ces horaires chargés d'un soleil à l'autre, mes jours sont pleins de trous, de silence, de vous.*

*Souvent, j'ai cru que vous changeriez de voie ; j'espérais votre retour. J'ai passé de longs jours monotones à conduire la voiture pour ramener les passagers au village, sur une route cahoteuse, sous la pluie ou la neige, les yeux rivés sur la chaussée défoncée. Ces heures m'ont donné tout le loisir de réfléchir à ce que je voulais et je me suis laissé aller. Je me suis mis à penser presque sans arrêt à mon objectif, à mon ultime but qui était, je ne peux plus vous le cacher, lié à vous. À force de m'enliser dans mes réflexions, je crois avoir perdu la définition de l'amitié et, je l'avoue, je suis tombé dans le grand panneau. Quand on rêve, on peut se permettre bien des fantaisies et de beaux mensonges.*

*Oui, je sais, plusieurs fois vous me l'avez répété : votre mission est ailleurs, je l'ai compris après ces années. Aussi, j'espère que vous vous épanouissez dans les bras du Seigneur et que vous trouvez un sens à votre vie. Le Seigneur m'a pris celle que j'aime. Que peut-on faire, devant pareil rival ?*

*Je devrais vous féliciter car, à cette date, vous avez prononcé vos vœux. Il est trop tard pour vous offrir le confort de la maison que j'ai bâtie à Escoumains. Trop tard pour vous faire ces aveux, trop tard… Vous ne m'avez plus écrit depuis notre premier échange, il y a deux ans. Pourtant, avant votre départ, j'avais cru sentir un mince espoir.*

*Que Dieu vous garde. Soyez heureuse en votre nouvel état. Puisse la vie en communauté vous apporter de grands bonheurs.*

*Adieu.*

*Maurice*

Bouleversée, elle cache les lettres. Des torrents de chaleur inondent son visage. Non, il ne s'agissait pas d'une flamme comme celle d'Edgar. Rien à comparer avec ce juvénile amour de paille. Elle peut presque sentir la peau de Maurice.

Bien sûr, ne voulant pas perdre la musicienne de la maison, mère Saint-Elzéar avait tout fait pour dissimuler ces lettres-là. N'était-elle pas sa favorite, depuis son entrée au couvent? Que de fois la bonne supérieure l'avait couvée et encouragée à poursuivre sur le chemin de la vocation. Une vocation fragile. Combien de fois avait-elle chassé les doutes par ses paroles apaisantes et par ses conseils? Elle y avait cru bien plus que la principale intéressée elle-même. Combien de fois s'était-elle agenouillée avec elle pour prier afin que Dieu intervienne, dans la conscience ou l'inconscience de la novice? Oui: elle y avait cru pour deux. Parfois, sœur Irène craignait de surprendre le regard jaloux de ses consœurs. Au début, mère Saint-Elzéar l'avait accueillie comme sa fille. Une pâte solide, une glaise à pétrir, un marbre à sculpter d'une main ferme et aimante. Plus tard, elle avait vu en elle une nouvelle directrice, une future supérieure qui, suivant ses traces, pourrait lui succéder, peut-être même la surpasser. Pourtant, sœur Irène évite de se leurrer. Revisitant ses souvenirs, elle entend les discours, revoit les comportements de la supérieure. Au fond, celle-ci n'obéissait qu'à un principe : la réputation de son couvent couplée à la mission de la congrégation. Une telle institution ne se construit pas sur de l'estime, voire de l'amour. La supérieure savait pertinemment que les familles les mieux nanties n'hésiteraient pas à inscrire leurs filles au couvent pour profiter des cours réputés de chant et de musique donnés par sœur Irène. La garder humble et vaillante, toujours fidèle à la tâche, et s'assurer de son attachement, tel était le leitmotiv de la mère. Sœur Irène examine des scénarios. Au fait, serait-il possible que, voulant entretenir une relation exclusive avec sa novice, elle ait éprouvé, l'année précédente, quelque jalousie envers Flora, la protégée de sœur Irène ? Mais encore là, pourquoi n'a-t-elle pas brûlé ces déclarations ? Elle en avait eu amplement le temps et elle ne les avait pas oubliées puisque, sur son lit de mort, ses dernières inquiétudes s'y rapportaient.

Et si sœur Irène voyait quelque intrigue là où il n'y avait rien que de l'anecdotique ?

Tout cela tourne dans ses pensées.

Au fond, si mère Saint-Elzéar n'a pu s'en départir, c'est qu'elle se plaisait à lire et à relire ces lettres enflammées, elle qui, de sa vie, n'en avait jamais reçu.

Sœur Irène fait quelques pas jusqu'à sa fenêtre. Dehors, la nature muette est tapie dans l'ombre. Tout ce trouble, encore, la chavire, et les doutes ressurgissent. Ou bien Dieu l'éprouve, ou bien le diable la tente. Le mal vient toujours d'un côté ou de l'autre. Sœur Irène revient vers la porte, va à sa table, tire la chaise. Ah ! si sa vie pouvait être un droit chemin, tracé au tire-ligne ! Devrait-elle répondre à ses lettres, malgré tout ce temps passé ? Non, il est plus que l'heure de se coucher. Une toilette rapide, un peu de lecture pour se divertir, elle se glisse sous les couvertures, espérant que la nuit lui portera conseil. Les minutes passent. Elle a beau faire, elle n'arrive pas à dormir et prie Dieu pour qu'Il l'inspire. Elle verra demain. Demain, cet autre jour. D'heure en heure, elle tourne dans son lit, comme sa pensée, spirale de suppositions qui se suffisent à elles-mêmes et s'alimentent, dirait-on, à leur propre énergie. Épuisée, la sœur ne se laisse aller au sommeil que dans la lumière blafarde de l'aube qui pénètre timidement par la fenêtre.

La lumière divine semble bien pâle alors que, dehors, le ciel s'empourpre. Quelques braves mésanges ont déjà mêlé leur chant au murmure du vent. Dès que le soleil se lève, ses rayons se reflètent sur la neige et, à mesure que les heures passent, il devient difficile d'en supporter l'éclat.

Le papier blanc attend devant elle. Elle s'accorde quelques minutes avant de descendre rejoindre la communauté. Dans cet étourdissement d'émotions et de fatigue, sa plume se risque enfin.

*Cher Maurice,*

*Ce n'est qu'après des mois, voire quelques années, que j'ai pu lire vos lettres. Je suis consternée. Vous comprendrez que les règlements sont très stricts ici et que la correspondance ne peut être adressée qu'aux membres de la famille proche ou à des enseignantes, religieuses ou laïques, afin de pouvoir mieux les diriger et les encourager dans leurs tâches. Vous vous doutez bien que toute la correspondance est filtrée par les mains de notre supérieure.*

La plume s'accroche au point final. Par où commencer ? Que lui écrire ? Qu'elle n'a toujours pas prononcé ces fameux vœux ? Cela risquerait de lui redonner espoir. Elle n'a pas le droit d'agir de la sorte. La plume reste suspendue entre l'encrier et la feuille. De toute façon, près d'un an s'est écoulé depuis sa dernière lettre ; entre-temps, il aura probablement oublié la petite novice et trouvé quelqu'un d'autre pour combler sa vie. Peut-être habite-t-il ailleurs. Si elle écrit, la laissera-t-on poster cette lettre ? Peut-être vaudrait-il mieux téléphoner ? Dans l'attente que soit nommée une nouvelle supérieure, sœur Sainte-Marivonne occupera le poste intérimaire. L'économe prendra son rôle très au sérieux et ne laissera rien passer pendant cette période de transition. Sœur Irène pose la plume et ferme les yeux. À quoi mènerait cette correspondance illicite puisqu'elle a décidé de rester dans les ordres, de ne rien compromettre, de ne rien défaire ? Sa volonté ne parvient pas à se fixer. Les autres comptent sur elle ; elle doit mettre ses talents au profit de la communauté, servir Dieu. Il faut penser aux autres. La supérieure fondait tant d'espoir sur elle. Elle repense à Flora, au sauvetage, aux paroles de mère Saint-Elzéar, et observe le portrait qu'elle a conservé d'elle, ce regard engageant, confiant. Ce sera dur, mais même les pires maux s'affaiblissent. Avec hésitation, elle retrempe la plume dans l'encrier.

*Ici, la vie me guide vers un chemin différent…*

À quoi bon ? Elle chiffonne le papier avec affolement, jette sur son lit cette boule tordue et quitte sa chambre précipitamment.

Tout le jour, elle va s'occuper à différentes tâches qui la sortent d'elle-même et de son indécision.

En fin de journée, une fois les cuisines vides, elle jette la boule au feu, les lettres de Maurice aussi.

Le 1er mars, la nouvelle supérieure fait son entrée : on accueille mère Saint-Viateur dans la grande salle vibrant d'un chant choisi pour l'occasion. Sœur Adèle a même rafraîchi la scène de fleurs de papier de soie, de guirlandes colorées et d'une banderole accrochée de part en part : « Bienvenue à notre nouvelle mère ! » Après bien des exhortations, Jeanne a voulu jouer du piano, la pâle Jeanne qu'on ne voit plus guère sur la tribune parce qu'elle lit ou prie tout le temps. Elle se tient un peu raide dans son costume d'occasion. Dire que les années précédentes, elle participait à des joutes oratoires, gagnait de nombreux prix, s'impliquait dans diverses activités, reluquait les jeunes gens lors des rares sorties… La communauté voit ce qu'elle voit, sans trop savoir qu'en penser. Voilà maintenant Jeanne presque trop sage, effacée, plus pieuse que les religieuses. Ses intérêts ont changé. Elle ne parle plus des garçons ni de personne. Dans ses yeux se lit une sorte de refus qui inquiète ses proches. Elle reste bien mystérieuse et ne chante plus. Comme elle s'est transformée en deux ou trois mois !

Après un mot de bienvenue que déclame sœur Sainte-Marivonne, mère Saint-Viateur monte sur la scène pour s'adresser à l'auditoire. Des tas de regards silencieux dévisagent ce petit bout de femme. Le visage dur, les traits masculins, d'une voix sèche et grave, elle amorce un discours exempt de salutations et de chaleur :

— L'ère est au changement. Nous changerons. Mes façons différeront de celles de feu mère Saint-Elzéar, et chacune d'entre vous va respecter nos nouvelles lignes de conduite. Chacune et toutes. Faire régler l'ordre et la discipline. Ordre et discipline, deux mamelles d'une saine administration. À chaque mauvaise action : réaction. Tout d'abord, à l'avenir, économie et sobriété seront de mise lors des événements que nous préparerons. Économie et sobriété. Inutile de garnir les pièces et la scène de pareils... (*on sent qu'elle cherche un instant les pires qualificatifs qui soient*) colifichets et brimborions.

Elle lève le bras et c'est comme une gifle qu'elle administre à toutes et à chacune. Sœur Adèle la reçoit plus durement encore.

— Vaine dépense d'argent, de temps et d'énergie. Stupide vanité : la vanité perd les femmes comme les hommes. Des coutumes païennes.

Elle va frapper son premier gros coup. Elle baisse la voix, capte l'attention du moindre coin de mur.

— Ce soir, sept heures, toutes les religieuses dans la grande salle pour mes nouvelles consignes.

490

Près de sœur Irène, sœur Adèle penche la tête et essuie discrètement une larme. Ces jolies décorations, après coup, s'avèrent nulles et non avenues.

Mère Saint-Viateur s'arrache un semblant de sourire à peine perceptible. Tout son corps parle. Une tête étroite montée sur un cou large et trapu, jamais en repos sur ses épaules, sans doute remplie de préjugés, de jugements téméraires et d'une curiosité malsaine. Les sœurs se regardent discrètement, l'œil chargé de sous-entendus.

*Journal de sœur Sainte-Marivonne*

*Le mercredi 8 mars 1950*

*Une semaine après son arrivée, nous découvrons en mère Saint-Viateur un autre univers! Quelle différence avec la précédente supérieure! Alors que mère Saint-Elzéar correspondait à la véritable mère poule, la nouvelle semble avoir le caractère aussi prompt et vif que ses mouvements. Nous verrons bien, à la longue, si des dessous tendres se cachent sous cette façade austère.*

Les religieuses restent sur leurs gardes et la surveillent. Bien sûr, elles ne se le disent pas ouvertement, mais entre les lignes et derrière un demi-silence réprobateur, sœur Sainte-Marivonne la trouve vieux jeu, sœur Sainte-Hermeline, dictatrice, sœur Sainte-Philomène penche pour un ciel variable, elle veut bien lui laisser ouvrir son jeu et, lorsque sœur Adèle ira à sa rencontre, ce sera, croit-elle, avec cette impression de devoir affronter un volcan en dormance.

*Journal de sœur Sainte-Émérentienne*

*Le 15 mars 1950*

*Deux semaines à peine passées sous le régime de notre nouvelle mère qui, le matin, se lève toujours du même pied : le gauche. Elle dit s'en tenir aux idées nouvelles du Vatican, mais on croirait avoir reculé d'un siècle. Elle m'a reproché, aujourd'hui, d'apprendre à mes élèves un chant trop enjoué pour Pâques. Elles ont à peine sept et huit ans. Pâques, n'est-ce pas la résurrection du Christ et la joie du printemps où tout reprend vie ?*

*Respectant elle-même une volonté de fer et une détermination de Spartiate, elle exige que l'on fasse carême dans la plus grande abstinence, quarante jours, sans même un allègement les dimanches et le jour de l'Annonciation.*

Au réfectoire, en son absence, on blâme ses façons de faire, on analyse ses comportements qu'on tente de comprendre. Il n'y a que quelques gestes qui échappent à la vindicte populaire. Elle respecte la garde d'honneur du Sacré-Cœur : chaque jour, on continue de consacrer une heure de travail à ce symbole du culte.

Autrement, dès qu'on le peut, les conversations de bout de table ont des teneurs de discussion de taverne.

— Elle a mangé de la vache enragée, ce matin, pour avoir cet air bête ?

— Sûrement pas. Manger, elle ? Ça n'avale que du pain mouilleux pendant le carême et on s'impose le maigre jeûne le plus strict. Excusez-moi. Elle compte faire le grand jeûne pendant la Semaine sainte et veut même étendre cette règle à toute la communauté.

Visages penauds, épaules affaissées, regards obliques : les religieuses rêvent déjà de petit salé, de jambon à l'érable, de rôti de porc et de patates brunes.

— Moi, dit sœur Sainte-Philomène, assise bien droite au centre de la tablée, je n'ai pas trop à me plaindre de ses humeurs. Au contraire. Vous voyez ce qui fait votre affaire. Toujours un bonjour, un sourire, une marque de reconnaissance. Elle est passée, à deux reprises, m'observer et saluer nos filles. Elle m'a félicitée pour la façon dont je tiens ma classe et complimentée pour l'ordre et la propreté de la pièce, la discipline des élèves.

Son ton a ce petit rien d'insolent qui exprime un brin de vantardise.

— Bravo, lui lance distraitement sœur Sainte-Émérentienne, pour dire quelque chose et dissiper le malaise.

Sans succès. Le malaise reste entier. Les bruits de soupe claire s'intensifient. On sait bien : sœur Sainte-Philomène applique la même rigueur bornée avec ses élèves que la supérieure avec ses religieuses.

On la regarde avec stupéfaction. Les cuillères s'attardent un instant, en l'air, pensives. Mère Saint-Viateur aurait donc une préférée ? Déjà ? Mangeons, pendant qu'il reste à manger. On saura, à l'avenir, à qui s'adresser pour obtenir des permissions, des faveurs, de petits privilèges.

— Encore un peu de pain, ma sœur ?

Après tout, sœur Sainte-Philomène pourrait devenir leur messagère, leur douce émissaire.

— Elle a été formée à la même maison que moi, à Saint-Hyacinthe, où mes parents m'avaient envoyée pour le noviciat, il y a dix ans, raconte-t-elle. La pauvre, un bouc émissaire, l'âne de toutes les autres. Le cloître pendant trois ans. À croire qu'elle s'est forgé, depuis, une carapace et un caractère.

— Et un désir de… vengeance, ajoute peureusement sœur Sainte-Émérentienne. A-t-elle vraiment l'intention de reconduire ici le stoïcisme et les coutumes de la vie de cloîtrée ?

— Voyons, ma sœur. C'est seulement une étape assez naturelle. Évitons les calomnies et tentons de mieux la comprendre et de l'apprivoiser, remarque sœur Irène, avec toute la saine candeur de ses vingt ans. À nous de nous adapter. Elle réalisera rapidement qu'elle n'a pas d'ennemis, ici.

Elle a gagné l'attention de chacune.

— Sondez-vous franchement. Évitons de juger et de dramatiser trop vite. Un peu d'eau, sœur Sainte-Émérentienne ? Je suis certaine qu'avec un peu d'humour, nous arriverons à fendiller la coquille de ce caractère.

Les autres l'écoutent, déchirées entre l'amendement à venir et la honte.

— Ses humeurs sont sûrement passagères, poursuit sœur Irène, cette femme veut, d'entrée de jeu, affirmer son autorité. Peut-être est-elle juste un brin maladroite ou impétueuse. Nous allons la contaminer grâce à notre gaieté.

Toutes acquiescent du chef. Les échanges reprennent, un ton plus bas, et la grogne perd de son élan. Bien sûr, seule sœur Saint-Léandre ne dit mot, toujours silencieuse derrière la voilette translucide épinglée au front de sa guimpe et qui lui cache presque tout le visage. La semaine suivante, malgré les larges sourires qu'on lui adresse, malgré les bons mots et les petites attentions qu'on lui prodigue, la nouvelle supérieure reste de marbre. Pourtant, toutes gardent à l'esprit les chaleureuses paroles de sœur Irène. On s'encourage comme on peut. La fin du mois approche, avec la Semaine sainte et les sacrifices que veut imposer la mère. Celle-ci arpente les corridors d'un pas militaire, en lançant le long de son corps ses bras raides devant derrière. Chacune se sent plus menue lorsqu'elle croise ce petit bout de femme haute comme une fillette. Les lèvres serrées, la supérieure salue d'un simple signe de tête.

Quand commence la Semaine sainte, on n'y échappe pas : le grand jeûne est décrété, et les religieuses ne mangent que du pain sec et de l'eau. On s'invente des odeurs de mijoté et d'oignons blanchis en implorant le soutien de la Trinité. Sœur Cuisine se désole devant ses chaudrons suspendus et ses glacières remplies de viande et de charcuterie richement salées.

Pour comble, la supérieure a la bonne idée de ressortir des greniers et des boules à mites les cilices qu'y avait rangés mère Saint-Elzéar pour les distribuer aux religieuses, les forçant à les porter sous leur robe pendant la Semaine sainte. Elle ne jure que par la tradition et le bon vieux temps.

Cette nouvelle directrice n'est pas plus douce avec les élèves, qui ont vite fait de comprendre la situation. Tradition oblige, elles la rebaptisent : mère Sainte-Fureur, et les plus savantes font sonner son nom à l'allemande, en rigolant. Des gamineries sans conséquence : devant elle, même les plus bravaches minaudent comme des chatons en manque de caresses. C'est toujours à mots couverts qu'elles évoquent son surnom.

Si le carême a pour but de bien se préparer à la commémoration de la Passion et de la Résurrection du Christ par une période d'approfondissement, de prières et de détachement des biens matériels, cette carence alimentaire provoque, cette année-là, un tout autre résultat. Une rébellion gastrique s'installe. Les estomacs crient et, ventre affamé n'ayant pas d'oreilles, on n'écoute pas toujours les consignes ; les pénitences en sont multipliées. Des armoires sont visitées aux petites heures. La maison se remplit de troubles, de larcins, de vols de nourriture, de soupçons, d'accusations, de sourdes querelles. Les unes les autres se regardent en chien de faïence. La supérieure épie. Une véritable fouine. Du genre à vouloir tout savoir sur tout le monde en mettant à profit les moyens les plus déloyaux pour arriver à ses fins, soudoyant une telle pour savoir ce que fait sa voisine. On la dirait sortie d'une autre époque, d'une congrégation du XIX$^e$ siècle.

— Eh bien, ordonne-t-elle devant sœur Sainte-Jacqueline, qui se désole de voir fondre les stocks de son garde-manger, vous n'avez qu'à verrouiller la dépense.

Malgré la faim qui tenaille, il faut enseigner, et les maîtresses n'ont plus de patience devant les élèves. Les devoirs sont corrigés avec lourdeur. En fin de journée, les frustrations augmentent. On a vu Denise, le cœur gros pour un regard de travers ; et la grosse Yvonne, lever un poing menaçant vers Flora tout simplement parce qu'elle l'avait appelée « Yvonne la mignonne ». Les couventines sont trop souvent punies pour des peccadilles et, le soir, certaines pleurent au dortoir.

Mère Sainte-Fureur remet également en place la vieille coutume d'adoration du saint sacrement, sorti de son tabernacle, durant les vingt-quatre heures du Vendredi saint. Il y dormait depuis trente ans. Par tirage au sort, on désigne les heures de garde. La supérieure leur en parle comme d'un privilège inestimable. Deux à la fois, les religieuses devront assurer la présence et les prières devant l'hostie consacrée insérée dans la lunule. L'ostensoir a été placé sur un reposoir à l'avant de la chapelle. Le hasard jumelle sœur Irène à sœur Adèle.

À deux heures du matin, les yeux gonflés de sommeil, elles se retrouvent toutes deux face à l'ostensoir qu'elles ont tout le loisir de contempler : monté sur un pied massif, un soleil aux rayons d'or entoure la custode de verre protégeant la précieuse hostie, laquelle contient le corps du Christ. À voix très basse, elles entament non sans ferveur les prières de circonstance.

Quand arrivent trois heures moins cinq, leur temps de prière tire à sa fin, mais elles tiennent toujours la position à genoux. La faim s'en va, la faim revient ; elles oublient puis elles se rappellent. Côte à côte, les jambes engourdies, le dos douloureux et les épaules voûtées, les deux novices faiblissent un peu dans leur ferveur initiale. Pour un peu, on les dirait en transe. Soudain, le ventre de sœur Adèle gargouille et les borborygmes se répercutent dans le chœur. Sœur Irène ne peut empêcher un fou rire qui contamine son amie.

Seules dans le silence de la chapelle, elles se permettent de chuchoter.

— Tout à l'heure, la faim me donnait mal au ventre. La prière, c'est maigre. Maintenant, c'est de trop rire, glousse sœur Adèle en se tâtant l'abdomen. *À quelque chose malheur est bon.* Après ce long jeûne, j'ai perdu mon bel embonpoint, mentionne-t-elle.

— Et moi, le petit coussin que j'avais au postérieur. Mes os sont à la veille d'user les bancs du réfectoire. Remarquez : je ne pèse plus bien lourd. Mais partout, ma peau est devenue lisse, elle a bon grain. Est-ce un effet du jeûne ?

Elle relève sa manche et passe les doigts sur l'avant-bras. Sœur Adèle l'imite et constate la douceur de l'épiderme avec surprise.

— Peut-être. Et de l'eau qu'on boit en quantité. Sûrement pas celui du cilice, en tout cas. Tenez. Touchez ma peau, comme elle est rêche. Et pas la vôtre ?

— Mon cilice est resté dans le placard. Bien caché. Il n'est pas question d'enfiler pareil objet de torture. Ça sert à quoi ? Je préfère m'en tenir à la philosophie de notre regrettée mère Saint-Elzéar : un esprit sain dans un corps sain.

L'heure étant passée, elles perçoivent de légers bruits du côté du portique. On entend marmonner. Les deux remplaçantes se pointent à l'arrière et restent dans le narthex à les observer. Quelques secondes s'écoulent. Qu'imagineront-elles en les voyant se toucher ainsi les bras ? Rien de mal, assurément, mais l'empressement que mettent sœurs Adèle et Irène à rabaisser leur manche et à reprendre une attitude pieuse ne risque-t-il pas de paraître plus étrange encore ? Il fait sombre, à cette heure, de toute manière. Elles se relèvent en saluant le saint sacrement et quittent le chœur, mains jointes et visages recueillis, sous le regard aux sourcils froncés des deux nouvelles venues.

Sœur Irène ne peut s'empêcher une petite blague.

— Le saint sacrement n'est pas très jasant.

Le lendemain, Samedi saint, elles sont appelées chez la supérieure pour rendre compte de leur comportement devant le saint sacrement, le manque de sérieux et de respect vis-à-vis de cet objet du culte. Se croient-elles dans une boîte de nuit? Mère Saint-Viateur sort son caractère. Son esprit de compassion dort quelque part, dans une ville inconnue. D'un ton autoritaire, la tête tournée vers l'une puis vers l'autre, elle crache une série de récriminations qu'écoutent docilement les deux novices, sans avoir le droit de répliquer. D'ailleurs, que répliqueraient-elles? Elles ne trouvent rien à dire puisque rien ne s'est passé. Puis tombe la sentence : une autre journée de grand jeûne, dans l'isolement et le silence complets.

Inutile de résister. La résistance fatiguerait. Mieux vaut plier l'échine et remplir encore plus scrupuleusement ses devoirs. Les deux sœurs sont renvoyées d'un geste vague. Cependant, silence et solitude toute la journée impliquent que sœur Irène ne pourra pas diriger sa chorale d'élèves pour la dernière répétition, avant la messe pascale.

Elle passe la journée enfermée dans sa chambre, partitions étalées sur la petite table où elle pianote des mélodies muettes.

Enfin, l'aube! Pâques! La nuit a déposé sur le matin une merveilleuse couverture de tiédeur parfumée. La plupart se sentent ragaillardies juste à se pencher à la fenêtre et à goûter l'air nouveau. Malgré le long jeûne et le peu d'énergie de la veille, le petit déjeuner, pris très tôt le matin, ramène quelques forces. Les «Bonjour, ma sœur» et les «Vous allez bien?» sentent aussi la fleur naissante. Un peu plus tôt, seule dans sa chambre, après une séance de vocalises et de gargarisme, sœur Irène retrouve ses triolets, ses arpèges et le *do* naturel. Elle a secoué et repassé son habit. Pourvu que tout aille bien à la cathédrale.

Puisque Jeanne, encore incommodée, a refusé de se joindre au chœur, sœur Irène interprète le duo du chant de communion avec Flora. Pour elle, ce don à son Créateur surpasse en intensité toutes les prières imposées. Après ce chant, elle accueille avec surprise et un certain malaise les tumultueux applaudissements. Comment réagira mère supérieure, toujours si austère ? Sans doute lui servira-t-elle une autre semonce, une autre pénitence ? Elle l'entend déjà : « On se croirait au théâtre ou dans un spectacle ! Comment Dieu recevra-t-Il tant de démonstrations au sein de Son temple ? » *Attendons,* pense sœur Irène, *attendons.* On ne sait jamais à quoi s'en tenir, lorsqu'elle sort son fameux caractère. De plus en plus anxieuse, sœur Irène craint les fausses notes, les crocs-en-jambe sur les nombreuses pédales, les mauvais départs. Elle se retourne et, des yeux, fait le tour de la salle, en bas. La cathédrale est bondée.

Encore trois chants à entonner avant l'*Ite missa est.*

Pendant la dernière pièce, dans le miroir placé au-dessus de l'orgue, du haut de la deuxième tribune, elle peut voir la supérieure. Si minuscule. Assise dans le chœur avec les autres, elle semble écouter avec attention. Dès qu'elle le peut, tout en jouant, sœur Irène l'observe. Certaines harmonies, certains mouvements modifient complètement sa physionomie. Voilà la supérieure qui ferme les yeux, elle balance la tête puis le haut du corps. Musicalement, sœur Irène se surpasse. Cette musique-là, c'est elle, son renouveau transfiguré par sept notes. C'est à Sa plus grande Gloire que les doigts vont et viennent sur le robuste clavier. D'une main, mère Saint-Viateur se laisse aller et suit paisiblement le rythme, comme un chef d'orchestre, mais très discrètement. Certaines modulations semblent l'élever et la porter dans un état second. Voici un passage difficile : l'organiste et les voix s'accordent avec une justesse quasi divine. N'est-ce pas un sourire qui vient d'apparaître aux lèvres de la supérieure ? On la dirait transportée.

Malgré la répétition générale manquée la veille, les couventines mettent beaucoup d'expression, de profondeur dans leur voix et de bonnes intonations. Le trac du début a disparu dès le tiers du premier chant. Heureusement, elles n'ont pas oublié la préparation des jours précédents et, avec des sourires de bonheur, sœur Irène les remercie. Le chant final retentit alors que l'assistance se lève. Cependant, au lieu de s'empresser vers les portes de sortie, les fidèles se retournent, regardent vers la deuxième tribune, cherchent les interprètes. Ils écoutent avec plaisir, et les applaudissements qui s'enchaînent prouvent encore une fois leur ravissement. Sœur Irène indique à Flora et aux choristes qu'il faut saluer.

Lors du dîner pascal qui suit, mère Saint-Viateur se penche vers sœur Irène, avant d'aller s'asseoir à la grande table des sœurs de chœur.

— La communauté semble satisfaite des soins que vous apportez à nos jeunes voix, sœur Irène, et j'ai remarqué que la vôtre paraissait plus claire, plus pure qu'avant. Le jeûne vous aura fait du bien. Continuez donc de vous abstenir de manger chaque vendredi.

Sœur Irène ouvre grand les yeux, abasourdie.

# 7

Le lendemain, une phénoménale et tardive tempête fait rage. La province est sous le choc. L'estuaire est lourdement touché ainsi que plusieurs autres régions. Quand le couvent se réveille, douze pouces de neige tapissent déjà le sol, et ça ne semble pas vouloir s'arrêter de sitôt. Il souffle un vent terrible qui arrache les branches les plus faibles et qui fait même craindre pour le clocheton perché sur le toit.

— On a manqué d'électricité, à plusieurs reprises, cette nuit.

— J'ai déjà connu quelque chose de même, à la fête des Mères, se rappelle sœur Sainte-Marivonne. Il me semble que j'avais douze ou treize ans.

— C'était en 1931 ou 32, je pense, suggère sœur Sainte-Hermeline. Ou en 1930? Je n'étais pas si vieille, mais me semb…

Elle n'a pas le loisir d'achever sa phrase. Ses mots restent là, en suspens, devant sœur Saint-Liboire, qui paraît bouleversée quand elle entre dans la salle des journaux et lâche la nouvelle : Yvonne a disparu. On ne l'a vue ni au déjeuner ni après. La supérieure a convoqué toutes les sœurs et tout le personnel dans la grande salle.

— Venez vite, dit sœur Saint-Liboire, on nous attend.

Elles y sont toutes quelques instants plus tard. La supérieure les informe et les rassure. Pour le moment, la consigne est on ne peut plus claire : on s'active sans dramatiser à outrance. L'absente ne saurait être bien loin. Sœur Saint-Liboire a rapporté la disparition aux matines, alors que l'élève manquait à l'appel.

— Sa couche était déjà froide, précise-t-elle. Elle a donc levé les feutres plus tôt dans la nuit, mais pour aller où, je voudrais bien comprendre.

— Très bien, très bien, répond mère Saint-Viateur, mais essayez d'éviter le mot « disparition ». Enfin… pour le moment.

Dehors, il neige, et le vent fait trembler les châssis. On parle de dix, voire de quinze autres pouces de précipitations, et la température a chuté plus que de coutume. Si Yvonne avait laissé des traces de pas, elles ont été ensevelies ou effacées. Par contre, son manteau et ses bottes dorment toujours dans la malle, sous son lit. Elle doit mourir de froid si, par malheur, elle s'est aventurée à l'extérieur.

— Ses affaires sont à leur place : voilà encore un indice qu'elle n'est pas disparue, comme vous dites, ajoute mère Saint-Viateur, pas peu fière d'elle-même. Que les enseignantes aillent en classe comme d'habitude. Les autres passeront la maison au peigne fin.

Les sœurs Saint-Liboire, Sainte-Marivonne, Sainte-Hermeline, Marie-Antoine et Sainte-Jacqueline se dispersent dans le couvent, arpentent les corridors, ouvrent discrètement placards et armoires, lançant son nom un peu partout. Dans la classe, on entend de longs « Vooonne » qui résonnent sur les vitres de l'imposte. On s'en doute, ces appels entraînent un autre branle-bas de combat au sein des murs.

À onze heures, sœur Fil ne parvient plus à se concentrer devant ses élèves, elle soupire souvent, son cœur mécontent s'impatiente. Elle se désespère, fait fi de la consigne : après tout, disparition ou pas, il reste que mademoiselle Yvonne n'y est pas. Mine de rien, elle s'interroge tout haut, pendant que les écolières, à moitié distraites, recopient *La poule,* de Jules Renard. Elle va de long en large dans la classe et, si sa voix est faible au début de la transcription, quelques instants plus tard, toutes l'entendent très bien qui se parle à elle-même.

— Pourquoi est-elle partie comme ça ? Elle ne s'est tout de même pas volatilisée.

Les filles ricanent. Elles se jettent des regards moqueurs voulant dire : « Elle est folle, la sœur. » Sœur Fil continue son monologue. La voici plantée devant la fenêtre où s'agitent encore quelques flocons. Puis, subitement, n'en pouvant plus, elle lâche un soupir mélodramatique et lance d'un ton assez théâtral, manifestement émue :

— Qui, dans cette classe, aura la charité de me donner un signe, le moindre indice ?

Mais la pièce n'est pas écrite, personne ne lui donne la réplique, on entend un silence qui a l'air de la dévaster. Aucune main ne se lève. La sœur retourne devant sa classe et commence à marcher le long de la tribune. Elle dévisage les petites, leur fait signe de déposer leur plume. La voilà qui se met à chuchoter :

— Tout ceci doit rester entre nous. Aidez-moi, mesdemoiselles. Yvonne a-t-elle confié la moindre intention à l'une d'entre vous ? A-t-elle été victime de railleries qui auraient fait déborder le vase ? J'ai besoin de vous.

Interloquées, les élèves se regardent les unes les autres, haussent les épaules, secouent la tête : elles ne savent rien.

Sœur Fil poursuit son interrogatoire lancé de sa propre initiative :

— Les pannes d'électricité, les bourrasques qui soufflaient, cette nuit, l'auraient-elles effrayée ? A-t-elle imaginé l'esprit de notre mère Saint-Elzéar flottant dans les rafales ? Quel tour lui aura joué son imagination ?

À l'avant, Simone ferme les yeux et, soudain frissonnante, plaque brusquement les doigts sur ses tempes. Les autres marmonnent ; sœur Fil scrute tous les regards puis s'arrête sur Simone, qui semble en transe et articule alors ce qui ressemble à une explication :

— Je la vois, six pieds sous terre.

— Voyons, Simone, taisez-vous si vous n'avez rien de plus brillant à me dire. Notre défunte mère ne sera pas mise en terre avant le dégel du printemps.

C'est tout ce que la maigre enquête improvisée de la bonne sœur Sainte-Philomène aura donné comme résultat. Elle se gardera bien d'en rapporter quoi que ce soit à la directrice. On se replonge dans l'histoire de ce bon vieux Jules Renard, mais les idées sont ailleurs.

Pendant ce temps, les converses ont examiné minutieusement tous les coins de l'édifice : la maison mère, la maison rouge, la maison blanche, l'aile de l'École normale, les coulisses de la grande salle, sans oublier les greniers et les caves. À la fin de l'avant-midi, la fugitive reste introuvable, et la supérieure n'a d'autre choix que d'appeler les policiers.

— Pour les parents, précise mère Saint-Viateur, attendons un tout petit peu. Restons calmes et confiantes.

Elle a convoqué une autre rencontre, elle tient à savoir, impérativement, si qui que ce soit est au courant de quoi que ce soit. Elle demande l'avis des sœurs les plus âgées : a-t-on déjà vécu pareille situation ? Y a-t-il une règle à suivre, un protocole ? On la sent nerveuse, sous ses apparences de dirigeante en contrôle et sous sa voix ferme. On voit aussi à quel point elle est sincèrement touchée et franchement inquiète : Yvonne n'a pas une once de malice… ni de débrouillardise, et sœur Saint-Liboire se demande vraiment ce qui peut être arrivé à cette belle grande enfant innocente. Elle insiste pour que, visite des policiers mise à part, tout se passe comme de coutume, classes, activités et le reste.

Sauf que… En plein milieu de l'après-midi, deux agents frappent aux portes du couvent, retardés par la circulation difficile et par de nombreuses embardées. Ils ont l'air transis et éreintés. Ils se présentent néanmoins avec la plus grande courtoisie : le plus âgé, Bigras, et son collègue, un certain Harvey, qui s'empresse de dire qu'une de ses tantes a déjà étudié ici même, dans ce collège. La responsable leur explique la situation en donnant autant de détails que possible, de la description physique de la jeune fille à ses habitudes en passant par l'ordinaire de ses allées et venues. Puis, les deux hommes demandent à voir les plus grandes élèves, même si, officiellement, l'enquête ne peut s'ouvrir avant quarante-huit heures. D'autant qu'avec ce mauvais temps du désespoir…

— Ce n'est pas rare, les fausses alertes, fait observer l'agent Bigras. Je ne dis pas qu'on ne fera rien, mais faut pas partir en peur. Vous savez, dans quatre-vingt-dix pour cent des cas, les personnes portées disparues sont tout près et reviennent avec une explication banale.

Il voit bien, ce disant, que les religieuses ne sont qu'à moitié rassurées.

À leur demande, on installe les deux policiers dans un coin relativement calme et à la fois central : le parloir. Ainsi, ils seront tranquilles pour discuter, sans trop troubler l'enseignement.

Vers deux heures, les agents entendent y interroger quelques-unes des camarades. Ils reçoivent deux par deux les élèves de troisième. De cette façon, l'une peut souvent corroborer ou infirmer le récit de l'autre. Le policier Bigras aime bien aussi observer les yeux de l'une quand l'autre s'exprime : c'est sa manière de détecter d'occasionnels petits mensonges ou certaines demi-vérités. Il ne croit sérieusement pas au pire, mais il s'acquitte de sa tâche de façon consciencieuse. Les policiers ont senti à quel point cette mise en scène troublait davantage les fillettes que l'absence de leur amie. Toutes étaient d'une grande politesse et voulaient donner l'impression de collaborer activement, mais, dans les faits, aucune n'avait quoi que ce soit de significatif à raconter.

Devant Simone qui répétait : « Six pieds sous terre », « Six pieds sous terre », les deux agents ne savaient pas quoi répondre.

Il s'avère que Flora serait la dernière à avoir parlé avec Yvonne, après la toilette du soir, juste avant de se mettre au lit. Dans le corridor, Yvonne se serait plainte, tout bas, du maigre repas avalé au souper : la sauce aux œufs, c'était tout juste bon à lui chatouiller la petite dent creuse.

— Je dis pas qu'elle était une grosse toutoune, explique Flora, naïvement, mais elle avait souvent faim. Comme dirait mon oncle Pitre : « A l'avait pas de fond. »

Au terme de cet interrogatoire qui avait duré une heure, les policiers étaient passés à autre chose. Ils avaient réclamé de voir la cuisine ; instinctivement, en s'appuyant sur les propos de Flora, Bigras s'était dit : *Pourquoi pas ?*

Sur place, le seul renseignement utile, quoique bien mince, leur est alors rapporté par sœur Sainte-Jacqueline ; là-dessus, la sœur est d'une conviction absolue : on a pris trois galettes, du pain, et quelqu'un a assurément pignoché dans les restes de dinde cuite la veille. Le couvercle du récipient a été mal refermé. Ce ne sont ni les souris ni les rats : ses placards et tout le reste, *absolument* tout, insiste la sympathique cuisinière, est d'une propreté irréprochable.

— La gourmandise d'Yvonne est notoire, chers messieurs, ajoute sœur Saint-Liboire, et il ne serait pas surprenant qu'elle se soit levée en pleine nuit pour apaiser quelque fringale. Je n'y avais jamais vraiment songé, mais maintenant je me rappelle pareils petits larcins, il y a de cela quelques mois…

— Comment a-t-elle pu entrer dans la cuisine ? se désole sœur Sainte-Jacqueline. Je verrouille toujours bien.

— Et où serait-elle allée, après ? cherche à savoir sœur Saint-Liboire. Ça n'explique pas son absence.

— Merci bien, mes sœurs. Vous permettez qu'on jette un œil, demande le policier Harvey, en se dirigeant dans un des coins de la pièce, sans attendre de réponse.

Lampe de poche à la main, il repasse minutieusement les garde-manger, les armoires, la dépense, sans rien remarquer d'inhabituel, jusqu'à ce qu'il s'arrête devant une trappe murale en métal lourd, au fond de la pièce.

— C'est quoi ? s'enquiert le policier.

Sœur Sainte-Jacqueline secoue la tête avec une moue rebutante.

— Impossible ! Elle n'est sûrement pas passée par là. C'est une trappe secondaire menant aux souterrains de la centrale thermique.

— On va aller voir, poursuit Bigras, en ignorant la sœur et en faisant signe à son jeune assistant de passer le premier.

On ouvre immédiatement la plaque qui sert de porte. Les policiers empruntent le labyrinthe flanqué d'une série de tuyaux utile au transport de la vapeur des quelques édifices environnants : le séminaire, l'hôpital, la maison mère des Antoniennes, la cathédrale et l'évêché.

Ils reparaissent au bout de dix longues minutes.

— C'est interminable, dit Bigras.

— En effet, l'informe mère Saint-Viateur, ça doit bien faire un ou deux milles.

— Vous avez les plans ? Quelqu'un doit les avoir. À la ville, peut-être ?

Les sœurs s'interrogent en silence. On ne leur a jamais formulé pareille requête.

— C'est pas grave, dit Bigras, on va aviser la centrale puis je vais envoyer deux de mes hommes explorer ça de long en large. On sait jamais.

En début de soirée, les deux prospecteurs sont revenus bredouilles de leur expédition souterraine. De retour au couvent, Bigras et son jeune confrère paraissent perplexes. Ils ont dû abandonner leur véhicule un demi-mille plus bas et faire le reste à pied : l'accès immédiat au bâtiment est devenu impraticable en raison de la glace.

La famille venait d'être avisée par la mère Saint-Viateur elle-même. Le porte-parole des deux explorateurs explique à Bigras ce qu'il en est : des longueurs interminables de tunnels, un grand réseau de tuyauterie, des racoins de part et d'autre du labyrinthe, un vrai dédale de corridors et de petites portes.

— Ce n'est heureusement pas trop froid, ajoute-t-il, pour conclure.

— Dire qu'il a fait sous zéro, la nuit dernière, s'inquiète sœur Saint-Liboire. Elle est peut-être sortie, morte gelée à l'heure où on se parle, quelque part sous la neige. Pourquoi ne pas chercher dehors ? Dans les boisés ? Autour des bâtiments, sur la rue Principale…

Sœur Saint-Liboire a agrippé timidement la manche de l'agent Bigras et l'implore comme s'il était responsable de la disparition d'Yvonne :

— Allons la chercher, organisez une battue, alertez toutes les patrouilles. Nous vous aiderons. Il me semble que, si j'étais vous, je ne resterais pas là à griffonner dans un petit carnet.

L'agent Bigras range dans sa poche son crayon et son carnet, et pose une main calme sur le bras de la sœur.

— On va vous la retrouver bientôt, rassurez-vous. Elle n'est pas loin, c'est certain. Ou bien elle nous fera la surprise de revenir d'elle-même. En attendant, restez près du téléphone. On ne sait jamais, elle pourrait tenter de vous joindre. Dès que nous aurons des nouvelles, nous communiquerons avec vous.

Il ressort son carnet et demande les coordonnées des parents d'Yvonne. Il va leur téléphoner à son tour, les informer de la situation actuelle et des éventuels développements. Il ne manifeste aucune nervosité, mais les sœurs le sentent maintenant un peu plus soucieux qu'en milieu de journée. Cela les rassure.

À huit heures, après une dernière rencontre au bureau de la supérieure, les agents quittent la maison mère.

Au couvent, l'inquiétude s'empare des élèves au point de les figer petit à petit. Les chuchotements accompagnent le chuintement des souliers sur le parquet lorsqu'elles traversent au réfectoire.

— Elle doit être morte de faim, à l'heure qu'il est.

— Non : grosse de même, elle peut tenir deux jours.

— C'est le contraire : les gros, faut que ça mange. Elle doit dormir quelque part.

— Dans les tunnels, elle a peut-être abouti à la cathédrale où elle s'est cachée pour la nuit.

— Moi, je dis qu'elle a fondu dans la centrale thermique. Paraît qu'il fait une chaleur d'enfer, dans cet endroit.

— Si elle a fondu, ils devraient retrouver une flaque, ses vêtements, des os puis un peu d'autres affaires, conclut Bella la belle bête, ignorant toute espèce de bon sens.

Autour d'elle, les autres s'esclaffent. Bella est fière de les avoir fait rire, bien qu'elle ne comprenne pas trop pourquoi.

— Moi, reprend Thérèse, je pense que c'est un maniaque qui l'a emportée. Un maniaque avec un grand manteau, plein de couteaux cachés dedans.

— Peut-être qu'un méchant inconnu lui a offert des bonbons pour l'attirer. Ma mère dit toujours de ne pas accepter les friandises des étrangers. Mais Yvonne, gourmande comme elle est...

— Un communiste, conclut Denise. Mon père dit qu'il y en a partout. À côté de chez nous, y avait un monsieur qui se promenait toujours à pied et qui portait un chapeau dépareillé. Il n'allait jamais à la messe. Papa disait que c'était un communiste. Il ne fallait pas lui parler ni l'approcher. C'était tellement épeurant! Sœur Fil aussi, elle dit de se méfier des communistes. Leur menace plane partout.

Le claquoir retentit. Le silence revient. Après souper, les plateaux de dessert restent aux cuisines, les estomacs sont à moitié pleins et les cœurs sont tourmentés par l'absence de la bonne Yvonne.

Cette nuit-là, le ventre de Flora crie. Si elle pouvait connaître les secrets de ce tunnel menant aux cuisines, elle irait bien, elle aussi, dans la dépense chiper des biscuits et des sucres d'orge. Peu importe où se trouve Yvonne, pourvu qu'elle en ait fait grande provision.

* * *

Le lendemain matin, en plein déjeuner, la cloche d'entrée tinte. La tempête s'est calmée à l'aube. Aux abois, les religieuses comme les écolières sursautent. Sœur Portière se lève et se précipite vers le hall, suivie des autres robes noires. Les élèves voudraient bien y aller aussi, mais sœur Sainte-Jacqueline les somme de rester vissées sur leur banc.

Quand sœur Portière ouvre, elle pousse un cri de surprise. Enveloppé d'une couverture qui lui fait une cape neigeuse, un immense bonhomme emplit tout l'espace entre les chambranles. Sa barbe blanche en éventail et son épaisse moustache givrée lui mangent la moitié inférieure du visage. De sous son casque de poil s'échappent de longs cheveux emmêlés : une touffe de cordelettes sales datant, dirait-on, de Mathusalem. Ses yeux vifs, presque noirs, surmontés de sourcils broussailleux, s'agitent dans leurs orbites. Sa barbe et sa moustache sont couvertes de glaçons et, quand il ouvre la bouche au milieu de ce jardin de glace, on aperçoit une cavité sombre d'où sort une langue molle, comme un gésier de poulet, qui s'active autour des lèvres bleuies pour les humecter. Puis, la langue se rétracte rapidement, tel un ver de terre dans son trou, et tout disparaît derrière le givre de la barbe épaisse. Il doit mesurer plus de six pieds, une sorte d'abominable homme des neiges.

En fait, la cape qu'il porte est une vieille courtepointe au bas de laquelle saillent des bottes de sauvage retenues par des courroies et des lacets de cuir. L'une d'elles grimace. Autour de ses pieds se glisse un nuage d'air froid qui s'engouffre ensuite dans le couvent en roulant sur le plancher.

D'un signe du menton, il montre l'intérieur en guise de demande. Il veut entrer. Il grogne indistinctement une remarque, on ne sait pas trop quoi.

Sœur Portière tremble, non pas de froid, mais de peur. Chez elle, lorsqu'elle était petite, les quêteux représentaient le malheur et il fallait conjurer le mauvais sort qu'ils portaient. Un jour, un quêteux s'était présenté à la ferme familiale. Sa mère en avait eu si peur qu'elle avait refusé de l'héberger, et il s'en était allé en proférant des menaces : le pain ne lèverait plus et resterait plat comme de la galette. Sur les conseils d'une voisine, elle avait placé son alliance dans la pâte à pétrir. Le bijou avait fait des miracles : le pain avait gonflé comme jamais et, à la cuisson, il avait pris une belle couleur dorée. Par contre, la bague était restée introuvable et sa mère avait beaucoup pleuré.

Elle ne pouvait tout de même pas accueillir cet épouvantail, sale et habité de poux, de gale et d'autres parasites. Mère Saint-Viateur, obsédée par la propreté, lui en voudrait si elle faisait poser à l'homme un seul pied à l'intérieur. D'un autre côté, si on lui refuse l'hospitalité, quel sort tombera sur la congrégation ?

S'armant de courage, elle réussit à prendre un ton autoritaire et une voix de stentor :

— Mon brave monsieur, vous n'êtes pas à la bonne porte. Frappez plutôt à la Saint-Vincent de Paul.

Le bonhomme secoue la tête. L'une de ses mains se cramponne à sa barbe et la triture de telle sorte que les poils crissent. Soudain, sa bouche, invisible sous la toison, articule des sons froids, inaudibles. Il graillonne alors pour tenter de s'éclaircir la voix enrouée par un siècle de silence :

— S'cusez…, parvient-il à dire, avant de s'étouffer comme un vieux fumeur.

Il tousse et se racle de nouveau la gorge, encore plus encombrée de sécrétions. Ça lui roule dans la bouche. Il tourne la tête et, par-dessus le garde-corps, lance dans la neige un crachat olivâtre gros comme le pouce.

— Me suis pas trompé. J'ai que'q' chose qui est à vous autres.

Il fait un pas de côté, dégageant la vue derrière lui. Au pied des escaliers attend un toboggan alourdi d'un long et volumineux paquet enroulé dans une couverture mauve, fanée et un peu effilochée.

Sœur Portière, les yeux ronds et la moue aux lèvres, soupire. La porte, toujours ouverte, laisse entrer la froidure de plus en plus. Elle s'impatiente.

— Venez au moins dans le vestibule et laissez votre bagage dehors.

— Non, faut surtout rentrer ma charge. J'veux pas qu'a gèle.

Les sœurs Sainte-Philomène et Saint-Liboire s'approchent de la portière et parlementent avec elle à voix basse.

«On ne peut pas le laisser dehors», «Porte-malheur…», «Mauvais œil», «Mais non, voyons! Que des superstitions!», «Faites preuve de charité».

Le visiteur met un terme à leurs discussions.

— Pour l'amour du bon Dieu. V'nez m'aider, qu'on la rentre au plus vite. C'est trop lourd pour moé tu-seul.

Il empoigne le bras de la portière et, par la manche, l'entraîne avec lui. Affolée, elle appelle sœur Sainte-Philomène à son secours. Celle-ci s'empresse, bientôt suivie de sœur Saint-Liboire. Sans prendre le temps d'enfiler bottes et manteaux, toutes trois dégringolent les marches enneigées derrière le mendiant. À quatre, ils soulèvent le toboggan pour gravir l'escalier et lui faire traverser les portes du couvent.

Le toboggan a été glissé sur le parquet. Le survenant, tout essoufflé, s'échoue sur un banc, pendant que les trois religieuses observent l'énorme fardeau enneigé que la chaleur, bientôt, rend ruisselant. Une flaque se déploie lentement tout autour.

— Ben oui, c'est à vous, c'te marchandise, répète l'homme des neiges. J'vous la ramène en assez bon état, précise-t-il en se relevant sans plus attendre.

C'est un gros saucisson entouré de bouts de cordage qu'entreprend de dénouer l'itinérant, de ses doigts grelottants et noueux. De temps en temps, il secoue doucement la masse. Il y va avec précaution et en marmottant tout bas, pour lui-même :

— Ce sera pas long. On est arrivé. Y fait ben chaud, icitte.

À l'extrémité du traîneau, il réussit enfin à retirer toutes les cordes et à ouvrir les plis de la couverture. Une tête apparaît, coiffée d'une tuque de laine, et, sous ce bonnet crasseux, un visage blême et cireux. Les sœurs ont tôt fait d'en reconnaître les traits.

— Miséricorde! s'exclame sœur Sainte-Philomène.

Elle court chercher mère Saint-Viateur, pendant que les deux autres religieuses s'empressent auprès du vieillard pour l'aider à développer le corps entier.

Quand sœur Sainte-Philomène découvre l'une des mains, rouge et froide, aux ongles bleus, la consternation rabat les espoirs. Elle l'enserre dans la sienne.

— Bonne Sainte Vierge! souffle-t-elle.

À peine a-t-elle prononcé ces paroles qu'elle sent une légère pression sur ses doigts à elle.

— Elle a bougé! Oui, elle a remué les doigts, s'étonne-t-elle. Un miracle!

— Alléluia! s'écrie sœur Saint-Liboire, souriant de toutes ses dents.

— Vite, qu'on la transporte à l'infirmerie, ordonne mère Saint-Viateur, qui prend en main les opérations. Et vous, monsieur, ôtez votre… manteau et suivez-moi.

La supérieure entraîne l'homme vers le réfectoire où les élèves, fébriles, en sont à nettoyer la vaisselle. Depuis quelques minutes, Flora observe le nouveau venu. Il porte toujours sur ses épaules une énorme courtepointe et, sur sa tête, un bonnet de poil. Dessous apparaissent de longs cheveux laineux. Ses bottes laissent de l'eau partout.

— Hâtez-vous, les filles. Allez à la bibliothèque avec sœur Sainte-Philomène. Qu'on fasse place à notre invité! Il nous a ramené notre Yvonne.

Tohu-bohu aux éviers. Les verres s'entrechoquent, les assiettes et les ustensiles tournent rapidement dans les serviettes à vaisselle, puis chacune range son couvert dans le tiroir qui lui est attribué. On se bouscule vers la sortie, toutes les têtes dirigées vers ce mystérieux individu qui, sous l'invitation de la supérieure, enlève quelques couches de vêtements : d'abord, la courtepointe, puis une veste sous laquelle se superpose une panoplie de chandails. À mesure qu'il les retire, il rapetisse et maigrit de plus en plus.

— Flora, vous resterez avec nous et aiderez sœur Sainte-Jacqueline au service. Dressez tout de suite un couvert. Quant à vous, sœur Sainte-Jacqueline, vous préparerez, pour ce bon Samaritain, une soupe chaude, du pain, du jambon, du pâté et des galettes.

Flora transporte les plats et s'approche du paysan pour les lui présenter. Il dégage une odeur sauvage et mange comme un ours tout droit sorti de l'hibernation.

— Comprenez, j'ai rien avalé depuis deux jours. J'ai donné mes dernières réserves à la petite pour éviter qu'elle périsse, explique-t-il, la bouche pleine, cherchant à se faire excuser.

— Mangez, mangez, monsieur. Nous vous en donnerons tant que vous en voudrez.

Sous les broussailles de poils gris, on devine les vestiges d'un ancien sourire qui ne se rappelait plus avoir existé.

Mère Saint-Viateur s'assoit devant lui et attend que la faim soit calmée avant de poser ses questions. Après le repas, englouti rapidement, il engouffre des pâtisseries. Au cinquième beignet, il ralentit. On lui sert du thé. La supérieure demande à sœur Sainte-Jacqueline d'aller téléphoner au policier Bigras et à la famille. Qu'on les informe et les rassure.

— Dites-moi, mon bon monsieur, où avez-vous récupéré notre élève ?

— En d'sour du pont des chars, en train de crever de frette. J'l'ai transportée dans mon abri de nuitte. Avait peur de moé, mais j'ai été ben fin.

Il les gratifie d'un énorme rot, qui semble le mettre en train pour la suite de l'histoire. Il avait fait un feu pour la réchauffer, lui avait donné de quoi manger et l'avait enveloppée de sa deuxième couverture, la plus chaude.

— Les enfants ont des drôles de raisons, des fois, pour se sauver. Celle-là voulait pas dire pourquoi. A portait juste une jaquette pis des pantoufles et pouvait pus marcher.

Quand il avait retiré l'une des pantoufles, il avait compris pourquoi : elle s'était cassé un orteil. La douleur et l'enflure la faisaient souffrir.

— Chus pas docteur, mé j'voyais ben c'que c'était. J'en ai vu, des *orteuils* cassés.

Puis il reprend, accompagne son récit de petits gestes précis, se tourne vers l'une, vers l'autre, avale une gorgée : c'est comme s'il n'avait pas parlé depuis des mois et que la digue cédait subitement.

— À matin, a fini par me dire qu'a s'était pardue dans les tunnels. Les tunnels, je connais ça comme le fond de ma poche. C't'enfant-là, ça pouvait pas sortir de l'évêché ni du séminaire.

Il sourit, dégageant des dents étonnamment blanches.

— Ça fait que j'ai compris qu'a venait d'icitte, du couvent.

Flora observe les mains velues, les ongles noirs, une peau dure comme le cuir de ceinture. Depuis combien de temps ce mendiant n'a-t-il pas connu l'eau chaude d'un bain?

Flora reste là, debout, attendant de pouvoir desservir et de s'en aller. La petite fouine a bien hâte de retrouver Yvonne et de prendre de ses nouvelles. Elle s'inquiète.

Dès que le dessert est terminé et que le sauveteur de la fillette a déposé sa serviette, elle rapporte la vaisselle sale à l'évier.

— Est-ce que je peux aller à l'infirmerie? demande-t-elle en piétinant.

— Allez plutôt rejoindre vos compagnes de classe. Yvonne est en bonnes mains. Sœur Sainte-Hermeline lui donne tous les soins requis, soyez sans crainte.

Flora se retire, à la fois désolée de ne pas en savoir plus et empressée d'aller raconter aux autres ce qu'elle a appris, ce qu'elle a vu et entendu.

Dans les heures qui suivent, les religieuses accueillent le mendiant et lui réservent un traitement digne d'un premier ministre. Sœur Saint-Liboire, surtout, est aux petits oignons avec l'invité. Sœur Irène lui apporte gant de crin, serviette et savon, puis elle prépare la cuve qu'elle remplit d'eau chaude, fumante. Trop chaude, selon lui. Il n'a pas l'habitude. On le laisse seul dans la salle de bain et on n'entend plus que des clapotis et le bruissement du crin frotté sur la peau, des soupirs, aussi, de soulagement ou de tourment.

Stella Hamel, une postulante, a été mandatée à la Société de Saint-Vincent-de-Paul pour aller quérir de nouveaux vêtements. Elle revient chargée de deux énormes sacs contenant des pantalons, des corps et caleçons, une chemise et des bas de laine, une veste de tweed, un chandail de tricot, un manteau de drap, une tuque et un foulard. Fière d'elle-même, elle tire du dernier sac des brodequins montants presque neufs, chauds et imperméables, et une vieille paire de mitaines dont l'itinérant semble ravi. Ému, il remercie longuement les sœurs.

Elles blanchissent ses vêtements, du moins ceux qui paraissent en meilleur état, jettent tout ce qui s'effiloche et craque aux coutures, elles lui offrent les autres avec lesquels il se vêt. Elles lui préparent une couchette pour la nuit. Le jour durant, pendant ce temps, il se repose au parloir, content de regarder par la fenêtre le spectacle d'un autre dur et magnifique hiver. Au milieu de la journée, sœur Saint-Liboire le trouve endormi au pied du calorifère, roulé en boule et ronflant comme un orgue, les pieds à l'air, un coussin pour tout oreiller.

En fin d'après-midi, on le sent qui s'impatiente : il ne veut pas froisser ses hôtes, mais les jambes lui démangent.

— Ces gens-là ne tiennent jamais en place, observe affectueusement la supérieure. Accueillons-le, mais ne le forçons pas, pour le moment.

À l'heure prévue, il soupe dans un coin, ayant pris soin de réciter son bénédicité auparavant. Le voilà tout beau, tout frais, sentant le bon savon Sunlight. Il a rajeuni, on ne lui donnerait guère plus de quarante-cinq ans. Il s'est complètement rasé, moustache et barbe, un peu à contrecœur, pour faire plaisir aux bonnes sœurs.

On lui promet de lui trouver, dès le lendemain, un petit emploi pas compliqué à la ferme, où il sera bien, juste quelques semaines ou quelques jours, le temps que ses forces lui reviennent. Il dit vaguement oui à tout, l'air à moitié absent, irrigué par toute cette chaleur, celle des fournaises et celle des cœurs.

Vers cinq heures, l'agent Bigras est passé. Il a pris note des commentaires du mendiant, a vérifié l'état de santé d'Yvonne, qui se remet sûrement, puis a demandé à mère Saint-Viateur de signer un document qui, à ses dires, concluait cette affaire.

— Je vous l'avais bien dit, ma mère, que tout s'arrangerait.

Plus tard, après le chapelet, sœur Irène retourne au parloir pour y faire un peu de ménage, passer la vadrouille et, surtout, par curiosité. Tout de même, ces allées et venues ont passablement sali le parquet.

Le mendiant est toujours seul, assis au fond dans son coin, il médite ou prie devant la Sainte Face.

— Monsieur, fait-elle tout doucement pour ne pas qu'il sursaute, ne vous a-t-on pas désigné un endroit pour dormir ? Voulez-vous que je vous y conduise ?

Il secoue la tête, préférant rester encore un peu devant le visage du Christ.

— On dirait qu'y me r'garde toujours, même si je change de place.

Fasciné, il se lève à demi, s'installe deux chaises plus loin et observe les pupilles sur la toile.

— Oui, c'est un mystère que toutes nous avons remarqué, déjà : la preuve que Notre Seigneur nous accompagne partout.

L'homme secoue encore la tête.

— Pas quand on était à la guerre. Non, pas à la guerre… Y nous a abandonnés. Faut dire qu'on lui a pas montré le meilleur de nous autres…

Elle appuie le manche de la vadrouille contre le mur et s'assoit près de lui.

— Je suis certaine que non. D'ailleurs, vous avez toujours ce si grand cœur où Il logeait, à l'abri, tout ce temps.

— Vous parlez avec de ben beaux mots, mais je vous jure qu'en Normandie y est pas débarqué avec nous autres. Cinq mille bateaux, ma sœur, cinq mille. Ça tirait de partout. Des avions dans le ciel, aussi. Nos péniches pouvaient pas accoster et on a dû sauter dans la mer, marcher jusqu'au bord, de l'eau à la taille, des balles qui sifflaient à nos oreilles. Les gars criaient pis tombaient autour de moé. J'marchais, j'marchais sans m'arrêter. C'étaient les ordres. Avec plusieurs autres, on a réussi à se rendre à Bernières-sur-Mer. Toujours en se cachant, on devait se glisser derrière les bâtisses, parce qu'y avait des Allemands partout. Cauchemar! Mais on n'avait rien vu encore. C'était rien, ça, rien à côté de Carpiquet. On a été quatre jours là, deux jours sans manger, pas d'eau, même pas de sardines en canne. Encerclés de partout. Soixante-huit morts pis des centaines de blessés. Mais on a gardé nos positions.

Il raconte ces douloureux événements en fixant intensément les yeux du Christ. La mort, le visage de la mort, celle qu'il fuyait et semait à la fois. Les soldats de sa troupe, des jeunes hommes de dix-huit, dix-neuf et vingt ans, succombaient souvent au bout des pires souffrances. Chaque fois, il avait l'impression de perdre un enfant. C'étaient ses gars. Il était l'un des plus âgés. En 1944, il avait quarante-deux ans. Même si la guerre durait dix, vingt, trente ans, il s'était promis de ne pas mourir, se disant qu'il ne pouvait y avoir rien de pire que Carpiquet. Oui, il pouvait y avoir pire. Ils étaient débarqués dans l'eau, leurs vêtements avaient à peine eu le temps de sécher sur leur dos. Les pieds, les fesses, les reins mouillés jour et nuit. Trente-neuf jours après, les commandants les avaient retirés du front. Ils avaient pu enlever leurs habits et leurs bottes. Il se rappelait bien l'impression d'avoir les pieds pourris. Une journée pour se laver, manger un bon repas, enfiler enfin des vêtements propres et secs. Une petite journée de repos, la seule, et ils étaient repartis sur la ligne de feu.

Sœur Irène l'écoute patiemment : rarement a-t-elle entendu ce ton si troublant, des propos pareils, à côté desquels ses tourments à elle prennent l'allure de tristes banalités sans importance. Son estomac se noue. Elle demande à Dieu la force de ne pas pleurer devant le mendiant.

Instinctivement, tandis que l'homme interrompt son récit, elle tourne légèrement la tête par-dessus son épaule. Surprise, elle laisse sortir un petit : « Hein ! » Dans le cadre de la porte, semblant perdue dans ses pensées, sœur Saint-Léandre se tient bien droite, le regard absent. L'instant d'après, la sourde a disparu. À ce moment, sœur Irène s'apprête à poser une question, mais l'homme poursuit.

Lorsque son régiment avait atteint Rouen, une scène atroce les attendait. Pour se venger des maquisards français, qui donnaient des renseignements aux troupes alliées, les Allemands avaient attaché à des poteaux des hommes et des femmes, treize personnes prises au hasard, et les avaient fusillés, laissant les corps là, affaissés sur les poteaux, sanglants, à la vue de tous.

— J'ai pas eu la chance de Louis-A. Tremblay. Lui, y avait une femme qui s'est occupée de lui, quand y est revenu. A l'a dorloté, emmitouflé de petits soins. Y s'en est remis, lui. Y m'a demandé d'aller chez eux pour un temps. C'était trop dur de les voir si heureux, tout en amour.

Il fixe toujours la toile de la Sainte Face, la désignant d'un signe du menton.

— Ouais ! Y m'a abandonné. Pardonnez-moi, ma sœur, de vous conter tout ça. Mais je lui en veux juste à moitié. C'est nous autres aussi, les responsables.

*Pauvre homme,* pense sœur Irène. *Il n'aura pas été en mesure de se réconcilier avec le monde, avec la religion. Déboussolé, il dérive encore.*

— J'ai qu'un seul bon souvenir de ce temps-là. J'avais un cousin, du côté des Pagé, dans mon régiment, Maurice. M'en souviens de Maurice.

En entendant ce nom, sœur Irène sourcille.

— Un bon gars. Un grand doux. Ça faisait pas de mal à un moustique. Y pleurait tout bas dans les marécages. Y était trop fin. Y s'était fabriqué un banjo avec une boîte de café de fer-blanc pour la caisse, un bout de fil de téléphone pour la corde, pis un morceau de bois trouvé dans les décombres pour le manche. Avec son couteau, il avait taillé dans une pièce d'obus les barres pour marquer les notes. Dans les soirs calmes, quand on était loin de l'ennemi et qu'on attendait les ordres de déploiement, y jouait su' son banjo à une corde, pis y chantait des chansons. C'était le meilleur remède contre notre misère. Je sais pas ce qu'y est devenu. Y a dû rester là-bas, une balle dans le cœur.

— Parlez-vous de Maurice Pagé, risque sœur Irène, soudainement tremblante, le fils de Charles Pagé ?

Il émerge de ses souvenirs, hoche la tête en regardant enfin son interlocutrice.

— Rassurez-vous, Maurice Pagé n'est pas mort, monsieur. Je l'ai vu à Escoumains, sur la Côte-Nord, il y a quatre ans. Il devait faire sa prêtrise, mais pour différentes raisons… la guerre l'a rebuté. Il va bien et travaille comme charpentier-menuisier.

Le bonhomme se redresse, ragaillardi, le visage soudain souriant.

— Eh ben ! Y a un bon Dieu queq' part qui veillait su' lui. Chus ben content. J'aimerais ben ça le r'voir. Ça m'a fait du bien, ma sœur. Permettez que je me repose un brin ?

522

Sans rien ajouter, il se cale dans sa chaise, étend ses longues jambes et disparaît, trois minutes plus tard, dans un sourire qui semble une sorte de renoncement.

Le lendemain matin, la couche du vagabond est aussi froide que l'air du dehors. Il n'a pas dû y dormir bien longtemps.

On se demande où il est, s'il ne s'est pas perdu à son tour, s'il n'aurait pas volé quelque chose. À la chapelle, à la cuisine, partout, on vérifie, on examine, puis on se confesse de l'avoir faussement accusé. Il n'a rien emporté avec lui.

— Regardez, lance sœur Sainte-Philomène à ses compagnes.

Toutes se pressent à la fenêtre du parloir.

Dehors, bien nettes dans une neige fraîchement tombée, on voit ses traces de pas nivelées par le passage du toboggan à sa remorque.

Le bon Samaritain a repris sa route solitaire.

— Je n'ai même pas eu le temps de lui offrir de mes bonnes galettes de sarrasin, se désole tout haut sœur Sainte-Jacqueline. Je les avais faites hier soir. Un peu pour lui, confie-t-elle, timidement.

Cette même nuit, au dortoir des plus jeunes, dès que le ronflement de la surveillante s'élève, bien régulier, Flora, Simone, Thérèse et Denise se faufilent dans le compartiment d'Yvonne. Flora la secoue doucement, Simone lui souffle dans l'oreille : « Vovonne, Vovonne, réveille-toi. » La rescapée dort fermement. Sœur Médecine lui a peut-être administré un sédatif. Elle sent le médicament, et son pied droit pend hors du lit, enveloppé d'un énorme bandage.

Elle émerge lentement, sous les appels répétés et sous les secousses, tout engourdie, poisseuse de sommeil, ne distinguant pas bien, dans le noir, les frimousses qui l'entourent.

— Eh, Vovonne, raconte-nous !

Elle s'étire et bâille.

— Ça peut pas attendre à demain ? Je suis fatiguée, là.

— Non, c'est maintenant ou jamais. Demain, la maîtresse a dit que tes parents viendraient te chercher pour passer la semaine chez vous. Elle a préparé un sac de livres d'études et des devoirs, pour ne pas que tu prennes du retard.

Yvonne s'adosse à la tête du lit de fer. On lui remonte son oreiller.

— Attention, fait-elle. Assoyez-vous pas sur mon pied. Je suis pas trop douillette, mais ça fait mal en… saint s'il vous plaît.

Les autres s'installent avec précaution au bord du lit.

— Qu'est-ce que vous voulez savoir ?

Flora se penche vers elle, pour parler encore plus bas :

— Qu'est-ce qui s'est passé ? Comment le monsieur t'a trouvée ? Comment tu as su, pour les tunnels ?

C'était aux Fêtes, lors du dîner du jour de l'An. Son oncle Roger avait raconté avoir participé à la construction des souterrains. Autour de la table, une discussion avait eu cours. Ça parlait de menaces communistes et d'attaques armées. Certains avaient évoqué la possibilité d'utiliser les tunnels pour mettre la population à l'abri. Cela l'avait rassurée. Et puis, l'oncle Roger avait décrit les labyrinthes qui couraient sous terre. L'un d'eux, disait-il, aboutissait à la maison rouge. Après, au grand désespoir de sa mère, la boisson aidant, ça avait parlé politique, de Duplessis et de son parti. Les oncles n'étaient pas de la même couleur que son père. *Le ciel est bleu, l'enfer est rouge.* Yvonne, n'y comprenant rien, mangeait davantage, comme elle le faisait chaque fois, pour oublier un problème ou pour célébrer une joie. Quand son père avait brandi le poing en direction de l'oncle Roger, elle aurait bien voulu se cacher dans les tunnels. «Voyons, les hommes! Vous allez pas vous battre et briser notre dîner du Premier de l'an?» geignait sa mère. Yvonne s'était levée et, fermement campée sur ses jambes, avait retenu le bras menaçant de son père. Gardant son sang-froid, elle avait récité ce qu'elle avait lu, un peu plus tôt, dans une carte de souhaits: «Bonne et heureuse année! Que la paix règne dans votre cœur et dans votre maison.» Il s'était calmé. Elle était retournée à sa place et avait avalé une autre portion de dinde farcie.

— Mais le tunnel? Comment t'as fait pour le trouver? l'interroge encore Flora.

— Au fond de la maison rouge, il y a un petit escalier de fer qui descend, puis après, en bas, on arrive dans un corridor où on peut se tenir debout. C'est long, avec des embranchements. À un moment donné, les lumières ont flanché. Je voyais plus rien, me suis perdue. Dans le noir, je me suis cogné le pied à un morceau de métal. J'ai avancé comme j'ai pu, à tâtons.

Elle tend les deux bras bien raides devant elle, en agitant les mains, comme si elle cherchait un interrupteur. Les filles la regardent avec admiration. Yvonne semble subitement tout à fait réveillée. Elle se redresse et se recroqueville sur elle-même pour faire de la place à Flora, qui ne veut rien manquer de la suite.

— Au bout du tunnel, une lumière brillait, l'autre bord d'une grille un peu dégueulasse, toute mangée de rouille et de saletés. Je suis sortie par là. Le grand air, oui, j'ai senti le vent froid. Je ne savais plus où j'étais, mais au moins j'étais dehors, avec les lumières de la ville. J'ai continué jusqu'au pont pour me cacher en dessous, parce que là, y avait pas de neige. Mon pied était pas beau, je vous jure. Le vieux est arrivé et m'a emmenée sur son traîneau. Il m'a dit qu'on serait au chaud et qu'il allait regarder ma blessure. Rendue là, j'avais de la misère à me tenir debout, j'ai répondu: «Correct.» Il avait l'air honnête.

Le lendemain, les parents d'Yvonne arriveront en avant-midi pour l'emmener. Elle passera la semaine chez elle, le temps que la fracture se consolide. Pour l'instant, elle veut dormir, elle s'enfonce de nouveau dans sa couchette et replace l'oreiller.

— Bon, maintenant, tout le monde dehors.

Le récit fascine Flora, qui regagne à contrecœur son coin. Sous les couvertures, sans grand effort, elle imagine des aventures dans les dédales creusés sous la ville. Des fourmis dans leurs galeries infinies l'entraînent bientôt vers le sommeil.

# 8

Jeanne se colle le front à la fenêtre humide du parloir. La pluie, la giboulée, le vent et le froid assombrissent davantage son humeur. Décidément, l'univers entier conspire contre elle. Quelle triste fête a été Pâques, cette année! Rien à voir avec les Pâques fleuries de l'expression consacrée. Elle se désole en pensant à Blanche et Pitre, à qui elle a fait vivre trois jours de silence entrecoupés de crises. Blanche a fait des ménages le Vendredi et le Samedi saints, et est revenue toute fière, car elle avait gagné suffisamment d'argent pour étrenner une nouvelle robe et un chapeau neuf coloré, agrémenté de petites fleurs de soie pour la messe pascale. Elle avait fait des heures supplémentaires pour acheter également une robe à Jeanne, une surprise. Cependant, cette robe ne lui allait pas.

— Comme tu as engraissé! Tu as pris en poitrine et à la taille. Les bonnes sœurs vous nourrissent trop bien. Fais attention aux gras et au sucre.

Jeanne s'était fâchée et, au lieu de parler, s'était murée dans sa chambre. Cette bêtise de croire au bonheur quand on achète et porte une toilette à la dernière mode. En vérité, elle avait envié ce bonheur en son for intérieur. Que la vie serait simple si elle pouvait se réjouir, avec Blanche devant le miroir, à se préparer pour la grand-messe, ajustant la coiffure, le chapeau, l'écharpe en riant, désinvoltes. Mais non. Elle n'a rien dit, par peur de faire de la peine, ou plutôt par couardise. Elle n'a pas trouvé les mots ni le moment. Le silence a fini par peser plus lourd que l'enfant. Comment aurait réagi Blanche en apprenant la terrible nouvelle? Comment la lui annoncer, à présent? Sûrement pas par une lettre; la supérieure ou sa secrétaire la lirait avant l'expédition et toute la communauté serait vite au courant.

Profitant d'une courte absence de Blanche, partie au marché, elle était allée fouiller dans le coffre, au pied du lit, et avait déniché le vieux corset que, jeune fille, Blanche devait porter par coquetterie.

— Mademoiselle Jeanne, attention à votre tenue! Quelle est donc cette posture nonchalante? l'interpelle sœur Fil, qui surveille la salle. Allez, dos droit et mains en visière. Si vous n'attendez personne aujourd'hui, contentez-vous d'écrire, de lire ou de prier.

Jeanne se redresse et ouvre un livre de lecture, mais une seule pensée l'habite: le corset permettra-t-il de dissimuler son état jusqu'à la fin de l'année scolaire? Encore trois mois ici, à vivre ce calvaire. Et après, chez elle, jusqu'à la fin de l'été. Blanche lui en voudra tellement. À force de contraindre la croissance de cette vie en elle, quelle forme aura cet enfant? L'autre nuit, elle a rêvé qu'il n'avait ni bras ni jambes, mais des mains et des pieds collés au corps, et à peine une tête. Peut-être est-ce ainsi que l'on forme les monstres de foire? D'autres fois, elle imagine mettre au monde un bébé minuscule, atrophié, et qui n'a pas de force, pas même celle de pleurer.

Plus tard, qu'adviendra-t-il d'elle lorsqu'au village on apprendra la chose? Elle sera montrée du doigt, traitée de mauvaise fille, d'impie, et restera en état de péché mortel, à jamais stigmatisée par l'empreinte du diable. Aucun homme ne la désirera plus. Personne ne voudra l'embaucher. Blanche et Pitre la renieront peut-être. Perdue, elle sera perdue. À la rigueur, elle trouvera un travail de femme de ménage. Toujours prête à tout recommencer: passer l'aile d'oie sur les étagères et les bibelots, cirer les parquets, nettoyer l'argenterie, faire la vaisselle, secouer les tapis... Et ainsi de suite, la routine se répétant la semaine suivante. Ça pousse sans relâche, la poussière, la saleté, la crasse... Elle-même est une ordure.

— Jeanne, mademoiselle Jeanne ! Relevez-vous un peu, voyons. Dormez-vous ?

Elle remonte les épaules, douloureuses, et remue la tête. Trois semaines plus tard, le mardi 2 mai, sœur Irène veut voir les deux cousines à la salle de musique après la classe.

Jeanne s'y rend à contrecœur, accompagnée de Flora qui l'observe d'un peu trop près.

— Arrête de me regarder comme ça !

— Bah ! Un chien regarde bien un évêque, lance Flora, offensée.

Elles entrent dans la salle, les yeux acérés et la bouche arquée.

— Eh bien ! fait sœur Irène. Voilà un joyeux duo qui sèmera l'allégresse dans la maison. Pourquoi ces faces de mi-carême ?

Comme elles ne répondent pas, sœur Irène juge inutile de perdre du temps avec ces humeurs de jeunes filles. Elle leur propose sans plus attendre le programme concocté pour célébrer le mois de Marie : des chants dédiés à la Vierge. Elle désire reprendre l'expérience d'un duo pour mêler les voix des deux cousines.

— Notre mère supérieure en sera très émue. Son cœur fondra lorsqu'elle vous entendra.

Flora observe toujours Jeanne, dont la moue traduit un total désintérêt. Elle a croisé les bras sur son abdomen et agite le pied gauche, un tic développé depuis les derniers mois, tout comme celui de se mordiller l'intérieur de la bouche, une mauvaise habitude qui lui donne un visage sans cesse grimaçant.

Sœur Irène ouvre une partition : *Marie, elle est notre patronne.*

— Écoutez bien l'air.

Elle joue les premières mesures, à la note, lentement, puis reprend en chantant le refrain :

*Marie, elle est notre patronne*
*Des chrétiens, le puissant secours*
*Marie, elle est pour nous si bonne*
*Jurons, jurons de l'aimer toujours.*

Ensuite, tout en s'accompagnant au piano, elle entonne le premier couplet avec plus de ferveur :

*C'est elle qui, dès notre aurore*
*Nous adopta pour ses enfants*
*Et sa main nous protège encore*
*Tendre Mère, à tous nos instants.*

Jeanne renifle. Flora tourne la tête vers elle et aperçoit l'eau dans ses yeux, le menton tremblant. Sont-ce les paroles qui l'ont émue aux larmes ? Parce qu'elle est une enfant adoptée ? L'émotion gagne le cœur de Flora. Toutes deux baissent le regard tandis que sœur Irène, absorbée par son chant, n'a pas quitté son cahier des yeux et continue de jouer en mordant dans chaque consonne. Au dernier couplet, d'un hochement de tête, elle leur fait signe d'entrer. Flora se ressaisit et se lance :

*Elle est fidèle à sa tendresse*
*Sa main me bénit chaque jour*
*Et je veux tenir ma promesse*
*Lui gardant toujours mon amour.*

Cependant, Jeanne garde la bouche fermée et, d'une main discrète, s'essuie les yeux en renâclant.

— Jeanne, qu'y a-t-il ? Pourquoi ce silence ? Nous avons là un beau défi, mais pas beaucoup de temps. J'ai copié la partition avec l'harmonisation des deux voix. Voici une feuille pour chacune de vous. Ne la perdez surtout pas. Allez, chante, Jeanne. Donne-moi les notes de la première portée.

— J'en suis incapable.

— Je sais très bien que cette pièce est à ta mesure, dans ton registre. Alors…

— Pardon, ma sœur. Je n'ai plus de souffle. J'ai tellement mal à la gorge… Je crois bien que c'est un début de grippe, invente-t-elle en forçant une petite toux.

Que lui arrive-t-il donc ? Flora a bien tenté de savoir, à son retour du congé pascal, mais l'humeur de la cousine et les réponses sèches, voire bêtes, l'ont dissuadée de jouer les consolatrices. Sur son front se creuse toujours un triangle de soucis.

Sœur Irène la dispense des leçons pour les prochains jours et lui remet un sachet de pastilles. Sans tarder, elle fait part de ce désagrément à la mère supérieure. Celle-ci se montre fort déçue, mais refuse que le duo soit abandonné. Ce chant, c'est elle qui l'a choisi et elle tient à ce qu'il soit interprété par deux élèves.

— Il suffit de remplacer Jeanne par une autre pupille de votre chorale, propose-t-elle. Cela me paraît fort simple. D'ailleurs, vous mettez trop souvent en vedette les cousines Blackburn, un choix injuste pour les autres et, de surcroît, qui peut gonfler l'orgueil déjà imposant de ces deux demoiselles. Donnez donc les solos et les duos à d'autres, pour la fête de la Visitation de Marie. Tenez, prenez la petite Indienne. Comment s'appelle-t-elle, encore ?

— Simone Robillard.

— Voilà ! M$^{lle}$ Robillard. Les gens seront émus d'entendre la voix d'une petite sauvage et seront rassurés de voir que notre éducation et notre culture transfusent dans le sang indigène. Quelle belle façon d'exhiber aussi la force de l'évangélisation menée depuis plus de trois siècles par nos prédécesseurs! N'est-ce pas?

— Mais, ma mère, lors des auditions, Simone Robillard n'a pas été sélectionnée pour faire partie de la chorale.

— Eh bien, qu'attendez-vous pour l'intégrer? Seriez-vous raciste? Par cette occasion, affirmons à la société notre charité chrétienne, notre amour du prochain, peu importe ses origines. Vous la ferez chanter avec Thérèse, la fille du docteur. Il sera content, lui aussi, de voir son enfant se produire en public.

Et comme si cela n'était pas déjà sous-entendu, la supérieure ajoute:

— C'est un de nos importants donateurs.

Il ne s'agit en aucun cas de racisme ni de ségrégation fondée sur l'origine ou la couleur de la peau, et les considérations financières qui semblent capitales aux yeux de sa supérieure lui échappent. Sœur Irène voudrait s'expliquer, mais il lui est impossible de répliquer, car mère Saint-Viateur, d'un balayage de la main, lui donne son congé.

— Allez, assez perdu de temps. Détail réglé! Vaquez à vos occupations, maintenant. Les miennes ne manquent pas.

Obéir et se soumettre: l'obsédant leitmotiv qui orchestre les jours. Mis à part Flora, personne ne s'en est rendu compte auparavant parce que Simone chante rarement et, lorsque cela se produit, elle se trouve seule ou loin des autres. En fait, plutôt que de chanter, elle halète en émettant des sons gutturaux. Elle se place devant un mur ou porte, tout simplement, la main devant sa bouche, pour sentir la résonance. Sa grand-mère, une Indienne du Nord, lui aurait appris à chanter de la sorte: une longue et vibrante respiration qui ne ressemble en rien à une mélodie. Flora sait bien pourquoi Simone refuse d'intégrer la chorale, elle connaît la raison secrète qui la tient à distance de ce joyeux passe-temps. Même après les chaleureuses exhortations de sœur Irène, Simone se cantonne dans son refus et Flora ne tente pas de la faire changer d'avis. Elle sait trop bien que l'attribution d'un solo à son amie lui vaudra railleries et déshonneur.

Malgré les circonstances, sœur Irène ne donne pas le choix à Simone : « Pas de discussion. C'est sans appel ! »

Au reste, la décision interloque Flora. Elle n'en revient tout simplement pas et, sans se l'avouer, s'en trouve humiliée. Que cherche sœur Irène en confiant les solos et duos à d'autres choristes, maintenant ? Une petite vengeance ? Une façon de la reléguer aux oubliettes ? Bien sûr, elle éprouve une grande empathie pour Simone. Bien sûr, elle voudrait se réjouir avec son amie de la reconnaissance qu'on lui accorde en lui proposant ce solo. Bien sûr, elle a manifesté des humeurs poison depuis l'automne dernier aux cours de musique et aux répétitions. Bien sûr, elle en veut toujours à cette religieuse incapable de tenir un serment. Tout de même, le choix de sœur Irène lui reste en travers de la gorge. Habituellement, les solos lui reviennent, au moins un par cérémonie.

Que lui arrive-t-il là, à tourner et à se retourner pendant la nuit, à tant se questionner ? Ça ne se passera pas ainsi. Tant pis pour le péché d'orgueil ! À la répétition suivante, sœur Irène place Simone au premier rang. D'un pas hésitant, celle-ci s'avance. Toujours discrète et effacée, elle n'aime pas paraître à l'avant-plan. Bien timidement, conformément aux instructions de la religieuse, elle entame le refrain, un demi-ton à côté de la note. La chef de pupitre lui demande de chanter plus fort, plus juste : c'est pire. Les fillettes plissent le visage, pincent les lèvres, certaines, avec des rires discrets, vont même jusqu'à se boucher les oreilles.

Simone chante faux.

Cependant, il y a cette fête de la Visitation de Marie à préparer et la ferme volonté de la supérieure que la petite sauvage se produise devant les fidèles qui assisteront à la cérémonie. Et ceux-ci seront nombreux, puisque après aura lieu la procession : les marchands de la rue Principale, les marguilliers, la garde paroissiale, avec tambours et clairons, monsieur le curé, bien sûr, et le maire, sans compter les familles entières. Au cours de l'événement, chacun tiendra son rôle. Celui des couventines de la chorale est de chanter.

*Marie, elle est notre patronne*
*Des chrétiens, le puissant secours*
*Marie, elle est pour nous si bonne*
*Jurons, jurons de l'aimer toujours.*

Elles ont répété ce chant pendant deux semaines. Les oreilles écorchées par les fausses notes, les sourcils froncés et la main nerveuse sur le clavier, sœur Irène tient la tête lentement tournée sur le côté, menton sur l'épaule, pour mieux accuser le coup. Parfois, la discordance dépasse un seuil limite, c'est à faire dresser les poils sur les bras. Après le solo, le chœur reprend ; la moitié des voix ont baissé d'un demi-ton. La sœur tente de garder son calme, mais ne peut s'empêcher de hausser la voix :

— Ça ne va pas, mais pas du tout ! On croirait que vous vous en allez au bûcher. Allez, on reprend, plus vif, plus fort, sur le *do*, bien pur. Tenez-vous droite. Pensez à un fil qui vous tire la tête vers le ciel. Respirez par le ventre.

Le chœur se trompe de plus belle. Le son grave de Simone fait détonner le reste du groupe.

— Silence ! Ici, *ré* bémol. Écoutez bien et reprenez.

Elle donne au piano la note qu'imite ensuite parfaitement sa voix.

— Un *ré* bémol! Je veux un beau *ré* bémol, bien rond, bien sonore.

Elle crie presque devant Simone qui baisse la tête. La petite doit se sentir tellement mal, sachant qu'elle risque de gâcher la mystique cérémonie.

Lorsque sœur Irène la fait chanter en duo avec Thérèse, c'est «hor-ri-ble», il n'y a pas d'autre qualificatif, à moins d'en inventer un pour la circonstance. Puis, inévitablement, les élèves, derrière, pouffent; à des rires retenus succèdent des soupirs las, des chuchotements méchants. Simone lance sa partition en bas de la tribune, éclate en sanglots et veut s'en aller. Sœur Irène la retient et tente de la consoler, puis elle s'adresse aux autres, fâchée:

— Je vous interdis de vous moquer. Ne savez-vous pas que la plus belle vertu est d'éviter l'humiliation de son prochain? Et vous le faites devant tout le monde en plus! Je n'arrive pas à y croire. Où est passée votre bienveillance? Comment peut-on imaginer que nous préparons ainsi la fête de Marie et de son grand amour?

Elle retient sa colère et, s'armant de patience, se lève et empoigne son porte-document, lequel contient une lettre[1] de sœur Margaret Porter, œuvrant chez les Petites Franciscaines de Marie à l'hôpital de Baie-Saint-Paul, un établissement tenant davantage lieu d'orphelinat pour les grands enfants handicapés. La supérieure a mis cette lettre en circulation, avec d'autres documents d'actualité,

---

1. Document authentique.

pour que chacune des religieuses en prenne connaissance. Elle leur en fait lecture, afin que les élèves prennent mieux conscience des effets des rumeurs terribles.

*Ce sont de petits êtres malvenus, corps de misère ne donnant aucune chance à l'esprit ou corps magnifiques mal animés par un esprit trop faible. Sans attendre les mots savants qui les classifieront, des cœurs intelligents sont prêts à les aimer et à les reconnaître à mille signes qui ne trompent pas : traînant une inguérissable carence affective, pleurant et riant sans raison et sans fin, embarrassés de mains et de pieds ne sachant ni prendre ni marcher, refusant de s'alimenter ou mangeant tout sans distinction, posant le mystère des yeux éteints et des oreilles inutiles, fermant la bouche à la magie des sons et des mots, présentant la confusion du oui ou du non comme du tien et du mien, scandant l'écho pénible d'une tête qui se frappe sur le mur, offrant l'intolérable image d'ongles avides labourant leur chair tendre, ignorant la réalité en faveur de quelque inaccessible paradis perdu, et quoi encore ?*

*Cet amalgame de petits êtres accrochés aux bouées ancrées çà et là par les sœurs a fait naître bon nombre de rumeurs en dehors des murs de l'hôpital, des cancans qui ont tôt fait de devenir de mystérieuses légendes d'épouvante dans la bouche des âmes contrariées par les différences. S'il est vrai que la vue de certains cas laissait pantois le visiteur, il suffit d'emprunter les lunettes des Petites Franciscaines de Marie pour y voir plus clair.*

*Un homme à la tête de cheval ? Non, les sœurs prenaient soin d'un jeune garçon, frappé d'hémiplégie, au crâne difforme, au visage vineux, affligé d'une langue disproportionnée changeant les sons en résonances étranges. Et l'enfant-singe ? Vous parlez sûrement de cette pauvre fillette microcéphale, qui rendait son entourage particulièrement heureux. Jamais vu un garçon-crapaud, vous diront les sœurs. En revanche, elles se souviennent bien de ce petit dont les articulations des bras et des jambes étaient soudées dans leur repliement. Même chose pour la fille-canard, celle dont les doigts souffraient d'un lien épiderme palmé. La dysmorphie faciale de l'un ne leur a jamais paru un enfant-oiseau, pas plus que l'énorme et douloureuse tumeur cérébrale de l'autre en a fait un bébé à deux têtes.*

*Il ne s'agit pas ici de faire des reproches à ceux qui ont choisi d'abandonner ces enfants particulièrement éprouvés, mais de saluer les efforts des sœurs pour enjoliver ce qui devient trop souvent une courte vie. Alimenter un bébé sans palais dur, vêtir une fillette sans membres inférieurs, veiller une hydrocéphale dont la tête pèse trente-trois livres ou consoler les pleurs et les cris sans fin d'un enfant condamné, c'est la tâche d'usage, simple et quotidienne, que les sœurs assument année après année!*

— Que ce témoignage vous reste en mémoire! suggère sœur Irène. On ne se moque pas des différences d'autrui, des tares, imaginaires ou pas. On ne sème pas de rumeurs, quelles qu'elles soient.

Le sérieux et le repentir couvrent les visages.

Que faire à présent de la discordance vocale de Simone? Placer l'enfant derrière les autres afin qu'on ne l'entende pas? Mais alors, comment réagira mère supérieure lorsqu'elle ne verra pas la «petite sauvage», bien visible au premier plan?

— Bon, reprend sœur Irène sur un ton plus détendu. Simone chante dans un registre très différent du nôtre, et il semble que nous ne pouvons pas faire concorder sa voix avec celles des autres. Nous allons trouver une solution. La nuit porte conseil. On se retrouve demain après-midi, à la même heure. D'ici là, pas de sucreries ni de pâtisseries. Le sucre colle aux cordes vocales.

La répétition terminée, les choristes sortent en silence. À peine entend-on le soupir de découragement de sœur Irène, restée au fond du local. Le lendemain, à la récréation de l'avant-midi, le temps magnifique permet enfin aux couventines de s'amuser dehors.

À l'extrémité de la cour, Simone traîne un air saturnien.

— Tu ne viens pas jouer à la marelle avec nous? lui demande Flora.

Elle secoue la tête, au bord des larmes. Elle aurait tant voulu, au moindre lever du doigt, donner un son pur et juste, mais elle n'y arrive pas.

— Je voudrais me fermer la boîte, faire semblant de chanter, mais sœur Irène refuse. Elle pense qu'à force de répéter, je vais réussir à chanter juste, mais ça marche pas.

Pauvre elle. Au fond de l'âme, il n'y a pas plus probe que Simone, alors que la plupart des autres sonnent faux.

— J'ai une bonne idée, lâche Flora. Ça va être drôle.

Le 31 mai, à la cérémonie, Simone et Thérèse prennent place à l'avant du chœur, grimpées sur des tabourets. Simone le chantera, ce duo. En bas, la supérieure sourit en la voyant là, bien en vue, pour qui se donnera la peine de tourner la tête à la fin de la cérémonie. La chorale entonne le refrain, en harmonie parfaite, respectant le départ, le tempo. Avec expression, Simone prononce chaque mot, sa bouche s'ouvre et se referme – elle connaît les paroles par cœur depuis longtemps –, sans trembler, tenant le ton avec justesse, une suite éthérée de notes claires et flûtées, mais qui, étrangement, ne provient pas de sa gorge. Derrière la tribune, juste devant elle, est cachée Flora qui, levant la tête vers le plafond, prête sa voix à la «petite sauvage». Sœur Irène hausse les sourcils, les fillettes sourient, la foule des fidèles tourne les yeux vers les duettistes. Simone redresse les épaules et ajoute émotion et expression à son visage. Thérèse, étonnée, se laisse distraire une seconde par ce subterfuge, omet deux mots, mais rattrape vite paroles et mesures.

L'organiste joue un peu trop lentement, mais, suivant le rythme, s'élevant et se rabaissant, les mains de sœur Irène contrôlent l'ensemble. Flora l'aperçoit du coin de l'œil et ne perd pas un mouvement afin de s'accorder aux lèvres animées de Simone. Un, deux, trois, quatre. Thérèse retient son envie de rire et chante avec un grand sourire, alors que Simone garde son sérieux. À la reprise du refrain, toutes les bouches du chœur, synchronisées, s'arrondissent et s'ovalisent. Les mains gracieuses de sœur Irène dessinent dans le vide des figures triangulaires, horizontales ou diagonales. Un, deux, trois, quatre. Soudain, un geste brusque vers le ciel et hop! toutes les voix s'élèvent et montent en *crescendo*. Au dernier couplet, les mains directrices imitent les ailes d'un papillon, et les voix s'adoucissent. Ces mains vivantes et agiles ont le pouvoir d'arrondir, de presser et de faire gonfler la pâte fraîche des voix. À la fin, lorsque sœur Irène referme le poing prestement, le chœur se tait. Les derniers accords, mêlés à l'émotion de l'assemblée, font tressaillir la nef, et c'est en fredonnant encore la mélodie que les gens sortent sur le parvis pour prendre part à la procession.

Simone prend la main de Flora et la serre fort, en retenant son rire.

— Merci. Tu m'as encore sauvée. M'en souviendrai.

Était-ce un mensonge que de procéder ainsi? Certes, ce n'était pas la voix de Simone qui montait vers la Vierge, et l'assemblée a été bernée, mais la charité chrétienne, comme l'expliquait sœur Irène, ne dictait-elle pas un tel subterfuge pour ménager la chèvre et le chou, épargner l'oreille et le bon goût? Voilà une autre preuve que le mensonge paie, comme disait Julien. Et puis, ce petit manège de prête-voix lui donne l'idée d'un numéro de ventriloque pour le cirque qu'elle souhaite fonder avec lui.

Sous le soleil de cette dernière journée de mai, cœur léger et cheveux au vent, elles prennent part à la procession sur la rue Principale, tout enguirlandée de banderoles et de fleurs. Elles s'émerveillent devant la marche des beaux messieurs de la garde paroissiale, portant uniforme bleu royal, tubas, trompettes, cymbales, clairons et xylophones étincelants, marchant au pas derrière le séduisant tambour-major empanaché d'un énorme casque de loup blanc. Au mouvement de sa canne surmontée d'une boule argent, il commande la fanfare. Pantalons blancs garnis d'une rayure dorée, serrés sur la jambe, gauche, droite, gauche, droite, au son des cuivres et des tintements du xylophone, les glands, la frange des épaulettes, les galons se balancent joyeusement. Un, deux, trois, quatre ! Les doigts jouent sur les pistons ; les baguettes et le soleil sur les cuivres. Tout étincelle, brille et resplendit. Que c'est bon de voir des couleurs, de sortir du noir et blanc du couvent ! D'entendre des musiques gaies : *À la claire fontaine, Ah ! si mon moine voulait danser !, La bastringue.* Ça donne l'envie de danser, mais on se retient, car la danse est bien mal vue par les religieuses qui accompagnent les couventines.

Le tambour-major marche maintenant à reculons et, de sa longue canne à pompons, donne le signal du prochain morceau. Dès les premiers accords, Flora reconnaît l'air qui vibre jusqu'au bout de ses orteils. *L'entrée des gladiateurs* ! La musique du cirque, de la grande parade, du tourbillon d'acrobates et des animaux sur la piste.

La sonorité n'est pas toujours juste, la fanfare n'attaque pas au tempo, les clarinettes émettent souvent des canards, le xylophone, quelques notes discordantes, les trompettes manquent de souffle et échappent certaines mesures, les baguettes ne roulent pas assez vite sur les percussions, mais les musiciens tentent de garder débit et tonalité. Tout de même, comme ils sont impressionnants, ces hommes chargés d'un tuba, d'un cor, d'un trombone, de timbales ou d'une grosse caisse, respectant la régularité de la cadence tout en cherchant une exécution propre, une sonorité d'ensemble, des pas synchronisés même en tournant au carrefour. Flora se laisse emporter par le fondu, l'effet général et un lointain souvenir qu'évoquent l'élégance du tambour-major, sa prestance et son grand charme. Quel séduisant monsieur ! Comme l'était son père lorsqu'il menait la fanfare, il y a plusieurs années et que, toute petite, juchée sur les épaules de son frère, debout dans la foule massée au bord de la rue, elle la regardait passer.

Dans le tintamarre, Simone ferme les yeux quelques instants, les rouvre brusquement.

— Qu'est-ce qui se passe, Simone ? À toi aussi, la fanfare apporte de merveilleuses visions ?

Simone secoue la tête, puis se penche à l'oreille de Flora :

— Derrière mes paupières, je vois rien qu'un défilé de problèmes.

En une si belle journée, où donc Simone peut-elle entrevoir le moindre embarras ? Au matin, elle se réjouissait d'assister à cette parade et, pas plus tard que tout à l'heure, en se rendant sur le lieu de la procession, parée d'une humeur enjouée, elle s'amusait avec elle à sautiller sur le trottoir en évitant les fissures du ciment.

Flora regarde à la ronde, à la recherche d'un éventuel trouble-fête ou de tracas. Rien. Au contraire, elle n'aperçoit que des visages souriants, de petits drapeaux qui s'agitent, des mains qui saluent ou applaudissent, les couleurs, le miroitement du soleil sur les cuivres frottés au Brasso. Elle se retourne vers Simone.

— Ils sont où, tes problèmes ?

Simone se penche vers elle et lui chuchote encore à l'oreille :

— C'est pas les miens, mais ceux de Jeanne. Il faut la sauver.

Lorsqu'elles reviennent au couvent, en fin d'après-midi, aucune trace de Jeanne, ni au parloir ni au réfectoire.

\* \* \*

Flora ne la retrouve que le lendemain, premier jour de juin, alors qu'elle s'éternise aux cabinets après la toilette du soir. Sans bruit, Flora s'attarde au lavabo, attendant que Jeanne ouvre enfin la petite porte. Se croyant seule, Jeanne sursaute en l'apercevant par l'entrebâillement, et retient son cri. La plus surprise, cependant, demeure Flora, qui découvre la mine déconfite de sa cousine. Dans quel état s'est-elle mise ?

Adossée au cadre de la porte, elle se tamponne les joues avec du papier hygiénique. Le visage rouge et boursouflé, les yeux aussi réduits que deux étroites fentes au milieu de ses paupières enflées ; elle a pleuré. Un sourire forcé étire ses lèvres.

— Ça ne va toujours pas, hein ? risque Flora. Pis viens pas me dire que c'est la grippe qui te rend de même.

Elle pose une main aimable sur son épaule. Ce geste, le simple contact de cette main tendre, fait encore fondre l'autre.

— Oh ! Flora ! Si tu savais…

Enfin, elle va tout dire, et Flora connaîtra la raison de cet air timoré que traîne sa cousine depuis les derniers mois. Sa lèvre tremble, elle va parler, tout expliquer. Ça sort comme une vomissure.

— Je n'ai pas eu mes affaires depuis janvier.

— Quelles affaires ?

Jeanne la regarde avec étonnement.

— À ton âge, tu ne sais rien encore ? Pauvre innocente.

Elle s'avance et, à son tour, pose une main affectueuse sur la tête de sa jeune cousine.

— Mes affaires…, ma belle, mes règles, voyons !

Les règles ! Oui, Flora en a déjà entendu parler, du temps où ses sœurs vivaient encore. Dans la lessive, elle avait remarqué les petites culottes de Dominique, la plus vieille, toutes tachées de sang séché. Sa grande sœur lui avait expliqué : ça ne venait pas d'une blessure ou d'une maladie. C'était du sang pour préparer le ventre à recevoir des bébés lorsqu'elle serait mariée. Toutes les jeunes filles passaient par là, une fois par mois. C'était agaçant, au début, ça faisait peur, la première fois, puis on s'y habituait, comme on s'habitue à bien des choses : la vie ne nous donnait pas le choix.

À voir l'état de cousine Jeanne, ne pas avoir « ses affaires » rendait vraiment marabout et sans énergie. Expulser le sang devait sans doute avoir le même effet qu'une bonne purge, libératrice des humeurs maussades.

Jeanne, le visage blême, émacié, la regarde plus doucement. Depuis les dernières semaines, ses yeux se sont creusés, tandis que sa taille s'est épaissie. Elle ne se ressemble plus. Au couvent, il n'y a pas de miroir assez grand pour se voir de pied en cap, mais elle doit bien le constater elle-même : malgré son appétit d'oiseau, son ventre n'arrête pas de grossir. Ce doit être tout ce sang accumulé, mois après mois, qui lui cause cet embonpoint et cette mélancolie.

— Tu ne bouges pas assez, lui reproche gentiment Flora. Je te vois aller depuis la fin de l'hiver. La plupart du temps, tu restes assise pour lire. À l'heure qu'il est, tu dois avoir lu tout ce qu'il y a à la bibliothèque. Tu t'empâtes comme sœur Cuisine. Tu devrais faire plus d'exercice.

— Oh ! la callisthénie ne peut rien pour moi.

Sauver Jeanne, sauver Jeanne… Flora le veut bien, encore faudrait-il comprendre la source du problème. Bon, elle n'a plus « ses affaires », elle enfle et traverse une période de grand chagrin. Comment peut-on redémarrer les organes internes afin qu'ils produisent de nouveau les règles ? Les femmes ventripotentes qu'a vues Flora jusqu'à maintenant étaient soit très grosses, soit plus âgées, soit enceintes. Jeanne n'est sûrement pas enceinte puisqu'elle n'est pas mariée. Alors, c'est une peine d'amour, comme elle l'avait pressenti depuis longtemps.

— Je sais, c'est cousin Yvan. Il ne vient plus nous voir depuis des mois, au parloir. Et puis, tante Blanche m'a dit qu'il s'était marié en mars. C'est ça qui te rend si triste ? Tu l'aimais beaucoup, cousin Yvan, hein ? Et je crois qu'il t'aimait aussi.

Elle secoue la tête.

— Tu ne comprends rien. Tu es trop jeune.

— Ça me fait de la peine de te voir de même. Qu'est-ce que je peux faire pour t'aider ?

— Rien. Tu es trop petite, je te dis.

— Je suis petite, mais des malheurs, j'en ai vu de toutes sortes, des bien plus grands que tes affaires disparues : mes sœurs sont mortes, ma mère, malade, mon frère est parti au diable vert, mon père, un sale menteur et un ivrogne, ma maison a brûlé… Si tu ne me crois pas assez solide pour te comprendre, eh bien, je me demande qui le sera.

Jeanne réfléchit un temps.

— C'est vrai que Dieu en a mis sur ta route, des épreuves. En plus des problèmes de ta famille et des morts, tu as failli mourir deux fois… Je vais te parler de mon malheur, mais promets de ne rien dire à personne.

Flora hoche la tête et écoute l'histoire invraisemblable qui cause à Jeanne tant d'angoisse. Ça bouge en elle. C'est plein de vie. Elle raconte les nausées, les alarmes, sans parler des cauchemars où elle voyait son ventre s'ouvrant sur une petite tête qui sortait, silencieuse. L'enfant, dans ses rêves, elle le plaçait dans une boîte à beurre qu'elle déposait sur les eaux de la grande rivière. Les cris retenus, les pleurs dans l'oreiller, les sangles que, chaque matin, elle enserrait autour de sa taille : tout a été vain. Le ventre corseté si étroitement, ça lui coupait le souffle. Comment chanter, arrangée de la sorte ? Chaque fois qu'elle allait aux toilettes, elle forçait du plus fort qu'elle pouvait pour l'expulser. Chaque fois, elle se retournait pour voir s'il était tombé dans la cuvette. Chaque fois, ce n'était que de la merde.

Elle avait essayé les sauts répétés, sur place, puis en bas du lit, plus haut, en bas de la tribune, quand personne ne la regardait. Elle avait dévalé les marches deux à deux. Ça s'accrochait, mois après mois, encore plus fort. Elle avait fait tout ce qu'elle avait pu. Souvent, elle s'était purgée avec de l'huile de ricin – ses intestins en étaient irrités. Tous les soirs, elle appliquait des emplâtres sur son ventre. Il lui aurait fallu des pilules spéciales, peut-être. Elle ne savait pas comment se les procurer. Résultat : il devait maintenant être gros comme un ballon et il gigotait tout le temps.

— Je n'ai pas pu m'en débarrasser. Pauvre petite chose ! Ça va sortir dans quatre mois, peut-être cinq, je ne sais plus compter.

S'en débarrasser ! Flora imagine le petit bébé, trop petit pour survivre, que Jeanne envelopperait dans de vieux journaux pour le jeter dans la coulée, au bout de la terre, comme les bêtes mortes.

— Mais non, ne fais pas ça. Donne-le-moi, lorsqu'il viendra au monde. Un bébé rose et joufflu. J'en prendrai soin comme d'un petit frère ou d'une petite sœur. Moi, je les ai tous perdus ! Je le bercerai, lui chanterai la belle vie, là, dans la chaleur de mes deux bras.

Elle colle les avant-bras et les balance doucement. Jeanne secoue la tête. On ne peut procéder ainsi et il faut trouver une autre solution, agir en secret pour ne pas nuire à son avenir. Si ça se sait, on la jugera : une traînée, une salope, une fille de rien… Personne ne voudra d'elle, à présent. Souillée à jamais.

Jeanne dégrafe sa tunique et, dessous, défait le lacet qui retient très serré un corset jauni. Après ces manœuvres délicates sous son costume, elle relève un peu le jupon au-dessus de sa taille.

— Regarde.

Un ventre rond et dur bondit, content de pouvoir prendre de l'expansion après des heures de contention. Des marques rouges laissées par la pression des sangles strient la peau. Jeanne inspire tout l'air autour d'elle, comme si elle sortait d'un long séjour sous l'eau.

C'est donc vrai : dans son ventre, quelqu'un vit. Elle porte un enfant.

— Oh ! chanceuse ! Comment t'as fait ? J'en veux un aussi.

Devant des propos si naïfs, Jeanne affecte un air attendri.

— Ça prend un père.

— Ou le Saint-Esprit, ou bien un ange annonciateur…

— Non, un homme.

— C'est qui ?

Elle parle de Jacques, l'homme engagé à la ferme du rang Saint-Joseph. Ils se sont revus pendant les vacances de Noël et se sont échangé de douces caresses dans sa voiture. Elle ne voulait pas aller trop loin parce qu'elle avait compté les jours, mais il avait promis de se retirer à temps, jurant qu'il avait le parfait contrôle de lui-même. Quelle farce ! L'année dernière, alors qu'elle était pompette, la tante Claire avait parlé à Jeanne de la méthode d'Ogino-Knaus, qui permettait de compter les jours après «les affaires» et de savoir quand les femmes étaient fertiles ou non. En calculant ainsi, la tante espérait éviter de nouvelles grossesses. Elle appelait ça la méthode OK: OK, on en a un! Tante Claire a eu quinze enfants.

À Pâques, Jeanne a réussi à voir Jacques clandestinement. Il l'a avisée sèchement qu'il refusait d'endosser la paternité, lui disant qu'il ne pouvait rien pour elle. Il lui a conseillé de s'en remettre à ses parents, de leur annoncer son état, sans prononcer son nom à lui. Il l'avait tenue responsable de l'avoir fait succomber à la tentation, lui avait reproché ses allures aguichantes, sa jupe de couventine et ses longs bas… et quoi encore? Les blâmes de son amoureux avaient éveillé en elle indignation et colère; Jacques s'était braqué et lui avait tourné le dos. Elle s'était radoucie, craignant de voir s'échapper sa seule planche de salut, l'avait enlacé et avait voulu l'embrasser. Il s'était défait violemment de l'étreinte, l'avait regardée avec mépris pour l'abandonner à son amer désespoir, un désespoir qui ne la quittait plus depuis. À présent, elle le déteste. Quel égrillard!

Incapable d'aborder le sujet devant Blanche et Pitre, elle avait tenté d'écrire une lettre pour leur annoncer son état, mais les mots se diluaient dans l'encrier; elle leur ferait tant de peine. En plus, la nouvelle supérieure aurait lu sa lettre, comme elle passe au crible toute correspondance qui transite sur son bureau depuis qu'elle est en poste.

Pourquoi avait-il été si dur, alors que, l'année dernière, il lui avait paru sensible et doux? Elle ne comprenait pas. Il était rentré à pied chez lui et elle l'avait suivi, sous la neige, le priant et le suppliant de ne pas la laisser tomber. Il n'avait rien répondu, ne s'était pas même retourné et l'avait abandonnée sur le trottoir longeant une bâtisse déserte où elle s'était effondrée en ravalant ses sanglots dans le noir.

Dernièrement, elle a appris, en surprenant une conversation entre la supérieure et sœur Économe, qu'on cherche un remplaçant à la ferme, car Jacques a quitté son emploi. Il s'est évanoui dans la nature, par peur qu'elle l'ennuie avec ses histoires et qu'elle lui demande de l'argent pour le bébé.

— Qu'est-ce que tu vas faire ?

— Je ne sais plus trop, mais il faut que je parte d'ici au plus vite. Parce que plus le temps passe, plus je le sens vivre, plus je m'attache à cette pauvre petite âme qui étouffe sous le corset, qui tente d'étirer une jambe, de tendre une main, mais qui doit rester pelotonnée, écrasée. Ma vraie mère a dû traverser la même chose, il y a seize ans, et…

Quelqu'un vient d'entrer, une fillette de deuxième année, toute menue.

— C'est complet, lui lance Jeanne, avec dureté, tu repasseras ou bien retiens-toi.

Flora n'en revient pas : un ton si acerbe qui succède à la tristesse presque panique de sa grande cousine, qui poursuit aussitôt, comme si de rien n'était, en reprenant sa plainte mélancolique :

— … elle m'a abandonnée. Puisque mon bébé doit vivre à présent, avec ses petits bouts d'espoir et ses petits grains d'amour, je préfère le garder juste pour moi. Si je reste ici, c'est certain qu'on me l'enlèvera pour le placer dans une crèche. Il faudrait que je disparaisse sans que personne le sache.

Cette idée a cheminé dans son esprit au cours des derniers jours, même si un orphelin de père peut alourdir les bras d'une fille-mère, si léger soit-il.

Partir ? Pour aller où ? Et avec quel moyen de transport ? À pied ? Ce serait insensé.

Jeanne quitte la pièce, les yeux rougis et la bouche tordue de découragement, en se plaignant que sa vie se règle sur un parcours parsemé d'erreurs et de désespoir : un combat de tous les jours.

Flora reste pantoise devant le miroir au-dessus du lavabo, le cerveau bouleversé. Ne pourrait-elle pas devenir cette illusionniste pour sortir Jeanne et son enfant de cette terrible situation ?

La vie ne devrait pas être un combat, mais une comédie musicale. Sentir. La vie, c'est jouer du piano en chantant à tue-tête. La vie, c'est se sentir utile. La vie, c'est Jeanne et son bébé souriant. La vie, c'est si peu de choses. Sensible et fragile. Un colibri vibrant dans le soleil.

Avant de quitter la salle d'eau, Flora entre dans la dernière cabine pour soulager sa vessie. Elle choisit toujours celle du fond, le long du mur pleine hauteur, car elle y éprouve plus de sécurité, plus d'intimité. En voyant le contenu de la cuvette, elle pousse un petit cri d'étonnement : dans l'eau trouble flotte un rat gris, montrant son flanc, les pattes inertes, mort noyé. Elle recule de trois pas, pivote d'un quart de tour et se précipite vers la sortie.

Pour se rendre au dortoir des plus jeunes, elle tourne d'abord à gauche et s'apprête à courir, mais ralentit peu à peu, cherchant à reprendre son souffle et ses esprits. Son cri a peut-être alerté les surveillantes, et on la grondera sur ses allées et venues tardives. On lui en voudra des désordres qu'elle cause. Après tout, ce n'est qu'un pauvre rat qui a voulu s'introduire dans le couvent en empruntant le tuyau d'évacuation. Demain, elle en fera part à Thérèse, responsable du ménage des toilettes. Ce sera drôle de la voir, lorsqu'elle découvrira le petit cadavre trempé et raide. La seule pensée du hurlement horrible qu'elle poussera la fait sourire, mais ce sourire se fige bientôt lorsque derrière elle, provenant des toilettes, elle entend des bruits d'eau, comme si quelqu'un avait tiré la chasse. Pourtant, à cette heure, il n'y a plus personne sur l'étage. À pas de souris, elle rebrousse chemin et s'approche de l'embrasure de la porte. Le jour traverse encore les impostes, plongeant les corridors dans la demi-obscurité, bouleversant la dimension des choses : les statues, les personnages représentés dans les cadres suspendus, les crucifix, tout semble plus gros.

De la dernière cabine lui parviennent des bruissements, un froissement de tissu. Trop curieuse, elle s'avance sur la pointe des pieds. Quelqu'un, une religieuse, est bien là, agenouillé devant la cuvette. Flora ne voit que le bas de sa robe traînant par terre et des chaussures immenses, dépassant du cadre. Des mouvements agitent les tissus ; la sœur se redresse et pousse la petite porte. Vision d'horreur. Grande et mince, cette religieuse tient dans ses mains le rat mort. Lorsqu'elle relève la tête, son voile mal rabattu laisse voir un visage monstrueux : un nez crochu et décentré, une vilaine cicatrice sur la joue droite et, près de la lèvre inférieure, une tache étrange : de naissance, de vieillesse ou attribuable à une ancienne brûlure ? La peau semble si tendue sur les os proéminents qu'on dirait une face recouverte d'un linceul. Interloquée, Flora fait marche arrière, s'accrochant au lavabo pour céder le passage. La religieuse rabat plus avant son voile et s'enfuit, emportant sa prise. Sous sa tunique galopent ses souliers démesurés : sœur Saint-Léandre, la mystérieuse sœur aux grands pieds.

# 9

Le vendredi 2 juin, les élèves de la classe d'arithmétique travaillent, tête penchée, sur l'examen. Flora bute sur le premier problème écrit :

*Trois anges se présentent devant la Vierge pour lui remettre des offrandes.*

*A) Combien d'ailes battent devant elle ?*

*B) Si, sur chaque aile, on compte 1500 plumes, combien y a-t-il de plumes en tout ?*

*C) Devant la Vierge, les anges déposent les plateaux contenant les présents suivants : 5/8 de livre de perles, 3/4 de livre de rubis et 2/3 de livre d'argent. Combien de livres ces présents représentent-ils en tout ?*

Sans trop de difficulté, elle arrive à calculer le nombre d'ailes et de plumes, mais l'addition des fractions l'a toujours rebutée. Elle se mord les lèvres, espérant ainsi augmenter sa concentration. Le dénominateur commun, la conversion, les entiers, les parties… Du bout de sa plume, elle se gratte le cuir chevelu. Le temps passe et la tension monte. Elle se reprend, révise et vérifie sa démarche, écrit une réponse sur sa feuille : 49/24 livres. Mais il faut présenter les entiers et les fractions et, donc, diviser. Elle s'empresse. Deux livres et un vingt-quatrième. Voilà. Elle a réussi et terminé l'examen la première. Fière d'elle, elle dépose sa plume et regarde à la ronde les élèves peinant encore et encore sur les calculs.

— Plus que cinq minutes, annonce la sœur.

Flora attend en examinant dehors, de temps en temps, et, avec un petit sourire frondeur, les autres qui besognent. Pour éviter les regards trop curieux d'Yvonne, elle retourne sa copie. Surprise : au verso, il y a d'autres numéros ! Une bouffée de chaleur la traverse et une pulsion étrange s'agite dans son ventre, comme un éclair qui la saisit. Elle n'aura jamais le temps de terminer l'examen. Trop énervée, elle ne parvient même pas à lire et à se concentrer sur ces nouvelles questions. Sa plume gribouille sur le papier. *Trois minutes, deux minutes…* La religieuse se lève, pose un pied puis l'autre en bas de l'estrade, s'avance vers les pupitres de droite, le long du tableau noir, pour ramasser les copies. Puis fatalement, elle se dirige vers les pupitres près des fenêtres. Plusieurs calculs encore, quelques secondes… Sa tête et ses mains ne savent plus comment additionner, multiplier… L'agitation prend des proportions insoupçonnées. Ce ne sont plus deux ou trois points qui sont en jeu, mais l'échec total et, donc, pas d'image, pas de fleur pour sa couronne et, sûrement, pas de médaille à offrir à sa bonne maman. Ces numéros supplémentaires deviennent, tout à coup, une question de vie ou de mort. Une énergie étonnante sourd de ses entrailles, ou y entre, elle ne sait plus. Par les pores de sa peau, par l'estomac ou plus bas, plutôt. Une sorte de chaleur vitale irradie tout son corps, la dépouille de sa raison, mais, en même temps, lui ouvre les portes d'un monde irréel, plein de papillons et d'agréables pulsations qui l'envahissent. Une porte menant à un paradis ou à un enfer, obscur, fascinant, vers lequel elle est poussée sans résistance. Est-ce une manifestation de son âme, ouvrant d'autres sens que ceux du corps ? Sans trop savoir ce qui se passe, elle se sent flotter dans une autre dimension, complètement différente de ce qu'elle a connu jusqu'à présent. Dedans, dehors, son corps est un continent qu'agite la mer. On dirait que son âme contient tout l'univers. Frayeur, tournis ou volupté ? Que lui arrive-t-il pendant ces quelques secondes ? Étrangement, elle en éprouve un plaisir trouble.

La sœur ramasse sa copie et, voyant les exercices non complétés, fronce les sourcils.

— Quelle paresseuse ! Vraiment, continuez ainsi et vous vous retrouverez sur le banc des cancres.

Encore abasourdie par la sensation qui s'est emparée d'elle, Flora joint ses mains pour prier et serre les cuisses. Le prodigieux effet s'estompe peu à peu, et ne subsiste qu'un écho où se mêlent la crainte et le désir d'un retour. Jamais les religieuses n'ont expliqué cette manifestation de l'âme qui s'emporte lorsque le corps s'énerve trop. Jamais elle n'a entendu quelqu'un raconter un pareil état. Sans doute est-elle la seule à avoir connu cette espèce de ravissement. Comment faire pour recréer cette sensation de toute-puissance et d'épanouissement de l'être, cette étonnante grâce ?

La cloche sonne l'heure de la récréation, au cours de laquelle elle ne souffle mot de ce phénomène à personne. D'ailleurs, comment l'expliquer ? Qui pourrait en saisir la délicieuse étrangeté ?

De retour en classe, on enchaîne avec le cours de religion. Sœur Fil demande aux élèves d'ouvrir le Nouveau Testament, à la partie *Dévoilement, Apocalypse de saint Jean,* chapitre six.

— Thérèse, lisez les deux premiers versets.

Thérèse se lève, toussote pour se dégager la gorge et s'exécute :

— *Alors, je vis, quand l'agneau ouvrit l'un des sept sceaux, et j'entendis un des quatre animaux dire avec une voix de tonnerre : « Viens ! » Et je vis ; et voici un cheval blanc ; le cavalier avait un arc, il lui fut donné une couronne et il partit en vainqueur et pour vaincre encore.*

Puis Yvonne, puis Carmen, puis Denise enchaînent les versets suivants. Chaque fois que l'agneau brise un sceau, un autre destrier apparaît : un cheval rouge feu portant un cavalier armé d'une grande épée et ayant la mission de ravir la paix de la terre afin que les gens s'entre-égorgent. Sous le troisième sceau, un cheval noir monté par un cavalier tenant une balance et, sous le quatrième, un cheval pâle, livide, portant un cavalier nommé la Mort et que tout l'Enfer suivait.

Lucille lit la fin du huitième verset :

— *Et il leur fut donné pouvoir sur le quart de la terre de tuer par l'épée, par la famine, par la maladie mortelle et par les bêtes sauvages de la terre.*

Flora imagine les quatre personnages sur leurs chevaux de couleurs différentes. Sœur Fil explique : le blanc pour la conquête, le rouge pour la guerre, le noir pour la famine, et le blafard pour les épidémies et les bêtes sauvages. Des images de fin du monde se succèdent, des plaies ouvertes, des femmes et des enfants faméliques, des corps transpercés, des morts empilés, tendant encore les mains dans de vains espoirs de rédemption, les visages figés par d'extrêmes douleurs. Ses sœurs lui apparaissent, torches vives se tordant sous la charpente de la maison qui flambe. Des images à donner les pires cauchemars aux fillettes trop sensibles, à blanchir les éphélides sur les joues de Flora dont le sang se glace. Où sont les anges ? Pourquoi apportent-ils des joyaux à la Vierge et ne viennent-ils pas sauver les pauvres gens ?

Soudain, dehors, surgissent des bruits surprenants, une succession de coups de tonnerre qui font vibrer les fenêtres, en vagues qui se rapprochent de plus en plus.

— Qu'est-ce qui résonne comme ça, ma sœur ? La foudre ? demande Yvonne.

Sûrement pas. Un bleu azur colore le ciel d'un horizon à l'autre, et le soleil de l'après-midi frappe les carreaux. Mais alors, d'où proviennent ces explosions ?

Flora reconnaît ce bruit, celui qu'elle a attendu pendant des mois, plus de deux ans, dimanche après dimanche, en surveillant, à la fenêtre du parloir, le chemin menant au couvent. Vrombissements, ronflements : les sons d'une moto. Serait-ce enfin Julien qui vient la chercher, caracolant sur son engin pour faire son cirque ? Le cœur de Flora fait trois bonds. Elle se voit déjà prendre place derrière son frère, se blottir contre son dos et lui enlacer la taille pour mieux garder l'équilibre. Elle sent, dans son ventre, la vibration du démarrage prompt, le doux vertige lorsque son corps et sa tête pencheront, au premier détour, suivant les mouvements de la moto.

Elle veut quitter sa place pour aller à la fenêtre et faire de grands signes en criant : « Ohé ! je suis là ! Par ici ! »

— Restez assise, commande sœur Fil.

Inquiète, la religieuse descend de sa tribune et jette un coup d'œil dehors.

— Doux Jésus ! murmure-t-elle, avec angoisse. On dirait… les cavaliers de l'Apocalypse !

Ces mots, prononcés pour elle-même, n'ont pas échappé à Flora, tout près. Sœur Fil a sûrement une hallucination. Ces personnages ne peuvent sortir ainsi de la Bible à la seule évocation de leur nom.

La pétarade s'éteint et le retour du silence apaise momentanément la frayeur des fillettes. Toujours à la fenêtre, sœur Fil observe. Tous les yeux sont fixés sur elle et attendent sa réaction. Elle plaque soudain les deux mains sur ses joues et quitte le local en courant.

— Restez sages ! a-t-elle le temps de crier, avant de sortir.

La classe entière se lève et se précipite aux fenêtres. Ils sont là, en effet, quatre gros gaillards casqués de noir poussiéreux. Ils ont dû traverser plaines et montagnes pour se rendre jusqu'ici. Ils portent chacun un veston de cuir pain brûlé, orné, dans le dos, d'un agneau vengeur. Barbus, moustachus, des têtes vissées sur des cous massifs, des épaules cathédrales et des bouches en fer. Leurs gants de cuir noir, plissés, cachent sûrement des mains de gorille. Lorsqu'ils retirent leurs lunettes de protection, leurs yeux s'amincissent en une fente meurtrière. Les cavaliers de l'Apocalypse ont troqué leurs chevaux contre de grosses motocyclettes dont ils ont, à présent, éteint les moteurs. Ils mettent pied à terre et s'approchent de la bâtisse. Ni couronne, ni arc, ni épée, mais des poings fermés et des gueules d'acier. Flora tente de reconnaître le visage, l'allure de son frère, mais n'arrive pas à discerner la moindre ressemblance. Des corps massifs, ventrus, trapus… Aurait-il à ce point changé en quatre ans ?

Quand ils atteignent le porche de la porte principale, les filles les perdent de vue. Que font ici ces motards ?

— Sûrement de méchants bandits, dit l'une.

La valve de suppositions s'ouvre, nourrissant une cascade de peurs viscérales.

— Ils veulent nous massacrer, nous faire des choses pas catholiques, salir notre pudeur.

— Des maniaques !

— Oui, c'est ça ! Maman dit toujours que les maniaques vont en moto. Ils volent et charcutent les enfants. Sur leur machine du diable, ils ratissent la ville pour se venger d'on ne sait quoi.

— Papa m'a raconté qu'ils sont toujours fâchés et s'en prennent aux pauvres commerçants, cassent des jambes à ceux qui leur doivent des sous ou qui n'obéissent pas à leur loi.

— Ils prennent de la drogue. Ils en vendent, aussi.

— Ils attirent les enfants avec des friandises, pour les enlever et les torturer après.

L'émoi serre le cœur de Flora. Non, ce ne peut être son frère. Non, il ne s'adonnerait pas à cette violence, à cette méchanceté.

556

Du bruit, en bas. Voilà qu'ils chahutent et frappent à la porte principale, puis à la porte latérale. Ils font le tour de la bâtisse, secouent les battoirs et tirent la chaînette des cloches. Ils veulent entrer, mais se rivent le nez à tous les accès.

Et s'ils pénétraient par l'entrée de service, celle qu'utilisent le jardinier et les livreurs ? N'entend-on pas résonner le bruit de leurs bottes dans les escaliers ?

Yvonne, forte comme un granit, empoigne le pupitre de la maîtresse, mais le meuble, bien trop lourd, résiste malgré ses bras robustes.

— Madeleine, Astride, Alphonsine, venez m'aider, vous autres, au lieu de rester là, comme des statues.

À quatre, elles réussissent à descendre le gros meuble en bas de la tribune et à le placer contre la porte.

— Comme ça, ils pourront pas ouvrir !

L'attente paralyse et la terreur se propage dans la classe. Même Flora n'a plus envie de voir surgir ces individus et voudrait disparaître dans la grande armoire.

— Est-ce qu'il faut prier ? Se cacher ?

— Peut-être que c'est écrit quoi faire, dans la suite des versets !

Thérèse reprend la Bible et cherche. Verset 9 :

*Quand il ouvrit le cinquième sceau, je vis sous l'autel de l'encens les âmes des égorgés à cause de la parole de Dieu et à cause du témoignage qu'ils lui rendaient. Et ils clamèrent d'une grande voix : « Jusques à quand, ô maître, ô saint et véridique, ne juges-tu pas et ne venges-tu pas notre sang sur les habitants de la terre ? »*

— Qu'est-ce que ça veut dire ?

— Qu'on va toutes mourir !

Pourquoi sœur Fil s'est-elle défilée ? Probablement pour alerter les autres ainsi que la mère supérieure.

— Pourvu qu'ils n'entrent pas ! Pourvu que mère Sainte-Fureur ne leur ouvre pas ! Mon Dieu, faites qu'ils s'en aillent, loin, loin. Faites qu'ils ne reviennent jamais ! prie Flora, les doigts croisés.

Au-delà des murs, des cris, maintenant. De grosses voix retentissent, provenant, dirait-on, de l'autre bout du corridor, peut-être du premier étage. Mais non, les gars sont toujours dehors, en bas, revenus devant l'entrée principale. Ils frappent, ils crient :

— Ouvrez ! On veut *vouère* la face à Blackburn ! Est où ? Rien qu'une...

C'est tout ce qu'on décode dans la cohue.

— T'as pas un frère, dans les motards, toi ? lui demande soudain Carmen, les yeux froncés. C'est lui ! Il vient te chercher avec ses fiers-à-bras.

— Non. Mon frère, c'est pas un motard ! Il a juste une petite motocyclette de rien. Pis, s'il était dans le groupe, c'est sûr que je l'aurais reconnu !

Encore des pas de course dans le passage. Les sœurs converses se dirigent vers le bureau de la supérieure. Des essoufflements, des voix, des cris... la panique.

Puis, un bruit de sirène. Les fillettes retournent aux fenêtres. Deux voitures de police sont là, gyrophares tournoyants. Quatre agents en sortent et vont à la rencontre des motards. Aucune agressivité dans les visages, aucun éclat de voix ; ils semblent échanger avec civilité. Après des pourparlers, les agents escortent les cavaliers de l'Apocalypse vers le bas de la ville.

Ils reprennent la route sur leurs chevaux bruyants, roulant deux par deux, une voiture de police devant, une derrière. En parfaite symétrie, le défilé s'en va dans une cacophonie de vrombissements. Quand, d'un coup de poignet, les motards mettent les gaz, les feuilles mortes, qui s'attardent encore le long du chemin, s'enfuient. De chaque côté de leur engin, les flûtes rutilantes crachent l'enfer.

Les portes du couvent restent verrouillées.

— Ouvrez, mais ouvrez, voyons !

Quelqu'un frappe à la porte de la classe. On reconnaît la voix de sœur Fil. Yvonne et ses aides retirent le gros pupitre. Quand la religieuse entre, elle peine à calmer le chahut.

— Tout va bien. Dieu nous protège. Reprenez vos places. J'ai avisé notre supérieure à temps. Elle a appelé les policiers. Ils sont partis.

— Qu'est-ce qu'ils voulaient ? demande Flora, aussi blême que le cheval livide du quatrième cavalier. Ils disaient : « Rien qu'une… »

— Sûrement une bouteille de vin. En fait, ils ne veulent qu'une chose : faire du trouble. Des bons à rien qui ne cherchent qu'à faire peur. Une bouteille de vin ? Ils auraient pris le ciboire, le calice, les chandeliers avec… Qui sait ? Souvent, ces vauriens profanent les églises pour emporter les objets du culte. Ils répandent les hosties un peu partout, boivent le vin de messe pour s'enivrer et mettent à sac les lieux. Le mal les anime. Méfiez-vous, mes enfants. La fin du monde n'est pas si lointaine. Elle affecte chaque jour le quart de la terre. Soyez aux aguets : le malin rôde toujours.

Sœur Fil reprend la classe, mais Flora ne parvient plus à écouter, à se concentrer sur les textes bibliques. Une question la tarabuste : s'agissait-il vraiment de son frère, venu avec trois copains pour la récupérer ? Quelqu'un a bien crié vouloir voir « la face à Blackburn », n'est-ce pas ? Ce motard, ce gueulard, ce visage dur, avec cette démarche de taureau… Non, il ne peut s'agir de Julien. Où sont les partitions de musique de cirque, où sont les numéros d'acrobaties uniques, des animaux savants, où sont passées la finesse, l'agilité et la tendresse du lanceur de couteaux ? Elle secoue la tête et reprend son brouillard. Assurément, personne ne voudrait d'un tel frère. Non, ce n'était sûrement pas lui.

* * *

Pendant ce temps, vérifiant pour une énième fois si le document qu'elle a reçu la veille tient toujours dans sa poche, sœur Irène parcourt les corridors jusqu'au secrétariat de la maison mère, où elle retrouve l'économe et l'annaliste qui compilent des chiffres, tracent des bilans, effectuent des projections pour la prochaine année, évaluent les dépenses à venir et le nombre d'employés à embaucher. Des odeurs d'encre et d'encaustique l'accueillent. Sœur Sainte-Marivonne remue ses papiers, soupire, cherche une liste, chiffonne une feuille : elle n'est pas d'humeur et marmonne juste assez haut pour être entendue. Les trois hommes engagés à la ferme depuis les derniers mois ne se sont pas montrés à la hauteur : l'un avait le rhume des foins, l'autre était allergique au poil d'animaux et le dernier, allergique au travail.

— Un fainéant, je vous dis. Du jamais-vu, je vous prie de me croire. Celui-là devait être caché dans le caveau à légumes quand la vaillance est passée chez lui ! La paresse l'a gagné dès le berceau. Imaginez, ça voulait faire un somme après dîner ! Et un petit verre de lait chaud, après ça ? Quand je pense que M. Gaudreault l'a surpris, au moins deux fois, endormi sur la paille, dans la grange.

Que de temps perdu pour installer ces employés, les former et les initier à la tâche ! Et tout le travail à moitié fait, bâclé. Sans compter qu'elle devra reprendre les démarches pour dénicher quelqu'un de confiance et en bonne santé, participer à un comité de sélection, cette fois, afin de ne pas répéter les erreurs passées, et trouver le bon homme : travaillant, dégourdi, dévoué, fort, honnête, respectueux, ayant un langage soigné, qui ne sacre pas à chaque point ou à chaque virgule d'une phrase, un type avec le cœur à la bonne place, qui ne se plaint pas de la chaleur ni du froid, qui ne peste pas, qui ne maltraite pas les animaux, qui entretient un véritable esprit d'équipe, qui ne compte pas ses heures et qui voit venir les tâches à accomplir sans qu'on lui en explique les étapes avec points sur les *i* et barres sur les *t*. Dieu entend-Il son cri du cœur ?

— Quelques années d'expérience seraient un atout, aussi. Rien de si compliqué, pourtant. Pourquoi est-ce si difficile à trouver ?

L'économe reprend sa plume et la rédaction d'une annonce à publier dans le journal local, biffe un passage, ajoute ici, retranche là. La tête lui tourne un brin, les mots se télescopent, elle n'y voit plus clair.

— Voulez-vous m'aider à composer le texte, sœur Irène ? J'ai beaucoup trop de mots pour l'espace disponible. En rédaction, je n'ai jamais eu l'art de l'économie.

— Je vais faire bien mieux et vous donner tout de suite le nom de cette perle rare et qui pourrait entrer en fonction dès maintenant. Dieu vous a entendue, ma sœur.

Sœur Irène sort de sa poche un document plié en trois, qu'elle étale sur la table et sur lequel paraissent quelques détails concernant un certain Adam Duverger, dix-neuf ans. Sœur Sainte-Marivonne se penche à quelques pouces de la feuille, puis rajuste ses lunettes. Les coordonnées sont celles du service de police.

— Un repris de justice ? s'étonne-t-elle. C'est une mauvaise blague, ma sœur.

— Oh non ! Au contraire, ce jeune homme a aidé les policiers à démanteler un réseau de trafiquants de drogue. Ce n'est pas un saint, loin de là, mais un garçon aux idées droites et à la morale irréprochable. À présent, il doit être protégé et passer inaperçu pour un temps. Comprenez, sa sécurité, voire sa vie, est menacée par les gens d'une bande qu'il a dénoncés. Il travaillera pour nous à l'essai, si vous préférez. C'est pourquoi on nous demande de l'héberger à la ferme et de lui assurer un emploi stable. Stabilité, ma sœur, c'est le mot d'ordre. Voyez, ici : plus jeune, il demeurait sur une terre. Un fils du sol. Il a sûrement l'expérience requise. Je me porte garante, dans la mesure du possible, et si vous le permettez. Je n'en sais pas plus et on ne doit pas en savoir davantage, de toute façon. Confidentialité oblige. Notre entière discrétion est exigée. Le temps qu'on organise les derniers arrangements, il pourrait débuter à la mi-juin, juste au moment des fenaisons.

Elle ment un peu. Un tout petit duvet d'hypocrisie, teinté de douces intentions. Si peu, mais elle doit respecter l'engagement qu'elle a pris auprès du corps policier, et une vieille promesse. On entendrait murmurer les ombres : sœur Sainte-Marivonne fléchit.

— Que Dieu vous bénisse, ma sœur. Vous me sauvez d'un autre faux pas et de bien des pertes de temps.

Les heures qu'a consacrées cette dernière à dénicher les trois premiers ouvriers ne sont que trois brins de paille dans un fenil, si on les compare à celles qu'a investies sœur Irène pour obtenir ce nom : Adam Duverger, un nom paradisiaque, un nom qui, elle l'espère, lui permettra de regagner l'estime d'une personne affectionnée. Peut-être est-ce vraiment Dieu qui le leur envoie ?

# 10

À la fin de ce vendredi, mère supérieure a demandé à rencontrer Flora et l'a avisée d'une voix ferme :

— Cette fois, mademoiselle, vous devrez vous présenter au rendez-vous. Je ne tolérerai aucun écart. Votre père a respecté toutes les étapes et toutes les consignes exigées. Il a annoncé sa visite en bonne et due forme et viendra dimanche à une heure. Une religieuse surveillera l'entretien, ainsi que nous l'avons demandé. Aucun écart, mademoiselle, vous m'entendez ? J'ai ouï-dire que votre dernière rencontre avec lui s'était terminée en de folles recherches. Vous n'êtes plus une enfant. J'espère que vous saurez, cette fois, contenir vos débordements et vous comporter en jeune fille mûre.

Un peu en avance, ce dimanche 4 juin, Flora entre au parloir, en boudins et robe claire, souliers cirés, ongles récurés et tête mieux préparée à entendre les propos de ce père pénitent. Elle se demande jusqu'à quel point croire à ce repentir soudain. Elle veut l'attendre là, près de la fougère, et observer, dès le départ, ses gestes, ses expressions, jusqu'aux moindres mouvements de ses yeux pour vérifier, dans le langage de son corps, les failles de son discours. Observer, lire dans les regards autant que dans un livre, elle a appris. Blanche et Pitre l'ont souvent répété : Joseph-Albert est un beau parleur, un comédien sans pareil, qui pourrait vendre des congélateurs aux Esquimaux.

Il arrive à l'heure dite et retire un joli canotier entouré d'un ruban bicolore. Avec ses cheveux bien laqués, aux légères ondulations, il se donne des allures de jeune premier. Ce veston à rayures fines, ce nœud papillon, ce pantalon garni d'une bande latérale dorée et ces souliers à boutons : Flora se rappelle les avoir vus sur une photo de l'album chez tante Blanche. Il s'agit du costume qu'il portait du temps de sa jeunesse, alors qu'il chantait dans les cabarets avec son Big Band. Qu'est-ce que ça peut bien vouloir dire ?

Il a maigri, semble-t-il, et son teint tabac laisse supposer un printemps passé au grand air. Flora ressent un infime transport : l'autre marque un point. Il sourit, éblouissant : le Grand Black dans toute sa splendeur. Ses pattes-d'oie ajoutent à l'attrait. Même les couventines qui n'attendent pas de visite se rendent au parloir pour le reluquer, comme s'il incarnait le chanteur de charme. Elles s'imaginent l'entendre pousser sa sérénade. Il faut dire qu'on ne voit pas beaucoup d'hommes, au couvent. Il a de l'âge, sans doute, et le piquant qui va avec. Et là, dans l'encadrement de la porte donnant sur le corridor, Flora ne reconnaît-elle pas les postulantes qui s'attardent un peu pour observer le beau monsieur ? Elle le regarde encore. Elle se surprend à éprouver une certaine fierté : ce beau monsieur, c'est son père.

— Aimes-tu l'allure de ton nouveau papa ? demande-t-il.

Comment juger s'il est nouveau ou ancien, alors qu'elle ne garde de lui que quelques souvenirs entre deux époques, des souvenirs la plupart du temps altérés, en mieux ou en pire, selon les événements, par les nuages de la mémoire et du temps. Flora hésite : elle réentend les mots de la supérieure. Ne sachant trop que dire, elle hoche simplement la tête et rajuste sa posture sur la chaise droite, adoptant un visage impassible, demeurant sur ses gardes.

— Comme tu as grandi, comme tu es belle ! Le sais-tu ? Tu ressembles de plus en plus à ta mère.

Une religieuse reste un peu en retrait et surveille l'échange, alors qu'il s'assoit en face de Flora, gardant son air jovial, un regard frétillant qu'elle réussit à fixer. Deux paires d'yeux s'examinent l'espace d'un sourire. Elle ne sait trop quels sont les pouvoirs de séduction du Grand Black dont tante Blanche lui a tant parlé, mais elle ne se laissera pas hypnotiser par ce beau flatteur. Rester forte.

Il décrit sa situation. Les mots se découpent sur ses lèvres comme autant de briques dans un mur d'explications qu'elle devine avoir été tournées et retournées auparavant. Étant donné l'altération des facultés mentales de Marie-Alice, la pauvre femme n'est pas en mesure de s'occuper de personne et, donc, ne peut reprendre la garde de sa fille. Il marque un temps, s'assurant qu'elle saisit bien. Alors, il présente à Flora une proposition : venir vivre avec lui à Saint-Urbain, une petite ville dont il vante les quelques avantages. Il a réussi à se guérir de la bouteille, a purgé sa peine et a terminé une probation avec mention de bonne conduite. Lui-même a du mal à se reconnaître. Tout seul, il a rebâti la maison de Petit-Ruisseau sur les ruines des anciennes fondations.

Flora revoit la rage de l'incendie, elle entend les hurlements dans la fumée. Son cœur fait mille bonds. Pendant qu'il pelletait les cendres, percevait-il le souffle caverneux de ses sœurs à l'asphyxie ? Sentait-il sur sa gorge les doigts du démon et des remords voulant l'étrangler ? Y avait-il enterré l'affreux gorille ? Elle détache son regard du sien et ravale une bouffée de colère informe.

Il parle et parle de plus en plus vite.

Dès que la propriété sera vendue – ce qui ne devrait pas tarder –, il investira tout dans la carrière de sa fille. Le voilà imprésario. De nombreux projets germent dans sa tête et il compte sur elle pour mener à bien une grande entreprise. Du talent et de l'expérience, une combinaison fracassante. Ils iront d'abord dans Charlevoix, cette région charmante.

Dans le corridor, on entend des courses folles, des rires, des gamineries.

Le Grand Black a entendu parler du Domaine Forget, une institution d'éducation musicale dirigée depuis cinq ans par les Petites Franciscaines de Marie, à Saint-Irénée. «Une occasion en or, en or», insiste-t-il. Elle pourrait y étudier le chant et la musique. Le rêve se dessine à travers les grands doigts qui s'agitent devant le visage de Flora. En attendant, il loge dans sa roulotte, sur les terres des Petites Franciscaines à Saint-Urbain, où il besogne. Le travail ne lui fait pas peur. Les sœurs seraient ravies de compter parmi leurs couventines une élève si douée.

— Je n'ai plus de dettes et j'ai déjà ramassé plein d'argent. Tu ne me crois pas ? Regarde.

Il tire de sa poche une liasse de vingt dollars, retenus par une pince à billets. Il fait son frais et Flora reste de glace. Cette pince, elle s'en souvient, il l'avait toujours sur lui à l'époque de la ferme. Gros pense-bon. Il sortait souvent son «magot» pour l'exhiber en faisant défiler du pouce le papier-monnaie comme les pages d'un livre, jouant le rôle du riche *gentleman-farmer*. Elle entend encore le froissement des billets. Ses souvenirs se chiffonnent. Il disait faire tous ses achats en argent comptant, alors que les banques lui couraient après. Gros menteur. La pince ne retenait pas d'assez près les dollars qui s'évaporaient en tournées, en cadeaux, en achats déraisonnables. Grand fendant. À quoi bon cette pince qui laissait s'envoler l'argent comme feuilles d'automne ? Flora n'arrive plus à lire assez loin, elle se bute à une fumée de l'âme, là où même son père ne sait pas trop ce qu'il pense. Sa pince de l'abondance avait-elle enfin recouvré sa véritable fonction : retenir l'argent ? Se pouvait-il que ce soit vrai ? Ou bien l'utilisait-il par coquetterie, par superstition, pour se rappeler une autre époque ou pour éviter que la banque lui prenne tout ?

Pour faire bonne figure auprès de la sœur surveillante qui l'écoute, il évoque la parabole de l'enfant prodigue, mais où les rôles sont inversés. Virage à cent quatre-vingts degrés. Le papa prodigue !

Il range ses dollars dans la poche de son pantalon et sort ensuite un briquet ciselé pour s'allumer une cigarette. L'odeur du tabac vieilli l'enivre subitement. Dès qu'elle aperçoit la flamme, Flora s'agite sur sa chaise. Le Grand Black aspire une longue bouffée. Elle l'imagine, cinq ans plus tôt, en train de mettre le feu à la maison.

Cependant, il donne une autre version, celle qu'il a racontée à mère Saint-Elzéar l'an dernier. Elle ne lui a rien demandé, mais il attaque, sachant bien ce qui grouille dans sa petite tête de fillette. Non, cet incendie n'est pas né de sa main. Sa main est aussi pure qu'à sa naissance. Un accident, une terrible distraction, une cigarette oubliée près de la fournaise. Ces choses-là arrivent. Il a payé.

Les hasards de la vie ne lui ont pas été favorables et, de l'eau plein les yeux, il poursuit son récit, énumérant, avec un trémolo dans la gorge, les épreuves endurées au cours des dernières années. Il tète sa cigarette à intervalles et reprend son récit. Lorsqu'il a appris, pour l'incendie et la mort de ses filles, il a bu aux anges, c'est vrai, jusqu'à perdre son nom. Tellement bu qu'il en avait oublié ce qu'il cherchait à noyer. Une brosse de nombreuses semaines.

— Depuis quand avez-vous cessé de boire ? demande Flora, curieuse.

— Depuis… (*il hésite un peu*) depuis mon séjour chez le père Émilien. Un saint homme dépareillé. Ça doit bien faire des lustres, trois, quatre ans. Ou cinq, je sais plus. Pas retouché à la bouteille après ça. Juré, craché ! Aucun mérite, dans le fond. J'ai plus soif, avoue-t-il, tout fier. (*Ses yeux disent vrai.*) La boisson me rendait comme fou. Pas qu'une petite folie, là, ma Flora. Je perdais la notion du bien et du mal. Tout se confondait. Je m'en veux tellement d'avoir levé la main sur Marie-Alice. De ça aussi, j'en ai oublié des grands bouts. Si tu savais pourtant combien je l'aimais, ma Marie-Alice, tout ce que j'ai fait pour elle, tout ce que j'étais prêt à réaliser encore pour son bonheur.

Il s'interrompt un court instant, se demandant s'il n'a pas trop parlé.

— J'ai même acheté la petite roulotte dont elle rêvait pour l'emmener en vacances aux États. Les États-Unis, la chaleur, sortir de notre petit coin. Elle souhaitait tellement y aller, dans le temps, avec Blanche et Pitre. Un rêve de même. Mais elle était restée pour m'aider, à cause de l'expo agricole. Tout ça est envolé. Là, je ne peux plus la voir. Je paie. Elle ne veut pas que je l'approche ou ce sont les gardes qui ne veulent pas. Ils refusent même de me dire où elle est. C'est lourd une dette comme la mienne. Sinon, je serais allé la chercher, à l'hôpital, tu penses bien, et on serait partis ensemble, tous les trois, en chantant dans notre roulotte, qui grince et cahote…

Sa voix se casse et il sort un mouchoir pour s'essuyer les yeux.

— Ben là, je veux me reprendre. On lui enverra des cartes postales. On pourra y aller tous les deux, aux États, dans la roulotte. Pour nos tournées. Je suis sûr que les cartes postales lui feraient du bien. Tu dois savoir, toi, où elle est?

Flora reste sur ses gardes.

— Non. Aucune idée. Mais, dans votre affaire, Blanche et Pitre, qu'est-ce qu'ils diront?

Il se fait rassurant. Il jette sa cigarette sur le plancher et l'écrase de la pointe du pied droit. La sœur fronce les sourcils en émettant un petit bruit de raclement de gorge à son intention. Il s'empresse de ramasser le mégot et de l'enfouir dans sa poche, tout en poursuivant son discours. Blanche et Pitre comprendront et seront même soulagés de la voir partir avec lui, son père. Ils ont le cœur à la bonne place, ces deux-là. D'autant que, depuis l'accident de Pitre, le pauvre en arrache un peu pour effacer les ardoises de fin de mois.

— On leur écrira, à eux autres aussi. Bien sûr, tu pourras leur rendre visite pendant les vacances estivales.

— Et Julien ? Vous l'avez cherché ? Savez-vous où il est ?

Julien ? Un clignement trahit une sorte d'indifférence. Il en avait perdu la trace. Un bon garçon. Dommage. Travaillant, à ses heures. Il aurait pu reprendre la ferme, habiter la nouvelle maison, avec une femme et des enfants. Postérité et prospérité. Lui, au moins, aurait pu demeurer au village sans être montré du doigt. Son père a un geste qu'elle interprète mal : il frotte ses mains l'une contre l'autre, puis tapote un peu ses genoux. Quelle voie Julien a-t-il choisie ? Son ton se fait réprobateur. Vivre sous terre, dans les mines, à la dure, à respirer des saletés, à fumer des cochonneries, à se battre pour un oui ou pour un non ? Son bras droit trace une manière d'ellipse. Il valait mieux oublier Julien.

Il s'enflamme, l'heure passe. On entend quelqu'un tousser délicatement. La sœur lui a fait signe.

Il avoue avoir été éclairé des lumières divines pendant sa réhabilitation. Flora l'imagine entouré de scintillements multicolores. Dieu lui a accordé Son pardon et il n'en tient qu'à elle d'en faire autant à présent. Il se lève d'un geste décidé. Oui, il est maintenant un homme neuf, prêt pour un nouveau départ, une grande et belle aventure, mais sans elle il se sentira perdu. Il n'ose pas la toucher, mais il le voudrait bien. Désirant racheter tous ses torts, voilà qu'il la supplie, les mains jointes, les sourcils circonflexes. La sœur répète que son temps est passé. Il amorce même le geste de se mettre à genoux. La surveillante s'approche.

— Encore cinq minutes, implore-t-il.

Oui, Flora pourrait suivre, là-bas, des cours pour devenir musicienne de concert ou une grande chanteuse, une vedette figurant sur la couverture des revues. Le talent ne doit pas se perdre, il est si rare. Estelle Caron, Lucille Dumont, Monique Leyrac seraient éclipsées lorsqu'elle se produirait au Montmartre et au cabaret Saint-Germain-des-Prés à Montréal. Qui sait quelle gloire l'attend ? Elle raflerait le titre de « reine de la radio » à Muriel Millard. Il lui fait miroiter les feux de la scène, le public à ses pieds, plongé dans la pénombre alors que tous les projecteurs seront braqués sur elle. Il met la main dans sa poche. Dans un carnet qu'il lui présente, il a tout calculé : dépenses, premiers itinéraires, repas, salaire des musiciens, costumes…

Avec lui, elle mènera une vie de princesse. Il lui rendra au centuple l'amour familial qui lui a fait défaut au cours des dernières années.

Plus elle l'écoute, plus elle se laisse emporter. En elle, la lutte est inégale. Le château, les rêves reviennent. Flora a les mains moites. Sortir de ce couvent, oublier sœur Irène et ses mensonges, ne plus avoir à affronter ses exigences puis ses changements de favorites, fuir cette sœur qui ne l'aime plus, de toute façon, qui n'a jamais tenu parole quant aux recherches pour retrouver Julien, quitter la nouvelle directrice et sa fureur, et sœur Fil, trop sévère, ces boiseries sombres, les tâches infinies, les poussières imaginaires.

— Alors, tu veux bien venir avec papa ?

Flora opine timidement du bonnet.

Son père se lève, ragaillardi, et tape dans ses mains.

— *The show must go on!* s'exclame-t-il, avant de poser sa large main sur la tête de Flora.

Il prend à témoin la sœur.

— Je reviens d'un passé pas mal brouillardeux où je ne voyais pas clair, mais là, je sais où je m'en vais.

Il ajoute une condition : elle doit terminer son année à Notre-Dame, de façon à ne pas perturber ses études. Ce qu'on commence, on se doit de le finir. Il viendra la chercher après la cérémonie de la remise des bulletins.

Il s'en va. La sœur le raccompagne.

Par l'une des fenêtres du parloir, Flora le suit des yeux alors qu'il descend les marches, deux à deux, se dirigeant vitement vers un camion un peu rouillé et aux haridelles abîmées, stationné près de la haie d'érables. Le vent soulève un pan de son veston. Il ouvre d'abord la portière du côté passager pour fouiller dans une boîte posée sur le plancher et y prendre quelque chose qu'il cache sous sa veste. Flora ne voit pas ce que ce peut être. Sur l'herbe, à côté, deux oiseaux se chamaillent pour ce qui doit être un insecte et s'enfuient lorsque son père passe ensuite côté conducteur, pour y prendre place. Il se rajuste, bombe le torse. Flora distingue, par la vitre qu'il ouvre, le geste sans équivoque : avant de démarrer, avec son trousseau de clés, il décapsule une grosse Dow, lance le bouchon à l'extérieur et coince la bouteille entre ses deux jambes. Il met le moteur en marche. Sur la route, il trinquera pour chasser le brouillard.

Les yeux écarquillés, Flora quitte son poste d'observation. Un fumet de bouilli lui parvient de la cuisine. Pourtant, l'air qu'elle respire a soudain des relents de mensonge et de déception.

Elle trouve Simone sur le seuil de la salle d'étude, au rez-de-chaussée. Un peu plus loin, deux autres couventines lavent le plancher. L'odeur du savon rejoint celle du bouilli. En tablier de travail et torchon à la main, Simone abandonne le nettoyage des portes et fenêtres et se précipite vers elle pour lui poser une question douloureuse :

— Quand est-ce que tu pars avec lui ?

— Jamais. Si je quitte ce couvent, ce ne sera pas avec ce bonhomme qui ment comme il boit.

Le lendemain, grisaille au cœur, en se rendant au cours de musique, Flora peste contre la vie.

La veille, après le souper, les filles de septième l'ont interpellée pour lui parler, en roulant des yeux, du beau Grand Black, le séducteur. Un commentaire élogieux n'attendait pas l'autre. « Quelle prestance ! », « Il ressemble à un *crooner* », « Un vrai chanteur de charme ». Ses amies lui ont demandé où se cachait le gorille dans ce monsieur plein de classe. « Il a l'air tellement gentil ! Chanceuse ! »

Flora s'est tue, refoulant son désappointement et ses mots : un maudit menteur, un renard vomissant des ruses ! Elle doit se rendre à l'évidence. Pour une fois, Simone avait raison : il ne veut reprendre sa petite fille adorée que pour son bénéfice à lui, par pur égoïsme. Un grippe-sou avec sa pince à billets. Une éponge, avec sa folie des grandeurs et, surtout, sa soif de Dow ! La pluie commence à frapper aux carreaux. Flora accélère le pas.

Le ciel arbore la couleur de son humeur : rage et orage. Un éclair strie l'horizon. Le tonnerre gronde, la cloche sonne. C'est comme si elle cherchait soudain à s'abriter. Elle se rend au local de musique au rythme d'une marche militaire, en tapant du talon à chaque pas. Une amie lui lance une question, mais Flora n'entend rien, ne voit rien, ne veut rien savoir. Une contrariété supplémentaire s'ajoute aux autres, en ce lundi 5 juin : depuis le changement d'horaire imposé par mère Sainte-Fureur, les cours de musique ont lieu avant les cours réguliers, immédiatement après déjeuner. Du coup, elle rate la récréation, moment où elle désirait se confier à Simone.

D'un coup de pied et avec un air de taureau, elle ouvre la porte de la pièce. Malheur à celle qui agitera du rouge. Affairée dans ses papiers, penchée sur le piano, sœur Irène l'attend avec son sempiternel sourire vermeil. Comment peut-elle avoir cette mine réjouie si tôt le matin ?

Aujourd'hui, explique d'entrée de jeu la sœur, elle lui présentera le programme musical de la cérémonie de fin d'année. Elle y travaille depuis plusieurs jours.

Si jamais elle extirpe une musique sacrée de ses partitions, Flora la chiffonnera en boule.

— J'avais si hâte de te voir.

Flora a envie de la piquer au vif en lui lançant : « Pas moi ! », mais elle se retient et soupire.

L'enseignante l'invite à s'asseoir. Flora prend place sur la banquette rembourrée et remue le bassin pour ajuster ses fesses. Si sœur Irène avait tenu sa promesse, l'an dernier, Flora n'en serait pas là, aux prises avec les projets de son ivrogne de père. La sœur se déplace de façon à voir aussi bien le clavier que le visage de son élève. Avec une expression dure, la petite attaque la religieuse droit dans les yeux.

— Oh ! notre pinson a un regard d'aigle, ce matin, se moque gentiment sœur Irène. Qu'à cela ne tienne. J'ai une bonne nouvelle qui adoucira ton humeur. Si tout se passe bien…

Cette fois, Flora ouvre la bouche. Son ton se veut froid, et la religieuse retient un sourire en écoutant ce pipeau qui se prend pour un cor :

— Je ne veux pas l'entendre ! Si vous espérez me faire chanter, c'est pas la bonne manière.

— Bien, fait la sœur en se refermant et en plaçant un cahier sur le pupitre du piano. Comme vous voudrez, ma-de-moi-selle Blackburn, ironise-t-elle sans méchanceté. Dans ce cas, débutons sans attendre. Pour toi, Flora, ce sera une fugue.

— Qu'est-ce qu'on fait ? On s'enfuit ?

La sœur retrouve un demi-sourire. Elle se tient bien droite, respire un bon coup et se replonge dans son rôle de professeur de musique.

— Mais non, voyons, c'est une pièce en contrepoint. La main gauche doit reprendre le même motif que la droite, mais à contre-sens, un peu comme un écho. Ça donne un effet d'infini.

— Un canon ?

— Pas tout à fait. Les mains ne jouent pas les mêmes notes et le mouvement de chacune est un peu décalé, comme si l'une s'enfuyait, amorçant le motif, et l'autre tentait de la suivre et inversement. Écoute bien.

Elle vient s'installer contre la fillette. La maîtresse joue exagérément *piano* pour bien faire sentir les nuances et les mélodies qui se répondent.

— C'est lent et pogné dans la colle, on dirait, rouspète Flora. Rien à voir avec une pièce pour célébrer la fin de l'école.

Pourquoi sœur Irène s'entête-t-elle à lui apprendre des sonatines, des rondos, des toccatas, des platitudes ?

La maîtresse se relève et reprend sa place initiale. Elle sait, pourtant, que Flora déteste ce genre de musique.

— Je te remercie pour ces remarques on ne peut plus pertinentes, jeune fille.

— De rien, ma sœur, rétorque la petite chipie, avec toute l'ironie dont elle se sent capable.

— Je jouais doucement et lentement pour que tu saisisses bien le principe.

La sœur ne se laisse pas démonter.

— Nous la ferons *allegretto*, suggère-t-elle avec patience, en appuyant sur l'atmosphère.

L'atmosphère, l'atmosphère ! Qui, dans la grande salle fébrile, se souciera de l'atmosphère du morceau ? La plupart des couventines n'auront qu'un souhait : en finir au plus vite.

— On produit cette atmosphère par les nuances du rythme. C'est la manière la plus fine, la plus habile. Le rythme donne le ton, et presque tout l'effet. Souvent, on le modifie sans même s'en rendre compte et, alors, on gâche le résultat.

Gâcher le résultat… Pourquoi pas ? Flora regarde distraitement la partition : sa pensée est ailleurs. Des heures de prières, des mois de bonnes actions, de sacrifices, de bonne volonté pour se reprendre à la vie, de chants et de musique pour faire plaisir à l'une, à l'autre et à Dieu, à viser les médailles d'excellence pour les offrir à bonne maman… pour finir avec un goujat de père ? C'est ça, le résultat de tant d'efforts ? Elle reçoit tout de même les explications et hoche la tête à deux ou trois reprises, comme si tout cela la passionnait. À quoi lui servira d'apprendre cette fugue ?

— Cette fugue exige des variations sensibles du rythme très difficiles à rendre, et il faut continuellement se concentrer et garder ton attention sur la mesure pour ne pas qu'elle t'échappe. Je te sais capable de belles choses. C'est un morceau complexe, à l'architecture délicate. La fugue…

La fougue agite le brouillard et tourne dans la tête de Flora. La religieuse est sur sa lancée, qu'elle accompagne de gestes de la main et de mouvements des bras. Grands principes, belle théorie : la voix feutrée de la sœur l'exaspère. Elle ne l'écoute plus vraiment. Dehors, la pluie n'a pas cessé. Les derniers mots prononcés résonnent dans sa tête comme autant de gouttelettes sur le faîte d'une maison au toit de tôle.

— Ce n'est pas qu'une question de ton ou de son…

Son, boisson, songe, mensonge. Mensonge, mensonge… La chaîne s'interrompt là. La sœur parle toujours. Les mots en *-onge* ne lui viennent pas. Flora cherche ailleurs. Aller vers une autre voyelle nasale : ange, vengeance. À quoi bon apprendre à calculer le nombre de plumes dans l'aile d'un ange ou le poids des rubis ? Elle ne verra probablement jamais un rubis de toute sa vie, et encore moins l'aile d'un quelconque ange. Pourquoi ne leur enseigne-t-on pas à évaluer le poids du mensonge ?

— Voilà, maintenant, à toi. Première mesure.

La sœur règle le battement du métronome et le met en marche. Flora inspire et se laisse emporter par la cadence. À contrecœur, la gamine s'exécute, cherchant des images pouvant adoucir sa mauvaise disposition. Ses doigts s'activent déjà et sa tête fouille encore. Un mouvement de balancier, asynchrone, apparaît : les trapèzes. La sœur s'est tue et ferme à moitié les yeux. Les souvenirs du cirque aideront la pianiste en herbe à créer le rythme et cette fameuse ambiance. Sœur Irène se tient là, concentrée, ouvrant de temps à autre de grands yeux qu'elle fixe sur les mains de la fillette. Les manèges tournent en grinçant, le chapiteau se dresse, les funambules pincent la corde sensible, les acrobates saisissent à tour de rôle les trapèzes indociles. Flora entreprend une véritable acrobatie pour les doigts, et le mouvement de ses mains se disloque entre les deux portées. Les dents serrées, elle ne parvient plus à suivre le tempo, à assurer les départs de chaque main au bon moment, le métronome l'agace.

— La main gauche à contretemps, Flora, suggère la sœur. Plus lentement, sans précipitation.

Elle continue à rebrousse-poil, multipliant les maladresses, les gaucheries. Le cœur n'y est plus, et le sens artistique encore moins. À quoi bon rêver de cirque ? C'est sa vie qui devient un cirque. Son frère est disparu dans un autre univers ; son père, toujours aussi hypocrite, fourbe et soûlon ; sa mère, perdue au pays des fous. Le grand mât tombe, le chapiteau expire en vagues ondulantes, le carrousel ralentit en grinçant et s'arrête. Le spectacle est terminé ! La désillusion envahit la piste. Bientôt ne résonne plus qu'une terrible cacophonie d'accords plaqués n'importe comment. Jusque-là encourageante et tolérante, voilà que la religieuse s'impatiente un brin :

— Arrête ! Je sens bien que tu te dérobes.

Elle a un mouvement d'humeur et s'approche pour lui empoigner doucement les deux mains.

— Crois-tu qu'avec tes bêtises, tu arriveras à quelque chose un jour ? Je te sais très bien en mesure de rendre cette pièce avec l'interprétation souhaitée.

La petite retire ses mains aussi délicatement que l'autre les retenait. La tendresse qu'on devine tapie dans un coin du cœur se refuse.

— Les chanteuses vedettes s'échinent-elles à jouer des fugues ?

— Ne fais pas la tête forte !

Avec rage, Flora enfonce sa révolte sur le clavier. Sœur Irène la somme d'interrompre ce jeu, mais Flora s'acharne de plus belle et, de ses poings, comme des masses, elle frappe les notes.

— Tiens, le voilà, votre « contre-poing » !

Nerveusement, la religieuse la saisit par les épaules et la tire vers l'arrière.

— Suffit ! crie-t-elle.

Flora se raidit, droite, une statue de pierre, les mains croisées sur les cuisses.

— Pourquoi cette colère ? J'ai tant fait pour toi. Et cette nouvelle que je voulais t'annoncer…

— Je m'en fous, de la bonne nouvelle, je peux attendre jusqu'à la fin du monde. Je veux juste sortir d'ici.

Elle se lève, rajuste sa blouse et son uniforme, et s'en va sans reprendre son cahier, sans saluer ni se retourner. Sœur Irène la suit d'un pas calme et lui lance assez fort pour être entendue jusqu'aux cuisines :

— Eh bien, mademoiselle. Puisque c'est ainsi, vous ne jouerez pas, à la fin de l'année. Et la bonne nouvelle, je vous l'annoncerai lorsque vous serez en meilleure disposition.

Hors d'elle-même, Flora gagne la classe où sœur Fil va entamer le cours d'histoire sainte.

# 11

Flora arrive la dernière. Quand elle ouvre la porte, tous les yeux sont rivés sur elle et la suivent jusqu'à ce qu'elle s'installe à sa place. Thérèse soutient son regard en fronçant les sourcils. Simone secoue la tête avec un air découragé. Ses amies ont-elles deviné son humeur enragée ? Sœur Fil se dégage la gorge et, d'un coup de claquoir, ramène l'attention vers elle.

— Avez-vous déjà entendu parler de notre chère mère Marguerite Bourgeoys ?

Quelques-unes lèvent la main. Solange raconte avoir entendu ce nom l'été dernier, lors d'un voyage à Montréal avec sa famille. Yvonne a trouvé un livre, à la bibliothèque, où il est question de cette religieuse, et Astride a appris qu'elle serait béatifiée bientôt.

— Bien, fait la sœur, satisfaite. Exactement, Marguerite Bourgeoys sera béatifiée cette année, le 12 novembre prochain.

Carmen, la dernière de classe, demande la parole.

— Qu'est-ce que ça veut dire, « béatifiée » ?

— Qu'elle sera proclamée bienheureuse. C'est une étape importante avant de devenir une sainte reconnue par l'Église. Je vais vous expliquer pourquoi et comment elle en est arrivée là.

Sœur Fil ouvre un livre où on voit les images de Marguerite Bourgeoys, encapuchonnée de noir et de blanc, en train de préparer des tartes, entourée de petites et de grandes filles qui la regardent faire.

— Voyez comme elle a l'air tendre et généreuse. Cette femme, dont le but ultime était d'aimer et d'aider son prochain, a apporté de nombreux bienfaits à notre société. Sa vie est un exemple à suivre. Aujourd'hui, nous verrons pourquoi. Elle a été la première enseignante de Ville-Marie et est la fondatrice de la congrégation de Notre-Dame. Après un voyage de deux mois en mer, elle est arrivée dans la nouvelle colonie il y a près de trois cents ans. C'était en avril 1653.

Sœur Fil raconte les détails de cette longue vie de dévouement. Aidée des colons, Marguerite Bourgeoys a réussi à construire une chapelle. Avec ses consœurs, elle a enseigné aux femmes, aux pauvres, aux riches, aux Indiennes, aux enfants aussi, peu nombreux, au début, parce qu'il en mourait beaucoup, très jeunes. L'enseignante se promène de long en large, regarde l'une et l'autre, s'assure que toutes partagent avec elle ce bout d'histoire tellement stimulant. Elle lit des extraits des relations de cette grande âme : « *On doit accueillir les élèves et se comporter à leur égard sans distinction de pauvres ou de riches, de parents et amis ou de personnes étrangères, jolies ou laides, douces ou grondeuses.* »

Douces ou grondeuses… Flora revoit le visage de sœur Irène, empourpré, au funeste regard : un tonnerre grondant à l'horizon, au creux des nuages charbon. Flora s'étonne du pouvoir qui lui a permis de pousser à bout cette religieuse et sa sempiternelle douceur. Sœur Fil traverse à présent les rangs d'oignons. Elle s'arrête tout près du pupitre de Flora. La petite s'attend à recevoir une question. Non. L'autre continue son boniment :

— Un peu avant sa mort, sœur Bourgeoys a écrit : « *Il est vrai que tout ce que j'ai toujours le plus désiré* […] *c'est que le grand précepte de l'amour de Dieu par-dessus toutes choses et du prochain comme soi-même soit gravé dans tous les cœurs.* »

Gravée en Flora, c'est la haine qu'elle ressent pour son père, cette haine qui s'amplifie depuis la veille, dans un cœur trop petit pour contenir tant de ressentiment.

La sœur voyage de pupitre en pupitre, parlant avec ferveur de la bonne Marguerite.

S'il était là, devant elle, Flora lui dirait sa façon de penser. Comment évacuer sa rancœur devant un absent ? D'un autre côté, elle ne veut plus le voir, jamais. Cette haine doit sortir, elle doit la cracher sur quelqu'un. Un bouc émissaire. Comme son père le faisait lui-même, dans le temps : jeter les pierres sur les gens qui nous côtoient chaque jour, nos proches, ceux que l'on aime le plus, peu importe.

— Pour arriver à ses fins, Marguerite Bourgeoys préférait la « vie voyagère », c'est-à-dire non cloîtrée. Elle traversa l'océan sept fois pour obtenir les appuis nécessaires et aller recruter de nouvelles sœurs. C'est un exemple de dévouement et de force comme on en a rarement vu. Pour enseigner aux filles du pays, elle a mené une vie vagabonde et a exploré la contrée à pied, à cheval, en canot, en bateau…

Sœur Fil hausse le ton, comme les politiciens qu'on entend, parfois, à la radio.

— Imaginez les problèmes, alors que la menace iroquoise planait partout. Imaginez le courage de cette femme et de ses alliées, possédant bien peu de ressources, traversant, malgré tout, les dangers et les intempéries dans un seul et unique but : mener à bien la mission d'enseignement. Pensez-vous que ces pionnières s'inquiétaient de la propreté de leur costume et de ce qu'elles mangeraient au souper ?

Son regard balaie la classe et se fixe sur Flora, avec intensité, comme si elle avait subitement deviné la distraction de l'élève.

— Flora, vous m'écoutez ?

Avec un hochement de tête et un petit sourire gêné, Flora corrige sa posture. Que lui arrive-t-il donc? Habituellement, plus que toutes les autres filles de la classe, elle adore les vibrants récits des découvreurs, des explorateurs, des missionnaires et des saints. En prêtant une oreille plus attentive, elle réussira peut-être à chasser la haine qui la ronge. Petit à petit, malgré les tourments qui l'habitent, elle se laisse happer par le récit de la mystique, que sœur Fil termine ainsi :

— Une véritable héroïne qui a su triompher de la crainte, de la pauvreté, de la souffrance, de la calomnie, de la maladie et de l'isolement. Souvenez-vous de cette ferme détermination. Ne vous étiolez pas dans des réflexions oiseuses ! Cessez d'attendre les unes et les autres pour agir. C'est la seule façon d'avancer sur le chemin que nous trace Dieu.

La séance d'histoire sainte est suivie de quinze minutes de lecture. Les fillettes sortent chacune un livre. Flora ouvre celui d'un certain Raoul Plus, emprunté la veille à la bibliothèque, intitulé *Face à la vie*, et lit : *AVIS PRÉLIMINAIRES – Tendre à méditer sans avoir besoin d'utiliser la pensée d'autrui. J'ai mon intelligence et ma foi. J'ai mon cœur. N'est-ce pas plus qu'il n'en faut déjà pour passer avec profit un quart d'heure avec Dieu ?*

Après les récits de voyage de sœur Bourgeoys, ces mots finissent par la convaincre. Des images un peu floues défilent devant ses yeux : un autobus, la route et des terres à perte de vue, l'arrivée dans la grande ville, les renseignements qu'il faudra demander à gauche et à droite. C'est inquiétant, mais il faut foncer. La concordance est trop manifeste : Dieu lui fait signe. C'est à elle de comprendre ce qu'Il dit. Sœur Bourgeoys : quel bel exemple à suivre ! Partir loin, comme cette femme, peu importe les obstacles et sans demander l'avis de personne. Ne s'en tenir qu'à elle-même. Cependant, partir seule, à neuf ans, paraîtrait trop étrange. On l'intercepterait, la questionnerait, la récupérerait au premier détour, et on la ramènerait sur-le-champ au couvent. Jeanne ne lui a-t-elle pas dit vouloir partir aussi ? À tout prix. La grande Jeanne, aux allures de femme, deviendrait son laissez-passer. À deux, elles pourraient se faufiler partout. Ne reste plus qu'à trouver les arguments pour la convaincre d'embarquer dans une fugue en contrepoint, vers Rouyn.

Après la lecture, chacune retourne à ses affaires pour une récréation intérieure. Simone et Yvonne l'invitent à jouer aux dames, mais Flora décline l'offre.

Le reste de la journée, les détails à prévoir s'accumulent, se bousculent, tournoient pour se préciser, quoique plusieurs lui échappent encore, car le peu qu'elle connaît du vaste monde, elle l'a appris entre les murs de ce couvent, à l'église, chez tante Blanche, sur papier et en paroles. L'après-midi, cachée entre deux rayons de la bibliothèque, elle ouvre l'atlas du Canada pour consulter la carte du Québec. La ville de Rouyn y est indiquée, tout à l'ouest du territoire, ainsi que le chemin pour s'y rendre. Elle rêve un peu : la carte aplanit les difficultés. Tout a l'air si proche, elle promène son index d'un point bleu à un autre en se voyant déjà loin. Doucement, elle découpe et subtilise la page qu'elle plie et glisse sous son uniforme.

En fin de journée, elle retrouve Jeanne dans les toilettes pour lui présenter son plan. Sa cousine semble pensive. Toutes deux s'y attardent quelque peu et, quand les autres défilent vers le dortoir, Flora retient Jeanne par la manche.

— Nous partirons demain.

Jeanne caresse d'une main son ventre, hésite.

— Ça passera très vite et il faudra se dépêcher, insiste Flora. Cette nuit, tu fais ta valise. N'emporte que les strictes nécessités, parce qu'on ne pourra pas dissimuler nos grosses malles ni les transporter jusqu'à la station d'autobus. Et aussi, des choses à manger. Pour ça, à l'heure du déjeuner, cache des galettes à la mélasse dans ton tablier, tout ce que tu peux, pour des réserves.

Flora sait qu'il y a un autobus pour Québec à neuf heures. Pitre le lui a expliqué l'an dernier. Elle montre à Jeanne la page dérobée, comme elle exhiberait le billet gagnant d'une loterie nationale. Puisque j'ai ça, semble-t-elle annoncer. De la Vieille Capitale, elles en prendront un autre pour Montréal, un gros point noir à un doigt de Québec.

— Mais à neuf heures, mercredi matin, il y a les cours de religion, s'inquiète Jeanne. Comment partir sans que les sœurs nous voient ?

— Nous filerons plus tôt, avant les classes, et à neuf heures nous serons déjà à bord et ferons des au revoir par la fenêtre.

Pour se rendre à Rouyn, destination finale, elles doivent passer par la métropole. Il n'y a pas d'autre chemin. Penchée sur la carte de la province, elle énumère les noms des villes à traverser : Mirabel, Mont-Tremblant, Rivière-Rouge, Mont-Laurier, Val-d'Or, Malartic…

— Combien de temps ça prendra ?

— Toute une journée, peut-être plus, je ne sais pas, mais nous pourrons dormir et manger dans l'autobus. Après, pour aller jusqu'à Rouyn, peut-être qu'il n'y a pas d'autobus, mais c'est pas grave, j'ai un plan.

— Je ne suis pas certaine de vouloir aller jusque-là. C'est loin en titi.

— Alors, s'il te plaît, accompagne-moi au moins jusqu'à Montréal. Rendue là, je me débrouillerai.

Qu'est-ce, pour elles, deux petits jours de voyage et d'aventures, alors qu'une autre vie se dessine au-delà ? *Face à la vie* – elles doivent jouer le tout pour le tout.

Jeanne la quitte sur ce qui a tout l'air d'être un arrangement favorable. Elles se donnent rendez-vous à ce même endroit, dans une heure, chacune avec son nécessaire. Flora regarde Jeanne s'éloigner et se demande si elle n'a pas oublié quelque chose.

La nuit tombée, pendant que les autres dorment, chacune de son côté, elles préparent des sacs à bandoulière qu'elles emportent derrière les tentures, sur le palier, trois étages plus bas.

— J'ai pensé à d'autres affaires, aussi.

Elle récapitule en multipliant les détails. Il faut faire vite avant qu'on les entende. Première étape : récupérer leurs légers bagages et sortir du couvent en catimini.

— Je te l'ai déjà dit : en plein matin, tout le monde va nous voir par les fenêtres, riposte Jeanne.

— Non, on s'en va par le tunnel, répond Flora, avec un large sourire. Yvonne m'a expliqué comment se rendre à l'entrée, par la maison rouge.

Jeanne a entendu parler de ces tunnels. Cousin Yvan lui a raconté les avoir empruntés, la nuit, pour aller voler des jambons et des saucissons dans les cuisines du Petit Séminaire.

— Y paraît même que les Antoniennes de Marie voyagent sous terre pour ne pas être exposées à la vue du grand monde.

— Il y a un embranchement qui va à la cathédrale, explique Flora. C'est là qu'on va sortir. Comme ça, on sera aussi invisibles que la vapeur des tuyaux.

Flora réfléchit quelques secondes, en faisant une petite moue. Elle ne connaît rien de ces tuyaux qui serpentent sous la terre, sauf qu'ils servent à la circulation de la vapeur pour le chauffage de l'hôpital et de quelques autres bâtiments.

Jeanne apportera son maquillage. Ainsi, une fois à la gare, dans les toilettes, les deux filles se grimeront pour se vieillir. Ensuite, elles achèteront les billets.

— Combien coûte le billet? Et s'il nous manque de l'argent?

— J'ai une bonne idée, mais on verra rendues là.

Pour ne pas être repérées, elles changeront de nom. Jeanne s'appellera Hortense Gagné et Flora, Germaine. Elles se feront passer pour deux sœurs. Hortense a vingt-deux ans et Germaine, dix-sept: ainsi, tout est légal et normal, si jamais.

Après, elles prendront l'autobus jusqu'à Québec, puis vers Montréal, où elles iront chez les Sœurs grises. Flora a l'adresse dans son bagage. Aux dernières nouvelles, sa mère y loge pour guérir son corps et son âme depuis l'incendie. Après quatre ans de convalescence, elle devrait aller beaucoup mieux. Elles pourront passer la nuit avec elle et tout le temps qu'il faut pour préparer le reste du voyage. Bonne maman les aidera et voudra très certainement les accompagner pour aller trouver Julien.

— Il y a bien trop d'inconnues, dans ton affaire. C'est pas de même que ça marche, Flo, dans la vie. Ce périple tient à deux fils: ta hardiesse et ton aveuglement. Si ta mère n'est pas là, si elle n'est pas guérie, si elle ne veut pas collaborer…

— Avec des *si*, on reste ici. Sœur Marguerite Bourgeoys ne se découragerait sûrement pas, elle, et s'en remettrait à la divine providence. Jacques Cartier et Christophe Colomb voyageaient en se fiant aux étoiles. Ma bonne étoile, ce sera ma maman, mon ange gardien. Nous suivrons notre étoile, comme les Rois mages.

Alors qu'elles sont encore derrière les tentures, des pas feutrés s'approchent ; une main écarte les rideaux. Les filles retiennent leur souffle, comme si cela allait changer quelque chose.

— Je sais ce que vous mijotez, vous deux, et vous ne m'en avez même pas parlé !

Jeanne est à la fois soulagée et déçue. Ce n'est que Simone. Flora, elle, semble plus enthousiaste et, la surprise passée, elle tire à elle la fillette par son vêtement. Pieds nus et en robe de nuit, Simone se faufile entre les pans et referme les draperies derrière elle. Son regard se fait volontaire, pas question qu'on la renvoie. Toutes trois s'appuient au cadre de la fenêtre qu'éclaire la lune de juin.

— Viens avec nous, propose Flora, avec entrain.

Signe de tête négatif. Simone préfère rester au couvent, poursuivre ses études. Elle vise un projet précis et, pour y arriver, elle doit obtenir son diplôme de l'École normale. Jeanne se tait et regarde le ciel étoilé. Elle ne peut s'empêcher de songer à la vie qui grouille en elle. Il lui faudra dorénavant compter avec une autre existence que la sienne, aussi importante que la sienne, et tous ses choix se feront en fonction de ce petit être qu'elle ne connaît pas, mais qu'elle aime déjà sans savoir comment.

— Mais tu peux nous aider, par exemple, poursuit Flora, en nous disant si le bon Dieu a aligné les astres pour nous.

Simone hésite, puis secoue la tête et, s'écartant un peu des deux autres, elle s'adosse au mur lisse en se laissant doucement glisser, jusqu'à ce que ses fesses prennent appui sur ses talons. Selon elle, ce projet repose sur une colère rentrée qui risque de mener à la complète imprudence.

— N'essaie pas de nous mettre des bâtons dans les roues. Ma décision est marquée d'une pierre blanche et ne s'effacera pas comme la craie sur le tableau noir. N'est-ce pas, Jeanne ?

Jeanne appuie avec une certaine réserve. Comment tournera ce projet échafaudé dans l'étourderie de sa jeune cousine qui y met pourtant tant de zèle ? Un frisson la traverse, de froid ou de crainte, elle ne saurait dire.

— Le roi du ciel et de la terre veillera sur nous jusqu'à destination, reprend Flora pour achever de les convaincre. On nous dit que la foi soulève des montagnes. Eh bien, nous, nous les traverserons jusqu'à Rouyn, ces montagnes. Dommage, Simone, que tu n'aies plus ton jeu de cartes. Tu aurais pu nous prédire la suite. Cette aventure changera toute notre vie, pour sûr.

— Justement, rappelle-toi ce que les cartes ont dit : « Il y a quelqu'un que tu dois retrouver. »

Si elle s'en souvient ! Elle pense à cette prédiction presque tous les soirs et c'est précisément la raison qui la pousse à partir, maintenant plus que jamais. Sur la liste sont biffés son père et sœur Irène, puisque ces deux personnes l'ont trahie. Plus elle sera loin d'eux, mieux ce sera. Les noms qui suivent représentent des défis titanesques en raison de la distance : sa mère et son frère.

— Simone, je sais que, des fois, tu as des sortes de visions sans avoir besoin de cartes. Peux-tu essayer ?

Simone ferme les yeux, se concentre pendant que les deux autres attendent en priant. Quelques instants passent sans que l'une ou l'autre disent quoi que ce soit. Sous le faible éclairage de la lune, le visage de leur amie leur apparaît : la transfiguration s'opère par l'illumination. Jeanne observe Simone avec un début d'impatience. Au bout d'une longue minute, la divinatrice soupire.

— Rien, je vois rien. Je vais essayer autre chose.

Elle passe ses mains derrière son cou, dégrafe une chaînette et tire, de sous sa robe de nuit, une médaille ronde représentant le saint des causes perdues : saint Antoine de Padoue. Simone s'en sert d'une bien étrange façon, exécute des gestes lents, mesurés et précis. Avec cérémonial, elle convie les cousines à s'asseoir en tailleur. Elles sont tellement tassées les unes contre les autres dans le petit espace disponible entre la fenêtre et les rideaux que leurs genoux se touchent. Tenant fermement l'extrémité de la chaîne entre le pouce et l'index, Simone glisse la médaille en plein centre de ce triangle. Les deux cousines détaillent ses moindres gestes et se laissent envoûter avec bonheur. Leur respiration ralentit. Sa main gauche retient la droite afin d'empêcher les mouvements involontaires. Pour plus de stabilité, elle s'accroupit de telle sorte que ses coudes puissent s'appuyer sur le plancher. Ensuite, elle explique les règles. La médaille servira de pendule. On doit poser des questions auxquelles le pendule ne peut répondre que par oui ou par non. Oui, s'il tourne. Non, s'il oscille.

— Chacune peut poser trois questions fermées, les plus précises possible, que les autres n'ont pas le droit d'influencer, de juger ni de commenter.

Dans la tête de Flora, les idées déboulent pêle-mêle, comme les bûches d'une corde de bois qui verse. Elle voit tour à tour bonne maman, des fragments d'un visage inventé qu'elle rattache à Julien, des valises, des autobus, beaucoup de gens qui vont et viennent, et tout cela compose un ballet mécanique où chaque élément tente de prendre toute la place. Elle n'arrive pas à fixer son choix.

— Jeanne, commence, toi, pendant que je réfléchis encore un peu.

Jeanne y va de prudence. Elle pose sa main droite tout en bas de son ventre et exerce une petite rotation très tendre sur ce qu'elle s'imagine être la tête de l'enfant.

— Est-ce que nous réussirons, demain, à sortir d'ici ?

Elle considère Simone de toute l'attention dont elle se croit capable. Elle est sceptique et se montre bonne joueuse. On ne sait jamais, on ne doit pas rire avec ces choses-là. Le pendule, sans hésiter, se met à tourner sous des soupirs de soulagement.

— Attention, les amies. Soufflez pas trop fort, ça fait bouger la médaille.

Pour la question suivante, intérieurement, Jeanne tergiverse : survivra-t-elle aux couches ? Son enfant sera-t-il un garçon ou une fille ? Est-ce qu'il vivra ? Connaîtra-t-il son père, un jour ? Comment s'arrêter à une question dans de si courts délais ? Elle doit viser l'essentiel, mais elle ne peut poser ces questions-là devant Simone.

Simone plaque doucement une main sur son bras. Elle scrute le regard de Jeanne, approche la bouche de son oreille et murmure, pleine de tendresse :

— Je sais ce qui t'arrive. Je l'ai deviné, mais j'ai rien dit à personne. J'ai vu le père, hier, et j'ai compris qu'il a des doutes et des regrets. Tu peux poser les questions que tu veux, sans avoir peur.

Flora hausse les sourcils.

— Qu'est-ce que tu veux dire, le père ? Le père Cimon ou Thibodeau ?

— Ben voyons, le père du bébé de Jeanne.

Derrière son épaule, à l'intention de Jeanne, Flora se touche la tempe de l'index, l'air de dire : « Elle est folle. »

Jeanne s'agite, voudrait questionner davantage ou s'en aller, elle ne sait plus vraiment, puis elle se ressaisit, elle essuie machinalement une larme et remercie Simone de sa discrétion. Il viendra bien assez tôt, le temps des questions troublantes. Puis, elle inspire profondément et demande :

— Est-ce que mon bébé sera en santé ?

La médaille reprend son mouvement rotatoire. Flora examine tour à tour les deux filles. Tout cela la passionne et tient lieu pour elle de la plus grande des aventures. Les livres ne sont pas aussi captivants.

Jeanne expire plus discrètement, mais n'en est pas moins soulagée. Sa troisième et dernière question surprend Flora qui ne peut retenir un petit « Hein ? », mais sans commenter, c'est la règle.

— Est-ce que je pourrai le garder ?

Elles attendent la réaction du pendule, longue à venir. La médaille, au beau fixe, inquiète les observatrices qui retiennent leur souffle pour ne pas briser le charme ou pour ne pas induire quelque mouvement à l'objet magique. Insensiblement, voilà qu'il amorce un léger balancement : gauche, droite, gauche, droite, puis l'oscillation se mue graduellement en un trajet en forme de huit, sans cesse répété, si bien qu'on ne sait plus s'il balance ou s'il tourne. Perplexe, Simone s'excuse :

— Il peut pas tout deviner. Peut-être que ton histoire va se compliquer. Je sais pas.

Flora prend la main de Jeanne.

— T'en fais pas, c'est sûrement parce qu'on sera trois à s'en occuper, de ce petit bébé : toi, bonne maman et moi.

Vient le tour de Flora de lancer ses trois questions, bien précises et logiquement ordonnées dans sa tête :

— Est-ce que je reverrai maman ?

La médaille amorce un mouvement rotatoire rapide, décrivant des cercles de plus en plus larges. Flora jubile en silence. Elle joint les mains, imaginant et ressentant déjà l'émotion, la chaleur des bras de bonne maman et le bien-être qui l'enveloppera lorsqu'elle l'étreindra, la tête sur son cœur, et lorsqu'elle respirera et se laissera étourdir par le léger parfum qui s'exhalera de son corsage. Tout est parfait jusqu'ici et elle a bien fait de demander à Simone de les connecter sur les esprits.

Simone sourit et stabilise l'objet. D'un petit hochement de tête, elle fait signe à son amie : prochaine question.

— Est-ce que je vais retrouver Julien Blackburn ?

Le pendule oscille, nettement, sans s'arrêter. C'est entendu, sans équivoque. La main de Simone l'interrompt. Très embêtée, Flora ne sait plus quoi demander, car sa troisième question était conséquente à une réponse positive. Flora réfléchit. Pourquoi le pendule a-t-il répondu non ? Sa quête s'effrite. Julien est-il toujours à Rouyn ? Toujours vivant ?

— Dépêche, Flo, l'avise Simone.

— Il est tard, ajoute la cousine.

Tout s'embrouille et, pourtant, il faut faire vite, trouver une autre question, mais elle s'entête :

— Est-ce que je vais retrouver mon frère ?

— Mais…, souffle Jeanne. Tu gaspilles tes demandes. C'est la même question.

Trop tard. Dès la question lancée, le pendule se met à bouger, à tourner, tourner de plus en plus vite. Simone le laisse tomber avant de le prendre et de le fourrer dans sa robe de nuit.

— Voyons, c'est n'importe quoi, ton affaire, Simone ! En demandant la même chose, c'est justement ça que je voulais vérifier. Ça tourne, ça balance au gré de ta fantaisie. C'est toi qui le fais bouger.

Flora se relève, choquée. Simone ne s'en formalise pas trop : elle connaît la chanson et la fille. Jeanne s'est déjà redressée. Divers scénarios s'agitent en elle, des images, diverses petites vies, induites par les réponses du pendule.

— Assez perdu de temps. Jeanne, allons dormir. Demain, on doit être en forme.

Demain, embarquement pour la grande aventure, au hasard du chemin, soit, mais *qui ne hasarde rien n'a rien,* dit le proverbe.

Dans son petit lit, quelques minutes plus tard, Flora dort d'un sommeil agité.

# 12

Ce matin-là, Flora se lève une heure avant tout le monde. Elle va à la fenêtre, une fois, deux fois, dix fois, sans trop savoir ce qu'elle voudrait voir ou ne pas voir. Tout est calme, chaque chose à sa place, c'est un jour comme un autre. À huit heures moins quart, lorsque sonne l'appel du ménage, Jeanne et elle s'affairent dans la fébrilité : l'une, munie d'une vadrouille ; l'autre, d'un plumeau. Sur un signe de tête de Flora, toutes les deux se rapprochent de la porte principale, agitant leurs accessoires comme deux comédiennes dans un théâtre de boulevard. Profitant d'un moment pour aller secouer leurs instruments à l'extérieur, elles échangent quelques mots. L'heure est venue. Mine de rien, elles reviennent à l'intérieur, l'une essuyant les plinthes et les boiseries, l'autre passant la vadrouille, se suivant toutes les deux dans le corridor menant à la maison rouge. Sur le palier, elles abandonnent leurs outils de travail, attrapent leurs bagages derrière les tentures et filent au fond de la cave, pendant que, plus haut, les autres ont la tête penchée sur les poussières à chasser. Elles ne savent pas trop quel rythme adopter : leurs pas s'accélèrent puis ralentissent puis accélèrent de nouveau, et elles dégringolent les escaliers. Là, tout au fond du sous-sol, une cavité sombre les attend, où s'engouffrent des tuyaux et un câble électrique accrochés à la paroi. Le corridor de béton fait environ six ou sept pieds de haut sur cinq de large ; une longue série d'ampoules rassurantes l'éclairent. Sous terre, Flora craint par-dessus tout d'aboutir à la centrale thermique. On entend les soupirs des conduites sur lesquelles elle lit le mot *vapeur* et d'autres inscriptions, des flèches de direction. Elle voit des manettes, des rouges, des bleues, des cadrans, des gros et des petits, puis, plus loin, elle aperçoit enfin le mot *cathédrale*.

— C'est par là ! Il faut suivre ce tuyau.

Un jeu d'enfant. Guidées par cette conduite, elles arrivent bientôt à un passage secondaire, une embrasure dans le mur, et à un petit escalier de métal. Tout en haut, une trappe d'acier ferme l'ouverture.

Profitant de l'éclairage de la dernière lumière, par-dessus leur uniforme, elles revêtent leur robe de voyage et se coiffent d'un béret qu'elles abaissent sur l'oreille pour un effet plus seyant. Elles sourient à s'en fendre les joues de nervosité, car elles ne sont pas dupes. Sans prendre le temps d'ajuster les plis de la jupe et l'attache de la ceinture, elles gravissent les marches.

— Parfait, parfait, dit Flora avec satisfaction. Mon plan fonctionne.

Tout va bien. À deux, elles réussissent à soulever la trappe. Elles aboutissent dans des catacombes, dans une salle paroissiale, empruntent d'autres escaliers et sortent par une porte latérale de la cathédrale.

Dehors, sous les rayons du soleil qui se répandent à travers les branches, les feuilles vibrent, agitées par une lumière divine. Le temps est doux, et le ciel bleu et blanc les protège comme un voile virginal étendu au-dessus de leur tête. Il ne pleuvra pas.

Plutôt que d'emprunter les longs escaliers devant le parvis, Flora juge préférable et plus discret de traverser le petit boisé avant d'atteindre la rue Principale.

À grands pas, elle prend les devants avec aisance, alors que Jeanne s'empêtre dans les branches, soulève plus difficilement son bagage. En dévalant la pente raide, son pied heurte une souche et elle s'affale de tout son long, pendant que Flora, déjà loin, court presque pour atteindre au plus vite le pavé de la rue. Lorsqu'elle y pose enfin le talon, elle se retourne et, ne voyant pas sa cousine, revient en arrière. Elle la retrouve, assise près d'un enchevêtrement de racines, les cheveux défaits et les larmes aux yeux. Ses mains égratignées soulèvent les vieilles feuilles mortes.

— Mon sac s'est renversé. J'ai perdu des affaires, le fard à joues, le rouge à lèvres…

À quatre pattes, Flora cherche avec elle, pestant intérieurement. Non mais, quelle empâtée, cette Jeanne ! Après tout, peut-être n'était-ce pas une si bonne idée de l'entraîner avec elle dans cette aventure. Il a fallu tant d'énergie pour la convaincre et voilà qu'au lieu de l'aider, elle la retarde et lui nuit. Cet incident risque de tout faire rater. *Bon*, pense Flora, sagement, *dans toute aventure digne de ce nom, il faut des obstacles et des contretemps.* Jeanne se relève difficilement, les deux mains sur le ventre. Ses bas sont troués et ses genoux éraflés. Quelle misère ! Flora veut lui conseiller de retourner au couvent, mais alors l'alarme serait donnée et, en moins de temps qu'il n'en faudrait pour le dire, sœur Dortoir et mère Sainte-Fureur épingleraient la petite fugitive. Jeanne se secoue, replace sa robe et ses cheveux. D'un autre côté, la laisser là et lui dire d'attendre une heure et demie dans le boisé, le temps de s'assurer qu'elle est montée à bord de l'autobus, ne serait pas très charitable, d'autant que Flora se retrouverait seule pour le voyage, scénario éliminé dès le départ. Elle a besoin de Jeanne, mais n'agit-elle pas par pur égoïsme ? Non, elle doit sauver Jeanne.

Après quelques secondes de recherches, Flora repère le boîtier de fard et le tube de rouge. Elle empoigne le sac de Jeanne et le place en bandoulière, par-dessus le sien et, de sa main libre, agrippe le poignet de l'éclopée et l'entraîne à sa remorque. Plus une minute à perdre. Au couvent, dès qu'on apercevra la vadrouille et le plumeau laissés en plan, on se rendra vite compte de leur absence et on ne tardera pas à se lancer à leur poursuite. Elle regrette de ne pas avoir caché les outils de ménage pour éliminer, à tout le moins, ces indices. Pourvu que Simone tienne sa langue. Il leur faut juste une petite heure.

Elles descendent jusqu'à la rue, passent devant le bureau de poste où s'affairent déjà quelques facteurs. Elles doivent rester le plus naturel possible. Elles prennent des airs et une démarche décontractés. Elles traversent le carrefour où s'élève le gros hôtel à cinq étages depuis son récent agrandissement, dont une partie, plus basse, offre aux visiteurs une terrasse piquée de jolis parasols rouge et blanc.

Flora s'amuse, l'œil aux aguets. Jeanne, pour sa part, vit l'événement avec moins d'enthousiasme.

Tout droit, marcher vite et toujours tout droit, à présent, sans regarder personne. Elles connaissent cette rue où elles ont, quelques fois, assisté aux défilés, et pour l'avoir arpentée avec tante Blanche, laquelle prenait l'autobus pour venir chez Lessard et Frère, en bas de la côte, ou chez Gagnon Frères, l'impressionnant magasin avec son escalier roulant et son stationnement couvert. En novembre dernier, Blanche y avait emmené les filles pour admirer les décorations de Noël. Un gros père Noël, assis sur un trône de bois, attendait les enfants pour les prendre sur ses genoux. Cette année, Blanche avait promis à Flora qu'elle assisterait au défilé du père Noël. Flora se sent grande ; Jeanne voudrait redevenir enfant.

Les souvenirs tournent devant ces lieux, les talons claquent le long de l'artère, le cœur bat plus vite dans sa poitrine. Sur les genoux de Jeanne perle le sang, mais pas une plainte ne lui traverse les lèvres qu'elle tient serrées.

De l'autre côté de la rue, un commis de la Tabagie 500 les interpelle.

— Hé, les belles filles! Vous allez où? Y a pas d'école, aujourd'hui?

A-t-il reconnu les couventines sous leur tenue de ville? Aperçu leur uniforme noir dépassant de leur robe? Alertera-t-il la police? Tout en gardant le pas, Flora se retourne et lui crie:

— La supérieure nous envoie chercher un paquet à la station d'autobus. On est pressées. S'cusez-nous.

Rester polies, rester naturelles, courtoises, il faut le plus possible éviter de se faire remarquer. Descendre la côte, la station est tout en bas, au coin des rues Racine et Morin. Le long du parcours, Flora lit les affiches commerciales: Épicerie Welley Côté, Continental, Woolworth, Marchand Musique, puis l'impressionnant hôtel de ville.

Maintenant, c'est sûr, au couvent, on doit savoir. Ça doit s'énerver, se poser des questions, chercher à gauche puis à droite, regarder dans les chambres, dans les toilettes. Enfin, Flora entend le doux bruit des moteurs ronflants et sent l'odeur bénie du diesel. Elle entraîne Jeanne dans la cour arrière d'Autobus Saguenay ltée, où elles aperçoivent les véhicules au repos. L'un d'eux, gris et orange, à l'effigie de la Compagnie de transport provincial, indique sur un large pare-brise: *Québec*. Il est gros, massif et gourmand, plus clinquant que les autobus des circuits régionaux. Le long de la bâtisse, des boîtes et des bagages amoncelés attendent. Sur le quai, des chauffeurs en uniforme discutent en fumant une cigarette. *Tout va très bien, Madame la Marquise.* Flora embrasse la main de Jeanne.

Par-derrière, une main frôle son épaule; elle sursaute. Quelqu'un les a repérées? Déjà? En se retournant, elle ne voit personne, rien qu'un vieux sac de papier que le vent fait danser parmi d'autres débris. Tout va bien. Tout ira bien. Bonne mère Marguerite Bourgeoys, bonne Sainte Vierge et bonne maman veillent sur elles.

Elle respire profondément l'air frais de la grande rivière. Plus haut, sur un fond de nuages filiformes qu'on croirait démêlés au peigne, quelques goélands survolent lentement la zone portuaire, se moquant des contraintes des voyages en véhicules roulants. On ne sait pas s'ils cherchent quelque chose ou s'ils font juste passer. Flora les envie un peu, ces chanceux : ils peuvent aller où bon leur semble, sans bagage, sans argent, au gré du vent.

Encore bas, le soleil n'arrive pas à réchauffer la cour que les hauts immeubles, semés tout au long de cette rue commerciale, ombragent. Quelques personnes dehors, assises sur des bancs publics, les observent avec ce qui semble être de la suspicion. Flora évite leurs regards et, toujours suivie d'une Jeanne silencieuse, se dirige vers l'entrée. Un homme qui sortait leur tient la porte d'une main et touche galamment de l'autre son chapeau. Ils sont de plus en plus rares à le porter. Déjà, à l'intérieur, plusieurs passagers attendent, visages paisibles, sans bouger, sans respirer, dirait-on, comme des mannequins de vitrines flottant dans les odeurs de bacon, de rôties et de café du petit restaurant vitré, à l'opposé de la salle, où déjeunent des messieurs solitaires et quelques couples. Les filles ont pris leur repas du matin, mais quand même, cette odeur…

Le long du mur, derrière les bancs, elles se glissent vers les toilettes. Il n'y a personne pour le moment. Dans les cabinets, elles retirent rapidement leur costume de couventine et arrangent leur mine. Jeanne dénoue ses tresses et relève ses cheveux en un joli chignon. Quand elle sort de la cabine, une voyageuse entre pour se refaire une beauté. La jeune femme s'installe devant le grand miroir. Jeanne fait de même. Elle ajoute un collet de dentelle pour une touche féminine, se maquille sans discrétion et trouve des couleurs qui n'ont rien de naturel : du bleu sur les paupières, du rose sur les joues, du rouge aux lèvres. Elle a vieilli de dix ans. Pourvu qu'elle ne pleure plus, sinon son visage ressemblera à ceux des aquarelles des étudiantes en beaux-arts. Flora sort de sa cabine et ne peut cacher sa surprise de voir sa cousine ainsi transformée. À son tour, elle y va de quelques touches, plus discrètes que les gros traits de son aînée.

Lorsqu'elles regagnent la salle d'attente, des regards inquiets planent encore sur elles. Flora tient fermement son petit sac. Les gens devinent-ils, dans l'allure nerveuse des deux jeunes filles, le forfait, le coup pendable, la fugue ? Une femme se lève en fixant les jambes de Jeanne, s'approche d'elle et lui tend un mouchoir, pour qu'elle puisse s'éponger les genoux.

— Moi aussi, dit-elle, je suis tombée la semaine dernière, sur le trottoir d'en face. C'est à croire qu'ils ne répareront jamais ce trou ! Le maire : une autruche, la tête dans le sable, je vous assure.

Même au contact des âmes les plus charitables, Flora reste méfiante et craint la menace.

Tout va bien. L'horloge au mur indique huit heures cinq. Elles ont encore du temps devant elles, car elles n'ont mis que vingt minutes pour atteindre la station. C'est l'étape la plus longue, il n'y a rien d'autre à faire que d'attendre. Avant de se présenter au guichet pour acheter les billets, Jeanne consulte le tableau des tarifs épinglé au mur, derrière le commis. L'aller simple pour Québec coûte quatre dollars et demi.

— Je n'ai que trois piastres, chuchote Jeanne. Et toi ?

— Une piastre et dix.

— Nous n'en avons même pas assez pour un billet. Pourquoi tu ne m'as pas dit, pour le prix ?

— Parce que je savais pas.

— Quelle est ta bonne idée, maintenant ?

— On va chanter des duos et, après, on passe le chapeau. Papa m'a déjà raconté que des artistes se produisaient comme ça, sur le bord des rues ou dans les endroits publics, pour gagner leur pain dans les grandes villes. Il faut compter sur la générosité des gens, comme l'a fait mère Bourgeoys.

— Crois-tu vraiment que Marguerite Bourgeoys s'en allait faire la cigale pour payer ses voyages? En tout cas, pas question que je chante.

— Très bien. Je vais y aller toute seule, d'abord. Tu vas voir. Ça va marcher.

Elle lui confie son sac, s'éclaircit la gorge et se dirige au centre de la salle d'attente. Grâce à son maquillage, elle se sent aussi importante, aussi expérimentée qu'une vedette, et plus vieille, évidemment. Les gens croiront-ils qu'elle n'a pas encore dix ans? Soit, elle les confondra. Là, avec une hardiesse qui la surprend elle-même, elle grimpe sur un banc, retire son béret qu'elle dépose à l'envers, à ses pieds et, de sa voix la plus forte, interpelle les gens.

— Mesdames et messieurs, pour faire passer le temps, je vais vous chanter une chanson. Si vous aimez ça, mettez des sous dans mon chapeau. Vos dons nous aideront à retrouver et à soigner notre pauvre grand-mère à Montréal.

Elle se tourne vers Jeanne dont elle attend l'approbation. Celle-ci vient sous la forme d'un haussement d'épaules. *Certes, cette histoire de grand-mère, c'est un petit mensonge*, pense-t-elle, *mais cette justification ne manquera pas d'éveiller la générosité.* Une rumeur parcourt la salle, des sourires aussi, les gens sortent de leur torpeur. Les yeux, tantôt bas, se dessillent pour examiner cette drôle d'enfant remplie d'aplomb. Jeanne l'observe également, les yeux écarquillés, estomaquée par l'intrépidité de sa cousine, alors que celle-ci, *a cappella*, commence à chanter.

*J'irai la voir un jour*
*Au ciel dans la patrie*
*Oui, j'irai voir Marie*
*Ma joie et mon amour.*

*Au ciel, au ciel, au ciel*
*J'irai la voir un jour*
*Au ciel, au ciel, au ciel*
*J'irai la voir un jour.*

Plus un bruit. Le commis a fermé sa caisse, les clients assis au comptoir se sont tous retournés, les chauffeurs entrent pour l'écouter.

— Il en arrive souvent de bien bonnes, dans cet endroit public, mais celle-là, chuchote un des chauffeurs à un collègue, je m'en vais la conter aux gars de Québec, ils me croiront jamais.

Dans le restaurant, la conversation des convives s'interrompt, la fourchette d'une main, le couteau de l'autre, ils se sont statufiés, ahuris. La serveuse, une dame corpulente au tablier plein de graisse, abandonne cafetières, grille-pain et poêlons pour s'approcher. Elle a déjà la main dans une de ses poches, où elle manipule un peu de petite monnaie. Les larmes aux yeux, appuyée au chambranle, elle se laisse bercer par la voix d'ange.

Flora roule ses *r* comme le lui a montré sœur Irène pour mieux arrondir les sons et, avant d'entonner le dernier couplet, ajoute de l'onctuosité à sa voix, agrémentant de gestes légers chaque phrase :

*J'irai la voir un jour*
*J'irai loin de la terre*
*Et sur son cœur de mère*
*Reposer sans retour.*

*Au ciel, au ciel, au ciel*
*J'irai la voir un jour.*

On entend renifler dans la pièce. Des femmes fouillent dans leur sac à main ; les hommes, dans leurs poches, et ce n'est pas pour sortir leur mouchoir. Ils sont une vingtaine à s'approcher pour la féliciter et pour déposer, dans le fond de son béret, des sous et encore des sous. Jeanne se lève, pleine de fierté. Flora salue à la ronde et exprime sa gratitude :

— Merci, merci beaucoup. Infiniment. Dieu vous le rendra au centuple.

À cet instant précis, elle a une pensée chagrine pour sœur Irène. Les gens ont repris leur place et les conversations repartent. Jeanne fait signe à Flora de revenir s'asseoir.

Avec Jeanne, elle constate que non seulement il y a suffisamment pour payer leurs billets, mais qu'elles peuvent s'offrir une gâterie.

— Et si on s'achetait quelque chose à manger ? On a le temps.

Elles traversent au restaurant et s'approchent du comptoir, flanqué d'une rangée de jolis tabourets nickelés au siège de simili-cuir rouge.

— Eh, Jules, et toi, Florent, laissez donc vos places aux demoiselles, dit la corpulente serveuse à ses habitués, qui traînent là devant une tasse de café tiède.

Puis, une fois les filles bien installées :

— Qu'est-ce qu'on vous sert, mes belles ?

Flora commande un chocolat chaud, du pain doré et du bacon ; Jeanne, la même chose, avec un café, pour faire adulte. En attendant leur assiette, elles s'amusent à tourner sur les tabourets. Elles rient. Tout va si bien.

La dame leur apporte les tasses débordantes.

— Vous allez où, comme ça ?

Jeanne explique qu'elles s'en vont à Montréal retrouver leur grand-mère malade. Flora renchérit, car le mensonge fait partie de sa nature et des règles du jeu.

— Vous savez, elle est toute seule, pauvre grand-maman, sans appui, sans argent.

La serveuse prend un air désolé, leur souhaite bonne chance, puis retourne à ses clients. Huit heures et demie. Leurs assiettes atterrissent devant elles. L'odeur du bacon, denrée rarissime au couvent, pour ne pas dire inexistante, les fait saliver. Que c'est bon, le croustillant salé sur la langue ! Et le pain doré goûte exactement celui que cuisait bonne maman sur le poêle à bois.

En face d'elles, de retour, la serveuse appuie les avant-bras sur le comptoir pour leur faire la conversation. C'est une vieille femme aux cheveux rêches et tout gris, le chignon attaché dans un filet. Des mèches rebelles s'en échappent, cachant mal, sur ses tempes, d'étranges cicatrices. La peau de son visage, ravinée et très pâle – à se demander si elle a déjà vu le soleil – est parsemée de taches de vieillesse, ou de sagesse, comme dirait tante Blanche. Celle-ci, d'ailleurs, serait découragée de voir la tenue négligée de cette travailleuse : une robe rose fanée, marquée de vilains cernes de transpiration. Une petite neige de pellicules garnit ses épaules comme de minuscules flocons de peau. Elle marche le dos voûté. Tantôt, sa lèvre est prise d'un tremblement incontrôlable ; tantôt, ses mains cherchent désespérément à se retenir l'une l'autre pour prévenir ce frissonnement. Malgré tout, les habitués la respectent, tous la saluent amicalement avant de partir. On les devine atten-tifs et sensibles. Jeanne la regarde en plissant le nez, incommodée par l'odeur de sueur. Flora surveille le moment où elle va sourire, soupçonnant une dentition gâtée.

— Ah! belles jeunesses! Comme vous êtes radieuses! Et toi, ma petite, comme tu chantes bien! Comment tu t'appelles?

Flora s'apprête à donner son vrai nom lorsqu'elle se souvient de justesse : elles en ont changé pour éviter qu'on les retrace. L'aventure se poursuit.

— Germaine Gagné. Et voici ma grande sœur, Hortense.

— Votre mère a bien de la chance d'avoir deux aussi jolies filles, bien élevées, bien éduquées et généreuses.

La vieille femme fixe à présent les veines de ses mains, posées à plat sur le comptoir. Quelques secondes passent, le temps d'un tremblement de lèvre, puis, de sa voix rauque, elle raconte qu'elle aussi, elle avait des filles, toutes disparues, comme elle a perdu toute chose, même son exquise voix de cantatrice.

— À demain, Marie, lui lance un vieux à l'interminable barbe blanche.

Elle envoie la main au client, puis se penche par-dessus le comptoir, approche son visage pâle et luisant, et dévoile sur un ton de confidence des épisodes de sa vie d'avant, des secrets qu'elle gardait jusque-là enfouis, mais qu'un cafard soudain la pousse à révéler, dans l'odeur de graillon :

— Vous savez, jeune fille, je rêvais de devenir chanteuse, puis la vie en a décidé autrement. Une longue maladie m'a obligée à prendre toutes sortes de médicaments et à subir de gros traitements, à l'hôpital. Les tubes qu'on passait dans ma gorge ont dû briser mes cordes vocales. Écoutez-moi cette voix éraillée, maintenant. C'est comme ça, conclut-elle, avec une amère résignation.

Elle profite d'une accalmie. Sans s'interrompre, pendant que Jeanne et Flora engloutissent leur déjeuner, elle leur raconte la suite. Avec tous les médicaments qu'on lui administrait, son cerveau était en train de s'éteindre à petit feu. Heureusement, le bon Dieu lui a envoyé son Saint-Esprit, une étincelle de lumière. Chaque jour, sans qu'on l'ait vue faire, elle recrachait les comprimés et les enterrait dans le pot de la fougère, au bout du corridor. Plus verdoyante que jamais. Des médicaments bons pour faire croître les plantes, pas les gens.

— Après des jours, j'ai retrouvé mes esprits, mais pas tous mes souvenirs.

Par bonheur, le Créateur lui a donné du courage et quelques talents, entre autres celui de cuisinière. Depuis dix mois, elle travaille dans ce petit restaurant qui lui permet de se reprendre, de rencontrer les clients et de discuter avec eux : sa nouvelle famille. Elle a même changé de nom, afin d'éviter que les gens de son ancienne vie ne la retrouvent. Ils l'ont bien avisée, à l'institut, de ne pas renouer avec les membres de sa famille, pas tout de suite. Elle évoque une menace de mort que quelqu'un a proférée à son endroit.

— Je repars à zéro. Ici, j'apprends sur les uns et les autres et, en plus de calmer les appétits, j'essaie de soulager les âmes. Vous ne pouvez pas deviner toutes les confidences qui traversent mon comptoir.

Elle s'interrompt, remplit de nouveau la tasse de Jeanne, et reprend à Flora sa tasse et l'assiette que la petite vient de dévorer. Elle se verse elle-même un café qu'elle boit noir.

— Ce que j'aime par-dessus tout, c'est servir de belles enfants comme vous autres. Ça me rappelle de beaux souvenirs, autour de la table, dans le temps.

Son haleine sent la cigarette et le café. Cette gentille commère provoque un étrange malaise chez Flora, qui se remet à tourner sur son tabouret.

Le temps passe. C'est bientôt l'heure de l'embarquement. Jeanne remercie la dame et paie les deux additions avant de retourner dans les toilettes. La serveuse prend la main de Flora, la serre affectueusement dans la sienne et lui souhaite bonne chance en lui adressant un grand sourire au centre duquel manque une dent.

Ce contact surprend Flora. C'est très vague et enveloppant à la fois : elle se revoit à table, entourée des siens, de ses sœurs, de bonne maman qui s'activait, essuyait l'une et mouchait l'autre, ramassait quelques miettes ici, puis passait un coup de guenille là, et du père taciturne qui fumait en buvant son café, un œil sur la nécrologie, et de la grisante odeur de pain grillé, que seule maman savait beurrer juste comme Flora l'aimait.

Troublée, elle retire vite sa main de cette tendre étreinte gercée, dépose sa serviette de table et rejoint Jeanne aux toilettes.

— On jurerait que t'as vu un fantôme. C'est vrai qu'elle est un peu effrayante, confie Jeanne. On dirait qu'elle te connaît.

Flora ne répond pas ; elle esquisse un geste brusque qui veut dire : « Revenons à nos moutons ».

Tout d'un coup, sans raison, Jeanne ne peut retenir son fou rire, les deux mains sur les côtes. Après l'angoisse des dernières heures, l'hilarité et la détente sont bienvenues. Elle rit tellement qu'elle craint de mouiller sa petite culotte. Aussi se hâte-t-elle de soulager sa vessie, encore une fois, avant le voyage.

À neuf heures, bien installées sur la banquette capitonnée de l'autobus, elles attendent le départ. Sortant de la station, un homme pousse un fauteuil roulant dans lequel est assise une dame âgée, aux pieds minuscules et aux jambes énormes, qui doit manifestement monter à bord : une entreprise exigeant non seulement des bras de fer, mais de délicates contorsions dans la porte à battants. D'abord, le chauffeur demande à Flora et à Jeanne de se déplacer vers l'arrière pour laisser à la dame le premier siège. Elles se retrouvent complètement au fond. Tant pis, elles verront moins bien le paysage, mais tant mieux, elles seront plus à leur aise pour bavarder.

Puis, un préposé vient prêter main-forte à l'accompagnateur pour hisser à bord la grosse femme. Ils doivent s'y reprendre à trois fois, car les chairs molles semblent leur glisser des mains. Pas de prise. Le chauffeur descend pour participer aux manœuvres. À trois, ils trouvent une stratégie. Le chauffeur soulève l'invalide, tandis que, de leurs bras entrecroisés, les deux autres forment une sorte de chaise sur laquelle madame installe son postérieur. Suivant les instructions, elle place ses bras sur les épaules de chacun. Ainsi, le trio doit traverser la porte, latéralement, puisque les trois de front ne passeraient jamais. Les manipulations se corsent quand la dame se retrouve en déséquilibre sur les bras qui font angle. Tout son poids se trouve déplacé sur le porteur arrière qui grimace sous la pression et l'effort.

C'est long. Dix minutes avant d'asseoir l'infirme à l'intérieur.

Flora essaie de ne plus penser à la serveuse. Jeanne est heureuse de pouvoir de nouveau songer à son petit. Elles sont bien, elles sont au chaud, à l'abri, l'estomac rempli. Jeanne se dit même que dans vingt minutes, quand l'autobus roulera sur le boulevard Talbot, elle va sûrement piquer un roupillon.

Enfin, le chauffeur circule dans l'allée et vérifie les billets. Le moteur ronfle, l'homme sent bon l'eau de Cologne et l'optimisme, les dames portent de jolis chapeaux, les messieurs ont retiré le leur. Dans l'autobus bondé, ça discute tout bas. Tout va incroyablement bien. Flora pousse un long soupir plein de naïves convictions.

— Tu vois, Hortense, ce n'était pas si compliqué.

Jeanne lui serre doucement l'avant-bras, le regard reconnaissant, un sourire, enfin, éclaire son visage.

— Merci, ma chère petite Germaine. Maintenant, j'ai confiance : nous ferons bon voyage.

# 13

Le chauffeur ferme la porte et actionne l'embrayage pour reculer. Par la vitre, Flora voit la serveuse du *snack-bar* sortir du terminal en courant. Elle désigne l'autobus en criant. Un policier la suit au pas de course, une main en l'air. «Arrêtez! Attendez!»

Soit, les policiers ont bien le droit de prendre l'autobus, eux aussi. Celui-ci aura de la chance, par contre, s'il trouve un siège libre.

L'agent grimpe les deux marches d'une seule enjambée et s'adresse tout bas au chauffeur; il sort en même temps d'une enveloppe une sorte de carton glacé. Du fond du véhicule, Flora ne distingue pas bien. Le chauffeur hoche la tête, se retourne et indique du doigt les deux jeunes passagères, assises à la dernière rangée. Tout à coup, Flora éprouve une grande difficulté à déglutir et sent, dans sa poitrine, une pulsation qui l'oppresse. Rien ne va plus: la serveuse les aura vendues. L'homme en uniforme s'approche d'elle et, d'une main ferme, lui montre une photo où elle chante en duo avec Jeanne, une photo prise à la fin de l'année dernière. De l'index, il pointe sur le papier glacé la petite frimousse à la bouche arrondie sans rien dire. Toutes les têtes sont tournées vers elle et, cette fois, ce n'est pas pour l'écouter chanter. Avec des yeux interrogateurs, tous la dévisagent.

Flora regarde la photo, puis l'agent. Dix minutes. Dix petites minutes de retard à cause de l'impotente. Non, rien ne va plus, bien qu'elle sourie de toutes ses dents pour narguer le policier.

— Oh! c'est extraordinaire, s'exclame-t-elle en feignant la parfaite innocence. Comme votre fille me ressemble!

Ne sachant plus si elle doit rire ou pleurer, trop fatiguée pour y penser, près d'elle, Jeanne s'esclaffe.

Ainsi prend fin le voyage. Elles n'ont pas parcouru un mille. Dans la voiture de police, l'agent les ramène au couvent.

Mère Sainte-Fureur les reçoit avec des yeux en fente et une bouche raide. À chaque parole, elle frappe le bureau de la paume de la main ; l'encrier, les plumes, les sceaux vibrent chaque fois.

— Mauvaises filles ! Risquer de ternir la réputation du couvent ! Têtes folles ! Ingrates ! Après tout ce que nous avons fait pour vous ! Et Dieu, de là-haut, qui vous regarde. Irresponsables ! Faire couler en nos veines du sang d'encre ! Nous serons dans l'obligation de sévir.

Pendant que la Fureur continue son sermon, la colère de Flora grogne dans son ventre. Qui, au couvent, aura sonné l'alarme de leur disparition ? Qui aura osé déjouer ses plans ? Elle se promet bien de le découvrir assez tôt.

— À présent, termine mère Sainte-Fureur, défense de sorties, de visites et de récréations jusqu'à la semaine prochaine. Défense de vous parler et de vous tenir l'une près de l'autre. Que cette sentence serve d'exemple à vos consœurs ! C'est grave, très grave ! On ne déserte pas impunément notre couvent.

La directrice les reconduit chacune à sa classe, en les houspillant encore tout le long des corridors.

Les yeux secs, Flora avance vers sa place pendant que la Fureur s'attarde dans l'encadrement de la porte et donne des instructions à sœur Fil. Dès que celle-ci a refermé le battant, elle ordonne à Flora de s'installer à genoux, dans le coin des punies, face au mur. Sans doute Jeanne connaîtra-t-elle la même humiliation devant ses consœurs. La pauvre, avec ses genoux meurtris, aura du mal à tenir.

Une heure plus tard, au cours de français, sœur Fil délivre Flora de sa douloureuse posture. Enfin, elle peut regagner sa place afin de prendre part à la dictée. Simone en profite pour lui écrire un petit billet, qu'elle fait circuler en douce vers son pupitre. *As-tu trouvé quelqu'un que tu connaissais ? À quand le nouveau voyage ?* Pourquoi se moque-t-elle aussi durement ? Flora la mitraille du regard.

Puis, pendant la récréation qu'elle passe seule à la bibliothèque, elle observe par la fenêtre les sœurs qui marchent, avançant et reculant en alternance, pas après pas, pied après pied. Tous ces pas qu'elles font en scrutant par terre, qui ne mènent nulle part, la ramènent à sa vie à elle. De même, la veille, à la chapelle, elle les a regardées déambuler sous l'œil impassible des statues qui rappellent, jour après jour, à ces femmes qui marchent, gauche, droite, sur des jambes à varices et à rhumatismes, les valeurs fondamentales : la culture, la foi, l'érudition et les nobles tâches de l'esprit. Présentement, les institutrices ne discutent sûrement pas de ces grandes théories, mais doivent s'entretenir de tout autre chose : la fugue et les agissements de Flora et de Jeanne Blackburn.

Flora trouve la journée longue, isolée la plupart du temps du reste de ses camarades.

La nuit venue, au dortoir, elle se glisse dans le compartiment de Simone, qu'elle réveille en douce et questionne. Sur ses index posés l'un sur l'autre pour former une croix, celle-ci jure sur ce crucifix improvisé qu'elle a bien tenu sa langue.

— Ç'a pas été long, chuchote-t-elle. Quand sœur Irène a vu que t'étais pas au cours de musique et que Jeanne manquait aussi, elle a couru chez la directrice. Paraît même que c'est elle qui a fourni la photo à la police.

— Comment ça se fait que tu n'as pas vu ça, dans tes prédictions ? Tu es tellement niaiseuse, des fois. Simone, la démone, raisonne comme un tambour…, scande-t-elle comme une comptine.

Simone ravale sa rage et son envie de lui cracher au visage, alors que sa main serre plus fort la bordure de l'édredon.

— Moi, je dis ce que je vois et ce que je ressens, riposte-t-elle. C'est tout. M'as-tu réveillée juste pour m'écœurer ? Va-t'en, Flora Blackburn, pis laisse-moi dormir en paix.

Flora doit en prendre son parti. C'est sans doute vrai, ce que dit Simone. N'empêche, la colère de Flora se fraye un plus large chemin.

— Des niaiseries ! Je te croirai plus jamais.

Flora n'en pense pas un mot, mais le fait de le lui vomir lui procure un grand bien. Elle retourne prudemment à sa couchette. Dire qu'hier encore elle misait sur des numéros de prestidigitation, des histoires inventées et un beau cirque. La fugue et les spectacles… Devant elle ne se déploient plus que des coulisses sombres et une nuit à perpétuité. La chaleur de sa mère, les retrouvailles avec Julien, une vie nouvelle, tous ces projets devront attendre. Pour Jeanne, ce doit être bien pire. Est-ce vraiment Dieu qui contrôle l'aiguillage des destinées ? « Les voies du Seigneur sont impénétrables », répète souvent sœur Fil. Il doit bien y avoir un petit bout sur lequel on pourrait avoir prise. Toute la semaine, on l'isole. Un virus, on la croirait devenue un virus pouvant contaminer la communauté. Au réfectoire, elle mange seule dans son coin. Les religieuses lui interdisent la salle d'étude et la confinent dans sa chambrette pour la lecture, l'écriture et les devoirs. On n'avait pas vécu pareille commotion depuis des années. Flora en rejette maintenant toute la responsabilité sur sœur Irène ; cette empêcheuse de fuguer en rond le lui paiera. Quant à Jeanne, qui pourra lui dire ce qui adviendra d'elle ?

Le samedi suivant, Blanche et Pitre se présentent au couvent. Ils se sont annoncés deux jours plus tôt et ont fait les arrangements nécessaires. Sœur Dortoir en a parlé à Flora sans savoir grand-chose de plus. La mère supérieure aurait-elle appris l'état de leur fille ? Les en aurait-elle avisés ? Comment savoir, à présent ?

À l'étage, postée à une fenêtre, Flora observe le trio s'en aller. Pitre porte la malle et marche derrière Blanche et Jeanne, deux têtes basses face au grand vent du sud-est. L'oncle courbe sous le poids de sa charge. Toujours d'une élégance raffinée, sur ses talons hauts, tante Blanche avance lentement ; les pavés inégaux l'obligent à progresser à pas prudents pour éviter l'entorse. Quelques religieuses se tiennent à bonne distance : elles discutent, et Flora ne saurait dire si elles accompagnent la petite famille ou si elles sont à leur affaire personnelle. Le vent s'empêtre dans la cape dont on a chargé les épaules de Jeanne, sans doute pour camoufler le ventre. Le tissu se soulève dans le courant d'air grimpant le long de la montée et oblige la jeune fille à se battre contre les pans rebelles qui la fouettent tantôt au flanc, tantôt au visage, et à ralentir le pas. Les religieuses s'éloignent. Blanche s'arrête un instant pour se retourner vers Jeanne, non pour la gronder ni pour montrer de l'impatience, mais juste pour lui sourire gentiment, un sourire empreint de tendre pitié. Elle tend alors un bras pour soutenir sa fille et l'aider à lutter contre la bourrasque. D'un geste ferme, Pitre enfourne la malle dans le coffre de l'auto qu'il referme violemment et s'empresse d'ouvrir la portière. Avant de s'engouffrer dans le véhicule, Jeanne se retourne une dernière fois vers le couvent. De l'autre côté de la vitre, Flora sautille et agite les bras dans l'espoir d'être vue. Sa cousine, d'une main, lâche la cape qu'elle dispute au vent et qui se soulève autour d'elle, l'enveloppant des épaules à la tête. Dans l'étoffe dansante, Flora aperçoit une main aimante qui la salue. Simone arrive au même instant et s'approche de la fenêtre à son tour. Toutes les deux se prennent la main sans se regarder, attentives à Jeanne qui s'installe et disparaît.

— Je n'ai pas réussi, se désole Flora. Je ne l'ai pas sauvée. C'est Dieu qui décide. Dieu ou quelqu'un d'autre, mais pas les petites filles comme nous.

Pour Jeanne, il y aura demain et puis le surlendemain et tous les autres jours… Comment traversera-t-elle ces semaines ? La cachera-t-on dans sa chambre, avec interdiction de paraître aux carreaux ? Pourra-t-elle aller à la messe, avec son ventre de plus en plus gros ? Comment Pitre agira-t-il à son égard ? Et tante Blanche, dans sa piété et sa charité chrétienne, pour l'amour des enfants, pour l'amour des sœurs de Flora dont elle devait s'occuper la veille de leur mort, ne pourrait-elle pas ouvrir un tiroir pour y déposer le nouveau-né et le garder dans sa maison ? Il tiendrait bien peu de place. Jeanne pourrait se métamorphoser en une petite maman aimante et attentionnée. Certainement, l'angelot rapprocherait les deux mamans. Pourquoi le lui arracher ? Donner la vie, puis donner son enfant, sans jamais le voir, ce doit être une perte qu'on appréhende autant que la mort. Aucun adieu, aucune caresse, aucune berceuse, aucun amour. Que deviendra Jeanne, et la souillure dont elle parlait, cette réputation qui en ferait une fille perdue ? La belle et grande Jeanne, qui a talent, intelligence et beauté : tout… sauf la sagesse.

Jeanne lui a dit que le bébé arrivera fin août, début septembre, juste après les vacances. Elle passera l'été chez tante Blanche. Flora ne pourra même pas la revoir et organiser quelque plan, si jamais les parents voulaient placer l'enfant en adoption. Bien non, puisque le Grand Black a promis de venir la chercher à la fin des classes. Malheur ! Comment éviter cette fatalité ? Elle ne pourra plus aider Jeanne dont l'avenir lui paraît soudain bien noir.

L'auto roule dans l'allée et disparaît au coin de la rue. Pauvre Jeanne ! Ce n'était sûrement pas de cette façon qu'elle espérait fuir le couvent.

Les deux fillettes s'éloignent de la fenêtre, redescendent et retrouvent Thérèse et Yvonne qui les invitent à jouer au Stratego, un nouveau jeu qui a la faveur des couventines depuis quelque temps. Flora accepte, s'assoit puis se relève aussitôt :

— Installez le jeu, je reviens.

Elle court s'assurer d'une chose que Simone lui a dite quelques instants plus tôt.

C'est bien vrai. La honte. Au réfectoire, le nom de Jeanne a été retiré du tableau d'honneur. La journée s'est affreusement étirée. Quelques jeux, la lecture, de longues minutes de désœuvrement, les repas, puis de nouveau le livre qui lui tombe des mains, les cent pas dans un corridor à peu près désert. Au terme de cet interminable jour, après s'être apprêtée pour la nuit, seule dans sa chambrette, Flora réfléchit aux desseins de Dieu. Il a fait mourir ses sœurs encore toutes jeunes alors qu'elles étaient tellement amoureuses de la vie. D'un autre côté, Il donne un enfant à Jeanne, qui n'en voulait pas, pas tout de suite, un enfant qui lui apporte le malheur avant même d'être né. «Laissez venir à moi les petits enfants», dit Notre Seigneur… S'Il veut tant le bonheur de ses petits enfants, Il ne permettra pas que ces choses-là arrivent.

Flora prie pour Jeanne et son bébé, afin que Dieu les protège et ne les désunisse pas. Elle serre si fort ses paumes l'une contre l'autre que l'extrémité de ses doigts entrecroisés blanchit. Elle répète les *Pater,* les *Gloria,* les *Sanctus* et les *Agnus Dei,* mais d'autres pensées survolent bientôt les mots latins qui flottent, coquilles vidées de sens. Dieu n'écoute plus, Dieu est sourd ou préoccupé par des causes plus importantes. Elle s'endort après cette dernière prière adressée à une autre divinité :

— Sainte Vierge, ma mère du ciel, s'il vous plaît, faites que mon père ne revienne pas. Jamais.

Le lundi suivant, à la fin de la journée, comme elle le fait souvent, sœur Adèle trace les lignes des terrains de drapeau et de ballon, balaie les espaces pour la marelle et râtelle les feuilles. Sortie pour secouer les tapis du corridor, sœur Irène l'aperçoit au fond de la cour. La petite religieuse, toujours si minutieuse, si renfermée, si taciturne, s'acharne à nettoyer le sol, s'agitant avec une vaillance hors du commun, usant sans cesse son ardeur à des tâches routinières, à manier le balai, la faucille ou le râteau. C'est à se demander si elle ramassera toutes les feuilles de la forêt. Quel trouble cache-t-elle sous ses obsessions de propreté, sous ses petites manies, sous cet ordre maladif ?

Elle rassemble des tas que le grand vent s'amuse aussitôt à éparpiller à sa guise.

Sœur Irène la rejoint dans la bourrasque.

— Ma sœur, vous vous donnez trop de peine et vous allez vous faire des ampoules.

Sœur Adèle sursaute, laissant tomber le râteau et redresse son dos, une main sur les reins, l'autre grande ouverte, qu'elle vérifie avec un sourire dépité.

— Impossible ! Elles sont déjà bien endurcies. Ah ! si je pouvais avoir le cœur calleux comme les mains, ça m'éviterait bien des peines.

Est-ce une perche lancée ? Veut-elle partager ses états de conscience ? Jugeant le moment opportun, sœur Irène ouvre la porte et l'interroge sur l'objet de ses tracasseries.

— Parfois, lorsque je songe à toutes les méchancetés du monde, je me demande où se trouve Dieu et ce qu'Il fait. On a beau nous dire qu'Il est partout, je ne Le vois pas souvent, ces jours-ci. Je pense, entre autres brebis, à notre pauvre Jeanne que le diable a tentée.

— Bien sûr, on ne voit pas Dieu. Comme le vent, qu'on ne sent qu'au mouvement des feuillages et des herbes qu'il agite. Par son souffle, Dieu agit sur nos sentiments et nos actes. Tout de même, le vent importe plus qu'un brin d'herbe et dure plus longtemps. Si l'homme n'est pas là, personne n'entend ni ne sent le vent.

— Merci, ma sœur. Dorénavant, grâce à vous, je verrai le vent autrement, et la pluie, peut-être.

— Qu'avez-vous donc qui vous donne cet air chagrin, ces derniers temps ? Il fait pourtant si bon. Bientôt, nous pourrons prendre quelques jours de repos à l'ermitage et, à l'automne, nous prononcerons enfin nos vœux perpétuels.

— Oh ! je ne veux pas parler contre elle, mais notre mère supérieure m'a fait tellement de peine. Hier encore, elle m'a reproché de perdre du temps à peindre un nouveau décor pour la célébration de fin d'année. Elle critique mes méthodes d'enseignement, les tableaux que, chaque matin, je dessine aux craies de couleur avant l'arrivée des élèves, pour égayer la classe. Elle désapprouve tout ce que je fais… «Vous perdez du temps, vous perdez toujours votre temps», me répète-t-elle. Elle dit que mes enluminures ne sont qu'un travers de mon orgueil, une ostentation arrogante d'un talent que je crois m'attribuer.

Les deux sœurs poursuivent leur travail. Les terrains de jeux seront bientôt prêts. Elles discutent plus librement en attendant le son de la cloche et l'arrivée des jeunes filles.

— Elle préfère que nous passions les moindres temps libres à la prière, à la méditation et à la contemplation. Elle n'osera l'avouer, mais elle craint les artistes et leur créativité.

Appuyée sur son râteau, sourire aux lèvres, sœur Adèle se réjouit de pouvoir trouver une oreille sensible et discrète.

— Toutes ces prières de routine qu'on lance dans l'espace, valent-elles une œuvre magnifique que l'on dédie à Dieu ? S'Il m'a donné un petit talent de peintre, approuverait-Il que je l'enferme, comme le pauvre homme de la parabole ? Et, dites-moi, toutes ces saintes et ennuyantes cérémonies en latin, auxquelles je ne comprends pas grand-chose, ont-elles pour but d'endormir notre hardiesse et notre inventivité ? Que deviennent les passions couvées dans la litanie de nos prières ?

— Parfois, je crains qu'elles ne se réveillent, comme nos corps, dans le silence, la servitude et le désœuvrement, avec une sauvagerie que les bonnes gens de la société ne peuvent même pas imaginer, entraînés qu'ils sont par une tornade de plaisirs.

— Je me pose de plus en plus de questions quant à ma place ici, auprès de cette nouvelle supérieure. Plus mes interrogations se multiplient, plus je suis malheureuse. *Miserere !* Souffrir, et quand j'ai bien souffert, dois-je encore implorer : *Amplius, Domine.* Encore plus, mon Dieu ? La supérieure ne manque pas de me répondre et de m'exaucer. Est-ce que les autres connaissent pareil trouble ?

— Vous n'êtes pas la seule, je peux vous le dire.

Sœur Adèle reprend son râteau et sa tâche.

— Laissez-moi vous aider. Vous êtes mon amie, je serai toujours là pour vous.

— Ici, il n'y a plus ni parents, ni grands-parents, ni frère, ni sœur, ni amie… Nous ne pouvons être que sœurs dans le Seigneur, c'est tout. Mère Saint-Viateur m'a encore mise en garde, la semaine dernière.

Sœur Adèle se vide le cœur, exposant enfin le tumulte qui la tenaille. Elles sont des créatures d'un instant, qui passent leur courte vie enfermée au sein de cette communauté, à chanter l'amour de Dieu et du prochain et, pourtant, au lieu de faire fleurir les relations les plus agréables, les grandes amitiés, leur supérieure les en empêche, et les voilà contraintes à se côtoyer et à se voir comme le ferait le marcheur devant les herbes le long du chemin, sans aucune estime ni tendresse.

— Je m'arrête là, car j'ai peur de vous contaminer avec mes doutes et ma fragilité. Pour l'instant, je veux absolument terminer ce nettoyage. Après les orages des derniers jours et tous ces débris que le vent a charriés, nos filles reviennent des récréations avec du sable, de la terre et des feuilles sous leurs chaussures, toute cette saleté, toujours. Quel ennui ! Si je peux nous en éviter un peu, dans le couvent…

Pendant que sœur Adèle rassemble les dernières feuilles, sœur Irène les ramasse par brassées et en charge la brouette qu'elle déverse dans la petite ravine, au fond de la cour. En bas, tout en bas, elle aperçoit la longue silhouette de sœur Saint-Léandre qui s'éloigne, le visage caché derrière un appareil photo.

Lorsqu'elles ont terminé le travail, des débris végétaux se cramponnent encore à leurs habits. Pour les ôter, elles balaient de la main les moindres particules s'accrochant aux plis de leur robe, mais les toques de bardane ne se laissent pas déloger facilement.

— Vous en avez plein le dos. Tournez-vous, je vais les enlever.

À tour de rôle, elles arrachent les petites boules griffues.

— Oh ! voilà que j'ai une graine dans l'œil ! se plaint sœur Adèle, très incommodée.

Elle appuie et fait rouler son poing sur l'orbite noyée de larmes.

— Surtout, ne frottez pas ! Laissez-moi voir. Je suis passée maître dans ce genre d'intervention.

Elle entraîne sœur Adèle près de la haie de chèvrefeuille, à l'abri du vent, et approche sa main de l'œil crispé et larmoyant. Du pouce et de l'index gauches, elle écarquille les paupières.

— Là, je la vois, ne bougez pas.

Elle mouille d'un peu de salive l'index de sa main droite et, délicatement, le glisse sous la paupière inférieure. Elle doit s'y prendre à deux fois et tourner le visage de sœur Adèle vers la lumière. Enfin, la grenaille colle au bout du doigt.

— Voilà ! s'exclame-t-elle, triomphante. Je l'ai !

Sœur Adèle, l'œil encore plein d'eau, l'étreint chaleureusement.

— Grand merci ! J'ai eu peur de finir borgne, comme mon père, à qui semblable avarie était arrivée.

Au même moment, postée à la fenêtre de la salle d'étude, Flora les observe. La déception et la frustration l'agitent encore un peu, par secousses, en vaguelettes qui viennent et repartent se perdre dans d'autres humeurs. De loin, elle aperçoit la scène : les deux novices au voile blanc, qui passent et repassent les mains sur les vêtements de l'autre, puis les visages tout près, une main tendue vers la joue, une caresse près des yeux. Flora s'invente lentement un scénario sur mesure. Les deux religieuses pivotent de sorte que l'une lui tourne le dos, cachant l'autre. Après une accolade, les deux novices reviennent ensemble, se tenant par le bras. Flora a bien vu ce qu'elle a vu. Sœur Adèle s'essuie les yeux alors que sœur Irène s'empresse de lui offrir son mouchoir. Sûrement pas pour des chagrins puisque toutes deux ont le sourire aux lèvres. Flora s'éloigne de la fenêtre : ce qu'elle avait à voir est vu, c'est entendu, voilà une histoire pratiquement bouclée. Plus loin, beaucoup plus loin, du fond de la ravine apparaît une ombre au voile noir, affublée d'une besace et d'un étrange instrument au cou, qui émerge entre les branches pour y replonger aussitôt.

Dans les pensées de Flora, les lumières du Seigneur s'allument – ou les feux du diable. Elle tient là l'étincelle, la petite goutte du colibri, celle qu'elle lancera au bon moment, non pour éteindre un feu, mais pour l'embraser. Plus tard, à la récréation, elle passe à l'action.

— Je te jure ! souffle Flora à Simone, alors qu'elles se retrouvent encore une fois au paradis du ballon prisonnier. Je les ai vues, en arrière, près du jardin. Elles étaient un peu cachées par les arbustes, mais je ne me trompe pas. Et elles sont rentrées en riant, bras dessus, bras dessous. Ce n'est pas normal.

— Tu as mal pensé, réplique Simone. C'était pour l'aider à enlever les feuilles mortes qu'elle faisait ça. Tu inventes encore des histoires. Fais attention, quand même !

Le jeu se poursuit. Le ballon se promène d'une attaquante à l'autre, il fait des victimes, certaines accidentelles, d'autres qu'on visait délibérément pour des motifs sérieux ou par taquinerie. La manche sera bientôt finie, et Flora et Simone pourront retourner dans le feu de l'action, pour quelques secondes, avant d'être de nouveau frappées, comme cela ne manque jamais d'arriver.

— À part ça, reprend Simone, sur ses gardes, avec toutes les histoires que tu nous as déjà racontées sur ton cirque familial, comment veux-tu que j'avale cette nouvelle affaire ?

— Tu me crois pas, hein ! Ça me fait rien, parce que toutes les autres filles de la classe vont me croire, elles.

— Je te dis et te le redis : c'est pas une bonne idée !

— J'ai besoin des autres pour que ça marche, comme dans ton histoire du colibri. Sauf que ce sera pas une petite goutte d'eau que je vais lancer.

— Tu imagines qu'elles sont amoureuses, c'est loin d'être certain. Tu connais pourtant par cœur les dix commandements de Dieu : *La médisance tu banniras…* Tu sais c'est quoi, la médisance ? C'est faire de faux témoignages à propos des autres. Sœur Fil l'a expliqué encore, au cours de religion. Sœur Irène aussi, quand elle voulait me faire chanter un solo. Tu t'en souviens ?

On commence à peine une nouvelle partie, et déjà les deux amies se retrouvent au paradis. Simone se frotte l'avant-bras : cette fois-ci, le ballon a pincé fort, la grande Yvonne, plus en forme que jamais, n'y est pas allée de main morte. Flora recule de deux pas, se retourne et tente de s'éloigner pour ne plus entendre.

— Si tu veux, propose encore Simone, je pourrais prendre mon pendule. Dieu nous donnera les bonnes réponses.

Les bonnes réponses ? Comme si Dieu pouvait téléphoner avec un pendule. Quelle sottise ! D'autant que, la dernière fois, c'était n'importe quoi.

— J'ai vu ce que j'ai vu et c'est bien assez, tranche Flora en lui tournant le dos.

Le lendemain, on ne joue pas dehors, dans cette vase que forme la pluie sur le terrain de jeux. La récréation de l'avant-midi a lieu dans la salle d'étude où on s'occupe à lire, à jouer aux dames ou aux dominos.

Flora écrit quelques mots sur un bout de papier qu'elle remet à Yvonne. *Inventons une histoire de deux religieuses qui se feraient les yeux doux.* Puis, sur un deuxième billet : *… et qui s'embrasseraient.*

Yvonne y met du sien. Flora la connaît bien et ce n'est pas au hasard qu'elle a choisi cette potineuse pour mener à bien son projet. Yvonne passe un mot à Thérèse qui en passe un autre à

Denise. Les papillons volants circulent discrètement dans la salle ; les couventines s'échangent des drôleries acides, des commentaires brûlants et des mots interdits, à l'insu de la surveillante qui somnole dans sa chaise.

*On les voit souvent ensemble. Elles se parlent en secret et se donnent des rendez-vous en cachette. Elles enlèvent leur voile et se promènent les cheveux au vent. Imaginez ce qu'elles font. Elles retirent leurs bas et leur petite culotte. Elles se flattent les jambes, les bras et le dos. Elles sont amoureuses. Le diable dans leur corps les pousse à faire toutes les choses défendues. Elles s'embrassent le ventre. Et les fesses. Et les tétons. Et le bec, alouette !*

La main devant la bouche, elles cachent leur fou rire.

La rumeur pourra se propager. Une simple rumeur, pas très bruyante, dont la traînée s'incrustera dans les fissures. Les rats silencieux courent, queue nue et dents pointues, griffes s'accrochant aux pierres, petites bêtes sournoises et rusées. Les rats ne disséminent-ils pas les pires maladies contagieuses ? Leurs bruissements se posent maintenant au creux des oreilles, prennent racine comme les graines du jardin, fouissant le sol en silence. Les murmures glisseront et courront sur les tympans. Flora rassemble les billets et les cache dans son cahier.

Le midi, au réfectoire, on ne sait ce que Simone a bu ou mangé, après le repas, elle dépose sa fourchette, redresse la tête et relève si haut les sourcils que son front en est tout plissé. Quant à ses yeux, les deux billes noires disparaissent, révulsées, pour faire place à deux globes blancs, des yeux sans pupille, comme les statues de plâtre du calvaire. Les nouvelles croient à une syncope ou une attaque. D'autres ont déjà vu ça. Sur un ton très bas, Simone se met à parler ou plutôt à émettre des sons, des syllabes alignées comme des mots, des vocables d'une autre langue.

— *Ungumqambimanqa liar mentiroso mensogulo bugiardo mendax…*

— Qu'est-ce qui lui prend, que dit-elle ? demande sœur Cuisine.

La litanie se poursuit, avec plus de volume, plus de conviction. Simone tremble et se retient à deux mains aux bords de la table.

— Elle est possédée ! Le diable est parmi nous ! craint Thérèse qui joint les mains en prière.

L'autre lui présente le chapelet, on veut de l'eau bénite, un crucifix, mais rien n'effraie la pauvre ensorcelée qui, de toute façon, n'y voit rien.

Plusieurs religieuses se sont approchées d'elle pour mieux entendre, tandis que les élèves s'éloignent un peu, de peur d'être contaminées.

— *Pour vous faire mieux connaître l'erreur de celle qui crache les médisances… qui dolorem ipsum, quia dolor sit, amet, consectetur, adipisci velit, sed quia non numquam eius modi tempora incidunt, ut labore et dolore magnam aliquam quaerat voluptatem. Veritas… Vero… Verdad…*

— Écoutez, murmure sœur Adèle. Le ton n'est ni agressif ni haineux. Une mélopée, un refrain, comme un hymne.

— *Ut enim ad minima veniam, quis nostrum exercitationem ullam corporis suscipit laboriosam, nisi ut aliquid ex ea commodi consequatur ? Mais en tant qu'elle attire de grandes douleurs à l'autre qui ignore encore le sort qui tombera… Le sort tombera sur les innocentes.*

Du grégorien, du latin ancien, un dialecte des peuples ancestraux ? Tout cela mêlé à du français. Chacune y va de ses suppositions.

— Elle parle en langues ! s'écrie sœur Sainte-Marivonne.

Après une minute, les billes noires retrouvent leur place dans les orbites. Simone se tait et pousse un long soupir. Silence dans la salle, fatigue sur le visage de Simone qui s'assoit et appuie la tête dans sa paume. Ainsi accoudée, elle lance des regards effarouchés vers les autres, ahuries autour d'elle. On attend.

— Simone, es-tu avec nous ? demande sœur Adèle.

Un haussement d'épaules pour toute réponse. Bien sûr, où pourrait-elle être ?

Elle les regarde encore, une à une, leurs airs surpris, puis elle retrouve ses sens, tremblante.

— Vous autres aussi, vous les avez entendues ? D'où ça vient, ces voix-là ?

Quand on lui demande de répéter ses propos, elle ne se souvient que des derniers mots : « Le sort tombera sur les innocentes. »

— Eh oui, fait la supérieure. C'est bien connu. Mais ces voix dont vous parlez, ma pauvre enfant, devraient savoir que le Jugement dernier rétablira toute injustice survenue en ce bas monde.

Malgré la grande lassitude qui s'empare d'elle, Simone parvient à reprendre la parole :

— Mère, c'était comme un avertissement.

— Allez, reprend mère Saint-Viateur. Qu'on ne fasse pas une commotion pour ce petit délire passager, sûrement provoqué par un accès de fièvre. (*Elle touche le front de l'élève.*) C'est bien ce que je pensais : elle est brûlante. Sœur Sainte-Hermeline, emmenez-la donc à l'infirmerie pour qu'elle s'y repose.

# 14

Ce mercredi, en après-midi, a lieu l'examen de fin d'année en écriture. Sœur Fil a indiqué la consigne au tableau : rédiger un poème sur les couleurs du printemps. Flora trace, sur son brouillon, des mots, des idées, comme on le lui a appris : *vent, forêts, branches, brun, gris, neige noire, sale, rousses, bêtes…* Elle cherche des rimes… puis, elle pense à sœur Irène et à sœur Adèle. Sa plume s'agite.

*Quand chuchote le vent*

*Le Créateur a distribué les couleurs*
*Que bientôt le vent a emportées*
*Dans les forêts ne règne plus que la peur*
*Toutes les bêtes sont affolées.*

*Elles ont vu rôder deux démons*
*Non sous la forme de corbeaux*
*De loups, d'aigles ou d'écureuils poltrons*
*Mais se cachant sous de blanches peaux.*

*À travers les branches dénudées*
*Sur un lit de feuilles rousses*
*Trotte-menu, par les sons alerté*
*A aperçu les deux frimousses.*

*Les corps d'Irène et d'Adèle*
*Couchés ensemble et enlacés,*
*Enveloppés de leurs grandes ailes*
*Longtemps et partout se sont embrassés.*

Elle retranscrit son poème au propre sur une page lignée et, fière d'elle, le remet à sœur Fil.

Après la classe, elle n'a pas le temps de terminer sa collation ni de retirer son tablier que la supérieure la convoque à son bureau. Elle l'accueille avec un visage grave, plus sombre que le crépuscule. Flora voit là son poème, bien à plat sur le bureau de la Fureur.

Mettant à profit ses talents de conteuse, Flora raconte ce qu'elle a vu la veille, en y ajoutant de l'émotivité saupoudrée d'un soupçon de drame. Elle sait mesurer les inflexions de sa voix, pour traduire la gêne, la retenue et l'innocence. De plus, elle excelle dans la puissance des non-dits. Le charme de sa voix et sa conviction profonde agissent sur son interlocutrice, sûrement jusque dans ses derniers retranchements, car l'expression de mère Sainte-Fureur passe du déni à l'étonnement puis à la colère.

— Vous êtes bien certaine de ce que vous affirmez là ? Vous savez qu'il ne faut pas médire. Ce serait un péché très grave.

— Je connais bien, ma mère, les péchés mortels, véniels et les règlements du couvent. On nous défend, à nous, les élèves, de nous toucher. Je ne sais pas si c'est grave ce que j'ai vu. Les religieuses ont peut-être le droit, elles, mais je vous jure, elles s'embrassaient sur la bouche, en se serrant très fort dans leurs bras.

Peut-être n'est-ce pas assez pour nuire à sœur Irène. Souvent, les adultes s'embrassent lors de retrouvailles, de festivités et au jour de l'An. Alors, il faut en mettre un peu plus, inventer.

— Après, continue-t-elle, elles ont enlevé leur voile et chacune passait la main dans les cheveux de l'autre. Le reste, ça me gêne trop de le raconter.

— Là, le dernier quatrain de votre poème, est-il issu de votre imagination ou de la réalité ? Vous pouvez tout me dire, mon enfant, insiste la bouche sévère.

Flora devine que son histoire impressionne. Sur le bout de sa chaise, la révérende mère la fixe de ses yeux globuleux. Il importe de ne pas la décevoir, à présent, et Flora devra inventer un peu plus. Tiens, la scène surprise, l'an dernier, dans la grange, les ébats de Jeanne et de l'homme engagé, ça pourrait l'inspirer.

— Sœur Irène a entraîné sœur Adèle derrière des arbustes. Je voyais bien que sœur Adèle ne voulait pas. Elle faisait non de la tête, et pleurait et tentait de libérer son bras. Sœur Irène lui parlait, mais je n'entendais pas ce qu'elle disait. Elle a dû l'amadouer parce que toutes les deux, elles se sont cachées sous les feuillages. Moi, en haut, je distinguais tout à travers les branches. Elles n'avaient plus leur guimpe ni le haut de leur robe. J'ai vu leur… (*elle s'arrête un peu, fait exprès d'hésiter*), j'ai vu leur…

Flora se tâte la poitrine en arrondissant un peu les mains.

— Et dessus, leurs mains qui se promenaient dessus… et plus bas.

Mère Saint-Viateur l'écoute, outrée. D'un geste, elle lui intime d'arrêter ses démonstrations et, de sa grosse voix de contrebasse, elle conclut :

— Assez ! Une pauvre enfant comme toi ne pourrait pas inventer de telles choses, soupire la supérieure.

— C'est vrai. Et je ne serais pas la seule.

De la poche de son tablier, elle sort une poignée de billets pliés et les dépose sur le papier buvard du sous-main.

— Je sais que c'est interdit d'échanger ce genre de messages, mais je suppose que les autres ne pouvaient plus se retenir.

À mesure que la supérieure déplie les petits billets pour les lire, comme autant de flèches, ils atteignent leur cible : sœur Irène va écoper.

* * *

Tôt le lendemain matin du jeudi 15 juin, sur l'ordre de la supérieure, sœur Irène se présente à son bureau, mais la mère se fait attendre.

Les carreaux étincellent, les cadres et les meubles polis luisent et, dans la pièce, flotte encore une odeur de cire d'abeille et de javellisant. Dès son entrée en ces lieux, il y a trois mois et demi, mère Saint-Viateur s'est empressée de changer l'ameublement. Elle a tenu à une exquise propreté. Or, comme bien des gens, elle croit que les bois blancs ont l'avantage de mieux supporter la chaleur et l'humidité et que, par conséquent, le nettoyage en est facilité. Ces nouveaux meubles, achetés à prix modique, moins massifs et plus sobres, ont un aspect moins tape-à-l'œil que le mobilier de chêne qu'affectionnait tant mère Saint-Elzéar. Maintenant dépouillée de ses tapis tressés, de ses coussins joufflus et de ses tentures de velours, la pièce semble plus froide. En fait, mère Saint-Viateur a pris soin d'éradiquer toutes traces de sa prédécesseure, la moindre odeur de son haleine, de sueur, la plus infime pellicule, cuticule ou rognure d'ongle, les soupirs, les prières, les volumes, les plumes. Même la fougère a disparu. Seuls le calorifère et le crucifix ont gardé leur place, mais non sans un bon nettoyage à la brosse et à la soude. Le grand ménage a secoué dehors poussière, saleté, couleurs et souvenirs. Un raz-de-marée désinfectant.

Dix minutes s'égrènent à l'horloge, dix minutes pendant lesquelles sœur Irène en profite pour repasser intérieurement le discours qu'elle tiendra à la supérieure afin de lui parler de l'arrivée prochaine du nouvel homme engagé à la ferme. Cette femme de raison saura la conseiller quant à la meilleure façon de procéder pour aviser Flora. Faudra-t-il y aller doucement, sans rien brusquer, la préparer à la rencontre ou lui garder la surprise et la placer devant le fait accompli ? Pour l'instant, mère supérieure ne connaît rien des nombreuses recherches entreprises depuis huit mois afin d'en arriver à cet aboutissement. Adam Duverger devrait entrer en fonction à la fin de la semaine. Avant toute chose, elle voudrait obtenir la permission d'une visite à la ferme pour aviser le jeune homme et le préparer aux retrouvailles.

Elle pose les mains sur ses cuisses et essaie de se détendre. Trop de fébrilité dans le cœur, elle ne parvient pas à se calmer. Les yeux sur le crucifix clinquant, les mains jointes à présent, elle ne trouve d'autre remède qu'une prière.

La porte s'ouvre enfin. Mère Saint-Viateur entre sans s'excuser. Son air grave ne surprend pas : elle se cache sans cesse derrière ce visage irrité.

La mère s'assoit, presque trop droite, appuie les paumes sur le papier buvard impeccable du sous-main et prend la parole.

— Ma fille, on m'a raconté, à votre sujet, des propos pour le moins déconcertants.

La supérieure veut sûrement parler des sorties qu'elle s'est permises pour mener sa petite enquête auprès de la police ou bien des lettres transmises à Rouyn, puis au poste de la Sûreté, puis ailleurs sans demander l'autorisation, ou du rendez-vous avec Blanche et Pitre Blackburn au parloir, ou… Mais elle sera ravie de connaître l'issue de toutes ces démarches et bien doux deviendront les reproches. Un courant d'émotion animera sûrement sa lèvre, mouillera ses yeux d'une larme, si petite soit-elle.

— Justement, ma mère, à ce propos, je vais vous exposer mes motivations. Aussi, j'aimerais profiter de ce moment pour vous demander une autorisation de sortie à la ferme où je pourrais me rendre avec sœur Adèle, laquelle est au courant de mes démarches.

— Vous n'irez nulle part, surtout pas avec sœur Adèle.

Mère Saint-Viateur déballe une histoire qu'écoute sœur Irène, le sourire aux lèvres et, de temps en temps, en regardant à la fenêtre, derrière la supérieure, se réjouissant du spectacle qu'offre le merle en train de couver ses œufs dans un nid qui tient comme par magie sur le bord de la corniche. Elle sourit davantage devant cette merveille de la vie animale.

— Cessez de rire, impertinente ! Et que regardez-vous toujours, par-dessus mon épaule ? Vous évitez, bien sûr, de fixer mon regard.

Pendant que sœur Irène se confond en excuses et veut expliquer la raison de son humeur hardie, la supérieure tourne la tête vers la porte du balcon. À la fenêtre, elle aperçoit l'objet de distraction de la novice.

— Encore ces oiseaux qui souillent les murs et les galeries !

D'un bloc, elle se lève, ouvre la porte et, d'une main ferme, empoigne le nid, le vide de son contenu – cinq petits œufs turquoise – par-dessus le garde-corps et lance au loin la délicate architecture de brindilles, d'herbes et de duvet.

— Voilà, ils ne nous dérangeront plus !

Elle se rassoit et se déchaîne, les vagues de colère animent son visage, et sa bouche crache de terribles calomnies. D'où vient cette histoire fantaisiste ? Sœur Irène se défendra bec et ongles devant pareille diffamation. Pauvre mère Saint-Viateur qui, malgré toute son expérience, se laisse encore berner par des inventions enfantines.

— Sauf votre respect, ma mère, vous n'allez pas croire aux colportages et aux inventions de fillettes en manque d'aventures ? Elles sont prêtes à raconter n'importe quoi pour se désennuyer, pour attirer l'attention. Souvenez-vous lorsque Yvonne a eu ses règles. Elle avait taché son costume, et ses consœurs, plus jeunes qu'elle, ne comprenaient pas ce qui lui arrivait. Elles se moquaient en disant qu'elle pissait rouge parce qu'elle avait mangé trop de betteraves.

Elle se met à rire, mais des yeux malveillants, scrutateurs, la foudroient.

— Je vous le répète une dernière fois : l'heure n'est pas à la rigolade !

Sœur Irène se rembrunit.

— Qui a rapporté pareilles sottises ? demande-t-elle. J'ai le droit de savoir ?

— Une élève qui, pourtant, a beaucoup d'admiration et de respect pour vous : Flora Blackburn.

— Cette chère Flora… Il n'y a pas une journée où elle n'invente pas des histoires pour se rendre intéressante. Visiblement, elle cherche à me nuire.

Elle lui en veut de ne pas lui avoir accordé de solos lors des récentes célébrations. Sa rancune aura été amplifiée par le fait que sœur Irène a déclenché l'alerte, l'autre jour, quand Flora voulait fuir avec Jeanne. L'été dernier, lorsque la regrettée mère Saint-Elzéar avait exigé de donner moins d'attention et de soins à cette petite protégée, elle avait dû se sentir rejetée.

— Elle me hait et m'aime à la fois, selon les jours ou les saisons.

Tant de fois elle avait cherché à en comprendre les raisons. Sans doute Flora avait-elle interprété ce retrait comme un autre abandon. Déjà délaissée par son père, sa mère et son frère, la pauvre accusait le coup d'une récente démission.

— J'étais un peu comme une mère de remplacement pour elle. Elle s'était attachée à moi et voilà qu'est survenue cette nouvelle rupture. J'ai obéi comme on m'a demandé de le faire, mais les conséquences ont pris des dimensions insoupçonnées. Pourquoi serais-je punie pour…

— Merci, ma fille, je vous entends, l'interrompt la supérieure.

La mère reste incrédule. Comment mieux plaider sa défense ? La parole de l'une contre celle de l'autre : triste compétition entre la candeur d'une jeune fabulatrice et l'énergie du désespoir de la novice.

— Comment expliquez-vous que d'autres fillettes aient colporté les mêmes propos ?

La mère sort de sa manche quelques-uns des billets qu'elle pose devant elle. Elle en tend un à la novice. Sœur Irène reste quelque peu interloquée :

— Flora les aura encouragées à le faire.

— Comment osez-vous retourner le blâme sur cette pauvre enfant qui n'a pas plus conscience des agissements qu'elle décrit que du tort qu'elle peut causer en rapportant ces faits ?

Sœur Irène outrepasse la bienséance, la notion d'humilité et d'obéissance. Non, elle ne se laissera pas salir par ces ragots et rétorque en haussant le ton :

— Flora n'aurait pas conscience du tort qu'elle peut causer? Je suis convaincue du contraire. Cette petite a l'âge de raison, l'âge de discrétion et une intelligence bien affûtée.

— Vous devenez agressive, comme un rat piégé. Excusez l'image. Le problème, voyez-vous, c'est que les fillettes ne sont pas les seules à avoir rapporté pareils témoignages: deux religieuses m'ont raconté une scène survenue à la chapelle, avant Pâques, lors de l'adoration du saint sacrement. Elles vous ont surprise en train de caresser les bras de sœur Adèle. Je pense bien qu'elles m'ont dit «caresser», très exactement.

À l'oreille de sœur Irène, ce mot fait le même effet que des ongles grinçant sur le tableau noir. Un désagréable frisson parcourt son échine. Décontenancée, elle tente de se remémorer l'événement en secouant la tête. Vaguement lui revient alors une conversation sur les bienfaits que le jeûne apportait à la peau. Ces accusations ridicules, elle doit s'en dépêtrer. Elle pense soudain à sœur Adèle, si fragile, si douce. Que lui fera-t-on subir?

— Ne touchez pas à sœur Adèle!

— Et ce rapport de mère Saint-Elzéar? continue la supérieure. Cette retraite qu'elle vous imposait l'an dernier avec les suites que l'on connaît? Mère Saint-Elzéar vous a protégée et un secret vous liait. Sous vos beaux chants, sous votre sourire affable et sous votre agréable musique couvent peut-être les pulsions les plus malsaines, la tentation du diable. Peu importe vos arguments, il faut corriger votre corps. Avant que je prenne une décision ferme, vous passerez les prochains jours en cellule d'isolement. Sœur Sainte-Jacqueline vous apportera vos repas et s'occupera du pot de chambre.

Recluse! Voyons, c'est de la parfaite affabulation. On nage en plein brouillard. Dieu va dissiper ce trouble.

Elle aura la patience et l'entêtement du merle et, brin par brin, construira un abri qui résistera à l'acrimonie de mère Sainte-Fureur. Une tempête emporte la bonne nouvelle qu'elle désirait annoncer, un déluge de mots s'empêtre dans sa gorge, mais elle se reprend et se défend, l'air frondeur :

— Vous ne pourrez pas agir ainsi. Vos preuves ne sont que des racontars. Demandez donc à sœur Adèle et permettez que je rencontre Flora en votre compagnie. Nous la confronterons.

L'autre demeure silencieuse et se contente de secouer la tête.

— C'est insensé, continue sœur Irène. Je réclamerai la vérité et la justice. J'irai même voir l'évêque, s'il le faut. Je gagnerai ma cause.

— Que d'orgueil ! Que d'indiscipline et de désobéissance ! Vous aggravez votre cas. J'ai toujours senti que vous étiez menée hors de votre état par une passion déréglée.

Sœur Sainte-Jacqueline et sœur Sainte-Marivonne viennent la chercher pour l'emmener vers le réduit où elle passera les prochains jours, sans pouvoir adresser la parole à quiconque.

La porte se referme en geignant ; le verrou glisse et se moque de ses mains frappant de l'autre côté.

Les pas s'éloignent. Les minutes s'écoulent ; la pénombre s'enferme avec elle. Il ne lui reste que du temps et du silence à tuer. Ce qui paraissait au début une peccadille risque de se transformer en un véritable cauchemar. Le mauvais sort s'acharne, comme si elle tirait toujours la courte paille. Elle se souvient de toutes les railleries entendues au cours de son enfance, puis de sa jeunesse : comment on ridiculisait les oreilles décollées de la petite Monique Dupuis et le bec-de-lièvre de son amie Huguette. Les fausses rumeurs à propos d'erreurs de la nature, la méchanceté des gens, des enfants surtout, sous leurs jeux et leurs allures candides. Sœur Margaret Porter avait vu juste : les gens sont parfois si ingrats. Elle s'agenouille et prie Dieu de faire justice, sur terre ou en son paradis, mais surtout, de pardonner aux diffamateurs.

Elle se souvient de sa première année au couvent. Comme elle s'était ennuyée, comme elle avait souffert. Parce qu'une fois, une seule fois, elle avait fait pipi au lit, on l'avait ostracisée. Pas les religieuses, compréhensives et réconfortantes, mais les autres, les enfants. Plus une petite fille n'avait voulu lui parler ni même l'approcher. À l'heure des repas, elle occupait la dernière place, au coin de la table. La fillette assise à sa gauche s'écartait le plus loin possible, pour éviter que leurs bras se touchent. Malgré tous ses efforts pour se faire des amies, pour obtenir de bonnes notes qui, espérait-elle, lui vaudraient un peu d'admiration, jouer du piano sans erreur, avoir une tenue impeccable... toutes les perches tendues tombaient dans le vide. À la fin de l'année, lorsqu'elle avait osé en parler à ses parents, son père avait frappé la table de son poing : « Elle apprendra la musique, mais ailleurs. »

Elle se souvient d'Emma, cette bonne enseignante d'Escoumains. Elle avait bien raison en lui confiant, un jour, que les enfants peuvent cracher des méchancetés plus blessantes que celles des adultes, sans mesurer la portée de leurs paroles et de leurs gestes. Ou peut-être que si, justement.

Dans le noir de la cellule, les images et les questions défilent. Elle est assise sur l'unique chaise de la petite pièce, une chaise de bois, droite et inconfortable, comme de bonne. Flora finira sûrement par avouer et on ouvrira la porte avec des gants blancs d'excuse. Cependant, si elle reste recluse plus de dix jours, les classes prendront fin. Comment se déroulera le spectacle de fin d'année, sans direction musicale ? Et le père de Flora, qui a promis de venir la prendre avant que...

Elle retombe à genoux.

Elle revoit la scène dont elle avait été témoin, cinq ans plus tôt, à Escoumains : un garçon s'amusant à lancer des cailloux sur du bois flottant près de la grève. Chacun calculait ses points, mais le petit ne savait pas bien compter. Les autres se moquaient de lui et, pour mieux lui apprendre les chiffres, l'avaient attrapé et le martelaient à coups de bâton en comptant : un, deux, trois, quatre... Leurs cris résonnent encore aux oreilles de sœur Irène. L'enfant hurlait, pleurait en les implorant d'arrêter. Si elle n'était pas intervenue, jusqu'où les grands auraient-ils compté ? L'auraient-ils battu à mort ? Le lendemain, le gamin avait rejoint les autres pour reprendre les jeux avec eux. Pour s'intégrer et ne pas être expulsé du groupe... *Amplius, Domine ! Amplius, Domine !* Un cas parmi tant d'autres. Des rituels de passage, des épreuves de toutes sortes, les pires injustices. Jamais elle n'a enseigné la musique à coups de règle sur les doigts. Jamais elle n'a cru que l'amour divin puisse provenir d'un Dieu punisseur. Tout cela est invention humaine et voilà qu'elle goûte la cuisine de cette bêtise. *Amplius, Domine.* Encore plus, mon Dieu ?

— Non ! Sainte Vierge, faites qu'on me sorte d'ici au plus vite !

Rire. Elle se promettait de rire et de contaminer les autres à son bonheur, de chasser le fiel, de cultiver un bon cœur. Rire pour occulter la terrible fatalité, l'absurdité du genre humain. Rire pour cacher la détresse et l'embarras. Rire pour faire comme Dieu, le moqueur, là-haut, dans ses nuages. *Allez,* se dit-elle, *essaie donc de rire à présent.*

Quand elle ouvre l'œil, elle ne saurait dire si la nuit dure ou si l'aube colore le ciel. Le réduit est sans fenêtre. Si elle a réussi à dormir, c'est très mal, et elle déplie son corps courbaturé, se soulage dans la bassine et écoute. Au-delà de la porte, la cloche sonne six heures. La tête comme une roche, elle entend encore les propos des langues sales que les songes n'ont pas dissipés. Les mots reviennent, inlassables yoyos, cogner dans sa boîte crânienne. À la vitesse de l'escargot, elle pose un pied sur le plancher de pierre, froid même en été. Vendredi 16 juin ; elle doit garder la notion du temps et se parer d'une armure qui la protégera et lui permettra d'encaisser, sans se fendre, les attaques aux retombées incommensurables.

N'a-t-elle pas des alliées sur qui elle peut compter ? Toutes ces bonnes religieuses qui fraternisaient avec elle, aux récréations, ces servantes de Dieu avec qui elle riait et chantait. Il en resterait peut-être une que mère Saint-Viateur aura tôt fait de liguer contre elle. De la poigne et de la discipline, n'est-ce pas son leitmotiv ?

*Journal de sœur Sainte-Jacqueline*

*Le dimanche 18 juin 1950*

*Notre maître de chœur a fait de fausses notes, entraînant avec elle notre douce alouette. Sait-on jamais où se cache le malin ? Qui aurait pu croire qu'un tel mal rongeait, corps et âme, ce boute-en-train. Pardonnez-moi, Seigneur, si je refuse à présent de m'en trouver tout près. Protégez-nous de ce fléau, des faiblesses du corps, des tentations physiques qui empêchent l'élévation de notre esprit. Éclairez-nous sur les méthodes à prendre pour que cette pécheresse expie ses fautes.*

Après trois jours d'enfermement, ponctués de sorties quotidiennes pour les ablutions, sœur Irène peut rencontrer le père Cimon, un confesseur de Sainte-Anne dont elle a entendu dire beaucoup de bien. Enfin, quelqu'un de l'extérieur qui saura l'écouter sans porter de jugement. Quelqu'un qui pourra l'aider à faire la lumière sur toute cette histoire. Seul Dieu peut juger, n'est-ce pas ? Malgré les maux d'estomac, de tête et de dos, elle se refait un moral et prépare un discours cohérent. Elle ne devra pas s'emballer ni perdre sa contenance. Rester calme, sereine, et s'expliquer par la raison. *Mon Dieu, aidez-moi.*

*Journal de sœur Sainte-Philomène*

*Le lundi 19 juin 1950*

*Malgré mes conseils, notre supérieure n'a pas jugé bon de garder sœur Adèle en réclusion, tout comme sa consœur. Pour sa protection, il aurait mieux valu. Elle n'était pas à la messe, ce matin. On peut comprendre le sentiment de honte qui la fait se tenir à l'écart. On peut imaginer le trouble qui l'habite lorsqu'elle doit affronter le regard des autres. Qui peut s'empêcher de juger, dans les circonstances? Mère Saint-Viateur ne cesse de nous mettre en garde depuis la révélation de cette relation diabolique. Ne portons-nous pas notre costume pour renoncer à nos corps? Vingt et une pièces de vêtement pour, dessous, arriver à l'oubli de soi. Pour sœur Irène, ce n'était pas encore assez. Où sœur Adèle a-t-elle décidé de s'oublier?*

Sur le point de se présenter à la petite grille du confessionnal, sœur Irène s'arrête tout d'un coup et se surprend elle-même à rajuster sa guimpe, replacer son voile et son bandeau. Elle se compose un visage serein, s'arrondit les yeux, se desserre les lèvres, se ramollit la bouche, se secoue les mains pour les détendre, s'étire les bras, reprend contenance, allonge sa démarche, corrige son maintien et affiche une aisance presque angélique.

Dans la chapelle, à cette heure matinale, le soleil traverse en oblique les vitraux et dessine des carrés de lumière sur les longs bancs. Les rayons l'aveuglent, lui piquent les yeux et pénètrent son cerveau où les pensées se débobinent comme une balle de laine échappée sur le plancher. Cependant, cette agression lumineuse paraît bien douce à côté des regards que lui ont rendus ses consœurs croisées, tout à l'heure, dans les corridors : des serpents entortillés qui tirent sans fin leur langue en couteau. La croient-elles aveugle au point de ne pas remarquer ces détours qu'elles ont empruntés pour éviter un face-à-face? Une seule n'a pas rebroussé chemin en la rencontrant : sœur Sainte-Philomène, mais c'était pour lui assener un coup terrible en lui glissant à l'oreille : « Sœur Adèle a disparu. »

Ce n'est pas la tristesse qui la fait trembler, mais la colère. Elle se retient de leur crier : « Eh, réveillez-vous ! Je suis toujours la même, votre sœur Irène, chantant la vie et l'amour de Dieu ! Vertueuse et fidèle. Sœur Adèle serait encore là si vous m'aviez crue dès le départ. Je dois vous aider à la retrouver. »

Inutile de compter sur leur appui. Dans les circonstances, pas une sœur n'oserait l'accueillir à bras ouverts.

— Mon père, pardonnez-moi, car j'ai péché.

— Quelles sont vos fautes, ma fille ?

Celle d'avoir agi dans la confiance et le dévouement. Celle d'avoir voulu rendre service pour retirer une paille dans l'œil d'une consœur et de recevoir en retour des poutres de médisance. Celle d'avoir passé des nuits blanches ou d'avoir empiété sur le peu de temps libre à sa disposition pour retrouver un frère disparu. Celle de s'être emportée devant les accusations qui planaient sur elle, d'avoir manqué de patience et d'humilité. Celle d'avoir voulu faire le bien, tout simplement. Celle d'être à présent rongée de colère… Elle énumère trop vite, s'essouffle et risque de paraître, aux yeux du bon père Cimon, une hystérique au bord de la crise. Elle garde les mains jointes, trop serrées, les retenant pour qu'elles ne s'emportent pas en gestes affolés. Il ne s'impatiente pas, ne soupire pas. Non. D'une voix posée, il l'interrompt pour lui conseiller d'y aller dans l'ordre, en prenant son temps. C'est un homme affable. Son ton courtois et son oreille attentive témoignent de sa bonne volonté et de son ouverture d'esprit.

Sœur Irène inspire et narre, cette fois, lentement et de façon cohérente, les péripéties des derniers jours et les accusations qui pèsent sur elle.

— L'affaire est si mal partie que me voilà privée de la vie communautaire, privée de mes sœurs, lesquelles se détournent de moi comme si j'étais le diable. Pire, notre supérieure laisse entendre que je ne pourrai prononcer mes vœux lors de la prochaine cérémonie. Déjà deux fois, cette célébration a été reportée en ce qui me concerne. Quant à sœur Adèle, elle s'est effacée toute sa vie. Personne n'est plus discret, plus modeste, plus vertueux qu'elle. C'est la plus belle âme que je connaisse. Je m'en veux tant qu'elle soit la cible des médisances, elle aussi. Et voilà qu'on m'apprend qu'elle a disparu. Pourvu qu'elle n'ait pas commis un geste fatal. J'ai peur. Je voudrais écrire à l'évêque, clamer notre innocence, à toutes les deux.

— Ma fille, depuis quand connaissez-vous mère Saint-Viateur ?

La question la surprend.

— Depuis mars, quatre mois à peine.

— Avez-vous entendu parler d'elle auparavant ?

Au signe de tête négatif qu'elle fait, le confesseur enchaîne :

— Savez-vous pourquoi elle a reçu une obédience si loin de son port d'attache ?

— Elle parle bien peu d'elle-même et n'évoque jamais son passé.

Le père Cimon acquiesce, puis passe le bout des doigts sur ses lèvres, réfléchissant.

— Je reviendrai vous voir demain, dès huit heures.

Le lendemain, il se présente à l'heure dite.

644

— Je crois être en mesure d'interpréter assez justement le zèle de votre supérieure à sévir dans les circonstances que vous évoquez. Gardez la foi, ma fille, comme j'ai foi en votre témoignage. Voici ce que je vous propose : écrivez votre rapport sous forme de lettre à monseigneur l'évêque. Les gestes dont on vous accuse créeront peut-être l'objet d'un litige devant nos autorités apostoliques, mais j'intercéderai en votre faveur. Ce n'est pas la première fois que de telles allégations sont rapportées dans une communauté. Souvent, il s'agit de mauvaises interprétations, de jalousie, de petites ripostes. Je vais m'assurer que vous avez de quoi écrire et que l'on vous sort de la cellule. Que Dieu vous pardonne, comme vous pardonnerez aux personnes qui vous offensent.

Il lui donne à réciter les prières d'usage. Sœur Irène le remercie avec chaleur, sans effusion.

On a pris acte de la demande du père Cimon. Enfin, elle peut regagner sa chambre, mais ne doit en sortir que pour le strict nécessaire. Elle a tout le temps et la lumière voulus pour écrire. Premièrement, une lettre qu'elle destine à Flora et dans laquelle elle annonce la nouvelle qu'au dernier cours de musique, elle n'a pu lui apprendre. Ainsi, il reviendra à l'enfant, à Blanche et à Pitre Blackburn d'organiser rapidement la suite des choses. Puis, elle rédige son témoignage à monseigneur l'évêque.

En se rendant à la cuisine pour y prendre des provisions, plus loin, sur le pas de la porte de la salle des lavabos, se tient une élève : Flora la regarde, le front bas et l'œil fixe, presque haineux. Sœur Irène s'approche et, avec un calme admirable, faisant semblant de ne pas remarquer l'expression insolite de la fillette qui, pourtant, la bouleverse, lui remet sa lettre cachetée dans une enveloppe.

— Comme tu ne voulais pas entendre la bonne nouvelle, l'autre jour, je te l'ai écrite. J'espère que tu seras contente.

Sur le parcours qui la mène aux cuisines, les religieuses détournent le regard ou changent de direction. La croient-elles sourde lorsqu'elles s'adonnent à leurs petits entretiens chuchotés ? S'imaginent-elles que leurs déplacements à pas de souris, toute la semaine dernière, chez les unes et les autres ou chez la mère supérieure l'ont laissée insensible ? Partout règne la tension, partout circulent des chiens de faïence et des chats échaudés. Dès que la religieuse a tourné le dos, Flora, sans ouvrir l'enveloppe, la déchire en petits morceaux qu'elle jette dans le panier à déchets. Sur l'un des bouts de papier, elle lit un nom : *Duverger*. Elle s'en va en haussant les épaules.

# 15

Debout bien droite, la tête haute et le regard impassible, sœur Irène écoute les propos de mère Saint-Viateur, visiblement outrée par l'affront et l'aplomb de la novice.

— Qu'aviez-vous tant à perdre ? Écrire à l'évêque ! Avoir su, vous n'auriez pas eu tout ce papier à votre disposition. Eh bien, sachez que je lui écrirai également, afin qu'il connaisse l'envers de la médaille et que nous puissions prendre les mesures pour ramener dans la droite ligne la brebis égarée que vous êtes.

* * *

Deux jours plus tard, Flora traîne un mal de ventre lancinant, même si les examens sont terminés, même si sœur Irène est restée enfermée quelque part, même si, demain, l'école sera finie. Oui, demain, après la cérémonie de fin d'année, le Grand Black viendra la chercher et elle quittera le couvent. Elle ne peut plus se défiler, inventer des excuses. En après-midi, elle a rencontré la supérieure, lui a raconté que son père avait menti, par rapport à la bouteille, comme sûrement par rapport à bien d'autres choses. La directrice n'a pas trouvé ses arguments concluants.

— Pourquoi ne peut-il pas retenir sa soif ? a finalement lancé Flora.

La supérieure a sorti le petit livre, *Face à la vie,* lui en a lu quelques extraits pour expliquer le châtiment du souvenir éclipsé par le châtiment de l'habitude, un discours difficile à comprendre.

La faute de son père serait un péché par habitude qui comporte avec lui un double châtiment. Son délit lui impose désormais un souvenir et, en plus, péril et expiation plus grands encore, il a forgé en lui une faiblesse à reproduire cette faute, que pourtant il abomine, mais qui pèse de tout son horrible poids sur sa bonne volonté. Autrement dit, le matin, il se lève avec les meilleures intentions du monde, déterminé à ne plus toucher à la boisson. En fin d'après-midi, la paresse le prend par la gorge, l'angoisse s'en mêle, formant une boule mauvaise dans sa poitrine. Il s'est inoculé une sorte de second péché originel : une disposition à la défaillance. L'habitude devient sa seconde nature, bien plus vigoureuse que la première.

— Soit, il parviendra à s'en débarrasser à jamais, mais il faut l'aider, a-t-elle exigé.

Puis, elle a parlé du pardon et de la force du repentir.

— Il existe dans l'amour pénitent un parfum très rare et, à ce sujet, Notre Seigneur a déclaré : « Il y a plus de joie au ciel pour un pécheur qui se convertit que pour quatre-vingt-dix-neuf justes qui persévèrent. » N'oubliez pas, mademoiselle, que notre Maître est venu sur Terre non pas pour les justes, mais pour les pécheurs, les brebis perdues, comme votre père, qui désire maintenant emprunter le droit chemin.

Ce chemin avec ce vaurien, qu'il soit droit, sinueux ou houleux, effraie Flora. Quel autre mensonge devra-t-elle inventer pour éviter ce funeste destin ?

Une heure plus tard, alors qu'elle se rend au réfectoire pour participer au dernier souper de l'année, l'ambiance est déjà à la fête. En passant la porte, près de l'entrée, elle lève les yeux pour observer le tableau d'honneur, espérant y voir apparaître son nom, en lettres noires imprimées sur une plaquette de bois. Malheureusement, l'examen d'arithmétique raté lui a raflé les points requis. Demain seulement, les couventines connaîtront les récipiendaires des médailles et des rubans. Au fond de la salle, à la table des religieuses, les chaises de sœur Irène et de sœur Adèle attendent, toujours vides.

Les maux de ventre ne la quittent pas. Le reflet de son visage se tord dans sa soupe et Simone lui lance, à tout moment, des regards fâchés.

Elle pense à cette vieille légende spartiate lue dans un livre de contes, la veille : l'histoire d'un enfant qui, sous son vêtement, cachait par infraction un jeune renard. Pour ne pas se trahir, il se laissait mordre et griffer la poitrine sans rien dire. C'est son histoire à elle, à présent. Les dents mauvaises du mensonge semblent la gruger de l'intérieur.

Le cœur maussade, elle retourne dans sa chambre et range des choses dans sa malle, sans ordre ni soin, sans l'aide de personne.

Simone s'avance doucement vers la porte de la chambrette. Elle tourne entre ses doigts l'extrémité de sa tresse de cheveux.

— Je te l'avais dit, c'était pas une bonne idée, ton affaire. Les voix aussi l'ont dit : « Le sort tombera sur les innocentes. »

Assise par terre près de sa cantine en désordre, Flora interrompt son empaquetage pour lui faire face.

— J'ai des petites nouvelles pour toi : l'innocente, c'est moi ! Le sort me tombe toujours dessus. Pis l'autre innocente, c'est toi, mais dans le deuxième sens du mot.

— Les innocents sont pas coupables, pis le steak dur non plus, réplique Simone en tirant la langue. Je voulais juste te dire bonnes vacances pis d'autres choses, mais arrange-toi donc avec tes affaires pis va-t'en au plus vite avec ton père.

Elle tourne les talons et déguerpit.

Partir demain vers l'inconnu avec un ivrogne pense-bon : ce n'est pas du tout la vie que Flora avait souhaitée. Si elle y mettait toute sa ferveur, si elle récitait chaque jour des prières, comme le lui a conseillé la supérieure, arriverait-elle à faire perdre à son père sa vieille habitude pour qu'il redevienne l'homme d'avant, le chanteur vedette que tout le monde adorait? Arriverait-elle à l'aimer, alors?

La pénombre met du temps à remplir son compartiment, tandis que la chaleur des longs jours de fin juin s'est infiltrée partout. Après avoir enfilé sa robe de nuit, elle se couche sur le dos et regarde le plafond, imaginant que des anges passent à travers puis l'emportent. Vains espoirs! Elle se roule en boule. Mal au ventre, mal à dormir, mal à la conscience. Même le chant flûté des merles ne parvient pas à l'apaiser. Comme elle est incapable de sombrer dans le sommeil, elle écoute la complainte de son corps étourdi par toutes les pensées empilées au cours de la journée. Avec les trilles du merle, on dirait un duo doux et amer. Son corps retient des secrets que le cœur ne veut pas entendre.

Est-ce si difficile d'avoir l'âme pure, d'aller le visage franc et nu comme la main, d'avancer dans la vie sans plus rien cacher, sans mentir, et de rayonner de vérité comme l'hostie dans son bel ostensoir?

* * *

Sœur Irène s'est levée de bon matin avec des préoccupations tout autres. En revêtant les nombreuses pièces de son habit, elle tente de rétablir l'ordre dans sa tête. Alors que, le mois dernier, elle avait chassé le doute et croyait avoir atteint une vie harmonieuse, dans la sincérité et l'authenticité, le sort la pousse encore sur la case de la fourbe, de la perfide et de la traîtresse qu'elle n'est pas. Les mensonges continuent de courir autour d'elle et de l'encercler. « La parole de l'une contre la parole de l'autre », avait dit le confesseur. Depuis les dernières nuits, des voix intérieures la poursuivent, mêlées d'images désolantes. Pourra-t-elle enfin réussir quelque chose dans sa vie, sans toutes ces embûches jetées sur sa route? La mission des Escoumains, sa carrière de pianiste, de musicienne de cirque, ses amours empaillées, sa vocation sans cesse compromise… Où se déroule le chemin que Dieu a tracé pour elle ? Qu'Il lui donne un signe, un indice, une piste, si petite soit-elle ! Pour l'instant, elle erre en pleine tempête.

Aujourd'hui, après les laudes, elle demandera audience auprès de la supérieure, mais auparavant, une fois sa coiffe bien en place, elle descend les étages pour se rendre à la chapelle.

Dans les escaliers, elle rejoint sœur Sainte-Philomène. Celle-ci se pousse contre le mur pour ne pas la toucher. Plus loin, le même phénomène se produit lorsqu'elle approche de sœur Sainte-Hermeline et de sœur Sainte-Marivonne ; celles-ci tournent rapidement à l'angle du passage pour l'éviter. Ses sourires et ses bonjours ravalés forment une boule amère dans sa gorge. Elle respire mal sous l'étouffant couvert des regards et des chuchotements.

Elle atteint la salle d'eau et se réfugie dans une cabine pour échapper, quelques minutes, à cette dureté et aux regards qui la torpillent. Elle y attendra le son de la cloche avant d'aller plus loin. Enfermée là, elle entend, de l'autre côté de la cloison, une conversation à propos de sœur Adèle. Elle reconnaît la voix de sœur Sainte-Hermeline : « Mère Saint-Viateur veut nous faire croire qu'elle est partie pour quelques jours dans sa famille, mais personne ne l'a vue quitter le couvent. »

Un silence suivi d'une petite toux feinte, puis la voix de sœur Marie-Antoine sur un ton plus bas : « J'ai surpris une autre version. Sœur Sainte-Philomène m'a rapporté les propos de notre portière, laquelle tiendrait du livreur de charbon un détail troublant : un passant aurait retrouvé le bréviaire de sœur Adèle au bord de la rivière. »

Certainement, on la sait là, rencognée dans la dernière cabine, et la zélatrice invente ces racontars pour lui enfoncer plus creux dans le cœur le clou de la culpabilité. Elle attend que les deux sœurs soient parties avant d'aller au lavabo pour s'y laver les mains.

Parmi toutes les religieuses qui se disaient ses sœurs et ses amies, elle se sent plus isolée qu'en retraite fermée et, avant même que la supérieure ne lui fasse part d'une quelconque décision, avant que réagisse l'évêque, avant que Flora fasse enfin des aveux, elle proposera de quitter le couvent temporairement pour s'installer au vieux monastère. Là, elle aura tout le loisir de réfléchir, de prier, de parler à Dieu et de s'occuper de sa défense à l'abri de l'animosité. Elle a déjà tendu les deux joues ; la troisième n'existe pas.

Après avoir psalmodié à genoux les laudes à la chapelle et rencontré mère Saint-Viateur, elle regagne sa chambre pour faire sa valise. Traverser les corridors dans l'ambiance des préparatifs de la fête représente une nouvelle épreuve. Elle ne sera pas de la partie, cette année, ne dirigera pas la chorale, n'accompagnera pas ses joyeux pinsons jusqu'à l'heure du départ. Cependant, elle a obtenu l'accord de la mère : elle pourra s'installer au vieux monastère.

Un peu plus tard, pendant que les filles et les religieuses dînent au réfectoire, elle se faufile tout de même jusqu'à la grande salle et y pénètre par les coulisses. À cette heure, les locaux sont vides ; la générale a pris fin pour le repas. Les décors n'ont pas le fini que leur aurait donné sœur Adèle, preuve qu'elle n'a pas participé à l'événement, preuve qu'elle est quelque part, hors les murs.

* * *

Quand le spectacle commence, Flora a les nerfs en pelote, pas vraiment inquiète de la qualité des prestations, mais, surtout, de la fin de sa troisième année. Dans l'avant-midi, lors de la répétition générale, sans pianiste ni direction musicale, la chorale a chanté *a cappella* : départs manqués, chœurs détonants, tonalité dégradante… c'était raté. Les élèves reprenaient du début, s'énervaient davantage : c'était pire. Flora ne s'exécutera pas en solo, elle n'interprétera pas de pièce au piano, mais elle participera au chant choral.

La cérémonie débute à deux heures. En premier lieu, les religieuses sont notées pour leur dévouement, remerciées pour la bienveillance et pour l'humble soumission avec lesquelles elles ont accepté les différents changements au programme. Puis, on récompense les élèves : la petite Simone reçoit la médaille pour efforts soutenus et amélioration en dictée. À Thérèse, on attribue la médaille en catéchisme, Yvonne décroche celle en callisthénie. Quant à Flora, elle ne remporte ni ruban ni médaille, cette année, mais des souvenirs qui lui font mal, à présent. Après la fête, elle partira vers une vie de grands boulevards et tentera d'oublier le professeur de musique qu'elle ne reverra jamais.

Les pièces chantées sont une honte. Les larmes rentrées de Flora ne lui permettent pas de donner l'ampleur et la sonorité habituelles. Dans sa gorge, un chat s'emmêle dans les cordes et les sons s'enrouent. Heureusement que sœur Irène n'a pas été témoin de ce fiasco musical.

À la toute fin, alors que, sur la scène, avec ses amies, elle prend place dans un tableau théâtral, sœur Économe la hèle de la coulisse. Flora abandonne sa pose et rejoint la sœur qui l'entraîne à l'écart, derrière les pendrions.

— Nous avons reçu un appel de votre tante Blanche, chuchote-t-elle, avec un air ténébreux. Une mauvaise nouvelle.

Est-il arrivé malheur à Jeanne ? À oncle Pitre ?

— Qu'est-ce qui se passe ? s'inquiète Flora.

Les mains de l'économe tremblent.

— Un accident, mais restez calme, quelqu'un s'occupera de vous.

Un accident, mais à qui ? Va-t-elle enfin parler et laisser de côté ces infinies précautions !

— Il s'agit de votre père. Votre tante, M^me Blanche, me dit qu'il n'y a rien à craindre pour sa vie, mais son camion est une perte. On croit qu'il s'est endormi en conduisant.

— Il devait venir me chercher. Comment il va faire, maintenant ?

— Voilà. Il ne viendra pas. Les policiers l'ont emmené et le retiennent au poste. Il n'est pas… (*elle hésite, ne trouve pas les mots*) disons qu'il n'est pas… en état.

Pas en état ? Il l'est sûrement, en état, mais de boisson ! Il aura encore bu et causé un accident !

— Je compatis avec vous, chère enfant, mais comprenez que, dans les circonstances, c'est votre oncle Pitre qui viendra vous quérir, avec votre bagage, à la fin de la journée. M^me Blanche a expliqué que votre père ne pourrait vous reprendre avec lui en raison de certains délits commis au cours des derniers jours.

Flora a envie d'embrasser la sœur, de sauter de joie, de crier « Alléluia ! » Elle retourne sur la scène presque en dansant, même si la représentation a été une catastrophe.

* * *

Médailles, rubans, boniments, chants : tout est terminé. Dans les au revoir amicaux et les agitations de mouchoirs, l'heure des adieux sonne.

Au fond du corridor qu'elle emprunte pour sortir avec ses bagages, sœur Irène aperçoit un rassemblement au parloir : les normaliennes finissantes et leurs institutrices. Après des années de sacrifices, de discipline, d'études dirigées et de vie de pensionnat en confrérie, les plus vieilles de l'école s'apprêtent à quitter définitivement le couvent. Leurs rires mêlés à leurs larmes l'émeuvent. Avant de partir, elles s'embrassent les unes les autres, puis font de chaleureuses accolades à leurs enseignantes en formulant des vœux

654

pieux : « On se reverra. Aux amicales ou au défilé », « On s'écrira », « Venez nous voir »… Ces promesses qu'elles ne tiendront pas nécessairement sont sincères. Dans ces derniers instants, elles cherchent à fixer pour toujours leurs souvenirs – doux ou amers –, les espaces, le décor, les visages, les parfums de cuisine… Le cœur en émoi, plein d'inquiétude et de peur devant l'inconnu, elles n'arrivent pas à pousser le soupir de soulagement attisé par la liberté qui les attend, ce bonheur possible, ce désir de découvrir le vaste univers. C'est ici que prend fin leur vie de couventine et de jeune fille. Lorsqu'elles passeront la porte du couvent, ces femmes du futur entreront dans le monde, marchant vers l'avenir, portant en elles le sentiment de l'irrévocable, la mission de transmettre le savoir ou de poursuivre une carrière scientifique, comme le souhaiterait tant sœur Saint-Léandre.

Émues, les autres religieuses regardent les demoiselles franchir le seuil et s'éloigner une à une.

Sœur Irène se souvient de ces instants alors que, quittant le couvent à seize ans, le cœur en liesse, elle se voyait déjà musicienne de concert.

Le plus discrètement possible, elle passe son chemin. Avant de se retirer de sa chambre, un peu plus tôt, elle s'est arrangé la tête, dont la toile, même si elle l'avait bien empesée la veille, s'est ramollie sous l'effet de la chaleur et de la sueur. Elle a piqué les aiguilles pour lui redonner sa forme. Pourvu que les idées y soient bien engrangées. Peu de choses garnissent sa valise : linges de corps, missel, boîte à peignes, nécessaire pour son entretien, papier à écrire, plume et encrier.

Sans s'attarder une minute de plus entre ces murs, elle franchit, elle aussi, les portes du couvent, mais celles d'en arrière, pour se rendre à pied vers le vieux monastère de briques rouges où elle attendra des nouvelles de l'évêque. Elle espère qu'il signera pour elle une lettre d'obédience l'obligeant à se rendre au-delà des limites de la ville, peu importe où, entre Saint-Joseph d'Alma et Saint-Cyrille-de-Normandin, de Natashquan à Tadoussac sur la Côte-Nord, dans Charlevoix ou ailleurs au Québec, au Canada, aux États-Unis ou en Ouganda, pourvu qu'elle puisse poursuivre sa mission d'éducation auprès d'autres jeunes filles et de religieuses qui auront la langue moins pendue. Cependant, tant que les soupçons pèsent sur elle, on la discréditera. Et si jamais elle devait renoncer à la vocation, où ira-t-elle ? Ses parents, toujours aux États-Unis, auraient-ils la bonté de la recevoir ? Cette idée est-elle seulement envisageable ? Elle n'a pas le droit de quitter la congrégation de façon si cavalière, comme un déserteur. Au surplus, on interpréterait cette fuite comme un nouveau délit ou une reconnaissance de sa culpabilité.

Le soleil éclabousse l'allée de scintillements sur les cailloux et d'air pur bienfaisant. Elle ralentit le pas, décide de profiter du beau temps de ce 23 juin pour aller se recueillir au jardin, avant de s'enfermer entre les murs du monastère. Elle dépose sa petite valise sur le perron et repart en sens inverse. Il n'est que quatre heures ; elle dispose encore de deux heures avant le souper que lui apportera une sœur converse.

Marcher dehors lui fait du bien et sa pensée chemine avec ses pas. Quelle ironie du sort ! Pendant qu'elle croyait élever son âme vers la dévotion, le sens du quotidien lui échappait, comme si sa foi l'avait éblouie et aveuglée dans l'entourage des enfants, de simples, de pauvres enfants… Aveuglée, oui, mais surtout face à elle-même. Pourtant, rien ne lui tient plus à cœur que de voir clair dans cette situation qui la mine, et elle reste abasourdie, figée devant l'écran de fumée qui l'enveloppe, ce nuage de mensonges bernant la dévote qu'elle souhaite devenir.

Lorsqu'elle entre au jardin, la lumière l'apaise : un après-midi magnifique, avec les verts à leur apogée. Les feuilles vibrent, les arbres se balancent légèrement dans la gloire du soleil. Elle fait quelques pas, au hasard, longe l'aile abritant l'École normale, atteint un banc de pierre, sous un érable, où elle s'assoit dans l'ombre verte de la canopée pour réfléchir et prier. À cette heure, le soleil, plus à l'ouest mais encore haut dans le ciel, réchauffe les murs de briques en ce petit coin abrité du vent. Ses rayons jouent sur le noir de son costume, faisant tressauter des taches de lumière comme autant de mouches à feu. La chaleur pénètre le tissu, s'étend comme un baume sur sa peau. Elle respire l'odeur des herbes encore suintantes de la dernière pluie. Est-ce Dieu qui lui sourit ?

Plus loin, le long de la clôture, le merle sautille pour tenter d'arracher quelques tiges de foin séché. Si tard en saison, il s'emploie à rebâtir le nid qu'a détruit la supérieure ! Il est drôle à voir, se reprenant plusieurs fois pour tirer en vain les brins encore solidement enracinés. Ses battements d'ailes obstinés le ramènent bien vite à terre comme un cerf-volant qu'abandonne subitement le vent. Sa persévérance à construire est admirable et attendrit le cœur.

Soudain surgit de l'autre côté de la touffe de graminées un chat qui se tenait là, tapi dans les herbes, à l'affût, attendant le moment propice pour saisir sa proie. Sœur Irène se lève et court vers la scène, mais n'a pas le temps d'intervenir. Le félin s'est prestement emparé de l'oiseau et s'enfuit avec l'ailé entre les griffes. Elle court derrière, remontant ses jupes, en criant : « Méchant chat ! » Pauvre folie que celle de poursuivre le prédateur. Ainsi, Dieu a créé les espèces – chacune devant survivre –, mais la sensibilité de sœur Irène l'emporte.

Bientôt, le chat atteint le boisé et dévale le sentier menant à la ravine, là où mère Saint-Elzéar, l'hiver dernier, jetait ses bouteilles vides, là où tous les débris du jardin et de la cour s'amoncellent. Parmi les déchets, les branches épineuses des cenelliers, les tas de feuilles et les chardons, la course sera périlleuse, perdue d'avance. Pour avoir déjà arpenté ce calvaire, sœur Irène sait qu'elle ne s'en sortira pas indemne. Qu'à cela ne tienne !

Comme elle est sur le point d'attraper le félin, elle trébuche sur une souche et s'affale entre les débris de verre et les sabots de la Vierge. Un tronc d'arbre érafle son bras ; la douleur lui brûle la peau. Levant la tête, elle aperçoit encore le chat qui, se faufilant sous un amas de branchages, n'a pas vu, de l'autre côté, une grande ombre qui l'attend, l'empoigne par le col et l'oblige à lâcher sa prise. Le chat file en poussant un miaulement de colère pendant qu'une main effilée cueille l'oiseau. C'est une main pâle, couverte de veines verdâtres et de terre, à la peau desséchée : la main réparatrice de sœur Saint-Léandre. Les doigts, aux ongles longs et sales, entourent délicatement le volatile, le couchent sur le dos au creux de la paume, en prenant soin de bien supporter sa tête qu'elle appuie contre l'index et le majeur légèrement écartés, et, doucement, en un mouvement de va-et-vient, elle le berce et lui caresse le ventre du bout du pouce.

Sœur Irène se redresse sur son séant et assiste à une scène fascinante. Au bout de quelques minutes, alors qu'elle la croyait morte, la petite bête reprend ses esprits et la grande religieuse la laisse aller. Le merle se perche non loin, le temps d'arranger son plumage, malmené lors de la mésaventure.

Après l'avoir surveillé un moment afin de s'assurer qu'il a recouvré toute sa vigueur, la salvatrice se penche maintenant vers sœur Irène et lui tend les bras pour l'aider à se relever. En bandoulière, elle transporte un grand sac de toile dans lequel s'entassent de nombreuses plantes de sous-bois. Au cou balance un appareil photo rangé dans un boîtier de cuir. D'un signe de tête, elle invite sœur Irène à la suivre. Elle veut sans doute l'emmener à l'infirmerie. Cependant, sœur Irène, qui n'attire plus la sympathie de personne, imagine déjà l'accueil froid de l'infirmière. Non, dans les circonstances, elle ne souhaite pas imposer quoi que ce soit à ses consœurs.

— Ça va, je n'ai rien, dit-elle en secouant ses habits. Continuez de prendre vos photographies et de cueillir vos fleurs.

L'autre n'a sans doute rien compris et la saisit par la manche. De son pas long et rapide, elle l'entraîne vers l'entrée de service située à l'arrière de la maison rouge, puis vers son laboratoire, où sœur Irène n'a jamais mis les pieds.

Dès qu'elle en franchit le seuil, sœur Irène s'émerveille devant les animaux muets. Partout au plafond, des oiseaux en vol ; au sol, l'ourson, le loup et le lièvre tendent vers elle leur museau. À côté, sans inquiétude, un faon délicat effleure de ses sabots fins, comme sur des talons hauts, la planche de pin qui le soutient. Ici règne la paix entre prédateurs et proies. On y respire un mélange d'odeurs de naphtaline, de plumes humides et de produits chimiques.

Sœur Saint-Léandre désigne un banc. N'entre pas qui veut en ces lieux lorsque la grande recluse y travaille. Derrière son mur de silence, cette sexagénaire impose un respect qu'on offrirait aux dépouilles mortuaires.

Pourquoi l'emmène-t-elle ici ? Désire-t-elle l'enfermer, la cacher afin de lui permettre un moment de recueillement parmi toutes ces créatures du bon Dieu ? Sourde et tapie dans son laboratoire la plupart du temps, sans doute n'aura-t-elle pas eu vent des rumeurs.

La muette gesticule : un langage de mains incompréhensible à sœur Irène. Sœur Saint-Léandre secoue la tête et abandonne la tentative d'échange pour s'activer à quelque tâche. Elle étale sa récolte de plantes sur des journaux, sort de sous des briques un lourd cartable entouré de lacets de cuir, une pile de cartons et de papier buvard entre lesquels sèche sa précédente cueillette. Sœur Irène se lève, mais l'autre lui fait signe de se rasseoir. Sous le regard des animaux empaillés, elle ouvre un herbier. Déjà, plusieurs fleurs printanières, séchées et réduites patiemment à deux dimensions, ornent des planches de carton. Elle tire l'une d'elles sur laquelle se déploie une herbe aux feuilles larges. Sur l'étiquette d'identification, on peut lire : *Plantain*. Puis, elle sort de sa bibliothèque un gros manuel : *La Flore laurentienne*, et repère la page où le frère Marie-Victorin vante les vertus de ce végétal. De sa besace, elle tire la même plante, mais toute fraîche, et en hache les feuilles qu'elle écrase puis étend sur le bras écorché de sœur Irène, en lui faisant signe de ne pas les retirer. La sensation de brûlure disparaît presque aussitôt.

Sœur Saint-Léandre retourne à sa récolte qu'elle doit s'empresser de mettre sous presse.

— Voulez-vous que je vous aide ? crie presque sœur Irène, oubliant que, même si on parle fort, la vieille religieuse n'entend pas.

Sœur Irène s'empare alors d'une petite ardoise laissée sur la tablette à deux pas de la porte et s'apprête à y écrire quelques mots à la craie, quand la sourde repousse l'objet. Sœur Saint-Léandre va ensuite à l'évier se laver les mains, tire un autre banc de bois pour s'asseoir tout près. Il se passe alors un miracle : les vieilles lèvres flétries de la sœur s'entrouvrent :

— C'est moi qui vous aiderai.

Sœur Irène, abasourdie, lève le regard et fixe cette femme d'un autre monde. Pour la première fois, elle a le loisir d'observer ce visage buriné par le temps, entouré d'une guimpe trop large, et qui lui sourit. Des ridules rieuses apparaissent au coin de ses yeux ardents, penchés depuis des années sur de minutieux travaux de laboratoire. Que cachaient ce long silence, la patience de cette artisane qui répare les peaux cassées et recoiffe les plumes froissées ?

— N'êtes-vous pas sourde et muette ? s'étonne sœur Irène.

L'autre secoue la tête.

— Je ne veux rien entendre, c'est très différent. Pendant vingt ans, j'ai joué l'oreille pleine de coton, par choix. Pourtant, depuis votre arrivée parmi nous, sachez que je n'ai rien manqué de votre délicieuse musique, lors des offices consacrés aux religieuses. Quant aux jacassements, je les laisse aux pies.

Sa voix est grave, posée, un chuchotement caverneux.

— Mais pourquoi? s'enquiert sœur Irène.

— Vous aurez bien le temps de partager un petit verre avec moi. J'ai un vin de cerises de ma fabrication et qui attend depuis bien longtemps. Je tenais à le goûter en bonne compagnie.

Elle tourne le loquet d'une vieille armoire en coin, ouvre le panneau et, au fond de l'étagère, empoigne un goulot vert bouteille encapsulé d'un bouchon de bois. Sur l'autre étagère, elle prend deux verres dans lesquels elle verse un sirupeux liquide grenat.

— À votre santé, ma fille! Et donnez-moi des nouvelles de ce petit jus de fruits.

La première gorgée de cet alcool fort surprend, mais en quelques secondes, le vin déploie sur la langue un merveilleux velouté et, sur les papilles, un léger goût d'amande douce rappelle à sœur Irène les biscuits que préparait sa mère pour le temps des Fêtes. Une grisante chaleur coule dans son gosier et dilue la boule qui s'y était installée.

— C'est tout simplement savoureux et tellement réconfortant.

Sœur Saint-Léandre sourit, satisfaite, et, après un premier verre, s'en verse un deuxième, sans ménagement.

— Quelle était votre question, déjà?

— Pourquoi avoir joué la sourde et muette pendant tout ce temps ?

Un barrage cède, d'où jaillissent posément des paroles contenues depuis la Genèse.

Sœur Saint-Léandre a prononcé ses vœux à seize ans, en 1904, dix ans après la fondation. Elle aurait préféré les Carmélites, ces contemplatives coupées du reste de la société, afin de s'adonner tout entière à l'oraison dans un silence continuel, mais la communauté n'avait pas de fondation dans les villes et les comtés environnants. Elle avait hésité. Les Ursulines voulaient la garder, mais il y avait des garçons dans leur institution. Même chose chez les Augustines : autant d'hommes que de femmes parmi les malades de l'hôpital. Son choix s'était arrêté sur les religieuses enseignantes et elle avait joint les rangs de la congrégation de Notre-Dame du Bon-Conseil, alors dirigée par mère Marie, s'assurant que, dans les couvents, il n'y avait que des filles. Elle souhaitait non seulement éduquer les demoiselles, mais les instruire pour les orienter vers d'autres horizons, les sortir des domaines traditionnels. Pourvu qu'elles puissent s'épanouir pleinement dans le monde. Des femmes scientifiques, des botanistes, des chimistes, des physiciennes, des mathématiciennes qui ne dépendraient d'aucun homme.

Elle se verse un autre verre avant de poursuivre.

— Quelle tristesse, quelle angoisse ont été les miennes lorsqu'en 1928 monseigneur Lamarche a ordonné le retrait des grilles, alléguant que des religieuses enseignantes ne pouvaient être soumises à la clôture. Pour lui, bien sûr, c'était la logique même de mettre un terme à l'isolement, mais, pour moi, c'était comme me brûler vive.

Lorsqu'elle avait vu disparaître cette frontière qui la protégeait du monde, elle s'était retirée d'une autre manière. Elle avait trouvé une façon de transmettre la connaissance sans enseigner : jouer la sourde et constituer un musée de sciences naturelles.

Recluse dans un univers de plumes et de poils, inscrite à des cours par correspondance, elle avait obtenu, en 1936, un diplôme de compétence de la Northwestern School of Taxidermy du Nebraska.

— De cette façon, je peux lutter contre la pourriture et rapiécer les petites bêtes brisées. Je suis l'une d'elles, d'ailleurs, avoue-t-elle, et Dieu m'a rempli le cœur d'ouate.

Comme une moniale, sœur Saint-Léandre se levait très tôt, se dévouait à la prière et aux tâches du jardin. Elle voyait, bien sûr, à la confection et à la réparation des chaussures des religieuses et à la reliure des principaux et précieux ouvrages de la bibliothèque et, surtout, à l'enrichissement de son musée. Le silence et la prière accompagnaient tous les gestes consacrés à son art, et elle se dévouait à remettre harmonieusement en état les merveilles du Créateur.

— Ce que l'homme a écrasé, ce que le temps a flétri, ce que la mort a repris… Cette œuvre me permet de m'isoler à l'intérieur même de notre communauté et de ne plus avoir de contacts, quels qu'ils soient, avec les hommes.

— D'où vous vient cette crainte des hommes ?

Elle lève les yeux au plafond, avec un subtil hochement de tête, puis le vin coule de nouveau dans les verres et, à mesure que baisse le niveau de la bouteille, les confidences, à l'instar des cumulonimbus, se dilatent, gonflent et s'assombrissent.

Elle parle de son beau-père, un type dont elle a subi les mauvais traitements peu après le décès de sa mère. Elle avait treize ans et ne connaissait rien des choses de la vie. Il lui a administré des traitements inimaginables dictés par le diable, des sévices dont elle porte encore les marques, autant sur le corps que sur l'âme.

Après la mort de sa mère, il lui avait dit qu'elle devrait la remplacer. Une grande fille comme elle, déjà pourvue des attributs d'une femme, en serait bien capable. Elle croyait devoir s'en tenir aux tâches ménagères et culinaires. Pauvre naïve. Lorsqu'elle lavait les planchers, son beau-père, installé dans la chaise berçante, pipe au bec, crachait ses commentaires vulgaires : «J'aime ça quand ton cul bouge de même. C'est dur pour un homme de se retenir.» Il ne s'était pas retenu longtemps. La première fois, dans l'escalier, elle essuyait les marches. Elle ne pouvait même pas imaginer des actes pareils, autant de violence, et ne comprenait pas. À chaque marche sur laquelle était bousculé son corps, une douleur plus intense, une honte plus terrible s'incrustait en elle. Ses supplications et ses cris avaient enflammé la fureur du démon. Il l'invectivait d'insultes abominables, l'accusait des pires crimes. «Maudite guidoune! Tu fais exprès pour tenter le diable. Dis-le que t'aimes ça, c'est rien que ça que t'attends. Ben, je vais t'en donner, moé. Tiens!»

En purée, au pied de l'escalier, le dos meurtri, la bouche ouverte, elle cherchait son air et des explications. Il n'avait rien dit et, plus tard, sans raison, avait recommencé à la violenter.

Un jour, ses cris avaient alerté un voisin qui passait devant. Elle se croyait sauvée, mais son immonde beau-père avait rassuré l'autre : sa pauvre belle-fille, par maladresse, avait déboulé l'escalier. Elle n'avait rien de cassé et il s'en occupait avec grand soin.

Grand soin, oui! Un soir, elle lui avait résisté et tenu tête. Il l'avait frappée, un coup, deux, trois, sans s'arrêter, lui avait cassé le nez. Elle entend encore le bruit des os qui s'émiettent. Elle avait perdu conscience, mais cela n'avait rien empêché pour la suite. Elle s'était réveillée dans la cave, une chaîne à la cheville, attachée à la fournaise, des douleurs atroces à la tête et dans le ventre. Une cruche d'eau et une bassine à côté d'elle, éclairées par la chiche lumière du soupirail. Un matelas aussi, sur lequel elle ne ferait pas que dormir. Il est venu la voir avec des compresses. « T'aurais pas dû rouspéter ! Tu me rends fou, c'est de ta faute. T'es tellement lette, astheure, maudit viarge. Une chance que tu te vois pas la face. Y a pus un homme qui voudra de toé. Sauf moé, chanceuse. »

Chaque soir, lorsqu'elle entendait ses pas, dans l'escalier, elle se recroquevillait : l'heure épouvantable avait sonné. Il apportait un couteau et la menaçait si jamais elle osait émettre le moindre gémissement. Pendant trois mois, il l'avait brisée dans ce qu'une jeune fille a de plus intime, la laissant chaque fois plus faible, plus rompue, plus souffrante. Il lui avait même tailladé les oreilles. Pour l'enlaidir encore plus, par pur sadisme et pour affirmer son pouvoir extrême sur elle.

— Dieu du ciel ! Pourquoi agissait-il ainsi ?

— À cette époque, je ne pouvais comprendre, mais je crois qu'après la mort de ma mère, il est entré dans une révolte, une immense colère qui ne s'est jamais apaisée. Il s'est mis à boire et la boisson le transformait complètement. La folie lui tordait l'esprit et animait son corps d'ouragans de violence.

Elle lève la tête et regarde sœur Irène dans les yeux.

— Excusez-moi. Je m'arrête là, en vous assurant qu'il m'aurait été bien plus doux de mourir. Il me gardait en vie pour satisfaire ce qu'on ne peut même plus appeler de bas instincts. Ce serait manquer de respect aux animaux. Un cochon pareil, ça ne se contrôle pas, comme bien des hommes, je le crains.

Sœur Saint-Léandre ne dit plus rien, elle garde le reste pour elle.

— Comment vous en êtes-vous sortie ?

— Il me restait une force : prier. Pendant les longues heures passées dans l'humidité de cette cave, j'ai eu le temps de réfléchir. Un matin, il m'a détachée pour que je puisse aller me laver ; je sentais trop mauvais, et le débarbouillage dans la bassine ne suffisait plus. J'avais droit à un lavage dans la cuve, eau chaude et savon, à la salle de bain. Il avait laissé la porte entrouverte. Avec une chaîne, il m'a ensuite attachée à la cuisinière pour que je fasse des tartes. Il s'est assoupi. Vous dire les idées qui me sont venues, à ce moment-là : le tisonnier, les couteaux sur le comptoir, la longue chaîne qui retenait ma cheville à la patte du poêle… Mais je manquais de force et j'ai continué ma cuisine en prenant le cruchon de sucre. J'en ai saupoudré plus que moins sur chacune des tartes. Il adorerait ça. Il s'est réveillé et, une fois les tartes cuites, il m'a retournée dans ma prison.

Ses yeux s'embuent et sa voix s'endurcit.

— Au petit matin, j'ai entendu ses pas lourds, dans l'escalier, et j'ai vu son ombre titubante s'approcher. Il marmonnait et se plaignait en se tenant le ventre d'une main. Je me souviens de l'avoir entendu dire : « J'ai le yable dans le corps qui me torture. Ça me brûle, en dedans. Aide-moé ! » J'ai remercié Dieu, qui me pardonnerait. Agenouillé pour me détacher, il a crié puis s'est affalé près de moi ; sa tête a heurté le sol et cette grosse abjection est restée étendue sur le ventre. Sans m'attarder, j'ai attrapé la couverture et j'ai profité de cet instant pour m'enfuir. C'était en mai, il devait être cinq heures du matin. Je me souviens très bien de la lumière rose sur les collines ; je croyais apercevoir Dieu dans les nuages. Je n'avais pas le temps ni la force de courir très loin. J'ai frappé chez les premiers voisins. C'est la femme qui m'a ouvert. Lorsqu'elle m'a vue sous l'éclairage de sa lampe, elle ne m'a pas reconnue et a failli s'évanouir. Plus tard, devant la glace, j'ai compris : j'étais défigurée. Elle m'a soignée comme elle a pu, avec une infinie douceur, m'a vêtue convenablement et m'a expliqué que son mari et elle ne pouvaient me garder. Trop dangereux que mon beau-père me retrouve. Elle connaissait le moineau, le savait capable du pire. Ils m'ont amenée à l'orphelinat. Trop vieille pour être adoptée, j'y ai travaillé trois ans, après quoi j'ai décidé de prendre le voile.

Sœur Saint-Léandre sourit et, dans ce sourire, apparaît une immense sagesse, lumineuse et froide, comme le soleil de janvier.

— Le chat peut jouer longtemps avec sa proie moribonde. Souvent, il l'achève et l'abandonne après une lente agonie. Il se comporte ainsi par pur instinct. Mon beau-père agissait par cruauté, par sadisme. Je vous assure qu'on peut souffrir longtemps avant de trépasser.

Elle ferme les yeux un instant : des images terribles semblent défiler sous ses paupières, mais elle retrouve sa jovialité en les relevant.

— À mon tour, reprend-elle, je vais vous sortir des griffes du chat et réparer ce que la parole d'autrui a brisé. Derrière mes tympans de fausse sourde, j'en ai entendu circuler, de vilaines rumeurs. Les souris feraient moins de bruit. Voyez-vous, j'ai été témoin de cette fameuse scène qu'a rapportée une couventine à votre sujet. J'ai entendu les propos que vous teniez, sœur Adèle et vous, à ce moment-là, et je sais pertinemment qu'aucun reproche ne peut vous être adressé. L'élève à l'origine de ces ragots erre dans ses fabulations.

— Vous allez tout révéler à mère Saint-Viateur, n'est-ce pas ? Je sais que vous étiez là, ce jour où je râtelais la cour et le jardin avec sœur Adèle. Je vous ai aperçue, tout en bas de la ravine, avec votre kodak.

— Je ne veux ni ne peux parler. Cependant, des preuves attendent dans ma chambre noire. *Une image vaut mille mots*, paraît-il.

Certes, ce jour-là, elle s'adonnait effectivement à une séance de photographies. Elle adore immortaliser les oiseaux ; ses clichés lui servent à remodeler les spécimens à empailler dans leurs postures naturelles, tout en respectant, le plus possible, le grand projet initial de Dieu. Modestement, elle souhaite rendre hommage à Son œuvre, sans trop l'altérer.

— Ne m'en voulez pas si je préfère continuer à me murer ainsi : sourde et muette. J'ai pleine confiance en vous et je sais que vous ne révélerez à personne que mon ouïe et ma langue se portent à merveille. J'ai failli à mon théâtre aujourd'hui dans l'unique but de vous aider, parce que je vous aime bien et que je veux lutter contre les jalouses, dans ce couvent, qui tentent d'étouffer votre talent. Je vous aiderai autrement, en écrivant personnellement à monseigneur l'évêque, et lui transmettrai la preuve de votre innocence. Justice sera faite, espérons-le.

La main de sœur Saint-Léandre, racornie et plissée par trop de manipulations dans le formol et la soude caustique, se pose sur la sienne. Une main dont la peau semble morte, mais dont la douceur n'aurait pas meilleur effet qu'une fourrure d'hermine sur le cœur.

La religieuse relève la manche de sœur Irène et retire la bouillie de plantain sur le bras.

— Ça ira mieux, à présent. Attendez les nouvelles et prenez les bonnes décisions.

— Faites-vous allusion à l'appel, à ma vocation ?

— Depuis mon entrée en religion, je n'ai vu aucune femme traverser le noviciat sans inquiétude. Par contre, je n'ai jamais observé sur aucune autant de trouble que vous en éprouvez. Je souhaiterais tant vous voir heureuse en cet état. Avez-vous pensé au vaste monde ?

— Que ferais-je dans le vaste monde ?

— Tant de choses. Vous avez de la figure, de l'esprit et du talent… Je vais unir mes prières et mes soupirs aux vôtres.

Elles passent une bonne heure ensemble, à identifier et à coller des plantes sur des cartons, transcrivant d'une belle écriture les détails sur des fiches ; des travaux manuels exigeant minutie et délicatesse, mais qui reposent l'esprit.

— Vous êtes la seule à m'avoir secourue, la seule qui ait fait fleurir l'espoir. Il y avait bien sœur Adèle, mais hélas ! elle n'est plus ici. Peu importe le résultat de vos démarches, je n'oublierai pas votre appui.

Pleine de gratitude, à cinq heures et demie, sœur Irène quitte cet ange de patience qui, penché sur ses herbes, se referme dans son mutisme, comme la sensitive que l'on vient de toucher.

Dehors, alors que sœur Irène remonte à pas lents vers le monastère, le nœud dans sa gorge se desserre légèrement. Elle relève la tête, inspire profondément le ciel et le soleil, de nouveau convaincue qu'au fond de chaque personne se cache une bonne âme. Elle ouvre la lourde porte qui résiste un peu en pleurant. À l'intérieur, une chaleur de chaudière, étouffante, l'assomme. Depuis la dernière année, le vieux bâtiment n'abrite plus que les araignées, les souris et les rats. Toutes les fenêtres sont closes, aucune ventilation n'a été faite. Peu importe, elle n'aura besoin que d'une petite chambre.

Elle s'assoit sur un fauteuil recouvert d'un drap blanc. La poussière vole autour d'elle et danse un instant, en suspension dans la lumière des carreaux. La poussière que le temps finit toujours par entasser, la poussière qui s'agite en plein soleil et retombe inexorablement sur toutes choses, sur les sentiments et les émotions. Pour oublier. Oublier, sinon pardonner. Y arrivera-t-elle ?

La journée a été écrasante, et même le coucher du soleil n'apporte pas la fraîcheur espérée. Vêtue de sa robe de nuit de coton, étendue sur un petit lit de fer, par-dessus la courtepointe, bras écartés, elle attendra l'aube, et après, la suivante.

* * *

Pendant deux semaines, sœur Irène espère quelque développement.

Situé en contrebas du couvent, le monastère offre une vue sur la rivière et sur l'allée qui mène à la maison mère. Chaque jour, assise à la fenêtre, sœur Irène a surveillé les allées et venues des religieuses et des livreurs qui s'y rendaient. Personne ne s'est présenté pour elle. Aucun pardon ne lui a été adressé, aucune nouvelle de mère Saint-Viateur ni de Flora, d'un éventuel repentir ou d'une disculpation. Les jours interminables et le vieux piano, abandonné dans la salle communautaire, désaccordé depuis des années, ne donnent que de fausses notes.

Le 7 juillet, la pluie tambourine sur les carreaux, et les stratus laissent prévoir que l'ondée durera tout le jour.

Elle dépose le livre de prières sur ses cuisses, découragée. La justice ne se fera pas en ce bas monde. Sa patience flanche.

Au pied de la côte, sous l'averse drue, elle aperçoit une Studebaker bleu ciel, conduite par le père Cimon. L'automobile gravit la pente jusqu'à la maison mère où frappe le père. La sœur portière lui ouvre et ils tiennent, tous les deux, une courte conversation. Le père salue de la tête, s'éloigne et reprend le volant pour se diriger vers le monastère. Il vient sans doute pour la confesse, mais pourquoi au vieux monastère ? Elle aurait pu, comme la semaine précédente, se rendre à la chapelle.

Elle s'empresse de lui ouvrir et, tout ruisselant de pluie, il s'excuse des flaques d'eau qu'il répand sur le parquet de bois.

— Oh! vous savez, mon père, il ne faut pas s'attarder à la propreté des lieux, dans cette bâtisse vétuste. J'ai fait bien mon possible, depuis deux semaines, avec les modestes moyens à ma disposition, mais la saleté s'accroche.

Elle referme rapidement le battant derrière lui, le débarrasse de sa cape cirée qu'elle suspend près de la porte d'entrée et l'invite à s'asseoir à la seule petite table qu'elle a trouvée et nettoyée à son arrivée.

Elle n'a rien à lui offrir, que de l'eau, et, tout trempé qu'il est déjà, il n'en manque pas. Un peu nerveuse, elle ne sait trop comment se déroulera la confession. Resteront-ils là, assis tous deux à table à bavarder? Cette proximité la rend mal à l'aise.

— Vous voudrez bien m'attendre ici, le temps que je tende un drap entre les deux chaises. Il tiendra lieu de confessionnal.

— Je ne suis pas venu pour la confession, dit-il en souriant imperceptiblement.

Alors, il vient pour la communion? Il aura apporté l'hostie, en plein vendredi?

— Non plus. Asseyez-vous et écoutez-moi.

Il a reçu l'instruction, à titre de messager de l'évêché, de lui remettre en mains propres la réponse de l'évêque. De son porte-document, il sort une enveloppe cachetée du sceau de monseigneur. Il tenait à cette précaution afin d'éviter que la supérieure ne se l'approprie d'abord.

Inquiète, elle prend le pli qu'elle ouvre avec délicatesse. À la lumière du témoignage qu'elle avait transmis en juin dernier et après l'analyse des documents de preuve présentés par sœur Saint-Léandre, l'évêque la disculpe entièrement et considère l'affaire comme classée. Qu'elle reprenne au plus vite ses fonctions et la place qui lui revient au sein de la communauté, tout comme sœur Adèle.

L'espoir renaît et, les larmes aux yeux, elle donne son congé au bon père Cimon.

Sans plus attendre, à son tour, elle enfile sa cape et sort en courant sous les trombes d'eau, riant et pleurant à la fois, la lettre bien à l'abri sous sa capeline. Cette vivifiante pluie de juillet ne fait pas que le bonheur des agriculteurs. Sœur Irène vole vers la maison mère et, sous l'auvent, frappe à trois reprises. La portière refuse d'abord de lui ouvrir, mais sœur Irène brandit bien haut le bout de papier :

— Le père Cimon m'envoie. Qu'on me laisse voir la supérieure.

Celle-ci la reçoit, visiblement gênée, raide comme une tringle à rideaux. Un clignement d'yeux incessant trahit son malaise.

Sœur Irène plaque la lettre devant elle, sur le sous-main, sans se soucier de ses manches imbibées de pluie.

— Vous avez là toute la vérité. L'évêque vous fournira, sur demande, les photos et le témoignage écrit de sœur Saint-Léandre.

En prenant connaissance de la lettre, la supérieure tord les lèvres, ne sachant plus que dire. Elle garde les yeux baissés sur le document pendant de longues secondes, puis elle tend le bras droit devant elle, amorçant, croit sœur Irène, le geste d'une poignée de main. Mère Saint-Viateur saisit simplement sa tasse de thé et la porte à ses lèvres. Seulement après avoir bu, elle dit, sur un ton las, tout en regardant l'intérieur de sa tasse de porcelaine :

— Hum ! l'évêque s'en est tenu au témoignage de sœur Saint-Léandre. Soit ! Nous devons nous en remettre à cette décision hiérarchique. Cependant, avouez que nous avons là toutes les raisons de soupçonner une grave déviance et nous devrons rester vigilantes.

Elle dépose sa tasse avant d'ajouter, en repliant la lettre :

— Vous pourrez réintégrer nos murs, reprendre vos tâches, votre musique et diriger notre chorale, tout comme avant, mais je tiens à ce qu'on n'entende que du chant grégorien, à l'avenir. Vous laisserez de côté vos compositeurs païens et vos morceaux à la mode.

Quelle audace ! Impénitente, elle garde un visage de marbre. Cette femme s'inquiète-t-elle des nuits troublées que sœur Irène a passées ? Des tourments que lui cause l'absence de sœur Adèle ? Imagine-t-elle la mélancolie dans laquelle on l'a plongée ? Demandera-t-elle pardon pour ces jours inondés de chagrin ?

Estomaquée, sœur Irène ne peut retenir son irritation :

— Non ! Vous avez sali ma réputation, souillé mon image et celle de sœur Adèle. Comment puis-je espérer un brin de considération auprès de mes consœurs puisqu'au demeurant, vous semblez encore douter de mon innocence ? Je ne resterai pas ici !

— Dans ce cas, je peux délivrer une obédience pour vous. Je verrai, selon les besoins de nos différentes missions, à vous donner votre agrément. Je signerai la lettre de ma main et celle-ci tiendra lieu de brevet, mentionnant vos capacités d'institutrice, même si vous n'avez pas encore prononcé vos vœux ni obtenu votre diplôme. Avec une offre aussi charitable, vous ne pourrez pas vous dire malmenée.

Du plat de la main, sœur Irène frappe la surface du bureau.

— Gardez votre charité! Le temps d'organiser quelques affaires, je quitte la communauté pour de bon! Dites-moi, à présent, je vous prie, où est sœur Adèle.

La supérieure se mure dans son silence.

Le lendemain, sœur Irène délaisse les habits qui l'ont consacrée à Jésus-Christ et retrouve, sous son lit, dans un coffre, ses vêtements civils: une jupe droite, un chemisier écru, garni d'un collet de dentelle et de petits boutons nacrés, des escarpins à talons forts et un cardigan de laine... ceux qu'elle portait à son entrée, il y a six ans déjà. Elle les avait gardés tout ce temps, comme ses doutes.

Avant de partir, elle passe à la maison rouge et frappe à la porte du laboratoire de sciences naturelles. Sœur Saint-Léandre ouvre un judas dont le claquement fait sursauter Irène. Un œil la regarde pendant plusieurs secondes, hésitant.

— C'est moi, Irène, chuchote-t-elle.

La porte s'ouvre aussitôt et, une fois bien refermée, la naturaliste désigne un siège à la jeune femme qu'elle a eu peine à reconnaître sous ses nouveaux habits.

Sœur Saint-Léandre reprend son travail: elle coud le ventre d'un rat gris dont elle a terminé la naturalisation.

— Celui-là n'a pas eu de chance. Il a voulu entrer au couvent par la mauvaise porte: la tuyauterie des toilettes. Le pauvre, il s'est noyé.

Irène contemple la bête, d'abord avec un léger dégoût, mais les deux billes noires qui étincellent dans les orbites, les moustaches frémissantes et un genre de joyeux rictus sous le museau la font sourire.

— Il restera néanmoins avec vous pour toujours. Quant à moi, je m'en vais, mais je m'en serais voulu de le faire sans vous remercier. Non seulement vous avez convaincu les autorités de ma droiture, mais vous m'avez ouvert les yeux. Je leur en veux, à toutes, à présent, de s'être détournées de moi et de m'avoir abandonnée. Si vous saviez…

— Parmi toutes les religieuses qui circulent en ces murs, aucune n'osera contrevenir aux directives de notre supérieure. La plupart obéissent en bons moutons de Panurge, sans se poser de questions, sans esprit critique. Il ne faut pas leur en vouloir : là réside justement la force de la vie en collectivité. Ainsi vont les plus puissantes armées et les équipages d'un navire. Pas de rébellion, pas de mutinerie. L'obéissance à Dieu passe par la dévotion envers notre mère. Les religieuses s'enfoncent dans le moule. Plus on entre jeune en communauté, plus on ignore la vie en société, plus le modelage s'opère facilement. J'irais plus loin en disant que la meilleure religieuse est celle qui porte en elle, à son arrivée au couvent, le secret d'un énorme péché à expier, et qui s'avère, pour certaines, une banalité, tandis que pour d'autres…

Des souvenirs semblent lui revenir, déclenchant un rire mauvais et aigrelet que ne lui connaît pas sœur Irène.

— Vous, vous n'en avez point, mon enfant, continue la vieille en reprenant son sérieux. Allez dans la vie ! J'ai confiance en vous et en votre œuvre, que vous poursuivrez autrement. Vous reviendrez, un jour, et nos consœurs seront ravies, oui, tout autant qu'elles sont, de vous revoir et d'entendre le récit de vos exploits. La commune a la mémoire courte.

— Je me demande quel pourrait être le péché secret de notre mère Saint-Viateur.

— Vous ne l'avez pas deviné ? C'est pourtant fort simple. Pourquoi croyez-vous qu'elle vous en veuille à ce point ? Pourquoi aurait-elle si peur de vous ? C'est qu'elle expie précisément la faute dont elle vous accuse et la rejette sur vous.

Sœur Irène ouvre de grands yeux étonnés et repasse en pensée les griefs, les comportements si durs de la supérieure et les récents propos du père Cimon.

— Quant à vous, ma sœur, demande-t-elle encore, je ne peux imaginer que vous ayez une faute à expier en ces murs, vous qui me semblez être, justement, la meilleure de nos religieuses et qui avez subi tant d'outrages et d'agressions ?

Sœur Saint-Léandre a une fois de plus ce petit rire malin, un hoquet qu'elle réprime rapidement pour avouer son crime.

— Je vous ai raconté, la veille de ma fuite… j'ai cuit des tartes aux pommes pour mon beau-père.

Irène écoute religieusement.

— Il s'appelait Honoré, pouvez-vous croire ? Dans le cruchon, ce n'était point du sucre, mais de la mort-aux-rats. Le beau-père y avait transvidé la poudre, car la boîte de carton s'était déchirée.

— Mais… vous ne pouviez pas savoir, alors.

— Oh que si, je savais ! Je le savais trop bien. Et je m'en félicite encore. *Père et mère tu honoreras.* Je l'ai *honoré,* en effet, comme devait l'être cet enfant de nanane. Plus jamais il n'a fait de mal à une souris.

\* \* \*

Irène a écrit à ses parents et, sans un au revoir aux sœurs avec qui elle a vécu ces dernières années, avec qui elle a partagé rires, confidences, musique et chansons, elle ferme derrière elle la porte du couvent. Elle marche droit, rapidement, vers le taxi qui l'attend, résistant à l'envie de se retourner. Le livre se referme, sa vocation s'estompe derrière elle : à quoi bon entretenir des gestes de nostalgie ?

Après quelques pas, pourtant, c'est plus fort qu'elle, Irène exécute un léger demi-tour et regarde, une dernière fois, les fenêtres du parloir, puis elle lève les yeux, un étage plus haut, pour observer celles de la salle de musique, espérant y voir sa brillante élève. Le cœur lui brûle, hélas : il n'y a personne pour lui envoyer la main.

Elle serre plus fort la poignée de sa valise, reprend le pas et monte dans le taxi.

# Remerciements

Les portes du couvent se sont refermées une fois de plus.

Une fois de plus, je remercie toutes celles et tous ceux dont la pensée, les souvenirs et les conseils m'ont accompagnée au cours de la rédaction de ce second tome.

Enfin, merci à mes lectrices et lecteurs de continuer à faire vivre ces personnages qui m'habitent depuis plusieurs années.

Fleur de cendres ***

*À mon frère.*

# 1

*Le 7 juillet 1950*

— Où va-t-on, mademoiselle ? demande le chauffeur à Irène.

— À la ferme des sœurs, rang Saint-Joseph, lui répond-elle d'un ton qu'elle veut assuré.

Dix heures. Le taxi descend la pente et laisse, derrière lui, l'énorme édifice de la congrégation de Notre-Dame du Bon-Conseil, qui rapetisse à mesure qu'il s'en éloigne : la maison rouge reliée par sa passerelle à la maison mère, la maison blanche, l'école d'application, l'école ménagère, l'école normale, l'infirmerie, la salle de reliure, la salle de réunion, le parloir, les réfectoires, la bibliothèque, la chapelle… Les nombreuses ailes se replient sur les portes et fenêtres et disparaissent derrière les bosquets.

L'âme inquiète et trépidante, Irène chemine encore sur des épines. On ne fait pas le mal sans le vouloir. *Tout est dans le consentement,* se répète-t-elle. Tant que la volonté reste inexpugnable, on ne doit pas se troubler des agitations de sentiment. Elle se rappelle les propos et les conseils de sœur Saint-Léandre, qui citait saint François de Sales : si un chien dans la rue aboie sur nos talons, on ne doit pas s'alarmer ni se retourner, mais l'ignorer ; quand il se fatiguera de lui-même, il se taira. Inutile de tenter, du geste ou de la voix, de l'effrayer ou de le faire fuir : il jappera de plus belle. Aller droit son chemin. Faire comme s'il n'était pas là. Aller en douce. Tout, bientôt, rentrera dans l'ordre.

À l'intérieur du couvent, les chiens peuvent toujours aboyer. Elle ne les entendra plus.

En attendant de recevoir des nouvelles de ses parents et de pouvoir partir les rejoindre aux États, Irène s'est donné deux missions : d'un côté, régler une quête entreprise depuis un an ; de l'autre, dénouer ce qu'une terrible rumeur a engendré.

La voiture roule sur la route, le long des eaux vives de la grande rivière que cachent, au début, les nombreux réservoirs de mazout érigés sur les berges. La sirène d'un bateau retentit, puis celle d'un train qui arrive.

Le chauffeur a baissé la vitre. Le soleil plombe et, déjà, il règne une chaleur de chaudron à l'intérieur du véhicule. Une odeur de pétrole envahit l'habitacle, que le conducteur chasse en s'allumant une cigarette. Irène aime bien le parfum du tabac grésillant ; son père fumait souvent en conduisant, lors de leurs pérégrinations sur les chemins de la province, à l'époque où sa famille sillonnait les différents comtés pour y présenter des spectacles de variétés. Le visage d'Edgar lui revient, son grand corps fort et souple. Lui, il ne fumait pas. Ses prouesses exigeaient forme et santé.

La chaleur l'oblige à retirer son fichu. Le vent soulève ses cheveux, une sensation presque oubliée, une douce impression de liberté. Elle tourne la manivelle pour, elle aussi, baisser la vitre. Elle tend une main dehors pour sentir la pression de l'air lui caresser les doigts. Maintenant délivrée du serre-tête, elle entend, amplifiée et pure, la musique du vent et perçoit, plus éclatant, le soleil. De doux souvenirs émergent, ceux de son ancienne vie : Edgar, Maurice... ses amours empaillées, bien chastes et bien courtes, d'ardents feux d'artifice que les événements avaient dispersés en fumerolles chancelantes.

— Fait-y assez chaud à vot' goût !

— Oui, bien sûr, répond-elle évasivement.

— J'espère qu'à la ferme des sœurs, l'eau manque pas dans les réservoirs, sinon les salades pis les fèves vont sécher sur place.

Le chauffeur l'observe à tout moment dans le rétroviseur, à travers la fumée de sa cigarette. Irène tourne la tête et son regard rencontre le sien, plutôt pétillant, dans le miroir.

— Il y a, dans les potagers, des bras qui veillent au grain. Le nouvel homme engagé doit se donner corps et âme pour que tout survive.

— Votre visage me dit quelque chose, vous. Je vous ai déjà vue, mais vous portiez le voile, me semble.

Elle aussi se souvient de lui, il l'avait déposée au couvent, un soir, en octobre dernier. Le fameux soir du feu.

— Vous avez raison, se contente-t-elle de répondre.

— Changer d'idée, ça arrive à tout le monde. Y a juste les fous qui…

Bonté divine ! Ne pourrait-il pas aborder un autre sujet ? Pour l'amour du ciel, qu'il se borne à parler du temps qu'il fait et de culture potagère ! Ou qu'il se taise. Elle ne souhaite qu'une chose : regarder défiler le paysage en se replongeant dans des réflexions oiseuses. Le trajet qui la mène à destination prend à peine une dizaine de minutes et elle a l'impression qu'il durera une éternité. *Voyons*, se reprend-elle ; derrière les yeux vifs de ce monsieur se tapit une bonne âme. Il cherche tout simplement à établir un contact, à faire preuve de bienveillance et d'humanité, à converser pour rendre la course plus agréable. *Calme-toi, Irène, desserre les dents.*

— Oui, vous avez raison : les fous n'en changent pas souvent.

Elle veut se refermer ; il continue.

— J'ai un oncle qui était abbé, du côté de mon père, pis qui est tombé amoureux d'une belle jeunesse. Il a défroqué et a marié c'te charmante femme. Ça doit faire cinq, six ans. Un petit couple ben heureux, je vous jure. Ils ont cinq enfants, astheure. Y est ben content de son sort. Un bon père, j'vous en passe un papier. Faut dire que la petite, elle en avait une jolie paire, sous vot' respect. Mes cousins pis moi, on aimait ben ça reluquer c'te belle créature dans les veillées des Fêtes.

Il lui raconte, en ajoutant détails et anecdotes, les fréquentations et les épousailles.

— Je parie que c'est ça qui vous est arrivé. Il doit y avoir un amoureux dans le décor. C'est ça, hein? Une belle fille comme vous! Ce serait de la gaspille d'envoyer ça chez les bonnes sœurs.

Dans le miroir, le chauffeur balaie rapidement du regard son visage et son buste. Elle croise les bras sur sa poitrine et lui lance de gros yeux. Voilà, c'est parti: il raconte n'importe quoi pour se rendre intéressant. Quel mal élevé! Non, finalement, il n'a pas si bonne âme, après tout. Il semble rempli de préjugés, tient des propos vulgaires, irrespectueux, et se montre trop indiscret. Elle va lui clouer le bec.

— Non. Vous avez tout faux. Je suis partie parce qu'on croyait que j'aimais trop les femmes.

Il sursaute un peu, lève les sourcils et se tait pour le reste du trajet. Peu importe ce qu'il pensera d'elle à présent, il ne l'importunera plus. Sans l'interroger, il la dépose à la ferme, marmonne le prix de la course. Plus question de payer en indulgences lorsqu'on a retiré le voile. Elle règle aussitôt la note. Il ne l'aide pas à sortir sa valise du coffre, qu'elle empoigne d'un bras ferme pour s'éloigner au plus vite.

Après quelques pas, elle s'arrête pour contempler le paysage. Devant elle, vers le sud, jusqu'à l'horizon bleuté des montagnes s'étend la plaine verte parsemée de petits bosquets dansant sur les vallons et autour des quelques tas de pierres. Dans les creux sombres, des îlots de feuillus et d'épinettes accueillent les écureuils et les fauvettes. De loin en loin, un quadrillage de clôtures sépare les pâturages, les champs de mil, de trèfle et d'avoine et les jachères de l'an dernier, couvertes de marguerites et de verges d'or. Vers le nord, de l'autre côté de la route, la pente descend doucement jusqu'à la rivière. Par-delà, sur l'autre rive, s'élèvent des collines vert mélèze et, encore plus loin, des monts bleu outremer, où voguent l'évasion et le rêve.

Irène reprend la marche sur le chemin de ferme bordé d'aulnes. Malgré le vide devant lequel elle se trouve à ce tournant de sa vie, malgré le brouillard de son avenir, soudain, elle est prise d'un grand rire : elle revoit l'expression du chauffeur de taxi après sa réplique qui instillait le doute à propos de son orientation sexuelle, elle s'esclaffe en franchissant les marches du perron de la maison d'été.

Personne ne répond aux petits coups frappés à la porte moustiquaire qu'elle pousse, finalement.

— Il y a quelqu'un ?

Silence. Dans la cuisine vide, la vaisselle du déjeuner traîne sur le comptoir. M. Gaudreault et les hommes engagés pour l'été travaillent sûrement aux champs, à cette heure-ci. Juin a connu bien des orages, mais au moins la canicule des derniers jours leur permettra d'entasser du beau foin sec. Elle dépose sa valise et son sac à main dans le portique et s'en retourne dehors. Près de la grange, l'odeur ne trompe pas : le parfum vert, humide et tendre des fenaisons, mêlé à celui plus sucré du trèfle, se répand dans l'air chaud. La barrière menant aux prés cultivés est entrouverte. À l'horizon, elle aperçoit le tracteur et quelque machinerie – faucheuse ou andaineuse; à cette distance, elle ne distingue pas bien, d'autant que la plaine ondoie sous les rayons, comme une mer chaude. Elle franchit la clôture de broche et s'apprête à marcher jusque-là d'un bon pas – près d'un demi-mille, lui semble-t-il –, mais bientôt elle se sent étourdie et se ravise. Elle n'a presque rien mangé depuis la veille et la soif lui étreint subitement la gorge.

Elle rebrousse chemin, traverse la cour parmi quelques poules qui grattent et picorent les gravillons, et se dirige vers le poulailler où elle entend le pépiement des centaines de poussins qui s'égaient: c'est sûrement l'heure du nourrissage.

En effet, à l'intérieur, sœur Marie-Paule, bien ronde, les jupes un peu relevées sous son tablier rayé, distribue la moulée dans les godets où se précipitent les jeunes poulets: un magma de duvet, de pattes, d'ailes minuscules et de becs gourmands. Quand la sœur aperçoit la visiteuse, elle pousse un petit cri.

— Oh! Excusez. Vous m'avez fait peur, madame. Qu'est-ce qu'on peut faire pour vous?

Visiblement, elle ne l'a pas reconnue.

Dans le piaillement des poulets, il faut hausser le ton pour s'entendre et, d'une voix forte et claire, Irène entonne une chanson que, souvent, elle chantait avec les religieuses, à la veillée.

*… Quel plaisir de vous revoir*
*Au foyer de la famille*
*Un paisible feu pétille…*
*Bonsoir, bonsoir, bonsoir.*

Surprise, sœur Marie-Paule fait les yeux ronds et bafouille un peu.

— Quoi? C'est bien vous? Sœur Irène?

— Irène, seulement Irène, à présent.

Sœur Marie-Paule laisse tomber son écuelle dans la poche de grain.

— Notre pinson a perdu ses plumes, à ce que je constate. Que s'est-il passé, pour l'amour ? J'ai manqué un épisode ?

— Si vous saviez…

— Vous allez tout me raconter, mais pas ici : les poulets jacassent trop fort. Donnez-moi le temps de terminer ma distribution. (*Elle remplit les derniers godets et range son petit chariot.*) Allons à la cuisine d'été, je vous servirai une limonade. Il fait si chaud… Je dois, à tout moment, revenir donner de l'eau à mes poulets et arroser les jardins… Du travail constant qui me retient ici depuis les derniers jours. J'ai perdu le fil de l'actualité de la maison mère.

Ombragée par de hautes épinettes, fenêtres grandes ouvertes, la cuisine d'été offre une relative fraîcheur. Sœur Marie-Paule s'évente avec un prospectus présentant les plus récents modèles de machinerie agricole. Puis, elle retire son tablier qu'elle accroche sur un clou, près de la porte. Son beau visage rouge, rondouillard, toujours souriant, s'approche d'Irène et lui colle une grosse bise sur la joue.

— Ma fille, vous êtes méconnaissable. Sans la robe noire et les nombreux dessous, vous me paraissez tout amaigrie. Mais en même temps, de vous voir en cheveux et dans ces couleurs… on dirait que vous avez rajeuni.

Elle se lave les mains et verse la limonade sur des glaçons, puis tire une chaise, près de la table.

— Vous avez perdu la vocation et votre sourire aussi, on dirait. Que se passe-t-il ?

— J'ai besoin de votre aide.

— Racontez-moi tout, sans crainte.

Ah! Cette bonne sœur Marie-Paule, une vraie mère. Irène sait qu'elle peut compter sur elle et, d'un trait, lui relate les funestes effets de la rumeur semée par la petite Flora.

— Vous comprenez, à présent, peu importe ce qu'il adviendra de moi, je veux absolument savoir ce qui est arrivé à sœur Adèle.

— La pauvre enfant… Vous frappez à la bonne porte. Je sais très bien quel sort elle a connu.

Irène avale de travers la gorgée froide et amère, et croise les mains. À voir l'attitude de la sœur, la suite sera pénible.

— Dites-moi, je vous en prie.

— Bien sûr, mais auparavant vous prendrez bien un peu de sucré.

Elle lui tend un plateau sur lequel sont joliment disposés des carrés de sucre à la crème blanc, spécialité de la sœur Gâteau. Ce sucre à la crème fond dans la bouche et laisse un velours sur la langue.

Comme une poule sur son nid, sœur Marie-Paule remue un peu l'arrière-train sur sa chaise pour rajuster sa posture.

— Imaginez-vous donc qu'elle est arrivée ici la semaine dernière, aux petites heures du matin. Elle avait fait tout le trajet à pied entre le couvent et la ferme. Un bon trois quarts d'heure. Bon, ce n'est pas la mort d'un homme, vous me direz, mais son état m'inquiétait. À cinq heures du matin, moi, j'étais déjà debout.

Sœur Adèle était entrée sans frapper, en tornade, apeurée, et avait refermé vitement la porte derrière elle. Elle sanglotait, tremblait, disait qu'elle était poursuivie. «Aidez-moi! Cachez-moi!» étaient à peu près les seuls mots qu'elle arrivait à aligner. Un désordre complet régnait dans sa tête et dans son costume. À voir sa robe et sa guimpe maculées de boue, son visage aussi, on devinait qu'elle avait dû tomber. Sœur Marie-Paule lui avait apporté des linges et une bassine pour la débarbouiller. Puis, dans le petit séjour, elle l'avait fait asseoir dans le fauteuil le plus confortable. La pauvre novice s'y était affalée et, son souffle repris, avait parlé de son bréviaire perdu, quelque part, en chemin. Elle répétait: «Mon bréviaire… Il m'a abandonnée. C'est ma faute…», et elle s'était mise à pleurer de plus belle.

— Justement. Je m'en souviens, intervient Irène. Quelqu'un a dit avoir retrouvé ce bréviaire près de la berge, en ville, et j'ai cru alors qu'elle avait sauté dans les eaux ou y était tombée.

— Je lui ai offert un bon lait de poule. Ah! Je la connais, la petite, si fragile, si sensible… et la douceur d'un lait de poule, ça vous réconforte jusqu'au fond de l'âme. Eh bien, elle a repoussé la tasse. Du fromage, des pâtisseries, du thé… Rien, elle ne voulait rien. Et je lui demandais sans cesse: «Qu'y a-t-il? Qu'avez-vous donc?» Elle a répondu: «Ce qui se passe au couvent reste au couvent.» Puis elle s'est tue. Quand je lui ai dit que j'appellerais à la maison mère pour aviser la supérieure, elle a réagi si vivement que j'ai cru qu'elle tomberait en pâmoison. Rageuse, elle m'a interdit de toucher au téléphone. Qu'est-ce que je pouvais faire? Je l'ai enveloppée d'une couverture et elle est restée prostrée, en état de choc, toute la journée. Peut-être qu'elle a fermé l'œil, je n'ai pas pu la surveiller tout le temps à cause de mes poules et des jardins. Quand je suis revenue, en fin d'après-midi, elle pleurait en silence.

En fin de journée, les hommes étaient rentrés de l'étable et avaient remarqué cette petite âme recroquevillée dans le fauteuil. Ils avaient posé des questions, auxquelles sœur Marie-Paule avait répondu par des haussements d'épaules et en secouant la tête avec découragement. On s'apprêtait à souper. Après être passé au lavabo, Adam s'était installé quelques instants près d'elle, au séjour, pour tenter d'en tirer quelque chose.

— Ne me demandez pas ce qu'il lui a dit mais, première nouvelle, il nous la ramène dans la cuisine, en la tenant par le bras, pour souper avec nous. Vous savez, ce nouvel homme engagé, c'est un cœur sur deux pattes. Ah! Mon bel Adam! Plein d'entregent, de si belle humeur, dans ses bons jours, avec un mot sympathique dès le matin, et un sourire qui ferait fondre la calotte polaire. Notre petite a mangé sa soupe et un bol de bouilli. Je l'examinais souvent. Elle gardait sa mine triste. Nous étions six à table et personne n'osait plus parler quand Adam s'est mis à nous raconter des blagues au sujet des aumôniers : comment s'appelle l'aumônier des toilettes ? La bécosse. Celui des gros ? La bédaine. L'aumônier des musiciens ? La bémol.

Irène esquisse chaque fois un sourire. La limonade et ces blagues à deux sous lui remontent le moral. Sœur Marie-Paule s'interrompt, se lève et rapporte bien vite une assiette pleine de biscuits et de galettes : des pâtisseries qu'Irène reconnaît.

— Servez-vous, servez-vous. Il en savait plusieurs, des blagues comme ça. On riait un peu, tout en surveillant la réaction de sœur Adèle qui gardait les yeux sur son plat. Quand Adam a lâché la dernière : «Comment se nomme la mère des écuries ?», on a tous haussé les épaules. Lorsqu'il a donné la réponse, tout à coup, sœur Adèle s'est mise à rire, rire, d'un rire contagieux qui a surpris et contaminé tout le monde. Elle en pleurait et s'épongeait les yeux avec sa serviette de table. «La merde en tas !» Ah! Excusez-moi, j'en ris encore, moi aussi. La mère Danta !

Ce n'est pas tant la blague qui fait sourire Irène, mais la physionomie de sœur Marie-Paule, rouge et luisante, lèvres closes, du rire et du biscuit plein la bouche, les épaules et le ventre tressautants. Après avoir avalé sa bouchée et repris son souffle, elle poursuit :

— Toujours qu'après quelques hoquets, elle a admis : « Je vais manquer de charité, mais c'est ainsi que je vois notre supérieure, à présent. » Je vous dis que ça nous a coupé le sifflet raide net. Ce n'est qu'après cette anecdote qu'elle s'est ouvert le cœur et nous a raconté cette histoire de fausse accusation concernant un cas d'inversion entre elle et vous. Elle avait été victime d'abominables mensonges. Qu'est-ce que vous en pensez ? Je ne suis pas naïve et pas née de la dernière ondée. Je l'ai crue, cette pauvre chouette, d'un bout à l'autre.

De plus en plus impatiente, d'un petit signe de la main, Irène demande la suite, et l'autre poursuit :

— Parfois, on méjuge les sœurs converses. Nous n'avons accès ni à la direction, ni au gouvernement de la communauté, ni à la formation des novices. On nous confine aux tâches domestiques et aux travaux manuels, mais moi, vous comprenez, même si je viens d'un milieu bien modeste, je n'en suis pas moins instruite et j'ai un assez bon jugement. Justement parce que je ne cherche pas à grimper dans la hiérarchie, je ne me suis jamais laissé influencer par la nouvelle supérieure. Avez-vous remarqué à quel point les autres lui mangent dans la main ? Une dictatrice. Pas étonnant que les élèves l'aient surnommée « la Sainte-Fureur ». Jamais je n'aurais imaginé que cette affaire nous enlèverait de futures religieuses talentueuses et exemplaires. Et dire que mère Saint-Elzéar comptait tant sur vous. Vous nous quittez, donc. Une si bonne recrue qui nous file entre les doigts…

— Oui, j'abandonne la vocation. Mais dites-moi enfin pour sœur Adèle.

— Pas de souci. Même si je n'ai pas de pouvoir de gouvernance, j'ai pris une décision, ce soir-là, et lui ai dit de rester à la maison d'été pour la nuit. J'ai téléphoné tout de suite à ses parents, qui sont venus la chercher le lendemain. Je ne peux vous dire, par contre, quels seront ses choix d'avenir. Elle était si confuse et s'en faisait beaucoup pour vous.

Elle se lève et va au petit secrétaire, dans l'autre pièce, pour revenir avec un carnet d'où elle tire une feuille sur laquelle elle a recopié une adresse.

— Voilà. Écrivez-lui chez ses parents, à Albanel. Elle sera rassurée.

Sœur Adèle, bien vivante ! Quel soulagement ! La limonade a soudain meilleur goût et le pouvoir de dissoudre toutes les boules d'angoisse. Ces derniers temps, dans sa gorge et dans son ventre, il en pousse comme des choux.

— Pourquoi notre supérieure n'a-t-elle pas voulu me dire où elle était ? Pourquoi m'avoir laissée me dévorer d'inquiétude et d'angoisse ? s'indigne Irène.

— La raison en est bien simple : parce qu'elle ne le savait pas. J'ai attendu trois jours avant de le lui annoncer.

— Pourquoi ?

— J'ai voulu, moi-même, la laisser se ronger les sangs quant au sort de cette pauvre âme. Au fond, la dégradation de la situation incombait à cette supérieure dictatrice. Soit ! J'ai manqué de charité et ai voulu lui faire payer les conséquences de ses décisions. Si j'avais su le tort que je vous causais… Je m'en repens et je m'en confesse.

Irène pose son visage dans le creux de ses mains, découragée par ces petites guerres et ces sournoises vengeances dans un milieu où on prône l'amour, l'entraide et la miséricorde.

— Me pardonnerez-vous ? implore sœur Marie-Paule en la voyant dans cet état.

Irène hoche la tête.

— Oh ! fait sœur Marie-Paule en regardant l'heure et en se relevant. Le temps passe et le travail attend ! Les œufs à ramasser et à entreposer, les jardins à sarcler, les repas… Habituellement, j'ai de l'aide, mais pour mal faire, sœur Sainte-Hélène, qui devait venir m'aider tout l'été, a été rappelée près de sa mère mourante, et comme jamais une sœur ne part seule, on a mandaté sœur Sainte-Thérèse-de-l'Enfant-Jésus pour l'accompagner. La plupart des autres converses qui auraient pu me prêter main-forte s'en sont allées à l'ermitage pour de petites vacances.

Tout en parlant, elle sort ses paniers de la dépense et remet son tablier.

— Après, je dois aller porter le dîner aux hommes. Vous pouvez attendre ici, si vous désirez que nous goûtions ensemble la soupe aux légumes qui mijote.

— En fait, j'ai toute la journée devant moi. Si cela vous agrée, laissez-moi donc m'occuper du repas que j'irai porter moi-même aux champs.

— Ah ! Dieu m'a entendue. Vous seriez tellement aimable. Avec cette température de fournaise, je me demandais si je passerais la journée. Ces temps-ci, j'ai de telles bouffées de chaleur que je crains de m'évanouir.

Irène souhaite aider la bonne sœur, bien sûr, mais aussi aller rencontrer le mystérieux Adam Duverger pour l'observer et, éventuellement, s'entretenir avec lui. Sœur Marie-Paule la remercie et lui indique d'abord où s'installer. Irène va déposer sa valise et ses effets et lui dit à plus tard.

Tout en apprêtant les victuailles, Irène avale avec appétit plusieurs bouchées. Elle se surprend même à fredonner en préparant les sandwiches au poulet et aux œufs. Suivant les consignes que lui a données sœur Marie-Paule, elle complète le repas avec du fromage, du saucisson, des galettes d'avoine, une gourde d'eau et du *Saguenay Dry* : ils en auront suffisamment pour se sustenter et tenir jusqu'au souper. Elle n'oublie pas quelques mouchoirs propres, enveloppe le pique-nique dans une nappe placée au fond d'un grand panier et prend la clé des champs.

Lorsqu'elle approche des machines agricoles, elle reconnaît M. Gaudreault conduisant le tracteur, puis Émilien, au sol, accrochant les vailloches au bout de sa fourche qu'il hisse haut pour les charger sur la charrette. Avec effort, il les pousse sous les jambes d'un troisième homme. Celui-là, les deux mains agrippées à la ridelle, pilonne de ses pieds dansants, sans ménagement, les bottes de foin. C'est lui : Adam Duverger, un grand et nerveux gaillard, le visage rougeaud et ruisselant, la tête sans couvre-chef, les cheveux blondis par le soleil, assez longs pour tenir en une queue basse, les épaules découvertes et bronzées, un maillot de corps trempé de sueur. Il garde la cadence.

Une belle scène, presque émouvante, que la vaillance de ces hommes qui s'activent sous cette chaleur. Au moment même où elle arrive tout près, Adam lève la tête et l'aperçoit ; le joli spectacle prend soudain une étrange tournure. Adam passe le revers de son gant sur son front, chancelle, s'écroule et tombe de la charrette.

# 2

Un accident! Malgré le panier qui pèse au bout de son bras, Irène court sur la centaine de pieds qui la séparent encore des travailleurs. Émilien hurle et agite ses mains pour aviser M. Gaudreault de couper le moteur. Derrière la charrette gît Adam Duverger, près duquel s'agenouillent bientôt les deux autres hommes.

— On dirait qu'y est mort, s'énerve M. Gaudreault.

Émilien évente le visage de son collègue, inerte.

— Il a perdu l'équilibre, je l'ai vu tomber, s'époumone Irène en déposant sa charge près d'eux.

À son tour, elle se penche sur le jeune homme, touche le front humide, retire les gants de travail. Les mains sont froides. Elle frappe dans les paumes et appelle :

— Adam! Adam! Répondez-moi.

Il ne réagit pas.

— Comment vous savez son nom? s'étonne M. Gaudreault. Et vous êtes qui, mademoiselle?

— Plus tard, je vous expliquerai plus tard.

Comme elle l'a déjà vu faire par sœur Sainte-Hermeline à l'infirmerie, elle place l'oreille tout près de la bouche et écoute. Elle sent une respiration ténue et rapide puis, au creux du poignet, un faible pouls.

— Est-ce qu'il a bu beaucoup d'eau, depuis le matin?

— Ça fait une s'cousse que la cruche est vide, mais on voulait absolument finir not' voyage avant l'angélus. Après-midi, on va avoir de l'orage.

Elle cherche des marques de contusions, des lésions ou des blessures que la chute aurait pu occasionner. Rien.

— Il faut vite le déplacer à l'ombre.

Les deux autres s'exécutent, mais comme il n'y a aucun arbre aux alentours, ils le transportent de l'autre côté du tracteur, sur une parcelle de sol ombragée par la roue arrière.

Irène retire la nappe du panier à pique-nique et prend la gourde pour imbiber un mouchoir d'eau et rafraîchir le front, les tempes. M. Gaudreault dégage un espace sur la charrette pour ramener le grand corps évanoui vers les bâtiments. Une fois qu'ils l'y ont allongé, Irène le couvre de la nappe et continue d'éponger la tête et le cou cuivrés par le soleil. Émilien les raccompagne aussi, s'assurant de la stabilité de la charge de foin et du panier à pique-nique qu'il n'a pas oublié. Il meurt de faim.

De retour à la maison d'été, les hommes se servent d'une catalogne comme d'un brancard pour transporter Adam dans sa chambre. On le couche sur son lit. Glace, compresses, petites gorgées d'eau pour humecter ses lèvres : on l'entoure de soins. Une demi-heure plus tard, il reprend conscience, mais c'est pour vomir. Il se plaint d'un mal de tête, de nausées. Il délire un peu à travers des épisodes de demi-sommeil.

M. Gaudreault et Émilien retournent diligemment aux champs après avoir avalé le dîner à la cuisine.

Irène reste au chevet du malade. S'il fallait qu'il lui arrive quelque chose, à présent ! Décidément, c'est à croire qu'elle tient le rôle de salvatrice pour les derniers membres de la famille Blackburn, décimée et éprouvée.

Sœur Marie-Paule vient l'aider, transporte de la glace et des linges.

— Un coup de chaleur.

— Ça ne me surprend pas, répond sœur Marie-Paule. Il travaille comme un forcené et il oublie de boire. En plus, il refuse de porter le chapeau de paille que je lui ai trouvé. Une sorte de fierté, on dirait. Ah ! À cet âge ! Et pourtant, il n'y a pas grand monde à séduire, ici. Pauvre garçon ! Il ne sera pas sur pied avant un jour ou deux. En pleine saison des foins, par-dessus le marché !

Adam s'est rendormi. Sa respiration s'apaise. Les deux femmes sortent discrètement et laissent la porte de la chambre entrouverte.

— Je peux aider, propose Irène. Je le répète, si vous acceptez, cela m'agréerait. Pour tout vous dire, je n'ai nulle part où aller présentement. Si je pouvais rester quelques jours, le temps de recevoir des nouvelles de mes parents, aux États.

Elle leur a écrit, deux jours plus tôt, en leur demandant de répondre à poste restante. Elle ne peut s'éloigner de la ville, pour l'instant, et espère recevoir bientôt de leurs nouvelles, un numéro de téléphone où elle pourra les joindre et l'argent requis pour le voyage. Dès les arrangements pris, maintenant qu'elle sait sœur Adèle en sécurité, elle partira.

— J'en serais ravie, chère. Nous allons vous dresser un lit dans la maison principale. En bas, il fait assez frais.

— Par contre, ajoute Irène, il ne faudrait pas que la communauté sache que je demeure ici, à profiter de votre générosité.

— Sans problème. J'en aviserai nos hommes. Vous pouvez compter sur notre discrétion. Nous avons nos petits secrets. Ce qui se passe à la ferme reste à la ferme.

En après-midi, comme l'avait prévu M. Gaudreault, le ciel devient fou noir et laisse tomber un orage subit. Émilien et lui rangent précipitamment les instruments aratoires et s'en vont, sous leur ciré, chercher les vaches pour la traite.

Irène reste au chevet d'Adam. Quand, de temps en temps, il ouvre les yeux, elle lui pose des questions : « Quel jour on est ? », « Quel est votre nom ? » Il répond, hésitant. Elle craint la commotion. Puis, lorsqu'il retombe dans les limbes, elle pianote sur la petite table, près du lit. Le piano lui manque. Sa vie s'est arrêtée, comme les minutes d'attente angoissante entre l'éclair et le tonnerre.

Combien de temps met une lettre à franchir la frontière américaine et combien de temps prendra la réponse à lui parvenir ? Peut-être plus d'une semaine ? Elle ne pourra pas abuser indéfiniment de ce séjour à la ferme, vivre encore aux crochets de la communauté qu'elle a tenu à quitter. Au moins, espère-t-elle, elle aura l'occasion de mieux jauger le caractère du jeune Duverger, à condition qu'il se remette rapidement.

Le soir, un peu de fraîche traverse les moustiquaires. La fièvre est tombée, et elle regarde Adam dormir sous l'éclairage du soleil couchant. M. Gaudreault est passé à deux reprises s'informer de l'état de son jeune employé. Il rassure Irène : demain, ça va tourner au ralenti vu la météo. Adam pourra se reposer encore un peu.

— Dites-lui qu'y s'en fasse pas, qu'on n'a pas besoin de lui d'main matin, conclut-il.

Il doit être huit heures. Elle a réussi à lui donner beaucoup d'eau et à lui faire prendre un analgésique, après quoi il s'est rendormi. En plein sommeil, d'un grand mouvement sec – on aurait dit qu'il allait lancer une tirade –, il a repoussé le drap qui couvrait son corps. Le voilà torse nu, exhibant ses bras, ses épaules et son cou hâlés par trop d'heures au soleil, contre un ventre aussi blanc que celui d'un poisson. Sur l'avant-bras, une vieille cicatrice marque la peau ; sur l'autre, un tatouage. Là, près de la clavicule gauche, une balafre, franche celle-là, vestige d'une coupure profonde. En plus, l'épiderme est zébré de nombreuses égratignures qu'ont laissées les hampes de foin sec, à moins que ce ne soit d'autres objets qu'Irène n'ose pas imaginer. Quelle vie a menée ce type, jusqu'à maintenant ? Une crapule, une canaille sans foi ni loi, au tempérament fourbe et batailleur ? Dans quel milieu a-t-il trempé ? Il a dû s'adonner à de fréquentes beuveries, faire les quatre cents coups. Oui, bien sûr, les policiers avaient assuré Irène qu'Adam Duverger s'était montré très coopératif lors du démantèlement du réseau de trafiquants. Bien sûr, il avait fait preuve de toute la bonne volonté du monde « pour reprendre la droite ligne », lui avait dit l'agent Poitras, pendant leur entretien. Bien sûr… Mais que ferait ce jeune homme de vingt ans d'une petite sœur qu'il n'a pas vue depuis des lustres ? Peu importe, elle doit l'aviser de l'existence de cette enfant et boucler cette histoire de famille avant de partir. Elle ne l'aura plus sur la conscience. Auparavant, elle lui laissera le temps de reprendre ses esprits, afin de ne pas l'assommer dès le réveil. Elle replace et remonte le drap jusqu'au menton. Il bouge soudain, s'étire en geignant.

Il ouvre les paupières, stupéfait, et observe un long moment le plafond de planches peintes en blanc. Plus bas, ses yeux tombent sur la lampe éteinte, le meuble de chevet et, dessus, la bassine et la carafe d'eau. Puis, il la regarde, s'étonnant de voir une femme assise tout près de son lit, qui le surveille. Irène s'empresse de lui toucher le front et de lui demander comment il va. Avant de répondre, il prend le temps de la détailler. Dans le contre-jour de la fenêtre, que voit-il ? Au-delà du lit, sur le mur, Irène aperçoit son propre reflet dans le miroir : ses cheveux blonds et défaits tombant sur son visage amaigri, ses joues rosies par la chaleur, son front luisant, ses lèvres si rouges et humides, ses longs cils qui ne parviennent pas à masquer la fatigue de ses yeux, sa peau lisse et blanche, si blanche à comparer à celle du jeune Duverger. Il doit la prendre pour un fantôme.

Il saisit la main d'Irène dans la sienne et la retient, mais doucement, avec un sourire qu'il veut chaleureux. Il se permet de plaisanter.

— Eh que je suis chanceux! Y a un ange à côté de mon lit. Jamais rien vu d'aussi beau, ni dans les mines du Nord ni pendant tous mes voyages. Et pourtant, je me suis promené en tabarn… En tabarouette, se reprend-il.

Elle retire sa main et se lève, décontenancée. Si elle s'attendait à ce genre de propos déplacés! Au moins, il a eu le temps de rattraper son juron. Sur un ton neutre et gardant le sourire, elle répète les questions d'usage:

— Comment vous sentez-vous? Encore des maux de tête?

— Ça va beaucoup mieux depuis que je t'ai vue. Je voudrais te parler insensément de ta beauté.

Bon, voilà qu'il recommence. Un malappris qu'il faut déjà remettre à sa place.

— *Insensément* n'est pas dans le dictionnaire, monsieur. Je constate que le soleil vous a vraiment frappé fort, vous a embrouillé l'esprit et a cuit ce qui vous restait de bienséance, répond-elle fermement, mais toujours souriante.

Il tente de se redresser à la tête du lit, mais s'immobilise soudain, se prenant le crâne à deux mains.

— Oh! Prêtre! Y a des marteaux-piqueurs qui cognent là-dedans! On dirait que je relève de la pire brosse de ma vie.

La migraine ne l'empêche pas de faire le fanfaron. Irène lui donne deux comprimés et un grand verre d'eau.

— Je repasse tout de suite. Reposez-vous. Restez couché.

Une heure plus tard, Irène revient. Adam se redresse et s'assoit au bord du lit sans se sentir nauséeux.

— Mais t'es qui, toi ? Si tu remplaces sœur Marie-Poule pour les soins à domicile, les gars vont tout' tomber malades !

Elle se présente, sans lui révéler grand-chose, histoire de préserver, pour l'instant, sa vie privée. Que dire ? Qu'elle s'appelle Irène Laforest et séjourne à la ferme quelques jours afin d'aider sœur Marie-Paule à diverses tâches.

— J'ai le défi de vous remettre sur pied avant de m'en aller.

— Ah ! Dans ce cas-là, je vais rester grabataire tout le temps, plaisante-t-il encore en se recouchant.

Quel idiot ! Quel monument de puérilité ! Devant ce véritable garnement, elle prend un air plus sérieux.

— La vérité, c'est que je voulais vous rencontrer afin de vous informer d'une chose…

Elle s'interrompt. Pas trop vite, attendre au moins jusqu'à demain, le temps qu'il retrouve toute sa tête et le temps, pour elle, de vérifier de quel bois il se chauffe. Elle sent sa curiosité piquée, même s'il n'a pas dit grand-chose.

— Je vois que vous prenez du mieux, cher monsieur. Avant de me retirer pour la nuit, je vais vous servir à manger.

À dix heures, après s'être assurée qu'il n'a pas rendu son repas, elle prend congé. La pluie a beaucoup diminué, mais le ciel reste couvert. Tenant fermement la poignée de sa valise, elle avance seule, à pas prudents, sur l'allée noire qui mène à la maison principale. Un peu plus tôt en après-midi, dans la chambre du rez-de-chaussée, sœur Marie-Paule et elle ont préparé un lit de draps frais repassés. Irène y sera comme chez elle. Avant de se dévêtir pour la nuit, elle passe au salon et découvre un piano droit, dont elle relève le couvercle pour jouer quelques accords. Certes, l'instrument s'ennuie de l'accordeur Pedneau, mais il donne encore des sons agréables, pourvu qu'on ne touche pas aux basses. Elle s'installe au clavier et s'amuse à jouer des arpèges et des gammes, puis, oubliant le temps, se laisse aller vers une sonate, une valse… Comme un bon sirop de grand-mère, la musique dilue son mal à l'âme.

Le lendemain matin, elle reprend son rôle d'infirmière aux petites heures. Dès qu'Adam se lève, les étourdissements l'assaillent, ramènent les nausées. Impossible pour lui d'aller aux champs ni de faire la traite. Irène l'informe de l'injonction de M. Gaudreault. Plus ou moins à contrecœur, il garde le lit encore quelques heures, sans la présence d'Irène à son chevet, cette fois.

Sur les coups de onze heures, il se pointe dans la cuisine alors qu'elle prépare le dîner. Lavé, rasé, il a enfilé une chemise propre et une salopette : il semble ragaillardi.

— J'ai l'estomac sous les talons.

— *Dans* les talons, voulez-vous dire, se moque-t-elle.

— Non, j'ai tellement faim qu'il est rendu en dessous, je te jure. Je marche dessus.

Elle lui sert une galette de mélasse et du café.

— Ça va vous soutenir en attendant le repas.

M. Gaudreault, Émilien et Léon entrent à ce moment.

— Boutte de viarge, la pluie a fini par finir, lance Émilien.

Content de voir Adam debout, M. Gaudreault lui propose de reprendre des tâches plus légères pour le reste de la journée.

— Tu pourrais aller en ville charcher la nouvelle trayeuse mécanique. Après, on verra. En attendant, Léon va nous aider aux foins. Le noroît a balayé les orages, on va peut-être être bons pour faucher, après-midi.

Sœur Marie-Paule désigne des caisses dans la dépense.

— En même temps, vous pourrez apporter ces provisions à la maison mère. Aussi, dans la glacière, prenez les poulets congelés. Il ne faudrait pas les oublier. Sœur Sainte-Jacqueline a téléphoné, tôt ce matin. Elle attend ces arrivages aujourd'hui.

Après le repas, pas le temps de piquer un roupillon ni de fumer une pipe sous la véranda : les employés enfilent gants et chapeau, et retournent à leur besogne.

Adam reste à table et consulte une liste de courses que lui a remise sœur Marie-Paule, pendant qu'Irène s'attaque à la vaisselle.

Dehors, on entend la pétarade du tracteur qui s'éloigne, puis un relatif silence revient dans la maison, troué du tic-tac de l'horloge et du tintement des pintes de verre que nettoie Irène. Adam range le papier dans sa poche et, d'une proposition surprenante, perturbe la tranquillité.

— Veux-tu m'accompagner en ville ? Ça va me changer les idées et pis ça va me sauver du temps.

— Passerez-vous par le bureau de poste ?

Il opine. Elle réfléchit. Elle aimerait bien y aller, trop fébrile à l'idée d'y récupérer son courrier, mais pas à la maison mère où il faut livrer les légumes et la viande : elle risque d'y rencontrer sœur

Sainte-Marivonne ou une autre de ses anciennes consœurs. Elle ne tient pas à les revoir de sitôt. Leurs visages méprisants sont encore trop frais à sa mémoire. Même si elle attendait dans le véhicule, elle pourrait voir passer les religieuses à l'heure de leur promenade.

— Je crains de ne pas avoir le temps. Sœur Marie-Paule m'a demandé de ramasser des légumes, cet après-midi.

— Justement, je pourrai t'aider quand on sera revenus.

Elle secoue la tête et lui demande, par contre, de bien vouloir prendre son courrier.

— Comme tu voudras, mais tu vas manquer un beau tour en char pis ma charmante compagnie.

Quelle prétention !

Alors qu'elle termine le brossage des bouteilles vides qu'elle aligne sur le comptoir en prenant soin de les recouvrir d'un linge propre, Adam entreprend le chargement de la wagonnette : une grosse boîte d'œufs, une caisse de pintes de lait, des caissettes remplies de bottes de radis, de laitue, d'échalotes…

— Heureusement qu'on vous a mis aux travaux légers, s'étonne-t-elle. Des plans pour vous morfondre encore. C'est lourd, tout ça. Attendez, j'arrive.

Elle s'empare de la plus lourde caisse : celle des poulets congelés.

Malgré ses bras encombrés de bâtons de rhubarbe, Adam s'empresse de lui ouvrir la porte.

— Mademoiselle ! fait-il, baissant la tête en un salut poli.

Il rit encore d'un bon gros rire plein d'innocence et d'ivresse.

Quand tout est en place dans la voiture, elle noue son fichu derrière la nuque, attrape le panier d'osier et passe le seuil. Dehors, le soleil frappe vigoureusement et a tôt fait de sécher les trombes de la nuit. Le jardin en aura au moins profité un peu et il ne sera pas requis de l'arroser aujourd'hui.

Penché sur le coffre de la wagonnette et consultant la liste, Adam vérifie la marchandise. Il chante un air d'opéra ; Irène reconnaît *Les pêcheurs de perles* et est stupéfaite que ce jeune homme mal dégrossi en connaisse toutes les paroles.

Irène entre au poulailler et s'y attarde un bon quart d'heure, s'attendrissant devant les poules blotties sur les nids, s'excusant presque de les déranger pour cueillir les œufs tout chauds. Cette tranquillité simple et bienfaitrice l'apaise quand, soudain, le bruit d'une portière qu'on referme sans ménagement perturbe le calme. Ou le son d'une détonation ? Les poules s'affolent trois ou quatre secondes et reprennent bien vite, les unes leur demi-sommeil, les autres leur quête de quelques grains de moulée perdus dans la paille. Cependant, Irène a abandonné sa tâche et a franchi la porte. Éblouie par la vive lumière du dehors, elle met quelques secondes à constater que la wagonnette n'a pas bougé et qu'un autre véhicule est stationné tout près. Un type assez bâti sort de la maison, le pas pressé, la tête en avant et les gestes rapides. Il range un objet dans la poche intérieure de son veston, empoigne les clés de la voiture, allume le moteur et s'en va en faisant gerber une volée de cailloutis. Qu'est venu faire cet homme ? Un règlement de comptes ?

Épouvantée, elle court, oubliant le panier rempli d'œufs qui se balance au bout de son bras et qui sème des coquilles sur le chemin.

D'un geste brusque, elle ouvre la porte moustiquaire et la laisse claquer derrière elle. La cuisine est vide.

— Adam! Adam! Vous êtes là?

Au salon, au petit séjour, dans la dépense, dans les chambres des hommes engagés… personne.

# 3

La veille, au couvent, mère Saint-Viateur a subitement vomi du sang. Dépassée par ce mal, sœur Sainte-Hermeline a promptement ordonné un séjour à l'Hôtel-Dieu, où la supérieure a tout de suite été transportée. Sage injonction : le médecin a diagnostiqué des ulcères d'estomac.

Des ulcères se répandent aussi au couvent, ils y rongent les consciences. Les récents départs de sœur Irène et de sœur Adèle ont laissé un goût amer ; la douleur transperce le ventre de la communauté, et un malaise agite un silence qu'on devine empreint de confusions et de regrets. Pour tenter de purger la culpabilité que chaque religieuse couve en elle, on voudrait trouver une oreille, un réceptacle à ses remords. On aimerait en parler, disséquer ce terrible malentendu, connaître l'origine des fausses accusations portées par mère Saint-Viateur, ces pernicieuses paroles qui ont stigmatisé les deux novices.

À défaut de pouvoir échanger de vive voix sur le sujet, chacune se confie à son journal, exutoire momentané au brouillard de sa bonne conscience. Sans être encouragée, la pratique devient de plus en plus tolérée, tant que l'exercice reste discret et mesuré. Il fut un temps où la chose ne se faisait pas. À présent, celles qui le veulent consignent quelques observations, rapportent quelques propos, plus rarement un timide état d'âme, une heure, certain soir, avant d'aller au lit, ou encore tôt le matin, dès le réveil.

*Journal de sœur Sainte-Marivonne*

*Le 8 juillet 1950*

*Comment avons-nous pu errer de la sorte et croire aux allégations de notre nouvelle mère ? Qu'a-t-on fait là ? Je tire une très dure leçon des* conséquences de nos actes. Ne nous méfierons-nous jamais assez des médisances ? Nous avons perdu deux bonnes recrues, de douces brebis de Notre-Seigneur. Et après ses paroles empoisonnées, voilà que notre mère vomit le sang.

*Journal de sœur Sainte-Hermeline*

Bonne Sainte Vierge ! Aidez-nous ! Nos deux meilleures novices nous ont quittées et nous les avons laissées à la dérive. Toutes, nous sommes victimes d'un complot, d'un aveuglement. À qui la faute ? Est-ce le résultat des propos tenus par Flora Blackburn, cette tête brûlée ? N'est-ce pas elle qui a rapporté ces mensonges ? Certes, l'enfant a raconté plus que ce qu'elle a vu, en exagérant et, sous ses airs innocents, elle a ajouté le pire. La vérité ne sort pas toujours de la bouche des enfants.

*Journal de sœur Sainte-Philomène*

Voilà qu'elles veulent toutes leur donner l'absolution sans confession alors qu'il importe de garder l'esprit clair, sensible aux signes que Dieu nous envoie. Notre mère ne peut avoir erré à ce point dans la conclusion qu'elle tire des témoignages de nos couventines et de nos sœurs. Les faits sont là. Méfions-nous des eaux dormantes, des belles chansons et des sourires à tout venant. Je continuerai de cultiver confiance et respect envers mère Saint-Viateur, elle qui m'a toujours accordé sympathie et considération plus que toute autre.

*Journal de sœur Sainte-Jacqueline*

Notre supérieure a cru et mal interprété les propos d'une jeune couventine, et s'est empressée de condamner et de punir des innocentes. Seigneur, pardonnez-moi : je l'ai encouragée à le faire. Devant Dieu, nous sommes fautives, toutes autant que nous sommes, et nous devons nous en repentir.

*Comment réparer quoi que ce soit, à présent ? Malgré la confession, malgré mes bonnes intentions, malgré les pénitences et les prières, la Providence ne nous ramènera pas notre musicienne et notre cœur fleuri.*

*Journal de sœur Saint-Liboire*

*Pourquoi mère Saint-Viateur s'est-elle montrée si influençable ? Comment a-t-elle pu parvenir à nous contaminer par ses craintes maladives ? Depuis son arrivée, sans relâche, elle nous mettait en garde contre les dangers de l'inversion. Aurait-elle forcé la jeune Flora à en dire plus que ce qu'elle a vu en réalité ? Après le témoignage de la petite, notre supérieure a mis tant de zèle à nous convaincre que ces novices pouvaient être contagieuses : des âmes habitées par le diable.*

*Qu'est-ce qu'elles ont dû subir, ces belles âmes ! J'en ai le cœur chaviré. Je voudrais m'agenouiller devant sœur Irène pour lui demander bien humblement pardon.*

*Journal de sœur Marie-Antoine*

*J'ai souvent senti que le doute habitait sœur Irène. Je l'accompagne depuis son postulat et ai sondé son âme plus d'une fois. Au cours de son cheminement, elle m'a tenu des propos déconcertants ; son trouble me chavirait. Ce besoin de toucher les autres lorsqu'elle leur parle, cette façon de bouger et d'onduler le corps lorsqu'elle joue du piano, cette volonté de charmer à tout prix son entourage… tous ces comportements ne présagent rien de bon pour une vie en communauté religieuse où l'on doit oublier son corps.*

*Aussi, les allégations de mère Saint-Viateur ne m'ont pas surprise et je demeure convaincue qu'il y a anguille sous roche.*

Elles ont écrit en matinée puis, après le dîner, en raison de l'hospitalisation de la supérieure, à la demande de sœur Sainte-Lucie, les huit anciennes se rassemblent autour de l'imposante table de chêne de la salle des journaux pour une rencontre impromptue. Par respect, sœur Sainte-Lucie a convoqué également sœur Saint-Léandre, malgré qu'elle soit sourde et muette.

Sœur Sainte-Hermeline propose d'abord un chapelet en commun. Dieu entendra mieux la suite si on lui ouvre son âme. Les religieuses se dressent en bloc, puis s'agenouillent au pied de la croix et marmonnent les *Ave, Pater, Gloria*. Sœur Saint-Liboire se met à pleurer sobrement. Sœur Marie-Antoine, la zélatrice, refoule sa colère indignée. Elle se lève soudain et va ouvrir une fenêtre ; on entend très nettement le gazouillis des oiseaux, innocentes créatures entre toutes. Un moineau vient se poser sur l'appui des carreaux. Il les regarde. Sœur Saint-Liboire lance que leur Père leur rappelle ainsi que l'innocence est encore de ce monde. Sœur Marie-Antoine hausse les épaules et remarque simplement enfin combien le temps est doux, enveloppé d'une fraîche humidité.

Après la séance de recueillement, elles reprennent leur place pour tenir conseil.

— Mes sœurs, les interpelle sœur Sainte-Lucie. En tant qu'annaliste, je m'en voudrais de médire et ne veux pas remettre en question la direction et les décisions de notre supérieure, à qui j'ai souhaité, dans mes prières, le plus prompt rétablissement. Par contre, je dois relater certains faits qui, peut-être, éclaireront nos réflexions et nos comportements afin que soient modifiées certaines façons de faire dans notre maison.

À la lumière de ses annales et de la correspondance reçue depuis l'entrée en fonction de mère Saint-Viateur, sœur Sainte-Lucie dresse un bilan à moitié improvisé. Lors du remplacement de la défunte mère Saint-Elzéar, l'élection n'avait pas fait l'unanimité au sein du clergé. Dans une lettre transmise par l'annaliste de Saint-Hyacinthe, elle a appris que des plaintes avaient été portées contre mère Saint-Viateur, lors de son mandat dans ce diocèse, par certaines religieuses qui avaient à redire de sa direction. Une professe à vœux temporaires avait même demandé et obtenu la dispense de ses vœux auprès des autorités de Rome. Celle-ci avait rapporté de troublants malaises au sein de sa communauté.

Le silence occupe toute la pièce. L'air regorge de tension retenue. Chacune se demande si elle doit parler, ajouter quelque chose, y aller d'un commentaire ou d'une question. La plupart ont perdu l'habitude de prendre les choses en main, si tant est qu'elles l'aient déjà eue. Sœur Saint-Liboire esquisse un sourire constipé.

Sœur Sainte-Lucie tourne les pages de son grand registre, consulte quelques documents rangés dans un carton, puis croise les doigts en appuyant ses mains sur le rebord de la table. Rien ne se dit, personne n'ajoute quoi que ce soit.

Les secondes passent, lentes et muettes. Avec le plus grand sérieux, l'annaliste expose alors d'autres faits.

— Ces allégations demeurent un mystère pour moi, d'autant que, par la suite, la situation équivoque et les souffrances que cette supérieure a causées là-bas ont continué, pendant quelques années, de miner le climat de confiance au sein de la communauté et de troubler un nombre important de sœurs dont les griefs n'arrivaient toujours pas à se faire entendre en haut lieu.

Elle retient son souffle, marque une brève pause. Une chaise qu'on déplace émet un gémissement sec. Le malaise se lit dans les regards de ses consœurs. Sœur Sainte-Hermeline se racle ostensiblement la gorge. Elle entrouvre la bouche, semble sur le point de renoncer, puis elle plonge :

— Je me demande si nous n'allons pas un peu trop loin. Enfin, est-ce le temps de se livrer à ce genre d'exercice ?

— Il me semble, justement, lui réplique sœur Sainte-Lucie, que le moment est bien choisi et qu'il faut appeler un chat un chat, parler clairement.

— Je suis assez d'accord, soutient la voix fluette de sœur Marie-Antoine. Nous ne faisons que clarifier un peu la situation. Excusez-moi.

Sœur Sainte-Lucie lui fait remarquer qu'elle n'a pas à s'excuser, que toutes sont libres de parler et que celles qui ne souhaitent pas rester peuvent partir. Sœur Saint-Léandre manifeste de l'impatience, secoue la tête en levant les mains près de ses oreilles, pour montrer qu'elle ne comprend rien. Sœur Sainte-Hermeline désigne l'horloge et, d'un geste rotatif du bras, lui indique qu'elle lui expliquera plus tard, en écrivant sur son ardoise.

Sœur Sainte-Lucie reprend son boniment :

— Je peux poursuivre ? Je disais qu'on avait ni plus ni moins muselé tout le monde. Tous semblaient en avoir contre notre actuelle supérieure. À une exception près. Quelqu'un, dans le clergé, voulant protéger notre mère, a fait en sorte que les règles pour son élection ici ne soient pas correctement suivies. De son côté, l'évêque a invoqué la pénurie de personnes en mesure d'exercer adéquatement l'autorité pour justifier la nomination de mère Saint-Viateur. On sait très bien que sœur Saint-Charles ou sœur Saint-Vincent auraient pu répondre aux exigences, mais voilà que leurs candidatures ont été vertement refusées. Pour ne pas les avoir dans son entourage et subir quelque affront, notre nouvelle mère s'est empressée de les envoyer en mission dans des villages lointains.

À ces mots, la digue cède, les voix montent soudainement à l'unisson. La déferlante charrie tout ce qui se trouve à sa portée. C'est à qui parlerait le plus fort. L'innocence tant souhaitée et l'amendement qu'on espérait semblent à nouveau oubliés. *Chassez le naturel, il revient au galop.* On entend les gros sabots de la médisance revenir de loin. On remet en question les décisions de la supérieure, ainsi que ses gestes et ses moindres propos. Sœur Saint-Léandre tourne de gros yeux interrogateurs. Sœur Sainte-Hermeline esquisse à son intention quelques gestes censés dire quelque chose : l'autre hausse les épaules en guise d'incompréhension.

— Mes sœurs, mes sœurs, réclame sœur Sainte-Lucie d'un ton ferme, ne nous emballons pas.

Il est décidé de s'en remettre au directeur spirituel de la communauté et de transmettre une lettre au préfet de la congrégation des religieux, lequel verra auprès de l'évêque à exiger des éclaircissements.

— Que peut-on faire, à présent, pour ramener nos deux brebis ? demande sœur Sainte-Marivonne.

— Dans nos registres, nous avons les adresses de leurs parents, mentionne l'annaliste. Je me souviens que ceux de sœur Adèle demeurent à Albanel, tandis que ceux de sœur Irène… Attendez que je vérifie.

Elle s'excuse et quitte momentanément la réunion pour revenir avec un autre registre, qu'elle consulte en glissant son index sur des listes de noms.

— Oh ! Lowell, aux États-Unis. Peut-être est-elle partie les rejoindre là-bas.

— Sans tarder, écrivons-leur à chacune une lettre d'excuse et de pardon, suggère sœur Marie-Antoine, que l'idée de la faute jamais pardonnée terrorise.

— Mais en agissant ainsi, nous outrepassons les pouvoirs de notre supérieure. Nous n'avons pas encore les permissions nécessaires. Il faudrait que ces lettres soient signées de sa main.

Sur ces entrefaites, sœur Saint-Léandre se lève, fait le tour de la table en traînant ses grands pieds jusqu'à sœur Sainte-Lucie, penche son visage par-dessus son épaule et observe la liste d'adresses. Encore, en montrant ses oreilles et avec d'autres gestes d'un comique involontaire, elle manifeste son incompréhension. Elle tend son ardoise à sœur Sainte-Lucie, laquelle s'empresse d'y griffonner quelques mots : « Écrire à Irène, à Lowell. » La sourde reprend le tableau, le nettoie de son mouchoir et, dans la pièce, on n'entend plus que le bruit de sa craie qui s'agite sur la surface noire enduite de poussière blanche. Les huit têtes sont tournées vers elle : « Inutile. Pas à Lowell. » La vieille religieuse s'en retourne, un sourire malicieux sous la voilette.

Les conversations malmènent les cœurs, un malaise muet se répand de nouveau autour de la table. L'heure sonne. Sœur Sainte-Jacqueline sursaute.

— Une heure ! Déjà, s'inquiète-t-elle. Comment se fait-il que la livraison de la ferme ne soit pas encore arrivée ?

On se lève, on s'active, on s'interroge sur ce qui a été décidé. Il semble que rien de définitif n'émerge de cette rencontre.

— Nous nous reverrons prochainement, au besoin, lance à la ronde une sœur Sainte-Lucie quelque peu décontenancée.

— Tôt ce matin, poursuit sœur Sainte-Jacqueline, j'ai demandé à sœur Marie-Paule qu'on m'envoie les poulets, les œufs et les légumes au plus vite. Moi qui voulais cuisiner une salade de radis et une croustade à la rhubarbe pour compléter le souper ! Puis du poulet pour demain…

Elle va vers le téléphone mural, décroche le combiné et compose le numéro de la maison d'été de la ferme.

# 4

La sonnerie fait sursauter Irène, qui ne répond pas. Il s'agit sûrement d'une religieuse de la maison mère et on ne doit pas la savoir ici. Au bout de quelques secondes, le téléphone se tait. Irène répète ses appels, plus fort cette fois :

— Adam, mais enfin, où êtes-vous ?

Elle entend un bruit du côté de la salle de bain. La porte s'ouvre, Adam apparaît, un sourire moqueur aux lèvres.

— Ah ! Que c'est gentil de t'inquiéter de mon humble personne ! Avais-tu peur de me retrouver mort ?

Dans la cuisine, un air connu joue à la radio et Adam mêle sa voix suave à celle d'Henri Decker tout en regardant le visage médusé d'Irène :

*Depuis le jour où je t'ai rencontrée*
*Ma vie est belle comme un conte de fées*
*Tous mes désirs sont à jamais comblés*
*Merci, trois fois merci.*

En chantant, il replace sa ceinture, sur laquelle il a passé un étui contenant une arme blanche.

— Mais oui, je suis encore là. J'ai pas eu le temps de partir ben loin. Comme tu peux le voir, j'ai eu de la visite.

Elle soupire, mais n'en est pas moins rassurée. Qui était cet étrange individu ? Adam entretient-il encore des liens avec quelques personnages d'un monde douteux, des hommes de la pègre, des revendeurs ? Elle doit savoir, mais mine de rien.

— Un membre de votre famille, sans doute ?

— J'ai pas de famille. Je m'appelle Adam et je suis né au paradis terrestre. Dieu m'a fait à son image.

Il rit en endossant une veste qu'il ne prend pas le temps de boutonner et attrape, sur la table, les clés de la wagonnette. Il s'approche d'elle, nonchalant, comme si la terre lui appartenait.

— Faut que je me dépêche de livrer mes poulets, sinon ils vont décongeler et se remettre à danser pis à caqueter dans le char. T'es sûre de pas vouloir venir ? Parce que l'homme qui vient de partir, lui, il me conseille de sortir toujours accompagné.

Elle change d'avis.

— Magnifique ! Là, tu me fais plaisir ! Envoye ! Viens-t'en.

Irène range dans la glacière les œufs, ou ce qu'il en reste, retire vitement le tablier que lui a prêté sœur Marie-Paule et grimpe dans le véhicule : une énorme Ford Mercury rouge, de style ponton, souriant de son pare-chocs rutilant, enveloppée d'ailes larges, de chromes clinquants et de panneaux latéraux de bois, montée sur quatre superbes pneus à flanc blanc ; une voiture qu'on traite aux petits soins et que monsieur Léon astique presque tous les jours.

Adam démarre dans un boucan incroyable, manœuvre pédale d'embrayage et volant avec les gestes d'un conducteur expérimenté. Une fois sur la route, il conduit d'une seule main ; de l'autre, il fouille dans ses poches pour en sortir une blague à tabac. Après, avec son genou, il tient le volant de la wagonnette, ses deux mains occupées à rouler une cigarette.

— Ça te dérange-tu, si je fume ?

Il n'attend pas la réponse et s'allume déjà en tirant profondément l'air pour expirer ensuite la fumée avec une volupté grisante.

— En veux-tu une touche ? demande-t-il en lui présentant la cigarette.

Elle secoue la tête, découragée, ne sachant plus que dire ni comment se comporter.

— Tu manques un des bons plaisirs de la vie.

Il lui tend la liste préparée par sœur Marie-Paule.

— Voilà notre mission.

Après avoir consulté le papier, elle lui propose de la déposer sur la rue Racine, devant la tabagie ; elle y achètera le tabac des hommes. Elle ira ensuite à pied chez Gagnon Frères, pour y prendre les verges de tissu et de coton à fromage qu'a commandées sœur Marie-Paule, et terminera sa course chez Welley Côté. Pendant ce temps, il pourra aller décharger les provisions à la maison mère ; elle ne veut pas y mettre les pieds. À la fin, ils pourraient se retrouver au bureau de poste. Elle évitera ainsi des rencontres indésirables au couvent.

Après ses courses et sans perdre une minute, chargée de deux ballots de tissu, de trois boîtes de tabac et de quelques autres effets, Irène presse le pas vers le bureau de poste si bien qu'elle arrive en avance. L'horloge du campanile marque deux heures et quart. Aucune trace d'Adam ni de la grosse Ford. Aucune lettre pour elle à la poste restante. Elle dépose ses achats en consigne et ose arpenter la rue, s'aventurant vers le couvent, mais reste immobile au pied de la pente, s'interdisant d'aller plus loin, se soulevant sur le bout des orteils et étirant le cou pour tenter d'apercevoir un indice, un mouvement. La voiture rouge attend toujours, stationnée près de l'escalier. Enfin, la porte principale s'ouvre et Irène distingue une silhouette masculine : Adam sort sur le perron et s'y attarde. Discussions ou longs au revoir ? La main sur la poignée de la porte, l'autre dans sa poche, il écoute les propos d'une religieuse dont

Irène ne reconnaît pas le visage, en raison de la distance. De quoi peuvent-ils bien parler ? Enfin, il tend les doigts vers sa tempe et salue, avant de descendre les marches quatre à quatre. Vite, Irène reprend son pas et retourne au bureau de poste afin de cacher sa grande curiosité.

Lorsqu'il la rejoint devant les murs de pierres grises de l'édifice, il descend de l'automobile et l'aide à transporter les paquets. En lui ouvrant la portière, il s'excuse et explique son retard.

— Le diable est aux vaches, dans le couvent. Sœur Sainte-Jacqueline m'en a dit un peu. La pauvre sœur Cuisine sortait d'une réunion qui l'a bouleversée. Paraît que la supérieure s'est rendue malade : à force d'avaler trop de médisances, astheure, elle crache le sang. J'ai essayé d'en savoir plus, mais sœur Cuisine ne voulait pas s'aventurer plus loin. Elles ont l'art du secret et du mystère, les bonnes sœurs.

Il place les marchandises à l'arrière et referme la portière. En se tournant vers Irène, il voit ses mains vides. Il s'étonne.

— T'as ben l'air piteuse. Je parie que c'est parce que ton amoureux t'a pas écrit.

Son air gredin l'exaspère ; elle voudrait tellement le remettre moqueusement à sa place. Pour le moment, elle ne trouve pas les mots qui dévastent, car son éducation conventuelle lui colle encore à la peau. L'ironie, la dégaine verbale, l'humour grinçant, elle devra apprendre à s'en servir.

— Vous errez, mon cher. Il ne s'agit pas d'un amoureux. J'attends des nouvelles de ma mère, si vous voulez tout savoir.

— Eh ben ! Chanceuse dans ta malchance ! Va falloir que tu restes encore une journée avec moi. Peut-être même toute la semaine.

Un haussement d'épaules pour toute réponse.

Sur le chemin du retour, Irène croise les mains sur ses cuisses et prie intérieurement. Pourvu que la lettre arrive au plus vite afin qu'elle n'ait pas à subir trop longtemps la vantardise de ce jeune homme.

Adam roule à bonne vitesse ; ils seront à la ferme dans dix minutes. Des minutes précieuses au cours desquelles, au lieu de prier, elle pourrait en apprendre davantage sur lui et sur ses activités, et particulièrement sur les motifs du récent visiteur. Elle doit user de stratégie.

— Si je reste encore un peu à la ferme, dois-je craindre les visites impromptues de vos mystérieux amis ?

Il semble désarçonné et lui lance une œillade inquiète. Son air enjoué s'évanouit.

— T'es qui, au juste ? Une sorte d'enquêteuse ? Qui t'a mise au courant ?

— Au courant de quoi ? Je parlais simplement du type qui est venu tout à l'heure. Il m'a paru louche et s'empressait de remettre quelque chose dans la poche de son veston. J'ai cru un instant qu'il s'agissait d'un revolver. Je vous l'avoue, j'étais morte d'angoisse.

Adam embraye puis désembraye, au rythme des virages et des nombreuses côtes. Les autos sont rares.

— T'as pas à t'inquiéter. C'était rien de dangereux. Tiens, pour te détendre et agrémenter la *run*, je vais te chanter quelque chose.

D'une voix de ténor forte et bien ronde, il se lance dans un autre air d'opéra.

*Je crois entendre encore*
*Caché sous les palmiers*
*Sa voix tendre et sonore*
*Comme un chant de ramiers.*

*Oh nuit enchanteresse*
*Divin ravissement*
*Oh souvenir charmant*
*Folle ivresse, doux rêve!*

Un peu étonnée, Irène se laisse emporter par l'agréable voix.
Comme elle connaît bien *Les pêcheurs de perles,* elle se met à chanter
aussi. Voilà au moins un terrain d'entente. Il le devine.

Ils se regardent et se sourient.

— Où avez-vous appris cet air ? demande-t-elle, curieuse.

— On avait trois *records,* chez nous, que ma mère faisait tourner
souvent : *Le Boléro* de Ravel, *Carmen* et *Les pêcheurs de perles* de Bizet.

— Je croyais que vous n'aviez pas de famille.

— C'est vrai ! Je parlais de ma mère du ciel, bien sûr : la belle
Marie. Mais t'es trop curieuse.

Il joue bien son jeu et n'avouera pas ses origines. Elle doit lui
donner quelques explications afin d'aller plus loin.

— Pour être franche, j'ai tout fait pour vous retracer afin que
vous soyez engagé sur la ferme des sœurs. C'est moi qui ai proposé
votre candidature à l'économe de la congrégation pour ce poste
d'aide-fermier.

Il se ragaillardit et reprend son ton désinvolte. Il la croit spontanément : une femme comme elle, se dit-il, n'inventerait jamais une
information comme celle-là. À son allure, il devine bien qu'elle n'a
rien d'une moucharde.

— OK! Dans ce cas-là, pas de souci. Le gars, à matin, c'était un agent en civil. Il est venu me donner des avertissements et d'autres recommandations pour assurer ma protection. J'espère que tu vas tenir ça mort.

Elle lui raconte que, quelques semaines auparavant, quatre motards sont passés au couvent. Apparemment, ils cherchaient un certain Julien Blackburn.

— Ouais! Paraît qu'ils ont passé la ville au peigne fin, mais ils ont fait chou blanc. Ils peuvent pas me trouver ici, avec mon nouveau nom. Quand même, l'agent Poitras veut que je le tienne au courant des allées et venues: livreurs, vétérinaires, agent agricole. Je me méfie de tout le monde. Bah! Tu sais, j'ai pas toujours été un ange.

Il se roule une autre cigarette.

— Je vais finir par m'en sortir, c'est écrit dans le ciel.

Il s'allume avec son briquet. La bonne odeur du tabac remplit l'habitacle, puis il souffle la fumée par la vitre entrouverte.

— Tu voulais me parler de quelque chose, hier soir. C'est quoi?

Va-t-elle lui parler de Flora maintenant? À la lumière des propos tenus par l'agent de police, elle se rétracte, imaginant les pires scènes: Flora que les motards enlèveraient, menaçant de la torturer ou de la tuer s'ils n'obtenaient pas une rançon: la tête de son frère. En réalité, elle ignore presque complètement dans quel monde a trempé ce joyeux lascar dans sa vie d'avant. S'il fallait qu'elle mette Flora en danger. Elle préfère attendre et élude la question.

— En fait, c'était au sujet de ces cicatrices qui marquent votre corps. Mais ce ne sont pas mes affaires.

*** * ***

*Le lundi 10 juillet 1950*

*Ma chère Sœur Saint-Léandre,*

*Comme promis, je vous donne de mes nouvelles. Trois jours seulement se sont écoulés depuis que j'ai quitté la congrégation et je me sens déjà comme une brebis hors du troupeau, n'ayant nulle part où aller pour l'instant. J'ai écrit à ma mère et attends de ses nouvelles. J'espère pouvoir traverser la frontière et rejoindre mes parents d'ici peu aux États-Unis. Dans l'intervalle, sœur Marie-Paule m'a accueillie à la ferme, mais bien que cette situation ne soit que temporaire, elle me cause un grand malaise. Quel état désagréable que de se savoir entre deux selles! Je me sens comme une prisonnière en fuite.*

*Avant mon départ, vous m'aviez parlé du vaste monde et de toutes ces choses que je pourrais y accomplir grâce à mon esprit, mon talent et ma bonne figure. Encore, je n'ai trouvé autre part où me réfugier que dans les dépendances de la communauté et le bon cœur de sœur Marie-Paule.*

*Il y a, à la ferme, des hommes engagés avec qui nous partageons les repas et quelques tâches. Cette promiscuité et les conversations avec la gent masculine me déconcertent, moi qui, depuis cinq ans, évolue dans un monde de femmes. Je ne sais trop comment réagir à leurs plaisanteries, à leurs commentaires inopportuns et à leur humour grossier.*

*Je n'ai pas à me plaindre, mais la vie pour l'instant me paraît comme une parenthèse se refermant sur les ailes que je souhaiterais ouvrir afin de poursuivre de bonnes œuvres. Cela ne devrait tarder. Comme vous me le disiez, je pourrai alors vous écrire pour vous raconter «le récit de mes exploits».*

*Unissez vos prières aux miennes afin que ce jour arrive vite.*

*Étant donné les circonstances de mon départ de la communauté et la mauvaise grâce de mère Saint-Viateur à mon endroit, vous comprendrez que je ne peux adresser mes lettres directement à la maison mère. Je demanderai au commissionnaire de les porter à votre atelier. J'aimerais tant recevoir de vos nouvelles. Aussi, je vous prie de bien vouloir m'écrire en remettant votre réponse à ce même commissionnaire. Ainsi, mère Saint-Viateur n'interférera pas dans nos échanges.*

*Dites-moi si vous avez des nouvelles de notre chère sœur Adèle.*

*Je prie pour vous, que Dieu préserve votre santé et bénisse votre patient travail.*

*Irène*

Chaque jour de la semaine suivante, M. Gaudreault prend le relais pour se rendre en ville faire les courses, effectuer les livraisons à la maison mère et chercher le courrier. Chaque jour, Irène surveille son retour et, beau temps, mauvais temps, jour de lessive ou de repassage, elle l'attend en se rongeant les sangs. Chaque fois, il revient en secouant la tête tristement.

— Si je pouvais trouver les bons mots, lui dit-il le vendredi matin, je vous en écrirais, moi, des lettres, tous les jours. Comme ça, vous auriez pas de déception.

Pendant ce délai, afin de mieux faire accepter sa présence à la ferme, elle ne se contente pas d'abattre les tâches aux jardins que lui confie sœur Marie-Paule – cueillette, binage, arrosage, désherbage – mais, de sa propre initiative, elle enfile une vieille chemise par-dessus ses vêtements pour entreprendre de repeindre l'extérieur du poulailler afin d'éviter le salaire d'un employé supplémentaire. Elle y passe son vendredi en se remémorant les talents de peintre et surtout la minutie de sœur Adèle lors de la fabrication des décors de scène.

En fin d'après-midi, elle a presque terminé. Pour atteindre le haut de la structure, la voilà grimpée dans une échelle. Elle étire plus haut le bras et s'applique à accéder aux moindres recoins pour une finition parfaite. Au pied de l'échelle, sœur Marie-Paule est venue la rejoindre et assure son équilibre.

— Vous êtes si vaillante, ma fille. Je vous garderais bien à demeure l'été durant et plus longtemps, même. Demain, je vais en ville, à la maison mère. Voulez-vous que j'en convainque la supérieure ? La communauté pourrait sûrement vous donner des gages en reconnaissance de vos bons services. Ce serait tout à fait normal.

— Oh non ! riposte Irène. N'en parlez à personne, d'autant plus que la supérieure se remet d'un malaise à l'hôpital. Elle l'apprendra tôt ou tard, mais le plus tard sera le mieux. La lettre de ma mère ne devrait pas tarder, à l'heure qu'il est.

Le lendemain, sœur Marie-Paule revient de la ville en après-midi, fatiguée, mais toujours aussi joviale. Irène l'aide à décharger et à ranger les sacs d'épicerie puis, un large panier d'osier sur la hanche, s'en va dehors décrocher les draps qui sèchent au vent. Elle veut avoir le temps de refaire tous les lits, dans les chambres du haut, pour que les hommes puissent dormir dans le frais, après leur longue journée. Au dîner, M. Gaudreault a évoqué des problèmes qui retardaient l'ouvrage.

Quand les hommes reviennent de la grange, Irène n'a pas encore terminé à l'étage. D'en bas montent les conversations, le bruit des bottes qu'ils retirent en poussant des *han !* bien sonores, même les odeurs d'étable lui parviennent jusqu'en haut. Adam entre le dernier et, d'une voix de stentor, s'écrie : « J'ai faim ! Qu'est-ce qu'on mange ? » Au lieu de déposer ses bottes à l'entrée, il les lance contre le mur. Sœur Marie-Paule le réprimande. Comme à l'accoutumée, les hommes passent au lavabo avant de s'installer à table. Adam peste contre le robinet qui crache d'abord une bulle d'air puis, tout à coup, un jet d'une telle puissance que l'eau gicle tout autour, imbibant ses vêtements. Les autres s'esclaffent ; pas lui.

— Crisse de tuyaux pleins d'air !

Sœur Marie-Paule intervient et lui demande de surveiller son langage. Ses semonces sont couvertes par le bruit d'une chaise qu'on tire et malmène avec agressivité.

Dans la chambre d'Adam, Irène étend les draps, endroit contre endroit, l'ourlet le plus large à la tête du lit. En bas, sœur Marie-Paule, gardant sa patience, taquine doucement le jeune homme :

— On a la tête mal lunée, aujourd'hui ? Est-ce qu'on aurait mal dormi ?

Irène rejette la partie supérieure du second drap sur les couvertures, auxquelles elle imprime un repli vers le bas. Elle borde le lit tout autour, puis elle étend la courtepointe et le couvre-pied. Elle se souvient des conseils du manuel d'économie domestique appris par cœur, lorsqu'elle fréquentait le couvent : *Un lit d'une belle tenue, largement aéré, fait soigneusement tous les matins avec des draps et des couvertures d'une éclatante blancheur, est d'une importance capitale au point de vue de l'hygiène.* Adam Duverger remarquera-t-il le soin avec lequel elle a préparé la couche ? Sera-t-il en meilleure disposition demain ?

Léon pouffe de rire à la vue du pantalon trempé de son camarade.

— R'gardez-moi ça ! On dirait qu'Adam vient de décharger dans ses culottes.

Une voix dure lui répond :

— Toi, mon tabarnak, si tu veux pas que je te décharge par la fenêtre, tu ferais mieux de la fermer. As-tu envie d'une bonne taloche ?

— Eille, Duverger, les nerfs! Pète pas encore les plombs! l'avertit la voix grave de M. Gaudreault.

Enfin, Irène place les oreillers en ayant soin de les battre pour qu'ils reprennent forme et souplesse. Si ce lit pouvait favoriser un sommeil réparateur… Elle recule de quelques pas pour juger de l'ensemble. Au moins, il donne à la modeste chambre une impression de confort. Que de menus détails on apprend aux jeunes filles en les convainquant que ces peccadilles seront garantes du bonheur d'un foyer. Le lit des couventines était noté chaque matin.

*Comme on fait son lit, on se couche.* Si la colère d'Adam continue de monter, dans quel état se couchera-t-il? Elle n'a pas le goût ni la force d'affronter cette rage soudaine et, avant d'aller à la cuisine, elle s'assoit dans le haut de l'escalier, à l'abri des regards, écoute et attend que la tempête se calme.

— Est où, Irène? demande Adam.

On dirait que la question cache un ordre, celui d'inviter la jeune femme à se présenter aussitôt, sans discussion. Personne ne juge bon de répondre à Adam. Dans un bruit de chaises caractéristique, tous s'installent à table. Irène descend quelques degrés jusqu'à apercevoir la tablée sans être vue.

Pendant que sœur Marie-Paule récite le bénédicité, Adam commence à touiller dans son assiette avec bruit, ne se recueille pas, ne se signe pas, ne prononce pas le *amen* final.

Sans faire grand cas de ce comportement d'adolescent en mal d'attention, sœur Marie-Paule rapporte des nouvelles de la maison mère.

— Imaginez-vous que vingt-cinq jeunes filles entrent au noviciat cette année.

M. Gaudreault hoche la tête en signe d'assentiment. Léon écoute attentivement. À l'autre bout de la table, Adam tend l'oreille en écrasant de sa fourchette les pommes de terre dans l'assiette de hachis. Il bougonne.

— Rien que du gaspillage de belles jeunesses ! Moi qui cherche à me marier, ça fait moins de candidates sur le marché.

— Tiens donc, on a laissé sa gaieté sur l'oreiller, ce matin, le taquine sœur Marie-Paule.

La remarque ne semble pas radoucir son irritation, bien au contraire. Son lait va tourner. De sa main grande ouverte, il frappe la table.

— La lame de la faucheuse est cassée, y a une vache qui est morte à matin, pis les veaux ont la diarrhée. En plus, j'haïs ça, du maudit hachis ! Des fois, j'ai juste le goût de tout sacrer ça là !

Il repousse son assiette. Sœur Marie-Paule lui répond du tac au tac.

— Va falloir, monsieur, vous contenter de ce qu'il y a.

Elle poursuit plus bas, pour que tous entendent nettement.

— Un vrai bébé gâté qui n'a pas fini de faire ses dents. Voyons, là, mange bien, mon petit garçon. Après, maman va te donner un bon su-sucre à la crème.

Il inspire bruyamment et va se fâcher davantage. Pourquoi les trois autres hommes n'interviennent-ils pas ? Est-ce qu'Adam Duverger fait la loi, dans cette équipe ?

— En plus, poursuit sœur Marie-Paule sans se formaliser, les inscriptions à l'école normale ne cessent de croître.

— Un tas de couventines qui vont sécher dans des leçons guindées. L'école normale va les mener à une seule place : l'école de rang, pis tant qu'elles enseignent, elles peuvent pas se marier.

— Sachez que la congrégation ouvrira l'an prochain un institut familial.

— Celui-là ne mènera qu'au mariage. « Mieux jouer le rôle d'épouse et de mère. » Pourquoi on leur apprend pas des professions, aux couventines ? L'industrie en aurait bien besoin.

— On y enseignera la dactylo. Celles qui le voudront pourront occuper des emplois de secrétaires.

— La dactylo… c'est pour mieux présenter leurs travaux écrits. C'est ridicule !

Peu importe les propos de sœur Marie-Paule, Adam ne vise qu'une chose : les contester avec mauvaise foi. Irène ne peut laisser sœur Marie-Paule seule dans cette situation. *Courage !* Elle se lève et descend les rejoindre, prête à affronter le courroux et à mieux connaître les motivations de la colère d'Adam.

— Vingt-cinq nouvelles recrues, disiez-vous, ma sœur ? demande-t-elle en entrant dans la pièce. La supérieure devait jubiler.

Sœur Marie-Paule pouffe.

— Elle a presque souri lorsqu'elle m'a appris la bonne nouvelle. Mais sourire semble lui faire mal, surtout depuis qu'elle est sortie de l'hôpital. Ses muscles faciaux ne se souviennent plus trop comment faire.

— Elle a peut-être contaminé notre ami, M. Duverger, lance malicieusement Irène.

Adam ramène son assiette vers lui et, de sa fourchette, pique énergiquement un morceau de viande *mouilleux*. Avant de le porter à sa bouche, il commente :

— C'est une période florissante pour la congrégation qui s'enrichira d'une armée, non pas de combat, mais de valeurs humaines et de jeunesses rafraîchissantes. C'est très bien, en un sens.

Quel vocabulaire soigné, tout à coup ! Et quel changement de cap et de ton !

Son visage se détend et se tourne vers Irène.

— Comme t'as les mains rouges !

— C'est pour mieux vous faire dormir, monsieur le Loup. J'ai blanchi les draps à l'eau de Javel, aujourd'hui. Si je pouvais en faire autant des mauvaises pensées et des paroles blessantes…

— C'est pas compliqué, t'as juste à apparaître, comme ça, pouf ! et elles s'en vont. Comment était ta journée ? Pas trop éreintante, j'espère.

Il dégage quelque chose de lascif et d'embarrassant à la fois.

— Grâce à notre bonne sœur Marie-Paule, j'en connais davantage sur le jardinage et, grâce à vous quatre, j'en apprends aussi sur le caractère des hommes. Entre autres choses, j'ai appris que les Adam ne proviennent pas tous du jardin d'Éden.

Dans la grande soupière au centre de la table, elle plonge la louche pour se servir un bol de hachis fumant. M. Gaudreault y replonge à son tour.

— Délicieux, ma sœur, vraiment, votre hachis est très bon, soupire d'aise le vieil employé. Meilleur que celui de ma défunte mère. Dieu ait son âme. Une cuisinière dépareillée.

Irène place sa serviette de table sur ses cuisses et, avant de prendre une première bouchée, elle se recueille, les yeux fermés, puis se signe. Pendant ce rituel, personne n'ose manger et tous font silence. Quand elle rouvre les yeux, elle reprend la parole :

— Ce monde ne m'était guère accessible au cours des dernières années. Il y a une semaine à peine, j'ai quitté le voile. Chaque jour, je me demande comment m'intégrer à la société. En communauté, nous sommes dans un cocon, à l'écart de tant de réalités. Pour tout vous dire, je ne sais pas si je pourrai trouver ma place dans…

— Je vais t'aider, Irène, la coupe Adam. Nous marchons dans les mêmes sentiers.

Il se redresse sur sa chaise, avale son assiette et en redemande. Il reprend ses petites plaisanteries pour dérider M. Gaudreault, Léon et Émilien, s'excuse auprès de sœur Marie-Paule pour les propos sévères tenus au début du repas.

— J'avais que'qu' chose de travers dans le dalot, faut croire.

Une autre journée sans nouvelle de sa mère attend Irène. La huitième passée à la ferme. Cependant, les yeux tout pétillants, en fin d'après-midi, M. Gaudreault lui remet une lettre de sœur Saint-Léandre. Irène court s'enfermer dans sa chambre et s'installe sur le coin du lit.

*Chère Irène,*

*Gardez confiance en la divine Providence. Il y a une place pour vous en ce monde, j'en demeure convaincue. Il vous faut seulement patience et longueur de temps. Si ce n'est pas de l'autre côté de la frontière, ce sera ailleurs. Les bonnes âmes sont requises partout sur cette terre, mais n'oubliez pas que le vaste monde est parfois tout près.*

*On croit que Dieu fait chanter les oiseaux pour le bonheur de l'homme ou parce que ces petites bêtes sont heureuses. Vous connaissez le* Te Deum *des oiseaux : «Gloire au Seigneur!» entonne l'alouette, «Laudamus te», lui répond la fauvette; «Bonjour, soleil!» chante le gai pinson; puis, tout le chœur reprend à l'unisson… Croyez-vous vraiment que les oiseaux louangent le Seigneur? Il n'en est rien. Ils chantent pour protéger et définir leur espace, comme de féroces propriétaires : des manifestations de défense ou de détresse. Quant à eux, les humains ont inventé le chant et la musique pour adoucir les mœurs, pour prier deux fois. C'est l'art qui sauvera le monde. Ne l'oubliez pas non plus.*

*Ici, au couvent, un grand bouleversement malmène les cœurs. Des séances de prières ont été ajoutées pour que Dieu pardonne aux langues médisantes. Toutes celles qui ont osé porter des accusations ou qui ont entretenu le moindre doute à votre endroit se repentent. L'extrême contrition a contracté l'estomac de notre mère Saint-Viateur : elle s'est imposé le jeûne depuis que vous êtes partie. Qu'elle perde lentement en poids ce qu'elle gagnera en clémence.*

*Quant à moi, je me terre dans l'atelier, entourée de mes amours empaillées, fidèles et silencieuses, qui me tiennent compagnie.*

*Bien sûr, je prie Dieu pour qu'il vous éclaire et vous préserve. Protégez-vous. Charité bien ordonnée commence par soi-même.*

*Sœur Saint-Léandre*

La vaisselle et le nettoyage terminés, Irène éteint la lumière de la cuisine d'été et regagne ses quartiers. Sur le calendrier suspendu dans la salle à manger, elle biffe un autre jour, une autre semaine. Peut-être recevra-t-elle enfin un mot de ses parents lundi.

Une heure plus tôt, lorsque les hommes sont sortis fumer, sœur Marie-Paule l'a entretenue à propos d'Adam. Bien sûr, c'est un bon bougre, a-t-elle admis, mais il a l'humeur changeante. Tantôt, le cœur en liesse, il déborde de joie et fait rire tout le monde, tantôt il devient taciturne et moleste les employés. Elle essaie de ne pas trop faire de cas de ses commentaires désobligeants et de ses sautes d'humeur, mais parfois elle a peur que la bataille éclate.

— Une telle colère semble couver en lui! a-t-elle remarqué. Il doit venir d'un milieu dur et violent. Malgré sa vaillance et sa bonne volonté, il éprouve des difficultés à s'adapter.

Irène range son fichu et son tablier, de plus en plus déçue par ces dernières observations. Pourrait-on confier une fillette à ce grand frère instable? Dire que Flora le décrivait avec tant d'admiration; elle l'idéalisait à tel point que même Irène s'en était fait l'image d'un garçon tendre et affectueux.

Elle s'assoit au piano et interprète la Sonate n° 16 de Mozart, tout en légèreté, les mains souples et le doigté fluide. Elle joue sans prétention cette musique enivrante et fugace qui l'emporte et lui redonne entrain. Un passage en particulier la ravit, une demi-cadence qui lui a toujours donné un peu de fil à retordre, mais qu'elle attaque malgré tout chaque fois pleine d'allégresse.

Sur le perron, des pas suivis de petits coups frappés à la porte. Elle ne répond pas et continue plus fort. Les pas traversent le corridor. Elle lève la tête, Adam, le visage ému, s'avance droit vers elle. Il ne demande pas s'il dérange, s'il est bienvenu. Il entre ainsi comme dans un moulin. Et si elle avait été en robe de nuit? Elle se méfie, mais en même temps n'ose pas le contrarier.

Par un mouvement de la main, il l'encourage à poursuivre son jeu. Il s'approche encore et, debout, s'appuie au flanc de l'instrument, posant son avant-bras sur le dessus, la main un peu pendante, juste au niveau du visage d'Irène. Elle lève plus haut le regard et surprend des yeux pleins d'eau. Se peut-il que derrière ce coq fier et prétentieux se cache une sensibilité que le piano éveille? Il reste ainsi jusqu'à la fin de la pièce. Alors, il s'écarte du meuble, tourne les talons et s'affale dans le canapé de crin. La tête entre les deux mains, il pleure sans pouvoir s'arrêter, la respiration saccadée et les épaules secouées de spasmes. De sa poche, il sort son mouchoir et s'éponge les yeux, se mouche bruyamment.

Irène n'intervient pas, elle laisse fondre les minutes.

Il passe le dos de la main sous son nez en reniflant.

— Je m'excuse…, parvient-il enfin à dire.

— Mon jeu est-il si pénible ? Pourtant, j'ai tenté d'y mettre bien de l'allant et de la fougue, plaisante-t-elle.

— C'est plein de vivacité, coquin même, très bien interprété, mais je sais pas ce qui m'a pris… Ça doit être un souvenir qui me revient.

— Douloureux, à ce que je constate.

Il relève la tête. Ce visage troublé, ces yeux larmoyants : sous ces traits tragiques, il est presque attendrissant.

— Ma mère jouait cet air.

— Votre mère Marie… Marie-Alice, en fait. Et elle n'est pas au ciel.

Il range son mouchoir puis la dévisage.

— Comment tu sais le nom de ma mère ?

Irène quitte le piano et s'installe près de lui, sur le canapé. Elle n'a d'autre choix que de lui expliquer, à présent : elle connaît la triste histoire de sa famille.

— Savez-vous où elle est ?

Il secoue la tête et lui raconte la dernière fois qu'il l'a vue. Pour éponger une dette, il avait quitté le foyer familial pour aller travailler dans les mines. Un type le harcelait et le menaçait de lui casser les jambes s'il ne parvenait pas à le rembourser.

Les paroles déboulent et, entre les reniflements, il poursuit :

— Mais le pire, c'est que, quand je suis parti, j'haïssais mon père pour le tuer. Maudite bouteille ! Il buvait de plus en plus et s'en prenait à maman. Je l'ai défendue pendant un temps et, à la fin, je lui ai dit d'aller se réfugier ailleurs, avec les filles. Après, je me suis poussé. Elle comptait sur moi. Dès que j'ai été parti, le père l'a battue et a tout brûlé. Enfin, c'est ce qu'on a raconté, dans le temps. Ma mère, elle avait de beaux cheveux blonds, comme les tiens, et…

Irène pose une main sur son bras. Il la presse fermement et la garde dans la sienne, serrant plus fort, à lui faire mal. Puis cette main se détend et la force abandonne les doigts qui restent là un instant, sans bouger, avant de glisser le long du bras pour tomber mollement sur le canapé. Il penche la tête vers elle, amorce le geste de l'appuyer dans le creux du cou.

— Des fois, on cherche une épaule où se poser…

Il se relève brusquement et reprend son tonus.

Irène ne veut pas laisser s'échapper cet instant propice à la confidence.

— Pourquoi avez-vous été si agressif, aujourd'hui ? M. Gaudreault, les hommes engagés et sœur Marie-Paule sont loin d'être une menace pour vous.

— Irène, autant te le dire tout de suite : j'ai évité la prison au prix d'aveux dangereux. Si je révélais vraiment qui je suis, on pourrait me retrouver avec une balle dans le front. Moi aussi, comme toi, je me demande si je trouverai une place dans ce monde-là. Portes du pénitencier, portes du couvent… on vient de franchir des seuils bien différents, mais on se retrouve dans le même brouillard. Je sais pas combien de temps je vais tenir ici, sur cette terre, avec le vieux Gaudreault et la bonne nonne Marie-Poule. Des fois, je perds patience, mais je respire, respire et je réussis à me contrôler.

Il fait une brève pause. Irène le regarde aller et venir de la fenêtre au piano.

— On est des sortes de déracinés, Irène, chacun à sa façon.

— Ça vous fait une nouvelle famille, non ?

— Je veux ben croire, mais aide-fermier… Je souhaiterais quelque chose d'un peu plus reluisant, d'édifiant. Premier ministre, tiens, pour remplacer Maurice. Voterais-tu pour moi ?

— Vous êtes sans doute de la meilleure graine que lui.

— S'il te plaît, lâche-moi tes «vous» pis tes «monsieur» !

Il se lève et s'apprête à partir, mais cette fois il demande s'il pourra revenir le lendemain. Si elle jouera autre chose.

— Mais c'est dimanche, jour de repos…

— Il n'y a pas de jour de repos sur une ferme, répond Adam. On travaille sept jours sur sept. J'ai un *break* dans l'après-midi. Je vais t'apprendre quelque chose d'important pour t'aider à prendre une place dans le vrai monde : conduire une auto.

Il s'en va comme si de rien n'était, comme s'il avait déjà oublié les larmes des minutes précédentes, laissant une Irène décontenancée. Pour retrouver un peu de calme, elle retourne au piano et reprend une autre pièce.

Elle trouve l'idée saugrenue, mais le lendemain après-midi, elle est assise derrière le volant, un pied sur l'embrayage, l'autre sur le frein, les nerfs en grosse boule et des instructions plein les oreilles. Pendant deux heures, leurs têtes vont et viennent durement d'avant vers l'arrière, et vice et versa, sous les brusques démarrages et quelques coups de frein tout à fait inattendus. Adam se montre d'une grande patience et les éclats de rire d'Irène contribuent à sa bonne humeur.

— Je suis content que tu sois là. Ça fait du bien, la présence d'une belle jeunesse.

— Tu aimes à ce point être malmené ? J'ai été si maladroite… Heureusement que tu ne m'enseignes pas en me tapant les doigts à la moindre erreur. Certaines religieuses usent de cette façon, avec les enfants. J'aurais les mains écarlates.

— À la petite école, c'est comme ça qu'on a essayé de m'apprendre à écrire. Ça n'a pas marché ; je fais encore ben des fautes. Toi, si tu as pris de belles couleurs, c'est pas sur les mains. Les journées au grand air t'ont donné un teint de santé. T'as les pommettes et le nez rouges comme les fraises, et dans tes cheveux, les reflets dorés éblouiraient le soleil.

— Tiens, on se fait poète, à présent ?

Il sort de l'auto pour aller lui ouvrir la portière, en galant homme.

— Pour une première leçon, je t'ai trouvée très douée, mais il te faut plus de nerfs sur les commandes. Ça viendra. La clé, c'est que tu conduises un petit peu tous les jours. Voudrais-tu qu'on reprenne demain, si on a du temps ?

— Si tu me promets d'être patient avec moi, supplie-t-elle en souriant.

— Je serai patient, très patient, répond-il en insistant sur le *très*.

En fin d'après-midi, le ciel se met à pleurer des averses inter-mittentes. Sœur Marie-Paule et Irène en profitent pour cuire et mettre en conserve les confitures de fraises. En soirée, la pluie cesse enfin et la lune apparaît entre les nuages. Dans la douceur du soir flotte un fin brouillard qui flâne sur la prairie et, dans les bosquets, on entend les grives répéter leur mélancolie. Une fois seule, Irène retourne au piano pour que passe plus vite cette autre soirée. Cette fois encore, elle perçoit du bruit : la porte s'ouvre, et des pas dont elle reconnaît la cadence et l'entrain traversent la cuisine puis le passage menant au salon. Adam revient, une guitare à la main.

Il a bon œil et l'air dispos : cheveux propres et bien tirés dans une queue basse qu'il porte tous les jours.

— Tiens, tu me sembles en meilleure forme, ce soir.

— Quand on a bien dormi, dans un lit frais lavé et préparé avec soin, ça peut pas faire autrement. Au moins, au couvent, on t'a bien appris à faire les lits.

Est-il sérieux ou ironique ? Comment savoir ?

— En effet, mais ce n'est pas suffisant pour briller en société, n'est-ce pas ? se contente-t-elle de répondre.

— Ça sentait bon la confiture dans la maison d'été. Je t'ai cherchée partout pour…

— Pour me jouer une sérénade ? se moque-t-elle en désignant la guitare.

Dans l'autre main, il tient de la musique en feuilles.

— L'autre jour, en ville, j'ai fait un saut chez Marchand musique et j'ai acheté ça. Une chanson que j'ai entendue à la radio. Comme je peux pas sortir dans les tavernes, je me fais des soirées de musique. Je voudrais apprendre à jouer celle-là, mais le problème, c'est que je sais pas lire les notes.

Elle observe les feuillets, un peu embarrassée, et lui avoue ne pas connaître la guitare. En plus, elle lui fait remarquer qu'il s'agit d'une partition pour piano.

— Justement, tu devrais pouvoir t'y retrouver. Moi, j'apprends à l'oreille.

Elle pose le papier sur le pupitre. *Mon cœur est un violon.* Elle rajuste sa position, déchiffre les portées, puis lit les paroles et les indications. *Lento.* Elle attaque une première fois, avec quelques ratés, puis reprend avec plus d'assurance et en raffinant les accords. La troisième fois, elle se sent plus à l'aise. Il la regarde jouer langoureusement, balancer lentement la tête à gauche et à droite, gardant le dos bien droit et un léger sourire aux lèvres. Lorsqu'elle a terminé, il va chercher une chaise dans la cuisine, s'assoit, la guitare collée contre lui, entourée de son bras droit, puis il lui fait signe de reprendre du début. La main droite pince délicatement les cordes, avec adresse et précision, pendant que la gauche se promène entre les barres, en pressant et caressant les fils de fer pour mieux les faire vibrer. Surprise par sa maîtrise, Irène rate un accord, s'excuse en riant, reprend à la mesure et se met à chanter.

*Dans la nuit qui s'achève*
*Mon cœur est plein de toi*
*La musique est un rêve*
*Qui vibre sous tes doigts*
*Sous tes doigts la caresse*
*Rend mon désir si fort*
*Qu'il va jusqu'à l'ivresse*
*Et meurt à la fin de l'accord…*

Malgré quelques hésitations, les deux musiciens pincent et frappent les cordes sensibles. Avant la finale, Irène s'interrompt pour mieux observer le guitariste qui termine en entonnant les dernières paroles tout en douceur, les yeux levés vers elle.

*Et vibrant à l'unisson*
*Mon cœur est un violon…*

Un silence étouffe le dernier accord.

Irène hausse les sourcils, encore surprise, puis applaudit.

— Tu te moques de moi. Tu la connaissais, cette pièce, n'est-ce pas ? Sinon, tu n'aurais pas pu jouer si juste.

— Peut-être ben que je voulais te l'entendre jouer et chanter. Peut-être ben que je voulais la jouer avec toi ou peut-être que j'apprends vite. En tout cas, ça faisait un beau duo, tu trouves pas ? Cherche plus : toi, c'est devant un clavier de piano que tu peux briller en société.

— Mieux que derrière le volant d'une automobile, se moque-t-elle, sans oser le contredire.

Sait-il à quel point il peut être difficile de mener une carrière de pianiste, surtout lorsqu'on est une femme ?

*Dimanche*

*Chère sœur Saint-Léandre,*

*J'ai traversé plus d'une semaine de vie civile. J'en apprends davantage non seulement sur les travaux de la ferme, mais aussi sur le terreau de la nature humaine. Entre autres nouveautés, j'ai découvert que quelques mouvements* allegro, *pianotés sur un clavier mal accordé, pouvaient provoquer de grands émois, même chez des hommes un peu frustes. Sous de rudes allures peut se cacher l'âme la plus délicate. Cependant, forte de vos conseils, je reste sur mes gardes et me protège. Ma naïveté m'a si souvent joué des tours…*

*Le nouvel homme engagé, qui tient à m'aider à réintégrer la société, m'apprend à conduire l'automobile. Vous dire à quel point j'ai mal à la nuque ! Il s'avère d'un tempérament changeant, parfois agressif, mais la musique le ramène à une tout autre nature. Une semaine en sa compagnie et, soudain, je ne le reconnais plus. J'ai pensé à vos mots, concernant les oiseaux et les hommes. Encore une fois, vous aviez raison. La musique adoucit le cœur et la vie.*

*Merci de m'écrire. Vous êtes une seconde mère pour moi. La mienne, autoritaire et cupide, s'était montrée ravie de me voir prendre le voile à l'époque, pour l'unique raison que mon père et elle n'auraient plus à subvenir à mes besoins. Pourvu qu'elle ne me juge pas trop sévèrement en apprenant ce revirement.*

*Si j'étais convaincue de ce qu'on attend de moi à présent, avec quelle ardeur je m'y consacrerais. Cependant, je tergiverse, je tâtonne comme une aveugle, j'avance sans y voir clair. J'ai renoncé à l'appel de Dieu. Certains jours, mers et montagnes m'appellent et je voudrais me retrouver aux antipodes de la planète, renaître, commencer une grande œuvre. En d'autres jours, le calme plat de la plaine me rattrape, l'attraction de la vie molle, et j'ai peur.*

*Éclairez-moi encore de vos conseils. Ils me redonnent confiance en l'avenir et en moi. Fortifiez-moi. La route large ou les étroits sentiers ? Où dois-je aller ?*

*Irène*

Le lundi avant-midi, M. Gaudreault revient de la ville avec une nouvelle lettre de sœur Saint-Léandre. Irène s'isole dans sa chambre pour la lire.

*Chère Irène,*

*Puisque – vous vous en êtes rendu compte loyalement – la vie religieuse n'est point pour vous, Dieu, selon toute vraisemblance, vous appelle à fonder autre chose. Il vous a donné tout ce qu'il faut, et il vous revient à présent de découvrir comment utiliser vos forces à bon escient. Ne perdez pas de temps. Chaque minute de cette vie est précieuse. Souvent, on cherche par mer et par terre ce qui, tout près de nous, nous crève les yeux.*

*Une fois jetés dans l'être, nous sommes condamnés à être. Pour notre bonheur ou pour notre malheur. Si vous accomplissez ici-bas ce pour quoi vous êtes faite, ce sera pour votre bonheur. Restez attentive. Osez tout. Organisez votre vie en bannissant le caprice qui ne finit rien et désorganise. Éloignez les agents de confusion et les relations vides de sentiments élevés. Efforcez-vous de vous entourer d'amis choisis. Surtout, lisez, instruisez-vous. Ne vous laissez plus influencer par les mauvaises langues.*

*Regardez sous vos pieds. Y a-t-il des racines qui vous ancrent au sol ? Ne prenez pas exemple sur moi qui me suis confinée à mon petit atelier. Ce qui vous définit est le mouvement, la mouvance. Même les plus grosses planètes se promènent au firmament, prêtes aux plus improbables rencontres.*

*Et si vous pensez au mariage, évitez de tomber dans ces travers dénoncés par Hippolyte Taine : « On s'étudie trois semaines, on s'aime trois mois, on se dispute trois ans, on se tolère trente ans – et les enfants recommencent. »*

*Sœur Saint-Léandre*

Dans ses effets personnels, Irène a gardé le *Face à la vie* où Raoul Plus, un jésuite, s'adresse aux jeunes filles afin de mieux les préparer à l'existence dans la grâce de Dieu. Elle ouvre le petit livre au chapitre CXII : *Le mariage.*

*Quelles qualités requérir de celui que j'ambitionne pour être le soutien et le compagnon de ma vie, le père de mes futurs enfants ?*

*Avant tout, un solide esprit chrétien. Je suis chrétienne sincère, il me faut une âme de foi et de pratique profonde ; sinon quelle désunion à la base de notre union. Si, le soir de nos noces, nous ne pouvons, à genoux ensemble, dire notre prière en commun, et renouveler ce geste chaque jour de notre commune vie, là n'est point pour moi celui que j'attends.*

*Une vie morale intacte. Ne pas m'en tenir à une superficielle enquête. Je dois savoir. Je suis prête à tout donner. J'ai droit qu'on me donne tout. Réciprocité parfaite. Échange de deux vies vierges.*

*Une santé robuste. Nous devons faire œuvre de vie. Songer aux vivants qui naîtront de nous.*

*Le reste, qui dans la pensée du monde est l'essentiel : la situation, les garanties pécuniaires, ne doit intervenir qu'à son rang, et ne pas influer outre mesure sur le choix. Il importe moins pour un jeune homme d'avoir une fortune en mains que d'être apte, par sa valeur intellectuelle et son travail, à faire sa trouée dans la vie.*

Où se trouve cet homme qui, chaque soir avec elle, tomberait à genoux pour la prière ? Sûrement pas par ici.

# 5

*Journal de sœur Sainte-Lucie*

*Le 15 juillet 1950*

*La relative paix estivale du couvent a été perturbée par divers événements. Tout d'abord, la maladie de notre supérieure a inquiété nos cœurs, mais voilà qu'elle nous est revenue toutes barricades baissées, comme si une autre personne avait jailli par la perforation des ulcères. Qu'auront engendré en son âme ces trois jours à l'Hôtel-Dieu ? Que les remèdes et les régimes prescrits continuent de la soulager ! Grand bien nous fasse, à nous aussi. Si cette étonnante attitude reste au beau fixe, nous abandonnerons nos lettres et récriminations auprès du clergé.*

*Sur ces entrefaites, voilà que nous arrive une nouvelle religieuse : sœur Saint-Georges. J'écris «nouvelle», mais cette ancienne de soixante-six ans d'âge, en provenance de Saint-Pascal-de-Kamouraska, a prononcé ses vœux en 1900, l'année où mon père a vendu son dernier cheval.*

*Diplômée d'un premier degré de chant grégorien et d'abrégé de rhétorique, sœur Saint-Georges impressionne par son beau parler et ses phrases bien tournées.*

*La supérieure du couvent de Saint-Pascal a signé une lettre d'obédience pour sa translation au Cap-de-la-Baleine afin qu'elle profite du climat continental. L'air du fleuve l'incommodait, nous a-t-elle confié, et elle souffre de problèmes respiratoires, selon les saisons. Le voyage lui a été fort pénible et cette obédience lui impose un grand sacrifice que la supérieure ne manque pas de nous rappeler. Souvent, prise d'une toux creuse et d'un point au côté, elle se met à inspirer très fort, cherchant son air. Sœur Sainte-Hermeline* lui prépare alors une tasse d'eau bouillante dans laquelle elle fait fondre un onguent camphré. La malade doit passer plusieurs minutes la tête penchée sur le liquide brûlant, pour en respirer les vapeurs.

Hier, lors de la soirée de cartes, sœur Sainte-Marivonne évoquait les propos d'une cousine, religieuse également à Saint-Pascal. Elle lui avait laissé entendre qu'on ne voulait plus de sœur Saint-Georges là-bas. Elle y avait tenu le poste de conseillère générale au cours des cinq dernières années et n'y faisait plus grand-chose en raison de ses problèmes de santé. Souvent, elle s'assoupissait pendant les réunions. Sœur Sainte-Marivonne a manqué de respect en rapportant ces ouï-dire. Que Dieu l'éclaire et lui fasse abandonner cette mauvaise habitude de mal parler de son prochain. N'a-t-elle rien appris des derniers événements ? Laissons les on-dit derrière les portes et montrons-nous plus charitables.


*Journal de sœur Saint-Léandre*

Toutes espèrent qu'ici, à la maison mère, sœur Saint-Georges recevra les soins opportuns et que sa précieuse vie sera conservée plus longtemps. Les derniers jours nous donnent raison : l'état de sœur Saint-Georges s'améliore et sa santé semble beaucoup plus solide. Son grand appétit en témoigne. Le soir, elle marche sans trop s'essouffler, et hier elle grimpait quatre à quatre les escaliers menant au réfectoire alors qu'elle se croyait à l'abri des regards. Au chapelet de six heures, le ventre plein, elle a piqué un petit roupillon.

Cinquante ans de vie religieuse imposent le respect. «Ayons les égards qu'elle mérite», a souligné notre mère avec insistance. Aussi, la semaine prochaine, nous célébrerons en grande pompe son jubilé d'or. Nous n'étions pas au bout de nos surprises : notre supérieure, cherchant à s'amender et voulant se montrer affable envers sœur Adèle, a demandé son retour parmi nous. Dans la lettre qu'elle lui a adressée suivant les conseils des anciennes, elle a dû jouer de l'archet du pardon et aura réussi à la convaincre. À son arrivée, elle n'en finissait plus de l'encenser. Que cache ce comportement ? Mieux vaut la croire sincère et vraiment repentante.

*Sœur Adèle nous est donc revenue, dans les bonnes grâces de notre mère. Celle-ci, oubliant soudain ses goûts austères pour les décors dépouillés, lui a même donné le mandat de garnir l'autel de la chapelle et le réfectoire pour le jubilé.*

*Comment s'empêcher de s'amuser un brin devant le théâtre de nos vies ? Dieu m'en voudra-t-il d'écrire ces anecdotes ?*

Le même jour, le cœur fébrile et les bras chargés de papier de soie, de rouleaux de ficelle et de ruban, sœur Adèle, aidée de quelques autres novices, s'affaire à la décoration de l'autel. Elle a fabriqué cinq cents fleurs de papier de différentes couleurs, a passé vingt heures de travail à l'atelier de couture où elle a réquisitionné une table de coupe. Les fleurs ont été attachées une à une à un long ruban afin d'enguirlander les colonnes et le faîte de l'autel pour le couronner d'une arche fleurie. Tout en épinglant les décorations autour de l'autel, elle se demande si elle n'a pas justement été enguirlandée par mère Saint-Viateur. Cependant, sœur Adèle a bon cœur, un cœur fêlé, peut-être, mais pourtant sensible. Elle pique une aiguille qui résiste, la pointe pénètre le bout de son index qu'elle porte à sa bouche. Elle s'étonne. Souvent, a-t-elle remarqué, de petites blessures – contusions, éraflures, brûlures, coupures, chocs – surviennent lorsqu'elle entretient de sombres pensées ou des discours intérieurs mal intentionnés. Est-ce Dieu qui punit ainsi ? La pulpe du doigt dans la bouche, elle récite un acte de contrition, prend une bonne respiration et vérifie : la goutte suinte toujours.

De son mouchoir, elle éponge vivement la piqûre. Rien ne reste blanc. Tout rougit, jaunit ou s'affadit. La peau, les dents, les os… De quelle couleur se tache la conscience de mère Saint-Viateur ? Le sang continue d'affluer et empourpre le coton. Le temps passe. Neuf heures sonnent et il y a aussi les tables du banquet à installer au réfectoire. Tout doit être terminé avant onze heures. Un minuscule point rouge et voilà que tout est compromis. Elle secoue la main, fait pression sur le bout du doigt pour faire sortir plus rapidement le sang, mais ces manœuvres empirent les choses.

— Sœur Adèle, est-ce que tout va bien ? lui demande sœur Marthe, une novice nouvellement reçue à la congrégation, qui dépose ses ornements sur un banc et la rejoint.

L'index en l'air, sœur Adèle lui montre la petite lésion.

— Ce n'est rien. Je dois seulement attendre que le sang arrête. Ici et ici encore, j'ai taché les linges liturgiques. Quelle catastrophe !

La novice court au dispensaire pour chercher un petit pansement qu'elle colle bien en place.

Un cataplasme sur une jambe de bois. En elle, elle sent encore envers sa supérieure cette pointe de perplexité qu'elle n'arrive pas à faire taire. Tout de même, elle reprend son travail et tente de se concentrer en imaginant le résultat final.

Comme en un cortège, quatre novices transportent à la chapelle ce long serpent coloré qu'il faut suspendre très haut. Les montées et descentes dans les escabeaux représentent chaque fois une aventure : il faut retenir les jupes d'une main et, de l'autre, les éléments à fixer tout en gardant l'équilibre, en haut des derniers échelons, sans pouvoir s'agripper nulle part. Après ce délicat travail, sœur Adèle compte remplacer les linges liturgiques de lin blanc par des parements brodés et plus colorés. Le long de l'allée centrale, elle fixera des bouquets à chaque extrémité des bancs. Elle a vu à tout.

Dix heures. Mère Saint-Viateur entre et avance lentement vers le chœur, une main sur le ventre, regardant à gauche et à droite l'évolution des travaux. Elle se dirige vers sœur Adèle perchée sur l'escabeau. La tête bien haute, la voix basse mais ferme, elle s'extasie :

— Ma fille, comme tout cela est élégant ! Comme nous avions besoin de vous pour ramener des couleurs en nos murs ! J'avais oublié à quel point vous étiez talentueuse pour le décorum. Je regrette d'avoir sous-évalué vos talents créatifs à mon arrivée ici, en mars dernier. De tels dons de patience et de minutie sont sûrement octroyés par Dieu.

N'y a-t-il pas, dans cette attitude, un soupçon d'arrogance ?

À l'œuvre, les quatre novices écoutent et se réjouissent de la juste appréciation du travail accompli. La supérieure s'assoit dans le premier banc. Les postulantes viennent tout juste de terminer l'astiquage du parquet de bois de l'allée centrale. Elles rangent le nécessaire et se retirent, laissant derrière elles cette bonne odeur de cire fraîche. Sur le lustre brillant se mire le reflet de la supérieure, difforme, embrouillé. Un frisson court le long de l'échine de sœur Adèle.

— Pourquoi aurait-Il créé la terre avec tant de beauté, poursuit la supérieure, si ce n'était pour que nous tentions à notre tour de la reproduire en nos lieux ? Il nous a donné l'exemple. Bien sûr, jamais nous ne parviendrons à égaler son œuvre, mais si nous pouvons nous élever un tant soit peu au-dessus de la fadeur et de la banalité… Toutes ces fleurs de papier, ces jolies guirlandes, ces bouquets enrubannés… un arc-en-ciel de fraîcheur ! Allez, faites surgir encore votre inspiration. Qu'elle soit divine !

Du haut de son escabeau, entre le ciel de la surprise et la terre de la méfiance, sœur Adèle l'écoute, suspicieuse. Ce changement soudain d'attitude n'est pas sans l'inquiéter. Est-ce la même personne ? Parle-t-elle franchement ou agit-elle sous quelque contrainte ? Pour mieux s'en assurer, elle descend les degrés, la rejoint et joue la carte de l'innocence.

— Ma mère, vos propos me remplissent de joie. Vous savez désormais que jamais je n'ai osé agir par orgueil en agrémentant les célébrations de mes ornements. Mes humbles réalisations ne visent qu'à réjouir le cœur des autres en passant par les yeux et si, par ces cœurs contents, je peux plaire à Dieu, j'en serai ravie.

La mère hoche la tête pour manifester son approbation. Elle tend les deux mains et prend celles de sœur Adèle pour les serrer tendrement.

— Des mains si douces ne peuvent créer que des œuvres ineffables et…

Sœur Adèle les retire prestement pour se tourner vers une novice qui apporte d'autres bouquets. Mère Saint-Viateur a l'air ridicule, les mains portées droit devant elle. Se cherchant une contenance, elle ramène et cache ses mains dans ses larges manches.

— Comme c'est joli, fait-elle à l'intention de la novice. L'évêque et l'abbé Guay seront impressionnés.

La novice, toute à son affaire, passe son chemin et, après une génuflexion gracieuse, franchit les marches qui mènent vers le chœur. Faisant de même, les autres novices viennent l'aider.

Maintenant en tête à tête avec sœur Adèle, la mère baisse le visage, regarde la balustrade et noue ses mains. Par malaise, elle s'éclaircit la voix.

— J'espère que Dieu, dans toute sa bonté, enfin… il veille. Quant à moi, dès votre départ, Il m'a fait expier ma faute par de douloureux troubles de santé.

Elle affecte soudain un air rembruni, ses joues se renfoncent, ses yeux se plissent et elle ravale sa salive à contrecœur.

— Ma mère, je suis l'humble servante de Dieu, n'en doutez point, et je vous suis extrêmement reconnaissante de la lettre que vous m'avez transmise. À sa lecture, mon cœur s'est allégé. Puis-je vous demander si vous avez fait de même pour sœur Irène ?

La mère porte la main à son ventre. Elle semble éprouver des crampes d'estomac. Ses yeux s'emplissent d'eau et sa bouche se tord en une grimace amère, comme si des sucs gastriques avaient remonté dans sa gorge.

— Je voudrais… bien, mais… on ne sait pas… on ne sait pas où elle est.

Onze heures. Tout est prêt. Les invités entrent par la grande porte, accueillis et dirigés par les novices choisies comme hôtesses.

Pendant ce temps, les sœurs de la chorale gagnent le portique de la chapelle. Avant de gravir les marches pour prendre place près de l'orgue au jubé, elles contemplent l'effet d'ensemble puis, les yeux émerveillés, elles s'empressent autour de sœur Adèle pour la féliciter et la remercier. Certaines lui prennent les mains avec chaleur, pour mieux lui témoigner leur estime. Au nom de toutes, à voix basse, sœur Sainte-Lucie réitère des mots de bienvenue. Des lys, des arums, des roses blanches, toutes ces fleurs fabriquées à la main garnissent les bancs et les colonnes entourées de rubans et de tissus dorés miroitant dans la lumière.

Quand monseigneur l'évêque pénètre dans le chœur, un vent de solennité souffle dans la chapelle. Sur l'aube violacée, il a enfilé le rochet de dentelle blanche et le camail : vêtements de mise pour cette célébration liturgique. À chaque pas balancent les franges de la ceinture de soie violette. Lentement s'avance sa lourde croix pectorale. À peine sa tête dodeline-t-elle sous les motifs dorés de la mitre. Sur sa main brille l'anneau pastoral serti d'une améthyste. Scintillant comme un riche Roi mage, pas à pas, il continue sa marche lente ; l'étole oscille, la crosse d'or touche le parquet, mais sans bruit. La peau ravinée et blême de son visage tranche sur ces parures chamarrées, ces tissus patiemment repassés, ces douces soieries et ces dorures. Tous ses gestes sont empesés et chorégraphiés.

Après la messe, debout derrière le lutrin, il va s'adresser à l'assemblée. Il farfouille d'abord dans le dossier laissé sur le pupitre à la recherche de quelque feuillet. Il pousse un soupir discret, replace maladroitement les papiers, réajuste ses lunettes sur le bout de son nez et, en baissant les yeux vers ses documents, entame un pompeux discours.

*De tout temps, mais aujourd'hui plus que jamais, les ennemis de notre foi et de notre langue, jaloux de cette prodigieuse expansion qui nous permet de conquérir pacifiquement le sol fondé par le pied de nos découvreurs et arrosé du sang de nos martyrs, veulent s'emparer de l'âme de nos enfants en faisant le siège de nos écoles.*

*Ils prônent l'instruction obligatoire pour arriver sûrement à implanter l'école de l'État qui ne tient compte ni de Dieu ni de la morale chrétienne.*

*Il faut, de toute nécessité, opposer une digue à ce mouvement révolutionnaire qui a amoncelé tant de ruines en d'autres pays et sauver, au prix des plus grands sacrifices, l'âme de nos enfants. Nos seigneurs les évêques, gardiens fidèles de la foi et de la morale chrétienne, ont élevé la voix, en maintes circonstances, pour protester énergiquement contre ce programme que des meneurs occultes voudraient exécuter en notre province ; des hommes éclairés et influents leur ont fait écho. Mais c'est vous, mes sœurs, qui résoudrez pratiquement la question en travaillant journellement, dans l'ombre et le silence, par la parole et par l'exemple, par la prière et le sacrifice, à façonner la génération nouvelle, à la tremper fortement pour les luttes de demain, en lui inculquant un grand amour de l'Église et de la Patrie.*

Les plus vieilles reconnaissent le discours prononcé par l'abbé Arthur Gaudreault, curé de Laterrière, lors de la célébration des vingt-cinq ans d'existence de leur institut. C'était en 1919! D'où a-t-il sorti cette allocution servie à d'autres nombreuses occasions? L'assistance se regarde avec pudeur, sans trop comprendre. Pas un mot à propos de sœur Saint-Georges, pas une mention concernant ses cinquante ans de vie religieuse, pas une allusion à son dévouement. Aurait-il oublié la raison pour laquelle il est là? Se serait-il trompé de document?

Rouge comme la crête d'un coq, mère Saint-Viateur s'évente d'une main. Sœur Sainte-Lucie soupire. Elle avait mis des heures à composer l'adresse appropriée évoquant les circonstances de la vie de la jubilaire. L'évêque, avancé en âge, ne s'est rendu compte de rien.

Trop humble pour laisser paraître sa déception, sœur Saint-Georges adopte une expression hébétée, un masque qui sourit maladroitement, et cherche dans le regard de ses nouvelles consœurs des signes d'empathie.

L'évêque disparaît derrière l'arche de fleurs pendant que la chorale des religieuses entonne un chant de fermeture. De son mouchoir, sœur Saint-Georges essuie quelques larmes et, aidée de sœur Sainte-Hermeline, quitte son banc pour suivre le cortège dirigé par l'abbé Guay. L'assemblée migre vers le grand réfectoire où attend un impressionnant banquet pendant que mère Saint-Viateur raccompagne l'évêque à sa voiture de service. S'aidant de sa crosse pour garder l'équilibre sur le pavé inégal, il marche encore plus lentement. Avant de monter dans l'auto, d'une voix fatiguée, il lui dit:

— Ma mère, encore une fois, félicitations pour les vingt-cinq ans de votre maison.

Le chauffeur referme la portière, sous le regard ahuri de la supérieure.

Les tables ont été montées et décorées par sœur Adèle qui, là encore, a tenu à fabriquer des centres fleuris. Les couverts ont été placés à égale distance, on a sorti l'argenterie, les candélabres et même les coupes de cristal. Plusieurs membres de la famille de la jubilaire, deux frères, trois sœurs et leurs enfants, des cousins et des cousines, sont venus de loin pour transmettre leurs témoignages à leur aînée. Quatre-vingt-dix convives, quatre-vingt-dix bols de soupe, petits pains, plats de dinde et des dizaines de savoureuses pâtisseries à servir. La cuisine vibre du bruit des casseroles, les fourneaux fument, des tabliers gras et des mitaines brunies de sauce et d'usure s'agitent. La place de sœur Saint-Léandre reste vide. Elle s'est terrée dans ses quartiers, car elle ne voulait pas rencontrer d'étrangers.

Sœur Sainte-Jacqueline et ses novices exécutent un ballet, une danse folle, une course endiablée pour que les plats soient présentés chauds et à temps. Les petites assiettes dans les grandes volent vers les tables. Après le bénédicité, on se souhaite bon appétit! En ce jour de célébration, on omet la lecture pieuse pendant le repas. Aujourd'hui, les conversations sont permises et on s'y donne à cœur joie. Les ruches d'abeilles de monsieur Léon, à la ferme, envieraient ce bourdonnement. En présence de ces gens de l'extérieur, les règles de silence au réfectoire ont exceptionnellement été abolies.

D'abord, l'odeur de soupe aux légumes éveille les estomacs. Suivra la dinde rôtie servie avec de la macédoine et des pommes de terre en purée nappée de sauce brune. Pour dessert, des beignets et de la tarte au sucre. Les voix enterrent le bruit des cuillères raclant le fond des bols, celui des couteaux qui s'agitent entre le beurrier et la tranche de pain ou qui découpent les morceaux de viande blanche ou brune, les serviettes de table comme des oiseaux atterrissent sur les genoux, de temps en temps, une serviette essuie les commissures, mais jamais de mauvaises paroles. On ne parle qu'en bien de sœur Saint-Georges. Les membres de sa famille se réjouissent de la voir manger avec appétit et reprendre une autre portion de viande. Quant au ventripotent abbé Guay, toujours bien nourri au presbytère par les sœurs Antoniennes, il se permet également quelques excès.

— Dieu me pardonnera ce péché de gourmandise, mais je tiens d'abord et avant tout à faire honneur à votre repas, mes sœurs. Tout est divin !

Sœur Adèle prête son concours pour le service. Lorsqu'elle passe près de la table d'honneur où prend place la supérieure, celle-ci lui saisit la main.

— J'avais prévu d'autres tâches pour vous, aujourd'hui.

— Quoi donc, ma mère ? s'étonne-t-elle. Aurais-je manqué à mon devoir ?

— Bien sûr que non. Je vous vois aller depuis les petites heures : une véritable fourmi. C'est à se demander où vous puisez toute cette énergie.

Elle lui remet une liasse de quelques feuilles roulées et entourées d'une faveur.

— Retirez votre tablier et revêtez une belle fierté. Juste avant le dessert, c'est vous qui lirez l'adresse que j'ai personnellement rédigée pour notre jubilaire. Cette prestation mettra votre douce voix en valeur. Ainsi, nous pourrons racheter la distraction de l'évêque.

Honorée, sœur Adèle la remercie et emporte les mots sous sa manche. Elle s'en retourne vers la cuisine s'y préparer.

Avant le service des pâtisseries, un peu nerveuse, elle prend place au lutrin, déroule le texte écrit pour la circonstance et déclame le fameux discours :

*Les servantes du Seigneur ont rarement l'occasion de cueillir des lauriers, mais leur vie humble et cachée est la voie sûre qui conduit au bonheur où l'on entre par la porte du devoir. Pendant cinquante ans, notre chère sœur Saint-Georges a été une ouvrière besognant sans relâche, animée d'une foi bien trempée qui lui a permis de reconnaître Dieu sous les apparences déconcertantes où il aime à se cacher. Le dossier de notre chère ancienne révèle dix-sept obédiences. Sœur Saint-Georges a donc eu maintes occasions de pratiquer le détachement, vertu qui forge les âmes en les rapprochant du ciel. Elle n'a pas eu le temps de s'enraciner dans le milieu où elle travaillait et a toujours été disponible entre les mains de ses supérieures.*

Le texte se poursuit sur plusieurs pages, relatant les différentes étapes de vie de la religieuse, ses bonnes actions, sa généreuse participation à de nombreuses œuvres.

*Il y a cinquante ans, la vie d'une sœur était bien différente de celle d'aujourd'hui. Le terrible quotidien l'accaparait depuis les petites heures du jour jusqu'à la tombée de la nuit. À son réveil, à quatre heures trente, l'oraison et la messe étaient la première source de son dévouement et de son courage. On ne connaissait pas alors la coopération des employés salariés. Toute la besogne était accomplie par les sœurs, depuis le lavage des parquets de bois mou, la lessive sur la planche à laver, la cuisine sur le poêle à bois, les travaux de couture à la main, jusqu'aux soins des autres sœurs et des écoliers installés dans les locaux dépourvus du confort le plus élémentaire. Pas d'eau chaude dans les départements, pas de réchaud électrique, pas de frigidaire et, bien entendu, pas d'automobile pour les déplacements. Sœur Saint-Georges a traversé toutes ces épreuves et...*

Une écriture fine, un style enlevé, une notice bien rédigée : sur six pages, la voix de sœur Adèle ne bute jamais, marque les pauses aux bons endroits, infléchit là où il faut. Elle sourit de temps en temps, en regardant les convives qu'elle réussit à tenir attentifs. Lorsqu'elle lit les dernières lignes, un ronflement discret s'élève : sœur Saint-Georges s'est assoupie. Les applaudissements la réveillent brusquement. Elle se lève et salue, affichant toujours son sourire troublé.

Une fois les festivités terminées, aidée de deux novices, sœur Adèle lave et range les nombreux couverts. Après, malgré la fatigue qui alourdit ses jambes, elle devra faire la lessive pour blanchir les nappes et les linges de table.

— Non, non, laissez faire cela, lui dit la supérieure qui revient au réfectoire après avoir reconduit quelques invités. Les postulantes s'occuperont de ces tâches. Il fait bon encore à cette heure. Accompagnez-moi donc pour une promenade. Après ce copieux repas, j'en ai franchement besoin. J'ai bien peur d'avoir à payer mes quelques excès de table. Tout en prenant l'air frais, nous pourrons discourir de votre avenir. J'ai des projets pour vous.

Marcher, encore, après cette journée passée debout depuis les matines… Voulant toujours bien faire, sœur Adèle retire une fois de plus son tablier et, pour satisfaire sa supérieure, à qui elle doit obéissance, la suit.

Il est quatre heures. Un voile de nuages masque le soleil, mais une chaleur humide s'élève du sol. Par une fissure du pavé, plusieurs fourmis ailées émergent et s'envolent. Certaines retombent aussitôt, et c'est avec précaution qu'avance sœur Adèle. Chaque pas risque d'écraser des insectes. D'autres fourmis prennent de l'altitude mais, plus haut, dans un ballet agile d'ailes, les hirondelles en gobent allègrement avant de se percher sur les fils électriques. Leurs va-et-vient animent le ciel au-dessus de la rivière.

— Ma fille, lui dit la supérieure. Avez-vous pensé à faire des études pour obtenir, vous aussi, un diplôme en chant grégorien ? Vous pourriez devenir maître chantre ou directrice de chœur.

Dans quelques années, ces services nous seront bien utiles. Pour l'instant, je compte sur sœur Saint-Georges, mais elle ne pourra occuper ce poste très longtemps, j'en ai bien peur.

Sur le fil, les hirondelles gazouillent leurs petites discussions mystérieuses, se livrent à des échanges moqueurs sur la question de la mère. L'une part, une autre revient, et ainsi de suite. Sœur Adèle a une pensée pour son amie Irène. Elle s'en voudrait de prendre sa place. Le chant grégorien ne l'attire pas ; elle souhaiterait plutôt enseigner l'économie domestique, l'art culinaire ou encore les arts plastiques puisque là résident ses forces et ses talents. Avant de donner une réponse, elle demande un temps de réflexion.

— Nous avons du temps, chère enfant. Vous êtes bien jeune. Nous respecterons les étapes de votre cheminement. Tout d'abord, vous prononcerez vos vœux perpétuels.

Le lendemain, dimanche, pour une première fois, on entend sœur Saint-Georges à la chapelle interpréter le *Domine Jesu Christe*.

*Journal de sœur Saint-Léandre*

*Le 23 juillet 1950*

*Sœur Saint-Georges a dû décrocher son diplôme de chant grégorien dans une boîte de gruau ; elle n'entend rien en solfège, ni en théorie, ni à l'oreille. Ou bien sa mémoire a tout évacué. Et que dire de cette voix caverneuse ! Elle enterre celles des autres ; son souffle ferait concurrence à celui d'une baleine. Un séjour pour elle à l'Hôtel-Dieu n'est pas pour demain et le conseil conventuel a exigé qu'on lui attribue une fonction. Notre mère Saint-Viateur avait-elle déjà son idée derrière la tête ? Alléguant sa formation en chant grégorien, elle lui a accordé la direction de la chorale des religieuses. J'en ai les tympans égratignés. Oui, je préférerais être parfaitement sourde plutôt que de l'entendre. En plus, la rumeur court : à l'automne, elle dirigera également la chorale des couventines.*

*Vraiment, la fleur a rendu son parfum, le temps en a tiré tout le jus et la carrière de cette bonne sœur est derrière elle. Cependant, le conseil ne semble pas le voir ainsi.*

*Il n'y a pas plus sourde que celle qui ne veut pas entendre ni plus aveugle que celle qui ne veut pas voir.*

# 6

Le lundi suivant, Adam revient du bureau de poste avec une lettre qu'il a tournée en tous sens pour vérifier le sceau du timbre et la provenance. Il la remet à Irène avec une certaine appréhension.

— Ça vient des États.

Elle s'empare de la lettre en soupirant d'aise. Enfin, les nouvelles tant attendues ! Enfin, elle pourra quitter cet état transitoire si inconfortable, rejoindre ses parents, trouver un travail, découvrir un autre pays… Sans plus tarder, elle s'excuse auprès de sœur Marie-Paule et d'Adam pour aller lire, seule au salon. Sur l'enveloppe, elle reconnaît l'écriture appliquée de sa mère.

*Ma fille,*

*Quand j'ai reçu ta lettre, j'étais bien contente d'avoir de tes nouvelles, mais quand je l'ai lue, j'étais découragée. Ça aurait été mieux de ne pas m'écrire pour m'annoncer une affaire de même. Rappelle-toi donc, dans le temps, ton père et moi, on a fait beaucoup de sacrifices et on a pris une grande partie de nos économies pour te permettre de suivre de bonnes études. Quand Edgar a quitté la troupe, tu as décidé de renoncer au mariage et de rentrer chez les sœurs. On était tellement fiers, ton père et moi, de te voir prendre le voile. On avait notre religieuse dans la famille. Toutes les familles rêvent de ça. Pis là, tu nous annonces que tu défroques ! Je peux pas croire ! Il me semble que toutes ces années de pensage et de prières avaient enlevé tes derniers doutes. C'est bien assez de temps, non ? Qu'est-ce qui se passe dans ta tête ? Tu n'es sûrement pas une espèce d'étourdie comme on en voit tant dans la jeunesse. Ça me fait de la peine, ma fille. J'ai pleuré toute la nuit. C'est pas comme ça qu'on t'a éduquée.*

*En plus, ici, notre situation financière est plutôt fragile, les emplois sont un peu plus rares et les conditions de travail, plus dures. Mais je ne veux pas t'abandonner, même si tu as vingt ans, tu es toujours ma fille. On n'a pas beaucoup de place pour t'accueillir, mais on pourrait toujours arranger une couchette dans le salon de notre petit logement et espérer que tu trouves un emploi à l'usine. En attendant, tu pourrais demander à la communauté une rente viagère.*

*Quand même, je t'envoie un peu d'argent que j'ai pu mettre de côté sur mes gages. J'espère que cet argent pourra payer tes premières nécessités et le billet pour le voyage.*

*Ta mère*

De l'enveloppe glisse un billet de vingt dollars américains, durement gagnés, qu'Irène laisse tomber sur la table d'appoint. Vingt dollars pour repartir dans la vie. Elle va vers le grand miroir, se regarde sans concession. De la cuisine lui parviennent les bruits de chaudrons qu'on range. Au fond, elle aurait préféré recevoir un peu de compassion, voire de compréhension, et éviter cet implacable jugement. Soit ! La voilà au moins fixée. Elle va s'asseoir sur la causeuse. Elle pourra utiliser cet argent non pas pour se rendre aux États, mais pour mettre en branle un autre projet, celui qu'elle gardait secrètement en réserve. Il est temps de prendre en main son destin en cessant de vivre aux dépens des uns et des autres. Déjà, elle a passé plus de deux semaines à la ferme des sœurs.

D'abord, l'achat de nouveaux vêtements s'avère urgent.

Le lendemain, elle accompagne M. Gaudreault lorsqu'il se rend en ville. Elle passe chez Lessard & Frères où elle souhaite acheter un costume trois-pièces, une robe, de nouvelles chaussures, un chapeau et un manteau. Finalement, lorsqu'elle constate le prix exorbitant des vêtements, elle se contente d'un seul article, une fantaisie en fait : une jolie robe fleurie à manches courtes, au corsage ajusté et croisé en cache-cœur, avec une ceinture large qui met en valeur sa taille fine. La jupe évasée par plis couvre le genou et libère le mollet. Irène se demande si elle aura l'air aussi ravissante que le mannequin en vitrine. Devant le miroir de la salle d'essayage, elle se sent une autre personne et retrouve la jeune fille qu'elle était. Neuf dollars et quatre-vingt-quinze, une dépense exagérée, certes, mais pas lorsqu'il est question de séduire l'homme de sa vie. Le reste des vêtements, elle les trouvera à la Saint-Vincent-de-Paul.

Au magasin général, elle se procure des bas, de la cire à chaussures, du fard à joues, des produits féminins, de pharmacie et un bâton de rouge. Enfin, elle achète une mallette supplémentaire.

De retour à la ferme, elle rassemble ses quelques effets et prépare ses bagages.

— Tu pars ? s'informe Adam qui la voit passer, une malle à la main. Tu as reçu le OK de tes parents ?

Elle lui explique que les choses ne se déroulent pas comme elle l'avait prévu, qu'elle a pris une autre décision : elle s'en va à Escoumains.

— Escoumains ! C'est pas à côté !

— Peu importe. Je dois gagner ma vie. Je n'ai pas un sou qui m'honore. Ma mère m'a donné vingt dollars, mais j'en ai déjà dépensé une large part. Ici, aucune attache ne me retient plus. Je préfère m'éloigner.

— C'est fin pour moi ! se plaint gentiment Adam en lui donnant un petit coup de coude. Et comment tu t'en vas là-bas ?

Elle compte prendre l'autobus jusqu'à Tadoussac. De là, elle espère profiter de la navette qui passe les mercredis en fin d'après-midi pour se rendre jusqu'à Escoumains.

— J'ai un grand et dernier service à te demander, Adam. Pourras-tu, s'il te plaît, me déposer à la gare d'autobus, demain, pour onze heures?

Adam se pince les lèvres, fronce légèrement les sourcils, l'air perplexe et embarrassé.

Mal à l'aise, Irène regrette sa demande. Ces gens ne sont pas à son service et, demain, Adam a sans doute beaucoup de pain sur la planche. Ce dérangement, en plein milieu du jour, perturbera l'horaire.

— Je suis désolée et si égoïste de vous embêter, s'excuse-t-elle. J'appellerai un taxi.

— Mais non, voyons. Tu vas gaspiller le peu d'argent qui te reste. Après le taxi et le billet d'autobus, tu auras à peine de quoi manger. Je vais juste avertir le bonhomme Gaudreault. Une affaire de rien. Ça va me faire plaisir d'aller te porter à l'autobus.

Cette dernière phrase manque cruellement de sincérité, ce qui augmente le malaise d'Irène, puis Adam s'en va travailler aux champs.

En après-midi, il revient plus tôt qu'à son habitude et s'entretient à voix basse avec sœur Marie-Paule dans la cuisine d'été. Affairée au repassage dans la pièce voisine, Irène tend l'oreille, mais ne réussit à capter que quelques vagues mots. Au moment où elle traverse la cuisine sous un prétexte futile, Adam met fin à la conversation et la religieuse retourne à ses tâches. Irène ne va quand même pas jouer à l'espionne.

Le soir, elle écrit à sœur Saint-Léandre.

*Le 25 juillet 1950*

*Chère Sœur Saint-Léandre,*

*Mes parents ne veulent pas de moi aux États. Qu'à cela ne tienne, j'ai décidé de quitter le diocèse pour aller sur la Côte-Nord. Oser tout, comme vous me l'écriviez dernièrement. Une amie, Emma, à qui j'ai téléphoné, me recevra à bras ouverts. Je me rends là-bas dans une double intention : travailler et retrouver Maurice Pagé, un homme pour qui j'ai beaucoup d'affection. Il m'avait écrit après mon passage à Escoumains et avait fait preuve de bien bons sentiments pour ma personne. Ainsi, à cette époque, Dieu m'avait envoyé des signes que je n'ai pas voulu voir. M. Pagé me manifestait attention et respect. Avec prudence, j'apprendrai à mieux le connaître avant d'arrêter quelque décision.*

*Si ma mère a montré tant de réticences à m'accueillir, c'est un autre signe que Dieu m'envoie à travers elle : ma place n'est pas aux États-Unis.*

*Je prends le large, mais ne vous oublie pas. Je vous écrirai de là-bas dès que j'y serai installée. Comme je serai loin, je posterai mes lettres à la maison mère, mais sans indiquer l'adresse de retour sur l'enveloppe. Je préfère que la communauté ne sache pas où je me terre. Aussi, je compte sur votre discrétion pour me transmettre vos lettres sans passer par le bureau de la supérieure.*

*Vous avez toute ma gratitude. Vos mots m'ont éclairée une fois de plus. Force et confiance m'accompagnent grâce à vous.*

*Irène*

Une fois au lit, elle réfléchit à ce nouveau changement de cap, à la fois en paix et excitée par sa décision. Elle se souvient de la lettre dans laquelle Maurice Pagé lui disait être chargé de se rendre à Tadoussac, pour aller chercher passagers et marchandises destinées à Escoumains. Elle le retrouvera très probablement au bureau de poste, élégante et gaie dans sa belle robe fleurie, les cheveux torsadés de chaque côté de la tête, attachés par quelques épingles, à la mode du temps, et couronnés de l'élégant bibi marine, garni de plumes et d'une voilette, déniché à la Saint-Vincent, avec la paire de gants blancs à quatre boutons. Puisqu'il faut intégrer la société laïque, que ce soit avec bon goût. Elle s'est inspirée de la réclame vue dans le catalogue Dupuis & Frères.

Le lendemain matin, à six heures, quand elle entre dans la cuisine pour aider sœur Marie-Paule à préparer les déjeuners, ils sont tous déjà à table en train d'avaler œufs et rôties : tous, sauf Adam. Elle jette un regard à la fenêtre donnant sur la cour arrière : la voiture n'y est pas.

— Où est Adam ? s'inquiète-t-elle.

— Changement de programme, lui dit sœur Marie-Paule sur un ton intrigant.

Désarroi. Que s'est-il passé cette nuit ?

— Miséricorde ! Il s'est enfui, se désole Irène en s'assoyant à table.

— Pas du tout, la rassure la religieuse. Il est allé à la maison mère chercher des effets qui doivent être livrés ailleurs aujourd'hui. Il devrait revenir dans une heure. Hâtez-vous, ma fille, et préparez-vous pour votre voyage. Adam repartira avec vous vers huit heures.

— Vraiment ? Je ne voudrais pas imposer quoi que ce soit. Je…

Tout en beurrant généreusement sa rôtie, Émilien se permet un commentaire.

— Si jamais y revient pas à temps, moi, je pourrais bien y aller à sa place, vous reconduire, mademoiselle Irène. En tracteur, si y faut. Je mettrai vos bagages dans la charrette, pis vous pourrez vous asseoir sur l'aile. On aura du temps en masse.

Elle le remercie de cette gentille attention. Ils se montrent tous tellement charitables avec elle.

Elle prend place à table et, sans faim, réfléchit. Vers huit heures ? Elle arrivera bien trop tôt à la gare. Bon, elle ne doit tout de même pas se plaindre et bousculer tout autour d'elle pour sa petite personne. Elle en profitera pour lire, prier et se recueillir.

Sœur Marie-Paule dépose devant elle une copieuse assiette : deux œufs au miroir, rôties de pain de ménage, confiture et fromage.

— Le voyage sera long. Il vaut mieux avoir le ventre bien rempli.

Déjà énervée par la journée qui l'attend, elle avale ce qu'elle peut en s'excusant de son manque d'appétit. Vite, elle retourne à la maison principale pour se vêtir et se parer, mais ses mains, soudain maladroites, ne parviennent pas à tourner les cheveux en jolies torsades, et les pinces laissent échapper des mèches folles. Le rouge qu'elle applique avec difficulté dépasse de toutes parts et lui dessine une bouche de clown à la retraite. Elle s'y reprend à trois fois pour, finalement, tout nettoyer.

— Ma chère Irène, Adam est arrivé et vous attend, la hèle sœur Marie-Paule sur le pas de la porte d'entrée.

Tant pis, elle fera un nouvel essai à la gare. Elle enfile les gants et jette un cardigan sur ses épaules.

Elle retrouve Adam à la maison d'été, habillé proprement. Lorsqu'il la voit, il siffle allègrement en arrondissant les yeux, comme chamboulé.

— On s'en va aux noces, mademoiselle ? Tout un pétard !

Un peu intimidée par sa nouvelle apparence et par sa coiffure ratée, elle ne voit qu'ironie dans la remarque et répond naïvement :

— Tu fais bien de te moquer. Je n'ai pas l'habitude de me coiffer et de porter des colifichets. En plus, j'ai bien peur d'avoir épinglé le bibi à l'envers sur ma tête.

— Mais non, mais non ! Vous êtes trop belle, lance le vieux Léon. Trop belle pour lui, en té cas. C'est ça qu'y voulait dire, notre Adam. Vous allez vous faire voler.

Sœur Marie-Paule hoche la tête. M. Gaudreault transporte et charge les deux valises d'Irène dans la voiture déjà remplie de boîtes et de ballots. Il remet ensuite les clés à Adam. Avec un clin d'œil et un sourire en coin, il lui souhaite bonne chance.

Irène trouve bien étranges leurs manigances.

Pour la route, la bonne sœur a préparé des encas.

— C'est beaucoup trop. Il y en a pour quatre, s'étonne Irène.

— Non, non, vous verrez, insiste la sœur avec un rire coquin, rien ne se perdra. Je vous souhaite bien du bonheur là-bas, lui dit-elle en la serrant contre son cœur. Et du courage, aussi. Si jamais les choses ne tournent pas comme vous le désirez, promettez-moi de revenir nous voir.

Les au revoir et les chaleureux remerciements sont écourtés par l'impatience d'Adam. Fourmis dans les jambes et dans les doigts, il ne tient plus en place.

Irène s'installe dans le véhicule avec précaution pour ne pas salir sa robe neuve.

Étrangement, au lieu de se diriger vers la basse ville, Adam traverse le pont Sainte-Anne et, sur l'autre rive, tourne à droite, s'éloignant de plus en plus de la ville. Échaudée par les contraintes et revers de vie qu'elle a connus dernièrement, Irène craint un long détour et des incidents de parcours qui lui feraient rater l'autobus. Elle s'énerve.

— Mais où allons-nous ? Où dois-tu livrer toute cette marchandise entassée derrière ?

Il rit, fier de lui. Elle ne le trouve pas drôle.

— Ma belle, c'est toi que je vais livrer en premier. Nous allons à Escoumains !

Il désirait garder la surprise et s'était mis d'accord avec sœur Marie-Paule et les hommes engagés pour ne rien lui dévoiler jusqu'au moment du départ. On lui a donné le mandat d'aller livrer des volumes : Ancien Testament, Nouveau Testament, catéchismes en montagnais et aussi des machines à coudre, du tissu, des poupées et des jouets offerts par les écoliers d'Arvida en vue de la prochaine année scolaire des élèves de la Côte-Nord. Profitant de l'occasion, il a proposé de l'emmener pour lui éviter les frais d'un billet d'autobus.

Un poids immense glisse des épaules d'Irène. C'est en effet une belle économie d'argent. Doit-elle offrir un petit dédommagement ?

— Combien je te devrai ?

— Rien pantoute ! On va passer les deux ou trois prochaines heures ensemble, ajoute-t-il. C'est la communauté qui paye. On aura même du temps pour pique-niquer quelque part.

Sur ses genoux, Irène tient encore le sac de victuailles que lui a remis sœur Marie-Paule. Voilà donc pourquoi elle a mis tant de nourriture. Un pique-nique en tête à tête avec ce jeune fringant, est-ce bienséant ? Pourvu qu'il se comporte correctement.

Il conduit avec assurance, tenant souvent le volant d'une seule main, commentant le paysage, les falaises le long du fjord, les rochers exondés à marée basse. Irène se détend peu à peu, trouvant plutôt agréable cette idée d'un petit voyage en auto au cours duquel, entre berges et falaises, elle pourra se laisser aller à ses réflexions et à la rêverie.

— En vérité, explique-t-il, c'était mon idée. Sœur Marie-Poule m'avait parlé de ces trucs à transporter sur la Côte. Je me suis dit : faisons d'une pierre deux coups ! Comme ça, on fera plus d'heureux. Au moins une, j'espère.

Oui, une heureuse ! Elle regarde passer les goélands dans le ciel et pense à Maurice qu'elle retrouvera très bientôt, à sa belle élocution, ses manières raffinées, son extrême gentillesse, ses mains de menuisier… Après quatre ans, aura-t-il changé ? Elle a si hâte de le revoir, d'échanger avec lui sur la nature humaine et la société, de lui raconter les déboires des derniers mois, de lui expliquer son parcours. Il sera fier d'elle et ils parleront d'avenir…

— Tu sais, j'ai fait un maudit changement de cap : boutte pour boutte, confie Adam. Avant, j'ai trempé dans des affaires louches, prêt à me battre à la moindre étincelle. J'avais la mèche courte, comme on dit. Mais là, depuis que je travaille à la ferme, je suis pas mal plus calme. Je veux me refaire une vie, une belle vie, avec une femme pis une petite maison.

Irène se voit, elle aussi, dans sa nouvelle vie, paisible et sereine. Elle pourra, sans crainte des ragots, marcher le long du fleuve au bras de Maurice. Elle enseignera une année ou deux, puis ils pourront se marier. Tout le reste sera derrière. Elle imagine la nuit de noces avec un peu d'appréhension : devra-t-elle se dévêtir complètement ? Elle en parlera à Emma en temps et lieu. Pour l'instant, la seule idée de poser sa tête sur l'épaule de Maurice la comble.

Ils traversent le village de Saint-Fulgence et son Anse-aux-Foins, avec les longues herbes qui se balancent sur les battures. L'eau du Saguenay scintille sous le soleil.

— J'ai connu des filles, c'est certain, des créatures pas mal délurées, mais rien que des amourettes de passage.

Du coin de l'œil, il guette sa réaction. Irène ne dit rien, ne laisse rien entendre. Elle semble attendre la suite, attentive à la fois au paysage et aux propos de son compagnon de route.

— J'ai fait les quatre cents coups et tu dois bien te demander si un gars comme moi pourrait, disons… s'intéresser à une fille toute raffinée, bien éduquée, à des années-lumière de lui. Ça te paraîtrait bizarre, hein ?

— Hum, hum.

— Mais j'en connais pas, des filles comme ça. J'ai de l'argent. Oui. Dans les mines, j'ai amassé une belle somme. Bien placée. Mais avant de pouvoir y toucher, faut attendre que la police régularise mes papiers. C'est un peu compliqué et je veux pas t'embêter avec ça, mais…

Il parle, il parle pendant que l'auto file vers Sacré-Cœur-de-Jésus. Elle n'entend plus que le ronron de cette voix feutrée, mêlé à celui du moteur et, victime de ses dernières nuits écourtées, penche la tête vers la portière et s'endort.

Elle court dans un long couloir que jalonnent de nombreuses portes fermées. Sa robe noire entrave ses pas et la ralentit. Pourtant, elle doit faire vite : le cours de solfège n'est pas prêt et commence dans cinq minutes. La chorale doit chanter un *Ave* et les partitions qu'elle tient dans les mains ne sont pas les bonnes. Au bout du corridor, elle gravit un escalier sans fin, soudain coupé en deux. Elle cherche comment atteindre l'autre section en s'accrochant à la rampe et laisse tomber le papier à musique. Les marches se dérobent sous elle et, les pieds au-dessus du vide, elle ne voit plus que les feuilles tournoyer, s'envoler, s'éparpiller en bas. Où est la chorale? Puis, une voix d'homme l'appelle.

— Eh! Tu vas pas dormir tout le long. Tu parles d'une compagnie ennuyante!

Un peu perdue, le chapeau de travers, elle reprend ses esprits et s'excuse. Depuis les dernières semaines, le sommeil lui a fait souvent faux bond.

— On vient de passer Grandes-Bergeronnes. Tiens, pour te réveiller, tu vas prendre la roue.

Cette idée l'affole, car elle n'a jamais conduit sur la grande route.

— Je te l'ai déjà dit: si tu veux dépendre de personne, il faut que tu saches conduire. Tu trouveras ça ben utile, sur la Côte.

À regret, elle consent et, lors d'un court arrêt sur l'accotement, ils permutent leurs positions.

— C'est parti, mademoiselle Laforest. À vous la liberté!

Le visage crispé, les deux mains tendues, elle roule lentement au début, puis prend de l'assurance et accélère doucement. C'est une route facile, au fond, et il y passe très peu de voitures. Suivant les côtes et les courbes, Adam lui annonce les manœuvres à faire, les changements de vitesse, les ralentissements. Au lieu de maugréer quand elle fait des erreurs – et elle en fait souvent qui font gripper l'embrayage –, il l'encourage et la félicite pour un virage bien exécuté ou quand elle débraye au bon moment.

Dans une courbe prononcée s'en vient, en sens inverse, un camion roulant à bonne vitesse. Les gants blancs serrent le volant plus fort, la sueur mouille le dos de la robe, la salive déserte la bouche d'Irène et, au lieu de décélérer, elle appuie sur la mauvaise pédale. L'accélération et la force centrifuge déportent la wagonnette. Irène perd le contrôle et crie. Le gravier vole, la voiture est emportée vers le fossé et, avant de s'arrêter, penche dangereusement puis complètement sur le côté du passager. Affolée, Irène glisse sur la banquette et se retrouve sur le flanc d'Adam.

— Est-ce que ça va ? T'es-tu fait mal ? lui demande-t-il.

Sous elle, il bouge, dégage l'une de ses mains et se frotte la tête.

— Pas besoin d'une pareille cascade pour satisfaire ton envie de te serrer contre moi. T'as bien choisi ton endroit, en tout cas : y passe pas un chat par cette route perdue.

Elle tente de remonter vers le siège du conducteur, mais la gravité l'en empêche.

— Drôle de position pour faire du *parking*, continue-t-il. Jamais essayé sur le côté…

— Oh ! Cesse donc tes allusions égrillardes !

Les pensées, comme les jupes, sens dessus dessous, elle tente de regagner sa place. Comment pourront-ils se dépêtrer de cette mauvaise posture ? Mauvaise posture engendrée par sa faute et son inexpérience. Comme elle s'en veut d'avoir accepté de conduire !

— Voyons, lui dit Adam. J'essaie juste de te faire rire. On n'est pas morts, on n'a rien de cassé, le char a l'air correct. C'est juste drôle de me voir de même, pris en sandwich entre la porte et ton beau petit corps.

Voilà qu'elle pleure.

Il est écrasé sous le chagrin.

— Bon, le *fun* commence.

Elle craint qu'il profite de la situation pour lui faire des attouchements, mais au contraire il prend garde de commettre un geste déplacé et lui donne des instructions précises.

— Faut que tu sortes en premier. Lève-toi tranquillement. Mets-toi debout. Aïe ! Attention de pas me marcher dessus avec tes talons. Ôte tes souliers pour agir plus librement. Coupe le contact. Ouvre la vitre, en haut. Après, je vais te pousser.

Le bibi est tombé quelque part. Dans ses contorsions, la robe ajustée s'est déchirée au flanc et fait jour, découvrant la peau.

— Accroche-toi au volant, tire.

Pour la pousser, où va-t-il mettre ses mains ? Sûrement les balader sous sa jupe, lui toucher le derrière. Maintenant, elle a bien plus peur de lui que de l'embardée. La panique lui donne encore plus chaud. Ses aisselles suintent.

Une fois qu'elle a réussi à ouvrir la vitre côté conducteur, elle sort la tête dehors. Des herbes, des broussailles, des cailloux. D'un côté de la rue, une falaise de roc, de l'autre, un boisé au-delà duquel s'étire le fleuve.

Elle passe les bras hors de l'habitacle et appelle au secours.

Personne.

Tout délicatement, Adam procède aux manœuvres pour lui permettre de s'extirper par la fenêtre, sans toucher vicieux, sans profiter de la situation. Il se place d'abord à genoux, puis demande à Irène de mettre les pieds sur ses épaules. Ensuite, il se redresse doucement pour qu'elle se hisse au-dehors.

— Accroche-toi au cadre pour t'aider.

D'une seule main, elle attrape le rebord nickelé, mais, de l'autre, elle s'obstine à retenir sa jupe pour la serrer contre ses cuisses. En plus, elle colle ses genoux ensemble, écrasant la tête d'Adam entre ses mollets.

— Mais qu'est-ce que tu fais ? Tu m'aplatis les oreilles ! Lâche tes jupons pis desserre les cuisses !

— Je crains que tu lèves les yeux pour regarder en dessous, pour voir ma modestie.

Il pouffe.

— Voyons donc ! Comme si je pensais rien qu'à ça : voir tes petites culottes pis ton trou du péché ! Arrête de faire ta sainte-nitouche, sinon on s'en sortira jamais.

— Alors, promets de fermer les yeux.

Il promet en soupirant de découragement. Qu'en saura-t-elle ?

Une fois la taille passée, il ne reste plus à Irène qu'à s'asseoir sur la portière, à pivoter et à sauter en bas de la carrosserie. Sa robe toute tachée fait pitié à voir.

À son tour, en sueur, Adam s'extirpe de la voiture et lui remet son bibi et ses escarpins.

— Eh ! On ferait un fameux numéro, dans un cirque !

Irène le fusille du regard et le bombarde de questions. Combien de temps faudra-t-il attendre avant d'avoir du secours ? À quelle distance se trouve le village le plus proche ?

— Je vais marcher jusqu'à la prochaine maison, propose-t-elle. Il doit bien y avoir un fermier qui pourra nous tirer de là.

Il fait non de la tête.

— Tu iras pas loin, avec tes souliers à talons, et pis tout à coup qu'un mauvais type t'attaque. Si quelqu'un marche, ce sera moi.

Par contre, s'il la laisse seule près de la voiture et qu'un individu mal intentionné passe…

— J'ai fait une promesse : aller te reconduire à Escoumains. Je vais aller jusque-là sans t'abandonner à ton sort.

Alors qu'ils discutent sur la chaussée, un bruit de moteur les interrompt. Le conducteur du camion croisé quelques minutes plus tôt a fait demi-tour et s'arrête près d'eux. Il sort, tout énervé : un grand et gros gaillard bientôt soulagé de voir que les deux occupants n'ont rien.

— J'ai vu l'auto prendre le clos, dans mon miroir. Y a fallu que je trouve une place pour me r'virer. Je m'en vas vous *tower*. J'ai ce qu'y faut.

Le camionneur sait s'y prendre. Adam l'aide de son mieux mais, surtout, il observe et pose des questions. Irène constate chez lui une nature curieuse de tout, un esprit pratique capable d'apprécier la belle musique. Une demi-heure plus tard, la wagonnette est retombée sur ses roues, sans bris majeur, mis à part quelques égratignures sur la portière et sur l'aile. Quant aux inquiétudes d'Irène, elles quittent son cœur et s'envolent au large.

— On vous doit quelque chose ? demande Irène.

— Ben voyons donc ! Chauffez prudemment. Faut que je reparte, mon *boss* aime pas trop les retards…

Irène consent à se remettre en route à condition de ne pas toucher le volant.

— Oh non! lui dit Adam. Tu reprends la roue. Dans' vie, si tu te pètes la gueule une fois, tu recommences. Même affaire : tu tapoches la joue droite, pis si le gars tombe pas, tu tapes sur la joue gauche. Si tu refuses de conduire drette là, tu vas rester marquée pis tu vas toujours avoir peur après. Ça va être pire. Ça fait que tu t'installes, pis tu nous mènes à bon port.

Il reste debout sur la chaussée, les bras croisés, et attend. Elle n'a pas le choix, d'autant qu'elle brûle d'impatience de retrouver Maurice. À contrecœur, jugeant qu'Adam mentionne néanmoins un bon point, elle ouvre la portière et s'assoit du côté conducteur.

Il est près de midi lorsqu'ils atteignent le chemin du Cap-de-Bon-Désir. Adam lui demande de bifurquer et d'emprunter cette route pour faire un pique-nique sur les grands rochers plats surplombant le fleuve. Pour le confort de sa compagne de voyage, il étend sa veste sur le roc, au pied du phare.

Leur émoi semble passé. Ils en riraient presque. L'air environnant fait le reste. Vent doux, flots berceurs, nuages effilochés : l'ambiance favorise déjà la rêverie d'Irène. Pourvu qu'à Escoumains elle puisse profiter de pareils moments avec Maurice, qu'elle ne peut imaginer autrement qu'en profond romantique.

Elle s'installe et ouvre le sac de provisions qui a un peu souffert de l'embardée. Elle en sort des sandwiches malmenés et des gâteaux qui se prennent pour des galettes. Tout de même, ils mangent avec appétit.

— Dans moins d'une demi-heure, ce sera fini.

Irène pousse un gros soupir de soulagement. Elle va enfin arriver à destination. L'excitation la gagne, son cœur bat plus vite. Cependant, sa tenue est dans un tel état ! Dire qu'au matin elle se voulait coquette. Si cette demi-heure peut passer. Elle ira d'abord chez Emma et pourra s'arranger un peu avant d'aller voir Maurice. Emma l'accompagnera. Ce sera plus convenable.

De son côté, Adam semble plus taciturne. Il observe au loin, à la recherche de quelque souffle de baleines. Il a l'air de retenir des paroles qui lui coûteront si elles franchissent ses lèvres. Il s'efforce de sourire en la regardant bien franc dans les yeux :

— Quand je t'aurai déposée en ville, on se reverra peut-être plus. Tu m'écriras, hein ? Tu me donneras ton adresse. Je vais te répondre, c'est certain, mais faudra que tu excuses mes fautes. Je peux revenir te chercher quand tu veux. Je vais m'arranger avec Marie-Poule pis le bonhomme Gaudreault. Ils sont toujours obligeants. Ou bien, si t'as besoin d'autre chose…

Elle secoue la tête et sourit à son tour. Quel jeune homme avenant, finalement ! Il s'est montré, au cours des derniers jours et de ce court voyage, bon protecteur, un gars de confiance, plein de bonne volonté. À ce moment seulement, elle se décide à parler :

— J'ai une confidence à te faire.

Il se redresse, dépose son sandwich et l'examine attentivement, attendant sa déclaration.

— C'est au sujet de ta famille.

Elle lui raconte comment toutes les recherches faites au cours de l'année dans le but de le retrouver étaient pour rendre service à une couventine du nom de Flora Blackburn. En entendant ce nom, Adam la fixe avec curiosité, silencieux.

— Oui, oui, ta petite sœur fréquente le couvent Notre-Dame.

Elle surveille sa réaction. Il inspire profondément, retient son souffle de longues secondes, au cours desquelles ses yeux se troublent d'un voile de perplexité, au seuil de la surprise. Une bande d'oiseaux marins passe au large en leur criant d'ancestrales vérités que ni l'un ni l'autre ne saisit. Les oiseaux glissent sur l'air, moqueurs.

— Flora ? T'es ben certaine ? Elle est pas morte dans le feu ?

Irène secoue la tête. Adam se gratte le bord des lèvres, il hésite, semble vouloir se lever ; ses yeux disent une réflexion urgente et sans objet.

— Ah ben ! Flora ! T'es sûre ? Sûre, sûre ? Pas possible !

Quand Irène raconte les détails rapportés par Flora, tous les espoirs que chérit cette fillette pour retrouver son grand frère, et qu'elle évoque le fameux projet du Circus Julius, il hoche la tête en soupirant.

— Ma petite fleur… Elle est en vie. Ça lui fait quel âge ?

— Dix ans.

Irène détourne les yeux, laisse à son ami le temps de recevoir cette nouvelle, puis reprend :

— Avant de quitter le couvent en juin, je lui ai remis une lettre lui expliquant comment elle pourrait te joindre. Pour des raisons… Enfin… elle s'était fâchée contre moi, quelques jours avant, et je crois bien qu'elle s'est débarrassée de la lettre sans la lire. Elle a un fichu caractère, laisse-moi te le dire. Je l'adore. Je sais qu'elle m'en veut.

Adam l'écoute sans un mot. La surprise initiale fait tranquillement place à l'inquiétude, croit Irène, puis à la joie. Sans rien dire, d'un signe de tête, il la presse de continuer l'histoire.

— Je n'ai pas pu la revoir avant la fin des classes et probablement qu'elle ne sait pas encore où tu es. L'agent Poitras m'a demandé la plus complète discrétion, d'attendre avant de renouer les liens entre elle et toi, mais j'en ai assez de ne faire les choses qu'à moitié. Ça fait presque deux ans que j'ai commencé mes recherches pour te retrouver.

— En quelle année elle est ?

— En troisième, mais je te jure qu'elle chante et joue déjà du piano comme une virtuose. L'été, elle séjourne chez Blanche et Pitre Blackburn, nommés tuteurs, pour l'instant. Peut-être pourrais-tu aller la visiter, lors d'un prochain congé ?

Il avale une gorgée d'eau et passe le revers de la main sur sa bouche, l'air très embêté. Il regarde par terre, la surface des rochers, en se frottant la barbe, perdu dans ses réflexions.

— J'aimerais ça. J'aimerais beaucoup ça, mais je peux pas, Irène.

Elle hausse les épaules en élevant un peu ses paumes ouvertes, pleines de pourquoi.

Il explique sa situation. Il a dû changer, tout changer, pas seulement son apparence : ses cheveux plus longs, cette barbe lui couvrant presque le tiers du visage, ses vêtements, son nom aussi, son identité, toute sa vie, en somme. Pour l'instant, en aucun cas il ne doit reprendre contact avec qui que ce soit de sa famille, de son passé, ni à Petit-Ruisseau, ni à Saint-Alexis, ni à Sainte-Anne. Un trait douloureux a été tiré. Il doit obéir à des consignes plus claires que celles d'un contrat de notaire.

Que c'est bête ! Quelle ironie du sort ! En septembre, le frère et la sœur seront à quelques milles de distance et ils ne pourront pas se parler, pas même se reconnaître ! On se croirait en pleine tragédie. Il doit bien y avoir une façon de contourner ces directives, de jouer le jeu, comme au théâtre.

— Flora ira à la ferme, cet automne, avec sa classe pour la récolte des patates. Tu pourras sûrement l'identifier parmi les autres.

— Elle est comment? J'ai presque oublié son visage, depuis le temps.

— Des cheveux châtains, avec des reflets roux. Très raides, à son grand désespoir, parce qu'il n'y a pas un boudin qui tient sur cette tête-là. Un joli minois, le nez un peu retroussé, quelques petites taches de rousseur sur les joues et le nez. Elle est toute menue et son visage blême fait ressortir encore plus ses lèvres épaisses et rouges. Elle est charmante.

Adam soupire, troublé, les yeux dans l'eau. Il n'a plus le goût de plaisanter.

— C'est quand même une bonne nouvelle, non? lui suggère Irène, qui ne sait plus si elle doit étreindre cette détresse de bourru fragile dans ses bras.

— Bien sûr que je vais la reconnaître. Pour le reste, je vais faire semblant, comme d'habitude. «Rester discret, ne pas brouiller l'eau, pour assurer la sécurité de ton monde...» Poitras n'arrête pas de me le répéter. Sinon... Je veux pas qu'il arrive du mal à Flora. À toi non plus. Tu en sais déjà pas mal trop.

Il pousse un peu les restes du repas et amorce un mouvement vers elle, s'approche et se penche.

— Oui, ramassons tout cela, dit-elle en se relevant. Il est grand temps d'y aller.

Sur le dernier tronçon de route, plus un mot. C'est à croire qu'il a perdu sa langue, son bon désir, sa ferme assurance aussi.

Assise du côté passager maintenant, Irène contemple l'immensité du fleuve et se sent soulagée. Elle a complété une délicate mission : retrouver Julien Blackburn, alias Adam Duverger, et le mettre enfin au courant de l'existence de sa petite sœur.

# 7

Dès le lendemain, Adam est mandaté pour nettoyer la fournaise de la maison rouge. Son retour d'Escoumains, la veille au soir, lui a laissé un goût amer et une triste humeur.

De la wagonnette stationnée à l'extrémité est du complexe, près de l'édifice de briques ocre sur lequel tape le soleil du matin, il décharge sans ménagement son vaste coffre à outils – brosses d'acier, torchons, seaux – et marche les bras chargés de ce matériel. Le plus lourd dans tout ça, ce sont ses pensées, la valse des êtres qui tournent en son âme : Irène et Flora, Flora et le Grand Black, Irène et un jeune homme au visage indistinct.

Au moment où il dépose son attirail devant la porte d'entrée, il entend piailler et cancaner derrière le bâtiment. Intrigué, il délaisse ses affaires et tourne le coin pour découvrir une grande robe noire, à quatre pattes par terre, en train de touiller avec un bâton à travers le grillage qui recouvre la margelle. Derrière, à distance raisonnable, une cane affolée cherche à défendre six ou sept canetons regroupés près d'elle. L'oiseau sauvage ose quelques pas et pointe, de temps en temps, son bec criard vers la religieuse accroupie. Tiraillée par son solide instinct maternel, la pauvre bête tente de protéger sa couvée qu'elle ne veut pas abandonner trop longtemps, pendant que la religieuse s'acharne au-dessus de la grille. Adam s'approche et veut comprendre.

— Hé ! Qu'est-ce que vous faites là ?

La sœur sursaute et se redresse, bâton à la main, pour regarder rapidement vers Adam. Sous le serre-tête, il aperçoit un nez crochu un peu décentré, comme il en a vu chez certains boxeurs, des cicatrices sur les joues, des taches, des lèvres fendillées… De quoi effrayer cane, canetons et toute la faune ailée. Quel accident, quelle brute a pu défigurer cette religieuse de la sorte? Elle laisse tomber son bout de bois, porte une main à sa tempe et s'enfuit à grandes enjambées vers le boisé.

Malgré les menaces constantes de la cane, Adam franchit l'espace qui le sépare de la margelle grillagée et s'y penche à son tour. Au fond, un caneton sautille en hurlant sa détresse. La cane se tient un peu en retrait, sans interrompre ses appels. Adam se précipite vers la porte d'entrée où il récupère, dans le coffre à outils, un pied-de-biche.

Il le devine sans peine : à l'orée des bois, cachée dans le fourré, la laideronne l'observe.

Il s'agenouille près de la bordure de tôle et, après quelques manœuvres aux points stratégiques du cadrage, la grille cède. Il la retire et, plongeant tête première vers la cavité, d'une main alerte mais douce, il attrape le petit prisonnier dont le cœur s'active au rythme des battements d'ailes d'une mouche. Une boule de chaleur et de peur, un paquet duveteux, si léger, si doux, si terrifié. La cane donne un coup de bec sur le mollet d'Adam et, sans se faire prier davantage, ce dernier dépose devant elle le rejeton qui s'égosille.

— Allez, va trouver les tiens. Moi, j'ai même pas c'te chance-là.

Sans doute s'agit-il de canards sauvages qui ont niché dans l'étang formé au printemps par la fonte des neiges et par les fortes pluies, pas très loin derrière le bâtiment.

La petite famille s'éloigne en se dandinant, sans témoigner de reconnaissance, sous le regard attendri d'Adam. Malgré cette mésaventure, les canetons les plus audacieux n'hésitent pas à s'éparpiller un peu, curieux de tout et de n'importe quoi, vite rappelés par les cris tapageurs de la mère.

Adam se retourne vers la limite du boisé : plus personne.

Après avoir replacé la grille et récupéré les outils, il descend au sous-sol de la maison rouge, où il entreprend son travail à la chambre des fournaises. Au fil du temps, la chaudière, obstruée par la rouille et par d'autres particules, avale et rend de travers. Pour l'avoir déjà fait dans les mines, il connaît les étapes à suivre pour désengorger l'appareil. Tout d'abord, il laisse la porte extérieure grande ouverte afin d'avoir une meilleure lumière. La chaleur ambiante de la salle le surprend. Il enlève sa chemise et ne conserve que sa camisole de jersey, sans manches. Avant d'abandonner sa chemise sur un clou, il prend une cigarette dans la poche et la place sur son oreille.

Il éteint d'abord le brûleur et coupe l'alimentation en eau pour laisser refroidir les conduites. Il dévisse ensuite la vanne de vidange et, perdu dans ses pensées, regarde l'eau rousse couler dans le seau. Un filet rouillé comme ses jours, menacés par l'immobilité. Combien de temps faudrait-il avant que décantent les débris et que redevienne clair tout le reste ?

Le seau sera bientôt plein et il devra en changer. Du cambouis apparaît soudain ; il faudra vidanger tout le système : une manœuvre exigeant des heures de travail pour un seul homme. Qu'importe ! Pour éviter une explosion et un incendie, il passera le temps nécessaire à un nettoyage impeccable et à un rinçage parfait. S'il fallait que ce couvent brûle par sa propre négligence... Et Flora. Sa famille compte déjà trop de Jeanne d'Arc au bûcher.

Des pas glissent jusqu'à lui et des souliers démesurés s'arrêtent à quelques pieds de la chaudière. Levant les yeux, il reconnaît la vieille religieuse qui tentait, quelques minutes auparavant, de déloger le caneton en mauvaise posture. Cette fois, pour ne pas l'épouvanter, elle a couvert son visage d'un carré de tissu translucide. Sur une petite ardoise qu'elle lui tend, il lit un simple *Merci*.

Il hausse les épaules et lui demande pourquoi.

D'une main, elle touche ses oreilles puis sa bouche en secouant la tête de gauche à droite. Sourde et muette, comprend-il. Pourtant, n'a-t-elle pas sursauté, tout à l'heure, lorsqu'il a crié un : « Hé ! » Aurait-elle perçu une vibration dans l'air ? Sans doute est-elle dotée de ce sixième sens dont sont pourvues certaines personnes ainsi handicapées.

Il saisit l'ardoise, efface du revers de la main son mot et écrit à son tour : *Pourquoi merci ? Je fais juste mon travail.* Ce à quoi elle répond en écrivant très vite sur le tableau : *Le caneton. J'étais incapable de le sauver.*

— De rien, dit-il très fort en exagérant les mouvements de sa bouche, espérant qu'elle pourra mieux comprendre ou lire sur ses lèvres.

Elle s'apprête à tourner les talons lorsqu'il la retient doucement par le bras. Elle a un brusque mouvement de recul. Il reprend l'ardoise : *J'aurais besoin de vous.* Avec de nombreux gestes, il lui demande de rester un peu avec lui, le temps que la vidange soit terminée. Il tire à elle une caisse vide qu'il prend soin de retourner et lui fait signe de s'asseoir dessus. Tant bien que mal, il s'explique en gestes et en simagrées accompagnés de quelques grognements : il n'arrivera pas à tout faire seul à cause des nombreuses manettes pour régler la pression, des robinets, des soupapes et du transport des seaux. Elle hoche la tête, la pantomime semble claire, elle veut bien. Il lui confie la surveillance du remplissage des récipients. Elle devra donner deux petits coups de marteau sur le réservoir pour l'aviser lorsqu'il sera plein. Pendant ce temps, il s'affairera aux différents radiateurs.

Une sourde pour compagne de travail, une oreille vide à remplir de ses états d'âme et de la rouille du cœur, une écoute passive qui ne le jugera pas. *Ça a du bon,* pense Adam. C'est complètement loufoque, mais il y a des gens, paraît-il, qui payent cher pour se confier à des psychologues. Il en profite pour déverser tout haut une amertume caustique tandis qu'il vaque aux différentes tâches.

— Si vous saviez ce qui m'est arrivé, hier ! Écoutez-moi bien, ma bonne vieille, vous en croirez pas vos oreilles.

Il lui lance un large sourire teinté d'ironie. Il rit et gesticule. La sœur le fixe intensément, comme si elle observait un macaque donner un cours de rhétorique.

— T'aimes une fille, ton cœur fond juste d'y penser, elle t'ignore ! T'organises un délicieux pique-nique, dans le plus bel endroit, et tu y vas de ta sérénade, mais elle t'écoute pas. Je l'ai là, rien qu'à moi, avec moi, assise tout près de moi, devant l'immensité du fleuve. Le moment parfait !

Sœur Saint-Léandre regarde s'activer le singe-enseignant, attentive à cette leçon sur les amours de paille.

— En plus, j'ai tout fait, *tout*, pendant les derniers jours, pour être correct avec elle. Vous, vous êtes sourde et muette, eh bien, elle, elle est aveugle. Mais elle est sourde aussi, à sa façon : elle veut rien entendre. Elle était là, installée sur ma veste, tellement belle pis appétissante, un vrai pique-nique pour les yeux, et de sa voix douce, elle dit qu'elle veut me faire un aveu. Ça faisait longtemps que j'espérais une déclaration. Pauvre épais ! Elle m'a parlé d'autre chose qui m'a chamboulé le cœur, quand même. J'ai encore une petite sœur qui étudie ici, au couvent. Flora Blackburn, vous la connaissez peut-être. Une rouquine de dix ans.

Il s'arrête, la dévisage avec intensité.

— Ben non ! Vous pouvez pas savoir de qui je parle ni le nom de toutes les couventines…

Il ouvre la valve d'un deuxième radiateur pour saigner les tuyaux. Le sifflement strident lui indique que ça fonctionne.

— Même si je vous le criais dans le tuyau de l'oreille, vous pourriez pas comprendre. Toujours que... la belle Irène, pour ne pas la nommer, était tellement pressée de partir. Je lui demande pourquoi elle avait à ce point hâte d'arriver à Escoumains. Pour voir l'usine, l'école, l'église ? Mes questions ont eu l'air de l'agacer. Elle m'avait donné toutes sortes de bonnes raisons justifiant son voyage, en retenant la *vraie* raison. Elle devait avoir la conscience tourmentée. Je sais pas... Une coquille fermée sur sa perle. Sa perle, elle voulait la garder pour elle toute seule, de peur de la salir si elle la montrait au grand jour. Mais elle a fini par cracher le morceau, peut-être pour avoir la paix, peut-être pour être franche et honnête, finalement, peut-être pour que j'arrête de l'embêter.

Deux petits coups de marteau résonnent sur le réservoir, il est temps de vider l'eau souillée. Il transporte et déverse dehors le liquide brun-rouge, revient, remet le seau en place sous la valve.

— Non. C'était pas pour voir l'église, mais quelqu'un. En premier, j'ai pensé que c'était son amie Emma. Elle s'est levée pour ramasser les restes pis les trucs du pique-nique. Moi, toujours assis sur la roche, je l'ai invitée à reprendre sa place à côté de moi. Je voulais qu'elle me parle de son amie, de ses intentions... Elle se dépêchait, toujours debout, à remettre dans le sac les plats, les bouteilles... Ben non, c'était pas Emma qu'elle cherchait à revoir, c'était un gars. Un gars qui serait ben content, lui aussi, de la retrouver. Vlan ! Crisse, ma sœur, excusez-moi, mais j'ai fait ni une ni deux, je suis retombé sur mes bottes, j'ai repris ma veste pis les clés du char et, rien que sur une pinotte, on s'en est allés à Escoumains. « Ne laissons pas les amoureux soupirer plus longtemps », que je lui ai dit. Après, je me la suis fermée, mais j'étais en tab...

Il ne sait plus s'il s'adresse aux conduites bouchées de la religieuse ou à celles de la fournaise, mais il continue, pour lui-même, à narrer sa déconvenue. Ça sort tout de travers en lui procurant un bien-être apaisant.

À deux heures de l'après-midi, il avait déposé Irène au village d'Escoumains, devant une maison charmante, au toit de bardeaux et aux murs de bois peints en blanc : la maison d'Emma. Celle-ci était sortie sur le perron pour les accueillir, un enfant dans les bras, un dans ses jupes et un autre dans le ventre, un large sourire aux lèvres et des mots de bienvenue. Les présentations faites, Emma s'était empressée de les inviter à prendre un thé et quelques pâtisseries. Adam avait décliné l'offre poliment, prétextant qu'il devait faire ses livraisons au couvent et au presbytère de la place, pour repartir vers la ferme des sœurs aussitôt après. Irène l'avait remercié chaleureusement, certes, mais sans tenter de le retenir outre mesure.

— J'ai jamais ressenti un pareil sentiment pour une jeunesse. Une belle personne, une fameuse occasion de perdue, la meilleure, je pense. J'ai été bête de croire que ça pouvait marcher. Vous me direz qu'on était sur deux planètes aux antipodes de la galaxie, mais je vous assure, même si je vais pas souvent à la messe, je prierais tous les soirs, tous les saints du ciel pour elle. Faut-y être assez fou ! Oui, il est ben chanceux, celui qu'elle est allée retrouver. Il me reste plus qu'à lui souhaiter ben du bonheur.

La purge terminée, il rouvre les robinets pour remplir la tuyauterie et le réservoir de la fournaise.

— Ça m'a fait du bien de vous parler.

Puis, il ajoute sur un ton moqueur qu'il tourne surtout contre lui-même :

— Pis merci ben gros pour vos précieux conseils. Récite deux chapelets, rentre chez les frères, pis fais-toi un nœud dedans. Et souriez à la vie : Dieu vous aime ! Vous voyez, je prends ça avec humour. Me suis pas fâché, pas de colère, j'ai pas pris un coup. Je m'amende en masse. Je voudrais surtout pas devenir comme le bonhomme, le beau Joseph-Albert Blackburn. Le Grand Black. Ouais ! Il a tellement battu ma mère, si vous saviez ! Si j'ai une femme, un jour, je la traiterai comme une princesse, je la battrai jamais, même pas avec une rose.

Soudain, la sœur laisse tomber le marteau et s'immobilise un instant, comme si elle avait une absence. Adam hésite. Il se demande si elle va s'évanouir, victime d'un coup de chaleur. Bien vite, elle se ressaisit et récupère rapidement l'outil.

Adam reprend la petite ardoise laissée sur le banc de bois, près de la porte, et écrit : *Votre nom ?* D'un bout de torchon, elle efface tout et répond : *Sœur Saint-Léandre. Que Dieu vous entende !*

Derrière sa voilette, elle le regarde fixement. Ses lèvres remuent comme si elles prononçaient quelque chose qu'Adam ne saisit pas, un grommellement qui sort tout de travers. Il lui demande de reprendre : « Trop de rage » ou « Bon courage » ou « Ça m'enrage ». Il ne sait pas, mais pour sûr, l'expression se termine par *rage*.

Il lui tend une main graisseuse :

— Moi, c'est Adam, Adam Black… Duverger. Adam Duverger.

Il remballe ses affaires, la remercie de sa patience et de son aide avant de la saluer, puis de chantonner, sur l'air de *Cadet Roussel* :

— *Ah ! Ah ! Ah ! Saint-Léandre, ton cœur tendre n'est pas à vendre.*

À pas lents, sœur Saint-Léandre s'en va en souriant, referme la porte de la chambre des fournaises, grimpe deux volées d'escaliers et se dirige vers l'atelier de reliure. Sur le palier, elle se penche à la fenêtre et lui adresse un bonjour de la main. Le sourire ravi de sœur Saint-Léandre découvre un beau dentier tout neuf.

Quelques minutes plus tard, la wagonnette de service descend rapidement la côte, tourne à droite sur la rue et s'éloigne en trombe. Deux religieuses, en promenade de santé, reculent, surprises par les manœuvres du conducteur.

# 8

— Qui était cet homme qui t'a conduite ici, hier ? demande Emma.

— Adam Duverger. Il travaille à la ferme des sœurs. Un drôle de type, remarque Irène en déposant sa tasse de thé. Je désirais mettre au point un détail avec lui. Le voyage m'a permis d'aborder la question et de clore une mission que je m'étais donnée. Me voilà soulagée et cette histoire fait maintenant partie d'un autre temps, un passé qui n'est pas le mien.

Assises sur le canapé vert menthe, les deux amies bavardent au salon, une pièce lumineuse aux tentures fleuries. Deux fauteuils capitonnés assortis se font face. Tout près, deux petites tables d'appoint se tiennent gracieusement sur des pieds de bois effilés, faisant angle, comme les pointes d'un compas. Des meubles à la dernière mode, un style moderne, frais, sobre et élégant, à l'image d'Emma.

À plusieurs reprises, comme en ce moment, Emma touche la main d'Irène, enfiévrée d'amitié. Irène désigne de sa main libre le ventre rond d'Emma :

— Parlons plutôt du futur. Il arrive quand, celui-là ?

— Dans deux mois, deux mois et demi, avec la venue de l'automne. Nous avons très hâte, Rolland et moi.

Sur ces entrefaites, deux marmots arrivent en clopinant, le plus grand tenant fermement la main de son petit frère qui sait à peine marcher.

— Édouard et Alphonse aussi, n'est-ce pas, les enfants, vous avez hâte d'avoir un petit frère ou une petite sœur ? Dites bonjour à tante Irène.

Les deux bambins joufflus et potelés, un peu gênés, s'enfouissent le visage dans la robe de leur mère, puis agitent enfin leurs menottes pour saluer la nouvelle venue.

Autant Emma reste sous l'effet de la surprise de retrouver une Irène sans voile et vêtue d'une robe de couleur, autant Irène s'étonne de voir ce gros ventre plein de vie. Même si leur état civil respectif a changé depuis le temps où elles se sont connues, les deux femmes ont conservé leur complicité.

La jeune maman invite Irène à s'installer chez elle, le temps de stabiliser sa situation. Une petite pièce, qui servait auparavant de bureau à Rolland, pourra être réaménagée en chambre à coucher.

Le thé terminé, elles vont finir d'installer Irène. En bordant le lit, elles échangent les toutes dernières nouvelles. Rolland a gardé le poste de secrétaire à la commission scolaire, mais l'été il travaille à l'usine de sciage. Bien sûr, en l'épousant, elle a dû renoncer à son poste de maîtresse d'école. Quant à Maurice Pagé, dont s'informe discrètement Irène, il est parti avec un petit groupe d'Américains pour leur servir de guide de pêche. Il devrait revenir dans trois jours. Ici, pas mal tout le monde sait tout sur tout le monde.

— Chère Irène, il en est passé, de l'eau dans le fleuve, depuis ton départ en 47. Chacun essaie comme il peut de joindre les deux bouts et doit s'accommoder de cinquante-six métiers. On demeure confiant. L'usine se porte bien et la pêche est bonne.

Par contre, elle lui avoue qu'il ne sera pas facile de dénicher un emploi à l'école puisque plusieurs institutrices laïques ont été embauchées pour la prochaine rentrée. À moins d'un désistement, les chances sont minces.

— Le piano est-il toujours au couvent ? Je pourrais y enseigner la musique, le solfège, la théorie musicale, n'importe quoi. En attendant l'automne, je dois trouver un petit travail. Je ne peux pas vivre à vos crochets, comme ça, le reste de l'été.

— Qu'est-ce que tu sais faire ?

— Chanter, jouer du piano et prier, énumère Irène avec dérision.

— Tu es bourrée de talents, mais ces trois-là ne pourront pas te rapporter bien gros, ici. Ne t'en fais pas, nous trouverons quelque chose de temporaire avant la rentrée.

Après sa prière du soir, comme elle n'arrive pas à dormir, Irène tire un livre sur le rayon de la bibliothèque : *La chasteté du mariage*. Intriguée et cherchant à en savoir plus sur l'intimité de la vie conjugale, elle consulte la table des matières puis elle lit, au chapitre II :

*Le devoir procréateur*

*L'union des époux dans le mariage étant instituée par Dieu comme moyen de propager l'espèce humaine, et cette propagation ne s'opérant que par la génération, les conjoints ont droit à tout ce qui, dans le rapprochement conjugal complet, est requis psychologiquement et physiologiquement en vue du but.*

*Donc, droit à l'amour, droit à l'«œuvre de chair». En pratiquant celui-là et en usant de celle-ci, ils posent un acte qui, pour être d'ordre très intime et donc exigeant un discret huis clos, n'est nullement, de soi, peccamineux.*

Et plus loin :

*L'acte conjugal peut toutefois s'accompagner d'offense vénielle s'il venait à comporter des privautés et marques d'affection qui ne seraient plus dans l'ordre de la nature.*

Irène est abasourdie et n'y comprend pas grand-chose. Quelles marques d'affection pourraient ne pas s'inscrire dans un ordre naturel ? Elle essaie d'imaginer, tout en se disant que ses suppositions dépassent sans doute les limites des propos de l'auteur. Elle reprend le livre.

*Si les conjoints sont libres de poser l'acte créateur de la vie, ils ne sont pas libres de le poser en s'arrangeant de façon à supprimer la vie.*

Pourtant, dans un autre chapitre, on vante les vertus de la continence, des périodes d'abstinence et de cette chasteté bénéfique aux époux. L'œuvre de chair, dont elle ignore les étapes, l'effraie un peu.

Elle s'attarde une bonne partie de la soirée, un peu troublée, penchée sur le manuel ouvert dont les pages imitent, sous la lumière de la lampe, des fenêtres bien pâles.

\* \* \*

Le lendemain matin, rien ne perturbe la quiétude d'Irène. Elle a tout le temps voulu pour revenir sur les événements des dernières semaines. C'est trop de temps : ses pensées tournent en rond, il lui semble qu'elle piétine. Alors, elle s'abandonne à une rêverie où se mélangent des images de l'homme de sa vie, d'une famille idéale, d'œuvres de bienfaisance, de vacances à la mer, à la montagne, en forêt. Elle envisage un avenir rien de moins qu'idyllique.

L'après-midi, pendant la sieste des enfants, les deux femmes font de la couture : tissu et patron de papier sont étendus sur la table, ainsi que ciseaux, panier à ouvrage, ruban à mesurer… Irène, en jupon, grimpe sur une chaise droite alors qu'Emma, des épingles entre les lèvres, ajuste les pièces d'une nouvelle robe que portera son amie. C'est un modèle des plus simples et un tissu beige de piètre qualité qu'Irène a acheté à très bon marché.

— Je ne sais pas si je pourrais vivre avec un homme, confie-t-elle.

En fait, elle veut en connaître davantage sur la vie de couple, les rapports entre époux dont elle ne sait pas grand-chose, et elle espère qu'Emma pourra faire délicatement son éducation sur ce plan, elle qui a conçu un enfant par année au cours de sa courte vie maritale.

— Moi, je ne pourrais pas m'en passer, répond Emma, les lèvres serrées sur les épingles.

— Prenons cet Adam, par exemple, que j'ai appris à connaître au cours des dernières semaines. Parfois bourru, il élevait la voix pour des peccadilles. Deux heures après, c'était le plus joyeux drille que je connaisse. Pourtant, sœur Marie-Paule en disait beaucoup de bien et semblait l'apprécier. Notre-Seigneur est d'humeur bien plus égale.

— Notre-Seigneur, Notre-Seigneur ! Une icône, une statue, un corps invisible et une voix intérieure. Ça rouspète pas fort, fort, c'est certain, mais ça ne fait pas des enfants forts non plus.

Elles étouffent leurs ricanements pour ne pas réveiller les petits. Les épaules secouées par son fou rire, Emma peine à épingler le bas de la jupe.

— Quand même, je ne sais pas si j'aurais la patience d'endurer de pareilles humeurs en dents de scie. Je ne sais pas, non plus, si j'ai ce qu'il faut pour donner à celui qui m'aurait choisie une âme de choix. D'un autre côté, quel désenchantement ce doit être que d'accrocher toute sa vie à une girouette, à une âme superficielle, vulgaire et nulle. Une fois le vernis extérieur évaporé, que reste-t-il ?

Les deux mains en l'air, elle imite le geste d'un magicien qui vient de faire disparaître un lapin.

— Je me souviens de Maurice Pagé, reprend-elle, cherchant, mine de rien, à en savoir plus sur l'objet de ses désirs. Un tempérament tranquille, toujours si calme et posé. Un bien meilleur parti pour une femme, tu ne crois pas ?

— Certain. Sa femme va être très heureuse, répond Emma sans hésiter. Dis-moi, là, avec tes questions, sérieusement, aimerais-tu te marier ?

— J'y pense, mais j'ai des années de retard concernant la vie sociale, les mondanités et la façon de me comporter devant un homme. Je ne me suis pas encore habituée à aller dans le monde avec la tête, les bras et les mollets découverts.

Emma garde les mains sur l'ourlet, y ajoutant un ruban biais qu'elle ajuste en se servant de l'extrémité de son pouce. Irène se tient bien droite, presque immobile.

— Là, tu vois, devant toi, en jupon, je me sens dépouillée, mise à nue, affreusement gênée. Mes années au couvent ont comme figé le temps en moi. On dirait que j'ai encore le cœur d'une fille de seize ans. Mon corps, lui, a changé, je sais bien. Tant de choses m'effraient, juste à penser à l'idée du lit conjugal…

Emma se fait rassurante. Elle a toujours été compréhensive et pleine de tact.

— C'est normal d'avoir peur, Irène. C'est pas parce qu'on est marié que nos craintes disparaissent. Je continue d'apprendre, moi aussi.

— Peut-être que tu pourrais m'instruire un peu. J'ai lu, hier soir, plusieurs passages d'un livre que j'ai trouvé dans votre bibliothèque : *La chasteté du mariage*. Le titre m'intriguait beaucoup.

Emma pouffe.

— Raoul Plus ! Il te donnera des conseils bien inutiles et peu pratiques. Des mots, de bien beaux mots, ronflants et tellement hors de la vraie vie. Moi, je peux t'en parler, du devoir conjugal. Ça doit fatiguer son homme. En tout cas, le mien s'endort bien vite après avoir accompli son devoir d'époux, consacré et ordonné par Dieu. Avant le mariage, maman m'avait expliqué de façon bien confuse de m'y soumettre avec obéissance. La première fois, j'étais vraiment troublée, mais Rolland semblait assez sûr dans ses gestes et je l'ai laissé faire. Il y a pris beaucoup de plaisir, mais cela s'est passé si rapidement que mes craintes se sont envolées. Je restais là sans trop bouger, comme abasourdie. Les fois d'après, je savais à quoi m'attendre et j'ai apprivoisé mon corps. Maintenant, j'y prends plaisir aussi.

Dans le panier à couture, elle choisit d'autres épingles et, avant de les placer, elle continue son discours :

— Il faut te souvenir que Dieu aurait pu multiplier les vivants sur la Terre, par création directe, sans l'intermédiaire des parents, mais il ne l'a pas voulu et il a inventé l'amour. Pour rendre plus agréable le devoir de procréation, il a inventé le plaisir. Quand tu seras prête à te marier, j'aurai quelques trucs à te donner pour atteindre ce plaisir.

Irène pivote d'un quart de tour pour qu'Emma vérifie le bas de la jupe. Aidée de la verge de bois qu'elle déplace tous les trois pouces, elle mesure précisément la longueur afin que l'ourlet tombe en bas du genou. Lorsqu'elle a terminé, elle ouvre de grands yeux.

— J'ai une idée ! Prendrais-tu un Coke ?

Irène redescend sur le parquet. Emma revient de la cuisine avec deux bouteilles bien fraîches, qu'elle décapsule et pose sur une table basse. Elles entendent les deux garçons qui semblent placoter dans leur lit. Emma sourit. Irène voudrait bien goûter un jour cette tendresse qui traverse le regard de son amie.

— Les petits se réveillent. Voici mon idée : demain, Irène, il y aura une réception à la salle municipale pour l'anniversaire du maire. Du bien beau monde en perspective et sûrement quelqu'un qui pourra t'intéresser.

— Crois-tu que nous aurons le temps de terminer la robe ?

— Pffft ! Tu ne comptes tout de même pas porter cette affaire-là, couleur poche de patates ! Va donc me chercher ta belle robe fleurie, celle que tu portais quand tu es arrivée. Elle fera bien mieux l'affaire.

Quand Irène étale le corsage et la jupe en corolle sur la table, elle constate avec Emma le piteux état de la toilette : des taches d'huile, un corsage déchiré, l'ourlet décousu…

— Elle est perdue.

— Mais non ! Mais non ! Nous allons la réparer et puis j'ai un bon truc pour enlever les taches.

* * *

Le lendemain, à sept heures pile, Édouard et Alphonse sont laissés aux bons soins de leur grand-mère, à trois coins de rue. Emma, Rolland et Irène se rendent à la salle municipale, où une cinquantaine de personnes sont déjà rassemblées pour rendre hommage au maire. Au fond, sur l'estrade, derrière un lutrin, M. Bouchard, un marguillier, souhaite pompeusement la bienvenue à la population. Une réception protocolaire suit ce bref discours : des serveurs déambulent avec des plateaux remplis de cocktails, en équilibre sur une main. Rolland en tire deux pour en offrir un à Irène. Quant à Emma, à sept mois de grossesse, elle préfère s'abstenir.

Après ces préambules, de petits groupes se forment spontanément et le ton monte brusquement, à moitié couvert par la musique d'un tourne-disque. L'œuvre de Mantovani sert de contrepoint au sentiment amoureux d'Irène, que l'alcool avive. Dans sa robe à fleurs fraîchement nettoyée, raccommodée et repassée, elle cherche Maurice des yeux. Sa passion sourde ne l'aveugle quand même pas complètement. Plusieurs hommes la remarquent et la saluent d'un petit signe de tête sans équivoque, en souriant, des gens chuchotent en la regardant, les yeux interrogateurs. Reconnaît-on l'ancienne novice, la maîtresse d'école et de musique d'il y a quatre ans ? La juge-t-on, dans sa robe ajustée, aux couleurs criardes, et ce fard qu'a appliqué Emma, empourprant ses joues, et ses lèvres rubicondes ? Elle se sent intruse, un nœud au cœur, des abeilles dans la tête et des papillons dans le ventre. Emma la présente aux uns et aux autres : un défilé de noms et de prénoms, un tourbillon d'informations qu'elle s'efforce d'enregistrer, au cas où. On se montre si gentil à son endroit ; M. Bouchard, plein d'égards, lui présente sa femme qui se passionne pour la musique et aimerait bien apprendre à jouer d'un instrument.

Contentes de se retrouver, plusieurs femmes, réunies près des tables du buffet, s'entretiennent de la prochaine rencontre du Cercle des Fermières. Irène écoute d'une oreille, le regard balayant la foule, tournant la tête dès l'arrivée de nouveaux villageois.

Une première heure passe bien vite, sans trace de Maurice Pagé. Pourtant, Emma avait bien dit qu'il serait de retour. Probablement qu'il aura été retardé par quelque imprévu lors de son expédition de pêche.

Emma la hèle pour lui présenter un cousin lorsque Irène voit enfin Maurice, fier et bien mis, retirant son chapeau, élégant, saluant à gauche et à droite ; tout le monde semble le connaître. Bien sûr, depuis le temps. Plus grand que dans son souvenir : un homme mature et affable, cultivé et au vocabulaire soigné, voilà le Maurice dont elle rêvait, inchangé. Enfin, elle pourra le contempler à loisir. Cependant, si ses nombreuses qualités l'enchantent, rien en elle ne lui permet de se méprendre. Derrière lui apparaît aussitôt une silhouette : une jolie jeune femme s'accroche à son bras et sourit. À la vue des bluettes scintillant sur leurs alliances, Irène accuse un coup au ventre, mais réussit à garder son aplomb.

— Est-ce que je peux vous appeler Irène, ma sœur ? fait-il, tout surpris de la voir là.

— C'est ta sœur ? demande sa femme.

— Non, mais elle était sœur, je veux dire religieuse, lorsque je l'ai connue.

Puis, se tournant à nouveau vers Irène :

— Quelle belle surprise ! Permettez que je vous présente Géraldine, mon épouse.

La valse qui joue en ce moment n'adoucit en rien le profond malaise d'Irène, qui n'a qu'une envie : aller s'enfermer quelque part et pleurer toute l'eau de son corps ou rire aux larmes. Du pareil au même. Quelle facétie ! Quelle naïve elle est !

— Qu'est-ce qui vous ramène par chez nous, Irène ?

— Je voulais visiter Emma et passer un peu de temps sur la Côte, que je n'ai pas oubliée, avant d'entreprendre la nouvelle année scolaire.

Pour ne pas perdre la face, peu importe la demi-vérité ou le mensonge gris, au prix d'un frénétique effort que son deuxième cocktail appuie de toutes ses forces sombres, Irène affecte devant lui une certaine indifférence, un détachement presque glacé. Dans les propos échangés, des insignifiances coulent et noient l'instant.

Le maire s'avance, salue Maurice et s'informe de la dernière expédition. La conversation change de direction ; d'autres hommes s'y joignent. Irène s'éloigne et, décontenancée, cherche Emma qu'elle retrouve à la salle de toilette.

— Pourquoi ne pas m'avoir dit que Maurice Pagé était marié ? lui demande-t-elle tout bas.

— Mais je croyais que tu le savais.

Dans le miroir, son reflet grimace et se moque d'elle. «J'me marie, j'me marie pas, j'fais une sœur.» Pauvre idiote ! Elle se lave les mains ; ses choix d'avenir s'écoulent avec l'eau savonneuse dans le renvoi du lavabo.

Sa désillusion n'échappe pas à Emma. Dans la glace, leurs regards se rencontrent. Emma s'approche, l'entoure affectueusement d'un bras ferme.

— Voyons, ce n'est pas la fin du monde. Il ne s'est jamais rien passé entre Maurice et toi, à ce que je sache. Pourquoi avoir mis tous tes œufs dans le même panier ? Il y a à peine quatre jours que tu es arrivée ici que, déjà, bien des œillades ont été lancées vers toi quand on marchait avec les petits, sur la promenade, après souper. Je t'assure qu'il y a de bons partis, parmi ces gars-là.

Irène a envie de pleurer de rage. Le sort s'acharne sur tous ses plans. Les paroles de sœur Sainte-Jeanne-d'Arc lui reviennent : «Le chemin qui mène au paradis est jonché d'épines.»

— Attention, essuie tes larmes, ton rimmel va couler. Après, ce ne sera pas facile de le nettoyer à l'eau claire. Tu as bu. C'est bon, je suis contente que tu t'épanches un brin, mais ça fait ça des fois, la boisson, ça mélange nos émotions. Tu vas voir, demain, le portrait va s'embellir.

Irène renifle et éponge ses yeux sur un coin de mouchoir. Pour elle, faire les bons choix, au bon moment, s'avère un long et difficile apprentissage qui laisse des taches indélébiles. Apprendra-t-elle enfin ?

— Ce n'est rien, rien du tout. Juste un peu de fatigue et d'inquiétude. Une étrange impression d'être devant un gouffre, ou plutôt d'être en moi-même comme dans une prison. Allons, se reprend-elle en souriant, ça passera, tu as bien raison. Tout passe. J'ai un peu bu, en effet. Allons voir le beau cousin que tu m'as présenté tout à l'heure.

Lorsqu'elle sort, la porte grince sur ses gonds : *Souris, Irène, tu entres en représentation.*

Ce sourire se fige sur son visage la soirée durant, aidé d'un troisième cordial, puis d'un dernier. Que la cordialité l'aide à traverser cette pénible soirée !

\* \* \*

Le lendemain, elle se lève, la bouche épaisse et l'haleine pâteuse. Un lancinant mal de tête tambourine sur son front tout l'avant-midi et, à la messe, l'odeur d'encens lui donne la nausée. Elle reprend son sourire, un peu carré, cependant.

Les jours suivants, Irène trouve le courage d'aller, seule, frapper aux portes et offrir ses services. À la poissonnerie, on lui propose enfin un emploi. Elle compte bien y besogner jusqu'à ce qu'elle puisse enseigner à la petite école du village. La veille, Emma s'est empressée de l'informer que la maîtresse de troisième année avait annoncé ses fiançailles pour décembre, qu'elle quitterait l'enseignement et laisserait la place libre.

Cette annonce la réjouit et elle écrit sans tarder à sœur Saint-Léandre pour lui donner les dernières nouvelles et son adresse de retour.

\* \* \*

À la poissonnerie, le caractère du patron aidant, son intégration se déroule dans la franche camaraderie. Irène apprend à découper les filets sans se blesser, à emballer les commandes, à servir les clients, à nettoyer les comptoirs, les bacs et les ustensiles pour que tout reluise. Enveloppée d'air puant et d'un tablier ciré, sourire de plâtre aux lèvres, elle éviscère, filète, étête, découpe et tranche saumons, anguilles, truites mouchetées ou rouges…

À la fin de la journée, elle retire ses gants en se félicitant d'avoir réussi son initiation sans trop faire d'erreurs, sans haut-le-cœur, malgré les remugles persistants huit heures durant. Lorsqu'elle rentre chez les Robitaille, ses mains, ses vêtements, ses cheveux, sa peau, imprégnés de l'odeur du poisson, emprisonnent les miasmes au fond de ses narines, même après un bon bain chaud.

Du lundi au samedi, elle passera à la poissonnerie des jours qui se ressemblent, mais, à tout le moins, elle a un vrai emploi méritant salaire.

Pour la délurer et la désennuyer un brin, Emma lui a prêté des livres à l'Index. Le soir, dans sa chambre, après la prière et un peu d'écriture, elle lit *Le spleen de Paris* avant de s'endormir.

Emma se couche de bonne heure, un peu après les petits. Durant la soirée, Irène se retrouve parfois seule avec Rolland, qui lui offre sans façon un petit verre de St-Georges Bright, un porto canadien acheté à la cruche de verre, à trois dollars cinquante-cinq, qu'ils dégustent dans les berceuses sur la véranda. Son goût brûlant mais sucré fortifie tant qu'on le boit avec modération. D'une lampée à l'autre, Irène s'habitue à cet alcool fort et y prend même plaisir : ça fait fondre les nœuds, ça chasse l'odeur du poisson et ça vous redonne une humeur hardie.

— Quelle heure est-il ? demande Rolland en retirant sa pipe.

Irène s'amuse à citer Baudelaire.

— *Il est l'heure de s'enivrer ! Pour n'être pas esclaves martyrisés du Temps, enivrez-vous, enivrez-vous sans cesse ! De vin, de poésie ou de porto, à votre guise.*

Sous sa moustache enfumée, Rolland lui sourit à belles dents.

— Après une journée dans le bruit des machines à la scierie, votre voix est un pur apaisement. Que dire de toute l'aide que vous apportez à Emma ? Je la sens plus sereine depuis que vous êtes là.

Être utile à quelqu'un, à ces bonnes gens de surcroît, la réconcilie avec sa condition. Rolland Robitaille incarne le bon père de famille, dévoué pour sa femme et ses enfants. Un cœur sur la main.

Il lui remplit à nouveau son verre.

— Vous chantez aussi, m'a dit Emma.

— Je crois bien que votre porto me fera chanter plus haut, fait-elle avec un petit rire. Connaissez-vous celle-ci ?

Il aspire une bouffée de sa pipe pendant que, doucement, elle entonne :

*Le soleil s'est couché,*
*Déjà le jour a fui*
*Tous les clochers ont sonné l'angélus…*

La voix de Rolland se marie bientôt à la sienne et, tout en se berçant dans le frais parfum du soir, ils font chanter les flots.

— Mademoiselle Laforest, lui dit-il après le dernier refrain, j'espère que vous vous plaisez chez nous. Votre présence, autant pour Emma que pour moi, agrémente notre vie. Je peux imaginer les affres du quotidien pour une jeune femme qui quitte la vocation et qui doit réintégrer le monde. Ne vous inquiétez pas, je ne vous demanderai pas de payer pension ici. Je gagne suffisamment pour le bien-être de tout mon petit monde.

Il lève son verre pour porter une santé.

— Que Dieu vous bénisse, cher monsieur Robitaille.

— À votre bonheur, mademoiselle Laforest !

Déjà lundi et on recommence : tablier ficelé à la taille, fichu emprisonnant les cheveux, bottes de caoutchouc aux pieds, raide et précise, Irène reprend sa place derrière l'étal couvert de tôle mate. De ses coups de machette répétés, elle décapite les proies visqueuses. De leurs rictus, les poissons la narguent : « Pourquoi les doigts de pianiste vont-ils aux humbles employés d'une poissonnerie ? » Vlan ! Une tête tranchée s'en va aux déchets. « C'est que l'éternel Semeur a laissé tomber un peu n'importe où talents et beautés. » Elle empoigne une autre truite. Vlan ! La lame retombe, nette et franche. « S'il fallait que tu te coupes un doigt ! Quelle tragédie pour une pianiste ! » La tête déboule avec les autres dans le seau.

Petit à petit, cette routine, qui la transforme en femme du peuple, n'est pas ce qui lui pèse le plus, ce ne sont pas non plus les mauvaises odeurs ni les heures interminables. À la rigueur, elle pourrait s'en accommoder en chantant et en priant, comme le frère André qui, le jour durant, grattait la cire sur les parquets de l'Oratoire et s'acquittait de ses humbles tâches dans la joie. Le jeudi, un poids bien différent lui tombe dessus alors qu'une scène pénible lui charcute le cœur.

Ce jour-là, vers la fin de l'après-midi, plusieurs clients passent acheter du poisson frais pour le repas du lendemain, jour maigre. Derrière son comptoir, elle prend les commandes, prépare, pèse et emballe les portions désirées. À cinq heures, un couple entre : Maurice et sa jeune épouse en robe bleu ciel et coiffée d'un joli serre-tête emplumé. Ils se tiennent la main et observent les spécimens en stabulation dans le vivier. Arrêt sur image : en suspension, les yeux toujours aussi ronds, Irène, comme les poissons, surnage dans l'eau trouble de ses sentiments. Les amoureux lui font dos, mais Géraldine tourne lentement la tête vers elle, l'examine un instant, puis se blottit contre Maurice et chuchote à son oreille, derrière sa main gantée de blanc. Ils rient tous les deux. De quoi ? D'Irène, assurément. Ils roucoulent, puis Géraldine donne à son mari un tendre baiser sur la joue avant de s'avancer vers le comptoir. Elle passe la commande et, se voulant affable, parle du temps qu'il fait, de la chance qu'ils ont, Maurice et elle, d'habiter un peu plus loin dans les terres, un endroit abrité des grands vents du large. Elle décrit dans le détail le berceau qu'a construit Maurice pour leur premier enfant.

— Il devrait arriver en avril. Vous comprenez, je dois faire attention à tout ce que j'ingère. J'espère que votre poisson et vos fruits de mer sont bien frais, car il paraît qu'on peut attraper la fièvre typhoïde sinon.

Elle approche son nez au-dessus des filets que lui présente Irène sur un papier ciré. Avec une légère grimace, elle commente :

— Je crois que ça va. Qu'en penses-tu, mon chéri ?

Maurice sent la chair rose et hoche favorablement la tête.

Gardant un visage de carpe, les yeux fixés sur son travail, Irène les félicite en emballant le saumon. Elle n'argumente pas, ne renchérit pas, ne les regarde même pas. Que passe enfin ce moment et que s'éloigne le couple au plus vite ! Elle se sent ridicule, affublée de son costume souillé et puant ; l'âme à l'envers, elle ne sait plus quoi dire. La voyant ainsi, Maurice aura sûrement constaté que le but de son séjour ici n'est ni le divertissement ni les vacances. Elle voudrait, comme les poissons, ne plus avoir de tête et glisser dans le bac, se perdre parmi les corps morts. Pire, elle se découvre une dureté de cœur insoupçonnée, une haine envers une femme qu'elle ne connaît même pas, sa rivale. Arrivera-t-elle à accepter cette ironie du sort ? Elle se déteste d'éprouver de tels sentiments.

Dans les jours qui suivent, chaque fois qu'elle les voit ensemble, à l'église, sur la promenade, au magasin général, c'est comme si le vieux Dieu punisseur lui tirait la langue, en amoureux éconduit et jaloux. «Tu t'es détournée de nous, à qui tu avais promis amour éternel et dévouement. Souffre, maintenant!»

Après le travail, elle rentre chez Emma qui se masse les reins d'une main pendant qu'elle touille de l'autre le bouilli sur le feu.

— Le temps de me laver et de me changer, j'arrive pour t'aider.

Dresser la table, débarbouiller Édouard, changer la couche d'Alphonse, lui donner sa pâtée, servir, desservir, laver la vaisselle, passer la vadrouille… elle veut tout faire pour rendre la vie plus légère à Emma qui, fatiguée et le ventre trop lourd, se plaint de maux de dos, de brûlures d'estomac et d'enflure aux pieds. Tout faire pour chasser la culpabilité.

Le 15 août, sœur Saint-Léandre écrit pour donner des nouvelles du couvent. Elle a enrichi son musée de trois nouveaux spécimens, des animaux morts qu'Adam a ramassés pour elle le long de la route : une buse, une belette et un renard argenté. Quant à la mère Saint-Viateur, elle se remet lentement de ses troubles d'estomac, en suivant un régime sévère. Depuis ses problèmes gastriques, son caractère s'est radouci. Sœur Saint-Léandre rapporte également les derniers événements survenus à la ferme. La saison a été généreuse et l'équipe travaille très fort à la préparation des bêtes et des produits maraîchers pour l'exposition agricole. Sœur Marie-Paule souhaite remporter un premier prix avec les plus belles volailles de la basse-cour : un coq et des poules Chantecler. Cependant, avec humour, elle se moque gentiment du péché d'orgueil de sa consœur et soutient que Dieu lui a donné un talent de mère poule qu'elle tient à faire fructifier.

Après ces propos légers, le dernier paragraphe la chamboule :

*Pour terminer, cette nouvelle vous surprendra. Sœur Sainte-Philomène a reçu une obédience pour enseigner à Escoumains, en troisième année. Si vous êtes toujours dans le secteur en septembre, vous aurez sûrement l'occasion de la revoir. Elle pourra vous exprimer alors tous ses regrets quant au mauvais jugement que ses consœurs et elle ont porté sur vous. Si vous saviez à quel point tout le monde se repent des fausses accusations dont vous avez été victime. Toutes souhaitent ardemment un pardon et une réconciliation ici-bas, sans attendre que survienne le Jugement dernier.*

*Donnez-moi des nouvelles. Avez-vous trouvé votre place depuis que vous avez endossé votre nouveau costume ?*

*Que Dieu vous protège et vous guide partout où vous irez.*

Irène dépose la lettre et s'installe devant l'écritoire pour rédiger une réponse. Par où commencer ? Elle n'arrive même pas à formuler une introduction. Une seule idée la turlupine et chasse toutes les autres : le poste d'enseignante qu'elle convoitait a été attribué à sœur Sainte-Philomène. Adieu l'enseignement à Escoumains ! Encore un coup du sort ! Un autre projet qui tombe dans le vivier aux anguilles. Avec rage, elle plaque sa plume sur la table, l'encre gicle et souille le papier à lettres. Trois feuillets sont foutus. La belle affaire ! Elle voudrait piquer et enfoncer la pointe de la plume partout sur son bras, se faire mal, mais se retient en inspirant, suivant les conseils qu'on lui donnait au couvent : « avant de punir une élève, reprenez votre calme et faites une courte prière ». La colère ne mène à rien. Elle se lève, marche jusqu'à la fenêtre ouverte. Au loin, le reflet de la lune naissante danse sur les vaguelettes ; le clapotis se mêle au chant des grillons : une soirée magique pour les promeneurs et les amoureux blottis l'un contre l'autre près d'un feu de grève. Le souffle d'une baleine, le dos d'un marsouin, des souhaits formulés sous le passage d'une étoile filante, un brasier, un baiser. Encore ses visions trop romantiques. Sont-ce les lectures que lui a proposées Emma qui lui donnent ce vague à l'âme ? Elle respire à fond et revient s'asseoir à la table d'écriture.

Elle ne peut s'empêcher de partager son désarroi avec sœur Saint-Léandre. Non, elle n'a toujours pas trouvé sa place, mais, dans sa situation marginale, elle la cherche au bord d'un effroyable ravin tapissé de ténèbres. Bien sûr, cet univers inconnu recèle sa part d'attraits, mais aussi de frayeurs. Elle n'a pas le brin de folie qui la pousserait à sauter, cette confiance en soi qui donne des ailes. Devant ce gouffre rempli de manques, ses motivations s'effritent et sa peur exagérée d'une liberté nouvelle génère de nouveaux doutes et de terribles insatisfactions. Elle ne parvient pas à se fier à son intuition. Dieu semble soudain si loin. Que faire ?

Au déjeuner du lendemain, lorsqu'elle apprend à ses hôtes sa mauvaise posture, Rolland lui fait miroiter une solution :

— Avez-vous pensé à Betsiamites ? On vient d'y ouvrir une école industrielle pour les garçons et une école ménagère pour les filles. Vous pourriez enseigner tant aux Montagnais qu'aux Canadiens.

Irène l'écoute avec un intérêt mitigé en avalant vitement ses rôties avant de se rendre au travail.

— En plus, poursuit-il, les salaires y sont plus élevés qu'ailleurs. Il paraît que les institutrices reçoivent cent quatre-vingt-dix dollars par mois.

— C'est beaucoup ? s'informe-t-elle.

— C'est pas mal, suggère Emma. À peu près ce que gagne une ouvrière de la Dominion Corset. Tu te rends compte !

Irène se lève. Elle dépose sur le comptoir son assiette et ses ustensiles. Elle les remercie en enfilant ses chaussures, puis elle sort.

Le trajet jusqu'à la poissonnerie lui permet de réfléchir. Certes, en acceptant cet emploi à Betsiamites, elle ne tremperait plus dans le jus de poisson, mais, surtout, elle n'aurait plus à subir la terrible aiguille enfoncée dans le cœur chaque fois qu'apparaît le couple Maurice et Géraldine.

À la pause du dîner, dans un but de transparence, elle évoque à son patron la possibilité de partir à la fin août. L'annonce désappointe tellement M. Desrosiers que ses yeux s'embuent.

— Ah ben! Tu vas pas me laisser comme ça? Une brave fille comme toi, qui se lamente pas, jamais de malaise et vite sur la job. J'ai rarement eu une employée si efficace. Reste donc. J'peux augmenter tes gages.

Il jette son mégot par terre et tape dans ses mains.

— Y a d'la job en masse. J'ai l'impression que tu me portes chance. Si tu pars, le bon Dieu va partir avec toi. Depuis que t'es là, on dirait qu'Il multiplie les poissons pour nous, dans la rivière et dans le fleuve. La pêche a jamais été aussi bonne.

M. Desrosiers exagère, mais son enthousiasme procède d'un sentiment sincère qu'Irène perçoit parfaitement bien et qui la réconforte. Le bon Dieu multiplie aussi les revers. *Amplius Domine.* Encore plus, mon Dieu. Merci, Seigneur! Se gardant de lui confier ces pensées obscures, elle se contente de répliquer doucement:

— Dieu est partout, mon bon monsieur. Partout. Je ne L'emporte pas dans mes bagages, loin de là, et Il ne vous abandonnera pas.

C'est décidé. Betsiamites, c'est le bout du monde. Pourquoi pas? *Qui ne risque rien n'a rien.* Dès ce soir, elle écrira au directeur de l'école ménagère pour lui offrir ses services.

La lettre partie, une autre semaine se passe dans l'attente d'une réponse. Mais la vie la surprend encore une fois. Le vendredi 25 août, en fin de journée, sur la table des Robitaille, une lettre l'attend, en provenance de la fidèle sœur Saint-Léandre.

*Chère Irène,*

*Je m'empresse de vous écrire pour vous informer qu'il y a, à Bégin, une place d'enseignante à la petite école du rang 6. Il s'agit d'une école de campagne d'une seule classe intégrant des enfants de six à quinze ans d'un milieu modeste. J'y ai là, au village, ma cousine Gabrielle, une bonne mère de famille, et son mari Clément Leblanc qui seraient prêts à vous prendre comme pensionnaire. C'est à un peu plus d'une heure d'ici et vous seriez donc en terrain de connaissance.*

*Si ce défi vous intéresse, il faudrait donner rapidement votre réponse, car le directeur cherche une remplaçante dans l'urgence. J'ai pensé à vous. L'école commence dans la semaine du 5 septembre. Je vous laisse les coordonnées du directeur à qui vous pourrez écrire ou téléphoner directement.*

Bonne sœur Saint-Léandre ! Chère grande âme qui s'inquiète et s'occupe encore d'elle. À présent, trois possibilités se présentent. L'embarras du choix ? Dieu aurait donc écouté ses prières ? Il lui trace un avenir, fait naître de nouveaux espoirs, mais il faudra déployer de nouvelles doses de courage et de persévérance. Elle n'en manquera pas.

Rolland et Emma la poussent vers Betsiamites, M. Desrosiers veut la garder à son commerce, sœur Saint-Léandre lui ouvre les portes d'une petite école de rang, pas très loin de la grande ville, où d'autres occasions pourraient vite se présenter. Paraît qu'un grand boom s'en vient, une période de développement économique et éducatif comme on en a rarement vu. C'est ce mot explosif qu'elle a lu, avant-hier, dans un article très sérieux du *Progrès*. Cette troisième option l'encourage.

Le jour même, complètement éperonnée, elle téléphone au directeur, puis à M^me Leblanc et, le lendemain, elle avise fermement M. Desrosiers : elle quitte l'emploi pour de bon.

En soirée, pour se divertir, fébrile, elle se rend à la salle municipale où on célèbre le mariage de la fille du maire. Son séjour antérieur et son emploi à la poissonnerie lui ont permis de connaître plusieurs villageois. Les mariées de l'année ont revêtu leur robe et se sont assises sur les genoux de leur mari. Les invités portent leurs plus beaux habits ; certains, méconnaissables, semblent figurer dans un théâtre improvisé. Le cousin d'Emma lui offre un verre, puis le garagiste, puis le marchand général, et vient le tour du chapelier : « Vous ne refuserez pas un bon porto ? » On lui manifeste sympathie et considérations. La tête lui tourne un peu mais, sur un tel manège, il y a de la place pour tous les compliments. La mariée insiste pour qu'Irène leur joue une valse au piano. Un peu étourdie, elle s'exécute tout de même avec brio. Les couples tournent sur la piste de danse improvisée. Un autre verre lui atterrit dans les mains, puis encore un, un de trop – et la voilà guillerette.

Sans tambour ni trompette, passé minuit, elle revient seule à la maison, ivre de porto et d'impatience, et écrit une lettre d'explications à Rolland et à Emma. Pour ne pas les incommoder, elle prend ses valises et s'en va à pied dans la nuit tiède, longeant en titubant la rue Saint-Marcellin jusqu'à la sortie du village, près de la réserve d'Essipit où elle fera de l'auto-stop. Elle aurait voulu leur laisser un souvenir, un témoignage de sa gratitude, mais il sera toujours temps de les surprendre. La voilà repartie. Coup de tête ou coup du sort ? Elle s'en moque. Elle n'a rien à perdre, tout à gagner.

Escoumains : mi-figue, mi-raisin, elle répète ce nom. Quels souvenirs en gardera-t-elle ? La bonté d'Emma et de Rolland, la générosité des habitants, bien sûr, mais aussi les odeurs gluantes de poisson et l'image d'un cœur transpercé, comme le tatouage qu'Adam portait au bras. Non, elle ne restera certainement pas ici à découper des truites et des saumons et à se charcuter le cœur.

C'est un beau pays, grand comme ses rêves, mais souvent battu par le vent et la tempête intérieure. Bien à l'abri, au fond des terres, le petit village perdu de Bégin l'attend.

Sur le bord de la route, elle s'assoit un instant sur la plus grosse de ses deux valises. Pour passer le temps et reprendre un peu son souffle, elle s'amuse à faire des rimes : *bien, écrin, béguin, Bégin…* ce nom-là, Bégin, lui inspire confiance et paix. En anglais, *to begin*, n'est-ce pas *commencer ?* Si M$^{me}$ Leblanc, de la pension qu'elle habitera, montre autant de magnanimité que sœur Marie-Paule, Irène sera aux petits oignons. Elle se relève et marche en chancelant jusqu'au prochain carrefour. Là, espère-t-elle, les chances de voir apparaître une automobile ou un camion seront meilleures. Elle se repasse avec amusement la scène de l'embardée et se demande ce que devient Adam. Elle dépose sa mallette et sa valise et, dans la nuit qui meurt, scrute le point d'horizon au bout de la route.

Elle attend, une heure, puis deux, peut-être. Comment savoir ? Elle n'a pas de montre. Vers l'est, une traînée rose orangé s'élève derrière les montagnes. Tout là-bas apparaît la pointe du jour, mais aussi un rideau de pluie qui s'abat sur le paysage. Les trombes d'eau passent au loin et Irène se réjouit d'être épargnée. Cependant, après une quinzaine de minutes, le vent pousse l'averse vers elle. À cette heure, aucune voiture ne circule sur le chemin. Bonne Sainte Vierge, qu'il en vienne une au plus vite ! Pourquoi ne pas avoir prévu un parapluie ? En guise de protection, elle place sa mallette, plus légère, sur sa tête. Les gouttes y tambourinent. Pour l'instant, elle n'a que les bas mouillés et l'eau n'a pas traversé le cuir de ses souliers. Les secondes s'égrainent, la pluie devient de plus en plus forte, l'eau ruisselle sur l'accotement, les gouttes l'éclaboussent et l'imprègnent plus haut : pieds, mollets, jupes… les rafales s'occupent du reste. La voilà trempée. Elle devra renoncer et retourner au village. Il doit être cinq heures ; l'heure où les pêcheurs préparent déjà leurs gréements et où les travailleurs vont bientôt prendre la direction de l'usine. On la verra traverser les rues, on se moquera. L'idée d'échec en rentrant chez Emma, l'humiliation devant la possibilité de croiser Maurice et sa femme... Elle ne peut se résoudre à rebrousser chemin et, tremblante de froid, elle reste là à espérer un miracle.

Il survient, une dizaine de minutes plus tard : les phares d'une voiture approchent. Elle replace vitement la petite valise au sol et agite ses deux bras en de grands signes. Dans l'estompe de la nuit et à mesure que grossit l'auto sur la route, elle reconnaît la Ford qui s'immobilise près d'elle, dans le bruit des essuie-glaces affolés. Sous son ciré, Rolland Robitaille en sort, ouvre la portière côté passager et aide Irène à s'engouffrer à l'intérieur, après quoi il agrippe les valises qu'il charge à l'arrière. Il tend à Irène une couverture de laine.

À son réveil, explique-t-il, il a trouvé la lettre sur la table.

— J'étais tellement inquiet. Une chance que je vous ai retrouvée ! J'ai craint qu'un malfrat vous entraîne. Il n'y a pas que de bons Samaritains, sur les chemins... Méfiez-vous toujours.

Il retire son chapeau dégoulinant et le dépose à l'arrière.

— Je vous ramène chez nous ?

Elle secoue la tête. La pluie et l'air frais de l'aube chassent les derniers effluves de porto. Un bonheur résolu occupe la place vacante. Irène éprouve ce sentiment enivrant de bien savoir ce qu'elle veut.

— C'est bien ce que je pensais. Je l'ai même dit à Emma : « C'est quand même une tête de cochon, ton amie Irène... », sans vouloir vous offenser. Vous permettez que je vous appelle Irène ?

— Ce sera comme vous voulez, Rolland.

— Alors, destination : Bégin ! Nous nous arrêterons à la première station-service. Vous pourrez vous sécher et vous changer. On mangera un morceau en route.

# 9

*Journal de Jeanne*

*Le 26 août 1950*

*Quel été raté! Quelle vie troublée! Je n'ai rien à faire qu'à attendre la fameuse date. Alors, j'écris.*

*Depuis mon arrivée à la maison, fin juin, jamais Blanche n'a perdu sa contenance, n'a montré de signe de déconfiture, ne m'a adressé de réprimande ou de sermon. Cependant, tout compte fait, j'aurais préféré une saine colère à cet amour de couveuse. Blanche aux émotions blanchies et aseptisées, après trente années de bonnes manières, d'économie domestique et de sourires ciselés en camée. Trente ans de tricot, de travaux à l'aiguille et de petits pas derrière la polisseuse à plancher. Sa passion : les produits d'entretien. Cette bonne ménagère a accroché au mur un tableau synoptique pour le nettoyage des ustensiles et de la batterie de cuisine. Fer-blanc, fonte, fer battu, émaillé, terre vernissée, cuivre, aluminium, argenterie, faïence et porcelaine, verres et cristaux… Comme dans un dispensaire, dans les étagères sous le comptoir de la cuisine, elle choisit la boîte ou le flacon indiqué pour que tout reluise. Savon, soude, sable fin, cendre de bois tamisée, Tripoli, vinaigre, blanc d'Espagne, alcool, eau chaude, tiède ou froide. Une véritable machine à récurer.*

*Avant mon arrivée en juin, elle avait javellisé la chambre, pour éradiquer saletés et microbes, aéré au grand air draps, tentures et tapis, même si elle venait à peine de terminer le grand ménage du printemps. Elle m'a donné de l'huile d'amande pour éviter les vergetures, des pruneaux séchés, pour le fer et, tout dernièrement, de l'huile de ricin qui va soi-disant m'aider à la mise au monde. Vraiment ? Elle a tricoté des bonnets et des cache-cœurs pour le bébé qu'elle aurait tant souhaité porter elle-même et que ses aiguilles attendaient.*

*Oui, depuis deux mois, elle entretient la maison, les boiseries, les estomacs, la santé et l'hygiène corporelle, la saine apparence de la peau, mais jamais de conversation profonde, jamais la paix de l'âme. Et pourtant. Pourtant, j'aurais bien besoin d'un coup de plumeau sur le cœur, d'un peu de javellisant sur l'avenir, de savoir simplement si le nouveau-né trouvera, auprès d'elle, une place dans cette maison, ou si je devrai m'exiler ailleurs, avec ou sans lui. À quoi dois-je m'attendre, lors de l'accouchement : les douleurs, les complications possibles…*

*Ce n'est plus un bébé qui gonfle dans mon ventre, c'est de la frayeur tout emmêlée de peines perdues.*

*Je passe du temps à me bercer sur la galerie d'en arrière. Blanche me rejoint avec son panier d'où elle sort son ouvrage du jour. Elle entortille la laine autour de ses doigts et se met à tricoter avec une rapidité surnaturelle. De temps en temps, les broches de métal brillent dans la lumière qu'elles relancent dans des mouvements de va-et-vient. Blanche a les mains pleines d'étincelles, mais sa conversation est terne.*

— *Fait beau, hein ?*

*Je hoche la tête.*

— *J'ai ciré le plancher. Fais attention en rentrant. C'est glissant. Ce midi, je vais nous cuire des boulettes à la sauce au thé.*

*Ses propos s'arrêtent là : température, ménage et menu du jour. Pourtant, quelques mots tendres, pendant sa séance de tricot, suffiraient pour que je puisse dénouer ce nœud monstrueux de peurs et de refoulements. Dans sa berceuse de jonc, muette, elle entortille ses réflexions autour de ses aiguilles. Je ne vois plus en elle qu'une femme qui prend de l'âge et du double menton. Pendant plusieurs minutes, j'attends une annonce, des détails pour le futur. Rien.*

*Aujourd'hui, la sonnerie de la porte avant a dérangé la séance de tricot. Toutes les deux, nous avons bondi de nos chaises, mais de sa main impérieuse, elle m'a fait signe de rester derrière. Comme elle le fait tout le temps lorsqu'elle se lève, elle a tiré sa robe et son jupon de chaque côté de ses hanches pour replacer sa gaine, puis elle est entrée dans la maison. À la dérobée, j'ai regardé à travers la porte moustiquaire.*

*Un livreur a déposé une grosse boîte sur le parquet fraîchement ciré. Blanche a soupiré et, d'un signe de tête, a désigné au messager le tapis où il a déplacé le colis. Une fois le bordereau signé et le livreur parti, je suis entrée, curieuse de connaître le contenu du paquet. Peut-être une chaise haute, un berceau ou un carrosse qu'aurait commandé Blanche ?*

*Lorsqu'elle a soulevé les papiers d'emballage, j'ai vu un appareil étrange. «Une ceinture vibrante», m'a-t-elle dit. En laissant trembloter la courroie autour des hanches, il paraît qu'on peut faire fondre la graisse du ventre et de la taille, comme dans la publicité de sa revue. «Elle te sera très utile, à toi aussi, après les couches. Après un mois, personne ne pourra soupçonner que tu as enfanté. Dès notre retour, tu pourras commencer les exercices.»*

*Notre retour ? Retour d'où ? Je n'en pouvais plus de tous ces non-dits et lui ai posé carrément la question. «De Roberval», qu'elle m'a répondu. Elle visiterait sa sœur Denise pendant mon séjour à l'hôpital. Elle a ajouté qu'Yvan et Pauline seraient là aussi. Pourquoi ? «Parce qu'ils vont adopter le petit.»*

*Une crampe m'a saisie et m'a fait plier en deux. J'ai posé les mains sur mon ventre, comme pour le protéger. Ce n'était pas la douleur qui tordait mon visage, mais la colère. Blanche argumentait : «Réjouis-toi, ma fille, en pensant que le bébé restera dans la famille. Ils ont promis de garder secret cet arrangement et je t'avise de ne rien dire de ton côté. À part nous, personne ne saura. Comme ça, nous sauverons ta réputation et pourrons nettoyer un tant soit peu la… souillure.»*

*J'ai proposé de le garder, qu'on pourrait s'en occuper, elle et moi. Je parlais en pleurant dans mon tablier pour étouffer mes sanglots, puis j'ai relevé* la tête pour plaider ma cause. Après l'avoir porté en secret tous ces mois, je l'aimais, ce petit. Je ne voulais pas l'abandonner comme l'avait fait la jeune mère qui m'avait donné la vie.

Blanche a secoué la tête et, de son mouchoir propre, est venue sécher mes larmes. Désolée, sur un ton de fatalité, elle m'a expliqué que Pitre n'aurait pas les moyens de nourrir une nouvelle bouche. En plus de s'engager à subvenir à mes besoins et à mon instruction, il y avait aussi Flora à présent ; Flora que son père ne reprendrait pas de sitôt, cet ivrogne, encore fourré dans le pétrin. Bien sûr, je ne peux jeter le blâme sur ma cousine ; elle n'y est pour rien et a eu sa charge de malheurs.

Puis sont tombées les grosses questions. J'avais trop attendu, dans le silence noir de ma chambre immaculée : «Je suis la fille de qui ? Vous ne m'avez jamais raconté. J'ai le droit de savoir.» L'histoire de ma vraie mère allait se répéter.

Blanche, qui était retournée à son colis, a déposé sur la table la ceinture vibrante et s'est assise face à moi. Les mains croisées sur les genoux, elle fixait droit devant elle, comme si elle allait s'adresser à un juge imaginaire siégeant devant le mur de la cuisine.

«Oh, ma chère Jeanne, ta vraie mère, tes véritables parents, ce sont nous, Pitre et moi, qui avons tout fait, oui, tout pour te donner amour et soins, tout ce dont une petite fille rêve. Ne fais pas l'ingrate, je t'en prie. Depuis que j'ai appris pour ta grossesse, tu penses bien que j'ai jonglé à bien des choses. Cet enfant, on ne peut pas le garder. Tu dois poursuivre tes études, trouver un mari ou un emploi. Tu ne peux pas te laisser vivre. Il te faut vivre, et vivre, c'est lutter. Lutter pour gagner ta place, lutter pour garder ta dignité et ta conscience. La petite fille gracieuse, tout charme et tout sourire à la maison, celle qui cherchait toujours attention, soutien et une main pour la guider, cette petite fille là a disparu. Tu dois gagner ta vie, te protéger et te défendre seule contre les tentations que le diable sème autour de toi.»

Elle m'a parlé du monde qui change. Elle ne voulait pas que je devienne une reine du foyer comme elle, une autre parfaite femme de maison sortie *de l'école ménagère. Elle a énuméré d'autres diplômes que celui d'économie familiale, car elle souhaitait que je fasse autre chose que l'entretien d'un logis et me conseillait de poursuivre des études à l'école normale. Si je gagnais un salaire, j'aurais mon indépendance financière et mon autonomie. Et ce n'était pas avec un enfant sur les bras à seize ans que je pourrais y arriver.*

*Blanche a cherché ma main.*

*Je me suis levée pour me réfugier dans ma chambre et m'effondrer sur le lit. Un peu plus tard, Flora m'a rejointe, s'est couchée près de moi et m'a parlé de sa grande sœur, Do, qui lui chantait toujours des berceuses, le soir, quand elles habitaient ensemble, pour chasser la peur avant de s'endormir. Elle s'est mise à fredonner* Mon bel ange va dormir, *pour que le petit dorme bien, dans son eau.*

*J'ai souri à travers mes larmes, mais une fois Flora partie vers son lit, je n'ai trouvé ni position confortable ni pensées heureuses. Alors, j'écris et, arrivée au milieu de la nuit, au fond, je crois bien que Blanche a raison.*

*Je n'aurais pas dû lui refuser la main.*

\* \* \*

*Le 5 septembre 1950*

L'auto file vers Cap-de-la-Baleine et les pensées de l'oncle Pitre semblent tourbillonner dans la fumée de sa cigarette. Des nuages gris et bas garnissent le ciel et, au sol, des filets de brume meurent dans le creux des vallées. Silence dans l'auto. Sur la route, de temps en temps, passe une voiture en sens inverse.

Oncle Pitre est si absorbé lorsqu'il conduit. Pour une rare fois, ils sont seuls dans la voiture, Flora et lui. Tout au long du trajet, ils échangent peu, alors qu'habituellement Blanche remplit l'habitacle de propos anodins, de détails d'organisation, de conseils candides et de mises en garde frileuses. Cependant, cette fois, Blanche n'est pas là : partie avec Jeanne à Roberval.

Pitre profite de la fête du Travail pour reconduire Flora au couvent. Tante Blanche a téléphoné un peu plus tôt le matin pour donner des nouvelles. Jeanne est délivrée et va bien. Et le bébé ? Une petite fille, c'est tout ce que Pitre a rapporté à Flora. Rien sur la couleur des yeux, des cheveux, le poids, la santé… Dans son empressement, il a oublié de demander ces détails. Jeanne devrait revenir dans quelques jours.

Flora n'a pas avalé grand-chose depuis la veille. Pitre a cru qu'elle s'en faisait trop pour Jeanne. En vérité, son estomac s'est noué depuis qu'elle a réalisé que les grandes vacances prenaient fin et qu'elle devrait affronter une autre réalité : revoir sœur Irène au couvent. Comment devra-t-elle se comporter devant elle ? Elle ne sait rien des dispositions ni des intentions de cette enseignante.

Comme à son accoutumée, elle s'est assise sur la banquette arrière. De temps en temps, elle observe oncle Pitre dans le rétroviseur. Au cours des dernières semaines, il a laissé pousser sa moustache. Tous les matins, après le rasage, il l'enduit d'une cire spéciale pour la lisser et la rendre brillante. Parfumé et vêtu de son veston de tweed, il ressemble à un colonel. Il entrouvre la vitre et, d'une pichenette, jette son mégot.

En remontant la glace avec la manivelle, il se racle la gorge et exige soudain :

— Flora, ma petite Flora, promets de ne rien dire, au couvent, question de sauver ma Jeanne. Tu sais, les rumeurs, fausses ou vraies, brisent les destins. Jure-moi que tu garderas le silence sur nos affaires de famille.

— Je veux bien, mais si on me demande pourquoi Jeanne n'est pas là, qu'est-ce que je vais raconter ?

— Dis qu'elle commencera les cours à l'école normale la semaine prochaine, qu'elle a été retenue par sa cousine Pauline qui avait besoin d'elle pour ses relevailles.

Mentir, Flora sait comment. Elle hoche la tête en regardant défiler le paysage : arbres, maisons, poteaux de téléphone, la vallée au fond de laquelle flâne la grande rivière… Au loin s'élèvent les réservoirs d'huile et de gazoline et leurs odeurs de mazout. Après le dernier détour, sur le cap, apparaît le clocheton de la maison mère puis toutes les ailes du bâtiment : la maison rouge, la maison blanche, l'école d'application et l'école ménagère.

Une barre lui scie le ventre.

— Tu sais, continue oncle Pitre, le malheur des uns fait le bonheur des autres. Pauline est tellement contente. Elle a fait une fausse couche, le printemps passé, et le docteur lui a dit qu'elle ne pourrait plus avoir d'enfant. T'inquiète pas, ce bébé-là ne manquera pas d'amour. Pauline est une bonne petite, et son Yvan, un sacré bon gars, vaillant et charitable. Des fois, le bon Dieu équilibre bien les choses.

— Ça dépend pour qui, chuchote Flora en se remémorant son passé.

Et tout haut, d'un ton catégorique et enjôleur, elle poursuit :

— C'est tellement vrai ce que tu dis là, mon oncle. M'as m'en souvenir.

Le malheur des uns, le bonheur des autres… pour chasser de son esprit ce qui l'attend au couvent, elle laisse ressurgir quelques images de son été et elle se revoit remontant en courant la rue Sainte-Catherine. Elle perdait la notion du temps, trop occupée à jouer sur la grève avec Germain, son ami de la rue Saint-Pascal. Blanche la grondait presque tous les jours, car elle omettait de faire le ménage du portique et de la salle de bain. Elle demandait à Pitre de lui donner la fessée lorsqu'il rentrait du travail, mais il n'avait pas la main très lourde et, après, il la berçait pour la consoler. Germain n'avait pas autant de chance lorsqu'il manquait à ses tâches. Un jour, elle le retrouvait avec un œil poché, le lendemain, avec la lèvre fendue et, le jour suivant, avec une prune sur le front.

Elle rentrait à la maison après avoir retiré ses souliers pleins de boue sur la galerie. Il ne faudra pas oublier ces fins d'après-midi remplies de l'odeur humide des rives à marée basse où se balançaient les grandes herbes, où le cri-cri de quelques grillons emplissait l'espace entre la terre, la baie et le soleil, alors que le vent doux charriait des mousses, des papillons et des ailes éphémères. Au couvent, elle n'aura plus cette chance. Elle n'entendra plus Blanche s'égosiller dans la porte : « Flora ! Oh toi ! Ma petite couraïlleuse ! Tu vas me faire mourir d'inquiétude ! Vite, à ton ouvrage ! »

Son bonheur à elle faisait un pied de nez au malheur de Jeanne qu'elle retrouvait souvent après s'être acquittée de ses menus travaux, assise sur le perron arrière. Tout l'été, Blanche lui a interdit de mettre le pied sur la galerie avant, de sortir, de marcher dans la rue, d'aller au cinéma ou au magasin général : c'est à peine si elle pouvait assister à la première messe, le dimanche. Blanche s'était aussi retenue d'inviter qui que ce soit au cours de cet été d'ennui. L'impatience des jambes gagnait souvent Flora et, puisqu'il lui était impossible de jouer à la balle, à la corde à danser ou à la marelle avec sa cousine – qui, de toute façon, ne s'intéresse plus à ces jeux enfantins –, elle avait découvert la famille des Lalancette, sur la rue juste à côté, et un ami de son âge : Germain, toujours prêt à la suivre dans ses aventures de pirates, de matelots perdus en mer, de pêcheurs de perles, de chercheurs de trésors sur la grève ou dans des courses sur le quai.

Chaque dimanche, elle devait se lever très tôt, même si c'était jour de repos, pour accompagner Jeanne à la messe. Après la toilette et le cirage des chaussures, Jeanne descendait lentement l'escalier de la maison, toujours affublée de sa lourde cape malgré la chaleur. Blanche l'obligeait ainsi à cacher son énorme ventre. Il n'était pas encore six heures et les rouges et les roses s'animaient à l'horizon, les oiseaux aussi, sur la berge. Dans la boulangerie, M. Gagné enfournait sa cuisson du jour et, sur le trottoir, M. Lionel balayait l'entrée du salon de quilles pendant que la plupart des autres paroissiens rêvaient encore dans leur lit. Pourquoi aller si tôt à l'église ? C'était à cause de Jeanne. Blanche ne voulait pas que les gens la voient à la grand-messe.

La semaine dernière, dernier jour d'août, Blanche et Jeanne sont parties pour Roberval. La veille, elles ont préparé trois valises, dont une pour le bébé, dans laquelle Jeanne a précieusement placé le nid d'ange qu'elle avait tricoté au cours de l'été. C'était pour habiller le petit, lorsqu'il quitterait l'hôpital, a-t-elle expliqué à Flora, avant de refermer la mallette.

Comme elle sortait de la maison, Flora avait eu le temps de lui donner sa plus belle poupée, celle à la bouche cerise et aux grands yeux vert bouteille qui se ferment quand on la couche. Une poupée encore à l'état neuf, dans sa robe ourlée de dentelle, aux membres articulés et aux cheveux lustrés et abondants que jamais la brosse maladroite n'avait touchés.

— Tu pourras la remettre à cousin Yvan et à sa femme, pour ton bébé.

Émue, Jeanne avait pris délicatement la poupée.

— Et si c'est un garçon ?

— Ce sera une fille. Simone me l'a dit.

Jeanne lui avait murmuré plein de mercis. À son retour, dans quelques semaines, elle n'aurait plus de bébé, plus de poupée, mais elle aurait Flora qui serait toujours là.

Elles s'étaient étreintes intensément, la poupée coincée entre leurs deux cœurs.

Jeanne, Jeanne… qu'adviendrait-il d'elle à présent ? Partie à Roberval. Pourvu qu'elle revienne au plus vite au couvent. Pourvu qu'elles puissent se parler bientôt.

* * *

Le lendemain a lieu le traditionnel rassemblement dans la grande salle du couvent. Dehors, la verdure jaunie et les bosquets de feuillus s'empourprent. Dans les herbes, quelques grillons stridulent encore au soleil ; dedans, une fourmilière s'agite. Ça grouille, ça caquette, on se colle et on serre nos amies les plus chères. L'odeur de cire à plancher est vite balayée par celle que dégagent les centaines de jeunes filles. Au bout de la salle, sur une banderole suspendue au-dessus de la scène, le mot *Bienvenue* accueille anciennes et nouvelles. Deux colonnes flanquent le décor agrémenté de fleurs de papier, de deux statues de la Vierge et de voilage bleu et blanc.

Préoccupée, semblant perdue dans son brouillard, Flora cherche, parmi tous les visages attroupés à l'avant, souriants ou non, celui de sœur Irène. Aucune trace d'elle ni de sœur Adèle. Les aura-t-on envoyées dans une mission en Afrique ? Ou avec les Indiens du Nord ? En prison ? Flora n'ose pas poser de questions, espérant, à tout hasard, que quelqu'un lui donnera des nouvelles.

La supérieure y va de son message de bienvenue. Elle souhaite à toutes la meilleure des rentrées et, quelques minutes plus tard, libère les cohortes. L'institutrice de quatrième année, sœur Saint-Jean-Baptiste, conduit son groupe jusqu'à sa classe ; un local presque en tous points semblable à ceux des première, deuxième ou troisième années : au-dessus du tableau noir, le Sacré-Cœur d'un côté, Notre-Dame de l'autre et, au centre, le Christ en croix qui accueille les couventines à bras douloureusement ouverts. Par souci de gaieté et de légèreté, la sœur a garni le bord des fenêtres d'herbes en pots, inconnues et généreusement odorantes, et, sur le mur latéral, elle a accroché des dessins de plantes potagères qui mettent l'eau à la bouche et rappellent la munificence de notre bonne terre nourricière.

C'est une grande femme plutôt costaude, à la tête droite et altière, qui atteint la marge supérieure du tableau noir. Comme un grand pin sous le vent lourd, elle se balance mollement en attendant le silence. Son visage sans rides, sérieux mais aimable, est empreint d'une patiente bonté. Trente ou quarante ans, on ne saurait deviner le passage du temps sur elle.

Elle explique le programme du mois. Comme la plupart des fillettes sont maintenant âgées de dix ans, elle les considère assez grandes pour apprendre des notions de culture maraîchère et de botanique. D'ici la fin septembre, chaque vendredi, suivant les désirs et caprices de dame Nature, on fera la classe verte à la ferme des sœurs du rang Saint-Joseph.

Un joyeux murmure circule dans la classe alors que les élèves se regardent mutuellement, des sourires plein les yeux. Quatre vendredis complets à la campagne, consacrés uniquement aux notions de jardinage et à la botanique ! Flora rêve déjà de courir les champs, de caresser les animaux et de croquer des pommes, en oubliant, un tant soit peu, le malaise qui la taraude au couvent. Cependant, avant la première sortie, il faut attendre deux longs jours.

Une seule élève manifeste son mécontentement et tend bien haut une main robuste : la grosse Yvonne. Flora lève les yeux au plafond : qu'est-ce que Vovonne va encore leur sortir ? Pourtant costaude et dégourdie, Yvonne a peur des vaches, des chevaux, des chiens, des chats et des poules, mais se donne maladroitement l'excuse d'avoir le rhume des foins.

— Pourquoi sommes-nous obligées d'aller cueillir des plantes à la ferme ? Il y en a tout plein autour du couvent.

La sœur répond sans sourciller :

— C'est que nous profiterons de nos séjours pour aider aux récoltes de légumes, de citrouilles et de pommes de terre.

Yvonne bougonne. Flora lui tire la langue, sachant bien que ni la sœur ni Yvonne ne la voient.

— Mademoiselle Saulnier, la gronde affectueusement sœur Saint-Jean-Baptiste, tentez de démontrer un peu plus de collaboration et de charité. La nature vous a pourvue de bons bras qui n'ont sûrement pas peur de la tâche. Faites-en bénéficier la communauté.

Un large sourire met fin aux espoirs d'Yvonne.

Enfin, le 8 septembre, dame Nature disperse les nuages et, sous l'azur des cieux, roule vers le rang Saint-Joseph un autobus rempli de chansons et de belle humeur. Yvonne elle-même se laisse gagner par cette splendide journée de fin d'été. Les couventines portent leur tablier, car elles aideront aux travaux selon les exercices pratiques de *L'économie domestique à l'école primaire*. Cette première visite de l'année leur permettra d'en apprendre davantage sur les plantes sauvages et sur les œufs. La semaine suivante sera consacrée aux plantes potagères et aux céréales, la troisième, à la « corvée de patates », comme dit Thérèse.

M. Léon, le plus âgé des hommes engagés, les accueille avec son sourire édenté et sa parlure colorée. Il est drôle à voir avec son caluron fatigué qui lui couvre le dessus de la tête et, collé à la lèvre inférieure, le mégot cassé qui s'agite au rythme de ses paroles. Un grand chien noir et blanc, tout efflanqué, gambade près de lui en jappant, et fait fuir quelques poules qui s'affolent et courent en tous sens. Une fois le chien passé, elles se regroupent et continuent sans hâte de gratter le sol et de picorer dans les cailloux de la cour poussiéreuse, sous l'œil fou du roi et maître de ce harem, un coq bien gras, à la crête écarlate et au plumage chatoyant.

— C'est t'y pas les p'tites couventines encore c't'année qui viennent se dégourdir les pattes dans l'champ. Qu'essé qu'on leur apprend aujourd'hui, ma sœur ? Voulez-vous, c'te fois-citte, que j'leu-z-apprenne à mirer les œufs ?

Un peu mal à l'aise, sœur Saint-Jean-Baptiste le remercie poliment de son empressement et de son offre de collaboration, mais cherche à faire diversion.

— Dites-moi, où est M. Gaudreault ?

— Parti au pacage pour aider la Clairette à vêler. Pis le nouvel homme engagé, ben, y fauche le champ d'orge. Moi, chus ben disponible pour une visite en charrette ou pour vous emmener au poulailler. Sœur Marie-Poule est déjà là. (*Il retient son rire de petit gars malicieux.*) Oh ! Scusez, j'veux dire : sœur Marie-Paule.

— D'accord. Nous irons d'abord au poulailler, mon bon monsieur. Ensuite, les élèves cueilleront des plantes vertes afin de monter un herbier pour le cours de botanique.

Elle se tourne vers les filles et leur enjoint de se rassembler. Cette idée d'herbier vient de la sœur aux grands pieds, laquelle a transmis à l'institutrice le matériel nécessaire et les instructions écrites de sa main pour que les couventines apprivoisent ce domaine des sciences naturelles.

— Ah ben! fait le cultivateur. C'est nouveau, ça! Un *harbier*! Vous voulez-t'y en faire des *agreunomes* du *gouvarnement*?

Son éclat de rire découvre des gencives où ne tient plus qu'un chicot jauni. Sans pouvoir s'arrêter, il s'adonne à une routine inconvenante : il se gratte allègrement l'entrejambe. Ce geste répété explique la vilaine usure qui orne à cet endroit sa salopette. Flora donne du coude à Yvonne en lui enjoignant à regarder la fourche du sympathique M. Léon.

— Venez vite, les filles, nous avons du travail, annonce la maîtresse, un peu gênée.

Après la visite au poulailler, elle les emmène à l'abri du vent, près de la bâtisse. Sœur Marie-Paule y a installé une grande table de bois, flanquée de deux longs bancs où prennent placent les apprenties botanistes. Debout à l'extrémité, sœur Saint-Jean-Baptiste lit d'abord une introduction dans *L'économie domestique*.

*Le végétal est un être vivant auquel il ne manque que la sensibilité et le mouvement volontaire. Il naît, il respire, il s'alimente, il se reproduit et meurt. On retrouve le végétal partout, excepté sur les glaciers ou les terrains volcaniques.*

Peu de fleurs à pétales persistent en cette saison, mais sœur Saint-Jean-Baptiste ne s'en formalise pas : plusieurs graminées sont mûres. Il sera intéressant de les étudier et de conserver des grains pour des expériences de germination. Après quelques notions théoriques, munies d'un sac de toile et d'une petite pelle, les élèves doivent docilement cueillir des plantes qu'elles mettront à sécher plus tard. Elles s'éparpillent le long des bâtiments, dans le verger et près des claies, à la recherche de spécimens originaux.

Flora connaît l'endroit où elle dénichera les plus beaux : près du tas de fumier, que personne n'ose approcher, de peur d'y laisser son ombre et de s'y embourber à jamais. Comme elle ne veut pas être vue dans cette zone sinistre, elle attend que le groupe s'éloigne avant de bifurquer vers l'arrière de l'étable. La voici devant ce bourbier. Une assez vaste étendue humide d'où s'élèvent la puanteur et des nuages de mouches, un mélange d'urine, d'eau de pluie et de crottin au bord duquel poussent des plantes au luxuriant feuillage.

Une fois à l'abri des regards, elle marche précautionneusement sur les monticules herbus plus ou moins secs de matière en décomposition émergeant de la mare noire. Juste au-delà, une verdure touffue se balance au vent. L'odeur ne l'incommode pas, mais ses souliers l'inquiètent. Tant pis. Elle s'approche de plants magnifiques, idéaux pour l'herbier. Jamais elle n'en a vu de semblables au cours de sa courte vie : aussi hautes que des arbustes, aux feuilles finement découpées et grandes comme une main, dont les sept folioles s'étirent en doigts fins et dentelés. Le tronc est si robuste qu'elle ne saurait dire s'il s'agit d'une herbacée ou d'une ligneuse. Comme le plant complet ne tiendra jamais sur une planche de carton, elle ne prélève que des feuilles et quelques fruits. La sœur sera quand même contente d'ajouter cette rareté à la collection.

Un bruit la fait tressaillir : la porte arrière de l'étable s'ouvre et, poussant une brouette remplie de purin, un homme en sort, beaucoup plus jeune que M. Léon, en salopette et dans une chemise maculée dont il a grossièrement roulé les manches. Sa courte barbe rejoint la masse des cheveux tirés dans une queue basse. À son cou, il a noué un petit foulard tricolore et, sur son bras droit, apparaît un tatouage qu'elle arrive difficilement à distinguer : une sorte de cœur en flammes. Flora en voit rarement, et cette mode évoque pour elle les marins, les durs à cuire et les bandits. En chantant, ce dur à cuire là gravit la montée de bois, au bout de laquelle il déverse sa charge sur le tas de fumier. Aussitôt, il s'en retourne à l'intérieur et revient quelques instants après, exécutant le même trajet, toujours fredonnant, d'une voix chaude et claire, un air qui rappelle à Flora un vague et ensorcelant souvenir. Tout à coup, il s'égosille. Sa voix est plutôt juste et son timbre ravit l'âme de la fillette.

— *Oui, c'est elle! C'est la déesse. Plus charmante et plus belle...*

Cachée derrière les feuillages, elle observe le nouvel homme engagé, sans doute celui qui a remplacé l'amoureux de Jeanne, plus captivant par son allure sauvage et son étonnante voix de ténor.

Dans les hautes herbes, elle tente de faire un pas pour mieux le voir, mais elle pose le pied sur une roche et perd l'équilibre en poussant un petit cri. L'employé interrompt aussitôt sa descente et son chant, se tourne vers elle et, dès qu'il l'aperçoit, rugit en tapant de son talon le trottoir de bois.

— Eh toi, la grosse mouche! Touche pas à ça! Tasse-toi de là!

— Je prends juste quelques feuilles. C'est...

Elle n'a pas le temps ni le courage de terminer: l'homme saute à pieds joints dans le fumier, dévale la pente fumante et la menace verbalement.

— Va-t'en, petite peste! lance-t-il, avec un air à la fois gamin et hardi.

Elle déguerpit, sans se préoccuper du terrain, mettant les pieds n'importe où, là, dans la fange nauséabonde, ici, dans une flaque visqueuse. Elle en a jusqu'aux mollets.

Sœur Saint-Jean-Baptiste agite la cloche pour rassembler les élèves en rang, près de l'autobus. Chacune y remonte avec son sac et reprend sa place. Flora arrive la dernière. Lorsque la sœur aperçoit ses souliers englués, elle lui fait des yeux d'aigle.

— Non mais, dans quoi, mademoiselle Blackburn, vous êtes-vous encore mis les pieds ? La sale affaire, c'est le cas de le dire ! Enlevez le plus gros avant de monter, je vous prie. Vous irez me laver tout ça dès notre arrivée au couvent.

Les filles poussent des cris exagérés quand Flora traverse l'allée. Elle s'assoit piteusement sur la banquette arrière, loin des autres, pour que l'odeur ne les incommode pas trop pendant le trajet.

Aussitôt descendue dans la cour du couvent, elle ne se fait pas prier pour passer aux lavabos, gratter la merde séchée sur ses souliers et rincer à fond ses bas. L'odeur s'accroche. Il faudrait les produits de tante Blanche. Tant pis ! Les chaussures dégoulinantes au bout du bras, elle gagne son compartiment pour enfiler des bas propres et ses pantoufles, après quoi elle revient en classe où on se hâte de mettre à sécher les récoltes avant qu'elles se ratatinent et prennent de faux plis.

Flora a réussi à rapporter deux beaux rameaux de ces feuilles luxuriantes, aux folioles marginées de dentelle. Lorsque vient son tour de consulter la *Flore laurentienne,* elle feuillette longtemps avant de se contraindre à se servir de la clé proposée par le frère Marie-Victorin et que sœur Saint-Jean-Baptiste a longuement expliquée.

Sa découverte la surprend : *Cannabis sativa. Le chanvre est cultivé pour les fibres de son écorce, qui fournissent les meilleures toiles à voile et les meilleurs cordages de marine. La graine (chènevis), dont les volailles sont très friandes, fournit une huile siccative employée dans la peinture.*

Une plante cultivée… ça n'ira pas, car la consigne consistait à récolter des espèces sauvages. Déçue, elle continue néanmoins à lire : *Enfin, les feuilles renferment un suc narcotique qui sert en Orient à la fabrication du haschich, que l'on mâche pour se procurer une espèce d'ivresse peuplée de rêves délicieux.*

Que peuvent signifier les mots *narcotique* et *haschich*? Ça sent le mystère. Par contre, *l'ivresse peuplée de rêves délicieux* évoque en elle les pièces de théâtre et les danses qu'inventait sa grande sœur Dominique, les spectacles de magie de Lara, les tours de jonglerie de Fabienne, les semaines de fébrilité avant Noël alors que, cachée dans sa chambre, bonne maman emballait les cadeaux. Elle les oublie de plus en plus, ces rêves délicieux; ils s'en sont allés bien loin, à présent. Si cette herbe à rêves pouvait ramener ses sœurs. À défaut de leur corps et de leur vie, leur visage, à tout le moins.

— Eh! Flora, qu'est-ce que t'as trouvé? lui demande Thérèse.

— De l'herbe à rêves d'Orient.

Elle enfonce les rameaux au fond de son sac de toile et en ressort le mélilot blanc qu'elle avait d'abord cueilli. D'une oreille distraite, elle écoute la maîtresse expliquer la façon d'étaler les inflorescences sur de vieux journaux. Ses pensées sont absorbées par cette plante exceptionnelle, aux propriétés étranges et, surtout, par l'homme engagé qui défendait bec et ongles cette culture. À partir de ce moment, elle veut absolument en savoir davantage sur lui.

La semaine suivante, pendant la nuit du jeudi au vendredi, elle dort à peine, trop excitée à la pensée qu'elle le reverra. Cinquante *Ave* et autant de *Pater* ne parviennent pas à lui apporter le sommeil. Au matin, elle se lève, le corps épuisé mais le cœur plein d'entrain. Son plan se tient tout seul, bien dessiné dans sa petite tête enfiévrée.

Heureusement, la température est clémente et permet une deuxième sortie à la ferme. *Merci, mon Dieu!* Cette fois, avec la permission de la maîtresse, elle a chaussé ses bottes de pluie. Une fois là-bas, Flora attend le moment où toutes les filles iront boire au puits pour retourner, en tapinois, derrière l'étable. Elle se souvient très bien de l'endroit où elle a découvert la plantation, mais ses recherches la mènent à un désappointant constat: le bosquet de plantes merveilleuses a été rasé, la porte de l'étable reste fermée et, à cette heure, l'homme engagé et sa brouette ne semblent pas en service.

S'en retournant rejoindre les autres, elle arrache un brin de mil dont elle fourre l'extrémité dans sa bouche, pour croquer et aspirer le petit goût doux-amer de la sève. En bordure de la prairie, les élèves cueillent quelques brins d'orge, après quoi sœur Saint-Jean-Baptiste donne un cours sur les céréales. Voyant Flora revenir par-derrière l'étable, elle fronce les sourcils et prend un ton sévère.

— Mais où étiez-vous encore, mademoiselle Blackburn ? Nous vous avons cherchée !

Flora s'invente un besoin pressant.

— Pour aller au cabinet d'aisances, il vous suffit d'attendre le moment que je désignerai. Nous irons à la maison de M. Gaudreault.

Les couventines sont invitées à s'asseoir sur l'herbe accueillante, comme des dames, les genoux en biais serrés l'un contre l'autre, les pieds ramenés vers les fesses et la colonne vertébrale en clé de *fa* : à la longue, une position des plus inconfortables. La sœur rouvre son manuel et commence sa lecture théorique.

*On désigne sous le nom de céréales des plantes dont les grains réduits en farine servent à la nourriture de l'homme. Les céréales, nommées d'après Cérès, déesse des moissons, ont rendu à l'homme les plus grands services. Pour se livrer à la culture de ces plantes précieuses, il s'est vu contraint d'abandonner la vie de chasse et d'aventures. Si les céréales n'existaient pas, l'homme serait probablement resté sauvage…*

Et patati, et patata, la bonne sœur continue en vantant la valeur des céréales, leurs principales sortes et la composition de la farine. L'air embaume. On entend les poules caqueter joyeusement. Flora écoute de son mieux la leçon, au fil des images qui se pressent dans sa cervelle et s'imposent malgré elle : un colossal semeur traverse d'immenses champs de *Cannabis sativa*, entouré de sylphides dansantes qui ont le visage de ses jeunes sœurs. Tout près les suivent le frère Marie-Victorin et sœur Irène, lui penché sur son herbier, elle grattant la lyre de ses longs doigts effilés. Sur le bras du semeur apparaît un cœur de feu au-dessus duquel elle lit, en chaudes lettres d'or, *Flora*. La plus enivrante des fleurs, à laquelle peu d'hommes savent résister.

Un discret coup de coude la fait sursauter. Yvonne lui chuchote mollement :

— Eille, Flo, réveille, tu me tombes dessus…

En rouvrant les yeux, elle aperçoit le regard dur de Simone.

À l'heure de la collation, la sœur invite les élèves à rester assises sur l'herbe et donne à chacune une galette à la mélasse et une tasse de lait. Sœur Marie-Paule leur rend une courte visite de politesse et s'affaire à distribuer le bon lait frais. Pendant qu'on se régale, sœur Saint-Jean-Baptiste ouvre sa Bible et lit le passage de l'Exode et des dix plaies d'Égypte : un tas de malheurs que Dieu inflige aux Égyptiens afin de convaincre le Pharaon de permettre aux Israélites de quitter le pays pour aller vers le désert avec Moïse.

Installée en tailleur derrière les autres, Flora aperçoit sur le sol deux fourmis explorant la jungle d'herbe. Elle dépose sa tasse sur une pierre plate et disperse quelques miettes de galette à leur intention. La pitance attire d'autres individus, et Flora se réjouit de les voir emporter le butin vers la colonie qu'elle découvre sous une roche à moitié enfouie dans le sol. Elle la soulève. À fleur de terre, prises de panique, les fourmis s'agitent et s'empressent de mettre à l'abri les œufs et les larves, courant en tous sens, certaines encore sur l'envers de la roche que Flora tient à hauteur de ses yeux.

— *Moïse et Aaron firent comme l'avait ordonné Yahvé. Aaron leva son bâton et il frappa les eaux qui sont dans le fleuve aux yeux de Pharaon et de ses serviteurs, et toutes les eaux qui sont dans le fleuve se changèrent en sang. Les poissons du fleuve crevèrent et le fleuve s'empuantit…*

— Comme Flora la semaine passée ! lance à la dérobée Yvonne.

— Oui, merci pour cette pertinente remarque, mademoiselle Saulnier… *Et les Égyptiens ne purent boire l'eau ; il y eut du sang dans tout le pays d'Égypte.*

Flora reprend sa tasse de lait. Quel effet ferait une douche lactée sur le petit peuple ? Lentement, elle verse quelques gouttes, puis un filet et, s'amusant à voir flotter les insectes dans les rigoles, elle renverse tout le contenu, noyant des individus emportés par le liquide pendant que d'autres arrivent à nager et à rejoindre la terre ferme. Les fourmis la voient-elles, en haut, surplombant le nid ? Peut-être, mais elles ne l'attaquent pas pour défendre leur ville souterraine. Silencieuses, les fourmis ne crient pas, ne pleurent pas, ne prient pas, ne l'implorent pas.

— *La foudre frappa le sol, et Yahvé fit tomber la grêle sur le pays d'Égypte. Il y eut de la grêle et le feu jaillissait au milieu de la grêle, une grêle très forte, comme il n'y en avait jamais eu au pays des Égyptiens depuis qu'ils formaient une nation.*

— C'est qui ça, Yahvé, ma sœur ? s'informe Thérèse.

Ne se contentant pas de l'effet du sable, ce sont des cailloux que Flora laisse tomber ensuite, visant les dernières fuyardes.

— C'est le nom hébreu de Dieu. Je vous remercie de cette curiosité fort à propos, mademoiselle Thérèse. *Au milieu de la nuit, Yahvé frappa tous les premiers-nés dans le pays d'Égypte, aussi bien le premier-né de Pharaon qui devait s'asseoir sur son trône, que le premier-né du captif dans la prison et tous les premiers-nés du bétail.*

Armée d'un caillou, Flora écrase maintenant un à un les œufs et les larves oubliés qui éclatent mollement sous la pression et se métamorphosent en une purée blanchâtre.

— *... il y eut d'épaisses ténèbres...*

Enfin, Flora reprend la grosse roche et la laisse tomber sur le labyrinthe, anéantissant les fourmis décimées, comme le Dieu tout-puissant, ce Dieu de bonté, ce Dieu d'amour inconditionnel, qui use de moyens bien peu aimables pour libérer son peuple, les Israélites, ses préférés. Comme il peut être méchant envers les autres peuples ! Pourtant, n'a-t-il pas créé les hommes tous égaux ? C'est à n'y rien comprendre.

La lecture biblique prend fin. Après la collation et ce théâtre miniature sur l'Exode, Flora se relève avec les autres pour assister à la suite de la leçon de botanique.

Quand sœur Saint-Jean-Baptiste énumère les parties de la panicule, les fillettes l'entourent, attentives, en égrainant un épi pour en décortiquer les grains. Flora n'écoute plus ; un rien la distrait. Ici, le cri de détresse d'un oiseau, peut-être menacé par un chat errant et, là-bas, le bruit d'un moteur lui fait pivoter la tête.

À l'autre extrémité du champ gronde et crache un tracteur tirant une faucheuse. Le chauffeur ramène vers lui une corde pour relever la longue lame acérée et tourne à angle droit, traînant l'instrument. Sans perdre une minute, il rabaisse la faux et reprend le parcours. Ainsi, décrivant un quadrilatère autour du champ, toujours dans le même sens, il coupera l'orge, des bords du pré jusqu'à son centre. Les dents et les lames s'agitent sur la scie en un mouvement alternatif. Comme de l'eau qui coule, les épis capitulent et s'affalent sur la terre. Le tracteur arrive dans une vibration d'enfer. Flora reconnaît l'homme engagé, bien assis sur le banc de fer en forme de grosse cuillère à trous, qui surveille attentivement l'évolution de sa machine et la chute des céréales. Il s'approche lentement ; Flora le suit des yeux. De temps en temps, d'une main, il retire son chapeau pour s'éventer avec.

Profitant du fait que la sœur et les élèves observent au creux de leurs mains les parties du grain d'orge, Flora se faufile dans le pré. Les épis lui arrivent aux épaules et, pour ne pas être vue, elle s'accroupit et avance à croupetons dans cette partie où les hampes dorées attendent encore la faux. La paille lui pique les yeux, les mains et les genoux, mais la curiosité la chatouille encore plus fort, en son point névralgique. Elle franchit plusieurs verges en se guidant au son du tracteur. Lorsqu'elle se trouve assez près, afin de ne pas éveiller de soupçons en faisant bouger les hampes, elle se couche sur le dos, au cœur de la parcelle, et fixe le ciel, écoutant le ronronnement du moteur et le claquement des lames. Selon ses prévisions, au prochain tour, la machine passera à un jet de pierre. À cette distance, elle pourra observer à loisir le faucheur. Dans l'intervalle, elle regarde les nuages dont les formes changeantes ne l'effraient plus : un mouton, une baleine, des anges… À une autre époque, se souvient-elle, les nuages représentaient la mauvaise humeur de son père. Elle respire la bonne odeur brune de la terre mélangée à la capiteuse senteur jaune de la moisson. La colonne vertébrale plaquée contre le sol, les pensées aspirées vers le ciel, elle ferme les yeux ; une soudaine quiétude fauche la fébrilité de l'attente qui, un instant auparavant, excitait tous ses sens. L'horizon a disparu et la brise se met à chanter en remuant les tiges chargées de grains mûrs qu'elle berce en vagues douces. Cette musique et la chaleur ont peu à peu raison d'elle. Elle lutte tant bien que mal contre l'assoupissement, puis s'apaise quelques secondes, au doux chuchotement des épis et des grillons. Elle cligne deux ou trois fois des yeux, mais bientôt ses paupières de plomb ne se soulèvent plus. Son corps cède au rêve d'un chevalier de lumière sur un tracteur clinquant.

# 10

— Flora, Flora !

Des cris la tirent du sommeil.

Malheur, elle s'est assoupie alors qu'elle voulait surprendre le jardinier d'herbes de rêves. Où est-il, maintenant ? Elle se redresse lentement, s'assoit, engourdie, et émerge de la mer d'épis pour regarder en direction du trécarré, d'où arrivait le tracteur il y a un instant. Rien, pas même le bruit du moteur, seulement la voix de la sœur et des filles qui l'appellent de l'autre côté.

Le nez levé en cette direction, elle tente de scruter plus loin, quand une voix derrière elle la raille :

— Eh ! La belle aux blés dormants, on te cherche, je pense.

Il est là, juste près d'elle. Elle renifle en se frottant les yeux. Depuis combien de temps l'observe-t-il ? Elle baisse la tête, s'efforçant en vain de trouver quoi dire, mais rougit en apercevant sa jupe relevée sur ses cuisses découvertes. Rapidement, elle rajuste sa tenue, tire la jupe pour cacher cette indécence, balaie du revers de la main la paille accrochée à son costume. Le jardinier des rêves sourit, dressé devant le soleil qui fait un halo autour de sa chevelure et de ses étroites épaules carrées. Des muscles longs découpent ses bras. Il lui tend la main pour l'aider à se relever. Le contact de sa paume, chaude et douce, donne immédiatement confiance.

— Tu joues avec le feu, ma belle p'tite mouche. J'ai failli te passer dessus avec la faucheuse. On se couche pas comme ça dans les champs pendant les moissons.

Il ajoute, comme pour lui-même, moqueur :

— Ah, j'te dis, le monde de la grande ville…

— Je viens de la ferme, moi, rétorque-t-elle, non sans fierté.

Elle bafouille ensuite des excuses en le dévisageant franchement. Plus jeune qu'il n'y paraît, il porte une barbe qui lui donne l'allure d'un sage et, dans son visage hâlé, sous les longs cils soyeux, deux noisettes aqueuses et limpides, de beaux yeux de biche farouche luisent d'une étincelle qu'avive la surprise.

Elle s'étrangle avec sa salive et sent des chatouillements au creux du ventre, des picotements dans les mains et d'autres sensations très précises, inconnues d'elle jusqu'alors, et qui lui inspirent à la fois une curiosité décuplée et le désir capital que ce jeune homme ne la prenne pas pour une petite fille. Elle supporte du mieux qu'elle peut le regard du bel étranger.

À ce moment, M. Léon surgit d'un pas rapide sur les ornières laissées par le tracteur.

— Pourquoi t'as arrêté le moteur ? T'as-t'y des problèmes avec la faux, Adam ?

Adam, il s'appelle Adam ! Le premier homme.

— Non, non. Juste une trotte-menu endormie dans le foin. Une chance que je l'ai vue à temps ! Allez, fait-il en passant une main sur les cheveux de Flora. Va rejoindre les autres.

M. Léon approche au même instant ses gros doigts velus pour lui pincer la joue, mais pas question que cette grosse patte là la touche. Flora a un vif mouvement de recul dédaigneux. Elle court alors vers les autres filles.

— Cré nom ! s'étonne M. Léon, rieur. Si jeune et déjà sauvage comme deux, hein, mon Adam ?

Agile comme un écureuil, Adam grimpe sur le tracteur et remet la machine en marche pour poursuivre son labeur, pendant que M. Léon se lance sur la trace de la brebis égarée qui se dirige vers le troupeau.

En fin d'après-midi, lorsque vient le temps de repartir, Flora se pousse au fond de la banquette de l'autobus pour mieux réfléchir et pour mieux reconstituer sa rencontre, seconde après seconde. Il l'a appelée « ma belle », elle, la maigrelette, et il l'a remarquée parmi toutes les autres. Elle fouille en elle et tombe sur un sentiment que jamais elle n'avait imaginé. Troublée, elle ne peut s'empêcher d'en parler à Thérèse, assise près d'elle.

— Non mais, tu as vu ses yeux ? Il me souriait avec tellement de gentillesse. Je l'ai entendu chanter, l'autre jour. Il est plus beau et il chante mieux que Tino Rossi. Oui, oui !

Thérèse fait l'éteignoir.

— Calme-toi ! Qu'est-ce qu'un gars de son âge pourrait trouver à un chicot comme toi ? Tu n'es encore qu'un bébé, plate comme une planche à laver.

Renfrognée, Flora tourne le visage vers la fenêtre et s'amuse à faire jouer les rayons du soleil entre ses doigts en pensant à la main d'Adam. Elle s'en doutait bien : Thérèse est juste une grosse sans-génie. Qu'est-ce que l'âge a à voir là-dedans ? On tombe d'abord en amitié, puis après, quand on a suffisamment grandi, on se marie. C'est quoi, cette histoire de planche à laver ? Ça n'a aucun rapport. Thérèse fait sa jalouse, un point c'est tout.

Le soir, lorsqu'elle quitte la salle d'eau, elle regarde son reflet dans la grande fenêtre noire du corridor, affrontant son image en passant les paumes sur sa robe de nuit. Thérèse avait quand même un peu raison. À peine si ça fait saillie. Il paraît que les hommes s'intéressent aussi à ça : la poitrine. Ce n'est pas sa faute si elle est restée petite par rapport aux autres. Pourquoi son corps refuse-t-il de grandir et de se développer ? Comment des rêves démesurés peuvent-ils tenir dans un corps si maigre ? C'est peut-être que ses rêves s'accrochent à elle comme des branches invisibles à un arbre aux souhaits. Si, un jour, elle travaille dans un cirque, le moindre costume moulant, comme ceux des acrobates, mettra en relief toutes les aspérités de ses os et, sur ses flancs, les gens pourront compter les côtes. « Une planche à laver », a dit Thérèse. L'été passé, chez Pitre, elle est montée sur le pèse-personne : soixante livres. Encore ! Elle n'a pas pris une once depuis des mois et des mois. La vérité lui paraît lourde comme jamais ce jour-là. Non, elle n'est pas belle, pas le moindrement aguichante. Dans le cirque de ses rêves, elle ne pourrait jouer qu'un rôle : celui de femme-squelette.

Le lendemain, elle enfile un chandail de laine par-dessus son uniforme. Tous les jours, beau temps, mauvais temps, elle le portera afin de cacher ses faibles attributs.

Tôt le dimanche matin, Jeanne entre au parloir. Enfin, la cousine est revenue ! Comme elle resplendit ! Une vraie femme, affriolante.

Assise près de la fougère, Flora l'attendait, nerveuse. Elles auront tant à se dire avant la grand-messe de dix heures. Svelte, Jeanne semble beaucoup plus détendue que l'été dernier. Les plis sur son front se sont effacés. Elle porte une robe neuve, en crêpe imprimée de délicates fleurs lilas. Sa coiffure aussi a changé : deux torsades de chaque côté de la tête, retenues derrière les oreilles par des pinces. On dirait une actrice. Lorsqu'elle observe les belles rondeurs qui font gonfler la blouse de Jeanne, Flora comprend un petit peu mieux ce que Thérèse insinuait, l'autre jour, en faisant allusion à la planche à laver.

Des amies s'empressent auprès d'elle ; savent-elles, ont-elles deviné, malgré sa nouvelle apparence, le déchirement qu'elle vient de traverser ? Non, manifestement, puisqu'elles papotent de leur été, lui demandent si elle a fait des conquêtes, parlent de maquillage et de faux cils, de cinéma, de musique, de leurs idoles, de chanteurs de charme et du séduisant Tino Rossi.

Jeanne a repris vie. Une autre vie, rayonnante. Lorsqu'elle aperçoit Flora, dans le tohu-bohu de la salle, son visage s'illumine. Elle s'empresse d'aller la rejoindre, glisse un bras autour de ses épaules et l'approche contre elle pour lui donner un bécot sur la tête et, sur un ton maternel, déclame :

— Ah, toi ! Tu vaux toutes les petites sœurs que je n'ai pas eues.

Un large sourire exprime toute sa joie de la retrouver. La belle Jeanne, plus jolie qu'avant, plus tendre et plus affectueuse dans son étreinte.

Assises l'une près de l'autre, elles passent l'heure ensemble, à parler sur le ton de la confidence pour n'être entendues de personne.

— J'ai demandé pardon à maman. Je lui ai fait la vie bien difficile.

Après les discours que sa mère adoptive lui a tenus au cours de l'été, elle a beaucoup réfléchi et endosse à présent ses arguments. Elle a eu tant de chagrin, tant de colère, justement parce que Blanche avait raison : confier le bébé à Yvan et Pauline demeurait la meilleure solution.

Jeanne n'a pas eu la chance de voir son bébé.

— Ils m'ont endormie pour l'accouchement.

On lui a dit que la petite se portait bien. Peut-être qu'aux Fêtes, au rassemblement familial, elle pourra la voir. Il importe de laisser passer du temps.

Flora l'écoute lui raconter les détails, les bons soins de Blanche et de Pitre, de qui elle s'est beaucoup rapprochée, leurs attentions pour la distraire et la consoler après les couches.

— Oh! Je ne te cacherai pas que j'ai eu beaucoup de peine, mais j'ai compris tant de choses. Maintenant, je suis bien disposée à poursuivre mes études à l'école normale, avec sérieux. J'obtiendrai mon brevet et j'enseignerai dans une école modèle.

Oui, elle a changé. Plus chaleureuse, plus humaine, plus généreuse qu'avant. Elle semble dans un état de transport et d'effusion que Flora ne lui a pas vu depuis un an. Un peu plus tôt, explique-t-elle, sœur Marie-du-Divin-Cœur, responsable de la pastorale, et mère supérieure l'ont rencontrée à la sacristie pour lui demander de s'impliquer, dès cette année, non seulement dans la Jeunesse étudiante catholique, mais aussi dans le cercle littéraire. Ce sera, pour elle, l'occasion de lire collectivement quelques chefs-d'œuvre de la littérature française et des tragédies classiques que la sœur a proposé de mettre en scène lors d'un spectacle, *Esther* ou *Athalie,* ou bien la vie de la fondatrice, ou encore *L'annonce faite à Marie*... Elles choisiront ensemble. Cette responsabilité la comble : elle y voit la possibilité de retrouver sa fierté, un peu de dignité, et de s'accomplir en s'investissant dans une bonne cause. Dans son ciel, Dieu lui a pardonné et lui donne une autre chance.

— Des fois, Il équilibre bien les choses, remarque Flora, citant l'oncle Pitre.

Cependant, ce qui tient le plus à cœur à Jeanne, dans le cadre de ses fonctions au sein de la JEC, c'est que le couvent soit inscrit au grand concours provincial des chorales.

— J'ai insisté auprès de la supérieure. Elle a semblé bien disposée. La compétition aura lieu en mai. Nous avons amplement le temps de nous préparer.

Elle replace une natte sur l'épaule de Flora.

— Je parle, je parle et j'oublie de te demander des nouvelles. Comment vas-tu ?

Un peu gênée, Flora sourit bêtement.

— Il m'arrive quelque chose de merveilleux et de terrible en même temps.

Elle s'approche davantage de son oreille.

— C'est par rapport à un garçon.

Jeanne lui donne une tendre pichenette sur l'épaule en se moquant gentiment.

— À ton âge ? C'est un peu tôt, non ?

— Mais c'est pas un amoureux, là, oh non ! Il chante des airs d'opéra et il cultive des plantes magiques. Le plus bizarre, c'est… c'est comme un rêve que j'ai déjà fait. Tu sais, l'impression d'avoir déjà vu quelque chose, ou que ça nous est arrivé avant…

Plus loin, les parents de Thérèse arrivent avec des gâteries que leur fille devra partager. Merveilleux, les amies de Thérèse auront du sucre à la crème pour le dessert !

— Probablement qu'il te rappelle une vedette de revue ou que tu as entendue à la radio.

Flora secoue la tête, toujours avec son petit sourire timide, et passe machinalement les mains sur sa jupe pour en lisser les plis.

— C'est le nouvel homme engagé à la ferme. J'y pense presque tout le temps. On dirait qu'il m'a ensorcelée. Imagine, il s'appelle Adam.

Jeanne se retient de rire devant les aveux de cet amour candide :

— J'espère qu'il y aura encore une sortie à la ferme, cet automne. J'ai hâte de voir cette flamme qui allume ton cœur.

— Toi, tu es mieux de pas me le voler et de n'en parler à personne !

— Avant que tu me revoies avec un garçon, il en passera, des nuages. (*Elle change vite de sujet.*) As-tu commencé les cours de musique avec sœur Irène ? Nous devrons travailler fort avec elle, pour le concours.

Flora fait une petite moue.

— Il n'y a pas de cours de musique. Sœur Irène n'est pas là. Sœur Saint-Jean-Baptiste m'a dit qu'elle était partie.

— Partie ? fait Jeanne, surprise. Pour combien de temps ? Il faut qu'elle revienne vite.

Flora hausse les épaules. Elle marque un temps. Toutes les deux regardent un court instant les allées et venues des religieuses qui se préparent pour la messe.

— Bof ! Elle m'avait donné une lettre, mais je l'ai déchirée sans la lire, comme elle l'a fait avec mes lettres à Julien. C'est bon pour elle ! Sœur Adèle était partie aussi, mais elle est revenue. Je ne veux pas lui parler. Peut-être que sœur Irène est allée étudier à Montréal ou à Québec. Ou bien, elle est allée enseigner ailleurs.

— Ça ne t'intrigue pas plus que ça ?

— Est-ce que je sais, moi, ce qui arrive à toutes les religieuses ?

Flora pense à ses péchés, l'âme grise.

— Tu sais, Jeanne, je te l'ai jamais dit, mais j'ai raconté des menteries à propos de sœur Irène, après ton départ de l'école.

— Comme quoi ?

— J'ai dit qu'elle embrassait sœur Adèle dans le jardin et qu'elle… qu'elle la touchait partout.

— Es-tu malade ? crie presque Jeanne, soufflée.

Comment la candide Flora a-t-elle pu cracher pareilles insanités à propos de sœur Irène, son modèle, une femme déterminée dont elle souhaitait tellement être la favorite ?

Se ravisant, Jeanne continue sur un ton beaucoup plus bas.

— Flora Blackburn, tête folle, pourquoi as-tu rapporté des affaires de même ? Tu ne trouves pas qu'on a assez de problèmes comme ça ? Je n'en reviens pas ! Elle est si gentille : la plus fine du couvent. Tu n'as pas honte ? Tu vas briser sa vie. C'est grave.

Flora voudrait disparaître entre le mur et la peinture. Ses épaules s'affaissent subitement. La nuque lui fait mal.

— C'était pour me venger. Sœur Irène m'avait promis de trouver Julien et elle ne l'a pas fait. Elle a triché…

Jeanne la saisit par les épaules et plante son regard dans le sien.

— On pourrait me lancer bien des pierres. Je me suis confessée de mes péchés, du plus petit au plus gros. J'en ai pleuré, des larmes, un char et une barge, je te jure. Je m'en repens encore et je n'ai pas fini. Flora Blackburn, faut que tu te confesses, sinon tu vas mourir avec un cœur pourri par la calomnie.

La tête de Flora opine, mais dedans, ça reste non. Une crampe lui contracte le ventre.

— De mon côté, je trouverai bien les moyens d'en savoir davantage, se promet Jeanne.

La cloche sonne l'heure de la messe. Aujourd'hui, le père Cimon et l'aumônier recevront les confessions des couventines.

Dans la nef, tête baissée et mains jointes sur un chapelet, plusieurs religieuses marmottent quelques prières. Jeanne et Flora s'assoient complètement à l'arrière, près du confessionnal, et se font le plus discrètes possible. Flora regarde à la ronde en se remémorant les paroles souvent entendues au cours de religion : dans la chapelle se dressent pour chacun des fidèles l'autel du sacrifice et de l'inénarrable bienfait de la messe, la chaire d'où le prêtre distribue la parole de Dieu. Puis pour obtenir l'absolution de ses fautes ou de ses négligences l'attend le confessionnal. Là, et seulement là, elle pourra recevoir les directions dont sa vie spirituelle a besoin. Elle ouvre son missel et lit : *L'examen de conscience bien fait décèle, en même temps que les faiblesses du caractère, les ruses du démon. La joie de savoir que le sang de mon Sauveur efface toutes mes misères me rassure. La confession est à la fois souffrance et joie, contrition et apaisement : un sacrement du secret pour le prêtre ; du secret pour le repentant aussi.*

— Vas-y la première, souffle Jeanne.

La gorge serrée, Flora entre dans la cabine sombre, s'agenouille et attend que s'ouvre le portillon derrière le grillage. Comme toujours, le bruit de la glissière la fait sursauter ; la sueur coule soudain sous ses aisselles.

— Je vous écoute, mon enfant.

— Mon père, euh, c'est moi, Flora, j'ai péché contre Dieu et contre les hommes, pardonnez-moi.

Derrière la petite grille de bois, le prêtre respire fort.

— Quels sont vos péchés, ma fille ?

L'haleine de l'aumônier empeste le fond de marais. Qu'est-ce qu'il a pu manger ? L'odeur accroît le malaise de Flora qui approche les mains de son visage, les place sur son nez avant de prendre une bonne inspiration. Elle commence son énumération d'insignifiantes désobéissances, d'anodines querelles, de futiles omissions à son devoir d'état, de prières récitées à la hâte, sans ferveur… Le prêtre soupire. L'odeur fait plisser les yeux et tourner la tête de Flora. Mieux vaut y aller rondement et sortir de là au plus tôt. Cependant, comment aborder ses demi-vérités, ses mensonges entiers et, surtout, les faussetés rapportées à la supérieure dans un poème de sa pure invention ? Comment expliquer qu'elle adore exagérer, créer des histoires, pondre des romans pour captiver les autres ? À voix très basse, elle dit seulement : « J'ai menti », sans parler de sœur Adèle ni de sœur Irène.

De l'autre côté de la grille, le confesseur lève les sourcils, pose sa question :

— Est-ce tout ?

Elle pourrait ajouter qu'elle l'a fait par pur esprit de vengeance et qu'à présent le mensonge couve dans son cœur. Ce prêtre n'est-il pas tenu au secret de la confession ? Mais à quoi bon tout lui raconter ? Il trouvera ridicules ces persiflages du joli étourneau qu'elle est. Pourquoi gonfler inutilement les conséquences de sa menterie ?

— Est-ce tout ? répète le prêtre qui s'impatiente.

— C'est tout, fait-elle en joignant ses mains à nouveau.

— Ma chère enfant, mentir ne règle pas les problèmes. Vous tirerez leçons de vos apprentissages. Dieu, dans sa miséricorde, tend l'oreille et vous pardonne. L'épreuve du regret vous apprendra beaucoup.

Lit-il en elle, à travers ce grillage ? Voit-il l'ampleur des non-dits ?

Il prononce la formule habituelle en latin, l'absout, lui donne deux dizaines de chapelet à réciter. C'est tout.

Par l'intermédiaire du prêtre, Dieu lui a peut-être pardonné, mais son cœur ne s'allège pas pour autant.

Flora s'en retourne à son banc, perplexe.

— Et puis, demande Jeanne tout bas, te sens-tu mieux ?

Flora secoue la tête. La confesse n'arrange pas tout ; ce serait trop simple. Les pires bandits seraient ainsi blanchis de leurs crimes, juste en demandant pardon au prêtre et en récitant quelques *Ave*. De son côté, sœur Irène a-t-elle demandé pardon ? Peut-être bien, dans cette lettre que Flora a déchirée, à la fin de l'école, en juin dernier.

À son tour, Jeanne entre dans le compartiment des pécheurs et en ressort quelques minutes plus tard, en rajustant sa mantille, les yeux humides et glauques comme les flaques que la marée abandonne sur la grève.

Toutes deux à genoux, leur chapelet entre les doigts, elles récitent les dizaines d'usage.

\* \* \*

Le jeudi 21 septembre, les classes finissent plus tôt car il y a corvée de nettoyage des fenêtres avant la pose des châssis doubles. Armées de barres de Bon Ami, de seaux d'eau et de chiffons, toutes les couventines enduisent les vitres de pâte blanche. Profitant du branle-bas de combat, Jeanne laisse sa tâche en plan et va rapidement d'un corridor à l'autre, descend un étage, remonte au troisième, cherchant Flora partout. Elle la retrouve en train de laver les vitres du local des premières années. Jeanne entre, hors d'elle.

— J'ai su, pour sœur Irène : accusée de comportement immoral, très grave. Elle a été enfermée un bout de temps à la fin juin, après quoi quelqu'un a fourni la preuve que c'était faux. Elle est partie, tu avais raison, mais sans son costume. Elle a défroqué. C'est ta faute, te rends-tu compte !

— Bon débarras, lance Flora qui reprend tout de suite son frottage. Elle m'a fait tellement de promesses. Blablabla ! Toutes ses belles paroles… Elle n'a jamais retrouvé Julien et m'a laissée tomber. Eh bien, moi aussi ! Je me fiche de ce qui lui arrive, maintenant. Je ne veux plus entendre parler d'elle !

— Comment allons-nous faire, sans sœur Irène ? Jamais je ne me serais doutée que tu avais un cœur si dur.

— Les plaies et les cicatrices, ça durcit la peau pis le cœur.

La porte grince : dans l'encadrement apparaît sœur Marie-du-Divin-Cœur.

— Jeanne, je vous cherchais. Nous avons besoin de vous à la bibliothèque.

Outrée et déconfite, Jeanne laisse Flora qui, pour passer sa colère, frotte les carreaux avec plus de vigueur.

# 11

À son réveil, Flora consulte le calendrier des saints : vendredi 22 septembre, fête de Saint-Maurice mais, surtout, dernière sortie à la ferme. Elle s'est efforcée de bien dormir : pas question cette fois de somnoler ni de manquer quoi que ce soit. Elle se veut dans la meilleure disposition possible. *Pourvu qu'il soit là, pourvu qu'il soit là,* s'est-elle répété comme un chapelet jusqu'aux abords du sommeil.

L'autobus les dépose. Voilà M. Léon, un vrai tombeur, qui leur envoie chaleureusement la main. Il transporte un gros seau, tout sourire.

— Je pense qu'il t'a remarquée, Thérèse, lance Denise.

— Beurk ! J'espère que non, je veux pas faire de cauchemars.

L'enseignante les ramène à l'ordre. Les fillettes la suivent jusqu'au champ de maïs où elle s'installe près d'un plant plus haut qu'elle. Elle en énumère les parties : racines d'ancrage et racines miniatures, tige, feuille, aigrette… Yvonne jubile lorsqu'elle ouvre un épi, dénudant les grains jaunes et juteux, à l'exquise odeur sucrée. La hampe, l'oreille, la soie, le caryopse… la sœur poursuit son patient travail d'explications. On dirait des mots pour décrire une harpe. Ces belles soies blondes et humides, on en voudrait pour cheveux. Quelle douceur ! Comme elles fleurent bon ! Flora respire la nature, tout lui entre par les pores de la peau en cette journée bénie. Comme Dieu est bon d'avoir créé ces beaux vendredis, cet univers grandiose et Adam qu'elle cherche des yeux, en scrutant partout aux alentours.

Sœur Saint-Jean-Baptiste décrit le phénomène de la fécondation, les étamines et le pistil, les insectes butineurs. Et voilà que la fleur visitée par quelque bestiole ailée, autre miracle, se métamorphose en un fruit succulent : l'épi de maïs velouté, dodu, sucré. Les élèves remplissent des chaudières de blés d'Inde avec la promesse qu'au souper sœur Cuisine en mettra à bouillir. Juste l'idée de mordre dans la blondeur des grains chauds, enduits de beurre et saupoudrés de sel, fait saliver la langue et rêver le palais.

Ensuite, dans le potager, on récolte les légumes-racines. Denise tire une carotte à la forme très évocatrice : on dirait un corps sans tête, coiffé d'un éventail de dentelle verte, mais, entre les deux jambes, une petite excroissance a poussé, dressée, bien en vue. Les fillettes pouffent.

— M. Léon va être jaloux, plaisante Denise.

— Coudon', Denise, lui balance Flora, serais-tu amoureuse ? M. Léon par-ci, M. Léon par-là !

Thérèse se félicite de la polissonnerie de Flora. Sœur Saint-Jean-Baptiste pince les lèvres, tourne la tête sans pouvoir plus longtemps réfréner ses éclats. N'en pouvant plus, elle s'esclaffe aussi. Elle a l'humeur badine, et les élèves adorent ça : elles n'en respectent pas moins l'enseignement de leur maîtresse, au contraire. Le cours se poursuit ainsi, dans un bel esprit studieux, tour à tour empreint de gaieté et de sérieux.

Quand sonne l'angélus, au loin, on se signe, puis on s'installe pour le pique-nique.

Ce jour de rêve les enveloppe toutes, malgré elles, dans une sorte de bouillonnement des sens. Les odeurs et le vent chaud enivrent. Le long des clôtures, les cerisiers à grappes offrent leurs fruits que les fillettes avalent en crachant les pépins le plus loin possible, à l'insu de la religieuse, mais leurs dents brunies les trahissent.

Le repas se déroule dans l'allégresse et la cordialité.

Sœur Saint-Jean-Baptiste se confie à sœur Marie-Paule venue faire son tour, comme à l'accoutumée :

— Quelle belle jeunesse, saine et enjouée ! Vous souvenez-vous quand nous avions cet âge ?

— Ma sœur, si je m'en souviens… Comment ! Des souvenirs par milliers habitent mon âme. *L'éternelle gaieté, la divine enfance du cœur*, n'est-ce pas Renan ou Bourdaloue qui l'évoquait ? Je ne sais plus.

Les voilà toutes deux qui devisent avec nostalgie devant quelques couventines assises tout près, dont Flora, attentives, ayant rarement accès à de tels épanchements. Elles ont donc été jeunes, elles aussi, se disent les plus sensibles d'entre elles.

Après le dîner, on ramasse paniers et couvertures, puis sœur Saint-Jean-Baptiste dirige son groupe vers les plantations de patates et, toujours armée du manuel d'économie domestique, leur raconte l'histoire de ce tubercule.

— *La pomme de terre est la meilleure et la plus précieuse des plantes alimentaires. Elle a été d'abord admise en France, grâce aux efforts d'un M. Parmentier, puis au Canada. Elle se cuisine de la soupe au dessert.* Vous apprendrez, avec sœur Sainte-Jacqueline, à préparer la pomme de terre en riz, à la maître d'hôtel, en purée, en robe des champs, en pouding et même à cuisiner les bonbons aux pommes de terre.

Elle s'exprime bien, dit toujours *pomme de terre* au lieu de *patate*, et roule savoureusement ses *r* lorsqu'elle articule le mot *terre*, ce qui fait sourire les filles qui l'imitent en cachette.

Sur de grosses billes de bois disposées en cercle à l'entrée du champ, chacune prend place pour observer et apprendre l'art de peler une pomme de terre. Eh oui, même s'il s'agit d'un cours de botanique, la sœur ne peut s'empêcher de parler cuisine pour former de parfaites reines du foyer.

— Il faut un couteau bien affûté pour n'enlever que de fines pelures, premièrement, par mesure d'économie et, deuxièmement, parce que la partie nutritive se trouve près de la pelure. Les yeux et les taches s'enlèvent après coup. Dès qu'elles sont épluchées, on doit les passer à l'eau froide.

Elle énumère ensuite les sept règles de la parfaite cuisson de la pomme de terre.

Les élèves se regardent du coin de l'œil, attendant l'heure de courir entre les rangs pour aller en cueillir.

Enfin, lorsqu'elle en a terminé avec les vertus de ce légume, sœur Saint-Jean-Baptiste donne l'autorisation de passer au jardin. Quarante-quatre jambes se mettent à courir.

Le claquoir de la sœur retentit.

— Petites étourdies ! Vous avez oublié d'apporter des seaux. Allez, au pas ! Suivez l'arrache-légumes et soyez prudentes.

Le ciel se couvre graduellement de nuages pommelés blancs que traverse un voilier de bernaches. L'été s'en va, c'est bien vrai. La brise se lève et glisse comme une eau fraîche sur les joues des cueilleuses courbées qui, de temps en temps, redressent le dos, face au vent, pour en savourer l'effleurement avant de se pencher à nouveau vers la terre.

Cette journée prend la saveur d'une fête. Flora sent cette délicieuse excitation et son cœur bat soudainement plus fort : sortant du hangar abritant les instruments aratoires, un tracteur avance lentement.

Yvonne, qui n'a pas maigri pendant son été, s'empresse d'attraper des grelots, les essuie à peine sur son tablier et les croque avidement. La bouche pleine, elle adresse un clin d'œil à ses amies et, d'un signe de tête, désigne l'homme engagé, perché sur le tracteur tel Apollon sur son char et chantant à tue-tête :

*Oui, c'est elle ! C'est la déesse !*
*En ce jour qui vient nous unir*
*Et fidèle à ma promesse*
*Comme un frère je veux te chérir !*
*C'est elle, c'est «ma» déesseeee !*

Malgré le bruit de la machine, Flora saisit les paroles. Un frisson la secoue. Adam a bien insisté : *ma* déesse. C'est elle !

Cette chanson, il lui semble l'avoir déjà entendue, mais pas à la radio ni sur un disque. Tout à coup, ça lui revient : son père la chantait, oui, c'est ça, en duo avec sa mère, en auto ou pendant que la famille s'attaquait à quelque tâche. Un second frisson lui secoue les épaules et lui frappe vigoureusement les tempes : à l'évocation subite de cette vie pas si lointaine, les larmes lui chatouillent les yeux et leur goût salé se répand à la commissure des lèvres. Flora s'essuie du revers du poignet. À ce moment précis, Adam se retourne. Est-ce pour vérifier l'avancement de l'arrache-patates et les sillons éventrés laissés derrière ? Ou bien a-t-il pressenti le flot d'émotions qui la traverse ? A-t-il vu dans ses yeux l'eau qu'elle s'empresse de chasser ?

On continue les récoltes. De temps en temps, la sœur-enseignante se relève douloureusement pour se masser le bas du dos en observant les nuages.

— Hâtons-nous avant la pluie.

Qu'importe la pluie.

Flora se sent envahie par un transport qui fait vibrer en elle les cloches d'un angélus autrement passionné. Un carillon, une fugue, un canon, un concert du cœur déferle en elle et lui barbouille la tête de cent émotions emmêlées. Pendant l'heure qui suit, par jeu, elle tente de retenir cette folle envie de regarder le jeune homme, mais elle finit toujours par flancher et lance une œillade en s'assurant que personne ne la voit faire. Tout de suite après, elle s'en veut d'avoir manqué à sa règle, éprouvant un certain plaisir mêlé de déception, car, chaque fois, elle se rend compte qu'il ne lui retourne pas ses regards, trop occupé qu'il est à observer et à taquiner d'autres fillettes alors qu'il a appuyé sur le frein et stoppé le tracteur. Quel âge peut-il avoir ? Peut-être dix ans de plus qu'elle, mais qu'à cela ne tienne.

D'un signe de tête, il invite la grande Thérèse à monter sur l'engin. Il l'installe sur l'aile de la roue, tout près de lui, de sorte que la jambe de Thérèse lui touche le genou et le mollet. Du haut de la puissante machine, elle regarde ses amies, fière et choyée. C'est elle qu'il a choisie pour un tour du jardin. Il lui permet même d'actionner les manettes alors qu'il contrôle la pédale d'embrayage. Ça donne de petits coups qui la font chaque fois éclater d'un rire polisson. Thérèse, plus grande que les autres parce qu'elle est la plus vieille de la classe, Thérèse qui croit que sa beauté lui vaudra un avenir assuré avec le meilleur des maris, Thérèse avec sa chevelure acajou, tirant sur le roux sous le soleil de cette fin d'été… Thérèse, la déesse ! Non, décidément, Adam lui fait une trop belle façon !

Un point dur se forme dans la poitrine de Flora. Une part d'elle-même veut rentrer au couvent, se claquemurer derrière trois épaisseurs de portes solidement closes. Elle voudrait s'enfouir sous son édredon et oublier à tout jamais cet Adam déloyal. Cependant, continuant d'avancer d'un pas d'automate, le cœur englué, elle cueille les patates une à une, en reluquant, à tout moment, le couple sur le tracteur.

Le chauffeur reprend la chanson dont elle réussit à mémoriser le refrain. Malheureuse, elle voudrait que le champ de patates disparaisse sous terre, elle souhaiterait se noyer avec les pauvres fourmis qu'un mauvais démiurge s'amuserait à bousculer.

La récolte terminée, Adam immobilise l'engin près de la clôture. Plusieurs élèves accourent vers lui, balançant à bout de bras leur seau rempli de tubercules, et lui demandent, elles aussi, la faveur d'une balade. Il refuse alors qu'il aide Thérèse à descendre en lui souriant gentiment.

— Comment tu t'appelles ?

— Thérèse Gagnon.

— Ah ! fait Adam en levant les sourcils, me suis trompé, on dirait.

Il perd son aimable sourire, comme déconcerté.

— T'es en quelle année ?

— En quatrième. Je suis plus grande que les autres parce que j'ai commencé l'école un an plus tard, à cause de la rubéole.

Elle passe la main dans ses cheveux, pour se rendre plus intéressante, et continue de parler, de poser des questions pour tenter de garder l'attention, mais il n'écoute plus et regarde à la ronde les autres fillettes, regroupées autour.

Bientôt, la pluie tombera et elles devront partir. Sœur Saint-Jean-Baptiste confie les fillettes à Adam, le temps d'aller au petit coin, à la maison d'été, et de régler quelques affaires avec sœur Marie-Paule.

Il s'est adossé à un pieu de clôture et, tout en se roulant une cigarette, il sifflote, une jambe relevée, le talon de sa botte appuyé sur un montant de bois. Les manches de sa chemise remontées jusqu'à l'épaule découvrent des bras bien ronds. Il serre soudain le poing pour faire gonfler son biceps durci devant les yeux impressionnés des filles. Sans peur, comme si elle entrait dans un monde merveilleusement mystérieux, Flora s'avance, toujours enchaînée par cette attirance bizarre. Comme ces dernières minutes sont précieuses ! Après cet ultime vendredi à la ferme, elle ne pourra que rêver de lui : les classes vertes seront chose du passé.

Ces mains, longues et minces, qui placent et enroulent le tabac dans le papier avec habileté, sont vraiment parfaites : des doigts fins et droits, des ongles ovales et bien taillés, des écailles roses un peu bombées, ceux de la droite légèrement plus longs, comme chez certains guitaristes. Une aisance certaine accompagne tous les mouvements de ce corps élancé. Elle est si aveuglée par les yeux ardents et le charisme du jeune homme que même ses imperfections et ses défauts lui paraissent des merveilles. Du jamais vu et, cependant, toujours cette inexplicable impression de malaise. Sûrement, sous la salopette, se tendent des muscles et des nerfs d'acier, comme ceux des athlètes. Il tire de sa poche un briquet dont il fait claquer le couvercle d'un coup sec. La flamme jaillit, il aspire suavement, en gonflant les lèvres et en fermant les yeux avant d'expirer une fumée bleue qu'il façonne à sa guise, en cercles concentriques, pour épater les fillettes. L'odeur du tabac, à la fois sucrée et piquante, est exquise. Parmi tous ces regards rivés sur lui, a-t-il senti celui de Flora, soutenu et admiratif ? Elle voudrait bien s'approcher encore, le toucher, le sentir, mais il lui adresserait la parole et, intimidée, elle baisserait les yeux sans savoir comment orienter la conversation de façon brillante. Elle préfère le contempler en silence pour mémoriser précisément le portrait qu'elle emportera dans ses rêves.

Les mains, qu'elle associe aux gestes les plus précis, elle ne peut les voir autrement que fougueuses et sûres, comme celles d'un archer. Toute son attention se porte à présent sur elles : c'est ce qu'il a de plus remarquable. Elles ont quelque chose de voluptueux qui se reflète dans tout le corps. Une énergie semble s'y concentrer, papillonne et irradie autour, subtil espoir d'un effleurement qui provoque, sur les bras de Flora, un frisson de plaisir, semblable à ce qu'elle a éprouvé lors de l'examen d'arithmétique, en juin dernier. Décontenancée et un peu effarouchée par cette sensation, elle la laisse tout de même lui parcourir la peau.

Près d'Adam, Thérèse frotte sans cesse sur son tablier une pomme de terre couverte de boue qu'elle voudrait manger.

— Allez. Donne-moi ça, propose-t-il.

De l'étui de sa ceinture, il tire un couteau. La pomme de terre tourne rapidement entre ses mains agiles et, d'une seule venue, il en retire la pelure grâce à la lame affûtée. Flora est stupéfaite, tant par la dextérité du gars que par ce fabuleux objet qu'il remet en place, à sa ceinture : un couteau artisanal en forme de S, le poignard de Sinbad le marin. Elle lui tend sa pomme de terre.

— Moi aussi, je voudrais faire enlever la pelure.

Elle observe de plus près l'outil pour s'assurer de son identité. Elle reconnaît la lame martelée sur l'enclume, les trois rivets dorés sur le manche sculpté au canif, la virole en virgule et le fil brillant.

— Eille ! C'est le couteau de mon frère ! Tu l'as trouvé où ?

Les fillettes poussent des exclamations, et une rumeur circule entre elles : « Le lanceur de couteaux, le fameux frère perdu, le cirque de Flora... »

Toujours debout, Adam quitte l'appui de la clôture de pieux, cesse ses manœuvres et, la bouche entrouverte, il fixe Flora un instant. On dirait qu'un marteau l'a frappé en plein ventre.

— Comment tu t'appelles, toi, mon moucheron de mouton ? Et pour qui tu te prends : tu m'accuses de vol ?

Elle s'affole et, dans sa confusion, veut tout expliquer.

— Je m'appelle Flora Blackburn et mon frère, Julien, c'est le plus grand lanceur de couteaux au monde. Celui-là lui appartenait, sûr et certain. Peut-être que tu l'as pas volé, tu l'as trouvé. Peut-être que…

Adam reprend l'épluchage, lui redonne la patate en se penchant vers elle, pose une main sur sa tête, la laisse glisser sur la chevelure jusqu'à la pointe de la tresse. Ce geste et ses yeux humides regorgent d'une telle tendresse que Flora voudrait se jeter dans ses bras et déposer la tête contre son épaule. Adam met un genou par terre et la regarde intensément. Flora soutient son regard :

— Peut-être que…

Elle approche son visage du sien et murmure pour eux seuls :

— … c'est toi, Julien.

Le gaillard se redresse net et proteste sur un ton fanfaron, en ne s'adressant à personne en particulier :

— Eh non, ma petite, je ne suis pas ton Julien. Je m'appelle Adam Duverger. Pis tu sais, y a pas seulement deux chiens qui s'appellent Fido, pas qu'un seul couteau comme ça sur la planète. OK, je sais m'en servir, mais pour ce qui est de le ficher dans une cible…

Sœur Saint-Jean-Baptiste ne revient toujours pas. Quelques fillettes se promènent tout autour. Les plus curieuses sont restées : Denise, Thérèse, Yvonne et Lucille ne veulent rien perdre des allées et venues du bel homme engagé. Les nuages ont stoppé leur course et attendent, chargés.

Profitant de l'absence de la maîtresse, Flora veut en avoir le cœur net, elle prend la main d'Adam et l'attire vers le mur de la grange. Elle indique tout de go une cible peinte à la main, des cercles concentriques marqués d'entailles, surtout en plein milieu.

— Qui a piqué des couteaux juste là ?

— Pas moi, assure Adam.

Les autres filles les ont suivis en se demandant où veut en venir la petite malcommode. Elles ne sont pas au bout de leur surprise. Flora colle son dos contre les planches, juste au pied de la cible.

— Bon, montre-nous ce que tu sais faire. Mon frère était capable de piquer tout près de ma tête, sans toucher à mes cheveux.

Elle observe les gestes d'Adam qui sourit allègrement devant autant d'aplomb. Il semble prêt à jouer le jeu, convaincu que la fillette le nargue.

— Flora, t'es folle. Il peut te tuer, crie Thérèse.

Toutes se signent, Denise prie, cherchant à voir si la religieuse s'en vient enfin, et toutes sont néanmoins excitées par le fameux numéro auquel elles auront la chance d'assister, celui dont a parlé si souvent leur amie. Leur enthousiasme juvénile les rattrape : elles croient peut-être que tout cela tient de la comédie, une grosse mise en scène dont elles savent Flora capable. Elles scandent des encouragements : « Adam ! Adam ! » Au mur, Flora attend sans fermer les yeux. La tension lui noue la gorge ; elle ne dit rien.

Le lanceur recule de quelques pas, place ses pieds bien assurés l'un derrière l'autre, saisit le couteau d'une main solide, exécute quelques mouvements du bras, fait sa motion et lance.

# 12

— Ma foi d'honneur! Regarde dans quel état tu t'es mise! se désole Jeanne qui lui rend visite à l'infirmerie du couvent.

En raison de ses blessures, Flora est partie de la ferme après les autres. C'est le samedi matin qu'Adam et sœur Marie-Paule sont venus la confier aux soins bienveillants de sœur Sainte-Hermeline, qui préfère la garder sous surveillance pendant une journée. « Nous verrons comment votre situation évoluera, mademoiselle », lui a précisé la bonne sœur Médecine.

Le bras entouré de gaze et placé en écharpe, Flora doit rester tranquille, sans trop bouger. Même la respiration profonde la fait souffrir un peu, mais elle ne s'en plaint pas trop.

— Le bras droit, en plus! continue Jeanne.

— Pas grave, je suis gauchère.

— Veux-tu bien me dire comment tu as fait ton compte? Thérèse n'a pas eu le temps de me raconter cette histoire tellement abracadabrante… Avec des couteaux? Quand Blanche va apprendre ça…

— Je pense qu'elle le sait déjà. Pis mononcle Pitre aussi. Si tu savais, Jeanne, si tu savais… Assieds-toi, que je te raconte.

Ignorant dans quel état serait sa cousine, Jeanne a apporté de la lecture et son chapelet qu'elle dépose sur la tablette, à côté du lit. Alors que Flora tente de se redresser à l'aide de son bras valide, Jeanne s'empresse et l'adosse sur les oreillers bien relevés, puis s'assoit sur la petite chaise pliante que lui apporte sœur Médecine.

— J'ai raté ma réunion du cercle de lecture pour venir te voir. J'étais tellement inquiète. Paraît que plusieurs religieuses ont prié pour toi toute la nuit, à la chapelle.

L'air fatigué mais le visage souriant, Flora a gardé un regard pailleté d'étincelles espiègles. Que cache-t-elle encore? Quel nouveau mensonge inventera-t-elle, cette fois?

— J'ai fait une découverte incroyable!

— Oui, bien sûr, celle de ne plus te planter contre un mur en défiant le premier beau gars de lancer des couteaux sans te blesser. Vraiment, quelle découverte grandiose!

— Non, non. Ce n'est pas du tout ce qui s'est passé. Les filles de ma classe vont te le dire. Elles ont tout vu.

Effectivement, Flora attendait, anxieuse, figée sur le mur de la grange, le tir d'Adam Duverger, qu'elle avait courageusement mis au défi. Il avait lancé son couteau d'un geste si mou et si maladroit que le manche avait touché une planche loin de Flora, le couteau avait rebondi et était tombé au sol.

— Mais comment tu t'es fait ça, d'abord?

Il s'était mis à pleuvoir un petit crachin et il fallait partir. Sœur Saint-Jean-Baptiste avait fini par revenir. Heureusement, la brave sœur n'avait rien vu du manège de Flora. Avant de monter dans l'autobus, Flora avait regardé une dernière fois vers la grange : Adam lançait son poignard contre la cible, un tir précis, atteignant le cercle en plein centre. Alors en équilibre sur la première marche de l'autobus, Flora se voyait complètement abasourdie. Derrière elle, dans son empressement, Yvonne l'avait poussée.

— Mautadite épaisse. Je suis tombée dans l'escalier de métal.

Elle s'était frappé le corps contre le nez des marches et s'était râpé la joue sur le plancher du véhicule. Pour couronner le tout, Yvonne s'était affalée sur elle.

— Elle pèse une tonne, Vovonne. Je me suis démis le bras et fêlé une côte, il paraît. «Disloqué le coude», dit sœur Médecine. Après ma tomberie, les autres criaient et s'énervaient. Sœur Saint-Jean-Baptiste ne savait plus quoi faire. Le chauffeur essayait de me relever, mais ça me faisait trop mal et je criais au meurtre. Adam est arrivé. Imagine-toi qu'il savait comment remettre mon coude en place et, clac, c'était réparé. Mais la côte… il faut attendre. J'ai plein de coups bleus aussi, sur le côté et sur la cuisse.

— Après?

Après, elle avait passé la nuit à la ferme parce que le chauffeur de l'autobus ne voulait pas la transporter dans cet état. Sœur Saint-Jean-Baptiste n'osait pas lui imposer des mouvements pouvant aggraver les choses.

— Adam m'a prise dans ses bras. Je te jure qu'il est vraiment fort.

Avec une infinie douceur, il l'avait transportée dans la maison d'été.

— Il m'a étendue très poliment sur le canapé. Comme dans un film.

Sous les yeux impressionnés de sœur Marie-Poule, il avait vu à tout: immobiliser le bras, sangler l'abdomen en respectant la pudeur, nettoyer le visage et désinfecter la plaie sur la joue, avec des paroles si apaisantes: «Je suis là, je vais veiller sur toi toute la nuit, tout va bien.» Et de la glace, et du lait de poule, et des bonbons…

— Chanceuse, soupire Jeanne, pince-sans-rire.

— Toutes les dix minutes, il me demandait : « As-tu mal ? »

Gentil comme tout, Adam lui avait apporté le souper sur un plateau et avait joué de la guitare pour qu'elle s'endorme.

— Il m'a chanté la sérénade : *Le temps des cerises*. C'était tellement beau.

Il avait passé la nuit dans le fauteuil à côté pour veiller sur elle. De temps en temps, elle ouvrait l'œil et l'observait. Il somnolait, la tête un peu penchée sur le dossier. Au matin, ils avaient parlé, juste tous les deux.

— Il m'a dit qu'il était si content de m'avoir trouvée et qu'il voulait toujours s'occuper de moi, à l'avenir. J'ai tellement soif. Me donnerais-tu un verre d'eau, s'il te plaît ?

Jeanne remplit un verre au lavabo. Flora l'avale d'un trait. La cousine se rassoit et, sans perdre le fil, la met en garde contre ses sentiments. Peut-être ce jeune homme se sentait-il coupable de quelque façon, après tout, et qu'il cherchait à se reprendre ? Ou bien Flora, dans une sorte d'état de choc, a rêvé ou exagéré les paroles.

— Ne viens pas me dire que tu veux l'épouser quand tu seras en âge ! Toi et tes histoires ! Je ne serais pas surprise que tu m'inventes une romance pareille. Es-tu certaine que tu ne t'es pas frappé la caboche quand tu es tombée ?

Toujours un sourire coquin aux lèvres, Flora secoue la tête.

Elle y pense tout le temps. Sa conversation avec Adam, au petit matin, la bouleverse encore. « Faisons comme dans une pièce de théâtre où je jouerais Adam Duverger. Qu'est-ce que t'en dis ? Julien Blackburn, je le connais pas. »

Ce ne sera pas son frère, mais elle va faire comme si. Faire semblant : Flora excelle en la matière. Elle adore.

Elle avait osé lui demander si elle pouvait se marier avec lui un jour. Sans se moquer, il lui avait répondu qu'il l'aimait comme un frère, et les frères et les sœurs ne peuvent pas s'épouser. En plus, son cœur n'était pas disponible : il aimait une autre fille.

— Thérèse, je l'ai deviné, lance Jeanne.

— Non, pas Thérèse. Comme tu es ma cousine, je vais te le dire : c'est Irène. Irène Laforest ! C'est son nom de fille ! Je l'ai su.

— Notre Irène à nous ?

— Oui, oui. C'est bien celle-là.

Adam lui a raconté son séjour à la ferme. Tout ce qu'Irène a fait pour lui, ses efforts pour le retracer et lui trouver un emploi.

— Il m'a dit qu'il ne connaissait pas d'autre cœur aussi pur. Elle l'a charmé complètement. Il pense encore à elle presque tout le temps. Je crois qu'il était brûlé de fatigue, il parlait et parlait.

— Et Irène, est-ce qu'elle est amoureuse aussi ?

Flora hausse les épaules. Adam lui a raconté qu'elle était partie sur la Côte-Nord pour aller trouver un autre homme, à son plus grand désappointement.

— Là, sœur Marie-Poule est venue voir si j'étais correcte. On a arrêté de parler sec.

Flora avait mangé avec appétit et, après le déjeuner, la religieuse avait jugé préférable d'aller la reconduire à l'infirmerie du couvent. Avant de la laisser, Adam lui avait promis qu'il viendrait la visiter le lendemain, dimanche, comme un bon grand frère.

— C'est notre entente : on fera comme si, ajoute Flora, rêveuse et un peu endormie.

Le plus bouleversant, au sortir de cet entretien avec Adam, ça avait été ce battement de tambour continu, comme en ce moment, avec Jeanne à ses côtés, ce tambour caché derrière le grand orchestre de ses émotions emmêlées et qu'on ne peut que deviner, qui frappe en tenant sa mesure implacable, tenace, sur les tympans de sa conscience : le visage de sœur Irène, spectral, sa main blanche qui lui tend cette lettre incendiaire, cette fameuse nouvelle qu'elle tenait tellement à lui annoncer, ses dernières paroles : «… tu ne voulais pas l'entendre, alors je te l'ai écrite. J'espère que tu seras contente. »

Flora a tout détruit.

Sœur Irène avait tenu ses promesses, jusqu'au bout, en prenant tous les soins requis, en subissant toutes sortes de contraintes et de revers. Et elle, Flora Blackburn, la vilaine tête brûlée, n'avait pensé qu'à sa prétentieuse petite personne, à sa petite vengeance, avec ses calomnies mesquines, inventées au surplus. Une détestable petite démone rien que bonne pour l'enfer. À présent, le renard de médisances lui rongera le cœur et se régalera de ses remords. Une boule amère grossit dans sa gorge en même temps qu'une sorte d'euphorie, une curieuse envie de rire et de pleurer à la fois : elle a trouvé Adam, elle a perdu Irène.

Elle se tait. Jeanne n'a rien à savoir de tout ça. Flora juge plus pertinent de lui décrire sa douleur au côté, l'échauffement de la peau sur la joue, et ce bras, qu'elle ne peut toujours pas bouger. En vérité, ce n'est pas là qu'elle a le plus mal.

Elle bâille ostensiblement.

— Ma pauvre petite Flora. Je te laisse te reposer, maintenant.

Avant de la quitter, Jeanne lui offre quelques sucres d'orge, faits par la mère de Thérèse.

Au loin, la cloche du dîner retentit.

Flora se cale sous l'édredon, pense à Adam, puis s'assoupit.

Lorsqu'elle s'éveille, deux heures plus tard, deux billes noires la fixent. Simone se tient à son chevet. Depuis la rentrée, elles ne se sont pas reparlé : une vieille querelle larvée les garde toujours à distance, figées dans leur rancune.

Simone lui balance au-dessus de la tête son éternelle médaille de saint Antoine de Padoue au bout de sa chaîne.

— Pis, tu l'as enfin trouvé ?

Pourquoi Simone vient-elle l'importuner, à présent qu'elle est si mal en point ? Flora veut s'étirer, mais est vite entravée par la douleur et les bandages.

— Trouvé qui ?

— Je peux pas croire que t'as oublié !

Simone lui rappelle la prédiction faite presque deux ans plus tôt, au sujet de trois personnes : la première ferait tout pour la garder au couvent, par égoïsme. La deuxième voudrait la sortir de là, mais pas pour son bien. La troisième, quelqu'un qu'elle devait retrouver, mais avec beaucoup d'aide.

Simone a cet air irrité que n'arrive jamais à décrypter Flora. Ne sachant plus dans quel camp se trouve son amie, elle n'ose répondre.

— Pourquoi t'es là ? Sûrement pas pour m'apporter des oranges…

— Sœur Médecine m'a donné la permission. Tu sors quand ?

— Demain, dimanche, même si la sœur veut pas. Je vais avoir de la visite au parloir. Pas question de manquer ça.

— Il va venir, hein! Tu vois bien, maintenant, que le pendule avait raison. Tu avais demandé si tu devais retrouver Julien Blackburn? «Non!» avait dit le pendule. Puis, tu avais demandé si tu allais retrouver ton frère. Tu te souviens, hein? Ta visite qui doit venir demain, c'est Julien Blackburn?

Flora secoue la tête.

— Grosse tête dure! Tu me croyais pas et tu m'as traitée de niaiseuse, de démone qui raisonne comme un tambour! C'est pas croyable la peine que tu m'as faite!

Sur son bras valide, Flora se redresse pour s'asseoir, ahurie.

— C'est comme pour ta vengeance et tes menteries de becs pis de cajoleries de sœur Irène et de sœur Adèle. Je te l'avais dit que c'était pas une bonne idée. Sais-tu ce qui leur est arrivé? Tu te rends même pas compte, t'as pas de cœur, Flora Blackburn. Un bout de charbon brûlé noir comme ton nom. Un tas de cendres. Sais-tu qu'est-ce qui pousse sur la cendre? Des chardons, rien que des chardons! Flora Blackburn: t'es rien qu'un charbon de cendres.

Flora accuse le coup. Elle se replie derrière le mépris et les traits durs de son visage.

— Moi qui croyais, au début, que tu adorais sœur Irène, plus que tout au monde, plus que tes sœurs, plus que moi. Ta deuxième mère. J'ai vu que t'avais un renard dans le cœur pis une face rousse de méchanceté.

— C'est elle qui était pas fine et qui m'a laissée tomber. C'est elle qui ne m'aimait plus et qui est partie…

Il lui semble à présent que ce départ représente la pire des vengeances, un trop dur châtiment qu'elle vivra jusqu'à sa mort.

— Mais sais-tu quoi ? Je vais te le dire en pleine face, Blackburn : t'étais pas assez bonne pour sœur Irène. T'as jamais été fine avec elle parce que tu penses rien qu'à ta petite personne.

Simone rattache la médaille de saint Antoine à son cou, sans arrêter son discours.

— J'ai des petites nouvelles pour toi, Flora Blackburn ! poursuit-elle sur un ton toujours aussi dénué d'empathie, tout bas. Le pendule, je m'en suis servi hier, en revenant. La personne, il faut que tu la cherches encore, pis astheure, passe-toi de moi. Ton animal totem va te suivre, lui : le petit renard va manger le peu qui reste de ton cœur indigne.

Elle tourne les talons et s'en va. Flora respire mal et n'a plus de salive. Elle avale le reste du verre d'eau posé sur la table de chevet.

Elle obtient son congé en fin d'après-midi. Sœur Médecine lui conseille de garder son écharpe et ses bandages au moins trois jours. Flora se promet bien de retirer ces bandelettes de momies une fois seule. À la cloche, elle traverse les corridors pour rejoindre les autres au réfectoire.

Les parfums du souper flottent jusqu'à elle : le chou qui cuit, le poulet qui doit lentement rôtir au four. Elle a tellement mangé de sucreries qu'elle a bien hâte de goûter une soupe et de la viande salée. Les dents encore collées par le sucre d'orge, elle longe le corridor près de sœur Médecine qui l'accompagne par mesure de sécurité plus que pour s'assurer de la discipline. Sur les photos jaunies accrochées aux murs, les évêques et les religieuses doyennes l'observent silencieusement disparaître vers l'animation du repas. Le bras contre son flanc, l'avant-bras replié sur la poitrine et enveloppé de coton noué derrière la nuque, elle sent sous le bandage le petit renard lui dévorer l'intérieur. Cette côte fêlée, c'est lui.

À la fenêtre du dernier corridor passe une volée d'oiseaux noirs. La béatitude de la veille s'envole avec eux. Le renard plante ses dents pointues dans son flanc. Elle croise son bras gauche par-dessus le droit qu'elle tient bien serré et avance plus lentement.

— Ça va, mademoiselle Blackburn ? lui demande sœur Médecine.

Oui, fait sa tête. Non, dit son cœur, en sourdine. Dieu ou le diable font tout pour empoisonner le moindre moment de bonheur. Ou serait-elle la source de ses propres déchirements ?

Son idéal d'elle-même en prend pour son rhume. Elle envie soudain Simone et son devoir de vérité. «Il n'y a pas de bonheur hors de la vérité», entend-elle dire encore sœur Sainte-Philomène. Elle envie ses sœurs, au paradis, qui ne pèchent plus, qui n'ont pas à subir de culpabilité. Jamais elle ne pourra les rejoindre, car elle a trahi la bonne sœur Irène, brisé sa vie. Sa faute est tellement grave qu'elle ne peut même pas l'avouer à l'aumônier. Dieu ne lui pardonnera jamais. En route, direct pour l'enfer, aller simple, où l'attendent les ivrognes comme son père, les tyrans, les robineux et les pires bandits. Le mal de cœur la reprend et, au souper, elle mange à peine, se contentant de regarder avec chagrin toutes celles qui avalent avec appétit le savoureux poulet rôti de sœur Cuisine et les purées pleines de sauce onctueuse. En plus, ce soir, une rareté : des petits pois verts. Dans cet environnement marqué au sceau de l'aus-térité et du décorum, elle n'écoute plus sœur Saint-Jean-Baptiste réciter, à voix haute, les lectures édifiantes. Les couventines lavent et rangent les couverts, les couteaux et les petits ustensiles dans les tiroirs de la longue table en hêtre qu'elles frottent entièrement pour entretenir la blancheur, puis la recouvrent d'un tapis pour protéger la surface avant le prochain repas. Si Flora pouvait se munir d'un pareil tapis pour l'âme.

Une heure plus tard, de nouveau seule dans sa chambrette, elle repousse le sommeil. Elle perçoit des bruits et garde l'œil ouvert. Dedans, le prie-Dieu, le lavoir, la chaise droite, le petit bureau et le calorifère restent cois. Dehors, le vent d'automne fait claquer des plaques de métal sur le toit et gémir les arbres. Ou bien ce sont les bruits de l'enfer. Son enfer intérieur. Ils ne proviennent plus d'au-delà des vitres, ces rugissements et ces plaintes, ni du dortoir silencieux; ils pulsent à son oreille, elle les entend, les fantômes hurlent dans sa tête, elle devine leurs bouches sans fond, prêtes à l'avaler. Elle se sent glisser dans leurs entrailles sans fin. Quel châtiment plus terrible pourrait-elle subir? Comment Dieu va-t-Il la punir, à présent? À moins qu'Il se venge sur quelqu'un d'autre, encore une fois, comme Il l'a fait avec ses sœurs. De pauvres innocentes. Simone, par exemple? Ou… Irène Laforest? *Pardon, pardon, mon Dieu. Pardon, ma douce sœur Irène.* Elle prie, implore. Mais les absents n'entendent pas.

\* \* \*

Il est là, tout propre, tout beau, dans un costume du dimanche: un pantalon ample, taille haute et coupe droite, deux plis devant, bien pressés, et un revers frôlant ses chaussures Bass cirées le matin même. Un chandail de tricot marine, au col en V bordé d'une rayure blanche tranchante, couvre sa chemise. Il tient un paquet, long et plat, qu'elle distingue mal.

À cette heure de l'après-midi, le soleil traverse la pièce et illumine les fougères en pot : des cascades de foisonnement végétal, d'un vert luxuriant, qui réchauffe la salle déjà bondée. En début d'année scolaire, les visiteurs sont plus nombreux, plus inquiets.

On veut vérifier que les filles ne manquent de rien. Un va-et-vient incessant anime l'espace, tantôt un éclat de rire, tantôt des pleurs coupent les conversations.

Il s'approche de son grand pas alerte et se penche pour donner à Flora un bisou parfumé sur le front, une caresse sur la joue droite, un effleurement sur la gauche, marquée d'éraflures.

— Ça va disparaître dans quelques jours. Pas de souci. Il restera même pas de cicatrice. La semaine prochaine, tu vas être belle comme un cœur.

Elle veut être transparente, vraie, et ne sait plus comment afficher tout son bonheur de le voir là, au parloir du couvent. Elle voudrait leur crier, à toutes celles qui jacassent dans la salle : «Regardez, Adam est venu pour moi, juste pour moi!» La voilà la plus importante au monde, comme si Clark Gable, dont parlent toutes les filles de septième, venait la visiter.

Elle le questionne, lui demande comment se passe la vie à la ferme. Il raconte : les moissons presque terminées, l'œuf immense pondu par la vieille poule rouge, la nouvelle portée de chatons découverte et sauvée juste à temps, comme il allait entreposer par-dessus cette nichée les meules de paille dans la grange.

— C'est les petits de Mélodie, la chatte perdue qu'Irène avait ramassée. En tout cas, c'est ce qu'elle m'avait raconté. Avez-vous le droit d'avoir des chats, ici? Probablement pas.

Il cache le paquet derrière son dos, puis le glisse sous sa cuisse. Flora fait mine de ne rien voir, elle joue la jeune fille bien élevée et discrète, son nouveau rôle de composition. Adam revient à l'histoire des chatons.

— J'aurais aimé ça qu'Irène les voie. Elle les aurait adorés. Surtout le petit rayé trois couleurs. As-tu des nouvelles d'elle?

Mal à l'aise, Flora répond que, malheureusement, elle ne compte plus en avoir.

— Je souhaitais qu'elle m'écrive, confie-t-il en sortant un étui dont il tire une longue cigarette blonde aussitôt allumée. Mais, qu'est-ce que tu veux, elle ne l'a pas fait. Moi, je n'ai pas son adresse. Bon, oublions ça. Regarde plutôt ce que j'ai apporté.

Il tire le paquet de sous sa cuisse et le lui tend : le volume deux de *La bonne chanson*.

— Je gardais ça pas loin depuis un bout de temps.

Pour elle, pour elle toute seule, un livre de chansons. Elle tourne les pages, ravie, puis se ravise : elle doit d'abord le remercier, lui demander si c'est vraiment pour elle, si elle peut le garder.

— Ben sûr que tu peux le garder.

Elle retourne au cahier, magnifique album où chaque pièce s'agrémente d'une illustration. *Au bord de la rivière, Dans les prisons de Nantes, L'épluchette* et, plus loin, *Cadet Roussel,* qu'ils chantent ensemble, à la suggestion d'Adam :

*Cadet Roussel a trois maisons*
*Cadet Roussel a trois maisons*
*Qui n'ont ni poutres ni chevrons…*

À la fin, il s'amuse à changer les paroles :

— Ah ! Ah ! Belle Flora, mon petit cœur n'est pas à toi.

Ils blaguent ainsi sous les yeux rieurs de sœur Sainte-Philomène, la surveillante de service. La porte s'ouvre et entre la supérieure, les sourcils froncés, qui s'adresse tout bas à sœur Sainte-Philomène.

— Attention, chuchote Flora à l'oreille d'Adam. Voici mère Saint-Viateur avec son air de vipère. Regarde ses yeux sévères et renfoncés. Ici, on l'appelle la Fureur.

Il lève la tête et considère ce petit bout de femme à la bouche autoritaire, raide comme un pieu de clôture, et aux gestes empesés. Elle parle à voix basse tandis que son interlocutrice hoche lentement la tête. Que peuvent-elles bien comploter ? Adam tente de les ignorer et revient au livre.

— Tourne encore les pages, l'encourage-t-il.

*Youpe ! Youpe ! Sur la rivière, Dans leurs petits sabots, Au fond des campagnes.*

À cet endroit, des photographies ont été insérées. Flora les examine une à une pendant qu'Adam décrit, en secret :

— Elle, c'est Dominique.

Elle porte sa robe de première communion, un bouquet de fleurs à la main et un sourire d'ange. Là, Réjeanne tient une vache canadienne par le licol. Un autre cliché montre Micheline et Solange assises devant la maison avec leurs poupées, et celui-là, un couple d'inconnus, au premier abord. Cependant, à force d'observer attentivement, elle reconnaît le visage radieux de bonne maman et celui, tout fier, de son père. Sur la dernière photo, elle croit reconnaître Fabienne, Lara et, sur ses genoux, une petite frimousse avec une queue-de-cheval en fontaine sur la tête. C'est elle. Déguisées en pirates, toutes trois grimpées sur la table à bidons pour jouer une pièce de théâtre.

— Je te les donne. Moi, je peux plus les garder.

Du bout du doigt, elle effleure tendrement les visages de papier dont le grain s'use déjà. Voilà enfin les visages de ses sœurs et de sa mère qui reprennent forme, qui sourient. Elles sont heureuses. En plus, son frère est là, près d'elle, bien vivant. Ça vibre, ça résonne en elle, ça monte dans sa gorge et ça sort en larmes.

— Voyons, voyons, ma mouche, je suis pas venu ici pour te faire pleurer. Mouche-toi à la place.

Il sort de sa poche un mouchoir pour lui essuyer les joues. La scène n'a pas échappé à mère Saint-Viateur, à l'autre bout de la salle. Dix pas de soldat la séparent d'eux.

Toujours en chuchotant, Adam reprend, sur l'air du même *Cadet Roussel* :

— Ah ! Ah ! La Sainte-Fureur, cause toujours, tu m'fais pas peur.

Assises tout près, Thérèse, Yvonne et leur visite ont entendu et s'esclaffent. D'un geste discret de la main, Adam leur fait signe de se calmer ; les rires s'estompent, mais les paroles s'incrustent dans l'oreille et, sûrement, seront répétées à qui mieux mieux au cours des récréations. Prestement, Flora retourne la page du cahier pour cacher les photos. La chanson *Fringue, fringue sur la rivière* apparaît.

— Qu'est-ce qui se passe ici, monsieur ? Pourquoi cette enfant pleure-t-elle ?

— Je ne pleure pas, ma mère, se reprend vitement Flora. J'ai trop ri, à cause de la chanson.

Elle pointe du doigt le titre et se met à chanter :

— *Tortille morfil, arrangeur de faucilles. Tribouille marteau, bonsoir lutin.*

La mère penche la tête d'un air suspicieux, puis, s'adressant à Adam :

— Vous n'êtes pas de la famille, à ce que je sache, et vous avez eu une permission spéciale pour venir visiter cette élève que vous avez secourue, avant-hier. Tâchez de lui éviter de trop fortes émotions : rire aux larmes ou pleurer… peu importe. Notre Flora devrait être encore au repos, selon moi. Sœur Sainte-Hermeline nous a appris que, lors de la chute, Flora s'est démis une côte.

— Nous serons très sages, la rassure Adam.

Elle s'en retourne sur le même rythme de marche militaire.

Le temps passe trop vite. Flora a des milliers de choses à raconter, à demander.

— Tu sais, mon grand frère d'avant, il avait un merveilleux projet. J'ai attendu longtemps qu'il vienne me chercher pour réaliser ce rêve avec lui. Il voulait fonder le *Circus Julius*. Comme il est disparu je ne sais pas où, est-ce que toi, tu voudrais bien, un jour, partir en tournée avec le cirque ?

Il regarde dehors en haussant les épaules.

— Je vais y penser.

L'heure trop courte s'évapore et Adam ne sait pas s'il pourra se représenter au parloir : seule la famille peut visiter les couventines. Cette rencontre était une exception. Les classes vertes terminées, comment Flora pourra-t-elle le revoir ? Sœur Médecine lui a dit qu'il garderait son emploi à la ferme pour l'hiver. Flora trouvera bien un moyen.

\* \* \*

Douze jours plus tard, le premier vendredi d'octobre, a lieu la messe spéciale dédiée au cœur sacré de Jésus. Tôt le matin, avant même d'avaler leur déjeuner, les couventines se rendent à la chapelle, coiffées, pour l'occasion, de leur mantille blanche. Sœur Saint-Jean-Baptiste allonge son traditionnel coup de claquoir. Toutes les mains se posent sur le prie-Dieu, les jambes se fléchissent, tout le monde se retrouve à genoux dans les chuchotis ouatés et le froissement feutré des jupes. Éminemment sérieuses et dignes, les religieuses dans le chœur se recueillent pour rendre hommage à Dieu, se fortifier dans leurs désirs de sainteté et méditer sur les mystères de l'amour divin.

Flora ouvre son missel. Dedans, elle a glissé les photos de ses parents et de ses sœurs disparues. Avec les autres, dans un concert de voix monocordes, elle récite les prières, des litanies qui se terminent toutes par *misere nobis*.

Il paraît qu'à partir de cette date, si on prie avec dévotion et que l'on communie tous les premiers vendredis de neuf mois consécutifs, Notre-Seigneur Jésus-Christ nous accordera l'une de ses douze promesses : sœur Saint-Jean-Baptiste a bien insisté sur ce point et, pour convaincre toutes les élèves, elle leur a lu les Écritures. Il y a très longtemps, Il est apparu à sainte Marguerite-Marie et lui a dit : *Je te promets, dans l'excès de la miséricorde de mon Cœur, que son amour tout-puissant accordera à tous ceux qui communieront les premiers vendredis du mois, neuf fois de suite, la grâce de la pénitence finale, qu'ils ne mourront point dans ma disgrâce ni sans recevoir leurs Sacrements, et que mon divin Cœur deviendra leur asile assuré à cette dernière heure.*

C'est on ne peut plus clair : ce sont des communions réparatrices, a expliqué la sœur. Si Flora n'en manque pas une d'ici juin, peut-être que ses péchés s'effaceront au fur et à mesure, comme le tableau noir qu'on essuie à la fin de chaque jour de classe. Enfin, cette pratique ne pourra sûrement pas empirer son cas et il vaudrait peut-être la peine de l'essayer. Le Seigneur a de bien étranges stratégies pour biffer les fautes. Péchés véniels, mortels ou capitaux, peu importe : on communie le premier vendredi de chaque mois, neuf fois de suite et, abracadabra ! ils disparaissent. Alors, pourquoi se priver de confiseries, de menteries et de petits délits ?

\* \* \*

Les oies passent sur la rivière, emportant l'automne sur fond de feuilles mortes, de pluies froides, de récitation des règles de grammaire et d'accord de participes passés, de tables de multiplication et de division, de calculs compliqués des fractions et de leurs plus petits dénominateurs communs et leurs plus petits communs multiples. La quatrième année, celle des fractions, répète souvent sœur Saint-Jean-Baptiste, complique l'existence même des plus studieuses.

Le 12 novembre, une permission spéciale a été accordée : sœur Saint-Jean-Baptiste a apporté une radio dans la classe pour que les élèves puissent écouter la cérémonie de béatification de mère Marguerite Bourgeoys. À Rome, il y a, paraît-il, une immense foule rassemblée pour la bénédiction du pape Pie XII. Plusieurs auraient préféré écouter les chansons de Jean Lalonde ou de Maurice Chevalier, mais on se contente d'entendre les discours ronflants, les prières en latin et les descriptions du chroniqueur. Morte en 1700, béatifiée en 1950, deux cent cinquante ans après son décès ! À quand la canonisation ? Que restera-t-il de son squelette ? À moins qu'on l'ait momifiée ? Et dire que Flora, l'année dernière, voulait devenir une sainte, et de son vivant en plus ! Ici, au couvent, du côté des sœurs, se trouve la tombe de mère Marie du Bon-Conseil, la fondatrice. Dans un tout petit carton, on distribue aux personnes qui en font la demande un mince morceau de tissu ayant touché aux ossements de cette religieuse décédée une douzaine d'années plus tôt. Se peut-il que les gens se sentent réconfortés en caressant le minuscule carré d'étoffe ? Cette seule idée effraie Flora. Jamais elle n'oserait.

Reviennent les planchers froids, l'eau gelée dans les robinets, la neige, les personnages de la crèche à la chapelle et les chants de Noël… mais pas Irène Laforest. Ce sera aussi un automne d'oreilles cassées par les cafouillages de la chorale des religieuses à chaque messe.

Les mois se fractionnent en semaines, les semaines se divisent en jours, et chaque jour lui-même se ramène à un nombre d'heures fixes, dans une sorte d'équation au moins aussi vieille que sœur Saint-Léandre. Plus vieilles de quelques mois, quelques-unes d'un an révolu (Flora a eu un gros dix ans le 1ᵉʳ décembre). Enfin, le 23 décembre, les couventines repartent dans leur famille pour les vacances. Deux semaines ! Quand on n'a que deux congés par année, celui des Fêtes et celui de Pâques, on ne voit pas son monde bien souvent. Celles qui habitent très loin, comme Simone, et qui fréquentent le couvent de sept à dix-sept ans, ne connaissent presque pas leurs parents, leurs frères et leurs sœurs. À défaut de retrouver les siens, Flora pourra au moins revoir Blanche et Pitre et toute la parenté lors des réceptions familiales.

Dans l'autobus qui ramène Jeanne et Flora chez elles, la fébrilité est éteinte par les propos de Jeanne, démoralisée par la piètre interprétation des chants de la messe de Noël.

— Tu as entendu : la chorale des sœurs a faussé plusieurs fois. C'était affreux, j'en avais des grincements de dents. Je te jure, j'arriverais à mieux diriger que la Saint-Georges. Avec sa grosse voix… La Sainte-Gorge, plutôt. L'as-tu vue ? Elle tourne le bras n'importe comment, on dirait qu'elle mouline la poignée d'un hache-viande. C'est juste bon en litanies grégoriennes, monocordes et sans rythme. Les nuances, pour elle, c'est fort et plus fort. *Piano, pianissimo, mezzo forte*… À ses yeux, c'est du chinois à ma grand-mère.

Flora opine. Ses pensées, pourtant, se fractionnent : l'abattement de Jeanne, certes, mais l'étrange Adam, qu'elle a peu vu ces longues dernières semaines, et Simone qui lui fait la guerre froide, et Irène, dont la seule évocation charrie des multiples de dix de culpabilité.

— Et sais-tu quoi, Flo ? Ce sera elle notre directrice pour le concours provincial. La supérieure me l'a confirmé, hier. Nos chances de gagner s'en vont à vau-l'eau, bien profond, en plus, je t'en passe un papier.

Jeanne est en verve, le mâche-patate s'en donne à cœur joie : chorale, concert, concert, chorale, sur deux modes, déprimée et plus déprimée.

À travers les vitres givrées de l'autobus, Flora ne voit pas défiler le paysage enneigé. Un frimas secret lui comprime la gorge : Irène Laforest lui manque, comme elle manque à bien du monde.

\* \* \*

Cette année, la réception pour le réveillon a lieu du côté des Bergeron, dans la famille de Blanche, chez sa sœur Denise et son beau-frère Jules, à Roberval. S'y rendre n'est pas une sinécure, dans des conditions météorologiques désastreuses. Sur la vaste plaine entourant le lac Saint-Jean, le vent a bien de l'espace pour s'emballer et mugir plus fort, surtout dans le coin de Saint-Bruno. Souvent, la neige et la poudrerie rendent la visibilité nulle, et oncle Pitre doit se diriger grâce à l'extrémité des poteaux de téléphone, seuls repères émergeant de cette mer blanche.

Pour dissoudre les inquiétudes, Flora chante des cantiques. Jeanne, muette, garde son air angoissé.

Un peu plus tard, un grand froid sec fige le paysage. Sur la neige durcie, les bottes poussent des sons clairs et geignards et dans l'air flotte de la poudre de cristal. Malgré ce temps glacial, tous les enfants de Denise et de Jules – les onze – se sont rendus à bon port. Avec les conjoints et les cousins, on servira trente convives au réveillon. Ça sent la dinde au jus et le gâteau roulé. Cependant, avant de déguster tout ça, il y aura la messe de minuit et l'heure de l'apéritif. L'oncle Jules a déjà sorti son *shaker* et prépare des cocktails garnis de cerises, de citron, de jolis pics et de parapluies colorés.

— C'est pour mieux réchauffer les voix, explique-t-il en tendant un verre à tante Germaine. Eh, les petites Blackburn, vous chanterez avec nous autres, j'espère. Le monde de Roberval aimerait ben ça vous entendre.

Il sert à Jeanne un imposant gin tonic qu'elle cale en deux généreux traits. La voix va lui monter d'un ton. Lorsqu'elle voit arriver Yvan et Pauline, elle se raidit. Pauline tient dans ses bras, bien emmitouflée, une enfant de quatre mois, la bellissime Anne. Jeanne demande un deuxième verre, que le brave Jules s'empresse de lui offrir.

— Attention, ma choupinette, bois pas trop vite.

Jules ne lui dit rien de plus, mais n'en diminue pas moins la dose de gin.

Flora contemple cette poupée vivante, potelée et joufflue, Anne au regard d'outre-mer, qui semble voir des décors invisibles aux autres. À mesure que Pauline retire les vêtements, les tantes poussent de plus belle d'époustouflantes exclamations. Le retrait du bonnet d'Anne leur en arrache quelques-unes :

— Ah ! La belle tête au grand front intelligent !

— Elle tient ça de son père !

— Touchez-moi c'te duvet d'ange. Ça, c'est de la mère.

— Ça va changer de couleur, des cheveux de même. Vous êtes tous les deux foncés.

— Voyez-vous ces belles 'tites oreilles minces, des pétales de rose ?

Les mitaines enlevées, les tantes ne sont pas en reste :

— Et ces longs doigts minces ; des mains de pianiste du côté de Denise, c'est certain !

Les pattes suscitent, elles aussi, leur lot de remarques :

— Laisse-moi embrasser ces petons. J'adore ça, mettre le nez sur les petits pieds.

On lui trouve, dans le désordre et suivant la vue de chacun, le bas du visage de son père ou de sa mère, les yeux de sa mère ou de son grand-père, le nez des Lemieux et la bouche des Bergeron. Quand, du bout du doigt, Pauline lui chatouille le menton, la petite Anne sourit candidement. À l'unisson, les tantes pâmées hurlent un soupir d'émerveillement.

— Oh ! Le beau sourire à sa maman, fait Pauline avec une voix d'enfant.

Les tantes entourent la nouvelle venue pour la prendre chacune son tour.

— Félicitations à vous deux ! Un vrai chérubin de Noël. Ça faisait longtemps qu'on l'attendait. Vraiment, après quatre ans de mariage, le bon Dieu vous comble. C'est un bon bébé ?

Jeanne reste en retrait et boit rapidement son second gin alors que Flora, discrètement, se tient près des tantes à mille bras. Blanche, à qui le tour est venu de cajoler le poupon, a tôt fait de la remarquer.

— Viens là, que je te présente ta nouvelle petite-cousine. Voici M^{lle} Anne Lemieux.

Elle dépose la petite dans ses bras qui, pour la première fois, tiennent un vrai bébé. Très émue, Flora s'écarte du groupe de femmes et se dirige vers Jeanne.

892

— Regarde-la bien. Elle te ressemble, juste à toi, lui dit-elle en secret en lui passant le précieux paquet. C'est le plus beau bébé du monde.

Jeanne dépose son verre. Figée un instant, elle tient ce corps si léger dans ses bras, si lourd dans son cœur. Anne la dévisage de ses prunelles insondables.

— Anne…, murmure Jeanne du bout de ses lèvres tremblantes.

Derrière ce regard opaque s'agite déjà une âme falote, une flamme vacillante. On dirait que ce minuscule être détient la connaissance de l'au-delà, la sagesse des ancêtres. La reconnaît-elle, à travers son odeur et son amour maternel ?

Jeanne serre l'enfant contre elle et se met à pleurer à chaudes larmes. Blanche accourt.

— Voyons, Jeanne, l'avise-t-elle tout bas. Modère un peu tes transports. Je veux bien croire que c'est émouvant, un petit bébé, mais garde tes larmes pour les enterrements. Là, c'est Noël. Tu ne vas pas nous faire une scène ?

Blanche lui reprend l'enfant et s'éloigne vers le salon. Flora veut entraîner Jeanne à la salle de bain pour l'aider à s'arranger, mais Yvan est plus rapide et saisit le bras de Jeanne pour l'attirer vers la chambre où sont entassés les manteaux. Que lui dit-il, à l'abri des oreilles ? Flora n'en sait rien, mais reste près de la porte et voit leur reflet dans le miroir de la commode. Son discours apaisant ne suffit pas. Jeanne pleure, blottie dans ses bras, la tête sur son épaule. Yvan l'étreint un moment, lui parle à l'oreille, lui frôle la hanche et la presse encore contre lui avant de ressortir, un peu déboussolé. À son tour, oncle Pitre va la trouver et referme la porte derrière lui. Il parle plus fermement, mais Flora ne perçoit que les sanglots de Jeanne. Puis, Flora entend nettement Jeanne dire qu'elle veut que le chat sorte du sac. Encore une histoire de chat ?

Au bout d'un long moment, Pitre ramène sa plus grande vers le salon et lui offre un porto. Elle semble calmée et, cette fois, elle boit à petites gorgées. Ses yeux secs mais rouges jettent des regards amers vers Pauline, qui emporte son bébé à la cuisine où discutent tranquillement grand-mère Émilie et tante Joséphine : l'une brasse la sauce à la dinde, l'autre la compote aux canneberges.

Onze heures et demie. Le temps file. Flora s'endort un peu. Ceux qui ne sont pas allés à la messe de dix heures se préparent pour celle de minuit. Combien de verres Jeanne a-t-elle bus ? Cela est dur à dire, mais l'oncle Jules n'y va pas de main morte avec ses cocktails. Voilà qu'elle titube insensiblement en franchissant la porte.

— Ah ! Ton Jules lui a servi des verres trop corsés, se plaint Blanche à sa sœur. Ma Jeanne est si jeune et si sensible, elle ne porte pas la boisson.

À l'église, ses chants et ses répons enterrent ceux de la foule, elle parle sans arrêt pendant le sermon et, à la sortie, adresse des *Joyeux Noël !* à tous les quidams près de qui elle passe en leur collant de grosses bises sur les joues. Blanche prie Pitre de les ramener chez eux sans réveillonner. Sur le parvis, décontenancée, elle s'excuse auprès de sa sœur :

— Elle va être malade, je crains. Nous nous reprendrons au jour de l'An.

Les efforts de Blanche n'ont pas suffi. La belle Jeanne modèle vient de jeter un froid dans la parenté.

# 13

En rang, deux par deux, les élèves choisies pour la chorale sillonnent les corridors en passant près des imposants meubles de chêne, des crucifix distribués un peu partout et des photos du pape Pie XII. On observe toujours des yeux le même silence des statues aux regards affligés, on respire encore la même odeur d'encens, d'encaustique et de bouillon d'os. Tout reluit dans cette propreté impeccable, cet ordre de magasin. Tant de mains ont gratté, frotté et frotté encore les surfaces. Les marches des nombreux escaliers ont connu tant de pas et tant de nettoyage que le centre se creuse légèrement. Ici, l'usure du temps a été cent fois, mille fois réparée. Après le ménage matinal du samedi, ce sont les voix des choristes qu'il faudra réparer.

En place pour la répétition, les vingt-quatre choristes patientent depuis dix minutes et leurs chuchotements prennent, avec les secondes, l'allure des vrombissements de guêpes survolant les têtes. Elles attendent leur nouvelle directrice. Par les grandes fenêtres à carreaux, le soleil de janvier se glisse en oblique sur le parquet lustré et sur le piano astiqué un peu plus tôt, les aveuglant. Quand le soleil plombe sur le piano, l'instrument sent plus fort le vernis. Lors de ses premiers cours de musique, Flora croyait qu'il s'agissait du parfum de sœur Irène. Elle ne le lui a jamais confié. En y repensant, elle trouve l'idée rigolote. Dans tous les cas, aujourd'hui, elle aime respirer cette odeur.

La grosse Yvonne, qui a toujours chaud, ferme les tentures et plonge la salle dans une triste pénombre. Avec elle, Carmen, Denise, Madeleine, Thérèse, Lucille, Louisette, Alphonsine, Astride, Lucie et Flora ont été sélectionnées pour unir leurs voix en vue de la compétition. À ces élèves de quatrième se joignent plusieurs normaliennes, dont Jeanne. Toutes les grandes affichent une allure distinguée dans leur robe grise à petit collet de dentelle blanche et, surtout, dans leurs bas de soie leur faisant un mollet tout lisse. En un mot, elles impressionnent. Savantes et instruites, plusieurs d'entre elles obtiendront leur brevet d'enseignement en juin et pourront aller transmettre leur savoir aux enfants, dans les écoles de campagne ou de village. Leur maintien est impeccable. À côté d'elles, les petites ont l'air dissipées sous leurs couettes un peu ébouriffées. Pour donner le bon exemple, Flora enduit ses paumes de salive et se passe les mains sur les cheveux : elle dompte ainsi les épis qui s'échappent. Les normaliennes ont une jolie coiffure ondulée, sans frange sur le front, des pinces ou des barrettes habilement posées ; elles relèvent ici et là des boucles parfaites pour mieux dégager le visage et ramener les mèches derrière l'oreille, bien disciplinées.

Dans le corridor, les talons de mère Saint-Viateur martèlent le parquet et s'approchent. Elle apparaît bientôt dans l'enca-drement de la porte, suivie d'une religieuse âgée, à la mine quelque peu défaite. La supérieure se poste avec autorité devant le groupe. Claquoir en main, elle frappe un coup. Toutes les têtes se relèvent, les mains se croisent sur le ventre rentré, enfoncées près du nombril, les talons tapent l'un contre l'autre, les dos se dressent, les lèvres se ferment : vingt-quatre soldats de plomb dociles s'alignent sur les praticables.

— Mesdemoiselles, je vous présente sœur Saint-Georges. Elle vous apprendra les chants choisis pour la compétition des ensembles.

— Bonjour, ma sœur, et bienvenue ! clament haut et franc les vingt-quatre soldats, sous le regard triomphant d'une Sainte-Fureur infatuée.

— Vous lui obéirez au doigt et à l'œil. (*Puis, s'adressant à Jeanne*) Mademoiselle Blackburn, je compte sur votre soutien constant.

Avant de poursuivre, elle tend une main largement ouverte vers la nouvelle chef de chœur, laquelle baisse humblement la tête.

— Voilà, mesdemoiselles. Je vous laisse à ses bons soins. Inutile de vous dire qu'elle a l'autorité absolue sur votre groupe. Celles qui oseront y contrevenir seront expulsées *ipso facto* de cette chorale. Je veux des prestations dignes de notre devise : *Parfait et fini!*

Mère Saint-Viateur leur tourne le dos et disparaît. Les filles se jettent des regards, incertaines quant à la suite des choses : peuvent-elles ou non se remettre à respirer ?

— Nous sommes prêtes, ma sœur, lance Jeanne, consciente de son rôle et souhaitant briser un peu la glace formée par le passage de la Fureur.

— J'ai très hâte de chanter, ma sœur, poursuit Flora, encouragée par la délicate attention de sa grande cousine.

Dès le départ, les bons soins de sœur Saint-Georges prennent une drôle de note. Certes, la religieuse connaît la musique, mais pas le piano. De son porte-documents sortent des partitions, une baguette et un diapason qu'elle frappe sur la boiserie du lutrin. La vibration en *la* résonne, bien franche.

— Donnez-moi ce *do*.

La stupéfaction dans l'ensemble agrandit les yeux, mais les bouches restent fermées.

— Voyons ! Êtes-vous sourdes, mesdemoiselles ? Pas à votre âge, tout de même…

Elle ricane pour elle-même et frappe le diapason contre le pupitre, répète la note d'une voix fausse qui baisse d'un demi-ton.

— Allez, ce n'est pourtant pas si difficile de me donner ce *do*. Ne soyez pas timides.

Les choristes se regardent avec malaise. Personne n'ose intervenir, mais Flora, dont les oreilles ne peuvent mentir, lève la main timidement. La Saint-Georges l'autorise à parler, les sourcils froncés et la bouche en cul de veau, d'un petit coup sec de son menton flasque.

Flora s'éclaircit la gorge.

— Ma sœur, euh, excusez-moi, ma sœur, si je peux me permettre, hésite la petite dont le regard cherche celui de Jeanne.

Du chef, Jeanne lui enjoint à s'exprimer, trop contente de n'avoir pas à se mouiller.

— C'est un *la*, ma sœur. Le diapason donne toujours un *la*.

Sœur Saint-Georges s'observe les mains et l'instrument argenté, jamais faux. Si elle avoue son erreur, qu'adviendra-t-il de son pauvre petit pouvoir ? Et de sa réputation auprès de mère Saint-Viateur ?

— Peu importe, se reprend-elle. Donnez-moi cette note en prononçant un grand A. Faites : Aaaaaaaa.

Le diapason résonne de nouveau. Cette fois, le son fuse des bouches, pur et soutenu. La Saint-Georges semble satisfaite.

— Vous voyez, ce n'était pas si difficile. Votre timidité des premiers instants est toute naturelle. Ne vous en faites pas.

Elle propose alors des exercices d'échauffement et de respiration, quelques lignes de chants grégoriens, puis divise le chœur en quatre pupitres en faisant interpréter à chacune *Au ciel, au ciel, au ciel*. Ensuite, elle extirpe de son cartable les partitions des deux pièces qu'elle a choisies : un *Palestrina*, chant grégorien à trois voix, et l'*Alléluia* de Händel à quatre voix. Beaucoup de pain sur la planche du lutrin !

On ouvre d'abord l'*Alléluia*. Si elle ne joue pas de piano, elle sait à tout le moins donner des notes de départ. *A capella*, elle chante la première portée pour chacun des pupitres afin que les filles mémorisent leur mélodie respective.

Les problèmes commencent. Sans musique de fond, la religieuse baisse de tonalité à la fin des dernières mesures, entraînant avec elle toutes les voix. Quand, enfin, soprano, alto, ténor et basse entonnent ensemble la première portée, répétant cinq fois *Alléluia* suivant des rythmes différents, c'est la cacophonie. Sœur Saint-Georges tourne et tourne sa baguette comme la pale d'un moulin à vent, les sourcils froncés, des plis figés plein le visage, comme si une triste irritation l'avait imprégné dès sa naissance. Oubliant les silences entre chaque acclamation, le signal adéquat pour un départ vif et simultané, les nuances et la rondeur des sons… elle ne se rend même pas compte que le chœur détonne. Cinq fois *Alléluia*, une seule ligne : une catastrophe, et la partition compte vingt-quatre pages ! Malgré la bonne volonté et la patience des élèves, cet apprentissage s'avérera un long calvaire. Elle se fâche, donne des coups de baguette sur la tête d'Yvonne qui a rondi le dos, d'autres petits coups sur les mains de Thérèse qui ne cessent de gesticuler. Elle dispute, soupire plus fort, s'empourpre, dépassée.

— Quelle sorte de cancres Dieu m'a-t-Il envoyés là ? Ce n'est pourtant pas difficile ! Et si vous êtes les meilleures du couvent, je n'ose imaginer comment chantent les autres.

Après une trentaine de minutes de ces mauvais traitements, Jeanne lève la main et propose obligeamment :

— Pardon, ma sœur. Si vous le voulez, je pourrais jouer la partition au piano. En entendant la musique, il sera plus facile de garder le rythme, les notes et un son d'ensemble.

La religieuse accepte de bon gré. Le concours de Jeanne aide un peu, mais un léger décalage entre la direction de la sœur et le jeu de la pianiste entraîne une autre sorte de confusion. On ne sait plus quoi suivre, de la baguette ou du piano.

La première séance prend fin dans un embarras mutuel poli.

Les semaines passent sans que l'on trouve l'harmonie. Entêtée, trop vieille ou complètement déphasée, pleine de faux plis indélogeables, la Sainte-Gorge ne veut ou ne sait avouer ses erreurs ou ses mauvaises façons de faire, son incompétence dans la direction musicale. Quoi qu'il en soit, elle blâme toujours les choristes.

Plus le temps fuit, plus la tension monte. Janvier et février sont déjà derrière et, après chaque répétition, Jeanne peste contre la chef de chœur empesée dans son costume, aux gestes trop peu visibles.

— À peine si elle bouge la baguette, et c'est pour battre Yvonne plutôt que la mesure.

— Moi, je ne comprends pas ses signes ni ses expressions, ajoute Rose-Alma. Elle devrait suivre des cours de langage des mains et du corps, bouger en exagérant ses mouvements pour qu'on les voie clairement.

— Aussi bien demander à une montagne de se mettre à danser, riposte Yvonne.

L'harmonie se trouve là, dans les plaintes et dans les commentaires qui s'élèvent après le départ de la Sainte-Gorge. Sans plan pour les répétitions, on se lance sans consignes, et la religieuse semble apprendre en même temps que ses élèves. Pas de répétitions spécifiques selon les tessitures, jamais d'exercices pour affiner les notes et le rythme. Enfin, on perd confiance et on doute de la compétence de la chorale. Malgré la bonne volonté des choristes, elles ont à peine traversé les dix premières pages de la partition et encore, tout ça ressemble à un joyeux vacarme. Alléluia !

*  *  *

Mars et son faux printemps ne réchauffent ni les voix ni l'ambiance, et n'apportent rien à l'ensemble vocal. Pire, une épidémie de grippe sévit dans le couvent et la Sainte-Gorge, plus fragile des poumons, est affectée d'un mal qui s'aggrave : la grippe se mue en pneumonie et les répétitions tombent à l'eau.

Le vendredi soir de la mi-mars, alors que les couventines remplissent d'eau leur bassine au grand évier de la salle de toilette, et la rapportent sur leur tablette du dortoir, survient un incident. Dans le corridor, en file indienne, récipient en équilibre, les quatrièmes rencontrent les normaliennes. En passant près de Jeanne, Flora provoque la collision. Les bassines se répandent. Sœur Dortoir les admoneste et leur ordonne d'essuyer au plus vite. Flora n'en espérait pas moins. Pendant que les autres s'éloignent en prenant garde de marcher dans l'eau, à quatre pattes, épongeant le plancher de bois, les deux cousines en profitent pour échanger.

— Sais-tu où est sœur Irène, maintenant ?

— C'est juste Irène, la corrige Jeanne, pas sœur Irène. J'ai entendu sœur Marie-Paule, l'autre jour, avec sœur Saint-Liboire. Elle la croyait sur la Côte-Nord, mais Irène n'y est plus. Volatilisée… Mystère. Je me souviens de ses paroles : « Nous souhaitons toutes son pardon, mais ne savons plus où chercher. » Si tu avais vu la face chagrine de sœur Saint-Liboire…

— Il faut que je la retrouve, chuchote Flora.

— Je comprends. Si tu veux mon avis, la chorale n'arrivera à rien avec la Sainte-Gorge. En plus, la voilà malade, au lit. Qui sait quand elle s'en remettra. On va perdre des semaines de répétitions. De quoi on aura l'air, au concours ? Une bande d'étourneaux dirigée par une corneille ! Ah ! Si on avait Irène !

La tête penchée sur le parquet, les cheveux pendants, Jeanne frotte plus fort. La cire se dilue et, immanquablement, une tache blanchâtre ternira le bois à cet endroit lorsque tout sera sec.

— Dépêche ! lâche Flora, la sœur Dortoir s'en vient !

— Dire que c'est moi qui ai tant insisté auprès de la supérieure pour qu'on participe. Je croyais qu'on aurait M$^{lle}$ Irène, mais là… Si tu veux la retrouver pour remplacer la Sainte-Gorge, tu perds ton temps. La Sainte-Gorge est dans les bonnes grâces de la Fureur. Nous sommes captives de ses «bons soins». Comment on va faire pour sauver la chorale ?

— Je veux la trouver, mais pas pour la chorale.

Des souliers noirs s'introduisent entre les deux têtes.

— Eh ! Cessez vos secrets et dépêchez-vous, les somme sœur Dortoir.

En tordant son torchon dans le bassin, Jeanne jette un regard interrogateur vers Flora qui secoue la tête.

Depuis l'automne, et cette révélation qu'Irène avait respecté son serment, Flora traîne ses remords. Ses souliers pèsent lourd. Son missel pèse lourd. Sa conscience l'enchaîne et l'entrave. Chaque fois qu'elle pense à Irène Laforest, chaque fois qu'elle entend son nom, chaque fois qu'une musique lui rappelle leurs leçons de piano, son cœur se contracte et suinte. Elle a les *Alléluias* bien tristes lorsqu'elle chante Händel sans conviction ni passion. Irène, n'était-ce pas sa maman chérie de remplacement ? Avec ses surprises et ses attentions quotidiennes, ses sourires, sa douceur et ses exigences aussi : cette tendre dureté qui poussait Flora toujours plus loin.

À genoux au pied de son lit, elle récite ses prières. *Et Jésus le fruit de vos entrailles est béni.* Pour ne pas se trahir, elle se laisse ronger les entrailles par le renard dont lui a parlé Simone. À mesure que s'installe le noir dans son compartiment, ses dents mauvaises s'enfoncent dans sa chair. Sa poitrine tressaille. Elle a peur. Quand tout est calme, il revient. « Bah ! dit sa voix mauvaise : un mensonge, un péché véniel, qu'est-ce que c'est ? Rien qu'un peu de remords, alors que le plaisir de la vengeance était si attirant, si fort. Que te reste-t-il, à présent ? Une poignée de cendres dans la main et des brûlures au cœur. » Comment le museler à jamais ? Par le pardon d'Irène. Sinon, dans sa mémoire restera toujours ce quelque chose de si cruel : son péché, là, perpétuellement devant ses yeux !

La nuit s'enfonce dans les moindres failles. Flora sort de sous les couvertures et, sans prendre le temps d'enfiler ses pantoufles, marche sur le plancher glacé. Sur la pointe des pieds, elle rejoint Simone.

— Simone, Simone, réveille-toi.

La petite sauvage réagit, soupire.

— Laisse-moi dormir.

— Non, insiste Flora. C'est trop grave. Si je te disais que, dans une demi-heure, ce serait la fin du monde, le Jugement dernier, qu'est-ce que tu ferais ?

— Je continuerais de dormir, parce que c'est ça que Dieu veut que je fasse, là.

— Moi, je ne peux pas. Il ne veut plus que je dorme, le renard me grignote le cœur. Avant de mourir, je voudrais demander pardon à deux personnes. En premier, à toi. Pardonne-moi pour les vilaines choses que je t'ai dites. Pardonne-moi pour la peine d'amitié, pour mes mensonges…

— OK, OK, c'est pardonné. Va dormir, astheure.

— J'ai besoin de toi, Simone. L'autre pardon, faut que je le demande à M<sup>lle</sup> Irène.

Simone se retourne dans un froissement de draps.

— Fais une prière ou va à confesse.

— J'ai essayé, tu penses bien, mais ça marche pas. Je veux lui écrire, personne sait où elle est. Avec ton don de *devine,* tu peux m'aider. S'il te plaît, ça me fait trop mal et si je mourais comme ça, j'irais en enfer, loin de mes sœurs et pis…

— C'est correct. Tais-toi, là. Je vais essayer de la voir.

Simone s'assoit, saisit les mains de Flora et inspire un grand coup, puis respire plus fort et plus profondément, les yeux fermés dans la pénombre. Flora attend, les pieds pendants au bord du néant. Quatre ou cinq minutes s'écoulent. D'une voix plus grave, Simone émet enfin un sourd bourdonnement, un drôle de vibrato ronronnant, puis chuchote des mots quasiment inaudibles : « Je vois un petit village… une maison. Elle dort… Seule…, un lit de fer, une chambre sous une mansarde. Elle rêve. Un… mauvais rêve… pas préparé sa classe et les élèves sont turbulents… »

— C'est où ?

Simone ne dit plus rien. Elle semble endormie. Flora lui secoue les épaules. Simone reprend ses esprits.

— C'est où, Simone ? Où ça ?

— Je cherche, je cherche… Commencer, commencer… Je connais pas cet endroit, je vois plus rien. C'est trop loin.

Elle reste de longues secondes en silence et sans mouvement avant de prononcer sa dernière phrase :

— Celle qui ne parle pas te le dira.

Flora l'examine. Elle devine que c'est tout. Elle insiste pourtant pour une dernière bouchée, un dernier morceau d'espoir.

— Qu'est-ce que ça veut dire, enfin ?

— Sais pas. C'est tout. Va dormir.

Encore une énigme.

Flora regagne son lit à moitié satisfaite, à moitié embêtée. Elle a beau tourner cette prédiction dans sa tête, rien ne vient que le plus profond des sommeils.

Le lundi suivant, à six heures pétantes, sœur Dortoir réveille les filles en sonnant sa cloche, puis psalmodie la prière. C'est le début de la Semaine sainte. Les prières et les offices seront multipliés. Flora se lève et s'agenouille sur le plancher toujours aussi froid, mains engourdies, doigts entrecroisés et cœur endormi, pour réciter les répons. Puis, les couventines, dans leur robe de nuit encore tiède, prennent le chemin des lavabos, bassine dans les bras, toujours en répondant aux refrains de la prière. Après, ce sera le silence de la toilette et la messe. Ensuite, quatre heures de cours, deux heures d'activités religieuses, les quatre récréations, une heure de répétition de chants, les devoirs et les leçons… encore une longue journée de vigoureuse et saine discipline.

Dans la classe, après la prière au Sacré-Cœur, sœur Saint-Jean-Baptiste prend sa craie: *Manière de faire un lit.* Puis, elle se tourne vers les élèves, mal lunée. Toutes fixent le tableau, perplexes. À quoi riment ces mots-là?

— Lorsqu'elle a noté les lits, hier, sœur Saint-Liboire a rapporté plusieurs erreurs: des plis à la surface, l'angle des coins mal fait, les oreillers mal aérés... La dernière fin de semaine vous aurait-elle à ce point ramolli la cervelle?

La sœur fait quelques pas, à droite puis à gauche, elle retient la suite, jette un œil sur la cour et capte par son manège l'attention de toutes.

— Plusieurs ont perdu des points et je suis fort déçue. Prenez *L'économie domestique*, révisez la huitième leçon et répondez au questionnaire de la page 31.

*Nommez les principales parties d'un lit. Que comprend un lit garni? La plume est-elle hygiénique? Quelles sont les meilleures couvertures de laine? Expliquez pourquoi le couvre-pied est nécessaire.* Et la liste se poursuit en une quinzaine de questions. Flora se désole. Quelle perte de temps! Celles qui n'auront pas fini avant la récréation devront rester en retenue pour terminer l'exercice. Elle lit rapidement la leçon de choses et, de sa main gauche, trempe la plume dans l'encrier.

Quand la cloche sonne, elle a fini juste à temps la rédaction des étapes de la manière de faire un lit, dernière question de la liste.

Puisque la température le permet, elles pourront aller dehors pendant cette pause du matin.

On chausse les bottes et on enfile les manteaux. Les petites tracent dans la neige des terrains de marelle, tandis que la classe de Flora joue au ballon prisonnier sur l'espace durci au fond de la cour. D'autres s'amusent à *Qui est-ce qui l'a, c'est Marie Stella?* Les six religieuses chargées de la surveillance marchent ensemble, en deux trios se faisant face, les unes avançant pendant que les autres reculent. Enveloppées dans leur mante de laine, elles bavardent. C'est calme, aucun oiseau ne se manifeste, et quelques flocons commencent à tomber mollement.

Yvonne lance le ballon si fort qu'il frappe le poteau du lampadaire et va rebondir vers la cour où tangue la demi-douzaine de religieuses. Flora court derrière le ballon qui roule vers les maîtresses. Lorsqu'elle arrive tout près, elle entend une bribe de conversation. Elle décélère alors chacun de ses mouvements.

— On reste sans nouvelles d'Irène ?

— Elle doit être aux États-Unis. Sa famille habite là-bas.

— Ce n'est pas l'avis de sœur Marie-Paule.

— Moi, la dernière fois, je l'ai vue sortir de l'atelier de sœur Saint-Léandre, juste avant qu'elle parte pour de bon, sans doute pour la remercier. Souvenez-vous, c'est elle qui a réussi à prouver son innocence.

Flora ramasse enfin le ballon. La sourde et muette : celle qui ne parle pas… Sœur Saint-Léandre sait !

Rappelée par le tohu-bohu de ses camarades, Flora s'en retourne bien vite sur le terrain couvert d'un mélange de neige fondante et de boue. Une montgolfière gonfle en elle.

Après la récréation, elle retire ses bottes, ses jambières de laine et ses bas trempés. Assise à son pupitre, pendant que les autres rangent leurs vêtements dans les cases, elle observe la plante de ses pieds. La neige s'est infiltrée dans ses couvre-chaussures et, sous l'effet de l'humidité, la peau froide et rouge s'est plissée comme un vieux pruneau. Un fruit séché, n'est-ce pas le visage de la sœur aux grands pieds ? Si Flora veut obtenir le moindre renseignement auprès d'elle, elle devra affronter ce cauchemardesque croque-mitaine et surmonter une frayeur viscérale. À cette pensée, les contours de sa montgolfière se froncent et le ballon dégonfle. Quelle dose de courage faudra-t-il pour lui redonner sa pleine ampleur?

— Sortez votre cahier d'arithmétique.

Au tableau, sœur Saint-Jean-Baptiste écrit un problème à résoudre : *Sœur Saint-Léandre veut confectionner des socles de bois sur lesquels elle fixera ses nouveaux spécimens. Elle doit couper un madrier de cinquante pouces de longueur en cinq morceaux égaux. Si chaque trait de scie gruge une largeur de ¼ de pouce dans le bois, combien mesurera chaque morceau?*

Après de brefs calculs et de petits coups de plume, une à une, les élèves se présentent au bureau de la maîtresse, cahier en main, pour la correction. Toutes s'en retournent médusées à leur pupitre, reprenant les opérations, reproduisant la même erreur. Après quinze minutes, personne n'a encore trouvé la bonne réponse et la sœur les met au défi.

— Sachez, mes filles, qu'il y a l'intelligence théorique et l'intelligence pratique. Dans une maison, comme dans la vie, vous aurez à faire face à toutes sortes de problèmes. Réfléchissez bien avant de vous aventurer dans une solution.

Réfléchir avant de poser les bons gestes. Dans l'esprit de Flora, des blocs de bois se placent un à un. Trouver d'abord le moment opportun.

— Celle qui obtiendra le bon résultat, poursuit sœur Saint-Jean-Baptiste, aura un double privilège : trois roses pour sa couronne et congé de ménage demain matin.

Si elle pouvait bénéficier de ce congé, Flora aurait le temps d'aller voir les Grands Pieds en calculant son approche auprès d'elle. Elle n'aura qu'à baisser toujours la tête et à regarder les longues chaussures, sans jamais lever les yeux. Elle relit le problème, s'imagine en train de tailler le bois. Un trait, deux, trois et quatre. Pour obtenir ses cinq morceaux, il ne faut que quatre coups de scie et, donc, il ne faut soustraire qu'un pouce à la longueur totale. Sa plume s'agite, soustrait, divise et obtient la réponse.

Elle se lève et marche d'un pas hardi vers la maîtresse, qui la regarde avec suspicion lorsqu'elle lui présente son cahier, toute fière. Sœur Saint-Jean-Baptiste hoche la tête en répétant des «Parfait! Parfait!» Elle trace un beau B, pour *Bien*, colle une tête d'ange ailé dans la marge et lui remet les trois roses de papier.

— Pas de corvée de planchers demain matin : profitez de ce temps libre pour aller lire à la bibliothèque.

Flora reprend son cahier et contemple l'ange souriant.

— À la place, est-ce que je pourrais aller observer les animaux du musée ?

Surprise par cette demande, la maîtresse ne peut rien promettre. Elle verra d'abord avec sœur Saint-Léandre.

Le lendemain matin, permission obtenue, le ventre un peu noué, Flora arpente les corridors menant à l'atelier de taxidermie. Sachant qu'elle ne pourrait communiquer avec la sœur aux grands pieds en parlant, elle a finement écrit sa demande sur une page de son cahier.

En marchant sur les parquets qu'astiquent les élèves, elle se remémore le visage affreux entrevu le printemps dernier, les propos et les peurs que les couventines entretiennent sur cette épouvantable religieuse, trop horrible, dit-on, pour pouvoir se mêler à la communauté. Certaines la soupçonnent de manger la chair des animaux morts avant de les traiter. On dit aussi qu'elle a eu un bébé, il y a très longtemps, et qu'elle l'a empaillé pour le garder hors de la vue de tous, dans une armoire secrète dont elle seule détient la clé. On raconte qu'elle-même boit du formol, en cachette, qu'elle prolonge sa vie de cette façon. On prétend qu'elle a cent vingt-cinq ans. Flora se dit qu'il doit bien y avoir des morceaux de vérité à travers tout cet amoncellement de suppositions et de présomptions. Pourquoi et comment cette effrayante femme saurait-elle où est M<sup>lle</sup> Irène ?

Pas après pas, Flora se dégonfle, la bibliothèque l'attire maintenant bien plus que la vieille sœur terrifiante. Elle décide : si la porte de l'atelier est ouverte, elle entrera. Ce sera un signe de bienvenue et une justification de sa démarche. Sinon, porte fermée, elle rebroussera chemin et ira regarder de beaux livres d'images à la bibliothèque.

Elle tourne le coin et aperçoit, au bout du dernier passage, la porte entrebâillée. Qu'est-ce que ça veut dire ? Aura-t-elle franchi toutes ces étapes pour se défiler maintenant ? Allons ! À elle de choisir : la vie ne décide pas pour nous. Elle lève le poing pour frapper. Lorsque la porte s'ouvrira, elle verra l'horreur, un sourire hideux, peut-être, et des yeux de sorcière. Elle rabaisse son bras, serre contre elle son cahier. Sur le seuil, les odeurs de naphtaline et de peau séchée la saisissent. Surgit dans ses souvenirs l'image de ses sœurs aux chairs calcinées, l'odeur des cheveux roussis de Simone, il y a trois ans… La peur lui fait tourner les talons, mais, juste à ce moment, la porte grince et s'ouvre sur la sombre silhouette. Flora n'est pas du tout rassurée et fixe par terre. *Ne lève pas les yeux, ne la regarde pas.*

— Excusez-moi, lui dit-elle. C'est moi, Flora Blackburn. J'ai une permission, euh, un privilège…

Elle s'interrompt, de nouveau consciente de s'adresser à une sourde.

Une main parcheminée lui fait signe d'entrer. La main lui effleure les cheveux. Flora se retient de crier. Elle ravale sa salive et entre pour suivre les grands pieds.

D'un geste lent, la religieuse l'invite à passer devant une vitrine, puis elle présente son ardoise : « Bonjour, belle Flora ! Je t'attendais. Bienvenue dans mon univers de paix. » Cette paix, n'est-ce pas celle de la mort ? Un frisson court le long de l'échine de Flora. Elle fixe les grands yeux étonnés d'une chouette sur une souche. Du bruit, au sol, les grands souliers glissent plus loin, la longue main lui fait signe : « Par ici. » Sur la table de travail patiente un renard argenté, aux dernières étapes du montage. Sœur Saint-Léandre lui présente son petit tableau : *Adam l'a trouvé dans un piège de braconnier.*

Le nom d'Adam, sur l'ardoise, surprend Flora. Il entretient donc un lien de confiance avec cette vieille femme ? Cette perspective la rend plus sympathique. Peut-être font-ils de la magie ensemble ?

— Il est beau, balbutie Flora, embrouillée dans ses pensées.

Encore crispée, les deux bras serrant toujours son cahier sur sa poitrine, le regard rivé sur les lettres tracées à la craie, elle voudrait l'interroger, mais comment et par où commencer ? Elle cherche ailleurs une contenance. La belette l'observe de son œil curieux : *Tu cherches quoi, exactement, petite fouine ? À quoi joues-tu ?*

Le grand héron la pointe de son interminable bec : *Tu crois vraiment qu'on ne lit pas dans tes manigances ?*

Les inoffensives dents du lynx la menacent, moqueuses : *Mon cousin le renard te fait dire bonjour.*

Les cris, les feulements et les jugements de toutes les bêtes se mêlent dans sa tête. Elle a peur et veut à tout prix éviter l'horrible visage.

La sœur s'approche. Doucement, elle désigne le cahier. Flora recule d'un pas et, finalement, se décide, l'ouvre, le dépose sur la table et pointe d'un doigt tremblant : *Pouvez-vous me dire, s'il vous plaît, où est M^{lle} Irène ?*

La religieuse ramène vers elle le cahier. Elle écrit : *Pourquoi ?*

Ainsi se poursuit la conversation manuscrite : *Pour demander pardon. Je regrette une grosse bêtise. Un renard me ronge le cœur. J'ai l'âme pourrie.*

La religieuse délibère et met du temps à ressurgir de ses pensées. Flora ose lever les yeux sur elle. La sœur aux grands pieds se tient droite et l'observe attentivement en hochant lentement la tête, en profonde réflexion. Derrière la voilette noire, parmi les cicatrices et les rides, Flora reconnaît un sourire attendri, pas du tout effrayant, presque aimable. La main osseuse reprend la plume et ajoute des mots que Flora n'a pas le temps de lire, car la religieuse tend soudain les doigts pour lui toucher les cheveux ou le visage. Flora reprend vite son cahier et s'en va sans demander son reste.

Enfin au loin, elle tourne les pages, cherche impatiemment la dernière inscription, espérant y trouver le nom d'une ville, d'une rue, une adresse.

*Reviens me voir la semaine prochaine, chère petite-fille. J'ai un beau secret.*

Elle arrache la page et la cache sous son uniforme.

À la collation de quatre heures, en catimini, elle la montre à Simone avant de mordre dans sa tartine de mélasse, immanquablement servie à pareille heure depuis la nuit des temps. Contrevenant à l'interdiction de parler la bouche pleine, ne pouvant plus attendre, elle la questionne :

— Pourquoi dans une semaine ? Elle aurait pu me le dire tout de suite. Elle me fait tellement peur. Elle n'est pas une vraie humaine, on dirait.

Simone hausse les épaules, secoue la tête sans dire un mot. Un peu de mélasse lui coule sur le menton. Flora baisse la voix :

— Regarde, elle fait des fautes : elle met un trait d'union à *petite-fille*.

Simone dépose son verre de lait et ferme les yeux.

— Un trait d'union, c'est un lien. Y a toutes sortes de liens, comme la mélasse entre deux tranches de pain. Hum… c'est bon, la mélasse.

Une semaine plus tard, après le congé pascal, Flora va porter un paquet à la taxidermiste. Sœur Saint-Léandre elle-même en a fait la demande.

Lorsqu'elle frappe, personne ne répond. Après quelques secondes d'attente, elle frappe de nouveau. Toujours rien. Elle pousse alors la porte sur le silence. Elle aperçoit d'abord les chaussures, derrière le comptoir qui sert de table de travail, puis les jambes étendues, la robe un peu relevée sur les mollets. Flora contourne prudemment le meuble et le corps lui apparaît en entier. Immobile, allongée sur le dos, une main sur la poitrine, l'autre près du flanc. Stupéfaction ! Flora pousse un cri puis, malgré la frayeur, elle se penche et prend cette main inerte pour vérifier s'il y a de la vie. Dehors, le vent et la neige battent aux fenêtres. La chaleur couve encore dans la paume de la sœur. Par terre, sur l'ardoise, un nom, répété : *Irène, Irène, Irène !*

Flora se relève, troublée. Sur la table, elle voit une enveloppe adressée à Irène Laforest, chez un certain Clément Leblanc à

Bégin. Bégin! Voilà où vit maintenant M<sup>lle</sup> Irène! Elle cache la lettre sous son costume et court chez la supérieure, emportant l'ardoise.

Vingt minutes après, quatre religieuses transportent sœur Saint-Léandre à l'infirmerie. Flora les regarde s'éloigner, une main sur la lettre dissimulée sous son uniforme.

Après le dîner, enfermée dans une cabine de toilette, elle contemple l'enveloppe, la tourne en tous sens, cherchant à voir l'écriture, par transparence. Soudain, les doigts lui brûlent. Flora ne peut garder cette lettre, encore moins la lire; ce genre d'indiscrétion coûte trop cher. Elle le sait trop bien.

# 14

Sur un des lits de l'infirmerie, sœur Saint-Léandre geint imperceptiblement à chaque respiration. Elle repose là depuis une heure, sous l'œil bienveillant et les soins de sœur Sainte-Hermeline.

— Elle a fait une vilaine chute dans son atelier. J'ai bien peur qu'elle se soit fracturé la jambe, annonce tout bas la sœur infirmière.

Mère Saint-Viateur a, vers la blessée, un regard cerné et soucieux.

— En la déplaçant, nous n'avons pas amélioré son cas. Elle doit endurer les pires douleurs. Même les calmants les plus forts ne semblent pas la soulager.

— Alors, qu'elle soit transportée sans attendre à l'hôpital.

Elles se tiennent au chevet de la vieille religieuse. Sœur Sainte-Hermeline pose une main sur son front, puis l'éponge d'un linge frais et humide.

— Dans son état, tout nouveau mouvement pourrait faire pire. Avec votre permission, je demanderai plutôt au médecin de venir ici avec une équipe.

Sur sa fidèle ardoise, la main de sœur Saint-Léandre s'agite, une grosse craie blanche entre les doigts. Elle griffonne de travers des lettres dont les jambes pendouillent et d'autres serpentins.

— Regardez, elle a quand même toute sa conscience.

On réussit tant bien que mal à déchiffrer des mots qui ressemblent à : *Fémur brisé. Cœur tourmenté. Pas de médecin. Un confesseur.*

Elle tente ensuite d'atteindre sa croix pectorale déposée sur la table, près du lit. La sœur infirmière la lui remet et sœur Saint-Léandre la porte à ses lèvres avant de l'enserrer dans son poing. Elle ferme les yeux, tourne la tête de gauche à droite, sans arrêt, un métronome fou et muet.

— Soit! Communiquez avec le docteur, je m'occupe du reste.

L'infirmerie devient un moulin. Le médecin et une infirmière passent en après-midi. Au bout de moult efforts, ils réussissent à immobiliser la jambe grâce à des attelles de bois et des bandages. L'estropiée ne se laisse pas faire, se raidit et, de ses deux bras gesticulants, repousse sans cesse le docteur. Il doit attacher les mains de chaque côté de la couchette et la pauvre ne peut plus se défendre des traitements qui semblent lui être des plus pénibles. Le pire est de voir cette souffrance silencieuse, cette bouche grande ouverte sur un immense cri s'interdisant de naître. Le médecin en nage s'active de son mieux, l'infirmière tremble, sœur Sainte-Hermeline caresse et éponge le front torturé.

Les opérations terminées, le diagnostic tombe lourdement sur l'ardoise : *Sévère fracture, infection. Hôtel-Dieu.* Le docteur détache enfin les mains de sœur Saint-Léandre qui s'empresse de rattraper la craie pour tracer le plus distinctement possible à son tour : *Non! Ici.*

On se regarde, on discute à voix très basse, pour bientôt convenir de se plier à l'exigence de la vieille religieuse. L'optimisme du médecin s'effrite. Il lui administre une injection de morphine et avise qu'il repassera tôt le lendemain avec le matériel nécessaire à la fabrication d'un plâtre. L'avis d'un collègue spécialiste lui sera utile : il va lui téléphoner aussitôt de retour à son bureau.

Le lendemain matin, lorsqu'il revient, accompagné d'une infirmière et de tout l'équipement, on l'informe : sœur Saint-Léandre refuse catégoriquement de se laisser manipuler, de se faire dévêtir et d'être à nouveau touchée par des mains d'homme. Le médecin n'a qu'à se soumettre. Qu'à cela ne tienne : sœur Sainte-Hermeline et l'infirmière tentent de faire le travail elles-mêmes, sous la gouverne et les indications formelles du docteur, sans y parvenir.

Trois jours plus tard, la température monte précipitamment, l'infection s'est installée. Au cours de ces trois jours, les visites se multiplient, la fracture ne reprend manifestement pas, les doses de morphine augmentent. Le médecin parle aujourd'hui d'une possible amputation. Sœur Saint-Léandre s'entête. Elle restera là où elle est. On se soumet, une fois de plus.

Le mardi matin, aux toutes petites heures, après ce qui semblait être une nuit paisible, sœur Sainte-Hermeline sort se chercher à déjeuner. La vaillante sœur Cuisine s'affaire déjà : le gruau, le pain et le café chauds, de rares fruits éveillent de plus belle l'appétit de la religieuse. De retour avec son plateau, sœur Sainte-Hermeline trouve sur le lit, éclairée par un cinglant soleil de ce début d'avril, l'ardoise où sœur Saint-Léandre a gribouillé quelque chose. Elle pose le plateau. *Voir Irène. Vite ! L'adresse, la lettre, l'atelier.* Elle agrippe le poignet de la malade où le pouls est au plus faible. Elle se lance tout droit dans le corridor, en direction de la chambre de mère Saint-Viateur. La supérieure ne prend pas le temps de revêtir autre chose qu'une très ancienne robe de chambre.

— Elle a dû écrire pendant que j'étais sortie, remarque sœur Sainte-Hermeline. Les médicaments la tenaient endormie.

L'annaliste et l'économe ratissent l'atelier et ne trouvent rien qui ressemble à une lettre. Elles rejoignent peu après mère Saint-Viateur dans la salle des journaux afin de discuter de la situation. D'une part, l'état de sœur Saint-Léandre inquiète au plus haut point. D'autre part, toujours atteinte de pneumonie, sœur Saint-Georges n'échappe pas au danger non plus : elle garde le lit depuis quinze jours déjà, tandis qu'une consœur voit à ses moindres besoins. Les cours et toutes les répétitions de chant sont annulés pour le moment. Cette situation trouble la supérieure. Sans le manifester, mère Saint-Viateur étouffe les relents de sombres brûlures d'estomac qui l'empêchent de bien se concentrer.

— Qu'avons-nous à tirer de ces épreuves que Dieu nous envoie ?

— Nous vieillissons, comme tout le monde, remarque avec fatalité sœur Sainte-Marivonne. C'est la seule justice en ce monde…

— Certains vieillissent mieux que d'autres, ajoute sœur Sainte-Lucie. Alors, cette justice… J'ai connu des ivrognes centenaires et solides. Pourquoi sœur Saint-Léandre doit-elle endurer pareil calvaire ? N'a-t-elle pas déjà assez souffert ?

— Dieu lui accorde peut-être cette autre grâce, pour l'expiation des péchés du genre humain, conclut la supérieure.

Un silence traverse la pièce. Sœur Sainte-Lucie dépose sa plume et pose ses mains à plat sur la table en contractant le visage.

— Malgré tout mon respect, ma mère, voyons quand même ça avec réalisme. Par hasard, elle tombe et se casse la jambe. Toujours par hasard, l'os s'émiette et la fracture ne guérit pas. Notre sœur Saint-Léandre a peut-être les os fragiles, une sorte de femme de verre. Qui sait ? Une accumulation de hasards, est-ce ainsi que se définit Dieu ?

La supérieure porte une main à son abdomen. De l'eau embue ses yeux, et sa bouche se pince comme si elle avait mordu dans un citron.

— Hasard ou pas, répond-elle, donnons à cette vieille âme la grâce qu'elle réclame : une rencontre avec Irène… Que Dieu ou le hasard nous permette enfin de la retracer ! Prions, mes sœurs.

Au cours de son année à la direction du couvent, mère Saint-Viateur n'a pas eu l'occasion ni le temps d'en apprendre beaucoup sur sœur Saint-Léandre. Cependant, l'essentiel ne lui échappe pas : droiture, honnêteté, vaillance, une immense dévotion à Dieu dans une vie de paisibles occupations, de sagesse et de prières. N'est-ce pas sœur Saint-Léandre qui, l'automne dernier, a guéri la communauté de son aveuglement ? Si Irène pouvait apporter quelque réconfort à cette recluse, la supérieure marcherait sur son orgueil et ferait tout pour la ramener au couvent, ne serait-ce que pour un bref instant.

On frappe. Les trois têtes se tournent.

— Entrez ! fait la supérieure d'une voix étranglée, craignant la nouvelle d'un trépas.

Apercevant Flora Blackburn accompagnée de sœur Adèle, elle pousse un léger soupir.

— Notre M<sup>lle</sup> Blackburn aurait-elle encore fait une bêtise ? Si c'est le cas, sœur Adèle, vous pourrez m'en aviser à un autre moment.

— Pardon, ma mère, répond-elle doucement. Il ne s'agit pas d'une bêtise. Cette enfant veut vous remettre quelque chose en mains propres.

— Cela peut attendre…

— Je crois que c'est important.

Flora s'avance d'un pas hésitant. De sous son uniforme, elle tire la lettre qu'elle tend à la supérieure.

— C'était par terre quand j'ai trouvé sœur Saint-Léandre. Je pense que c'est mieux de vous la donner.

Mère Saint-Viateur ouvre de grands yeux. Elle lit le nom et l'adresse d'Irène Laforest.

— Alléluia ! souffle-t-elle en exhibant à ses consœurs le document. La lettre que nous cherchions.

Puis, se tournant vers Flora :

— Pourquoi avoir attendu tout ce temps, mon enfant ?

Bien droite, les coudes serrés le long des flancs, les mains croisées sur le ventre, Flora baisse la tête et regarde ses souliers, penaude.

— J'attendais l'autre dimanche, ma mère. Je n'ai pas eu le temps de terminer ma lettre de pardon que je voudrais envoyer à cette adresse.

Les mains de mère Saint-Viateur se détendent et déposent l'enveloppe sur la table.

— Merci, mon enfant ! La grâce soit avec toi, dit-elle en effleurant du bout des doigts l'écriture de sœur Saint-Léandre.

Sœur Adèle sort avec la petite.

— Bégin… Irène Laforest… à Bégin ? Sans doute y enseigne-t-elle dans une école de rang.

Mère Saint-Viateur réfléchit tout haut. Elle indique aux deux sœurs qu'elles peuvent disposer. Elle-même se lève et va à la fenêtre : le ciel est maintenant lourd et d'épais flocons tournoient devant ses yeux. Se peut-il qu'en ce 3 avril, encore, la tempête frappe ? Comme on oublie vite. C'est quand même heureux, pense-t-elle, les saisons viennent et elles vont, le temps change, l'espoir, lui, reste. Elle pose la main sur le gros calorifère : toujours bien chaud, d'une chaleur qui réconforte. Sa décision est prise.

Sans plus tarder, elle s'empare du téléphone et parle à la standardiste. Elle lui donne les coordonnées des Leblanc, à Bégin. Après quelques secondes, la standardiste l'informe. Mère Saint-Viateur replace le combiné, perplexe : pas de service à cette adresse. Écrire ? Non. La poste mettra beaucoup trop de temps. Elle descend énergiquement au bureau de la portière, près de la réception, s'enquiert si le chauffeur est disponible.

On a récemment embauché un certain M. Villeneuve : cela faisait deux ans qu'on enjoignait au couvent de le faire, mais mère Saint-Elzéar restait réticente. Voilà qui est fait et la nouvelle supérieure n'a pas à se plaindre : les frais de toutes sortes ont légèrement diminué et on a gagné du temps dans bien des dossiers, petits et grands.

La portière explique : M. Villeneuve reviendra bientôt d'une livraison au couvent de Lac-Bouchette et doit ensuite aller porter les bidons de lait à Rivière-du-Moulin.

— Communiquez immédiatement avec M. Villeneuve par radio. Qu'il vienne me voir sans délai. Les bidons de lait attendront un peu. Si c'est pressant, voyez qui pourrait s'en charger.

Dans l'attente, mère Saint-Viateur retourne à son bureau. Elle écrit un mot pour Irène ; un mot qui, espère-t-elle, la convaincra de revenir au couvent, ne serait-ce que pour une journée ou quelques heures.

*Sœur Saint-Léandre est au plus mal et refuse d'être transportée à l'hôpital. Malgré tous les moyens que nous prenons, la pauvre blessée, résignée à l'immobilité complète, endure les pires maux, les pires souffrances morales et physiques. La chère malade reste sur sa croix, refuse les soins du médecin et vous réclame. Venez sans tarder. Nous ne savons plus que faire.*

*La moindre erreur, la moindre indélicatesse dont vous avez été victime ont dû vous être très douloureuses. Comme pour Notre-Seigneur : Pierre le renie trois fois, Judas le trahit et, finalement, tous désertent.*

*Devant vous, à présent, un cœur repentant vous demande d'accepter son pardon. Laissez-moi compatir, réparer et aimer.*

*M. Villeneuve pourrait vous ramener aujourd'hui même.*

Une demi-heure plus tard, la grosse Buick noire tourne le coin et monte en zigzaguant la pente glacée et enneigée. M. Villeneuve en descend et sœur Portière, qui frétillait dans le vestibule, s'empresse de lui ouvrir. Mère Saint-Viateur marche jusqu'à lui dans le hall. Il s'excuse de son retard ; les routes commencent à être mauvaises.

La mère lui confie l'enveloppe cachetée et explique sa mission.

— Les classes finissent à quatre heures. Si tout fonctionne bien, vous devriez être de retour vers six heures et demie, sept heures.

M. Villeneuve place l'enveloppe dans la poche intérieure de son manteau. Une fois de plus, toutes remarquent sa coutumière élégance. On ne s'est pas trompé. Il prend son travail au sérieux. Fiable, la jeune cinquantaine, cet ancien militaire garde le sens de la discipline et de la hiérarchie, bien ancrées dans un jugement solide.

— Ce sera fait sans problème.

La voiture repart dans un demi-pied de neige. Ça tombe et il vente de plus belle ; à peine distingue-t-on la tête des arbres au pied de la côte. Toutes se signent.

Le nez collé aux fenêtres, mère Saint-Viateur attend et, à tout moment, scrute l'allée aussi loin que les rafales le lui permettent.

\* \* \*

À son arrivée à Bégin, M. Villeneuve remet la lettre à Irène qui, bouleversée, s'empresse de se préparer, n'emportant que le minimum.

Le vent n'a pas diminué, bien au contraire, et Irène retient son chapeau et les pans de son manteau pour se rendre à la voiture. Heureusement, ils pourront rouler de clarté jusqu'au Cap-de-la-Baleine puisque la fin du jour tombe un peu après sept heures. Une fois sur la route, elle constate l'ampleur de la tempête. Tout compte fait, il serait plus facile d'y voir en pleine nuit que dans toute cette blancheur. Concentré sur sa conduite automobile, M. Villeneuve parle peu, mais explique qu'il a mis près d'une heure et demie pour parvenir jusqu'à elle. Il en faudra sans doute autant pour le retour.

— Priez, mademoiselle, pour que nous arrivions sans encombre.

Puis, le silence emplit l'habitacle pendant que les bourrasques fouettent et tourmentent la carrosserie et que la neige crépite sur les vitres.

Après une demi-heure de pénible avancée, à tout moment, M. Villeneuve plaque une main sur son oreille qu'il frotte sans ménagement. Il respire fort.

— Avez-vous pris froid aux oreilles ? demande Irène.

— Non, pas du tout. Ça bourdonne tout le temps depuis tantôt.

Il fronce les sourcils et soupire puissamment. Sa tête dodeline. Il ne se sent pas bien et doit se garer quelque part, mais comme on n'y voit pas grand-chose, il s'arrête en plein milieu de la chaussée, entre deux lames de neige.

— J'ai le vertige, tout tourne… Mal au cœur… C'est terrible. Ça m'est déjà arrivé, quand j'étais dans l'armée.

Il ouvre la portière, se penche et vomit.

Puis, s'essuyant de son mouchoir, les yeux pleins d'eau, il secoue la tête, découragé.

— Mademoiselle, si je conduis dans cet état, avoue-t-il, on ne se rendra jamais. On ne peut encore moins rester là, en plein dans le chemin. Voulez-vous prendre le volant ?

Irène ouvre grand la bouche, pantoise, occultant cette possibilité. Ils sont en profonde campagne, aucune habitation aux alentours.

— Voyons, vous allez vous rétablir dans quelques minutes et nous pourrons nous remettre en route, tente-t-elle de le rassurer.

Il secoue la tête, explique que les symptômes durent quelques jours. Plus il bouge les yeux, plus il se sent étourdi.

Elle cherche une autre solution, mais aucune n'apparaît. Elle sort de la voiture et, pendant que M. Villeneuve glisse du côté passager, elle s'installe aux commandes, ajuste le siège et les miroirs, avale sa salive et, au-delà du pare-brise, tente de distinguer la route. Elle inspire profondément en s'apprivoisant aux éléments du tableau de bord, au bras de vitesse et aux pédales.

— Fermez vos yeux, mon bon monsieur. Nous décollons.

Les rafales, les montagnes de neige, les lames traversant la route devenue invisible, les secousses qu'absorbe l'auto chaque fois qu'elle en affronte une, les nuages blancs, les milliers de flocons dansant devant les phares… tout de la tempête la nargue et la défie sans relâche, en cette fin de journée où elle ne voit pas à un jet de pierre. Les deux mains crispées sur le volant, le ventre contracté, la tête penchée vers le pare-brise, elle mène la barque sur cette mer, sans confier ses émois ni sa terreur à M. Villeneuve. Une seule idée en tête : se rendre à bon port. *Vierge Marie, protégez-nous.*

\* \* \*

Trois heures plus tard, quand les phares de la Buick réapparaissent, la supérieure ferme les yeux et se signe de nouveau.

Enveloppée dans son manteau de drap beige et coiffée jusqu'aux yeux de son bonnet de laine, Irène descend de la voiture. Se protégeant le visage d'une main contre le grésil cinglant, elle court à petits pas vers l'autre portière pour aller ouvrir à M. Villeneuve, puis, le tenant par le bras, trotte vers l'escalier qu'ils gravissent prudemment. On s'empresse de leur ouvrir la porte.

Lorsqu'elle entre dans un tourbillon de vent, plusieurs religieuses s'agitent autour d'elle, tout feu tout flamme, avec des paroles chaleureuses, des bonjours remplis de franchise et de componction : «Comment allez-vous?», «Vous nous avez manqué!», «Avez-vous froid?», «Quel temps! Comment était la route?»

Elle pousse un long soupir de soulagement et raconte les péripéties qui ont compliqué le retour.

— Il a fallu que je conduise. J'ai cru que je n'y arriverais jamais. J'en tremble encore.

— Vous savez conduire une auto! s'étonne sœur Sainte-Philomène.

— Oui, heureusement, quelqu'un m'a appris l'été dernier, avoue-t-elle en pensant à la patience d'Adam Duverger. (*Puis, elle désigne M. Villeneuve.*) Vite, aidez-le, s'il vous plaît.

— J'ai eu un pénible malaise : des vertiges. Ça m'arrive de temps en temps, depuis ma vieille blessure à la tête. M<sup>lle</sup> Irène a fait ça comme une grande.

Sœur Sainte-Hermeline lui tend le bras.

— Venez vous étendre un peu dans le noir. C'est le mieux à faire pour l'instant.

Alors que sœur Sainte-Hermeline emmène M. Villeneuve vers l'infirmerie, les autres religieuses tendent les mains à Irène. Sœur Saint-Liboire lui retire son manteau qu'elle emporte avec son bonnet et ses gants. Irène flotte soudain, portée par ce nouveau coup de vent de voiles noirs. Sœur Sainte-Lucie s'en va dehors et revient avec la petite valise cartonnée, une mallette qui a connu bien des intempéries depuis Escoumains, qu'elle dépose dans le hall.

Un peu à l'écart, immobile près de la statue de Notre-Dame-des Sept-Douleurs, sœur Adèle lui sourit timidement. Ses airs de jeune fille trop sage trahissent encore cette impression de se sentir superflue dans un monde qui ne lui appartiendra jamais. Au moment où elle va s'approcher pour lui adresser la parole, elle se fait couper la route : la supérieure empoigne le bras d'Irène et l'entraîne illico vers l'infirmerie.

— Venez voir sœur Saint-Léandre tout de suite. Laissez là vos effets, nous nous en chargerons. Je crois le moment opportun. Elle a repris connaissance vers quatre heures. On lui a administré une nouvelle dose de calmant. Elle semble apaisée et lucide, mais elle peut sombrer dans le sommeil d'un instant à l'autre.

Elles grimpent à l'étage. Le soir a envahi les murs, et les plafonniers ont pris la relève pour faire reluire les vitres, les parquets, les meubles, les rampes de bois et l'auréole des statues priant dans les niches ornant les corridors. À l'entrée de l'infirmerie, l'odeur la prend à la gorge. Irène avait presque oublié cette senteur de propreté mêlée aux effluves de la maladie et d'onguent camphré, de naphtaline, de médicaments et de produits iodés. Puis, la chambre blanche apparaît sous l'éclairage laiteux de la lampe posée sur le meuble de chevet. À côté, un pot d'eau, un verre et une bassine, des linges fraîchement lessivés et un missel corné. Au milieu de la pièce, le lit de fer se referme sur le corps de sœur

Saint-Léandre noyé sous de nombreuses couvertures. Au lieu du voile, un bonnet de nuit couvre sa courte chevelure, et les plis de son visage cireux et pâle se confondent avec ceux de l'oreiller. Dans cette blancheur blafarde, deux yeux brillent intensément et sourient à la visiteuse.

— Elle refuse d'aller à l'hôpital et elle a toujours froid, explique sœur Sainte-Hermeline en rajustant le couvre-pied. Elle a bien soupé : soupe aux légumes, salade au thon et presque toute sa portion de pouding au pain. Je me réjouis de la voir si paisible, ce soir. Ses traits sont plus détendus. C'est sûrement l'annonce de votre arrivée.

— Vous m'excuserez, se hâte d'ajouter mère Saint-Viateur. Je n'étais pas sûre que vous viendriez et je vous ai annoncée quand même. (*Elle glisse alors tout bas à l'oreille d'Irène.*) La chère vieille a paru renaître.

La mère approche une chaise.

— Installez-vous, offre sœur Sainte-Hermeline. Vous devez avoir faim. Je vais demander qu'on vous prépare un plateau.

— Je vous apporte un bon thé chaud ? ajoute mère Saint-Viateur, empressée.

Tous ces soins… Irène se croirait la reine des lieux et elle soupçonne que ces comportements traduisent une certaine culpabilité, une volonté de rachat. Elle les remercie de leurs délicates attentions et leur demande simplement l'ardoise et un moment d'intimité avec la patiente.

— Je mangerais volontiers dans une vingtaine de minutes.

Les deux religieuses s'effacent en refermant doucement la porte derrière elles. Afin de s'assurer de n'être vue de personne, Irène ferme les rideaux sur la fenêtre noire. Le vent souffle encore, par rafales sèches et bruyantes, mais la tempête se calme. La neige a enfin cessé.

D'une main qu'elle sort de sous la couette, sœur Saint-Léandre lui fait signe d'approcher. Délicatement, Irène lui prend la main, pleine de gratitude et d'affection.

— Dans quel état vous êtes-vous mise ?

La doyenne lui sourit.

— Imaginez, souffle-t-elle, j'ai glissé sur les entrailles d'un lièvre que j'éviscérais.

Elle émet son petit rire malicieux. Irène n'a pas envie de rire.

— Comment vous sentez-vous ?

— On m'a droguée, chuchote-t-elle. Je suis aux anges, sur un nuage vers le bon Dieu. Ça y est. Je le sais.

— Ne dites pas de choses pareilles. Vous guérirez. Une fracture, ça se répare. Il faut seulement vous laisser traiter adéquatement. Acceptez donc d'être transférée à l'Hôtel-Dieu.

— Non, je suis prête.

Sœur Saint-Léandre secoue la tête et relève un pan des couvertures pour dégager la jambe brisée. Sa voix se transforme en un souffle cassé, à peine perceptible.

— … pas si simple. Voyez…

Sa tête s'enfonce plus profondément dans l'oreiller. Rougie, bleuie, la peau marbrée de la jambe apparaît par endroits entre les bandes de gaze et les attelles. Une partie du membre est marquée par une horrible enflure déformant et raccourcissant la cuisse qui a pris une étrange position. Plus bas, un pied gonflé et noir laisse entrevoir le pire.

— Dans leur empressement… pas pris soin d'immobiliser la jambe tout de suite après la chute. En bougeant, je crains que les os cassés aient continué les ravages.

La vieille sœur a un ricanement sifflé.

Une main sur la bouche, Irène rabat les couvertures, estomaquée.

— Oh! Je sais. Je ne ferais pas un beau spécimen à empailler. Des microbes, la putréfaction. Si mon corps pourrit, que mon âme au moins soit purifiée. Dieu décide. La grande récompense m'attend.

— Depuis quand êtes-vous dans cet état?

— Trois jours, peut-être quatre, peut-être plus. Je ne sais plus. La notion du temps éclate.

— Pourquoi attendre ici? L'hôpital…

— Votre visite. Vous savez. J'ai fait le grand tour, et ce tour n'était pas toujours des plus agréables. L'être humain est une lyre à sept cordes : six pour la douleur, une pour la joie. Oui, votre visite fait vibrer celle-là. Avant de partir, je voulais vous confier une mission.

Du menton, elle désigne la porte de la chambre. Irène se relève pour aller vérifier si quelqu'un, de l'autre côté, écoute à l'huis.

— La voie est libre.

Sœur Saint-Léandre lui demande de tendre l'oreille encore plus près et se met à murmurer.

— Le hasard m'a rapprochée de deux personnes qui me sont devenues chères : Adam et notre jeune Flora. La magnifique enfant.

Sa gaieté reparaît. Sous le front luisant, les paupières se relèvent plus haut et voilà que les yeux de la malade s'allument du souffle premier de la vie.

— Des fleurs fragiles, de bonnes âmes dont j'aurais tant souhaité m'occuper, avoir su. Cette chute idiote… Oui, si j'avais su !

Elle passe la langue sur ses lèvres sèches. Irène lui verse à boire et la soutient sous les épaules pour l'aider à se désaltérer.

— Sous ses allures de dur, Adam, c'est du bon pain qui a, pour vous, des sentiments sincères. Il a si peur de ressembler à son père. C'était un homme violent, paraît-il. Mais cet Adam est doux comme un caneton. Il a besoin de votre présence, de votre influence. Retrouvez-le, prenez le temps de l'écouter. Flora, le pauvre petit renard blessé, mord pour se défendre ou se protéger. Les regrets la rongent bien plus qu'elle ne mordille elle-même. Votre amour la soulagera. Je souhaiterais tant que ces deux enfants soient heureux et puissent retrouver une famille. Je vous en prie, empêchez que leurs âmes prennent le mauvais chemin.

Elle s'interrompt net. Cette longue intervention l'a fatiguée. Sa tête s'affaisse un peu sur le côté, laissant voir la cicatrice marquant la joue droite et disparaissant vers l'oreille, sous le bonnet.

Pourquoi tant de souci pour ces deux-là, tout à coup ? Qu'attend-elle exactement d'Irène ?

— Ma sœur, ma sœur, expliquez-moi. Soyez plus précise.

L'autre l'écoute à peine. Elle parle pour elle-même, les yeux clos.

— Dans mon musée. Sous l'abdomen du lynx, sous la peau, mon carnet de moleskine. Mes notes.

Les paupières s'ouvrent, puis s'alourdissent de nouveau, sa main perd son tonus.

— Le piano… J'aurais aimé vous entendre encore…

Elle ferme les yeux et s'endort.

Irène n'en tirera plus rien et reste près d'elle encore quelques instants, troublée. Bientôt neuf heures. On frappe discrètement. Irène va ouvrir. Sœur Sainte-Jacqueline porte un plateau bien garni : un bol de soupe et du pain, du fromage, une assiette de macaronis et du pouding au pain.

— Je vais engloutir tout ça. Merci, ma sœur. Assoyez-vous donc un peu.

La sœur ne se fait pas prier.

Irène avale lentement le délicieux bouillon avec les mots de sœur Sainte-Jacqueline qui glissent dans son œsophage : « dessein de Dieu… on n'y peut rien… c'est ainsi… acceptation… Jugement dernier… si peu de choses… sens de la vie… à la droite du Père. »

Irène écoute. Pour l'instant, elle ne parvient plus à réfléchir. Ce bavardage lui fait du bien. Elle verra plus clair à l'heure de la prière, avant d'aller dormir.

Sœur Sainte-Jacqueline l'informe que quelqu'un ira la reconduire dès le lendemain matin, si elle le souhaite. Pour la nuit, on lui a préparé un lit dans une chambre à elle, dans l'aile des normaliennes, ainsi que le nécessaire pour la toilette. Irène accepte de bon cœur. Sœur Sainte-Jacqueline l'y mène.

Après les bonsoirs au seuil de sa chambre, s'assurant que sœur Cuisine a rejoint ses quartiers, Irène retire ses chaussures pour éviter tout bruit. Sachant très bien qu'elle ne dormira pas, au lieu d'entrer sous les draps, elle se dirige, seule et en silence, vers le musée. Elle pourra prétexter n'importe quoi si on la croise : le goût de revoir les lieux ou le besoin de digérer.

Dehors, la tempête s'est endormie complètement et, dans l'atelier de la taxidermiste, la faible lumière ocre des lampadaires traverse les carreaux et anime les bêtes de reflets soyeux. Tant de patience, tant de minutie, tant de douceur lustrent les pelages, plumes et duvets. Elle n'a aucun mal à repérer le lynx et le fameux carnet.

Elle retourne à sa chambre tout aussi discrètement.

Bien installée sur le lit, sa toilette faite, la tête un peu plus fraîche, Irène ouvre le livret. Aussi écorné que le missel, il est rempli d'une écriture fine et appliquée. À quelques observations sur la nature se mêlent des banalités sur le quotidien et l'entourage, des prénoms et des noms qu'elle ne connaît pas. Les premières entrées datent d'il y a près de cinquante ans. Trois passages la scient.

*Juillet 1903*

*Il est né le 7 juillet. Les Augustines de la Miséricorde ont été très bonnes, très douces, toujours attentives et rassurantes. L'enfant a été placé à l'orphelinat de l'Hôtel-Dieu Saint-Vallier. Sœur Saint-Dominique, une tourière, a promis de me tenir au courant.*

*8 août 1904*

*La tourière m'a rendu visite dans le plus grand secret. L'enfant a été adopté par une famille Blackburn de Saint-Alexis. Ils l'ont prénommé Joseph-Albert.*

*Octobre 1946*

*Les journaux rapportent qu'un certain Joseph-Albert Blackburn a incendié sa résidence, tuant six de ses enfants. Ai-je semé, sans le savoir, dans ces terres voisines, une folle ivraie ? Engendré un diable, comme son père ? Que puis-je pour empêcher que se propage cette folie ?*

Pour s'assurer d'avoir bien saisi, Irène relit trois fois plutôt qu'une. Elle se laisse tomber sur le lit et ramène d'une main un pan de couverture pour garder un peu sa chaleur. De l'autre, elle tient toujours le carnet sur sa poitrine. Il pèse lourd. Que le hasard fait étrangement les choses ! Bien ou mal ? Elle ne sait plus. Brûler ces notes détruirait une partie de la vie de cette femme qu'elle admire. Serait-il possible que sœur Saint-Léandre ait eu un enfant de son beau-père brutal ? Un enfant adopté plus tard par une famille Blackburn… À Saint-Alexis, y a-t-il plusieurs familles Blackburn ? Et des Joseph-Albert Blackburn… Tout coïncide et, alors, Julien et Flora seraient ses petits-enfants. Voilà pourquoi elle lui a confié ce carnet et cette mission concernant Adam et Flora, ces deux âmes fragiles dont elle aurait tant souhaité s'occuper. Si elle tire les mauvaises conclusions et emprunte une fausse piste, pourquoi sœur Saint-Léandre lui aurait-elle indiqué où se trouvait le carnet ? Une nouvelle discussion avec elle s'impose afin de valider ses hypothèses.

Elle peine à ralentir les soubresauts de son cœur et relit les dernières phrases : *Ai-je semé, sans le savoir, dans ces terres voisines, une folle ivraie ? Engendré un diable, comme son père ? Que puis-je pour empêcher que se propage cette folie ?*

Sœur Saint-Léandre croit avoir mis au monde le malin ; elle craint que le gène maudit se perpétue de génération en génération. Irène connaît à peine ce Joseph-Albert Blackburn, mais se méfiait de lui. Ce père incendiaire, alcoolique, battant sa femme, peut-être ses enfants. Flora en parlait comme d'un gorille. Quant aux humeurs changeantes de Julien, à sa propension aux crimes et délits, petits ou grands, à la fourberie de Flora, tout cela serait-il l'héritage d'une violence incarnée dans le beau-père brutal de sœur Saint-Léandre ? Irène se souvient de sa mère à elle, une femme acariâtre et colérique. Irène l'était-elle devenue par hérédité ? Pas du tout. Elle a connu des enfants turbulents issus de familles tranquilles, des génies nés de parents incultes, des innocents provenant de parents brillants. Les pauvres engendrent-ils des pauvres ? Et les violents, des violents ? Sûrement pas. Le mal ne peut être héréditaire et s'incruster de père en fils. Si tel était le cas, le message du Christ ne tiendrait pas. Si tel était le cas, la guerre ne prendrait jamais fin. Oui, mais… la guerre meurt-elle, un jour ? *Délivrez-nous du mal.*

Il faudra, dès demain matin, convaincre sœur Saint-Léandre que sa procréation portera les plus beaux fruits et que toutes ces rencontres hasardeuses se transformeront en un destin béni.

Elle s'endort d'un sommeil léger et, réveillée bien avant l'aube, attend la première cloche du matin pour aller discuter avec sœur Saint-Léandre et lui apporter réconfort. Le diable n'est pas héréditaire ; la bonté de cette femme, si, et Irène le lui prouvera.

Dès l'aube, elle se prépare et s'habille en hâte. Elle veut retrouver au plus vite sœur Saint-Léandre. Bien sûr, dans le va-et-vient et l'ordinaire du jour, la tâche ne sera pas facile. Elle s'en veut un peu de ne pas être retournée à son chevet pour la nuit. Elle doit d'abord demander à être remplacée à Bégin. Deux jours devraient suffire.

Irène va d'un bon pas. Des voix lui parviennent de l'infirmerie.

Par la porte entrouverte, elle aperçoit deux religieuses en blanc, affairées près du lit. L'une range des flacons sur un plateau. L'autre recouvre d'un drap blanc le corps puis le visage de sœur Saint-Léandre.

# 15

Ce matin-là, la messe de six heures accueille des visages tristes et des mines basses. Après la lecture de l'Évangile, mère Saint-Viateur se lève, s'avance dans le chœur, prend place derrière le lutrin.

— En cette nuit du 4 avril, vers quatre heures, le *Veni Sponsa* a sonné. À l'heure de l'oraison, nous avons appris que la mort était passée dans nos rangs, cueillant une grande âme, riche de ses soixante-trois ans d'âge et de ses quarante-six ans de vie religieuse. Implorons la miséricorde d'en haut sur celle dont le dévouement effacé nous a servi d'exemple et nous édifiera pour les années à venir.

Assise derrière, dans l'avant-dernier banc, bien droite et digne, Irène pleure et pense à ce carnet de moleskine emballé dans du papier kraft et placé dans la pochette intérieure de sa mallette, seul et précieux souvenir d'un bref et intense attachement. Sœur Saint-Léandre s'en est allée sans avoir l'assurance d'un soutien pour Adam et Flora… Des enfants sensibles, marchant en équilibre sur une corde raide et qu'un coup de vent contraire pourrait faire basculer du mauvais côté. Elle est partie sans savoir si une main ferme pourrait les guider et les porter sur la bonne voie. Irène sera cette main. Les interrogations de la nuit deviennent des certitudes. Elle ne mènera pas d'enquête auprès des sœurs de l'orphelinat, elle n'aura pas besoin d'autres versions. À travers toutes ces rencontres tumultueuses avec les trois membres de la famille Blackburn, Dieu lui envoyait des signes et lui en envoie encore. Elle s'immiscera dans la destinée de ces deux êtres pour leur éviter la dérive et le néant.

Elle croise les mains sur son chapelet et, à la fin de sa dizaine, promet : *Reposez en paix, sœur Saint-Léandre, je veillerai sur vos petits-enfants.*

La journée prend pour elle un tournant complètement différent.

Elle quitte la chapelle la dernière et, au sortir de cette première messe, elle interrompt ses pas au carrefour du corridor, devant les couventines. En rang, deux par deux, elles arrivent en groupes et se rendent à leur tour à la messe. Tuniques noires sur blouses blanches, têtes ondulantes, encore ensommeillées, pingouins dociles aux souliers lustrés claquant sur le plancher. À travers les frôlements de tissu retentissent soudain une toux par-ci, un reniflement par-là. Elle reconnaît plusieurs visages, remarque quelques nouvelles. En passant, plusieurs couventines la saluent d'un signe de tête poli. Quand arrive la classe de quatrième, la frimousse au nez et aux joues rousselés ne lui échappe pas. Flora lève à peine les yeux, salue elle aussi, sans interrompre la cadence. Simone lui donne un léger coup de coude et, deux pas plus loin, Flora s'arrête brusquement, statufiée, puis se retourne, les yeux écarquillés.

— Mademoiselle Irène ? C'est vous ! s'écrie-t-elle, faisant fi de la règle du silence.

Elle sort du rang, revient en arrière pour se précipiter vers elle, la bouche entrouverte, les mains papillonnantes. La voix pleine de malaise et d'hésitation, elle cherche ses mots. Irène hoche la tête en souriant. Flora bafouille :

— Enfin… Je voulais vous dire… vous écrire… Excusez-moi…

Le rang s'est arrêté et tous les yeux les fixent, toutes les oreilles se tendent, curieuses, ne voulant rien manquer de l'échange. Flora hésite devant ses consœurs attentives. Sœur Saint-Jean-Baptiste intervient vite. D'une main, elle prend Flora par l'épaule et lui indique sa place. D'un large geste du bras, elle fait signe aux autres d'avancer.

— Ce n'est pas le moment. Nous allons être en retard.

Le rang s'éloigne, Flora se tord le cou vers Irène, le visage ahuri, plus ému, plus transfiguré que si la Vierge Marie lui était apparue. N'y tenant plus, dans un élan d'abnégation, elle s'écrie :

— Sauvez notre chorale !

Irène n'a pas le temps de lui répondre, à peine celui de lui envoyer la main, que quelqu'un, derrière, la harponne.

— Chère Irène, je vous cherchais partout. Auriez-vous le temps de m'accorder un entretien ? s'enquiert une mère Saint-Viateur tout essoufflée. Dans les circonstances qui bouleversent la communauté, nous aurions une faveur à vous demander.

— Votre heure sera la mienne.

— Le plus tôt sera le mieux. Ce sera maintenant, si vous le voulez bien. Nous déjeunerons immédiatement après.

Elles traversent un corridor. Le temps se pétrifie. Dans le bureau de la supérieure, la forte odeur de la cire à plancher lui rappelle la dernière fois où elle y a mis les pieds : c'était le jour où, avec impétuosité, elle avait annoncé qu'elle quittait l'habit. Le cœur qui battait jusqu'à ses tempes, la sueur qui coulait sur ses flancs, la tête qu'avait faite mère Saint-Viateur... Un désagréable frisson la remue.

Mère Saint-Viateur ferme la porte pour pouvoir échanger en toute tranquillité. Le calorifère dégage une bonne chaleur qu'apprécie Irène ; la mort de sœur Saint-Léandre lui a laissé un froid qui lui traverse les os. Une bombe d'eau chaude siffle sur un petit rond électrique que débranche aussitôt la supérieure. Elle prépare un thé bienfaisant et, en le versant, n'y va pas par quatre chemins.

— Pourriez-vous prolonger votre séjour ? Nous nous occuperons de votre remplacement à l'école de Bégin.

Dans la pièce baignée de la lumière du jour, la supérieure lui paraît plus ridée ; elle a pris un soudain coup de vieux.

— Ma mère, je souhaitais justement assister aux funérailles de sœur Saint-Léandre. À cette occasion et en toute humilité, j'aimerais toucher l'orgue pour qu'elle puisse, une dernière fois, m'entendre… (*Elle s'interrompt, se racle la gorge et se reprend vite.*) C'est-à-dire, à défaut de ne pas l'avoir fait sur cette terre, qu'elle puisse m'entendre dans l'au-delà.

Mère Saint-Viateur lui tend la tasse fumante qui vibre sur la soucoupe. Puis, elle relève la tête dans un soulagement explosif.

— Je n'osais vous le demander. Vous me voyez ravie. Quelle merveilleuse façon de lui souhaiter bon voyage et de faire monter nos prières avec son âme ! De surcroît, votre musique fera grand bien à toutes et sera d'un grand réconfort !

La porcelaine chaude au creux des mains les réchauffe jusqu'au cœur. Mère supérieure s'assoit derrière son bureau, en face d'Irène, et plonge son regard dans le sien. Elle dépose son thé. Au loin, dans le corridor, la séculaire cloche de fonte sonne le début de la messe ; à l'intérieur du bureau, celui d'un discours grave. Subitement, la chape de béton de mère Saint-Viateur se pulvérise. Elle fond en pardon et en regrets, en volonté de réparation et en repentir. Elle tente de justifier son erreur de jugement, explique les raisons qui l'ont amenée à douter puis à trancher, elle raconte que la pénitence l'a accompagnée jour et nuit, confesse que, par sa faute, une précieuse brebis a pris les grands chemins. Irène reste réservée, murée dans une attitude neutre et quelque peu distante.

— J'ai prié, j'ai imploré Dieu à genoux et vous voilà devant moi. J'aimerais, par-dessus tout, que vous réfléchissiez à la possibilité d'un retour au sein de la communauté. Je vous faciliterais les choses. Une cérémonie des vœux solennels est prévue en août. Vous pourriez enfin concrétiser cette dernière étape et revenir à vos premières dispositions.

Le visage défait, elle se tord les mains de désespoir avant de les enfouir dans ses manches.

Irène l'écoute avec volupté et s'en veut presque de se délecter de cette franche contrition. Tant d'épanchements et de résipiscence : la supérieure en fait pitié. Éprouver de la pitié pour quelqu'un, n'est-ce pas se sentir supérieur ? Le pouvoir a changé de camp. Attendre, ne pas répondre trop vite et la tenir dans cet état : cette situation pourra servir. Irène se surprend tout de même à calculer ses coups. Elle avale une dernière gorgée, lentement, le regard franchement agrippé à celui de la supérieure, le faucon tenant le campagnol dans ses serres acérées.

— Ce thé est juste bien parfumé.

Elle surveille sans en avoir l'air la réaction du campagnol : va-t-il se croire libre sous la pression qui diminue ? Les serres se referment bientôt, touillant les entrailles contractées par l'attaque :

— Je ne peux décider tout de suite. Laissez-moi y réfléchir. Pour l'instant, je vous promets de jouer une glorieuse messe funèbre.

La supérieure cherche son air, sourit gauchement, ose enfin :

— Puis-je également vous demander de diriger le chœur des religieuses à cette occasion ? Vous ne le savez peut-être pas, mais sœur Saint-Georges, notre nouvelle directrice, souffre de pneumonie.

Au terme de cet échange, mère Saint-Viateur paraît, aux yeux d'Irène, un peu plus sympathique et repentante. Où a-t-elle enfoui son caractère belliqueux, cette couverture qui lui permettait, sans doute, de camoufler et d'endiguer son amour pour les femmes ? On ne peut poser ce genre de question.

* * *

Le 6 avril, après une journée en chapelle ardente, le couvercle se referme sur sœur Saint-Léandre pour une calme éternité bien méritée. La veille, sœur Adèle et sœur Sainte-Hermeline ont préparé le corps. Avec minutie et une bonne épaisseur de pâte teintée, l'embaumeuse a redonné au visage un aspect lisse et serein laissant croire que, dans sa jeunesse, sœur Saint-Léandre a peut-être été jolie. Elle repose à présent, statue de cire indolore.

Deux employés ont placé le cercueil sur le catafalque au centre du transept. Juste avant la cérémonie, la sacristine a allumé les cierges puis, en procession, les religieuses ont pris place dans les bancs, voiles noirs d'un côté, blancs de l'autre. Du haut du jubé, Irène observe. Manifestes dans cette masse voilée, le chapeau de Gabrielle, une cousine proche de sœur Saint-Léandre, et celui de son mari, Clément Leblanc – seule famille de la défunte encore dans la région –, venus de Bégin pour les funérailles.

Irène a enfilé une robe noire, sobre, au collet et aux poignets blancs. La couleur, elle la distribuera dans les pièces qu'elle a choisies, espérant qu'après sa vie de recluse, sœur Saint-Léandre pourra aller vers Dieu sur un arc-en-ciel musical.

Après l'oraison, le corbillard emporte la bière vers le cimetière du rang Saint-Joseph, suivi de deux véhicules où prennent place dix religieuses qui assisteront à l'enterrement. Pour l'occasion, deux chauffeurs conduisent les religieuses : M. Villeneuve, au volant de la Buick, et Adam, dans la wagonnette.

Le récent dégel a permis à M. Gaudreault de creuser la fosse. Par économie d'espace, suivant la coutume, on enterre deux religieuses dans chaque cavité. Le cercueil de sœur Saint-Léandre sera placé au-dessus de celui de mère Saint-Elzéar. Une plaque de bois sépare les deux tombes superposées. Irène se signe. Les secrets de l'une et de l'autre seront enfouis à jamais dans le même réduit : deux belles âmes, une alcoolique et une meurtrière, charitables et aidantes, de l'authentique pâte humaine dont Irène goûte encore certains bienfaits.

— La vie éternelle commence à la naissance et notre vie sur terre n'est qu'un exil, dit l'aumônier en préambule.

Ça sent la terre humide et les feuilles pourries sous un soleil qui s'évertue à assécher les mares laissées par la fonte. Irène regarde d'un œil distrait les hommes descendre la bière à l'aide de cordages pendant que, tout autour, dans les arbres, au sol et sur les fils, sautillent les premiers passereaux, indifférents à la mort et aux biens de ce monde. Elle récite de façon mécanique les répons et prières lorsque l'aumônier agite son goupillon. Puis, elle ne se concentre plus sur la première pelletée de terre, ni sur les robes noires en pleurs, ni sur les mots d'adieu que mère Saint-Viateur adresse à la défunte. De l'autre côté de la fosse, par-dessus les têtes voilées, elle a aperçu Adam, vêtu d'un manteau et d'un pantalon noirs, l'air abattu, le regard bas, les mains calées dans ses poches. Peut-il soupçonner qu'il est le petit-fils de la morte ? Elle brûle du désir de le lui apprendre mais, par respect pour sœur Saint-Léandre, elle ne révélera rien. Elle espère seulement qu'il lèvera les yeux sur elle ; elle lui adressera alors son sourire le plus aimable, lui fera un signe de la main. Quand enfin il daigne la regarder, son coup d'œil rapide d'écureuil effarouché trahit l'enfant pris en défaut. Sans broncher, il reprend sa posture fermée.

Après les obsèques, alors qu'Irène va vers lui, il l'ignore, s'éloigne volontairement, regagne la voiture et ferme la portière. Seul dans l'habitacle, il s'allume une cigarette afin de patienter avant de ramener les six religieuses dont il a la responsabilité. Déconcertée, Irène remonte dans la Buick de M. Villeneuve et revient au couvent. Elle se sent campagnol à son tour.

Dans le réfectoire des religieuses, un goûter est servi. M. Villeneuve et l'aumônier ont volontiers accepté de casser la croûte avec l'assemblée. Adam s'en est retourné à la ferme aussitôt après avoir déposé ses passagères. Les sandwiches et hors-d'œuvre sont bienvenus ; le thé et le café aussi. La supérieure se contente d'un peu de lait, doux et salutaire à son estomac.

Irène se joint aux Leblanc. Lorsque M^{me} Gabrielle s'informe des derniers instants de sa cousine, Irène raconte une scène touchante en modifiant ou inventant les échanges écrits.

— Elle était prête, m'écrivait-elle, et aussi que sa vie ici-bas l'avait comblée. Soyez sans crainte, grâce aux médicaments, elle ne souffrait plus.

Elle leur rapporte son départ dans la nuit, comme un petit oiseau : cela les rassure et leur permet d'accepter la mort comme une récompense. Toutefois, qui pourrait raconter les derniers instants, les ultimes pensées de l'âme qui bascule ? Sœur Saint-Léandre a-t-elle vraiment quitté la vie l'esprit en paix ? Ces questions, Irène les garde pour elle.

Bien vite, plusieurs religieuses les entourent.

— Mademoiselle Irène ! Quelle belle cérémonie !

— Quelle divine musique ! Notre sœur vous a sûrement entendue. Je la sentais encore parmi nous.

— Grâce à cette virtuosité, la chorale s'est surpassée.

— Il y avait longtemps qu'on n'avait perçu pareille unité dans l'interprétation.

Elles sont unanimes : une messe magnifique, à la mesure de la dévotion de la défunte. Les conversations s'animent et emplissent bientôt la pièce. M. Leblanc, regardant l'heure, intervient discrètement.

— Va falloir y aller betôt. Rentrez-vous avec nous à Bégin, mademoiselle Irène ?

Tout près, déposant son verre sur un guéridon, mère Saint-Viateur a entendu la question et s'immisce entre eux.

— Avant que vous répondiez à M. Leblanc, permettez-moi de vous adresser quelques mots.

Mère Saint-Viateur l'entraîne vers le fond de la salle, près du lutrin de lecture.

— Tout d'abord, je tenais à vous dire que votre musique m'a émue aux larmes. Pendant la messe, j'ai senti un souffle, une idée, que je vous exprime sans attendre. Étant donné que sœur Saint-Georges, notre directrice de chant, n'a pas les forces nécessaires pour reprendre les répétitions de notre chorale de couventines, accepteriez-vous de rester encore un peu avec nous pour aider à redresser les voix ? Jeanne Blackburn m'en faisait la suggestion pas plus tard qu'hier et, paraît-il, les jeunes choristes vous réclament. Nous pourrions vous dédommager et planifier votre remplacement à Bégin.

Elle explique que sœur Saint-Georges, en isolement à l'infirmerie, doit se reposer encore une semaine au moins, ce qui compromet la participation du couvent à la compétition.

— Ne pourriez-vous pas rattraper là où elle a laissé ? Nos choristes tenaient tant à ce concours.

Irène soupèse l'offre en silence. L'événement a lieu dans un mois. Avec du sérieux et de l'assiduité, le défi serait relevé avec brio. Au cours de ces semaines, elle reverra Flora dans des circonstances plus propices au dialogue et ira, peut-être, faire un tour à la ferme pour vérifier si Adam est dans de bonnes dispositions. Auparavant, elle doit s'enquérir de l'état de santé de sœur Saint-Georges et s'assurer que la passation de la baguette ne lui cause point de trouble.

— Je ne veux pas prendre la place de quelqu'un d'autre et risquer de nuire à ses responsabilités.

Avant de s'engager, elle doit considérer plusieurs éléments et, surtout, voir la malade à l'infirmerie. La supérieure lui accorde sans problème cette permission.

— Bien sûr, bien sûr, vous ferez connaissance. Elle vous dira où elles en sont. C'est parfait.

Les Leblanc s'en vont sans Irène à qui mère Saint-Viateur a promis d'organiser un transport si, après la visite à l'infirmerie, elle décidait de s'en retourner, elle aussi, à Bégin.

Le soir, les religieuses se réunissent dans la salle commune où, tout en devisant entre elles à voix basse, elles occupent leurs mains et leur esprit pour endormir l'autre vie. Irène les laisse à leurs tâches utiles et à leurs pieuses lectures.

\* \* \*

Toujours alitée, sœur Saint-Georges pousse une respiration sibilante. Sœur Sainte-Hermeline, que les dernières nuits à son chevet ont fatiguée, introduit Irène auprès de la vieille religieuse. Tentant de se redresser pour lui serrer la main, celle-ci s'étouffe soudainement et porte un mouchoir à sa bouche, dans lequel elle crache d'épaisses sécrétions. Près du lit, plusieurs mouchoirs maculés et chiffonnés s'entassent dans une minuscule corbeille de bois. Sur son meuble de chevet, d'autres, frais lavés, bien repassés et pliés, attendent les prochaines expectorations.

Tout en voulant être brève et ne pas l'incommoder longtemps, Irène, avec doigté, va droit au but : la supérieure a suggéré son remplacement afin de ne pas compromettre la participation au concours des ensembles.

Sœur Saint-Georges soupire, puis s'exprime d'une voix grave et enrouée :

— Oh ! Comme cette proposition me soulage ! Bien plus que tous les médicaments. Déjà, je respire mieux. Quand pourrez-vous commencer ? Les partitions sont dans ma petite bibliothèque, tablette du haut… Méfiez-vous, certaines filles détonnent… D'autres respirent aux mauvais endroits et coupent la ligne mélodique.

Elle s'agite, veut tout régler dans la minute, s'étouffe dans ses mots et demande à boire. Irène lui verse un verre d'eau et lui conseille de rester calme. Elle s'occupera de tout. Mais après avoir bu, la vieille la retient par le bras et veut parler encore.

— Je crois que Dieu m'a envoyé cette pneumonie pour me faire comprendre que ma place n'était plus devant une chorale de couventines. Vous savez, à mon âge, moi qui n'ai chanté que la ligne monodique du grégorien, quotidiennement, quand il faut commencer à harmoniser quatre voix et discipliner un groupe de jeunes filles… c'est bien difficile.

Elle éponge ses lèvres avec un mouchoir propre. Sa voix est déjà plus claire.

— J'avais si peur de décevoir mère Saint-Viateur. Elle croyait tellement en mes compétences de maître chantre. Allez-y. Vous serez bien plus douée et plus énergique que moi. Que Dieu vous bénisse !

Irène lui tapote la main vivement.

— Merci beaucoup. Je prierai pour que la santé vous revienne.

Après un bref séjour à Bégin pour régler et récupérer quelques affaires, donner les instructions à sa remplaçante et des explications aux Leblanc, Irène revient au couvent le 10 avril au matin et s'empresse de préparer la salle de musique, car les répétitions reprennent aujourd'hui. Elle a réchauffé ses doigts au piano et sa voix, placé les partitions sur le lutrin et disposé deux rangées de chaises en demi-cercle. Elle attend le tintement de la cloche. À quatre heures et demie, après une courte récréation, en rang plus ou moins discipliné, les membres de la chorale traversent le seuil. Même si elles ont été avisées du changement, elles ne peuvent cacher leur enthousiasme. Revoir M$^{lle}$ Irène en costume de ville, en couleur et en cheveux blonds leur fait tout un effet. Elles la saluent en l'appelant encore sœur Irène.

Malgré dix mois d'absence, Irène reconnaît facilement les normaliennes, mais s'étonne de constater qu'en si peu de temps, les plus jeunes ont tout de même grandi.

Une à une, elles se faufilent à travers les sièges et prennent place selon leur registre : la bonne Yvonne et son odeur de transpiration, Carmen, menue et discrète comme son ombre, Denise, qui demande déjà d'aller au cabinet d'aisances, Madeleine et sa voix de picolo, Thérèse, aux allures d'ingénue, Lucille et ses yeux rabattus, triste et effacée, Louisette aux sourcils épais se rejoignant au-dessus du nez, Lucie et Flora. Puis les grandes : Jeanne, Rose-Alma, Maude, Violette, Jacinthe, Esther, Émilie, Laurette et Annette. Dix-huit sur vingt-quatre. Quelques-unes ont abandonné en cours de route. Les dix-huit sourires lumineux irradient le cœur d'Irène. Elle se sent enfin à sa place.

— J'ai un rêve. J'espère que le vôtre est semblable au mien. Ce rêve exige beaucoup de travail et mon plus grand bonheur sera de le réaliser avec vous. Êtes-vous prêtes ?

Toute la bonne volonté du monde se concentre dans ces dix-huit têtes qui opinent en souriant, mais après un premier exercice avec *Jesu, rex admirabilis,* force est de constater que la chorale, outre ses mauvais plis, ne sera pas à la hauteur de cette pièce lancinante et pénible. Irène sort de son cartable d'autres musiques en feuilles et tire une partition sur laquelle apparaît une gracieuse hirondelle en vol.

— Nous allons modifier le programme et ne chanterons pas le *Palestrina,* trop fastidieux et ennuyant. Je préfère le remplacer par un chant plus allant, plus joyeux, qui pourra, je pense, séduire le jury : *La patrie des hirondelles,* un nocturne à deux voix, de Francesco Masini. Comme le concours a lieu au début mai, ce sera la saison parfaite pour célébrer le retour de ces belles gazouilleuses.

Thérèse, voulant faire son grand génie, lève la main et demande pourquoi cette pièce s'appelle un nocturne alors que les hirondelles sont des oiseaux diurnes. Sans perdre pied, Irène explique qu'en musique un nocturne peut être joué le soir, souvent il évoque la nuit, mais que celui-ci est un genre de duo de chambre, assez court et léger, où les voix chantent presque tout le temps simultanément et où on donne l'accent aux suites de tierces et de sixtes.

— Vous verrez, au début, les voix se répondent, puis s'enlacent et se superposent. C'est très vivant et agréable à entendre. Les juges seront charmés.

Les filles ne demandent pas mieux.

Irène s'installe au piano et joue l'introduction *allegretto moderato,* puis le reste de la partition, plus doux, *mezzo forte, decrescendo,* puis *a piacere,* et revient *a tempo.* Elle exagère les nuances en les nommant afin d'insister sur leur importance, puis elle sépare les voix en deux pupitres. Une mesure à la fois, les sopranos mémorisent les paroles, les notes et la mélodie. Vient ensuite le tour des altos.

— Allez, *con grazia,* c'est-à-dire « avec grâce ».

Pleine d'hésitations et de ratés initiaux, la chanson prend bientôt forme, une pâte à modeler pour lui donner le bon rythme, la mesure, la tonalité, l'effet d'ensemble, la parfaite harmonie.

À la fin de l'exercice, la confiance revient, l'espoir d'une médaille ou d'une mention, à tout le moins, reluit à nouveau. Après avoir remercié leur chef, les filles s'en vont, joyeuses, en fredonnant encore la mélodie. Irène laisse sortir un grand souffle satisfait. Elle récupère les partitions qu'elle range dans son cartable. On s'agite derrière elle.

Flora s'attarde devant la porte puis, embarrassée, s'approche. Irène la dévisage, le cœur plein du souvenir de la bienveillante sœur Saint-Léandre.

— Voulez-vous que je vous aide à ramasser ?

— C'est très gentil à vous, mademoiselle Blackburn.

En silence, Flora saisit les feuilles sur le pupitre du piano et les ordonne dans une pile parfaite, après quoi elle replace les chaises avec Irène. Elle prend soin de les soulever comme on le lui a appris, afin de ne pas égratigner le parquet. Sur un ton neutre, Irène l'interpelle :

— À plusieurs reprises, j'ai remarqué que vous ne chantiez pas ou très faiblement. Un chat vous aurait-il mangé la langue ou joue-t-il sur vos cordes vocales ?

Flora dépose sa charge, se mord l'intérieur de la bouche et, avant de répondre, passe et repasse la langue sur ses lèvres. Elle inspire difficilement, par à-coups, puis commence, *pianissimo.*

— J'ai de la misère à prendre mon souffle. On dirait qu'il n'y a plus de place dans mes poumons. Ça bloque ici, fait-elle en posant sa main sur la poitrine. Ça ne veut pas sortir. Il y a un grand vide qui prend beaucoup de place.

Elle chevrote et bredouille. Le regard bas, elle fixe le siège. Après un silence, de sa voix aiguë, elle se lance, s'efforçant de mordre dans chaque consonne. *Ben marcato.*

— Mademoiselle Irène. Je vous ai écrit, mais je pense que ce serait mieux de vous parler.

La salive lui manque ; elle sape et le petit claquement des lèvres émet un son agaçant.

Irène dépose son porte-copie sur le piano et attend.

Flora rougit violemment. Elle cherche ses mots et ne réussit qu'à cracher, avec trémolo, un faible pardon avant de fondre en larmes. Point d'orgue. Irène la laisse s'épancher et se retient de la serrer contre elle.

— Voyons, c'est de l'histoire ancienne, lui répond-elle doucement. Pour moi, tout est oublié.

Même si elle connaît le moineau et son théâtre, cette fois, Irène sent la sincérité dans le charmant minois. Cette petite, elle l'aime comme sa propre fille. Cependant, malgré l'émotion que provoque ce repentir, elle adopte une attitude flegmatique et place son index sous le menton de la fillette pour le relever. De son mouchoir, elle essuie les chagrins. Sang-froid et maîtrise sont de mise.

— On efface l'ardoise. Nous avons bien d'autres chats à fouetter, n'est-ce pas ? Peut-être irons-nous toutes ensemble à Montréal pour le concours. Ce sera un voyage magnifique. Pas question de pleurer. Chanter en pleurnichant, ça s'appelle se plaindre, geindre ou gémir. Est-ce ainsi que vous voulez chanter l'*Alléluia*? En une longue complainte?

Flora renâcle et secoue la tête, puis sourit timidement.

— Bon, voilà une bonne chose de réglée. Maintenant, je voudrais bien savoir : avez-vous reconnu votre frère, à la ferme?

Flora balance la tête et sourit en expliquant :

— Ce n'est pas grave parce que j'ai rencontré un gars très gentil. Il s'appelle Adam Duverger. Il est prêt à m'aimer comme un grand frère. Malheureusement, on ne peut pas se voir souvent. Il vous connaît.

Ses yeux s'allument et toute trace de chagrin se dissout. Adam semble jouer son rôle à merveille. Irène pousse un long soupir de soulagement.

— Merci, mademoiselle Irène. Merci pour tout ce que vous avez fait. Je me sens mieux, maintenant. Beaucoup mieux. Tout à coup, on dirait que mes poumons ont grandi.

Elle inspire et pousse, dans la pièce, un *do* naturel, pur et vibrant.

— Oui, oui. Promis, je vais être capable de bien chanter, pour le concours.

Irène dépose une main sur son épaule, qu'elle tapote un peu, avant de lui donner son congé.

— Allez, l'heure de l'étude va bientôt sonner.

Elle la regarde s'éloigner et se souvient de ses bouderies et colères aux cours de piano et de chant, de ses mauvais coups, aussi : la statue cassée, la fugue, les mensonges… Quelle vilaine peste! Et pourtant, le soir, à l'insu de toutes, souvent Irène allait la voir dans l'embrasure de sa petite chambre et vérifiait si elle respirait bien, si elle dormait d'un paisible sommeil. Oui, toutes ces tendres attentions auront porté leurs fruits.

De la poigne! Après tout, feu mère Saint-Elzéar avait raison. Cette enfant a besoin d'être tuteurée solidement afin d'éviter qu'elle ne s'étiole ou pousse tout de travers. Elle y verra tant que Dieu le lui permettra. Un lien plus fort que celui de la musique les unit.

Les séances vont se poursuivre, jour après jour. Par délicatesse, on informe régulièrement sœur Saint-Georges des progrès de la chorale. Puis, un matin, on apprend sa guérison. Dès qu'elle le peut, elle assiste aux leçons de chant, sans intervenir toutefois, mis à part ses applaudissements à la toute fin. Cela la distrait et lui fait grand bien, dit-elle.

L'aiguille du métronome scande les heures de répétitions, toujours trop courtes. La chorale obéit au doigt et à l'œil. Les nombreux coups de baguette secs provoquent de belles avancées. Battre la mesure, reprendre du début, encore et encore; après trois semaines, les choristes maîtrisent assez bien les deux chants. Quelques erreurs restent à corriger dans l'*Alléluia*, quelques départs achoppent, brisés par des inattentions et des distractions passagères. Perfectionniste, Irène exige un son plus pur, des hautes plus cristallines, des basses vibrant jusqu'au fond des entrailles et des sons bien ronds.

Enfin, on prépare le voyage à Montréal. Pour la plupart des filles, ce sera une grande première.

Sœur Sainte-Marivonne a réglé tous les détails : la location d'un minibus accueillant vingt passagers, l'hébergement au couvent des sœurs du Bon-Conseil, le dîner pour le voyage de l'aller, les frais de repas pour le reste du séjour. Un problème lui a donné du fil à retordre. Inexplicablement angoissé à l'idée de conduire dans la métropole et craignant de nouveau les vertiges, M. Villeneuve n'a pas voulu accepter le mandat. Il préfère s'occuper de la livraison locale, transporter du lait quotidiennement dans les alentours. De leur côté, les employés de la ferme se consacrent au hersage des champs et des semailles. Sœur Sainte-Marivonne a dû trouver rapidement un chauffeur autrement dégourdi, un type que bien peu d'obstacles effraient.

Le vendredi 4 mai, attroupées au pied de l'escalier des portes principales, les choristes attendent, vêtues de leur costume de ville. Leur uniforme de couventine doit rester impeccable pour les représentations. Leurs petites valises contiennent le strict nécessaire. Certaines l'empoignent comme si on allait la leur arracher des mains. Elles ont beau jacasser, rire à qui mieux mieux, Irène les devine nerveuses, fébriles, tour à tour malades de crainte et impatientes de vivre un tel événement. Elle-même ne se le cache pas : sa propre nervosité lui agite le dedans comme dix métronomes en furie.

Le minibus retarde. Depuis la veille, un surprenant vent chaud amène avec lui les hirondelles qui zigzaguent follement dans le bleu du ciel ou gazouillent en liberté sur les fils électriques. Les merles, les pinsons, les carouges leur donnent la répartie et s'égosillent. Malgré les propos qu'écrivait sœur Saint-Léandre au sujet du chant des oiseaux, Irène éprouve un réel plaisir à les entendre en ce lumineux matin. Il est six heures trente. Le voyage prendra environ six heures. On espère que tout ira bien. Elles dîneront en route. Sœur Cuisine et ses postulantes ont préparé des paniers de pique-nique.

Irène palpe des yeux la nervosité des filles, elle la vit : les maux de ventre d'Yvonne, les crampes dans la nuque de Thérèse, le nœud dans le cœur de Flora, l'énervement et l'excitation qui donnent des boutons aux normaliennes. En cachette, les plus grandes ont dégoté du fard et s'en sont tartinées royalement, Jeanne en tête. Toutes piétinent en bavardant.

Pour meubler le temps et chasser leur fièvre, Irène commence à chanter : *Hirondelles légères, dans les cieux éclatants, vous êtes messagères du rapide printemps.* Les filles ne se font pas prier. Chanter dénoue les nerfs et chasse un peu la nervosité. Les inscriptions et le classement auront lieu à trois heures. Mais que fait le chauffeur qui n'arrive toujours pas ?

Irène retourne à l'intérieur s'enquérir auprès de l'économe. Celle-ci la rassure : elle vient tout juste de téléphoner à la ferme ; le véhicule devrait arriver dans quelques minutes.

À la ferme ? L'économe aurait-elle mandaté M. Gaudreault ou M. Léon ? Ses nerfs se nouent à cette idée. Elle va poser la question quand trois coups de klaxon retentissent, trois longs *sol* en trompette. Elle court vers la sortie et descend rapidement le grand escalier. Le voilà enfin : un minibus orange et blanc. Le cœur fébrile, mallette et sac à la main, dans un désordre de conversations en rafales, les couventines ont commencé l'embarquement. Irène grimpe la dernière, derrière Jeanne. Dans le brouhaha intérieur, on se dispute les meilleures places, devant, derrière, près des fenêtres, près ou loin d'unetelle, au gré des amitiés naissantes ou effilochées. Une fois que Jeanne dégage l'espace en tournant l'angle, Irène s'arrête dans la montée, estomaquée, lorsqu'elle le reconnaît.

— Eh, bon Dieu de prêtre ! Joues-tu à la statue ou bien le choix du chauffeur ferait-y pas ton affaire ? Je peux te donner le volant, j'te sais capable, propose le conducteur sur un ton rude.

Adam Duverger ! Elle se replace une mèche de cheveux derrière l'oreille et monte le dernier degré avant de répondre du tac au tac, mais avec gentillesse :

— Oh non, je passe mon tour, cette fois, et je suis plutôt contente de te voir là.

Il hausse des sourcils soucieux et regarde l'heure.

Pour se montrer encore plus chaleureuse, Irène enchaîne vite, plus bas pour que les filles n'entendent pas :

— J'ai craint, un instant, que je retrouverais M. Gaudreault. Je l'imagine dans le trafic… Le pauvre, l'âge ralentit ses réflexes et un rien le distrait. Dans le Parc, j'aurais eu peur qu'il s'endorme.

— Inquiète-toi pas, j'ai pris trois cafés.

— En toi, j'ai bien confiance.

— Ah oui ?

Il reste sérieux, sans rien ajouter, l'air maussade. Peut-être est-il momentanément dans l'une de ses mauvaises humeurs. Elle n'a pas le temps de s'enquérir de ses états d'âme, car Yvonne et Carmen débattent de plus en plus fort, à savoir qui s'assoira côté fenêtre. Irène leur suggère de tirer à pile ou face et de changer de place à mi-chemin. On met les mallettes sur les porte-bagages et le pique-nique sous les sièges arrière. Pour mieux contrôler le groupe, Irène s'installe sur le premier siège de droite. Avant de se mettre sur son séant, elle compte les choristes et s'assure que toutes sont à l'aise. Puis, d'un petit coup de tête, elle fait signe au chauffeur.

Pas de sourire, pas de blague, aucune cordialité, sauf avec Flora à qui il adresse un joyeux bonjour et pose des tas de questions.

L'occasion ne pourrait être meilleure pour un rapprochement. Si la Providence conspire pour les mettre sur la même voie, faudra-t-il qu'à son tour Irène sorte un brise-glace pour traverser la mer qui les sépare. L'aller-retour offre douze heures de voiturage et de possible conversation. Douze heures qui risquent de s'éterniser. Pour elle, ou pour lui ?

# 16

L'autobus se met en branle. Il rejoint bientôt la route du parc des Laurentides, inaugurée tout dernièrement, qui conduira la troupe d'abord vers Québec, à travers l'immense forêt vallonneuse, puis à la métropole. Après la barrière de Laterrière, où un gardien vérifie les allées et venues des véhicules en notant l'heure, la destination, le numéro de plaque, le genre de véhicule et le nombre de passagers, on s'enfonce dans les cent quarante milles de sapins et d'épinettes qui chatouillent de leurs cimes les nuages bas pour les disperser. Le long de la route, on surveille le vol des corbeaux, on surprend un orignal, un ours noir et un renard, et on s'étonne de voir que la glace couvre encore certains lacs et que la neige persiste dans les sous-bois profonds.

L'enthousiasme agite l'autobus qui résonne de chants et de rires.

— Attention, ne criez pas, ne forcez pas votre voix, les avise Irène, qui tente fermement de garder un peu de discipline.

Elles se taisent un instant quand, soudain, Adam entonne *Cadet Roussel*. Flora, assise juste derrière lui, ne se fait pas prier pour l'accompagner et, bientôt, les autres suivent. Tout le monde se balance, tape des mains, exagère les *Ah! Ah! Ah! mais vraiment…* On reprend le refrain qu'a inventé Adam : *Ah! Ah! La Sainte-Fureur, cause toujours, tu m'fais pas peur.* Puis, on s'amuse à faire des rimes avec lui en composant d'autres couplets, au gré de la fantaisie et des moqueries amicales de chacune :

— *Ah! Ah! Sœur Cuisine, j'me meurs de faim, sers-nous des bines!*

— *Ah! Ah! Sœur Méd'cine, tu sens toujours la naphtaline!*

— *Ah! Ah! Sœur Dortoir, quand j'rêve de toi, c't'un vrai cauchemar!*

Le minibus file, fenêtres ouvertes, à travers la grande forêt d'épinettes, traînant derrière lui des éclats de rire et des battements de mains.

Irène observe Adam qui, soudain, véritable boute-en-train, une main sur le volant, l'autre battant la mesure sur sa cuisse, invente couplets et refrains pour provoquer l'hilarité. Le roi de la basse-cour, c'est lui; le voilà dégourdi, aguicheur, cabotin, décidé à gagner la faveur de toutes les couventines, sans exception. Un vrai de vrai fanfaron. Irène secoue la tête, un peu décontenancée.

— Allez, l'encourage-t-il, décoince-toi pis dirige-nous ça!

Elle se laisse emporter et, se plaçant debout devant les deux rangées de sièges, mène le bal. Elle forme des groupes pour reprendre la chanson en une sorte de canon à plusieurs voix harmonisées. Le résultat est surprenant et la joie, intense.

À la barrière de Stoneham, devant deux gros panneaux Arrêt/Stop orange, deux autres gardiens vérifient le permis de circulation et enregistrent le passage de l'autobus. Une demi-douzaine de maisonnettes flanquent la route. On s'y arrête quelques instants, pour une collation et pour se soulager aux toilettes.

Après six heures de route, l'arrivée dans la grande métropole les grise. Il y a des gens partout sur les trottoirs et tellement d'immeubles gigantesques. Les filles s'exclament devant les gratte-ciel, les ponts, les grues mécaniques plus hautes que des clochers d'église, les enseignes au néon, les usines et commerces, et tant d'automobiles et de camions. Des piétons partout, et de toutes origines et fonctions sociales: des messieurs à cravate et des étudiants bohèmes, quelques travailleuses et d'occasionnels mendiants. À travers les regards exaltés des couventines, Irène retrouve ses récents seize ans. Ils lui semblent appartenir à une autre vie, une époque lointaine à jamais endormie, désormais hors de sa portée et pourtant si proche.

Adam s'arrête chez Fina pour faire le plein et pour consulter la carte qu'il a étalée sur le volant. Par-dessus son épaule, Irène cherche les noms des rues, les directions à prendre, des repères pour s'y retrouver. En vain, elle n'a jamais eu le sens de l'orientation et devra s'en remettre au chauffeur. Pendant ce temps, on en profite pour aller au petit coin. Dans une distributrice, Esther, Laurette et Émilie s'achètent un 7-Up, Lucille une Orange Crush, et Madeleine une boisson à la fraise, qu'elles boivent à la paille. Entre des exclamations et des soupirs de surprise, elles se font goûter leurs trouvailles.

Adam replie grossièrement la carte qu'il cale dans le compartiment, sous le tableau de bord.

— Prochain et dernier arrêt : Institut Notre-Dame-du-Bon-Conseil, Côte-Sainte-Catherine. Accrochez-vous !

Il tricote dans le trafic, tournant les angles serrés, visiblement à son aise, fier même de se débrouiller sans heurts, conduisant avec audace. D'une main moite, Irène se tient à la barre chromée de son siège. Quant aux filles, elles jouent à pencher le corps exagérément à gauche puis à droite, suivant les virages.

Le minibus arrive en un seul morceau et sans égratignure à l'Institut Notre-Dame-du-Bon-Conseil, où un dortoir a été préparé pour les choristes. Adam dormira dans le pavillon des employés, une jolie maisonnette construite tout près du bâtiment principal.

Après la distribution des lits et l'installation des effets personnels, Irène propose un délassement et une friandise glacée au parc du Mont-Royal, à quelques minutes à pied. Empressées, les filles quittent le dortoir et la suivent dans un parfait désordre.

— Voyons, mesdemoiselles, un peu de tenue !

Dehors, sous la véranda du pavillon des employés, assis sur une chaise de jonc, Adam fume à l'ombre, les pieds appuyés sur le garde-corps.

— Viens donc avec nous, lui offre Irène avec entrain.

Il connaît passablement la ville et pourrait leur servir de guide. Irène ne se sent pas rassurée, avec sa vingtaine de couventines, à déambuler dans ces endroits étrangers. Au surplus, sans le lui dire et sans trop savoir pourquoi, elle ne veut pas le laisser à lui-même.

Il jette son mégot au pied des trois marches de l'escalier et fouille dans ses poches, sans la regarder.

— Faut que j'aille m'acheter des cigarettes. Allez-y sans moi. Fait ben trop chaud pour escalader les hauteurs.

Elle insiste, dit qu'elles peuvent l'attendre. Elles ont encore le temps avant de se rendre à l'amphithéâtre pour le classement. Comme il n'a pas l'air de vouloir revenir sur sa décision, elle avoue enfin :

— J'ai peur de me perdre avec mes brebis.

Il se lève en bougonnant mollement et allonge le bras.

— C'est pas compliqué! Tu vois la montagne couverte d'arbres, ben c'est par là.

Toujours sans lui adresser un regard, il se tourne vers les autres et, voyant Flora entre la crainte et l'amusement, lui fait un clin d'œil bouffon.

— Toi, ça te tente-tu?

Les hochements de tête de Flora sont sans équivoque.

— OK ! Les filles, suivez le guide ! Mais ça me prend quand même mes cigarettes. On s'arrête dans la première tabagie.

Le cortège s'ébranle d'un pas allègre. Il emprunte d'abord la Côte-Sainte-Catherine, ensuite la Côte-des-Neiges, dont les belles maisons anciennes ravissent les yeux. Au coin d'une rue, Adam voit une tabagie. Il y entre un instant, puis le petit groupe se remet en marche. Sur les trottoirs, il y a toutes sortes de monde : un monsieur coiffé d'un drôle de chapeau rond d'où dépassent deux boudins, des messieurs à cravate avec des attachés-cases, et des femmes sous des chapeaux à larges bords qui bavardent. On se répète de faire attention aux nombreuses autos. Plus ça grimpe, plus les jambes se fatiguent et ralentissent. Adam s'allume une cigarette. Il explique à Jeanne que cette marque-là, des françaises, on la trouve juste dans les grandes villes. Ça le change un peu de ses Player's.

— Fait donc bien chaud à Montréal ! se plaint Yvonne en s'éventant de la main. Pourtant, on est rien que le 4 mai !

Adam zyeute vers Irène.

— Tu parles d'une façon de réchauffer les voix. Veux-tu les faire crever avant le classement ?

Il a raison : la sueur mouille les aisselles d'Irène. Voyant Yvonne et les plus costaudes en nage et essoufflées, elle regrette finalement son idée, même si les plus jeunes gambadent comme des chevreaux heureux et libres.

Enfin, ils atteignent un belvédère d'où ils contemplent l'immensité du centre-ville : la forêt de cheminées qui crachent des fumées blanches, brunes ou grises et, au-delà des immeubles, le grand fleuve acier qu'enjambent plusieurs ponts. On entend des sirènes et des trains.

Sur la terrasse, le soleil les assomme et, bien vite, les filles se retirent à l'ombre des boisés. Adam a déboutonné sa chemise, découvrant un marcel imbibé par la transpiration qui coule entre ses seins. Il ouvre la marche avec Flora et mène le groupe vers le lac aux Castors. Quelques canards pataugent avec bonheur dans l'eau fraîche. De l'autre côté, près de la rive bétonnée se tient un marchand de glaces ambulant. Alléluia! Irène sort cinquante sous de son sac à main pour acheter des Popsicle que les filles se partagent.

Effondrées sur les bancs publics, elles dégustent leur friandise, à l'ombre des érables et sous le regard gourmand des écureuils gris. Irène offre un Popsicle à Adam qu'il prend pour le redonner aussitôt à Flora.

— Qu'est-ce que tu veux que je fasse avec ça? J'ai passé l'âge des nananes.

Flora veut le redonner à Irène, mais celle-ci s'en va retrouver Jeanne, un peu plus loin, seule sur un banc. Tout en suçotant son bâtonnet, Irène examine Adam du coin de l'œil: tantôt quelque chose de dur, tantôt quelque chose de beau perce sur son visage, une disposition qu'elle ne parvient pas à cerner objectivement. Depuis leur départ, plus elle se montre affable, plus il réagit avec un agacement noirci de rancune. C'est à n'y rien comprendre.

— Je suis tout énervée, lui confie Jeanne. Enfin, mon grand projet va se réaliser grâce à vous. Merci, mademoiselle Irène, merci encore d'avoir accepté. Je ne sais pas si nos chances sont bonnes, mais j'aurai réussi à mener à terme un projet qui me tenait à cœur. Au moins celui-là.

Elle la regarde, pleine de gratitude.

— Il y en aura bien d'autres, ma belle Jeanne. Pour toi, ce n'est qu'un début. Les portes sont grandes ouvertes.

Surprise par ce tendre et nouveau tutoiement, Jeanne se tourne subitement ; son Pops se brise en deux et tombe au sol. Irène lui tend sa moitié encore inentamée.

— Vous êtes mon modèle, mademoiselle Irène. Je voudrais être comme vous et acquérir votre savoir-faire.

— J'espère que tu ne commettras pas mes erreurs. Si tu savais combien de fois je me suis trompée…

— Eh bien, j'ai commencé ma série, affirme Jeanne. Il paraît que les erreurs nous en apprennent beaucoup. Je le crois.

Tout en bavardant, elles observent Flora. Elle court ici et là pour ramasser des pommes de pin qu'elle remet à Adam qui, sous l'œil réjoui des filles, s'amuse à les lancer aux écureuils. Flora s'approche de leur banc et se penche dessous pour cueillir une poignée de cônes.

— Que feras-tu, après les classes ? demande Irène à Jeanne. Travailler ? Trouver un bon parti ?

— Un bon parti ? J'ai eu trois peines d'amour. Mon dernier béguin s'est marié.

— Tiens, le mien aussi, répond Irène en riant. Je ne sais pas si j'en trouverai un autre.

Cette confidence et cette complicité inattendue étonnent Jeanne, qui considère soudainement Irène comme une camarade.

Elles rient toutes les deux pendant que Flora s'en retourne plus vite encore vers Adam, les mains refermées sur ses projectiles.

L'humidité pèse, un silence passe, la sueur perle sur les fronts. Les fillettes vont et viennent, ravivées par la pause et la friandise sucrée.

Irène rappelle son monde. Il est temps de se rendre à l'amphi-théâtre. Sur le sentier du retour, Flora tire la main d'Adam pour l'inviter à se courber vers elle et lui souffler quelque chose à l'oreille. Ensuite, elle jette un œil à Irène puis à Adam, joint les mains, ferme les yeux quelques secondes en marmottant quelques mots.

On regagne l'Institut Notre-Dame où attend le minibus, puis, à bord, on se rend au pavillon des arts de l'Université McGill, rue Sherbrooke Ouest. Adam les y dépose et annonce qu'il a affaire ailleurs, en ville. Irène a à peine le temps de lui demander de revenir les chercher à neuf heures.

Pourvu qu'il ne profite pas de l'occasion pour bambocher.

L'impressionnant édifice en pierre de taille et au toit de cuivre comprend plusieurs ailes de trois ou quatre étages. Une grosse coupole piquée d'un mât coiffe le corps principal. Derrière les colonnes doriques du portique de pierre jaune, la porte s'ouvre sur un grand hall flanqué de colonnes de marbre et couvert d'un parquet, égale-ment de marbre rose. Peints au plafond, les signes du zodiaque entourent une immense lampe sphérique et colorée.

Des délégations de nombreux autres collèges et couvents arrivent de différentes régions, accueillies, dans ce hall, par deux femmes à lunettes, l'une ronde, l'autre mince, mais au même large sourire, assises à une table garnie d'une nappe blanche, sur laquelle elles tournent les pages des listes de concurrents. Elles y notent les inscriptions, distribuent les programmes et les rubans de couleurs à épingler au corsage pour identifier les différents groupes. Deux autres dames orientent ensuite les participants vers les coulisses et donnent les instructions.

Irène entrouvre les pendrillons noirs pour observer la salle Moyse : un grand amphithéâtre rectangulaire servant aux cours et aux représentations théâtrales. Suspendus au plafond à caissons décorés de boiseries, dix chandeliers électriques en bronze éclairent la salle. Des bas-reliefs garnissent les murs pâles. Elle craint qu'il y ait trop d'écho, mais les grandes draperies masquant les nombreuses fenêtres devraient absorber les désagréables répercussions. Elle referme le rideau et consulte rapidement le programme. La finale prévoit une pièce surprise. Tiens, sœur Saint-Georges ne lui a pas mentionné ce détail, sans doute une peccadille ou un morceau qu'une étudiante de l'université interprétera pour le plaisir des participants. Si elle y pense, elle s'informera, mais d'autres sources d'énervement lui créent des émotions en cascades : la sécurité et le bien-être de ses protégées, l'humeur d'Adam, sa propre humeur, qu'elle ne gère qu'à moitié, les premières manifestations du trac. Pour l'instant, elle va rejoindre ses filles et voir s'il n'y aurait pas une salle dont elle pourrait disposer pour une ultime répétition.

À quatre heures débutent les quarts de finale. Lors de leur prestation, Irène parvient mal, dans l'*Alléluia,* à retenir toute l'attention des choristes, nerveuses et fatiguées. Elles manquent de vivacité, de tonus. Ou plutôt, n'est-ce pas Irène qui dirige mal ? Elle quitte les planches, déçue. Silencieuses et penaudes, les filles attendent d'elle un commentaire. Irène se morigène : elle a failli, mais doit donner le bon exemple, ne pas ramollir, ne pas avouer ses faiblesses. Elle se durcit.

— Nous ne sommes pas des arbres, on ne se laissera pas abattre !

Tour à tour, les vingt-quatre autres chorales participantes s'exécutent. Au cours des prestations, à la queue leu leu, les différents ensembles, organisateurs et bénévoles profitent du buffet servi dans le grand hall pour se sustenter. Les auditions terminées, les trois juges peuvent enfin se rassasier.

Ensuite, pour accueillir en grande pompe les gens de l'extérieur, un spectacle est présenté par trois chœurs du Conservatoire de musique, l'institution hôtesse. Ce délai permet aux juges de délibérer : une longue attente avant de savoir quels seront les douze ensembles sélectionnés pour les demi-finales.

Après le spectacle, le chef du jury, grisonnant, en veston-cravate et à l'air sévère, monte sur scène, se dresse dans le halo de lumière et énumère les ensembles retenus. Au onzième, Irène pousse un soupir de déception : leur chœur aura été éliminé.

— Et le dernier ensemble : le chœur du Cap-de-la-Baleine.

Dans de grandes effusions de joie, les filles se serrent les mains, les plus exubérantes se sautent dans les bras. Flora se lève, sautille, va vers les unes et les autres, le sourire rouge et blanc, son poing fermé et le pouce en l'air, puis s'arrête près d'Irène à qui elle touche la main.

— Merci, merci ! On l'a eu, on l'a eu !

Irène lui conseille de rester calme. La partie est loin d'être gagnée et il faudra revoir les pièces, tôt demain matin. Les onze autres chorales retenues sont de haut calibre ; la suite de la compétition s'annonce féroce.

Les plus vieilles aimeraient sortir en ville, flâner devant les vitrines des grands magasins, profiter de la vie sur les vastes allées, voir du monde. Le temps si doux met l'humeur à la fête. Elles supplient Irène.

— Non, tranche-t-elle. Le plus difficile reste à venir. Pour se donner les meilleures chances, on doit, sans plus attendre, aller se mettre au lit. Les cordes vocales ont besoin d'au moins sept heures de repos pour être à leur meilleur. Aujourd'hui, nous avons fait quelques erreurs qu'il ne faudra pas reproduire demain. Dans l'*Alléluia*, troisième portée, première mesure, que faisiez-vous,

Maude, Violette et Jacinthe ? Je ne vous ai pas entendues. Et vous, Annette, dans *La patrie des hirondelles*, avez-vous oublié comment doit sonner un *si* dièse ?

Elle reprend la séquence : *du ra-pi-de prin-temps*, en insistant sur le *ra*.

— Demain, je ne veux aucune distraction, aucun manquement, aucun laisser-aller. Je veux des anges qui se tiennent droits, qui chantent juste et qui ne feront pas honte à notre couvent.

Elle rassemble sa troupe et la ramène au point de rendez-vous. Neuf heures. Le soleil est couché, mais les nombreux réverbères éclairent les rues d'une lumière jaune. À l'horizon, une bande claire chevauche encore la crête des lointaines montagnes. Le pavillon des arts se vide ; plusieurs personnes leur souhaitent le bonsoir au passage. Cinq, dix, quinze, puis trente minutes passent. Le minibus n'arrive pas. Fourbues, les filles s'assoient dans l'escalier de pierre. Plus personne ne traverse les portes à présent. Irène a mal aux jambes à faire les cent pas. Elle fulmine : Adam les aurait-il oubliées, accroché à quelque comptoir d'un bar ou au sourire d'une ravissante barmaid ? Après la longue journée et la tension des dernières heures, cette contrariété serre encore plus fort les nœuds de ses nerfs. Combien de taxis pour rentrer à l'Institut Notre-Dame ? Elle fait mentalement le compte, en jetant des regards décontenancés tout autour. À combien s'élèvera la facture ? Elle ne peut dépasser le budget alloué. Elle peste intérieurement et contracte de plus belle les mâchoires.

Derrière, dans un grincement de gonds, la porte s'ouvre et le chef du jury sort, étonné de les voir toujours là. Irène s'explique et, aimablement, il leur indique comment se rendre à destination par le transport en commun. Un cortège de noms de rues et de stations valsent dans sa tête, mais Jeanne la rassure : elle enregistre tout ça.

— Faites-vous-en pas, mademoiselle Irène, je comprends bien. C'est clair pour moi. Occupez-vous des plus jeunes.

Irène se sent à la fois rassérénée et déstabilisée, prise en charge par une adolescente. N'empêche : ce soutien moral arrive à point et elle redresse les épaules.

— En route, tout le monde !

\* \* \*

Le lendemain, en ouvrant les rideaux de sa chambre, elle voit, dans le stationnement du petit pavillon des employés, le minibus orange. Elle pousse un soupir de soulagement. Sa nuit à elle a été entrecoupée de rêves, de demi-sommeils. Les bémols et les dièses l'ont tenue occupée entre trois et quatre heures du matin, et c'est au chant du merle qu'elle s'est enfin endormie pour deux solides heures de sommeil récupérateur.

Au moins, Adam est revenu à bon port.

Elle réveille les couventines à six heures trente. Toilette, prière matinale puis déjeuner. Yvonne surprend tout le monde : elle n'a pas faim et se plaint d'un mal de ventre ; Carmen, de crampes d'intestin ; Denise, du va-vite qui vient de la prendre ; Madeleine, d'un mal de gorge imaginaire, celui des grandes occasions. Lucille a les mains qui tremblent. Thérèse arrive en retard au réfectoire. Elle a passé beaucoup de temps au cabinet. Les yeux rouges, le teint livide, elle s'approche rapidement d'Irène et lui parle en secret d'une voix effrayée :

— Je saigne. J'arrête pas de saigner. Les draps, mes petites culottes, tous mes mouchoirs… j'ai tout sali. Je ne sais pas quoi faire. Je vais mourir !

Elle passe une paume sur ses joues pour en essuyer les larmes. Irène la prend doucement par le bras et l'emmène avec elle.

966

— Ce n'est rien de grave. J'ai tout ce qu'il faut et je vais t'expliquer.

Flora a avalé son repas en deux temps, trois mouvements, a nettoyé sa vaisselle et l'a rangée dans le tiroir. Lorsque repassent près d'elle Irène et Thérèse, elle demande si elle peut aller dehors en attendant les autres. Comme son excitation risque de contaminer tout le monde, d'un geste de la main, Irène lui donne la permission.

— Ne t'éloigne pas, reste sur la galerie.

Quinze minutes plus tard, sous des apparences soignées, bien costumées, coiffées avec minutie, dix-sept boules de nerfs se regroupent dans le vestibule. Rose-Alma a collé des faux cils pour agrandir ses yeux. Irène tend la main ouverte vers elle.

— Si l'un d'eux se détache en plein milieu de l'*Alléluia*, comment pourrez-vous suivre ma direction ?

À regret, Rose-Alma retire les beaux artifices et les dépose dans la paume de sa directrice. Pour les rouges à lèvres ou les fards à joues, le *eyeliner* et les ombres à paupières, Irène laisse tomber. Peut-être vivront-elles un moment de gloire, une journée où elles pourront enfin jouer à la vedette ? Alors, à quoi bon les brimer ? Ces parures ne fausseront pas les notes.

Irène ouvre la porte et les regarde sortir une à une, les passant en revue. Elles n'ont pas un poil de trop sur les jambes, les blouses ont été repassées, les souliers astiqués, mais plusieurs ont les yeux cernés par une nuit mouvementée, les épaules affaissées. Et hop ! on relève le menton, et hop ! on redresse les épaules, et hop ! on rentre son ventre. Irène répète les consignes : pas de produits laitiers de la journée, encore moins de boissons gazeuses. On respire profondément, on se détend, on sourit puisque, dans quelques minutes, on devra faire bonne impression. Thérèse semble tout à fait rassurée et même, croit observer Irène, plus assurée que la veille.

Toutes belles et resplendissantes, elles vont dans la lumière matinale. Pourvu que ces fards et ces conseils leur donnent confiance. Irène a les nerfs plus tendus que les cordes d'un violon.

Jeanne ferme le rang.

— Eh! Jeanne, lui souffle Irène à l'oreille. Aurais-tu du fond de teint et du rouge à lèvres, dans ton sac? J'ai une mine à faire peur aux épouvantails.

Un bref instant, elles se retirent derrière la porte du vestibule. Jeanne fouille, sort un écrin et un bâton de rouge. Dans le petit miroir, Irène se dessine un meilleur visage.

Dehors, à quelques pieds de là, assis côte à côte dans une balançoire à quatre places, Flora et Adam fredonnent. Adam donne quelques accords sur sa guitare. Ils rigolent. Lorsqu'ils aperçoivent Irène, ils s'interrompent net. Quel mauvais coup préparent-ils?

— Qu'est-ce que vous faites? Ce n'est pas le temps de composer des chansonnettes, leur lance Irène.

Toujours en riant, Flora se lève vite, rajuste son foulard olive et court vers le groupe pendant qu'Adam range la guitare dans son boîtier. Il porte un marcel immaculé et a laissé sa chemise sur le dossier du siège. Son bras est entouré de bandages. Se serait-il battu la veille? Irène fronce les sourcils. Il endosse sa chemise qu'il boutonne rapidement et rentre les queues dans son pantalon avec des gestes précis. Irène fait signe à Flora de rejoindre les autres et prend Adam à part.

— T'es-tu blessé? lui demande-t-elle, troublée.

— Non. C'est pour cacher mon tatouage. On ne sait jamais sur qui on peut tomber, ici.

Devant son attitude toujours distante et laconique, Irène lui parle plus sèchement :

— Devrons-nous reprendre le transport en commun encore ce matin ? Si c'est le cas, je vais devoir t'envoyer la facture. Où étais-tu passé ?

— Je vais te le dire, pour pas que tu me prennes pour un courailleux. Flora m'avait confié une mission : l'adresse des Sœurs grises pour que je retrouve notre… sa mère, internée là en 1947, au dire de sa tante Blanche.

Surprise, déçue d'elle-même et de son jugement hâtif, Irène se mord les lèvres.

— Oh ! Pardonne-moi. Je suis trop curieuse. Est-ce que tu voudras quand même me donner le résultat de ta visite ?

— Ça a été compliqué et très long parce qu'en premier la portière voulait pas me laisser entrer.

Les choristes attendent sur le perron, ce qui oblige Adam à conclure rapidement.

— Elle n'est plus là. Partie en août 49, pas grands souvenirs dans la tête. Elle leur a écrit une fois seulement depuis, pour donner de ses nouvelles. Elle travaillait, à ce moment-là, dans un restaurant de Québec. Puis, elle a déménagé on ne sait pas où. La réponse que lui a envoyée l'une des sœurs est revenue : *Partie sans laisser d'adresse*. Mais la maman est en vie. Je viens de le dire à Flora.

Du menton, il montre le groupe de couventines qui attendent les instructions du départ, puis il empoigne le caisson de sa guitare, court vers le minibus, ouvre le compartiment à bagages, y place l'instrument et, jouant le valet docile, s'installe au pied de la porte, à demi plié, une main derrière le dos, l'autre balayant l'air élégamment vers l'intérieur du véhicule.

— Mesdames, votre carrosse est avancé.

Pendant la quinzaine de minutes que dure le trajet, les sinus vibrent de montées et de descentes de la gamme. Bouche fermée, on emplit le ventre d'air par le nez, puis on l'expulse par un sifflement entre les lèvres. Ensuite, on s'ébroue longuement, comme un cheval, en tenant des sons qui montent et descendent. Ainsi, on se détend les babines et la langue.

Ces quelques exercices ne parviennent pas à dissiper la chape de fatigue et de tension qui pèse sur les épaules d'Irène et provoque une lourdeur jusqu'au bout de ses jambes. Elle a peu dormi, meublant son insomnie en révisant mentalement les partitions, les gestes appropriés pour obtenir les effets attendus. Pourvu qu'elle tienne le coup, pourvu que la chorale remporte le trophée, pourvu que…

Elle descend la dernière. Adam, qui semble deviner son anxiété, la retient une seconde par la manche.

— Les nerfs ! C'est rien qu'un concours. Ni la vie ni le destin de personne n'est en jeu. C'est rien qu'un jeu !

Un jeu ? Voit-il la vie comme un perpétuel amusement ? Et l'art vocal comme une vulgaire improvisation d'enfant ? Sait-il ce que représente le dépassement ? Il ne doit pas connaître la parabole des talents et l'importance de cultiver sans cesse ce que le Créateur nous a donné, l'incessant travail que cette fructification implique. L'attitude détachée du jeune homme fait monter davantage la tension d'Irène. Elle fronce les sourcils en plissant le front. Cet air qu'il affiche quand il veut laisser planer un mystère. Le silence s'étire quelques secondes. Il la regarde, penche la tête, juste un peu. Cette tête bien faite. Dans ses yeux noisette, elle devine l'arrogance, une sorte d'assurance qu'il se forge. Cependant, sous ses sombres sourcils, elle sait bien que se réfugie un oisillon fragile et peureux, un homme très sensible. La bouche entrouverte, elle cherche les mots, la formulation, mais la force d'argumenter lui manque et elle sort sans rien dire.

Dehors, il fait toujours aussi chaud : une canicule hâtive. Heureusement, dans la salle, les séculaires murs de pierre conservent une relative fraîcheur. Cette fois, au lieu d'aller en ville, Adam s'assoit au fond de la salle.

Devant les trois juges, les douze chorales font de leur mieux – celle d'Irène se surpasse et se classe pour la finale.

On a l'impression de revivre l'épisode de la veille. L'attente, la nervosité impatiente qui ne trouve pas mieux pour s'exprimer que des rires sans raison et des trépignements d'enfant. Louisette va cinq fois de suite aux toilettes, Esther se sent défaillir. Adam se promène au milieu de tout ce beau monde, sourire aux lèvres, une blague idiote suivant une taquinerie de gamin.

Après le dîner, l'excitation à son comble, on annonce officiellement quelles seront les trois chorales qui s'affronteront : Québec, Rimouski et Cap-de-la-Baleine. Un tirage au sort détermine l'ordre des présentations. Cap-de-la-Baleine se produira en dernier. Encore un long délai pour faire monter l'adrénaline et assécher les langues.

Avant de retourner en salle, d'un air désinvolte, Adam répète à Irène qu'il s'agit d'un simple concours, qu'il faut d'abord éprouver du plaisir à chanter et à écouter les autres : rien n'y fait, le sang s'est retiré des pieds et des doigts d'Irène, et son cœur cogne brutalement et sans répit sur ses tympans et sous son front moite.

À nouveau, un juge tire un billet dans un autre chapeau : la fameuse pièce surprise. Les chorales doivent répondre aux exigences inscrites sur un bout de papier : n'importe quelle chanson populaire française du XVIII<sup>e</sup> siècle, accompagnée d'un instrument à cordes. Les trois ensembles disposent à présent d'une heure de délibérations et de préparation avant de livrer sur scène leur performance.

Irène demeure statufiée. Elle ignorait cette particularité du concours. Pourquoi sœur Saint-Georges ne lui en a-t-elle rien dit ? Peut-être croyait-elle ses chances si minces qu'elle n'avait pas jugé bon de s'aventurer jusque-là ? Ni Jeanne, ni Rose-Alma, ni aucune des choristes n'est au courant de cette bizarrerie. Tous ces efforts, ce long voyage, ces nerfs à vif pour en arriver à une catégorie sortie d'un chapeau ! La situation perturbe tout le monde, et l'exaspération d'Irène elle-même ajoute au malaise. Tout à coup, la chaleur irradie son corps. Elle tente vainement de se rafraîchir en agitant, devant son visage, les feuilles du programme.

Elle se lève et, sur des jambes molles, se dirige vers la table des juges, s'informe de cette étrange façon de faire. Le juge en chef lui rappelle que les consignes ont été transmises par la poste à chaque institution il y a longtemps et que tous les couvents et collèges connaissent très bien cette étape-là du concours. Irène le foudroie du regard, sachant pourtant qu'il n'a rien à se reprocher.

— C'est comme ça depuis bientôt dix ans, conclut-il, d'un ton où perce au bout du compte un léger agacement.

Irène revient vers les gradins où, assises dans leur section réservée, les dix-huit filles la regardent avec stupéfaction pendant que des titres défilent dans sa tête sous la rubrique *Chansons populaires françaises du XVIII<sup>e</sup>*. De surcroît, il faut s'accompagner de cordes... frappées, pincées ou frottées... peu importe. À la rigueur, elle pourrait jouer du piano tout en dirigeant, mais ce ne sera pas chose facile. Et encore, quelle pièce? Si elle ne trouve pas une solution, elles perdront par défaut. Une chose à la fois : *Une chanson populaire française du XVIII*. Elle pense aux cahiers de l'abbé Gadbois : *La bonne chanson*. Quelles sont celles que les couventines connaissent ?

Deux rangées plus bas, Flora parle à l'oreille d'Adam. Il hoche la tête, se lève dans un demi-sourire de satisfaction rieuse, s'approche d'Irène.

— J'ai une idée.

Quelle idée a bien pu germer dans cette tête ? Dire qu'au début de ce voyage, en grimpant dans le minibus, elle lui avouait avoir confiance en lui. Dire qu'elle a fait serment à sœur Saint-Léandre de veiller à ce qu'il trouve stabilité et harmonie. De son index sur les lèvres, elle lui fait signe de se taire, car elle veut se concentrer.

Les juges demandent aux trois ensembles de se diriger vers trois locaux mis à leur disposition pour l'heure de préparation. Irène y conduit son groupe.

— Qu'est-ce qu'on va chanter ? s'informe Jeanne. *À la claire fontaine* ?

— Les filles n'en connaissent pas l'harmonisation. Je n'ai aucune musique en feuilles, aucune autre partition dans mon porte-documents et mes nerfs pourraient servir de cordes à pincer, lui confie-t-elle tout bas.

D'un pas allègre, Adam revient vers elle. Il règle l'affaire :

— C'est pas compliqué : chantez *Cadet Roussel,* comme dans l'autobus.

Est-ce aussi simple ? Irène n'a pas trop le choix. Faisons de notre mieux, semble-t-elle se dire, en se laissant indolemment galvaniser par l'enthousiasme subit de la chorale mise au courant de la proposition. Du reste, éreintée, elle n'a plus toute sa tête, un vent de déraison lui traverse le cerveau.

Ils s'en vont rapidement dans leur local pour la courte période de mise en place. Irène referme bien la porte, s'assurant qu'aucun son ne s'en échappe, puis s'installe au piano de répétition. Elle joue une première fois la mélodie, afin de vérifier si la tonalité de l'instrument s'ajuste aux voix des filles. Les voix tremblotent, les yeux cherchent ceux d'Irène, aux aguets, attentifs au moindre signe, les doigts d'Irène deviennent raides et froids, malgré la chaleur.

Une heure plus tard, ils ressortent en rang discipliné : les choristes un peu abasourdies ; Irène, une main portant la baguette devenue inutile, l'autre, sur sa poitrine, cachant ses faibles espoirs ; Adam enserre le manche de sa guitare, qu'il traîne avec lui depuis le matin, et des lèvres impassibles.

Les juges applaudissent chaleureusement les étonnantes performances des chorales de Québec et de Rimouski. Quand vient le tour de Cap-de-la-Baleine, Irène n'entend plus que les pulsations tapageuses qui lui embrouillent même la vue. Un fiasco se prépare, peut-être, mais elles auront joué le tout pour le tout, jusqu'à la fin. Un souvenir lui revient. Elle avait treize ans et devait passer l'épreuve de piano devant les juges de l'Académie de musique, le ventre tourmenté par les crampes, les mains tremblantes, la bouche sèche et l'envie de courir loin, très loin, pour se pelotonner en boule sous son édredon. Quand elle avait pris place sur le banc, après avoir ajusté sa position, elle avait malencontreusement jeté un regard vers la salle où sa mère attendait : ce visage implacable, les joues creusées par l'appréhension, les mâchoires serrées, pas un sourire, pas un geste donnant confiance. Cette mère avait investi tous ses espoirs et toutes ses économies dans le talent de sa fille pour en faire une pianiste de concert. Toute son autorité aussi, une forme d'amour, sans doute, mais Irène sentait peser un poids démesuré sur ses épaules. Pourtant, elle connaissait par cœur la partition ; pourtant, elle avait bien préparé l'examen, des heures et des heures d'exercice ; pourtant… Les larmes plein les yeux, elle n'arrivait plus à distinguer les notes sur le clavier et, tentant de se raccrocher à ses feuilles, elle n'y voyait que des mesures ondulantes où nageaient des points noirs. Elle avait raté. Certes, après coup, elle avait mis à profit son art pour le petit cirque familial, mais, lors de cet examen, le silence de sa mère avait frappé plus fort que le piètre résultat que lui avaient donné les examinateurs.

Debout devant sa chorale, elle se tourne vers la salle et annonce la pièce d'une voix étrangement volontaire qu'elle reconnaît à peine. Cette voix, c'est elle, apeurée, comme au jour des grandes confrontations. Elle croit entendre quelques rires étouffés parmi les spectateurs. Ces ricanements la fouettent et provoquent des tremblements de mains. En arpentant les quelques pas qui la séparent du piano, elle regarde les planches disjointes de la scène. Les mêmes crampes au ventre ressenties lorsqu'elle avait treize ans, les mêmes tressaillements et le même nœud dans le cœur lui scient l'abdomen.

Elle s'assoit au piano et jette un œil vers les jeunes filles tendues vers elle, avec un sourire qu'elle veut rassurant. Cependant, ses lèvres sont sèches ; sa langue ne sécrète plus une goutte de salive. Que lui arrive-t-il ? *Cadet Roussel*, une pièce enfantine, si simple pourtant, qu'elle pourrait jouer les yeux fermés sur tous les tons. Elle place les mains sur le clavier pour pianoter les premières mesures. Inclinant son buste vers l'avant, elle respire très fort. Elle sent sur ses épaules le regard des juges, puis celui de sa mère, il y a dix ans, rempli de doute. Tout à coup étourdie, elle voit double, embrouillé. Ses mains… on dirait les mains de quelqu'un d'autre, elles ne lui obéissent plus, ne jouent pas. Elle va faire tout rater. Les choristes s'agitent, se regardent, alarmées. Plusieurs secondes s'écoulent. L'un des juges frappe son pupitre de son crayon.

— Qu'attendez-vous ? Nous n'avons pas toute la soirée.

Irène veut se relever, déclarer forfait. Elle ne sait plus que dire.

Au même moment, Adam grimpe sur scène et passe sa guitare en bandoulière – il lance à Irène un sourire d'une telle franche confiance qu'elle en est traversée de haut en bas.

Il se tourne ensuite vers les choristes qui redressent les épaules, il les regarde avec le même grand sourire.

De façon joyeuse et sautillante, il joue la ligne mélodique en guise d'introduction, avec un peu plus de rythme, toutefois, une ligne que tous les spectateurs connaissent bien et qui, dès le départ, semble les séduire et les transporte dans l'univers merveilleux de l'enfance. Puis, Adam donne un petit coup de tête en direction des couventines qui entrent en deux temps, nuancent les montées et les descentes. Dans la foule, on se retient pour ne pas taper des mains.

Au troisième couplet, Adam entreprend un jeu plus délié, des croches pointées, des doubles croches inlassablement répétées, en six/huit, puis il improvise quelques variations sur la trame principale – c'est presque un jazz, une musique qu'il ne connaît pourtant que de très loin. Il bat la mesure de son pied et, de sa tête, scande à contretemps. Il accélère le rythme, endiablé, puis encourage les choristes à chanter plus fort, plus vite. Subitement, il lâche la guitare et, les deux bras en l'air, tape des mains et convie les spectateurs à faire de même. On se laisse emporter par tant d'exubérance. Il se remet à jouer au même rythme précipité. *Cadet Roussel a trois souliers. Il en met deux dans ses deux pieds...*

Bouche bée et yeux ronds, Irène a quasiment cessé de respirer, mais elle se reprend, se lève et dirige de ses deux mains : les filles tempêtent délicieusement les vers bissés sans perdre un temps et, tout sourire, se balancent en cadençant la chanson de dynamiques et d'euphoriques coups de tête.

*Cadet Roussel ne mourra pas…*

Adam se déhanche malgré lui de gauche à droite en une rotation ondulatoire.

*Car avant de sauter le pas…*

Il tend le bassin vers l'arrière d'un coup sec et le ramène vers l'avant tout aussi brusquement, répétant le mouvement secoué de petits frémissements d'épaules.

*On dit qu'il apprend l'orthographe*
*Pour faire lui-même son épitaphe…*

Sur la pointe des pieds, sa guitare comme partenaire, il sautille sur le parquet, jambes légèrement fléchies, le dos cambré et le bassin un peu poussé derrière, en six temps, ses chaussures effleurent à peine le sol, exécutant des sauts subtils. La mélodie ne se ressemble plus.

*Ah! Ah! Ah! mais vraiment, Cadet Roussel est bon enfant.*

Ou bien il est ivre, ou bien il entre en transe. Superbe! Il est encore plus beau lorsqu'il prend cet air frivole et enjoué, les sourcils relevés au-dessus de ses grands yeux presque rieurs au moment de pincer les cordes. Jamais Irène n'a vu pareil déchaînement, de danse plus vive et dynamique.

Il pirouette sur lui-même, se tourne vers Irène, puis vers les juges, donne un dernier accord et crie: «Boogie-woogie!» avant de saluer respectueusement, les jambes bien droites, le haut du corps courbé vers la salle.

Pour ne rien manquer de cette surprise dans la surprise, Flora a cessé de chanter depuis le quatrième couplet. À la fin, elle se met à rire, à rire de si bon cœur, et son rire flûté se transmet d'une oreille à l'autre, par des labyrinthes communicants, et se propage à toute la chorale. Il contamine les juges qui ont abandonné leur mine sévère et leur rictus racorni. Debout, les voilà qui applaudissent avec des *bravos* et des *bravissimos*.

Irène s'esclaffe aussi. Après tout, rien n'interdisait que l'instrument à cordes soit une guitare. Les nerfs tombent, la tension s'évapore. À ce moment précis, elle réalise combien elle a toujours été enfermée dans sa tête, bien trop raisonnable. Comme elle souhaiterait intégrer son enveloppe entière, vibrer par tous les pores de la peau, danser pareillement et avoir ce diable au corps.

Emportée par l'émotion, dans un grand geste de chef d'orchestre, elle lève haut sa baguette, puis la rabaisse en direction du spectaculaire interprète pour susciter encore des applaudissements. Comme elle aime cet homme, ce brin de folie !

*\* \* \**

Décrochage et non-respect du genre. Les filles quittent le pavillon des arts, sans trophée ni ruban, mais fières de leur troisième place, avec mention spéciale pour l'originalité.

Dans le cœur d'Irène vient de se réveiller le tada-tada de wagons circulant sur les rails et résonnant en deux temps décalés. Une fenêtre s'ouvre par où entrent les propos enjoués des couventines qu'elle écoute dans la détente et un certain ravissement ; un clapotis bienveillant sur ses plages auparavant tourmentées. En elle, le paysage se transforme soudain, les cordes se relâchent, le soleil réchauffe et les glaces fondent.

De retour à l'Institut pour une dernière nuit, les normaliennes entourent Adam et veulent apprendre la fameuse danse. Sur la galerie, sa main dans celle de Jeanne qu'il entraîne malgré elle, Adam donne une démonstration du pas de base du boogie-woogie. Toutes s'y essaient, sous l'œil amusé de quelques religieuses et novices, manifestement emballées par une distraction de la sorte.

Il est tard, dix heures sonnent, et Irène accompagne les filles pour la mise au lit.

Après la toilette, elle s'allonge sur les draps. La chaleur et l'agitation l'empêchent de fermer l'œil. Elle se rhabille et descend prendre le frais dehors. Elle s'étonne d'abord de voir la ville illuminée, en contrebas, qui s'étend comme un immense arbre de Noël : des lumières à l'infini, rouges, vertes, jaunes, puis, tout près, elle aperçoit Adam qui relaxe dans la balançoire, un Coke à la main, une cigarette dans l'autre. Il a perdu son sourire. Irène le rejoint et reste debout devant lui.

— Trop chaud pour dormir ? demande-t-il.

— Oui, mais quand tu perds ton sourire, j'ai froid tout à coup.

— Voyons, tu vas pas me dire que tu commences à m'aimer ?

— Pas du tout ! C'est toi qui commences à le sentir.

# 17

*Journal de Flora*

*Le dimanche 6 mai 1951*

*Cher Jésus,*

*Souper, études, toilette… Je n'ai pas oublié mes prières et j'ai encore un peu de temps pour vous écrire avant la nuit.*

*Montréal, quelle aventure ! Nous nous sommes rendues en finale : une finale tellement drôle. Si maman avait vu ça, je me demande ce qu'elle aurait pensé. Mais elle n'est plus à Montréal. Adam a volé la vedette, oui, mais surtout, je crois qu'il a volé le cœur de M<sup>lle</sup> Irène. Dis-le à mes sœurs, si elles sont autour, demande-leur si elles m'ont vue rire comme une vraie folle quand il a chanté et dansé.*

*Chanter* Cadet Roussel, *c'était mon idée et je l'ai donnée à Adam. Aussi, sur la montagne, je lui ai dit que l'autre amoureux de M<sup>lle</sup> Irène s'était marié et qu'elle se demandait si elle trouverait, un jour, un autre mari. Il avait un sourire content, comme quand je gagne à Parcheesi, et je crois avoir gagné cette partie-là aussi. Merci, Seigneur !*

*Ce matin, à la messe, dans la chapelle blanche et bleue de l'Institut de Montréal, Adam était là. Il s'est assis dans le même banc que M<sup>lle</sup> Irène. Nous sommes partis tout de suite après le déjeuner. Avant de prendre la grande route, il nous a emmenées au Jardin botanique, une idée de parc qui a fleuri dans la tête du frère Marie-Victorin il y a vingt ans. C'était merveilleux. Je n'ai pas beaucoup regardé les arbres et les fleurs, parce que je surveillais Adam et Irène, presque tout le temps, pour voir si mon souhait*

*et ma manigance avaient fonctionné. Ils n'ont pas cessé de jaser ensemble,
de se sourire aussi. À un moment donné, derrière un bosquet, ils se sont tenu
la main. Ce n'est pas une menterie, cette fois, je n'ai rien inventé.*

*En plus, en arrivant ici, quand nous sommes descendues de l'autobus, je
me suis cachée devant le pare-chocs pour les écouter. Adam était pressé : il
devait partir tout de suite pour ramener le minibus, mais il a pris le temps
de demander à mademoiselle s'il pouvait la revoir. Plus tard, il est revenu
avec M. Villeneuve avec qui il a mangé dans le vieux monastère.*

*M<sup>lle</sup> Irène est venue me voir, au dessert, toute belle, portant une jolie robe
fleurie, et détendue, avec du rouge à lèvres comme les actrices. Elle arrivait
du bureau de la Fureur, sûrement pas pour se faire chicaner ; elle avait l'air
trop heureuse. Avant de partir, elle a fait un spécial pour me dire au revoir et
elle a promis qu'elle allait m'écrire souvent, me visiter aussi. De mon côté,
je me suis engagée à bien travailler jusqu'à la fin de l'année et à être plus
sage. Elle m'a serrée dans ses bras. Elle m'appelait son hirondelle rieuse.
J'étais tellement contente, ça sentait si bon dans son corsage ! Je flottais
dans son parfum, comme dans celui de maman.*

*Après souper, par la fenêtre du corridor, j'ai vu Adam qui repartait dans
la grosse Buick noire. Dedans, il y avait mademoiselle et sa robe à fleurs.
Sœur Dortoir m'a dit qu'Adam était allé la reconduire à Bégin. Je vais
m'ennuyer d'elle.*

*J'espère qu'ils ont passé la soirée ensemble.*

*J'espère aussi que je pourrai encore aller me promener loin. Montréal, ça
m'a vraiment donné le goût de voyager. Moi aussi, un jour, je veux sortir
du couvent.*

*Seigneur Jésus, merci d'avoir exaucé ma prière. Merci pour ce beau voyage
à Montréal où j'ai réussi à raccommoder mes erreurs et à racheter mon
péché. Je vais continuer de prier pour que l'amour fleurisse dans les cœurs
comme au Jardin botanique.*

*Journal de Jeanne*

*Le dimanche 6 mai 1951*

*Cher journal,*

*Tant de choses me restent de ce voyage que je ne saurais par où commencer. Malgré la fatigue, je t'en confie quelques-unes, ce soir, afin de ne rien oublier.*

*Nous formons une fameuse chorale, un seul cœur, une seule volonté. Les liens d'amitié se sont raffermis grâce à cette sortie. En chant, les filles ont tout donné et, n'était l'étrange catégorie de la finale, qui nous a complètement désarçonnées, nous avions toutes les chances de remporter le concours. Cependant, notre bonne fortune a fleuri sur un tout autre terreau : celui de nos apprentissages, une expérience qui dépasse de loin ce à quoi je m'attendais. Nous avons appris à chanter pour le seul plaisir, sans maux de ventre, en oubliant la course au trophée et à la médaille. Notre finale a été remarquée et a apporté rire et bonheur chez les spectateurs et à notre chère Irène. N'est-ce pas là la plus belle récompense ?*

*Plus étonnant encore, j'ai découvert en M<sup>lle</sup> Irène une camarade, une confidente d'une grande simplicité et d'une belle humanité. Si elle demeurait plus près, j'aimerais m'en faire une amie. Notre complicité nous profiterait à toutes les deux. Mais dans ce cas-ci, je ne veux rien presser.*

*Elle est au courant de mon erreur de vie et ne m'a pas jugée. Elle m'a prodigué de bons conseils que je suivrai à la lettre. Elle m'a encouragée à me consacrer davantage aux autres, à poursuivre l'animation de la Jeunesse étudiante catholique et à m'impliquer dans des œuvres de bienfaisance. Aussi, je vais proposer de nouvelles idées à sœur Sainte-Philomène. Ce que j'aimerais par-dessus tout, c'est donner aux autres le goût de chanter, mais chanter pour le bonheur de l'âme et la santé du corps, chanter pour égayer la vie, comme le fait Adam Duverger. Et, comme dirait Flora, pour apaiser nos fantômes.*

*Voilà, cher journal, mon défi est relevé. Il y aura d'autres compétitions, d'autres concours du genre, mais je consacrerai mes humbles talents et ma bonne volonté ailleurs, l'an prochain. Je pense organiser une collecte de vêtements et de nourriture pour les pauvres. Pendant l'avent, avec sœur Sainte-Philomène, notre chorale pourrait aller dans les beaux quartiers de la ville offrir nos chansons en frappant aux portes. En échange, les gens nous donneraient des habits et des couvertures pour que les enfants oubliés et les orphelins n'aient pas froid au cours de l'hiver.*

*P.-S. En plus, j'ai appris une nouvelle danse : le boogie-woogie.*


*Journal de Thérèse*

*Le 6 mai 1951*

*J'ai cru que j'allais mourir. Certaines m'ont dit que c'était une punition donnée à toutes les filles parce qu'Ève avait tenté Adam au paradis terrestre. D'autres m'ont dit que les femmes accouchaient dans la douleur pour la même raison.*

*Heureusement, M<sup>lle</sup> Irène m'a expliqué autre chose, par rapport à la biologie féminine.*

*Au cours de ce voyage à Montréal, je suis devenue une femme et, si je me marie un jour, je pourrai accomplir mon devoir de procréation. Par contre, tous les mois, j'aurai cette indisposition. J'ai compris pourquoi, au contraire des garçons, les filles devaient porter des robes. Les serviettes sont si grosses qu'elles formeraient une vilaine bosse dans un pantalon.*

*Les maux de ventre ont duré toute une journée. Voilà, maintenant, je connais la joie d'être jeune femme.*

*Vierge Marie, aide-moi à l'accepter sans me plaindre.*

*Journal de Simone*

*Lundi soir, nouvelle lune*

*Cher bon Dieu,*

*J'aurais bien aimé aller à Montréal, moi aussi, mais je chante faux. D'un autre côté, je suis contente parce que la petite fille qui racontait en détonnant parle vrai, maintenant, et les mots sonnent à son oreille aussi juste que les sons. J'espère qu'elle a compris pour de bon et que le renard s'en est allé ronger ailleurs. Pourvu qu'une autre bête ne le remplace pas. Faites que les menteries que Flora racontera à l'avenir soient de beaux contes pour endormir les enfants.*

*Faites que le temps passe vite, que l'école finisse enfin et que je m'en retourne chez moi pour broder de perles colorées les mocassins de mon petit frère.*

*Journal de mère Saint-Viateur*

*Le lundi 7 mai 1951*

*Ne pas oublier d'aviser l'annaliste d'inscrire l'épisode de la compétition des ensembles dans ses rapports journaliers.*

*Même si notre chorale des couventines n'a pas remporté la finale, ne pas considérer la décision des juges comme un échec. Il paraît que tout le monde s'est laissé étourdir par les fanfaronnades du jeune Duverger.*

*Après le souper, hier, entretien avec Irène Laforest pour connaître sa position à la suite de cette expérience dans la communauté. Elle s'est montrée ravie d'avoir pu côtoyer nos gens dans ces circonstances particulières et m'a confié avoir appris beaucoup sur les autres et sur elle-même. Elle a senti l'appel, mais pas celui que j'espérais. Malgré mon insistance, sa réponse a été ferme : elle ne reprendra pas l'habit et elle s'en retourne enseigner à Bégin. J'ai mandaté Adam Duverger d'aller la déposer là-bas.*

*Lui transmettre une lettre de remerciement. Elle a donné beaucoup de son temps et a fait preuve d'un grand dévouement.*

*Respecter la volonté divine, respecter le choix de nos postulantes, de nos novices et de nos élèves : voilà mon apprentissage au bilan de ma première année ici.*

*Dès demain, rendre compte à notre économe des dépenses engendrées par ce voyage à Montréal, afin qu'elle ajuste les prévisions budgétaires des sept semaines à traverser avant la fin des classes. Estimer les sommes requises pour organiser les festivités de fin d'année.*

*Seigneur, donnez-moi la force de continuer.*

La dernière cloche sonne et les lumières s'éteignent.

# 18

*Journal de Flora*

*Le 20 juin 1951*

*Raoul Plus écrit que la vie est trop courte, qu'il faut la remplir pour qu'elle soit débordante comme les ruisseaux du printemps. Si je pouvais, je ne dormirais pas. J'ai dix ans et demi. En vrai, je ne les ai déjà plus. Ils sont derrière, tombés dans l'éternité du bon Dieu. Je n'ai à moi que la minute qui passe. Une minute, c'est si petit, si fragile! Une fleur de pissenlit qui s'en va en mousse vers les nuages. Encore vingt ans, peut-être quarante, peut-être moins, et je serai à la porte du paradis, ou de l'enfer, mais avant d'y arriver, je dois traverser les portes du couvent, rejoindre Adam et partir avec lui sur les grands chemins et faire rêver, impressionner les gens grâce à de fabuleux numéros de cirque.*

*Seigneur Jésus, j'ai communié tous les premiers vendredis du mois pendant neuf mois de suite et je voudrais à présent que Vous m'accordiez les promesses faites à sainte Marguerite-Marie lorsque Vous lui êtes apparu. Pas les douze promesses, juste les cinq premières. Alors, s'il Vous plaît, Seigneur, premièrement, accordez-moi toutes les grâces nécessaires à mon état. Deuxièmement, redonnez-moi une famille et mettez la paix dedans. Troisièmement, consolez-moi dans toutes mes peines. Quatrièmement, soyez mon refuge assuré pendant la vie et à ma mort. Cinquièmement, surtout, répandez d'abondantes bénédictions sur toutes mes entreprises, car j'ai un projet important.*

*Seigneur, aidez-moi à mettre mon plan en action. Demandez, au besoin, à tous Vos amis les saints, dans Votre grand paradis, qu'ils me donnent les outils et les idées afin que mes volontés se réalisent.*

*Lettre de Jeanne à Flora*

*Bégin, le 10 septembre 1951*

*Chère Flora,*

*Tu as sans doute appris qu'Irène a laissé son travail d'institutrice à Bégin. Eh bien, imagine-toi que c'est moi qui la remplace.*

*Eh oui! J'ai commencé à enseigner à l'école du rang 6 de Bégin la semaine dernière.*

*Tu ne peux savoir à quel point j'étais anxieuse et gênée en arrivant dans ma nouvelle pension. Ne va pas croire que les Leblanc sont antipathiques ou souillons. Au contraire, ils incarnent la générosité et la charité, et leur maison est proprette. Cependant, ils vivent dans une telle pauvreté et s'expriment avec bien peu de mots! Quel bouleversement après avoir connu le luxe et la fierté de Blanche et toutes ces années d'études passées dans un couvent aux boiseries brillantes! Ce changement de vie me permet d'apprécier à sa juste valeur, avec bien du retard, le confort du nid de Blanche et de Pitre: ma vraie famille, notre maison. Oui, j'ai été élevée dans la mousse de brassière.*

*La petite école se dresse bien humblement au bord du chemin: elle consiste en deux pièces: le local où sont alignés les pupitres et un débarras où est cordé le bois. La classe ne ressemble en rien à ce que j'ai connu jusqu'à maintenant. Tu devrais voir les modestes bancs à deux places, la «truie» au centre de la pièce, le bureau égratigné de la maîtresse, la tablette en coin faite de bois brut, supportant un gobelet et un robinet pendu à un tuyau vertical. Près de la porte s'élève une armoire contenant les trop rares livres racornis. Sur le mur, en guise de tableau, on a cloué un carré de toile peint en noir: une réplique bien éloignée de nos grandes ardoises que nous admirions tant au couvent et sur lesquelles sœur Adèle dessinait ses œuvres d'art. À la rentrée, je tenais à y rédiger un petit texte pour saluer les douze élèves que je comptais dans la cour et qui attendaient avec impatience que je sonne la cloche. La curiosité se lisait sur leur visage. Avec un bout de craie, j'ai commencé à écrire. Malheureusement, la toile était tellement usée et la peinture si défraîchie que j'ai à peine réussi à couvrir la moitié de la surface, le reste étant inutilisable. Je te jure : je devrai faire preuve de beaucoup d'imagination et d'économie pour y transcrire les règles de grammaire, les exercices et les devoirs.*

*Parmi mes douze élèves, quatre ont entre douze et quinze ans. Imagine, moi qui n'ai que dix-sept ans, jamais je n'ai eu à montrer autant d'autorité et de maturité ! Mes apprentissages au couvent me sont bien utiles et la rigueur des sœurs me sert d'exemple. Le deuxième jour, un treizième s'est ajouté : un jeune homme de dix-sept ans, du chemin voisin, que la famille Savard a engagé pour aider aux travaux sur leur ferme. Je l'ai placé en sixième année. Un grand flanc-mou qui m'a fait des avances. Le pauvre, il a beau visage, mais il est tellement insignifiant. La vaillance de ce garçon s'est révélée aussi piètre dans le domaine du soin des animaux qu'à l'école. M. Savard l'a congédié au bout de la semaine. Merci, Seigneur !*

*Comment se passe ton début d'année au couvent ? Quelle sœur t'enseigne en cinquième ? Si c'est sœur Sainte-Claire, tu verras, elle est bien fine. J'aimerais pouvoir enseigner comme elle.*

*Ici, l'humilité et l'extrême gentillesse des habitants m'émeuvent. Des voisins m'ont invitée ce vendredi pour une veillée chez eux. J'irai faire un tour, même si je devrai travailler plus fort le lendemain et que la fatigue me gagne tôt le soir.*

*Blanche m'a écrit. Elle va bien. Cependant, Pitre a de sérieux problèmes d'arthrite. Le matin, sa journée commence bien difficilement : sortir du lit lui demande beaucoup d'efforts et il doit maintenant se servir d'une canne pour marcher. Comme il doit souffrir ! Je l'ai ajouté dans mes prières.*

*Je prie également le Seigneur pour qu'Il me donne la force, la patience tranquille et la sagesse d'accepter les différences qui pourraient éloigner de moi tous ces enfants sous ma responsabilité. Je vais me dévouer pour eux. À mon prochain passage chez nous, je rapporterai pour eux des boîtes de vêtements qu'on ne porte plus. Des chaussures, aussi. Certains enfants partagent les mêmes souliers pour venir à l'école chacun leur tour, en alternant les journées.*

*C'est un monde étrange, les gens vivent tellement modestement. Blanche et Pitre me manquent. Mes amies, la musique, le chant choral… et toi aussi, bien sûr. Malgré l'immense travail à abattre et les heures bien remplies, je me sens souvent seule. Par contre, chaque matin, un moment particulier me comble : c'est l'instant où les élèves rentrent en classe et s'installent bien droits derrière leur pupitre pour chanter en chœur l'un des cantiques que je leur ai appris. Immanquablement, la voix des petits me chamboule. Ils sont si attachants, si avides d'apprendre, si désireux de faire plaisir à leur maîtresse. Ils m'apportent des fleurs des champs, des cenelles, des confitures. Je les aime tant.*

*Par cette longue lettre, je veux surtout te convaincre de profiter de tes années au couvent. Ouvre grand ton cœur, tes mains, tes oreilles et gave-toi de tout ce qu'on t'enseignera.*

*J'ai grand-hâte à Noël pour te voir et tout te raconter.*

*Jeanne*

*Lettre de Flora à Jeanne*

*Couvent Notre-Dame, le 16 septembre 1951*

*Chère Jeanne,*

*Tu me conseilles d'ouvrir mes mains, mon cœur et mes oreilles, mais ce que je voudrais ouvrir par-dessus tout, ce sont les portes du couvent pour m'en aller d'ici. C'est la pire année de ma vie. Qu'est-ce que j'ai fait au bon Dieu ? Sœur Sainte-Claire enseigne aux septièmes et, encore cette année, je devrai endurer sœur Fil. Elle n'a pas changé et me crie, à tout moment, ses «Enfile !». Je ne suis pas tombée dans sa collection de chouchoutes. Elle me dispute souvent, m'appelle «Flora-la-lune» ou bien me traite de «la plus* placoteuse des dindes». Ce n'est pas ma faute si je n'arrive pas à écouter en classe, s'il y a trop de choses dans ma tête, si je ne peux m'arrêter de penser à autre chose et, au réfectoire, si j'ai trop à dire. Le plus drôle, c'est que même si je suis dans la lune, j'ai de très bonnes notes. J'ai beau expliquer que je comprends plus vite que les autres, sœur Fil croit que je triche et elle me punit, me frappe les doigts avec sa règle. Je la hais. J'en ai assez! Assez des répétitions, des punitions, des leçons, des devoirs, de la sempiternelle routine et de toujours entendre les mêmes affaires : un vrai calvaire! Ce n'est pas une vie.

J'ai peur des sœurs, peur qu'elles me gardent avec elles pour toujours, peur qu'elles fassent de moi une religieuse rabougrie. Peur que Blanche et Pitre ne me reprennent pas avec eux, maintenant que tu es partie et que Pitre est devenu boiteux.

Ce que je voudrais, c'est partir avec Adam, mais il travaille très fort à la ferme en cette saison des moissons. Pendant sa seule journée de congé, il sort avec Irène. Je n'ai pas la permission d'aller avec eux, mais ils m'ont promis de venir me voir à l'Action de grâce.

Je m'ennuie à mourir.

Flora


Lettre de Jeanne à Flora

Bégin, le 25 novembre 1951

Chère Flora,

Comme le temps passe vite, comme le temps me manque! Presque deux mois sans t'écrire… Me pardonneras-tu? Il s'est passé tant de choses depuis. Il me faudrait des pages et des pages… un roman pour te les rapporter en entier.

*J'irai à l'essentiel : Pauline, la femme de cousin Yvan, croyait ne jamais avoir d'enfant naturel. Or, voilà qu'elle est tombée enceinte à la fin de l'hiver et elle a accouché il y a deux semaines d'un beau garçon, mais elle a attrapé une sorte de fièvre – Blanche a parlé de fièvres puerpérales – et, quatre jours après, elle est morte. Morte ! Je suis bouleversée. Pauvre Pauline. J'ai prié pour son âme. Il y a deux ans, je lui ai souhaité du mal et je m'en veux encore. Elle était une si bonne maman pour ma petite Anne. Elle est sûrement montée au ciel ! Mais si jeune, vingt-quatre ans. Quelle étrange justice que celle de Dieu !*

*Qu'adviendra-t-il des enfants ?*

*À la fin de l'automne, j'irai visiter les Lemieux à Roberval et y passerai le temps des Fêtes pour aider Yvan et sa mère, qui est bien fatiguée. D'ici là, dès que j'ai une minute de libre, je tricote des vêtements et couds de la lingerie de bébé. Je ne te cacherai rien en t'avouant que j'ai hâte de voir la petite Anne et cousin Yvan, bien sûr. Je ne te verrai probablement pas à Noël, car une autre mission m'appelle. Je serai plus aidante là-bas et je suis certaine que tu comprendras.*

*Étudie bien et travaille avec acharnement. Si tu as lu Les Fables de La Fontaine, tu dois savoir que « Tout vient à point à qui sait attendre ». Ne te décourage pas et sois gentille avec sœur Fil. Tu verras, elle finira bien par te dorloter. Derrière ses mots sévères, c'est une belle et grande âme.*

*Donne-moi des nouvelles du couvent.*

*Jeanne*


*Lettre de Flora à Jeanne*

*Couvent Notre-Dame, le 16 décembre 1951*

*Très chère Jeanne,*

*Dans six mois, sœur Fil ne sera plus pour moi qu'un souvenir. Eh oui ! Grâce à Adam, je vais enfin quitter les griffes de cette religieuse sévère.*

*Je compte les jours qu'il me reste pour la détester et j'ai très, très hâte au mois de juin, car mon grand projet se réalisera. Imagine-toi qu'Adam m'a écrit. Il veut organiser un cirque ambulant. Il a maintenant assez d'argent pour acheter un petit piano, une camionnette et de l'équipement pour les spectacles. Nous partirons en juillet pour une tournée à travers la province. Moi qui en rêve depuis des années! Il y aura quatre ou cinq personnes dans la troupe, je ne sais pas trop, mais devine qui jouera du piano? Oui, oui, Irène Laforest. Enfin, je découvrirai l'immensité, les grands chemins, les villes inconnues, le monde, avec les deux personnes que j'aime le plus. Que vienne enfin ce jour béni!*

*Tu veux des nouvelles du couvent. Il ne s'y passe pas grand-chose d'inté-ressant pour moi. C'est plate. Ah oui, il y a eu la cérémonie des vœux perpétuels de plusieurs novices. Sœur Adèle porte maintenant le voile noir, un nom de sainte, mais le même visage triste. Elle donne les cours de beaux-arts et nous apprend à peindre. Ça me permet de passer une étrange rage qui, souvent, se réveille en moi. Les filles garnissent leur toile de fleurs tranquilles, d'oiseaux joyeux et de paysages champêtres aux couleurs douces. Quant à moi, pas de rose, de bleu pâle ni de vert tendre sur mes tableaux. Je prends les tubes que les autres dédaignent : rouge pompier, noir charbon, gris cendre, brun rouille... J'ai toujours envie de représenter la même affaire : une maison en feu derrière une fillette qui crie, une grande main noire devant sa face. Ou bien je barbouille n'importe quoi et j'attends de voir ce qui va sortir. Je trouve ça émouvant. Sœur Sainte-Adèle n'aime pas ma façon et me conseille d'autres modèles. Dans mon cahier de croquis, j'ai griffonné des gens crucifiés, des flèches dans le corps, la tête penchée sur l'épaule. Je n'ai montré ces dessins à personne, mais sœur Fil les a vus et a confisqué mon cahier. J'enrage plus fort. Encore chez la supérieure! La Fureur m'a parlé de dessins violents, que je n'étais pas normale. Oui, mais on en voit tout le temps, des affaires de même : Jésus transpercé de clous et qui saigne sur sa croix, les saints martyrs canadiens avec des haches plantées sur la tête ou accrochées autour du cou, des saints torturés, brûlés, des images de l'enfer effrayantes... J'en ai plein la tête, que je lui ai dit. Elle m'a obligée à dessiner des fleurs, à l'avenir. Le cours suivant, sœur*

*Sainte-Adèle m'a préparé un panier de fruits et un bouquet de fleurs pour que je peigne une nature morte. Sur ma toile, c'était des fruits séchés et des fleurs brûlées noires. Une œuvre signée Flora Blackburn.*

*Je passerai Noël chez Blanche et Pitre. Cela me fait de la peine de ne pas te voir. Cette année, le réveillon aura lieu à Saint-Alexis parce qu'oncle Pitre ne peut pas aller loin. Ce n'est pas grave ; je verrai Adam et Irène.*

*Ta Flora-la-lune-à-tiques*


*Lettre de Jeanne à Flora*

*Bégin, le 6 janvier 1952*

*Chère Flora,*

*J'espère qu'un bouquet spirituel garnit à présent ton cœur, que sœur Fil est moins sévère avec toi et que tu l'es moins avec elle aussi. Encore six mois à peine et la grande aventure t'attend. Sois patiente et indulgente.*

*Une aventure tout aussi merveilleuse m'arrive. Yvan a demandé ma main. Nous nous sommes fiancés à Noël et le mariage sera célébré en juin. Il m'aime depuis longtemps, m'a-t-il dit. Je l'aime aussi. C'est un jeune homme très bien, très attentionné. Il m'a offert un joli coffret de brosses et de peignes de grande qualité pour Noël. Tu te rends compte, grâce à cette union, je deviendrai la mère légitime de ma petite Anne et la mère adoptive de Patrick, un merveilleux poupon de bientôt deux mois. Je suis aux anges.*

*Je te souhaite une année bénie, remplie de paix et d'une tournée magique avec le cirque. Quand vous partirez pour cette fameuse tournée, en juillet, je serai M^{me} Lemieux, épouse et maman comblée. La divine providence me prouve que Dieu régit toutes choses dans l'univers. Il ne faut pas aller contre cette volonté. Aussi, je vais laisser mon métier de maîtresse d'école et irai habiter à Roberval. Qui prend mari prend pays ! J'espère qu'avec votre petit cirque, vous viendrez dans les environs. Nous irons certainement admirer vos performances.*

*Jeanne qui t'embrasse très fort*

*Lettre de Flora à Jeanne*

*Couvent Notre-Dame, le 15 juin 1952*

*Chère Jeanne,*

*Je te félicite pour ton mariage et tout. Et j'ai félicité aussi Adam et Irène. Imagine, ils vont se marier à la fin du mois. J'ai tellement hâte d'aller aux noces. Ce sera une belle cérémonie, avec de la danse et un gros gâteau. Mon souhait s'est réalisé, mais pas tout à fait comme je l'avais imaginé parce que, finalement, nous n'irons ni à Roberval, ni à Montréal, ni dans les carnavals, ni nulle part. Irène m'écrit souvent et m'envoie des gâteries, mais il paraît qu'elle est malade tous les jours. Mal au cœur. Pauvre elle, c'est peut-être le mal des transports. Donc, pas de tournée, pas de cirque pour nous cet été. C'est bien triste.*

*Dieu organise bien les choses, mais pas toujours comme je le voudrais, au moment où je le voudrais. Je devrai encore donner un petit coup de pouce à M^{me} Providence, car je crois bien qu'elle m'a oubliée dernièrement. Je ne me décourage pas, j'ai connu bien pire. Patience et longueur de temps font plus que force ni que rage. J'ai lu ça dans Le Lion et le Rat. Et moi, je me dis : quand on veut, on peut !*

*Flora*


*Lettre d'Irène à Flora*

*Saint-Jean-sur-Richelieu, le 20 juin 1952*

*Chère Flora,*

*La vie m'a portée ailleurs, bien ailleurs, et, étrangement, tu auras été le passereau qui m'aura fait migrer d'un univers à l'autre. Je tiens à te transmettre toute ma gratitude. Je te dois mon bonheur. Depuis trois jours, Adam et moi sommes partis en voyage de noces. Je t'envoie cette carte postale de Saint-Jean-sur-Richelieu, où nous profitons du beau temps que nous offre ce court séjour. Au retour, le 25, nous irons habiter dans un logement à Saint-Alexis. Cet été, tu pourras venir nous visiter et te promener chez nous tant que tu voudras, car nous serons tout près de chez ta tante Blanche.*

*Merci, belle hirondelle !*

*J'ai très hâte de te voir.*

*Irène qui pense à toi*

*Huit mois plus tard, lettre de mère Marie-de-Bon-Secours à mère Saint-Viateur*

*Les Éboulements, le 10 février 1953*

*Révérende mère Saint-Viateur,*

*Nous devons vous apprendre une bien triste nouvelle. Ce matin, Dieu a rappelé à lui M. Joseph-Albert Blackburn dans des circonstances qui ont ébranlé toute notre communauté des Petites Franciscaines de Marie, alors qu'il travaillait chez nous. Selon les témoins, il s'était mis en train de sortir seul du camion une grosse commode. Aurait-il perdu pied en glissant sur la neige ou fait un faux mouvement ? Dieu seul le sait, mais le meuble a basculé et s'est renversé sur lui. Malgré les premiers secours que les autres employés se sont empressés de lui prodiguer, il a rendu l'âme après quelques instants.*

*Mis à part une fillette qui étudie dans votre couvent, Flora Blackburn, dont il nous parlait souvent, nous ignorons où joindre les autres membres de sa famille, proche ou lointaine. Je m'en remets à vous. Peut-être connaissez-vous cette parenté ou pourriez-vous vous enquérir auprès de la jeune Flora ? Ainsi, vous voudrez bien aviser qui de droit et nous tenir au courant pour le rapatriement du corps et l'organisation des funérailles.*

*M. Blackburn était un homme dévoué à la tâche, ne comptant pas son temps. Souvent, il œuvrait douze heures par jour, ne s'arrêtant que pour casser la croûte. Fort et puissant, il se laissait emporter par une sorte de frénésie et travaillait comme un forcené. Son agréable humeur, ses bons et loyaux services nous manqueront.*

*Vous voudrez bien transmettre nos condoléances à sa fille, Flora, ainsi qu'aux autres membres de sa famille, s'il en est.*

*Votre toute dévouée mère Marie-de-Bon-Secours*

*Lettre de tante Blanche à Flora*

*Le 12 février 1953*

*Ma chère petite Flora,*

*Ton père est parti au ciel où il retrouvera tes sœurs. De là-haut, avec le bon Dieu, il pourra mieux veiller sur toi.*

*Nous avons été très ébranlés par ce départ, Pitre et moi, mais sache que nous ferons tout pour te rendre la vie facile.*

*Au cours de la dernière année, ton père nous a écrit quelques fois pour prendre de tes nouvelles. Il répétait qu'il viendrait te chercher, qu'il ne t'avait pas oubliée et encore moins abandonnée. Il disait vouloir ramasser beaucoup d'argent pour assurer ta vie à ses côtés. Il paraît qu'il a laissé un héritage. Pitre doit retracer des papiers et rencontrer un notaire, mais tu es si jeune, je ne veux pas t'embêter avec ces détails.*

*Les funérailles auront lieu à l'église Saint-Alexis. J'ai demandé à Irène et à Adam d'aller te chercher au couvent, car Pitre ne pourra pas, et moi, je ne sais toujours pas conduire. Porte ta robe noire et n'oublie pas ta mantille et tes bas foncés. Je t'ai tricoté des jambières de laine noire pour remplacer les brunes et t'ai acheté un nouveau manteau. Ce sera plus approprié. Nous ne ferons pas honte aux Blackburn.*

*Prie très fort pour ton papa afin que son âme repose en paix.*

*Je t'embrasse bien tendrement.*

*Ta tante Blanche*

*Journal d'Irène*

*Le 17 février 1953*

*Il y a trois ans, pendant des mois, j'ai craint que Joseph-Albert Blackburn revienne au couvent pour reprendre Flora, pour lui faire du mal. Il disait s'être amendé. Y a-t-il des âmes irrécupérables ? Les poussières, fidèles, reviennent toujours se déposer sur les surfaces, sur les meilleures intentions, contre notre volonté.*

*Lors de la cérémonie, la chorale a chanté pour lui avec beaucoup de conviction, comme si ces hymnes allaient récupérer son âme. Espérons-le. Quoi qu'il en soit, dès le dégel, il se retrouvera gisant au boulevard des allongés, près des autres fidèles défunts de sa paroisse.*

*Pardon, Seigneur, pour ces sévères jugements, pardon de ne pas pleurer sur le destin de cet homme. Sait-on jamais s'il était innocent de la mort de ses filles ? Sait-on jamais ? Lui qui avait porté la main sur sa femme, une main si lourde et qui a peut-être réduit la vie de cette pauvre mère meurtrie à l'inertie, à l'oubli.*

*Que les champignons décomposent son corps, à présent. Mauvaise graine !*

*Pendant le sermon, l'aumônier parlait des bonnes intentions de cet homme. L'enfer en est pavé, paraît-il.*

*Après les funérailles, une émotion a noyé l'œil d'Adam, mais les yeux de Flora sont restés clairs et secs, et ses lèvres, bien serrées.*

*Dire que ce Joseph-Albert Blackburn aurait été le grand-père de mon enfant à naître.*

# 19

Adam est passé prendre Flora au couvent. L'école est finie. Ce sera leur premier été ensemble, comme une vraie famille, dans la maison neuve des Blackburn. Adam a changé, plus beau et plus séduisant que jamais. Il a fait couper ses cheveux, maintenant coiffés vers l'arrière et lissés au gel. Sa barbe aussi a disparu, mais il a gardé sa belle moustache qui lui donne beaucoup de classe.

Avant de rentrer à la ferme, ils sont passés au cimetière de Petit-Ruisseau. Flora tenait à y planter six rosiers pour ses sœurs défuntes. Bien sûr, jamais les fleurs n'ont ramené les morts : elles leur donnent une toute petite chance de s'attarder un tout petit peu plus longtemps dans la mémoire de ceux qui restent et qui aiment encore. Flora se promet de revenir tous les dimanches de l'été s'agenouiller devant les pierres tombales, bichonner les arbustes en priant pour que ses sœurs soient bien, là-haut, et leur demander si elles aiment toujours les fleurs. Oui, elle passera ses premières grandes vacances à la ferme de Petit-Ruisseau, chez elle, sur *sa* propriété. Le juge le lui a dit sur un ton gentil et à moitié amusé : « Mademoiselle Blackburn, vous voilà propriétaire ».

Inhabitée depuis la reconstruction, la maison s'est un peu ensauvagée. De hautes herbes ont poussé partout, dans les recoins les plus inimaginables. La végétation n'a pas besoin d'un jugement de la cour ou de documents notariés : elle s'installe et voilà. Dans les pâturages règnent les marguerites, les verges d'or, le millepertuis et les bardanes. La chaux et la peinture des dépendances s'écaillent et grisonnent sur les revêtements rugueux. Envahis par les fleurs de toutes sortes, les espaces, la cour, les champs, les bâtiments, tout a rapetissé. Une étrange sensation germe dans le cœur de Flora – la marche du temps déformant. Dans ses souvenirs, le hangar pouvait abriter des machines gigantesques et le faîte de l'étable paraissait si haut que la girouette semblait toucher les nuages.

— C'est toi qui as grandi, a remarqué Adam avant de commencer à décharger son bois.

Sa ferme ! Son héritage. Elle vivra ici auprès d'Irène et d'Adam, avec leur bébé, oui, comme dans une vraie famille. Le Seigneur a tenu promesse. Aussi, après bien des difficultés et beaucoup d'aide, les prédictions de sa gentille sorcière Simone se sont réalisées : elle a retrouvé cette fameuse personne, Irène, celle qui voulait son bien, et plus encore.

Voilà qu'elle revient à la ferme. La boucle se boucle.

Grâce à tante Blanche et à oncle Pitre, le notaire Lavergne, de Chicoutimi, a retracé les documents de la succession. C'est lui qui lui a rappelé les circonstances de l'accident, sur un ton presque indifférent, comme si cela appartenait déjà à un passé lointain ou ne représentait qu'un détail administratif. Par testament, Joseph-Albert Blackburn laisse en héritage à ses enfants la ferme de Petit-Ruisseau, avec bâtisses dessus construites, circonstances et dépendances, héritage qui revient à sa fille Flora puisque l'aîné, Julien Blackburn, est porté disparu depuis plus de cinq ans.

Comme l'état de santé de l'oncle Pitre ne s'améliore pas, Blanche et lui ont refusé de devenir les gardiens des lieux jusqu'à sa majorité. Adam et Irène se sont immédiatement portés garants et nouveaux tuteurs. Flora l'a promis : elle travaillera fort pour les aider à remettre sur pied la ferme grâce aux cours d'économie familiale et domestique de la bonne sœur Saint-Jean-Baptiste. Elle a même expliqué au juge, pour qu'il n'ait aucun doute, que près de la maison, elle bêcherait un jardin. Au fond, elle planterait des gadelles et de la rhubarbe et, devant, un carré de fleurs.

Quelques minutes après leur arrivée, Irène sort les accueillir, entortillée dans son tablier. Un peu pressée, elle descend quatre à quatre les marches du perron et court vers Flora pour lui coller des becs mouillés entrecoupés de mots sucrés.

— Enfin ! Ça fait longtemps qu'on t'attend. Bienvenue chez toi, belle hirondelle. J'ai tellement hâte de te montrer les travaux que nous avons terminés, mais faisons vite, l'heure du boire approche.

Elles ne se sont pas vues depuis le baptême. Tellement de travail à abattre, tellement de détails à régler, et la petite qui a été malade, et la cuisine qu'il fallait peindre, et les meubles à déménager, d'autres à acheter…

Les cheveux d'Irène sentent la soupe aux légumes, le pain chaud et l'oignon rôti. Ça promet pour le souper.

Irène veut d'abord lui montrer le bébé. Avec mille précautions, elles entrent dans la chambre. Dorothée dort dans le berceau qu'a fabriqué Adam. Rose et potelée, des cheveux de pissenlit mousse, les poings serrés et la bouche humide, mouvante. On voudrait l'embrasser, lui mordiller les rondeurs. Dorothée. Quel merveilleux prénom ! *Do,* la première note. Cette petite chose est-elle la sœur de Flora, sa demi-sœur ou sa nièce ?

— Dites-moi, petite maman, est-ce que vous pourriez avoir sept enfants pour former la gamme complète ? La prochaine pourrait s'appeler Raymonde pour *Ré.*

Irène sourit en effleurant la tête du poupon.

— C'est le bon Dieu qui décidera. Oh ! Regarde, elle sourit aux anges ! Si mes enfants à venir étaient tous comme ma Dorothée, j'en aurais dix. C'est un si bon bébé, calme, souriant, qui fait déjà ses nuits. Et si peu pleureuse. Un amour !

Pourquoi pleurer quand on a toujours les bras de sa mère autour de soi ? Quand on a ses deux parents tout près la journée durant, leur chaleur, leur douceur, tout leur amour et leur totale attention ?

Irène croise ses mains qu'elle place sous son menton en penchant un visage admiratif vers ce petit être. Flora enserre le montant du berceau et l'agite vivement, mouvement qu'interrompt aussitôt Irène.

— Attention, tu pourrais la réveiller. Un bébé doit dormir souvent et longtemps.

— Je sais, fait Flora en fronçant les sourcils. Je voulais juste voir si ça berçait bien. Allons faire un tour dehors, maintenant.

— Vas-y avec Adam. Je vais rester pour surveiller la petite.

— Adam est occupé ; il empile les planches de bois, venez donc avec moi. Je voudrais vous montrer mes endroits secrets.

Irène veut bien, mais après le boire et à condition de ne pas trop s'éloigner.

Une heure plus tard, portée par ses souvenirs et son enthousiasme, Flora la tire par la main et revisite les endroits où elle jouait avec ses sœurs. Elle raconte, chemin faisant, les détails que chaque emplacement lui rappelle. La table à bidons tient encore debout, mais le navire de pirates a disparu, les hauts trapèzes ne sont que de pauvres balançoires aux cordages émoussés, la piste du cirque, une cour de gravier semée de flaques vaseuses. Le poulailler s'est effondré sous le poids du dernier hiver. L'enchantement et la magie ont-ils déserté les lieux ? Elle en plantera aussi et inventera de vraies histoires fausses. Elle tente d'emmener Irène plus loin, veut ajouter d'autres anecdotes de son enfance, mais la nouvelle maman rentre à la maison aussi vite qu'elle en est sortie :

— J'ai entendu un petit couinement.

Flora s'assoit sur la galerie pour l'attendre, mais de trop précieuses minutes s'écoulent ; elle se relève, dégringole les marches et repart seule. Autour des fondations, elle continue d'explorer, s'attarde longtemps et cherche des traces de cendres, quelques vestiges. Plus rien. Soit, Joseph-Albert Blackburn a peut-être laissé une terre hantée, pleine de sa rage, mais qui paraît plutôt bien. Elle tend l'oreille, à l'affût de voix fantomales, mais n'entend que les hirondelles de grange gazouillant sur le fil électrique et le vent qui mêle les nuages, ses cheveux et les notes de piano, justes et limpides, qui s'échappent, un peu plus tard, par la fenêtre du salon. L'instrument a été livré hier, après les autres meubles qu'Adam a achetés. Irène veut sûrement vérifier s'il a été bien accordé.

— Dans quelques semaines, dit Adam, venu la rejoindre, ça ressemblera à un domaine. On sèmera la vie pour que tout recommence.

Il lui raconte. Ça lui a fait tout drôle, à lui aussi, de revenir à la ferme, de voir la nouvelle maison que le Grand Black a construite et, surtout, les bâtiments inchangés : la grange, la grainerie, le hangar…

Irène et lui viennent tout juste d'emménager, après avoir quitté leur logement de Saint-Alexis. En deux jours, Adam a à peine eu le temps d'installer l'intérieur pour le confort de ses amours.

Flora le suit tout autour des bâtisses. Sous le foin sec et les toiles d'araignées, ils dénichent la faucheuse, la moissonneuse, l'ancienne carriole… Ici, un chapeau accroché à un clou, là, des gants de travail, là encore, sur l'établi, des outils empoussiérés, en dessous, des corps morts – quelques-unes des bouteilles vides abandonnées par le Grand Black. Puis, dans la *shed* à bois, sous une toile pendue à un clou croche, la veste à carreaux qu'Adam avait tant cherchée avant de partir pour le Nord, il y a sept ans. Dans la poche, son vieux portefeuille, ses anciens papiers, quelques dollars. Plus loin, des vêtements du père aussi, ses *overalls* et ses bottes de *jobber*.

— Est-ce que la ferme est hantée? demande Flora, un peu inquiète.

— Aie pas peur. On va faire le ménage et chasser tous les mauvais esprits.

Adam manipule vigoureusement les hardes du bonhomme. Sourire aux lèvres, il les entasse sur une pile de débris, avec plus d'aise et d'assurance que son air fatigué ne le laisserait croire.

Il donne une bourrade affectueuse à Flora :

— T'as encore du temps. Va jouer. Va t'épivarder, p'tit pivert.

Lui, il retourne à son grand nettoyage. Flora court dans la prairie en ouvrant les bras, jetant des cris de joie, loin, sans contrainte de murs, de corridors, du silence imposé et des portes closes du couvent. Il fait si bon de respirer à fond, une vraie fête pour les narines, de sentir le soleil par les yeux et les pores, de goûter par tout son être les fleurs et les pollens. Il lui pousse les ailes du grand héron, les pattes d'une gazelle; elle a le souffle puissant d'une baleine. La communion avec la vie l'irradie, la voilà frêle sylve.

Tout un été devant elle. Elle aura le temps de cultiver un jardin, de monter un herbier, une collection d'insectes... et, un beau samedi, alors qu'elle aura le nez sur ses cartons, Adam reviendra d'une ville quelconque, accompagnée d'une belle dame. Elle reviendra de loin, mais se souviendra d'elle, de ce chemin menant à la ferme, et des chansons et de la lumière sautant des fenêtres. Flora ouvrira la porte et maman Marie-Alice lui tendra les bras.

Le soir, elles chanteront ensemble des berceuses à sa petite-fille. Adam a promis qu'il la retrouverait, et sœur Adèle a dit que si on priait très fort…

Flora court plus loin. À son cou sautille la médaille de saint Antoine de Padoue, cadeau d'au revoir de Simone. La belle Simone croit dur comme fer avoir perdu son don le jour où elle a eu ses *affaires*.

— Tiens, Flora, lui avait-elle dit alors. Prends mon saint Antoine. Astheure, je vois plus dans l'avenir.

Flora aurait bien aimé qu'elle le lui transmette, ce pouvoir.

— Impossible, avait tranché Simone. Les dons, ça migre pas, c'pas des oiseaux. T'as le tien, et là, avec les causes perdues, tu ne risques plus grand-chose. Chante plutôt. Paraît que ça rend heureux.

Un appel caressant la tire de ses souvenirs. C'est Irène.

— Flora ! Viens souper !

Elle se laisse caresser, attend un instant sans rien dire, pour que la caresse, à nouveau, lui chatouille les limites du cœur.

— Floraaaaa ! Viens soupeeeeer !

Elle pose délicatement la libellule avec laquelle elle jouait depuis une minute et qui venait tout juste d'accepter d'être son amie :

— Si tu fais attention à mes ailes, lui avait-elle dit. C'est beau, mais c'est tellement fragile.

— Ah ! Si tu étais plus grande, tu pourrais me les donner.

Oui, c'est fragile, des ailes de libellule, des vitraux minces et transparents qui vibrent et scintillent au soleil. Elle ouvre les paumes, souffle sur les ailes de cristal, et la libellule s'envole et se perd un peu plus loin dans les herbes.

Flora-la-vie avale une autre bouffée sucrée de cet air enivrant, le même que respiraient Do et Ré. Puis elle court de toutes ses forces. Elle courrait comme ça jusqu'au soir tombé ou jusqu'au lac. Heureuse, elle ne retournera plus au couvent, jamais, et vivra cette liberté aussi vaste que les horizons de cette campagne.

Elle tire la porte moustiquaire aux équerres de bois ouvragé et la laisse claquer derrière elle.

— Peux-tu la fermer plus fort, qu'on *seye* sûrs que t'es arrivée? la taquine Adam.

Dans la cuisine, au-dessus du linteau, il a accroché le crucifix et, à côté, le Sacré-Cœur protège la maison contre la foudre, le feu et les spectres. Flora pourra dormir tranquille.

— Pis paraît que ça éloigne les maringouins, ajoute-t-il, pince-sans-rire.

Inhabituel humour que Flora décode encore mal: elle jette un regard à Irène, dont la moue veut dire: «Mais non, voyons, il blague.»

On s'installe pour le repas. Aussitôt assise, Flora demande la permission de se relever un instant. Elle va à sa chambre et en rapporte son sac d'école, d'où elle sort un certificat d'honneur, la médaille de réussite et, en plus, la couronne de fleurs complète qu'elle remet à Irène.

— Tenez, petite maman. C'est le prix qui allait avec la bonne conduite.

Irène rit : la couronne défraîchie tient comme elle peut. Son rire habille une émotion nouvelle, plus sourde et presque voluptueuse, qui surprend Flora comme un contact divin.

— Sais-tu, je m'habitue peu à peu et j'aime de plus en plus me faire appeler «petite maman».

Adam et Irène discutent argent, vaches et poules à acheter, cochons aussi, emprunt et hypothèque, crédit et investissement, toute une basse-cour peu familière aux oreilles de Flora qui les écoute en avalant rapidement sa soupe, ses patates, sa saucisse et la macédoine. Les cours d'économie domestique ne lui sont d'aucun secours. La conversation bifurque légèrement, mais les questions d'argent persistent. Irène insiste pour que Flora retourne au couvent en septembre.

— Quoi ? s'exclame Flora en déposant bruyamment sa fourchette. Oh non ! Je ne veux plus y aller.

Et puis, pourquoi en parler déjà ? Les classes viennent à peine de prendre fin.

Adam fronce les sourcils. Irène lève les siens. Ils calculent à voix haute.

— Elle a terminé ses cours élémentaires. Nous l'inscrirons en Lettres et Sciences. Sœur Saint-Léandre aurait tant aimé la savoir étudier dans ce domaine. Le notaire a dit que nous pourrions utiliser une part de l'argent de l'héritage pour payer ses études. Aussi, il faudra prévoir le surplus pour les cours de musique.

— Vous devriez me les donner à la maison, sur le nouveau piano, observe Flora. Ça ne coûterait rien. En plus, je promets de travailler sur la ferme et de m'occuper du bébé. C'est chez moi, ici, je peux faire ce que je veux.

— Eh non, tranche Adam. C'est pas comme ça que ça marche. Tant qu'on sera tes tuteurs, c'est pas toi qui décides, ma princesse, et la tutelle, ça tient jusqu'à ta majorité. C'est écrit dans les papiers du notaire.

Peine perdue. Ses offres et arguments tombent sous la table. Devra-t-elle ainsi se soumettre à l'autorité pendant encore neuf ans et être contrainte à retourner au couvent chaque automne ? Ce revirement lui brise l'humeur. Elle avale son dessert sans plus rien dire, en lançant des regards glacés tantôt vers Irène, tantôt vers Adam.

Dans son ber, Dorothée se met à gémir.

— Voyons, Flora, intervient Irène qui se lève pour aller chercher le poupon. Tu ne voulais tout de même pas devenir fermière à douze ans ? Change d'air et dessers la table, s'il te plaît. Après, tu laveras la vaisselle pendant que je nourrirai la petite.

Les obligations routinières la rattrapent déjà. Le ménage, la vaisselle, quel ennui ! Peut-être serait-il plus amusant d'inverser les rôles et de s'occuper du bébé ? Elle reprend un ton plus doux.

— Laissez-moi donner le biberon, petite maman. Je sais comment tenir le bébé et lui faire faire ses rots. On nous l'a enseigné, au couvent.

Après une brève hésitation, Irène lui tend l'enfant, puis réchauffe le lait, place un coussin sous le bras de Flora installée dans la berceuse, apporte un drap pour envelopper Dorothée qui fixe, de ses yeux étonnés, cette étrangère penchée sur elle.

— Attention à la tête. Attention à son dos, aussi. Assure-toi de bien le maintenir, là, comme ça.

Pendant qu'Irène retourne à l'évier, Flora scrute les moindres gestes du bébé en train de boire : la bouche tète goulûment, les petits doigts enserrent l'index de Flora et, bientôt, un regard clair et hypnotique absorbe le sien. Sagesse ou néant, inquiétude ou paix, elle ne saurait dire ce qui, dans ce regard, la bouleverse. Une si petite chose, si fragile, de quatre mois à peine, dont le sourire provoque la joie de la maison et dont le plus léger gémissement éveille l'affolement. Elle fera les tempêtes et le beau temps, déterminera les heures de lever, de coucher et de repas. N'est-elle pas l'horloge de la maison, celle qui gouverne et décide de tout ? N'est-ce pas ce minuscule bébé qui a fait échouer le projet du cirque ?

Elle se berce plus fort et chante *Le sommeil de Jésus,* une berceuse apprise au couvent. Elle se souvient vaguement que sa mère la chantait, tout en repassant le linge.

*Dans ses langes blancs fraîchement cousus*
*La Vierge berçait son Enfant-Jésus*
*Lui gazouillait comme un nid de mésanges*
*Elle le berçait en chantant tout bas*
*Ce que nous chantons à nos petits anges*
*Mais l'Enfant-Jésus ne s'endormait pas.*

Les deux mains dans la bassine savonneuse, Irène tourne souvent la tête pour regarder vers la chaise craquante et chantante. Est-ce la vapeur chaude ou la voix émouvante de Flora qui remplit d'eau ses yeux ? Flora lui sourit, contente de prouver qu'elle sera grandement utile à la maison. Au cours de sa courte vie, elle n'a bercé que des poupées, jamais de vrai bébé ; le petit corps chaud et moelleux, là, au creux de ses bras, lui donne une impression d'abandon, de quiétude et de confiance absolue. Quelle chance a cette petiote !

*Et Marie alors le regard voilé*
*Pencha sur son fils son front désolé*
*Vous ne dormez pas, votre mère pleure*
*Votre mère pleure, ô mon bel ami*
*Des larmes roulaient de ses yeux sur l'heure*
*Le Petit Jésus s'était endormi.*

Les yeux du bébé se ferment, alors que des souvenirs s'éveillent en Flora. Son père et la ceinture correctrice dont la boucle de métal laissait des marques sur les cuisses. Son père, tantôt dur, tantôt doux, qui la berçait en fredonnant pour la consoler après l'avoir battue. La peur et le trouble qu'il semait au fond de son ventre oscillent d'avant en arrière sur les châteaux de la chaise.

Irène a nettoyé la table et y a déposé le grand livre pour y inscrire les dernières dépenses. Adam sort de ses poches les factures des derniers jours. En deux colonnes, ils additionnent, puis soustraient, balancent. Un oubli les fait tout recommencer. Sept heures sonnent à l'horloge.

Sans perdre de temps, Adam boit rapidement son thé pour ressortir aussitôt. Il veut terminer l'inventaire des instruments et des outils. Demain, il doit clôturer un enclos qui accueillera les premières vaches à la fin de la semaine. Avant de passer le seuil, il embrasse Irène.

— Hâte de te retrouver ce soir, ma reine.

— Eh! fait Flora, vous oubliez quelqu'un.

Il revient vite vers elle, se penche. Flora ferme les yeux et tend la joue, mais il donne un bécot au bébé en chuchotant un «bonne nuit» tout tendre.

— Flora, je te laisse aller coucher la petite, maintenant, l'enjoint Irène, toujours absorbée par les chiffres. Tu t'en tires plutôt bien. Appelle-moi, au besoin.

Très doucement, Flora s'extirpe de la chaise berceuse et, à petits pas, se dirige vers la chambre principale où elle dépose le précieux paquet dans le berceau qu'elle agite délicatement pendant quelques minutes. Le bébé rouvre soudain les yeux et se tortille. Flora le reprend et constate que sa couche imbibée a souillé la robe de nuit et les draps de flanelle. Elle ne sait trop s'il s'agit d'urine ou de diarrhée, mais l'odeur lui lève le cœur. Aussi écarte-t-elle cette malpropre en la tenant à bout de bras. Au couvent, on lui a appris à débarbouiller un enfançon et à changer la couche en se servant d'une poupée. Elle saura très bien s'y prendre. Puisque Irène calcule toujours à la cuisine, elle s'en occupera. Elle installe le petit corps sur la table à langer, le dévêt rapidement et, en retenant sa respiration, elle le retourne sur le ventre puis sur le dos sans ménagement. Le bébé veut hurler, mais elle place sa main sur la bouche grande ouverte. Irène doit rester concentrée. Pendant un instant, elle tient fermement la paume sur le petit visage de plus en plus rouge. Cependant, comme elle a besoin de ses deux mains pour les opérations de nettoyage, elle doit trouver une autre solution pour étouffer les sons. Vite, de la boîte d'ouate sur la table, elle déchire des morceaux qu'elle enfourne dans la bouche. Sœur Saint-Léandre se servait d'une ouate semblable pour remplir de petites cavités dans ses animaux empaillés. Après en avoir mis plus que moins, les deux mains maintenant libres, elle nettoie rapidement le fessier et les cuisses, dans un relatif silence, même si le corps se tortille de plus belle. *Vilaine petite. T'as tout sali. Tu vas donner encore du travail à maman.* Avec fermeté, elle empoigne les chevilles et soulève à demi le bassin pour passer dessous la couche propre. *Bouge pas, si tu veux que j'attache ta couche bien serrée.*

De grosses larmes silencieuses coulent sur les tempes minuscules. Voilà le duvet des cheveux trempé, mais la ouate empêche toujours les cris de fuser. *Attention, petite Do, si tu gigotes, je risque d'enfoncer l'épingle à ressort dans ta belle cuisse, jusqu'à l'os. Ou dans ton bedon rond, comme quand on crève un ballon. Tu sais, quand je n'étais pas fine, mon papa ne faisait pas que me gronder.* Elle se souvient de Jeanne, aussi, et de son amour féroce d'il y a plusieurs années, de ses étreintes douloureuses, de ses pincées qui lui laissaient des bleus un peu partout et de ses bras étrangleurs. Jeanne la liane. Sa terrible jalousie qui muselait les pleurs de Flora. Pourtant, Jeanne l'aime tellement à présent.

Elle serre les dents de méchanceté, de pensées mauvaises. Se pourrait-il qu'elle soit jalouse, elle aussi, d'un si petit être, charmant et sans défense, mais qui aurait pris toute la place dans le cœur d'Irène et d'Adam ? Elle ne comprend pas ; elle aime pourtant cette petite Dorothée, mais la déteste en même temps. Elle veut la bercer et l'étouffer à la fois, lui faire mal, en faire sa chose, en faire ce qu'elle veut, comme avec les fourmis, comme… Qu'est-elle en train de faire là ? Vite, elle retire la ouate de la bouche, le bébé semble pâmé, les lèvres arrondies, largement ouvertes en un grand O majuscule. Respire-t-il ? Flora s'inquiète et souffle très fort sur le visage. D'un seul coup, un long cri jaillit. Entre l'horreur et la jouissance de sa toute-puissance, Flora s'empresse de langer le poupon hurlant pour ensuite l'étreindre contre elle.

*Pardon, pardon…*

Sur ces entrefaites, elle entend les pas d'Irène dans le corridor, prévenue par les hurlements.

— Là, là, tout va bien, se chuchote-t-elle à elle-même, tremblante et déchirée par un flot de sentiments ambivalents.

Irène entre, veut savoir ce qui se passe.

— J'ai changé la couche comme il faut, mais j'arrive pas à la consoler, s'excuse Flora qui, vitement, remet la petite dans les bras de sa mère.

— Voyons, belle Flora, ne te mets pas dans un état pareil, conseille doucement Irène, posant le bébé sur son épaule. Un poupon, ça pleure souvent sans qu'on sache trop pourquoi. Je sais que tu as fait tout ton possible, avec la meilleure volonté du monde.

Flora court à sa chambre et saisit son oreiller qu'elle bourre de coups, jusqu'à ce que le bébé se taise.

Lorsqu'elle revient à la cuisine, Adam est rentré et la cherche. Il éteint son mégot dans le cendrier sur pied et remet sa casquette.

— Enfin, t'es là. Viens m'aider. On a du travail.

Ils retournent dehors, près de l'amas de débris entassé devant l'étable : des planches de bois vermoulues, la vieille balançoire, un banc pourri, le chapeau et les vêtements du Grand Black.

— Va don' me chercher des brindilles pis du foin sec.

Elle ne demande pas mieux que de courir le long des clôtures. Le temps les a garnies de longues tiges mortes qu'elle arrache vigoureusement tout en observant Adam de loin. Galoper, bouger, s'épuiser… peut-être pourra-t-elle faire ainsi sortir le méchant.

Alors qu'elle dépose son fagot d'herbes sèches et de branches à ses pieds, il ouvre son paquet de Player's et se fiche une cigarette dans la bouche. Avant de l'allumer, il tire de son ancien portefeuille un document jauni sur lequel elle lit, en grosses lettres carrées, un nom : BLACKBURN, JULIEN.

— C'était dans la poche de ma vareuse. J't'ai conté ça, après-midi. Dans le temps, avant de partir pour les mines, j'ai cherché c'te papier-là par mer et par terre. J'avais viré ma chambre à l'envers, une vraie tornade.

Pendant plusieurs secondes, il fixe ce bout de papier avant de prendre son briquet. Fidèle à son habitude, il en fait claquer le couvercle pour l'ouvrir, puis porte la flamme sur le coin du document, qu'il tourne un peu pour s'assurer que le feu gagne tout le côté. Il le place enfin sous les foins secs.

Des volutes de fumée timides s'animent entre les herbes, puis bientôt tout s'embrase : vieilles poches de jute, bouts de cordes, cartons, branchages et vêtements... Adam allume sa cigarette et, appuyé sur son râteau, sa Player's au coin des lèvres, il contemple les flammes en silence, comme si ce rituel devait le purifier de quelque faute. Ses pensées désordonnées s'envolent en spirales bleues. À cet instant précis, comme sur une photo usée par le temps, Flora revoit son père qui, chaque soir, s'adonnait à ce cérémonial.

Elle se pique à ses côtés, un peu derrière. Adam pose une main tendre sur ses cheveux et la ramène près de lui.

La porte de la maison s'ouvre en coup de vent et une Irène soudain tempétueuse bondit sur la galerie, les bras en l'air, le visage soucieux. Apeurée, elle accourt en s'écriant :

— Adam ! Le feu ! Le feu est pris ! Flora, où es-tu ? hurle-t-elle.

S'approchant, lorsqu'elle voit enfin Adam et Flora, derrière les flammes, en sécurité, serrés l'un contre l'autre, son air inquiet s'efface derrière un grand sourire.

— Que vous êtes beaux, tous les deux, enlacés dans cette lumière rougeoyante ! soupire-t-elle. On dirait une image de paradis, oui, bien loin du purgatoire.

Rassurée, elle s'en retourne au logis.

Le feu monte, monte et, au centre, des langues bleutées caressent les pièces de bois. Combien de feux ont bouleversé la jeune vie de Flora ? Combien de feux s'allumeront encore ? Le feu qui protège du froid et réchauffe le cœur, celui qui cuit le pain, qui cautérise les plaies, l'encens qui purifie l'église et le charbon qui fait ronfler moteurs et fournaises. Cependant, d'autres feux prennent vie, destructeurs, rasant forêts, cultures, maisons et villes entières. On dit que jadis de nombreux bûchers ont été embrasés pour éliminer toutes les sorcières. Toutes ? Non. Peut-être est-elle une survivante de ces étranges cohortes ? Simone aussi, avec ses pouvoirs et ses croyances bizarres ? D'ailleurs, le feu ne peut anéantir le diable lui-même : Lucifer se plaît très bien au milieu des flammes.

Les vêtements du Grand Black ne sont plus que de minces entrelacs rougeoyant dans les braises. La carte d'identité jaunie s'est complètement consumée. Des fantômes s'envolent. Flora pousse un soupir.

— Feu Julien Blackburn.

— Et feu Joseph-Albert Blackburn, répond Adam. Ce qui restait de lui n'est plus que cendres.

— Mais pas feu Flora Blackburn…

Ses amies, au couvent, lui ont dit que son prénom, en latin, désignait la flore, les fleurs, mais que Blackburn signifiait « brûlée noire », comme la cendre après l'incendie : une tête brûlée noire, directement sortie de l'enfer.

— Toi, Adam, as-tu toujours été gentil ?

Il pouffe tout en touillant dans le feu avec le râteau, puis tire une bouffée de sa cigarette avant de demander pourquoi elle lui pose cette question.

— Parce que des fois je suis tellement méchante… Je pense que, dans son héritage, papa m'a aussi laissé le diable.

— Ben non. Ça se peut pas. Tu vas voir, avec Irène, on va devenir du monde… du bon monde.

Il jette sa cigarette dans le feu et lui prend la main avant de poursuivre :

— Dis don', Flora Duverger, ça te plairait, comme nom ? Irène et moi, on pourrait t'adopter. Tu serais une belle fleur de pommier.

Appuyée contre sa hanche, elle observe avec un plaisir coupable les tisons d'un beau rouge orangé. Flora Duverger ? Changer de nom permet-il de changer de personnalité ? Se pourrait-il que son nom de Blackburn disparaisse à jamais ? Et sa tête brûlée, comme celle de son père ?

— Oh oui, j'aimerais beaucoup ça ! confie-t-elle en levant les yeux vers lui. Si on reste toujours sur la ferme, comment on va faire pour partir en tournée avec notre cirque ?

Elle regarde la roulotte stationnée derrière le hangar et qu'avait achetée le père pour y résider pendant la reconstruction de la maison.

— Papa nous a légué aussi cette belle caravane là. On pourrait la prendre pour voyager partout.

— Notre cirque, on va le fonder ici, ma belle. On va remettre la terre sur pied. J'ai bien envie de m'enraciner pour de bon et d'arrêter de courir les grands chemins. Pis toi, tu vas retourner au couvent chaque automne.

Cette réponse la contrarie. Elle étreint vigoureusement la cuisse d'Adam, en serrant les dents.

Le renard a disparu en son âme ; un tigre l'a remplacé. C'est plus fort qu'elle : parfois, elle sent cette bête rugir et craint de ne pouvoir la mater.

Au creux du brasier, elle redoute cette petite graine qui survivra. Le germe se réveillera et, comme les pissenlits fendent le béton des trottoirs, une fleur émergera de sous les cendres.

Elle réfléchit un temps en observant les particules noires monter vers le ciel, comme des papillons morts.

# Postface

Ainsi, il en reste encore, de ces gens qui ont vécu cette époque ou, devrais-je dire, ce régime, en conservant au vocable sa légère connotation militaire-politique. Les couvents québécois imposent presque l'image d'un univers plutôt autoritaire, solennel, silencieux… et tellement propre, d'où les nombreuses scènes de ménage dont j'ai parsemé cette saga avec amusement.

En discutant avec d'anciennes couventines, j'ai constaté qu'elles gardaient de ces institutions des opinions parfois polarisées : le pire et le meilleur sont sortis de nos entretiens. Inspirée par nos échanges et mes lectures, j'ai imaginé sœur Irène et Flora Blackburn, une novice et une couventine dont les quêtes se croisent et se font obstacle.

*Les portes du couvent* montrent ces enseignantes et leurs élèves sous un jour qui n'est ni pleinement le pire ni mensongèrement le meilleur.

Prise à mon propre piège romanesque, j'ai inventé au fur et à mesure le mystère de la sœur aux grands pieds, un personnage que, comme Flora, je n'avais pas vu venir, littéralement, et auquel je me suis profondément attachée. C'est à la suite d'une visite guidée au Centre historique des Sœurs de Notre-Dame du Bon-Conseil, à Chicoutimi, que j'ai découvert cette femme : sœur Saint-Léandre avait suivi des cours de taxidermie par correspondance et tenait un petit musée pour exposer ses bêtes empaillées dans un local de l'édifice. J'espère que vous avez aimé son mystère.

J'ai écrit *Les portes du couvent* dans une pièce froide, mais dans la chaleur de ces êtres qui m'accompagnaient, des femmes pour la plupart, avec trois ou quatre personnages masculins gravitant autour d'elles. J'ai recréé un milieu qui se croyait inébranlable, disparu en laissant de lui une image de discipline, de rigueur et de patience. Je ne pense pas avoir dévalorisé notre actuel système d'enseignement en montrant quelques-unes des forces des pratiques du passé, et je n'ai pas souhaité non plus valoriser un système qui avait ses faiblesses, dont celle de s'être cru immuable. J'ai, pour les professeurs en général, beaucoup de considération.

J'ai respecté de mon mieux une bonne part de vérité historique, en me soumettant néanmoins aux impératifs du roman grand public. Ce genre de récit doit répondre à des exigences dont je tire profit comme de n'importe quelles contraintes.

Je suis assez heureuse du résultat et souhaite ardemment que mes lectrices et lecteurs le soient aussi.

# Table

Achevé d'imprimer par GGP Media GmbH, Pößneck
en janvier 2019
pour le compte de France Loisirs,
Paris

N° d'éditeur : 93642
Dépôt légal : février 2019
Imprimé en Allemagne